JUEGO DE TRONOS

Gigamesh Omnium

GEORGE R.R. MARTIN

Juego de tronos

Canción de hielo y fuego / 1

GIGAMESH

Título original:
A Game of Thrones

Primera edición en Gigamesh Ficción: octubre del 2002
Primera edición en esta colección: septiembre del 2012

Mapas: James Sinclair
Símbolos heráldicos: Virginia Norey

Traducción del inglés:

Nihil obstat:

Ilustración de cubierta:

Ediciones Gigamesh
C/ Aribau, 26, entlo. 1.ª
08011 Barcelona

Fotomecánica e impresión:
Novoprint, S. A.
C/ Energia, 53
08740 Sant Andreu de la Barca (Barcelona)

ISBN: 978-84-96208-92-6
ISBN obra completa: 978-84-96208-83-4
Depósito legal: B-26059-2012

FSC MIXTO Papel FSC® C105280

ISO 9706

Printed in Spain
Impreso en España

Printed on acid-free paper
Impreso en papel libre de ácido

ÍNDICE

Este es para Melinda.

El Norte
COSTA
HELADA
Bosque Encantado
EL MURO
Torre Sombría
Castillo Negro
Guardiaoriente del Mar
BAHÍA DE LAS FOCAS
BAHÍA DE HIELO
Isla del Oso
Último
Bastión Kar
Bosque de los Lobos
Fuerte Terror
N
Invernalia
Cuchillo Blanco
Camino Real
Ciudadela de Torrhen
LOS TÚMULOS
Puerto Blanco
Atalaya de la Viuda
Foso Cailin
EL CUELLO
MORDISCO
Atalaya de Aguasgrises
Tres Hermanas
Los Dedos
Los Gemelos
Islas del Hierro
Varamar
Forca Verde
Forca Azul
VALLE DE ARRYN
El Nido de Águilas
Puerta de la Sangre
Mapa: James Sinclair
Aguasdulces
Forca Roja

El Sur
Tres Hermanas
Los Dedos
Camino Real
Islas del Hierro
Varamar
Forca Verde
VALLE DE ARRYN
El Nido de Águilas
Forca Azul
Pyke
El Tridente
Puerta de la Sangre
Puerto Gaviota
Forca Roja
Piedra Caída
Aguasdulces
Bahía de los Cangrejos
Harrenhal
Colmillo Dorado
Ojo de Dioses
Camino Real
Roca Casterly
Rocadragón
Lannisport
Desembarco del Rey
Camino Dorado
Aguasnegras
EL DOMINIO
N
Bosque Real
Camino de las Rosas
Camino del Mar
Tarth
Mander
Bastión de Tormentas
BAHÍA DE LOS NAUFRAGIOS
Altojardín
La Selva
Marcas de Dorne
Cabo de la Ira
MAR DE DORNE
Antigua
El Brazo Roto
Campoestrella
DORNE
Lanza del Sol
El Rejo
Mapa: James Sinclair

Dicen que en los detalles está el demonio.

Un libro tan largo como este tiene muchísimos demonios, y hay que estar alerta para no caer en sus garras. Por suerte, yo conozco a muchísimos ángeles.

Mi agradecimiento y mi aprecio, por tanto, a todas esas buenas personas que me prestaron sus oídos y sus conocimientos (y, en varios casos, sus libros) para que pudiera salir bien parado entre tantos detalles: a Sage Walker, Martin Wright, Melinda Snodgrass, Carl Keim, Bruce Baugh, Tim O'Brien, Roger Zelazny, Jane Lindskold y Laura J. Mixon, y por supuesto, a Parris.

Y un agradecimiento especial a Jennifer Hershey, por sus esfuerzos que van por encima y más allá del deber...

PRÓLOGO

—Deberíamos volver ya —instó Gared mientras los bosques se tornaban más y más oscuros a su alrededor—. Los salvajes están muertos.

—¿Te dan miedo los muertos? —preguntó ser Waymar Royce, insinuando apenas una sonrisa.

—Los muertos están muertos —contestó Gared. No había mordido el anzuelo. Era un anciano de más de cincuenta años, y había visto ir y venir a muchos jóvenes señores—. No tenemos nada que tratar con ellos.

—¿Y de veras están muertos? —preguntó Royce delicadamente—. ¿Qué prueba tenemos?

—Will los ha visto —respondió Gared—. Si él dice que están muertos, no necesito más pruebas.

—Mi madre me dijo que los muertos no cantan canciones —intervino Will. Sabía que lo iban a meter en la disputa más tarde o más temprano. Le habría gustado que fuera más tarde que temprano.

—Mi ama de cría me dijo lo mismo, Will —replicó Royce—. Nunca te creas nada de lo que te diga una mujer cuando estás junto a su teta. Hasta de los muertos se pueden aprender cosas. —Su voz resonó demasiado alta en el anochecer del bosque.

—Tenemos un largo camino por delante —señaló Gared—. Ocho días, hasta puede que nueve. Y se está haciendo de noche.

—Como todos los días alrededor de esta hora —dijo ser Waymar Royce después de echar una mirada indiferente al cielo—. ¿La oscuridad te atemoriza, Gared?

Will percibió la tensión en torno a la boca de Gared y la ira apenas contenida en los ojos, bajo la gruesa capucha negra de la capa. Gared llevaba cuarenta años en la Guardia de la Noche, buena parte de su infancia y toda su vida de adulto, y no estaba acostumbrado a que se burlaran de él. Pero aquello no era todo. Will presentía algo más en el anciano aparte del orgullo herido. Casi se palpaba en él una tensión demasiado parecida al miedo.

Will compartía aquella intranquilidad. Llevaba cuatro años en el Muro. La primera vez que lo enviaron al otro lado, recordó todas las viejas historias y se le revolvieron las tripas. Después se había reído de aquello. Pero ya era veterano de cien expediciones, y la interminable extensión de selva oscura que los sureños llamaban el bosque Encantado no le resultaba aterradora.

Hasta aquella noche. Aquella noche había algo diferente. La oscuridad tenía un matiz que le erizaba el vello. Llevaban nueve días cabalgando hacia el norte, hacia el noroeste y hacia el norte otra vez, siempre alejándose del Muro, tras la pista de unos asaltantes salvajes. Cada día había sido peor que el anterior, y aquel era el peor de todos. Soplaba un viento gélido del norte, que hacía que los árboles susurraran como si tuvieran vida propia. Durante toda la jornada, Will se había sentido observado, vigilado por algo frío e implacable que no le deseaba nada bueno. Gared también lo había percibido. No había nada que Will deseara más que cabalgar a toda velocidad hacia la seguridad que ofrecía el Muro, pero no era un sentimiento que pudiera compartir con un comandante.

Y menos con un comandante como aquel.

Ser Waymar Royce era el hijo menor de una antigua casa con demasiados herederos. Era un joven de dieciocho años, atractivo, con ojos grises, gallardo y esbelto como un cuchillo. A lomos de su enorme corcel negro, se alzaba muy por encima de Will y Gared, montados en caballos pequeños y recios adecuados para el terreno. Calzaba botas de cuero negro, y vestía pantalones negros de lana, guantes negros de piel de topo y una buena chaquetilla ceñida de brillante cota de malla sobre varias prendas de lana negra y cuero curtido. Ser Waymar llevaba menos de medio año como hermano juramentado en la Guardia de la Noche, pero sin duda se había preparado bien para su vocación. Al menos en lo que a la ropa respectaba.

La capa era su mayor orgullo: de marta cibelina, gruesa, suave y negra como el carbón.

—Apuesto algo a que las mató a todas con sus propias manos —había comentado Gared en los barracones, mientras bebían vino—. Seguro que nuestro gran guerrero les arrancó las cabecitas él mismo.

Todos se habían reído.

«Es difícil aceptar órdenes de un hombre del que te burlas cuando bebes», reflexionó Will mientras tiritaba a lomos de su montura. Gared debía de estar pensando lo mismo.

—Mormont dijo que siguiéramos sus huellas, y ya lo hemos hecho —dijo Gared—. Están muertos. No volverán a molestarnos. Nos queda un camino duro por delante. No me gusta este clima. Si empieza a nevar, tardaremos quince días en volver, y la nieve es lo mejor que podemos encontrarnos. ¿Habéis visto alguna tormenta de hielo, mi señor?

El joven señor no parecía escucharlo. Observaba la creciente oscuridad del crepúsculo con aquella mirada suya, entre aburrida y distraída. Will había cabalgado el tiempo suficiente junto al caballero para saber que era mejor no interrumpirlo cuando mostraba aquella expresión.

—Vuelve a contarme lo que has visto, Will. Con todo detalle. No te dejes nada.

Will había sido cazador antes de unirse a la Guardia de la Noche. Bueno, en realidad había sido furtivo. Los jinetes libres de los Mallister lo habían atrapado con las manos manchadas de sangre en los bosques de los Mallister, mientras despellejaba un ciervo de los Mallister, y tuvo que elegir entre vestir el negro y perder una mano. No había nadie capaz de moverse por los bosques tan sigilosamente como Will, y los hermanos negros no tardaron en explotar su talento.

—El campamento está casi una legua más adelante, pasado aquel risco, justo al lado de un arroyo —dijo Will—. Me he acercado tanto como me he atrevido. Eran ocho, hombres y mujeres. Niños no, al menos no he visto ninguno. Habían puesto una especie de tienda contra la roca. La nieve ya la había cubierto casi del todo, pero la he visto. No había hoguera, aunque el lugar donde había estado encendida se distinguía claramente. Ninguno se movía; los he observado un buen rato. Ningún ser vivo ha estado jamás tan quieto.

—¿Has visto sangre?

—La verdad es que no —admitió Will.

—¿Y armas?

—Algunas espadas, unos cuantos arcos... Uno de los hombres tenía un hacha. De doble filo, parecía muy pesada, un buen trozo de hierro. Estaba en el suelo, junto a su mano.

—¿Recuerdas en qué postura se encontraban los cuerpos?

—Un par de ellos estaban sentados con la espalda contra la roca —contestó Will encogiéndose de hombros—. La mayoría, tendidos en el suelo. Como caídos.

—O dormidos —sugirió Royce.

—Caídos —insistió Will—. Había una mujer en la copa de un carpe, medio oculta entre las ramas. Una vigía. —Esbozó una sonrisa—. He tenido buen cuidado de que no me viera. Cuando me he acercado, he visto que ella tampoco se movía. —Muy a su pesar, se estremeció.

—¿Tienes frío? —preguntó Royce.

—Un poco —murmuró Will—. El viento, mi señor.

El joven caballero se volvió hacia el soldado de pelo cano. Las hojas que la escarcha había hecho caer de los árboles pasaron susurrantes junto a ellos, y el corcel de Royce se movió, inquieto.

—¿Qué crees que pudo matar a esos hombres, Gared? —preguntó ser Waymar en tono despreocupado. Se ajustó el pliegue de la larga capa de marta.

—El frío —replicó Gared con certeza férrea—. Vi a hombres morir congelados el pasado invierno, y también el anterior, cuando era casi un niño. Todo el mundo habla de nieve de veinte varas de espesor, y de cómo el viento gélido llega aullando del norte, pero el verdadero enemigo es el frío. Se echa encima de uno más sigiloso que Will; al principio se tirita y castañetean los dientes, se dan pisotones contra el suelo, y se sueña con vino caliente y con una buena hoguera. Y quema, vaya si quema. No hay nada que queme como el frío. Pero solo durante un tiempo. Luego se mete dentro y empieza a invadirlo todo, y al final no se tienen fuerzas para combatirlo. Es más fácil sentarse, o echarse a dormir. Dicen que al final no se siente ningún dolor. Primero se está débil y amodorrado, y todo se vuelve nebuloso, y luego es como hundirse en un mar de leche tibia. Como muy tranquilo todo.

—Qué elocuencia, Gared —observó ser Waymar—. No me imaginaba que te expresaras así.

—Yo también he tenido el frío dentro, joven señor. —Gared se echó la capucha hacia atrás para que ser Waymar le viera bien los muñones, donde había tenido las orejas—. Las dos orejas, tres dedos de los pies y el meñique de la mano izquierda. Salí bien parado. A mi hermano lo encontramos congelado en su turno de guardia, con una sonrisa en los labios.

—Tendrías que usar ropa más abrigada —dijo ser Waymar encogiéndose de hombros.

Gared miró al joven señor y se le enrojecieron las cicatrices en torno a los oídos, allí donde el maestre Aemon le había amputado las orejas.

—Ya veremos hasta qué punto podéis abrigaros cuando llegue el invierno. —Se subió la capucha y se encorvó sobre su montura, silencioso y hosco.

—Si Gared dice que fue el frío... —empezó Will.

—¿Has hecho alguna guardia esta semana pasada, Will?

—Sí, mi señor. —No había semana en que no hiciera una docena de guardias de mierda. ¿Adónde quería llegar con aquello?

—¿Y cómo estaba el Muro?

—Lloraba —dijo Will con el ceño fruncido. Ahora que el joven señor lo señalaba, estaba claro—. Si el Muro lloraba, no se pudieron congelar. No hacía suficiente frío.

—Muy perspicaz —asintió Royce—. La semana pasada tuvimos unas cuantas heladas ligeras, y algunas ráfagas de nieve, pero en ningún momento hizo tanto frío para que ocho adultos murieran congelados. Y te recuerdo que eran hombres con ropa de piel y cuero, que estaban cerca de un refugio y que sabían encender una hoguera. —La sonrisa del caballero no podía ser más confiada—. Llévanos hasta ese lugar, Will. Quiero ver a los muertos con mis propios ojos.

Y ya no hubo más que hablar. La orden estaba dada, y el honor los obligaba a obedecerla.

Will abrió la marcha con su montura desgreñada, eligiendo cauteloso el camino entre la maleza. La noche anterior había caído una ligera nevada, y había piedras, raíces y depresiones ocultas al acecho del descuidado y el imprudente. A continuación iba ser Waymar Royce sobre el gran corcel negro, que piafaba impaciente. Un corcel no era montura adecuada para una expedición de exploración, pero cualquiera se lo decía al joven señor. Gared cerraba la marcha. El anciano soldado iba murmurando para sus adentros mientras cabalgaba.

Caía la noche. El cielo despejado se volvió de un tono púrpura oscuro, el color de un moretón viejo, y se fue tornando negro. Empezaron a aparecer las estrellas y una media luna. Will agradeció la luz en su fuero interno.

—Seguro que podemos ir a mejor paso —dijo Royce cuando la luna brilló en el cielo.

—Con este caballo, no —replicó Will. El miedo lo había vuelto insolente—. ¿Quiere mi señor abrir la marcha?

Ser Waymar Royce no se dignó responder.

En algún lugar del bosque, un lobo aulló.

Will hizo que su caballo se situara bajo un viejo carpe nudoso, y desmontó.

—¿Por qué te detienes? —preguntó ser Waymar.

—Mejor vamos a pie el resto del camino, mi señor. Está cerca, tras aquel risco.

Royce se detuvo un instante, mirando a lo lejos con gesto reflexivo. El viento frío soplaba entre los árboles. La larga capa de marta se agitó tras él como una cosa semiviva.

—Aquí falla algo —murmuró Gared.

—¿De verdad? —dijo el joven caballero con una sonrisa desdeñosa.

—¿No lo notáis? —preguntó Gared—. Escuchad la oscuridad.

Will sí lo notaba. Llevaba cuatro años en la Guardia de la Noche, y nunca había tenido tanto miedo. ¿Qué pasaba?

—Viento. El susurro de los árboles. Un lobo. ¿Cuál de esos ruidos es el que asusta tanto, Gared?

Al ver que Gared no respondía, Royce se bajó del caballo con gesto elegante. Ató el corcel a una rama baja, a buena distancia de los otros caballos, y desenvainó la espada larga. La empuñadura refulgía con el brillo de las piedras preciosas, y la luz de la luna parecía fluir por el acero pulido. Era un arma magnífica, forjada en castillo, y estaba nueva. Will pensó que nadie la había blandido jamás con ira.

—Aquí, los árboles están muy juntos —avisó—. La espada se os va a enredar con las ramas, mi señor. Es mejor llevar un cuchillo.

—Cuando necesite consejos, los pediré —replicó el joven señor—. Tú quédate aquí, Gared, vigila los caballos.

—Nos hará falta una hoguera. —Gared desmontó—. Yo me encargo.

—¿Eres completamente idiota, viejo? Si hay enemigos al acecho en este bosque, lo que menos falta nos hace es una hoguera.

—El fuego mantendría alejados a algunos enemigos —señaló Gared—. Osos, lobos huargo y... y otras cosas.

—Nada de hogueras. —Ser Waymar apretó los labios.

La capucha de Gared le ensombrecía el rostro, pero Will advirtió que tenía un brillo duro en los ojos al mirar al caballero. Durante un momento temió que el anciano fuera a desenvainar la espada. Era un arma corta y fea, con la empuñadura descolorida por el sudor y melladuras en la hoja tras muchos años de uso frecuente, pero Will no habría apostado nada por la vida del joven señor si Gared llegaba a esgrimirla.

—Nada de hogueras —murmuró Gared entre dientes bajando la vista.

Royce lo consideró un acatamiento y dio media vuelta.

—Guíame —dijo a Will.

Will se abrió camino por un bosquecillo y ascendió por la ladera hasta el pequeño risco donde podía ocupar una posición ventajosa junto al árbol centinela. Bajo la capa fina de nieve, el terreno estaba húmedo y fangoso, resbaladizo, plagado de piedras y raíces ocultas con las que cualquiera podía tropezar. Will no hacía el menor ruido al avanzar. A su espalda, oía el suave tintineo de la cota de malla del joven señor, el crujir de las hojas y maldiciones entre dientes cada vez que la espada se le enredaba con las ramas y se le enganchaba la espléndida capa de marta.

El enorme centinela estaba justo en la cima del risco, donde Will recordaba; las ramas más bajas, a apenas un codo del suelo. Will se tendió de bruces sobre la nieve y el lodo, y se deslizó bajo ellas para espiar el claro desierto de abajo.

El corazón le dio un vuelco. Durante un instante no se atrevió ni a respirar. La luz de la luna iluminaba el claro, las cenizas de la hoguera, la tienda cubierta de nieve, la gran roca y el arroyuelo casi congelado. Todo estaba igual que unas horas antes.

Habían desaparecido. Todos los cadáveres habían desaparecido.

—¡Dioses! —oyó a su espalda. Ser Waymar Royce acababa de cortar una rama con la espada. Se encontraba junto al centinela, con el arma todavía empuñada y la capa ondeando al viento; las estrellas iluminaban el noble perfil que cualquiera podía ver.

—¡Agachaos! —susurró Will, apremiante—. Algo va mal.

Royce no se movió. Contempló el claro desierto al pie del risco, y dejó escapar una carcajada.

—Por lo visto, tus cadáveres han levantado el campamento.

Will se había quedado mudo. Las palabras no le acudían a la mente. Aquello era imposible. Recorrió una y otra vez el campamento con la mirada. Un hacha de combate enorme, de doble filo, seguía tirada donde la había visto la vez anterior. Un arma de gran valor...

—Ponte de pie, Will —ordenó ser Waymar—. Ahí no hay nadie. No te quiero ver escondiéndote bajo un arbusto. —Will obedeció de mala gana. Ser Waymar lo miró con desaprobación—. No pienso fracasar en mi primera expedición y ser el hazmerreír del Castillo Negro. Encontraremos a esos hombres cueste lo que cueste. —Miró a su alrededor—. Sube a ese árbol. Venga, deprisa. A ver si divisas una hoguera.

Will dio media vuelta sin decir nada. Era inútil discutir. El viento soplaba y se le clavaba en los huesos. Llegó junto al árbol, el centinela gris verdoso, y empezó a trepar. Ya tenía las manos pegajosas de resina antes de desaparecer entre las ramas. El miedo le atenazaba las entrañas como una comida mal digerida. Susurró una plegaria a los dioses sin nombre del bosque y sacó un puñal de la vaina. Se lo puso entre los dientes para seguir trepando con las dos manos. El sabor del hierro frío le proporcionó cierto consuelo.

De pronto, oyó la voz del joven señor al pie del árbol.

—¿Quién anda ahí?

Will detectó cierta inseguridad pese al tono desafiante. Se detuvo. Escuchó. Miró.

Los bosques le dieron la respuesta: el rumor de las hojas, el gélido discurrir del arroyo, el ulular lejano de un búho de las nieves...

Los Otros no hacían ruido.

Will divisó un movimiento por el rabillo del ojo. Unas sombras claras se deslizaban entre los árboles. Giró la cabeza y vio otra sombra blanca en la oscuridad. Desapareció al instante. El viento agitaba suavemente las ramas y hacía que se arañaran unas a otras con dedos de madera. Will tomó aliento para lanzar un grito de advertencia, pero las palabras se le congelaron en la garganta. Quizá estuviera equivocado. Quizá hubiera sido solo un pájaro, un reflejo sobre la nieve, un espejismo de la luz de la luna. Al fin y al cabo, ¿qué había visto?

—¿Dónde estás, Will? —preguntó ser Waymar desde abajo—. ¿Ves algo? —Caminaba con cautela, de pronto alerta, espada en mano. Él también debía de haber advertido su presencia, aun sin verlos—. ¡Responde! ¿Por qué hace tanto frío? —añadió.

Era cierto, hacía mucho frío. Will, tiritando, se aferró todavía con más fuerza a la rama. Apretó la cara contra el tronco del centinela. Notó la savia dulce y pegajosa en la mejilla.

Una sombra surgió de la oscuridad del bosque. Se alzó ante Royce. Era alta, tan dura y flaca como los huesos viejos, con carne pálida como la leche. Su armadura parecía cambiar de color cada vez que se movía; en un momento dado era blanca como la nieve recién caída, al siguiente negra como las sombras, o salpicada del oscuro verde grisáceo de los árboles. Con cada paso que daba, los juegos de luces y sombras danzaban como la luz de la luna sobre el agua.

Will oyó como a ser Waymar Royce se le escapaba el aliento en un sonido siseante.

—No te acerques más —dijo el joven señor.

Tenía la voz chillona como la de un niño. Se retiró la larga capa de marta de los hombros para tener libertad de movimiento en los brazos durante el combate, y agarró la espada con ambas manos. El viento había cesado. Hacía mucho, mucho frío.

El Otro se deslizó adelante con pasos silenciosos. Llevaba en la mano una espada larga que no se parecía a ninguna que Will hubiera visto en la vida. En su forja no había tomado parte metal humano alguno. Era un rayo de luna translúcido, una esquirla de cristal tan delgada que casi no se veía de canto. Aquella arma emitía un tenue resplandor azulado, una luz fantasmagórica que centelleaba en su filo, y sin saber por qué, Will comprendió que era más cortante que cualquier hoja.

—Adelante si quieres, bailemos. —Ser Waymar le hizo frente con valentía.

Alzó la espada por encima de la cabeza, desafiante. Le temblaban las manos a causa del peso, o tal vez fuera por el frío. Pero Will pensó que en aquel momento ya no era un crío, sino un hombre de la Guardia de la Noche.

El Otro se detuvo. Will le vio los ojos; azules, más oscuros y más azules que ningún ojo humano, de un azul que ardía como el hielo. Estaban fijos en la espada temblorosa, sobre la cabeza de ser Waymar, en la luz de luna que fluía por el metal. Durante un instante, se atrevió a albergar esperanzas.

Salieron de entre las sombras en silencio, todos idénticos al primero. Eran tres... cuatro... cinco... Quizá ser Waymar llegó a sentir el frío que emanaba de ellos, pero no los vio, no oyó como se aproximaban. Will tenía que lanzar un grito de aviso. Era su deber. Y su muerte, si osaba hacerlo. Se estremeció, se aferró al árbol con más fuerza y guardó silencio.

La espada transparente hendió el aire.

Ser Waymar la detuvo con acero. Cuando las hojas chocaron, no se oyó el ruido de metal contra metal; tan solo un sonido agudo, silbante, apenas por encima del umbral de audición, como el grito de dolor de un animal. Royce paró el segundo golpe, y el tercero, y luego retrocedió un paso. Otro intercambio de golpes, y volvió a retroceder.

Tras él, a derecha e izquierda, los observadores aguardaban pacientes, silenciosos, sin rostro; el dibujo cambiante de sus delicadas armaduras los hacía casi invisibles en el bosque. Pero no hicieron ademán alguno de intervenir.

Las espadas chocaron una y otra vez, hasta que Will sintió deseos de taparse los oídos para protegerse del lamento angustioso que emitían. Ser Waymar jadeaba ya por el esfuerzo, el aliento le surgía en nubecillas blancas a la luz de la luna. La hoja de su espada estaba cubierta de escarcha; la del Otro brillaba con luz azul.

Entonces, el quite de Royce llegó un instante demasiado tarde. La hoja transparente le cortó la cota de malla bajo el brazo. El joven señor lanzó un grito de dolor. La sangre manó entre las anillas. Despedía vapor en medio de aquel frío, y las gotas eran rojas como llamas al llegar a la nieve. Ser Waymar se llevó la mano al costado. El guante de piel de topo quedó teñido de rojo.

El Otro dijo algo en un idioma que Will no conocía; la voz era como el crujido del hielo en un lago invernal, y las palabras sonaban burlonas.

—¡Por Robert! —gritó ser Waymar Royce haciendo acopio de toda su furia.

Y se lanzó hacia delante con un rugido, blandiendo la espada escarchada con ambas manos y descargando todo su peso en un ataque en arco paralelo al suelo. El Otro paró el golpe con un movimiento casi fortuito.

Cuando las hojas se encontraron, el acero se quebró.

Un grito despertó ecos en el bosque nocturno, y la hoja tembló y saltó en mil pedazos que salieron disparados como una lluvia de agujas. Royce cayó de rodillas entre gritos mientras se cubría los ojos. La sangre le manaba entre los dedos.

Los observadores se adelantaron al unísono, como si les hubieran dado alguna señal. Las espadas se alzaron y descendieron en un silencio sepulcral. Fue una carnicería sin ira. Las hojas translúcidas hendían la cota de malla como si fuera seda. Will cerró los ojos. Bajo él, sonaban voces y risas agudas como carámbanos.

Cuando reunió el valor necesario para mirar de nuevo, ya había pasado mucho tiempo, y el risco estaba desierto.

Siguió entre las ramas, sin apenas atreverse a respirar, mientras la luna se deslizaba por el cielo negro. Por fin, con los músculos agarrotados y los dedos entumecidos por el frío, bajó del árbol.

El cadáver de Royce yacía de bruces en la nieve, con un brazo extendido. La gruesa capa de marta estaba desgarrada por mil sitios. Allí tendido, muerto, resultaba más obvio que nunca que era muy joven. Un niño.

Encontró a unos pasos lo que quedaba de la espada, con la punta rota y retorcida como un árbol sobre el que hubiera caído un rayo. Will se arrodilló, miró a su alrededor con cautela y la recogió. La espada rota sería la prueba que necesitaba. Gared sabría qué significaba, y si no, lo sabría el Viejo Oso, lord Mormont, o el maestre Aemon. ¿Seguiría Gared esperando con los caballos? Tenía que darse prisa.

Will se levantó. Ser Waymar Royce estaba de pie junto a él.

Sus ropas lujosas eran andrajos; el rostro, una máscara ensangrentada. Tenía un fragmento afilado de su espada clavado en la pupila blanca y ciega del ojo izquierdo.

El derecho estaba abierto. La pupila ardía con un brillo azul. Veía.

La espada rota se le cayó de los dedos. Will cerró los ojos para rezar. Unas manos largas y elegantes le acariciaron la mejilla y se cerraron en torno a su garganta. Iban enguantadas en piel de topo de la mejor calidad, y estaban pegajosas por la sangre, pero su roce era frío como el hielo.

BRAN

El día había amanecido fresco y despejado, con un frío vivificante que señalaba el final del verano. Se pusieron en marcha con la aurora para ver la decapitación de un hombre. Eran veinte en total, y Bran cabalgaba entre ellos, nervioso y emocionado. Era la primera vez que lo consideraban suficientemente mayor para acompañar a su padre y a sus hermanos a presenciar la justicia del rey. Corría el noveno año de verano, y el séptimo de la vida de Bran.

Habían sacado al hombre de un pequeño fortín de las colinas. Robb creía que se trataba de un salvaje que había puesto su espada al servicio de Mance Rayder, el Rey-más-allá-del-Muro. A Bran se le ponía la carne de gallina solo con pensarlo. Recordaba muy bien las historias que la Vieja Tata les había contado junto a la chimenea. Los salvajes eran crueles, les decía, esclavistas, asesinos y ladrones. Se apareaban con gigantes y con espíritus malignos, se llevaban a los niños de las cunas en mitad de la noche y bebían sangre en cuernos pulidos. Y sus mujeres yacían con los Otros durante la Larga Noche, para dar a luz espantosos hijos medio humanos.

Pero el hombre que vieron atado de pies y manos al muro del fortín, esperando la justicia del rey, era viejo y huesudo, poco más alto que Robb. Había perdido en alguna helada las dos orejas y un dedo, y vestía todo de negro, como un hermano de la Guardia de la Noche, aunque las pieles que llevaba estaban sucias y hechas jirones.

El aliento del hombre y el caballo se entremezclaban en nubes de vapor en la fría mañana cuando su señor padre hizo que cortaran las ligaduras que ataban al hombre al muro y lo arrastraran ante él. Robb y Jon permanecieron montados, muy quietos y erguidos, mientras Bran, a lomos de su poni, intentaba aparentar que tenía más de siete años y que no era la primera vez que veía algo así. Una brisa ligera sopló por la puerta del fortín. En lo alto ondeaba el estandarte de los Stark de Invernalia: un lobo huargo corriendo sobre un campo color blanco hielo.

El padre de Bran se erguía solemne a lomos de su caballo, con el largo pelo castaño agitado por el viento. Llevaba la barba muy corta, salpicada de canas, que le hacían aparentar más años de los treinta y cinco que tenía. Aquel día mostraba una expresión adusta y no se parecía en nada al hombre que por las noches se sentaba junto al fuego y hablaba con voz suave de la Edad de los Héroes y los hijos del bosque. Bran pensó que se había quitado la cara de padre y se había puesto la de lord Stark de Invernalia.

En aquella mañana fría hubo preguntas y respuestas, pero más adelante Bran no recordaría gran cosa de lo que allí se había dicho. Al final, su señor padre dio una orden, y dos de los guardias arrastraron al hombre harapiento hasta un tocón de carpe situado en el centro de la plaza. Lo obligaron a apoyar la cabeza en la dura madera negra. Lord Stark desmontó y Theon Greyjoy, su pupilo, le llevó la espada. Se llamaba *Hielo*. Era tan ancha como la mano de un hombre y en posición vertical era incluso más alta que Robb. La hoja era de acero valyrio, forjada con encantamientos y negra como el humo. Ningún filo era comparable a los de acero valyrio.

Su padre se quitó los guantes y se los tendió a Jory Cassel, el capitán de la guardia de su casa. Blandió a *Hielo* con ambas manos.

—En nombre de Robert de la casa Baratheon, el primero de su nombre, rey de los ándalos y los rhoynar y los primeros hombres, señor de los Siete Reinos y Protector del Reino; y por orden de Eddard de la casa Stark, señor de Invernalia y Guardián del Norte, te sentencio a muerte.

Alzó el mandoble por encima de su cabeza.

—Mantén controlado al poni —le dijo a Bran Jon Nieve, su hermano bastardo, acercándose a él—. Y no apartes la mirada. Padre se dará cuenta.

Bran mantuvo controlado al poni y no apartó la mirada.

Su padre le cortó la cabeza al hombre de un golpe, firme y seguro. La sangre, roja como el vino veraniego, salpicó la nieve. Uno de los caballos se encabritó y hubo que sujetarlo por las riendas para evitar que escapara al galope. Bran no podía apartar la vista de la sangre. La nieve que rodeaba el tocón la bebió con avidez y se tornó roja ante sus ojos.

La cabeza rebotó contra una raíz gruesa y siguió rodando. Fue a detenerse cerca de los pies de Greyjoy. Theon era un joven de diecinueve años, flaco y moreno, que se divertía con cualquier cosa. Se echó a reír, y dio una patada a la cabeza.

—Imbécil —murmuró Jon, en voz lo suficientemente baja para que Greyjoy no oyera el comentario. Puso una mano en el hombro de Bran, que alzó la vista hacia su hermano bastardo, y le dijo con solemnidad—: Lo has hecho muy bien.

Jon tenía catorce años, y ya había presenciado muchas veces la justicia.

Durante el largo camino de regreso a Invernalia parecía hacer más frío, aunque el viento ya había cesado y el sol brillaba alto en el cielo. Bran cabalgaba con sus hermanos, que iban a buena distancia por delante del grupo, aunque el poni tenía que esforzarse para mantener el paso de los caballos.

—El desertor murió como un valiente —dijo Robb. Era fuerte y corpulento, y parecía crecer a ojos vistas; tenía la piel clara de su madre, y también el pelo castaño rojizo y los ojos azules de los Tully de Aguasdulces—. Al menos tenía coraje.

—No —dijo Jon Nieve con voz tranquila—. Eso no era coraje. Estaba muerto de miedo. Se le veía en los ojos, Stark.

Los ojos de Jon eran de un gris tan oscuro que casi parecían negros, y se fijaban en todo. Tenía más o menos la edad de Robb, pero no se parecían en nada. Jon era esbelto, y Robb, musculoso; era moreno, y Robb, rubio; era ágil y ligero, mientras que su medio hermano era fuerte y rápido.

—Que los Otros se lleven sus ojos —maldijo Robb sin mostrarse impresionado—. Murió como un hombre. ¿Una carrera hasta el puente?

—De acuerdo —asintió Jon espoleando su montura.

Robb soltó una maldición y salió disparado tras él, y galoparon juntos sendero abajo. Robb iba riendo y provocándolo, y Jon galopaba silencioso y concentrado. Los cascos de sus caballos levantaban nubes de nieve.

Bran no intentó seguirlos. El poni no podría mantener aquel paso. También él se había fijado en los ojos del hombre andrajoso, y estaba recordándolos. Al cabo de un rato, el sonido de las risas de Robb se perdió a lo lejos, y los bosques quedaron de nuevo en silencio.

Se encontraba tan inmerso en sus pensamientos que no oyó que el resto del grupo le había dado alcance hasta que su padre se adelantó para cabalgar junto a él.

—¿Te encuentras bien, Bran? —preguntó con tono que no carecía de dulzura.

—Sí, padre —le dijo Bran. Alzó la vista. Su señor padre, vestido de cuero y envuelto en pieles, a lomos de su gran caballo de guerra, se alzaba a su lado como un gigante—. Robb dice que ese hombre murió como un valiente, pero Jon opina que tenía miedo.

—Y a ti, ¿qué te parece?

—¿Un hombre puede ser valiente cuando tiene miedo? —preguntó Bran después de meditar un instante.

—Es el único momento en que puede ser valiente —dijo su padre—. ¿Comprendes por qué lo hice?

—Era un salvaje —dijo Bran—. Secuestran a las mujeres y las venden a los Otros.

—La Vieja Tata te ha estado contando historias otra vez —dijo su señor padre con una sonrisa—. La verdad es que ese hombre rompió su juramento, desertó de la Guardia de la Noche. No existe ser más peligroso. El desertor sabe que, si lo atrapan, se puede dar por muerto, así que no se detendrá ante ningún crimen por espantoso que sea. Pero no me has entendido. No te pregunto por qué el hombre debía morir, sino por qué tenía que ajusticiarlo yo en persona.

—El rey Robert tiene verdugos —dijo Bran, inseguro. No sabía la respuesta.

—Cierto —admitió su padre—. Igual que los Targaryen, que reinaron antes que él. Pero nuestras costumbres son las antiguas. La sangre de los primeros hombres corre todavía por las venas de los Stark, y creemos que el hombre que dicta la sentencia debe blandir la espada. Si le vas a quitar la vida a un hombre, tienes un deber para con él, y es mirarlo a los ojos y escuchar sus últimas palabras. Si no soportas eso, quizá es que ese hombre no merece morir.

»Algún día, Bran, serás vasallo de Robb, tendrás tierras propias y deberás defenderlas en nombre de tu hermano y de tu rey, y te corresponderá hacer justicia. Cuando llegue ese día, no te resultará grato, pero no debes apartar la vista. El gobernante que se esconde tras ejecutores a sueldo olvida pronto lo que es la muerte.

En aquel momento, Jon reapareció en la cima de la colina que se alzaba ante ellos.

—¡Padre, Bran, venid, deprisa! ¡Mirad lo que ha encontrado Robb! —les gritó agitando los brazos y volvió a desaparecer.

—¿Algún problema, mi señor? —preguntó Jory, que se les había acercado cabalgando.

—No me cabe duda —respondió su padre—. Venga, vamos a ver qué nueva travesura se les ha ocurrido ahora a mis hijos.

Puso el caballo al trote. Jory, Bran y los demás lo siguieron.

Robb estaba en el extremo norte del puente y Jon seguía a caballo, a su lado. Las nevadas de las postrimerías del verano habían sido copiosas aquella última luna. Robb estaba hundido hasta las rodillas en la nieve; se había echado la capucha hacia atrás y el sol le arrancaba reflejos del pelo. Acunaba algo en el brazo, y los dos chicos hablaban en susurros emocionados.

Los jinetes avanzaron con cautela entre los ventisqueros, siempre buscando los puntos firmes en aquel terreno oculto y desigual. Jory Cassel y Theon Greyjoy fueron los primeros en llegar junto a los chicos. Greyjoy reía y bromeaba mientras cabalgaba. Bran oyó su exclamación ahogada.

—¡Dioses! —se le escapó a Greyjoy, mientras trataba de controlar a su caballo y al mismo tiempo desenvainar la espada.

—¡Aléjate de eso, Robb! —gritó Jory, que ya la había empuñado, con la montura encabritada.

—No puede hacerte daño, Jory —dijo Robb con una sonrisa mientras alzaba la vista del bulto que llevaba en brazos—. Está muerta.

Para entonces Bran ya estaba consumido de curiosidad. Habría espoleado al poni, pero su padre lo obligó a desmontar junto al puente para acercarse a pie. Bran se bajó de un salto y echó a correr.

Jon, Jory y Theon Greyjoy ya habían desmontado también.

—Por los siete infiernos, ¿qué es eso? —preguntó Greyjoy.

—Un lobo —le dijo Robb.

—Un monstruo —replicó Greyjoy—. ¡Qué tamaño!

El corazón de Bran latía a toda velocidad. Avanzó por un ventisquero que le llegaba a la cintura para ir junto a su hermano.

Había una forma muerta, enorme y oscura, semienterrada en la nieve manchada de sangre. El tupido pelaje gris estaba lleno de cristales de hielo, y el hedor de la corrupción lo envolvía como el perfume a una mujer. Bran divisó unos ojos ciegos en los que reptaban los gusanos y una boca grande llena de dientes amarillentos. Pero lo que más lo impresionó fue el tamaño que tenía. Era más grande que su poni, el doble que el mayor sabueso de las perreras de su padre.

—No es ningún monstruo —dijo Jon con calma—. Es una loba huargo. Son mucho más grandes que los otros lobos.

—Hace doscientos años que no se ve un lobo huargo al sur del Muro —dijo Theon Greyjoy.

—Pues ahora estoy viendo uno —replicó Jon.

Bran consiguió apartar los ojos del monstruo. Solamente en aquel momento advirtió el bulto en brazos de Robb. Dejó escapar un grito de emoción y se acercó. El cachorro no era más que una bolita de pelaje gris negruzco; todavía no había abierto los ojos. Hociqueaba a ciegas contra el pecho de Robb, buscando leche entre los pliegues de cuero de su ropa, sin dejar de gimotear. Bran extendió la mano, titubeante.

—Vamos —le dijo Robb—. Tócalo, no pasa nada.

Bran hizo una caricia rápida y nerviosa al cachorro, y se volvió al oír la voz de Jon.

—Toma. —Su hermano le puso un segundo cachorro en los brazos—. Hay cinco.

Bran se sentó en la nieve y apretó al cachorro contra el rostro. Tenía un pelaje suave y cálido que le acariciaba la mejilla.

—Lobos huargo en el reino, después de tantos años —murmuró Hullen, el caballerizo mayor—. Esto no me gusta.

—Es una señal —dijo Jory.

—No es más que un animal muerto, Jory —dijo el padre de los niños con el ceño fruncido. Parecía preocupado. La nieve crujió bajo sus botas cuando caminó en torno al cuerpo—. ¿Qué la mató?

—Tiene algo en la garganta —señaló Robb, orgulloso de haber dado con la respuesta aun antes de que su padre formulara la pregunta—. Ahí, justo debajo de la mandíbula.

Su padre se arrodilló y palpó bajo la cabeza de la bestia. Dio un tirón, y alzó el objeto para que los demás lo vieran. Era un fragmento de dos palmos de asta de venado, ya sin puntas, empapado en sangre.

Se hizo un silencio repentino en el grupo. Los hombres contemplaron el asta, intranquilos, y ninguno se atrevió a decir nada. Incluso Bran se dio cuenta de que tenían miedo, aunque no comprendía por qué.

—Es increíble que viviera lo suficiente para parir —dijo su padre mientras tiraba a un lado el asta y se limpiaba las manos en la nieve. Su voz rompió el hechizo.

—Quizá no vivió tanto —dijo Jory—. Se dice... A lo mejor ya estaba muerta cuando nacieron los cachorros.

—Nacidos de la muerte —intervino otro hombre—. Peor suerte aún.

—No importa —dijo Hullen—. Pronto estarán muertos ellos también.

Bran dejó escapar un grito de consternación.

—Cuanto antes mejor —asintió Theon Greyjoy y desenvainó la espada—. Trae aquí a esa bestia, Bran.

—¡No! —exclamó Bran con ferocidad. El animalito se había apretado contra él como si pudiera oír y comprender—. ¡Es mío!

—Aparta esa espada, Greyjoy —dijo Robb. Durante un momento, su voz sonó tan imperiosa como la de su padre, como la del señor que sería algún día—. Nos vamos a quedar con los cachorros.

—Es imposible, chico —dijo Harwin, que era hijo de Hullen.

—Les haremos un favor matándolos —dijo Hullen.

Bran alzó la vista hacia su padre, implorante, pero solo encontró un ceño fruncido.

—Lo que dice Hullen es verdad, hijo. Es mejor una muerte rápida que agonizar de frío y hambre.

—La perra de ser Rodrik parió otra vez la semana pasada —dijo Robb, que se resistía, testarudo—. Fue una camada pequeña; solo vivieron dos cachorros. Tendrá leche de sobra.

—Los matará en cuanto intenten mamar.

—Lord Stark —intervino Jon. Resultaba extraño que se dirigiera a su padre de manera tan formal. Bran lo miró, aferrándose a aquella última esperanza—. Hay cinco cachorros —siguió—. Tres machos y dos hembras.

—¿Y qué, Jon?

—Tenéis cinco hijos legítimos. Tres chicos y dos chicas. El lobo huargo es el emblema de vuestra casa. Estos cachorros están destinados a vuestros hijos, mi señor.

Bran vio cómo cambiaba la expresión de su padre, vio las miradas que intercambiaban los demás hombres. En aquel momento quiso a Jon con todo su corazón. Pese a sus siete años, comprendió qué había hecho su hermano. Las cuentas cuadraban solo porque Jon se había excluido. Había incluido a las niñas, incluso a Rickon, que era solo un bebé, pero no al bastardo que llevaba el apellido Nieve que, según dictaba la costumbre, debían tener en el norte todos los desafortunados que nacían sin apellido propio.

—¿No quieres un cachorro para ti, Jon? —preguntó con voz amable su padre, que también lo había comprendido.

—El lobo huargo ondea en el estandarte de la casa Stark —señaló Jon—. Yo no soy un Stark, padre.

Su señor padre miró a Jon, pensativo. Robb se apresuró a romper el silencio que reinaba.

—Yo alimentaré al mío en persona, padre —prometió—. Empaparé un trapo en leche caliente para que la chupe.

—¡Yo también! —se apresuró Bran.

—Resulta fácil decirlo, pero veréis que hacerlo no lo es tanto —dijo el padre después de estudiar larga y atentamente a sus hijos—. No permitiré que los criados pierdan el tiempo con esto. Si queréis esos cachorros, los tendréis que alimentar vosotros. ¿Entendido? —Bran asintió a toda prisa. El cachorro se le retorcía entre los brazos y le lamía el rostro con una lengua cálida—. También tendréis que educarlos —siguió su padre—. Es imprescindible que los entrenéis. El encargado de los perros no querrá saber nada de estos monstruos, os lo aseguro. Y que los dioses os ayuden si los descuidáis, si los tratáis mal o si no los entrenáis. No son perros; no os harán carantoñas para conseguir comida, ni se marcharán si les dais una patada. Un lobo huargo es capaz de arrancarle el brazo a un hombre tan fácilmente como un perro mata una rata. ¿Seguro que queréis esa responsabilidad?

—Sí, padre —dijo Bran.

—Sí —asintió Robb.

—Y pese a todo lo que hagáis, los cachorros quizá mueran.

—No se morirán —dijo Robb—. No lo permitiremos.

—Entonces, os los podéis quedar. Jory, Desmond, recoged el resto de los cachorros. Ya es hora de que volvamos a Invernalia.

Solo cuando estuvieron de nuevo a caballo y en marcha se permitió Bran disfrutar del dulce sabor de la victoria. Llevaba al cachorro entre los pliegues de las prendas de cuero para darle calor y protegerlo en la larga cabalgada de vuelta a casa. Se preguntaba qué nombre le iba a poner.

En mitad del puente, Jon se detuvo de pronto.

—¿Qué pasa, Jon? —preguntó su señor padre.

—¿No lo oís?

Bran oía el viento entre los árboles, el sonido de los cascos de los caballos contra los tablones de carpe y los gemidos de su cachorro hambriento, pero Jon parecía percibir algo más.

—Ya lo tengo —añadió Jon.

Hizo girar al caballo y galopó de vuelta por el puente. Lo vieron desmontar en la nieve junto a la loba muerta y arrodillarse. Un momento después regresó cabalgando hacia ellos. Sonreía.

—Este se debió de alejar de los demás —dijo.

—O lo echaron —replicó su padre, con los ojos clavados en el sexto cachorro.

Tenía el pelaje blanco, mientras que los demás cachorros de la camada eran grises. Los ojos eran tan rojos como la sangre del hombre harapiento que había muerto aquella mañana. A Bran le pareció muy extraño que ya los tuviera abiertos, mientras que los demás aún seguían ciegos.

—Un albino —dijo Theon Greyjoy, burlón—. Este morirá antes incluso que los demás.

—No, Greyjoy —dijo Jon lanzando una mirada gélida al pupilo de su padre—. Este es mío.

CATELYN

A Catelyn nunca le había gustado aquel bosque de dioses.

La sangre Tully le corría por las venas; había nacido y se había criado en Aguasdulces, muy al sur, en el Forca Roja del Tridente. Allí, el bosque de dioses era un jardín alegre y despejado, en el que las altas secuoyas proyectaban sombras sobre las aguas de arroyuelos cristalinos, los pájaros cantaban desde sus nidos escondidos y el aroma de las flores impregnaba el aire.

Los dioses de Invernalia tenían un bosque muy diferente. Era un lugar oscuro y primitivo, tres fanegas de árboles viejos que nadie había tocado en diez mil años, mientras el castillo se alzaba a su alrededor. Olía a tierra húmeda y a putrefacción. Allí no crecían las secuoyas. Era un bosque de recios árboles centinela parapetados tras agujas color verde grisáceo, robles imponentes y carpes antiguos como el mismísimo reino. Allí, los gruesos troncos negros estaban muy juntos, y las ramas retorcidas tejían una techumbre tupida, mientras las raíces deformes se entrelazaban bajo la tierra. El silencio y las sombras imperaban, y los dioses de aquel bosque no tenían nombre.

Pero sabía que allí era donde estaría su esposo aquella noche. Siempre que le quitaba la vida a un hombre, buscaba la tranquilidad del bosque de dioses.

Catelyn había sido ungida con los siete óleos y había recibido su nombre en el arcoíris de luz que llenaba el septo de Aguasdulces. Profesaba la Fe, igual que su padre, que su abuelo y que el padre de su abuelo antes que ellos. Sus dioses tenían nombres y unos rostros que le eran tan familiares como los de sus progenitores. El culto consistía en un septón con un incensario, el olor del incienso, un cristal de siete facetas lleno de luz y voces que entonaban cánticos. Los Tully tenían un bosque de dioses, como todas las grandes casas, pero no era más que un lugar por donde pasear, leer o tomar el sol. El culto quedaba reservado para el septo.

Ned había hecho construir para ella un pequeño septo donde pudiera cantar a las siete caras de dios, pero la sangre de los primeros hombres corría aún por las venas de los Stark; sus dioses eran antiguos, eran los dioses sin rostro y sin nombre de la espesura, los mismos a los que habían adorado los hijos del bosque.

En medio del bosquecillo, un arciano viejísimo se alzaba junto a un estanque pequeño de aguas negras y frías. Ned lo llamaba «el árbol corazón». La madera del arciano era blanca como el hueso, con hojas de un rojo oscuro que pendían como un millar de manos ensangrentadas. En el tronco había una cara tallada, con rasgos alargados y melancólicos, y ojos enrojecidos de savia seca, extrañamente atentos. Aquellos ojos eran viejos, muy viejos; más viejos que la mismísima Invernalia. Habían visto el día en que Brandon el Constructor puso la primera piedra, si se podía dar crédito a las historias. Habían presenciado como los muros de granito se alzaban en torno a ellos. Se decía que los hijos del bosque habían tallado las caras en los árboles durante el amanecer, siglos antes de que llegaran los primeros hombres, procedentes de la otra orilla del mar Angosto.

Hacía mil años que habían talado o quemado los últimos arcianos del sur, a excepción de los de la Isla de los Rostros, donde los hombres verdes montaban guardia, silenciosos. Allí, tan al norte, todo era diferente. Había un bosque de dioses en cada castillo, un árbol corazón en cada bosque de dioses y una cara tallada en cada árbol corazón.

Catelyn encontró a su esposo sentado en una roca cubierta de musgo, bajo las ramas del arciano. Tenía el mandoble *Hielo* sobre las rodillas, y estaba limpiando la hoja en aquellas aguas negras como la noche. El mantillo milenario que cubría como una gruesa alfombra el suelo del bosque de dioses devoraba el sonido de sus pasos, pero los ojos rojos del arciano parecían seguirla mientras se acercaba.

—Ned —lo llamó con suavidad.

—Catelyn —dijo su esposo alzando la vista hacia ella. Su voz era distante, formal—. ¿Dónde están los niños?

Siempre le preguntaba lo mismo.

—En la cocina, discutiendo sobre cómo van a llamar a los cachorros. —Se quitó la capa, la tendió sobre el mantillo del bosque y se sentó con la espalda apoyada contra el arciano—. Arya adora a la suya, y Sansa también está encantada, pero Rickon no lo termina de ver claro.

—¿Tiene miedo? —preguntó Ned.

—Un poco —admitió—. Solo tiene tres años.

—Debe aprender a enfrentarse a sus miedos. —Ned frunció el ceño—. No va a tener tres años toda la vida. Y se acerca el invierno.

—Es verdad —asintió Catelyn.

Aquellas palabras le provocaron un escalofrío, como siempre. Eran el lema de los Stark. Todas las familias nobles tenían un lema. Y aquellas consignas familiares, piedras de toque, aquella especie de plegarias, eran alardes de honor y gloria, promesas de lealtad y sinceridad, juramentos de valor y fidelidad... Todos menos el de los Stark. El lema de los Stark era: «Se Acerca el Invierno». Catelyn reflexionó sobre lo extraños que eran aquellos norteños. No era la primera vez que lo hacía.

—He de reconocer que ese hombre murió bien —dijo Ned. Tenía en la mano un retal de cuero engrasado. Mientras hablaba, lo pasaba con suavidad por la hoja del mandoble, haciendo que el metal cobrara un brillo oscuro—. Me alegré por Bran. Habrías estado orgullosa de él.

—Siempre me enorgullezco de Bran —señaló Catelyn.

No apartaba la vista de la espada. Se veían claramente las ondulaciones del interior del acero, donde el metal fuera plegado cien veces sobre sí mismo en la forja. A Catelyn no le gustaban las espadas, pero era innegable que *Hielo* poseía una belleza propia. La habían forjado en Valyria, antes de que la Maldición cayera sobre el antiguo Feudo Franco, donde los herreros trabajaban el metal tanto con hechizos como con martillos. *Hielo* tenía cuatrocientos años y conservaba el filo del día en que la forjaron. Su nombre era aún más antiguo, un legado de la Edad de los Héroes, cuando los Stark eran los Reyes en el Norte.

—Con el de hoy van cuatro este año —dijo Ned, sombrío—. El pobre estaba medio loco. Algo le inspiraba un miedo tan profundo que ni me entendía cuando le hablaba. —Suspiró—. Ben me ha escrito; dice que la Guardia de la Noche tiene ahora menos de mil miembros. No son solo las deserciones. Últimamente también hay bajas en las expediciones.

—¿Será por los salvajes?

—Estoy seguro. —Ned alzó a *Hielo,* y contempló el frío acero en toda su longitud—. Y esto irá a peor. Puede que llegue el día en que no nos quede más remedio que llamar a nuestros vasallos y cabalgar hacia el norte para encargarnos de una vez por todas de ese Rey-más-allá-del-Muro.

—¿Al otro lado del Muro? —La sola idea hizo que Catelyn se estremeciera.

—No tenemos nada que temer de Mance Rayder —dijo Ned, que había visto el temor dibujado en su rostro.

—Más allá del Muro hay cosas aún peores.

Volvió la vista para contemplar el árbol corazón, con la corteza clara y los ojos rojos, que los observaba, los escuchaba, que parecía pensar lentamente.

—Pasas demasiado tiempo escuchando los cuentos de la Vieja Tata. —Él sonrió con cariño—. Los Otros están tan muertos como los hijos del bosque; hace ocho mil años que desaparecieron. En opinión del maestre Luwin, no existieron nunca. Nadie los ha visto jamás.

—Hasta esta mañana nadie había visto jamás un lobo huargo —le recordó Catelyn.

—No escarmiento; a estas alturas ya debería saber que no se puede discutir con una Tully —dijo con una sonrisa pesarosa. Deslizó a *Hielo* dentro de su vaina—. No habrás venido hasta aquí a contarme historias de miedo, ¿verdad? Ya sé que no te gusta este lugar. ¿De qué se trata, mi señora?

—Hoy hemos recibido noticias amargas, mi señor. —Catelyn tomó la mano de su esposo—. No he querido molestarte hasta que te hubieras aseado. —No había manera de suavizar el golpe, así que se lo dijo directamente—. Lo siento mucho, mi amor. Jon Arryn ha muerto.

Lo miró a los ojos, y vio cuán duro era el golpe, como había supuesto. En su juventud, Ned había estado de pupilo en el Nido de Águilas, y lord Arryn, que no tenía hijos, había sido como un padre para él y para su otro pupilo, Robert Baratheon. Cuando el Rey Loco, Aerys II Targaryen, pidió sus cabezas, el señor del Nido de Águilas alzó en una revuelta a sus vasallos de la luna y el halcón, antes que entregar a aquellos a los que había jurado proteger.

Y, hacía ya quince años, este segundo padre se había convertido también en su hermano, cuando Ned y él se casaron al mismo tiempo con dos hermanas, las hijas de lord Hoster Tully, en el septo de Aguasdulces.

—Jon... —dijo él—. ¿Está confirmada la noticia?

—La carta llevaba el sello real, y era del puño y letra de Robert. Te la he guardado. Dice que la muerte de lord Arryn fue muy rápida. Ni siquiera el maestre Pycelle pudo hacer nada, aparte de darle la leche de la amapola para que no sufriera.

—Algo es algo —suspiró. Catelyn veía el dolor reflejado en su rostro, pero aun así Ned pensó primero en ella—. ¿Y tu hermana? —preguntó—. ¿Y el hijo de Jon? ¿Qué sabemos de ellos?

—El mensaje decía solo que se encontraban bien, y que habían vuelto al Nido de Águilas —dijo Catelyn—. Yo preferiría que hubieran ido a Aguasdulces. El Nido está tan arriba, es tan solitario... Además, fue siempre el hogar de Jon, no el de mi hermana. El recuerdo de su esposo estará en cada piedra. La conozco bien. Necesita el consuelo y el apoyo de su familia y amigos.

—Tu tío está en el Valle, ¿no? Tengo entendido que Jon lo nombró Caballero de la Puerta.

—Brynden hará todo lo que pueda por ella y por el niño —asintió Catelyn—. Eso me tranquiliza un poco, pero...

—Ve con ella —le pidió Ned—. Llévate a los niños. Animad los salones con ruido, con gritos, con risas. Su hijo necesita la compañía de otros niños, y no podemos dejar sola a Lysa en estos momentos.

—Ojalá pudiera seguir tu consejo —dijo Catelyn—. La carta traía otras noticias. El rey está de camino hacia Invernalia, viene a buscarte.

Ned tardó un momento en entender qué le decía, pero cuando lo comprendió desapareció la nube que le oscurecía los ojos.

—¿Robert viene hacia aquí?

Catelyn asintió, y el rostro de su esposo se iluminó con una sonrisa. A ella le habría gustado compartir su alegría. Pero había oído las habladurías en los patios: una loba huargo muerta en la nieve, con un asta rota en la garganta. El miedo le retorcía el estómago como una serpiente que se le enroscara en las entrañas, pero se obligó a sonreír para aquel hombre al que amaba, aquel hombre que no creía en los presagios.

—Ya me imaginaba que te alegrarías —dijo—. Tenemos que avisar a tu hermano, que está en el Muro.

—Desde luego —asintió Ned—. Ben no se lo perdería por nada del mundo. Le diré al maestre Luwin que envíe su pájaro más veloz. —Ned se levantó y la ayudó a ponerse en pie—. Ese hijo de... ¿Cuántos años han pasado? ¿Y no se le ocurre avisarnos con más antelación? ¿Decía el mensaje cuántas personas venían en el grupo?

—Calculo que, como mínimo, cien caballeros, con todos sus criados, y por lo menos cincuenta jinetes libres. También vienen Cersei y los niños.

—Robert querrá que vayan cómodos; no forzará mucho la marcha —dijo él—. Mejor, así tendremos más tiempo para los preparativos.

—Con la comitiva viajan también los hermanos de la reina.

Ned hizo una mueca. No sentía el menor afecto hacia la familia de la reina, y era recíproco. Catelyn lo sabía muy bien. Los Lannister de Roca Casterly se habían unido muy tarde a la causa de Robert, cuando la victoria ya estaba asegurada, y aquello no se lo había perdonado jamás.

—En fin, si por el placer de tener aquí a Robert tengo que soportar una plaga de Lannisters, qué le vamos a hacer. Por lo visto, Robert se trae a la mitad de su corte.

—Allá donde va el rey, el reino lo sigue —señaló Catelyn.

—Tengo muchas ganas de ver a los chiquillos. El pequeño todavía mamaba del pecho de la Lannister la última vez que nos encontramos. Ahora debe de tener ya cinco años, ¿no?

—El príncipe Tommen ha cumplido ya los siete. Tiene la edad de Bran. Por favor, Ned, cuidado con lo que dices. La Lannister es nuestra reina, y se dice que su orgullo aumenta con cada día que pasa.

—Tenemos que organizar un banquete con trovadores —dijo Ned apretándole la mano—, faltaría más, y seguro que Robert quiere salir de caza. Enviaré a Jory hacia el sur con una guardia de honor para que los reciba en el camino Real y les proporcione escolta hasta aquí. Dioses, ¿cómo vamos a dar de comer a tanta gente? ¿Y ya están en camino? Ese condenado... Voy a darle de patadas en su culo de rey.

DAENERYS

Su hermano le mostró el vestido largo para que lo examinara.

—Mira qué belleza. Tócalo. Venga, acaricia la tela.

Dany lo tocó. El tejido era tan suave que parecía deslizarse como agua entre los dedos. Nunca había llevado nada tan delicado. Se asustó y apartó la mano.

—¿De verdad es para mí?

—Un regalo del magíster Illyrio —asintió Viserys con una sonrisa. Aquella noche, su hermano estaba de buen humor—. Este color te resaltará el violeta de los ojos. Y también dispondrás de oro, y de joyas de toda clase. Me lo ha prometido Illyrio. Esta velada debes parecer una princesa.

«Una princesa», pensó Dany. Ya se había olvidado de cómo era aquello. Quizá nunca lo hubiera sabido del todo.

—¿Por qué nos ayuda tanto? —preguntó—. ¿Qué quiere de nosotros?

Llevaban casi medio año viviendo en la casa del magíster, comiendo en su mesa y mimados por sus criados. Dany tenía trece años, edad suficiente para saber que regalos como aquellos rara vez eran desinteresados allí, en la Ciudad Libre de Pentos.

—Illyrio no es ningún idiota —dijo Viserys. Era un joven flaco, con manos nerviosas y ojos color lila, siempre febriles—. El magíster sabe que, cuando esté sentado en mi trono, no olvidaré a mis amigos.

Dany no dijo nada. El magíster Illyrio comerciaba con especias, piedras preciosas, huesodragón y otras mercancías menos delicadas. Según los rumores, tenía amigos repartidos por las Nueve Ciudades Libres, y aún más lejos, en Vaes Dothrak y en las legendarias tierras que se extendían más allá del mar de Jade. También se decía que jamás había tenido un amigo al que no hubiera vendido de buena gana por un precio razonable. Dany oía los comentarios en las calles y se enteraba de aquellas cosas, pero nunca se le ocurriría discutir con su hermano mientras este tejía sus redes de sueños. No quería, bajo ningún concepto, suscitar su ira, lo que Viserys llamaba «despertar al dragón».

—Illyrio va a enviar a las esclavas para que te bañen —dijo su hermano después de colgar el vestido largo junto a la puerta—. Quítate bien la peste a establo. Khal Drogo ya tiene mil caballos; esta noche busca una montura distinta. —La examinó con gesto crítico—. Sigues igual de desgarbada. Enderézate. —Le empujó los hombros hacia atrás con las manos—. Que se enteren de que ya tienes formas de mujer. —Le rozó ligeramente los pechos incipientes y pellizcó un pezón—. No me falles esta noche. Si me fallas, lo pagarás caro. No querrás despertar al dragón, ¿verdad? —Le dio un pellizco retorcido y doloroso a través del tejido basto de la túnica—. ¿Verdad? —insistió.

—No —respondió Dany dócilmente.

—Muy bien. —Le dedicó una sonrisa y le tocó el pelo casi con afecto—. Cuando escriban la historia de mi reinado, dirán que comenzó esta noche, hermanita.

En cuanto él se marchó, Dany se dirigió hacia la ventana y contempló pensativa las aguas de la bahía. Las torres cuadradas de ladrillo que conformaban el perfil de Pentos eran siluetas negras ante el cielo del ocaso. Dany alcanzaba a oír los cánticos de los sacerdotes rojos, que estaban encendiendo las hogueras nocturnas, y los gritos de los chiquillos harapientos que jugaban al otro lado de los muros de la hacienda. Durante un momento deseó con todas sus fuerzas estar allí fuera con ellos, descalza, jadeante y vestida con harapos; sin pasado a sus espaldas, sin futuro, y sobre todo sin la perspectiva de asistir a un banquete en la mansión de Khal Drogo.

En algún lugar hacia el poniente, más allá del mar Angosto, se extendía una tierra de colinas verdes, llanuras en flor y anchos ríos caudalosos, donde torres de piedra oscura se alzaban entre imponentes montañas grisáceas y caballeros con armadura cabalgaban hacia la batalla bajo los estandartes de sus señores. Los dothrakis denominaban aquel lugar *Rhaesh Andahli,* Tierra de los Ándalos. En las Ciudades Libres se hablaba de los ponientis y de los Reinos del Ocaso. Su hermano utilizaba un nombre más sencillo, la llamaba *nuestra tierra.* Para él, aquellas palabras eran como una plegaria. Si las repetía con frecuencia suficiente, los dioses acabarían por escucharlas. «Nuestra por derecho de sangre; solo la traición nos la arrebató, pero sigue siendo nuestra, será nuestra eternamente. No se le puede robar a un dragón lo que es suyo. No, no. El dragón recuerda.»

Quizá el dragón recordara, pero Dany no. Nunca había visto aquella tierra que, según su hermano, les pertenecía, aquel reino más allá del mar Angosto. Los lugares de los que le hablaba, Roca Casterly y el Nido de Águilas, Altojardín y el Valle de Arryn, Dorne y la Isla de los Rostros... no eran más que palabras para ella. Viserys tenía ocho años cuando salieron huyendo de Desembarco del Rey para escapar de los ejércitos del Usurpador, pero en aquellos días Daenerys no era más que un proyecto en el vientre de su madre.

Pero su hermano le había contado tantas veces aquellas historias que, en ocasiones, Dany llegaba a imaginar cómo había sido todo. La huida a medianoche hacia Rocadragón, con la luz de la luna reflejada en las velas negras del barco. Su hermano Rhaegar luchando contra el Usurpador en las aguas ensangrentadas del Tridente y muriendo por la mujer a la que amaba. El saqueo de Desembarco del Rey a manos de aquellos a los que Viserys llamaba *los perros del Usurpador,* los señores Lannister y Stark. La princesa Elia de Dorne suplicando piedad mientras le arrancaban del pecho al heredero de Rhaegar y lo asesinaban ante sus ojos. Los cráneos bruñidos de los últimos dragones, mirando sin ver desde las paredes del salón del trono donde el Matarreyes le había abierto la garganta a su padre con una espada dorada.

Ella había nacido en Rocadragón nueve lunas después de la huida, durante una tormenta de verano que amenazaba con quebrantar la solidez de la propia isla. Se dijo que la tormenta había sido espantosa. La flota de los Targaryen, anclada cerca de allí, quedó destruida; el viento arrancó enormes bloques de piedra de los parapetos y los precipitó a las aguas embravecidas del mar Angosto. Su madre había muerto en el parto, y aquello jamás se lo había perdonado Viserys.

Dany tampoco tenía recuerdos de Rocadragón. Habían huido de nuevo justo antes de que el hermano del Usurpador se hiciera a la mar con la nueva flota. Para entonces, de los Siete Reinos que habían sido suyos ya solo les quedaba Rocadragón, la cuna de su antigua casa. No lo conservarían mucho tiempo. La guarnición tenía intención de venderlos al Usurpador, pero una noche ser Willem Darry y otros cuatro leales entraron en las habitaciones de los niños y se los llevaron junto con su aya. Protegidos por la oscuridad, pusieron rumbo hacia el refugio que les ofrecía la costa braavosi.

Recordaba vagamente a ser Willem, un hombretón corpulento y canoso, casi ciego, que rugía órdenes desde el lecho de enfermo. Los criados le tenían pánico, pero con Dany siempre fue amable. La llamaba *princesita* y, a veces, *mi señora,* y tenía las manos suaves como el cuero viejo. Pero nunca salía de la cama, y el hedor a enfermedad, un olor dulzón, cálido y húmedo, lo envolvía día y noche. Aquello fue mientras vivieron en Braavos, en la casa grande con la puerta roja. Allí Dany había tenido una habitación para ella sola, y junto a su ventana crecía un limonero. Cuando murió ser Willem, los criados les robaron el poco dinero que les quedaba y se marcharon, y poco después el dueño de la gran casa los puso de patitas en la calle. Dany lloró amargamente cuando la puerta roja se cerró tras ellos para siempre.

Desde entonces habían seguido vagando, de Braavos a Myr, de Myr a Tyrosh, y de allí a Qohor, a Volantis y a Lys. Nunca se quedaban mucho tiempo en ningún lugar. Su hermano se negaba. Insistía en que los asesinos a sueldo del Usurpador les pisaban los talones, aunque Dany jamás había visto a ninguno.

Al principio los magísteres, arcontes y príncipes mercaderes estaban encantados de recibir a los últimos Targaryen en sus hogares y a sus mesas, pero a medida que pasaban los años y el Usurpador seguía ocupando el Trono de Hierro, las puertas se les cerraron y sus vidas eran cada vez más míseras. Hacía mucho que se habían visto obligados a vender los últimos tesoros que conservaban, y ya no les quedaba ni el dinero de la corona de su madre. En los callejones y tabernuchas de Pentos llamaban a su hermano *el Rey Mendigo.* Dany prefería no saber cómo la llamaban a ella.

—Algún día lo recuperaremos todo, hermanita —le prometía él. A veces le temblaban las manos al hablar del tema—. Las joyas y las sedas, Rocadragón y Desembarco del Rey, el Trono de Hierro y los Siete Reinos. Volveremos a tener todo lo que nos arrebataron.

Viserys vivía pensando solo en aquel día. En cuanto a Dany, lo único que quería recuperar era la casa grande de la puerta roja y el limonero junto a su ventana, la infancia que no había llegado a tener.

Llamaron suavemente a la puerta.

—Adelante —dijo Dany mientras se apartaba de la ventana.

Las criadas de Illyrio entraron, hicieron una reverencia y pusieron manos a la obra. Eran esclavas, un regalo de uno de los muchos amigos dothrakis del magíster; en la Ciudad Libre de Pentos no existía la esclavitud. Sin embargo, eran esclavos. La anciana, menuda y gris como un ratoncillo, no abría nunca la boca, pero la jovencita lo compensaba con creces. Aquella chica de ojos azules y pelo rubio que no paraba de parlotear mientras trabajaba era, a sus dieciséis años, la favorita de Illyrio.

Le llenaron la bañera con agua caliente que habían subido de la cocina, y la perfumaron con aceites aromáticos. La jovencita ayudó a Dany a quitarse la túnica de algodón basto por encima de la cabeza y a meterse en la bañera. El agua estaba casi hirviendo, pero Daenerys no hizo ni un gesto, no dijo nada. Le gustaba el calor. La hacía sentir limpia. Además, su hermano le decía a menudo que nada era demasiado caliente para un Targaryen.

«Nuestra casa es la casa del dragón. Llevamos el fuego en la sangre», aquellas eran sus palabras.

La anciana le lavó la larga cabellera, tan rubia que era casi plateada, y se la desenredó suavemente, siempre en el más completo silencio. La chica le frotaba la espalda y los pies, y le comentaba la suerte que tenía.

—Drogo es tan rico que hasta sus esclavos llevan collares de oro. En su *khalasar* cabalgan cien mil hombres; su palacio de Vaes Dothrak tiene doscientas habitaciones, todas con puertas de plata maciza.

Y siguió sin cesar, largo rato, acerca de lo guapo que era el *khal,* alto y valiente, audaz en la batalla, el mejor jinete que jamás hubiera montado a lomos de un caballo, un arquero perfecto... Daenerys no dijo nada. Siempre había dado por supuesto que, cuando llegara a la mayoría de edad, se casaría con Viserys. Los Targaryen se habían casado entre hermanos durante siglos, desde que Aegon el Conquistador había desposado a sus hermanas. Viserys le había dicho mil veces que tenían que mantener pura la estirpe; por sus venas corría sangre de reyes, la sangre dorada de la vieja Valyria, la sangre del dragón. Los dragones no se apareaban con las bestias del campo, y los Targaryen no mezclaban su sangre con la de hombres inferiores. Sin embargo, Viserys hacía planes para vendérsela a un extraño, a un bárbaro.

Cuando estuvo aseada, las esclavas la ayudaron a salir del agua y la secaron con toallas. La chica le cepilló la cabellera hasta que quedó brillante como plata fundida, mientras la anciana la ungía con el perfume florespecia de las llanuras dothraki: una gota en cada muñeca, detrás de las orejas, en los pezones, y la última, toda frescor, entre las piernas. La vistieron con las prendas etéreas que le había enviado el magíster Illyrio y le pusieron el vestido largo, de oscura seda color ciruela para que le resaltara el violeta de los ojos. La joven le calzó las sandalias doradas mientras la anciana le colocaba la diadema en el pelo y le deslizaba pulseras de oro con incrustaciones de amatistas en las muñecas. Por último le pusieron el collar, un grueso torques dorado con grabados de antiguos jeroglíficos valyrios.

—Ahora pareces toda una princesa —le dijo la chica, asombrada, cuando terminaron.

Dany contempló su imagen en el espejo azogado que Illyrio, siempre atento, le había proporcionado.

«Una princesa», pensó. Pero recordó lo que le había dicho la joven, que Khal Drogo era tan rico que hasta sus esclavos llevaban collares de oro. Sintió un escalofrío repentino y se le erizó el vello de los brazos desnudos.

Su hermano la esperaba en el fresco salón recibidor. Estaba sentado al borde de la piscina y removía el agua con los dedos. Al verla llegar, se levantó y la examinó con ojo crítico.

—Quédate ahí —le dijo—. Da una vuelta. Sí. Bien. Tienes un aspecto...

—Regio —intervino el magíster Illyrio, que en aquel momento cruzaba el arco de la entrada. Se movía con una delicadeza sorprendente en un hombre tan corpulento. Bajo las prendas sueltas de seda de colores llamativos, los pliegues de grasa se le movían al caminar. Llevaba anillos en todos los dedos, y su criado le había aceitado la barba amarilla dividida en dos partes para que brillara como oro de verdad—. Que el Señor de la Luz os llene de bendiciones en este día venturoso, princesa Daenerys —añadió al tiempo que le tomaba la mano. Hizo una inclinación galante con la cabeza, y los dientes amarillentos y podridos se le asomaron durante un momento entre el oro de la barba—. Es una auténtica visión, alteza, una auténtica visión —le dijo a su hermano—. Drogo se quedará extasiado.

—Está muy flaca —replicó Viserys. Tenía el pelo rubio plata, como ella, y lo llevaba recogido hacia atrás y sujeto con un prendedor de huesodragón. Le daba un aspecto severo, que le enfatizaba los rasgos duros y huesudos del rostro. Apoyó la mano en el puño de la espada que le había prestado Illyrio—. ¿Estás seguro de que a Khal Drogo le gustan las mujeres tan jóvenes?

—Ya le ha llegado la primera sangre. Es suficientemente mayor para el *khal* —le respondió Illyrio por enésima vez—. Y miradla ahora. Ese pelo tan rubio, esos ojos violeta... La sangre de la antigua Valyria corre por sus venas, no cabe duda, no cabe duda. Además, es la hija del viejo rey y la hermana del nuevo; Drogo enloquecerá por ella.

Cuando le soltó la mano, Dany se dio cuenta de que la suya temblaba.

—Tienes razón —dijo su hermano, titubeante—. A esos bárbaros les gustan cosas muy raras. Niños, caballos, ovejas...

—Será mejor que no se lo digáis a Khal Drogo —señaló Illyrio.

—¿Me tomas por idiota? —La ira relampagueó en los ojos lila de Viserys.

—Os tomo por un rey —contestó el magíster con una ligera reverencia—. Los reyes no adoptan las mismas precauciones que los hombres vulgares. Perdonadme si os he ofendido. —Se volvió y dio unas palmadas para llamar a los porteadores.

Las calles de Pentos estaban ya oscuras cuando se pusieron en marcha en el palanquín de Illyrio, decorado con tallas muy elaboradas. Dos criados caminaban delante para iluminarles el camino con recargadas lámparas de aceite de cristal azul claro, mientras una docena de hombres fuertes cargaban las varas sobre sus hombros. Dentro, tras las cortinas, hacía calor e iban demasiado apretados. Dany percibía con claridad el hedor de las carnes pálidas de Illyrio incluso a través de sus perfumes pegajosos.

Su hermano, que iba junto a ella tendido entre almohadones, no se daba cuenta. Su mente estaba muy lejos, al otro lado del mar Angosto.

—No nos hará falta todo su *khalasar* —dijo Viserys. Jugueteaba con el pomo de la espada prestada, aunque Dany sabía que nunca había blandido ninguna por necesidad—. Me bastará con diez mil. Sí, con diez mil dothrakis puedo arrasar los Siete Reinos. Y hay otros que tampoco quieren al Usurpador. Tyrell, Redwyne, Darry, Greyjoy... Los de Dorne arden en deseos de vengar la muerte de Elia y de sus hijos. Y el pueblo llano estará con nosotros. Claman por su rey. —Miró a Illyrio con ansiedad—. ¿No es cierto?

—Son vuestro pueblo, y os aman —dijo el magíster Illyrio, afable—. A lo largo y ancho de todo el reino, en todos los poblados, los hombres brindan por vos en secreto y las mujeres bordan dragones en los estandartes y los esconden a la espera del día en que volváis cruzando las aguas. —Se encogió de hombros—. Al menos, eso me dicen mis agentes.

Dany no disponía de agentes ni de manera alguna de saber qué hacía o pensaba el pueblo al otro lado del mar Angosto, pero desconfiaba de las palabras aduladoras de Illyrio. En realidad, desconfiaba de todo lo que procediera de él. En cambio, su hermano asentía con entusiasmo.

—Yo mismo me encargaré de dar muerte al Usurpador —prometió el joven, que nunca había matado a nadie—, igual que él mató a mi hermano Rhaegar. Y también acabaré con Lannister, el Matarreyes, por lo que le hizo a mi padre.

—Eso sería de lo más apropiado —dijo el magíster Illyrio.

Dany vio asomarse una sonrisa entre los labios regordetes, pero su hermano no se dio cuenta. Viserys asintió y apartó una cortina para contemplar la calle. Dany supo que estaba luchando una vez más en la batalla del Tridente.

La mansión de nueve torreones de Khal Drogo se alzaba junto a las aguas de la bahía, con los altos muros de ladrillo cubiertos de hiedra clara. Illyrio les había dicho que fue un regalo de los magísteres de Pentos al *khal.* Las Ciudades Libres siempre eran así de generosas con los señores de los caballos.

—No es que tengamos miedo de esos bárbaros —les explicó con una sonrisa—. El Señor de la Luz defendería los muros de nuestra ciudad contra un millón de dothrakis... o eso nos aseguran los sacerdotes rojos. Pero ¿para qué correr riesgos, cuando la amistad se puede comprar a tan bajo precio?

El palanquín se detuvo ante la puerta de la finca, y uno de los guardias de la casa apartó bruscamente los cortinajes. Tenía la piel cobriza y los ojos almendrados de los dothrakis, pero iba afeitado y llevaba el casco de bronce con punta de los Inmaculados. Les dirigió una mirada fría. El magíster Illyrio le gruñó algo en el áspero idioma dothraki; el guardia replicó de la misma manera y les hizo una señal para que cruzaran la puerta.

Dany advirtió que su hermano tenía la mano crispada sobre la empuñadura de la espada ajena. Parecía casi tan asustado como ella.

—Eunuco insolente —murmuró Viserys mientras el palanquín se alzaba de nuevo y se dirigía hacia la casa.

—Esta noche habrá muchos hombres importantes en el banquete. —Las palabras del magíster Illyrio eran pura miel—. Son personas que tienen enemigos. El *khal* está obligado a proteger a sus invitados, sobre todo a vos, alteza. No cabe duda de que el Usurpador pagaría mucho por vuestra cabeza.

—Sí, claro —asintió Viserys, sombrío—. Ya lo ha intentado más de una vez, Illyrio. Sus asesinos a sueldo nos siguen adondequiera que vayamos. Soy el último dragón, y no podrá dormir tranquilo mientras yo viva.

El palanquín aminoró la marcha y se detuvo. Alguien apartó los cortinajes, y un esclavo le tendió la mano a Daenerys para ayudarla a salir. Dany se fijó en que el collar que llevaba era de bronce corriente. Su hermano la siguió, todavía con la mano sobre la empuñadura de la espada, aferrándola con fuerza. Hizo falta la ayuda de dos hombres fuertes para poner de nuevo en pie al magíster Illyrio.

En el interior de la casa, el olor a especias, a limón dulce y a canela creaba una atmósfera casi palpable. Los acompañaron hasta un salón recibidor en el que había una vidriera de cristal coloreado que representaba la Maldición de Valyria. A lo largo de las paredes se quemaba aceite en lámparas de hierro negro. Un eunuco situado bajo un arco de piedra con motivos vegetales anunció su llegada.

—Viserys de la casa Targaryen, el tercero de su nombre —proclamó con voz alta y clara—, rey de los ándalos, los rhoynar y los primeros hombres, señor de los Siete Reinos y Protector del Reino.

Su hermana, Daenerys de la Tormenta, princesa de Rocadragón. Su honorable anfitrión, Illyrio Mopatis, magíster de la Ciudad Libre de Pentos.

Pasaron junto al eunuco para acceder a un patio de muros cubiertos de hiedra clara. La luz de la luna teñía las hojas con tonalidades hueso y plata mientras los invitados paseaban ante ellas. Muchos eran señores dothrakis de los caballos, hombres corpulentos de piel rojiza, con largos bigotes adornados con anillos de metal y cabelleras negras bien aceitadas, trenzadas y llenas de campanillas. Pero entre ellos había también jaques y mercenarios de Pentos, Myr y Tyrosh; un sacerdote rojo aún más gordo que Illyrio; hombres velludos del Puerto de Ibben, y señores de las Islas del Verano, de piel oscura como el ébano. Daenerys los miró, maravillada... y, de pronto, con un escalofrío de temor, se dio cuenta de que era la única mujer entre los presentes.

—Aquellos tres de allí son jinetes de sangre de Drogo —les susurró Illyrio, inclinándose hacia ellos—. El que está junto a la columna es Khal Moro, con su hijo Rhogoro. El hombre de la barba verde es el hermano del arconte de Tyrosh, y el que está detrás de él es ser Jorah Mormont.

—¿Un caballero? —preguntó Daenerys. El último nombre le había llamado la atención.

—Ni más ni menos. —Illyrio sonrió tras la barba—. Ungido con los siete óleos por el mismísimo septón supremo.

—¿Qué hace aquí?

—El Usurpador quería ajusticiarlo —les dijo Illyrio—. Alguna disputa sin importancia. Creo que vendió unos cazadores furtivos a un esclavista tyroshi en vez de entregarlos a la Guardia de la Noche. Una ley absurda. Cada uno tendría que ser libre de hacer lo que quisiera en sus tierras.

—Quiero hablar con ser Jorah antes de que acabe la velada —dijo su hermano.

Dany se sorprendió a sí misma mirando al caballero con curiosidad. Era un hombre de cierta edad, más de cuarenta años, y tenía una calvicie incipiente, pero parecía fuerte y en forma. Sus ropas no eran de seda y algodón, sino de lana y cuero. Llevaba una túnica color verde oscuro, con el bordado de un oso negro alzado sobre las patas traseras.

Aún estaba mirando a aquel hombre extraño de su tierra natal al que no había visto nunca cuando el magíster Illyrio le puso una mano húmeda en el hombro desnudo.

—Venid, mi querida princesa —susurró—. Ahí está el *khal* en persona.

Dany sintió deseos de huir y esconderse, pero su hermano estaba mirándola. Sabía que, si lo disgustaba, despertaría al dragón. Se volvió con el corazón en un puño, y miró al hombre que, si Viserys se salía con la suya, la pediría en matrimonio antes de que acabara la noche.

«La joven esclava no andaba desencaminada», pensó. Khal Drogo era un palmo más alto que el hombre de mayor estatura de la sala, pero su andar era ligero, tan elegante como el de la pantera de la casa de fieras de Illyrio. También era más joven de lo que Dany pensaba; no tendría más de treinta años. Tenía la piel del color del cobre bruñido, y lucía muchos anillos de oro y bronce en el espeso bigote.

—Tengo que ir a presentar mis respetos —dijo el magíster—. Esperad aquí, le diré que venga.

—¿Le has visto la trenza, hermanita? —le preguntó Viserys mientras Illyrio se alejaba, agarrándola del brazo con tanta fuerza que le hizo daño.

La trenza de Drogo era negra como la noche; estaba impregnada de aceites aromáticos y adornada con multitud de campanillas que tintineaban suavemente cada vez que se movía. Le colgaba por debajo de la cintura, más abajo incluso de las nalgas, y la punta le rozaba la parte trasera de los muslos.

—¿Ves lo larga que la lleva? —continuó Viserys—. Cuando un dothraki cae derrotado en combate, le cortan la trenza para que todo el mundo sepa que ha sido avergonzado. Khal Drogo nunca ha perdido una batalla. Es la reencarnación de Aegon Lordragón, y tú vas a ser su reina.

Dany contempló a Khal Drogo. Tenía el rostro severo y cruel, con ojos tan fríos y oscuros como el ónice. Su hermano la golpeaba a veces, cuando ella despertaba al dragón, pero no le daba miedo de la misma manera que aquel hombre.

—No quiero ser su reina —se oyó decir con voz frágil, queda—. Por favor, Viserys, por favor, no quiero. Quiero irme a casa.

—¿A casa? —No levantó la voz, pero la ira reverberaba en ella—. ¿Cómo vamos a volver a casa, hermanita? ¡Nos quitaron nuestra casa! —La arrastró hacia las sombras, fuera de la vista de los demás; hundía los dedos en la piel de la niña—. ¿Cómo vamos a volver a casa? —repitió, pensando en Desembarco del Rey y en Rocadragón, y en todo el reino que habían perdido.

Dany se refería solo a sus habitaciones en la hacienda de Illyrio, que sin duda no eran su verdadero hogar, pero no tenían otra cosa. Su hermano ni siquiera pensaba en aquello. Allí no tenía nada parecido a un hogar. Ni la casa grande de la puerta roja había sido un hogar para él. La aferró con más fuerza todavía, exigiendo una respuesta.

—No lo sé... —dijo al final Dany con la voz quebrada y los ojos llenos de lágrimas.

—Yo sí —dijo él con voz cortante—. Vamos a volver a casa con un ejército, hermanita. Vamos a volver con el ejército de Khal Drogo. Y si para eso tienes que casarte y acostarte con él, lo harás. —Sonrió—. Si hiciera falta dejaría que te follara todo su *khalasar,* hermanita, los cuarenta mil hombres uno tras otro, y también sus caballos si con eso consiguiera mi ejército. Da gracias de que sea solo Drogo. Con el tiempo, hasta puede que te guste. Venga, sécate los ojos. Illyrio lo trae hacia aquí, y no quiero que te vea llorar.

Dany se giró y vio que era verdad. El magíster Illyrio, todo sonrisas y reverencias, acompañaba a Khal Drogo hacia ellos. Se secó con el dorso de la mano las lágrimas que no había llegado a derramar.

—Sonríe —susurró Viserys, nervioso, con la mano otra vez en la empuñadura de la espada—. Y haz el favor de erguirte. Que vea que tienes tetas. Ya andas bastante escasa aunque te pongas derecha.

Daenerys sonrió y se irguió.

EDDARD

Los visitantes entraban como un río de oro, plata y acero bruñido por las puertas del castillo, más de trescientos, la élite de sus vasallos, los caballeros, las espadas juramentadas y los jinetes libres. Sobre ellos ondeaba una docena de estandartes dorados, agitados por el viento del norte, en los que se veía el venado coronado de Baratheon.

Ned conocía a muchos de los jinetes. Allí estaba ser Jaime Lannister, de cabellos tan brillantes como el oro batido, y Sandor Clegane, con el espantoso rostro quemado. El muchachito alto que cabalgaba junto a él únicamente podía ser el príncipe heredero, y el hombrecillo atrofiado que iba detrás de ellos era sin lugar a dudas el Gnomo, Tyrion Lannister.

Pero el hombretón corpulento que cabalgaba al frente de la columna, flanqueado por dos caballeros con las capas níveas de la Guardia Real, era casi un desconocido para Ned... hasta que se bajó del caballo de guerra con un rugido harto familiar, y lo estrechó en un abrazo de oso que le hizo crujir los huesos.

—¡Ned! ¡Cómo me alegro de verte! ¡Sigues igual, no sonríes ni aunque te maten! —El rey lo examinó de pies a cabeza y soltó una carcajada—. ¡No has cambiado nada!

Ned habría deseado poder decir lo mismo. Habían pasado quince años desde que cabalgaran juntos para conquistar un trono. El señor de Bastión de Tormentas era entonces un joven de rostro afeitado, ojos claros y torso musculoso; el sueño de cualquier doncella. Con casi dos varas y media de altura, se erguía por encima de todos los demás, y cuando se ponía la armadura y el gran yelmo astado de su casa, se convertía en un verdadero gigante. También tenía la fuerza de un gigante, y su arma favorita era un martillo de guerra de hierro que Ned apenas si podía levantar. En aquellos tiempos, el olor del cuero y la sangre lo envolvía como un perfume.

Muchos años después era el perfume lo que lo envolvía como un perfume, y tenía una circunferencia tan excepcional como su estatura. Ned había visto al rey por última vez nueve años atrás, durante la rebelión de Balon Greyjoy, cuando el venado y el lobo huargo se unieron para poner fin a las pretensiones del que se había proclamado rey de las Islas del Hierro. Desde aquella noche en que estuvieron juntos ante la fortaleza vencida, donde Robert aceptó la rendición del señor y Ned se llevó a su hijo Theon como rehén y pupilo, el rey había engordado al menos cuatro arrobas. Lucía una barba negra y tan basta como el alambre, que por lo menos servía para ocultar la papada y los temblorosos mofletes del rey, pero nada podía disimular la barriga ni las bolsas oscuras bajo los ojos.

Pero Robert era también el rey de Ned, ya no era solo un amigo. No podía decirle aquello.

—Alteza —fue su saludo—. Invernalia está a vuestra disposición.

El resto del grupo también había desmontado, y los mozos de cuadra acudieron a llevarse los caballos. La reina consorte de Robert, Cersei Lannister, entró a pie junto con sus hijos menores. La casa sobre ruedas en que habían viajado, un enorme carruaje de dos pisos hecho de roble y metales dorados, que remolcaban cuarenta caballos de tiro, era tan ancha que no podía pasar por las puertas del castillo. Ned hincó una rodilla en la nieve para besar el anillo de la reina, mientras Robert abrazaba a Catelyn como si fuera una hermana largo tiempo ausente. A continuación presentaron a sus respectivos hijos, con los comentarios típicos por parte de los adultos.

—Llévame a tu cripta, Eddard —le dijo el rey a su anfitrión en cuanto terminaron las formalidades del recibimiento—. Quiero presentar mis respetos.

El corazón de Ned se llenó de afecto hacia el rey, por recordarla aún después de tantos años. Pidió una lámpara de aceite. No hacía falta decir más. La reina había iniciado una protesta: llevaban viajando desde el amanecer, todos estaban cansados y tenían frío; lo primero era descansar un rato. Que los muertos esperasen. No dijo más. Robert le había dirigido una mirada, y su hermano mellizo, Jaime, la agarró por un brazo y la apartó de allí en silencio.

Ned y aquel rey al que apenas reconocía bajaron juntos a la cripta. Los tortuosos peldaños de piedra eran estrechos. Ned iba delante con la lámpara.

—Ya pensaba que no íbamos a llegar nunca a Invernalia —se quejó Robert mientras descendían—. Tal como se habla de mis Siete Reinos en el sur, uno tiene tendencia a olvidar que tu parte es tan grande como los otros seis juntos.

—Espero que hayáis tenido un buen viaje, alteza.

—Pantanos, bosques, campos y ni una posada decente al norte del Cuello —dijo Robert con un bufido—. En la vida había visto nada tan inhóspito. ¿Dónde vive toda tu gente?

—Puede que sea demasiado tímida para salir —bromeó Ned. Ya notaba el frío que subía de la cripta, un aliento gélido procedente del centro de la tierra—. No se ven muchos reyes en el norte.

—En cambio, sí se ven muchas nevadas de finales de verano. ¡Nieve, Ned! ¡Nada menos que nieve! —Tuvo que apoyarse contra la pared para mantener el equilibrio en la bajada.

—Sí, aquí son frecuentes —dijo Ned—. Espero que no os molestaran. Por lo general son nevadas ligeras.

—Los Otros se lleven tus nevadas ligeras —maldijo Robert—. ¿Cómo será este lugar en invierno? No quiero ni pensarlo.

—Los inviernos son duros —admitió Ned—. Pero los Stark lo soportaremos, como siempre hemos hecho.

—Tienes que venir al sur —le dijo Robert—. Tienes que probar el verano antes de que se acabe. En Altojardín hay campos enteros de rosas doradas que se extienden hasta donde alcanza la vista. Las frutas están tan maduras que estallan en la boca. Hay melones, melocotones y ciruelas de fuego más dulces que nada que hayas probado. Ya verás, te he traído unas pocas. Hasta en Bastión de Tormentas, con ese viento que sopla de la bahía, durante el día hace tanto calor que no dan ganas ni de moverse. ¡Y no te imaginas cómo están las ciudades, Ned! Hay flores por todas partes; los mercados están a rebosar de comida; los vinos veraniegos son tan baratos y tan buenos que te puedes emborrachar solo con respirar cerca de ellos. Todos los ciudadanos están gordos y borrachos, y se han hecho ricos. —Se echó a reír y se palmeó el estómago prominente—. ¡Y las mujeres, Ned! —exclamó, con los ojos chispeantes—. Te juro que parece que, con el calor, las mujeres se olvidan del recato. Nadan desnudas en el río, justo ante los muros del castillo. En las calles hace demasiado calor para la ropa de lana o piel, así que van por ahí con esos vestiditos cortos, de seda si tienen dinero y de algodón si no, pero qué más da, en cuanto empiezan a sudar, el tejido se les pega a la piel y es como si fueran desnudas. —El rey se rio con ganas.

Robert Baratheon siempre había sido hombre de apetitos voraces, poco dado a negarse ningún placer. No era nada de lo que se pudiera culpar a Eddard Stark, pero Ned advirtió que aquellos placeres se estaban cobrando su precio. Cuando llegaron al pie de las escaleras, Robert jadeaba, y se le veía el rostro congestionado a la luz de la lámpara mientras se adentraban en la oscuridad de la cripta.

—Alteza —dijo Ned con respeto.

Movió la lámpara en un semicírculo amplio. Las sombras se agitaron en torno a ellos. La luz temblorosa tocó las piedras del suelo, y fue acariciando una larga procesión de columnas de granito que se alejaban a pares en la oscuridad. Entre las columnas estaban los muertos, sentados en tronos de piedra contra las paredes, la espalda apoyada en los sepulcros que contenían sus restos mortales.

—Ella está al final, con mi padre y con Brandon.

Abrió la marcha entre las columnas, y Robert lo siguió sin decir palabra, tiritando en aquel frío subterráneo. Allí jamás hacía calor. Las pisadas de los dos hombres resonaban sobre las piedras y despertaban ecos en la bóveda del techo mientras caminaban entre los muertos de la casa Stark. Los señores de Invernalia contemplaban su paso. Sus efigies estaban talladas en las piedras que sellaban las tumbas, sentadas en largas hileras, con los ojos ciegos fijos en la oscuridad eterna y con grandes lobos huargo de piedra tendidos a sus pies. Las sombras trémulas hacían que las figuras de piedra parecieran agitarse cuando los vivos pasaban ante ellas.

Según la antigua costumbre, todos los que habían sido señores de Invernalia tenían una espada larga cruzada sobre el regazo para mantener a los espíritus vengativos en sus criptas. Las más viejas se habían ido oxidando hasta reducirse a polvo hacía ya mucho tiempo, y solo quedaban unas manchas rojas allí donde el metal había descansado sobre la piedra. Ned se preguntó si aquello significaría que los fantasmas vagaban libremente por el castillo. Esperaba que no. Los primeros señores de Invernalia habían sido hombres tan duros como la tierra sobre la que gobernaban. En los siglos previos a que los Señores Dragón llegaran por mar, nunca habían jurado lealtad a hombre alguno, y se hacían llamar *los Reyes en el Norte.*

Por fin, Ned se detuvo y alzó la lámpara de aceite. La cripta se prolongaba ante ellos en la oscuridad, pero más allá de aquel punto las tumbas estaban vacías y abiertas; eran agujeros negros a la espera de sus muertos; los esperaban a él y a sus descendientes. A Ned no le gustaba pensar sobre el tema.

—Es aquí —le dijo al rey.

Robert asintió en silencio, se arrodilló e inclinó la cabeza.

Se encontraban ante tres tumbas juntas. Lord Rickard Stark, el padre de Ned, había tenido un rostro afilado y adusto. El escultor lo había conocido bien cuando vivía. Estaba sentado en pose de sosegada dignidad, con los dedos de piedra aferrados a la espada que tenía sobre el regazo, pero en vida todas las espadas le habían fallado. A ambos lados, en dos sepulcros más pequeños, se encontraban sus hijos.

Brandon tenía veinte años cuando murió estrangulado por orden de Aerys Targaryen, el Rey Loco, pocos días antes de la fecha fijada para su matrimonio con Catelyn Tully de Aguasdulces. Obligaron a su padre a presenciar su muerte. Era el heredero legítimo, el primogénito, nacido para gobernar aquellas tierras.

Lyanna solo llegó a cumplir los dieciséis años; era una niña mujer de belleza insuperable. Ned la había querido mucho. Robert, todavía más; estaba destinada a ser su esposa.

—Era más hermosa que esta estatua —dijo el rey tras un largo silencio. Los ojos se le demoraron en el rostro de Lyanna, como si pudiera devolverle la vida a fuerza de voluntad. Por fin, se levantó con torpeza a causa de su peso—. Ay, Ned, ¿por qué tuviste que enterrarla en un lugar como este? —Tenía la voz ronca por el dolor rememorado—. Se merecía algo mucho mejor que la oscuridad...

—Era una Stark de Invernalia —dijo Ned con voz suave—. Este es su lugar.

—Debería estar enterrada en alguna colina, bajo un árbol frutal, con un techo de sol y nubes, donde la pudiera acariciar la lluvia...

—Yo estaba con ella cuando murió —le recordó Ned al rey—. Quería volver a casa y descansar entre Brandon y nuestro padre.

Todavía le parecía recordar su voz algunas veces.

«Prométemelo —le había suplicado en una habitación que olía a sangre y a rosas—. Prométemelo, Ned.» La fiebre le había arrebatado las fuerzas, y su voz era débil como un susurro, pero cuando Ned le dio su palabra, el miedo desapareció de los ojos de su hermana. Recordaba cómo le había sonreído, con cuánta fuerza le había aferrado la mano mientras dejaba de resistirse a la muerte, cómo se le habían caído de entre los dedos los pétalos de rosa, negros y marchitos. Después de aquello, ya no recordaba nada. Lo habían encontrado muy quieto, mudo de dolor, abrazado a Lyanna. Howland Reed, el menudo lacustre, había desentrelazado las manos de los hermanos. Ned no recordaba nada de aquello.

—Le traigo flores siempre que puedo —dijo—. A Lyanna... le gustaban las flores.

—Juré matar a Rhaegar por esto —dijo el rey después de tocar la mejilla de la estatua y acariciar la piedra áspera como si esta tuviera vida.

—Y lo hicisteis —señaló Ned.

—Solo una vez —dijo Robert con amargura.

Se habían enfrentado en el vado del Tridente, en el centro mismo de la batalla: Robert, con su martillo y su enorme yelmo astado; el príncipe Targaryen, con su armadura negra. Llevaba en el peto el dragón de tres cabezas de su casa, todo recubierto de rubíes que refulgían a la luz del sol. Las aguas del Tridente enrojecieron en torno a los cascos de sus corceles mientras ellos cruzaban las armas una y otra vez, hasta que por último, un golpe del martillo de Robert destrozó el dragón y el pecho que había debajo. Cuando Ned llegó al lugar, Rhaegar yacía ya muerto en el río, y hombres de ambos ejércitos se zambullían en las aguas turbias para buscar los rubíes que se habían desprendido de la armadura.

—Lo mato todas las noches en mis sueños —admitió Robert—. Pero un millar de muertes sigue siendo menos de lo que merece.

Ned no pudo disentir.

—Tenemos que regresar, alteza —señaló al final—. Vuestra esposa os está esperando.

—Los Otros se lleven a mi esposa —murmuró Robert con amargura. Pero, pese a todo, echó a andar con pasos pesados por donde habían llegado—. Por cierto, si me sigues tratando con tanta formalidad, haré que te corten la cabeza y la claven en una pica. Entre nosotros hay mucho más que esas tonterías.

—No lo he olvidado —replicó Ned con tranquilidad. Al ver que el rey no decía nada, siguió hablando—. Dime qué le pasó a Jon.

—Jamás había visto a nadie enfermar tan deprisa —dijo Robert sacudiendo la cabeza—. Organizamos un torneo para celebrar el día del nombre de mi hijo. Si hubieras visto a Jon aquel día, habrías pensado que iba a vivir eternamente. Dos semanas después estaba muerto. La enfermedad pareció inflamarle las entrañas. Lo abrasó por dentro. —Se detuvo junto a una columna, ante la tumba de un Stark muerto mucho tiempo atrás—. Yo amaba a ese anciano.

—Lo sé. Yo también. —Ned hizo una pausa—. Catelyn teme por su hermana. ¿Qué tal lleva Lysa la tragedia?

—La verdad es que no muy bien —admitió Robert después de fruncir los labios con amargura—. Creo que la pérdida de Jon la ha enloquecido, Ned. Se ha llevado al chico de vuelta al Nido de Águilas. Es lo contrario de lo que le dije. Yo quería que se criara como pupilo de Tywin Lannister en Roca Casterly. Jon no tenía hermanos, y el chiquillo era su único hijo. ¿Cómo iba a permitir yo que lo educaran solo mujeres?

Ned preferiría confiar un niño a los cuidados de una víbora que a lord Tywin, pero no quiso decirlo. Algunas heridas no llegan a cerrarse jamás, y sangran de nuevo a la menor mención.

—La esposa ha perdido al marido —dijo con cautela—. Tal vez la madre tenga miedo de perder al hijo. Es un niño muy pequeño.

—Tiene seis años, es débil y enfermizo, y ahora es el señor del Nido de Águilas. Que los dioses nos amparen. Lord Tywin nunca ha tenido un pupilo. Para Lysa debería ser un honor. La de Lannister es una casa grande y noble. Pero no quiso ni hablar del tema. Se marchó en plena noche, sin siquiera pedir mi venia. Cersei se puso como una fiera. —Suspiró profundamente—. El niño lleva mi nombre, ¿lo sabías? Robert Arryn. Juré protegerlo. ¿Cómo lo voy a hacer si su madre se lo lleva a escondidas?

—Si quieres, lo adoptaré yo como pupilo —propuso Ned—. Lysa daría su consentimiento. Catelyn y ella estaban muy unidas cuando eran niñas, y también ella puede vivir aquí si quiere.

—Es una oferta muy generosa, amigo mío —dijo el rey—. Pero llega tarde. Lord Tywin ya ha dado su consentimiento. Dejar al chico como pupilo de cualquier otro sería una afrenta.

—Me preocupa más el bienestar de mi sobrino que el orgullo de un Lannister.

—Eso es porque no duermes noche tras noche con una Lannister —rio Robert, con una carcajada que resonó entre las tumbas y despertó ecos en la bóveda del techo. Su sonrisa era un relámpago de dientes blancos en la inmensa espesura de la barba negra—. Ay, Ned —añadió—, sigues siendo demasiado serio. —Rodeó los hombros de Ned con un brazo inmenso—. Había planeado esperar unos días antes de hablar contigo, pero ya veo que no hará falta. Vamos a dar un paseo.

Caminaron entre las columnas. Los ojos ciegos de piedra parecían seguirlos a su paso. El rey mantuvo el brazo sobre los hombros de Ned.

—Supongo que te preguntarás por qué he venido a Invernalia después de tanto tiempo —continuó Robert.

—Sin duda por el placer que te produce estar conmigo —dijo Ned a la ligera. Lo sospechaba, pero prefirió no decir lo que le pasaba por la cabeza—. Y también está el Muro. Tienes que ir a visitarlo, alteza, debes recorrer sus almenas y hablar con los hombres que lo defienden. La Guardia de la Noche no es ni una sombra de lo que fue. Benjen dice que...

—Ya me figuro que sabré muy pronto lo que dice tu hermano —lo interrumpió Robert—. El Muro lleva en pie... ¿Cuánto? ¿Ocho mil años? Puede esperar unos días más. Tengo problemas más apremiantes. Corren tiempos difíciles. Necesito hombres de confianza a mi lado. Hombres como Jon Arryn. Me sirvió como señor del Nido de Águilas, Guardián del Oriente y desempeñó el cargo de mano del rey. No será fácil encontrar quien lo reemplace.

—Su hijo... —empezó Ned.

—Su hijo heredará el Nido de Águilas con todos los ingresos que eso conlleva —replicó Robert bruscamente—. Nada más.

Aquello tomó a Ned por sorpresa. Se detuvo, boquiabierto, y se volvió para mirar a su rey. No pudo contener las palabras que salieron de sus labios.

—Los Arryn han sido siempre los Guardianes del Oriente. El título va con los dominios.

—Es posible que, cuando sea mayor de edad, le devuelva ese honor —dijo Robert—. Tengo este año y el siguiente para pensármelo. Pero un niño de seis años no me vale como jefe guerrero, Ned.

—En época de paz, el título no es más que un honor. Deja que el chico lo ostente. Aunque solo sea en memoria de su padre. Eso se lo debes a Jon por sus servicios, qué menos.

—Los servicios que me prestó Jon eran su deber para con su rey y señor. —El rey no parecía satisfecho. Quitó el brazo de los hombros de Ned—. No soy ningún ingrato, Ned. Tú lo sabes mejor que nadie. Pero el hijo no es como el padre. Un niño no puede defender todo el oriente. —Su tono se suavizó—. Bueno, ya basta del tema. Tengo cosas más importantes que comentar, y no pienso discutir contigo. —Robert agarró a Ned por el codo—. Te necesito, Ned.

—Siempre a tus órdenes, alteza. Siempre. —Era lo que tenía que decir, y lo dijo, temiendo lo que llegaba a continuación. Robert no dio señas de haberlo oído.

—Aquellos años que pasamos en el Nido de Águilas... Dioses, fueron buenos tiempos, ¿eh? Quiero que vuelvas a estar a mi lado, Ned. Te necesito en Desembarco del Rey, no aquí, en el fin del mundo, donde no le sirves de nada a nadie. —Robert clavó la vista en la oscuridad, tan melancólico como un Stark durante un momento—. Te lo juro, sentarse en un trono es mil veces más duro que conquistarlo. La ley es un asunto tedioso, y contar calderilla, aún más. Y los súbditos... siempre hay súbditos, siempre, y todos quieren verme. Me tengo que sentar en esa maldita silla de hierro y escuchar sus quejas hasta que se me quedan la mente en blanco y el culo en carne viva. Todos quieren algo: dinero, tierras o justicia. Y las mentiras que me cuentan... ni te imaginas. Y las damas y caballeros de mi corte son iguales. Estoy rodeado de imbéciles y aduladores. Es como para volverse loco, Ned. La mitad de ellos no se atreve a decirme la verdad, y la otra mitad no la sabe. Hay noches en que deseo que nos hubieran derrotado en el Tridente. Bueno, no, no es en serio, pero...

—Te comprendo —dijo Ned con voz amable.

—Lo sé —dijo Robert mirándolo—. Pero eres el único, amigo mío. —Sonrió—. Lord Eddard Stark, te nombro mano del rey.

Ned se dejó caer sobre una rodilla. La oferta no lo sorprendía. Si no era para aquello, ¿qué objetivo tenía el viaje de Robert? El que ejercía el cargo de mano del rey era el segundo hombre más poderoso de los Siete Reinos. Hablaba con la voz del rey, tenía el mando de los ejércitos del rey y redactaba las leyes del rey. En ocasiones incluso se sentaba en el Trono de Hierro para impartir la justicia del rey, cuando este estaba ausente, o enfermo, o indispuesto por cualquier motivo. Robert estaba poniendo en sus manos una responsabilidad del tamaño del mismísimo reino.

Era la última cosa que Ned deseaba en el mundo.

—Alteza —dijo—, no soy digno de ese honor.

—Si quisiera concederte algún honor —gruñó Robert impaciente, pero de buen humor—, permitiría que te retirases. Mi intención es que controles el reino y pelees en las guerras mientras yo me dedico a comer, a beber y a acostarme con chicas; tres actividades que me llevarán pronto a la tumba. —Se dio una palmada en la barriga y sonrió—. ¿Sabes qué se dice del rey y su mano?

—Lo que el rey sueña, la mano lo crea. —Ned lo sabía.

—Una vez me llevé a la cama a una pescadera que me contó que el pueblo llano tiene una versión mejor del dicho: «El rey come y la mano limpia la mierda».

Echó la cabeza hacia atrás en una estruendosa carcajada. Los ecos resonaron en la oscuridad, y los muertos de Invernalia parecieron mirar a los dos hombres con ojos fríos y reprobatorios.

Por fin, las carcajadas cesaron. Ned seguía con una rodilla hincada en el suelo, mirando hacia arriba.

—Por los dioses, Ned —se quejó el rey—. Al menos podrías sonreír.

—Dice la voz popular que aquí hace tanto frío en invierno que a uno se le congela la risa en la garganta y lo ahoga —dijo Ned con tono neutro—. Quizá por eso los Stark no tenemos mucho sentido del humor.

—Ven conmigo al sur y te enseñaré a reír de nuevo —prometió el rey—. Me ayudaste a conseguir este maldito trono; ayúdame ahora a conservarlo. Nuestro destino era gobernar juntos. De no ser por la muerte de Lyanna habríamos sido hermanos, nos uniría la sangre, no solo el afecto. Pero no es demasiado tarde. Tengo un hijo, y tú una hija. Mi Joff y tu Sansa unirán nuestras casas, como en el pasado quisimos hacer Lyanna y yo.

—Sansa no tiene más que once años. —Aquella oferta sí que lo había sorprendido.

—Edad suficiente para prometerse —dijo Robert agitando una mano en gesto impaciente—. Lo del matrimonio puede esperar unos años. —El rey sonrió—. Maldita sea, ponte de pie y di que sí.

—Nada me sería más grato, alteza —respondió Ned. Titubeó un instante—. Estos honores son tan inesperados... ¿Te importa si medito un poco antes de responderte? Tengo que hablar con mi esposa...

—Claro, claro, díselo a Catelyn, consúltalo con la almohada si quieres. —El rey palmeó a Ned en el hombro y lo ayudó a ponerse en pie, aunque le costó un esfuerzo—. Pero no me hagas esperar demasiado. No tengo mucha paciencia.

Durante un momento, un presentimiento oscuro y ominoso nubló la mente de Eddard Stark. Invernalia era su lugar en el mundo; su vida estaba en el norte. Contempló las figuras de piedra que lo rodeaban y respiró hondo en el silencio gélido de la cripta. Sentía los ojos de los muertos clavados en él. Sabía que lo estaban escuchando. Y se acercaba el invierno.

JON

Había ocasiones, aunque no muchas, en las que Jon Nieve se alegraba de ser el hijo bastardo. Aquella noche, mientras se llenaba una vez más la copa de vino de la jarra de un mozo que pasaba junto a él, pensó que era una de ellas.

Volvió a ocupar su lugar en el banco, entre los escuderos jóvenes, y bebió. El sabor dulce y afrutado del vino veraniego le impregnó la boca y dibujó una sonrisa en sus labios.

La sala principal de Invernalia estaba llena de humo, y el aire, cargado del olor a carne asada y a pan recién hecho. Los estandartes cubrían los muros de piedra gris. Blanco, oro y escarlata: el huargo de los Stark, el venado coronado de los Baratheon y el león de los Lannister. Un trovador tocaba el arpa al tiempo que recitaba una balada, pero en aquel rincón de la sala apenas se lo oía por encima del crepitar de las llamas, el estrépito de los platos y las copas, y el murmullo de cientos de conversaciones ebrias.

Corría la cuarta hora del festín de bienvenida dispuesto en honor al rey. Los hermanos de Jon ocupaban sitios asignados con los príncipes, junto al estrado donde lord y lady Stark agasajaban a los reyes. Seguramente, su padre les permitiría a los niños beber una copa de vino, dada la importancia de la ocasión, pero solo una. En cambio allí abajo, en los bancos, nadie impedía a Jon beber tanto como quisiera para saciar su sed.

Y estaba dándose cuenta de que tenía la sed de un hombre, para regocijo de los jóvenes que lo rodeaban y lo animaban a servirse de nuevo cada vez que vaciaba la copa. Eran buenos muchachos, y Jon disfrutaba de las historias que contaban, anécdotas de peleas, de cama y de caza. Estaba seguro de que sus compañeros eran más divertidos que los hijos del rey. Para satisfacer su curiosidad le había bastado observar a los visitantes cuando entraron en la sala. El cortejo había pasado a escasa distancia del lugar que se le había asignado en el banco, y Jon había tenido ocasión de examinar a cada uno de ellos.

Su señor padre iba a la cabeza, acompañando a la reina. Era tan bella como comentaban los hombres. Se adornaba la larga cabellera rubia con una diadema engastada con piedras preciosas, cuyas esmeraldas le hacían juego con los ojos verdes. Su padre la ayudó a subir a la tarima y la acompañó a su asiento, pero la reina ni siquiera lo miró. Jon vio lo que ocultaba tras su sonrisa, pese a sus catorce años.

A continuación iba el rey Robert, con lady Stark del brazo. Para Jon, el rey fue una gran decepción. Su padre le había hablado a menudo de él: el sin par Robert Baratheon, demonio del Tridente, el guerrero más feroz del reino, un gigante entre los príncipes... Jon veía solo a un hombre gordo y de rostro congestionado bajo la barba, que sudaba bajo sus ropas de seda. Caminaba como si ya hubiera bebido bastante.

Tras ellos llegaron los niños. El pequeño Rickon iba el primero, con toda la dignidad que era posible en un chiquillo de tres años. Jon había tenido que apremiarlo para que siguiera avanzando, porque se detuvo ante él para charlar. Justo detrás iba Robb, vestido con ropas de lana gris con ribetes blancos, los colores de los Stark. Llevaba del brazo a la princesa Myrcella. Era apenas una chiquilla; no llegaba a los ocho años, con una cascada de rizos dorados recogidos en una redecilla enjoyada. Jon advirtió las miradas de reojo que lanzaba a Robb mientras avanzaban entre las mesas y las sonrisas tímidas que le dirigía. Le pareció muy sosa. Y Robb ni siquiera se daba cuenta de lo idiota que era; le sonreía como un bobo.

Sus medio hermanas iban con los príncipes. A Arya le había tocado acompañar a Tommen, un niño regordete que llevaba el pelo rubio, casi blanco, más largo que ella. Sansa, dos años mayor, iba con el príncipe heredero, Joffrey Baratheon. El muchacho tenía doce años; era más joven que Jon y que Robb, pero para consternación de Jon, los superaba a ambos en altura. El príncipe Joffrey tenía el cabello de su hermana y los ojos verde oscuro de su madre. Los espesos rizos dorados le caían sobre la gargantilla de oro y el cuello alto de terciopelo. Sansa, a su lado, parecía radiante de felicidad, pero a Jon no le gustaron los labios fruncidos de Joffrey, ni la mirada aburrida y desdeñosa que dirigió al salón principal de Invernalia.

Le interesó mucho más la pareja que iba detrás de él: los hermanos de la reina, los Lannister de Roca Casterly. El León y el Gnomo. No había manera de confundirlos. Ser Jaime Lannister era hermano mellizo de la reina Cersei: alto, rubio, con ojos verdes deslumbrantes y una sonrisa que cortaba como un cuchillo. Iba vestido con ropas de seda escarlata, botas altas negras y capa negra de raso. En el pecho de la túnica se veía el león rugiente de su casa, bordado en hilo de oro. Lo llamaban *el León de Lannister* cuando estaba presente, y *Matarreyes,* a sus espaldas.

A Jon le costó apartar la vista de él.

«Este es el aspecto que debería tener un rey», pensó mientras lo veía pasar.

Entonces se fijó en el otro, que renqueaba medio oculto por su hermano. Tyrion Lannister era el más joven de los hijos de lord Tywin, y con mucho, el más feo. Los dioses habían negado a Tyrion todas las gracias que derramaron sobre Cersei y Jaime. Era enano; medía la mitad que su hermano y le costaba seguir su ritmo con aquellas piernas atrofiadas. Tenía la cabeza demasiado grande en proporción al cuerpo, y los rasgos deformes, aplastados, bajo un ceño inmenso. Un ojo verde y otro negro lo escudriñaban todo bajo una mata de pelo lacio tan rubio que parecía blanco. Jon lo observó, fascinado.

Los últimos grandes señores en entrar fueron su tío, Benjen Stark, de la Guardia de la Noche, y el joven pupilo de su padre Theon Greyjoy. Benjen le dedicó a Jon una cálida sonrisa al pasar junto a él. Theon no se dignó mirarlo, pero aquello no era ninguna novedad. Cuando todos se hubieron sentado, tras los brindis y los agradecimientos recíprocos, comenzó el banquete.

Jon había empezado a beber en aquel momento, y no había parado.

Algo se le frotó contra la pierna por debajo de la mesa. Jon vio los ojos rojos que se alzaban para mirarlo.

—¿Otra vez tienes hambre? —preguntó.

Todavía quedaba medio pollo a la miel en la mesa. Jon fue a arrancarle un muslo, pero se le ocurrió una idea mejor. Pinchó la pieza entera y la dejó caer al suelo, entre las piernas. Fantasma la devoró en un silencio salvaje. A sus hermanos no les habían dejado asistir al banquete con los lobos, pero en aquel rincón de la sala había innumerables chuchos, y nadie había protestado por la presencia de su cachorro. Se dijo que en aquel aspecto también tenía suerte.

Le escocían los ojos. Se los frotó con energía, maldiciendo el humo. Bebió otro trago de vino y se dedicó a mirar cómo su huargo devoraba el pollo.

Los perros correteaban entre las mesas tras los pasos de las camareras. Uno de ellos, una perra negra de grandes ojos amarillos, captó el olor del pollo. Se metió bajo el banco para reclamar su parte. Jon observó el enfrentamiento. La perra lanzó un gruñido bajo y se acercó más. Fantasma alzó la vista en silencio y clavó aquellos ojos rojos en la hembra. La perra lanzó al aire una dentellada desafiante. Era tres veces más grande que el cachorro de huargo. Fantasma no se movió. Se irguió junto a su botín, abrió la boca y enseñó los colmillos. La perra se puso en tensión, ladró de nuevo y cambió de idea con respecto a aquella pelea. Dio media vuelta y se alejó, no sin lanzar otra dentellada al aire por cuestión de orgullo. Fantasma volvió a concentrarse en su comida.

Jon sonrió y acarició el tupido pelaje blanco por debajo de la mesa. El huargo alzó la vista hacia él, le dio un mordisquito cariñoso en la mano y siguió comiendo.

—¿Este es uno de los huargos de los que tanto se habla? —preguntó una voz conocida, muy cerca de él.

—Sí —dijo Jon sonriendo a su tío Ben, que le había puesto una mano en la cabeza y le revolvía el pelo casi igual que él había hecho con el lobo—. Se llama Fantasma.

Uno de los escuderos interrumpió la anécdota procaz que estaba contando para hacer sitio al hermano de su señor en el banco. Benjen Stark se sentó a horcajadas y le quitó la copa a Jon de entre los dedos.

—Vino veraniego —dijo tras beber un trago—. No hay nada más dulce. ¿Cuántas te has tomado, Jon? —Jon sonrió. Ben Stark se echó a reír—. Lo que me temía. En fin, yo era más joven que tú la primera vez que me emborraché a conciencia. —Cogió de la bandeja más cercana una cebolla asada que rezumaba salsa oscura y le dio un mordisco. Se oyó un crujido cuando le hincó los dientes.

Su tío era un hombre de rasgos afilados, duros como la roca, pero los ojos azul grisáceo siempre parecían sonreír. Iba invariablemente vestido de negro, porque pertenecía a la Guardia de la Noche. Aquella velada, sus ropas eran de suntuoso terciopelo negro, con botas altas de cuero y un cinturón ancho con hebilla de plata. Llevaba una gruesa cadena de plata en torno al cuello. Mientras se comía la cebolla, Benjen observó a Fantasma con gesto divertido.

—Un lobo muy tranquilo —señaló.

—No se parece a los otros —asintió Jon—. Nunca hace ruido. Por eso le he puesto el nombre de Fantasma. Bueno, por eso y porque es blanco. Los otros son todos oscuros, grises o negros.

—Todavía hay huargos más allá del muro. A veces los oímos cuando salimos de expedición. —Benjen Stark clavó los ojos en Jon durante un largo momento—. ¿No comes en la misma mesa que tus hermanos?

—Casi siempre —respondió Jon con tono monocorde—. Pero lady Stark ha pensado que esta noche sería un insulto para los miembros de la familia real sentar a un bastardo entre ellos.

—Ya entiendo. —Su tío volvió la cabeza para mirar hacia la mesa de la tarima, al otro lado de la sala—. Mi hermano no parece nada contento esta noche.

Jon también se había dado cuenta. Un bastardo tiene que aprender a fijarse en todo, a descubrir las verdades que la gente oculta tras los ojos.

Su padre respetaba todas las normas del protocolo y de la cortesía, pero había en él una tensión que Jon le había visto en escasas ocasiones. Hablaba poco, y miraba la sala sin ver. A dos asientos del suyo, el rey se había pasado la noche bebiendo. Tenía el rostro regordete congestionado bajo la espesa barba negra. Había hecho muchos brindis, había reído con todas las bromas y había atacado cada plato como si estuviera muerto de hambre; a su lado, la reina parecía gélida como una escultura de hielo.

—La reina también está enfadada —dijo Jon a su tío en voz baja—. Mi padre ha bajado con el rey a la cripta esta mañana. La reina no quería que fuera.

—Te fijas en todo, ¿eh? —Benjen miraba a Jon con ojos atentos—. Un hombre como tú nos sería muy útil en el Muro.

—Robb me supera con la lanza —dijo Jon henchido de orgullo—, pero yo soy mejor con la espada, y dice Hullen que cabalgo tan bien como cualquiera del castillo.

—No está nada mal.

—Llévame contigo cuando vuelvas al Muro —le pidió Jon en un impulso repentino—. Mi padre me dejará ir si se lo pides tú, estoy seguro.

—El Muro es un lugar duro para un chico, Jon. —Benjen estudió su rostro detenidamente.

—Ya casi soy un hombre —protestó él—. Mi próximo día del nombre cumpliré quince años, y dice el maestre Luwin que los bastardos crecemos más deprisa que los otros niños.

—Eso es cierto —dijo Benjen con una mueca. Cogió la copa de Jon, la llenó de la jarra más próxima y bebió un largo trago.

—Daeron Targaryen solo tenía catorce años cuando conquistó Dorne —dijo Jon. El Joven Dragón era uno de sus héroes.

—Una conquista que duró un verano —señaló su tío—. Ese niño rey que tanto admiras perdió diez mil hombres en la conquista de Dorne, y cincuenta mil más intentando defenderlo. Nadie le había explicado que la guerra no es un juego. —Bebió otro trago de vino—. Además —siguió—, Daeron Targaryen solo tenía dieciocho años cuando murió. ¿O esa parte se te había olvidado?

—Nunca olvido nada —se jactó Jon. El vino lo estaba volviendo osado. Trató de erguirse en el banco para parecer más alto—. Quiero servir en la Guardia de la Noche, tío.

Había pensado en aquello mucho tiempo, cuando por las noches yacía en la cama y sus hermanos dormían a su alrededor. Algún día, Robb heredaría Invernalia; como Guardián del Norte, tendría el mando de grandes ejércitos. Bran y Rickon serían vasallos de Robb y gobernarían territorios en su nombre. Sus hermanas Arya y Sansa se casarían con herederos de otras grandes casas, y se irían hacia el sur para ser las señoras de sus castillos. Pero, ¿qué lugar había para un bastardo?

—No sabes lo que pides, Jon. La Guardia de la Noche es una hermandad juramentada. No tenemos familia. Ninguno de nosotros será nunca padre. Estamos casados con el deber. No tenemos más amante que el honor.

—Los bastardos también tenemos honor —dijo Jon—. Estoy dispuesto a prestar vuestro juramento.

—Solo tienes catorce años —dijo Benjen—. Todavía no eres un hombre. Mientras no conozcas a una mujer no entenderás a qué estarías renunciando.

—¡No me importa! —insistió Jon, exaltado.

—Quizá te importaría si lo entendieras. Si supieras qué te puede costar ese juramento no tendrías tantas ganas de pagar el precio, hijo.

—¡No soy tu hijo! —Jon sintió que la rabia crecía en su pecho.

—Y es una pena. —Benjen se levantó y le puso una mano en el hombro—. Vuelve a hablar conmigo cuando hayas tenido unos cuantos bastardos, y veremos si has cambiado de opinión.

—Jamás engendraré un bastardo —dijo, masticando las palabras y temblando de ira—. ¡Jamás! —escupió, como si fuera un veneno. De pronto se dio cuenta de que la mesa había quedado en silencio y todo el mundo lo estaba mirando. Se le acumularon las lágrimas tras los párpados. Consiguió ponerse de pie—. Dispensadme —añadió con sus últimos restos de dignidad.

Dio la vuelta y se alejó para que no le vieran llorar. Debía de haber bebido más de lo que creía. Mientras intentaba alejarse, trastabilló y se tambaleó. Chocó contra una camarera y provocó que se le cayera la jarra de vino especiado, que fue a estrellarse contra el suelo. Las carcajadas estallaron a su alrededor, y Jon sintió como las lágrimas ardientes le quemaban las mejillas. Alguien intentó ayudarlo a mantenerse en pie. Se sacudió las manos que lo sostenían y corrió, sin apenas ver, hacia la puerta. Fantasma lo siguió cuando salió a la noche.

El patio estaba silencioso y desierto. El único centinela se arrebujaba en su capa para protegerse del frío en lo alto de las almenas de la muralla interior. Parecía aburrido, sin duda lamentaba tener que estar allí solo, pero Jon se hubiera cambiado por él sin pensarlo dos veces. Por lo demás, el castillo estaba oscuro y no se veía a nadie. En una ocasión, Jon había estado en una fortaleza deshabitada, era un lugar temible donde lo único que se movía era el viento, y las piedras guardaban silencio acerca de los que habían habitado allí. Aquella noche, Invernalia le recordaba a aquel lugar.

El sonido de la música y las canciones salía por las ventanas abiertas, a su espalda. Jon no tenía el menor deseo de escuchar aquello. Se secó las lágrimas con la manga, enfadado por haberlas derramado, y dio media vuelta para irse.

—Chico —lo llamó una voz. Jon se volvió. Tyrion Lannister estaba sentado en la cornisa, sobre la puerta de la gran sala. Parecía una gárgola. El enano le sonrió desde donde estaba—. ¿Ese animal es un lobo?

—Es un huargo —dijo Jon—. Se llama Fantasma. —Miró al hombrecillo y, durante un momento, olvidó su tristeza—. ¿Qué haces ahí arriba? ¿Por qué no estás en el banquete?

—Hace demasiado calor, hay demasiado ruido y he bebido demasiado vino —replicó el enano—. Hace tiempo descubrí que se considera de mala educación vomitar encima de tu hermano. ¿Puedo ver más de cerca tu lobo?

Jon titubeó un instante, luego asintió.

—¿Puedes bajar solo o te traigo una escalera?

—Anda ya.

El hombrecillo se dio impulso y saltó de la cornisa. Jon dejó escapar una exclamación al ver como Tyrion Lannister giraba en el aire, caía sobre las manos y, de un salto hacia atrás, se ponía en pie.

Fantasma retrocedió, inseguro. El enano se sacudió el polvo y soltó una carcajada.

—Lo siento. Me parece que he asustado a tu lobo.

—No tiene miedo —dijo Jon. Se arrodilló y llamó al animal—. Ven aquí, Fantasma. Ven. Eso es.

El cachorro de lobo se acercó y hociqueó la mejilla de Jon, pero sin dejar de vigilar a Tyrion Lannister. Cuando el enano hizo ademán de ir a acariciarlo, retrocedió y le mostró los colmillos en un gruñido silencioso.

—Vaya, qué tímido —observó Lannister.

—Siéntate, Fantasma —ordenó Jon—. Eso es. Quieto. —Alzó la vista hacia el enano—. Ahora ya puedes tocarlo. No se moverá hasta que yo se lo diga. Le he enseñado.

—Ya lo veo —asintió Lannister. Acarició el pelaje níveo, entre las orejas de Fantasma—. Qué lobo tan obediente —añadió.

—Si yo no estuviera aquí, te haría pedazos —dijo Jon. No era verdad, pero algún día lo sería.

—Entonces será mejor que no te alejes —dijo el enano. Inclinó la enorme cabeza a un lado y examinó a Jon con sus ojos desemparejados—. Soy Tyrion Lannister.

—Lo sé. —Jon se levantó. De pie, era más alto que el enano. Se sintió algo incómodo.

—Y tú eres el bastardo de Ned Stark, ¿no? —El muchacho sintió un frío que lo atravesaba. Apretó los labios y no respondió—. ¿Te he ofendido? —continuó Lannister—. Lo siento. Los enanos no necesitamos tener tacto. Generaciones de bufones con trajes de colorines me dan derecho a vestir mal y a decir todo lo que se me pase por la cabeza. —Sonrió—. Pero eres el bastardo.

—Lord Stark es mi padre —admitió Jon, tenso.

—Sí —dijo al final Lannister después de examinar su rostro—. Se nota. Hay más del norte en ti que en tus hermanos.

—Medio hermanos —lo corrigió Jon. El comentario del enano le había gustado, pero intentó que no se le notara.

—Permite que te dé un consejo, bastardo —siguió Lannister—. Nunca olvides qué eres, porque, desde luego, el mundo no lo va a olvidar. Conviértelo en tu mejor arma, así nunca será tu punto débil. Úsalo como armadura y nadie podrá utilizarlo para herirte.

—Qué sabrás tú lo que significa ser un bastardo. —Jon no estaba de humor para aceptar consejos de nadie.

—Todos los enanos son bastardos a ojos de sus padres.

—Eres hijo legítimo; tu madre era la esposa del señor de Lannister.

—¿De verdad? —sonrió el enano, sarcástico—. Pues díselo a él. Mi madre murió al darme a luz, y nunca ha estado muy seguro.

—Yo ni siquiera sé quién era mi madre —dijo Jon.

—Sin duda, una mujer. Como la mayoría de las madres. —Dedicó a Jon una sonrisa pesarosa—. Recuerda bien lo que te digo, chico. Todos los enanos pueden ser bastardos, pero no todos los bastardos son necesariamente enanos.

Sin decir más, dio media vuelta y renqueó hacia el banquete, silbando una melodía. Cuando abrió la puerta, la luz se derramó por el patio y proyectó su sombra contra el suelo. Y allí, durante un instante, Tyrion Lannister pareció alto como un rey.

CATELYN

De todas las habitaciones del Gran Torreón de Invernalia, las estancias de Catelyn eran las más cálidas. Rara vez tenían que encender la chimenea. El castillo se alzaba sobre manantiales naturales de agua termal, y las aguas hirvientes recorrían el interior de los muros como la sangre el cuerpo de un hombre; espantaban el frío de las salas de piedra y llenaban los invernaderos interiores de una humedad cálida que impedía que se congelara la tierra. En una docena de patios, los pozos abiertos humeaban día y noche. En verano, nadie prestaba atención al tema; en invierno, suponía la diferencia entre la vida y la muerte.

El cuarto de baño de Catelyn estaba siempre caliente y lleno de vapor, y las paredes eran cálidas. Aquel ambiente le recordaba a Aguasdulces, a los días al sol con Lysa y Edmure. Pero Ned nunca había soportado el calor. Los Stark estaban hechos para el frío, le decía. Ella siempre se reía y le replicaba que, en tal caso, habían elegido el peor lugar para edificar el castillo.

De manera que, cuando terminaron, Ned dio media vuelta y se bajó de la cama, como ya había hecho mil veces. Atravesó la habitación, descorrió los pesados cortinajes y fue abriendo de una en una las ventanas altas y estrechas para que la cámara se llenara con el aire de la noche.

El viento le azotó el cuerpo desnudo cuando se asomó a la oscuridad con las manos vacías. Catelyn se subió las pieles hasta la barbilla y lo miró. Le parecía más menudo, más vulnerable, como el joven con el que se había casado en el septo de Aguasdulces hacía quince largos años. Sentía las ingles doloridas; el sexo había sido apasionado y apremiante. Era un dolor grato. Notaba la semilla de su esposo en su interior, y rezó para que diera fruto. Ya habían pasado tres años desde que naciera Rickon. No era demasiado mayor; aún podía darle otro hijo.

—Le diré que no —decidió Ned mientras se volvía hacia ella. La preocupación se reflejaba en sus ojos; tenía una sombra de duda en la voz.

—No puedes —dijo Catelyn mientras se incorporaba en la cama—. No puedes y no debes.

—Mi deber está aquí, en el norte. No quiero el cargo de mano de Robert.

—No lo va a entender. Ahora es rey, y los reyes no son como los otros hombres. Si te niegas a hacer lo que te pide querrá saber por qué, y más tarde o más temprano empezará a pensar que estás en su contra. ¿No comprendes que eso nos pondría en peligro a todos?

—Robert jamás nos haría daño ni a mí ni a mi familia. —Ned sacudió la cabeza rehusando aceptar aquella posibilidad—. Estamos más unidos que si fuéramos hermanos. Si me niego, rugirá, gritará y maldecirá, y antes de una semana nos estaremos riendo del tema juntos. Lo conozco.

—¡Conocías a Robert! —replicó ella—. Al rey no lo conoces de nada. —Catelyn recordó a la hembra de huargo muerta en la nieve, con el asta clavada en la garganta. Tenía que hacérselo entender—. Para un rey, el orgullo lo es todo, mi señor. Robert ha venido hasta aquí a verte, para otorgarte esos grandes honores; no se los puedes escupir a la cara.

—¿Honores? —Ned rio con amargura.

—A sus ojos, sí.

—¿Y a los tuyos?

—Sí, a los míos también. —Ella también se había enfadado. ¿Por qué su esposo no lo entendía?— Se ofrece a casar a su hijo con nuestra hija; ¿es que eso no es un honor? Sansa podría llegar a ser reina. Sus hijos serían reyes de todo lo que hay entre el Muro y las montañas de Dorne. ¿Qué tiene eso de malo?

—Por los dioses, Catelyn, Sansa no tiene más que once años —dijo Ned—. Y Joffrey es... es...

—... el príncipe heredero del Trono de Hierro —terminó Catelyn—. Y yo solo tenía doce años cuando mi padre me prometió a tu hermano Brandon.

—Brandon. —Aquello hizo que Ned frunciera los labios con amargura—. Sí. Brandon sabría qué hacer. Siempre sabía qué hacer. Todo tenía que haber sido para Brandon. Tú, Invernalia..., todo. Él sí nació para ser la mano del rey y padre de reinas. Yo no pedí ocupar su puesto.

—No —dijo Catelyn—, pero Brandon murió, tú ocupas su lugar y tienes que cumplir con tu deber, te guste o no.

Ned se apartó de ella y volvió a la noche. Clavó los ojos en la oscuridad. Quizá contemplaba la luna y las estrellas, o tal vez a los centinelas de la muralla.

Catelyn se enterneció al ver su dolor. Eddard Stark se había desposado con ella para ocupar el lugar de Brandon, según mandaba la costumbre, pero la sombra de su hermano muerto aún se interponía entre ellos, igual que la otra, la sombra de la mujer cuyo nombre él no pronunciaría jamás, la mujer que había concebido a su hijo bastardo.

Estaba a punto de acudir junto a él cuando sonó, estrepitoso e inesperado, un golpe en la puerta. Ned se volvió con el ceño fruncido.

—¿Qué pasa?

La voz de Desmond les llegó del otro lado.

—Mi señor, está aquí el maestre Luwin. Ruega que lo recibáis; dice que es urgente.

—¿Le has dicho que había dado orden de que no se me molestara?

—Sí, mi señor, pero ha insistido.

—Muy bien. Hazlo pasar.

Ned se acercó al guardarropa y se puso una gruesa túnica. Catelyn advirtió de pronto que hacía mucho frío. Se sentó en la cama y se volvió a cubrir hasta la barbilla con las pieles.

—Sería mejor que cerraras las ventanas —sugirió.

Ned asintió con gesto ausente. El maestre Luwin entró en la habitación.

Era un hombre menudo y gris. Tenía unos ojos grises y perspicaces que veían muchas cosas. El cabello, el poco que le quedaba a su edad, también era gris. Vestía una túnica de lana gris ribeteada de piel blanca, los colores de los Stark. En las grandes mangas sueltas llevaba bolsillos secretos. Luwin siempre se guardaba unas cosas y sacaba otras de aquellos bolsillos: libros, mensajes, artefactos insólitos, juguetes para los niños... A Catelyn le extrañaba que pudiera levantar los brazos con todo el peso que cargaban las mangas.

El maestre esperó a que la puerta se cerrara tras él para empezar a hablar.

—Mi señor —dijo a Ned—, perdonad que os moleste mientras descansáis. Me han dejado un mensaje.

—¿Que te han dejado un mensaje? —Ned lo miró irritado—. ¿Quién? ¿Ha llegado un jinete? No me han informado.

—No ha venido ningún jinete, mi señor. Se trata de una caja de madera tallada; la han puesto en la mesa de mi observatorio mientras dormitaba. Los criados dicen que no han visto a nadie, pero sin duda, quien la haya traído venía en el grupo del rey. No hemos recibido más visitas del sur.

—¿Una caja de madera? —se interesó Catelyn.

—Dentro había una lente nueva para el observatorio, magnífica, por cierto. Parece de Myr. Los fabricantes de lentes de Myr no tienen rival.

—Una lente —gruñó Ned, con el ceño fruncido. Aquellas cosas le colmaban la paciencia, y Catelyn lo sabía—. ¿Y eso qué tiene que ver conmigo?

—Lo mismo me he preguntado yo —dijo el maestre Luwin—. Obviamente, aquello no era solo lo que parecía.

—Una lente es un instrumento para ayudarnos a ver. —Catelyn se estremeció pese a las gruesas pieles.

—Cierto, mi señora. —Rozó con los dedos el collar de su orden, que llevaba bajo la túnica; era una cadena pesada, muy ajustada al cuello; cada eslabón, forjado con un metal diferente.

—¿Y qué querrán que veamos con mayor claridad? —Catelyn volvió a sentir en las entrañas los aguijonazos del miedo.

—También eso me lo pregunté. —El maestre Luwin se sacó un rollo de papel de la manga—. El verdadero mensaje estaba en un fondo falso que encontré al desmontar la caja de la lente, pero no es para mí.

—Bien, dámelo. —Ned tendió la mano.

—Lo siento, mi señor —dijo Luwin sin moverse—. El mensaje no es para vos tampoco. Pone que es privado, para lady Catelyn. ¿Puedo?
—Catelyn asintió; no se atrevía a hablar. El maestre puso el papel en la mesita junto a la cama. Estaba sellado con una gota de cera azul. Luwin hizo una reverencia y se volvió para retirarse.

—Quédate —le ordenó Ned. El tono de su voz era serio. Miró a Catelyn—. ¿Qué te pasa, mi señora? Estás temblando.

—Tengo miedo —admitió. Cogió la carta con manos vacilantes. Las pieles se deslizaron y dejaron al descubierto su desnudez, sin que a ella le importara. La cera azul mostraba el sello de la casa Arryn, la luna y el halcón—. Es de Lysa. —Catelyn miró a su esposo—. No nos va a gustar lo que diga. Este mensaje está lleno de dolor, Ned. Lo presiento.

—Ábrelo. —Ned tenía el ceño fruncido y el rostro cargado de preocupación.

Catelyn rompió el sello. Recorrió las líneas con la mirada. Al principio no les encontró sentido. De pronto se acordó.

—Lysa no ha querido correr ningún riesgo. Cuando éramos niñas, teníamos un lenguaje secreto.

—¿Aún lo entiendes?

—Sí —reconoció Catelyn.

—Entonces, dinos qué pone.

—Será mejor que me retire —sugirió el maestre Luwin.

—No —pidió Catelyn—. Vamos a necesitar tu consejo.

Salió de entre las mantas y se bajó de la cama. El aire nocturno envolvía su piel desnuda con la frialdad de una mortaja. Cruzó la habitación.

El maestre Luwin apartó la vista. Incluso Ned parecía algo escandalizado.

—¿Qué haces? —preguntó.

—Encender la chimenea —replicó Catelyn. Se puso una túnica y se arrodilló ante la chimenea fría.

—El maestre Luwin... —empezó Ned.

—El maestre Luwin me ha atendido en todos y cada uno de mis partos. No es momento para falsos recatos.

Deslizó el papel entre la leña y puso los troncos más gruesos encima.

Ned cruzó la habitación en dos zancadas, la agarró por el brazo y la hizo ponerse en pie. Acercó el rostro a un par de dedos del de su esposa.

—¡Dímelo, mi señora! ¿Qué decía ese mensaje?

—Era una advertencia —dijo Catelyn, rígida ante su brusquedad—. Si tenemos el sentido común de escucharla.

—Sigue —dijo Ned clavando los ojos en los suyos.

—Lysa dice que Jon Arryn fue asesinado. —Los dedos que le sujetaban el brazo presionaron aún más.

—¿Quién lo hizo?

—Los Lannister. La reina.

—Dioses —susurró Ned, con voz ronca, y la soltó. Le había dejado marcas rojas en la piel—. Tu hermana ha enloquecido de dolor. No sabe lo que dice.

—Lo sabe muy bien —replicó Catelyn—. Lysa es impulsiva, no lo niego, pero este mensaje lo escribió con mucho cuidado y lo ocultó para que solo lo viera yo. Sabía que, si caía en malas manos, supondría su sentencia de muerte. Si decidió correr semejante riesgo es que tiene algo más que simples sospechas. —Miró a su esposo—. Ahora sí que ya no podemos elegir. Tienes que ser la mano de Robert. Tienes que ir con él al sur y descubrir la verdad.

Se dio cuenta al momento de que Ned había llegado a una conclusión muy diferente.

—Las únicas verdades que entiendo están aquí. El sur es un nido de víboras. Lo mejor es que ni me acerque.

—El cargo de mano del rey confiere mucho poder, mi señor. —Luwin se tiró del collar en el punto donde le estaba rozando la delicada piel del cuello—. Poder para descubrir la verdad acerca de la muerte de lord Arryn, y para llevar a los asesinos ante la justicia del rey. Poder para proteger a lady Arryn y a su hijo si todo esto es cierto.

Ned miró a su alrededor, desesperado. Catelyn deseaba con toda su alma correr a abrazarlo, pero sabía que no debía hacerlo. Primero debía obtener la victoria, por el bien de sus hijos.

—Dices que quieres a Robert como si fuera tu hermano. ¿Abandonarías a un hermano en medio de los Lannister?

—Los Otros se os lleven a los dos —masculló Ned, sombrío.

Se apartó de ellos y volvió junto a la ventana. Catelyn no dijo nada; el maestre, tampoco. Aguardaron en silencio mientras Eddard Stark se despedía interiormente del hogar que amaba. Cuando por fin se alejó de la ventana tenía la voz cansada y llena de melancolía, y un brillo húmedo en el rabillo de los ojos.

—Mi padre fue al sur una vez para responder a la llamada de un rey. Jamás volvió a casa.

—Era otra época —dijo el maestre Luwin—. Era otro rey.

—Sí —aceptó Ned con voz neutra. Se sentó en una silla junto a la chimenea—. Catelyn, tú te quedarás aquí, en Invernalia. —Aquellas palabras azotaron como un viento helado el corazón de su esposa.

—No —dijo, temerosa de repente. ¿Acaso era aquel su castigo? ¿No volver a ver su rostro, no volver a estar entre sus brazos?

—Sí —replicó Ned con un tono que no admitía disputa—. Tendrás que gobernar el norte en mi lugar mientras yo le hago los recados a Robert. Siempre tiene que haber un Stark en Invernalia. Robb ha cumplido ya catorce años, pronto será un hombre adulto. Tiene que aprender a gobernar, y yo no estaré aquí para enseñarle. Que tome parte en los consejos cuando los celebres. Debe estar preparado cuando llegue su momento.

—Quieran los dioses que sea dentro de muchos años —murmuró el maestre Luwin.

—Confío en ti como si fueras de mi propia sangre, maestre Luwin. Quiero que aconsejes a mi esposa en todo, en lo importante y en lo trivial. Enseña a mi hijo lo que necesita saber. Se acerca el invierno.

El maestre Luwin asintió con gesto grave. Se hizo el silencio, hasta que Catelyn reunió valor suficiente para plantear la pregunta cuya respuesta más temía.

—¿Y los demás niños?

Ned se levantó, la abrazó y le alzó la barbilla para mirarla a los ojos.

—Rickon es muy pequeño —dijo con delicadeza—. Se quedará con Robb y contigo. Los demás vendrán conmigo.

—No lo soportaré —dijo Catelyn, temblorosa.

—Tendrás que soportarlo. Sansa tiene que casarse con Joffrey, ahora está claro, no podemos darles el menor motivo para que duden de nuestra devoción. Y ya va siendo hora de que Arya aprenda las costumbres de una corte sureña. Dentro de pocos años, ella también estará en edad de casarse.

Sansa brillaría con luz propia en la corte, se dijo Catelyn para sus adentros, y bien sabían los dioses que a Arya le hacía falta refinarse un poco. De mala gana, las dejó partir en su corazón. Pero a Bran, no. A Bran, imposible.

—Sí —dijo—. Pero por favor, Ned, por el amor que me profesas, deja que Bran se quede aquí, en Invernalia. No tiene más que siete años.

—Yo tenía ocho cuando mi padre me envió como pupilo al Nido de Águilas —respondió Ned—. Ser Rodrik me ha dicho que Robb y el príncipe Joffrey no simpatizan. Eso no es bueno. Bran puede tender un puente entre ellos. Es un niño dulce, con la risa fácil; se hace querer. Que crezca con los pequeños príncipes, que se haga amigo de ellos igual que Robert y yo nos hicimos amigos. Así, nuestra casa estará a salvo.

Tenía razón. Catelyn lo sabía. Pero aquello no lo hacía menos doloroso. Los iba a perder a los cuatro: a Ned, a las dos niñas y a su querido Bran. Solo le quedarían Robb y el pequeño Rickon. Ya sentía el peso de la soledad. Invernalia era un lugar tan, tan vasto...

—Pero que no se acerque a los muros —dijo con valor—. Ya sabes cuánto le gusta trepar a Bran.

—Gracias, mi señora —susurró Ned, secándole a besos las lágrimas de los ojos antes de que se derramaran—. Es muy duro, lo sé.

—¿Qué pasa con Jon Nieve, mi señor? —preguntó el maestre Luwin.

Catelyn se puso tensa al oír aquel nombre. Ned percibió su rabia y se apartó de ella.

Muchos hombres tenían bastardos. Catelyn lo había sabido toda su vida. No le sorprendió descubrir que, en el primer año de su matrimonio, Ned había tenido un hijo con alguna chica a la que había conocido estando en campaña. Al fin y al cabo tenía necesidades de hombre, y aquel año lo habían pasado separados: Ned guerreaba en el sur mientras ella permanecía a salvo en el castillo de su familia, en Aguasdulces. Pensaba más en Robb, el bebé que mamaba de su pecho, que en aquel marido al que apenas conocía. Si entre batalla y batalla encontraba alguna diversión, mejor que mejor. Y si su semilla daba fruto, debía ocuparse del niño; era lo que se esperaba de él.

Pero había hecho más aún. Los Stark no se parecían a los demás hombres. Ned se llevó al bastardo a casa y lo llamó hijo ante todo el norte. Cuando las guerras terminaron por fin y Catelyn se trasladó a Invernalia, Jon y su ama de cría ya estaban instalados allí.

Aquello le dolió. Ned no hablaba de la madre del niño, no decía ni una palabra de ella, pero en el castillo no había secretos y Catelyn oía a las doncellas contar las historias que a ellas les habían relatado los soldados de su esposo. Hablaban en susurros de ser Arthur Dayne, la Espada del Amanecer, el más mortífero de los siete caballeros de la Guardia Real de Aerys, y de cómo el joven señor de Invernalia lo había matado en combate singular. Y contaban cómo luego Ned llevó la espada de ser Arthur a la hermosa y joven hermana de este, que lo aguardaba en un castillo llamado Campoestrella, a orillas del mar del Verano. Lady Ashara Dayne, alta, hermosa, con ojos hechiceros color violeta. Catelyn había tardado quince días en reunir valor suficiente, pero al fin, una noche en la cama, preguntó directamente a su esposo qué había de verdad en aquello.

Fue la única vez en todos sus años de matrimonio en que Ned le dio miedo.

—No vuelvas a preguntarme nunca acerca de Jon —dijo con voz fría como el hielo—. Es sangre de mi sangre; no tienes por qué saber más. Y ahora, quiero que me digas dónde has oído ese nombre, mi señora.

Ella le había jurado obediencia. Se lo dijo. Y a partir de aquel día los rumores cesaron, y el nombre de Ashara Dayne no se volvió a pronunciar entre los muros de Invernalia.

Fuera quien fuera la madre de Jon, Ned debía de haberla amado con locura, porque nada de lo que Catelyn le dijera pudo convencerlo de que alejara de allí al muchacho. Era la única cosa que jamás perdonaría a su esposo. Había llegado a querer a Ned con todo su corazón, pero nunca había sentido cariño hacia Jon. Por Ned habría soportado la existencia de una docena de bastardos, mientras no tuviera que verlos. Pero Jon era una presencia constante, y a medida que crecía se parecía más a Ned que ninguno de los hijos legítimos que ella le había dado. Aquello empeoraba aún más la situación.

—Jon no se puede quedar —dijo.

—Robb y él están muy unidos —señaló Ned—. Había pensado...

—No se puede quedar aquí —lo interrumpió Catelyn—. Es hijo tuyo, no mío. No lo quiero a mi lado.

Sabía que estaba siendo dura, pero era lo que sentía. Y Ned no haría ningún favor al chico dejándolo en Invernalia.

—Sabes que no me lo puedo llevar al sur —le dijo su marido con una mirada llena de angustia—. En la corte no hay lugar para él. No admitirán a un chico con apellido de bastardo; se burlarán; lo rechazarán.

—Por lo que se cuenta —replicó Catelyn blindando su corazón contra la súplica muda de los ojos de Ned—, tu amigo Robert también ha tenido una docena de bastardos.

—¡Pero ninguno ha entrado en la corte! —exclamó él—. Ya se ha cuidado bien de eso la Lannister. ¿Cómo puedes ser tan cruel, Catelyn? No es más que un niño. No... —Estaba dominado por la ira. Habría dicho más cosas, y peores, pero el maestre Luwin lo interrumpió.

—Hay otra solución —dijo con voz tranquila—. Vuestro hermano Benjen vino a verme hace unos días, para hablarme de Jon. Por lo visto, el muchacho aspira a vestir el negro.

—¿Quiere unirse a la Guardia de la Noche? —Ned lo miró, conmocionado.

Catelyn no dijo nada. Que Ned meditara sobre la idea; en aquel momento, era mejor que ella guardara silencio. Pero de buena gana habría besado al maestre. Era la solución perfecta. Benjen Stark era un hermano juramentado. Jon sería como un hijo para él, el hijo que nunca tendría. Y el chico también prestaría el juramento cuando llegara su turno. No tendría hijos que algún día pudieran disputar Invernalia a los nietos de Catelyn.

—Servir en el Muro es un gran honor, mi señor —dijo el maestre Luwin.

—Y hasta un bastardo puede llegar muy alto en la Guardia de la Noche —reflexionó Ned. Pero todavía había un atisbo de duda en su voz—. Jon es demasiado joven. Si un hombre maduro quiere prestar el juramento es una cosa, pero un niño de catorce años...

—Es un gran sacrificio —asintió el maestre Luwin—. Pero corren tiempos difíciles, mi señor. Su camino no es más cruel que el que os aguarda a vos, o a vuestra señora.

Catelyn pensó en los tres hijos que iba a perder. No le fue fácil seguir guardando silencio.

Ned se apartó de ellos y volvió a mirar por la ventana, callado, con semblante pensativo. Por fin, suspiró y dio media vuelta.

—Muy bien —dijo al maestre Luwin—. Supongo que es lo mejor. Hablaré con Ben.

—¿Cuándo se lo diremos a Jon? —preguntó el maestre.

—Cuando sea el momento. Hay que hacer preparativos. Pasarán al menos dos semanas antes de que lo tengamos todo a punto para la partida. Que Jon disfrute estos últimos días. Pronto terminará el verano, y también su infancia. A su debido tiempo, yo mismo se lo diré.

ARYA

Las puntadas de Arya volvían a estar todas torcidas.

Las contempló con el ceño fruncido, desalentada, y miró de hurtadillas hacia donde estaba su hermana Sansa con las otras niñas. Las labores de costura de Sansa eran siempre exquisitas. Todo el mundo lo decía.

«Las labores de Sansa son tan bonitas como ella —dijo una vez la septa Mordane a su señora madre—. Tiene unas manos tan hábiles, tan delicadas... —Cuando lady Catelyn le preguntó por Arya, la septa lanzó un bufido—. Arya tiene manos de herrero.»

Arya echó una mirada furtiva hacia el otro extremo de la sala, temerosa de que la septa Mordane pudiera leerle el pensamiento, pero aquel día no le prestaba atención. Se había sentado con la princesa Myrcella y era toda sonrisas y adulación. La septa no tenía ocasión de instruir a una princesa en las artes femeninas todos los días, como le había dicho a la reina cuando llevó a la niña para que estuviera con ellas. A Arya le pareció que las puntadas de Myrcella también estaban algo torcidas, pero por la manera en que las alababa la septa Mordane, nadie lo habría imaginado.

Examinó de nuevo su labor, buscando alguna manera de rescatarla, y al final suspiró y dejó la aguja. Miró a su hermana con gesto abatido. Sansa charlaba alegremente mientras cosía. Sentada a sus pies estaba Beth Cassel, la hija pequeña de ser Rodrik, que se bebía cada palabra que salía de sus labios. Jeyne Poole, a su lado, le susurraba algo al oído.

—¿De qué estáis hablando? —preguntó Arya de repente. Jeyne la miró sobresaltada; luego dejó escapar una risita. Sansa pareció avergonzada. Beth se sonrojó. Nadie le dio respuesta—. Decídmelo —insistió Arya.

Jeyne miró de reojo para asegurarse de que la septa Mordane no las estaba escuchando. Myrcella dijo algo en aquel momento, y la septa estalló en carcajadas igual que el resto de las señoras.

—Hablábamos del príncipe —dijo Sansa con voz suave como un beso.

Arya sabía bien a qué príncipe se refería. A Joffrey, claro. El alto, el guapo. A Sansa le había tocado sentarse con él en el banquete. A Arya le correspondió el pequeño y gordito. Naturalmente.

—A Joffrey le gusta tu hermana —susurró Jeyne, tan orgullosa como si fuera la responsable de aquello. Era la hija del mayordomo de Invernalia, y también la mejor amiga de Sansa—. Le dijo que era muy hermosa.

—Se va a casar con ella —intervino la pequeña Beth, soñadora—. Y Sansa será la reina.

Sansa tuvo la decencia de sonrojarse. Tenía una manera de sonrojarse muy bonita. Todo lo que hacía era muy bonito, pensó Arya con un rencor sordo.

—No te inventes cosas, Beth —reprendió cariñosamente Sansa a la pequeña, al tiempo que le acariciaba el pelo. Volvió la vista hacia Arya—. ¿A ti qué te parece el príncipe Joff, hermana? Es muy galante, ¿verdad?

—Jon dice que parece una niña —replicó Arya.

—Pobre Jon —dijo Sansa con un suspiro, sin dejar de coser—. Le tiene envidia, porque es bastardo.

—Es nuestro hermano —replicó Arya en voz demasiado alta.

Sus palabras se oyeron claramente en el silencio de la sala de la torre. La septa Mordane alzó la vista. Tenía el rostro huesudo, ojos perspicaces y una boca de labios finos que parecían hechos para fruncirse. En aquel momento estaban fruncidos.

—¿De qué estáis hablando, niñas?

—Es nuestro medio hermano —la corrigió Sansa con tono suave y preciso. Sonrió a la septa y le dijo—: Arya y yo comentábamos lo contentas que estamos de que la princesa nos acompañe hoy.

—Desde luego —asintió la septa Mordane—. Es un gran honor para nosotras. —La princesa Myrcella sonrió insegura ante el cumplido—. ¿Por qué no estás cosiendo, Arya? —preguntó la septa. Se puso de pie. Sus faldas almidonadas parecieron susurrar cuando cruzó la sala en dirección a ella—. A ver esas puntadas.

Arya quería gritar. Era muy propio de Sansa atraer la atención de la septa. No tuvo más remedio que tenderle la tela. La septa la examinó.

—Arya, Arya, Arya —dijo—. Esto está mal. Muy mal.

Todos la miraban. Aquello era excesivo. Sansa era demasiado educada para sonreír ante el apuro de su hermana, pero Jeyne lo compensaba de sobra. Incluso la princesa Myrcella parecía sentir lástima por ella. Arya sintió como se le llenaban los ojos de lágrimas. Se levantó bruscamente y corrió hacia la puerta.

—¡Arya! —gritó la septa Mordane—. ¡Vuelve aquí! ¡No te atrevas a salir! Tu señora madre se va a enterar de esto. ¡Y delante de nuestra princesa! ¡Eres una vergüenza para todos!

Arya se detuvo ante la puerta y dio media vuelta, mordiéndose los labios. Las lágrimas le corrían por las mejillas. Se las arregló para hacer una reverencia rígida en dirección a Myrcella.

—Con vuestra venia, mi señora.

Myrcella la miró y luego clavó la vista en sus damas como pidiendo ayuda. Pero si la niña parecía insegura, la septa Mordane, no.

—¿Adónde crees que vas? —rugió.

—Tengo que herrar un caballo —contestó Arya con voz dulce, mirándola.

La consternación en el rostro de la septa le produjo cierto placer. Dio media vuelta, salió y bajó por las escaleras tan deprisa como pudo.

No era justo. Sansa lo tenía todo. Sansa era dos años mayor; quizá cuando nació Arya ya no quedaba nada. Era lo que pensaba a menudo. Sansa sabía coser, bailar y cantar. Escribía poesías. Tenía buen gusto al vestirse. Tocaba el arpa y, por si fuera poco, también el carillón. Y lo peor, era hermosa. Sansa había heredado los pómulos altos de su madre y la espesa cabellera rojiza de los Tully. Arya había salido a su señor padre. Tenía el pelo castaño y sin brillo, y un rostro alargado y solemne. Jeyne la llamaba Arya Caracaballo, y cuando la veía llegar relinchaba. Y para empeorarlo todo, lo único que Arya hacía mejor que su hermana era montar a caballo. Bueno, aquello y llevar las cuentas de la casa. A Sansa no se le daban bien los números. Si acababa por casarse con el príncipe Joff, le haría falta un buen mayordomo.

Nymeria la esperaba en la garita de los guardias, al pie de las escaleras. Se incorporó en cuanto vio llegar a Arya. La niña sonrió. Aunque nadie más la quisiera, la cachorrita de lobo huargo la adoraba. Iban juntas a todas partes, y Nymeria dormía en su habitación, al pie de la cama. Arya se la habría llevado a la sala de costura de buena gana si su madre no lo hubiera prohibido. Así, la septa Mordane no se quejaría tanto de sus puntadas.

Nymeria le mordisqueó ansiosa la mano mientras la desataba. Tenía los ojos amarillos. Cuando reflejaban el sol, brillaban como dos monedas de oro. Arya le había puesto su nombre en memoria de la reina guerrera de Rhoyne, que había guiado a su pueblo en el cruce del mar Angosto. Aquello también había sido un escándalo. Sansa, por supuesto, había llamado Dama a su cachorrita. Arya hizo una mueca y abrazó con fuerza a la loba. Nymeria le lamió una oreja, y la niña se echó a reír.

La septa Mordane ya debía de haber avisado a su señora madre. Si se iba a su cuarto, la encontrarían. Y Arya no quería que la encontraran; tenía mejores planes. Los chicos se estaban entrenando en el patio, y se moría por ver cómo tumbaba Robb al galante príncipe Joffrey.

—Vamos —susurró a Nymeria. Se puso de pie y echó a correr, con la loba pisándole los talones.

En el puente cubierto que unía el Gran Torreón con la armería había una ventana desde la que se divisaba todo el patio. Allí fue adonde se dirigió.

Llegó jadeante, con el rostro congestionado, y se encontró a Jon sentado en el alféizar, con la barbilla apoyada en una rodilla. Estaba observando el patio tan concentrado que no se dio cuenta de su presencia hasta que su lobo blanco se levantó para recibirlas. Nymeria dio unos pasos cautelosos. Fantasma era ya más grande que sus hermanos de camada. La olfateó, le mordisqueó una oreja y volvió a tenderse junto a Jon.

—¿No deberías estar cosiendo, hermanita? —preguntó el chico mirándola con curiosidad.

—Prefiero ver cómo pelean —contestó Arya con una mueca.

—Bueno —dijo Jon con una sonrisa—, ven aquí.

Arya se subió a la ventana y se sentó junto a él mientras en el patio resonaba todo un coro de golpes y gruñidos.

Sufrió una ligera decepción al ver que los que luchaban eran los más pequeños. Bran iba tan envuelto en protectores que parecía que se hubiera vestido con almohadas, y el príncipe Tommen, que ya era bastante regordete de por sí, se asemejaba a una pelota. Resoplaban, jadeaban y se golpeaban con espadas de madera acolchadas bajo la atenta mirada del anciano ser Rodrik Cassel, el maestro de armas, un hombretón corpulento orgulloso de los magníficos bigotes blancos que le cubrían las mejillas. Junto a él divisó a Theon Greyjoy, que vestía un jubón negro con el símbolo de su casa, un kraken dorado. El desprecio se traslucía en su rostro. Los dos combatientes se tambaleaban ya, y Arya supuso que llevaban un buen rato peleando.

—Es algo más cansado que coser, ¿no? —observó Jon.

—Es algo más divertido que coser —replicó Arya.

Jon sonrió y le revolvió el pelo. Arya se sonrojó. Siempre habían estado muy unidos. El muchacho tenía el rostro de su padre, igual que ella. Eran los únicos. Robb, Sansa, Bran, incluso el pequeño Rickon... Todos los demás eran claramente Tully, con sonrisas abiertas y cabellos de fuego. Cuando era pequeña, Arya temía que aquello significara que ella también era bastarda. Acudió a Jon con sus temores, y él fue quien la tranquilizó.

—¿Por qué no estás tú en el patio? —le preguntó.

—A los bastardos no nos permiten hacer daño a los príncipes —dijo el muchacho esbozando una sonrisa—. Las magulladuras que reciban mientras se entrenan se las tienen que causar espadas legítimas.

—Oh. —Arya se sintió avergonzada. Debería haberlo imaginado. Por segunda vez aquel día, pensó que la vida era injusta. Contempló cómo su hermano pequeño lanzaba una estocada contra Tommen—. Podría hacerlo igual de bien que Bran —dijo—. Él tiene solo siete años, y yo, nueve.

—Estás demasiado delgada —dijo Jon mirándola con la sabiduría de sus catorce años. Le cogió el brazo para palpar el músculo. Suspiró y sacudió la cabeza—. No creo que pudieras ni levantar una espada larga, hermanita, no digamos ya blandirla. —Arya se sacudió la mano del brazo y lo miró, airada. Jon le revolvió el pelo otra vez. Bran y Tommen seguían moviéndose en círculos, el uno en torno al otro—. ¿Ves al príncipe Joffrey? —preguntó Jon.

Arya no lo había visto al principio, pero al mirar de nuevo lo descubrió al fondo, bajo la sombra de un muro de piedra. Estaba rodeado de hombres a los que ella no conocía, jóvenes escuderos con libreas de los Lannister y de los Baratheon. También había en el grupo algunos hombres mayores. Supuso que eran caballeros.

—Mira los blasones que lleva bordados en la ropa —dijo Jon.

Arya hizo lo que le decía. El jubón acolchado del príncipe lucía un escudo bordado exquisitamente. Las divisas estaban divididas: a un lado, el venado coronado de la casa real; al otro, el león de los Lannister.

—Los Lannister son orgullosos —observó Jon—. No les basta con el emblema real. Pone la casa de su madre al mismo nivel que la del rey.

—¡La mujer también es importante! —protestó Arya.

—¿Vas a hacer tú lo mismo? —Jon dejó escapar una risita—. ¿Aunar las divisas de los Tully y los Stark?

—¿Un lobo con un pescado en la boca? —La idea la hizo reír—. Quedaría ridículo. Además, si las chicas no podemos luchar, ¿para qué queremos escudo de armas?

—A las chicas les dan los escudos —dijo Jon encogiéndose de hombros—, pero no las espadas. A los bastardos les dan las espadas, pero no los escudos. A mí no me mires, hermanita; yo no he dictado las normas.

Se oyó un grito en el patio. El príncipe Tommen había caído rodando e intentaba levantarse sin conseguirlo. Con tantos protectores parecía una tortuga sobre el caparazón. Bran estaba de pie junto a él, con la espada de madera en alto, dispuesto a golpear de nuevo en cuanto se pusiera en pie. Los hombres que los rodeaban se echaron a reír.

—¡Basta! —exclamó ser Rodrik. Tendió una mano al príncipe y lo ayudó a levantarse—. Buena pelea. Lew, Donnis, ayudadlo a quitarse los protectores. —Miró a su alrededor—. Príncipe Joffrey, Robb, ¿queréis probar otra vez?

—De buena gana —dijo Robb adelantándose impaciente. Todavía estaba sudoroso del combate anterior.

En respuesta a la llamada de Rodrik, Joffrey avanzó hasta el sol. El cabello le brillaba como hebras de oro. Parecía aburrido.

—Esto es un juego para niños, ser Rodrik.

—Es que sois niños —señaló con sorna Theon Greyjoy después de soltar una carcajada.

—Puede que Robb sea un niño —dijo Joffrey—. Yo soy un príncipe. Y me he cansado de pinchar a los Stark con una espada de juguete.

—Has recibido más golpes de los que has dado, Joff —dijo Robb—. ¿Tienes miedo?

—Estoy aterrado —dijo el príncipe Joffrey mirándolo fijamente—. Eres mucho mayor que yo. —Los hombres del grupo de los Lannister se echaron a reír.

—Joffrey es un mierda —dijo Jon a Arya mientras observaba la escena con el ceño fruncido.

—¿Qué proponéis? —Ser Rodrik se tironeaba del mostacho blanco, pensativo.

—Acero con filo.

—Hecho —dijo inmediatamente Robb—. ¡Lo vas a lamentar!

—El acero afilado es demasiado peligroso —dijo el maestro de armas poniendo una mano en el hombro de Robb para calmarlo—. Os dejaré combatir con espadas de torneo, embotadas.

Joffrey no dijo nada, pero un hombre al que Arya no conocía, un caballero alto con el pelo negro y cicatrices de quemaduras en el rostro, dio un paso para situarse ante el chico.

—Este es tu príncipe. ¿Quién eres tú para decirle con qué espada debe pelear?

—El maestro de armas de Invernalia, Clegane. Será mejor que lo tengas presente.

—¿Entrenas a mujeres? —preguntó el hombre de las quemaduras. Tenía la musculatura de un toro.

—Entreno a caballeros —replicó ser Rodrik con mordacidad—. Pelearán con acero cuando estén preparados. Cuando tengan edad suficiente.

—¿Cuántos años tienes, chico? —preguntó el hombre de las quemaduras a Robb mientras lo miraba.

—Catorce.

—Yo maté a un hombre cuando tenía doce años. Y no fue con una espada embotada, de eso puedes estar seguro.

Arya vio que Robb se erizaba. Lo habían herido en su orgullo. El chico se volvió hacia ser Rodrik.

—Déjame que lo intente. Lo puedo vencer.

—Pues véncelo con una espada de torneo —replicó ser Rodrik.

—Vuelve a retarme cuando seas mayor, Stark —dijo Joffrey encogiéndose de hombros—. Mayor, ¿eh? No viejo.

Los hombres del grupo de los Lannister estallaron en carcajadas. Las maldiciones de Robb resonaron en todo el patio. Arya se tapó la boca, conmocionada. Theon Greyjoy lo agarró por el brazo para que no se abalanzara contra el príncipe. Ser Rodrik se retorció los bigotes, consternado.

—Vamos, Tommen —dijo Joffrey a su hermano pequeño, fingiendo un bostezo—. Se ha acabado el recreo. Deja a los niños con sus chiquilladas.

Aquello provocó más carcajadas en el grupo de los Lannister y más maldiciones de Robb. Ser Rodrik estaba tan furioso que el rostro se le puso rojo como un tomate bajo los bigotes blancos. Theon tuvo que sujetar a Robb con mano de hierro hasta que los príncipes y su cortejo estuvieron lejos, a salvo.

Jon los observó alejarse, y Arya observó a Jon. Tenía el rostro tan tranquilo como el estanque del bosque de dioses. Por fin se bajó del alféizar.

—El espectáculo ha terminado —dijo. Se inclinó para rascar a Fantasma entre las orejas. El lobo blanco se levantó y se restregó contra él—. Más vale que vayas corriendo a tu habitación, hermanita. Seguro que la septa Mordane está al acecho. Cuanto más tiempo pases escondida, más duro será el castigo. Te vas a pasar el invierno haciendo costura. Cuando llegue el deshielo en primavera encontrarán tu cadáver, con la aguja entre los dedos congelados.

—¡Odio coser! —exclamó Arya con pasión. No le había hecho gracia el comentario—. ¡No es justo!

—No hay nada justo —dijo Jon.

Le revolvió el pelo de nuevo, y se alejó con Fantasma. Nymeria echó a andar tras ellos, pero se detuvo y retrocedió al ver que Arya no los seguía.

La niña, de mala gana, echó a andar en dirección contraria.

Era peor de lo que había supuesto Jon. Cuando llegó a su cuarto, la esperaba la septa Mordane, pero no estaba sola. Estaba con su madre.

BRAN

La partida de caza se puso en marcha al amanecer. El rey quería que hubiera jabalí en el banquete de la noche. El príncipe Joffrey cabalgaba con su padre, así que Robb había recibido permiso para ir también con los cazadores. Junto con ellos iban su tío Benjen, Jory, Theon Greyjoy, ser Rodrik e incluso el extraño hermano pequeño de la reina. Al fin y al cabo, era la última cacería: al día siguiente por la mañana emprenderían el viaje hacia el sur.

Bran había tenido que quedarse en Invernalia con Jon, las niñas y Rickon. Pero Rickon no era más que un bebé, las niñas no eran más que niñas, y Jon y su lobo parecían haberse esfumado. Bran tampoco los buscó con demasiado interés. Tenía la sensación de que Jon estaba enfadado con él. Últimamente, Jon parecía enfadado con todo el mundo. El niño no entendía por qué. Sabía que su hermano iba a marcharse con su tío Ben al Muro, para unirse a la Guardia de la Noche. Aquello era casi tan emocionante como ir al sur con el rey. El que se tenía que quedar en Invernalia era Robb, no Jon.

Llevaba días muriéndose de impaciencia; no veía la hora de emprender el viaje. Iba a recorrer el camino Real a caballo, no a lomos de un poni, sino de un caballo de verdad. Su padre sería la mano del rey; vivirían en el castillo rojo de Desembarco del Rey, el castillo que habían construido los Señores Dragón. La Vieja Tata decía que allí había fantasmas, y mazmorras donde habían pasado cosas horribles, y que los muros estaban adornados con cabezas de dragón. Solo con imaginarlo, a Bran le daban escalofríos, pero no tenía miedo. ¿Por qué iba a tenerlo? Su padre estaría con él, y el rey, y todos los caballeros del rey, y sus espadas juramentadas.

Algún día, el mismo Bran sería caballero y pertenecería a la Guardia Real. La Vieja Tata decía que eran las mejores espadas del reino. Solo eran siete, vestían armadura blanca y no tenían esposa ni hijos; vivían solo para servir al rey. Bran se sabía de memoria todas las leyendas. Sus nombres le sonaban a música celestial. Serwyn del Escudo Espejo. Ser Ryam Redwyne. El príncipe Aemon, el Caballero Dragón. Los gemelos ser Erryk y ser Arryk, que se habían matado mutuamente en una lucha a espada hacía cientos de años, cuando el hermano luchó contra la hermana en la guerra que los trovadores llamaron la Danza de los Dragones. El Toro Blanco, Gerold Hightower. Ser Arthur Dayne, la Espada del Amanecer. Barristan el Bravo.

El rey Robert había llegado al norte acompañado por dos de sus guardias reales. Bran los había observado con fascinación, sin atreverse a dirigirles la palabra. Ser Boros era un hombretón calvo y con papada, y ser Meryn tenía bolsas bajo los ojos y barba color óxido. Ser Jaime Lannister se parecía más a los caballeros de las historias, y también pertenecía a la Guardia Real, pero Robb dijo que había matado al viejo rey loco y que ya no contaba. El más grande de los caballeros vivos era ser Barristan Selmy, Barristan el Bravo, lord comandante de la Guardia Real. Su padre le había prometido que, cuando llegaran a Desembarco del Rey, podría ver a ser Barristan en persona, y desde entonces Bran marcaba en la pared los días que faltaban para la partida, ansioso por ver un mundo con el que solo había soñado, de empezar una vida que apenas podía imaginar.

Pero ahora que había llegado el último día, Bran se sintió perdido de repente. No conocía más hogar que Invernalia. Su padre le había dicho que aquel día debía despedirse de todo el mundo, y él lo había intentado. Cuando los cazadores se marcharon, vagó por el castillo con su lobo para ver a todos los que iban a quedar atrás: la Vieja Tata y Gage, el cocinero; Mikken, en la herrería; Hodor, el mozo de cuadra que siempre sonreía y cuidaba de su poni, y solo sabía decir «Hodor»; el hombre de los invernaderos, que le daba moras cuando lo visitaba...

Pero no fue posible. Había ido al establo en primer lugar, y allí estaba su poni, pero ya no era su poni; le iban a dar un caballo de verdad, y el poni se quedaría en Invernalia, y de pronto, Bran tuvo ganas de sentarse en el suelo y llorar. Dio media vuelta y salió corriendo antes de que Hodor y los otros mozos de cuadra le vieran las lágrimas en los ojos. Así terminaron las despedidas. En lugar de visitar a nadie más, Bran se pasó la mañana a solas en el bosque de dioses, intentando, sin conseguirlo, enseñar a su lobo a recoger y devolverle el palo que le lanzaba. El cachorro era más listo que cualquiera de los perros de su padre, y Bran habría jurado que entendía todo lo que le decía, pero por lo visto no le interesaba la caza de palos.

Todavía no se había decidido por ningún nombre para el animal. Robb llamaba al suyo Viento Gris, porque corría muy deprisa; Sansa le había puesto Dama a la suya; Arya la había bautizado con el nombre de una reina bruja de las leyendas, y el del pequeño Rickon se llamaba Peludo, que en opinión de Bran era un nombre bien idiota para un huargo. El lobo de Jon, el blanco, se llamaba Fantasma. A Bran le habría gustado que aquel nombre se le hubiera ocurrido a él, aunque su lobo no fuera blanco. Había probado cientos de nombres en las dos últimas semanas, y ninguno acababa de gustarle.

Por fin se hartó del juego del palo y decidió ir a trepar. Con todo lo que había pasado últimamente, hacía semanas que no subía a la torre rota, y quizá aquella fuera su última oportunidad.

Cruzó el bosque de dioses por el camino más largo, dando un rodeo para evitar el estanque donde crecía el árbol corazón. El árbol corazón siempre le había dado miedo. En opinión de Bran, los árboles no deberían tener ojos, ni hojas que parecieran manos. Su lobo corría pisándole los talones.

—Tú te quedas aquí —le dijo al pie del árbol centinela que se alzaba junto al muro de la armería—. Túmbate. Eso es, muy bien. Quieto.

El lobo hizo lo que le ordenaban. Bran lo rascó detrás de las orejas, dio la vuelta, de un salto se agarró a una rama baja y se aupó. Se movía con facilidad de rama en rama, y ya estaba a mitad del tronco cuando el lobo se puso de pie y empezó a aullar.

Bran miró abajo. El lobo se calló y clavó en él sus ojos amarillos y rasgados. El niño sintió un extraño escalofrío. El lobo volvió a aullar.

—¡Calla! —le gritó—. Siéntate. Quieto. Eres peor que mi madre.

Los aullidos lo persiguieron mientras seguía trepando, hasta que por fin saltó al tejado de la armería y el lobo lo perdió de vista.

Los tejados de Invernalia eran el segundo hogar de Bran. Su madre decía a menudo que Bran ya trepaba antes de empezar a andar. El niño no recordaba cuándo aprendió a andar, pero tampoco recordaba cuándo trepó por primera vez, así que suponía que era cierto.

Para un niño, Invernalia era un laberinto de piedra gris formado por murallas, torres, patios y túneles que se extendían en todas direcciones. En las zonas más antiguas del castillo, las salas estaban inclinadas y a diferentes niveles, así que uno nunca sabía a ciencia cierta en qué piso estaba. El maestre Luwin le había dicho hacía tiempo que la edificación había ido creciendo a lo largo de los siglos como un monstruoso árbol de piedra, con ramas gruesas, nudosas y retorcidas, y raíces profundamente hundidas en la tierra.

Cuando salía a los tejados, cerca del cielo, Bran abarcaba toda Invernalia de un vistazo. Le gustaba cómo se veía desde allí, cómo se extendía a sus pies; disfrutaba cuando sobre su cabeza solo se encontraban los pájaros y toda la vida del castillo se desarrollaba abajo. Podía pasarse horas enteras entre las gárgolas informes, desgastadas por la lluvia, que desde su lugar en el Primer Torreón lo vigilaban todo: a los hombres que trabajaban la madera y el acero en el patio, a los cocineros que se ocupaban de las verduras en el invernadero, a los perros inquietos que correteaban por las perreras, el silencio del bosque de dioses, a las jovencitas que chismorreaban junto al pozo donde lavaban los platos... Aquello lo hacía sentir como si fuera el señor del castillo, en un sentido que jamás conocería ni el propio Robb.

Así había aprendido también los secretos de Invernalia. Los constructores no se habían molestado en nivelar el terreno. Tras los muros había colinas y valles. Había también un puente cubierto que iba del cuarto piso de la Torre de la Campana al segundo de la torre donde se criaban los cuervos. Bran lo sabía. También sabía que era posible penetrar en el muro interior por la puerta sur, subir tres pisos y circundar toda Invernalia por un angosto túnel excavado en la piedra, para después salir al nivel del suelo por la puerta norte, donde una pared de cien varas se alzaba a la espalda. El chico estaba seguro de que ni siquiera el maestre Luwin sabía aquello.

A su madre la aterraba pensar que algún día Bran se caería de un muro y se mataría. Él le decía que no, pero ella no lo creía. Una vez consiguió que le prometiera que no volvería a trepar. El niño se las arregló para mantener su promesa durante quince largos días; en todos se sintió profundamente desgraciado, hasta que una noche salió por la ventana del dormitorio mientras sus hermanos estaban sumidos en un profundo sueño.

Al día siguiente, atormentado por el remordimiento, confesó su crimen. Lord Eddard le ordenó que fuera al bosque de dioses para purificarse. Puso a varios hombres de guardia, para asegurarse de que Bran pasaba la noche allí a solas, reflexionando sobre su desobediencia. A la mañana siguiente no había ni rastro del niño. Lo encontraron durmiendo a pierna suelta entre las ramas más elevadas del árbol centinela más alto del bosquecillo.

Su padre se enfadó, pero no pudo contener una carcajada.

—No eres hijo mío —le dijo a Bran cuando consiguieron bajarlo—. Eres una ardilla. Pues bien, así sea. Si quieres trepar, trepa, pero que no te vea tu madre.

Bran lo intentó de todo corazón, aunque en el fondo sabía que no la engañaba. Y ella, ya que no conseguía que su padre se lo prohibiera, buscó la ayuda de otros. La Vieja Tata le contó a Bran la historia de un niño malo que trepó tan alto que lo alcanzó un rayo y los cuervos se acercaron a picotearle los ojos. Aquello no impresionó lo más mínimo al chico. En la cima de la torre rota, donde nadie aparte de él subía jamás, había nidos de cuervos; muchas veces se llenaba los bolsillos de maíz antes de trepar, y los pájaros lo comían de su mano. Ninguno había mostrado nunca el menor interés en sacarle los ojos a picotazos.

Más adelante, el maestre Luwin hizo un muñeco de arcilla, lo vistió con la ropa de Bran y lo lanzó al patio desde lo alto del muro, para demostrarle qué le sucedería si se caía. Aquello había sido más divertido, pero Bran se limitó a mirar al maestre.

—Yo no soy de arcilla —le dijo—. Además, nunca me caigo.

Después hubo una temporada en que los guardias lo perseguían cada vez que lo veían en los tejados e intentaban obligarlo a bajar. Aquello fue lo mejor de todo. Era como jugar con sus hermanos, solo que Bran ganaba siempre. No había guardia capaz de trepar tan arriba como él, ni siquiera Jory. Además, casi siempre pasaba desapercibido. La gente nunca miraba hacia arriba. Era otra de las cosas que le gustaban de trepar: se sentía casi invisible.

También le gustaba la sensación de escalar una pared, piedra tras piedra, buscando las grietas entre ellas con los dedos de las manos y los pies. Siempre se quitaba las botas e iba descalzo cuando trepaba. Se sentía como si tuviera cuatro manos en vez de dos. Disfrutaba con aquel dolor profundo y dulce que le invadía después los músculos. Le gustaba el sabor que tenía el aire en la cima, dulce y fresco como un melocotón de invierno. Le gustaban también las aves: los cuervos de la torre rota, los diminutos gorriones que anidaban en las grietas entre las piedras, el viejo búho que dormitaba en el desván polvoriento, sobre la armería... Bran los conocía a todos.

Y, más que nada en el mundo, le gustaba estar en lugares a los que nadie más podía ir, y ver la mole gris y dispersa de Invernalia de una manera que ningún otro veía. Así, todo el castillo era el escondite secreto de Bran.

Su territorio favorito era la torre rota. En el pasado había sido una torre de vigilancia, la más alta de Invernalia. Hacía mucho tiempo, cien años antes de que naciera su padre, cayó un rayo que la incendió. El tercio superior de la estructura se había derrumbado y caído en el interior, y la torre jamás se había reconstruido. De cuando en cuando, su padre enviaba ratoneros a la base de la torre para acabar con los nidos que siempre encontraban en el laberinto de cascotes y vigas chamuscadas y podridas. Pero ya nadie subía a la cima desgarrada de la estructura, a excepción de Bran y los cuervos.

Conocía dos caminos para llegar allí. Se podía trepar por un lado de la propia torre, pero las piedras estaban sueltas y el mortero que las había mantenido unidas ya no era más que un recuerdo, así que a Bran no le gustaba descargar todo su peso sobre ellas.

El mejor camino partía del bosque de dioses; había que trepar a las ramas más altas del centinela, y cruzar sobre la armería y la sala de la guardia, saltando de tejado en tejado, descalzo para que los guardias no oyeran las pisadas sobre ellos. Así se llegaba al lado menos visible del Primer Torreón, la zona más antigua del castillo, una fortaleza redonda y achatada que era más alta de lo que parecía a simple vista. Solo estaba habitada por ratas y arañas, pero se trepaba muy bien por sus viejas piedras. Desde allí se podía ir directamente adonde las gárgolas se asomaban para mirar ciegas al espacio vacío, y pasar de una a otra balanceándose, colgado de las manos, hasta rodear todo el lado norte. Y entonces, si uno se estiraba mucho, mucho, se podía aupar hasta el punto más cercano de la torre rota. Lo último era trepar por las piedras ennegrecidas hasta los nidos, poco más de cinco varas, y allí los cuervos se le acercaban por si les había llevado maíz.

Bran iba pasando de gárgola en gárgola, con la facilidad que da la práctica, cuando oyó las voces. Se sobresaltó tanto que estuvo a punto de caerse. Nunca había visto a nadie en el Primer Torreón.

—No me gusta —decía una mujer. Debajo de Bran había una hilera de ventanas, y la voz le llegaba de la última de aquel lado—. La mano tendrías que ser tú.

—No lo quieran los dioses —replicó la voz indiferente de un hombre—. No es el tipo de honor que deseo. Implica demasiado trabajo.

Bran se quedó donde estaba, colgado de una gárgola, escuchando; de pronto, le daba miedo seguir adelante. Si se daba impulso para balancearse hasta el siguiente asidero podían verle los pies.

—¿No te das cuenta del peligro que corremos? —insistió la mujer—. Robert quiere a ese hombre como si fuera su hermano.

—Robert no traga a sus hermanos. Y la verdad es que lo comprendo. Stannis le provocaría una indigestión a cualquiera.

—Déjate de tonterías. Stannis y Renly son una cosa, y Eddard Stark es otra muy diferente. Robert escuchará la opinión de Stark. Malditos sean los dos. Debí insistir en que te nombrara a ti, pero estaba segura de que Stark le diría que no.

—Aún hemos tenido suerte —dijo el hombre—. El rey podría haber elegido a uno de sus hermanos o, peor todavía, a Meñique, los dioses nos ayuden. Prefiero enemigos honorables que no sean ambiciosos; me costará menos dormir por las noches.

Bran comprendió que estaban hablando de su padre. Tenía que oír qué decían. Unos pocos codos más... pero podrían verlo por la ventana.

—Tendremos que vigilarlo de cerca —dijo la mujer.

—Prefiero vigilarte a ti —replicó el hombre. Parecía aburrido—. Ven aquí.

—Lord Eddard jamás había mostrado el menor interés por nada que sucediera al sur del Cuello —dijo la mujer—. Jamás. Planea algo contra nosotros, te lo digo yo. Si no, ¿por qué iba a abandonar sus tierras?

—Por mil razones. Por deber. Por honor. Porque quiere ver su nombre en letras grandes en el libro de la historia, o por escapar de su esposa, o por ambas cosas a la vez. A lo mejor quiere estar en un sitio cálido por una vez en la vida.

—Su esposa es la hermana de lady Arryn. Y me extraña que Lysa no estuviera aquí para darnos la bienvenida con sus acusaciones.

Bran miró abajo. Bajo la ventana había una cornisa muy estrecha, de apenas unos dedos de anchura. Trató de descender hacia ella. Estaba muy lejos; no llegaría.

—Te preocupas demasiado. Lady Arryn no es más que una estúpida miedosa.

—Esa estúpida miedosa compartía el lecho de Jon Arryn.

—Si supiera algo a ciencia cierta, habría hablado con Robert antes de huir de Desembarco del Rey.

—¿Tú crees? Robert ya había accedido a poner en custodia como pupilo a ese enfermizo hijo suyo en Roca Casterly. No, ni en sueños. Sabía que el crío sería rehén de su silencio. Ahora que está a salvo en su Nido de Águilas, puede que se sienta más valiente.

—Madres. —La palabra, en labios del hombre, tenía el tono de una blasfemia—. Eso de parir os afecta a la cabeza. Estáis todas locas. —Soltó una carcajada. Fue un sonido amargo—. Que lady Arryn sea tan valiente como guste. Da igual qué sepa o crea saber; no tiene ninguna prueba. —Hizo una breve pausa—. ¿Verdad?

—¿Crees que el rey le exigirá pruebas? —replicó la mujer—. Ya te lo he dicho. No me ama.

—¿Y quién tiene la culpa de eso, querida hermana?

Bran estudió la cornisa. Podía soltarse y dejarse caer. Era demasiado estrecha para aterrizar sobre ella, pero si lograba aferrarse mientras caía y darse impulso hacia arriba... Pero claro, aquello quizá hiciera ruido y atrajera a las dos personas a la ventana. El chico no sabía bien qué estaba oyendo, pero estaba seguro de que a ellos no les gustaría que se enterase.

—Estás tan ciego como Robert —decía en aquellos momentos la mujer.

—Si quieres decir que los dos vemos lo mismo, es verdad —replicó él—. Yo veo a un hombre que preferiría la muerte antes que traicionar a su rey.

—Ya traicionó a un rey, ¿acaso lo has olvidado? No, no estoy negando que sea leal a Robert, eso es evidente. Pero, ¿qué pasará cuando Robert muera y Joff ocupe el trono? Y cuanto antes suceda eso, más a salvo estaremos nosotros. Mi esposo se impacienta de día en día. Si Stark está a su lado, las cosas irán todavía peor. Sigue enamorado de la hermanita, esa insípida de dieciséis años que lleva tanto tiempo muerta. ¿Cuánto tiempo pasará antes de que decida cambiarme por una nueva Lyanna?

De pronto, Bran tenía mucho miedo. No había nada que deseara más que volver por donde había llegado e ir con sus hermanos. Pero, ¿qué les diría? Comprendió que tenía que acercarse más. Tenía que ver a las personas que estaban hablando.

—Deberías pensar menos en el futuro y más en los placeres inmediatos —dijo el hombre dejando escapar un suspiro.

—¡Para ya!

Bran oyó el repentino restallido de la carne contra la carne, y luego la risa del hombre.

El chico se dio impulso hacia arriba, trepó sobre la gárgola y reptó por el tejado. Aquel era el camino fácil. Avanzó por el tejado hasta la siguiente gárgola, que estaba justo sobre la habitación donde discutía la pareja.

—Esta charla empieza a aburrirme, hermana —dijo él—. Ven aquí y cállate un rato.

Bran se sentó a horcajadas sobre la gárgola, se aferró con fuerza con las piernas y se dejó caer cabeza abajo. Quedó colgado por las piernas y, poco a poco, estiró el cuello hacia la ventana. El mundo era muy extraño visto del revés. El patio parecía deslizarse suavemente bajo él, con las piedras húmedas de nieve fundida.

Bran miró por la ventana.

Dentro de la habitación había un hombre y una mujer que se peleaban. Ambos estaban desnudos. Bran no alcanzaba a divisar quiénes eran. El hombre le daba la espalda, y su cuerpo ocultaba a la mujer a la que empujaba contra la pared.

Se oían ruidos suaves, húmedos. Bran se dio cuenta de que se estaban besando. Los observó con los ojos abiertos de par en par, aterrado, sin atreverse siquiera a respirar. El hombre había puesto una mano entre los muslos de la mujer y debía de estar haciéndole daño, porque ella empezó a gemir.

—Para —decía—. Basta, basta... Oh, por favor...

Pero la voz era baja y débil, y en vez de empujarlo para obligarlo a alejarse, hundió las manos en el pelo del hombre, aquel pelo rubio enmarañado, y le obligó a bajar el rostro hacia su pecho.

Bran vio la cara de la mujer. Tenía los ojos cerrados y la boca abierta; gemía. Se le mecía la cabellera dorada mientras movía la cabeza adelante y atrás, pero aun así reconoció a la reina.

Debió de dejar escapar algún sonido. De pronto, la mujer abrió los ojos y lo miró directamente. Lanzó un grito.

Todo sucedió de repente. La mujer apartó al hombre de un empujón mientras gritaba y señalaba, enloquecida. Bran intentó auparse de nuevo a la gárgola. Iba demasiado deprisa. Rozó inútilmente la piedra lisa con la mano y, en medio del pánico, se le resbalaron las piernas y cayó. Hubo un instante de vértigo, una sacudida estremecedora cuando la ventana pasó junto a él. Estiró una mano, se agarró a la cornisa, se resbaló, estiró la otra y consiguió aferrarse. Quedó colgando contra la pared del edificio. El impacto lo había dejado sin aliento. Bran se quedó suspendido de un brazo, jadeante.

En la ventana, sobre él, aparecieron dos rostros.

La reina. Y Bran reconocía también al hombre que estaba a su lado. Se le parecía tanto como si fuera su imagen especular.

—Nos ha visto —dijo la mujer con voz chillona.

—Eso parece —asintió el hombre.

Los dedos de Bran empezaron a resbalar. Se aferró a la cornisa con la otra mano. Hincó las uñas en la piedra. El hombre le tendió el brazo.

—Dame la mano —dijo—. Te vas a caer. —Bran se aferró al brazo con todas sus fuerzas. El hombre lo izó hasta la cornisa.

—¿Qué haces? —le gritó la mujer.

El hombre no hizo caso. Era muy fuerte. Subió a Bran hasta el alféizar de la ventana.

—¿Cuántos años tienes, chico?

—Siete —dijo Bran, temblando de alivio. Sus dedos habían dejado marcas profundas en el antebrazo del hombre. Se soltó mansamente.

—Qué cosas hago por amor —dijo con desprecio el hombre, mirando a la mujer.

Dio un empujón a Bran.

Bran, gritando, se precipitó al vacío. No había nada a lo que agarrarse. El patio ascendió a su encuentro.

A lo lejos, un lobo empezó a aullar. Los cuervos volaban en círculos en torno a la torre rota, esperando su maíz.

TYRION

En algún punto del gran laberinto de piedra que era Invernalia, un lobo aullaba. El sonido ondeaba en el castillo como una bandera de luto.

Tyrion Lannister alzó la vista de los libros y se estremeció, aunque la biblioteca era cálida y acogedora. El aullido de un lobo tenía algo que arrancaba al hombre de su lugar y su tiempo, y lo abandonaba en un bosque oscuro de la mente, corriendo desnudo ante la manada.

El lobo aulló de nuevo, y Tyrion cerró el pesado libro con cubiertas de cuero que había estado leyendo, un tratado de hacía un siglo acerca del cambio de las estaciones, escrito por un maestre que llevaba mucho tiempo muerto. Ocultó un bostezo con el dorso de la mano. La lamparilla parpadeaba, a punto de quedarse sin aceite, y la luz del amanecer empezaba a filtrarse por las altas ventanas. Se había pasado la noche leyendo, pero no era ninguna novedad. Tyrion Lannister no era de los que necesitan mucho sueño.

Al bajarse del banco se dio cuenta de que tenía las piernas rígidas y doloridas. Se las masajeó para activar la circulación, y cojeó hacia la mesa sobre la que el septón roncaba suavemente con la cabeza apoyada en el libro abierto ante él. Tyrion leyó el título. Una biografía del gran maestre Aethelmure; aquello lo explicaba todo.

—Chayle —llamó con suavidad.

El joven alzó la cabeza bruscamente y parpadeó, confuso. Llevaba en el cuello una cadena de plata de la que colgaba el cristal de su orden.

—Voy a ver qué desayuno. Encárgate de volver a poner los libros en los estantes. Ten cuidado con los pergaminos valyrios, están muy secos. *Máquinas de guerra* de Ayrmidon es muy poco común, tienes el único ejemplar completo que he visto en mi vida.

Chayle, todavía medio dormido, lo miró con asombro. Tyrion le repitió las instrucciones pacientemente, dio una palmadita en el hombro al septón y lo dejó dedicado a sus quehaceres.

Una vez fuera, Tyrion inspiró una bocanada del fresco aire matutino e inició el laborioso descenso por los empinados peldaños de la escalera de piedra que se enroscaba por el exterior de la torre de la biblioteca. Iba muy despacio; los peldaños eran altos y estrechos, mientras que él tenía las piernas cortas y torcidas. El sol naciente aún no había despejado las sombras de los muros de Invernalia, pero los hombres ya estaban trabajando en el patio. Le llegó la voz áspera de Sandor Clegane.

—Lo que le está costando morir a ese crío. Ya se podría dar más prisa.

Tyrion miró abajo y vio al Perro de pie junto a Joffrey, rodeados ambos por un enjambre de escuderos.

—Por lo menos se muere sin hacer ruido —dijo el príncipe—. El que arma escándalo es el lobo. Esta noche casi no he podido dormir.

Clegane proyectaba una sombra alargada sobre la tierra dura mientras su escudero le ponía el yelmo.

—Si lo deseas, puedo silenciar a esa bestia —dijo a través del visor abierto.

El escudero le puso la espada larga en la mano. Clegane la sopesó y la probó blandiéndola en el aire frío de la mañana. A su espalda el patio resonaba con el estrépito del acero contra el acero.

—¡Enviaré un perro para matar a otro perro! —exclamó el príncipe; parecía divertirle enormemente la idea—. Son una auténtica plaga en Invernalia, los Stark no lo notarán si les falta uno.

—Lamento no estar de acuerdo, sobrino —dijo Tyrion después de saltar del último peldaño al patio—. Los Stark saben contar hasta seis, a diferencia de algunos príncipes que conozco.

Joffrey tuvo la decencia de sonrojarse.

—Una voz que surge de la nada —dijo Sandor. Escudriñó por la abertura del yelmo, mirando a un lado y a otro—. ¡Espíritus del aire, sin duda!

El príncipe se echó a reír, como siempre que su guardaespaldas se embarcaba en aquella payasada. Tyrion ya estaba acostumbrado.

—Aquí abajo.

—Vaya, si es el diminuto lord Tyrion —dijo el hombretón tras bajar la vista hacia el suelo y fingir que advertía en aquel momento su presencia—. Perdonadme, no os había visto.

—Hoy no estoy de humor para aguantar tu insolencia. —Tyrion se volvió hacia su sobrino—. Joffrey, ya deberías haber visitado a lord Eddard y a su esposa para presentarles tus respetos en las dolorosas circunstancias que atraviesan.

—¿De qué les van a servir mis respetos? —Joffrey era petulante como solo puede serlo un príncipe niño.

—De nada —replicó Tyrion—. Pero es lo que debes hacer. Tu ausencia ha sido muy comentada.

—El hijo de los Stark no me importa lo más mínimo —dijo Joffrey—. Y no soporto los lloriqueos de las mujeres.

Tyrion Lannister alzó el brazo y abofeteó a su sobrino con fuerza. La mejilla del chico se puso roja.

—Una palabra más y te doy otra vez.

—¡Se lo voy a contar a mi madre! —exclamó Joffrey.

Tyrion lo abofeteó de nuevo. Las dos mejillas se pusieron del mismo color.

—Cuéntaselo a tu madre —dijo Tyrion—. Pero antes ve a ver a lord y lady Stark, arrodíllate ante ellos, diles lo triste que es todo esto, que estás a su servicio para cualquier cosa que puedas hacer por ellos o por su familia en este momento de dolor, y que los tienes siempre presentes en tus oraciones. ¿Entendido? ¿Entendido?

El chico parecía a punto de echarse a llorar, pero se las arregló para asentir débilmente. Dio media vuelta y salió corriendo por el patio, con la mano en la mejilla. Tyrion lo observó alejarse a toda velocidad.

Se le ensombreció el rostro. Se giró y se topó con Clegane, que se alzaba ante él tan imponente como una montaña. Su armadura negra como el carbón tapaba el sol. Se había bajado el visor del yelmo, que reproducía la cara enfurecida de un sabueso negro; daba miedo mirarlo, pero a Tyrion siempre le había parecido que tenía mejor aspecto que la cara terriblemente quemada de Clegane.

—El príncipe recordará lo que habéis hecho, diminuto señor —le advirtió el Perro. El yelmo convertía su risa en un retumbar cavernoso.

—Eso espero —replicó Tyrion Lannister—. Y si se olvida, su perrito se lo recordará, ¿verdad? —Miró a su alrededor—. ¿Sabes dónde está mi hermano?

—Desayunando con la reina.

—Ah —dijo Tyrion.

Dedicó un saludo automático a Clegane y se alejó silbando, a toda la velocidad que le permitían sus piernas atrofiadas. Sentía compasión por el primer caballero que pusiera a prueba la paciencia del Perro aquel día. Tenía muy mal genio.

El desayuno que servían en la sala matutina de la casa de invitados era frío y triste. Jaime estaba sentado a la mesa con Cersei y los niños, y todos hablaban en voz baja.

—¿Todavía no se ha levantado Robert? —preguntó Tyrion mientras tomaba asiento sin esperar a que lo invitaran.

—El rey no se ha acostado —dijo su hermana. Lo miraba con la misma expresión de leve disgusto que le había dedicado desde el día en que nació—. Está con Lord Eddard. Se ha tomado muy a pecho su dolor.

—Nuestro Robert tiene un gran corazón —comentó Jaime con una sonrisa desganada.

No eran muchas las cosas que Jaime se tomaba en serio. Tyrion, que conocía a su hermano, lo sabía y se lo perdonaba. Durante los largos y terribles años de su infancia, el único que alguna vez le había mostrado cierto afecto y respeto había sido Jaime, y por ello Tyrion estaba dispuesto a perdonarle casi cualquier cosa.

Un criado se aproximó a la mesa.

—Pan —pidió Tyrion—, y un par de pescaditos de esos, y una jarra de cerveza negra para pasarlo todo. Ah, y un poco de panceta ahumada, tostada hasta que cruja.

El hombre hizo una reverencia y se alejó. Tyrion se volvió de nuevo hacia sus hermanos. Eran mellizos, hombre y mujer, y aquella mañana parecían una copia uno del otro. Los dos se habían vestido de un tono verde que les hacía juego con los ojos. Los cabellos rizados de ambos les caían sobre los hombros, y se adornaban muñecas, dedos y cuello con joyas de oro.

Tyrion se preguntó durante un momento cómo sería tener un hermano gemelo, y pensó que prefería no saberlo. Ya era bastante duro enfrentarse a sí mismo cada mañana en el espejo. La sola idea de ver a alguien como él era aterradora.

—¿Sabes algo de Bran, tío? —preguntó el príncipe Tommen.

—Anoche pasé por la habitación del enfermo —dijo Tyrion—. No ha habido ningún cambio. El maestre cree que es una buena señal.

—No quiero que Brandon se muera —dijo Tommen con timidez. Era un chiquillo encantador; en nada se parecía a su hermano. Pero Jaime y Tyrion tampoco eran precisamente idénticos.

—Lord Eddard tenía un hermano que también se llamaba Brandon —caviló Jaime—. Fue uno de los rehenes asesinados por Targaryen. Por lo visto, ese nombre trae mala suerte.

—No tan mala, no tan mala —dijo Tyrion. El criado le sirvió su plato. Arrancó con los dedos un pedazo de pan moreno, mientras Cersei lo miraba con cautela.

—¿Qué quieres decir?

—Que los buenos deseos de Tommen pueden hacerse realidad —dijo Tyrion dedicándole una sonrisa malévola—. El maestre dice que el niño tiene posibilidades de sobrevivir.

Myrcella dejó escapar una exclamación de alegría y Tommen sonrió, nervioso, pero Tyrion no estaba mirando a los niños. La mirada que Jaime y Cersei se cruzaron no duró más que un segundo, y pese a ello a Tyrion no le pasó inadvertida. Luego, su hermana clavó la vista en la mesa.

—No es ninguna bendición. Los dioses del norte son crueles al permitir que el niño padezca un dolor tan intenso durante tanto tiempo.

—¿Qué dijo exactamente el maestre? —quiso saber Jaime.

La panceta crujía al morderla. Tyrion la masticó un instante, pensativo.

—Cree que si el niño fuera a morir, ya habría muerto —dijo finalmente—. Han pasado cuatro días sin novedad.

—¿Se va a poner bueno Bran, tío? —preguntó la pequeña Myrcella. Tenía toda la belleza de su madre, y un corazón muy diferente.

—Tiene la espalda rota, pequeña —dijo Tyrion—. Al caer se rompió también las piernas. Lo mantienen vivo a base de miel y agua; de lo contrario habría muerto de hambre. Si despierta, tal vez pueda comer alimentos sólidos, pero nunca volverá a caminar.

—Si despierta —repitió Cersei—. ¿Es probable?

—Solo los dioses lo saben —respondió Tyrion—. El maestre alberga esperanzas. —Mordió otro trozo de pan—. A ratos juraría que el lobo mantiene al chico con vida. Ese animal pasa el día y la noche al pie de su ventana, sin dejar de aullar. A veces lo echan de ahí, pero siempre vuelve. El maestre me contó que una vez cerraron la ventana para evitar el ruido, y Bran pareció debilitarse. En cuanto la abrieron, el corazón volvió a latirle con fuerza.

—Esos animales tienen algo antinatural —dijo la reina estremeciéndose—. Son peligrosos. No toleraré que los traigan al sur con nosotros.

—Pues te va a costar impedirlo —dijo Jaime—. Siguen a las niñas allí adonde van.

—Entonces —dijo Tyrion atacando el pescado—, ¿vais a partir pronto?

—Siempre será más tarde de lo que me gustaría —replicó Cersei. De pronto frunció el ceño—. ¿Cómo que si vamos a partir? ¿Y tú? ¡Dioses! No me digas que vas a quedarte aquí.

—Benjen Stark vuelve a la Guardia de la Noche con el hijo bastardo de su hermano —dijo Tyrion después de encogerse de hombros—. Tengo intención de ir con ellos para ver ese muro del que tanto hemos oído hablar.

—¡Mi querido hermano, espero que no estés pensando vestir el negro! —dijo Jaime con una sonrisa.

—¿Cómo? ¿Hacer yo voto de celibato? —Tyrion se echó a reír—. Las putas se morirían del disgusto desde Dorne a Roca Casterly. No, lo único que quiero es subirme al Muro y mear por el borde del mundo.

—Los niños no tienen por qué escuchar esas groserías. —Cersei se levantó bruscamente—. Tommen, Myrcella, vamos. —Salió de la estancia, seguida por su séquito y los chiquillos. Jaime Lannister clavó los fríos ojos verdes en su hermano, pensativo.

—Stark se negará a marcharse de Invernalia mientras su hijo esté a las puertas de la muerte —dijo.

—Hará lo que le ordene Robert —replicó Tyrion—. Y Robert le ordenará que emprendamos el viaje. De todos modos, lord Eddard no puede hacer nada por el niño.

—Podría poner fin a su sufrimiento —dijo Jaime—. Si se tratara de mi hijo, yo lo haría. Es lo más misericordioso.

—Mi querido hermano, te recomiendo que no se lo sugieras a lord Eddard —dijo Tyrion—. No se lo tomaría nada bien.

—Ese niño, si sobrevive, será un lisiado. Peor que un lisiado. Un ser grotesco. Prefiero mil veces una muerte limpia.

—Manifiesto mi más profundo desacuerdo, en nombre de todos los seres grotescos del mundo —dijo Tyrion encogiéndose de hombros, gesto que acentuó su deformidad—. ¡La muerte es tan... definitiva! Mientras que la vida está llena de posibilidades.

—Eres un gnomo perverso. —Jaime sonrió.

—Desde luego —admitió Tyrion—. Espero que el chico recupere el conocimiento. Me interesaría muchísimo oír lo que tenga que contar.

—Tyrion, mi querido hermano —dijo Jaime con voz tensa; la sonrisa se le había agriado como la leche—, hay veces en que me pregunto de parte de quién estás.

Tyrion tenía la boca llena de pan y pescado. Bebió un trago de cerveza negra para pasarlo todo, y dedicó a Jaime una sonrisa feroz.

—Pero, Jaime, mi querido hermano —dijo—. Me ofendes. Ya sabes cuánto amo a mi familia.

JON

Jon subió por las escaleras despacio, tratando de no pensar que tal vez no volviera a pisarlas nunca más. Fantasma caminaba en silencio junto a él. En el exterior, la nieve se arremolinaba y se colaba por las puertas del castillo; en el patio todo era ruido y reinaba el caos, pero entre los gruesos muros de piedra hacía calor y reinaba el silencio. Demasiado silencio para el gusto de Jon.

Llegó al rellano y se detuvo un rato, asustado. Fantasma le hociqueó la mano. Aquello le dio ánimos. Se irguió y entró en la habitación.

Lady Stark estaba junto a la cama. Llevaba allí casi quince días con sus noches. No se había alejado ni un momento de Bran. Le llevaban allí las comidas, y le habían puesto un orinal y un camastro, aunque se decía que apenas dormía. Era ella en persona quien lo alimentaba con la miel, el agua y la mezcla de hierbas que lo mantenían con vida. No había salido ni una vez de la habitación. De manera que Jon no había entrado.

Pero ya no quedaba tiempo.

Se detuvo en la puerta un instante, sin atreverse a decir nada, sin atreverse a acercarse. La ventana estaba abierta. Abajo, un lobo aullaba. Fantasma lo oyó y alzó la cabeza.

Lady Stark miró en su dirección. Durante un momento pareció no reconocerlo; después parpadeó.

—¿Qué haces aquí? —preguntó con una voz extraña, monótona, carente de emociones.

—He venido a ver a Bran —dijo Jon—. Para despedirme.

El rostro de la mujer no cambió de expresión. Tenía la larga cabellera castaña sucia y enredada. Parecía haber envejecido veinte años.

—Ya te has despedido. Vete.

Una parte de él quiso dar media vuelta y echar a correr, pero sabía que, si lo hacía, quizá nunca más vería a Bran. Dio un paso nervioso hacia el interior de la habitación.

—Por favor —dijo.

—Te he dicho que te vayas. —Una sombra de frialdad había cubierto los ojos de la mujer—. No queremos que estés aquí.

En el pasado, aquello habría hecho que saliera corriendo. En el pasado, aquello lo habría hecho llorar. En aquel momento solo lo enfurecía. Pronto sería un hermano juramentado de la Guardia de la Noche y se enfrentaría a peligros mucho peores que Catelyn Tully Stark.

—Es mi hermano —dijo.

—¿Quieres que llame a los guardias?

—Llámalos —la desafió Jon—. No me puedes impedir que lo vea.

Cruzó la habitación, manteniendo siempre la cama de Bran entre ellos, y bajó la vista hacia su hermano.

Ella le sostenía una mano, que parecía una garra. Aquel no era el Bran que recordaba. Había perdido mucho peso; tenía la piel tensa sobre unos huesos como palillos. Bajo la manta, las piernas estaban dobladas en ángulos que revolvieron el estómago a Jon. Los ojos del niño, abiertos sin ver, estaban hundidos en profundas cuencas negras. Era como si hubiera encogido tras la caída. Parecía una hoja, como si un soplo de viento pudiera llevárselo a la tumba.

Pero, bajo la frágil caja de costillas destrozadas, el pecho subía y bajaba cada vez que respiraba débilmente.

—Bran —dijo—. Siento no haber venido antes. Tenía miedo. —Jon notó que las lágrimas le corrían por las mejillas. Ya no le importaba—. No te mueras, Bran, por favor, no te mueras. Todos tenemos muchas ganas de que despiertes. Robb, y yo, y las chicas, todos...

Lady Stark lo observaba. No había dado ninguna voz de alarma. Jon decidió interpretarlo como una aceptación de su presencia. Fuera, al pie de la ventana, el lobo huargo aulló de nuevo. El lobo al que Bran no había tenido tiempo de poner nombre

—Tengo que irme ya —siguió—. El tío Benjen me espera. Me voy al norte, al Muro. Tenemos que marcharnos hoy, antes de las nieves.

Recordó lo emocionado que había estado Bran ante la perspectiva del viaje. Aquello fue más de lo que pudo soportar. La idea de dejarlo atrás, en aquel estado, era demasiado para él. Se secó las lágrimas, se inclinó y besó suavemente a su hermano en los labios.

—Quería que se quedara conmigo —dijo lady Stark en voz baja. Jon la miró con cautela. La mujer ni siquiera lo miraba. Le hablaba a él, pero en parte era como si el chico no estuviera en la habitación—. Recé para que se quedara —siguió con voz monótona—. Era mi hijito del alma, mi favorito. Fui al septo y recé siete veces a los siete rostros de Dios para que Ned cambiara de idea y permitiera que se quedara aquí, conmigo. A veces las plegarias reciben respuesta.

Durante unos tensos instantes, Jon no supo qué decir.

—No ha sido culpa tuya —dijo al fin.

—No te he pedido tu absolución, bastardo. —Lady Stark clavó la mirada en él; estaba llena de odio.

Jon bajó la vista. La mujer sostenía una mano de Bran. Él tomó la otra y la apretó. Los dedos eran como huesos de pajarillo.

—Adiós —dijo.

Cuando ya estaba en la puerta, lady Stark lo llamó.

—Jon.

El chico no se habría detenido, pero era la primera vez que se dirigía a él por su nombre. Se volvió y vio que lo miraba directamente a la cara, como si lo viera por primera vez.

—¿Sí?

—Ojalá te hubiera pasado a ti —le dijo.

Luego se volvió de nuevo hacia Bran y se echó a llorar, con unos sollozos que le estremecían todo el cuerpo. Jon nunca la había visto llorar.

El descenso hasta el patio se le hizo muy largo.

En el exterior reinaban el ruido y la confusión. Los hombres cargaban carromatos, gritaban, ponían arneses a los caballos, los ensillaban y los sacaban de los establos. Había empezado a caer una ligera nevada y todo el mundo tenía prisa por partir.

Robb estaba en medio del caos, gritando órdenes como el que más. En los últimos días parecía haber crecido, como si la caída de Bran y el estado de su madre le hubieran dado fuerzas. Junto a él se encontraba Viento Gris.

—El tío Benjen te está buscando —le dijo a Jon—. Quería haber emprendido la marcha hace una hora.

—Ya lo sé —dijo Jon—. Iré enseguida. —Miró a su alrededor, entre el jaleo y la confusión—. La partida me está resultando más dura de lo que pensaba.

—A mí también —dijo Robb. Tenía nieve en el pelo, y se le derretía con el calor corporal—. ¿Has ido a verlo? —Jon asintió. Desconfiaba de su voz, y no se atrevió a hablar—. No va a morir —añadió Robb—. Lo sé.

—Los Stark sois duros de pelar —respondió Jon con voz cansada. La visita le había quitado todas las fuerzas. Robb supo al instante que algo iba mal.

—Mi madre...

—Ha sido... muy amable —le dijo Jon.

—Menos mal. —Su hermano pareció aliviado y sonrió—. La próxima vez que nos veamos irás vestido de negro.

—Siempre me ha sentado bien ese color. —Jon se obligó a devolverle la sonrisa—. ¿Cuándo será eso?

—Pronto, de verdad —prometió Robb. Se acercó a Jon y lo abrazó con energía—. Hasta la vista, Nieve.

—Hasta la vista, Stark —dijo Jon abrazándolo a su vez—. Cuida mucho de Bran.

—Descuida. —Se separaron y se miraron algo incómodos—. El tío Benjen dijo que, si te veía, te enviara a los establos —añadió Robb.

—Aún me falta despedirme de alguien —respondió Jon.

—Entonces, no te he visto —dijo Robb.

Jon se alejó del muchacho, que quedó rodeado de carromatos, lobos y caballos.

Recorrió la corta distancia que lo separaba de la armería. Recogió un paquete y echó a andar por el puente cubierto que llevaba al Torreón.

Arya estaba en su habitación, colocando sus pertenencias en un baúl de carpe pulido en el que ella misma habría podido meterse. Nymeria la ayudaba. Arya solo tenía que señalar, y la loba cruzaba la habitación en un par de saltos, agarraba una prenda de seda con los dientes y se la llevaba. Pero, cuando olió a Fantasma, se sentó sobre las patas traseras y aulló.

Arya miró hacia atrás, vio a Jon, se puso en pie de un salto y le echó los delgados brazos al cuello.

—Tenía miedo de que te hubieras marchado ya —dijo, emocionada—. No me dejaban salir a despedirte.

—¿Qué has hecho esta vez? —preguntó Jon echándose a reír.

—Nada. —Arya lo soltó e hizo una mueca—. Ya lo había recogido todo. —Señaló el enorme baúl, que apenas estaba a un tercio de su capacidad, y la ropa dispersa por toda la habitación—. La septa Mordane dice que tengo que hacerlo otra vez. Dice que no había doblado bien la ropa. Dice que una dama sureña como debe ser no tira los vestidos al baúl como si fueran trapos.

—¿Es lo que habías hecho, hermanita?

—¿Y qué más da, si al final van a quedar todos arrugados? —replicó la niña—. ¿A quién le importa si van doblados o no?

—A la septa Mordane —dijo Jon—. Y me parece que tampoco le gustará nada que Nymeria te esté ayudando. —La loba lo miró con sus ojos color oro oscuro—. Pero mejor así. Te he traído una cosa, y tienes que guardarla bien en el baúl.

—¿Un regalo? —El rostro de Arya se iluminó.

—Más o menos. Cierra la puerta.

—Nymeria, aquí. —Arya se asomó al pasillo, cautelosa y emocionada a la vez—. Vigila.

Dejó a la loba fuera para que los alertara si llegaba algún intruso, y cerró la puerta. Jon ya había retirado los trapos con que llevaba envuelto el objeto. Se lo tendió.

—Una espada —dijo Arya en voz baja, entrecortada. Los ojos se le habían abierto como platos. Eran unos ojos oscuros, como los del chico.

La vaina era de cuero gris, muy suave y flexible. Jon extrajo muy despacio la hoja para que pudiera ver el brillo azul oscuro del acero.

—No es ningún juguete —le dijo—. Ten cuidado, no te vayas a cortar. Con un filo así puedes hasta afeitarte.

—Las chicas no nos afeitamos —dijo Arya.

—Algunas deberían. ¿No te has fijado en las piernas de la septa?

—Las tiene muy flacas. —La niña soltó una risita.

—Igual que tú —dijo Jon—. Le encargué esta espada a Mikken; es muy especial. Es como las que utilizan los jaques en Pentos, en Myr y en otras Ciudades Libres. No basta para cortarle la cabeza a un hombre, pero si eres rápida lo puedes dejar hecho un colador.

—Puedo ser rápida —dijo Arya.

—Tendrás que entrenarte todos los días. —Le puso la espada en las manos, le enseñó cómo sostenerla y retrocedió un paso—. ¿Qué opinas? ¿Te parece bien equilibrada?

—Sí.

—Primera lección —dijo Jon—. Tienes que clavarla por el extremo puntiagudo. —Arya le dio un golpe de plano con la hoja en el brazo. A Jon le dolió un poco, pero sonrió como un idiota.

—Eso ya lo sé —dijo Arya. Una sombra de duda le nubló el rostro—. La septa Mordane me la quitará.

—Para eso tendría que saber que la tienes —señaló Jon.

—¿Con quién voy a entrenarme?

—Ya encontrarás a alguien —le aseguró Jon—. Desembarco del Rey es una ciudad de verdad, mil veces más grande que Invernalia. Hasta que lo encuentres, mira cómo se entrenan en el patio. Corre y monta a caballo; tienes que fortalecerte. Y pase lo que pase...

Arya sabía lo que venía a continuación.

—¡Que no... se entere... Sansa! —dijeron al unísono.

—Te voy a echar mucho de menos, hermanita. —Jon le revolvió el pelo.

—Ojalá vinieras con nosotros. —De pronto, Arya parecía a punto de llorar.

—A veces, los caminos diferentes llevan al mismo castillo. ¿Quién sabe? —Empezaba a sentirse mejor; no iba a permitirse ceder ante la tristeza—. Me tengo que ir ya. Si sigo haciendo esperar al tío Ben, me pasaré mi primer año en el Muro vaciando orinales. —Arya corrió hacia él para abrazarlo por última vez—. Antes suelta la espada —le advirtió Jon entre risas. La niña dejó la espada casi con timidez, y lo cubrió de besos—. Casi se me olvida —añadió Jon dando media vuelta, ya en la puerta. Arya tenía otra vez la espada entre las manos y la sopesaba—. Todas las espadas importantes tienen nombre.

—Como *Hielo* —asintió ella. Contempló la hoja que tenía en la mano—. ¿Esta tiene nombre? Anda, dímelo.

—¿No te lo imaginas? —bromeó Jon—. Es lo que más te gusta en el mundo.

Arya se quedó desconcertada un instante. Luego se le ocurrió. Tenía una mente rápida.

—¡*Aguja!* —dijeron los dos a la vez.

El recuerdo de la risa de Arya lo acompañó y le dio calor en el largo viaje hacia el norte.

DAENERYS

Daenerys Targaryen se casó con Khal Drogo con miedo y esplendor bárbaro en un prado, fuera de las murallas de Pentos, porque los dothrakis creían que todo acontecimiento importante en la vida de un hombre debía celebrarse a cielo abierto.

Drogo había convocado a su *khalasar* para que lo acompañara, y acudieron los cuarenta mil guerreros dothrakis junto con innumerables mujeres, niños y esclavos. Acamparon tras los muros de la ciudad con sus vastos rebaños, erigieron palacios de hierba trenzada, devoraron todo lo que encontraron, y de día en día hicieron crecer el nerviosismo entre los habitantes de Pentos.

—Los otros magísteres han doblado la guardia en la ciudad —les comentó Illyrio una noche en la mansión donde había vivido Drogo, ante enormes bandejas de pato a la miel y chiles anaranjados.

El *khal* se había ido con su *khalasar* y la casa había quedado a disposición de Daenerys y su hermano hasta el día de la boda.

—Más vale que casemos pronto a la princesa Daenerys, antes de que la mitad de las riquezas de Pentos vaya a parar a los bolsillos de mercenarios y jaques —bromeó ser Jorah Mormont.

El exiliado había ofrecido su espada a Viserys la noche en que Dany fue vendida a Khal Drogo. Su hermano la había aceptado de buena gana. Desde entonces, Mormont los acompañaba constantemente.

El magíster Illyrio dejó escapar una risita a través de la barba, pero Viserys ni siquiera sonrió.

—Por mí como si se la quiere llevar mañana —dijo. Miró a Dany, que bajó los ojos—. Mientras pague lo acordado, claro.

—Ya os lo he dicho mil veces; está todo arreglado —dijo Illyrio haciendo un gesto lánguido con la mano; los anillos centelleaban en los dedos regordetes—. Confiad en mí. Si el *khal* os ha prometido una corona, la tendréis.

—Sí, pero ¿cuándo?

—Cuando el *khal* lo diga —replicó Illyrio—. Primero se llevará a la chica, y una vez estén casados tendrá que ir con todo su cortejo por las llanuras para presentarla al *dosh khaleen* en Vaes Dothrak. Después de eso quizá llegue vuestro turno. Si los presagios son favorables a la guerra.

—Me meo en los presagios de los dothrakis. —Viserys se moría de impaciencia—. El Usurpador ocupa el trono de mi padre. ¿Hasta cuándo habré de esperar?

—Lleváis la mayor parte de vuestra vida esperando, oh, gran rey —contestó Illyrio encogiéndose de hombros—. ¿Qué importan unos meses más, unos años más?

—Os aconsejo que tengáis paciencia, alteza —dijo ser Jorah con un gesto de asentimiento. Había viajado muy hacia el este, incluso había llegado a Vaes Dothrak—. Los dothrakis cumplen siempre su palabra, pero hacen las cosas cuando lo consideran oportuno. Un inferior puede suplicar un favor al *khal,* pero nadie puede imponerle nada.

—Cuidado con esa lengua, Mormont, si no quieres quedarte sin ella. —Viserys estaba furioso—. No soy inferior a nadie; soy el legítimo señor de los Siete Reinos. El dragón no suplica.

Ser Jorah bajó los ojos, respetuoso. Illyrio esbozó una sonrisa enigmática y arrancó un ala al pato. La miel y la grasa le corrieron por los dedos y le gotearon por la barba cuando mordisqueó la carne tierna.

«Ya no quedan dragones», pensó Dany mirando a su hermano, aunque no se atrevió a decirlo en voz alta.

Pero aquella noche soñó con un dragón. Viserys la golpeaba, le hacía daño. Estaba desnuda, atenazada por el terror. Huía de él, pero sentía el cuerpo desmañado y torpe. La golpeó de nuevo. Ella tropezó y cayó. «Has despertado al dragón —gritaba su hermano al tiempo que le asestaba una patada—. Has despertado al dragón, has despertado al dragón.» Los muslos de Dany estaban pegajosos de sangre. Cerró los ojos y gimió. Casi como respuesta se oyó el sonido espantoso de algo que se desgarraba, y el chisporroteo del fuego. Cuando alzó la vista de nuevo, Viserys había desaparecido, por todas partes se alzaban columnas de llamas y en medio de ellas estaba el dragón. Giró lentamente la enorme cabeza. Cuando los ojos de lava fundida se clavaron en los suyos, Dany despertó temblorosa, empapada de sudor. Jamás había tenido tanto miedo...

Hasta que por fin llegó el día de su boda.

La ceremonia empezó al amanecer y se prolongó hasta el ocaso. Fue un día interminable de borracheras, festines y trifulcas. Entre los palacios de hierba se había erigido una gran tribuna de tierra y allí estaba Dany, sentada junto a Khal Drogo, dominando la explanada que hervía con la actividad de los dothrakis. Nunca había visto tanta gente junta, ni personas tan extrañas y aterradoras. Los señores de los caballos se ponían ropas lujosas y ricos perfumes cuando visitaban las Ciudades Libres, pero a cielo abierto mantenían las viejas costumbres. Tanto hombres como mujeres vestían chalecos de cuero pintado sobre el pecho desnudo, y calzones de crin sujetos con cinturones de bronce; y los guerreros se aceitaban las largas trenzas con grasa derretida. Se atiborraban de carne de caballo asada con miel y chiles, bebían leche fermentada de yegua y los excelentes vinos de Illyrio hasta embriagarse por completo, y se intercambiaban bromas y pullas por encima de las hogueras con unas voces que a los oídos de Dany sonaban ásperas y extrañas.

Viserys ocupaba un lugar bajo ella, y estaba impresionante con una túnica nueva de lana negra que lucía un dragón escarlata en el pecho. Illyrio y ser Jorah estaban sentados junto a él. El puesto que se les había asignado era de gran honor, justo por debajo de los mismísimos jinetes de sangre del *khal,* pero Dany había advertido la ira en los ojos violeta de su hermano. No le gustaba estar sentado por debajo de ella, y se enfurecía cuando los esclavos ofrecían cada plato primero al *khal* y a su esposa, y le servían a él los bocados que ellos rechazaban. Pero no podía hacer otra cosa que ahogarse en el resentimiento, y aquello hizo, de manera que su talante iba empeorando con cada insulto que percibía contra su persona.

Dany no se había sentido jamás tan sola como allí, sentada en medio de aquella vasta horda. Su hermano le había ordenado que sonriera, así que sonrió hasta que le dolieron los músculos de la cara y las lágrimas le asomaron a los ojos. Hizo todo lo posible por ocultarlas, porque sabía lo mucho que se enfadaría Viserys si la veía llorar, y también porque la aterraba la posible reacción de Khal Drogo. Los esclavos ponían ante ella trozos de carne humeante, gruesas salchichas oscuras y empanadas dothrakis de morcilla, y más tarde frutas, compota de hierbadulce y delicados pastelillos de las cocinas de Pentos, pero ella lo rechazaba todo. Tenía el estómago del revés, y sabía que no podría retener nada.

No tenía con quién hablar. Khal Drogo gritaba órdenes y chanzas a sus jinetes de sangre, y se reía con sus respuestas, pero apenas si miraba a Dany. No tenían un idioma común. Ella no entendía ni una palabra de dothraki, y el *khal* apenas conocía unas cuantas palabras del desvirtuado valyrio de las Ciudades Libres, y ninguna de la lengua común de los Siete Reinos. Hasta habría agradecido la posibilidad de conversar con Illyrio y con su hermano, pero estaban demasiado abajo para oírla.

Así que permaneció allí sentada, con sus ropajes de seda, con una copa de vino endulzado con miel en las manos, sin atreverse a comer nada, hablando consigo misma.

—Soy de la sangre del dragón —se decía—. Soy Daenerys de la Tormenta, princesa de Rocadragón, de la sangre y la semilla de Aegon el Conquistador.

El sol apenas había recorrido una cuarta parte de su trayectoria por el cielo cuando Dany vio morir al primer hombre. Sonaban los tambores mientras algunas de las mujeres bailaban para el *khal.* Drogo observaba con rostro inexpresivo, aunque seguía su movimiento con los ojos y, de cuando en cuando, lanzaba un medallón de bronce para que las mujeres pelearan por él.

Los guerreros también miraban. Por fin, uno de ellos avanzó hacia el círculo de mujeres, agarró a una bailarina por el brazo, la tiró al suelo y la montó allí mismo, como un semental monta una yegua. Illyrio ya le había advertido que podía suceder algo así.

—Los dothrakis se aparean como los animales de sus rebaños —fueron sus palabras—. En un *khalasar* no existe la intimidad, y su concepto del pecado y la vergüenza no es igual que el nuestro.

Dany, atemorizada, apartó la vista de la pareja que copulaba en cuanto comprendió qué estaba pasando, pero pronto un segundo guerrero se adelantó, y un tercero, y al final no tuvo adonde desviar la mirada. Entonces, dos hombres fueron a por la misma mujer. Oyó un grito; en un instante, los *arakhs* estuvieron desenvainados y las hojas largas, mitad espada y mitad cimitarra, brillaron bajo el sol.

Los guerreros empezaron a moverse en círculo, lanzando estocadas y saltando el uno contra el otro en una danza de muerte; hacían girar las hojas sobre sus cabezas y se gritaban insultos, sin que nadie hiciera ademán de intervenir.

Todo terminó tan deprisa como había empezado. Los *arakhs* hendieron el aire a la vez, a tal velocidad que Dany no pudo seguirlos con la vista; uno de los hombres dio un paso en falso, el otro blandió el arma en un arco paralelo al suelo. El acero penetró en la carne justo por encima de la cintura del dothraki y seccionó el torso, del vientre a la columna vertebral, desparramando sus entrañas por la arena. Mientras el perdedor agonizaba, el vencedor agarró a la mujer que tenía más cerca, que ni siquiera era la que había provocado la disputa, y la tomó allí mismo. Los esclavos se llevaron el cadáver y se reanudó el baile.

El magíster Illyrio también había hablado a Dany de aquella posibilidad.

—Una boda dothraki en la que no haya como mínimo tres muertos se considera aburrida —le había dicho.

Su boda debió de ser un verdadero acontecimiento; antes de que se pusiera el sol habían muerto doce hombres.

A medida que pasaban las horas, el terror se fue apoderando de Dany hasta que llegó un momento que tuvo que echar mano de todo su autodominio para no gritar. Tenía miedo de los dothrakis, con sus costumbres extrañas y monstruosas que los hacían parecer bestias con piel humana, en vez de hombres. Tenía miedo de su hermano, de lo que haría con ella si le fallaba. Y sobre todo tenía miedo de lo que sucedería aquella noche bajo las estrellas, cuando Viserys la entregara al gigante que bebía junto a ella, a aquel hombre enorme con un rostro tan impasible y cruel como una máscara de bronce.

—Soy de la sangre del dragón —se repitió.

Cuando el sol estuvo por fin muy bajo en el horizonte, Khal Drogo dio unas palmadas; los tambores, los festines y los gritos se interrumpieron al instante. Drogo se levantó e hizo ponerse en pie junto a él a Dany. Era el momento de que le entregaran sus regalos de boda.

Y ella sabía que después de los regalos, después de que se pusiera el sol, llegaría el momento de montar a caballo y consumar el matrimonio. Dany trató de quitarse aquel pensamiento de la cabeza, pero no pudo. Se agarró los brazos para no temblar.

El regalo de su hermano Viserys fueron tres doncellas. Dany sabía que no le habían costado nada; sin duda, Illyrio le había proporcionado las chicas. Irri y Jhiqui eran dothrakis de piel cobriza con el pelo negro y los ojos almendrados, mientras que Doreah era una muchacha lysena de cabello rubio y ojos azules.

—No son vulgares criadas, hermana mía —dijo su hermano mientras las llevaban ante ella de una en una—. Illyrio y yo las hemos elegido personalmente para ti. Irri te enseñará a montar a caballo; Jhiqui, el idioma dothraki, y Doreah te instruirá en las artes femeninas del amor. —Sonrió con los labios apretados—. Es muy eficaz, te lo garantizamos.

—Es una nadería, princesa —se disculpó ser Jorah Mormont por su regalo—, pero un pobre exiliado no puede permitirse más —añadió mientras ponía ante ella un pequeño montón de libros antiguos.

Eran historias y canciones de los Siete Reinos, escritos en la lengua común. Dany le dio las gracias de todo corazón.

El magíster Illyrio dio una orden, y cuatro esclavos corpulentos se adelantaron portando un gran cofre de cedro con adornos de bronce. Al abrirlo descubrió los mejores terciopelos y damascos que se podían encontrar en las Ciudades Libres... y, sobre ellos, entre los suaves pliegues de los tejidos, tres huevos grandes. Dany se quedó sin aliento. Eran los objetos más hermosos que había visto en la vida, cada uno diferente, de colores tan vivos que al principio pensó que tenían incrustaciones de piedras preciosas, y tan grandes que tuvo que utilizar ambas manos para coger uno. Lo alzó con delicadeza, pensando que era de esmalte o de frágil porcelana, o incluso de cristal soplado, pero pesaba como si fuera de piedra maciza. La superficie del huevo estaba cubierta de escamas diminutas y, cuando le dio vueltas entre los dedos, brillaron como metal pulido a la luz del sol poniente. Uno de los huevos era de color verde oscuro con motitas de bronce que aparecían y desaparecían al moverlo. Otro era de color crema con vetas doradas. El último era negro, negro como el mar de medianoche, pero con remolinos y ondulaciones escarlata que parecían darle vida.

—¿Qué son? —preguntó, maravillada.

—Huevos de dragón, de las Tierras Sombrías que están más allá de Asshai —dijo el magíster Illyrio—. Se han convertido en piedra con los eones, pero conservan el fuego y la belleza.

—Los guardaré como un tesoro.

Dany había oído historias acerca de huevos como aquellos, pero jamás había visto uno, ni soñado que llegaría a verlo. Era un regalo espléndido, aunque sabía que Illyrio se podía permitir tal generosidad. Al venderla a Khal Drogo había ganado una fortuna en caballos y esclavos.

Los jinetes de sangre del *khal* le presentaron las tres armas tradicionales, y eran sin duda magníficas. Haggo le ofreció un gran látigo de cuero con empuñadura de plata; Cohollo, un *arakh* magnífico con engastes de oro, y Qotho, un arco largo de huesodragón, más alto que ella. El magíster Illyrio y ser Jorah le habían enseñado la fórmula tradicional para rechazar aquellos obsequios.

—Es un regalo digno de un gran guerrero, oh sangre de mi sangre, y yo soy una simple mujer. Que los reciba en mi lugar mi señor esposo.

De manera que Khal Drogo también tuvo «regalos de novia».

Otros dothrakis le entregaron también obsequios sin fin: chinelas, joyas, anillos de plata para el cabello, cinturones de medallones, chalecos pintados, suaves pieles, sedas, frascos de perfumes, prendedores, plumas, diminutas botellitas de cristal morado y una túnica tejida con las pieles de un millar de ratones.

—Un regalo principesco, *khaleesi* —dijo Illyrio acerca de esto último cuando le explicaron de qué se trataba—. Trae buena suerte.

Los regalos se apilaban en torno a ella en grandes montones, más de los que podía imaginar, más de los que quería o tendría tiempo de usar en toda su vida.

Y, por último, Khal Drogo llevó ante ella su presente. Un susurro expectante se inició en el centro de la multitud cuando se alejó de Dany, un susurro que fue extendiéndose por todo el *khalasar*. Cuando regresó, los dothrakis que ya habían entregado sus regalos se apartaron para dejarle paso, y guio al caballo hasta detenerlo ante ella.

Era una yegua joven, briosa y espléndida. Dany sabía lo justo sobre caballos para comprender que no se trataba de un animal cualquiera. Tenía una cualidad especial que quitaba el aliento. Era gris como el mar del invierno, con crines que parecían humo plateado.

Extendió el brazo con gesto titubeante para acariciar el cuello del animal; pasó los dedos por la plata de sus crines. Khal Drogo dijo algo en dothraki, y el magíster Illyrio se lo tradujo.

—Dice el *khal* que es plata para la plata de vuestro cabello.

—Es preciosa —murmuró Dany.

—Es el orgullo del *khalasar* —dijo Illyrio—. La tradición manda que la *khaleesi* cabalgue a lomos de una montura digna del lugar que ocupa al lado del *khal*.

Drogo se adelantó y le rodeó la cintura con las manos. La alzó con tanta facilidad como si se tratara de una niña y la sentó en la fina silla dothraki, mucho más pequeña que aquellas a las que estaba acostumbrada. Dany titubeó un instante, insegura. Nadie le había dicho cómo debía comportarse en aquel momento.

—¿Qué hago ahora? —preguntó a Illyrio.

—Coged las riendas y cabalgad —respondió ser Jorah Mormont—. No hace falta que os alejéis mucho.

Dany, nerviosa, se hizo con las riendas y metió los pies en los estribos. Como amazona no era demasiado buena; había pasado mucho más tiempo viajando en barcos, en carruajes y en palanquines que a caballo. Rezó para no caerse y quedar en ridículo, y dio a la yegua un ligero toque con las rodillas.

Y por primera vez en horas, olvidó el miedo. O quizá fuera por primera vez en la vida.

La yegua color gris plata tenía un trote suave como la seda; la multitud se abrió para dejarles paso; todos los ojos estaban clavados en ella.

Dany se sorprendió al comprobar que avanzaba mucho más deprisa de lo que había pretendido, pero era una sensación más emocionante que aterradora. La yegua cambió a un trote rápido, y Dany sonrió. Los dothrakis le abrían camino. La más leve presión de sus piernas, el menor toque de riendas, y la yegua respondía. La puso al galope, y los dothrakis empezaron a aclamarla, a reír y a gritar mientras se apartaban de su trayectoria. Al dar media vuelta para emprender el regreso, se encontró con que una hoguera ardía en su camino. Era imposible desviarse a un lado o al otro, y tampoco tenía espacio para detenerse. Una osadía que jamás había sentido invadió a Daenerys, que espoleó a su montura.

La yegua plateada saltó las llamas como si tuviera alas.

—Dile a Khal Drogo que me ha regalado el viento —pidió al magíster Illyrio cuando se detuvo ante él.

El obeso pentoshi se acarició la barba amarilla y repitió sus palabras en dothraki, y por primera vez, Dany vio sonreír a su esposo.

El último jirón de sol desapareció tras los altos muros de Pentos en aquel momento. Dany había perdido la noción del tiempo. Khal Drogo ordenó a sus jinetes de sangre que le llevaran su caballo, un esbelto semental castaño rojizo. Mientras el *khal* lo ensillaba, Viserys se acercó a Dany, que seguía a lomos de la yegua plateada, y le clavó los dedos en la pierna.

—Haz que quede satisfecho, hermanita, o te juro que verás despertar al dragón como nunca lo has visto antes.

El miedo regresó con las palabras de su hermano. Volvió a sentirse una niña; tenía solo trece años y estaba sola; no se sentía preparada para lo que estaba a punto de suceder.

Cabalgaron juntos mientras empezaban a aparecer las estrellas, y dejaron atrás el *khalasar* y los palacios de hierba. Khal Drogo no le dirigió la palabra; se limitó a montar su semental a paso ligero en el crepúsculo. Las campanillas de plata de su larga trenza tintineaban suavemente.

—Soy de la sangre del dragón —susurraba Dany tras él, tratando de conservar el valor—. Soy de la sangre del dragón. Soy de la sangre del dragón.

El dragón nunca tenía miedo.

Más adelante no habría sabido decir cuánto tiempo pasó ni cuánta distancia recorrieron a caballo, pero ya había oscurecido por completo cuando se detuvieron en un prado cubierto de hierba junto a un arroyo. Drogo descabalgó y la bajó de la yegua. Dany se sentía frágil como el cristal en sus manos, y no se atrevía a confiar en sus piernas. Se quedó allí, desvalida y temblorosa con su atuendo nupcial de seda, mientras él ataba los caballos; cuando se volvió para mirarla, ella se echó a llorar.

—No —dijo Khal Drogo, que contemplaba sus lágrimas con un rostro extrañamente inexpresivo. Alzó la mano y se las secó rudamente con un pulgar encallecido.

—Hablas la lengua común —se maravilló Dany.

—No —repitió él.

Quizá fuera la única palabra que conocía, pensó, pero al menos conocía una, más de lo que ella esperaba. Aquello hizo que se sintiera mejor en cierto modo. Drogo le rozó el cabello con suavidad; acarició con los dedos las hebras de oro blanco de su pelo, al tiempo que murmuraba algo en dothraki. Dany no comprendió qué decía, pero su tono de voz era cálido y tenía una ternura que nunca habría esperado de aquel hombre.

Le puso un dedo bajo la barbilla y le levantó la cabeza para que lo mirase a los ojos. Drogo se alzaba muy por encima de ella; superaba en estatura a todo el mundo. La asió suavemente por debajo de los brazos, la alzó y la sentó en una roca redondeada junto al arroyo. Luego se sentó en el suelo ante ella con las piernas cruzadas. Por fin, sus rostros estaban a la misma altura.

—No —dijo.

—¿Es la única palabra que sabes decir?

Drogo no respondió. La larga trenza, muy gruesa, caía hasta el suelo junto a él. Se la echó por encima del hombro derecho y empezó a quitarse las campanillas del pelo, una a una. Tras un instante de vacilación, Dany se inclinó hacia delante para ayudarlo. Cuando terminaron, Drogo hizo un gesto. Ella lo comprendió. Lentamente, con mucho cuidado, empezó a deshacerle la trenza.

Le llevó mucho tiempo. Durante largo rato, Drogo permaneció sentado, en silencio, observándola. Cuando hubo terminado, sacudió la cabeza, y la cabellera cayó sobre su espalda como un río de oscuridad, aceitado y brillante. Dany no había visto nunca una melena tan larga, tan negra, tan espesa.

Entonces le tocó el turno a él. Empezó a desvestirla.

Tenía dedos hábiles y sorprendentemente amables. Una a una le fue quitando las capas de seda, con ternura, mientras Dany permanecía inmóvil y silenciosa, mirándolo a los ojos. Cuando le dejó al descubierto los pechos menudos, ella no pudo contenerse: desvió la mirada y se cubrió con las manos.

—No —dijo Drogo. Le apartó las manos de los pechos suavemente, pero con firmeza, y le alzó el rostro de nuevo para que lo mirase—. No —repitió.

—No —dijo ella como un eco.

La hizo levantarse y la atrajo hacia sí para quitarle la última prenda de seda. Dany notó el aire gélido de la noche en la piel desnuda. Se estremeció y se le puso la carne de gallina. Tenía miedo de lo que iba a suceder a continuación, pero durante unos momentos no pasó nada. Khal Drogo se quedó sentado con las piernas cruzadas y se dedicó a mirarla, como si se bebiera su cuerpo con los ojos.

Al cabo de un rato empezó a tocarla. Primero suavemente, luego con más energía. Dany presentía la fuerza brutal de sus manos, pero en ningún momento sintió dolor. Le tomó la mano y acarició los dedos, uno a uno. Le rozó la pierna con delicadeza. Le acarició el rostro, recorrió la curva de sus orejas, le pasó un dedo por los labios. Le puso ambas manos en el pelo y se lo peinó con los dedos. Le dio la vuelta, le hizo un masaje en los hombros y deslizó un nudillo por la columna vertebral.

Pareció que transcurría una eternidad antes de que las manos del hombre llegaran por fin a sus pechos. Acarició la piel delicada hasta que la sintió erizarse. Hizo girar los pezones con los pulgares, los pellizcó suavemente y empezó a tirar de ellos, muy ligeramente al principio, luego con más insistencia, hasta que estuvieron tan erectos que empezaron a dolerle.

Solo entonces se detuvo, y la sentó en su regazo. Dany estaba ruborizada y sin aliento, sentía el corazón desbocado en el pecho. Drogo le sostuvo el rostro con ambas manos y la miró a los ojos.

—¿No? —dijo.

Dany supo que era una pregunta. Le tomó la mano y la llevó hacia abajo, hacia la humedad, entre sus muslos.

—Sí —susurró mientras guiaba el dedo del hombre hacia su interior.

EDDARD

La orden le llegó una hora antes del amanecer, cuando el mundo estaba tranquilo y gris.

Alyn lo sacudió para arrancarlo bruscamente de sus sueños, y Ned, somnoliento, salió con torpeza al gélido exterior donde el sol todavía no había salido. Se encontró con su montura ya ensillada, y al rey, a lomos de la suya. Robert llevaba guantes marrones y una gruesa capa de piel con capucha que le cubría las orejas; parecía un oso a caballo.

—¡Venga, Stark! —rugió—. ¡Vamos, vamos! Tenemos que discutir asuntos de estado.

—Desde luego —dijo Ned—. Pasa, alteza.

Alyn levantó la solapa de la tienda.

—No, no, ni hablar —dijo Robert. Su aliento formaba una nube de vapor con cada palabra—. El campamento tiene oídos. Además, quiero cabalgar un poco por tus tierras.

Ned advirtió que ser Boros y ser Meryn aguardaban tras él con una docena de guardias. No había nada que hacer excepto frotarse los ojos hasta espantar el sueño, vestirse y montar.

Robert marcaba el ritmo de la marcha; llevaba al límite a su enorme corcel negro, y Ned galopaba junto a él tratando de mantenerse a su altura. Le gritó una pregunta mientras cabalgaban, pero el viento se llevó sus palabras, y el rey no la oyó. Después de aquello Ned cabalgó en silencio. No tardaron en abandonar el camino Real para atravesar las llanuras onduladas, todavía cubiertas por la niebla. La guardia ya había quedado atrás, a distancia suficiente para no poder escuchar su conversación, pero Robert no aminoró la marcha.

Amaneció mientras bordeaban la cima de un risco, y el rey se detuvo por fin. Estaban más de una legua al sur del grueso del grupo. Cuando Ned tiró de las riendas, se encontró a Robert con el rostro sonrojado y alegre.

—Dioses —dijo entre risas—, ¡qué bien sienta salir y cabalgar como cabalga un hombre de verdad! Te lo juro, Ned, esa marcha de tortuga que llevamos vuelve loco a cualquiera. —Robert Baratheon nunca se había caracterizado por su paciencia—. Maldita casa con ruedas, no para de crujir y de chirriar, parece que suba una montaña cada vez que se encuentra un bache. ¡Te prometo que, como se le vuelva a romper un eje, la quemo! ¡Y Cersei va a pie el resto del viaje!

—Será un placer encenderte la antorcha —dijo Ned riéndose.

—¡Eres un amigo! —El rey le palmeó el hombro—. Ganas me dan de dejarlos atrás a todos y seguir la marcha a nuestro ritmo.

—Tengo la impresión de que lo dices en serio. —En los labios de Ned bailaba una sonrisa.

—Desde luego, desde luego —respondió el rey—. ¿Qué opinas, Ned? Tú y yo solos, dos caballeros vagabundos por el camino Real, con las espadas al costado y solo los dioses saben qué por delante... Y tal vez la hija de un granjero, o la muchacha de cualquier taberna, para calentarnos las camas por la noche.

—Ojalá fuera posible —dijo Ned—. Pero tenemos deberes, mi señor... para con el reino, para con nuestros hijos, yo para con mi señora esposa y tú para con tu reina. Ya no somos los muchachos que fuimos.

—Tú nunca has sido el muchacho que fuiste —gruñó Robert—. Una lástima. Pero hubo un tiempo... ¿cómo se llamaba aquella chica tuya? ¿Becca? No, esa era la mía, dioses, qué bonita era, con el pelo tan negro y los ojos tan grandes y tan dulces que uno se podía ahogar en ellos. La tuya se llamaba... ¿Aleena? No. Me lo dijiste una vez. ¿Era Merryl? Ya sabes cuál digo, la madre de tu bastardo.

—Se llamaba Wylla —replicó Ned con cortesía helada—, y preferiría no hablar de ella.

—Wylla, eso. —El rey sonrió—. Vaya mujer debía de ser para que lord Eddard Stark dejara de lado su honor aunque fuera solo durante una hora. Nunca me llegaste a contar cómo era...

—Ni te lo contaré. —Ned apretó los labios, furioso—. Si de veras me aprecias tanto como dices, deja el tema, Robert. Me deshonré y deshonré a Catelyn, a los ojos de los dioses y de los hombres.

—Por favor, si casi no conocías a Catelyn.

—La había tomado por esposa. Llevaba a mi hijo en el vientre.

—Eres muy duro contigo mismo, Ned. Siempre has sido igual. Maldición, ninguna mujer quiere meterse en la cama con Baelor el Santo. —Le dio una palmada en la rodilla—. En fin, no insistiré si te molesta tanto. Te juro que a veces te erizas de una manera... el emblema de tu casa debería ser el puercoespín.

El sol naciente perforó con dedos de luz la niebla blanquecina del amanecer. Una vasta llanura, pelada y marrón, se extendía ante ellos, su monotonía aliviada tan solo por algunos montículos bajos y alargados aquí y allá. Ned se los señaló al rey.

—Los Túmulos de los primeros hombres.

—¿Nos hemos metido en un cementerio? —dijo Robert con el ceño fruncido.

—En el norte hay túmulos por doquier, alteza —le dijo Ned—. Esta tierra es vieja.

—Y fría —gruñó Robert mientras se arrebujaba más con la capa. Los guardias habían detenido sus caballos tras ellos, al pie del risco—. Bueno, no te he traído aquí para hablar de tumbas, ni para discutir sobre tu bastardo. Anoche llegó un jinete; lo enviaba lord Varys desde Desembarco del Rey. Mira. —El rey se sacó un papel del cinturón y se lo entregó a Ned.

El eunuco Varys era el consejero de los rumores del reino. Servía a Robert de la misma manera en que antes había servido a Aerys Targaryen. Ned desenrolló el papel con nerviosismo, pensando en Lysa y en su espantosa acusación, pero el mensaje no tenía nada que ver con lady Arryn.

—¿De qué fuente procede esta información?

—¿Te acuerdas de ser Jorah Mormont?

—Ojalá pudiera olvidarlo —dijo Ned con aspereza.

Los Mormont de la Isla del Oso eran una casa antigua, orgullosa y honorable, pero sus tierras eran frías, remotas y pobres. Ser Jorah había intentado llenar las arcas de la familia vendiendo unos furtivos a un traficante de esclavos tyroshi. Los Mormont eran vasallos de los Stark, de manera que su crimen había deshonrado al norte. Ned había hecho un largo viaje hacia el oeste hasta la Isla del Oso, pero cuando llegó se encontró con que Jorah se había embarcado para ponerse fuera del alcance de *Hielo* y de la justicia del rey. Desde entonces habían transcurrido cinco años.

—Ser Jorah está en Pentos, y daría cualquier cosa por conseguir un indulto real que le permitiera regresar del exilio —explicó Robert—. Lord Varys aprovecha a fondo esa circunstancia.

—Así que el esclavista es ahora un espía —dijo Ned con repugnancia. Le devolvió la carta—. Yo preferiría que fuera un cadáver.

—Por lo que me dice Varys, los espías son mucho más útiles que los cadáveres —replicó Robert—. Dejando aparte a Jorah, ¿qué opinas de este informe?

—Daenerys Targaryen ha contraído matrimonio con un señor dothraki de los caballos. ¿Y qué? ¿Quieres que le enviemos un regalo de boda?

—Puede, un cuchillo —dijo el rey con el ceño fruncido—. Bien afilado, y un hombre valiente que lo empuñe.

Ned no se molestó en fingir sorpresa; el odio que Robert sentía hacia los Targaryen rozaba la locura. Recordó las frases airadas que habían intercambiado cuando Tywin Lannister entregó a Robert como obsequio y muestra de lealtad los cadáveres de la esposa y los hijos de Rhaegar. Ned lo consideró un asesinato; Robert dijo que aquello era la guerra.

—Para mí no son bebés, son cachorros de dragón —replicó el nuevo rey cuando alegó que el príncipe y la princesa no eran más que bebés. Ni siquiera Jon Arryn fue capaz de aplacar aquella tormenta. Eddard Stark había partido aquel mismo día, invadido por una rabia gélida, para participar en las últimas batallas de la guerra, que estaban teniendo lugar en el sur. Hizo falta otra muerte para reconciliarlos, la de Lyanna, y el dolor que compartieron por su pérdida.

—No es más que una niña, alteza. —Ned había aprendido y contuvo su temperamento—. Tú no eres Tywin Lannister, no asesinas a inocentes.

Corría el rumor de que la hijita de Rhaegar había gritado y llorado cuando la sacaron a rastras de debajo de la cama y vio las espadas. El niño no era más que un bebé, pero los soldados de lord Tywin lo arrancaron del pecho de su madre y le estrellaron la cabeza contra la pared.

—¿Y cuánto tiempo seguirá siendo inocente? —La boca de Robert era una línea dura—. Esa «niña» no tardará en abrirse de piernas y empezará a parir cachorros de dragón para que me persigan.

—De todos modos —insistió Ned—, asesinar niños sería una vileza... sería abominable...

—¿Abominable? —rugió el rey—. Lo que hizo Aerys con tu hermano Brandon fue abominable. La manera en que murió tu padre fue abominable. Y Rhaegar... ¿cuántas veces crees que violó a tu hermana? ¿Cuántos cientos de veces? —Gritaba tanto que su caballo relinchó, nervioso. El rey tiró de las riendas con fuerza para calmar al animal, y señaló a Ned con el dedo—. Acabaré con todos los Targaryen que se me pongan por delante, hasta que estén tan extinguidos como sus dragones, y luego mearé sobre sus tumbas.

Ned sabía que no debía llevarle la contraria al rey cuando lo dominaba la ira. Si los años no habían aplacado su sed de venganza, no había palabras que pudieran hacerlo.

—De todas maneras, a esta no la tienes delante —dijo con voz calmada.

—No, malditos sean los dioses, un mercachifle pentoshi de quesos la puso a salvo junto con su hermano en sus tierras, y los rodeó de eunucos de gorros puntiagudos, y ahora los ha entregado a los dothrakis. Debí matarlos a los dos hace años; habría sido sencillo, pero Jon era igual que tú. Idiota de mí que le hice caso.

—Jon Arryn era un hombre sabio y una buena mano.

Robert soltó un bufido. La rabia se estaba esfumando tan deprisa como había aparecido.

—Se dice que ese Khal Drogo tiene una horda de cien mil hombres. ¿Qué crees que opinaría Jon de eso?

—Opinaría que ni un millón de dothrakis representan una amenaza para el reino mientras estén al otro lado del mar Angosto —replicó Ned con tranquilidad—. Los bárbaros no tienen barcos. Y no les gusta el mar abierto; les inspira terror.

—Puede ser. —El rey se acomodó en la silla, inquieto—. Pero en las Ciudades Libres se pueden conseguir barcos. Ese matrimonio no me gusta, Ned. En los Siete Reinos todavía hay quienes me llaman *Usurpador.* ¿Ya has olvidado cuántas casas combatieron junto a los Targaryen en la guerra? Por ahora se limitan a esperar su oportunidad, pero si tuvieran la menor ocasión me asesinarían mientras duermo, y también a mis hijos. Si el Rey Mendigo cruza el mar con una horda dothraki, esos traidores se unirán a él.

—No lo cruzará —prometió Ned—. Y si por casualidad se atreve, lo tiraremos de nuevo al mar. Una vez elijas al nuevo Guardián del Oriente...

—Por última vez —refunfuñó el rey—, no voy a nombrar guardián al hijo de Arryn. Ya sé que es tu sobrino, pero mientras haya una Targaryen apareándose con dothrakis tendría que estar loco para poner una cuarta parte del reino en manos de un crío enfermizo.

—El caso es que necesitamos un Guardián del Oriente. —Ned ya había previsto aquello—. Si no quieres a Robert Arryn, nombra a uno de tus hermanos. Stannis demostró sobradamente su valía durante el asedio de Bastión de Tormentas. —Dejó que la proposición permaneciera en el aire un instante. El rey frunció el ceño y no dijo nada. Parecía incómodo—. Es decir —terminó Ned con calma mientras lo miraba fijamente—, si no has prometido ese honor a nadie más.

Robert tuvo la honradez de sobresaltarse. Pero al instante se fingió contrariado.

—Y si lo he hecho, ¿qué pasa?

—Se trata de Jaime Lannister, ¿verdad?

Robert espoleó a su caballo e inició el descenso por el risco hacia los Túmulos. Ned se mantuvo a su altura. El rey cabalgaba con la vista fija al frente.

—Sí —dijo al final. Una palabra, seca, para zanjar el asunto.

—El Matarreyes —dijo Ned. De modo que los rumores eran ciertos. Estaba pisando terreno peligroso, y lo sabía—. Es un hombre muy capaz y valiente —siguió, cauteloso—, pero su padre es el Guardián del Occidente, Robert. Con el tiempo, ser Jaime heredará ese honor. Nadie debería tener el control sobre Oriente y Occidente a la vez.

No mencionó lo más preocupante: que aquella designación pondría la mitad de los ejércitos del reino en manos de los Lannister.

—Libraré esa batalla cuando se presente el enemigo —replicó el rey con tozudez—. Por el momento, lord Tywin sigue en Roca Casterly y parece decidido a vivir mil años, así que dudo mucho que Jaime herede nada a corto plazo. No me fastidies con esto, Ned; he tomado una decisión.

—¿Puedo hablar con sinceridad, alteza?

—Por lo visto no hay manera de impedirlo —gruñó Robert mientras seguían cabalgando por la hierba alta.

—¿Crees que puedes confiar en Jaime Lannister?

—Es el mellizo de mi esposa, y hermano juramentado de la Guardia Real. Su vida, su fortuna y su honor están ligados a los míos.

—Igual que estaban ligados a los de Aerys Targaryen —señaló Ned.

—¿Por qué voy a desconfiar de él? Siempre ha hecho todo lo que le he pedido. Su espada contribuyó a conseguir el trono que ocupo.

«Su espada contribuyó a ensuciar el trono que ocupas», pensó Ned, pero no permitió que las palabras llegaran a sus labios.

—Juró proteger la vida de un rey con la suya propia. Y le cortó la garganta a ese mismo rey.

—¡Por los siete infiernos, alguien tenía que matar a Aerys! —gritó Robert, al tiempo que tiraba de las riendas para que su caballo se detuviera bruscamente junto a un antiguo túmulo—. Si no lo hubiera hecho Jaime, nos habría tocado a ti o a mí.

—Nosotros no éramos hermanos juramentados de la Guardia Real —replicó Ned. Decidió que ya había llegado el momento de que Robert supiera toda la verdad—. ¿Te acuerdas del Tridente, alteza?

—Allí fue donde conseguí mi corona, ¿cómo quieres que me olvide?

—Rhaegar te hirió —le recordó Ned—. Así que, cuando las huestes de Targaryen se dieron a la fuga, dejaste la persecución en mis manos. Los supervivientes del ejército de Rhaegar huyeron de vuelta a Desembarco del Rey. Nosotros los perseguimos. Aerys estaba en la Fortaleza Roja con varios miles de hombres que le eran leales. Yo estaba seguro de que nos encontraríamos las puertas de la ciudad cerradas.

—Y sin embargo, cuando llegaste nuestros hombres habían tomado la ciudad. —Robert asintió con un gesto impaciente—. ¿Y qué?

—No fueron nuestros hombres —explicó Ned con calma—, sino los de los Lannister. En los parapetos ondeaba el león de los Lannister, no el venado coronado. Y se habían valido de la traición para tomar la ciudad.

La guerra llevaba entonces casi un año de fieros combates. Algunos nobles de las grandes casas y de las menores se reunieron bajo el estandarte de Robert; otros permanecieron leales a los Targaryen. Los poderosos Lannister de Roca Casterly, los Guardianes del Occidente, se mantuvieron al margen de todo e hicieron caso omiso de las llamadas a las armas que les llegaban tanto del bando rebelde como de los partidarios del rey. Seguramente, Aerys Targaryen pensó que los dioses habían oído sus plegarias cuando vio a lord Tywin Lannister ante las puertas de Desembarco del Rey, con un ejército de doce mil hombres y jurándole lealtad. De modo que el Rey Loco cometió la última locura: abrió a los leones las puertas de su ciudad.

—La traición es moneda corriente entre los Targaryen —dijo Robert. Se estaba enfureciendo de nuevo—. Los Lannister les pagaron con la misma moneda. Era lo que se merecían, ni más ni menos. Eso no me va a quitar el sueño.

—Tú no estuviste allí. —La voz de Ned estaba llena de amargura. A él sí le había quitado el sueño. Llevaba catorce años viviendo con aquellas mentiras, y todavía le provocaban pesadillas—. Fue una conquista sin honor.

—¡Los Otros se lleven tu honor! —maldijo Robert—. ¿Acaso los Targaryen saben siquiera qué es eso? ¡Baja a tu cripta; pregúntale a Lyanna sobre el honor del dragón!

—A Lyanna la vengaste en el Tridente —dijo Ned al tiempo que tiraba de las riendas para detenerse junto al rey. «Prométemelo, Ned», había susurrado ella.

—Eso no me la devolvió. —Robert apartó la vista y clavó la mirada en la distancia gris—. Maldigo a los dioses, me concedieron una victoria vacía. Una corona... ¡Yo había rezado por tu hermana! Por recuperarla sana y salva, y que fuera mía de nuevo, como estaba previsto. Dime, Ned, ¿de qué sirve llevar corona? Los dioses se burlan de las plegarias de reyes y pastores por igual.

—No puedo hablar por los dioses, alteza. Solo sé lo que vi cuando llegué aquel día a la sala del trono —dijo Ned—. Aerys estaba en el suelo, muerto, ahogado en su propia sangre. Las calaveras de dragón colgaban de las paredes. Los hombres de los Lannister estaban por todas partes. Jaime vestía la capa blanca de la Guardia Real sobre la armadura dorada. Es como si lo viera. Hasta su espada tenía reflejos de oro. Se había sentado en el Trono de Hierro, por encima de sus caballeros, y llevaba un yelmo con forma de cabeza de león. ¡Cómo resplandecía!

—Eso ya lo sabe todo el mundo —protestó el rey.

—Yo seguía a caballo. Recorrí la sala en medio del silencio, entre las largas hileras de calaveras de dragón. Parecía que me observaran. Me detuve ante el trono y alcé la vista para mirar a Jaime. Tenía la espada dorada cruzada sobre las piernas, con el filo manchado por la sangre de un rey. Mis hombres fueron entrando detrás de mí. Los hombres de los Lannister retrocedieron. No llegué a decir ni una palabra. Lo miré fijamente, sentado en el trono, y aguardé. Por último, Jaime se echó a reír, se levantó, se quitó el yelmo y me dijo: «No temas, Stark, únicamente se lo estaba calentando a nuestro amigo Robert. Lamento comunicarte que, como asiento, no es muy cómodo».

El rey soltó una carcajada que sonó como un rugido. El ruido sobresaltó a una bandada de cuervos, que salieron volando de entre la hierba y batieron las alas en el aire, enloquecidos.

—¿Crees que debo desconfiar de Lannister porque se sentó un rato en mi trono? —Las carcajadas le sacudían el cuerpo—. Jaime tenía diecisiete años, Ned, era poco más que un niño.

—Niño u hombre, no tenía derecho a ese trono.

—Puede que estuviera cansado —sugirió Robert—. Matar reyes es un trabajo agotador. Y bien saben los dioses que en esa maldita sala no hay otro sitio donde poner el culo. Y por cierto, te dijo la verdad, es una silla incomodísima. En más de un sentido. —El rey sacudió la cabeza—. Bueno, ahora que ya conozco el terrible pecado de Jaime, podemos olvidarnos de este asunto. Estoy harto de secretos, de trifulcas y de asuntos de estado, Ned. Es tan aburrido como contar calderilla. Venga, vamos a cabalgar, que en los viejos tiempos lo hacías bien. Quiero volver a sentir el viento en el rostro.

Espoleó a su caballo y emprendió el galope sobre el túmulo, dejando a sus espaldas una lluvia de tierra.

Durante un momento, Ned no lo siguió. Se había quedado sin palabras, y lo invadía una sensación abrumadora de impotencia. Se preguntó, no por primera vez, qué hacía allí, por qué había llegado hasta donde estaba. Él no era un Jon Arryn, dispuesto a reprimir las locuras de su rey y a inculcarle sabiduría. Robert haría lo que le viniera en gana, como había hecho siempre, y nada que Ned dijera o hiciera tendría importancia. Su lugar estaba en Invernalia. Su lugar estaba con Catelyn en aquel momento de dolor, y con Bran.

Pero no siempre era posible estar en el lugar que le correspondía a cada uno, meditó. Eddard Stark, resignado, espoleó a su caballo y emprendió la marcha en pos del rey.

TYRION

El norte parecía eterno.

Tyrion Lannister sabía interpretar los mapas tan bien como cualquiera, pero dos semanas en el miserable sendero de cabras en que se convertía allí el camino Real le habían demostrado que los mapas eran una cosa, y el terreno, otra muy diferente.

Habían salido de Invernalia el mismo día que el rey, en medio de la confusión causada por la partida real, acompañados por los gritos de los hombres, el relinchar de los caballos, el traqueteo de los carromatos y los chirridos de la enorme casa rodante de la reina. Caía una ligera nevada. El camino Real estaba poco más allá del castillo y la ciudad. En aquel punto, los vasallos, los carromatos y las columnas de caballeros y jinetes libres se dirigieron hacia el sur, llevándose el tumulto, mientras que Tyrion se encaminó hacia el norte con Benjen Stark y su sobrino.

Después de aquello, todo fue más frío, y mucho, mucho más silencioso.

Al oeste del camino quedaban los riscos de pedernal, grises y escarpados, con altas torres de vigilancia en las cimas. Hacia el este, el terreno descendía hasta convertirse en una llanura ondulada que se extendía hasta perderse de vista. Vieron puentes de piedra que salvaban riachuelos de aguas turbulentas, y pequeñas granjas que formaban círculos en torno a modestas fortalezas con cercas de madera y piedra. El camino estaba muy concurrido, y por la noche podían acomodarse en las rudimentarias posadas que lo bordeaban.

Pero, a tres días de marcha de Invernalia, las granjas dejaban paso a bosques densos, y cada vez se encontraban con menos viajeros en el camino Real. Los riscos de pedernal se hacían más altos y escabrosos a medida que avanzaban, y al quinto día eran ya verdaderas montañas, fríos gigantes color gris azulado con promontorios dentados y cumbres nevadas. Cuando soplaba el viento del norte, de los altos picos se alzaban largos penachos de nieve que ondeaban como estandartes.

El camino, siempre flanqueado al oeste por las montañas, discurría hacia el norte y hacia el noroeste a través de un bosque, una densa extensión de robles, abetos y brezo negro, que parecía más antiguo y más oscuro que ninguno de los que Tyrion había visto en la vida. Benjen Stark le dijo que era el bosque de los Lobos. Era cierto; en las noches parecía cobrar vida con los aullidos de manadas lejanas, y los de otras no tan lejanas. El lobo huargo albino de Jon Nieve alzaba las orejas ante aquel coro nocturno, pero no se unió a él nunca. En opinión de Tyrion, aquel animal tenía algo inquietante.

Para entonces, el grupo era de ocho miembros, sin contar el lobo. Tyrion viajaba con dos de sus hombres, como correspondía a un Lannister. Benjen Stark iba solo con su sobrino bastardo y unos cuantos caballos de refresco para la Guardia de la Noche, pero en las lindes del bosque de los Lobos pasaron una noche tras la cerca de madera de un refugio forestal, y allí se les unió otro de los hermanos negros, un tal Yoren. Era un hombre siniestro, cargado de espaldas, con los rasgos ocultos tras una barba tan negra como sus ropas; parecía tan recio como una raíz vieja y tan duro como una roca. Lo acompañaban dos chicos desharrapados, unos campesinos de los Dedos.

—Violadores —dijo Yoren, dedicando una mirada fría a sus custodiados.

Tyrion lo comprendió al momento. Se decía que la vida era dura en el Muro, pero sin duda era mejor que la castración.

Cinco hombres, tres muchachos, un lobo huargo, veinte caballos y una jaula de cuervos que el maestre Luwin había entregado a Benjen Stark. Sin duda era un grupo extraño para el camino Real, o para cualquier camino.

Tyrion se fijó en que Jon Nieve miraba a Yoren y a sus hoscos acompañantes con una expresión extraña en el rostro, demasiado parecida al abatimiento. Yoren tenía la espalda deforme y olía mal; tenía piojos en el pelo y la barba, llevaba ropas viejas y remendadas, y rara vez se lavaba. Los dos reclutas jóvenes olían aún peor; parecían tan estúpidos como crueles eran.

Sin duda, el muchacho había cometido el error de pensar que la Guardia de la Noche estaba compuesta de hombres como su tío. Si era así, Yoren y sus acompañantes habían supuesto para él un duro despertar. Tyrion compadeció a Jon. Había elegido una vida difícil... o quizá sería más correcto decir que le habían elegido una vida difícil.

El tío de Jon no despertaba en él la misma simpatía. Por lo visto, Benjen Stark compartía con su hermano la animadversión contra los Lannister, y no se alegró en absoluto cuando Tyrion le comunicó sus intenciones.

—No hay posadas en el Muro, Lannister, te lo advierto —le había dicho mirándolo desde toda su altura.

—Estoy convencido de que encontrarás algún lugar donde meterme —fue la réplica de Tyrion—. No sé si te habrás dado cuenta, pero soy muy pequeño.

Por supuesto, al hermano de la reina nadie le negaba nada, así que el asunto quedó zanjado, pero a Stark no le hizo la menor gracia.

—No vas a disfrutar con el viaje, te lo garantizo —amenazó en su momento.

Y desde que se pusieron en marcha había hecho todo lo posible por cumplir aquella promesa.

Al final de la primera semana, Tyrion tenía los muslos en carne viva de tanto cabalgar, sentía calambres atroces en las piernas y estaba helado hasta los huesos. Pero en ningún momento se quejó. Antes la muerte que darle aquella satisfacción a Benjen Stark.

Saboreó un atisbo de venganza con el asunto de sus ropas de montar, unas pieles de oso andrajosas, viejas y malolientes. Stark se las había ofrecido en un alarde de la galantería propia de la Guardia de la Noche, esperando sin duda que él las rechazara elegantemente. Tyrion las aceptó con una sonrisa. Cuando salieron de Invernalia llevaba las ropas más abrigadas que tenía, y pronto descubrió que eran del todo insuficientes. Allí arriba hacía frío, mucho frío, cada vez más. Por las noches, las temperaturas descendían muy por debajo del punto de congelación, y cuando soplaba el viento era como un cuchillo que cortara sus mejores ropajes de lana. Sin duda, Stark lamentaba ya su impulso caballeroso. Quizá hubiera aprendido la lección. Los Lannister no rechazaban nada, ni elegantemente ni de ninguna manera. Los Lannister aceptaban todo lo que se les ofrecía.

A medida que avanzaban hacia el norte, las granjas y los refugios eran cada vez más escasos y pequeños, y estaban más adentrados en el bosque de los Lobos, hasta que al final ya no les quedaron más techos bajo los que cobijarse; a partir de allí solo podrían contar con sus recursos.

Tyrion no servía de gran cosa a la hora de montar ni de levantar un campamento; demasiado pequeño, demasiado cojo, siempre estorbando. Así que mientras Stark, Yoren y los demás hombres erigían refugios rudimentarios, se ocupaban de los caballos y encendían una hoguera, adoptó la costumbre de coger sus pieles y un pellejo de vino, y alejarse de todos para leer.

En la decimoctava noche de viaje, el vino era dulce y ambarino, una delicia poco común de las Islas del Verano que había llevado durante todo el trayecto desde Roca Casterly, y el libro, una reflexión sobre la historia y las características de los dragones. Lord Eddard Stark le había dado permiso para llevarse prestados unos cuantos volúmenes de la biblioteca de Invernalia, que eran auténticas rarezas, y Tyrion los había cogido para su viaje hacia el norte.

Encontró un lugar cómodo lejos del ruido del campamento, junto a un arroyo de aguas rápidas, tan transparentes y frías como el hielo. Se refugió del viento cortante tras un roble viejo y retorcido, se arrebujó en las pieles con la espalda apoyada contra el tronco, bebió un trago de vino y empezó a leer acerca de las propiedades del huesodragón. «El color negro del huesodragón se debe a su alto contenido en hierro —le informó el libro—. Es fuerte como el acero, pero más ligero y mucho más flexible, y por supuesto, completamente incombustible. Los dothrakis valoran en sobremanera los arcos de huesodragón, y no es de extrañar. Estos arcos tienen un alcance muy superior a los de madera.»

Tyrion sentía una fascinación morbosa por los dragones. La primera vez que fue a Desembarco del Rey, para asistir al matrimonio de su hermana con Robert Baratheon, se había propuesto buscar las calaveras de dragón que habían decorado los muros de la sala del trono en tiempos de los Targaryen. El rey Robert los había sustituido por estandartes y tapices, pero Tyrion porfió en su empeño hasta que encontró las calaveras en el sótano húmedo donde las tenían almacenadas.

Había esperado toparse con algo impresionante, quizá incluso aterrador, no que fueran hermosos. Y lo eran. Negros como el ónice, tan lustrosos que parecían resplandecer a la luz de la antorcha. Tyrion presintió que les gustaba el fuego. Metió la antorcha entre las fauces de una de las calaveras más grandes, y las sombras saltaron y danzaron en el muro, tras él. Los dientes eran cuchillos largos y curvos de diamante negro. La llama de la antorcha no era nada para ellos; se habían bañado en el calor de llamas mucho más intensas. Cuando se alejó, Tyrion habría jurado que las cuencas vacías de los ojos de la bestia lo seguían.

Había diecinueve calaveras. La más antigua tenía tres mil años; la más reciente, apenas siglo y medio. Estas eran las más pequeñas; había dos, no mucho más grandes que cráneos de mastín, con extrañas malformaciones. Le recordaron a los dos últimos cachorros nacidos en Rocadragón. Eran los últimos dragones de los Targaryen, quizá los últimos del mundo, y no habían sobrevivido mucho tiempo.

Las otras calaveras iban aumentando de tamaño hasta llegar a los tres grandes monstruos de las canciones y las leyendas, los dragones que Aegon Targaryen y sus hermanas habían liberado en los Siete Reinos de antaño. Los bardos les habían dado nombres de dioses: Balerion,

Meraxes y Vhaghar. En aquel sótano, Tyrion se situó entre sus fauces abiertas, mudo de admiración. Un guerrero podría haber entrado a caballo por el gaznate de Vhaghar, aunque no le habría resultado tan fácil salir. Meraxes era aún más grande. Y el mayor de todos, Balerion, el Terror Negro, podría haber engullido un uro entero, o incluso uno de los mamuts lanudos que, según se decía, vagaban por las frías llanuras más allá del Puerto de Ibben.

Tyrion pasó un largo rato en el sótano húmedo mientras se le consumía la antorcha, contemplando el enorme cráneo de ojos vacíos de Balerion, tratando de aprehender el tamaño del animal cuando vivía, de imaginar cómo habría sido cuando desplegaba las grandes alas negras y surcaba los cielos, respirando fuego.

Un antepasado lejano de su familia, el rey Loren, de la Roca, intentó enfrentarse al fuego cuando se alió con el rey Mern, del Dominio, para oponerse a la conquista de los Targaryen. Habían pasado casi trescientos años desde aquellos tiempos, cuando los Siete Reinos eran reinos de verdad, y no simples provincias de un reino mucho mayor. Entre los dos reyes reunían seiscientos vasallos, cinco mil caballeros con sus monturas, y cincuenta mil jinetes libres y soldados. Según las crónicas, las fuerzas de Aegon Lordragón eran menos de una quinta parte, y en su mayoría se componían de soldados reclutados entre las filas del último rey al que había asesinado, con lo que su lealtad era más que dudosa.

Las huestes chocaron en las amplias llanuras del Dominio, en medio de campos dorados de trigo listo para la cosecha. Cuando los dos reyes iniciaron la carga, el ejército de los Targaryen se estremeció y huyó en desbandada. Los cronistas escribieron que, durante unos momentos, aquello fue el fin de la conquista... pero solo durante aquellos pocos momentos, antes de que Aegon Targaryen y sus hermanas entraran en combate.

Fue la única ocasión en que liberaron a Vhaghar, a Meraxes y a Balerion a la vez. Los bardos lo llamaron «Campo de Fuego».

Aquel día ardieron casi cuatro mil hombres, entre ellos el rey Mern, del Dominio. El rey Loren consiguió escapar, y vivió lo suficiente para rendirse, jurar fidelidad a los Targaryen y engendrar un hijo, cosa por la que Tyrion le estaba muy agradecido.

—¿Por qué lees tanto?

Tyrion alzó la vista al oír aquella voz. Jon Nieve estaba a poca distancia de él y lo miraba con curiosidad. Cerró el libro, dejando dentro el dedo para marcar la página.

—Mírame bien y dime qué ves.

—¿Es un truco o qué? —El chico le lanzó una mirada desconfiada—. Te veo a ti, Tyrion Lannister.

—Para ser un bastardo, estás muy bien educado, Nieve —dijo Tyrion con un suspiro—. Lo que ves es un enano. ¿Qué edad tienes? ¿Doce años?

—Catorce —dijo el chico.

—Catorce, y eres más alto de lo que yo seré en la vida. Tengo las piernas cortas y torcidas, y me cuesta caminar. Necesito una silla de montar especial para no caerme del caballo. Por cierto, la diseñé yo mismo, por si te interesa. Tenía que elegir entre eso o ir en poni. Tengo fuerza en los brazos, pero también son cortos. Nunca seré una buena espada. Si hubiera nacido en una familia de campesinos, seguramente me habrían abandonado a la intemperie para que muriera, o me habrían vendido como monstruo de feria. Pero soy un Lannister de Roca Casterly, y eso que se perdieron las ferias. Se esperan cosas de mí. Mi padre fue mano del rey veinte años. Después resulta que mi hermano mató a ese mismo rey, ironías de la vida. Mi hermana se casó con el nuevo rey, y ese odioso sobrino que tengo será rey tras su muerte. Debo hacer algo por el honor de mi casa, ¿no te parece? Pero ¿qué? Puede que tenga las piernas cortas en relación con el cuerpo, pero la cabeza la tengo demasiado grande, aunque yo prefiero pensar que es del tamaño adecuado para mi mente. Tengo una idea bastante precisa de cuáles son mis puntos fuertes y mis puntos débiles. Mi mejor arma está en el cerebro. Mi hermano tiene su espada; el rey Robert tiene su martillo, y yo tengo mi mente... Pero una mente necesita de los libros, igual que una espada de una piedra de amolar, para conservar el filo. —Tyrion dio un golpecito a la tapa de cuero del libro—. Por eso leo tanto, Jon Nieve.

El chico absorbió la información en silencio. No tenía el apellido de los Stark, pero sí el rostro: alargado, solemne, cauteloso, un rostro que no delataba nada. Fuera quien fuera su madre, no había dejado gran cosa en su hijo.

—¿De qué trata ese libro? —preguntó.

—De dragones.

—¿Y para qué te sirve? Ya no existen —dijo el chico, con la inmensa seguridad que da la juventud.

—Eso dice la gente —replicó Tyrion—. Qué pena, ¿no? Cuando yo era de tu edad soñaba con tener un dragón para mí solo.

—¿De verdad? —inquirió Jon, desconfiado. Quizá pensara que Tyrion se estaba burlando de él.

—De verdad. Hasta un niño feo y deforme puede mirar el mundo desde arriba si va a lomos de un dragón. —Tyrion apartó a un lado las pieles de oso y se puso en pie—. A veces encendía hogueras en las entrañas de Roca Casterly, y me pasaba las horas contemplando las llamas, imaginando que eran fuegodragón. A veces fantaseaba con que mi padre ardía en ellas. Otras, que mi hermana. —Jon Nieve lo miraba tan horrorizado como fascinado. Tyrion se echó a reír a carcajadas—. No pongas esa cara, bastardo. Yo conozco tu secreto. Tienes los mismos sueños.

—No —se espantó Jon—. Yo jamás...

—¿No? ¿Nunca? —Tyrion arqueó las cejas—. Vaya, me imagino que los Stark han sido muy, pero que muy buenos contigo. Seguro que lady Stark te trata como si fueras hijo suyo. Y en cuanto a tu hermano Robb, siempre ha sido cariñoso contigo, ¿por qué no? Él se quedará con Invernalia, y tú, con el Muro. En lo que respecta a tu padre... Bueno, seguro que ha tenido excelentes motivos para despacharte a la Guardia de la Noche...

—Basta ya —dijo Jon Nieve, con el rostro contraído por la rabia—. ¡La Guardia de la Noche es una vocación muy noble!

—Eres demasiado listo para creerte semejante cosa —dijo Tyrion después de reírse—. La Guardia es un pudridero para los inadaptados de todo el reino. Ya he visto cómo mirabas a Yoren y a sus pupilos. Esos son tus nuevos hermanos, Jon Nieve, ¿te gustan? Campesinos hoscos, deudores, cazadores furtivos, violadores, ladrones y bastardos como tú. Todos acabáis en el Muro, vigilando por si aparecen endriagos, tiburientes y todos los monstruos con los que te asustaba tu ama de cría. Lo bueno es que no existen los endriagos ni los tiburientes, así que como trabajo no es muy peligroso. Lo malo es que se te congelarán los huevos, pero como de todos modos no te dejan tener hijos, tampoco importa mucho.

—¡Basta ya! —chilló el chico. Dio un paso hacia delante con los puños apretados, al borde de las lágrimas.

De pronto, sin motivo, Tyrion se sintió culpable. Se adelantó para dar al chico una palmadita en la espalda, o murmurar alguna disculpa.

No vio al lobo, no supo dónde estaba ni cómo llegó hasta él. En un momento estaba avanzando hacia Nieve, y al siguiente se encontraba tendido de bruces contra el suelo de roca dura; el libro se le había caído de las manos, el impacto lo había dejado sin aliento y tenía la boca llena de tierra, sangre y hojas podridas. Cuando trató de levantarse sintió un doloroso calambre en la espalda. Se había hecho daño en la caída. Apretó los dientes, frustrado, se agarró a una raíz y se incorporó. Tendió una mano hacia el chico.

—Ayúdame —le pidió. Y de pronto el lobo estaba entre ellos. No gruñó. Aquel animal del infierno nunca emitía el menor sonido. Se limitó a mirarlo con sus brillantes ojos rojos y a enseñarle los colmillos, cosa que fue más que suficiente. Tyrion volvió a dejarse caer al suelo con un quejido—. Pues no me ayudes. Me quedaré aquí hasta que os vayáis.

—Pídemelo con educación. —Jon acarició el espeso pelaje blanco de Fantasma. Sonreía.

Tyrion Lannister sintió que la rabia hervía en su interior, y la dominó a fuerza de voluntad. No era la primera vez que lo humillaban, y tampoco sería la última. Y quizá en aquella ocasión se lo merecía.

—Estaría muy agradecido si me prestaras tu ayuda, Jon —dijo con voz dócil.

—Al suelo, Fantasma —dijo el chico.

El lobo huargo se sentó sobre los cuartos traseros. Los ojos rojos no se apartaron ni por un momento de Tyrion. Jon dio la vuelta para situarse tras él, le pasó las manos por debajo de los brazos y lo levantó sin esfuerzo. Luego recogió el libro y se lo devolvió.

—¿Por qué me ha atacado? —preguntó Tyrion, después de mirar de soslayo al lobo huargo y limpiarse la sangre de la boca con el dorso de la mano.

—A lo mejor ha pensado que eras un endriago.

Tyrion le lanzó una mirada agria. Luego se echó a reír, con un bufido de diversión que le salió por la nariz sin que pudiera hacer nada por evitarlo.

—Oh, dioses —dijo entre carcajadas entrecortadas—. Sí, me imagino que tengo pinta de endriago. ¿Qué hará entonces con los tiburientes?

—Mejor que no lo sepas.

Jon recogió el pellejo y se lo tendió. Tyrion quitó el tapón, echó la cabeza hacia atrás, apretó el pellejo y bebió un largo trago. El vino fue como un fuego fresco que le bajó por la garganta y le calentó el estómago. Luego se lo tendió a Jon Nieve.

—¿Quieres?

—Es verdad, ¿no? —dijo el chico tras aceptarlo y beber un trago con cautela—. Lo que me has dicho de la Guardia de la Noche es cierto. —Tyrion asintió. Jon Nieve apretó los labios—. Pues si es así, que así sea —dijo al final.

—Muy bien, bastardo —dijo Tyrion sonriéndole—. Casi todos los hombres prefieren negar la verdad antes que enfrentarse a ella.

—Casi todos —repitió Jon—. Pero no es tu caso.

—No —admitió Tyrion—. No es mi caso. Ya no acostumbro a soñar con dragones. Los dragones no existen. —Recogió las pieles de oso—. Vamos, tenemos que volver al campamento antes de que tu tío llame a la Guardia.

El campamento no estaba lejos, pero el terreno era irregular y, cuando llegaron, tenía calambres en las piernas. Jon Nieve le tendió la mano para ayudarlo a salvar unas raíces protuberantes, pero Tyrion lo rechazó. Se iba a abrir camino por sus medios, como había hecho toda la vida. Aun así, se alegró de llegar al campamento. Las tiendas ya estaban alzadas contra el muro de un refugio que llevaba mucho tiempo abandonado y les servía como escudo contra el viento. Los caballos estaban atendidos, y la hoguera, encendida. Yoren se había sentado en una piedra para despellejar una ardilla. El olor delicioso del guiso inundó las fosas nasales de Tyrion. Llegó como pudo hasta donde Morrec, su criado, removía el caldero. Morrec le tendió el cucharón sin decir palabra. Tyrion lo probó y se lo devolvió.

—Más pimienta —dijo.

—Ah, ya estás aquí —dijo Benjen Stark saliendo de la tienda que compartía con su sobrino—. No vuelvas a alejarte solo, Jon. Pensé que te habían cogido los Otros.

—Fueron los endriagos —le dijo Tyrion con una carcajada.

Jon Nieve sonrió. Stark miró a Yoren, desconcertado. El viejo gruñó, se encogió de hombros y volvió a su sangrienta labor.

La ardilla dio algo de sustancia al guiso, y aquella noche lo comieron junto a la hoguera, acompañado de pan de centeno y queso duro. Tyrion pasó de mano en mano su pellejo de vino, hasta que incluso Yoren se suavizó. Uno a uno, se fueron retirando a las tiendas para dormir, todos menos Jon Nieve, a quien había correspondido el primer turno de guardia.

Tyrion fue el último en retirarse, como siempre. Antes de entrar en la tienda que sus hombres le habían alzado se detuvo un instante y miró hacia atrás, en dirección a Jon Nieve. El chico estaba de pie junto a la hoguera, con el rostro imperturbable y tenso y la mirada fija en las llamas.

Tyrion Lannister sonrió con tristeza y fue a acostarse.

CATELYN

Ya habían transcurrido ocho días desde que Ned y las niñas se fueron de Invernalia cuando el maestre Luwin fue a verla de noche al cuarto de Bran, llevando una lamparilla y los libros de contabilidad.

—Ya es hora de que repaséis las cuentas, mi señora —dijo—. Tenéis que saber cuánto nos ha costado esta visita regia.

Catelyn contempló a Bran en el lecho y le apartó el cabello de la frente. Se dio cuenta de que le había crecido mucho. Pronto tendría que cortárselo.

—No me hace falta ver las cifras, maestre Luwin —replicó sin apartar los ojos del niño—. Ya sé lo que nos ha costado la visita. Llévate esos libros fuera de mi vista.

—Mi señora, el séquito real gozaba de un apetito muy saludable. Tenemos que reabastecer las despensas antes de...

—He dicho que te lleves esos libros —lo interrumpió—. El mayordomo se encargará de eso.

—No tenemos mayordomo —le recordó el maestre Luwin. Catelyn pensó que era como una rata gris; no la iba a dejar escapar—. Poole se ha ido al sur para ocuparse de la casa de lord Eddard en Desembarco del Rey.

—Ah, sí, ya lo recuerdo — asintió Catelyn, distraída.

Bran estaba muy pálido. Pensó que debería acercar más la cama a la ventana, para que le diera el sol de la mañana.

El maestre Luwin puso la lamparilla en una hornacina, junto a la puerta, y jugueteó con la llama, inquieto.

—Tenéis que prestar atención de inmediato al asunto de los nombramientos, mi señora. Además del mayordomo, necesitamos un capitán de los guardias para ocupar el puesto de Jory, un caballerizo...

Catelyn volvió la mirada con brusquedad y la fijó en él.

—¿Un caballerizo? —su voz restalló como un latigazo.

—Sí, mi señora. —El maestre estaba aturdido—. Hullen se marchó al sur con lord Eddard, así que...

—Mi hijo yace en una cama, Luwin, está destrozado, se muere, ¿y quieres que me dedique a pensar en un nuevo caballerizo? ¿Crees que me importa lo que pasa en los establos? ¿Crees que me preocupa lo más mínimo? De buena gana mataría hasta al último caballo de Invernalia con mis manos si eso sirviera para que Bran abriera los ojos, ¿lo entiendes? ¿Lo entiendes?

—Sí, mi señora. —El hombre inclinó la cabeza—. Pero los nombramientos...

—Yo me encargaré de los nombramientos —dijo Robb.

Catelyn no lo había oído llegar, pero estaba en la puerta, mirándola. Con un repentino ramalazo de vergüenza se dio cuenta de que había estado gritando. ¿Qué le pasaba? Estaba agotada, y le dolía la cabeza constantemente.

El maestre Luwin miró a Catelyn; luego, a su hijo.

—He preparado una lista con todas las personas que deberíamos tener en cuenta para ocupar las vacantes —dijo al tiempo que le tendía a Robb el papel que se había sacado de la manga.

El muchacho repasó los nombres. Catelyn advirtió que venía del exterior; tenía las mejillas enrojecidas por el frío y el viento le había revuelto el pelo.

—Excelentes hombres —dijo—. Mañana hablaremos de ellos. —Le devolvió la lista. El maestre Luwin la hizo desaparecer rápidamente en la manga.

—Como digáis, mi señor.

—Ahora, déjanos solos —indicó Robb.

El hombre hizo una reverencia y salió de la estancia. Robb cerró la puerta y se volvió hacia su madre. Catelyn vio que llevaba una espada.

—¿Qué haces, madre?

Catelyn había pensado siempre que Robb se parecía a ella. Tenía la complexión de los Tully, el mismo pelo castaño, los mismos ojos azules, igual que Bran, Rickon y Sansa. Pero también en más de una ocasión había visto algo de Eddard Stark en su rostro, algo tan severo y duro como el norte.

—¿Que qué hago? —repitió asombrada—. ¿Cómo puedes preguntarme eso? ¿Tú qué crees? Estoy cuidando de tu hermano. De Bran.

—¿De verdad? No has salido de esta habitación desde que resultó herido. Ni siquiera fuiste a la entrada del castillo cuando mi padre y las chicas se fueron al sur.

—Los despedí aquí, y los vi partir por la ventana.

Había suplicado a Ned que no se fuera, no en aquel momento, y menos con lo que había pasado; la situación era completamente diferente, ¿no se daba cuenta? Fue inútil. Él le dijo que no tenía elección y decidió marcharse.

—No puedo dejarlo solo ni un momento, porque ese momento podría ser el último. Tengo que estar con él por si... por si...

Tomó la mano inerte de su hijo y entrelazó los dedos con los suyos. Era una mano tan frágil y enflaquecida, tan débil... pero, pese a todo, aún se notaba el calor de la vida a través de la piel.

—No se va a morir, madre. —El tono de Robb se había suavizado—. El maestre Luwin dice que el peligro de muerte ha pasado.

—¿Y si el maestre Luwin está equivocado? ¿Y si Bran me necesita y yo no estoy aquí?

—Rickon te necesita —replicó Robb bruscamente—. Solo tiene tres años; no entiende qué está pasando. Cree que todos lo han abandonado y me sigue todo el día, se me agarra a la pierna y no para de llorar. No sé qué hacer con él. —Hizo una pausa y se mordisqueó el labio inferior, un gesto que le había visto cuando era pequeño—. Y yo también te necesito, madre. Lo intento, pero no puedo... no puedo hacerlo todo yo solo.

El repentino arrebato de emoción le quebró la voz, y Catelyn recordó que solo tenía catorce años. Quiso levantarse, correr a él y abrazarlo, pero Bran la tenía agarrada por la mano y no pudo moverse.

En el exterior de la torre, un lobo empezó a aullar. Catelyn se estremeció.

—Es el de Bran. —Robb abrió la ventana para que el aire de la noche entrara en habitación de la torre, tan mal ventilada. El aullido se oyó con más fuerza. Era un sonido frío y solitario, lleno de melancolía y desesperación.

—No, no —dijo ella—. Bran necesita calor.

—Lo que necesita es oírlos cantar —dijo Robb. En algún lugar de Invernalia, un segundo lobo empezó a aullar a coro con el primero, y luego un tercero, más cerca—. Peludo y Viento Gris —añadió Robb mientras sus voces subían y bajaban al unísono—. Si prestas atención, se nota la diferencia.

Catelyn estaba temblando. Era la pena, era el dolor, era el aullido de los lobos huargo. Noche tras noche, los aullidos, el viento gélido y el castillo tan gris y tan vacío, siempre igual, siempre igual, y su niño tendido allí destrozado, el más dulce y cariñoso de sus hijos, el más encantador, Bran, que adoraba reír y trepar y soñaba con ser caballero... Pero todo eso se había acabado; nunca volvería a oír su risa. Sollozó, soltó la mano del niño y se tapó los oídos para protegerse de aquellos aullidos espantosos.

—¡Haz que se callen! —gritó—. No lo soporto, que se callen, que se callen, que se callen... ¡Mátalos, lo que sea, pero hazlos callar!

No recordaba haber caído al suelo, pero de repente, Robb la ayudaba a incorporarse con brazos fuertes.

—No tengas miedo, madre. Jamás le harían daño. —La ayudó a llegar hasta el catre que estaba en un rincón de la habitación—. Cierra los ojos —le dijo con cariño—. Descansa. El maestre Luwin dice que apenas has dormido desde la caída de Bran.

—No puedo —sollozó ella—. Que los dioses me perdonen, Robb, no puedo, ¿y si se muere mientras duermo?, ¿y si se muere?, ¿y si se muere...? —Los lobos seguían aullando. Catelyn gritó y volvió a taparse los oídos—. ¡Por los dioses, cierra la ventana!

—Solo si me prometes que vas a dormir. —Robb se dirigió hacia la ventana, pero cuando iba a cerrar los postigos se oyó otro sonido por encima del aullido lastimero de los lobos huargo—. Son los perros —dijo, prestando atención—. Todos los perros están ladrando a la vez. Eso sí que es raro... —Catelyn oyó claramente como su hijo tragaba saliva. Alzó la vista, y lo vio muy pálido a la luz de la lamparilla—. Fuego —susurró el muchacho.

«Fuego —pensó ella—, ¡Bran!»

—Ayúdame —dijo apremiante mientras se incorporaba en el catre—. Ayúdame con Bran.

—Se ha incendiado la torre de la biblioteca —dijo Robb; no dio señal de haberla oído.

Catelyn alcanzaba a ver la luz rojiza y parpadeante por la ventana abierta. Se relajó, aliviada. Bran estaba a salvo. La biblioteca se encontraba al otro lado del patio; el fuego no llegaría hasta allí.

—Gracias a los dioses —susurró.

—No te muevas de aquí, madre —dijo Robb mirándola como si se hubiera vuelto loca—. Volveré en cuanto apaguemos el fuego.

Salió corriendo, y lo oyó gritar a los guardias y descender a toda prisa, saltando los escalones de dos en dos o de tres en tres.

En el exterior, en el patio, se oían gritos de «¡Fuego!», pasos apresurados, relinchos de caballos asustados y ladridos frenéticos de los perros del castillo. Mientras escuchaba aquel caos, se dio cuenta de que los aullidos habían cesado. Los lobos huargo estaban en silencio.

Catelyn se acercó a la ventana, murmurando una oración silenciosa de agradecimiento a los siete rostros de Dios. Al otro lado del patio, en la biblioteca, las llamaradas brotaban de las ventanas. Se quedó observando cómo la columna de humo se alzaba hacia el cielo y recordó con tristeza los libros que los Stark habían acumulado a lo largo de los siglos. Luego cerró los postigos.

Al volverse, vio al hombre.

—No deberíais estar aquí —murmuró él con voz ronca—. Aquí no tenía que haber nadie.

Era un hombrecillo menudo, sucio, con ropas marrones mugrientas y hedor a caballerizas. Catelyn conocía a todos los hombres que trabajaban en los establos y no era uno de ellos. Estaba flaco, tenía el pelo rubio y lacio, y los ojos claros muy hundidos en el rostro huesudo. Y llevaba un puñal en la mano.

—No —dijo Catelyn mirando el cuchillo y a Bran. La palabra se le quedó trabada en la garganta; fue apenas un susurro. El hombre alcanzó a oírla.

—Es un acto de misericordia —dijo—. Ya está muerto.

—No —repitió Catelyn más alto, había recuperado la voz—. No, no.

Corrió hacia la ventana para pedir ayuda a gritos, pero aquel hombre era más veloz de lo que había supuesto. Le tapó la boca con una mano, le echó la cabeza hacia atrás y le puso el puñal en la garganta. El hedor que despedía era insoportable.

Catelyn agarró la hoja con las dos manos y tiró con todas sus fuerzas para apartársela del cuello. Lo oyó maldecir junto a la oreja. Tenía los dedos resbaladizos por la sangre, pero no soltó el puñal. La mano que le cubría la boca presionó con más fuerza, impidiéndole la respiración. Ella giró la cabeza hacia un lado y sus dientes encontraron carne. Los clavó con fuerza en la palma de la mano. El hombre rugió de dolor. Catelyn le hincó aún más los dientes y dio un tirón desgarrador, y de pronto él la soltó. El sabor de la sangre le llenó la boca. Respiró una bocanada de aire y gritó; él la agarró del pelo y la empujó, Catelyn tropezó y cayó al suelo. Lo vio sobre ella, jadeante, tembloroso. Él todavía aferraba el puñal con la mano derecha, llena de sangre.

—Aquí no tenía que haber nadie —repitió como un idiota.

Catelyn vio la sombra que se deslizaba por la puerta abierta tras él. Se oyó un ruido sordo que no llegaba a ser un gruñido, apenas un susurro amenazador, pero él también debió de oírlo, porque empezó a dar la vuelta justo cuando el lobo saltaba. Hombre y bestia cayeron juntos, en parte sobre Catelyn. El lobo mordió. El grito del hombre duró menos de un segundo, lo que tardó el animal en arrancarle media garganta.

La sangre cayó como una lluvia cálida sobre el rostro de Catelyn.

El lobo la miraba. Tenía las fauces enrojecidas y empapadas, y los ojos le brillaban con destellos dorados en la oscuridad de la habitación. Se dio cuenta de que era el lobo de Bran.

—Gracias —susurró Catelyn con un hilo de voz.

Alzó la mano, temblorosa. El lobo se acercó con suavidad, le olfateó los dedos y lamió la sangre con una lengua húmeda y áspera. Cuando se la hubo limpiado dio media vuelta sin hacer el menor ruido, se subió de un salto a la cama de Bran y se tendió junto a él. Catelyn se echó a reír, histérica.

Así fue cómo la encontraron Robb, el maestre Luwin y ser Rodrik cuando irrumpieron con la mitad de los guardias de Invernalia. Tuvieron que esperar a que se calmara antes de abrigarla con mantas y llevarla al Gran Torreón, a sus habitaciones. La Vieja Tata la desnudó, la ayudó a entrar en la bañera llena de agua humeante y le limpió la sangre con un paño suave.

Después llegó el maestre Luwin a vendarle las heridas. Los cortes de los dedos eran profundos, llegaban casi hasta el hueso, y tenía el cuero cabelludo en carne viva en los puntos donde el hombre le había arrancado mechones enteros. El maestre le dijo que el dolor no había hecho más que empezar y le dio la leche de la amapola para ayudarla a dormir.

Por fin, Catelyn cerró los ojos.

Cuando volvió a abrirlos, le dijeron que había dormido durante cuatro días. Catelyn asintió y se incorporó en la cama. Todo lo sucedido tras la caída de Bran le parecía una pesadilla, un sueño espantoso de sangre y pena, pero el dolor de las manos le recordaba que era muy real. Se sentía débil y aturdida, pero también decidida, como si le hubieran quitado un gran peso de encima.

—Traedme un trozo de pan con miel —dijo a sus sirvientas—, y avisad al maestre Luwin; tiene que cambiarme los vendajes.

La miraron sorprendidas y se apresuraron a cumplir sus órdenes.

Catelyn recordó cómo se había comportado y se sintió avergonzada. Les había fallado a todos: a sus hijos, a su esposo, a su casa... No se repetiría jamás. Demostraría a aquellos norteños cuán fuerte podía ser una Tully de Aguasdulces.

Robb llegó antes que la comida que había pedido. Luego entraron Rodrik Cassel y el pupilo de Ned, Theon Greyjoy, y por último Hallis Mollen, un guardia fornido de barba castaña cuadrada. Robb le dijo que era el nuevo capitán. Su hijo vestía ropas de cuero curtido y cota de malla, y llevaba una espada a la cintura.

—¿Quién era? —les preguntó Catelyn.

—Nadie lo sabe —respondió Hallis Mollen—. No era de Invernalia, mi señora. Algunos dicen que lo han visto aquí y por los alrededores del castillo en las últimas semanas.

—Entonces, vino con el grupo del rey —dijo—, o con alguno de los Lannister. Debió de quedarse atrás cuando se fueron todos.

—Es posible —asintió Hal—. Últimamente ha habido tanto forastero en Invernalia que no había manera de decir con quién estaba cada uno.

—Se había escondido en los establos —dijo Greyjoy—. Se le notaba en el olor.

—¿Cómo pudo pasar desapercibido? —preguntó con brusquedad.

—Entre los caballos que lord Eddard se ha llevado al sur y los que enviamos al norte para la Guardia de la Noche —dijo Hallis Mollen con la vista baja, avergonzado—, los establos están casi vacíos. Cualquiera podría esconderse de los mozos de cuadras. Quizá Hodor lo viera; se dice que últimamente se porta de manera muy rara, pero con lo bobalicón que es...

—Hemos descubierto dónde ha dormido estos días —intervino Robb—. Tenía noventa venados de plata en una bolsa de piel, escondida entre la paja.

—Menos mal que la vida de mi hijo no se vendió barata —dijo Catelyn con amargura.

—Perdonadme, mi señora. —Hallis Mollen la miró, confuso—. Pero, ¿cómo sabéis que quería matar al chico?

—Es una locura —dijo Greyjoy, que también parecía dudarlo.

—Su objetivo era Bran —insistió Catelyn—. No dejaba de murmurar que yo no tenía que estar allí. Prendió fuego a la biblioteca, pensando que iría a apagarlo y que los guardias me acompañarían. Si no hubiera estado enloquecida por la pena, quizá se habría salido con la suya.

—¿Por qué querría alguien matar a Bran? —dijo Robb—. Dioses, si no es más que un niñito indefenso, está dormido...

—Vas a tener que aprender a encontrar esas respuestas si quieres gobernar el norte, Robb. —Catelyn dirigió una mirada desafiante a su primogénito—. ¿Qué crees tú? ¿Por qué querría nadie matar a un niño dormido?

Antes de que pudiera responder, las sirvientas volvieron de la cocina con una bandeja de comida. Había mucho más de lo que había pedido: pan recién hecho, mantequilla, miel, mermelada de zarzamoras, panceta, un huevo pasado por agua, un trozo de queso y una jarra de té de menta. Y junto con la comida llegó el maestre Luwin. Catelyn descubrió de repente que ya no tenía apetito.

—¿Cómo se encuentra mi hijo, maestre? —preguntó.

—Sin cambios, mi señora —contestó el hombre con la vista baja.

Era la respuesta que esperaba, ni más ni menos. Sentía un dolor punzante en las manos, como si la hoja del puñal estuviera todavía cortando la carne. Hizo salir a las sirvientas y clavó la mirada en Robb.

—¿No sabes aún la respuesta?

—Alguien tiene miedo de que Bran despierte —dijo el muchacho—. Tiene miedo de lo que pueda contar, de algo que sabe.

—Muy bien. —Catelyn se sintió orgullosa de él. Se volvió hacia el nuevo capitán de la guardia—. Hay que mantener a salvo a Bran. Hemos acabado con un asesino, pero puede que haya más.

—¿Cuántos guardias queréis que ponga, mi señora? —preguntó Hal.

—En ausencia de lord Eddard, mi hijo es el señor de Invernalia —respondió ella.

—Quiero un hombre dentro de la habitación, día y noche, otro en la puerta y dos al pie de las escaleras. —Robb se irguió un poco más—. Nadie puede entrar a ver a Bran si mi madre o yo no damos permiso antes.

—A vuestras órdenes, mi señor.

—De inmediato —sugirió Catelyn.

—Y que el lobo esté con él en la habitación —añadió Robb.

—Sí... Sí —asintió Catelyn. Hallis Mollen hizo una reverencia y abandonó la habitación.

—Lady Stark —dijo ser Rodrik cuando salió el guardia—, ¿os fijasteis por casualidad en el puñal que llevaba el asesino?

—Dadas las circunstancias, no pude examinarlo con detalle, pero te aseguro que estaba bien afilado —replicó Catelyn con una sonrisa seca—. ¿Por qué lo preguntas?

—Encontramos el cuchillo; ese rufián lo tenía todavía en la mano. Me pareció un arma de demasiado valor para un hombre así, de modo que la estudié a fondo. La hoja es de acero valyrio, y la empuñadura, de huesodragón. Es imposible que le perteneciera. Se la tuvo que dar alguien.

—Cierra la puerta, Robb —dijo Catelyn después de asentir, pensativa. El muchacho la miró extrañado, pero obedeció—. Lo que voy a deciros no debe salir de esta habitación —siguió Catelyn—. Quiero que me lo juréis. Si mis sospechas son ciertas, aunque sea solo en una mínima parte, Ned y mis hijas corren un peligro terrible, y la menor indiscreción que cometamos les podría costar la vida.

—Lord Eddard es como un segundo padre para mí —dijo Theon Greyjoy—. Lo juro.

—Tenéis mi palabra —dijo el maestre Luwin.

—Y la mía, señora —dijo ser Rodrik.

—¿Y tú, Robb? —preguntó mirando a su hijo. El muchacho asintió—. Mi hermana Lysa cree que los Lannister asesinaron a su esposo, lord Arryn, la mano del rey —continuó Catelyn—. He caído en la cuenta de que Jaime Lannister no participó en la cacería el día de la caída de Bran. Estuvo todo el tiempo aquí, en el castillo. —Se hizo un silencio de muerte en la habitación—. No creo que Bran se cayera de aquella torre —dijo rompiendo el silencio—. Creo que lo tiraron.

La conmoción se reflejó en los rostros.

—La sola idea es monstruosa, mi señora —dijo Rodrik Cassel—. Hasta el Matarreyes tendría escrúpulos a la hora de asesinar a un niño inocente.

—¿Tú crees? —dijo Theon Greyjoy—. Tengo mis dudas.

—La ambición de los Lannister es tan infinita como su orgullo —dijo Catelyn.

—El niño no había resbalado jamás —señaló el maestre Luwin, pensativo—. Conocía hasta la última piedra de Invernalia.

—Dioses —maldijo Robb; tenía el joven rostro ensombrecido por la ira—. Si es cierto, lo pagará muy caro. —Desenvainó la espada y la blandió en el aire—. ¡Lo voy a matar!

—¡Guarda eso! —le gritó ser Rodrik hecho una furia—. Los Lannister están a cientos de leguas. Nunca desenvaines la espada si no tienes intención de utilizarla. ¿Cuántas veces te lo tengo que decir, chiquillo idiota?

Robb guardó la espada, avergonzado. De repente volvía a parecer un niño.

—Veo que el arma de mi hijo es ya de acero —dijo Catelyn a ser Rodrik.

—Me pareció que era el momento adecuado —replicó el viejo maestro de armas.

—Desde luego —dijo mientras Robb la miraba con ansiedad—. Puede que Invernalia necesite pronto de todas sus espadas, y más vale que no sean de madera.

—Si llega la ocasión, señora —dijo Theon Greyjoy con la mano en la empuñadura de su arma—, recordad que mi casa está en deuda con la vuestra.

—Lo único que tenemos son conjeturas. —El maestre Luwin jugueteó con los eslabones de su collar—. Estamos hablando de acusar al amado hermano de la reina. A ella no le va a hacer gracia. Si no conseguimos pruebas, más nos valdrá guardar silencio.

—¿Qué más pruebas quieres que el puñal? —dijo ser Rodrik—. La desaparición de un arma así no puede haber pasado desapercibida.

—Alguien tiene que ir a Desembarco del Rey —dijo Catelyn; había comprendido que solo existía un lugar para dar con la verdad.

—Yo mismo —se ofreció Robb.

—No. Tú debes permanecer aquí. Siempre tiene que haber un Stark en Invernalia. —Miró a ser Rodrik, con sus bigotes blancos; al maestre Luwin, vestido con la túnica gris; al joven Greyjoy, tan esbelto, tan moreno, tan impetuoso. ¿A quién enviar? ¿Cuál de ellos inspiraría mayor confianza? De pronto, supo la respuesta. Apartó a un lado las mantas. Tenía los dedos vendados, tan rígidos e inútiles como si fueran de piedra. Bajó de la cama—. Tengo que ir yo —añadió.

—¿Os parece que es una idea sensata, mi señora? —dijo el maestre Luwin—. No cabe duda de que vuestra llegada despertará las sospechas de los Lannister.

—¿Y qué pasa con Bran? —preguntó Robb; el pobre muchacho parecía muy confuso—. No irás a decirme que piensas dejarlo solo.

—Ya he hecho por Bran todo lo que he podido —dijo Catelyn poniéndole una mano vendada en el hombro—. Ahora, su vida está en manos de los dioses, y en las del maestre Luwin. Tú mismo me lo has dicho, Robb: tengo que pensar en el resto de mis hijos.

—Necesitaréis una buena escolta, mi señora —dijo Theon.

—Enviaré a Hal con un pelotón de guardias —señaló Robb.

—No —replicó Catelyn—. Un grupo numeroso llamaría la atención, y es lo que menos nos interesa. No quiero que los Lannister sepan que me dirijo hacia allí.

—Mi señora, al menos permitid que os acompañe yo —suplicó ser Rodrik—. Una mujer no debe viajar sola por el camino Real; es peligroso.

—No pienso ir por el camino Real. —Meditó un instante y asintió—. Dos jinetes pueden ir tan deprisa como uno, y sin duda más que una columna larga que además tenga que mantenerse al ritmo de los carromatos. Agradeceré vuestra compañía, ser Rodrik. Seguiremos el Cuchillo Blanco hasta el mar, y alquilaremos un barco en Puerto Blanco. Con un poco de suerte, caballos descansados y vientos favorables, llegaremos a Desembarco del Rey mucho antes que Ned y los Lannister.

«Y entonces —pensó—, que sea lo que los dioses quieran.»

SANSA

Mientras desayunaban, la septa Mordane le dijo a Sansa que Eddard Stark había salido al amanecer.

—El rey lo mandó llamar. Creo que se han ido otra vez de caza. Tengo entendido que por estas tierras todavía quedan uros salvajes.

—Nunca he visto un uro —dijo Sansa al tiempo que daba un trocito de panceta a Dama, por debajo de la mesa. La loba huargo lo tomó de su mano con la delicadeza de una reina.

—Una dama noble no echa de comer a los perros en la mesa —dijo la septa Mordane con un bufido de desaprobación al tiempo que partía otro trozo de panal para que la miel goteara sobre una rebanada de pan.

—No es una perra, es una loba huargo —señaló Sansa; Dama le lamía los dedos con su lengua áspera—. Además, mi padre dijo que podíamos traerlas si queríamos.

—Eres una niña muy buena, Sansa. —Aquello no había servido para aplacar a la septa—. Pero en lo que respecta a esas criaturas pareces tan testaruda como tu hermana Arya. —Frunció el ceño—. Por cierto, ¿dónde está Arya?

—No tenía hambre —dijo Sansa. Sabía que, con toda probabilidad, su hermana habría bajado a hurtadillas a la cocina muchas horas antes, y engatusado a algún pinche para que le diera el desayuno.

—Recuérdale que hoy tiene que ponerse un vestido bonito. Como el de terciopelo gris. Nos han invitado a viajar con la reina y con la princesa Myrcella en el carromato real; debemos estar impecables.

Sansa ya estaba impecable. Se había cepillado la larga cabellera castaña rojiza hasta que estuvo deslumbrante, y lucía su mejor vestido de seda azul. Llevaba más de una semana esperando aquel día. Viajar con la reina era un gran honor, y además vería al príncipe Joffrey. Su prometido. Solo con pensar en ello sentía los nervios a flor de piel, a pesar de que faltaban muchos años para que se casaran. Sansa todavía no conocía de verdad a Joffrey, pero estaba enamorada de él. Era como siempre había imaginado a su príncipe: alto, guapo, fuerte, con cabellos como el oro. Atesoraba las pocas oportunidades que tenía de estar con él. Si algo le daba miedo aquel día era Arya. Su hermana tenía la habilidad de estropearlo todo. Nunca se sabía por dónde iba a salir.

—Se lo recordaré —dijo, insegura—, pero se vestirá como siempre. —Esperaba no pasar demasiada vergüenza—. ¿Puedo retirarme?

—Sí.

La septa Mordane se sirvió otra rebanada de pan con miel, y Sansa se levantó del banco. Dama la siguió cuando salió de la sala común de la posada.

Una vez en el exterior, se detuvo un momento entre los gritos, las maldiciones y el crujir de las ruedas de madera mientras los hombres desmontaban tiendas y pabellones, y cargaban los carros para emprender la marcha un día más. La posada era un gran edificio de piedra clara. Tenía tres plantas; Sansa no había visto jamás otra tan grande; pero aun así solo podía albergar a una tercera parte de la partida real, que contando a los hombres de su padre y a los jinetes libres que se les habían unido en el camino tenía ya más de cuatrocientos miembros.

Arya estaba a la orilla del Tridente, intentando que Nymeria se quedara quieta mientras le cepillaba el lodo seco del pelaje. A la loba no parecía gustarle nada. Arya vestía la misma ropa de montar que había llevado el día anterior, y también dos días antes.

—Tienes que ir a ponerte algo bonito —le dijo Sansa—. Te lo manda la septa Mordane. Hoy vamos a viajar en el carromato de la reina con la princesa Myrcella.

—Yo no —replicó Arya al tiempo que intentaba deshacer un nudo en el pelaje gris de Nymeria—. Mycah y yo vamos a cabalgar río arriba para buscar rubíes en el vado.

—Rubíes —repitió Sansa, desconcertada—. ¿Qué rubíes?

—Los rubíes de Rhaegar, por supuesto —contestó Arya mirándola como si la considerara estúpida—. Aquí es donde el rey Robert lo mató y consiguió la corona.

Sansa se quedó boquiabierta, mirando incrédula a su flacucha hermana pequeña.

—No puedes ir a buscar rubíes; la princesa nos está esperando. La reina nos invitó a las dos.

—¿Y a mí qué? —replicó Arya—. La casa con ruedas no tiene ventanas; no se ve nada.

—Pero, ¿qué quieres ver? —preguntó Sansa, molesta. Ella se había vuelto loca de alegría con la invitación, y la idiota de su hermana lo iba a estropear todo, justo como se había temido—. No hay más que prados, granjas y refugios.

—Mentira —se empecinó Arya—. Si vinieras con nosotros alguna vez lo verías.

—No me gusta montar a caballo —replicó Sansa con convicción—. Te manchas toda, y luego te duele todo el cuerpo.

—No te muevas —ordenó Arya a Nymeria después de encogerse de hombros—. No te estoy haciendo daño. —Miró a Sansa—. Cuando estábamos cruzando el Cuello conté treinta y seis tipos de flores que no había visto en mi vida, y Mycah me enseñó un lagarto león.

Sansa se estremeció. Habían tardado doce días en cruzar el Cuello por un cenagal negro, interminable. Jamás lo había pasado peor. El aire era húmedo y pegajoso; el paso era tan estrecho que ni siquiera podían levantar bien el campamento por las noches, y se veían obligados a pernoctar en medio del camino Real. Los árboles semiahogados los asfixiaban al pasar, con ramas que goteaban de las que pendían cortinas de fungosidades macilentas. Había flores enormes que brotaban en el lodo y flotaban en charcas de agua estancada, pero cualquier imbécil que se saliera de la ruta para arrancar una se encontraba con arenas movedizas, serpientes acechando desde los árboles y lagartos león flotando en el agua como troncos negros con ojos y dientes.

Nada de aquello detenía a Arya, claro. Un día se presentó con su sonrisa de caballo, el pelo enredado, la ropa llena de barro y un manojo de flores verdes y moradas para su padre. Sansa deseó con toda su alma que le dijera a Arya que debía aprender a comportarse como la dama de alta cuna que teóricamente era, pero en vez de eso la abrazó y le agradeció las flores. Aquello la hizo sentir aún peor.

Luego resultó que las flores moradas se llamaban *besos venenosos,* y a Arya le salió un sarpullido por los brazos. Sansa pensó que así aprendería la lección, pero en vez de eso, Arya se rio, y al día siguiente se untó de barro los brazos, como cualquier campesina ignorante, solo porque su amigo Mycah le dijo que así dejarían de picarle. También tenía ronchas y magulladuras en los brazos y en los hombros, verdugones violáceos y manchas verdosas y amarillentas. Sansa se las había visto cuando su hermana se desnudaba antes de acostarse. Solo los siete dioses sabían cómo se había hecho aquello.

Arya seguía cepillando los nudos del pelaje de Nymeria, al tiempo que hablaba de las cosas que había visto en el viaje hacia el sur.

—La semana pasada divisamos una atalaya encantada, y el día anterior perseguimos una manada de caballos salvajes. Tendrías que haber visto cómo huyeron en cuanto olieron a Nymeria. —La loba se retorció ante un tirón, y Arya la regañó—. Para quieta; tengo que cepillarte el otro lado, que estás llena de barro.

—No debes salirte de la columna —le recordó Sansa—. Lo dijo padre.

—Tampoco me alejé tanto. —Arya se encogió de hombros—. Además, Nymeria me acompañó. Y no lo hago todos los días. También es divertido cabalgar junto a los carromatos y charlar con la gente.

Sansa sabía bien con qué tipo de gente le gustaba charlar a Arya: escuderos, mozos de cuadra, sirvientas, ancianos, niños desnudos, jinetes libres de lenguaje grosero y linaje incierto... Arya trababa amistad con cualquiera. El tal Mycah era el peor: hijo de un carnicero, de trece años, sin la menor educación, dormía en el carromato de la carne y olía como el tajo del matadero. Sansa sentía náuseas solo con verlo, pero por lo visto Arya prefería su compañía a la de su hermana.

—Tienes que venir conmigo —dijo Sansa, que empezaba a perder la paciencia—. No puedes desobedecer a la reina. La septa Mordane te está esperando.

Arya hizo caso omiso. Tironeó con fuerza del cepillo; Nymeria gruñó y se zafó de ella, agraviada.

—¡Vuelve ahora mismo!

—Nos darán té y pastas de limón —prosiguió Sansa, adulta y razonable. Dama le restregó contra la pierna. Ella la rascó detrás de las orejas, tal como sabía que le gustaba, y la loba se sentó a su lado para observar cómo Arya perseguía a Nymeria—. ¡No me digas que prefieres montar un caballo viejo y maloliente, y acabar toda sudorosa y magullada, en vez de tumbarte sobre almohadones de plumas y tomar pastas con la reina!

—La reina no me cae bien —dijo Arya sin darle importancia. Sansa se quedó boquiabierta. ¡Ni siquiera su hermana podía decir semejante cosa! Pero la niña siguió hablando, sin darse cuenta—. Además, no me deja que vaya con Nymeria.

Se puso el cepillo debajo del cinturón y se dirigió hacia su loba. Nymeria, cautelosa, la observó acercarse.

—La casa con ruedas de la reina no es lugar para una loba —dijo Sansa—. Y además, a la princesa Myrcella le dan miedo, ya lo sabes.

—Myrcella es una criaja. —Arya rodeó el cuello de Nymeria con el brazo, pero en cuanto sacó el cepillo, la loba huargo se liberó de su presa y escapó. La niña lo tiró al suelo, frustrada—. ¡Ya verás cuando te atrape! —gritó.

Sansa no pudo disimular una leve sonrisa. En cierta ocasión, el encargado de las perreras le había dicho que cada animal sale a su amo. Dio un rápido abrazo a Dama. La loba le lamió la mejilla, y Sansa dejó escapar una risita. Arya la oyó y dio media vuelta.

—Me importa un cuerno lo que digas, yo me voy a montar. —Su rostro alargado, equino, tenía el gesto testarudo que significaba que iba a imponer su voluntad.

—Dioses, Arya, hay veces que pareces una chiquilla —suspiró Sansa—. De acuerdo, iré yo sola. Así será todo más agradable. Dama y yo nos comeremos todas las pastas de limón, y lo pasaremos mejor sin ti.

Dio media vuelta para marcharse, pero el grito de Arya la alcanzó.

—¡A ti tampoco te dejarán entrar con Dama!

Desapareció persiguiendo a Nymeria por la orilla del río antes de que a Sansa se le ocurriera una respuesta.

Sola y humillada, Sansa emprendió el camino de vuelta hacia la posada; sabía que la septa Mordane la estaría esperando. Dama caminaba a su lado con pisadas suaves. La niña estaba al borde de las lágrimas. Ella solo quería que las cosas fueran bonitas, agradables, igual que en las canciones. ¿Por qué no era Arya dulce, delicada y amable como la princesa Myrcella? Le habría encantado tener una hermana así.

No comprendía cómo dos hermanas podían ser tan diferentes, habiendo nacido con tan solo dos años de diferencia. Ojalá Arya fuera bastarda, como Jon; así, todo sería más sencillo. Si hasta se parecía a Jon: tenía el rostro alargado y el pelo oscuro de los Stark, sin rastro de los rasgos ni de la complexión de su madre. Y, según se rumoreaba, la madre de Jon había sido una vulgar campesina. En cierta ocasión, cuando era pequeña, Sansa había llegado a preguntar a su madre si no se habría cometido algún error. Quizá los endriagos hubieran secuestrado a su verdadera hermana. Pero su madre se echó a reír y le dijo que no, que Arya era su hija, hermana legítima de Sansa, sangre de su sangre. Sansa no creía que su madre tuviera motivo alguno para mentir, así que debía de ser verdad.

Cuando se acercó al centro del campamento, su congoja se desvaneció al instante. Ante la casa con ruedas de la reina se había reunido toda una multitud. A los oídos de Sansa llegó un murmullo de voces entusiasmadas. Alcanzó a ver que las puertas estaban abiertas; la reina se encontraba en la cima de los peldaños de madera y sonreía a alguien situado más abajo.

—Es un gran honor el que nos hace el Consejo, señores —la oyó decir.

—¿Qué pasa? —preguntó a un escudero que conocía.

—El Consejo ha enviado jinetes de Desembarco del Rey para que nos proporcionen escolta el resto del camino —respondió él—. Una guardia de honor para el rey.

Sansa se moría por ver mejor, así que permitió que Dama le abriera un camino entre la multitud. La gente se apresuró a apartarse de la loba huargo. Cuando estuvo más cerca vio a dos caballeros que habían hincado la rodilla en tierra ante la reina; lucían unas armaduras tan refinadas y hermosas que la hicieron parpadear.

La armadura de uno de los caballeros mostraba un complicado dibujo de escamas esmaltadas en blanco, tan brillantes como la nieve recién caída, con engastes y cierres de plata que brillaban al sol. Cuando se quitó el casco, Sansa vio que se trababa de un anciano de pelo tan blanco como su armadura, pero pese a ello parecía fuerte y gallardo. Llevaba sobre los hombros la capa nívea de la Guardia Real.

Su acompañante tenía unos veinte años, y su armadura era de acero color verde oscuro como el de un bosque. Sansa no había visto jamás a un hombre tan atractivo; era alto, de constitución fuerte, con cabellos color negro azabache que le caían sobre los hombros y enmarcaban un rostro perfectamente afeitado en el que brillaban unos alegres ojos verdes a juego con la armadura. Llevaba bajo el brazo un yelmo astado con una magnífica rejilla de oro.

Al principio Sansa no se fijó en el tercer desconocido. No se había arrodillado como los otros. Estaba de pie a un lado, junto a los caballos, y lo observaba todo con una expresión sombría en el rostro huesudo. Tenía la tez afeitada, llena de cicatrices de viruelas, con las mejillas y los ojos hundidos. No parecía un anciano, pero apenas le quedaban unos mechones de cabello sobre las orejas, y los llevaba tan largos como la melena de una mujer. Su armadura era una cota de malla color gris acero sobre cuero endurecido, sencilla y sin ningún adorno, que parecía antigua y muy usada. Sobre el hombro derecho se le veía la sucia empuñadura de cuero de un mandoble, que llevaba a la espalda porque era demasiado largo para colgárselo de la cintura.

—El rey ha salido de caza, pero sé que cuando regrese se sentirá muy complacido de veros —les decía la reina a los dos caballeros que se habían arrodillado ante ella.

Sansa no podía apartar la vista del tercer hombre. Este pareció notar la presión de su mirada y volvió la cabeza muy despacio hacia ella. Dama gruñó. De pronto, Sansa Stark se vio invadida por el terror más aplastante que había sentido en la vida. Dio un paso atrás y tropezó con alguien.

Unas manos fuertes la agarraron por los hombros, y durante un momento, Sansa pensó que se trataba de su padre; pero al dar la vuelta vio el rostro quemado de Sandor Clegane, que la miraba desde arriba con la boca retorcida en una mueca que intentaba ser una sonrisa.

—¿Tiemblas, niña? —preguntó con voz áspera—. ¿Tanto miedo te doy?

Le daba miedo, sí, como había sucedido desde la primera vez que puso los ojos sobre el destrozo que había causado el fuego en aquel rostro, aunque en aquel momento no le pareció ni la mitad de aterrador que el otro. De todos modos, Sansa se debatió para librarse de sus manos; el Perro se echó a reír, y Dama se interpuso entre ellos con un gruñido de advertencia. Sansa se dejó caer de rodillas y echó los brazos al cuello de la loba. A su alrededor se congregó un grupo boquiabierto; notaba todas las miradas clavadas en ella, y oyó comentarios en voz baja y risas ahogadas.

—Un lobo —dijo un hombre.

—Por los siete infiernos, es un huargo —dijo otro.

—¿Qué hace en el campamento? —insistió el primero.

—Los Stark los contratan como amas de cría —le llegó la voz áspera del Perro.

Sansa se dio cuenta de que los dos caballeros recién llegados la miraban, y miraban también a Dama con las espadas desenvainadas. Volvió a sentir miedo y vergüenza. Se le llenaron los ojos de lágrimas.

—Ve con ella, Joffrey —le oyó decir a la reina.

Y de pronto, allí estuvo su príncipe.

—Dejadla en paz —dijo Joffrey.

Se alzaba junto a ella hermoso como un sueño, vestido de cuero negro y lana azul, con rizos dorados que brillaban al sol como una corona. Le tendió la mano para ayudarla a levantarse.

—¿Qué sucede, mi dulce dama? ¿Qué temes? Nadie osará hacerte daño. Envainad todos las espadas. La loba es su animal de compañía; eso es todo. —Miró a Sandor Clegane—. Y tú, Perro, fuera de aquí; asustas a mi prometida.

El Perro, siempre fiel, hizo una reverencia y se alejó silencioso entre el gentío. Sansa trató de controlarse. Se sentía estúpida. Era una Stark de Invernalia, una dama de noble cuna, y algún día sería reina.

—No ha sido culpa suya, mi dulce príncipe —intentó explicarle—. Ha sido por el otro.

Los dos caballeros recién llegados intercambiaron una mirada.

—¿Payne? —rio el joven de la armadura verde.

—Ser Ilyn también me da miedo a veces, hermosa dama —le dijo a Sansa con amabilidad el más anciano, el de blanco—. Su aspecto inspira temor.

—Como debe ser. —La reina había bajado de la casa con ruedas. Los espectadores se apartaron para abrirle paso—. Si los malvados no temen a la justicia del rey, es que nos hemos equivocado al elegirlo para ese puesto.

—Entonces, alteza, no cabe duda de que la elección fue acertada —dijo Sansa, que por fin había recuperado la compostura.

Una carcajada general estalló a su alrededor.

—Bien dicho, niña —dijo el anciano de blanco—. Como corresponde a la hija de Eddard Stark. Es un honor conocerte, aunque haya sido de manera tan irregular. Soy ser Barristan Selmy, de la Guardia Real.

Hizo una reverencia. Sansa conocía sobradamente el nombre, y las frases corteses que la septa Mordane le había enseñado a lo largo de los años acudieron a su memoria.

—Lord comandante de la Guardia Real —dijo—, consejero de nuestro rey Robert, como antes lo fuisteis de Aerys Targaryen. El honor es mío, buen caballero. Hasta en el lejano norte cantan los bardos las hazañas de Barristan el Bravo.

—Querrás decir Barristan el Viejo —dijo el caballero verde riendo de nuevo—. No lo adules con palabras tan dulces, niña, ya se lo tiene demasiado creído. —Sonrió a Sansa—. Bueno, niña loba, si también eres capaz de llamarme por mi nombre, tendré que reconocer que eres sin duda la hija de nuestra mano.

—Más cuidado cuando te dirijas a mi prometida —replicó Joffrey, tenso.

—Quiero responder —intervino Sansa rápidamente, para aplacar la ira de su príncipe. Sonrió al caballero verde—. Vuestro casco luce astas doradas, mi señor. El venado es el emblema de la casa real. El rey Robert tiene dos hermanos. Por vuestra juventud solo podéis ser Renly Baratheon, señor de Bastión de Tormentas y consejero del rey, y así os llamo.

—Por su juventud solo puede ser un mequetrefe engreído —dijo ser Barristan riéndose entre dientes—, y así lo llamo yo.

La carcajada fue general, y la inició el propio lord Renly. La tensión se había esfumado, y Sansa empezaba a sentirse a gusto... hasta que ser Ilyn Payne empujó a dos hombres a los lados para situarse ante ella. No sonreía. No dijo ni una palabra. Dama le mostró los dientes y empezó a gruñir, emitiendo un sonido sordo de amenaza, pero en esta ocasión Sansa la hizo callar poniéndole una mano en la cabeza con suavidad.

—Si os he ofendido, lo lamento mucho, ser Ilyn.

Esperó una respuesta que no llegó. El verdugo se quedó mirándola; los ojos incoloros parecieron arrancarle la ropa, y luego la piel, hasta dejar su alma desnuda ante él. Siempre silencioso, dio media vuelta y se alejó.

—¿He dicho algo malo, alteza? —preguntó Sansa al príncipe, mirándolo. No comprendía nada—. ¿Por qué no me ha hablado?

—Hace catorce años que ser Ilyn se muestra poco comunicativo —comentó lord Renly con una sonrisa maliciosa.

Joffrey miró a su tío con desprecio reconcentrado. Luego tomó las manos de Sansa entre las suyas.

—Aerys Targaryen hizo que le arrancaran la lengua con unas tenazas al rojo vivo.

—Pero se expresa de manera muy elocuente con la espada —dijo la reina—, y la devoción que siente por nuestro reino no tiene rival. —Sonrió con gentileza—. Sansa, tengo que hablar con los señores consejeros hasta que regrese el rey con tu padre. Lo siento mucho, pero el día que ibas a pasar con Myrcella tendrá que posponerse. Por favor, discúlpame ante tu querida hermana. Joffrey, ¿tendrías la amabilidad de ser hoy el anfitrión de nuestra invitada?

—Será un placer, madre —respondió Joffrey con toda formalidad.

La tomó del brazo, y juntos se alejaron de la casa con ruedas. Sansa volvía a ser feliz. ¡Iba a pasar un día entero con su príncipe! Miró a Joffrey con adoración. Qué apuesto era, cómo la había rescatado de ser Ilyn y del Perro, pero si era casi como en las canciones, como en los tiempos en que Serwyn del Escudo Espejo salvó a la princesa Daeryssa de los gigantes, o como cuando el príncipe Aemon, el Caballero Dragón, defendió el honor de la reina Naerys contra las calumnias del malvado ser Morgil.

El roce de la mano de Joffrey en la manga hizo que el corazón le latiera más deprisa.

—¿Qué te gustaría hacer?

—Lo que tú desees, mi príncipe —respondió Sansa mientras pensaba: «Estar contigo».

—Podemos ir a montar a caballo —dijo Joffrey después de meditar un instante.

—Oh, me encanta montar a caballo —dijo Sansa.

—Tu loba puede asustar a los caballos. —Joffrey lanzó una mirada a Dama, que iba pisándoles los talones—. Y por lo visto, mi perro te asusta a ti. Mejor los dejamos a ambos aquí y nos vamos solos, ¿qué te parece?

—Si es lo que tú deseas... —respondió Sansa, insegura, tras titubear un instante—. Tendré que atar a Dama. —Pero no entendía bien a qué se refería Joffrey—. No sabía que tenías un perro...

—En realidad es el perro de mi madre —dijo el príncipe riéndose—. Le ha ordenado que me cuide, y lo hace.

—Ah, ese perro —asintió ella. Se habría dado de bofetadas por torpe. Su príncipe no la amaría si le parecía torpe—. ¿No correrás peligro sin él?

—No temas, señora. —La mera pregunta parecía haber molestado al príncipe Joffrey—. Ya soy casi un adulto; no lucho con espadas de madera como tus hermanos. Esto es lo único que necesito.

Desenfundó la espada y se la mostró. Era una espada larga perfectamente adaptada para un niño de doce años, de brillante acero azulado, forjada en castillo y de doble filo, con empuñadura de cuero y una cabeza de león que parecía de oro en el pomo. Sansa dejó escapar un gritito de admiración, cosa que complació a Joffrey.

—Le he puesto nombre: la llamo *Colmillo de León.*

De manera que dejaron en el campamento al guardaespaldas de Joffrey y a la loba huargo de Sansa, y se dirigieron hacia el este por la orilla norte del Tridente sin más compañía que *Colmillo de León.*

Fue un día mágico, glorioso. El aire era cálido y les llevaba el aroma de las flores, y los bosques tenían una belleza apacible que Sansa no había visto jamás en el norte. El caballo del príncipe Joffrey era un pura sangre bayo veloz como el viento, y lo montaba con desenvoltura tan temeraria que Sansa tenía que esforzarse para que su yegua le siguiera el paso. Fue un día de aventuras. Exploraron las cuevas que había junto a la ribera, siguieron el rastro de un gatosombra hasta su guarida y, cuando sintieron hambre, Joffrey localizó un refugio por el humo, y ordenó que sirvieran comida y vino a su príncipe y a la dama que lo acompañaba. Comieron truchas recién pescadas, y Sansa bebió más vino que en toda su vida.

—Mi padre nos deja tomar solo una copa, y eso en los festines —confesó a su príncipe.

—Mi prometida puede beber tanto vino como desee —replicó Joffrey al tiempo que volvía a llenarle la copa.

Después de comer reanudaron la marcha con más calma. Joffrey cantó para ella mientras cabalgaban; tenía una voz aguda y dulce, muy pura. A Sansa se le había subido un poco el vino a la cabeza.

—¿No deberíamos volver ya? —preguntó.

—Enseguida —dijo Joffrey—. Estamos muy cerca del campo de batalla, es allí, donde el río traza una curva. Ahí fue donde mi padre mató a Rhaegar Targaryen, ¿sabías? Le aplastó el pecho, chas, a través de la armadura y todo. —Joffrey blandió una maza imaginaria para mostrarle cómo había sucedido—. Luego, mi tío Jaime mató al viejo ese, Aerys, y mi padre llegó a rey. ¿Qué es ese ruido?

Sansa también lo había oído; era el sonido de madera contra madera que llegaba de los bosques. No sabía por qué, pero la ponía nerviosa.

—No lo sé —dijo—. Volvamos al campamento, Joffrey.

—Quiero ver qué pasa.

Joffrey dirigió su caballo hacia el origen del ruido, y a Sansa no le quedó más remedio que seguirlo. Los sonidos se oían ya claramente, y al acercarse más oyeron también respiraciones jadeantes y algún que otro gruñido.

—Ahí hay alguien —dijo Sansa con ansiedad. De pronto deseaba con todas sus fuerzas que Dama los hubiera acompañado.

—Conmigo estás a salvo. —Joffrey desenvainó a *Colmillo de León.* El susurro del acero contra el cuero la hizo estremecer—. Por aquí —añadió mientras cabalgaba hacia un grupo de árboles.

Tras ellos, en un claro desde el que se divisaba el río, vieron a un niño y a una niña que jugaban a los caballeros. Sus espadas eran palos de madera; de hecho, parecían mangos de escobas, y los dos corrían por la hierba lanzándose vigorosas estocadas y mandobles. El chico era bastante mayor, mucho más alto y fuerte, y era el que atacaba. La niña, una cría flacucha que vestía ropas de cuero embarradas, esquivaba y conseguía bloquear con su palo la mayoría de los golpes del chico, pero no todos. En una ocasión le lanzó una estocada, que él detuvo con su palo; el chico hizo un movimiento de barrido; su palo descendió y asestó a la chica un duro golpe en los dedos. Ella gritó y perdió el arma.

El príncipe Joffrey se echó a reír. El chico miró a su alrededor con los ojos muy abiertos, sobresaltado, y dejó caer su palo en la hierba. La niña los miró mientras se lamía los nudillos para calmar el dolor, y Sansa se quedó horrorizada.

—¡Arya! —exclamó incrédula.

—¡Marchaos! —les gritó Arya, que tenía los ojos llenos de lágrimas de rabia—. ¿Qué hacéis aquí? ¡Dejadnos en paz!

Joffrey miró a Arya, luego a Sansa y por fin a Arya de nuevo.

—¿Es tu hermana? —La niña asintió, sonrojada. Joffrey miró al chico, un muchacho desgarbado de rostro tosco y pecoso y espesa pelambrera rojiza—. ¿Y tú quién eres, chico? —preguntó en un tono imperioso que no delataba que el otro le llevaba un año.

—Mycah —murmuró el muchacho. Reconoció al príncipe y bajó la vista—. Mi señor.

—Es el hijo del carnicero —dijo Sansa.

—Es mi amigo —intervino Arya con tono brusco—. Déjalo en paz.

—El hijo de un carnicero y quiere ser caballero, ¿eh? —Joffrey desmontó, espada en mano—. Recoge tu espada, carnicero —dijo; le brillaban los ojos de diversión—. A ver qué tal lo haces. —Mycah se quedó paralizado de miedo. Joffrey avanzó hacia él—. Venga, que la cojas te he dicho. ¿O es que solo peleas con niñas?

—Me lo pidió ella, mi señor —dijo Mycah—. ¡Me lo pidió ella!

A Sansa le bastó con mirar el rostro congestionado de Arya para saber que el chico decía la verdad, pero Joffrey no estaba en disposición de escuchar nada. El vino lo hacía aún más audaz.

—¿Coges tu espada o no?

—No es más que un palo, mi señor —dijo Mycah con un gesto de negación—. No es una espada. Solo es un palo.

—Y tú no eres más que el hijo de un carnicero, no un caballero. —Joffrey alzó a *Colmillo de León* y puso la punta en la mejilla de Mycah, justo debajo del ojo. El muchacho temblaba de manera incontrolable—. ¿Sabes que estabas atacando a la hermana de mi señora?

Un brillante punto de sangre brotó de la mejilla de Mycah y descendió en lentos hilillos rojos por la cara del muchacho.

—¡Que pares ya! —gritó Arya.

Cogió el palo que había soltado. De repente, Sansa tuvo miedo.

—No te metas en esto, Arya.

—No le voy a hacer daño. No mucho —dijo el príncipe Joffrey a Arya, sin apartar los ojos del hijo del carnicero.

Arya se lanzó hacia él.

Sansa se bajó de la yegua, pero no fue suficientemente rápida. Arya blandió el palo con ambas manos. Se oyó un sonoro crujido cuando la madera se quebró contra la nuca del príncipe, y los acontecimientos parecieron precipitarse ante los ojos horrorizados de Sansa. Joffrey se tambaleó y dio media vuelta entre maldiciones. Mycah echó a correr hacia los árboles a tanta velocidad como le permitían las piernas. Arya blandió de nuevo su arma contra el príncipe, pero en esta ocasión Joffrey paró el golpe con *Colmillo de León* y le arrancó el palo roto de entre las manos. Tenía la nuca ensangrentada y echaba chispas por los ojos.

—No, no, basta, basta, parad ya los dos, lo estáis estropeando todo —sollozaba Sansa sin cesar, pero nadie la escuchaba.

Arya cogió una piedra y se la tiró a Joffrey, apuntando a la cabeza. Pero le dio al caballo, y el animal partió al galope hacia los mismos árboles donde se había refugiado Mycah.

—¡Basta ya! ¡Basta ya! —gritó Sansa.

Joffrey lanzó un tajo contra Arya al tiempo que gritaba obscenidades, cosas terribles, cosas sucias. Arya retrocedió, asustada de repente, pero Joffrey la persiguió hasta el bosque, hasta que la tuvo arrinconada contra un árbol. Sansa no sabía qué hacer. Contempló la escena, impotente, con los ojos arrasados de lágrimas.

En aquel momento, un relámpago gris pasó a toda velocidad junto a ella, y de pronto allí estaba Nymeria. Llegó de un salto y cerró las mandíbulas alrededor del brazo con el que Joffrey sostenía la espada. El acero se le cayó de las manos cuando la loba lo derribó. Rodaron por la hierba, la loba gruñendo, el príncipe gritando de dolor.

—¡Quitádmela de encima! —chilló—. ¡Quitádmela de encima!

—¡Nymeria! —restalló como un látigo la voz de Arya.

La loba huargo soltó a Joffrey y fue a situarse junto a Arya. El príncipe se quedó tendido en la hierba, sollozando y apretándose el brazo herido. Tenía la manga empapada en sangre.

—No te ha hecho daño. No mucho —dijo Arya.

Recogió del suelo a *Colmillo de León* y se situó junto al príncipe, con la espada sujeta entre las dos manos.

—No —gimoteó Joffrey alzando la vista con un gemido de terror—. No me hagas daño. Se lo voy a contar a mi madre.

—¡Déjalo en paz! —gritó Sansa a su hermana.

Arya dio media vuelta y lanzó la espada a lo lejos, utilizando todo el cuerpo para impulsarla. El acero azulado centelleó al sol cuando la espada pasó girando sobre el río. Chocó contra el agua y desapareció con un chapoteo. Joffrey dejó escapar un gemido. Arya corrió hacia su caballo, con Nymeria pisándole los talones.

Cuando se hubieron marchado, Sansa corrió junto al príncipe Joffrey. El muchacho tenía los ojos cerrados por el dolor, y su respiración era entrecortada. Sansa se arrodilló junto a él.

—Joffrey —sollozó—. ¿Qué te han hecho, mi pobre príncipe? No tengas miedo, iré a caballo al refugio y volveré con ayuda.

Le apartó de la frente el suave pelo rubio, con gesto de ternura infinita.

Él abrió los ojos de repente y la miró, y en sus pupilas solo había odio y el más profundo desprecio.

—Pues ve de una vez —escupió—. Y no me toques.

EDDARD

—La han encontrado, mi señor.

—¿Nuestros hombres o los de Lannister? —preguntó Ned mientras se levantaba a toda prisa.

—Ha sido Jory —respondió su mayordomo, Vayon Poole—. No ha sufrido daño alguno.

—Alabados sean los dioses —dijo Ned. Sus hombres llevaban cuatro días buscando a Arya, pero los de la reina también habían salido de caza—. ¿Dónde está? Dile a Jory que la traiga aquí ahora mismo.

—Lo siento, mi señor —dijo Poole—. Los guardias de la entrada eran hombres de los Lannister, y han informado a la reina en cuanto Jory la ha traído. La han llevado directamente ante el rey...

—¡Maldita mujer! —rugió Ned mientras se encaminaba a zancadas hacia la puerta—. Busca a Sansa y llévala a la sala de audiencias. Quizá tenga que declarar.

Rojo de ira, bajó por las escaleras de la torre. Él mismo había dirigido la búsqueda los tres primeros días, y apenas si había dormido una hora desde la desaparición de Arya. Aquella mañana se había sentido tan cansado, tan invadido por el dolor, que apenas se tenía en pie, pero en aquel momento, la rabia lo invadía otra vez y le daba nuevas fuerzas.

Varios hombres lo llamaron cuando cruzó el patio del castillo, pero Ned tenía demasiada prisa para hacerles caso. Habría echado a correr, pero era la mano del rey, y la mano debe conservar la dignidad siempre. Era perfectamente consciente de los ojos que lo seguían, de las voces que, en susurros, se preguntaban qué iba a hacer.

El castillo era una modesta edificación, a medio día a caballo al sur del Tridente. Los miembros de la expedición real se habían convertido en invitados forzosos de su señor, ser Raymun Darry, durante el tiempo que durase la búsqueda de Arya y del hijo del carnicero a ambos lados del río. Como visitantes, no eran bienvenidos. Ser Raymun vivía bajo la paz del rey, pero su familia había combatido bajo el estandarte del dragón de Rhaegar en el Tridente, y sus tres hermanos mayores habían muerto allí, hecho que ni Robert ni ser Raymun habían olvidado. Los hombres del rey, los de Darry, los de Lannister y los de Stark se hacinaban en un castillo demasiado pequeño, y la tensión se palpaba en el ambiente.

El rey se había adueñado de la sala de audiencias de ser Raymun, y allí lo encontró Ned. La sala estaba atestada cuando entró. Demasiada gente, pensó. Si Robert y él pudieran tratar el asunto a solas, lo arreglarían de forma amistosa.

Robert estaba desplomado en el trono de Darry, al fondo de la sala; tenía una expresión huraña en el rostro. Cersei Lannister y su hijo estaban de pie junto a él. La reina tenía la mano apoyada en el hombro de Joffrey. El brazo del muchacho aún estaba envuelto en gruesos vendajes de seda.

Arya estaba en el centro de la sala, con la única compañía de Jory. Todos los ojos estaban clavados en ella.

—¡Arya! —gritó Ned. Se dirigió hacia ella; sus botas resonaban en el suelo de piedra. Cuando la niña lo vio, dejó escapar un grito y se echó a llorar. Ned hincó una rodilla en el suelo y la abrazó. Arya temblaba.

—Lo siento —sollozaba—. Lo siento, lo siento.

—Ya lo sé —dijo él. Qué pequeña la sentía entre los brazos; no era más que una niñita flaca. Era incomprensible que fuera causa de tantos problemas—. ¿Estás bien?

—Sí. —Tenía la carita sucia, y las lágrimas dejaban un rastro rosado al correrle por las mejillas—. Pero tengo hambre. Comí bayas silvestres, pero no había nada más.

—Enseguida te daremos algo de comer —prometió Ned. Se levantó para enfrentarse al rey—. ¿Qué pasa aquí?

Recorrió la sala con los ojos en busca de rostros amigos. Pero, aparte de los de sus hombres, encontró pocos. Ser Raymun Darry mantenía una expresión neutra. En los labios de lord Renly casi afloraba una sonrisa que podía significar cualquier cosa, y el anciano ser Barristan estaba serio; los demás eran hombres de los Lannister, todos hostiles. El único rastro de suerte era que tanto Jaime Lannister como Sandor Clegane estaban ausentes, ambos dirigiendo partidas de búsqueda en la zona norte del Tridente.

—¿Por qué no se me ha informado de que mi hija había aparecido? —exigió saber Ned con tono airado—. ¿Por qué no la han llevado conmigo de inmediato?

Se dirigía a Robert, pero fue Cersei Lannister la que respondió.

—¿Cómo osas dirigirte a tu rey en ese tono?

—Cállate, mujer —le espetó el rey; aquel comentario lo hizo reaccionar. Se irguió en el trono—. Lo siento, Ned. No quería asustar a la niña. Me ha parecido que lo mejor era traerla aquí y zanjar el asunto lo antes posible.

—¿Qué asunto? —El tono de voz de Ned era gélido.

—Demasiado bien lo sabes, Stark —dijo la reina avanzando un paso—. Tu hija agredió a mi hijo, con ayuda del chico del carnicero. Y su loba trató de arrancarle el brazo.

—¡Es mentira! —gritó Arya—. Solo lo mordió un poco. Le estaba haciendo daño a Mycah.

—Joff nos ha contado lo ocurrido —dijo la reina—. El hijo del carnicero y tú lo golpeasteis con palos, y le dijiste a tu loba que lo mordiera.

—No es verdad —replicó Arya, otra vez al borde de las lágrimas. Ned le puso una mano en el hombro.

—¡Claro que sí! —insistió el príncipe Joffrey—. ¡Me atacaron todos, y ella tiró *Colmillo de León* al río!

Ned advirtió que el muchacho no miraba a Arya al hablar.

—¡Mentiroso! —gritó Arya.

—¡Cállate! —chilló a su vez el príncipe.

—¡Basta ya! —rugió el rey al tiempo que se levantaba, con la voz ronca de irritación. Se hizo el silencio. Robert miró a Arya desde las profundidades de su espesa barba—. A ver, niña, me lo vas a contar todo. No te dejes nada, y no te apartes de la verdad. Mentirle a un rey es un crimen muy grave. —Se giró hacia su hijo—. Cuando termine ella, te tocará a ti. Hasta entonces, no quiero que abras la boca.

Arya comenzó a narrar su historia, y en aquel momento Ned oyó como se abría la puerta tras él. Volvió la vista y vio entrar a Vayon Poole con Sansa. Ambos se quedaron al fondo de la sala, en silencio, mientras Arya hablaba. Cuando contó cómo había lanzado la espada de Joffrey al Tridente, Renly Baratheon se atragantó de risa. El rey se enojó.

—Ser Barristan, acompaña a mi hermano afuera antes de que se ahogue.

—Mi hermano es demasiado bondadoso —dijo lord Renly conteniendo la risa—. Puedo encontrar la salida yo solo. —Hizo una reverencia ante Joffrey—. Ya me contarás luego cómo consiguió desarmarte con un palo de escoba una niña de nueve años que no abulta más que una rata mojada, y encima pudo tirar tu espada al río.

Mientras la puerta se cerraba a sus espaldas, Ned le oyó decir «Colmillo de León» y estallar en carcajadas una vez más.

El príncipe Joffrey, muy pálido, empezó a narrar una versión de los hechos muy diferente. Cuando su hijo terminó de hablar, el rey se levantó pesadamente. Por su aspecto, era obvio que le habría gustado estar en cualquier lugar menos allí.

—Por los siete infiernos, ¿qué se saca en claro de esto? Él dice una cosa, ella otra...

—No eran los únicos presentes —intervino Ned—. Ven aquí, Sansa. —Ned había oído de sus labios la versión de la historia la misma noche en que Arya desapareció. Sabía la verdad—. Cuéntanos lo que pasó.

Su hija mayor se adelantó, titubeante. Iba envuelta en terciopelo azul con ribetes blancos, y llevaba una cadena de plata en torno al cuello. Se había cepillado la espesa cabellera color castaño rojizo hasta arrancarle destellos. Miró a su hermana, y luego al joven príncipe.

—No lo sé —dijo llorosa, con ganas de esconderse donde fuera—. No me acuerdo. Todo sucedió tan deprisa que no vi...

—¡Asquerosa! —gritó Arya. Se lanzó como una flecha contra su hermana, la derribó y cayó sobre ella—. ¡Mentirosa, mentirosa, mentirosa, mentirosa!

—¡Basta ya, Arya! —gritó Ned. Jory la apartó de su hermana sin que dejara de dar patadas. Sansa estaba pálida y temblorosa. Ned la ayudó a ponerse de pie—. ¿Te encuentras bien? —preguntó. Pero la niña miraba a Arya y no dio muestras de haberlo oído.

—Esa criatura es tan salvaje como el animal piojoso que la obedece —dijo Cersei Lannister—. Quiero que reciba su castigo, Robert.

—Por los siete infiernos —maldijo Robert—. Mírala bien, Cersei. No es más que una niña. ¿Qué quieres que haga?, ¿que la mande azotar por las calles? Maldita sea, los niños se han peleado siempre. Ya ha pasado todo. Nadie ha sufrido daños permanentes.

—Joff tendrá que llevar esas cicatrices el resto de su vida. —La reina estaba furiosa.

—Cierto —dijo Robert Baratheon mirando a su hijo mayor—. Y quizá le enseñen una buena lección. Ned, encárgate de que tu hija reciba un buen castigo. Yo haré lo propio con el mío.

—Desde luego, alteza —asintió Ned, aliviado.

Robert hizo ademán de marcharse, pero la reina no había terminado.

—¿Y qué hay de la loba huargo? —le gritó—. ¿Qué pasa con la fiera que ha herido a nuestro hijo?

—Me había olvidado de la condenada loba —dijo el rey con el ceño fruncido después de detenerse y dar media vuelta.

Ned advirtió que Arya se tensaba en brazos de Jory. Jory se apresuró a intervenir.

—No hemos encontrado ni rastro de la loba, alteza.

—¿No? —Robert no parecía contrariado—. Vaya, hombre.

—¡Cien dragones de oro para el hombre que me traiga su piel! —dijo la reina alzando la voz.

—Un pellejo muy caro, ¿no crees? —gruñó Robert—. A mí no me metas en esto, mujer. Si quieres pieles, págatelas con oro Lannister.

—No te imaginaba tan tacaño —respondió la reina mirándolo con frialdad—. El rey con el que creía haberme casado habría tendido una piel de lobo sobre mi lecho antes del ocaso.

—No se pueden hacer milagros; sin animal no hay piel que valga. —Robert tenía el rostro congestionado de rabia.

—Pero hay una loba —dijo Cersei Lannister.

Hablaba con voz tranquila, pero sus ojos verdes brillaban triunfales. Los presentes tardaron un instante en comprender a qué se refería; cuando cayó en la cuenta, el rey se encogió de hombros, irritado.

—Como quieras. Que se encargue ser Ilyn.

—¡No lo dirás en serio, Robert! —protestó Ned.

—Basta ya, Ned, tema zanjado. —El rey no estaba de humor para más discusiones—. Los lobos huargo son fieras salvajes. Más tarde o más temprano habría atacado a tu hija, como la otra loba hizo con el mío. Regálale un perro; será mejor para ella.

Fue entonces cuando Sansa se dio cuenta de lo que estaban diciendo. Miró a su padre con los ojos llenos de miedo.

—No querrá matar a Dama, ¿verdad? —Vio la verdad en su rostro—. No, a Dama no, Dama es buena, Dama no ha mordido a nadie...

—Dama no estaba allí —gritó Arya, furiosa—. ¡Dejadla en paz!

—Detenlos. No permitas que la maten —suplicó Sansa—. Por favor, por favor, no fue Dama, fue Nymeria, fue Arya, diles que no, no fue Dama, no dejes que le hagan daño, haré que se porte bien, de verdad, de verdad...

Se echó a llorar. Ned no pudo hacer más que abrazarla mientras sollozaba. Miro a Robert, al otro extremo de la sala. Su mejor amigo, más que un hermano.

—Robert, por favor. Por el cariño que me tienes. Por el amor que sentías por mi hermana. Por favor.

El rey los miró un largo momento; luego clavó los ojos en su esposa.

—Maldita seas, Cersei —dijo con desprecio.

Ned se irguió y se liberó con suavidad del abrazo de Sansa. Todo el cansancio de los cuatro últimos días volvía a pesarle en los miembros.

—Entonces hazlo tú mismo, Robert —dijo con una voz fría y afilada como el acero—. Al menos ten el valor de hacerlo tú mismo.

Robert miró a Ned con ojos inexpresivos, muertos, y salió sin decir palabra, con pasos pesados como el plomo. El silencio invadió la sala.

—¿Dónde está la loba huargo? —preguntó Cersei Lannister en cuanto su esposo hubo salido. Junto a ella, el príncipe Joffrey sonreía.

—La fiera está encadenada junto al puesto de guardia —respondió de mala gana ser Barristan Selmy.

—Avisad a Ilyn Payne.

—No —intervino Ned—. Jory, llévate a las niñas a sus aposentos y tráeme mi espada *Hielo.* —Las palabras le sabían a bilis en la garganta, pero se obligó a pronunciarlas—. Si hay que hacerlo, lo haré yo.

—¿Tú, Stark? —preguntó Cersei Lannister mirándolo con desconfianza—. ¿Qué es, un truco? ¿Por qué vas a hacer semejante cosa?

Todos lo miraban, pero los ojos de Sansa eran los que lo herían.

—La loba es del norte. No merece que acabe con ella un carnicero.

Salió de la sala con un extraño ardor en los ojos, mientras los alaridos de su hija le resonaban en los oídos, y encontró a la cachorrilla de lobo donde la habían encadenado. Ned se sentó un rato junto a ella.

—Dama —dijo, saboreando el nombre.

No había prestado mucha atención a los nombres elegidos por sus hijos para los huargos, pero en aquel momento se dio cuenta de que Sansa había estado acertada. Dama era la más pequeña de la camada, la más bonita, la más dulce y confiada. Lo miraba con brillantes ojos dorados mientras él le acariciaba el pelaje espeso y gris.

Jory no tardó en llevarle a *Hielo.* Todo terminó enseguida.

—Elige a cuatro hombres y que lleven el cadáver al norte —dijo después—. Quiero que la entierren en Invernalia.

—¿Tan lejos? —preguntó Jory, atónito.

—Tan lejos —confirmó Ned—. Si la Lannister quiere una piel de lobo, tendrá que buscarse otra.

Se encaminaba hacia la torre para dormir por fin cuando Sandor Clegane y sus jinetes llegaron de la cacería.

Un bulto colgaba cruzado del corcel de Clegane, una forma pesada envuelta en una capa ensangrentada.

—Ni rastro de tu hijao —gruñó el Perro desde su montura—. Pero no hemos perdido el día. Aquí traemos a su animal.

Dio un empujón al fardo, que cayó al suelo con un golpe sordo a los pies de Ned.

Ned se inclinó y retiró la capa, buscando ya las palabras que tendría que decir a Arya, pero no se trataba de Nymeria. Era Mycah, el hijo del carnicero. El cadáver estaba cubierto de sangre reseca. Un tajo espantoso, asestado desde arriba, casi lo había cortado por la mitad desde el hombro hasta la cintura.

—Lo mataste desde el caballo —dijo Ned.

Los ojos del Perro parecieron brillar a través de su espantoso yelmo canino.

—Corrió mucho. —Observó el rostro de Ned y se echó a reír—. Pero no lo suficiente.

BRAN

Le parecía que llevaba siglos cayendo.

—Vuela —susurró una voz en la oscuridad, pero Bran no sabía volar y lo único que podía hacer era caer.

El maestre Luwin hizo un muñeco de arcilla, lo coció hasta que quedó duro y quebradizo, lo vistió con ropas de Bran y lo tiro desde el tejado. Bran recordaba cómo se había destrozado al estrellarse.

—Pero yo no me caigo nunca —dijo mientras caía.

El suelo, abajo, estaba tan lejos que apenas lo distinguía entre los jirones de niebla gris quc lo rodeaban, pero sentía que estaba cayendo y sabía qué le esperaba al llegar abajo. No se puede caer eternamente, ni siquiera en sueños. Sabía que despertaría un momento antes de chocar contra el suelo. Uno se despierta siempre un momento antes de chocar contra el suelo.

—¿Y si no te despiertas? —le preguntó la voz.

El suelo estaba ya más cerca, pero todavía muy lejos, a mil leguas, pero más cerca que antes. Hacía mucho frío allí, en la oscuridad. No había sol ni estrellas; nada más que el suelo que se alzaba para aplastarlo, los jirones de niebla gris y la voz susurrante. Sintió ganas de llorar.

—No llores. Vuela.

—No sé volar —dijo Bran—. No sé...

—¿Estás seguro? ¿Lo has intentado alguna vez?

La voz era aguda y tenue. Bran miró a su alrededor para ver de dónde procedía. Un cuervo trazaba círculos, descendiendo junto a él pero sin ponerse a su alcance.

—Ayúdame —suplicó.

—Es lo que intento —replicó el cuervo—. ¿No llevarás maíz encima, por casualidad?

Bran se metió la mano en el bolsillo y la oscuridad giró vertiginosa a su alrededor. Cuando sacó la mano, unos cuantos granos dorados se le escaparon entre los dedos. Cayeron, como caía él.

—¿Eres un cuervo de verdad? —preguntó Bran cuando el cuervo se le posó en la mano y empezó a comer.

—¿Estás cayendo de verdad? —replicó el cuervo.

—No es más que un sueño —dijo el chico.

—¿Tú crees?

—Cuando choque contra el suelo, me despertaré —le aseguró Bran al pájaro.

—Cuando choques contra el suelo, morirás —replicó el cuervo, y siguió comiendo maíz.

Bran miró abajo. Ya alcanzaba a ver montañas, con las cumbres cubiertas de nieve y ríos como hebras de plata entre los bosques oscuros. Cerró los ojos y se echó a llorar.

—Así no ganas nada —dijo el cuervo—. Ya te lo he dicho, tienes que volar en vez de llorar. Venga, no es tan difícil. Yo estoy volando.

—Tú tienes alas —señaló Bran.

—A lo mejor, tú también. —El chico se tocó los hombros en busca de algún rastro de plumas—. Hay alas de muchos tipos —añadió el cuervo.

Bran se miró los brazos y las piernas. Estaba muy delgado; no era más que piel tensa sobre los huesos. ¿Siempre había sido tan flaco? Trató de hacer memoria. Un rostro surgió de la niebla gris, brillante, dorado, y se cernió sobre él.

—Qué cosas hago por amor —dijo.

Bran gritó.

El cuervo remontó el vuelo con un graznido.

—Olvídate de eso —chilló—. No pienses en eso, es lo que menos falta te hace, olvídalo, olvídalo...

Volvió a posarse sobre Bran, esta vez en el hombro, y lo picoteó hasta que el rostro brillante y dorado se esfumó.

Bran caía más deprisa aún. Los jirones de niebla gris aullaban a su paso, se desplomaba hacia el suelo.

—¿Qué me haces? —preguntó lloroso al cuervo.

—Enseñarte a volar.

—¡No sé volar!

—Pues estás volando.

—¡No estoy volando, estoy cayendo!

—Todo vuelo comienza con una caída —dijo el cuervo—. Mira abajo.

—Me da miedo...

—¡MIRA ABAJO!

Bran miró abajo y sintió como si se le licuaran las entrañas. El suelo ascendía hacia él a toda velocidad. El mundo entero se extendía allí, era un tapiz blanco, castaño y verde. Lo veía todo con tanta claridad que durante un instante se olvidó de tener miedo. Veía el reino entero y a cada uno de los que allí se encontraban.

Vio Invernalia tal como lo veían las águilas: los esbeltos torreones parecían chatos y rechonchos desde arriba; los muros del castillo no eran más que líneas en la tierra. Vio al maestre Luwin en su balconada; estudiaba el cielo a través de un tubo brillante de bronce y tomaba notas en un libro, con el ceño fruncido. Vio a su hermano Robb, más alto y fuerte de como lo recordaba; practicaba esgrima en el patio y la espada que tenía en la mano era de acero. Vio a Hodor, el gigante bobalicón de los establos, que llevaba a la fragua de Mikken un yunque cargado al hombro igual que otro cualquiera podría cargar una bala de heno. En el corazón del bosque de dioses, el gran arciano blanco se inclinó sobre su reflejo en el estanque negro; las hojas crujían con el viento gélido. Cuando percibió la mirada de Bran, alzó los ojos de las aguas tranquilas y se la devolvió con deliberación.

Miró hacia el este, y vio una galera que surcaba las aguas del Mordisco. Vio a su madre, sentada a solas en un camarote, que contemplaba el cuchillo ensangrentado que reposaba en la mesa ante ella mientras los remeros hacían avanzar la nave y ser Rodrik, tembloroso y jadeante, se inclinaba sobre la borda. Ante ellos se fraguaba una tormenta; los truenos retumbaban y los rayos rasgaban el cielo, pero por alguna extraña razón no se daban cuenta.

Miró hacia el sur, y vio la gran extensión verdeazulada del Tridente. Vio a su padre suplicarle algo al rey con el rostro desencajado por la pena. Vio a Sansa llorar hasta quedarse dormida y vio a Arya vigilar en silencio, mientras ocultaba secretos en lo más profundo de su corazón. Los tres estaban rodeados de sombras. Una sombra era oscura como la ceniza, con el rostro espantoso de un perro. Otra tenía una armadura muy hermosa, dorada y brillante como el sol. Sobre ambas se cernía un gigante con una armadura de piedra, pero cuando se levantó el visor del yelmo, dentro no había más que oscuridad y sangre espesa, negra.

Alzó la vista y miró hacia la otra orilla del mar Angosto, hacia las Ciudades Libres y el verde mar dothraki y aún más allá, hacia Vaes Dothrak, bajo su montaña, hacia las tierras fabulosas del mar de Jade, hacia Asshai de la Sombra, donde los dragones se agitaban a la luz del amanecer.

Por último miró hacia el norte. Vio el Muro, que brillaba como cristal azul, y a su hermano bastardo Jon, que dormía solo en una cama fría, con la piel cada vez más pálida y encallecida a medida que el recuerdo del calor se disipaba. Y miró más allá del Muro, más allá de los bosques interminables cubiertos de nieve, más allá de las orillas heladas y los grandes ríos de hielo, azules de puro blancos, más allá de las llanuras en las que nada podía crecer ni vivir. Miró hacia el norte, y más al norte, y más al norte, hacia el telón de luz que había al final del mundo, y más allá del telón. Miró hacia lo más profundo del corazón del invierno, y en aquel momento dejó escapar un grito de terror, y el calor de las lágrimas le abrasó las mejillas.

—Bien, ya lo sabes —le susurró el cuervo posado en su hombro—. Ya sabes por qué tienes que vivir.

—¿Por qué? —preguntó Bran sin comprender, mientras caía sin cesar.

—Porque se acerca el invierno.

Bran miró al cuervo, y el cuervo lo miró. Tenía tres ojos. El tercer ojo estaba lleno de una sabiduría espantosa. Bran miró abajo. Ya no había nada más que nieve, y frío, y muerte, un páramo helado en el que se alzaban blancos carámbanos dentados, como brazos a la espera de acogerlo. Ascendieron hacia él como lanzas. Vio los huesos de otros mil soñadores empalados en ellos. Estaba aterrorizado.

—¿Un hombre puede ser valiente cuando tiene miedo? —oyó que preguntaba su voz, tenue y lejana.

—Es el único momento en que puede ser valiente, Bran —le respondió la voz de su padre.

—Ahora, Bran —lo apremió el cuervo—. Elige: vuela o muere.

La muerte trató de asirlo mientras gritaba.

Bran abrió los brazos y voló.

Unas alas invisibles atraparon el viento, se hincharon y lo elevaron. Las espantosas agujas de hielo se alejaron, a sus pies, y el cielo se abrió ante él. Bran remontó el vuelo. Aquello era mejor que trepar. Era mejor que nada. El mundo se empequeñeció abajo.

—¡Vuelo! —gritó, emocionado.

—Ya me he dado cuenta —dijo el cuervo de tres ojos. Echó a volar y aleteó ante su rostro, demorándolo, cegándolo. Cuando las plumas le golpearon las mejillas, Bran se tambaleó. El cuervo le asestó un picotazo terrible en la frente, entre los ojos, que lo cegó de dolor.

—¿Qué haces? —gritó.

El cuervo abrió el pico y graznó; fue un chillido agudo de miedo, y los jirones de niebla gris que se arremolinaban a su alrededor se desgarraron como un velo, y vio que el cuervo no era tal, sino una mujer, una criada de larga cabellera negra a la que había visto antes. ¿Dónde? En Invernalia, claro, la recordaba bien; y entonces se dio cuenta de que estaba en Invernalia, en una cama, en una habitación helada en la cima de una torre, y la mujer de pelo negro dejó caer la palangana de agua, que se estrelló contra el suelo, y corrió escaleras abajo gritando: «Está despierto, está despierto, está despierto».

Bran se tocó la frente, entre los ojos. Aún le quemaba la zona que el cuervo le había picoteado, pero no tenía nada, ni sangre ni herida alguna. Se sentía débil y mareado. Trató de salir de la cama, pero no pudo.

En aquel momento percibió que algo se movía junto al lecho, justo antes de caer con agilidad sobre sus piernas. No sintió nada. Un par de ojos amarillos, brillantes como el sol, se clavaron en los suyos. La ventana estaba abierta y en la habitación hacía frío, pero la calidez que emanaba el lobo lo envolvió como un baño caliente. Bran se dio cuenta de que era su cachorro... ¿o no? ¡Le parecía tan grande...! Extendió un brazo para acariciarlo; la mano le temblaba como una hoja.

Cuando su hermano Robb irrumpió en la habitación, jadeante tras subir a toda velocidad los peldaños de la torre, el lobo huargo lamía el rostro de Bran. El niño alzó la vista, con calma.

—Se llama Verano —dijo.

CATELYN

—Llegaremos a Desembarco del Rey en menos de una hora.

—Tus remeros nos han prestado un gran servicio, capitán —dijo Catelyn mientras se apartaba de la borda forzando una sonrisa—. Cada uno de ellos recibirá un venado de plata como muestra de mi gratitud.

—Sois demasiado generosa, lady Stark. —El capitán Moreo Tumitis hizo una breve reverencia—. La única recompensa para ellos es el honor de transportar a una dama de vuestra alcurnia.

—Pero seguro que aceptarán la plata.

—Como deseéis —dijo Moreo con una sonrisa.

Hablaba a la perfección la lengua común, con apenas un deje tyroshi. Le contó que llevaba treinta años surcando el mar Angosto, al principio como remero, luego como oficial, y al final como capitán de galeras mercantes propias. La *Danzarina de las Tormentas,* una galera de dos mástiles y sesenta remos, era su cuarta nave y la más rápida de todas.

Era sin duda la nave más rápida disponible en Puerto Blanco cuando Catelyn y ser Rodrik Cassel llegaron tras su agotadora cabalgada río abajo. Los tyroshis tenían fama de avaros, y ser Rodrik habría preferido alquilar una chalupa pesquera en Tres Hermanas, pero Catelyn insistió en hacerse con la galera. Fue una suerte. Habían tenido el viento en contra la mayor parte del viaje, y sin los remos de la galera, en aquellos momentos todavía estarían pasando por los Dedos, en vez de volar hacia Desembarco del Rey y el final del viaje.

«Falta muy poco», pensó Catelyn. Los dedos heridos por el puñal aún le dolían bajo las vendas de lino. Sentía como si el dolor la espolease, le impidiera olvidar. No podía doblar el dedo anular ni el meñique de la mano izquierda, y jamás recuperaría plenamente el movimiento de los otros tres. Pero era un bajo precio por la vida de Bran.

Ser Rodrik apareció en cubierta en aquel momento.

—Mi buen amigo —saludó Moreo a través de su barba verde. A los tyroshis les gustaban los colores vivos hasta en el pelo facial—. Me alegra constatar que tienes mejor aspecto.

—Sí —asintió ser Rodrik—. Hace casi dos días que no deseo morir. —Hizo una reverencia ante Catelyn—. Mi señora...

Era verdad que tenía mejor aspecto. Estaba un poco más delgado que cuando zarparon de Puerto Blanco, pero casi volvía a ser él mismo. Los fuertes vientos del Mordisco y las inclemencias del mar Angosto no le habían sentado bien, y a punto estuvo de caer por la borda cuando una tormenta estalló sobre ellos de manera inesperada en Rocadragón, pero consiguió aferrarse a un cabo hasta que tres hombres de Moreo lograron rescatarlo y ponerlo a salvo bajo cubierta.

—El capitán me decía que falta poco para que lleguemos —dijo Catelyn.

—¿Tan pronto acaba el viaje? —Ser Rodrik esbozó una sonrisa irónica.

Tenía un aspecto extraño sin sus poblados bigotes blancos. Parecía más menudo, menos imponente y diez años mayor. Pero en el Mordisco se había impuesto la lógica, y se sometió a la navaja de afeitar de un marinero, después de que se le ensuciara el mostacho por tercera vez cuando vomitó por encima de la borda.

—Os dejaré solos para que habléis de vuestros asuntos —dijo el capitán Moreo. Hizo una reverencia y se alejó.

La galera surcaba las aguas como una libélula; los remos subían y bajaban a un ritmo impecable. Ser Rodrik se agarró a la baranda y contempló la orilla.

—No he sido un protector muy valiente.

—Estamos aquí, ser Rodrik, y a salvo —dijo Catelyn tomándole el brazo—. Es lo único que importa. —Metió la mano entre los pliegues de la túnica, con los dedos rígidos, buscando algo. Aún tenía el puñal. Necesitaba tocarlo de cuando en cuando para recuperar la seguridad—. Ahora tenemos que encontrar al maestro armero del rey, y rezar para que sea de confianza.

—Ser Aron Santagar es un hombre engreído, pero honrado. —Ser Rodrik hizo ademán de acariciarse los bigotes, para descubrir una vez más que ya no los tenía. Aquello siempre lo desconcertaba—. Puede que reconozca el puñal, sí... Pero en el momento que pisemos tierra estaremos en peligro, mi señora. En la corte hay muchos que conocen vuestro rostro.

—Meñique —murmuró Catelyn entre dientes.

El rostro acudió rápidamente a su memoria, la cara de un niño, aunque ya no era ningún niño. Su padre había muerto hacía varios años, de manera que ya era lord Baelish, pero lo seguían llamando *Meñique*. Edmure, el hermano de Catelyn, le había puesto aquel apodo hacía mucho tiempo, en Aguasdulces. Las modestas posesiones de su familia se encontraban en el más pequeño de los Dedos, y además, Petyr era flaco y menudo para su edad.

—Lord Baelish era... eh... —Ser Rodrik carraspeó y se perdió en la búsqueda del término más cortés. Pero Catelyn no estaba para cortesías.

—Era el pupilo de mi padre; pasamos la infancia juntos en Aguasdulces. Para mí era como un hermano, pero sus sentimientos eran menos... fraternales. Cuando se anunció mi compromiso con Brandon Stark, Petyr lo desafió por el derecho a mi mano. Fue una locura. Brandon tenía veinte años; Petyr, apenas quince. Tuve que suplicarle a Brandon que le perdonara la vida; lo dejó escapar con tan solo una cicatriz. Después, mi padre lo expulsó. No he vuelto a verlo desde entonces. —Alzó el rostro hacia la brisa, como si el aire fresco pudiera borrar los recuerdos—. Me escribió a Aguasdulces cuando Brandon murió, pero quemé la carta sin leerla; entonces ya sabía que Ned se casaría conmigo en lugar de su hermano.

—Ahora, Meñique es miembro del Consejo Privado del Rey —dijo ser Rodrik mientras volvía a intentar acariciarse los bigotes inexistentes.

—Sabía que llegaría lejos —asintió Catelyn—. Siempre fue muy listo, incluso de niño, pero una cosa es ser listo y otra ser inteligente. ¿Cómo lo habrán tratado los años?

Muy por encima de ellos, el vigía gritó algo desde la cofa. El capitán Moreo se acercó por la cubierta, repartiendo órdenes a diestro y siniestro, y a su alrededor la *Danzarina de las Tormentas* se vio inmersa en una vorágine de actividad mientras Desembarco del Rey se empezaba a divisar sobre las tres altas colinas.

Catelyn sabía que hacía trescientos años las colinas estaban pobladas de bosques, y tan solo un puñado de pescadores vivía en la orilla norte del Aguasnegras, donde aquel río profundo y rápido desembocaba en el mar. Fue entonces cuando Aegon el Conquistador llegó en barco desde Rocadragón. Allí fue donde su ejército pisó tierra y allí, en la colina más alta, construyó su primera y rudimentaria fortificación de madera y barro.

En aquellos momentos, la ciudad cubría la costa hasta donde alcanzaba la vista de Catelyn. Había mansiones, glorietas, graneros, almacenes de ladrillo, posadas de madera, tenderetes callejeros, tabernas, cementerios y burdeles; cada edificación apoyada en las contiguas. Hasta sus oídos, pese a la distancia, llegaba el griterío del mercado de pescado. Entre los edificios había calles anchas bordeadas de árboles, callejuelas serpenteantes y callejones tan estrechos que dos hombres no los podían recorrer hombro con hombro. En la cima de la colina de Visenya se alzaba el Gran Septo de Baelor, con sus siete torres de cristal. Al otro lado de la ciudad, en la colina de Rhaenys, se divisaban los muros ennegrecidos del Pozo Dragón, cuya enorme cúpula estaba derrumbada y no era ya más que una ruina, tras las puertas de bronce que llevaban más de un siglo cerradas. La calle de las Hermanas iba de un edificio al otro, recta como una flecha. A lo lejos se alzaban los muros de la ciudad, altos y fuertes.

A lo largo de la dársena se alineaba un centenar de muelles, y el puerto estaba lleno de barcos. Continuamente iban y venían botes pesqueros de altura y fluviales; los barqueros realizaban una y otra vez el trayecto entre las dos orillas del Aguasnegras, y las galeras mercantes descargaban productos de Braavos, Pentos y Lys. Catelyn divisó la engalanada barcaza de la reina, amarrada junto a un ballenero panzón del Puerto de Ibben con el casco ennegrecido por la brea, mientras, río arriba, una docena de navíos de guerra dorados y esbeltos reposaban sobre sus cascos, con las velas recogidas y los crueles espolones de acero lamidos por el agua.

Y dominándolo todo, observándolo todo de forma amenazadora desde la Colina Alta de Aegon, estaba la Fortaleza Roja: siete torres enormes, achatadas y coronadas por parapetos de hierro; una inmensa barbacana de aspecto macabro; salas abovedadas, puentes cubiertos, barracones, mazmorras y graneros; gruesos muros horadados de aspilleras para los arqueros... todo en piedra de un color rojo claro. Había empezado a construirla Aegon el Conquistador y había terminado su hijo, Maegor el Cruel, quien después ordenó cortar la cabeza a todos los artesanos, albañiles y carpinteros que habían trabajado en ella. Juró que solo los que llevaran la sangre del dragón conocerían los secretos de la fortaleza que los Señores Dragón habían construido.

Pero los pendones que ondeaban entonces en las almenas eran dorados, no negros, y allí donde el dragón de tres cabezas había vomitado fuego se erguía el venado coronado de la casa Baratheon.

Una nave cisne de mástiles altos de las Islas del Verano salía del puerto en aquel instante, con las velas blancas hinchadas por el viento. La *Danzarina de las Tormentas* pasó junto a ella en dirección a la orilla.

—Mi señora —empezó ser Rodrik—, mientras estaba en cama me he dedicado a pensar cuál sería la mejor manera de actuar. No debéis arriesgaros a entrar en el castillo. Iré yo, y le pediré a ser Aron que se reúna con vos en un lugar seguro.

Catelyn miró al anciano caballero mientras la galera se acercaba al muelle. Moreo gritaba órdenes en el valyrio vulgar de las Ciudades Libres.

—Corréis tanto peligro como yo.

—No soy de la misma opinión —dijo ser Rodrik con una sonrisa—. He visto mi reflejo en el agua y me ha costado reconocerme. Mi madre fue la última persona que me vio sin bigotes, y murió hace ya cuarenta años. Creo que estaré a salvo, mi señora.

Moreo rugió una orden. Los sesenta remos se alzaron del río como si fueran uno solo, iniciaron un movimiento inverso y volvieron al agua. La galera perdió velocidad. Otra orden. Los remos se introdujeron en el casco. En cuanto llegaron al muelle, varios marineros tyroshis saltaron a tierra para amarrar el barco. Moreo se acercó a Catelyn y a ser Rodrik, todo sonrisas.

—Ya estamos en Desembarco del Rey, mi señora, como ordenasteis. Y jamás barco alguno ha realizado el trayecto más deprisa, ni de manera más segura. ¿Necesitáis ayuda para llevar vuestras pertenencias al castillo?

—No vamos a alojarnos en el castillo. ¿Conoces alguna posada limpia y cómoda que no esté muy lejos del río?

—Sí, claro. —El tyroshi se acarició la barba verde—. Conozco varios locales adecuados para vuestras necesidades. Pero previamente, disculpad mi atrevimiento, está el asunto de la segunda mitad del pago, tal como acordamos. Y también la plata que, en vuestra generosidad, prometisteis como recompensa. Me parece que eran sesenta venados.

—Para los remeros —le recordó Catelyn.

—Claro, claro —asintió Moreo—. Aunque más valdrá que les guarde el dinero hasta que volvamos a Tyrosh. Por el bien de sus esposas e hijos. Si les dais la plata aquí se la jugarán a los dados o la dilapidarán toda en una noche de placer, mi señora.

—Hay cosas peores en las que gastar el dinero —intervino ser Rodrik—. Se acerca el invierno.

—Cada cuál debe tomar sus propias decisiones —dijo Catelyn—. Se han ganado la plata. No es asunto mío cómo la gasten.

—Como queráis, mi señora —asintió Moreo con una sonrisa y una reverencia.

Para asegurarse, Catelyn quiso pagar a los remeros en persona, un venado para cada uno y un cobre extra para los dos que transportaron sus baúles hasta la posada que les había recomendado Moreo, a medio camino de la cima de la colina de Visenya. Era un local destartalado del callejón de la Anguila. La propietaria era una vieja amargada, con un ojo estrábico que los miraba con desconfianza, y mordió la moneda que le dio Catelyn para asegurarse de que no era falsa. Pero las habitaciones eran amplias y luminosas, y Moreo les había jurado que los guisos de pescado eran los más sabrosos de los Siete Reinos. Y, lo mejor de todo, la mujer no mostró el menor interés por averiguar sus nombres.

—Es aconsejable que no os acerquéis a la sala común —dijo ser Rodrik cuando se hubieron instalado—. Ni en un lugar como este sabe uno quién lo puede estar vigilando. —Tenía puesta la cota de malla, y llevaba el puñal y la espada larga bajo una capa oscura con capucha, que se echó sobre la cabeza—. Volveré con ser Aron antes de que anochezca —prometió—. Deberíais descansar entretanto, mi señora.

Catelyn estaba cansada, sí. El viaje había sido largo y fatigoso, y ya no era joven. Las ventanas daban al callejón y a un paisaje de tejados, y a lo lejos se divisaba el Aguasnegras. Observó como ser Rodrik se alejaba por las calles concurridas hasta que lo perdió de vista entre la multitud, y decidió seguir su consejo. El colchón estaba relleno de paja, no de plumas, pero no le costó lo más mínimo dormirse.

La despertaron unos golpes en la puerta.

Catelyn se incorporó bruscamente. A través de la ventana se veían los tejados de Desembarco del Rey, teñidos de rojo por la luz del sol poniente. Había dormido más tiempo del que pretendía. Un puño volvió a golpear la puerta.

—¡Abrid en nombre del rey! —exigió una voz.

—Un momento —respondió. Se puso la capa. El puñal estaba sobre la mesilla de noche. Lo cogió antes de abrir la pesada puerta de madera.

Los hombres que irrumpieron en la habitación vestían la cota de malla negra y la capa dorada de la Guardia de la Ciudad. Al ver el puñal en la mano de la mujer, su jefe sonrió.

—No lo vais a necesitar, señora. Venimos para escoltaros hasta el castillo.

—¿Con qué autoridad? —El hombre le mostró una cinta. Catelyn se atragantó. El sello era un sinsonte de cera gris—. Petyr —dijo. Tan pronto. A ser Rodrik le había pasado algo. Miró al jefe de los guardias—. ¿Sabéis quién soy?

—No, mi señora —dijo—. Mi señor Meñique nos ha ordenado solo llevaros al castillo, y ha insistido en que se os dé un buen trato.

—Podéis esperar fuera mientras me visto —dijo Catelyn después de asentir.

Se lavó las manos en la jofaina y se puso vendas limpias. Tenía los dedos hinchados y torpes, y le costó trabajo anudarse el corsé y echarse una capa parda por los hombros. ¿Cómo había sabido Meñique que estaba allí? Ser Rodrik no se lo habría dicho jamás. Era anciano, sí, pero también testarudo y leal hasta la muerte. ¿Habrían llegado tarde? Tal vez los Lannister estaban ya en Desembarco del Rey. No, si fuera así habría sido Ned el que llamara a su puerta. Entonces, ¿cómo...?

En aquel momento se le ocurrió. Moreo. El maldito tyroshi sabía quiénes eran y dónde estaban. Catelyn esperaba que, por lo menos, hubiera cobrado un alto precio por la información.

Los guardias habían llevado un caballo para ella. Cuando se pusieron en marcha ya se estaban encendiendo las lámparas en las calles, y Catelyn sintió los ojos de la ciudad clavados en ella, en la mujer que cabalgaba rodeada por guardias de capa dorada. Cuando llegaron a la Fortaleza Roja, el rastrillo estaba bajado, y las enormes puertas, cerradas, pero en todas las ventanas se veían luces y movimiento. Los guardias descabalgaron, dejaron las monturas en el exterior y la guiaron primero a través de una portezuela estrecha y luego por peldaños incontables hasta una torre.

Él estaba a solas en la habitación, sentado ante una mesa de madera muy pesada, escribiendo a la luz de una lámpara de aceite. Cuando la hicieron pasar, dejó la pluma y la miró.

—Cat —dijo en voz baja.

—¿Por qué se me ha traído aquí de esta manera?

—Marchaos —indicó a los guardias con un gesto brusco. Los hombres se fueron—. Espero que te hayan tratado correctamente —siguió—. He dado órdenes muy precisas. —Se fijó en las vendas—. Tienes las manos...

—No estoy acostumbrada a que se me haga acudir como a una criada —dijo Catelyn con voz gélida, haciendo caso omiso de la pregunta implícita—. De niño eras más cortés.

—Te he hecho enfadar, mi señora. No era mi intención.

Parecía contrito. Su rostro le evocó a Catelyn recuerdos vívidos. Había sido un chiquillo muy travieso, pero tras cada trastada siempre parecía contrito. Se le daba muy bien. En aquel aspecto no había cambiado. Petyr, de niño, era menudo, y se había transformado en un hombre menudo, tres dedos más bajo que ella, esbelto y rápido, con los mismos rasgos afilados que ella recordaba, con los mismos ojos color gris verdoso que parecían reír. Lucía una barbita puntiaguda y entre el pelo negro se asomaban algunas hebras plateadas, aunque aún tenía cerca los treinta años. Combinaban de maravilla con el sinsonte de plata que, en forma de broche, le servía para cerrarse la capa. Ya de niño le gustaba mucho la plata.

—¿Cómo has sabido que estaba en la ciudad? —le preguntó.

—Lord Varys lo sabe todo —dijo Petyr con una sonrisa traviesa—. Enseguida se reunirá con nosotros, pero antes quería verte a solas. Ha pasado demasiado tiempo, Cat. ¿Cuántos años?

—Así que quien me ha encontrado es la Araña del rey. —Catelyn hizo caso omiso de su familiaridad. Tenía preguntas más importantes que plantearle.

—Será mejor que no lo llames así —dijo Meñique con un gesto como de dolor—. Es muy sensible. Supongo que por ser eunuco. En la ciudad no sucede nada sin que Varys se entere. A menudo se entera antes de que suceda. Tiene informadores por todas partes. Los llama «mis pajaritos». Pues uno de sus pajaritos se enteró de tu visita. Por suerte, Varys vino a hablar conmigo antes que con nadie.

—¿Por qué contigo?

—¿Por qué no? —Se encogió de hombros—. Soy el consejero de la moneda, consejero del rey. Selmy y lord Renly han partido hacia el norte para recibir a Robert, y lord Stannis se encuentra en Rocadragón, así que solo quedamos el maestre Pycelle y yo. Y yo era la elección obvia, claro. Varys sabe que siempre fui amigo de tu hermana Lysa...

—¿Sabe Varys...?

—Lord Varys lo sabe todo... excepto qué haces aquí. —Arqueó una ceja—. ¿Qué haces aquí?

—Una esposa tiene derecho a añorar a su marido, y si una madre necesita tener cerca a sus hijas, ¿quién se lo puede negar?

—Muy bien, mi señora —dijo Meñique entre risas—, muy bien. Pero no pensarás que me lo voy a creer, ¿verdad? Te conozco demasiado bien. Recuérdame, ¿cuál era el lema de los Tully?

—Familia, Deber, Honor —recitó Catelyn, tensa. Tenía la garganta reseca. Petyr la conocía demasiado bien.

—Familia, Deber, Honor —repitió él—. Tres cosas que te obligaban a permanecer en Invernalia, donde te dejó la mano. No, mi señora, ha pasado algo. Lo repentino de tu viaje delata su urgencia. Te suplico que me dejes ayudarte. Los viejos amigos deberían confiar unos en otros... —Alguien llamó a la puerta con suavidad—. Adelante —dijo Meñique.

El hombre que entró era regordete, iba perfumado y empolvado, y estaba calvo como un huevo. Vestía un chaleco de hilo de oro sobre una túnica muy suelta de seda morada, y calzaba unas chinelas puntiagudas de terciopelo. Tomó la mano de Catelyn entre las suyas.

—Es un verdadero placer volver a veros después de tantos años, lady Stark. —Tenía la carne blanda y húmeda, y el aliento le olía a lilas—. Oh, ¿qué os ha pasado en las manos? ¿Una quemadura, mi dulce señora? Los dedos son tan delicados... Nuestro querido maestre Pycelle prepara un ungüento maravilloso. ¿Queréis que envíe a alguien en busca de un tarro?

—Gracias, mi señor —contestó Catelyn retirando las manos—, pero el maestre Luwin se ocupa ya de mis heridas.

—Lo de vuestro hijo ha sido muy triste para todos —dijo Varys meneando la cabeza—. Con lo joven que es... Los dioses son crueles.

—En eso estamos de acuerdo, lord Varys —dijo ella. Le otorgaba el título por simple cortesía, ya que el único dominio de Varys era la telaraña, y su única posesión, los informantes.

—Espero que no solo en eso, mi dulce señora —puntualizó el eunuco abriendo los brazos—. Tengo en gran estima a vuestro esposo, la nueva mano, y sé que ambos amamos al rey Robert.

—Sí —se obligó a decir ella—. Sin duda.

—Nunca hubo rey más querido que Robert —intervino Meñique, sarcástico. Esbozó una sonrisa traviesa—. Al menos según le dice todo el mundo a lord Varys.

—Mi querida señora —dijo Varys con solicitud—, en las Ciudades Libres hay hombres con poderes curativos maravillosos. Solo tenéis que decirlo y enviaré a buscar a uno para vuestro querido Bran.

—El maestre Luwin ya está haciendo todo lo que es posible por Bran —replicó. No quería hablar de Bran allí, con aquella gente. Confiaba poco en Meñique, y nada en Varys. No iba a permitir que vieran su dolor—. Según me dice lord Baelish, a vos es a quien debo dar las gracias por hacerme venir aquí.

—Sí, sí, me declaro culpable. —Varys rio entre dientes como una niñita—. Espero que me perdonéis, bondadosa señora. —Se acomodó en un sillón y juntó las manos—. ¿Puedo pediros que nos enseñéis el puñal?

Catelyn Stark miró al eunuco asombrada, atónita. Era una araña, pensó, o quizá un brujo, o algo peor. Sabía cosas que nadie podía saber, a menos que...

—¿Qué le habéis hecho a ser Rodrik? —exigió saber.

—Me siento como el caballero que llega a la batalla sin lanza. —Meñique estaba desconcertado—. ¿De qué puñal estamos hablando? ¿Quién es ser Rodrik?

—Ser Rodrik Cassel es el maestro de armas de Invernalia —le informó Varys—. Os aseguro que no se le ha hecho ningún daño a vuestro buen caballero, lady Stark. Llegó a primera hora de esta tarde. Fue a ver a ser Aron Santagar en la armería, y hablaron de cierto puñal. Al anochecer han salido juntos del castillo y han ido a esa espantosa choza donde os alojáis. Todavía están allí, bebiendo, en la sala común, a la espera de vuestro regreso. Ser Rodrik se alarmó mucho al ver que os habíais marchado.

—¿Cómo sabéis todo eso?

—Me lo cuentan los pajaritos —sonrió Varys—. Sé muchas cosas, mi dulce señora. En eso consiste mi servicio al rey. —Se encogió de hombros—. Habéis traído el puñal, ¿verdad?

—Ahí lo tenéis —dijo Catelyn, que había sacado el arma de entre los pliegues de la capa, mientras la arrojaba a la mesa ante él—. Quizá vuestros pajaritos os digan a quién pertenece. —Varys cogió el cuchillo con una delicadeza exagerada, y pasó el pulgar por el filo. La sangre brotó al instante. Dejó escapar un gritito y soltó el puñal en la mesa—. Cuidado —añadió Catelyn—. Esta muy afilado.

—No hay nada que conserve el filo mejor que el acero valyrio —dijo Meñique mientras Varys se lamía el pulgar y lanzaba a Catelyn una mirada de reproche. Cogió el puñal, lo sopesó y lo agarró por la empuñadura. Lo lanzó al aire y lo atrapó con la otra mano—. Tiene un equilibrio perfecto. Así que el motivo de tu visita es la búsqueda de su propietario. Para eso no tenías que hablar con ser Aron, mi señora. Debiste acudir a mí.

—Si hubiera acudido a ti, ¿qué me habrías dicho?

—Que solo hay un cuchillo como este en todo Desembarco del Rey. —Cogió la hoja entre el índice y el pulgar, la alzó por encima del hombro y la lanzó con un golpe experto de muñeca. Fue a clavarse en la puerta de roble, donde quedó vibrando—. Es mío.

—¿Tuyo? —Aquello carecía de lógica. Petyr no había estado en Invernalia.

—Lo fue hasta el torneo del día del nombre del príncipe Joffrey —dijo al mismo tiempo que cruzaba la habitación para arrancar el puñal de la madera—. Aposté por ser Jaime en la justa, igual que la mitad de la corte. —La sonrisa tímida de Petyr hacía que volviera a parecer casi un niño—. Loras Tyrell lo descabalgó, y muchos perdimos una pequeña fortuna. Ser Jaime perdió cien dragones de oro; la reina, un colgante de esmeraldas, y yo, mi puñal. Su alteza recuperó el colgante, pero el ganador de la apuesta se quedó con todo lo demás.

—¿Quién? —exigió saber Catelyn, con la boca seca de miedo. Los dedos le dolían, con el dolor del recuerdo. Lord Varys le escudriñaba el rostro.

—El Gnomo —dijo Meñique—. Tyrion Lannister.

JON

El patio resonaba con la canción de las espadas.

Bajo la lana negra, el cuero curtido y la cota de malla, el sudor corría helado por el pecho de Jon, que forzó más el ataque. Grenn se tambaleó hacia atrás, tratando de defenderse con torpeza. Cuando alzó la espada, Jon aprovechó el hueco para lanzar un ataque con un movimiento de barrido que dio a su contrincante en la pierna y lo dejó cojeando. Al golpe descendente de Grenn respondió con otro ataque por encima del hombro que le abolló el casco. Cuando Grenn intentó un ataque lateral, Jon lo desvió y lo golpeó en el pecho con el antebrazo envuelto en malla. A continuación le asestó un golpe en la muñeca que le arrancó un grito de dolor y le hizo soltar la espada.

—¡Ya basta! —Ser Alliser Thorne tenía una voz más cortante que el acero valyrio.

—El bastardo me ha roto la muñeca —dijo Grenn apretándose la mano.

—El bastardo te ha dejado cojo, te ha abierto esa cabeza hueca que tienes y te ha cortado la mano. O es lo que te habría hecho si estas espadas tuvieran filo. Por suerte para ti, la Guardia necesita también mozos de cuadra, no solo guerreros. —Ser Alliser hizo un gesto en dirección a Jeren y a Sapo—. Poned de pie al Uro; tiene que preparar unas exequias.

Jon se quitó el casco mientras los demás chicos ayudaban a Grenn a levantarse. Le gustó la sensación del aire gélido de la mañana en el rostro. Se apoyó en su espada, respiró profundamente y se permitió disfrutar un momento del sabor de la victoria.

—Eso es una espada, no el bastón de un anciano —le dijo ser Alliser con brusquedad—. ¿Te duelen las piernas, lord Nieve?

—No —respondió Jon. Detestaba que lo llamaran así; era el apodo burlón que ser Alliser le había puesto el primer día de entrenamiento. Los demás chicos se lo habían apropiado y le tocaba aguantarlo constantemente. Envainó la espada larga.

Thorne avanzó hacia él a zancadas. Sus ropas de cuero negro susurraban ligeramente cuando se movía. Era un hombre compacto, de unos cincuenta años, frugal y duro, con hebras blancas en el pelo negro y ojos como esquirlas de ónice.

—Dime la verdad.

—Estoy cansado —reconoció Jon. El brazo le ardía por el peso de la espada, y una vez terminado el combate, empezaba a notar las magulladuras.

—Lo que te pasa es que eres débil.

—He ganado.

—No. El Uro ha perdido.

Uno de los chicos dejó escapar una risita burlona. Jon era demasiado inteligente para responder. Había derrotado a todos aquellos que ser Alliser le había puesto por delante y no había conseguido nada. El maestro de armas no tenía para él más que palabras mordaces. Estaba seguro de que Thorne lo detestaba. Pero claro, aún detestaba más a los otros.

—Se acabó —les dijo Thorne—. Hay un límite para la ineptitud que puedo soportar en un día. Si alguna vez nos atacan los Otros, ruego a los dioses que tengan arqueros, porque no servís más que para detener las flechas.

Jon siguió a los demás hasta la armería, caminando solo. Allí andaba solo a menudo. El grupo con el que se entrenaba era de casi veinte muchachos, pero no había ni uno al que pudiera considerar su amigo. Casi todos le llevaban dos o tres años, y aun así, ninguno luchaba la mitad de bien que Robb a los catorce. Dareon era rápido, pero tenía miedo de que lo hirieran. Pyp manejaba la espada como si fuera un puñal; Jeren era débil como una niña; Grenn era lento y torpe. Los golpes de Halder eran brutales, pero le dejaban la guardia abierta. Cuanto más tiempo pasaba con ellos, más los despreciaba Jon.

Una vez en el interior, Jon colgó la espada y la vaina de un gancho del muro de piedra, haciendo caso omiso de los que lo rodeaban. Empezó a quitarse metódicamente las prendas de malla, cuero y lana empapadas en sudor. En los braseros de hierro situados a ambos extremos de la estancia alargada ardían pedazos de carbón, y aun así, el muchacho tiritaba. Allí, el frío lo acompañaba siempre. En pocos años olvidaría cómo era el calor.

El cansancio le cayó encima de repente mientras se ponía las prendas negras que eran su atuendo cotidiano. Se sentó en un banco mientras trataba de abrocharse la capa. «Hace tanto frío...», pensó recordando los cálidos salones de Invernalia, donde el agua caliente recorría los muros como la sangre el cuerpo de los hombres. Había poco calor en el Castillo Negro. Allí, los muros eran fríos, y las personas más frías aún.

Nadie le había dicho que la Guardia Negra iba a ser así; solo Tyrion Lannister. El enano le había dicho la verdad en el camino hacia el norte, pero entonces ya era tarde. Jon se preguntaba si su padre sabría cómo era el Muro. Seguro que sí, pensó. Aquello aún le dolía más.

Hasta su tío lo había abandonado en aquel lugar gélido en el fin del mundo. Allí arriba, el afable Benjen Stark se había transformado en otra persona. Era el capitán de los exploradores, y pasaba día y noche con el lord comandante Mormont, el maestre Aemon y los demás oficiales de alto rango, mientras Jon quedaba a los cuidados nada tiernos de ser Alliser Thorne.

Tres días después de llegar, Jon había oído comentar que Benjen Stark iba a guiar una partida de seis hombres en una expedición al bosque Encantado. Aquella misma noche fue a buscar a su tío a la gran sala común y le suplicó que lo llevara.

—Esto no es Invernalia —le respondió el hombre, que cortaba la carne con el puñal y un tenedor—. En el Muro, cada hombre tiene lo que se gana. Aún no eres explorador, Jon. Eres un simple novato que todavía huele a verano.

—Se acerca el decimoquinto día de mi nombre —dijo Jon, cometiendo el error de discutir con él—. Ya soy casi un hombre.

—Eres un niño —replicó Benjen Stark con el ceño fruncido—, y lo serás hasta que ser Alliser diga que estás preparado para ser un hombre de la Guardia de la Noche. ¿Creías que porque llevas sangre Stark tendrías un trato especial? Estás muy equivocado. Cuando prestamos el juramento nos olvidamos de nuestra antigua familia. Siempre habrá un lugar en mi corazón para tu padre, pero mis hermanos son estos.

Hizo un gesto con el puñal en dirección a los hombres que los rodeaban, todos de negro, todos fríos y duros.

Al día siguiente, Jon se levantó al amanecer para ver partir a su tío. Uno de los exploradores, un hombretón muy feo, entonaba una canción indecente mientras ensillaba el caballo, y el aliento se le elevaba como una columna de vapor en el aire gélido de la mañana. Ben Stark sonrió al ver aquello. En cambio no sonrió a su sobrino.

—¿Cuántas veces tengo que decirte que no, Jon? Hablaremos cuando regrese.

Mientras veía a su tío guiar al caballo hacia el túnel, Jon recordó lo que Tyrion Lannister le había contado en el camino Real, e imaginó a Ben Stark tendido muerto, en un charco de sangre roja sobre la nieve. Solo con pensarlo se sintió fatal. ¿En qué se estaba convirtiendo? Buscó a Fantasma en la soledad de su celda, y enterró la cara en el espeso pelaje blanco.

Si había de estar solo, convertiría la soledad en su armadura. En el Castillo Negro no había bosque de dioses; solo un pequeño septo y un septón borracho, pero Jon no sentía nada que lo motivara a rezar a ningún dios, nuevo ni viejo. Pensó que los dioses, si existían, eran tan crueles e implacables como el invierno.

Echaba de menos a sus verdaderos hermanos: al pequeño Rickon, con los ojos brillantes al pedirle una golosina; a Robb, su rival y su mejor amigo, su eterno compañero; a Bran, testarudo y curioso, que siempre quería seguirlos y participar en cualquier cosa que hicieran Robb y Jon. También echaba de menos a las chicas, incluso a Sansa, que jamás lo había llamado de otra manera que no fuera «mi medio hermano» desde que tuvo edad y uso de razón para comprender el significado de la palabra «bastardo». Y Arya... A ella la extrañaba aún más que a Robb. Añoraba a aquella chiquilla flaca, siempre con las rodillas llenas de arañazos, el pelo revuelto y desgarrones en la ropa, tan valiente y voluntariosa... Arya nunca había parecido encajar del todo en Invernalia, igual que él, pero siempre conseguía arrancarle una sonrisa. Jon hubiera dado cualquier cosa por estar junto a ella en aquel momento, revolverle el pelo una vez más, ver cómo hacía muecas, terminar una frase al unísono...

—Me has roto la muñeca, bastardo.

Jon alzó los ojos al oír la voz hosca. Grenn estaba de pie ante él, cuello grueso, rostro enrojecido, acompañado por tres de sus amigos. Conocía a Todder, un chico bajito y feo con voz muy desagradable. Todos los reclutas lo llamaban *Sapo.* Los otros dos eran los que habían llegado al norte con Yoren; Jon los recordaba, eran los violadores detenidos en los Dedos. Lo que no recordaba era cómo se llamaban. Si podía evitarlo, nunca hablaba con ellos. Eran unos salvajes y unos matones, sin un ápice de honor.

—Si me lo pides por favor —dijo mientras se levantaba—, te rompo la otra.

Grenn tenía dieciséis años y le sacaba una cabeza a Jon. Los cuatro eran más corpulentos que él, pero no le daban miedo. A todos los había derrotado en el patio.

—A lo mejor te rompemos nosotros a ti —dijo uno de los violadores.

—Inténtalo. —Jon fue a coger su espada, pero uno de ellos le agarró el brazo y se lo retorció a la espalda.

—Siempre nos dejas mal —se quejó Sapo.

—Ya estabais mal antes de que os conociera —se burló Jon. El chico que le tenía cogido el brazo tiró de él hacia arriba, con fuerza. El dolor lo recorrió como un latigazo, pero Jon no gritó.

—Menuda boca tiene el señorito —dijo Sapo acercándose un poco más. Tenía ojillos porcinos, pequeños y brillantes—. ¿La boquita la sacaste de tu mamá, bastardo? ¿De qué trabajaba? ¿De ramera? ¿Cómo se llamaba? A lo mejor me la he tirado alguna vez.

Jon se retorció como una anguila y clavó el talón en el empeine del muchacho que lo tenía sujeto. Se oyó un grito de dolor, y quedó libre. Se lanzó contra Sapo, lo derribó de espaldas contra un banco y cayó sobre su pecho, con las dos manos en su cuello, y le golpeó la cabeza contra el suelo de tierra.

Los dos chicos de los Dedos se lo quitaron de encima y lo tiraron al suelo sin contemplaciones. Grenn empezó a darle patadas. Jon intentaba esquivar los golpes cuando, en la penumbra de la armería, retumbó una voz.

—¡BASTA! ¡PARAD AHORA MISMO!

Jon consiguió ponerse en pie. Donal Noye los miraba con el ceño fruncido.

—Las peleas, en el patio. Si metéis vuestras rencillas en mi armería, serán mis rencillas, y eso no os va a gustar.

Sapo se sentó en el suelo y se palpó la nuca con cuidado. Cuando apartó los dedos, los tenía ensangrentados.

—Ha intentado matarme —se quejó.

—Es verdad, yo lo he visto —asintió uno de los violadores.

—Me ha roto la muñeca —insistió Grenn, y se la mostró a Noye.

—Una magulladura. —El armero apenas la había examinado un instante—. Un esguince como mucho. Dile al maestre Aemon que te prepare un ungüento. Ve con él, Todder, es mejor que te eche un vistazo a eso de la cabeza. Los demás, a vuestras celdas. Tú no, Nieve. Quiero hablar contigo.

Jon se dejó caer sentado en el banco largo de madera mientras los otros se alejaban. No hizo caso de sus miradas, de las promesas silenciosas de venganza. Le dolía el brazo.

—La Guardia necesita hasta al último de los hombres —empezó Donal Noye en cuanto estuvieron a solas—. Incluso a hombres como Sapo. No es ningún honor matarlo.

—Ha dicho que mi madre era una... —Jon había enrojecido de ira.

—Una ramera. Lo he oído. ¿Y qué?

—Lord Eddard Stark no es hombre que se acueste con rameras —dijo Jon con tono gélido—. Su honor...

—No le impidió engendrar a un bastardo. ¿Verdad?

—¿Puedo marcharme? —Jon apenas lograba contener la ira.

—Te marcharás cuando yo diga.

El muchacho frunció el ceño y clavó la vista en el humo que se elevaba del brasero, hasta que Noye lo cogió por debajo de la barbilla. Los dedos gruesos le obligaron a girar la cabeza.

—Y mírame cuando te hable, chico.

Jon lo miró. El pecho del armero era como un barril de cerveza, y la tripa hacía juego. Tenía la nariz ancha y plana, y siempre parecía mal afeitado. Llevaba la manga izquierda de la túnica de lana negra prendida al hombro con un broche de plata en forma de espada.

—Las palabras no convierten a tu madre en una ramera. Es lo que es, y nada de lo que diga Sapo lo puede cambiar. Y por cierto, las madres de algunos de nuestros hombres sí eran rameras.

«La mía, no», pensó Jon, obstinado. No sabía nada de su madre; Eddard Stark se negaba a hablar del asunto. Pero soñaba con ella con frecuencia, tan a menudo, que casi podía ver su rostro. En los sueños era hermosa y de noble cuna, y sus ojos rebosaban bondad.

—¿Te parece que lo has tenido difícil porque eres el hijo bastardo de un noble? —prosiguió el armero—. Pues Jeren es el retoño de un septón, y Cotter Pyke es el hijo bastardo de una criada de taberna. Ahora está al mando de Guardiaoriente del Mar.

—No me importa —replicó Jon—. No me importan ellos, ni tú, ni Thorne, ni Benjen Stark, ni nadie. Detesto este lugar..., es muy frío.

—Sí. Frío, duro y cruel. Así es el Muro, y así son los hombres que lo patrullan. Nada que ver con los cuentos que te contaba tu niñera. Nosotros nos meamos en los cuentos, y también en la niñera. Las cosas son como son, y estarás aquí el resto de tu vida, igual que nosotros.

—Vida —repitió Jon con amargura. El armero podía hablar de la vida, porque había vivido. No vistió el negro hasta después de perder un brazo en el asedio de Bastión de Tormentas. Antes había sido herrero de Stannis Baratheon, el hermano del rey. Había recorrido los Siete Reinos de punta a punta. Había disfrutado de los banquetes y de las mujeres; había combatido en cien batallas. Se decía que Donal Noye había forjado la maza del rey Robert, la que acabó con Rhaegar Targaryen en el Tridente. Había hecho todo lo que Jon jamás podría hacer y, de mayor, más cerca ya de los cuarenta que de los treinta, había recibido un hachazo, y la herida se infectó hasta tal punto que hubo que amputarle el brazo. Solo entonces, tullido, cuando poco le quedaba ya de vida, Donal Noye llegó al Muro.

—Sí, vida —asintió Noye—. Que sea corta o larga depende de ti, Nieve. Por el camino que vas, tus hermanos te cortarán la garganta cualquier noche de estas.

—No son mis hermanos —saltó Jon—. Me detestan porque soy mejor que ellos.

—No. Te detestan porque te comportas como si fueras mejor que ellos. Te miran y ven a un bastardo criado en un castillo que se comporta como un señor. —El armero se inclinó hacia él—. No eres ningún señor. Recuérdalo siempre. Tu apellido es Nieve, no Stark. Eres un bastardo y un matón.

—¿Yo? ¿Matón, yo? —Jon estuvo a punto de atragantarse con la palabra. La acusación era tan injusta que lo había dejado sin aliento—. Han sido ellos los que me han atacado. Los cuatro.

—Cuatro muchachos a los que habías humillado en el patio. Cuatro muchachos que seguramente te tienen miedo. Te he visto pelear. Contigo no es un entrenamiento. Si tu espada tuviera filo, estarían muertos. Eso lo sabes bien, y ellos también lo saben. Los dejas en nada. Los avergüenzas. ¿Te sientes orgulloso de eso?

Jon titubeó. Se sentía orgulloso cuando ganaba. ¿Por qué no? Pero el armero le estaba quitando también aquello, hacía que pareciera algo malo.

—Todos son mayores que yo —dijo a la defensiva.

—Mayores, más altos y más fuertes, cierto. Pero me apuesto lo que sea a que tu maestro de armas te enseñó a pelear con hombres más corpulentos en Invernalia. ¿Era algún anciano caballero?

—Ser Rodrik Cassel —asintió Jon con cautela. Percibía que allí había alguna trampa; notaba como se cerraba en torno a él.

—Piénsalo bien, chico. —Donal Noye se inclinó hacia delante, hasta que su rostro casi rozó el de Jon—. Antes de conocer a ser Alliser, ninguno de los otros había tenido un maestro de armas. Sus padres eran granjeros, carreteros, cazadores furtivos, herreros, mineros, remeros en galeras mercantes... Lo poco que saben de lucha lo aprendieron en los malecones, en los callejones de Antigua y de Lannisport, en burdeles de las afueras y tabernas a lo largo del camino Real. Quizá esgrimieran palos alguna vez antes de llegar aquí, pero te puedo asegurar que, en veinte años, no he visto ni a uno que tuviera suficiente dinero para comprar una espada de verdad. —Parecía sombrío, torvo—. Bueno, ¿qué tal te saben ahora las victorias, lord Nieve?

—¡No me llames así! —le espetó Jon. Pero su ira carecía ya de fuerza. De pronto se sentía avergonzado y culpable—. No sabía... no pensé...

—Pues más vale que empieces a pensar —le advirtió Noye—. O eso, o tendrás que dormir con un puñal bajo la almohada. Ya te puedes ir.

Cuando Jon salió de la armería era ya casi mediodía. El sol había conseguido asomar entre las nubes. Le dio la espalda y alzó la vista hacia el Muro, que resplandecía azul y cristalino bajo aquella luz. Pese a las semanas transcurridas seguía sintiendo escalofríos con solo mirarlo. El polvo arrastrado por el viento a lo largo de los siglos lo había erosionado, lo cubría como una película y le otorgaba un color grisáceo, como de día nublado... pero cuando le daba el sol en un día despejado, brillaba, cobraba vida con la luz, era un acantilado colosal blanco azulado que se alzaba inabarcable hacia el cielo.

Benjen Stark le había dicho a Jon en el camino Real, la primera vez que divisaron el Muro a lo lejos, que era la edificación más grande jamás construida por el hombre.

—Y también la más inútil —añadió Tyrion Lannister con una sonrisa.

Pero hasta el Gnomo se fue quedando sin palabras a medida que se acercaban. Se divisaba desde varias leguas de distancia; era una línea azul claro, inmensa y continua, que cruzaba el horizonte norte, de este a oeste, y se perdía de vista en la distancia. «Aquí termina el mundo», parecía proclamar.

Cuando por fin divisaron el Castillo Negro, los torreones de madera y las torres de piedra parecían simples juguetes esparcidos sobre la nieve al pie de la vasta muralla de hielo. La antigua fortaleza de los hermanos negros no era ninguna Invernalia. De hecho, no era un verdadero castillo. Como carecía de muros era imposible defenderlo de ataques procedentes del sur, del este o del oeste; pero en realidad, lo único que importaba a la Guardia de la Noche era el norte, y al norte se alzaba el Muro. Tenía una altura de más de trescientas varas, tres veces más que la torre más alta de la fortaleza que protegía. Su tío le contó que la parte superior era tan ancha que una docena de caballeros con armaduras podían cabalgar por ella hombro con hombro. Allí montaban guardia las sobrias líneas de catapultas enormes y las monstruosas grúas de madera, como esqueletos de pájaros inmensos, y entre ellos caminaban hombres de negro a los que la distancia reducía al tamaño de pulgas.

Allí, junto a la entrada de la armería, mirando arriba, Jon volvió a sentir un sobrecogimiento casi tan abrumador como el día en que lo había visto por primera vez desde el camino Real. Así era el Muro. A veces uno casi se olvidaba de que estaba allí, igual que se olvida del cielo o de la tierra que pisa, pero en otras ocasiones parecía como si no hubiera otra cosa en el mundo. Era más viejo que los Siete Reinos, y

Jon empezó a sentir vértigo mirándolo desde abajo. Sentía como si el peso de todo aquel hielo cayera sobre él, como si estuviera a punto de derrumbarse. Y el muchacho tenía la intuición de que, si el muro caía, el mundo caería con él.

—Hace que uno se pregunte qué hay al otro lado —dijo una voz conocida.

—Lannister —dijo Jon bajando la vista—. No me había dado cuenta... Es decir, creía que estaba solo.

—Pillar a la gente desprevenida tiene muchas ventajas. —Tyrion Lannister iba envuelto en pieles tan gruesas que parecía un oso diminuto—. Nunca se sabe qué se va a aprender.

—De mí no aprenderás nada —replicó Jon. Apenas había visto al enano desde que terminara el viaje. Como hermano de la reina, Tyrion Lannister había sido el invitado de honor de la Guardia de la Noche. El lord comandante lo había instalado en habitaciones de la Torre del Rey (así llamada aunque hacía más de un siglo que ningún rey ponía el pie en ella); Lannister comía en la mesa de Mormont, se pasaba los días cabalgando sobre el muro y las noches bebiendo y jugando a los dados con ser Alliser, Bowen Marsh y los otros oficiales de alto rango.

—Yo siempre aprendo algo allí donde voy. —El hombrecillo señaló la cima del Muro con un bastón negro y nudoso—. Como iba diciendo... ¿por qué será que, en cuanto un hombre construye un muro, su vecino quiere saber inmediatamente qué hay al otro lado? —Inclinó la cabeza y miró a Jon con sus curiosos ojos dispares—. Porque quieres saber qué hay al otro lado, ¿verdad?

—Nada especial —dijo Jon. Se moría por acompañar a Benjen Stark en sus expediciones, por adentrarse en los misterios del bosque Encantado; quería combatir a los salvajes de Mance Rayder y proteger el reino del ataque de los Otros, pero era mejor no hablar de las cosas que uno quería—. Los guardias dicen que solo hay bosques, montañas, lagos helados y nieve por todas partes.

—Y también hay endriagos y tiburientes —señaló Tyrion—. No nos olvidemos de ellos, lord Nieve; si no, ¿a qué vendría tanto jaleo?

—No me llames lord Nieve.

—¿Preferirías que te llamaran el Gnomo? —preguntó el enano arqueando una ceja—. Si dejas que se den cuenta de que sus palabras te hacen daño, jamás te librarás de las burlas. Si te ponen un mote, adóptalo y transfórmalo en tu nombre, y así no podrán usarlo para herirte. —Hizo otro gesto con el bastón—. Ven, acompáñame. Deben de estar sirviendo alguna bazofia en la sala común, y me iría bien tomar algo caliente.

Jon también tenía hambre, así que echó a andar junto a Lannister, acortando el paso para acomodarse al avance torpe del enano. El viento empezaba a soplar, y a su alrededor se oían los crujidos de los edificios de madera. En la distancia, una contraventana olvidada golpeteaba sin cesar, y en un momento resonó un golpe sordo, cuando una espesa capa de nieve se deslizó de un tejado y cayó al suelo cerca de ellos.

—No he visto a tu lobo —dijo Lannister mientras caminaban.

—Cuando nos entrenamos lo dejo encadenado en los establos viejos. Ahora todos los caballos están en los establos del este, así que no molesta a nadie. El resto del tiempo lo pasa conmigo. Mi celda está en la Torre de Hardin.

—La que tiene el almenaje derrumbado, ¿verdad? Hay un montón de piedras en el patio, y la torre se inclina tanto como nuestro noble rey Robert después de una noche de borrachera. Creía que esos edificios estaban abandonados.

—Aquí, a nadie le importa dónde durmamos —dijo Jon encogiéndose de hombros—. Casi todos los torreones están vacíos; cada uno puede elegir la celda que le dé la gana.

En el pasado, el Castillo Negro había albergado a cinco mil soldados, cada uno con caballos, criados y armas. Entonces, los ocupantes no eran ni la décima parte, y algunas edificaciones se estaban desmoronando.

La carcajada de Tyrion Lannister se elevó con una nube de vapor en el aire frío.

—Le diré a tu padre que arreste a unos cuantos albañiles más, antes de que tu torre se derrumbe.

Jon detectó el sarcasmo, pero la verdad era innegable. La guardia había construido diecinueve grandes fortalezas a lo largo del Muro, pero solo tres de ellas estaban ocupadas por aquel entonces: Guardiaoriente, en la orilla gris barrida por los vientos; la Torre Sombría, junto a las montañas donde terminaba el Muro, y entre ellas, el Castillo Negro, al final del camino Real. Las otras fortalezas llevaban largo tiempo desiertas, y eran lugares solitarios, fantasmales, donde los vientos helados silbaban a través de ventanas negras y los espíritus de los muertos paseaban por los parapetos.

—Para mí es mejor estar solo —dijo Jon, testarudo—. A los demás chicos les da miedo Fantasma.

—No son tontos —dijo Lannister. Cambió de tema de repente—. Oye, se dice que tu tío lleva fuera demasiado tiempo.

Jon recordó lo que había deseado en medio de la rabia, la visión de Benjen Stark muerto en medio de la nieve, y esquivó la mirada de su acompañante con rapidez. El enano percibía demasiadas cosas, y no quería que le viera la culpa en los ojos.

—Dijo que habría vuelto antes del día de mi nombre. —Su día del nombre había llegado y pasado desapercibido hacía ya dos semanas—. Iban en busca de ser Waymar Royce; su padre es vasallo de lord Arryn. El tío Benjen dijo que a lo mejor tenían que llegar hasta la Torre Sombría. Eso está montaña arriba.

—Tengo entendido que últimamente han desaparecido muchos guardias —dijo Lannister mientras subían por las escaleras de la sala común. Sonrió y abrió la puerta—. Puede que los endriagos estén hambrientos este año.

La sala era inmensa, barrida por corrientes de aire frío pese al fuego que chisporroteaba en la enorme chimenea. En las vigas del techo elevado anidaban los cuervos. Jon oyó sus graznidos mientras los cocineros de turno de aquel día le daban un cuenco de guiso y un trozo de pan negro. Grenn, Sapo y otros muchachos estaban sentados en el banco más cercano al fuego, riendo e insultándose con sus voces groseras. Jon los miró pensativo un instante y optó por un lugar en el extremo más alejado de la sala, lejos de los demás.

—Cebada, cebolla, zanahoria —murmuró Tyrion Lannister olfateando el guiso con desconfianza. Se había sentado enfrente de él—. Alguien tendría que explicarles a los cocineros que los nabos no son carne.

—Es estofado de carnero. —Jon se quitó los guantes y se calentó las manos con el vapor que despedía el cuenco. El olor le hizo salivar.

—¿Nieve? —Jon conocía la voz de Alliser Thorne, pero esta vez tenía un matiz extraño que no le había oído nunca. Se volvió—. El lord comandante quiere verte. Ahora mismo.

Durante un instante, el miedo paralizó a Jon. ¿Para qué quería verlo el lord comandante? Seguro que habían recibido noticias de Benjen, seguro que estaba muerto, su visión se había hecho realidad.

—¿Se trata de mi tío? —farfulló—. ¿Ha vuelto? ¿Está bien?

—El lord comandante no está acostumbrado a esperar —fue la respuesta de ser Alliser—. Y yo no estoy acostumbrado a que nadie cuestione mis órdenes, menos aún un bastardo.

—Basta ya, Thorne. —Tyrion Lannister se puso de pie—. Estás asustando al chico.

—No te metas en lo que no te importa, Lannister. Aquí no hay lugar para ti.

—Pero en la corte sí —sonrió el enano—. Solo tengo que decir las palabras adecuadas a las personas oportunas y te morirás de viejo antes de que te permitan entrenar a otro muchacho. Venga, dile a Nieve por qué quiere verlo el Viejo Oso. ¿Hay noticias de su tío?

—No —respondió ser Alliser—. No tiene nada que ver con él. Esta mañana ha llegado un pájaro de Invernalia con un mensaje relativo a su hermano. A su medio hermano —corrigió de inmediato.

—Bran —jadeó Jon. Se puso en pie, pero le temblaban las rodillas—. A Bran le ha pasado algo.

—Lo siento mucho, Jon —dijo Tyrion Lannister poniéndole una mano en el brazo.

Jon casi ni lo oyó. Se sacudió la mano de Tyrion y recorrió la sala a zancadas. Cuando llegó a las puertas, las zancadas eran ya una carrera. Corrió hacia la Torre del Lord Comandante, levantando la nieve a su paso. Los guardias le permitieron entrar, y subió de dos en dos los peldaños de la torre. Ante el comandante se presentó un Jon jadeante, con las botas empapadas y el rostro desencajado.

—¿Qué dice de Bran el mensaje? —preguntó.

Jeor Mormont, lord comandante de la Guardia de la Noche, era un anciano gruñón de enorme cabeza calva y barba gris hirsuta. Tenía un cuervo posado en el brazo, y le estaba dando granos de maíz.

—Tengo entendido que sabes leer. —Se sacudió el cuervo, que batió las alas, voló hasta la ventana y se posó en el alféizar, donde se quedó para observar como Mormont se sacaba un rollo de papel del cinturón y se lo tendía a Jon.

—Maíz —graznó con voz áspera—. Maíz, maíz.

Jon recorrió con el dedo el perfil del lobo huargo en la cera blanca del sello roto. Reconoció la letra de Robb, pero las palabras eran borrosas y apenas podía leerlas. Se dio cuenta de que estaba llorando. Y entonces, a través de las lágrimas, comprendió el sentido de las palabras y alzó la cabeza.

—Se ha despertado —dijo—. Los dioses nos lo han devuelto.

—Inválido —dijo Mormont—. Lo siento, muchacho. Lee el resto de la carta.

Leyó lo que le faltaba, pero no importaba. Nada tenía importancia. Bran iba a vivir.

—Mi hermano va a vivir —le dijo a Mormont.

El lord comandante asintió, cogió un puñado de maíz y silbó. El cuervo voló hasta su hombro.

—¡Vivir! ¡Vivir! —graznó.

—Mi hermano va a vivir —dijo a los guardias cuando bajó corriendo las escaleras, con una sonrisa en el rostro y la carta de Robb en la mano.

Los guardias intercambiaron una mirada. El muchacho volvió corriendo a la sala común, donde Tyrion Lannister estaba terminando de comer. Cogió al hombrecillo por debajo de los brazos, lo alzó en vilo y giró con él.

—¡Bran va a vivir! —exclamó exultante. Lannister parecía sobresaltado. Jon lo soltó y le puso el papel en las manos—. Mira, lo pone aquí —añadió.

Los demás se estaban agrupando a su alrededor y lo miraban con curiosidad. Jon advirtió la presencia de Grenn a pocos pasos. Tenía una mano envuelta en gruesos vendajes de lana. Parecía receloso e incómodo, en absoluto amenazador. Jon se dirigió hacia él. Grenn retrocedió y levantó las manos.

—No te acerques a mí, bastardo.

—Siento lo de tu muñeca —dijo Jon con una sonrisa—. Robb me hizo la misma maniobra una vez, solo que con una espada de madera. Me dolió como los siete infiernos, así que lo tuyo debe de ser peor. Oye, si quieres te puedo enseñar a defenderte de ese ataque.

—Vaya, lord Nieve quiere ocupar mi puesto —se burló Alliser Thorne, que lo había oído todo—. A mí me costaría menos enseñar a un lobo a hacer malabarismos que a ti entrenar a este uro.

—Acepto la apuesta, ser Alliser —dijo Jon—. Me gustaría mucho que Fantasma aprendiera a hacer malabarismos.

Oyó como Grenn se atragantaba. Se hizo el silencio.

En aquel momento, Tyrion Lannister estalló en carcajadas. Tres hermanos negros se rieron también en una mesa cercana. Las risas se generalizaron, y al final, hasta los cocineros se unieron a ellas. Los pájaros alzaron el vuelo en las vigas, y por último, hasta Grenn se echó a reír.

Ser Alliser no apartó los ojos de Jon ni un momento. A medida que las carcajadas lo rodeaban, una sombra le cubrió el rostro. Tenía el puño apretado.

—Has cometido un grave error, lord Nieve —dijo al final con el tono acre de un enemigo.

EDDARD

Eddard Stark cruzó a caballo las imponentes puertas de bronce de la Fortaleza Roja. Estaba magullado, cansado, hambriento e irritado. Aún no había descabalgado, y soñaba con un largo baño caliente, una gallina asada y un colchón de plumas, cuando el mayordomo del rey le dijo que el gran maestre Pycelle había convocado una reunión urgente del Consejo. Se solicitaba que la mano los honrara con su presencia en cuanto lo considerase conveniente.

—El momento más conveniente sería mañana por la mañana —gruñó Ned mientras descabalgaba.

—Transmitiré vuestras disculpas a los consejeros, mi señor —dijo el mayordomo con una profunda reverencia.

—No, maldita sea —suspiró Ned. No era prudente ofender al Consejo incluso antes de empezar su trabajo—. Iré a verlos. Pero antes quiero ponerme algo más presentable.

—Sí, mi señor —asintió el mayordomo—. Os hemos preparado las antiguas habitaciones de lord Arryn, en la Torre de la Mano. Espero que os resulten adecuadas. Haré que suban vuestras cosas allí.

—Gracias —dijo Ned al tiempo que se arrancaba los guantes de montar y se los colgaba del cinturón. El resto de su grupo llegaba en aquel momento a las puertas. Vio a Vayon Poole, su mayordomo, y lo llamó—. Por lo visto, el Consejo me necesita con urgencia. Encárgate de acompañar a mis hijas a sus dormitorios, y dile a Jory que las vigile para que no salgan. Sobre todo, que Arya no vaya a explorar. —Poole hizo una reverencia. Ned se volvió hacia el mayordomo real—. Mis carros aún vienen de camino por la ciudad. Necesito una indumentaria más adecuada.

—Será un placer conseguírosla —dijo el mayordomo.

Y así fue cómo llegó Ned a la cámara del Consejo, muerto de cansancio y vestido con ropas prestadas. Cuatro consejeros aguardaban su llegada.

La cámara tenía una decoración suntuosa. El suelo estaba cubierto de alfombras de Myr, en vez de esteras, y en un rincón había un biombo tallado, procedente de las Islas del Verano, en el que aparecía un centenar de bestias fabulosas pintadas en colores brillantes. De las paredes colgaban tapices de Norvos, Qohor y Lys, y una pareja de esfinges valyrias flanqueaba la puerta, con ojos de granates tallados que brillaban en las cabezas de mármol negro.

El consejero al que Ned apreciaba menos, el eunuco Varys, se acercó a él en cuanto entró.

—Lord Stark, me entristecieron mucho las noticias de los problemas que surgieron durante el viaje. Todos hemos visitado el septo y encendido velas por el príncipe Joffrey. Rezo por que se recupere pronto.

La mano del eunuco manchaba de polvo la manga de Ned. El eunuco desprendía un olor desagradable y dulzón, como el de las flores de los cementerios.

—Vuestros dioses os han escuchado —replicó Ned con educada frialdad—. El príncipe está cada día más fuerte.

Se liberó de la mano del eunuco y cruzó la sala hacia donde estaba lord Renly, al lado del biombo, hablando en voz baja con un hombre de poca estatura que no podía ser otro que Meñique. Renly acababa de cumplir los ocho años cuando Robert subió al trono, pero era ya un hombre, y tan parecido a su hermano que a Ned le resultó desconcertante. Al mirarlo tenía la sensación de que no habían pasado los años y era Robert quien estaba ante él, recién obtenida la victoria en el Tridente.

—Ya veo que habéis llegado sano y salvo, lord Stark —dijo Renly.

—Y también vos —respondió Ned—. Perdonadme, pero a veces sois la viva imagen de vuestro hermano Robert.

—Una mala copia —dijo Renly encogiéndose de hombros.

—Pero con mucho mejor gusto en el vestir —apostilló Meñique—. Lord Renly se gasta en ropa más que la mitad de las damas de la corte.

Era cierto. Lord Renly lucía una indumentaria de terciopelo verde, con doce venados de oro bordados en el jubón. Llevaba echada al hombro de manera informal una capa corta de hilo de oro, prendida con un broche de esmeraldas.

—Hay crímenes peores —dijo Renly con una carcajada—. Por ejemplo, tu gusto en el vestir.

Meñique hizo caso omiso de la pulla y miró a Ned con una sonrisa casi insolente.

—Hace años que tenía ganas de conoceros, lord Stark. Supongo que lady Catelyn os habrá hablado de mí.

—Así es —replicó Ned con voz gélida. Lo exasperaba la arrogancia del comentario—. Tengo entendido que también conocisteis a mi hermano Brandon.

Renly Baratheon se echó a reír. Varys se acercó discretamente para escuchar.

—Demasiado bien —respondió Meñique—. Todavía conservo un recuerdo de su amistad. ¿También hablaba de mí Brandon?

—A menudo, y con cierto ardor —dijo Ned. Tenía la esperanza de que aquello pusiera punto final a la conversación. Los duelos verbales le colmaban la paciencia.

—Yo creía que el ardor no se correspondía con la personalidad de los Stark —siguió Meñique—. Aquí, en el sur, se dice que estáis hechos de hielo, y que os derretís si bajáis del Cuello.

—No tengo intención de derretirme a corto plazo, lord Baelish. De eso podéis estar seguro. —Ned se dirigió hacia la mesa del Consejo—. Espero que os encontréis bien, maestre Pycelle —dijo.

—Tan bien como puede encontrarse un hombre de mi edad, mi señor —dijo el gran maestre sonriéndole con amabilidad desde su silla elevada, al extremo de la mesa—. Pero, por desgracia, me canso enseguida.

Sobre el rostro bondadoso, unos mechones de pelo blanco le bordeaban la amplia cúpula calva de la frente. Su collar de maestre no era una simple gargantilla de metal, como el que lucía Luwin, sino que constaba de dos docenas de cadenas muy pesadas, enlazadas de manera que le llegaban hasta el pecho. Los eslabones eran de todos los metales conocidos: hierro negro y oro rojo; cobre brillante y plomo mate; acero, cinc, plata blanca, latón, bronce y platino. Tenía engarzados granates, amatistas, perlas negras y, aquí y allá, una esmeralda o un rubí.

—Deberíamos empezar ya —dijo el gran maestre con las manos entrelazadas sobre el amplio abdomen—. De lo contrario puedo quedarme dormido en cualquier momento.

—Como deseéis.

El sillón del rey, con los cojines bordados en oro con el venado coronado de los Baratheon, estaba vacío en la presidencia de la mesa. Ned ocupó la silla contigua, como correspondía a la mano derecha del rey.

—Señores —empezó en tono formal—, lamento haberos hecho esperar.

—Sois la mano del rey —dijo Varys—. Estamos a vuestra disposición, lord Stark.

Los demás fueron ocupando sus asientos habituales, y Eddard Stark tuvo la repentina sensación de que estaba fuera de lugar allí, en aquella sala, con aquellos hombres. Recordó lo que le había dicho Robert en las criptas de Invernalia. «Estoy rodeado de imbéciles y aduladores», se había quejado el rey. Ned miró a los hombres sentados en torno a la mesa, y se preguntó cuáles serían los imbéciles y cuáles los aduladores. Creía conocer la respuesta.

—Solo somos cinco —señaló.

—Lord Stannis se fue a Rocadragón poco después de que el rey emprendiera la marcha hacia el norte —dijo Varys—, y no me cabe duda de que el valiente ser Barristan cabalga en estos momentos junto al rey por la ciudad, como corresponde al lord comandante de la Guardia Real.

—Deberíamos esperar a que llegaran el rey y ser Barristan —sugirió Ned.

—Si esperamos a que mi hermano nos honre con su regia presencia —dijo Renly Baratheon con una carcajada—, nos pueden salir canas.

—El buen rey Robert tiene muchas preocupaciones —dijo Varys—. Nos confía a nosotros los asuntos de menor importancia para aliviar su carga.

—Lo que quiere decir lord Varys es que todos estos asuntos de finanzas, cosechas y justicia matan de aburrimiento a mi regio hermano —intervino lord Renly—, así que nos corresponde a nosotros gobernar el reino. De cuando en cuando nos hace llegar alguna orden. —Se sacó de la manga un papel enrollado y lo puso sobre la mesa—. Esta mañana me ordenó partir a caballo a toda prisa, y pedirle al gran maestre Pycelle que convocara este Consejo. Tiene una misión apremiante para nosotros.

Meñique sonrió y le tendió el papel a Ned. Llevaba el sello real. Ned rompió la cera con el pulgar y extendió el papel para leer las órdenes urgentes del rey. A medida que iba leyendo, la incredulidad se apoderaba de él. ¿Acaso Robert se había vuelto loco? Y que quisiera hacerlo en su honor ya era demasiado.

—Por todos los dioses —maldijo.

—Lo que quiere decir lord Eddard —anunció lord Renly— es que su alteza nos ordena organizar un gran torneo para celebrar su nombramiento como mano del rey.

—¿Cuánto? —preguntó Meñique sin alzar la voz.

—Cuarenta mil dragones de oro para el campeón —leyó Ned—. Veinte mil para el segundo, otros veinte mil para el ganador del combate cuerpo a cuerpo, y diez mil para el vencedor de la competición de tiro con arco.

—Noventa mil piezas de oro —suspiró Meñique—. Y no nos olvidemos del resto de los gastos. Robert querrá también un festín por todo lo alto. Eso implica cocineros, carpinteros, doncellas, juglares, malabaristas, bufones...

—Bufones nos sobran —señaló lord Renly.

—¿Podrá cargar el tesoro con los gastos? —preguntó el gran maestre Pycelle mirando a Meñique.

—¿A qué tesoro os referís? —replicó Meñique con una mueca—. No digáis tonterías, maestre. Sabéis tan bien como yo que las arcas llevan años vacías. Tendré que pedir prestado el dinero. Los Lannister serán generosos, no me cabe duda. Ya le debemos a lord Tywin más de tres millones de dragones; no importa que sean cien mil más.

—¿Estáis insinuando que la corona tiene deudas por valor de tres millones de piezas de oro? —Ned estaba atónito.

—La corona tiene deudas por valor de más de seis millones, lord Stark. Los Lannister son los principales acreedores, pero también hemos pedido crédito a lord Tyrell, al Banco de Hierro de Braavos y a varias compañías financieras de Tyrosh. Últimamente he tenido que dirigirme a la Fe. El septón supremo regatea mejor que un pescadero de Dorne.

—Aerys Targaryen dejó las arcas repletas. —Ned no daba crédito a sus oídos—. ¿Cómo habéis permitido que se llegara a esta situación?

—El consejero de la moneda consigue el dinero —replicó Meñique, encogiéndose de hombros—. El rey y la mano lo gastan.

—No es posible que Jon Arryn permitiera a Robert llevar el reino a la ruina —insistió Ned con ardor.

El gran maestre Pycelle sacudió la calva cabeza. Las cadenas tintinearon suavemente.

—Lord Arryn era un hombre de gran prudencia, pero por desgracia, su alteza no siempre atiende a los consejos más sabios.

—A mi regio hermano le encantan los torneos y los festines —dijo Renly Baratheon—. Y detesta eso que llama «contar calderilla».

—Hablaré con Su Alteza —dijo Ned—. Este torneo es una extravagancia, y el reino no se lo puede permitir.

—Como queráis, hablad con él —dijo lord Renly—. Pero mientras, más vale que vayamos haciendo planes.

—Otro día —replicó Ned.

Quizá su tono fue demasiado brusco, a juzgar por las miradas que se clavaron en él. En adelante debería recordar que ya no estaba en Invernalia, donde solo tenía que responder ante el rey. Allí era tan solo el primero entre iguales.

—Ruego que me disculpéis, señores —dijo con voz más amable—. Estoy muy cansado. Dejemos el trabajo por hoy; lo reanudaremos cuando tengamos la cabeza más despejada.

No les pidió permiso, sino que se levantó, saludó con un gesto de la cabeza y se dirigió hacia la puerta.

En el exterior, carromatos y jinetes seguían cruzando las puertas del castillo. El patio era un caos de lodo, caballos y hombres que gritaban. Lo informaron de que el rey no había llegado aún. Después de los desagradables acontecimientos del Tridente, los Stark y los miembros de su séquito habían cabalgado muy por delante de la columna principal, para alejarse de los Lannister y de la creciente tensión. Apenas vieron a Robert. Según los rumores, viajaba en la casa con ruedas, siempre borracho. Si era así, aún tardaría horas en llegar. Pero, para Ned, siempre llegaría demasiado pronto. Le bastaba con mirar el rostro de Sansa para sentirse furioso de nuevo. Las dos últimas semanas de viaje habían sido muy tristes. Sansa le echaba la culpa de todo a Arya, y le decía que la loba muerta debería haber sido Nymeria. Y Arya se quedó helada al enterarse de lo sucedido con el hijo del carnicero. Sansa lloraba hasta dormirse, Arya se pasaba los días meditabunda y silenciosa, y Eddard Stark soñaba con un infierno helado, reservado para los Stark de Invernalia.

Cruzó el patio exterior, pasó bajo el rastrillo que daba al patio de armas, y se dirigía hacia lo que creía que era la Torre de la Mano cuando Meñique apareció de repente ante él.

—Os habéis equivocado de camino, Stark. Venid conmigo.

Ned lo siguió, no sin cierta vacilación. Meñique lo guio hasta una torre, bajaron por unas escaleras, cruzaron un patio pequeño situado a un nivel inferior y recorrieron un pasillo desierto, vigilado por armaduras vacías, reliquias de los tiempos de los Targaryen, con yelmos de acero negro adornados con crestas de escamas de dragón, polvorientas y olvidadas.

—Por aquí no se va a mis aposentos —señaló Ned.

—¿Quién ha dicho que vayamos a vuestros aposentos? Os llevo a las mazmorras. Una vez allí os cortaré el cuello y emparedaré vuestro cadáver —replicó Meñique con sarcasmo—. No hay tiempo para tonterías, Stark. Vuestra esposa espera.

—¿A qué jugáis, Meñique? Catelyn está en Invernalia, a cientos de leguas de aquí.

—¿De verdad? —Los ojos verde grisáceo de Meñique brillaban de diversión—. En ese caso, tiene una doble idéntica. Venid, os lo digo por última vez. O no vengáis, y me quedaré yo con ella.

Bajó las escaleras a buen paso. Ned, agotado, lo siguió. Empezaba a preguntarse si aquel día tendría fin. No le gustaban las intrigas, pero ya se estaba dando cuenta de que eran parte fundamental de los hombres como Meñique.

Al pie de las escaleras había una puerta pesada de hierro y roble. Petyr Baelish levantó la tranca e indicó a Ned que saliera. Los envolvió la luz rojiza del ocaso. Se encontraban en un risco escarpado desde el que se dominaba el río.

—Hemos salido del castillo —dijo Ned.

—No hay quien os engañe, ¿eh, Stark? —se burló Meñique—. ¿Qué os ha dado la pista?, ¿el sol o el cielo? Seguidme. Hay ranuras talladas en la roca. Por favor, no os caigáis; si os matáis, Catelyn no se mostrará nada comprensiva.

Y sin más empezó a descender por el risco, con la agilidad de un mono.

Ned examinó la pared rocosa e inició el descenso, aunque más despacio. Como había dicho Meñique, encontró ranuras, cortes poco profundos, en la roca; resultarían invisibles desde abajo a menos que uno supiera exactamente qué buscaba. El río estaba muy abajo, a una distancia aterradora. Ned apretó el rostro contra la roca y trató de mirar hacia el agua solo cuando era imprescindible.

Cuando por fin llegó a la base del risco, a un sendero estrecho y embarrado que discurría paralelo al río, encontró a Meñique recostado en una roca y comiendo una manzana con gesto lánguido. Ya casi se la había terminado.

—Os hacéis viejo y lento, Stark —dijo al tiempo que tiraba el resto de la manzana al río con gesto descuidado—. No importa; haremos el resto del camino a caballo.

Dos monturas los esperaban. Ned montó, y trotó tras él por el sendero y luego por la ciudad.

Al cabo de un rato, Baelish tiró de las riendas ante un destartalado edificio de madera, de tres pisos, con todas las ventanas iluminadas. De él salían sonidos inconfundibles de risas y música. Junto a la puerta, colgada de una cadena pesada, había una lámpara de aceite muy recargada. El globo que la cubría era de cristal rojo. Ned Stark desmontó hecho una furia.

—Un burdel —dijo al tiempo que agarraba a Meñique por el hombro y lo obligaba a girarse—. Me habéis hecho recorrer todo este camino para traerme a un burdel.

—Vuestra esposa está dentro —dijo Meñique.

—Brandon fue demasiado bueno contigo. —Aquello había sido el insulto definitivo. Estampó al hombrecillo contra la pared, sacó el puñal y le puso la punta en la barbilla.

—¡No, mi señor! —exclamó una voz apremiante—. Dice la verdad.

Ned oyó unos pasos a su espalda. Se volvió con el cuchillo en la mano y vio a un anciano de pelo canoso que corría hacia ellos. Iba vestido con ropas bastas, y la papada le temblaba al correr.

—No te metas donde no te llaman —empezó Ned; entonces, de pronto, lo reconoció. Bajó el puñal, atónito—. ¿Ser Rodrik?

—Vuestra esposa está en el piso de arriba —dijo Rodrik Cassel después de asentir.

—¿Es cierto que Catelyn está aquí? —Ned no sabía qué decir—. ¿No es una broma estúpida de Meñique? —Enfundó el puñal.

—Ojalá lo fuera, Stark —bufó Meñique—. Seguidme. Y por favor, intentad parecer un poco más lascivo y un poco menos la mano del rey. No nos haría ningún bien que os reconocieran. Lo mejor sería que acariciarais un par de pechos por el camino.

Entraron en el edificio, cruzaron una sala común atestada, en la que una mujer gruesa cantaba canciones obscenas mientras algunas jovencitas apenas cubiertas por vestidos de lino y sedas de colores se apretaban contra sus amantes y se agitaban en sus regazos. Nadie le prestó la menor atención a Ned. Ser Rodrik se quedó abajo esperando, mientras Meñique lo guiaba hasta el tercer piso, recorría un pasillo y por último abría una puerta.

En la habitación aguardaba Catelyn. Al ver a Ned dejó escapar un grito, corrió hacia él y lo abrazó con todas sus fuerzas.

—Mi señora —susurró Ned, maravillado.

—Eh, muy bien —se burló Meñique mientras cerraba la puerta—. La habéis reconocido.

—Ya pensaba que no llegarías nunca, mi señor —susurró Catelyn contra el pecho de Ned—. Petyr me ha mantenido informada. Me ha contado tus problemas con Arya y con el príncipe. ¿Cómo están mis hijas?

—Tristes y furiosas —dijo él—. No lo comprendo, Cat. ¿Qué haces en Desembarco del Rey? ¿Qué ha pasado? ¿Se trata de Bran? ¿Ha...? —La palabra que acudía a sus labios era *muerto,* pero no podía pronunciarla.

—Sí, se trata de Bran, pero no es lo que piensas.

—Entonces... —Ned estaba desconcertado—. ¿Qué? ¿Qué haces aquí, mi amor? ¿Y qué clase de lugar es este?

—Es exactamente lo que parece —dijo Meñique mientras se sentaba junto a la ventana—. Un burdel. ¿Se os ocurre un sitio menos adecuado para buscar a Catelyn Tully? —Sonrió—. Da la casualidad de que este local me pertenece, así que no me costó nada disponer su estancia. Tengo mucho interés en evitar que la noticia de la presencia de Cat en Desembarco del Rey llegue a oídos de los Lannister.

—¿Por qué? —preguntó Ned. En aquel momento advirtió la extraña posición en que Cat tenía las manos, las cicatrices aún recientes y la rigidez de los dos últimos dedos de la izquierda—. Estás herida. —Le cogió las manos y las giró para ver las palmas—. Dioses. Son cortes muy profundos... ¿Son tajos de espada, o...? ¿Qué te ha pasado, mi señora?

—Alguien intentó rajarle la garganta a Bran con esta hoja —contestó Catelyn mientras sacaba un puñal de la capa y se lo daba.

—Pero —dijo Ned sobresaltado—... ¿quién iba a...? ¿Por qué...?

—Deja que te lo explique todo, mi amor —dijo ella poniéndole un dedo sobre los labios—. Así iremos más deprisa. Atiende.

De modo que Ned escuchó mientras Catelyn se lo contaba todo, desde el incendio de la torre hasta Varys, los guardias y Meñique. Cuando terminó, Eddard Stark estaba sentado junto a la mesa, boquiabierto, con el puñal en la mano. El lobo de Bran le había salvado la vida, pensó con amargura. ¿Qué había dicho Jon al encontrar los cachorros en la nieve? «Estos cachorros están destinados a vuestros hijos, mi señor.» Él había matado a la loba de Sansa, y ¿por qué? ¿Era culpa aquello que sentía? ¿O miedo? Si los dioses habían enviado a aquellos lobos, ¿qué locura había cometido?

Ned, lleno de dolor, se obligó a centrarse en el puñal y en su significado.

—El puñal del Gnomo —repitió. Aquello carecía de lógica. Cerró la mano en torno a la suave empuñadura de huesodragón, clavó la hoja en la mesa y sintió cómo mordía la madera. Se quedó allí, erguida, burlona—. ¿Por qué querría Tyrion Lannister matar a Bran? Nuestro hijo no le ha hecho nunca ningún daño.

—¿Es que los Stark no tenéis más que nieve en la cabeza? —saltó Meñique—. El Gnomo jamás actuaría solo.

—Si la reina ha tenido algo que ver con esto, o... —Ned se levantó y paseó por la habitación—. O, los dioses no lo quieran, si el propio rey... No, eso me niego a creerlo.

Pero, incluso mientras lo decía, recordó aquella gélida mañana en los túmulos, cuando Robert había hablado de enviar mercenarios para matar a la princesa Targaryen. Recordó al hijito de Rhaegar con el cráneo destrozado y cómo el rey había mirado hacia otro lado, igual que había desviado la mirada en la audiencia de Darry, no hacía tanto. Aún le resonaban en los oídos las súplicas de Sansa, y recordaba las súplicas lejanas de Lyanna.

—Lo más probable es que el rey no supiera nada —dijo Meñique—. No sería la primera vez. Robert tiene mucha práctica en cerrar los ojos para no ver lo que no quiere ver.

Ned no supo qué decir. Le pareció ver el rostro del hijo del carnicero, casi cortado en dos, y después de aquello, el rey no había dicho nada. Le palpitaban las sienes.

—En cualquier caso —continuó Meñique mientras se dirigía a la mesa y arrancaba el cuchillo—, la acusación sería de traición. Si acusáis al rey, os las veréis con Ilyn Payne antes de que os dé tiempo a decir nada. En cuanto a la reina, si encontrarais pruebas y si consiguierais que Robert os prestara atención, quizá... solo quizá...

—Ya tenemos pruebas —dijo Ned—. Está el puñal.

—¿Esto? —Meñique dio un golpecito despectivo al arma—. Un pedazo de acero. Muy bonito, pero de doble filo, mi señor. No os quepa duda de que el Gnomo jurará que perdió el puñal, o que se lo robaron, mientras estaba en Invernalia. Su secuaz está muerto; ¿quién podrá demostrar que miente? —Lanzó el cuchillo en dirección a Ned—. En mi opinión, lo mejor que podéis hacer es tirarlo al río y olvidaros de que alguna vez salió de una forja.

—Soy un Stark de Invernalia, lord Baelish —dijo Ned lanzándole una mirada gélida—. Mi hijo ha quedado tullido; quizá esté al borde de la muerte. Y ya habría muerto, y también Catelyn, de no ser por un cachorro de lobo que encontramos en la nieve. Si de verdad pensáis que puedo olvidarme de eso, seguís siendo tan estúpido como cuando alzasteis la espada contra mi hermano.

—Puede que sea estúpido, Stark, pero aún estoy aquí, mientras que vuestro hermano lleva ya más de catorce años pudriéndose en su tumba de hielo. Si tantas ganas tenéis de pudriros a su lado, no seré yo quien os lo impida, pero prefiero que no me invitéis a esa fiesta, muchas gracias.

—Seríais la última persona a la que querría invitar a ninguna fiesta, lord Baelish.

—Me partís el corazón. —Meñique se llevó una mano al pecho—. Siempre he pensado que los Stark sois un tanto cargantes, pero por lo visto, Cat os ha cogido cierto afecto, aunque por motivos que se me escapan. Por ella, trataré de manteneros con vida. Soy un estúpido, lo sé, pero nunca he podido negarle nada a vuestra esposa.

—Le he hablado a Petyr de nuestras sospechas sobre la muerte de Jon Arryn —dijo Catelyn—. Ha prometido ayudarte a descubrir qué pasó.

No era precisamente lo que Eddard Stark quería oír, pero lo cierto era que necesitaban ayuda, y en el pasado, Meñique había sido casi un hermano para Cat. Tampoco sería la primera vez que se veía obligado a hacer causa común con un hombre al que despreciaba.

—De acuerdo —dijo al tiempo que se metía el puñal en el cinturón—. Has hablado de Varys. ¿El eunuco sabe todo esto?

—Por mí, no —dijo Catelyn—. No te casaste con ninguna idiota, Eddard Stark. Pero Varys es capaz de averiguar cosas que nadie más sabe. Juraría que lo suyo son artes oscuras, Ned.

—Todos saben que tiene espías —replicó él.

—No, hay algo más —insistió Catelyn—. Ser Rodrik habló con ser Aron Santagar en secreto, pero la Araña se enteró de su conversación. Ese hombre me da miedo.

—Yo me encargo de lord Varys, mi dulce señora —dijo Meñique con una sonrisa—. Disculpa esta pequeña obscenidad, pero lo tengo bien cogido por las pelotas. —Cerró los dedos sin dejar de sonreír—. O lo tendría, si el pobre tuviera pelotas. Mira, si se descubre el pastel, los pajaritos empezarán a cantar, y eso a Varys no le interesa. Yo que tú me preocuparía más por los Lannister que por el eunuco.

Ned lo sabía sin ayuda de Meñique. Recordaba el día en que habían encontrado a Arya, la expresión en el rostro de la reina al decir: «Pero hay una loba», con voz tan suave, tan tranquila. Pensó en el pequeño Mycah y en la repentina muerte de Jon Arryn, en la caída de Bran, en el anciano loco, Aerys Targaryen, agonizando en el suelo de la sala del trono mientras su sangre se secaba en una espada dorada.

—Mi señora —dijo al tiempo que se volvía hacia Catelyn—, aquí ya no puedes hacer nada más. Quiero que vuelvas de inmediato a Invernalia. Si había un asesino, puede que haya más. Quienquiera que ordenase el asesinato de Bran no tardará en enterarse de que el chico sigue vivo.

—Me gustaría ver a las niñas... —empezó Catelyn.

—Sería poco sensato —apuntó Meñique de inmediato—. La Fortaleza Roja está plagada de ojos indiscretos, y los niños tienden a hablar demasiado.

—Lo que dice es cierto, amor mío. —Ned la abrazó—. Vuelve a Invernalia con ser Rodrik. Yo cuidaré bien de las niñas. Vuelve a casa con nuestros hijos, ocúpate de ellos.

—Como desees, mi señor. —Catelyn alzó el rostro y Ned la besó. Las manos heridas de la mujer lo abrazaron con fuerza desesperada, como si quisiera mantenerlo a salvo para siempre entre los brazos.

—Si mi señor y mi señora quieren disponer de un dormitorio, no habrá ningún problema —dijo Meñique—. Pero os lo advierto, Stark, aquí cobramos por ese tipo de cosas.

—Lo único que pido es que nos dejéis un momento a solas —dijo Catelyn.

—Muy bien. —Meñique se dirigió hacia la puerta—. Pero que no sea un momento muy largo. La mano y yo deberíamos volver cuanto antes al castillo, o pronto advertirán nuestra ausencia.

—Nunca olvidaré cuánto me has ayudado, Petyr —dijo Catelyn acercándose a él y tomándole las manos entre las suyas—. Cuando tus hombres fueron a buscarme, no sabía si me llevarían ante un amigo o ante un enemigo. Y he encontrado en ti un amigo, más que un amigo. He encontrado al hermano que creía haber perdido.

—Soy un sentimental sin remedio, mi dulce señora —dijo Petyr Baelish con una sonrisa—. Pero no se lo digas a nadie. He tardado años en convencer a la corte de que soy pervertido y cruel, no quiero que tanto esfuerzo se quede en nada.

—Yo también os lo agradezco, lord Baelish —consiguió decir Ned con cortesía, aunque no se había creído ni una palabra.

—Vaya, eso sí que es algo para contar a los nietos —comentó Meñique mientras salía.

Cuando la puerta se cerró a su espalda, Ned se volvió hacia Catelyn.

—En cuanto llegues a casa, envía un mensaje con mi sello a Helman Tallhart y a Galbart Glover. Diles que reúnan cada uno a cien arqueros para defender Foso Cailin. Con doscientos arqueros se puede defender el Cuello contra cualquier ejército. Da instrucciones a lord Manderly de que debe fortificar y reparar todas las defensas de Puerto Blanco, y encargarse de que estén bien dotadas de soldados. Y de ahora en adelante quiero que se vigile de cerca a Theon Greyjoy. Si hay guerra, necesitaremos de la flota de su padre.

—¿Guerra? —El miedo se transparentaba en el rostro de Catelyn.

—La cosa no llegará tan lejos —le aseguró Ned, rezando por estar en lo cierto. La abrazó de nuevo—. Los Lannister son despiadados ante el débil, como descubrió muy a su pesar Aerys Targaryen, pero no osarán emprender un ataque contra el norte sin el respaldo de todo el poder del reino, y nos encargaremos de que no lo consigan. Debo seguir fingiendo que aquí no ha pasado nada. Recuerda por qué he venido, mi amor. Si encuentro pruebas de que los Lannister asesinaron a Jon Arryn... —Sintió que Catelyn temblaba entre sus brazos. Las manos heridas de su esposa se aferraron a él.

—Si encuentras pruebas... —dijo—, ¿qué sucederá entonces, mi amor?

—Toda justicia emana del rey —dijo Ned; sabía que aquello era lo más peligroso—. Cuando sepa la verdad, acudiré a Robert.

«Y rezo por que sea el hombre que creo que es —terminó para sus adentros—, y no el hombre en quien temo que se ha convertido.»

TYRION

—¿Seguro que queréis dejarnos tan pronto? —le preguntó el lord comandante.

—Completamente seguro, lord Mormont —respondió Tyrion—. Mi hermano Jaime ya se estará preguntando qué me ha pasado. Igual piensa que me habéis convencido para vestir el negro.

—Ojalá pudiera. —Mormont cogió una pata de centollo y la partió con las manos. El lord comandante era viejo, pero seguía teniendo la fuerza de un oso—. Sois un hombre de gran astucia, Tyrion. En el Muro hacen falta hombres como vos.

—Si es así —dijo Tyrion con una sonrisa—, haré que reúnan a todos los enanos de los Siete Reinos y os los envíen, lord Mormont.

Se echaron a reír. Tyrion se comió la carne de una pata de centollo y cogió otra. Les habían llegado aquella mañana de Guardiaoriente, en un barril de nieve, y estaban deliciosos.

—Lannister se está burlando de nosotros. —Ser Alliser Thorne era el único hombre de la mesa que ni siquiera esbozó una sonrisa.

—Solo de vos, ser Alliser —dijo Tyrion.

Sonaron de nuevo las carcajadas, pero esta vez tenían un matiz nervioso, inseguro.

—Tenéis una lengua muy larga para no ser ni medio hombre —le espetó Thorne clavándole los ojos negros llenos de desprecio—. ¿Qué os parece si salimos los dos al patio?

—¿Para qué? —preguntó Tyrion—. Los centollos están aquí.

Aquello provocó más carcajadas. Ser Alliser se levantó, con los labios muy apretados.

—Salgamos y repetid vuestras bromas con un acero en la mano.

—Vaya, ser Alliser —dijo Tyrion examinándose la mano derecha—, si ya tengo acero en la mano, aunque parece un tenedor para marisco. ¿Queréis batiros en duelo? —Se subió a la silla de un salto y pinchó repetidamente el pecho de Thorne con el diminuto instrumento. Las carcajadas llenaron la sala de la torre. Al lord comandante se le escaparon trocitos de centollo de la boca y estuvo a punto de ahogarse. Hasta el cuervo se unió al regocijo general.

—¡Duelo! ¡Duelo! ¡Duelo! —graznó desde la ventana.

Ser Alliser Thorne salió de la habitación, tan rígido como si tuviera una daga clavada en el culo.

Mormont seguía tratando de recuperar la respiración. Tyrion le dio unos golpecitos en la espalda.

—El vencedor se queda con el botín —exclamó—. Reclamo para mí los centollos que correspondían a Thorne.

—Ha sido muy cruel por vuestra parte provocar así a nuestro estimado ser Alliser —lo reprendió el lord comandante cuando por fin consiguió recuperarse.

—Si alguien se dibuja una diana en el pecho —dijo Tyrion después de sentarse y beber un trago de vino— tiene que ser consciente de que más tarde o más temprano le van a lanzar flechas. He visto cadáveres con más sentido del humor que vuestro estimado ser Alliser.

—No creáis —intervino el lord mayordomo, Bowen Marsh, un hombre tan redondo y sonrosado como una granada—. Si supierais los apodos que pone a los chicos a los que entrena...

—Seguro que los chicos también le han puesto algún que otro mote —dijo Tyrion, que había oído algunos de aquellos apodos—. Quitaos la venda de los ojos, amigos. Ser Alliser Thorne debería estar limpiando los establos, no entrenando a vuestros jóvenes.

—Si de algo no anda precisamente escasa la Guardia es de mozos de cuadras —gruñó lord Mormont—. Últimamente no nos envían otra cosa. Mozos de cuadras, rateros y violadores. Ser Alliser es un caballero ungido, uno de los pocos que han vestido el negro desde que soy lord comandante. Peleó con gran valor en Desembarco del Rey.

—En el bando en que no debía —señaló ser Jaremy Rykker con tono seco—. Lo sé bien; yo estaba con él en las almenas. Tywin Lannister nos dio a elegir: vestir el negro o ver nuestras cabezas clavadas en picas antes de la noche. No os ofendáis, Tyrion.

—No me ofendo, ser Jaremy. Mi padre es muy aficionado a las cabezas clavadas en picas, sobre todo si pertenecen a alguien que lo haya molestado. Vos tenéis un rostro noble; no me cabe duda de que os imaginaba ya decorando la ciudad sobre la Puerta del Rey. Habríais sido un adorno espléndido.

—Muchas gracias —respondió ser Jaremy con sonrisa sarcástica.

El lord comandante Mormont carraspeó.

—A veces tengo la sensación de que ser Alliser está en lo cierto, Tyrion. Os burláis de nosotros y de nuestro noble propósito en este lugar.

—A todos nos hace falta que se burlen de nosotros de cuando en cuando, lord Mormont —replicó Tyrion encogiéndose de hombros—. De lo contrario, empezamos a tomarnos demasiado en serio. —Tendió la copa—. Más vino, por favor.

—Para ser un hombre tan pequeño tenéis realmente una sed muy grande —comentó Bowen Marsh mientras Rykker se la llenaba.

—Yo, en cambio, pienso que lord Tyrion es un gran hombre —dijo el maestre Aemon desde el extremo más lejano de la mesa. Hablaba sin levantar la voz, pero los oficiales superiores de la Guardia de la Noche guardaron silencio para escuchar al anciano—. Creo que es un gigante que ha venido a visitarnos aquí, al fin del mundo.

—Me han llamado muchas cosas, mi señor —dijo Tyrion suavemente—. Pero rara vez gigante.

—Yo creo que es así. —Los ojos lechosos y nublados del maestre Aemon se clavaron en el rostro de Tyrion.

—Sois demasiado bondadoso, maestre Aemon —dijo Tyrion con una inclinación de cortesía. Por una vez, se había quedado sin ninguna réplica aguda.

El ciego sonrió. Era un hombrecillo menudo, arrugado y calvo, tan hundido bajo el peso de cien años que el collar de maestre, con los eslabones de metales diversos, le colgaba suelto de la garganta.

—Me han llamado muchas cosas, mi señor —dijo—. Pero rara vez bondadoso.

En aquella ocasión fue Tyrion el que inició la carcajada general.

Mucho más tarde, cuando el trascendental asunto de la comida quedó zanjado y los demás comensales se fueron, Mormont ofreció a Tyrion un asiento junto a la chimenea y una copa de aguardiente tibio, tan fuerte que se le saltaron las lágrimas.

—El camino Real puede ser peligroso tan al norte —comentó el lord comandante mientras bebían.

—Cuento con Jyck y con Morrec —dijo Tyrion—. Y Yoren va a volver hacia el sur.

—Yoren solo es un hombre. La Guardia os escoltará hasta Invernalia —anunció Mormont en un tono que no admitía discusión—. Bastará con tres hombres.

—Como deseéis, mi señor —dijo Tyrion—. Podríais enviar al joven Nieve. Le gustará volver a ver a sus hermanos.

—¿Nieve? —Mormont frunció el ceño—. Ah, el bastardo de Stark. No, mejor no. Los jóvenes tienen que olvidar la vida que dejaron atrás, a sus hermanos, a sus madres y todo eso. Si va a visitarlos será peor para él. Entiendo de estas cosas. Mis parientes de sangre... Mi hermana Maege gobierna ahora en la Isla del Oso, desde la deshonra de mi hijo. Tengo sobrinas a las que no conozco. —Bebió un trago—. Además, Jon Nieve no es más que un niño. Necesitaréis tres espadas fuertes que os protejan.

—Me conmueve vuestra preocupación, lord Mormont. —El licor fuerte hacía que Tyrion empezara a marearse, pero no estaba tan borracho para no darse cuenta de que el Viejo Oso quería pedirle algo—. Me gustaría corresponder a vuestra amabilidad de alguna manera.

—Podéis hacerlo —dijo Mormont sin rodeos—. Vuestra hermana se sienta junto al rey. Vuestro hermano es un gran caballero, y vuestro padre es el señor más poderoso de los Siete Reinos. Habladles en nuestro nombre. Contadles cuáles son nuestras necesidades. Vos sois testigo, mi señor. La Guardia de la Noche agoniza. Tenemos menos de un millar de hombres. Seiscientos aquí, doscientos en la Torre Sombría y ni siquiera esa cifra en Guardiaoriente. Y ni la tercera parte de ellos son guerreros. El Muro tiene cien leguas de longitud. Pensadlo bien. Si hubiera un ataque, tengo un hombre para defender cada setenta pasos.

—Cada ochenta —bostezó Tyrion.

Mormont no dio muestras de haberlo oído. El anciano se calentó las manos ante el fuego.

—Envié a Benjen Stark en busca del hijo de Yohn Royce, que desapareció en su primera expedición. El chico de Royce estaba más verde que la hierba de verano, pero insistió en que se le concediera el honor de dirigir la expedición; dijo que como caballero tenía derecho a ello. Yo no quería ofender a su padre, así que cedí. Lo envié con dos hombres, dos de los mejores de la Guardia. Estúpido de mí.

—Estúpido —graznó el cuervo. Tyrion alzó la vista. El pájaro lo miró con ojos que eran como cuentas negras, al tiempo que encrespaba las plumas—. Estúpido —graznó de nuevo.

Sin duda el viejo Mormont no se lo tomaría a bien si estrangulaba a aquel pajarraco. Lástima.

—Gared era casi tan viejo como yo, y llevaba más tiempo en el Muro —siguió el lord comandante sin hacer caso del irritante animal—, pero por lo visto renegó de su juramento y se fugó. Yo jamás lo habría creído de él, pero lord Eddard me envió su cabeza desde Invernalia. De Royce no ha habido noticias. Un desertor y dos desaparecidos. Y ahora Ben Stark también ha desaparecido. —Suspiró—. ¿Y a quién envío a buscarlo? Dentro de dos años cumpliré los setenta. Soy demasiado viejo y estoy demasiado cansado para soportar esta carga, pero si dejo mi puesto, ¿quién lo ocupará? ¿Alliser Thorne? ¿Bowen Marsh? Tendría que estar tan ciego como el maestre Aemon para no ver qué son. La Guardia de la Noche se ha convertido en un ejército de chiquillos resentidos y viejos cansados. Sin contar a los hombres que se han sentado esta noche a la mesa, puede que haya otros veinte que sepan leer, y muchos menos capaces de pensar, de planificar, de dirigir. En el pasado, la Guardia se pasaba los veranos construyendo; cada lord comandante elevaba el Muro y lo dejaba más alto que como lo había encontrado. Ahora nos limitamos a sobrevivir.

Tyrion comprendió que el anciano hablaba muy en serio, y sintió cierta pena por él. Lord Mormont se había pasado buena parte de la vida en el Muro, y necesitaba creer que todos aquellos años tenían sentido.

—Os prometo que le hablaré al rey de vuestras necesidades —dijo con toda seriedad—. Y también informaré a mi padre y a mi hermano Jaime.

Lo haría, desde luego. Tyrion Lannister siempre cumplía su palabra. Lo que se calló fue el resto: el rey Robert no le haría el menor caso, lord Tywin le diría que se había vuelto loco, y Jaime se limitaría a reírse.

—Sois joven, Tyrion —dijo Mormont—. ¿Cuántos inviernos habéis vivido?

—Ocho o nueve —contestó Tyrion encogiéndose de hombros—, me falla la memoria.

—Y todos cortos.

—Así es, mi señor. —Había nacido al final de un invierno, un invierno terrible y cruel que según los maestres había durado casi tres años, pero sus primeros recuerdos eran de la primavera.

—Cuando era niño, se decía que un verano largo significaba siempre que se avecinaba un invierno largo. Este verano ha durado nueve años, Tyrion, y está a punto de empezar el décimo. Pensadlo bien.

—Cuando yo era niño —replicó Tyrion—, mi ama de cría me decía que algún día, si los hombres eran buenos, los dioses otorgarían al mundo un verano que no acabaría nunca. Quizá hemos sido mejores de lo que creemos, y por fin estamos viviendo el Gran Verano.

Sonrió. Al lord comandante, en cambio, no pareció hacerle gracia.

—No sois tan tonto como para creeros eso, mi señor. Los días ya se acortan. No cabe duda, Aemon ha recibido cartas de la Ciudadela que concuerdan con sus datos. Estamos viviendo el final del verano. —Mormont agarró con fuerza la mano de Tyrion—. Tenéis que conseguir que lo comprendan. La oscuridad está cerca, mi señor. En los bosques hay seres salvajes, lobos huargo, mamuts y osos de las nieves grandes como uros; y en mis sueños he visto cosas aún más oscuras.

—En vuestros sueños —repitió Tyrion, que cada vez necesitaba más otra copa.

—Los pescadores que faenan cerca de Guardiaoriente han divisado caminantes blancos en la orilla —dijo Mormont haciendo caso omiso de su tono de voz.

—Los pescadores que faenan cerca de Lannisport divisan sirenas. —Esta vez Tyrion ya no pudo contenerse.

—Denys Mallister nos ha escrito que los montañeses se trasladan hacia el sur, más allá de la Torre Sombría; es una migración como jamás se había visto. Huyen, mi señor, pero... ¿de qué? —Lord Mormont se dirigió hacia la ventana y escudriñó la noche—. Mis huesos son viejos, Lannister, y aun así nunca habían sentido un frío como este. Os lo suplico, decídselo al rey. Se acerca el invierno, y cuando caiga la Larga Noche, lo único que se interpondrá entre el reino y la oscuridad que llega del norte será la Guardia de la Noche. Si no estamos preparados, que los dioses se apiaden de nosotros.

—Que los dioses se apiaden de mí si no duermo un poco esta noche. Yoren está decidido a partir con la primera luz del alba. —Tyrion se puso en pie, somnoliento por el vino y cansado de tantas predicciones funestas—. Quiero daros las gracias por vuestra amabilidad, lord Mormont.

—Decídselo, Tyrion. Decídselo a todos, y conseguid que os crean. Es el único agradecimiento que necesito. —Silbó, y el cuervo descendió para posársele en el hombro. Mormont sonrió, le dio unos granos de maíz que llevaba en el bolsillo, y en ello seguía cuando Tyrion salió.

En el exterior, el frío cortaba como un cuchillo. Tyrion Lannister se ajustó las pieles, se puso los guantes y saludó a los pobres desgraciados que tenían que montar guardia ante el Torre del Lord Comandante. Cruzó el patio en dirección a sus habitaciones, situadas en la Torre del Rey, a toda la velocidad que le permitían las piernas. La nieve crujía bajo sus pies a medida que rompía con las botas la capa de hielo nocturno, y su aliento ondeaba ante él como un estandarte. Se metió las manos bajo las axilas y caminó aún más deprisa, sin dejar de rezar por que Morrec hubiera recordado caldearle la cama con ladrillos calientes de la chimenea.

Detrás de la Torre del Rey, el Muro brillaba a la luz de la luna, inmenso, misterioso. Tyrion se detuvo un instante para contemplarlo. Le dolían las piernas por el frío y el paso acelerado.

De repente, se apoderó de él una extraña locura, un ansia desesperada de mirar una vez más hacia el fin del mundo. Pensó que sería su última oportunidad. Al día siguiente cabalgaría hacia el sur, y nunca tendría motivos para regresar a aquel desierto gélido. La Torre del Rey se alzaba ante él, con la promesa de una cama blanda y caliente, pero Tyrion pasó de largo y se dirigió hacia la extensión blanca del Muro.

Una escalerilla de madera ascendía por la cara sur, apoyada en vigas rudimentarias que se clavaban profundamente en el hielo. Los hermanos negros le habían asegurado que era mucho más resistente de lo que parecía, pero a Tyrion le dolían demasiado las piernas solo con imaginarse el ascenso. Así que se dirigió hacia la jaula de hierro que había junto al pozo, se introdujo en ella y dio tres fuertes tirones de la cuerda de la campana.

Tuvo que esperar lo que le pareció una eternidad entre los barrotes, con el Muro a su espalda. Tanto para que a Tyrion le diera tiempo a preguntarse por qué estaba haciendo aquello. Estaba a punto de optar por olvidarse de su capricho repentino e irse a la cama cuando la jaula sufrió una sacudida y empezó a ascender.

Al principio subía a trompicones; luego, con un movimiento más fluido. El suelo se alejó de la jaula bamboleante, y Tyrion tuvo que aferrarse a los barrotes de hielo. Sentía el frío del metal incluso a través de los guantes. Advirtió con alegría que Morrec tenía encendida la chimenea de su habitación, pero la del lord comandante estaba a oscuras. Por lo visto, el Viejo Oso tenía más sentido común que él.

La jaula siguió ascendiendo poco a poco, y las torres quedaron abajo, junto con todo el Castillo Negro, bañado por la luz de la luna. Desde allí arriba se veía bien lo lúgubre y desierto que estaba: torreones sin ventanas, muros derrumbados, patios llenos de escombros... A lo lejos se divisaban las luces de Villa Topo, la pequeña aldea situada media legua más al sur, a la vera del camino Real, y de cuando en cuando, la luz de luna arrancaba destellos al agua, allí donde los arroyos gélidos descendían de las montañas para correr por las llanuras. El resto del mundo era un desierto negro de colinas azotadas por el viento y extensiones rocosas salpicadas de nieve.

—Por los siete infiernos, si es el enano —resonó al fin una voz ronca.

La jaula se detuvo con un último movimiento brusco, y se quedó suspendida, meciéndose mientras las cuerdas crujían.

—Pues tráelo aquí, maldita sea.

Se oyó un gruñido y el gemido de la madera a medida que la jaula se deslizaba hacia un lado, y por fin tuvo el Muro a sus pies. Tyrion esperó a que la jaula se detuviera antes de abrir la puerta y saltar al hielo. Una figura recia vestida de negro estaba apoyada en la manivela, mientras otra sujetaba la jaula con manos enguantadas. Tenían los rostros protegidos por bufandas de lana, de manera que solo se les veían los ojos.

—¿Qué quieres, a estas horas de la noche? —preguntó el de la manivela.

—Echar un último vistazo.

Los dos hombres intercambiaron una mirada de desagrado.

—Mira cuanto quieras —dijo el otro—. Pero ten cuidado, no te vayas a caer. El Viejo Oso nos despellejaría.

Bajo la enorme grúa había un pequeño cobertizo, y Tyrion atisbó el resplandor mortecino de un brasero, al tiempo que le llegaba una breve ráfaga de aire tibio cuando el hombre de la manivela abrió la puerta para volver al interior. Pronto estuvo solo.

Allí, el frío era espantoso, y el viento tironeaba de la ropa como un amante insistente. La cima del muro era más ancha que algunos tramos del camino Real, así que Tyrion no corría peligro de caerse, aunque la superficie era más resbaladiza de lo que le habría gustado. Los hermanos solían espolvorear con piedra machacada la zona de tránsito, pero el peso de infinitas pisadas fundía el Muro, de manera que el hielo parecía crecer en torno a la gravilla y engullirla hasta que la superficie quedaba lisa de nuevo, y había que echar más piedra machacada.

Pero no era ningún obstáculo insalvable para Tyrion. Miró hacia el este y hacia el oeste; todo el tramo del Muro que se divisaba era un vasto camino blanco sin principio ni fin, con un abismo negro a cada lado. Hacia el oeste, decidió sin ningún motivo concreto, y echó a andar en aquella dirección por la zona más cercana al norte, que parecía tener más gravilla.

Tenía las mejillas enrojecidas por el frío, y a cada paso que daba sus piernas protestaban más y más, pero Tyrion no les hizo caso. El viento soplaba contra él; la gravilla crujía bajo las botas, y al frente, la cinta blanca seguía el perfil de las colinas y se elevaba más y más hasta perderse en el horizonte occidental. Pasó junto a una catapulta gigantesca, alta como el muro de una ciudad, cuya base se hundía profundamente en el muro. En algún momento habían quitado el brazo para repararlo y no habían vuelto a ponerlo; yacía junto a la estructura principal como un juguete roto, incrustado en el hielo.

Una voz amortiguada le ordenó detenerse desde el otro lado de la catapulta.

—¡Alto! ¿Quién va?

—Si me quedo quieto mucho tiempo me congelaré, Jon —dijo Tyrion, que se había detenido, mientras una forma blanquecina y peluda se deslizaba hacia él en silencio y le olisqueaba las pieles—. Hola, Fantasma.

Jon Nieve se acercó a él. Con las diversas capas de piel y cuero parecía más corpulento. Llevaba la cara casi oculta por la capucha de la capa.

—Lannister —dijo al tiempo que se aflojaba la bufanda para dejarse la boca al descubierto—. Este es el último lugar donde esperaría encontrarte. —Llevaba una lanza con punta de hierro muy pesada, más alta que él, y tenía una espada enfundada al costado. Cruzado sobre el pecho llevaba un cuerno negro con bandas de plata.

—Este es el último lugar donde esperaba estar —admitió Tyrion—. Ha sido un capricho. Si toco a Fantasma, ¿me arrancará la mano de un mordisco?

—No mientras esté yo aquí —le aseguró Jon.

Tyrion rascó al lobo blanco detrás de las orejas. Los ojos rojos lo miraron impasibles. La bestia ya le llegaba al pecho. Tyrion tuvo la sensación de que, en menos de un año, sería él quien tendría que alzar la vista para mirarlo.

—¿Qué haces aquí arriba esta noche? —preguntó—. Aparte de congelarte las pelotas...

—Me toca guardia —dijo Jon—. Otra vez. Ser Alliser ha tenido la amabilidad de pedir al comandante al cargo de los turnos que se ocupe de mí. Por lo visto cree que si me mantienen despierto la mitad de la noche, me dormiré durante los entrenamientos de la mañana. Hasta ahora he conseguido decepcionarlo.

—¿Fantasma sabe ya hacer malabarismos? —preguntó Tyrion con una sonrisa.

—No —respondió Jon, también sonriente—, pero esta mañana, Grenn se ha defendido bien de Halder, y a Pyp ya no se le cae la espada tan a menudo.

—¿Pyp?

—Se llama Pypar. Es el chico menudo, el que tiene las orejas tan grandes. Me vio entrenar con Grenn y me pidió ayuda. Thorne ni se había molestado en enseñarle a sujetar bien la espada. —Se giró hacia el norte—. Tengo que vigilar un tercio de legua de Muro. ¿Quieres caminar conmigo?

—Siempre que vayas despacio... —accedió Tyrion.

—El comandante al cargo de los turnos me ha dicho que tengo que andar para que no se me hiele la sangre, pero no a qué velocidad.

Echaron a andar. Fantasma iba junto a Jon como una sombra blanca.

—Me marcho mañana —dijo Tyrion.

—Ya lo sé —dijo Jon con una extraña tristeza.

—Tengo pensado detenerme en Invernalia en el camino de vuelta hacia el sur. Si quieres que lleve algún mensaje de tu parte...

—Dile a Robb que seré comandante de la Guardia de la Noche y que conmigo estará a salvo, así que más vale que se vaya a coser con las niñas, y que Mikken le funda la espada para hacer herraduras.

—Tu hermano es más alto que yo —dijo Tyrion con una carcajada—. Me niego a entregar ningún mensaje que conlleve mi pena de muerte.

—Rickon preguntará que cuándo voy a volver. Si puedes, intenta explicarle dónde estoy. Dile que mientras tanto se puede quedar con todas mis cosas. Eso le gustará mucho.

—Oye, no sé si lo sabes, pero eso mismo se lo podrías decir por carta. —Tyrion Lannister tenía la sensación de que aquel día la gente le estaba pidiendo demasiado.

—Rickon aún no sabe leer. Y en cuanto a Bran... —Se detuvo bruscamente—. No sé qué mensaje enviarle a Bran. Ayúdalo, Tyrion.

—¿Cómo quieres que lo ayude? No soy un maestre que pueda aliviarle el dolor. Ni conozco hechizos que le devuelvan las piernas.

—A mí me ofreciste ayuda cuando la necesitaba.

—No te ofrecí nada más que palabras.

—Entonces, dale palabras también a Bran.

—Le estás pidiendo a un cojo que enseñe a bailar a un tullido —dijo Tyrion—. Por sincera que sea la lección, el resultado no puede ser más que grotesco. Pero sé lo que es querer a un hermano, lord Nieve. Prestaré a Bran la poca ayuda que esté en mi mano.

—Gracias, mi señor de Lannister. —Se quitó el guante y le tendió la mano desnuda—. Amigo mío.

Tyrion se sintió extrañamente conmovido.

—La mayoría de mis parientes son bastardos —dijo con una sonrisa irónica—, pero eres el primero al que me une la amistad. —Se quitó el guante con los dientes, y estrechó la mano de Nieve, carne contra carne. El apretón del chico era firme y fuerte.

Jon Nieve se puso de nuevo el guante, dio media vuelta bruscamente y caminó hacia el gélido antepecho norte. Más allá, el Muro era un precipicio abrupto. Más lejos, solamente había oscuridad inexplorada. Tyrion se reunió con él, y juntos contemplaron el fin del mundo.

La Guardia de la Noche no permitía que el bosque se acercara a menos de ochocientos pasos de la cara norte del muro. Hacía siglos que habían talado la espesura de carpes, robles y árboles centinela para crear una ancha franja de terreno descubierto en la que no pudiera ocultarse enemigo alguno. Tyrion había oído que en algunas zonas del Muro, entre las tres fortalezas, la espesura había recuperado terreno a lo largo de las décadas, y que había centinelas verde grisáceo y arcianos blancos enraizados al pie de la muralla de hielo. Pero el Castillo Negro era un voraz consumidor de madera para las chimeneas, y allí las hachas de los hermanos negros detenían el avance del bosque.

Aun así, el bosque nunca estaba lejos. Desde donde se encontraban, Tyrion alcanzaba a verlo, divisaba los árboles oscuros que se alzaban amenazadores más allá de la franja de terreno abierto, como un segundo muro paralelo al primero, un muro de noche. Pocas veces se había blandido un hacha contra aquella madera negra; ni la luz de la luna conseguía penetrar en el viejo entramado de raíces, ramas y matorrales de espinos. Allí, los árboles crecían inmensos, y no era de extrañar que la Guardia de la Noche llamara a aquella espesura el bosque Encantado.

Allí de pie, observando aquella oscuridad en la que no ardía hoguera alguna, a merced del viento y sintiendo el frío como una lanza en las entrañas, Tyrion Lannister pensó que casi podía creer los rumores sobre los Otros, el enemigo en la noche. Sus bromas sobre endriagos y tiburientes ya no le parecían tan divertidas.

—Mi tío está ahí fuera —dijo Jon Nieve en voz baja; se apoyó en la lanza y escudriñó la oscuridad—. La primera noche que me enviaron aquí, pensé: «Ahora vendrá el tío Benjen, seré el primero en verlo y haré sonar el cuerno». Pero no ha venido. Ni esa noche ni ninguna otra.

—Dale tiempo —dijo Tyrion.

Mucho más al norte, un lobo empezó a aullar. Otro se unió a su llamada, y otro más. Fantasma inclinó la cabeza y escuchó. El muchacho le puso la mano encima.

—Si no vuelve, Fantasma y yo iremos a buscarlo —prometió Jon.

—Te creo —dijo Tyrion.

Pero lo que pensaba era: «¿Y quién irá a buscarte a ti?». Se estremeció.

ARYA

Su padre había estado peleando otra vez con el Consejo. Arya se lo notó en la cara cuando se sentó a la mesa, otra vez tarde, como sucedía tan a menudo. Ya habían retirado el primer plato, una sopa de calabaza espesa y dulce, cuando Ned entró a zancadas en el Salón Pequeño. Lo llamaban así para diferenciarlo del salón principal, donde el rey podía celebrar festines con mil invitados, pero se trataba de una inmensa estancia alargada, de grandes techos abovedados y bancos para doscientas personas junto a las mesas sostenidas por caballetes.

—Mi señor —dijo Jory al ver entrar a Ned.

Se puso de pie, e inmediatamente lo imitó el resto de la guardia. Todos los hombres lucían capas nuevas, de gruesa lana gris con ribetes de seda blanca. Los cierres eran broches en forma de manos de plata, que los identificaban como miembros de la casa y la Guardia de la Mano. Solo eran cincuenta, así que casi todos los bancos estaban vacíos.

—Sentaos —dijo Eddard Stark—. Ya veo que habéis empezado sin mí. Me alegra ver que aún quedan hombres con sentido común en la ciudad. —Hizo una señal para que se reanudara la comida. Los criados empezaron a servir bandejas de costillas, asadas con una costra de ajo y hierbas.

—En los patios se comenta que habrá un torneo, mi señor —dijo Jory al tiempo que volvía a sentarse—. Se dice que vendrán caballeros de todas partes del reino para las justas y los festines en honor a vuestro nombramiento como mano del rey.

Arya se dio cuenta de que a su padre no le gustaba lo más mínimo aquello.

—¿Se comenta también que es lo que menos deseo en el mundo?

—¡Un torneo! —exclamó Sansa con los ojos abiertos como platos. Estaba sentada entre la septa Mordane y Jeyne Poole, tan lejos de Arya como podía sin exponerse a un reproche de su padre—. ¿Se nos permitirá asistir, padre?

—Sabes de sobra qué opino, Sansa. Tengo que organizar los juegos de Robert y encima fingir que me siento honrado. Pero nada me obliga a exponer a mis hijas a semejante locura.

—¡Por favor! —insistió Sansa—. ¡Quiero verlo!

—La princesa Myrcella asistirá, mi señor —intervino la septa Mordane—. Y es más joven que lady Sansa. Todas las damas de la corte estarán presentes; es lo que se espera de ellas en un gran acontecimiento como ese. Y el torneo es en vuestro honor; resultaría muy extraño que vuestra familia no asistiera.

—Supongo que sí. —Ned tuvo que darle la razón—. Muy bien, me encargaré de que tengas un lugar, Sansa. —Miró a Arya—. De que las dos tengáis un lugar.

—No me importa esa estupidez de torneo —replicó ella. Sabía que el príncipe Joffrey asistiría, y lo detestaba.

—Será un acontecimiento espléndido —dijo Sansa alzando la cabeza—. Nadie querrá que vayas.

—Ya basta, Sansa. —El rostro de su padre se nubló de ira—. Una palabra más y cambiaré de opinión. Estoy harto de esta guerra que os traéis entre las dos. Sois hermanas y quiero que os comportéis como tales, ¿entendido?

Sansa se mordió el labio y asintió. Arya bajó la cabeza para mirar el plato con gesto hosco. Sentía que las lágrimas le escocían en los ojos. Se los frotó, furiosa, decidida a no llorar. El único sonido que se oía era el tintineo de los cuchillos y los tenedores.

—Os ruego que me disculpéis —dijo su padre a los presentes—. Esta noche no tengo apetito. —Salió de la estancia.

En cuanto se hubo marchado, Sansa empezó a intercambiar susurros emocionados con Jeyne Poole. Al otro extremo de la mesa, Jory se rio de un chiste, y Hullen empezó a hablar de caballos.

—En cambio, tu caballo de guerra quizá no sea el mejor para una justa. No es lo mismo, no, ni de lejos.

Los hombres ya conocían aquel tema. Desmond, Jacks y el propio hijo de Hullen, Harwin, lo hicieron callar a gritos, y Porther pidió más vino.

Nadie hablaba con Arya. A ella no le importaba. Lo prefería así. Si se lo hubieran permitido, habría preferido comer a solas en su dormitorio. A veces la dejaban, como cuando su padre tenía que comer con el rey, o con cualquier gran señor, o con los enviados de tal o cual lugar. El resto de las veces comían en las habitaciones privadas de lord Eddard, solos Sansa, Arya y él. En aquellas ocasiones era cuando más añoraba a sus hermanos. Quería tomarle el pelo a Bran, jugar con el pequeño Rickon, y que Robb le sonriera. Quería que Jon le revolviera el pelo y la llamara hermanita, y que los dos acabaran las frases al unísono. Pero ninguno de ellos estaba allí. No le quedaba nadie, solo Sansa, y Sansa no le dirigía la palabra si su padre no la obligaba.

En Invernalia comían en el salón principal la mitad de las veces. Su padre decía que un señor tiene que comer con sus hombres si quiere conservarlos.

—Debes conocer a los hombres que te siguen —le oyó decir a Robb una vez—, y ellos deben conocerte. No les pidas a tus hombres que mueran por un desconocido.

En Invernalia había siempre un asiento de más a su mesa, y cada día pedía a un hombre diferente que comiera con ellos. Una noche podía ser Vayon Poole, y la charla versaría sobre monedas, panaderías y sirvientes. La noche siguiente sería Mikken, y su padre lo escucharía hablar de armaduras, de espadas, sobre cómo debe ser una forja caliente y la mejor manera de templar el acero. Otro día podía ser Hullen con su interminable charla sobre caballos, o el septón Chayle de la biblioteca, o Jory, o ser Rodrik, o incluso la Vieja Tata con sus cuentos.

No había nada en el mundo que a Arya le gustara más que sentarse a la mesa de su padre y escuchar aquellas conversaciones. También le encantaba oír a los hombres de los bancos: mercenarios curtidos como el cuero, caballeros, jóvenes escuderos osados, ancianos soldados ya canosos... Les tiraba bolas de nieve y los ayudaba a robar empanadas de la cocina. Sus esposas le daban galletas; ella inventaba nombres para sus bebés, y jugaba con sus hijos a monstruos y doncellas, a esconder el tesoro, al ven a mi castillo... Tom el Gordo la llamaba *Arya Entrelospiés,* porque decía que ahí era donde estaba siempre. A ella le gustaba el apodo mucho más que *Arya Caracaballo.*

Pero aquello era en Invernalia, a un mundo de distancia, y allí todo era diferente. Aquella era la primera vez que comían con los hombres desde la llegada a Desembarco del Rey. Y Arya lo detestaba. Odiaba el sonido de las voces, la manera en que se reían, las historias que contaban. Antes eran sus amigos, se sentía a salvo entre ellos, pero ya sabía que era mentira. Habían permitido que la reina matara a Dama, y aquello ya era espantoso, pero cuando el Perro encontró a Mycah... Jeyne Poole le había dicho a Arya que lo habían cortado en tantos trozos que se lo entregaron al carnicero en un saco, y al principio, este pensó que era un cerdo que habían matado. Y nadie alzó una protesta, ni desenfundó una espada, ni nada. Ni Harwin, que siempre parecía tan osado al hablar, ni Alyn, que iba a ser caballero, ni Jory, que era el capitán de la guardia. Ni siquiera su padre.

—Era mi amigo —le susurró Arya al plato, en voz tan baja que nadie la oyó. Ni siquiera había tocado las costillas, ya frías y con una película de grasa solidificada que las pegaba al plato. La niña las miró y sintió náuseas. Se apartó de la mesa.

—¿Adónde crees que vas, jovencita? —preguntó la septa Mordane.

—No tengo hambre. —A Arya le costó gran trabajo hablar con educación—. ¿Me disculpáis, por favor? —recitó, rígida.

—No, no te disculpamos —replicó la septa—. Si casi no has tocado la comida. Siéntate ahí y limpia el plato.

—¡Límpialo tú!

Antes de que nadie pudiera detenerla, Arya corrió hacia la puerta, mientras los hombres reían a carcajadas y la septa Mordane la llamaba a gritos con voz cada vez más chillona.

Tom el Gordo estaba en su puesto de guardia ante la puerta de la Torre de la Mano. Parpadeó sorprendido al ver que Arya corría hacia él y al oír los gritos de la septa.

—Eh, pequeñaja, alto ahí —empezó.

Pero Arya se le escurrió entre las piernas y subió como un rayo por la escalera de caracol de la torre. Tom el Gordo jadeaba tras ella.

De todo Desembarco del Rey, el único lugar que a Arya le gustaba era su dormitorio, y lo mejor de este era la puerta, una plancha enorme de roble oscuro con tirantes de hierro negro. Cuando cerraba aquella puerta y bajaba la tranca, nadie podía entrar: ni la septa Mordane, ni Tom el Gordo, ni Sansa, ni Jory, ni el Perro, ¡nadie! La cerró.

Cuando tuvo la puerta atrancada, Arya se sintió por fin a salvo y pudo echarse a llorar.

Se sentó junto a la ventana sollozando. Odiaba a todo el mundo, pero sobre todo se odiaba a sí misma. Todo era por su culpa; todo lo malo que pasaba era por su culpa. Lo decía Sansa, y también Jeyne.

—Arya, nena, ¿qué te pasa? —preguntó Tom el Gordo mientras llamaba a la puerta—. ¿Estás ahí?

—¡No! —gritó ella.

Los golpes en la puerta cesaron. Un momento más tarde oyó pisadas que se alejaban. Era fácil engañar a Tom el Gordo.

Arya se dirigió hacia el baúl situado al pie de la cama. Se arrodilló, levantó la tapa, y empezó a sacar la ropa a brazadas. La seda, el satén, el terciopelo y la lana se amontonaron en el suelo sin orden ni concierto. Estaba allí, en el fondo del baúl, donde la había escondido. Arya la sacó casi con ternura, y extrajo la esbelta hoja de la funda.

—*Aguja.*

Pensó de nuevo en Mycah, y los ojos se le llenaron de lágrimas. Por su culpa, por su culpa, por su culpa. Si no le hubiera pedido que jugara a las espadas con ella...

Se oyeron golpes en la puerta, más fuertes que antes.

—Arya Stark, haz el favor de abrir esta puerta, ¿me oyes?

Arya se giró, con *Aguja* en la mano.

—¡Será mejor que no entres! —advirtió al tiempo que hendía el aire con ademán fiero.

—¡Se lo voy a decir a lord Eddard! —rugió la septa Mordane.

—¡Y a mí qué! —gritó a su vez Arya—. ¡Vete!

—¡Te vas a arrepentir de este comportamiento insolente, jovencita, te lo aseguro!

Arya prestó atención hasta que oyó el sonido de los pasos de la septa que se alejaban.

Volvió junto a la ventana, con *Aguja* en la mano, y miró abajo, hacia el patio. Ojalá se le diera bien trepar, como a Bran, pensó. Saldría por la ventana, bajaría de la torre y escaparía de aquel palacio odioso, de Sansa, de la septa Mordane y del príncipe Joffrey, de todos. Robaría comida en las cocinas, se llevaría a *Aguja,* sus botas buenas y una capa abrigada. Buscaría a Nymeria en los bosques de cerca del Tridente, y volverían juntas a Invernalia, o tal vez huirían al Muro con Jon. Echaba de menos a Jon más que a nadie en el mundo. Con él quizá no se sentiría tan sola.

Alguien dio unos golpes suaves en la puerta. Arya se apartó de la ventana y de sus sueños de evasión.

—Arya —oyó la voz de su padre—. Ábreme. Tenemos que hablar.

Arya cruzó la habitación y levantó la tranca. Su padre estaba solo. Parecía más triste que furioso. Aquello hizo que la niña se sintiera aún peor.

—¿Puedo pasar? —Arya asintió y bajó la vista, avergonzada. Su padre cerró la puerta—. ¿De quién es esa espada?

—Mía. —Casi se había olvidado de que tenía a *Aguja* en la mano.

—Dámela.

Le entregó la espada de mala gana; quizá no volviera a sostenerla en la vida. Su padre la examinó a la luz, haciendo girar la hoja para examinar los dos lados. Probó la punta con el pulgar.

—Una espada como las de los jaques —dijo—. Pero me parece reconocer la marca del forjador. Es obra de Mikken. —Arya no era capaz de mentirle. Bajó los ojos. Lord Eddard Stark suspiró—. Mi hija de nueve años consigue armas de mi herrería y yo ni me entero. Se supone que la mano del rey tiene que gobernar los Siete Reinos, y ni siquiera puedo controlar mi casa. ¿Cómo es que tienes una espada, Arya? ¿Cómo la has conseguido? —Ella se mordió el labio y no dijo nada. Nunca traicionaría a Jon, ni siquiera ante su padre—. Bueno, tampoco importa —añadió él tras una pausa. Contempló la espada que tenía entre las manos—. No es juguete para un niño, y menos todavía para una chiquilla. ¿Qué diría la septa Mordane si supiera que juegas con espadas?

—No estaba jugando —replicó Arya—. Y odio a la septa Mordane.

—Basta ya —le espetó su padre con tono duro y cortante—. La septa no hace más que cumplir con su obligación, y bien saben los dioses que se lo pones difícil a la pobre mujer. Tu madre y yo la hemos cargado con la misión imposible de hacer de ti una dama.

—¡Yo no quiero ser una dama! —rugió Arya.

—Debería romper en dos este juguete ahora mismo; así se acabaría tanta tontería.

—*Aguja* no se rompe —dijo Arya desafiante, aunque el temblor en la voz traicionaba sus palabras.

—Vaya, así que tiene nombre, ¿eh? —Su padre suspiró—. Ay, Arya. Tienes algo de salvaje, hija. Mi padre lo llamaba «la sangre del lobo». Lyanna tenía un poco de eso, y mi hermano Brandon, mucho. A los dos los llevó a morir jóvenes. —La niña captó la tristeza en su voz; no acostumbraba hablar de su padre, ni de sus hermanos, que habían muerto mucho antes de que ella naciera—. Lyanna habría llevado una espada si mi padre lo hubiera permitido. A veces me la recuerdas. Hasta te pareces a ella.

—Lyanna era hermosa —dijo Arya, extrañada. Era lo que decía todo el mundo. En cambio nadie lo decía de ella.

—Cierto —asintió Eddard Stark—. Hermosa y voluntariosa, y murió joven. —Alzó la espada y la interpuso entre ellos dos—. ¿Qué pensabas hacer con... *Aguja,* Arya? ¿A quién querías ensartar? ¿A tu hermana? ¿A la septa Mordane? ¿Sabes lo primero que hay que saber de la lucha con espada?

—Hay que clavarla por el extremo puntiagudo. —Lo único que recordaba era la lección que le había dado Jon.

—Bueno, sí, eso es lo esencial. —A su padre se le escapó la carcajada.

Arya necesitaba con desesperación que la comprendiera, que viera las cosas como ella.

—Estaba intentando aprender, pero... —Se le llenaron los ojos de lágrimas—. Le pedí a Mycah que se entrenara conmigo. —Se rompieron las compuertas y el dolor la recorrió como una oleada. Se volvió, temblorosa—. Se lo pedí yo —sollozó—. Fue culpa mía, fue culpa...

Su padre la abrazó, la sostuvo con dulzura y le dio la vuelta para que sollozara contra su pecho.

—No, pequeña, no —murmuró—. Llora por tu amigo, pero no te culpes. Tú no mataste al hijo del carnicero. El crimen lo cometieron el Perro y la mujer cruel a la que sirve.

—Los odio —le confió Arya con el rostro enrojecido y la nariz goteando—. Al Perro, a la reina, al rey y al príncipe Joffrey. Los odio a todos. Joffrey mintió; no fue como él dijo. Y también odio a Sansa. Sí que se acordaba, pero mintió para gustarle a Joffrey.

—Todos mentimos —dijo su padre—. ¿O de verdad piensas que me creí que Nymeria escapó?

—Jory me prometió que no se lo diría a nadie. —Arya se había sonrojado.

—Y mantuvo su palabra —dijo él con una sonrisa—. No necesito que me digan ciertas cosas. Hasta un ciego vería que esa loba jamás te habría abandonado por su voluntad.

—Tuvimos que tirarle piedras —sollozó Arya—. Le dije que se fuera, que era libre, que ya no la quería. Que se marchara a jugar con otros lobos, los oíamos aullar y Jory dijo que en los bosques había muchos animales, así que podría cazar y comer ciervos. Pero aun así me seguía, y al final tuvimos que tirarle piedras. Yo le di dos veces. Lloró y me miró de una manera que me hizo sentir mucha vergüenza, pero era lo que tenía que hacer, ¿verdad? Si no, la reina la habría matado.

—Era lo que tenías que hacer —le aseguró su padre—. Y hasta en aquella mentira... había cierto honor.

Había dejado a *Aguja* a un lado para abrazar a Arya. Volvió a coger la espada y se dirigió a la ventana. Allí se quedó un momento, observando el patio. Al final se volvió hacia ella con mirada pensativa. Se sentó en la silla, junto a la ventana, con *Aguja* en el regazo.

—Siéntate, Arya. Tengo que explicarte unas cuantas cosas. —La niña, nerviosa, se acomodó al borde de la cama—. Eres demasiado pequeña para cargar con mis preocupaciones, pero también eres una Stark de Invernalia. Ya conoces nuestro lema.

—Se Acerca el Invierno —susurró ella.

—Los tiempos duros y crueles —asintió su padre—. Los probamos en el Tridente, pequeña, y también cuando Bran se cayó. Naciste durante el largo verano, no has conocido otra cosa, pero ahora, el invierno se acerca de verdad. ¿Te acuerdas también del emblema de nuestra casa?

—El lobo huargo —dijo ella, con la imagen de Nymeria en la mente. Se abrazó las rodillas contra el pecho. De repente tenía mucho miedo.

—Te voy a contar algo sobre los lobos, hija. Cuando cae la nieve y sopla el viento blanco, el lobo solitario muere, pero la manada sobrevive. El verano es tiempo para riñas y altercados. En invierno tenemos que protegernos entre nosotros, darnos calor mutuamente, unir las fuerzas. Así que si quieres odiar a alguien, Arya, odia a aquellos que nos harían daño. La septa Mordane es una buena mujer, y Sansa... Sansa es tu hermana.

Sois diferentes como el día y la noche, pero por vuestras venas corre la misma sangre. La necesitas, y ella te necesita a ti. Y que los dioses me ayuden, porque yo os necesito a las dos.

—No odio a Sansa —dijo Arya. Su padre parecía tan cansado que se puso triste—. Lo digo de mentira. —Era solo verdad a medias.

—No quiero asustarte, pero tampoco te voy a mentir. Hemos venido a un lugar muy peligroso, hija. Esto no es Invernalia. Tenemos enemigos que no nos quieren bien. No podemos permitirnos pelear entre nosotros. Tu testarudez, tus escapadas, las palabras bruscas, la desobediencia... En casa no eran más que los juegos veraniegos de una niña. Pero aquí y ahora, con el invierno tan cerca, las cosas cambian. Es hora de que empieces a crecer.

—Lo haré —juró Arya. Nunca lo había querido tanto como en aquel momento—. Yo también puedo ser fuerte. Puedo ser tan fuerte como Robb.

—Toma —dijo él, tendiéndole la empuñadura de *Aguja* después de cogerla por la punta. Ella miró la espada con ojos maravillados. Durante un momento le dio miedo tocarla, como si al tender la mano hacia ella fueran a arrebatársela de nuevo—. Venga, es tuya —insistió su padre.

—¿Me la puedo quedar? —dijo cogiéndola—. ¿Para siempre?

—Para siempre. —Sonrió—. Si me la llevara, no me cabe duda de que antes de quince días encontraría un mangual debajo de tu almohada. Pero, por favor, por mucho que te provoque tu hermana, no la mates.

—Te lo prometo. —Arya se abrazó a *Aguja* mientras su padre salía del dormitorio.

Por la mañana, durante el desayuno, se disculpó ante la septa Mordane y le pidió perdón. La septa la miró con desconfianza, pero su padre asintió.

Tres días después, al mediodía, el mayordomo de su padre, Vayon Poole, envió a Arya al Salón Pequeño. Las mesas de caballetes estaban desmontadas, y los bancos, amontonados contra las paredes. La estancia parecía desierta hasta que una voz desconocida la llamó.

—Llegas tarde, chico. —Un hombre flaco y calvo, de nariz ganchuda, salió de entre las sombras con un par de espadas de madera en las manos—. Mañana quiero que estés aquí al mediodía.

Tenía un acento extraño, de las Ciudades Libres. Quizá de Braavos, o de Myr.

—¿Quién eres tú? —preguntó Arya.

—Soy tu profesor de baile. —Le lanzó una de las espadas de madera. Ella fue a cogerla, falló y oyó cómo se estrellaba contra el suelo—. Mañana la atraparás. Ahora recógela.

No era un simple palo, sino una espada de madera, con guarda, puño y pomo. Arya, nerviosa, la recogió, la aferró con ambas manos y la sostuvo ante ella. Pesaba más de lo que parecía, mucho más que *Aguja.*

El hombre calvo chasqueó los dientes.

—No se hace así, chico. No es un mandoble; no te hacen falta las dos manos. Se coge solo con una.

—Pesa demasiado —dijo Arya.

—Pesa lo que tiene que pesar, para fortalecerte y para que esté equilibrada. Tiene un hueco relleno de plomo. Cógela con una mano.

Arya soltó la mano derecha y se limpió la palma sudorosa en la ropa. Sujetó la espada con la mano izquierda. El hombre asintió.

—Muy bien, con la izquierda. Todo se invierte, desconciertas al adversario. Pero la posición es errónea. Pon el cuerpo de costado, sí, así. Oye, eres todo huesos. Esto también está bien; así cuesta más acertarte. A ver cómo la agarras. Espera. —Se acercó a ella y le examinó la mano, le separó los dedos y se los colocó bien—. Exacto, así. No la aprietes con tanta fuerza. Tienes que cogerla con destreza y con delicadeza a la vez.

—¿Y si se me cae? —preguntó Arya.

—El acero tiene que formar parte de tu brazo —replicó el hombre calvo—. ¿Se te puede caer parte del brazo? No. Syrio Forel fue la primera espada del Señor del Mar de Braavos durante nueve años, y entiende de estas cosas, así que hazle caso, chico.

Era la tercera vez que la llamaba *chico.*

—Soy una chica.

—Chico, chica, qué más da —bufó Syrio Forel—. Eres una espada, es lo único que importa. —Chasqueó los dientes—. Bien, así es como se agarra. No estás sujetando un hacha de guerra; tienes en la mano una...

—... aguja —terminó Arya en su lugar con decisión.

—Como quieras. Ahora, empezaremos a bailar. Recuerda que esto no es la danza del hierro de Poniente, la danza de los caballeros, todo golpes y estocadas. No, esta es la danza del agua de Braavos, rápida e inesperada. Todos los hombres están hechos de agua, ¿lo sabías? Cuando los pinchas, se les escapa el agua y mueren. —Dio un paso atrás y cogió su espada de madera—. Vamos, intenta darme.

Arya intentó darle. Lo intentó durante cuatro horas, hasta que le dolieron todos los músculos del cuerpo. Mientras tanto, Syrio Forel chasqueaba los dientes y corregía sus movimientos.

Al día siguiente empezaron los entrenamientos en serio.

DAENERYS

—El mar dothraki —dijo ser Jorah Mormont al tirar de las riendas para detenerse junto a ella al borde del risco.

Bajo ellos, la llanura se extendía, inmensa y desierta, hasta perderse en el lejano horizonte. Dany pensó que sí, que era un verdadero mar. A partir de aquel punto no había colinas, montañas, árboles, ciudades ni caminos; solo una llanura eterna cubierta de hierba que se ondulaba con el viento como si formara olas.

—Es tan verde... —comentó.

—Aquí y ahora —asintió ser Jorah—. Tendríais que verlo cuando florece. Se cubre de flores color rojo oscuro hasta donde abarca la vista, parece un mar de sangre. Si se ve en la estación seca, el mundo se vuelve del color del bronce viejo. Y esto no es más que *hranna,* niña. Ahí hay cientos de tipos de hierbas, algunas amarillas como el limón y otras oscuras como el índigo, hierbas azules y anaranjadas, y otras que son como un arcoíris. Se cuenta que en las Tierras Sombrías, más allá de Asshai, hay océanos de hierba fantasma, más alta que un hombre a caballo y más blanca que el vidriolechoso. Mata a todas las demás hierbas y brilla en la oscuridad con los espíritus de los condenados. Según los dothrakis, algún día, la hierba fantasma cubrirá el mundo entero y será el fin de toda vida.

—Prefiero no hablar de eso ahora —dijo Dany; la sola idea hacía que se estremeciera—. Esto es tan bonito que no quiero ni pensar en la muerte de todo.

—Como digáis, *khaleesi* —obedeció ser Jorah, respetuoso.

La joven oyó el sonido de voces a su espalda, y se volvió. Mormont y ella se habían distanciado del resto del grupo, y los demás ascendían por el risco. Su doncella Irri y los jóvenes arqueros de su *khas* cabalgaban con la elegancia de centauros, pero Viserys se seguía peleando con los estribos cortos y la silla plana. Aquel no era lugar para su hermano; no debería haber ido con ellos. El magíster Illyrio había insistido en que permaneciera en Pentos, le había ofrecido la hospitalidad de su casa, pero Viserys se negó en redondo. Iba a seguir a Drogo hasta que pagara la deuda, hasta que tuviera la corona que le había prometido.

—Y si intenta engañarme, aprenderá por las malas que es peligroso despertar al dragón —había jurado Viserys al tiempo que se llevaba la mano a la espada prestada. Ante aquella afirmación, Illyrio se limitó a parpadear y desearle suerte.

Dany pensó que, en aquel momento, no quería escuchar ninguna de las quejas de su hermano. El día era demasiado perfecto. El cielo tenía un color azul intenso y sobre ellos, muy arriba, un halcón de caza trazaba círculos. El mar de hierba se cimbreaba y suspiraba con la brisa; el aire le acariciaba cálido el rostro, y ella se sentía en paz. No quería que Viserys lo estropeara todo.

—Esperad aquí —dijo a ser Jorah—. Decid a los demás que no se muevan. Que yo lo he ordenado.

El caballero sonrió. Ser Jorah no era un hombre guapo. Tenía el cuello y los hombros de un toro; y el vello negro y crespo que le cubría el pecho y los brazos era tan espeso que no había quedado nada para la cabeza. Pero su sonrisa siempre reconfortaba a Dany.

—Estáis aprendiendo a hablar como una reina, Daenerys.

—Como una reina, no —replicó ella—. Como una *khaleesi.* —Espoleó al caballo y descendió al galope por el risco, sola.

La bajada era abrupta y rocosa, pero Dany cabalgaba sin temor, y la alegría y el peligro eran como una canción en su pecho. Viserys se había pasado la vida diciéndole que era una princesa, pero Daenerys Targaryen no se había sentido como tal hasta que cabalgó en la yegua plateada.

No había resultado fácil. El *khalasar* había levantado el campamento a la mañana siguiente de la boda. Se habían dirigido al este en dirección a Vaes Dothrak, y para el tercer día Dany pensó que se iba a morir. La silla le provocó en las nalgas llagas horrorosas, que sangraban. Tenía los muslos en carne viva; las manos, llenas de ampollas de las riendas, y los músculos de las piernas y la espalda le dolían tanto que apenas aguantaba sentada. Cuando anochecía, sus doncellas tenían que ayudarla a desmontar.

Pero las noches tampoco le proporcionaban alivio. Khal Drogo ni la miraba mientras cabalgaban, igual que no la había mirado durante la boda. Se pasaba las noches bebiendo con sus guerreros y jinetes de sangre, organizando carreras con los mejores caballos, y viendo a las mujeres danzar y a los hombres morir. En aquellas áreas de su vida, Dany no tenía lugar. Cenaba sola, o con ser Jorah y con su hermano, y después lloraba hasta quedarse dormida. Pero todas las noches, poco antes del amanecer, Drogo entraba en su tienda, la despertaba a oscuras y la montaba tan despiadadamente como a su garañón. Siempre la tomaba por detrás, como era costumbre entre los dothrakis. Dany daba las gracias por ello: así, su señor esposo no le veía las lágrimas en el rostro, y podía disimular los gritos de dolor entre los almohadones. En cuanto acababa, él cerraba los ojos y empezaba a roncar con suavidad, y Dany tenía que permanecer tendida junto a él, con el cuerpo magullado, demasiado dolorida para dormir.

Aquello se repitió día tras día, y noche tras noche, hasta que Dany supo que no podría soportarlo ni un momento más. Decidió que se mataría antes de seguir así.

Pero aquella noche, cuando se quedó dormida, volvió a tener el sueño del dragón. En aquella ocasión no aparecía Viserys. Solo estaban el dragón y ella. Tenía las escamas negras como la noche, húmedas y pegajosas de sangre. De la sangre de Dany. Los ojos eran como pozos de magma, y cuando abrió la boca exhaló una llamarada de un rugido. El sonido era una llamada para ella. Abrió los brazos al fuego; lo estrechó contra el pecho, dejó que la engullera, que la limpiara, que la atemperara. Notaba que la carne se le quemaba, se le caía; que la sangre le hervía y se le evaporaba; pero no había dolor. Se sentía fuerte, nueva, salvaje.

Y al día siguiente, para su sorpresa, ya no estaba tan dolorida. Era como si los dioses la hubieran escuchado y se hubieran apiadado de ella. Hasta sus doncellas advirtieron el cambio.

—*Khaleesi,* ¿qué os pasa? —dijo Jhiqui—. ¿Estáis enferma?

—Lo estaba —dijo ella. Se encontraba ante los huevos de dragón que le había regalado Illyrio el día de su boda. Tocó uno, el más grande, pasó la mano con suavidad por la cáscara. «Negro y escarlata —pensó—. Como el dragón de mi sueño.» Notaba la piedra cálida bajo los dedos, ¿o acaso seguía soñando? Retiró la mano, nerviosa.

Desde aquel momento, cada día le resultaba más fácil que el anterior. Se le fortalecieron las piernas. Se le reventaron las ampollas, se le encallecieron las manos, y los muslos tiernos pasaron a ser duros y flexibles como el cuero.

El *khal* había encargado a la doncella Irri que enseñara a Dany a cabalgar al estilo dothraki, pero su verdadera maestra fue su montura. Parecía conocer sus estados de ánimo, como si compartieran la misma mente. Cada día que pasaba, Dany se sentía más segura en la silla. Los dothrakis eran un pueblo duro, poco dado a sentimentalismos, y no tenían la costumbre de poner nombres a los animales, así que Dany pensaba en ella simplemente como en la plata. Jamás había amado tanto a ningún otro ser vivo.

A medida que cabalgar le iba resultando menos penoso, Dany empezó a fijarse en la belleza de las tierras que la rodeaban. Iba a la cabeza del *khalasar,* con Drogo y sus jinetes de sangre, de manera que veía el paisaje siempre impoluto. Tras ellos la horda podía desgarrar la tierra, enfangar los ríos y levantar nubes de polvo asfixiante, pero ante ellos, los campos estaban siempre verdes y frondosos.

Pasaron por las colinas onduladas de Norvos, cerca de los cultivos en bancales y de aldeas cuyos habitantes los miraban con temor desde lo alto de muros blancos de estuco. Vadearon tres ríos anchos y tranquilos, y un cuarto que era rápido, estrecho y traicionero. Acamparon junto a una catarata altísima de aguas azuladas; atravesaron las ruinas de una ciudad muerta donde, según se decía, los fantasmas aullaban entre las columnas de mármol ennegrecido. Cabalgaron por caminos valyrios que tenían más de mil años, rectos como una flecha dothraki. Durante media luna recorrieron el bosque de Qohor, donde las hojas entrelazadas formaban un dosel de oro muy por encima de las cabezas, y los troncos de los árboles eran anchos como las puertas de una ciudad. En aquel bosque había alces enormes, tigres moteados, y lémures de pelo plateado y grandes ojos color violeta, pero todos escapaban ante la proximidad del *khalasar,* y Dany no llegó a ver a ninguno.

Para entonces, el dolor no era más que un recuerdo lejano. Todavía se sentía magullada tras un largo día a caballo, pero era una sensación placentera, y cada mañana montaba de nuevo deseosa de ver las maravillas que la aguardaban en las tierras que se extendían ante ella. Incluso empezó a encontrar placer en las noches, y si gritaba cuando Drogo la tomaba, no era siempre de dolor.

En la base del risco, la hierba que la rodeaba era alta y suave. Dany puso la potranca al trote y cabalgó por la llanura, perdida entre la vegetación, disfrutando de la soledad. En el *khalasar* nunca estaba sola. Khal Drogo acudía a ella solo tras la puesta del sol, pero sus doncellas le daban de comer, la bañaban y dormían junto a la puerta de su tienda. Los jinetes de sangre de Drogo y los hombres del *khas* de Dany nunca estaban demasiado lejos, y su hermano era una sombra molesta, día y noche. En aquellos momentos lo oía gritar furioso a ser Jorah, con voz chillona. Siguió cabalgando, mientras se sumergía en las profundidades del mar dothraki.

El verdor la engulló. El aire tenía la fragancia de la tierra y la hierba, mezclado con el olor del caballo, del sudor de Dany y de los aceites de su pelo. Olores dothrakis. Aquel era su lugar. Dany los respiró y se echó a reír, feliz. De repente tuvo la necesidad de sentir el suelo bajo los pies, de que se le metiera entre los dedos aquella tierra espesa y negra. Se bajó de la silla y dejó que la plata pastara mientras ella se quitaba las botas altas.

Viserys cayó junto a ella, tan repentino como una tormenta de verano. Detuvo su caballo con tal brusquedad que el animal casi se encabritó.

—¿Cómo te atreves —le gritó— a darme órdenes a mí? ¡A mí! —Se bajó del caballo con torpeza y estuvo a punto de caer. Recuperó el equilibrio con el rostro congestionado. La agarró por los brazos y la sacudió—. ¿Te has olvidado de quién eres? ¡Mira la pinta que tienes!

A Dany no le hacía falta mirarse. Estaba descalza, llevaba el pelo aceitado, y vestía prendas de cuero dothrakis para cabalgar y un chaleco pintado de colores que había sido uno de sus regalos de boda. Su aspecto era el adecuado para aquel lugar. Viserys vestía sedas de ciudad y cota de malla, y estaba sucio y sudoroso. Y no dejaba de gritar.

—Tú no le das órdenes al dragón, ¿entendido? Soy el señor de los Siete Reinos, y no obedezco a la putilla de un señor de los caballos, ¿me oyes? —Le metió la mano bajo el chaleco y le clavó los dedos en el pecho hasta hacerle daño—. ¿Me oyes?

Dany le dio un violento empujón.

Viserys se quedó mirándola con los ojos liláceos llenos de incredulidad. Su hermana jamás le había plantado cara. Nunca lo había desafiado. La rabia le distorsionó el rostro. Dany supo que Viserys le iba a hacer daño. Mucho daño.

Crac.

El restallido del látigo fue como un trueno. La cinta de cuero se enroscó en torno a la garganta de Viserys y lo hizo retroceder. Cayó de espaldas sobre la hierba, ahogándose. Los jinetes dothrakis se burlaron de él cuando intentó liberarse. El que manejaba el látigo, el joven Jhogo, preguntó algo. Dany no entendía aún el idioma, pero para entonces ya habían llegado Irri, ser Jorah y el resto de su *khas.*

—Jhogo pregunta si queréis que lo maten, *khaleesi* —dijo Irri.

—No —respondió Dany—. No.

Jhogo entendió la negativa. Otro jinete ladró un comentario, y los dothrakis se echaron a reír.

—Quaro dice que deberíais cortarle una oreja para que aprenda a teneros respeto —tradujo Irri. Viserys estaba de rodillas sujetándose la cinta de cuero que le atenazaba el cuello, gritando incoherentemente, intentando respirar.

—Diles que no es mi deseo que se le cause daño alguno —dijo Dany.

Irri repitió sus palabras en dothraki. Jhogo dio un tirón del látigo, sacudiendo a Viserys como una marioneta de cuerda. Cayó de nuevo al suelo, con una fina línea de sangre bajo la barbilla, allí donde el cuero había mordido la piel.

—Lo advertí de lo que sucedería, mi señora —dijo Mormont—. Le dije que se quedara en el risco, como ordenasteis.

—Lo sé, lo sé —replicó Dany, sin dejar de mirar a Viserys.

Su hermano estaba tendido en el suelo, y pugnaba por recuperar la respiración entre sollozos, con el rostro congestionado. Resultaba patético. Siempre había sido patético. ¿Por qué ella no se había dado cuenta antes? En su interior, en el lugar que antes ocupaba el miedo, tenía una sensación de vacío.

—Encargaos de su caballo —ordenó Dany a ser Jorah. Viserys se quedó mirándola. No daba crédito a lo que oía. La propia Dany tampoco podía creerse lo que estaba diciendo, pero le salieron las palabras—. Que mi hermano camine detrás de nosotros hasta el *khalasar.* —Entre los dothrakis, el hombre que no iba a caballo no era un hombre; era lo más bajo entre lo más bajo, carecía de honor y de orgullo—. Que todos lo vean tal como es.

—¡No! —gritó Viserys. Se volvió hacia ser Jorah—. Dale una bofetada, Mormont —suplicó en la lengua común, que los jinetes no comprendían—. Hazle daño. Te lo ordena tu rey. Mata a estos perros dothrakis y dale una lección.

El caballero exiliado miró a Dany y luego a Viserys. Ella iba descalza; tenía tierra entre los dedos de los pies y aceite en el pelo; él vestía sedas y acero. Dany vio la decisión dibujada en su rostro.

—Caminará, *khaleesi* —dijo. Se hizo cargo del caballo del muchacho, mientras Dany volvía a montar en su plata.

Viserys lo miró y se sentó en la tierra. No abrió la boca, pero tampoco se movió, y los ojos con que los vio alejarse estaban cargados de veneno. Pronto lo perdieron de vista entre las hierbas altas. Dany se asustó.

—¿Sabrá encontrar el camino? —preguntó a ser Jorah.

—Hasta un hombre tan ciego como vuestro hermano puede seguir nuestro rastro —replicó.

—Es orgulloso. Quizá esté demasiado avergonzado para volver.

—¿Y adónde va a ir? —dijo Jorah riéndose—. Si no encuentra el *khalasar,* el *khalasar* lo encontrará a él. Nadie se ahoga en el mar dothraki, niña.

Dany comprendió que era verdad. El *khalasar* era como una ciudad en marcha, pero no avanzaba a ciegas. Siempre había exploradores por delante de la columna principal, por si se divisaba caza o algún enemigo, y otros jinetes guardaban los flancos. En aquella tierra, en su tierra, no había nada que se les escapara. Las llanuras formaban parte de ellos... y también habían pasado a formar parte de ella.

—Le he pegado —dijo con la voz llena de asombro. Todo le parecía un sueño extraño y remoto—. Ser Jorah, ¿creéis...? Cuando vuelva estará muy enfadado conmigo... —Se estremeció—. He despertado al dragón, ¿verdad?

—¿Tenéis poder para despertar a los muertos, niña? —Ser Jorah dejó escapar una carcajada despectiva—. Vuestro hermano Rhaegar era el último dragón, y murió en el Tridente. Viserys no es ni la sombra de una serpiente.

—Pero... Vos... le jurasteis lealtad... —Lo brusco de aquellas palabras la había sobresaltado. De repente, todo aquello en lo que siempre había creído parecía cuestionable.

—Cierto, niña —asintió ser Jorah—. Y si vuestro hermano es la sombra de una serpiente, ¿qué somos los que lo servimos? —Había amargura en su voz.

—Pero, aun así, es el verdadero rey. Es...

—Decidme la verdad —le pidió Jorah mientras detenía el caballo y la miraba—. ¿Queréis que Viserys se siente en un trono?

—No sería un buen rey, ¿verdad? —dijo Dany después de meditar un momento.

—Los ha habido peores..., pero no muchos. —El caballero volvió a poner su montura al paso.

—De todos modos —insistió Dany situándose junto a él—, el pueblo llano lo espera. El magíster Illyrio dice que están bordando estandartes de dragones y rezando por que Viserys cruce el mar Angosto y regrese para liberarlos.

—El pueblo llano, cuando reza, pide lluvia, hijos sanos y un verano que no acabe jamás —replicó ser Jorah—. A ellos no les importa que los grandes señores jueguen a su juego de tronos, mientras los dejen en paz. —Se encogió de hombros—. Pero nunca los dejan en paz.

Dany cabalgó en silencio un rato, analizando las palabras del caballero como si fueran un rompecabezas. El hecho de que al pueblo no le importara si lo gobernaba su verdadero rey o un usurpador iba contra todo lo que le había dicho Viserys durante años. Pero cuanto más pensaba en todo aquello, más ciertas le parecían las palabras de ser Jorah.

—Y vos, ¿qué pedís cuando rezáis, ser Jorah? —le preguntó.

—Un hogar —dijo, con la voz ronca por la nostalgia.

—Yo también querría un hogar —dijo ella con sinceridad.

—Mirad a vuestro alrededor, *khaleesi.* —Ser Jorah se echó a reír.

Pero Dany no estaba pensando en las llanuras. Pensaba en Desembarco del Rey y en la gran Fortaleza Roja que había construido Aegon el Conquistador. Pensaba en Rocadragón, donde había nacido. En su imaginación, ambos lugares brillaban con un millar de luces y había una chimenea tras cada ventana. En su imaginación, todas las puertas eran rojas.

—Mi hermano no recuperará jamás los Siete Reinos —dijo Dany. Se dio cuenta de que hacía mucho tiempo que lo sabía. Toda su vida. Solo que no se había permitido formular las palabras, ni siquiera en un susurro. Pero en aquel momento las decía en voz alta, para que las oyera Jorah Mormont, para que las oyera todo el mundo.

—¿Eso creéis? —preguntó ser Jorah mientras la miraba calibrándola.

—No sabría dirigir un ejército ni aunque mi señor esposo se lo diera —dijo la chica—. No tiene dinero, y el único caballero que lo sigue lo considera inferior a una serpiente. Los dothrakis se burlan de su debilidad. Jamás nos llevará a casa.

—Sois sabia, niña —sonrió el caballero.

—No soy ninguna niña —replicó ella, furiosa. Espoleó a su montura hasta poner la plata al galope. Cabalgó cada vez más deprisa, dejó muy atrás a Jorah, a Irri y a los otros; el viento cálido le agitaba el pelo, y el sol poniente le bañaba el rostro con luz rojiza. Cuando llegó al *khalasar,* había anochecido.

Los esclavos le habían plantado la tienda a la orilla de una charca alimentada por el agua de un riachuelo. Oyó voces roncas, procedentes del palacio de hierba entrelazada, en la colina. Pronto habría risas, lo que significaría que los hombres de su *khas* estarían contando lo sucedido aquel día entre la hierba. Cuando Viserys llegara cojeando, todo hombre, mujer y niño del campamento sabría que era un caminante. En el *khalasar* no había secretos.

Dany dejó la plata al cuidado de los esclavos y entró en la tienda. Las sedas la hacían fresca y umbría. Justo cuando dejaba caer a sus espaldas la tela que hacía las veces de puerta, vio un dedo de luz roja que parecía tocar sus huevos de dragón, al fondo de la tienda. Durante un momento fue como si un millar de gotas de fuego escarlata le revolotearan ante los ojos. Parpadeó, y desaparecieron.

«Piedra —se dijo—. No son más que piedra. Hasta Illyrio me lo dijo: todos los dragones han muerto.»

Acarició el huevo negro con la palma de la mano; recorrió con los dedos la curva de la cáscara. La piedra estaba tibia. Casi caliente.

—El sol —susurró Dany—. Los ha calentado el sol por el camino.

Ordenó a sus doncellas que le preparasen la bañera. Doreah encendió una hoguera junto a la tienda, mientras Irri y Jhiqui cogían de los caballos de carga la gran bañera de cobre, otro de los regalos de boda, y acarreaban agua de la charca. Cuando el baño estuvo a punto, Irri la ayudó a entrar y se metió en el agua con ella.

—¿Habéis visto alguna vez un dragón? —preguntó mientras Irri le enjabonaba la espalda y Jhiqui le quitaba la arena del pelo. Había oído decir que los primeros dragones llegaron procedentes de oriente, de las Tierras Sombrías, más allá de Asshai y las islas del mar de Jade. Quizá allí vivieran todavía, en reinos extraños y salvajes.

—Ya no quedan dragones, *khaleesi* —dijo Irri.

—Murieron todos —corroboró Jhiqui—. Hace ya mucho, mucho tiempo.

Viserys le había contado que los últimos dragones de los Targaryen habían muerto hacía un siglo y medio, durante el reinado de Aegon III, al que llamaban *el Veneno de Dragón*. A Dany no le parecía tanto tiempo.

—¿En todas partes? —preguntó decepcionada—. ¿Incluso en oriente?

La magia había muerto en occidente cuando cayó la Maldición sobre Valyria y las Tierras del Largo Verano, y ni el acero fraguado con hechizos ni los bardos de tormentas ni los dragones pudieron recuperarla, pero Dany siempre había oído decir que en oriente las cosas eran de otra manera. Según las leyendas, en las islas del mar de Jade había manticoras; los basiliscos infestaban las selvas de Yi Ti, y los recitadores de hechizos, los brujos y los aeromantes practicaban sus artes abiertamente en Asshai, mientras que en lo más oscuro de la noche, los portadores de sombras y los magos de sangre llevaban a cabo conjuros horripilantes. ¿Por qué no podía haber también dragones?

—No hay dragones —insistió Irri—. Los hombres valientes los matan, porque son bestias espantosas. Lo sabe todo el mundo.

—Lo sabe todo el mundo —corroboró Jhiqui.

—Una vez, un mercader de Qarth me dijo que los dragones venían de la Luna —comentó la rubia Doreah mientras calentaba una toalla ante el fuego.

Irri y Jhiqui tenían más o menos la edad de Dany; eran chicas dothrakis tomadas como esclavas cuando Drogo destruyó el *khalasar* de su padre. Doreah era mayor, de casi veinte años. El magíster Illyrio la había encontrado en un lupanar de Lys.

—¿De la Luna? —Dany volvió la cabeza con curiosidad, y los mechones húmedos, blancos como la plata, le cayeron sobre los ojos.

—Me dijo que la Luna era un huevo, *khaleesi* —asintió la joven lysena—. Antes había dos lunas en el cielo, pero una se acercó demasiado al Sol, y con el calor se cascó. De ella salieron mil millares de dragones, y bebieron el fuego del Sol. Por eso los dragones respiran llamas. Algún día, la otra luna también besará el Sol, se romperá, y volverán los dragones.

Las dos chicas dothrakis se echaron a reír.

—Eres una esclava tonta con pelo de paja —dijo Irri—. La Luna no es ningún huevo. La Luna es una diosa, la esposa del Sol. Lo sabe todo el mundo.

—Lo sabe todo el mundo —corroboró Jhiqui.

Dany tenía la piel enrojecida y brillante al salir de la bañera. Jhiqui la tendió de bruces para untarle el cuerpo de aceite y sacarle el polvo de los poros. Después, Irri la salpicó con florespecia y canela. Mientras Doreah le cepillaba el pelo hasta que tuvo el brillo de las hebras de plata, pensó en la Luna, en huevos y en fantasmas.

La cena constó sencillamente de fruta y queso con pan frito, todo acompañado por una jarra de vino mezclado con miel.

—Quédate a comer conmigo, Doreah —ordenó Dany, y despidió a las otras doncellas. La chica lysena tenía el pelo color miel, y ojos como el cielo en verano. Cuando estuvieron a solas, clavó aquellos ojos en el suelo.

—Me honráis, *khaleesi* —dijo.

Pero no se trataba de un honor, sino de un servicio. Mucho después de que la luna brillara en el cielo, ellas seguían sentadas, hablando.

Aquella noche, cuando Khal Drogo entró en la tienda, Dany lo aguardaba. El hombre se detuvo en la entrada y la miró, sorprendido. Ella se levantó muy despacio y dejó caer al suelo las prendas de seda con que dormía.

—Esta noche debemos salir afuera, mi señor —le dijo, porque los dothrakis creían que todo hecho importante en la vida de un hombre debe tener lugar bajo el cielo abierto.

Khal Drogo la siguió al exterior. Las campanillas de su pelo tintineaban. A pocos pasos de la tienda había una zona de hierba suave, y Dany lo hizo tenderse allí. Cuando él intentó darle la vuelta, ella le apoyó una mano en el pecho.

—No —dijo—. Esta noche quiero mirarte el rostro.

En el corazón del *khalasar* no hay intimidad. Dany sintió mil ojos clavados en ella mientras lo desnudaba; oyó los murmullos cuando hizo las cosas que Doreah le había dicho que hiciera. No le importaba. ¿Acaso no era la *khaleesi*? Los únicos ojos que importaban eran los de su esposo, y cuando lo montó, vio en ellos algo que no había visto jamás. Lo cabalgó con tanta fiereza como a la plata, y cuando a Khal Drogo le llegó el momento del placer, gritó su nombre.

Estaban al otro lado del mar dothraki cuando Jhiqui pasó los dedos por la suave prominencia que era el vientre de Dany.

—Lleváis un niño dentro, *khaleesi* —dijo.

—Lo sé —respondió Dany.

Era su decimocuarto día del nombre.

BRAN

Abajo, en el patio, Rickon corría con los lobos.

Bran observaba la escena sentado junto a la ventana. Fuera adonde fuera el niño, Viento Gris llegaba antes de un salto para cortarle el paso, hasta que Rickon lo veía, gritaba de puro contento y echaba a correr en otra dirección. Peludo le pisaba los talones, pero se revolvía si los otros lobos se le acercaban demasiado. Se le había oscurecido el pelaje, que era casi negro, y tenía los ojos de fuego verde. Verano, el lobo de Bran, iba el último. Tenía el pelaje plateado y color humo, y veía el mundo a través de unos ojos de oro amarillo. Era más pequeño que Viento Gris, y también más cauto. Bran creía que era el más listo de la camada. Oyó las risas despreocupadas de su hermano mientras corría por el suelo cubierto de tierra con sus piernecitas gordezuelas, casi de bebé.

Le escocían los ojos. Quería estar allí abajo, y reír y correr. Enfadado consigo mismo, Bran se enjugó las lágrimas con los nudillos antes de que brotaran. Ya había pasado su octavo día del nombre. Era casi un hombre adulto; no podía llorar.

—Era mentira —dijo con amargura al recordar al cuervo de su sueño—. No puedo volar. Ni siquiera puedo correr.

—Todos los cuervos son unos mentirosos —asintió la Vieja Tata, que estaba sentada con su labor de costura en las manos—. Me sé un cuento sobre un cuervo.

—Ya estoy harto de cuentos —replicó Bran, petulante. Antes le gustaban mucho los cuentos de la Vieja Tata. Pero las cosas habían cambiado. Se tenía que pasar el día con ella; era la que lo cuidaba, lo limpiaba y le hacía compañía, y aquello no servía más que para empeorar las cosas—. Odio tus estúpidos cuentos —insistió.

—¿Mis cuentos? —La anciana le dedicó una sonrisa desdentada—. No, mi pequeño señor, no son míos. Los cuentos son, a secas, antes y después de mí, y antes de ti también.

Bran, lleno de rencor, pensó que era una vieja muy fea. Encogida, arrugada, casi ciega, demasiado débil para subir escaleras; apenas le quedaban unos mechones de pelo blanco en el cuero cabelludo, de un color rosa sucio. Nadie sabía a ciencia cierta cuántos años tenía, pero según su padre ya la llamaban *Vieja Tata* cuando él era niño. Era, sin duda, la persona más anciana de Invernalia, quizá la más anciana de los Siete Reinos. Había llegado al castillo como ama de cría de algún Brandon Stark, cuya madre había muerto en el parto. Brandon Stark era un hermano mayor de lord Rickard, el abuelo de Bran. O quizá un hermano pequeño, o un hermano del padre de lord Rickard. La Vieja Tata cambiaba la historia cada vez que la contaba. En todas ellas, el bebé moría a los tres años de unas fiebres de verano, pero ella se quedaba en Invernalia con sus hijos. Ambos murieron en la guerra en la que el rey Robert subió al trono, y su nieto también cayó ante las murallas de Pyke durante la rebelión de Balon Greyjoy. También sus hijas se habían casado, se habían marchado y habían muerto mucho tiempo atrás. El único descendiente que le quedaba era Hodor, el gigantón retrasado que trabajaba en los establos. Y la Vieja Tata vivía, y vivía, y seguía viviendo, con sus labores de costura y sus cuentos.

—¿A mí qué me importa de quién son los cuentos? —dijo Bran—. Los odio.

No quería cuentos, y no quería a la Vieja Tata. Quería a su madre y a su padre. Quería ir a correr con Verano. Quería trepar por la pared de la torre rota y dar de comer a los cuervos. Quería volver a montar en poni con sus hermanos. Quería que las cosas fueran como habían sido.

—Me sé un cuento sobre un niño que odiaba los cuentos —dijo la Vieja Tata con su sonrisa estúpida, mientras movía las agujas sin cesar, *clic, clic, clic,* hasta que a Bran le entraron ganas de gritar.

Sabía que las cosas nunca volverían a ser como antes. El cuervo lo engañó para que volara, pero cuando despertó estaba inválido y el mundo había cambiado. Todos lo habían abandonado: su padre, su madre, sus hermanas... Hasta su hermano bastardo, Jon. Su padre le había prometido que cabalgaría en un caballo de verdad hasta Desembarco del Rey, y sin embargo, se habían marchado sin él. El maestre Luwin había enviado a lord Eddard un pájaro con un mensaje, y otro a su madre, y otro al Muro; pero no llegó ninguna respuesta.

—A veces, los pájaros se pierden, hijo —le explicó el maestre—. De aquí a Desembarco del Rey hay mucha distancia y muchos halcones; puede que el mensaje no les haya llegado.

Pero, para Bran, era como si todos hubieran muerto mientras dormía... o quizá era él quien había muerto, y los demás lo habían olvidado. Jory, ser Rodrik y Vayon Poole se habían marchado también, así como Hullen, Harwin, Tom el Gordo y una cuarta parte de la guardia.

Los únicos que quedaban eran Robb y el pequeño Rickon, y Robb había cambiado. Se había convertido en Robb el Señor, o al menos lo intentaba. Llevaba una espada de verdad y no sonreía nunca. Se pasaba el día ejercitando a la guardia y entrenándose en el manejo de la espada, con lo que en el patio resonaba constantemente el choque de metal contra metal, mientras Bran miraba desconsolado desde la ventana. Por las noches se encerraba con el maestre Luwin para hablar o repasar libros de cuentas. En ocasiones se iba a caballo con Hallis Mollen, y estaba ausente varios días, visitando las fortalezas lejanas. Siempre que se iba durante más de un día, Rickon lloraba y no paraba de preguntar a Bran si Robb iba a volver. Pero, incluso cuando estaba en Invernalia, tenía más tiempo para Hallis Mollen y para Theon Greyjoy que para sus hermanos.

—Te puedo contar la historia de Brandon el Constructor —dijo la Vieja Tata—. Siempre ha sido tu favorita.

Hacía ya milenios, Brandon el Constructor había edificado Invernalia y, según algunas leyendas también el propio Muro. Bran conocía la historia, pero nunca había sido su favorita. Quizá fuera la favorita de algún otro Brandon. A veces, la Tata le hablaba como si fuera su Brandon, el bebé al que había dado el pecho hacía ya tantos años, y en otras lo confundía con su tío Brandon, el que había muerto a manos del Rey Loco antes incluso del nacimiento de Bran. Su madre le había dicho una vez que la Vieja Tata había vivido tanto tiempo que, para ella, todos los Brandon Stark eran uno solo.

—Esa no es mi favorita —dijo—. Mis historias favoritas eran las de miedo.

Se oyó un estrépito en el exterior, y se volvió hacia la ventana. Rickon corría por el patio hacia el puesto de guardia, y los lobos lo seguían, pero la orientación de la ventana de la torre no le permitía ver qué pasaba. Frustrado, se pegó un puñetazo en el muslo. No sintió nada.

—Ay, mi dulce niño de verano —dijo la Vieja Tata con voz queda—, ¡qué sabrás tú del miedo! El miedo es cosa del invierno, mi pequeño señor, cuando la capa de nieve es de cincuenta varas y el viento aúlla gélido desde el norte. El miedo es para la larga noche, cuando el sol oculta el rostro durante años enteros, los bebés nacen, viven y mueren en la oscuridad, los huargos están famélicos y los caminantes blancos recorren los bosques.

—Te refieres a los Otros —dijo Bran.

—Los Otros —asintió la Vieja Tata—. Hace miles y miles de años hubo un invierno frío, duro y largo como jamás hombre alguno había conocido. Hubo una noche que duró una generación, los reyes tiritaban y morían en sus castillos, igual que los porqueros en sus chozas. Las madres asfixiaban a sus hijos para no verlos morir de hambre, y lloraban, y las lágrimas se les helaban en las mejillas. —Su voz y sus agujas se callaron a la vez; miró a Bran con ojos claros, lechosos—. Dime, niño, ¿son estas las historias que te gustan?

—Bueno —reconoció Bran de mala gana—, sí, pero...

La Vieja Tata asintió.

—Fue durante aquella oscuridad cuando aparecieron por primera vez los Otros —empezó, mientras las agujas hacían *clic, clic, clic*—. Eran cosas frías, cosas muertas, que aborrecían el hierro, el fuego, la luz del sol y a toda criatura con sangre caliente en las venas. Arrasaron aldeas, ciudades y reinos; derrotaron a héroes y ejércitos. Eran innumerables, siempre a lomos de caballos blancuzcos y muertos, al frente de huestes de cadáveres. Ni todas las espadas de los hombres pudieron detener su avance; ni las doncellas ni los niños de pecho despertaron su compasión. Dieron caza a las muchachas por los bosques helados y alimentaron a sus sirvientes muertos con la carne de los niños humanos. —Había bajado mucho la voz; casi no era más que un susurro, y Bran se dio cuenta de que se había inclinado hacia delante para oírla.

—Eran los tiempos anteriores a la llegada de los ándalos, y mucho antes de que las mujeres cruzaran el mar Angosto huyendo de las ciudades de Rhoyne; y los cien reinos de aquel entonces eran los reinos de los primeros hombres, que habían arrebatado estas tierras a los hijos del bosque. Pero aquí y allá, en lo más profundo de la espesura, los hijos seguían viviendo en sus ciudades de madera, en las entrañas de las colinas, y los rostros de los árboles montaban guardia. Así que, mientras el frío y la muerte invadían la tierra, el último héroe quiso buscar a los hijos, con la esperanza de que su magia arcana pudiera recuperar lo que habían perdido los ejércitos de los hombres. Emprendió la marcha hacia las tierras muertas con una espada, un caballo, un perro y una docena de compañeros. Buscó y buscó durante años, hasta que desesperó de dar jamás con los hijos del bosque en sus ciudades secretas. Sus amigos fueron muriendo uno a uno, y también su caballo, y por último su perro, y hasta su espada se congeló, de tal manera que se rompió cuando quiso utilizarla. Y los Otros olieron la sangre caliente que le corría por las venas, y siguieron su rastro en silencio; lo persiguieron con manadas de arañas blancas, casi transparentes, grandes como sabuesos...

La puerta se abrió con estrépito, y faltó poco para que a Bran se le saliera el corazón por la boca del susto. Pero solo era el maestre Luwin, aunque inmediatamente después apareció por la puerta el gigantesco Hodor.

—¡Hodor! —anunció el mozo de cuadras, como tenía por costumbre, al tiempo que dedicaba a todos una amplia sonrisa.

—Han llegado visitantes —dijo el maestre Luwin, que no sonreía—. Se requiere tu presencia, Bran.

—Me estaban contando un cuento —se quejó el niño.

—Los cuentos esperan, mi pequeño señor; cuando vuelvas, este estará donde lo dejaste —dijo la Vieja Tata—. En cambio, los visitantes no tienen tanta paciencia. Y a veces traen sus propios cuentos.

—¿De quién se trata? —preguntó Bran al maestre Luwin.

—De Tyrion Lannister, y también vienen algunos hombres de la Guardia de la Noche con noticias de tu hermano Jon. Robb está reunido con ellos. Hodor, ayuda a Bran a bajar a la sala.

—¡Hodor! —asintió el mozo alegremente. Se agachó para no tropezar con la parte superior de la puerta. Medía alrededor de dos varas y media; costaba creer que por sus venas corriera la misma sangre que por las de la Vieja Tata. Bran se preguntaba si, cuando fuera viejo, se arrugaría y se encogería tanto como su tatarabuela. No parecía probable ni aunque viviera mil años.

Hodor levantó a Bran con tanta facilidad como si se tratara de una bala de heno, y lo acunó contra el pecho gigantesco. Siempre despedía cierto olor a caballo, pero no era desagradable. Tenía brazos grandes y musculosos, cubiertos de vello castaño.

—Hodor —repitió.

En cierta ocasión, Theon Greyjoy había comentado que Hodor sabía muy pocas cosas, pero que no cabía duda de que al menos sabía muy bien cómo se llamaba. Cuando Bran se lo contó, la Vieja Tata se echó a reír con cloqueos de gallina, y le confesó que el verdadero nombre de Hodor era Walder. Nadie sabía de dónde había salido lo de Hodor, pero cuando empezó a repetirlo constantemente pasaron a llamarlo así. Era la única palabra que decía.

Dejaron a la Vieja Tata en la habitación de la torre, con sus agujas y sus recuerdos. Hodor tarareaba algo sin melodía mientras cargaba a Bran escaleras abajo y por la galería. El maestre Luwin iba tras ellos, aunque tenía que apurar el paso para seguir las largas zancadas del mozo de cuadras.

Robb estaba sentado en el trono elevado de su padre. Vestía cota de malla y cuero endurecido, y tenía el rostro adusto de Robb el Señor. Theon Greyjoy y Hallis Mollen estaban de pie a su lado. Junto a los muros de piedra gris, bajo las ventanas altas y estrechas, había una docena de soldados. En el centro de la sala se encontraban el enano y sus criados, con cuatro desconocidos que lucían las prendas negras de la Guardia de la Noche. En cuanto Hodor entró con él en la sala, Bran captó la ira contenida en el ambiente.

—Cualquier miembro de la Guardia de la Noche es bienvenido en Invernalia, durante tanto tiempo como desee permanecer —decía Robb con la voz de Robb el Señor.

Tenía la espada cruzada sobre las rodillas, desenfundada para quc todos vieran el acero. Hasta Bran sabía qué significaba recibir a un invitado con la espada así.

—Cualquier miembro de la Guardia de la Noche —repitió el enano—. Pero yo no, ¿verdad? ¿Te he entendido bien, chico?

—En ausencia de mis padres, yo soy el señor de Invernalia, Lannister —dijo Robb levantándose y apuntando al hombrecillo con la espada—. No me llames chico.

—Si fueras un señor, tendrías la cortesía de un señor —replicó el hombrecillo, como si no viera la espada que le apuntaba al rostro—. Por lo visto, tu hermano bastardo heredó toda la elegancia de tu padre.

—Jon. —A Bran se le cortó la respiración en los brazos de Hodor.

—Así que es cierto, el chico sigue vivo. —El enano se había girado para mirarlo—. Me parecía increíble. Los Stark sois duros de pelar.

—Y los Lannister haríais bien en recordarlo —dijo Robb al tiempo que bajaba la espada—. Trae aquí a mi hermano, Hodor.

—Hodor —dijo Hodor. Se adelantó sonriente y depositó a Bran en el trono elevado de los Stark, donde se habían sentado los señores de Invernalia desde los tiempos en que eran los Reyes en el Norte. El asiento era de piedra fría, pulida por incontables traseros. En los extremos de los gigantescos brazos había tallas de cabezas de huargos con las fauces abiertas. Bran se agarró a ellas cuando se sentó, con las piernas inútiles colgando. La enormidad del trono lo hacía sentirse casi como un bebé.

—Dices que tienes algo de que hablar con Bran —dijo Robb mientras le ponía una mano en el hombro a Bran—. Bien, Lannister, aquí lo tienes.

La mirada de Tyrion Lannister hacía sentir incómodo a Bran. Tenía un ojo negro y el otro verde; clavaba ambos en él como si lo estudiara, como si lo calibrara.

—Me han dicho que eras un trepador excelente, Bran —dijo por último—. Cuéntame, ¿cómo es que te caíste aquel día?

—Yo no me caigo nunca —insistió el niño. Nunca, nunca, nunca se caía.

—No recuerda nada de la caída, ni de lo que estaba haciendo antes —intervino con amabilidad el maestre Luwin.

—Qué extraño —dijo Tyrion Lannister.

—Mi hermano no ha venido a responder a tus preguntas, Lannister —dijo Robb, cortante—. Dile lo que tengas que decirle y sigue tu camino.

—Tengo un regalo para ti —dijo el enano a Bran—. ¿Te gustaría cabalgar, chico?

—El niño ha perdido el uso de las piernas, mi señor —se adelantó el maestre Luwin—. No puede montar a caballo.

—Tonterías —replicó Lannister—. Con el caballo correcto y la silla adecuada, hasta un tullido puede cabalgar.

—¡Yo no soy un tullido! —La palabra había sido como una puñalada en el corazón de Bran. Sintió que los ojos se le llenaban de lágrimas incontenibles.

—Entonces, yo no soy un enano —dijo el enano con una mueca—. Mi padre se alegrará mucho cuando se entere.

Greyjoy soltó una carcajada.

—¿A qué clase de caballo y silla os referís? —preguntó Luwin.

—A un caballo inteligente —replicó Lannister—. El chico no puede darle órdenes con las piernas, así que hay que adaptar el caballo al jinete, enseñarlo a que responda a las riendas, a la voz. Yo optaría por un potro de un año que esté sin entrenar; así no habrá que hacerle olvidar unas cosas antes de aprender otras. —Se sacó un rollo de papel del cinturón—. Dadle esto a quienquiera que os fabrique las sillas. Será más que suficiente.

—Ya... ya veo —dijo el maestre, que curioso como una ardilla gris había cogido el papel de manos del enano, lo había desenrollado y lo estaba estudiando—. Dibujáis muy bien, mi señor. Sí, seguro que funcionará. Tendría que habérseme ocurrido a mí.

—No me ha resultado difícil, maestre. No es tan distinta de las sillas que utilizo yo.

—¿De verdad podré montar a caballo? —preguntó Bran. Quería creerlo, pero le daba miedo. Quizá fuera otra mentira. El cuervo le había prometido que podría volar.

—Podrás —le aseguró el enano—. Y te juro una cosa, chico: a lomos de un caballo, serás tan alto como cualquier hombre.

—¿Qué es esto, Lannister? ¿Una trampa? —Robb Stark parecía desconcertado—. ¿Qué significa Bran para ti? ¿Por qué quieres ayudarlo?

—Me lo pidió tu hermano Jon —respondió con una sonrisa Tyrion Lannister, llevándose una mano al pecho—. Y mi punto débil son los tullidos, los bastardos y las cosas rotas.

En aquel momento se abrieron de golpe las puertas que daban al patio. La luz del sol entró a raudales en la sala mientras Rickon, jadeante, se precipitaba hacia el interior. Los lobos huargo lo seguían. El niño se detuvo en la puerta con los ojos muy abiertos, pero los lobos entraron. Clavaron la mirada en Lannister, o quizá captaron su olor. Verano fue el primero en empezar a gruñir. Viento Gris lo imitó. Se acercaron amenazadores al hombrecillo, uno desde la derecha y otro desde la izquierda.

—A los lobos no les gusta vuestro olor, Lannister —comentó Theon Greyjoy.

—Ya va siendo hora de que me marche —asintió Tyrion.

Dio un paso hacia atrás... y en aquel momento, a sus espaldas, Peludo salió de entre las sombras, gruñendo. Lannister retrocedió, y Verano se lanzó contra él desde el otro lado. El enano se tambaleó, inseguro, y Viento Gris le lanzó una dentellada al brazo que le arrancó un trozo de tela de la manga.

—¡No! —grito Bran desde su trono, mientras los hombres de Lannister desenfundaban las espadas—. ¡Ven, Verano! ¡Aquí!

El lobo huargo oyó la voz, miró a Bran y, a continuación, miró de nuevo a Lannister. Retrocedió sin apartar los ojos del hombrecillo, y por último se tendió bajo los pies colgantes de Bran.

Robb había estado conteniendo el aliento. Lo dejó escapar con un suspiro.

—¡Viento Gris! —llamó. Su lobo volvió con él, rápido y silencioso. Ya solo quedaba Peludo, que seguía gruñendo al hombrecillo y mirándolo con unos ojos que eran como llamaradas verdes.

—¡Llámalo, Rickon! —gritó Bran a su hermano pequeño.

—¡A casa, Peludo, vamos a casa! —gritó Rickon al recuperarse de la sorpresa. El lobo negro gruñó por última vez a Lannister y corrió hacia Rickon, que se le abrazó con fuerza al cuello.

—Qué interesante —comentó con voz inexpresiva Tyrion Lannister. Se quitó la bufanda y se secó la frente con ella.

—¿Os encontráis bien, mi señor? —preguntó uno de sus hombres, espada en mano. No dejaba de mirar a los lobos, nervioso.

—Tengo una manga rota y los calzones incomprensiblemente mojados, pero no tengo nada herido salvo la dignidad.

—Los lobos... —Hasta Robb parecía conmocionado—. No entiendo por qué han hecho eso...

—No cabe duda de que me han confundido con la cena. —Hizo una reverencia rígida en dirección a Bran—. Muchas gracias por llamarlos, joven señor. Te aseguro que les habría resultado muy indigesto. Y ahora sí que me voy de verdad.

—Un momento, mi señor —dijo el maestre Luwin. Se dirigió hacia Robb e intercambió con él unos susurros. Bran trató de escucharlos, pero hablaban demasiado bajo.

—Quizá... —dijo Robb Stark envainando la espada—. Puede que haya sido poco cortés contigo. Has sido amable con Bran, y... bueno... —Robb hizo un esfuerzo por recuperar la compostura—. Te ofrezco la hospitalidad de Invernalia, Lannister.

—No me vengas con falsas cortesías, chico. No simpatizas conmigo y no quieres que me quede aquí. Antes he visto una posada fuera de los muros, en Las Inviernas. Allí me darán cama, y así, los dos dormiremos mejor. Y por unas cuantas monedas, igual hasta encuentro alguna ramera amable que me caliente las sábanas. —Se dirigió a uno de los hermanos negros, un viejo de espalda encorvada y barba enmarañada—. Partiremos hacia el sur al amanecer, Yoren. Nos encontraremos en el camino. —Sin añadir más, recorrió la sala trabajosamente con sus piernas cortas, pasó junto a Rickon y salió por la puerta. Sus hombres lo siguieron.

Los cuatro miembros de la Guardia de la Noche se quedaron donde estaban. Robb se volvió hacia ellos, inseguro.

—He ordenado que os preparen habitaciones, y no os faltará agua caliente para limpiaros el polvo del camino. Espero que nos honréis con vuestra presencia esta noche durante la cena.

Formuló la invitación de manera tan torpe que hasta Bran se dio cuenta de que era un discurso aprendido, no palabras que le salieran del corazón. De todos modos, los hermanos negros se lo agradecieron igual.

Hodor tomó a Bran en brazos para llevarlo de vuelta a la cama, y Verano los siguió por las escaleras de la torre. La Vieja Tata estaba dormida en su silla. Hodor dijo: «Hodor», cogió a su tatarabuela, que roncaba con suavidad, y se la llevó. Bran se quedó allí tendido, pensando. Robb le había prometido que aquella noche podría cenar con la Guardia de la Noche en el salón principal.

—Verano —llamó. El lobo se subió a la cama de un salto. Bran lo abrazó con tanta fuerza que sintió el aliento cálido en la mejilla—. Ahora podré montar a caballo —susurró a su amigo—. Pronto iremos a cazar juntos por los bosques, ya verás.

No tardó en quedarse dormido.

En el sueño trepaba por una vieja torre sin ventanas, metía los dedos en las grietas de las piedras ennegrecidas y buscaba puntos de apoyo con los pies. Trepaba cada vez a más altura y atravesaba las nubes hacia el cielo nocturno, pero la torre seguía y seguía. Cuando se detuvo para mirar abajo, el vértigo lo paralizó, y los dedos casi perdieron su agarre. Bran gritó y se asió con todas sus fuerzas. La tierra estaba miles de leguas más abajo, y él no sabía volar. Él no sabía volar. Aguardó hasta que el corazón dejó de palpitarle con violencia, y siguió trepando. No podía hacer otra cosa que subir y subir. Muy por encima de él, como una silueta negra contra la luna, le pareció distinguir las formas de las gárgolas. Tenía los brazos doloridos y entumecidos, pero no se atrevía a detenerse para descansar. Se obligó a trepar más deprisa. Las gárgolas observaban su ascenso. Tenían ojos brillantes y rojos como carbones en un brasero. Quizá en el pasado fueran leones, pero en aquel momento eran seres retorcidos y grotescos. Bran las oía murmurar entre ellas, con voces terribles de piedra. «No escuches —se dijo—, no escuches»; mientras no las escuchara, estaría a salvo. Pero entonces, las gárgolas se soltaron de la piedra y empezaron a descender por la torre, hacia Bran, y este supo que no estaba a salvo.

—No he oído nada —sollozó mientras se le acercaban—. No he oído nada, no he oído nada. —Se despertó sudoroso y sin aliento, perdido en la oscuridad, y vio una gran sombra que se cernía sobre él—. No he oído nada —susurró, temblando de miedo.

—Hodor —dijo la sombra, y encendió la vela que había junto a la cama.

Bran suspiró, aliviado.

Hodor le limpió el sudor con un pañuelo húmedo y caliente, antes de vestirlo con manos hábiles y tiernas. Cuando llegó la hora, lo bajó al salón principal, donde ya habían instalado la gran mesa sobre caballetes ante la chimenea. El puesto del señor, en la cabecera, quedó libre, pero Robb se sentó a la derecha, y Bran frente a él. Aquella noche cenaron lechón asado, empanada de pichón y nabos con mantequilla, y el cocinero había prometido panales de postre. Verano comía sobras de la mano de Bran, mientras que, en un rincón, Viento Gris y Peludo se peleaban por un hueso. Los perros de Invernalia ya no se atrevían a entrar en la estancia. Al principio, a Bran le había parecido raro, pero ya se estaba acostumbrando.

Yoren era el mayor de los hermanos negros, así que el mayordomo lo había colocado entre Robb y el maestre Luwin. El anciano despedía un olor acre, como si llevara mucho tiempo sin bañarse. Arrancaba la carne con los dientes y rompía los huesos para chupar la médula. Se encogió de hombros cuando le preguntaron por Jon Nieve.

—La pesadilla de ser Alliser —gruñó.

Dos de sus compañeros se echaron a reír, y Bran no entendió nada. Pero cuando Robb se interesó por su tío Benjen, el silencio de los hermanos negros le resultó ominoso.

—¿Qué pasa? —quiso saber.

—Las noticias son malas, señores —dijo Yoren limpiándose los dedos en el chaleco—, y es cruel pagar así vuestra comida y hospitalidad, pero quien hace una pregunta debe ser capaz de soportar la respuesta. Stark ha desaparecido.

—El Viejo Oso lo envió en busca de Waymar Royce —intervino otro de los hombres—, y ya debería haber regresado.

—Hace demasiado tiempo —asintió Yoren—. Lo más probable es que haya muerto.

—Mi tío no ha muerto —dijo Robb Stark en voz alta, furiosa. Se levantó del banco y apoyó la mano en la empuñadura de la espada—. ¿Me oís? ¡Mi tío no ha muerto!

Su voz resonó entre los muros de piedra, y de repente, Bran tuvo mucho miedo.

El anciano Yoren alzó la vista hacia Robb, impasible.

—Como digáis, mi señor —dijo al tiempo que se sacaba un trocito de carne de entre los dientes.

—No hay un hombre en el Muro que conozca el bosque Encantado mejor que Benjen Stark. —El más joven de los hermanos negros se agitó en el asiento, inquieto—. Encontrará el camino de vuelta.

—Puede que sí, puede que no —replicó Yoren—. No es la primera vez que un hombre diestro entra en esos bosques para no salir jamás.

Bran no podía dejar de pensar en el cuento de la Vieja Tata sobre los Otros y el último héroe, perseguido en el bosque por muertos andantes y arañas grandes como sabuesos. Durante un momento tuvo pánico, hasta que recordó el final de la historia.

—Los hijos lo ayudarán —dijo—. ¡Los hijos del bosque!

Theon Greyjoy soltó una risita despectiva.

—Los hijos del bosque desaparecieron hace miles de años, Bran —intervino el maestre Luwin—. Las caras de los árboles son lo único que queda de ellos.

—Puede que eso sea así aquí abajo, maestre —dijo Yoren—. Pero, más allá del Muro, ¿quién sabe? Allí arriba no siempre es posible distinguir lo que está vivo de lo que está muerto.

Aquella noche, cuando hubo terminado la cena, el propio Robb se encargó de llevar a Bran a la cama. Viento Gris abría la marcha, y Verano la cerraba. Su hermano era fuerte para su edad, y Bran resultaba tan ligero como un fardo de trapos, pero las escaleras eran empinadas y oscuras, y cuando llegaron arriba, Robb jadeaba.

Depositó a Bran en la cama, lo tapó con las mantas y sopló para apagar la vela. Durante un rato, se quedó sentado junto a él en la oscuridad. A Bran le habría gustado hablar, pero no sabía qué decir.

—Te encontraremos el caballo perfecto, te lo prometo —susurró Robb al final.

—¿Volverán algún día? —preguntó Bran.

—Sí —dijo Robb, y en su voz había tal esperanza que el pequeño supo que estaba hablando su hermano, no Robb el Señor—. Madre regresará pronto. Con un poco de suerte podremos salir a caballo a recibirla cuando vuelva. ¡Menuda sorpresa se llevará cuando te vea cabalgar! —Pese a la oscuridad, Bran le vio la sonrisa en el rostro—. Y después, cabalgaremos hacia el norte para ver el Muro. No le diremos nada a Jon; llegaremos el día menos pensado, tú y yo juntos. Será toda una aventura.

—Una aventura —repitió Bran con tristeza.

Oyó sollozar a su hermano. La habitación estaba tan oscura que no podía ver las lágrimas en el rostro de Robb, de manera que tendió la mano en busca de la suya. Los dos hermanos entrelazaron los dedos.

EDDARD

—La muerte de lord Arryn nos entristeció mucho a todos, mi señor —dijo el gran maestre Pycelle—. Por supuesto, os diré cuanto queráis saber acerca de su agonía. Tomad asiento, por favor. ¿Queréis algún refrigerio? ¿Unos dátiles? También tengo unos caquis muy buenos. Ya no puedo tomar vino; por desgracia no lo digiero bien, pero puedo ofreceros leche muy fría endulzada con miel. Es muy refrescante con este calor.

Era cierto que el calor resultaba agobiante; Ned sentía la túnica de seda pegada al pecho. El aire espeso y húmedo envolvía la ciudad como una manta de lana mojada, y la ribera del río era un caos, ya que los pobres habían abandonado sus cuchitriles asfixiantes y mal ventilados para pelear por un lugar donde dormir cerca del agua, el único sitio donde soplaba algo de brisa.

—Os lo agradezco mucho —dijo Ned al tiempo que se sentaba.

Pycelle cogió una diminuta campanilla de plata entre el índice y el pulgar, y la hizo sonar con delicadeza. Una criada muy joven y esbelta acudió a la estancia de inmediato.

—Leche muy fría para la mano del rey y para mí, niña, por favor. Que esté bien dulce. —La muchachita fue a buscar las bebidas; el gran maestre entrelazó los dedos y se apoyó las manos en la barriga—. El pueblo dice que el último año de verano es siempre el más caluroso. No es así, pero a veces lo parece, ¿verdad? En días como este me dais envidia los norteños, con vuestras nevadas de verano. —La pesada cadena enjoyada que el anciano llevaba al cuello tintineó cuando se movió en el asiento—. Cierto que el verano del rey Maekar fue más caluroso que este, y casi igual de largo. Algunos idiotas, incluso en la Ciudadela, pensaron que ya había llegado el Gran Verano, el verano sin fin, pero al séptimo año se acabó de repente; tuvimos un otoño corto y luego un invierno espantosamente largo. Pero el calor, mientras duró, fue terrible. Antigua era un horno durante el día; solo cobraba vida de noche. Salíamos a pasear por los jardines de la ribera y hablábamos sobre los dioses. Recuerdo bien los olores de aquellas noches, mi señor... Perfume y sudor; melones maduros; melocotones y granadas; belladona y flores de luna. Por aquel entonces yo todavía era joven, me estaba forjando el collar. El calor no me agotaba, como me sucede ahora. —Pycelle tenía los párpados tan caídos que parecía a punto de dormirse—. Os ruego que me perdonéis, lord Eddard. No habéis venido a escuchar recuerdos seniles de un verano olvidado antes de que naciera vuestro padre. Perdonad a este viejo por sus divagaciones. Ah, ahí viene la leche. —La criada depositó la bandeja entre ellos, y Pycelle sonrió—. Eres una buena chica. —Cogió una copa, la probó y asintió—. Gracias. Puedes retirarte.

»¿Qué me estabais diciendo? —preguntó Pycelle clavando en Ned los ojos claros y legañosos, cuando se retiró la criada—. Ah, sí, me preguntabais por lord Arryn...

—Así es. —Ned bebió un trago de leche fría por pura educación. Su frescor resultaba agradable, pero estaba demasiado dulce para su gusto.

—Si queréis que os diga la verdad, la mano no parecía él mismo en los últimos tiempos —dijo Pycelle—. Durante varios años estuvimos sentados juntos en el Consejo; debí darme cuenta antes, pero lo atribuí a la carga que llevaba tanto tiempo soportando. Sobre aquellos anchos hombros recaían todas las responsabilidades del reino. Y eso no era lo único. Su hijo siempre había sido enfermizo, y su esposa estaba tan preocupada que no permitía que se apartara de su vista. Habría bastado para agotar hasta a un hombre fuerte, y además, lord Jon no era joven. No era de extrañar, pues, que pareciera melancólico y cansado. O eso creía yo entonces. Ya no estoy tan seguro.

—¿Qué podéis contarme de la enfermedad que acabó con él?

—Un día vino a pedirme cierto libro —dijo el gran maestre abriendo las manos en gesto de dolor e impotencia—; estaba tan sano y robusto como siempre, aunque me pareció muy preocupado. A la mañana siguiente se retorcía de dolor y estaba demasiado débil para levantarse de la cama. El maestre Colemon pensó que era un corte de digestión. Había hecho mucho calor, y la mano acostumbraba a tomar vino muy frío, cosa que puede provocar problemas de estómago. Pero lord Jon siguió debilitándose, así que yo mismo fui a verlo. Por desgracia, los dioses no me dieron poder para salvarlo.

—Tengo entendido que expulsasteis al maestre Colemon.

El asentimiento del gran maestre fue tan lento y deliberado como el avance de un glaciar.

—Así fue, y me temo que lady Lysa no me lo perdonará jamás. Puede que me equivocara, pero en aquel momento me pareció lo mejor. El maestre Colemon es como un hijo para mí, y soy el primero en reconocer y admirar su talento, pero es joven, y a menudo, los jóvenes no comprenden la fragilidad de un cuerpo envejecido. Estaba purgando a lord Arryn con pócimas y jugo de pimienta. Temí que eso lo matara.

—¿Os dijo algo lord Arryn en sus últimas horas?

—En su delirio, la mano repitió muchas veces el nombre de Robert —dijo Pycelle con el ceño fruncido—, pero no sabría deciros si llamaba a su hijo o al rey. Lady Lysa no consintió que el niño entrara en la habitación por temor a que se contagiara. El rey iba a visitarlo y se pasaba horas sentado junto al lecho, le hablaba y bromeaba sobre cosas del pasado para tratar de levantarle el ánimo. El cariño que le profesaba era evidente.

—¿Nada más? ¿Cuáles fueron sus últimas palabras?

—Cuando vi que ya no cabía albergar ninguna esperanza, le administré a la mano la leche de la amapola, para que no sufriera. Justo antes de cerrar los ojos por última vez, susurró algo a su esposa y al rey, una especie de bendición para su hijo. «La semilla es fuerte», dijo. Costaba trabajo entender qué decía. La muerte no le llegó hasta el amanecer, pero después de aquello, lord Jon se quedó tranquilo y no volvió a hablar.

Ned bebió otro sorbo de leche, aunque le costaba contener las náuseas ante el dulzor.

—¿Notasteis algo antinatural en la muerte de lord Arryn?

—¿Antinatural? —La voz del anciano maestre era un susurro apenas audible—. No, la verdad es que no. Fue triste, sin duda. Pero, en cierto modo, no hay nada tan natural como la muerte, lord Eddard. Jon Arryn descansa en paz ya, por fin se ha librado de su carga.

—¿Habíais visto otros casos de la enfermedad que se lo llevó? —preguntó Ned—. ¿En otros pacientes?

—Hace casi cuarenta años que soy gran maestre de los Siete Reinos —replicó Pycelle—. Durante el reinado de Robert, y antes del suyo, el de Aerys Targaryen, y antes del suyo, el de su padre, Jaehaerys II, y antes del suyo, durante unos meses, serví al padre de Jaehaerys, Aegon V el Afortunado. He visto más enfermedades de las que quiero recordar, mi señor. Y os puedo decir algo: todos los casos son diferentes, y todos los casos se parecen. La muerte de lord Jon no fue más extraña que tantas otras.

—Su esposa no opina lo mismo.

—Ahora lo recuerdo, la viuda es hermana de vuestra noble esposa —dijo el gran maestre con un gesto de asentimiento—. Perdonad la ruda franqueza de este anciano, pero el dolor puede extraviar hasta a las mentes más fuertes y disciplinadas, y la de lady Lysa nunca lo fue. Desde que dio a luz un bebé ya muerto ha visto enemigos por todas partes, y el fallecimiento de su señor esposo la ha destrozado.

—De modo que estáis seguro de que Jon Arryn murió a causa de una enfermedad repentina.

—Así fue —asintió Pycelle con seriedad—. ¿A qué otra cosa pudo deberse, mi buen señor?

—Al veneno —apuntó Ned con voz tranquila.

Los ojos adormilados de Pycelle se abrieron de par en par. El anciano maestre se agitó en su asiento, incómodo.

—Es una idea inquietante. No estamos en las Ciudades Libres, donde esas cosas pasan todos los días. Según el gran maestre Aethelmure, allí cada hombre puede ser un asesino, pero incluso así desprecian al envenenador. —Se quedó en silencio un instante, pensativo—. Lo que indicáis es posible, mi señor, pero no me parece probable. Un maestre conoce los venenos más comunes, y los síntomas de lord Arryn no correspondían a ninguno de ellos. ¿Y qué clase de monstruo en forma de hombre osaría asesinar a tan noble señor?

—Tengo entendido que el veneno es un arma de mujer.

—Eso se dice. —Pycelle, meditabundo, se acarició la barba—. De mujeres, de cobardes... y de eunucos. —Carraspeó y escupió hacia los arbustos. Sobre ellos, en la pajarera, un cuervo graznaba sin cesar—. Lord Varys nació esclavo en Lys, ¿lo sabíais? No confiéis en las arañas, mi señor.

—Seguiré vuestro consejo, maestre. —A Ned no le hacía la menor falta que se lo dijeran. Varys tenía algo que le ponía la carne de gallina—. Y os agradezco la ayuda. Ya os he robado bastante tiempo. —Se levantó.

—Espero haber contribuido a tranquilizaros —dijo el gran maestre Pycelle mientras se levantaba trabajosamente y lo acompañaba a la puerta—. Si puedo serviros en cualquier otra cosa, solo tenéis que decirlo.

—Hay un detalle —respondió Ned—. Siento curiosidad por examinar el libro que le prestasteis a Jon el día anterior a que cayera enfermo.

—No creo que os interese lo más mínimo —dijo Pycelle—. Es un volumen muy tedioso sobre los linajes de las grandes casas, escrito por el gran maestre Malleon.

—De todos modos, me gustaría verlo.

—Como deseéis. —El anciano abrió la puerta—. Lo tengo aquí, por alguna parte. En cuanto lo encuentre haré que os lo envíen a vuestros aposentos.

—Habéis sido muy amable —dijo Ned—. Una última cuestión —añadió, como si se le acabara de ocurrir—. Habéis mencionado que el rey estaba junto al lecho de muerte de lord Arryn. ¿Lo acompañaba la reina?

—No, no —respondió Pycelle—. Estaba de viaje hacia Roca Casterly, con su padre y los niños. Lord Tywin había venido a la ciudad con su séquito, para el torneo del día del nombre del príncipe Joffrey, sin duda con la esperanza de que su hijo Jaime ganara la corona del campeón. Se debió de llevar una gran decepción. Sobre mí recayó la tarea de enviarle a la reina la noticia de la repentina muerte de lord Arryn. Jamás había sentido tanta tristeza al soltar un cuervo.

—Alas negras, palabras negras —murmuró Ned. Era un proverbio que la Vieja Tata le había enseñado de niño.

—Eso dicen las verduleras —asintió el gran maestre Pycelle—. Pero nosotros sabemos que no siempre es así. Cuando el pájaro del maestre Luwin nos trajo la noticia acerca de vuestro hijo Bran, el mensaje alegró todos los corazones nobles del castillo, ¿no es cierto?

—Es como decís, maestre.

—Los dioses son piadosos. —Pycelle inclinó la cabeza—. Acudid a mí siempre que me necesitéis, lord Eddard. Estoy aquí para prestar mis servicios.

«Sí —pensó Ned mientras la puerta se cerraba—. Pero ¿a quién?»

Iba de vuelta hacia sus habitaciones cuando se encontró con su hija Arya en la escalera de caracol de la Torre de la Mano. La niña agitaba los brazos para mantener el equilibrio sobre una pierna. La piedra basta le había llenado de rozaduras los pies descalzos. Ned se quedó mirándola.

—¿Qué haces, Arya?

—Syrio dice que un danzarín del agua puede mantenerse durante horas sobre un dedo del pie —contestó ella moviendo las manos para mantener el equilibrio.

—¿Qué dedo? —bromeó Ned sin poder contener una sonrisa.

—Cualquier dedo —replicó Arya, exasperada. Saltó con la pierna derecha para caer con la izquierda, y se tambaleó peligrosamente antes de recuperar el equilibrio.

—¿Y es imprescindible que lo hagas aquí? Si te caes por las escaleras te vas a hacer daño.

—Syrio dice que un danzarín del agua no se cae nunca. —Apoyó la pierna para tener los dos pies en el suelo—. Padre, ¿va a venir Bran a vivir con nosotros?

—Hasta dentro de mucho tiempo, no, pequeña —dijo—. Tiene que recuperar las fuerzas.

La niña se mordió un labio.

—¿Qué hará Bran cuando sea mayor?

—Tiene muchos años para encontrar la respuesta a esa pregunta, Arya —dijo Ned, que se había arrodillado a su lado—. Por ahora, nos basta con saber que está vivo.

La noche en que llegó el pájaro de Invernalia, Eddard Stark llevó a las niñas al bosque de dioses del castillo, una fanega de olmos, alisos y álamos desde donde se divisaba el río. Allí, el árbol corazón era un gran roble de ramas inmensas llenas de plantas trepadoras. Pero se arrodillaron ante él, como si fuera un arciano, para dar las gracias. Sansa se quedó dormida apenas apareció la luna, y Arya se durmió también varias horas más tarde, acurrucada en la hierba bajo la capa de Ned. Él se mantuvo despierto, solo. Cuando la luz del amanecer empezó a bañar la ciudad, los capullos rojos de aliento de dragón rodeaban a las niñas dormidas.

—He soñado con Bran —le había susurrado Sansa—. Sonreía.

Ned regresó al presente.

—Quería ser caballero —le decía Arya—. Caballero de la Guardia Real. ¿Podrá serlo?

—No —replicó él. No tenía sentido mentir—. Pero algún día puede ser el señor de una gran fortaleza, y sentarse en el Consejo del Rey. Puede erigir castillos, como Brandon el Constructor, o navegar en un barco por el mar del Ocaso, o adoptar las creencias de tu madre y llegar a ser septón supremo.

«Pero nunca volverá a correr detrás de su lobo —pensó con una tristeza que no se podía expresar con palabras—. Ni yacerá con una mujer, ni sostendrá en brazos a su hijo.»

—¿Yo también puedo ser consejera de un rey, construir castillos y ser septón supremo? —preguntó Arya inclinando la cabeza a un lado.

Ned le dio un beso en la frente.

—Tú te casarás con un rey, gobernarás en su castillo, y tus hijos serán caballeros, príncipes y señores, y quizá alguno sea septón supremo, sí.

—No —dijo la niña con una mueca—. Eso, para Sansa.

Dobló la pierna derecha y siguió con sus ejercicios de equilibrio. Ned suspiró y se fue.

Una vez en sus habitaciones, se quitó las prendas de seda manchadas de sudor, cogió la palangana que había junto a su cama y se echó agua fría por la cabeza. Alyn entró cuando se secaba la cara.

—Ha venido lord Baelish. Solicita una audiencia, mi señor —dijo.

—Acompáñalo a mis estancias —dijo Ned mientras cogía una túnica limpia, la del lino más ligero que encontró—. Lo recibiré ahora mismo.

Cuando Ned llegó, Meñique estaba sentado junto a la ventana, observando el entrenamiento con espadas de los caballeros de la Guardia Real, en el patio.

—Ojalá la mente del viejo Selmy fuera tan afilada como su espada —dijo con melancolía—. Las reuniones del Consejo serían mucho más animadas.

—Ser Barristan es tan valiente y honorable como el que más en Desembarco del Rey. —Ned había aprendido a respetar al anciano y canoso lord comandante de la Guardia Real.

—Y también pelma como el que más —puntualizó Meñique—, aunque seguro que hará un buen papel en el torneo. El año pasado desmontó al Perro, y hace solo cuatro que fue el campeón.

El tema del posible vencedor del torneo no interesaba lo más mínimo a Eddard Stark.

—Lord Petyr, ¿esta visita tiene algún motivo, o solo venís a disfrutar del paisaje que se divisa desde mi ventana?

—Le prometí a Cat que os ayudaría en vuestra indagaciones, y lo he hecho —dijo Meñique con una sonrisa.

Aquello cogió desprevenido a Ned. Con o sin promesas de por medio, no conseguía confiar en lord Petyr Baelish, que siempre le parecía demasiado listo.

—¿Tenéis algo para mí?

—Tengo a alguien —lo corrigió Meñique—. A cuatro, para ser exactos. ¿No se os ocurrió interrogar a los sirvientes de la mano?

—Ojalá fuera posible —contestó Ned con el ceño fruncido—. Lady Arryn se llevó a todo su séquito cuando volvió al Nido de Águilas. Todos los que trataban de cerca a su esposo la acompañaron en su huida: el maestre de Jon, su mayordomo, el capitán de su guardia, sus caballeros y criados...

—Se llevó a casi todo su séquito —dijo Meñique—, pero quedaron algunas personas. Una ayudante de cocina embarazada, que se casó a toda prisa con uno de los palafreneros de lord Renly; un caballerizo, que se alistó en la Guardia de la Ciudad; un criado despedido por hurto, y el escudero de lord Arryn.

—¿Su escudero? —Ned estaba gratamente sorprendido. Los escuderos solían conocer bien las idas y venidas de sus señores.

—Ser Hugh del Valle. El rey lo nombró caballero tras la muerte de lord Arryn.

—Enviaré a alguien a buscarlo —dijo Ned—. Y también a los otros.

—Mi señor, ¿tenéis la amabilidad de acercaros aquí, a la ventana? —preguntó Meñique con una mueca.

—¿Por qué?

—Venid y os lo mostraré, mi señor. —Ned se acercó a la ventana con el ceño fruncido. Petyr Baelish hizo un gesto descuidado—. Mirad al otro lado del patio, junto a la puerta de la armería. ¿Veis a un niño sentado en los escalones, que afila una espada con una piedra de amolar?

—Sí, ¿qué pasa con él?

—Es un informante de Varys. La Araña muestra gran interés en todo lo que hacéis. Ahora mirad hacia la muralla. Más al oeste, sobre los establos. ¿Veis al guardia que vigila desde el baluarte?

—¿Otro de los pajaritos del eunuco? —preguntó Ned cuando lo divisó.

—No, ese es de la reina. Como veis, desde su posición divisa sin problemas la puerta de esta torre; así sabe siempre quién os visita. Y hay muchos otros; a la mayoría no los conozco ni yo. La Fortaleza Roja está llena de ojos. ¿Por qué creéis que oculté a Cat en un burdel?

—Por los siete infiernos —maldijo Eddard Stark; detestaba aquellas intrigas. Era cierto; parecía que el hombre de la muralla lo vigilaba. Se apartó de la ventana, incómodo—. ¿Es que todo el mundo informa a alguien en esta maldita ciudad?

—No todo el mundo —replicó Meñique. Contó con los dedos de la mano—. A ver, estamos vos, yo, el rey... Aunque, bien pensado, el rey le cuenta demasiado a la reina, y de vos no estoy del todo seguro. —Se levantó—. ¿Tenéis a vuestro servicio a algún hombre en quien confiéis plenamente?

—Sí —dijo Ned.

—En ese caso, me encantaría venderos un palacio precioso que tengo en Valyria —replicó Meñique con sonrisa burlona—. La respuesta más sensata habría sido «no», mi señor, pero si insistís... Enviad a ese ser maravilloso a ver a ser Hugh y a los otros. Vuestras idas y venidas no pasan desapercibidas, pero ni Varys la Araña puede vigilar a todos los hombres de vuestro servicio todas las horas del día. —Se dirigió hacia la puerta.

—Lord Petyr —empezó Ned—. Os... os agradezco vuestra ayuda. Quizá me equivocaba al desconfiar de vos.

—Tardáis mucho en aprender, lord Eddard. —Meñique se pasó los dedos por la barbita puntiaguda—. Desconfiar de mí ha sido lo más inteligente que habéis hecho desde que desmontasteis al llegar.

JON

Jon estaba enseñando a Dareon a asestar golpes de costado cuando el nuevo recluta entró en el patio de entrenamiento.

—Tienes que separar más los pies —insistió—. No querrás perder el equilibrio. Muy bien. Ahora tienes que girar mientras asestas el golpe; pon todo tu peso en la espada.

—Por los siete dioses —murmuró Dareon, apartándose y levantándose el visor—. No te pierdas eso, Jon.

Jon dio media vuelta. A través de la ranura del visor del yelmo divisó al chico más gordo que había visto en su vida. Estaba de pie ante la puerta de la armería, y por lo menos pesaba diez arrobas. El cuello de piel de su chaqueta bordada desaparecía bajo la papada. Tenía unos ojos claros que miraban nerviosos en todas direcciones, su rostro parecía una luna llena, y se pasaba los dedos regordetes por la casaca de terciopelo para secarse el sudor.

—Me... me han dicho que viniera aquí a... a entrenarme —dijo sin dirigirse a nadie en concreto.

—Un señorito —dijo Pyp a Jon—. Sureño, de la zona de Altojardín, seguro. —Pyp había recorrido los siete reinos con una compañía teatral y alardeaba de que sabía de dónde era cualquiera con tan solo oír su voz.

El chico llevaba bordado en el pecho del abrigo, en hilo rojo, un cazador dando un paso. Jon no reconoció el emblema. Ser Alliser Thorne echó un vistazo a su nuevo alumno.

—Por lo visto, en el sur ya andan escasos de ladrones y cazadores furtivos. Ahora nos envían al Muro a los cerdos. ¿Qué clase de armadura son las pieles y el terciopelo, mi señor Jamón?

Más tarde descubrieron que el nuevo recluta tenía armadura propia: jubón acolchado, coraza, cota de malla y yelmo, y hasta un escudo de madera y cuero en el que se veía el mismo emblema del cazador. Pero, como ninguna de las prendas era negra, ser Alliser lo obligó a equiparse de nuevo en la armería. Tardó media mañana. Su volumen obligó a Donal Noye a desmontar una cota de malla, para ampliarla poniéndole trozos de cuero en los costados. El yelmo no le entraba en la cabeza, así que el armero tuvo que quitar el visor. Las prendas de cuero le apretaban de tal manera las piernas y las axilas que casi no podía moverse. Una vez uniformado para el combate, el muchacho nuevo parecía una salchicha demasiado hecha, a punto de reventar.

—Esperemos que no seas tan inepto como pareces —dijo ser Alliser—. Halder, averigua qué sabe hacer ser Cerdi.

Jon Nieve hizo una mueca. Halder había nacido en una cantera y había trabajado en ella como aprendiz. Tenía dieciséis años, era alto y musculoso, y sus golpes eran los más fuertes que había sentido Jon en la vida.

—Esto se pone más feo que el culo de una puta —murmuró Pyp, y no le faltaba razón.

El combate había acabado en menos de lo que canta un gallo. El muchacho gordo acabó en el suelo, tembloroso; le salía sangre del yelmo roto y le corría entre los dedos regordetes.

—¡Me rindo! —chilló—. ¡Basta, me rindo, no me pegues más!

Rast y algunos de los otros chicos se reían. Pero ser Alliser no quería que aquello terminara tan deprisa.

—En pie, ser Cerdi —ordenó—. Recoge la espada. —Pero el chico siguió aferrado al suelo, de bruces, de modo que Thorne le hizo un ademán a Halder—. Dale golpes de plano con la espada hasta que se levante. —Halder asestó un golpe ligero en las nalgas de su rival—. ¿Esa es toda la fuerza que tienes? —se mofó Thorne.

Halder alzó la espada larga con ambas manos y asestó un golpe tan fuerte que la coraza se rompió. El chico nuevo aulló de dolor.

Jon Nieve dio un paso al frente. Pyp le puso una mano enguantada en el hombro.

—No, Jon —susurró, clavando una mirada de ansiedad en ser Alliser Thorne.

—En pie —repitió Thorne. El chico gordo se debatió para incorporarse, resbaló y cayó de nuevo—. Vaya, parece que ser Cerdi empieza a captar la idea —observó Thorne—. Otra vez.

Halder alzó la espada para asestar un nuevo golpe.

—¡Córtanos un poco de jamón! —le gritó Rast entre carcajadas.

—Ya basta, Halder —dijo Jon mientras se liberaba de la mano de Pyp.

Halder miró a ser Alliser.

—El bastardo habla y los campesinos tiemblan —dijo el maestro de armas con su voz gélida, hiriente—. Te recuerdo, lord Nieve, que aquí mando yo.

—Mira a ese chico, Halder —dijo Jon haciendo caso omiso de Alliser—. No hay ningún honor en golpear a un enemigo caído. Se ha rendido. —Se arrodilló junto al chico gordo.

—Se ha rendido —repitió Halder bajando la espada.

—Vaya, por lo visto nuestro bastardo se ha enamorado —dijo Alliser con los ojos de ónice clavados en Jon Nieve mientras este ayudaba al chico a ponerse en pie—. Quiero ver tu acero, lord Nieve.

Jon desenfundó su espada larga. Se atrevía a desafiar a ser Alliser solo hasta cierto punto, y tenía la sensación de que lo había sobrepasado con creces. Thorne sonrió.

—El bastardo quiere defender a su amada, así que este será el ejercicio. Rata, Espinilla, echadle una mano a Cabeza de Piedra. —Rast y Albett se adelantaron para situarse junto a Halder—. Los tres podréis hacer gritar un rato a lady Cerdi. Solamente tenéis que derrotar antes al bastardo.

—Ponte detrás de mí —le dijo Jon al chico gordo. Ser Alliser solía hacer que se enfrentara contra dos rivales, pero nunca contra tres. Sabía que aquella noche se acostaría magullado y ensangrentado. Se preparó para resistir el ataque.

De repente, Pyp estuvo a su lado.

—Tres contra dos es más deportivo —dijo el muchacho menudo con tono alegre. Se bajó el visor y desenfundó la espada. Antes de que Jon pudiera protestar, Grenn se había adelantado para unirse a ellos.

En el patio se hizo un silencio mortal. Jon sentía los ojos de ser Alliser clavados en él.

—¿A qué esperáis? —preguntó a Rast y a los otros, con una voz engañosamente suave.

Pero Jon fue el primero en moverse. Halder apenas tuvo tiempo de detener el golpe con su espada.

Jon lo hizo retroceder; cada golpe era un ataque; quería mantener desequilibrado al muchacho mayor. «Debes conocer a tu enemigo», le había enseñado ser Rodrik. Jon conocía a Halder; tenía una fuerza brutal, pero carecía de paciencia y no le gustaba defenderse. Seguro que si lo frustraba lo suficiente bajaría la guardia.

El sonido del acero contra el acero resonó por el patio cuando los muchachos se enfrentaron. Jon detuvo un ataque salvaje que le iba directo a la cabeza, pero el impacto de las espadas hizo que un calambre le recorriera el brazo. Lanzó un golpe lateral que acertó a Halder en las costillas, y su recompensa fue un grito amortiguado de dolor. El contraataque acertó a Jon de pleno en el hombro. La cota de malla crujió, y el dolor le recorrió el cuello como un latigazo, pero Halder había perdido el equilibrio durante un instante. Jon le lanzó un tajo a la pierna izquierda, y el muchacho cayó con una maldición.

Grenn se defendía bien, tal como Jon le había enseñado, y apenas daba tregua a Albett, pero la presión era excesiva para Pyp. Rast le sacaba dos años, y también pesaba una arroba y media más. Jon se le acercó por detrás y dio un golpe en el casco del violador, que resonó como una campana. Rast se tambaleó; Pyp se coló bajo su guardia, lo derribó y le puso la espada en la garganta. Jon también estaba sobre él.

—Me rindo —gritó Albett, al verse enfrentado a dos espadas.

—Esta farsa ya se ha prolongado demasiado por hoy —dijo despectivo ser Alliser Thorne, contemplando aquello con repugnancia. Se marchó. La sesión de entrenamiento había terminado.

Dareon ayudó a Halder a ponerse en pie. El hijo del picapedrero se quitó el yelmo con dificultad y lo lanzó al otro lado del patio.

—Durante un instante he pensado que, por fin, ya te tenía, Nieve.

—Durante un instante me has tenido —replicó Jon. Sentía un dolor lacerante en el hombro, bajo la cota de malla y la coraza. Envainó la espada y fue a quitarse el yelmo, pero cuando levantó el brazo, el dolor fue tal que lo obligó a apretar los dientes.

—Espera, te ayudo —dijo una voz. Unas manos de dedos gruesos le soltaron el yelmo del gorjal y lo alzaron con suavidad—. ¿Te ha hecho daño?

—No es la primera vez que recibo un golpe. —Se tocó el hombro e hizo una mueca. A su alrededor, los muchachos salían del patio. El chico gordo tenía sangre en el pelo, allí donde Halder le había hendido el casco.

—Me llamo Samwell Tarly, de Colina... —Se detuvo y se pasó la lengua por los labios—. No, era de Colina Cuerno, hasta que... que me fui. He venido a vestir el negro. Mi padre es lord Randyll, vasallo de los Tyrell de Altojardín. Yo era su heredero, pero... —Se quedó sin voz.

—Yo soy Jon Nieve, bastardo de Ned Stark, de Invernalia.

Samwell Tarly asintió.

—Si... si quieres puedes llamarme Sam. Mi madre me llama Sam.

—Tú a él lo puedes llamar lord Nieve —dijo Pyp al tiempo que se acercaba a ellos—. Y ni te imaginas cómo lo llama su madre.

—Estos dos son Grenn y Pypar —presentó Jon.

—Grenn es el feo —indicó Pyp.

—Tú eres más feo que yo —dijo Grenn frunciendo el ceño—. Yo al menos no tengo orejas de murciélago.

—Quiero daros las gracias a todos —dijo el chico gordo con seriedad.

—¿Por qué no te has levantado y has luchado? —quiso saber Grenn.

—Lo he intentado, de verdad, pero... no podía. No quería que me pegara más. —Clavó la vista en el suelo—. Es que... soy un cobarde. Mi padre me lo dice siempre.

Grenn lo miró atónito. Hasta Pyp, que siempre tenía algo que decir, se había quedado sin palabras. ¿Qué clase de hombre se calificaba como cobarde?

Samwell Tarly debió de ver en sus rostros lo que pensaban. Sus ojos buscaron los de Jon y luego se apartaron rápidamente como animales asustados.

—Lo siento, de verdad que lo siento —añadió—. Yo no elegí... ser como soy. —Echó a andar hacia la armería con pasos pesados.

—Te han hecho daño —le gritó Jon—. Mañana lo harás mejor.

—No. —Sam lo miró por encima de un hombro, con gesto triste—. No lo haré mejor. —Parpadeó para contener las lágrimas—. Nunca lo hago mejor.

Cuando el chico gordo estuvo lejos, Grenn frunció el ceño.

—A nadie le caen bien los gallinas —dijo, incómodo—. Me arrepiento de que lo hayamos ayudado. Ahora, todos pensarán que nosotros también somos unos gallinas.

—Tú eres demasiado tonto, no llegas a gallina —le dijo Pyp.

—Eso es mentira —bufó Grenn.

—Es verdad. Si un oso te atacara en el bosque, serías demasiado tonto para escapar corriendo.

—Mentira —insistió Grenn—. Escaparía corriendo más deprisa que tú. Se detuvo de golpe al ver la sonrisa de Pyp y comprendió qué había dicho. Se le puso rojo el cuello. Jon dejó allí a sus compañeros, discutiendo, y entró en la armería para colgar la espada y despojarse de la maltratada armadura.

La vida en el Castillo Negro seguía ciertas pautas; por las mañanas había entrenamientos con espada, y por las tardes, todo tipo de trabajos. Los hermanos negros encomendaban a los reclutas tareas diferentes, para ver cuáles eran sus habilidades. Jon adoraba las escasas tardes en que lo enviaban a cazar con Fantasma para abastecer la mesa del lord comandante, pero por cada uno de aquellos días tenía que pasar una docena con Donal Noye en la armería, manejando la piedra de amolar mientras el herrero manco afilaba las hachas embotadas por el uso, o bombeando el fuelle para que Noye forjara una espada nueva. En otras ocasiones le correspondía llevar mensajes, montar guardia, limpiar el estiércol de los establos, hacer flechas, ayudar al maestre Aemon con los pájaros, o bien a Bowen Marsh con la contabilidad y los inventarios.

Aquella tarde, el comandante de las guardias lo envió a la jaula de la grúa con cuatro toneles de piedra machacada, para tender gravilla por los caminos helados de la parte superior del muro. Era un trabajo aburrido y solitario, pese a la compañía de Fantasma, pero a Jon no le importaba. En los días despejados, desde la cima del Muro se divisaba medio mundo, y el aire era siempre frío y tonificante. Allí tenía tiempo para pensar, y a su mente acudió Samwell Tarly... y, curiosamente, también Tyrion Lannister. Se preguntaba qué habría pensado Tyrion del chico gordo.

—Casi todos los hombres prefieren negar la verdad antes que enfrentarse a ella —le había dicho el enano con una sonrisa. El mundo estaba lleno de gallinas que se hacían pasar por héroes. Para admitir la propia cobardía, como había hecho Samwell Tarly, hacía falta una especie singular de valor.

El hombro magullado lo hacía trabajar despacio. La tarde estaba ya bien avanzada cuando Jon terminó de echar gravilla por los caminos. Remoloneó en la cima del Muro para ver la puesta de sol, que teñía el cielo del oeste de un color rojo sangre. Por fin, cuando empezó a envolverlo la oscuridad, Jon hizo rodar los toneles vacíos hacia la jaula, e indicó a los hombres de la grúa que lo bajaran.

Cuando llegó con Fantasma a la sala común, los demás estaban ya terminando de cenar. Un grupo de hermanos negros bebía vino especiado y jugaba a los dados cerca de la chimenea. Sus amigos estaban sentados en el banco más cercano a la pared oeste, y reían a carcajadas. Pyp estaba contando una historia. El chico actor de las orejas inmensas era un magnífico mentiroso capaz de imitar cien voces, y más que contar historias las vivía y representaba todos los papeles: en un momento era el rey, y al siguiente, un porquerizo. Cuando se convertía en tabernera o en princesa virginal ponía una voz en falsete que hacía llorar de risa a todos los que lo rodeaban, y sus eunucos eran siempre parodias escalofriantemente certeras de ser Alliser. A Jon le gustaban tanto como a cualquiera las representaciones de Pyp, pero aquella noche dio media vuelta y se dirigió hacia el final del banco, donde Samwell Tarly estaba sentado, a solas, tan lejos de los demás como era posible.

Cuando Jon se sentó frente a él, estaba terminándose la empanada de cerdo que habían servido los cocineros para cenar. El chico gordo abrió los ojos de par en par al ver a Fantasma.

—¿Es un lobo?

—Un lobo huargo —dijo Jon—. Se llama Fantasma. El lobo huargo es el emblema de la casa de mi padre.

—El de la nuestra es un cazador.

—¿Te gusta cazar?

—Lo detesto. —El chico gordo se estremeció. Parecía a punto de echarse a llorar otra vez.

—¿Qué te pasa ahora? —preguntó Jon—. ¿Por qué tienes siempre tanto miedo?

Sam contempló lo que le quedaba de empanada y movió la cabeza con gesto débil, demasiado asustado para hablar. Una carcajada resonó por toda la sala. Jon oyó a Pyp chillar con voz aguda. Se puso de pie.

—Vamos afuera —añadió.

—¿Para qué? —La cara redonda y regordeta se alzó hacia él con desconfianza—. ¿Qué vamos a hacer fuera?

—Hablar —replicó Jon—. ¿Has visto el Muro?

—Estoy gordo, no ciego —dijo Samwell Tarly—. Claro que lo he visto, tiene más de trescientas varas de altura.

Pero pese a todo se levantó, se echó sobre los hombros la capa con ribetes de piel y siguió a Jon fuera de la sala común, todavía desconfiado, como si temiera que alguna trampa cruel lo aguardara en el exterior. Fantasma iba junto a ellos.

—No me imaginaba que sería así —dijo Sam mientras andaban. Sus palabras formaban nubes de vapor en el aire helado, y el esfuerzo por mantener el paso de Jon lo hacía jadear—. Los edificios están medio derrumbados, y hace tanto... tanto...

—¿Frío? —La escarcha formaba ya una costra dura sobre el castillo, y Jon oía el crujido suave de la hierba gris bajo las botas. Sam asintió con tristeza.

—No soporto el frío —dijo—. La otra noche me desperté, y el fuego se había apagado. Pensé que iba a morir congelado antes del amanecer.

—¿En el lugar de donde vienes hacía calor?

—No había visto la nieve hasta hace un mes. Estaba cruzando los túmulos con los hombres que mi padre designó para acompañarme al norte, y de repente empezó a caer esa cosa blanca, como si fuera lluvia. Al principio me pareció muy bonito, era como si bajaran plumas del cielo, pero no paraba, y yo me helaba hasta los huesos. Los hombres tenían hielo en las barbas y en los hombros, y seguía cayendo nieve. Tenía miedo de que no acabara nunca.

Jon sonrió.

El Muro se alzaba ante ellos, con su brillo pálido a la luz de la luna menguante. En el cielo, las estrellas brillaban claras y nítidas.

—¿Me van a obligar a subir ahí arriba? —preguntó Sam; al ver los peldaños de madera, el rostro se le había desencajado—. Si tengo que subir por esa escalera, me muero.

—Hay una grúa —señaló Jon—. Te pueden llevar arriba en una especie de jaula.

—Me dan miedo las alturas. —Samwell Tarly sorbió por la nariz.

—¿Es que tienes miedo de todo? —preguntó Jon, incrédulo, frunciendo el ceño. Aquello ya era demasiado—. No lo entiendo. Si de verdad eres tan gallina, ¿qué haces aquí? ¿Por qué se une un cobarde a la Guardia de la Noche?

Samwell Tarly lo miró durante un momento larguísimo, y al final la cara redonda pareció desmoronarse. Se sentó en el suelo cubierto de escarcha y se echó a llorar con unos sollozos tremendos que le estremecían todo el cuerpo. Jon Nieve no sabía qué hacer; se limitó a mirarlo; como la nieve, parecía que las lágrimas no acabarían jamás.

Fantasma sí supo qué hacer. El huargo claro, silencioso como una sombra, se acercó a Samwell Tarly y empezó a lamerle las lágrimas del rostro. El chico gordo dejó escapar un grito de sobresalto... y sin saber por qué, al instante siguiente, los sollozos se habían transformado en risas.

Jon Nieve también se echó a reír. Después, se sentaron juntos en el suelo helado, arrebujados en las capas y con Fantasma tendido entre ellos. Jon le contó cómo Robb y él habían encontrado a los cachorros recién nacidos entre las nieves de las postrimerías del verano. Le parecía como si hubieran pasado mil años. No tardó en hablarle también de Invernalia.

—A veces sueño con ese lugar —dijo—. Recorro las salas desiertas. Mi voz levanta ecos, pero nadie responde, así que camino más deprisa, abro las puertas, llamo a la gente. Ni siquiera sé a quién estoy buscando. La mayor parte de las noches es a mi padre, pero otras es a Robb, o a mi hermanita Arya, o a mi tío.

El recuerdo de Benjen Stark lo entristeció; su tío seguía desaparecido. El Viejo Oso había enviado expediciones en su búsqueda. Ser Jaremy Rykker había dirigido dos batidas, y Qhorin Mediamano había recorrido todo el terreno desde la Torre Sombría, pero lo único que encontraron fueron unas marcas en los árboles, que su tío había dejado para señalar el camino. En las tierras altas y pedregosas del noroeste, las marcas desaparecían de repente, y se perdía por completo todo rastro de Ben Stark.

—En tu sueño, ¿encuentras a alguien alguna vez? —preguntó Sam.

—A nadie –contestó Jon sacudiendo la cabeza—. El castillo está siempre desierto. —Nunca había hablado a nadie de aquel sueño, y no entendía por qué se lo contaba a Sam, pero se sentía bien al hacerlo—. Hasta los cuervos de la pajarera han desaparecido, y en los establos solo quedan huesos. Es lo que más miedo me da siempre. Echo a correr, abro todas las puertas, subo los escalones de la torre de tres en tres, llamo a gritos a alguien, a cualquiera. Y por fin me encuentro ante la puerta que lleva a las criptas. Dentro está muy oscuro, pero veo la escalera de caracol que desciende. Y sé que tengo que bajar, pero no quiero. Me da miedo lo que sea que me espera abajo. Los antiguos Reyes del Invierno están en las criptas, sentados en sus tronos, con lobos de piedra a los pies y espadas de hierro sobre el regazo, pero no son ellos los que me dan miedo. Grito que yo no soy un Stark, que aquel lugar no me corresponde, pero no sirve de nada; tengo que bajar, y empiezo a descender por las escaleras, tanteando las paredes, porque no llevo ninguna antorcha y no hay luz. Todo está cada vez más oscuro, y empiezo a tener ganas de gritar. —Se detuvo, algo avergonzado—. En ese punto es donde siempre me despierto. —Y despertaba con la piel fría y pegajosa, temblando en la oscuridad de su celda. Fantasma se subía de un salto y se tendía junto a él; le proporcionaba un calor reconfortante como el amanecer. Volvía a dormirse con el rostro contra el pelaje blanco del huargo—. ¿Tú sueñas con Colina Cuerno? —preguntó.

—No. —Sam apretó los labios—. Detestaba aquel lugar.

Rascó a Fantasma detrás de las orejas, ensimismado, y Jon respetó el silencio. Pasó un largo rato. Al final, Samwell Tarly empezó a hablar, y Jon Nieve escuchó sin interrumpir, para descubrir cómo un cobarde confeso había llegado al Muro.

Los Tarly eran una familia antigua y honorable, vasallos de Mace Tyrell, señor de Altojardín y Guardián del Sur. El hijo mayor de lord Randyll Tarly, Samwell, nació destinado a heredar tierras ricas, una fortaleza sólida y un mandoble casi legendario llamado *Veneno de Corazón,* forjado en acero valyrio y que se transmitía de padre a hijo desde hacía casi quinientos años.

Si su señor padre sintió algún orgullo cuando nació Samwell, este se fue desvaneciendo a medida que el muchacho crecía regordete, blando y torpe. A Sam le gustaba escuchar música y componer canciones, vestir ropas de terciopelo y jugar junto a los cocineros en las cocinas del castillo, rodeado por los aromas deliciosos de los pasteles de limón y las tartas de arándanos. Sus grandes pasiones eran los libros, los gatitos y la danza, pese a su torpeza natural. Pero la mera visión de la sangre le daba mareos, y lloraba si veía matar un pollo. Por Colina Cuerno pasaron una docena de maestros de armas, que intentaron transformar a Samwell en el caballero que su padre soñaba. El niño recibió insultos y bastonazos; lo abofetearon y lo mataron de hambre. Un hombre lo hacía dormir con la cota de malla para hacerlo más marcial; otro lo vistió con las ropas de su madre y lo hizo desfilar por las afueras del castillo, para ver si la vergüenza le inculcaba algún valor. Pero Sam no hacía más que engordar y cada vez era más asustadizo, hasta que la decepción de lord Randyll se transformó en furia y en desprecio.

—Una vez —le confió Sam en susurros— vinieron al castillo dos hombres de Qarth, dos hechiceros de piel blanca y ojos azules. Mataron un uro y me hicieron bañarme en la sangre caliente, porque decían que eso me daría valor. Pero me dieron arcadas y vomité. Mi padre los mandó azotar.

Por fin, después de tres niñas en otros tantos años, lady Tarly le dio a su señor esposo otro hijo varón. Desde aquel día en adelante, lord Randyll no volvió a mirar a Sam, y dedicó todo su tiempo a su hijo pequeño, un niño robusto y feroz, mucho más de su agrado. Samwell conoció así varios años de paz y tranquilidad, con su música y sus libros.

Hasta que amaneció el decimoquinto día de su nombre, cuando lo despertaron y se encontró con el caballo ensillado y el equipaje listo. Tres soldados lo escoltaron hasta un bosque cercano a Colina Cuerno, donde su padre estaba desollando un ciervo.

—Ya eres casi un hombre, y sigues siendo mi heredero —dijo lord Randyll Tarly a su hijo mayor, sin dejar de limpiar el despojo con un cuchillo largo—. No me has dado motivos para desheredarte, pero no permitiré que te quedes con las tierras y el título que corresponden a Dickon por derecho. *Veneno de Corazón* debe ser para un hombre que pueda esgrimirlo, y tú no eres digno ni de tocar la empuñadura. Así que he decidido que hoy anunciarás que deseas vestir el negro. Renunciarás a todo derecho sobre la herencia de tu hermano, y emprenderás el viaje hacia el norte antes de que anochezca.

»De lo contrario, mañana habrá una cacería, tu caballo tropezará en estos bosques, tú te caerás y morirás... o eso es lo que le diré a tu madre. Y por favor, no imagines que te resultaría fácil desafiarme. Nada me produciría mayor placer que darte caza como al cerdo que eres. —Dejó el cuchillo de desollar a un lado. Tenía los brazos empapados de sangre hasta el codo—. Así que puedes elegir. La Guardia de la Noche... —Metió las manos en las entrañas del ciervo, le arrancó el corazón y se lo mostró, ensangrentado y goteante—. O esto.

Sam contó la historia con voz tranquila, inexpresiva, como si le hubiera pasado a otra persona y no a él. Y por extraño que pareciera no lloró ni una vez. Cuando terminó, los dos chicos se quedaron sentados un rato, escuchando el sonido del viento. No se oía otra cosa en el mundo entero.

—Deberíamos volver a la sala común —dijo Jon al final.

—¿Por qué? —preguntó Sam.

—Hay sidra caliente, o vino especiado si lo prefieres —dijo Jon encogiéndose de hombros—. Algunas noches Dareon nos canta algo si está de humor. Antes era juglar... bueno, no del todo, era aprendiz de juglar.

—¿Cómo es que vino a parar aquí? —preguntó Sam.

—Lord Rowan de Sotodeoro lo pescó en la cama con su hija. La chica tenía dos años más que él, y Dareon dice que lo ayudó a entrar por la ventana, pero delante de su padre dijo que había sido una violación, y aquí acabó el pobre. Cuando el maestre Aemon lo oyó cantar dijo que su voz era miel derramada sobre un trueno. —Jon sonrió—. Sapo también canta, si es que a eso se lo puede llamar cantar. Canciones de borracho que aprendió en la taberna de su padre. Pyp dice que su voz es como meados derramados sobre un pedo.

Ambos rieron juntos.

—Me gustaría oírlos a los dos —reconoció Sam—, pero no querrán que esté ahí. —Se le ensombreció el rostro—. Mañana me obligará a pelear otra vez, ¿verdad?

—Sí —tuvo que reconocer Jon.

—Más vale que intente dormir. —Sam se puso en pie con torpeza. Se arrebujó en su capa y se alejó con pasos pesados.

Cuando Jon volvió a la sala común, con Fantasma por toda compañía, los demás aún estaban allí.

—¿Dónde te habías metido? —preguntó Pyp.

—Estaba hablando con Sam —dijo.

—Es un verdadero gallina —dijo Grenn—. Durante la cena había sitio en el banco con nosotros, pero le ha dado miedo y se ha sentado lejos.

—A lord Jamón no le parecemos suficientemente dignos para compartir la cena con nosotros —apuntó Jeren.

—Se ha comido un trozo de empanada de cerdo —dijo Sapo con una sonrisa—. ¿Sería pariente suyo? ¡Oink! ¡Oink!

—¡Basta ya! —les espetó Jon, furioso. Los chicos, desconcertados por lo repentino de su furia, se quedaron callados—. Escuchadme —añadió Jon. Y les explicó qué iban a hacer. Pyp le dio su apoyo, como sabía que haría, pero se llevó una sorpresa muy agradable cuando Halder también lo respaldó. Grenn no se decidía al principio, pero Jon sabía cómo convencerlo. Uno por uno fueron accediendo todos los demás. Jon persuadió a algunos, lisonjeó a otros, humilló a unos cuantos, y amenazó cuando fue necesario. Al final, todos estuvieron de acuerdo. Todos menos Rast.

—Haced lo que os dé la gana, nenitas —dijo Rast—, pero si Thorne vuelve a decirme que ataque a lady Cerdi, cortaré una loncha de panceta para la cena. —Se rio en la cara de Jon antes de dar media vuelta y marcharse.

Horas después, mientras el castillo dormía, tres muchachos lo visitaron en su celda. Grenn le sujetó los brazos y Pyp se le sentó en las piernas. Jon oyó la respiración acelerada de Rast cuando Fantasma le saltó sobre el pecho. Los ojos del lobo huargo ardían como brasas rojas mientras mordisqueaba la piel tierna de la garganta del muchacho, lo justo para que brotaran unas gotas de sangre.

—Acuérdate de que sabemos dónde duermes —le dijo Jon con voz suave.

Por la mañana, Jon oyó como Rast les decía a Albett y a Sapo que se había cortado al afeitarse.

De aquel día en adelante, ni Rast ni nadie hizo daño a Samwell Tarly. Cuando ser Alliser los enfrentaba al chico gordo, se limitaban a defenderse y a detener sus golpes lentos y torpes. Si el maestro de armas les ordenaba que atacaran, se limitaban a bailar en torno a Sam, y a asestar ligeros golpes contra la coraza del pecho, el yelmo o la pierna. Ser Alliser se enfurecía, los amenazaba, los llamaba gallinas, mujercitas y cosas peores, pero nadie hacía daño a Sam. Al cabo de unas pocas noches, ante la insistencia de Jon, se sentó a cenar con ellos, ocupando un puesto junto a Halder en el banco. Pasaron dos semanas antes de que juntara el valor suficiente para intervenir en la conversación, pero al poco tiempo se reía de las muecas de Pyp y bromeaba con Grenn como el que más.

Samwell Tarly era gordo, torpe y asustadizo, pero no carecía de cerebro. Una noche fue a ver a Jon a su celda.

—No sé qué hiciste —dijo—, pero sé que hiciste algo. —Apartó la vista con timidez—. Nunca había tenido un amigo.

—No somos amigos —dijo Jon. Puso una mano en el hombro carnoso de Sam—. Somos hermanos.

Y era cierto, pensó cuando Sam se fue. Robb, Bran y Rickon eran hijos de su padre, y todavía los quería, pero Jon sabía que nunca había sido uno de ellos. Catelyn Stark se había encargado de aquello. Los muros grises de Invernalia seguirían apareciendo en sus sueños, pero su vida estaba en el Castillo Negro, y sus hermanos eran Sam, Grenn, Halder, Pyp y el resto de los marginados que vestían el negro de la Guardia de la Noche.

—Mi tío tenía razón —susurró a Fantasma.

Deseó con todo su corazón volver a ver a Benjen Stark para poder decírselo.

EDDARD

—La causa de todos los problemas es el torneo de la mano, señores —se quejó el comandante de la Guardia de la Ciudad ante el Consejo del Rey.

—El torneo del rey —lo corrigió Ned con una mueca—. Te garantizo que la mano no quiere saber nada del tema.

—Podéis llamarlo como queráis, mi señor. Llegan caballeros de todas partes del reino, y por cada caballero llegan también dos mercenarios, tres artesanos, seis soldados, una docena de comerciantes y dos de prostitutas, y más ladrones de los que quiero imaginar. Este condenado calor tiene a los ciudadanos al borde de un ataque, y ahora, con tantos visitantes... Anoche tuvimos un ahogado, una reyerta de taberna, tres peleas con navajas, una violación, dos incendios, ni se sabe cuántos robos, y una carrera de caballos de borrachos por la calle de las Hermanas. La noche anterior encontramos la cabeza de una mujer en el Gran Septo, en el estanque del arcoíris. Por lo visto, nadie sabe de quién era, ni cómo llegó allí.

—Qué espanto —comentó Varys con un escalofrío.

—Si no puedes mantener la paz del rey, quizá otro deba dirigir la Guardia de la Ciudad, Janos. —Lord Renly Baratheon era menos compasivo—. Otro que sea capaz.

—Ni el propio Aegon el Dragón podría mantener la paz, lord Renly. —Janos, un hombre grueso y con papada, se hinchó como un sapo furioso, con el rostro enrojecido—. Lo que necesito son más hombres.

—¿Cuántos? —preguntó Ned inclinándose hacia delante. Como de costumbre, Robert no se había molestado en asistir a la sesión del Consejo, así que la mano tenía la obligación de hablar en su nombre.

—Tantos como sea posible, lord Eddard.

—Contrata a cincuenta hombres —le dijo Ned—. Lord Baelish se encargará de que recibas fondos.

—Ah, ¿sí? —dijo Meñique.

—Desde luego. Conseguiste cuarenta mil dragones de oro para el torneo; no me cabe duda de que encontrarás algo de calderilla para mantener la paz del rey. —Ned se volvió hacia Janos Slynt—. También te cederé a veinte espadas de mi casa para que sirvan con la Guardia hasta que acaben los festejos.

—Os lo agradezco, lord Eddard —dijo Slynt con una reverencia—. Os prometo que aprovecharemos al máximo vuestro esfuerzo.

Cuando el comandante salió de la estancia, Eddard se volvió hacia el resto del Consejo.

—Cuanto antes acabe esta locura, mejor —dijo. Por si no fuera suficiente con los gastos y las molestias, todos se empeñaban en echar sal en la herida de Ned denominándolo «el torneo de la mano», como si él fuera la causa. ¡Y Robert creía sinceramente que debería sentirse honrado!

—Estos acontecimientos hacen prosperar al reino, mi señor —dijo el gran maestre Pycelle—. Dan a los grandes una oportunidad de alcanzar la gloria, y a los pequeños, un descanso en medio de sus preocupaciones.

—Y llenan más de un bolsillo —agregó Meñique—. Todas las posadas de la ciudad están ocupadas, y las putas caminan como si montaran a caballo.

—Menos mal que mi hermano Stannis no está aquí —intervino lord Renly riéndose—. ¿Os acordáis de aquella vez que propuso prohibir los burdeles? El rey le preguntó si no sería mejor prohibir también comer, cagar y respirar. A veces me pregunto cómo engendró Stannis a esa hija tan fea. Va al lecho conyugal como quien se dirige al campo de batalla, con una expresión sombría en el rostro, pero decidido a cumplir con su deber.

—Yo también estaba pensando en vuestro hermano Stannis. —dijo Ned, que no había participado en la carcajada—. ¿Cuándo terminará su visita a Rocadragón y volverá a ocupar su puesto en este Consejo?

—Seguro que en cuanto arrojemos al mar a todas las putas —replicó Meñique, lo que provocó otra carcajada.

—Ya he oído bastante charla sobre putas por hoy —dijo Ned al tiempo que se levantaba—. Hasta mañana.

Harwin estaba de guardia cuando Ned volvió a la Torre de la Mano.

—Di a Jory que acuda a mis habitaciones, y pídele a tu padre que ensille mi caballo —ordenó Ned con cierta brusquedad.

—Sí, mi señor.

Mientras subía por las escaleras, Ned pensó que la Fortaleza Roja y el torneo de la mano lo exasperaban hasta límites inimaginables. Añoraba el refugio de los brazos de Catelyn, el ruido de las espadas de Robb y Jon al chocar en el patio de entrenamientos, los días frescos y las noches frías del norte.

Una vez en sus habitaciones se despojó de las ropas de seda con que acudía al Consejo, y mientras aguardaba la llegada de Jory, centró su atención en el libro, *Linajes e historia de las grandes casas de los Siete Reinos, con muchas descripciones de nobles caballeros, damas y sus descendientes,* obra del gran maestre Malleon. Pycelle le había dicho la verdad: no era una lectura amena en absoluto. Pero Jon Arryn se había interesado por aquel libro, y Ned estaba seguro de que tenía algún motivo. En aquellas páginas amarillentas y quebradizas se ocultaba algo, algún hecho importante. Pero ¿cuál? Aquel tomo tenía más de cien años. Apenas quedaba algún hombre con vida de los nacidos cuando Maellon recopiló su polvorienta lista de matrimonios, nacimientos y defunciones.

Volvió a abrirlo por el capítulo relativo a la casa Lannister y fue pasando las páginas, con la vana esperanza de encontrar la clave en el momento menos pensado. Los Lannister eran una familia antigua; sus orígenes se remontaban a Lann el Astuto, un embaucador de la Edad de los Héroes, tan legendario como Bran el Constructor, aunque mucho más apreciado por juglares y narradores. En las canciones, Lann conseguía sacar a los Casterly de Roca Casterly sin más arma que su ingenio, y robaba el oro del sol para dar brillo a los rizos de su cabello. A Ned le habría gustado contar con su ayuda en aquel momento, a ver si conseguía sacar la verdad oculta en aquel condenado libro.

Un golpe brusco en la puerta anunció la llegada de Jory Cassel. Ned cerró el libro de Malleon y le dijo que entrara.

—He prometido ceder veinte hombres a la Guardia de la Ciudad hasta que acabe el torneo —dijo—. Te encomiendo que los elijas. Pon a Alyn al mando, y asegúrate bien de que los hombres comprenden que su misión es poner fin a las reyertas, no iniciarlas. —Ned se levantó, abrió un arcón de cedro y sacó ropa interior de lino ligero—. ¿Has encontrado al mozo de cuadras?

—Al guardia, mi señor —lo corrigió Jory—. Jura que no volverá a tocar un caballo en lo que le queda de vida.

—¿Te ha dicho algo interesante?

—Asegura que conocía bien a lord Arryn. Que eran amigos íntimos. —Jory dejó escapar un bufido—. Dice que la mano le daba a cada chico una moneda de cobre en su día del nombre. Que se le daba bien tratar a los caballos. No los presionaba demasiado, y les llevaba zanahorias y manzanas, así que los animales se ponían contentos al verlo.

—Zanahorias y manzanas —repitió Ned.

Por lo visto, aquel chico iba a ser aún menos útil que los otros. Y era el último de los cuatro que había mencionado Meñique. Jory había hablado con todos, uno por uno. Ser Hugh se mostró brusco y poco propenso a colaborar, tan arrogante como solo podía serlo un caballero recién nombrado. Si la mano quería hablar con él, estaría encantado de recibirlo, pero no permitiría que lo interrogara un simple capitán de la guardia... ni aunque dicho capitán fuera diez años mayor que él, y cien veces mejor espada. La sirvienta, por lo menos, había sido amable. Comentó que no era bueno que lord Jon leyera tanto, que parecía melancólico y estaba muy preocupado por la frágil salud de su hijito, y que siempre discutía con su esposa. El antiguo criado, que se había hecho zapatero, jamás había intercambiado dos palabras con lord Jon, pero conocía multitud de chismorreos: el señor había discutido con el rey; el señor apenas probaba su comida; el señor iba a enviar a su hijo como pupilo a Rocadragón; el señor estaba muy interesado en la cría de perros de caza; el señor había visitado a un maestro armero para encargarle una armadura nueva, forjada en plata, con un halcón de jaspe azul y una luna de madreperla en el pecho. El propio hermano del rey había ido con él para elegir el dibujo, según el criado. No, lord Renly no; el otro, lord Stannis.

—¿Y el guardia recordaba algo más de interés?

—Asegura que lord Jon era tan fuerte como un hombre que tuviera la mitad de sus años. Iba a menudo a cabalgar con lord Stannis.

«Otra vez Stannis», pensó Ned. Aquello era extraño. Jon Arryn y lord Stannis siempre mantuvieron una relación cortés, no amistosa. Y cuando Robert emprendió el viaje hacia Invernalia, Stannis se retiró a Rocadragón, la fortaleza isleña de los Targaryen, que él mismo había conquistado en nombre de su hermano. No había dicho cuándo pensaba regresar.

—¿Adónde iban cuando salían a caballo?

—Según el chico, visitaban un burdel.

—¿Un burdel? —se sorprendió Ned—. ¿El señor del Nido de Águilas y mano del rey iba a un burdel con Stannis Baratheon?

Sacudió la cabeza, incrédulo, pensando en lo que diría lord Renly si supiera aquello. Las aventuras de Robert eran tema de canciones de taberna en todo el reino, pero Stannis era muy diferente. Apenas tenía un año menos que el rey, y no se le parecía en nada: era austero, adusto, implacable, y su sentido del deber rozaba el fanatismo.

—El chico está seguro. Dice que la mano se llevaba tres hombres como escolta, y que siempre bromeaban cuando devolvían los caballos al establo.

—¿A qué burdel iban?

—Él no lo sabía. Los guardias lo sabrán.

—Lástima que Lysa se los llevara —gruñó Ned—. Los dioses nos ponen todos los impedimentos que pueden. Lady Lysa, el maestre Colemon, lord Stannis... todo el que podía saber qué le sucedió a Jon Arryn está a mil leguas.

—¿Vais a hacer venir a lord Stannis de Rocadragón?

—Todavía no —dijo Ned—. Esperaré a tener una idea más precisa de qué está pasando, y de su papel en esto.

Aquel asunto lo tenía muy preocupado. ¿Por qué se había marchado Stannis? ¿Había tenido algo que ver con el asesinato de Jon Arryn? ¿O había tenido miedo? A Ned le costaba imaginar algo capaz de atemorizar a Stannis Baratheon, que en el pasado había soportado un año de asedio en Bastión de Tormentas, sobreviviendo a base de ratas y del cuero de las botas, mientras en el exterior, lord Tyrell y lord Redwyne organizaban festines a la vista de sus muros.

—Tráeme el jubón, por favor. El gris, el que tiene el emblema del lobo huargo. Quiero que el armero sepa quién soy. Igual eso lo vuelve más sincero.

—Lord Renly es tan hermano de lord Stannis como del rey —dijo Jory mientras se dirigía hacia el guardarropa.

—Pero por lo visto no lo invitaban a esas expediciones.

Ned no sabía qué pensar de Renly, siempre tan amistoso y sonriente. Hacía pocos días, Renly lo había llevado aparte para mostrarle un exquisito medallón de oro en forma de rosa. Dentro había un retrato en miniatura, del vívido estilo myriense, que representaba a una hermosa joven con ojos de gacela y una cascada de suave cabello castaño. Renly parecía muy deseoso de saber si la chica le recordaba a alguien, y cuando Ned se encogió de hombros por toda respuesta, se mostró decepcionado. Le confesó que la dama era Margaery, la hermana de Loras Tyrell, pero algunos decían que se parecía a Lyanna.

—Pues no —le había respondido Ned, divertido. ¿Sería posible que Renly, tan parecido a Robert de joven, se hubiera encaprichado de la chica que consideraba una nueva Lyanna? Le pareció una extravagancia.

Jory le tendió el jubón y lo ayudó a ponérselo.

—Puede que lord Stannis regrese para el torneo de Robert —dijo mientras Jory le anudaba la prenda por la espalda.

—Sería todo un golpe de suerte, mi señor.

Ned sonrió, sombrío, mientras se colgaba una espada larga del cinto.

—En otras palabras, que es improbable.

Jory le puso la capa sobre los hombros y se la cerró en el cuello con el broche propio del cargo de la mano.

—El herrero vive sobre su taller, en una casa grande, al comienzo de la calle del Acero. Alyn conoce el camino, mi señor.

Ned asintió.

—Los dioses se apiaden del criado si me está haciendo perder el tiempo.

Era una pista muy pequeña en la que depositar sus esperanzas, pero el Jon Arryn que Ned Stark había conocido no era de los que se ponían armaduras de plata enjoyadas. El acero era el acero. Servía para protegerse, no para adornarse. Podía haber cambiado, claro. No sería el primero que veía las cosas de otra manera tras unos cuantos años en la corte... Pero el detalle era demasiado llamativo para que Ned lo pasara por alto.

—¿Puedo serviros en algo más?

—Tendrás que empezar a visitar prostíbulos.

—Dura misión me encomendáis, señor —sonrió Jory—. A mis hombres no les importará ayudarme. Creo que Porther ya ha empezado por su cuenta.

El caballo favorito de Ned estaba ensillado y lo aguardaba en el patio. Varly y Jacks se unieron a él. Debían de estar asfixiados en los cascos de acero y las cotas de malla, pero no se quejaban. Lord Eddard pasó por la Puerta del Rey y salió al hedor de la ciudad, con la capa blanca y gris ondeando a sus espaldas. Le parecía ver ojos por todas partes, y puso el caballo al trote. Sus guardias lo siguieron.

Atravesaron las concurridas calles de la ciudad, pero no podía evitar mirar hacia atrás con frecuencia. Tomard y Desmond habían salido del castillo temprano, aquella misma mañana, para ocupar posiciones en la ruta que iban a seguir y vigilar que nadie fuera tras ellos, pero a pesar de todo, Ned no se sentía seguro. La sombra de la Araña del Rey y de sus pajaritos lo ponía tan nervioso como una doncella en su noche de bodas.

La calle del Acero comenzaba en la plaza del mercado, junto a la Puerta del Río, que era como se la denominaba en los mapas, o la Puerta del Lodazal, que era como la llamaba la gente. Un equilibrista subido en unos zancos se movía entre la multitud como un insecto gigantesco, entre el griterío de una horda de críos descalzos que lo seguían. Cerca de allí, un par de niños que no serían mayores que Bran se batían en duelo con palos, rodeados por los gritos de ánimo de unos y las maldiciones furiosas de otros. Una vieja puso fin a la contienda mediante el sistema de asomarse por la ventana y vaciar un cubo de agua sucia sobre los contendientes. A la sombra del muro, los granjeros pregonaban la mercancía de sus carretas: «Manzanas, las mejores manzanas, serían baratas aunque costaran el doble», o «Melones, dulces como la miel», o «Nabos, cebollas, ajos, que se acaban, que se acaban».

La Puerta del Lodazal estaba abierta, y unos cuantos guardias de la ciudad, con capas doradas, se encontraban bajo el rastrillo apoyados en las lanzas. Cuando una columna de jinetes procedentes del oeste se acercó a ellos, los guardias se pusieron en acción: empezaron a gritar órdenes y a organizar el tránsito de personas y carros para que el caballero pudiera entrar con su escolta. El primer jinete que cruzó la puerta portaba un largo estandarte negro. La seda ondeaba al viento como si estuviera viva. En el tejido aparecía el dibujo de un cielo nocturno hendido por un rayo púrpura.

—¡Dejad paso a lord Beric! —gritaba el jinete—. ¡Dejad paso a lord Beric!

Tras él llegó el señor en persona, un joven gallardo de pelo dorado rojizo y capa de seda negra tachonada de estrellas.

—¿Venís a combatir en el torneo de la mano, mi señor? —le preguntó un guardia.

—¡Vengo a ganar el torneo de la mano! —replicó lord Beric sobre el clamor de la multitud.

Ned se alejó de la plaza por la calle del Acero y siguió su tortuoso recorrido por una larga colina, pasando junto a herreros que trabajaban en sus fraguas al aire libre, mercenarios que regateaban por cotas de malla y mercaderes encanecidos que trataban de vender espadas y navajas. Cuanto más ascendían, más grandes eran los edificios. El hombre que buscaban estaba en la cima de la colina, en una gran casa de madera y yeso cuyos pisos superiores descollaban sobre la calle estrecha. La doble puerta de la entrada era de ébano y arciano, y tenía tallada una escena de caza. Una pareja de caballeros de piedra montaba guardia en la entrada; sus armaduras eran unas hermosas obras de brillante acero rojo que los transformaban en un grifo y un unicornio. Ned dejó el caballo al cuidado de Jacks y entró en la casa.

La joven criada se fijó al instante en el broche y el emblema de Ned, y el maestro armero salió de inmediato, todo sonrisas y reverencias.

—Trae vino para la mano del rey —dijo a la criada, al tiempo que señalaba a Ned el sillón más cómodo—. Soy Tobho Mott, mi señor, poneos cómodo, os lo ruego. —Llevaba una casaca de terciopelo negro con martillos bordados en las mangas con hilo de plata. Del cuello le colgaba una cadena de plata muy pesada, con un zafiro del tamaño de un huevo de paloma—. Si lo que queréis son armas nuevas para el torneo de la mano, habéis venido al lugar indicado. —Ned no se molestó en corregirlo—. Mi trabajo cuesta su buen dinero, mi señor, y lo digo con orgullo —siguió mientras llenaba dos copas de plata—. En los Siete Reinos no hay artesano capaz de igualar mis piezas, eso os lo aseguro. No tenéis más que visitar todas y cada una de las forjas de Desembarco del Rey para comparar. Para aporrear a martillazos una cota de malla vale cualquier herrero de pueblo. Lo que yo hago son obras de arte.

Ned bebió un trago de vino y dejó que el hombre siguiera parloteando. Tobho se jactó de que el Caballero de las Flores compraba allí sus armaduras, así como otros muchos grandes señores, los que entendían del buen acero, incluso lord Renly, el hermano del propio rey. ¿Había visto la mano la armadura nueva de lord Renly, la verde con las astas doradas? No había otro armero en la ciudad capaz de conseguir un verde tan intenso; él sabía dar color al mismísimo acero; la pintura y los esmaltes eran los recursos del aprendiz. ¿O tal vez lo que buscaba la mano era una espada nueva? Tobho había aprendido de niño a trabajar el acero valyrio en las forjas de Qohor. Para coger armas viejas y forjarlas de nuevo había que conocer los hechizos.

—El lobo huargo es el emblema de la casa Stark, ¿verdad? Puedo haceros un yelmo de huargo tan realista que los niños huirán nada más veros —le aseguró.

—¿Le hiciste un yelmo con un halcón a lord Arryn? —preguntó Ned con una sonrisa.

—La mano vino a visitarme, acompañado por lord Stannis, el hermano del rey —contestó Tobho Mott después de una larga pausa y de dejar a un lado la copa de vino—. Por desgracia, ninguno de los dos me hizo el honor de encargarme armas ni armaduras.

Ned se quedó mirándolo sin decir palabra, a la espera. A lo largo de los años había aprendido que, a veces, el silencio da más fruto que las preguntas. Fue una de aquellas ocasiones.

—Querían ver al chico —añadió al final el armero—. Así que los llevé a la fragua.

—El chico —repitió Ned. No tenía ni la menor idea de a quién se refería—. A mí también me gustaría ver al chico.

—Como deseéis, mi señor —dijo Tobho Mott dirigiéndole una mirada fría, desconfiada, sin rastro de su anterior amabilidad.

Guio a Ned a una puerta trasera y por un patio estrecho, hasta la oscura construcción de piedra donde estaba la fragua. Cuando el armero abrió la puerta, la ráfaga de aire caliente hizo que Ned se sintiera como si entrara en la boca de un dragón. En el interior refulgía una forja en cada esquina, y el aire apestaba a humo y a azufre. Los trabajadores alzaron la vista de las tenazas y los martillos el tiempo justo para secarse el sudor de la frente, mientras los aprendices de torso desnudo seguían manejando los fuelles.

El maestro llamó a un muchacho alto, más o menos de la edad de Robb, pero con el pecho y los brazos muy musculosos.

—Es lord Stark, la nueva mano del rey —dijo al chico de ojos azules y hoscos, que se retiraba de la frente el pelo empapado de sudor. Tenía el cabello negro como la tinta, espeso e indómito. La sombra de una barba incipiente le oscurecía la mandíbula—. Este es Gendry. Es muy fuerte para su edad, y trabaja duro. Enséñale a la mano el yelmo que has hecho, chico.

El muchacho los guio hacia su mesa de trabajo y, casi con timidez, tendió a Ned un yelmo de acero con forma de cabeza de toro y dos enormes cuernos curvos.

Ned dio vueltas al yelmo entre sus manos. Era de acero basto, sin pulir, pero denotaba una mano experta.

—Un trabajo excelente. Sería un placer que me permitieras comprarlo.

—No está en venta —dijo el chico arrebatándoselo de las manos.

—Estás hablando con la mano del rey, chico. —Tobho Mott lo miraba horrorizado—. Si su señoría quiere este yelmo, regálaselo. Te ha hecho el honor de pedírtelo.

—Lo he forjado para mí —replicó el muchacho con testarudez.

—Os pido mil perdones, mi señor —dijo el maestro a Ned—. El chico es todavía basto como el acero sin trabajar; le sentarán bien unos cuantos golpes. De todas maneras, ese yelmo es un trabajo de aprendiz. Perdonadlo y prometo que os haré otro como nadie ha visto jamás.

—El muchacho no ha hecho nada que deba perdonarle. Gendry, cuando lord Arryn vino a verte, ¿de qué hablasteis?

—Me hizo preguntas, mi señor, nada más.

—¿Qué preguntas?

—Que cómo estaba —contestó el chico encogiéndose de hombros—, que si me trataban bien, que si me gustaba el trabajo, y cosas sobre mi madre. Que quién era, qué aspecto tenía y todo eso.

—¿Qué le respondiste? —insistió Ned.

—Murió cuando yo era muy pequeño. —Gendry se apartó de la frente un mechón de pelo negro—. Sé que era rubia y que a veces me cantaba canciones, de eso sí me acuerdo. Trabajaba en una taberna.

—¿Lord Stannis también te hizo preguntas?

—¿El calvo? No, ese no dijo ni palabra; solo me miraba como si yo fuera un violador y me hubiera tirado a su hija.

—Cuidado con lo que dices, malhablado —intervino el maestro—. Estás ante la mano del rey. —El chico bajó los ojos—. Es un muchacho listo, pero muy terco. Ese yelmo es así porque los demás dicen que es obstinado como un toro, hasta lo llaman *Cabeza de Toro.* Y a él le gusta restregárselo por las narices.

Ned apartó el espeso pelo negro de la frente del chico.

—Mírame, Gendry. —El aprendiz alzó la vista. Ned estudió la forma de la mandíbula, los ojos como hielo azul. «Claro. Ya lo entiendo», pensó—. Continúa trabajando, muchacho. Siento haberte molestado.

Volvió a la casa con el maestro.

—¿Quién pagó la tasa para el aprendizaje del chico? —preguntó a la ligera.

—Vos mismo habéis visto que es muy fuerte. —Mott parecía alarmado—. Tiene buenas manos, parecen hechas para sostener el martillo. Promete mucho. Lo acepté como aprendiz sin que me pagaran.

—Dime la verdad —replicó Ned—. Las calles están a rebosar de chicos fuertes. El día que aceptes a un aprendiz gratis será el día en que el Muro se derrumbe. ¿Quién pagó su cuota?

—Un señor importante —confesó el maestro de mala gana—. No me dijo su nombre y no lucía ningún emblema. Me pagó en oro el doble de la tarifa habitual, y me dijo que me pagaba una vez por el chico y otra por mi silencio.

—Descríbemelo.

—Era recio, fuerte, no tan alto como vos. De barba castaña, pero con hebras rojas, o eso me pareció. Llevaba una capa de buen tejido, terciopelo morado muy grueso con bordados de plata. Se había echado la capucha sobre la cara y no lo vi bien. —Titubeó un instante—. No quiero meterme en problemas, mi señor.

—Ninguno de nosotros quiere, pero vivimos en tiempos problemáticos, maestro Mott —dijo Ned—. Ya sabes quién es el chico.

—Solo soy un armero, mi señor. Solo sé lo que me dicen.

—Ya sabes quién es el chico —repitió Ned con paciencia—. No te hago ninguna pregunta.

—Es mi aprendiz —replicó el hombre. Miró a Ned cara a cara, con ojos duros como el hierro forjado—. No me importa quién fuera antes de llegar aquí.

Ned asintió. Tobho Mott, maestro armero, le caía bien.

—Si llega un día en que Gendry prefiera esgrimir espadas en vez de forjarlas, envíamelo. Tiene madera de guerrero. Hasta entonces, maestro Mott, puedes contar con mi agradecimiento. Y con mi promesa: si alguna vez quiero un casco para asustar a los niños, acudiré a ti.

Su guardia aguardaba en el exterior con los caballos.

—¿Habéis averiguado algo, mi señor? —preguntó Jacks mientras Ned montaba.

—Sí —respondió Ned, todavía intrigado.

¿Por qué había mostrado interés Jon Arryn en un bastardo del rey? Y ¿por qué aquello le había costado la vida?

CATELYN

—Deberíais cubriros la cabeza, mi señora —le dijo ser Rodrik mientras los caballos trotaban hacia el norte—. Os vais a resfriar.

—No es más que agua, ser Rodrik —replicó Catelyn. Tenía el pelo completamente empapado, con mechones pegados a la frente, y se imaginaba el aspecto descuidado que debía de presentar, pero por una vez no le importaba en absoluto. La lluvia del sur era suave y cálida. A Catelyn le gustaba sentirla en la cara, dulce como el beso de una madre. La hacía volver a su infancia, a los largos días grises en Aguasdulces. Recordaba bien el bosque de dioses, las ramas dobladas por el peso de la humedad, las risas de su hermano, que la perseguía entre montones de hojas mojadas. Recordaba cómo preparaba con Lysa pasteles de barro, lo pesados que eran, y cómo le resbalaba el lodo entre los dedos. Se los habían servido a Meñique entre risitas, y el niño había comido tanto barro que se había pasado una semana enfermo. Qué jóvenes eran entonces.

Catelyn casi había olvidado aquello. En el norte, la lluvia caía fría y dura; a veces se helaba durante la noche. Mataba tantas cosechas como nutría, y hacía que los hombres corrieran en busca del refugio más cercano. No era una lluvia bajo la que jugaran las niñas.

—Estoy empapado —se quejó ser Rodrik—. Calado hasta los huesos. —Los rodeaba un bosque cerrado, y el golpeteo constante de la lluvia en las hojas se acompasaba con el chapoteo de los cascos de los caballos en el lodo del camino—. Esta noche nos hará falta una buena hoguera, mi señora. Y tampoco nos sentaría mal una buena cena caliente.

—En la próxima encrucijada hay una posada —le dijo Catelyn.

En su juventud había dormido en ella más de una vez, cuando acompañaba a su padre en algún viaje. Lord Hoster Tully era un hombre inquieto; siempre estaba yendo de un lugar a otro. Catelyn recordaba bien a la posadera, una mujer obesa llamada Masha Heddle, que masticaba hojamarga día y noche, y parecía tener una provisión inagotable de sonrisas y pasteles para los niños. Los pasteles rebosaban miel, eran riquísimos y dulces, pero las sonrisas eran el terror de Catelyn. La hojamarga había manchado los dientes de Masha de un color rojo oscuro, y su sonrisa era un horror ensangrentado.

—Una posada —repitió ser Rodrik, melancólico—. Ojalá... Pero no podemos correr el riesgo. Si queremos conservar el anonimato, es mejor que busquemos algún refugio de pastores... —Se interrumpió bruscamente al oír unos sonidos más adelante en el camino: chapoteos en el agua, el tintineo de la malla, el relincho de un caballo—. Jinetes —avisó al tiempo que echaba mano a la espada. Nunca estaba de más ser precavido, ni siquiera en el camino Real.

Siguieron los sonidos; doblaron un recodo del camino y los vieron: era una columna de hombres armados, que vadeaba sin el menor sigilo un arroyuelo crecido. Catelyn tiró de las riendas para cederles el paso. El estandarte que portaba el primero de los jinetes estaba empapado y colgaba lacio del asta, pero los guardias llevaban capas color añil y sobre sus hombros volaba el águila plateada de Varamar.

—Son hombres de Mallister —le susurró ser Rodrik, como si ella no se hubiera dado cuenta—. Será mejor que os echéis la capucha sobre la cara, mi señora.

Catelyn no se movió. Entre los hombres viajaba el propio lord Jason Mallister, rodeado por sus caballeros, junto a su hijo Patrek y seguido por los escuderos. Sabía que se dirigían a Desembarco del Rey, al torneo de la mano. A lo largo de la semana se habían cruzado con incontables viajeros que iban en sentido contrario al suyo: caballeros y mercenarios, juglares con arpas y tambores, carromatos cargados de lúpulo, maíz o barriletes de miel, comerciantes, artesanos y prostitutas. Todos se dirigían hacia el sur.

Escudriñó a lord Jason sin la menor discreción. La última vez que lo había visto bromeaba con su tío, durante el banquete de su boda con Ned. Los Mallister eran vasallos de los Tully, y los regalos habían sido muy generosos. Lord Jason tenía ya el pelo encanecido, y el tiempo le había cincelado arrugas en el rostro, pero los años no habían conseguido hacer mella en su orgullo. Cabalgaba como si no le tuviera miedo a nada. Catelyn lo envidió por ello. Ella tenía miedo de tantas cosas... Lord Jason hizo un gesto de saludo con la cabeza al pasar junto a ellos, pero no era más que el ademán cortés de un gran señor al cruzarse con unos desconocidos. En sus ojos fieros no hubo asomo de identificación, y su hijo ni se molestó en mirarlos.

—No os ha reconocido —se asombró ser Rodrik cuando hubieron pasado de largo.

—Solo ha visto a un par de viajeros manchados de barro, empapados y cansados, a un lado del camino. Ni se le pasaría por la cabeza que uno de ellos fuera la hija de su señor. No pasará nada si entramos en la posada, ser Rodrik.

Ya era casi de noche cuando llegaron al edificio, situado en la encrucijada, al norte de la gran confluencia del Tridente. Masha Heddle estaba más gruesa y canosa de como la recordaba Catelyn, y seguía mascando hojamarga, pero apenas les dedicó una mirada somera, sin rastro de su aterradora sonrisa roja.

—Solo me quedan dos habitaciones en la planta de arriba —dijo sin dejar de mascar—. Están bajo el campanario; así, seguro que no os olvidáis de las horas de las comidas, aunque a algunos les parece que el ruido es excesivo. Pero no hay otra cosa, estamos hasta arriba. O dormís en esas habitaciones, o en el camino.

Optaron por las habitaciones, un par de buhardillas polvorientas en la cima de una escalera estrecha y destartalada.

—Dejad las botas aquí —dijo Masha en cuanto le hubieron pagado—. El chico os las limpiará. No quiero que me embarréis las escaleras. Y estad atentos a la campana; el que llega tarde a la mesa no come.

No hubo sonrisas, ni mencionó pastel alguno.

La campana que anunciaba la cena resonó ensordecedora. Catelyn se había puesto ropa seca, y estaba sentada junto a la ventana, viendo caer la lluvia. El cristal era lechoso, lleno de burbujas, y en el exterior, el ocaso empezaba a tender su manto. Catelyn apenas llegaba a divisar el lodazal que era la encrucijada de los dos grandes caminos.

La encrucijada la hacía pensar. Si en aquel punto se desviaban hacia el oeste tendrían por delante un viaje agradable hasta Aguasdulces. Su padre siempre le había dado consejos sabios cuando más los necesitaba, y deseaba con toda el alma hablar con él, prevenirlo contra la tormenta que se fraguaba. Si Invernalia debía prepararse para la guerra, cuánto más Aguasdulces, que se encontraba más cerca de Desembarco del Rey y tenía el poderío de Roca Casterly vigilando desde el oeste como una sombra. Si su padre hubiera estado más fuerte, quizá lo habría hecho, pero Hoster Tully llevaba dos años postrado en el lecho, y Catelyn no quería cargarlo con más preocupaciones.

El camino que se dirigía hacia el este era más agreste y peligroso: había que ascender por colinas rocosas y atravesar bosques espesos para adentrarse en las Montañas de la Luna, recorrer caminos estrechos y atravesar simas profundas, hasta llegar al Valle de Arryn y a los pedregosos Dedos. Allí encontraría a su hermana... y quizá algunas de las respuestas que buscaba Ned. Sin duda, Lysa sabría más de lo que se había atrevido a poner por escrito en la carta. Quizá tuviera las pruebas que Ned necesitaba para provocar la caída de los Lannister, y si empezaba la guerra, necesitarían a los Arryn y a los señores de oriente que les habían jurado lealtad.

Pero el camino de la montaña era peligroso. Los gatosombras merodeaban por los desfiladeros; no eran extraños los desprendimientos de rocas, y los clanes de las montañas se dedicaban a robar y asesinar a los viajeros, antes de desaparecer como la bruma cada vez que los caballeros recorrían el Valle en su busca. Hasta el propio Jon Arryn, uno de los más grandes caballeros que había conocido el Nido de Águilas, viajaba siempre con una buena guarnición cuando tenía que cruzar las montañas. El único guardián de Catelyn era un caballero anciano, cuya mejor armadura era la lealtad.

No, pensó. Aguasdulces y el Nido de Águilas tendrían que esperar. Debía encaminar sus pasos hacia el norte, hacia Invernalia, donde sus hijos y sus obligaciones la aguardaban. En cuanto cruzaran el Cuello podría descubrir su identidad a cualquiera de los vasallos de Ned, y enviar jinetes con orden de montar guardia en el camino Real.

La lluvia oscurecía los campos más allá de la encrucijada, pero Catelyn veía en sus recuerdos las tierras despejadas. El mercado quedaba justo al otro lado del camino, y el pueblo, a menos de media legua, no era más que medio centenar de granjas blancas alrededor de un pequeño septo de piedra. Seguramente ya habría más. El verano había sido largo y tranquilo. Hacia el norte, el camino Real discurría a lo largo del Forca Verde del Tridente, por valles fértiles y bosques frondosos, cerca de ciudades prósperas, fortines seguros y castillos donde habitaban los señores del río.

Catelyn los conocía a todos: los Blackwood y los Bracken, enemigos eternos, cuyas disputas se veía obligado a zanjar su padre; lady Whent, la última de su estirpe, que moraba con sus fantasmas bajo las bóvedas cavernosas de Harrenhal; y el irascible lord Frey, que había enterrado a siete esposas y había llenado sus dos castillos de hijos, nietos y bisnietos, y también de hijos bastardos y nietos bastardos. Todos eran vasallos de los Tully; habían jurado poner sus espadas al servicio de Aguasdulces. Pero, en caso de guerra, ¿bastaría con aquello? Catelyn sabía que jamás había habido un hombre tan decidido como su padre; no le cabía duda de que convocaría a sus vasallos. Pero, ¿acudirían? Los Darry, los Ryger y los Mooton también habían prestado juramento a Aguasdulces, pero en el Tridente se aliaron con Rhaegar Targaryen, mientras que lord Frey y sus hombres habían llegado mucho después de que finalizara la batalla, con lo que había serias dudas sobre a qué bando pensaban apoyar («Al vuestro», había jurado solemnemente a los vencedores tras el fin del combate, pero aquello no impidió que su padre lo apodara *el finado lord Frey*). No, no debía haber guerra, deseó Catelyn con toda su alma. No podían permitirlo.

Ser Rodrik entró a buscarla justo cuando cesaba el estrépito de la campana.

—Si queréis cenar algo, más vale que nos demos prisa, mi señora —dijo.

—Será mejor que dejemos de ser señora y caballero hasta que estemos más allá del Cuello —respondió ella—. Los viajeros sin rango llaman menos la atención. Podemos ser un padre y su hija que recorren el camino Real por asuntos familiares.

—Tenéis razón, mi señora —asintió ser Rodrik. La carcajada de Catelyn lo hizo caer en la cuenta de lo que había dicho—. Es difícil olvidar las costumbres de toda una vida, mi... hija mía. —Fue a retorcerse los desaparecidos bigotes y dejó escapar un suspiro de exasperación.

—Vamos, padre —dijo Catelyn cogiéndose de su brazo—. Masha Heddle es una excelente cocinera, pronto lo verás. Eso sí, mejor no alabes sus guisos. Su sonrisa te estropearía la cena.

La sala común era alargada y estaba barrida por corrientes de aire. En un extremo había una hilera de toneles de madera, y en el otro, una chimenea. Un criado jovencito corría de un lado a otro con espetones de carne, mientras Masha sacaba cerveza de los barriles sin dejar de mascar hojamarga.

Los bancos estaban abarrotados; los aldeanos y los granjeros se mezclaban sin problema con todo tipo de viajeros. La encrucijada hacía que allí se reuniera gente de lo más dispar: los tintoreros de manos ennegrecidas y amoratadas compartían asiento con los pescadores del río, que apestaban a pescado; un herrero de músculos prominentes casi aplastaba a un anciano septón; los mercenarios curtidos y los mercaderes obesos intercambiaban chismorreos como amigos de toda la vida.

Entre los comensales había demasiados guerreros para el gusto de Catelyn. Junto a la chimenea estaban sentados tres que lucían el emblema del corcel rojo de los Bracken, y había un grupo numeroso con las cotas de malla de acero azulado y las capas gris plateado. Llevaban en los hombros broches con otro emblema que conocía, las torres gemelas de la casa Frey. Examinó sus rostros, pero todos eran demasiado jóvenes para haberla conocido. El mayor de ellos no tendría ni la edad de Bran cuando ella partió hacia el norte.

Ser Rodrik localizó un par de lugares vacíos en el banco más cercano a la cocina. Frente a ellos, un joven agraciado acariciaba distraídamente las cuerdas de una lira.

—Las siete bendiciones caigan sobre vosotros, buena gente —dijo cuando se sentaron. Tenía delante una copa de vino vacía.

—También sobre ti, juglar —saludó a su vez Catelyn.

Ser Rodrik pidió pan, carne y cerveza en un tono que añadía «y que sea ahora mismo». El juglar, un muchacho de unos dieciocho años, los miró descaradamente y les preguntó adónde iban, de dónde venían y si tenían alguna noticia de interés que compartir. Las preguntas volaban rápidas como flechas, sin hacer pausa alguna para esperar las respuestas.

—Salimos de Desembarco del Rey hace dos semanas —dijo Catelyn, en respuesta a la menos comprometedora de las preguntas.

—Hacia allí voy yo —sonrió el joven. Como ella había supuesto, tenía más interés en contar su historia que en escuchar las ajenas. Nada le gustaba tanto a un juglar como el sonido de su voz—. El torneo de la mano atraerá a grandes señores con las bolsas bien repletas. La última vez gané más plata de la que podía cargar... o de la que habría podido cargar, si no la hubiera perdido toda apostando por la victoria del Matarreyes.

—Los dioses no sonríen al que apuesta —dijo ser Rodrik con severidad. Era norteño, y compartía el punto de vista de los Stark acerca de los torneos.

—A mí no me sonrieron, desde luego —replicó el juglar—. Vuestros crueles dioses y el Caballero de las Flores me jugaron una mala pasada.

—Sin duda, aprendiste una lección —señaló ser Rodrik.

—Desde luego. La próxima vez apostaré por ser Loras.

Ser Rodrik hizo ademán de retorcerse los bigotes que no tenía, pero antes de que se le ocurriera una réplica hiriente se acercó a ellos el criado, a toda prisa. Les puso delante gruesas rebanadas de pan, y sobre ellas, trozos de carne recién sacados del espetón, chorreando jugo caliente. De otro espetón les sirvió cebolletas, guindillas y setas gruesas y jugosas. Ser Rodrik atacó la comida con entusiasmo mientras el muchacho corría a buscarles cerveza.

—Me llamo Marillion —dijo el juglar, al tiempo que tañía una cuerda de la lira—. Ya me habréis oído cantar por ahí...

Los modales del muchacho hicieron sonreír a Catelyn. Los trovadores errantes rara vez se dirigían hacia el norte, y mucho menos llegaban a Invernalia, pero durante su infancia en Aguasdulces había conocido a muchos como él.

—No, lo siento —dijo.

—Vosotros os lo perdéis —replicó Marillion haciendo sonar otra nota—. ¿Cuál es el mejor juglar que habéis escuchado?

—Alia de Braavos —respondió ser Rodrik al instante.

—Bah, yo soy mil veces mejor que ese vejestorio —replicó Marillion—. Será un placer demostrároslo, si tenéis una moneda de plata con que pagar una canción.

—Tengo un par de monedas de cobre, pero antes las tiraría a un pozo que pagar por oír tus aullidos —gruñó ser Rodrik. Toda Invernalia conocía bien su opinión sobre los juglares. La música estaba bien, siempre que fuera cosa de mujeres, pero no comprendía por qué un muchacho sano querría llevar una lira en la mano pudiendo esgrimir una espada.

—Tu abuelo tiene el carácter agriado —dijo Marillion a Catelyn—. Solo pretendía entonar un cántico en honor a tu belleza. Lo cierto es que nací para cantar ante reyes y grandes señores.

—Es evidente —dijo Catelyn—. Tengo entendido que a lord Tully le gusta mucho la música. Supongo que habrás estado en Aguasdulces.

—Mil veces —asintió el juglar con ligereza—. Me tienen una habitación reservada, y el joven señor es como un hermano para mí.

Catelyn sonrió, imaginando qué diría Edmure de oír aquello. En cierta ocasión, un juglar se había acostado con la chica que le gustaba a su hermano, y desde entonces detestaba a todo el gremio.

—¿Y qué hay de Invernalia? —le preguntó—. ¿Has viajado al norte?

—¿Para qué? —Marillion se encogió de hombros—. Allí no hay más que ventisqueros y pieles de oso, y los Stark no entienden de otra música que no sea el aullido de los lobos.

Catelyn oyó que la puerta de la posada se abría y se cerraba al otro extremo de la sala.

—Posadera —gritó a su espalda la voz de un criado—. Necesitamos establo y comida para nuestros caballos, y mi señor de Lannister exige una habitación y un baño caliente.

—Oh, dioses —empezó ser Rodrik antes de que Catelyn tuviera tiempo de silenciarlo apretándole el brazo con fuerza.

—Lo siento mucho, mi señor —decía Masha Heddle haciendo reverencias y exhibiendo su espantosa sonrisa roja—, pero no tenemos sitio, ni una habitación.

Catelyn vio que eran cuatro: un viejo con el uniforme de la Guardia de la Noche, dos criados... y él, diminuto y osado, su pesadilla.

—Mis hombres pueden dormir en el establo, y en cuanto a mí..., tú misma puedes ver que no me hace falta una habitación muy grande. —Sonrió burlón—. Con que haya fuego en la chimenea y las pulgas del colchón no sean multitud, me doy por satisfecho.

—Es que no hay nada, mi señor. —Masha Heddle estaba desesperada—. Os digo la verdad. Es por el torneo, no tengo...

Tyrion Lannister se sacó una moneda del monedero, la lanzó al aire, la volvió a coger y la lanzó de nuevo. Hasta Catelyn, sentada al otro extremo de la sala, vio que era de oro.

—Podéis dormir en mi habitación, mi señor —dijo un mercenario de capa azul descolorida poniéndose en pie.

—He aquí un hombre inteligente —dijo mientras le lanzaba la moneda. El mercenario la atrapó en el aire—. Y hábil, para más señas. —El enano se volvió de nuevo hacia Masha Heddle—. Espero que no haya problemas para darnos de comer.

—Os serviré lo que queráis, mi señor, lo que queráis —le aseguró la posadera.

«Y ojalá se te atragante», pensó Catelyn, pero la imagen que le acudió a la mente fue la de Bran atragantándose, ahogándose en su propia sangre.

—Mis hombres tomarán lo mismo que estés sirviendo a esta gente —dijo Lannister después de echar un vistazo a lo que había en las mesas más cercanas—. Ración doble; ha sido un viaje muy largo. Yo quiero un ave asada, pollo, pato, pichón, lo que sea. Y una jarra de tu mejor vino. ¿Quieres cenar conmigo, Yoren?

—Será un placer, mi señor —respondió el hermano negro.

El enano ni siquiera había mirado hacia el otro extremo de la sala, y Catelyn empezaba a dar gracias por la multitud que abarrotaba los bancos, cuando Marillion se puso en pie de repente.

—¡Mi señor de Lannister! —gritó—. Sería un placer para mí animar vuestra cena. ¡Cantaré la gran victoria de vuestro padre en Desembarco del Rey!

—¿Qué quieres? ¿Que se me indigeste la comida? —bufó el enano. Sus ojos desiguales se clavaron un instante en el juglar, empezaron a apartarse de él... y se encontraron con los de Catelyn. Ella giró el rostro, pero era demasiado tarde. El enano sonreía.

—Lady Stark, qué placer tan inesperado —dijo—. Sentí mucho no veros en Invernalia.

Marillion la miró boquiabierta, y la confusión dejó paso al rubor cuando vio que Catelyn se ponía en pie lentamente. La mujer oyó a ser Rodrik maldecir entre dientes. Si el enano se hubiera entretenido más en el Muro, pensó, si se hubiera...

—¿Lady... Stark? —dijo Masha Heddle sin apenas vocalizar las palabras.

—La última vez que me alojé aquí era todavía Catelyn Tully —le dijo a la posadera. Oyó los murmullos que surgieron y sintió todos los ojos clavados en ella. Miró a su alrededor, observó los rostros de los caballeros y las espadas juramentadas, y respiró profundamente para controlar los latidos frenéticos de su corazón. ¿Se atrevería a correr el riesgo? No tuvo tiempo para pensarlo; pasó un instante y su propia voz le resonó en los oídos—. Tú, el del rincón —le dijo a un hombre de edad avanzada en el que no se había fijado hasta entonces—. Ese emblema que llevas bordado, ¿es el murciélago negro de Harrenhal?

—Sí, mi señora —respondió el hombre poniéndose en pie.

—¿Y es lady Whent amiga fiel y sincera de mi padre, lord Hoster Tully de Aguasdulces?

—Sin duda —respondió el hombre con firmeza.

Ser Rodrik se levantó con calma y se aflojó la vaina de la espada. El enano los miraba, asombrado, con una expresión de desconcierto en los ojos desiguales.

—El corcel rojo siempre fue bienvenido en Aguasdulces —dijo Catelyn a los tres caballeros sentados junto a la chimenea—. Mi padre considera a Jonos Bracken uno de sus vasallos más antiguos y leales.

Los tres soldados cruzaron miradas indecisas.

—Su confianza honra a nuestro señor —dijo al final uno de ellos, aún titubeante.

—Envidio a vuestro padre por tener tantos y tan buenos amigos —intervino Lannister—, pero no entiendo adónde pretendéis llegar, lady Stark.

Catelyn no le hizo caso. Se volvió hacia el grupo numeroso que vestía de azul y gris. Eran más de veinte; constituían la clave de su plan.

—También reconozco vuestro emblema: las torres gemelas de Frey. ¿Cómo se encuentra vuestro señor?

—Lord Walder está muy bien, mi señora —contestó el capitán poniéndose en pie—. Tiene intención de contraer matrimonio de nuevo en su nonagésimo día del nombre, y ha pedido a vuestro señor padre que lo honre con su presencia en la ceremonia.

Tyrion Lannister disimuló una risita, y Catelyn supo que lo tenía en su poder.

—Este hombre entró en mi casa como invitado, y allí conspiró para asesinar a mi hijo, a un niño de siete años —proclamó en voz alta para que la oyera toda la sala, al tiempo que señalaba al enano. Ser Rodrik se situó junto a ella, espada en mano—. En nombre del rey Robert y de los buenos señores a los que servís, os ordeno que lo apreséis y me ayudéis a llevarlo a Invernalia, donde se someterá a la justicia del rey.

No habría sabido decir qué le proporcionó mayor satisfacción: el sonido de una docena de espadas que se desenvainaban al unísono o la expresión del rostro de Tyrion Lannister.

SANSA

Sansa acudió al torneo de la mano con la septa Mordane y Jeyne Poole, en una litera con cortinas de seda amarilla tan finas que veían a través de ellas. Convertían el mundo entero en oro. Al otro lado de los muros de la ciudad, junto al río, habían plantado un centenar de tiendas, y el pueblo llano acudía en riadas para presenciar los juegos. Tanto esplendor dejaba a Sansa sin aliento: las armaduras brillantes, los enormes corceles con gualdrapas de oro y plata, los gritos del gentío, los estandartes ondeando al viento... y los caballeros, sobre todo los caballeros.

—Es mejor que en las canciones —susurró cuando se acomodaron en los lugares que su padre le había prometido, entre los grandes señores y las damas de alcurnia.

Sansa llevaba aquel día un vestido precioso, una túnica verde que le resaltaba el castaño rojizo de la melena. Sabía que todos la miraban con aprobación y sonreían.

Vieron pasar a caballo a los héroes de mil canciones, cada uno más fabuloso que el anterior. Los siete caballeros de la Guardia Real, excepto Jaime Lannister, lucían armaduras del color de la leche y capas tan blancas como la nieve recién caída. Ser Jaime llevaba capa blanca, sí, pero el resto de su indumentaria era de oro de la cabeza a los pies, incluso el yelmo en forma de cabeza de león. También la espada era dorada. Ser Gregor Clegane, la Montaña que Cabalga, pasó al galope junto a ellos como una avalancha. Sansa recordaba a lord Yohn Royce, que había visitado Invernalia hacía ya dos años.

—Su armadura es de bronce y tiene miles y miles de años; lleva grabadas unas runas mágicas que lo protegen de todo mal —susurró a Jeyne.

La septa Mordane les señaló a lord Jason Mallister, vestido de índigo y plata, con alas de águila en el yelmo. Había abatido a tres vasallos de Rhaegar en el Tridente. Las niñas disimularon una risita al fijarse en el sacerdote guerrero Thoros de Myr, con la túnica roja ondeando al viento y la cabeza rapada, hasta que la septa les dijo que en cierta ocasión había escalado los muros de Pyke con una espada llameante en la mano.

Sansa no conocía al resto de los jinetes; había caballeros errantes de los Dedos, de Altojardín y de las montañas de Dorne, jinetes libres y escuderos recién ascendidos a los que nadie había dedicado canciones; estaban los hijos más jóvenes de grandes señores y los herederos de las casas menores. Los jóvenes todavía no habían protagonizado grandes hazañas, pero Sansa y Jeyne estaban seguras de que alguna vez sus nombres resonarían por los siete reinos. Ser Balon Swann. Lord Bryce Caron de las Marcas. Ser Andar Royce, heredero de Yohn Bronce, y su hermano menor, ser Robar, ambos con armaduras plateadas con incrustaciones en bronce de las mismas runas arcanas que protegían a su padre. Los gemelos ser Horas y ser Hobber, en cuyos escudos se veía el racimo de uvas que era el emblema de los Redwyne, burdeos sobre azul. Patrek Mallister, el hijo de Lord Jason. Seis Frey del Cruce: ser Jared, ser Hosteen, ser Danwell, ser Emmon, ser Theo, ser Perwyn, hijos y nietos del anciano lord Walder Frey, y también su hijo bastardo, Martyn Ríos.

Jeyne Poole confesó que le daba miedo el aspecto de Jalabhar Xho, un príncipe exiliado de las Islas del Verano, que llevaba una capa de plumas verdes y escarlata sobre una piel negra como la noche, pero cuando vio al joven lord Beric Dondarrion, con cabellos como el oro rojo y un escudo negro con el dibujo de un rayo, anunció que estaría dispuesta a casarse con él allí mismo.

El Perro también participaba en las lides, así como el hermano del rey, el atractivo lord Renly, de Bastión de Tormentas. Jory, Alyn y Harwin representaban a Invernalia y al norte.

—Comparado con los otros, Jory parece un pordiosero —bufó la septa Mordane.

Sansa no tuvo más remedio que darle la razón. La armadura de Jory era de color gris azulado, sin adornos de ningún tipo, y su fina capa gris parecía un trapo sucio. Pero hizo un excelente papel: desmontó a Horas Redwyne en su primera justa y a uno de los Frey en la segunda. En la tercera aguantó tres enfrentamientos contra un jinete libre, Lothor Brune, cuya armadura era tan austera como la suya. Ninguno de los dos cayó del caballo, pero la lanza de Brune era más firme y sus golpes mejor colocados, y el rey le dio la victoria. A Alyn y a Harwin no les fue tan bien. Ser Meryn de la Guardia Real desmontó a Harwin en la primera justa, y Alyn cayó ante ser Balon Swann.

Las justas duraron todo el día y hasta bien entrado el ocaso; los cascos de los grandes caballos de guerra dejaron el campo convertido en un erial de tierra desgarrada. Sansa y Jeyne gritaron al unísono una docena de veces, cuando los jinetes chocaban y las lanzas saltaban en pedazos, mientras el pueblo llano animaba a sus favoritos. Jeyne se tapaba los ojos como una niña asustada cada vez que un hombre caía, pero Sansa era más dura. Una gran dama sabía comportarse durante un torneo. Hasta la septa Mordane advirtió su compostura, y le hizo un gesto de aprobación.

La actuación del Matarreyes fue excepcional. Derribó con facilidad a ser Andar Royce y a lord Bryce Caron de las Marcas, y luego tuvo un duro enfrentamiento contra el canoso Barristan Selmy, que había derrotado en las dos primeras lides a hombres que eran treinta y cuarenta años más jóvenes que él.

Sandor Clegane y su gigantesco hermano, ser Gregor, la Montaña, también parecían invencibles; derribaban a un rival tras otro con ferocidad. El momento más aterrador de la jornada se produjo durante la segunda justa de ser Gregor, cuando acertó con la lanza a un joven caballero del Valle bajo el gorjal de la armadura con tal fuerza que se le clavó en la garganta y lo mató al instante. El joven cayó a menos de cinco pasos de donde estaba Sansa. Aún tenía la punta de la lanza de ser Gregor clavada en el cuello, y la sangre brotaba lentamente al compás de los latidos, cada uno más débil que el anterior. La armadura del joven era nueva, brillante; el acero, al reflejar la luz, mostraba destellos de fuego a lo largo del brazo extendido. En aquel momento, el sol se ocultó tras una nube, y el fuego desapareció. La capa era azul, del color del cielo en un día despejado de verano, con un ribete de medialunas; pero a medida que se empapaba de sangre, la tela se oscurecía y las lunas se fueron tornando rojas una a una.

Jeyne Poole se echó a llorar y se puso tan histérica que la septa Mordane tuvo que llevársela para que recuperase la compostura, pero Sansa se quedó allí, con las manos entrelazadas sobre el regazo, observando la escena con una extraña fascinación. Era la primera vez que veía morir a un hombre. Pensó que también ella debería estar llorando, pero no le salían las lágrimas. Quizá se le hubieran agotado llorando por Dama y por Bran. Se dijo que la cosa sería diferente si se hubiera tratado de Jory, de ser Rodrik o de su padre. Para ella, el joven caballero de la capa azul no era nadie, un desconocido del Valle de Arryn cuyo nombre había olvidado nada más oírlo. No habría canciones que lo recordaran; los juglares no glosarían sus hazañas. Era una lástima.

En cuanto retiraron el cadáver, un muchacho con una pala echó tierra sobre el lugar donde había caído para tapar la sangre. A continuación se reanudaron las justas.

Ser Balon Swann fue el siguiente en caer ante Gregor, y el Perro derribó a lord Renly. La caída de Renly fue tan violenta que pareció salir despedido volando de su caballo, con las piernas en el aire. Su cabeza chocó contra el suelo con un *crac* claramente audible que hizo que la multitud contuviera el aliento, pero solo se le había roto una púa del asta dorada del yelmo. Lord Renly se puso en pie y el pueblo empezó a vitorearlo, porque el atractivo hermano menor del rey Robert era uno de los favoritos. Con una reverencia elegante, entregó la púa rota al vencedor. El Perro dejó escapar un bufido y la lanzó a la multitud. Varios hombres empezaron a pelearse por el pedacito de oro, hasta que lord Renly se dirigió hacia ellos e impuso paz. Para entonces ya había regresado la septa Mordane, pero sola. Le explicó que Jeyne no se encontraba bien y que la había acompañado de vuelta al castillo. Sansa casi se había olvidado de Jeyne.

Más tarde, un caballero errante de capa a cuadros se deshonró al matar al caballo de Beric Dondarrion, y lo eliminaron del torneo. Lord Beric cambió la silla a otra montura, pero inmediatamente lo derribó Thoros de Myr. Ser Aron Santagar y Lothor Brune se cruzaron tres veces, sin resultado; después, ser Aron cayó ante lord Jason Mallister, y Brune, ante Robar, el hijo menor de Yohn Royce.

Al final solo quedaron cuatro: el Perro y su monstruoso hermano Gregor, Jaime Lannister el Matarreyes, y ser Loras Tyrell, al que llamaban *el Caballero de las Flores*.

Ser Loras era el hijo pequeño de Mace Tyrell, señor de Altojardín y Guardián del Sur. Tenía dieciséis años, con lo que era el jinete más joven del torneo, pero había desmontado a tres caballeros de la Guardia Real aquella misma mañana, en sus tres primeras justas. Era el hombre más atractivo que Sansa había visto jamás. El peto de su armadura estaba repujado y esmaltado para formar un ramo de mil flores diferentes, y su corcel blanco como la nieve llevaba una manta de rosas blancas y rojas. Después de cada victoria, ser Loras se quitaba el casco, cabalgaba despacio por el perímetro del campo, y por último cogía una rosa blanca de la manta y se la lanzaba a alguna hermosa dama de la multitud.

Su último enfrentamiento del día fue contra el joven Royce. Las runas ancestrales de ser Robar no bastaron para protegerlo: ser Loras le quebró el escudo y lo derribó de la silla con un estrépito aterrador. Robar se quedó tendido en el suelo, gimiendo, mientras el vencedor repetía su recorrido por el campo del honor. Por último apareció una camilla que lo transportó a su tienda, aturdido e inmóvil. Sansa no llegó a verlo. Solo tenía ojos para ser Loras. Cuando el caballo blanco se detuvo ante ella sintió como si el corazón se le fuera a salir del pecho.

A las otras doncellas les había entregado rosas blancas, pero la que cogió para ella era roja.

—Mi dulce señora —dijo—, no hay victoria que sea ni la mitad de hermosa que vos.

Sansa aceptó la flor con timidez, enmudecida ante aquel despliegue de galantería. El cabello del joven era una cascada de rizos castaños, y tenía los ojos como oro líquido. Sansa aspiró la fragancia de la rosa, y la conservó entre las manos hasta mucho después de que ser Loras se alejara.

Cuando por fin alzó la vista había junto a ella un hombre que la miraba. Era bajo, tenía barbita puntiaguda y un mechón de cabello plateado; era casi tan mayor como su padre.

—Debes de ser una de sus hijas —dijo. También tenía unos ojos grises que no acompañaban a la sonrisa de su boca—. Eres una Tully.

—Soy Sansa Stark —dijo ella algo incómoda. El hombre lucía una capa gruesa con cuello de pieles, y el broche de plata con que se la cerraba representaba un sinsonte. Tenía los ademanes desenvueltos de un alto señor, pero no lo había visto nunca—. No tengo el honor de conoceros, mi señor.

—Es lord Petyr Baelish, mi niña. —La septa Mordane acudió al instante en su ayuda—. Del Consejo Privado del Rey.

—Cuando era joven, tu madre fue mi reina de la belleza —dijo el hombre con voz queda. El aliento le olía a menta—. Has heredado su cabello.

Le rozó la mejilla con los dedos al acariciarle un mechón castaño rojizo. De repente, dio media vuelta y se alejó.

La luna ya estaba alta en el cielo y la multitud empezaba a cansarse, de modo que el rey decretó que los tres últimos combates tendrían lugar a la mañana siguiente, antes del combate cuerpo a cuerpo. Los asistentes regresaron a sus hogares comentando las justas que habían visto y los enfrentamientos que tendrían lugar al día siguiente, y la corte se dirigió hacia la ribera para dar comienzo al banquete. Hacía horas que seis gigantescos uros se asaban girando lentamente en espitas de palo, mientras los pinches de cocina los rociaban con mantequilla y hierbas hasta que la carne chisporroteaba, crujiente. Junto a las tiendas se habían instalado bancos y mesas, sobre las que había fresas, hierbadulce y pan recién salido de los hornos.

A Sansa y a la septa Mordane se les asignaron lugares de gran honor, a la izquierda de la palestra elevada sobre la que estaban el rey y la reina. Cuando el príncipe Joffrey se sentó a su derecha, sintió un nudo en la garganta. No había vuelto a hablar con ella desde los espantosos sucesos del Tridente. Al principio, Sansa pensó que lo detestaba por lo que le habían hecho a Dama, pero cuando se le secaron las lágrimas se dijo que, en realidad, no había sido culpa de Joffrey. La culpa había sido de la reina. A ella era a la que tenía que detestar; a ella y a Arya. De no ser por Arya no habría pasado nada malo.

Aquella noche no podía sentir nada malo hacia Joffrey. Estaba demasiado atractivo. Llevaba un jubón azul oscuro, tachonado con una doble hilera de cabezas doradas de león, y la frente ceñida con una diadema delgada de oro y zafiros. El cabello le brillaba como si fuera de metal. Sansa lo miró y se estremeció, temerosa de que no le hiciera caso o, peor todavía, de que le dijera algo desagradable y tuviera que retirarse de la mesa entre lágrimas.

Sin embargo, Joffrey sonrió y le besó la mano, guapo y galante como los príncipes de las canciones.

—Ser Loras tiene buen ojo para la belleza, mi señora.

—Ha sido muy amable —objetó Sansa, tratando de parecer modesta y tranquila, aunque su corazón cantaba—. Ser Loras es un gran caballero. ¿Crees que ganará mañana el torneo, mi señor?

—No —replicó Joffrey—. Mi perro lo derrotará, y si no, mi tío Jaime. Y dentro de pocos años, cuando tenga edad para participar en las justas, yo los derrotaré a todos.

Alzó la mano para llamar a un criado que llevaba una jarra de vino veraniego helado, y le sirvió una copa. Sansa miró a la septa Mordane con preocupación, pero Joffrey se adelantó y llenó también la copa de la septa, de manera que asintió, le dio las gracias y no añadió ni una palabra más.

Los criados llenaron las copas una y otra vez a lo largo de la noche, pero más adelante, Sansa no recordaría haber probado siquiera el vino. No lo necesitaba. Estaba ebria con la magia de la velada, aturdida por el lujo y esplendor, embelesada por las maravillas con las que había soñado toda su vida sin atreverse a albergar la esperanza de ver jamás. Los juglares, sentados ante la tienda del rey, llenaban el anochecer de música. Un malabarista hacía girar en el aire una cascada de bastones en llamas. El bufón particular del rey, un simplón con cara de torta al que llamaban *Chico Luna,* bailaba sobre zancos con su traje de mil colores, y se burlaba de todo el mundo con tan hábil crueldad que Sansa llegó a preguntarse si realmente sería un retrasado. Ni la septa Mordane estuvo a salvo de él: cuando el bufón cantó una cancioncilla acerca del septón supremo, se rio tanto que se derramó encima la copa de vino.

Y Joffrey fue la viva imagen de la cortesía. Se pasó la noche hablando con Sansa, la colmó de cumplidos, la hizo reír, le contó los pequeños cotilleos de la corte y le explicó las pullas de Chico Luna. Sansa estaba tan cautivada que olvidó toda cortesía y apenas si dirigió la palabra a la septa Mordane, que estaba sentada a su izquierda.

Mientras tanto se fueron sirviendo los diferentes platos de la cena: una sopa espesa de cebada y venado; ensaladas de hierbadulce, espinacas y ciruelas con frutos secos por encima; caracoles en salsa de miel y ajo. Sansa no había probado nunca los caracoles, así que Joffrey la enseñó a sacarlos de su concha, y él mismo le puso el primero en la boca. Después sirvieron trucha pescada en el río aquel mismo día, horneada en barro; su príncipe la ayudó a romper la envoltura sólida para dejar al descubierto el pescado jugoso. Y cuando se sirvió la carne, él mismo le ofreció la mejor tajada con una sonrisa seductora. Sansa advirtió que todavía le molestaba el brazo derecho al moverlo, pero en ningún momento se quejó.

Más tarde se sirvieron empanadas de pichón y criadillas, manzanas asadas que olían a canela, y pastelillos de limón bañados en azúcar, pero para entonces Sansa estaba tan llena que apenas pudo comerse dos pastelillos, por mucho que le gustaran. Estaba decidiendo si se enfrentaría a un tercer pastelillo cuando el rey empezó a gritar.

A medida que se iban sirviendo los diferentes platos, el rey Robert había ido levantando la voz. A veces, Sansa lo oía reír a carcajadas o rugir órdenes por encima del estruendo de la música y el ruido de los platos y los cubiertos, pero estaba demasiado lejos para entender lo que decía.

En aquel momento, en cambio, todo el mundo lo entendió.

—¡No! —rugió con una voz que ahogaba el resto de los sonidos. Sansa se quedó boquiabierta al ver que el rey se levantaba, inseguro, con el rostro congestionado. Llevaba en la mano una copa de vino y estaba completamente borracho—. ¡No consiento que me digas qué tengo que hacer, mujer! —le gritó a la reina Cersei—. ¡Aquí el rey soy yo! ¿Entendido? ¡Yo soy el que manda, y si digo que mañana voy a pelear, es que voy a pelear!

Todos los asistentes lo miraban. Sansa se fijó en ser Barristan, y en Renly, el hermano del rey, y también en el hombre bajito que antes le había tocado el pelo mientras le hablaba de una manera extraña, pero ninguno hizo ademán de interferir. El rostro de la reina era una máscara tan pálida que parecía esculpida en nieve. Se levantó de la mesa, se recogió las faldas y, sin decir palabra, se alejó seguida por sus sirvientes.

Jaime Lannister puso una mano en el hombro del rey, pero este lo empujó hacia atrás. Lannister trastabilló y cayó. El rey se echó a reír con carcajadas ebrias, groseras.

—Vaya con el gran caballero; todavía te puedo tumbar. No lo olvides, Matarreyes. —Se golpeó el pecho con la copa adornada con piedras preciosas, de manera que el vino le salpicó la túnica de seda—. ¡Con mi martillo en la mano no hay hombre en el reino capaz de enfrentarse a mí!

—Como digáis, alteza —dijo Jaime Lannister, algo forzado, después de levantarse y sacudirse el polvo.

—Se te ha derramado el vino, Robert —dijo lord Renly adelantándose con una sonrisa—. Espera, te traigo otra copa.

Sansa se sobresaltó cuando Joffrey le puso la mano en el brazo.

—Se hace tarde —dijo el príncipe. Tenía una expresión extraña en el rostro, como si no la viera—. ¿Necesitas compañía para volver al castillo?

—No —empezó a decir Sansa. Miró a la septa Mordane, y se sobresaltó al ver que tenía la cabeza apoyada en la mesa y dormía con ronquidos muy suaves, propios de una dama—. Es decir... sí, gracias, eres muy amable. Estoy cansada, y el camino es tan oscuro... Me gustaría que alguien me protegiera.

—¡Perro! —llamó Joffrey.

Sandor Clegane apareció tan de repente como si hubiera surgido de la noche. Se había cambiado la armadura por una túnica de lana roja, con una cabeza de perro recortada en cuero y cosida en el pecho. La luz de las antorchas hacía que su rostro quemado brillara con un tono rojo mortecino.

—¿Sí, alteza?

—Acompaña a mi prometida al castillo; que nada malo le suceda —le ordenó el príncipe con tono brusco. Y, sin siquiera despedirse, Joffrey se alejó de ella a zancadas.

A Sansa le parecía sentir físicamente la mirada del Perro.

—¿Creías que Joff te iba a acompañar en persona? —Se echó a reír. Su carcajada era como los gruñidos de los perros en las peleas—. Ni lo sueñes. —La cogió del brazo para ponerla en pie; Sansa no se resistió—. Vamos, no eres la única que tiene sueño. He bebido demasiado, y puede que mañana tenga que matar a mi hermano.

Se echó a reír de nuevo. Sansa, que de repente estaba aterrada, sacudió a la septa Mordane por el hombro para tratar de despertarla, pero solo consiguió que la mujer roncara más fuertemente. El rey Robert se había marchado con paso inseguro, y de pronto la mitad de los bancos se había vaciado también. El festín había terminado, y con él, el sueño.

El Perro cogió una antorcha para iluminar el camino. Sansa lo siguió. El terreno era rocoso y desigual, y la luz titubeante hacía que pareciera moverse bajo los pies. Avanzaron entre las tiendas; todas tenían un estandarte y una armadura en el exterior. El silencio se hacía más denso a cada paso. Sansa no soportaba mirar al Perro, le daba miedo, pero la habían educado para mostrarse siempre cortés. Una verdadera dama no haría caso de aquel rostro desfigurado, se dijo.

—Hoy habéis sido muy valeroso, ser Sandor —consiguió recitar.

—Ahórrate los cumplidos vacíos, niña, y el tratamiento cortés —soltó Sandor Clegane con un bufido—. No soy ningún caballero. Escupo sobre los caballeros y sobre sus juramentos. Mi hermano es caballero. ¿Te has fijado en él?

—Sí —susurró Sansa, temblorosa—. Ha sido muy...

—¿Valeroso? —terminó el Perro.

La niña se dio cuenta de que se burlaba de ella.

—No había otro que lo superase —consiguió decir al final, orgullosa de sí misma; no había mentido.

—Tu septa te ha enseñado bien. —Sandor Clegane se detuvo de repente, en medio de un prado oscuro y desierto. Sansa no tuvo más remedio que detenerse junto a él—. Eres como esos pajarillos de las Islas del Verano, ¿verdad? Uno de esos pájaros parlanchines tan bonitos; repites todo lo que te han enseñado.

—Eres descortés conmigo —dijo Sansa, que sentía que el corazón se le aceleraba en el pecho—. Y me das miedo. Quiero marcharme ya.

—No había otro que lo superase —repitió el Perro—. Desde luego que no. Nadie ha podido superar a Gregor, nunca. Ese chico de hoy, el de la segunda justa, qué lástima, ¿no? Lo has visto, ¿verdad? El pobre idiota no pintaba nada en este torneo. No tenía dinero, ni escudero, ni nadie que lo ayudara a ponerse la armadura. Llevaba el gorjal mal ajustado. ¿Crees que Gregor no se dio cuenta? ¿Crees que la lanza de «ser» Gregor fue a acertarle ahí por casualidad? Si lo crees, es que tienes la cabeza hueca como la de un pájaro. La lanza de Gregor se clava donde quiere Gregor. Mírame. ¡Mírame! —Sandor Clegane le puso una mano enorme bajo la barbilla y la obligó a alzar la vista. Se acuclilló ante ella y acercó la antorcha—. Bonito espectáculo, ¿verdad? Mírame bien. Es lo que deseas. Lo has estado deseando todo el viaje por el camino Real. Pues mírame bien.

Le aferraba la mandíbula con dedos de hierro. Tenía los ojos clavados en ella. Ojos ebrios, llenos de rabia. Sansa tuvo que mirar.

El lado derecho de su rostro estaba demacrado, con el pómulo afilado y un ojo gris bajo la ceja espesa. Tenía la nariz grande y ganchuda, y el pelo fino, oscuro. Lo llevaba largo y peinado hacia el otro lado, donde no tenía cabello.

El lado izquierdo de su rostro estaba destrozado. De la oreja apenas si quedaba el agujero; el fuego había consumido el resto. El ojo aún veía, pero la carne de alrededor no era más que un amasijo cicatrizado, negra y dura como el cuero, llena de cráteres y hendiduras que brillaban, rojas y húmedas, cada vez que se movía. En la mandíbula se veía un trozo de hueso, allí donde el fuego había quemado toda la carne.

Sansa se echó a llorar. Él la soltó, y tiró la antorcha al suelo.

—¿Se te han acabado los cumplidos, niña? ¿Tu septa no te ha enseñado qué decir en estos casos? —No obtuvo respuesta—. Todos creen que fue en algún combate. Un asedio, una torre en llamas, un enemigo con una antorcha... Un imbécil me preguntó si me lo había hecho un dragón. —La carcajada fue más suave, pero igual de amarga—. Te voy a decir qué me pasó, niña —siguió, una voz en la noche, una sombra que se inclinaba sobre ella hasta que pudo oler el hedor del vino en su aliento—. Yo era más pequeño que tú, tenía seis años, o siete, no sé. Un tallista instaló su taller en la aldea cercana al castillo de mi padre, y para ganarse su favor nos envió regalos. Aquel anciano hacía unos juguetes maravillosos. No recuerdo qué me dio a mí, pero yo quería el regalo de Gregor. Era un caballero de madera, todo pintado; estaba articulado y tenía unos cordeles para moverlo y hacerlo luchar. Gregor tenía cinco años más que yo; para él, aquel juguete no tenía la menor importancia: ya manejaba una espada, medía casi cuatro codos y medio y tenía la musculatura de un toro. Así que le robé su caballero, pero no lo disfruté, te aseguro que no lo disfruté. Estaba muerto de miedo, y hacía bien, porque me descubrió. En la habitación había un brasero. Gregor no dijo ni una palabra; me cogió, me sujetó con un brazo y me aplastó la cara contra los carbones al rojo, y me tuvo así mientras yo gritaba y gritaba y gritaba. Ya has visto lo fuerte que es. Incluso entonces hicieron falta tres hombres para hacer que me soltara. Los septones hablan de los siete infiernos. ¿Qué saben ellos? Solo alguien que ha sufrido quemaduras como las mías sabe lo que es el infierno.

»Mi padre le dijo a todo el mundo que las sábanas de mi cama se habían incendiado, y el maestre me puso ungüentos. ¡Ungüentos! A Gregor también le correspondieron sus ungüentos. Cuatro años más tarde lo ungieron con los siete aceites, recitó sus juramentos de caballero, y Rhaegar Targaryen le dio un golpecito en el hombro y le dijo: "Levantaos, ser Gregor".

La voz ronca fue perdiendo fuerza. Se quedó ante ella, en silencio, acuclillado. No era más que una forma grande; la noche lo envolvía e impedía ver otra cosa. Sansa oyó su respiración trabajosa. Se dio cuenta de que ya no sentía miedo. Sentía compasión.

El silencio se prolongó largo rato, tanto que empezó a tener miedo una vez más, pero temía por él, no por ella. Le puso una mano en el hombro gigantesco.

—No era un caballero de verdad —susurró.

El Perro echó la cabeza hacia atrás y lanzó un rugido. Sansa retrocedió tan bruscamente que estuvo a punto de caerse, pero él la sujetó por el brazo.

—No —dijo—. No, pajarito, no era un caballero de verdad.

Sandor Clegane no añadió ni una palabra más en todo el camino de regreso. La llevó hasta donde aguardaban los carromatos, dijo a un cochero que los llevara a la Fortaleza Roja y subió tras ella. Atravesaron en silencio la Puerta del Rey y recorrieron las calles iluminadas por antorchas. Abrió la puerta trasera y la guio hasta el castillo, con el rostro quemado crispado y los ojos llenos de sombras. La siguió por las escaleras de la torre y la acompañó hasta la puerta misma de su dormitorio.

—Gracias, mi señor —dijo Sansa con docilidad.

—De lo que te he contado esta noche... —dijo el Perro con voz más ruda que de costumbre, agarrándola por un brazo e inclinado hacia ella—. Si alguna vez se lo cuentas a Joffrey... o a tu hermana, o a tu padre... o a quien sea...

—No se lo diré a nadie —susurró Sansa—. Lo prometo.

Con aquello no bastaba.

—Si alguna vez se lo cuentas a alguien —añadió—, te mataré.

EDDARD

—Lo he velado yo —dijo ser Barristan Selmy mientras contemplaban el cadáver del carro—. No tenía a nadie aquí. Me han dicho que su madre vive en el Valle.

A la luz pálida del amanecer, el joven caballero parecía dormido. En vida no era atractivo, pero la muerte le había suavizado los rasgos bastos, y las hermanas silenciosas lo habían vestido con su mejor túnica de terciopelo. El cuello alto ocultaba los destrozos que la lanza le había causado en la garganta. Eddard Stark miró al muchacho y se preguntó si habría muerto por su culpa. Un vasallo de los Lannister lo había matado antes de que Ned tuviera ocasión de hablar con él. ¿Pura casualidad? Ya nunca lo sabría.

—Hugh fue escudero de Jon Arryn durante cuatro años —siguió Selmy—. En su memoria, el rey lo nombró caballero antes de emprender el viaje hacia el norte. El chico lo deseaba con todo su corazón. No estaba preparado.

—Nadie lo está. —Ned había dormido poco y mal, y se sentía tan cansado como si tuviera mil años.

—¿Para que lo nombren caballero?

—Para que lo maten. —Ned lo cubrió con la capa, una tela azul manchada de sangre, ribeteada de lunas. Cuando la madre preguntara por qué había muerto su hijo, le dirían que había luchado para honrar a la mano del rey, Eddard Stark, reflexionó con amargura—. Esto era innecesario. La guerra no es ningún juego. —Se volvió hacia la mujer que estaba junto al carro. Vestía de gris y tenía el rostro oculto; solo se le veían los ojos. Las hermanas silenciosas preparaban a los hombres para la tumba, y mirar el rostro de la muerte era un mal presagio—. Enviad su armadura al Valle. A la madre le gustará conservarla.

—Vale al menos una pieza de plata —señaló ser Barristan—. El chico se la hizo forjar especialmente para el torneo. Un trabajo sencillo, pero de calidad. No sé si habrá terminado de pagar al herrero.

—La pagó ayer, mi señor, y a un precio muy alto —replicó Ned. Se volvió de nuevo hacia la hermana silenciosa—. Enviadle la armadura a su madre. Yo trataré con el herrero.

La mujer hizo un gesto de asentimiento.

Más tarde, ser Barristan acompañó a Ned a la tienda del rey. El campamento empezaba a despertar. Las salchichas chisporroteaban sobre las hogueras e impregnaban el ambiente de su olor a ajo y a pimienta. Los jóvenes escuderos corrían de un lado a otro cumpliendo los encargos de sus señores, mientras bostezaban y se desperezaban. Un criado que llevaba un ganso bajo el brazo clavó la rodilla en el suelo al verlos.

—Mis señores —murmuró mientras el ganso graznaba y le lanzaba picotazos a los dedos.

Los escudos situados ante las tiendas identificaban a sus ocupantes: el águila plateada de Varamar, el campo de ruiseñores de Bryce Caron, el racimo de uvas de los Redwyne, el jabalí pinto, el buey rojo, el árbol en llamas, el carnero blanco, la espiral triple, el unicornio morado, la doncella bailarina, la víbora, las torres gemelas, el búho con cuernos y, por último, los blasones níveos de la Guardia Real, que brillaban como el amanecer.

—El rey tiene intención de pelear hoy en el combate cuerpo a cuerpo —dijo ser Barristan mientras pasaban junto al escudo de ser Meryn, que tenía la pintura saltada y un corte profundo allí donde la lanza de Loras Tyrell había chocado contra la madera al derribarlo.

—Sí —asintió Ned, sombrío. Jory lo había despertado la noche anterior para llevarle aquella noticia. No era de extrañar que hubiera dormido tan mal.

—Se dice que las bellezas de la noche se diluyen en el amanecer, y que la luz de la mañana repudia a los hijos del vino. —Ser Barristan también parecía preocupado.

—Eso se dice —asintió Ned—, pero no se aplica a Robert. —Cualquier otro reconsideraría lo que dijo en una bravata de borracho, pero Robert Baratheon lo recordaría, y si lo recordaba, no se echaría atrás.

La tienda del rey estaba cerca del agua, y la niebla matutina del río la envolvía en jirones grises. Era la más grande y opulenta del campamento, toda de seda dorada. Junto a la entrada estaban el martillo de Robert y su inmenso escudo de hierro, en el que se veía el venado coronado de la casa Baratheon.

Ned había albergado la esperanza de encontrar al rey todavía en la cama, inmerso en el sueño del vino, pero la suerte no lo acompañó. Cuando llegaron, Robert bebía cerveza de un cuerno pulido y rugía órdenes a los dos jóvenes escuderos que intentaban en vano ponerle la armadura.

—Alteza —decía uno al borde de las lágrimas—, se os ha quedado pequeña, no os cabe. —Siguió intentando ajustarle el gorjal, pero se le cayó al suelo.

—¡Por los siete infiernos! —maldijo Robert—. ¿Es que lo tengo que hacer todo yo? ¡Malditos mequetrefes! ¡Recoge eso! ¡No te quedes ahí mirando, Lancel, recógelo! —El chico se precipitó a obedecer, y fue entonces cuando el rey reparó en su presencia—. Mira qué par de alcornoques, Ned. Mi esposa insistió en que estos dos me sirvieran de escuderos, y son peor que inútiles. Ni siquiera saben ponerme la armadura. Escuderos, ¡ja! No son más que porqueros vestidos de seda.

—No es culpa de los chicos —le dijo Ned al rey. Solo necesitó echar un vistazo para comprender el problema—. Estás demasiado gordo para tu armadura, Robert.

Robert Baratheon bebió un largo trago de cerveza, tiró el cuerno vacío a un lado, junto a las pieles con que se abrigaba por la noche, y se secó la boca con el dorso de la mano.

—¿Gordo? Gordo, ¿eh? —dijo con voz sombría—. ¿Te parece que esa es manera de hablar a tu rey? —Dejó escapar una de sus carcajadas, repentina como una tormenta—. Ay, Ned, maldito seas, ¿por qué tienes razón siempre? —Los escuderos sonrieron nerviosos hasta que el rey se volvió hacia ellos—. Vosotros. Sí, los dos. Ya habéis oído a la mano. El rey está demasiado gordo para esta armadura. Id a buscar a ser Aron Santagar; decidle que necesito que me ensanchen el peto. ¡Venga! ¿A qué esperáis?

Los chicos tropezaron el uno con el otro en su afán por salir de la tienda. Robert consiguió mantener una expresión severa hasta que se perdieron de vista. Luego se dejó caer en una silla, muerto de risa.

Ser Barristan Selmy también se echó a reír. Hasta a Eddard Stark se le escapó una sonrisa. Pero los pensamientos sombríos volvieron a imponerse. Se había fijado en los dos escuderos: dos chicos atractivos, rubios y esbeltos. Uno era de la edad de Sansa y tenía largos rizos dorados; el otro, de unos quince años, tenía el cabello color arena, la sombra de un bigote incipiente y los ojos verde esmeralda de la reina.

—Ay, daría cualquier cosa por ver la cara de Santagar —dijo Robert—. Supongo que tendrá suficiente sentido común para mandarlos a buscar a otro. ¡Deberíamos tenerlos corriendo todo el día!

—Esos chicos... —inquirió Ned—, ¿son de la familia Lannister?

Robert asintió al tiempo que se secaba los ojos.

—Primos. Hijos de un hermano de lord Tywin. Uno de los muertos. O a lo mejor del que sigue vivo, ahora que lo dices. No me acuerdo. La familia de mi esposa es muy amplia, Ned.

«Y muy ambiciosa», pensó Ned. No tenía nada en contra de los dos escuderos, pero le preocupaba que Robert estuviera rodeado por los parientes de la reina de la mañana a la noche. Por lo visto, el hambre de títulos, cargos y honores de los Lannister no conocía límites.

—Se dice que anoche tuviste un pequeño altercado con la reina.

—Quería prohibirme que participara en el combate cuerpo a cuerpo. —Del rostro de Robert había desaparecido todo asomo de alegría—. Ahora, la condenada debe de estar de morros en el castillo. Tu hermana jamás me habría avergonzado de esa manera.

—No conociste a Lyanna como yo, Robert —replicó Ned—. Viste la belleza de la superficie, no el hierro que había debajo. Ella te habría dicho que no debías tomar parte.

—¿Tú también? —preguntó el rey con el ceño fruncido—. Estás amargado, Stark. Has vivido demasiado tiempo en el norte; se te ha helado la sangre. Pero a mí todavía me corre por las venas. —Se dio unos palmetazos en el pecho para demostrarlo.

—Eres el rey —le recordó Ned.

—Me siento en ese condenado Trono de Hierro cuando hace falta. ¿Significa eso que no tengo las mismas necesidades que el resto de los hombres? Un poco de vino de vez en cuando, una chica que grite en la cama, sentir un caballo entre las piernas... Por los siete infiernos, Ned, quiero golpear a alguien.

—Alteza —intervino ser Barristan Selmy—, no está bien que el rey participe en el torneo. No sería una competición justa. ¿Quién osaría golpearos?

—Pues... —Robert pareció sinceramente desconcertado—. Cualquiera, claro. Si puede. Y el último que quede en pie...

—... serás tú —terminó Ned. Enseguida se dio cuenta de que Selmy había dado en el clavo. Los riesgos del combate cuerpo a cuerpo eran un aliciente más para Robert, pero aquello lo hería en su orgullo—. Ser Barristan tiene razón. No hay un solo hombre en los Siete Reinos que se atreva a incurrir en tu ira haciéndote daño.

—¿Insinúas que esos cobardes me dejarían ganar? —El rey se puso en pie. Tenía el rostro congestionado.

—No te quepa la menor duda —dijo Ned, al tiempo que ser Barristan Selmy asentía en acuerdo silencioso.

Durante un instante Robert fue incapaz de formular palabra, tal era la ira que lo invadía. Cruzó la tienda a zancadas, dio media vuelta y la cruzó de nuevo, con el rostro atormentado. Cogió la coraza del suelo y se la tiró a Barristan Selmy en un ataque de rabia muda. Selmy la esquivó.

—Vete de aquí —le dijo al final el rey, con voz gélida—. Vete de aquí antes de que te mate. —Ser Barristan se marchó rápidamente. Ned estaba a punto de seguirlo cuando el rey lo llamó—. No, Ned, tú quédate. —Ned se volvió. Robert cogió el cuerno de nuevo, lo llenó de cerveza del barril que tenía en un rincón y se lo tendió—. Bebe —añadió con tono brusco.

—No tengo sed...

—Bebe. Tu rey te lo ordena. —Ned cogió el cuerno y bebió. La cerveza era negra y espesa, tan fuerte que escocía en los ojos. Robert se sentó de nuevo—. Maldito seas, Ned Stark. Malditos seáis Jon Arryn y tú. Yo os quería a los dos. ¿Por qué me hicisteis esto? Tú deberías haber sido el rey. O Jon.

—Tú tenías más derechos, alteza.

—Te he dicho que bebas, no que discutas. Tú me hiciste rey, así que al menos ten la cortesía de escucharme cuando hablo. Mírame bien, Ned. Mira en qué me ha convertido la realeza. Dioses, estoy tan gordo que no quepo en la armadura. ¿Cómo he acabado así?

—Robert...

—Bebe y calla; el rey está hablando. Te lo juro, jamás estuve tan vivo como cuando peleaba por este trono, ni tan muerto como ahora que lo tengo. Y en cuanto a Cersei... Eso se lo debo a Jon Arryn. Después de que me arrebataran a Lyanna no quería casarme, pero Jon dijo que el reino necesitaba un heredero. Me dijo que Cersei Lannister sería un partido excelente, que fraguaría una alianza con lord Tywin si Viserys Targaryen intentaba recuperar el trono de su padre. —El rey sacudió la cabeza—. Yo adoraba a ese anciano, te lo juro, pero ahora creo que era más idiota que el Chico Luna. Sí, Cersei es hermosa, sin duda, pero tan fría... Por la manera en que se guarda el coño se diría que tiene entre las piernas todo el oro de Roca Casterly. Oye, si no te vas a beber esa cerveza, dámela. —Tomó el cuerno, lo vació de un trago, eructó y se limpió la boca con el dorso de la mano—. Siento mucho lo de tu hija, Ned, de verdad. Lo del lobo. Mi hijo mintió, apostaría lo que fuera. Mi hijo... tú a tus hijos los quieres, ¿verdad?

—Con toda mi alma —dijo Ned.

—Pues te voy a contar un secreto, Ned. Más de una vez he soñado con renunciar a la corona. Tomaría un barco que fuera a las Ciudades Libres, me llevaría solo el martillo y el caballo, y me pasaría todo el tiempo entre trifulcas y putas; para eso nací. El Rey Mercenario, ¡los juglares me adorarían! ¿Sabes por qué no lo hago? Porque me imagino a Joffrey sentado en el trono y a Cersei a su lado, susurrándole al oído. Mi hijo. ¿Cómo he podido engendrar un hijo así, Ned?

—No es más que un niño —dijo Ned con torpeza. El príncipe Joffrey no era de su agrado, pero sentía el dolor en la voz de Robert—. ¿Ya te has olvidado de lo indómito que eras tú a su edad?

—Si el chico fuera indómito, no me preocuparía, Ned. Tú no lo conoces como yo. —Suspiró y sacudió la cabeza—. Bah, quizá tengas razón. Jon se desesperaba conmigo a veces, pero acabé por ser un buen rey. —Robert miró a Ned, y frunció el ceño al ver que seguía callado—. Tienes mi permiso para hablar y darme la razón.

—Alteza... —empezó Ned con cautela.

—Venga, di que soy mejor rey que Aerys y asunto concluido —dijo Robert dándole una palmada en la espalda—. Eres incapaz de mentir, ni por amor ni por honor, Ned Stark. Todavía soy joven, y ahora que estás conmigo, las cosas van a cambiar. Haremos que este reino sea tema de canciones, y a los siete infiernos con los Lannister. Huele a panceta. ¿Quién crees que será el campeón? ¿Te has fijado en el hijo de Mace Tyrell? El Caballero de las Flores, así lo llaman. De un hijo así, cualquiera estaría orgulloso. En el último torneo hizo caer al Matarreyes sobre su dorado culo; tendrías que haber visto la cara que puso Cersei. Me reí hasta que me dolió todo. Renly dice que tiene una hermana, una doncella de catorce años, bella como un amanecer...

Desayunaron pan de centeno, huevos de ganso cocidos y pescado frito con cebollas y panceta ahumada, todo en una mesa montada sobre caballetes junto al río. La melancolía del rey se esfumó con las nieblas de la mañana, y no pasó mucho tiempo antes de que, comiendo una naranja, empezara a rememorar una mañana en el Nido de Águilas, cuando ambos eran niños.

—Le había dado a Jon un barril de naranjas, ¿te acuerdas? Solo que estaban podridas, y la mía se la tiré a Dacks, y le dio en la nariz. ¿Te acuerdas de él, el escudero de Redfort, el que tenía la cara picada? Él me lanzó otra, y antes de que Jon tuviera tiempo ni siquiera de tirarse un pedo, las naranjas volaban por toda la sala principal. —Dejó escapar una carcajada estrepitosa, e incluso Ned sonrió, recordando la escena.

Pensó que aquel era el muchacho con el que había crecido. Aquel era el Robert Baratheon al que conocía, al que quería. Si conseguía demostrar que los Lannister eran los responsables del ataque a Bran, que habían asesinado a Jon Arryn, aquel hombre atendería a razones. Sería el fin de Cersei, y también del Matarreyes, y si lord Tywin osaba alzarse en occidente, Robert lo aplastaría como había aplastado a Rhaegar Targaryen en el Tridente. Lo veía todo muy claro.

Aquel desayuno le supo mejor que nada de lo que había comido en mucho tiempo, y después, la sonrisa le afloró más a menudo y más fácilmente, hasta que llegó el momento de que se reanudara el torneo.

Ned se dirigió a la liza con el rey. Había prometido a Sansa que vería los últimos enfrentamientos con ella. La septa Mordane se encontraba enferma, y su hija no quería perderse el final de las justas. Antes acompañó a Robert a su lugar, y se dio cuenta de que Cersei Lannister había optado por no asistir. Aquello también le infundió esperanzas.

Se abrió camino entre el gentío hasta donde estaba su hija, y la encontró justo cuando sonaban los cuernos anunciando la primera justa. Sansa estaba tan absorta que apenas advirtió su llegada.

El primer jinete en presentarse fue Sandor Clegane. Llevaba una capa verde oliva sobre la armadura color gris ceniza. Era, junto con el yelmo en forma de cabeza de perro, su única concesión al adorno.

—Cien dragones de oro por el Matarreyes —anunció en voz alta Meñique al ver entrar a Jaime Lannister a lomos de un elegante corcel bayo.

El caballo llevaba una manta de malla dorada, y Jaime brillaba de la cabeza a los pies. Hasta su lanza era de madera dorada procedente de las Islas del Verano.

—Acepto —gritó lord Renly—. Parece que esta mañana el Perro tiene hambre.

—Hasta los perros hambrientos saben que no deben morder la mano que les da de comer —replicó Meñique con tono seco.

Sandor Clegane se bajó el visor con un *clang,* y ocupó su lugar. Ser Jaime lanzó un beso a alguna mujer que ocupaba un puesto entre el pueblo, se bajó el visor con suavidad y se encaminó hacia la otra punta de la liza. Ambos aprestaron sus lanzas.

Ned Stark habría dado cualquier cosa por verlos perder a los dos, pero Sansa observaba la escena ansiosa, con los ojos húmedos. La tribuna, erigida a toda velocidad, se estremeció cuando los caballos emprendieron el galope. El Perro se inclinó hacia delante con la lanza firme, pero Jaime se inclinó a un lado con destreza un instante antes del impacto. La punta del arma de Clegane chocó, inofensiva, contra el escudo dorado con el emblema del león, mientras que la del Matarreyes acertaba en perpendicular. La madera se astilló, y el Perro tuvo que luchar para no caerse. Sansa contuvo el aliento. La multitud gritó.

—¡Ya estoy haciendo planes para gastar tu dinero! —le gritó Meñique a lord Renly.

El Perro consiguió mantenerse sobre la silla a duras penas. Tiró de las riendas del caballo, lo obligó a dar media vuelta y se dirigió hacia su punto de arranque para el segundo pase. Jaime Lannister tiró la lanza rota y cogió una nueva mientras bromeaba con su escudero. El Perro emprendió de nuevo el galope. Lannister hizo lo propio. En aquella ocasión, cuando Jaime se inclinó en la silla, Sandor Clegane se inclinó también. Las dos lanzas saltaron en mil pedazos, y cuando las astillas cayeron al suelo, había un caballo bayo sin jinete. Ser Jaime Lannister, dorado y magullado, rodaba por tierra.

—Sabía que el Perro iba a ganar —dijo Sansa.

—Si sabes quién va a vencer en el segundo enfrentamiento—le gritó Meñique, que la había oído—, dímelo pronto, o lord Renly me desplumará. —Ned sonrió.

—Lástima que el Gnomo no esté con nosotros —añadió lord Renly—. Yo habría ganado el doble.

Jaime Lannister volvía a estar de pie, pero el recargado casco de león se le había abollado en la caída y no se lo podía quitar. El pueblo lo abucheaba y lo señalaba; las damas y los caballeros intentaban disimular las risitas sin conseguirlo, y por encima de cualquier otro ruido, Ned oía las carcajadas del rey Robert. Por último tuvieron que llevarse al León de Lannister a la forja de un herrero, ciego y dando tumbos.

Para entonces, ser Gregor Clegane ya había ocupado su puesto en la liza. Era enorme; Eddard Stark no había visto en su vida a nadie tan gigantesco. Robert Baratheon y sus hermanos eran hombres corpulentos, al igual que el Perro, y en Invernalia, el mozo de cuadras retrasado, Hodor, los dejaba pequeños a todos. Pero el caballero al que apodaban *la Montaña que Cabalga* era aún más grande que Hodor. Medía más de dos varas y media, tenía los hombros gigantescos y los brazos gruesos como troncos de árboles. Su corcel casi parecía un poni entre las enormes piernas embutidas en la armadura, y la lanza que llevaba era, en sus manos, un palo de escoba.

A diferencia de su hermano, ser Gregor no vivía en la corte. Era un hombre solitario que rara vez salía de sus tierras, a no ser para una guerra o un torneo. Había estado al lado de lord Tywin cuando cayó Desembarco del Rey. Entonces era un caballero recién nombrado, apenas tenía diecisiete años, pero ya resultaba inconfundible por su tamaño y por su ferocidad implacable. Según se rumoreaba, había sido el propio Gregor el que estampó contra una pared el cráneo del príncipe bebé Aegon Targaryen y después violó a la madre, la princesa dorniense Elia, antes de pasarla por la espada. Eran cosas que no se decían en presencia de Gregor.

Ned no recordaba haber cambiado dos palabras con él: aunque Gregor había estado en su bando durante la rebelión de Balon Greyjoy, no era más que un caballero entre miles. Lo observó con cierta inquietud. Ned no prestaba atención a las habladurías, pero lo que se comentaba de ser Gregor era abominable. Estaba a punto de contraer matrimonio por tercera vez, y se decían cosas terribles acerca del destino de sus dos primeras esposas. Según los rumores, su fortaleza era un lugar sombrío donde los criados desaparecían sin dejar rastro, y ni los perros osaban entrar en el salón. Había habido una hermana que murió joven en extrañas circunstancias; el fuego había desfigurado a su hermano, y su padre había muerto en un accidente de caza. Gregor había heredado la fortaleza, el oro y las propiedades de la familia. Su hermano pequeño, Sandor, salió de allí aquel mismo día y puso su espada al servicio de los Lannister. Se decía que no había regresado a su hogar ni siquiera de visita.

Cuando hizo su aparición el Caballero de las Flores, un murmullo recorrió la multitud, y Ned oyó el susurro fervoroso de Sansa: «Es tan guapo...». Ser Loras Tyrell era esbelto como un junco, y vestía una armadura de plata increíble, tan pulida que su brillo cegaba, con filigranas de enredaderas negras y diminutas nomeolvides azules. El pueblo se dio cuenta al mismo tiempo que Ned de que el azul de las flores provenía de cientos de zafiros. Una exclamación de asombro escapó de miles de gargantas. El muchacho llevaba a los hombros una capa muy pesada, de verdaderos nomeolvides, miles de ellos, cosidos a la lana tejida.

Su montura era una preciosa yegua gris, tan esbelta como el jinete, la imagen viva de la velocidad. El gigantesco semental de ser Gregor relinchó en cuanto le llegó su olor. El muchacho de Altojardín hizo un movimiento con las piernas y su yegua empezó a caminar de lado, ágil como una bailarina. Sansa se le agarró del brazo.

—Padre, no permitas que ser Gregor le haga daño —dijo.

Ned se fijó en que Sansa llevaba la rosa que ser Loras le había entregado el día anterior. Jory también le había contado aquello.

—Lo que llevan son lanzas de torneo —tranquilizó a su hija—. Están fabricadas de tal modo que se rompen en cuanto chocan; así, nadie resulta herido. —Pero recordó al muchachito muerto, en el carro, con su capa ribeteada de lunas, y las palabras se le marchitaron en la garganta.

A ser Gregor le costaba controlar a su caballo. El semental relinchaba, piafaba y sacudía la cabeza. La Montaña lo golpeó cruelmente con la bota de la armadura. El caballo se encabritó y estuvo a punto de derribarlo.

El Caballero de las Flores saludó al rey, cabalgó hasta el extremo más lejano de la liza y aprestó su lanza. Ser Gregor consiguió llevar a su caballo hasta su línea de salida, peleándose con las riendas. Y, de pronto, comenzó. El semental de la Montaña emprendió el galope, un galope enloquecido, mientras que la yegua cargaba con la suavidad de la seda. Ser Gregor alzó el escudo y aprestó la lanza sin dejar de pelear con su díscola montura, tratando de hacer que avanzara en línea recta. Y, de pronto, Loras Tyrell estaba encima de él, con la punta de su lanza en el lugar preciso, y al instante siguiente la Montaña caía. Era tan enorme que su caballo cayó también, en una maraña de acero y carne.

Ned oyó aplausos, vítores, silbidos, gritos de asombro, murmullos emocionados y, por encima de todo, la risa ronca y áspera del Perro. El Caballero de las Flores tiró de las riendas en el extremo de la liza. Su lanza no estaba ni astillada. Los zafiros brillaron al sol cuando se levantó el visor y sonrió. La multitud estaba loca por él.

En medio del campo, ser Gregor Clegane consiguió ponerse en pie hecho una furia. Se arrancó el yelmo y lo estrelló contra el suelo. Su rostro era una máscara de rabia, y el pelo le caía por delante de los ojos.

—¡Mi espada! —gritó al escudero.

El muchacho se la llevó corriendo. El semental ya se había puesto en pie.

Gregor Clegane mató al caballo de un solo tajo, tan feroz que casi seccionó el cuello del animal. En menos de un instante, las aclamaciones se convirtieron en gritos de horror. El semental cayó de rodillas y trató de relinchar. Para entonces Gregor se dirigía ya, con la espada ensangrentada en la mano, hacia la zona de la liza donde estaba ser Loras Tyrell.

—¡Detenedlo! —gritó Ned. Pero sus palabras se perdieron en el rugido de la multitud. Todos gritaban, y Sansa estaba llorando.

Todo sucedió muy deprisa. El Caballero de las Flores pedía a gritos su espada; ser Gregor derribó de un golpe a su escudero y agarró las riendas de la yegua. El animal olió la sangre y se encabritó. Loras Tyrell consiguió a duras penas mantenerse sobre la silla. Ser Gregor blandió la espada y asestó un golpe salvaje con ambas manos, que acertó al muchacho en el pecho y lo derribó. El corcel huyó, y ser Loras quedó tendido en la tierra. Gregor alzó la espada para asestar el golpe definitivo.

—Déjalo en paz —dijo una voz ronca, al tiempo que una mano de hierro lo apartaba del muchacho.

La Montaña se giró, mudo de rabia, blandiendo la espada larga en un arco mortífero en el que había puesto toda su asombrosa fuerza, pero el Perro detuvo el golpe y se lo devolvió, y los dos hermanos pelearon durante lo que pareció una eternidad, mientras los criados ponían a salvo al aturdido Loras Tyrell. Tres veces vio Ned a ser Gregor lanzar golpes brutales contra el yelmo de cabeza de perro, y en cambio, Sandor no dirigió ni un solo ataque contra la cabeza desprotegida de su hermano.

La voz del rey puso fin a aquello. La voz del rey y veinte espadas. Jon Arryn les había dicho que un buen comandante debía tener buena voz en el campo de batalla, y Robert había comprobado en el Tridente cuán cierto era aquello.

—¡QUE CESE ESTA LOCURA! —rugió—. ¡LO ORDENA VUESTRO REY!

El Perro se dejó caer sobre una rodilla. La espada de ser Gregor hendió el aire, pero él pareció recuperar por fin el sentido común. Dejó caer la espada y miró a Robert, rodeado por su Guardia Real y por otra docena de caballeros y soldados. Sin decir palabra, dio media vuelta y se alejó a zancadas, apartando de un empujón a Barristan Selmy.

—Dejad que se marche —dijo Robert.

Y, tan deprisa como había comenzado, todo terminó.

—¿Ahora el Perro es el campeón? —preguntó Sansa a Ned.

—No —respondió él—. Tiene que haber una última justa, entre el Perro y el Caballero de las Flores.

Pero Sansa estaba en lo cierto. Momentos más tarde, ser Loras Tyrell volvió a la liza. Vestía un sencillo jubón de lino, y se dirigió hacia Sandor Clegane.

—Os debo la vida. Sois el caballero vencedor.

—No soy ningún caballero —replicó el Perro.

Pero aceptó la victoria, y la bolsa del campeón, y quizá por primera vez en su vida, las aclamaciones del pueblo, que le aplaudió mientras salía de la liza para dirigirse hacia su tienda.

Ned y Sansa se encaminaron hacia el prado de tiro con arco, y Meñique, lord Renly y algunos hombres más les dieron alcance.

—Tyrell sabía que su yegua estaba en celo —iba diciendo Meñique—. Estoy seguro de que el chico lo tenía todo planeado. Gregor siempre monta sementales grandes y temperamentales, con más ardor que sentido común. —Por lo visto, le parecía una idea muy graciosa. No así a ser Barristan Selmy.

—En los trucos no hay honor —dijo el anciano, rígido.

—No habrá honor, pero sí veinte mil piezas de oro —sonrió lord Renly.

Aquella tarde, un muchacho llamado Anguy, un plebeyo desconocido procedente de las Marcas de Dorne, ganó en la competición de tiro con arco a ser Balon Swann y a Jalabhar Xho, a cien pasos, cuando el resto de los arqueros ya habían quedado eliminados en distancias más cortas. Ned envió a Alyn en su busca para ofrecerle un puesto en la Guardia de la Mano, pero el chico estaba ebrio de vino, victoria y riquezas jamás soñadas, y lo rechazó.

El combate cuerpo a cuerpo duró tres horas. Tomaron parte casi cuarenta hombres, jinetes libres, caballeros errantes, escuderos deseosos de labrarse una reputación... Lucharon con armas embotadas, en un caos de lodo y sangre; formaban pequeños ejércitos que peleaban juntos y luego se dividían a medida que se formaban y rompían alianzas, hasta que solo quedó un hombre en pie. El vencedor fue el sacerdote rojo Thoros de Myr, un demente que se afeitaba la cabeza y luchaba con una espada llameante. No era la primera vez que vencía en un combate de aquella clase. La espada llameante asustaba a los caballos de los demás jinetes, y a Thoros no lo asustaba nada. El resultado final fueron tres miembros rotos, una clavícula destrozada, una docena de dedos aplastados, dos caballos que hubo que rematar e incontables cortes, esguinces y magulladuras. Ned daba gracias a los dioses por que el rey no hubiera participado.

Aquella noche, durante el festín, Eddard Stark se atrevió a albergar más esperanzas que en mucho tiempo. Robert estaba de un humor inmejorable. Los Lannister se habían esfumado, y hasta sus hijas se comportaban bien. Jory había llevado a Arya para que tomara parte en la celebración, y Sansa habló a su hermana con amabilidad.

—El torneo ha sido magnífico —suspiró—. Deberías haberlo visto. ¿Cómo van tus clases de baile?

—Estoy toda llena de cardenales —informó Arya alegremente al tiempo que le enseñaba con orgullo una enorme magulladura violácea que tenía en la pierna.

—Debes de bailar fatal —señaló Sansa, dubitativa.

Más tarde, cuando Sansa se fue a escuchar a un grupo de trovadores que interpretaba la compleja serie de baladas entrelazadas denominada «la Danza de los Dragones», Ned quiso ver él mismo la magulladura.

—Espero que Forel no te presione demasiado.

Arya se mantuvo en equilibrio sobre una pierna. Cada vez se le daba mejor.

—Syrio dice que cada herida es una lección, y que cada lección te lleva un paso adelante.

Ned frunció el ceño. La reputación de Syrio Forel era excelente, y su extravagante estilo braavosi era perfecto para la estrecha espada de Arya, pero aun así... Hacía pocos días, la niña había vagado por el torreón con los ojos vendados por una tira de seda negra. Le explicó que Syrio la estaba enseñando a ver con los oídos, con la nariz y con la piel. Y antes de eso la había tenido haciendo volteretas adelante y atrás.

—¿Seguro que quieres seguir con esto, Arya?

—Mañana vamos a cazar gatos —contestó ella después de asentir.

—Gatos —suspiró Ned—. Creo que cometí un error al contratar al braavosi. Si quieres, le diré a Jory que se encargue de enseñarte. O también puedo hablar con ser Barristan. De joven era la mejor espada de los Siete Reinos.

—No —replicó Arya—. Quiero aprender con Syrio.

Ned le acarició el pelo. Cualquier maestro de armas pasable podría enseñar a Arya a lanzar y detener estocadas sin tanta tontería con vendas, volteretas laterales y saltos sobre una pierna, pero conocía demasiado bien a su hija pequeña; sabía que no valía la pena discutir cuando proyectaba hacia fuera aquella mandíbula testaruda.

—Como quieras —dijo. Sin duda no tardaría en cansarse de aquello—. Pero ten cuidado, ¿eh?

—Te lo prometo —le aseguró la niña con solemnidad al tiempo que saltaba de la pierna derecha a la izquierda con un movimiento fluido.

Mucho más tarde, una vez hubo llevado a sus hijas de vuelta, atravesando la ciudad, y las hubo dejado en sus respectivos dormitorios, a Sansa con sus sueños y a Arya con sus magulladuras, Ned subió por las escaleras que llevaban a sus habitaciones, en la cima de la Torre de la Mano. Aquel día había hecho calor, y el ambiente de la estancia era denso y olía a cerrado. Ned se dirigió hacia la ventana y abrió los pesados postigos para que entrara el aire fresco de la noche. Echó un vistazo al otro lado del patio, y advirtió la luz tililante de una vela en la ventana de Meñique. La medianoche había quedado ya muy atrás. Abajo, junto al río, la jarana apenas empezaba a decaer.

Sacó el puñal y lo examinó. El arma de Meñique, que Tyrion Lannister había ganado en una apuesta de torneo, enviada para asesinar a Bran mientras estaba inconsciente. ¿Por qué? ¿Para qué querría el enano matar a Bran? ¿Para qué querría nadie matar a Bran?

El puñal, la caída de Bran... Todo tenía alguna relación con la muerte de Jon Arryn, lo presentía, pero las circunstancias de la muerte de Jon seguían siendo tan oscuras como al principio. Lord Stannis no había regresado a Desembarco del Rey para el torneo; Lysa Arryn protegía su silencio tras los altos muros del Nido de Águilas; el escudero había muerto, y Jory seguía investigando por los prostíbulos. No tenía nada; solo al bastardo de Robert.

Porque a Ned no le cabía duda de que el hosco aprendiz del armero era el bastardo del rey. Llevaba los rasgos de los Baratheon grabados en el rostro, en la mandíbula, en los ojos, en aquella mata de cabello negro. Renly era demasiado joven para haber engendrado a un chico de su edad, y Stannis, demasiado frío y orgulloso. Gendry era hijo de Robert.

Pero, aun sabiendo aquello, ¿qué había descubierto? El rey tenía más hijos bastardos repartidos por los Siete Reinos. Había reconocido abiertamente a uno, un niño de la edad de Bran cuya madre era de alta cuna. El chico estaba de pupilo en Bastión de Tormentas, al cargo del gobernador de la fortaleza de lord Renly.

Recordó la primera vez que Robert había sido padre, cuando él mismo era casi un chiquillo, en el Valle. Tuvo una hija, una niña preciosa, y el joven señor de Bastión de Tormentas se encargó de su manutención. La visitaba a diario incluso mucho después de perder todo interés por la madre. A menudo arrastraba a Ned consigo, tanto si quería como si no. Aquella niña tendría ya diecisiete o dieciocho años; más de los que tenía Robert cuando la engendró. El concepto se le hizo muy extraño.

A Cersei no le debían de hacer gracia los vaivenes de su señor esposo, pero al fin y al cabo, no tenía importancia si el rey engendraba a un bastardo o a un centenar. La ley y el uso reconocían pocos derechos a los hijos ilegítimos. Gendry, la chica del Valle, el muchachito de Bastión de Tormentas... Ninguno de ellos representaba una amenaza para los hijos legítimos de Robert...

Unos golpecitos en la puerta interrumpieron sus cavilaciones.

—Aquí hay un hombre que quiere veros, mi señor —dijo la voz de Harwin—. Se niega a dar su nombre.

—Que pase —dijo Ned, intrigado.

El visitante era un hombre recio, con botas agrietadas llenas de barro, una pesada túnica marrón de tejido basto, una capucha que le ocultaba el rostro y las manos ocultas en las mangas amplias.

—¿Quién eres? —quiso saber Ned.

—Un amigo —replicó el encapuchado en voz baja, extraña—. Tenemos que hablar a solas, lord Stark.

—Puedes marcharte, Harwin —dijo Ned. La curiosidad pudo más que la cautela.

Cuando estuvieron a solas en la habitación, con todas las puertas cerradas, el visitante se retiró la capucha.

—¡Lord Varys! —exclamó Ned, atónito.

—Lord Stark —respondió Varys con toda cortesía al tiempo que se sentaba—. ¿Puedo pediros algo de beber?

Ned llenó dos copas con vino veraniego y le tendió una a Varys.

—Aunque hubiera pasado junto a vos no os habría reconocido —dijo, incrédulo. Jamás había visto al eunuco vestir otra cosa que no fueran sedas, terciopelos y los más ricos damascos; y aquel hombre no olía a lilas, sino a sudor.

—Es lo que deseaba con toda mi alma —replicó Varys—. No nos ayudaría en absoluto que ciertas personas supieran que hemos tenido esta conversación en privado. La reina os vigila de cerca. Este vino es excelente, muchas gracias.

—¿Cómo habéis pasado desapercibido para el resto de mis guardias? —preguntó Ned. Porther y Cayn estaban apostados en el exterior de la torre, y Alyn, en las escaleras.

—La Fortaleza Roja tiene caminos que solo conocen los fantasmas y las arañas. —Varys sonrió en gesto de disculpa—. No os entretendré mucho tiempo, mi señor. Hay algunas cosas de las que debéis estar informado. Sois la mano del rey, y el rey es un idiota. —El tono empalagoso del eunuco se había esfumado; su voz era en aquel momento afilada como un látigo—. Sí, es vuestro amigo, lo sé, pero sigue siendo un idiota. Y un idiota muerto, a menos que vos lo salvéis. Hoy ha faltado poco. Querían matarlo durante el combate cuerpo a cuerpo.

—¿Quién? —consiguió preguntar Ned, que durante un momento se había quedado mudo de la sorpresa.

—Si de verdad necesitáis respuesta a esa pregunta, sois tan idiota como Robert, y yo estoy en el bando que no debo. —Varys bebió un trago de vino.

—Los Lannister —dijo Ned—. La reina... No, no me lo puedo creer, ni siquiera de Cersei. ¡Le pidió que no luchara!

—Le prohibió que luchara, y eso delante de su hermano, sus caballeros y la mitad de la corte. Decidme con sinceridad, ¿se os ocurre mejor manera de obligar al rey Robert a participar en el torneo?

Ned sintió náuseas. El eunuco tenía razón: si uno quería que Robert Baratheon hiciera algo, le bastaba con decirle que no podía, que no debía.

—Pero, aunque hubiera participado, ¿quién se habría atrevido a matar al rey?

—Había cuarenta jinetes —contestó Varys encogiéndose de hombros—. Los Lannister tienen muchos amigos. En medio del caos, con los caballos relinchando, tantos huesos rotos, Thoros de Myr con esa espada absurda que lleva siempre, ¿quién podría decir que el golpe que mató a su alteza fue intencionado? —Se volvió a llenar la copa—. Cuando todo terminara, el asesino estaría transido de dolor. Casi me parece oír sus sollozos. Qué tristeza. Pero no me cabe duda de que la compasiva viuda se apiadaría del pobre desdichado, lo ayudaría a ponerse en pie y besaría su frente en gesto de perdón. El buen rey Joffrey no tendría más remedio que indultarlo. —El eunuco se pasó un dedo por la mejilla—. O quizá Cersei permitiría que ser Ilyn le cortara la cabeza. Un riesgo menos para los Lannister, aunque sería una sorpresa muy poco grata para su amiguito.

—Conocíais todo este plan y no hicisteis nada. —Ned estaba airado.

—Yo controlo rumores, no guerreros.

—Podríais haber acudido antes a mí.

—Ah, sí, desde luego. Y vos habríais ido a hablar con el rey, ¿verdad? Y cuando Robert supiera del peligro que corría, ¿qué creéis que habría hecho?

—Los habría enviado a todos al infierno y habría participado para demostrar que no tenía miedo —dijo Ned después de meditar un instante.

Varys extendió las manos.

—Tengo que confesaros algo más, lord Eddard. Sentía curiosidad por saber qué ibais a hacer vos. «¿Por qué no acudisteis a mí?», me preguntáis. Y os diré la verdad: porque no confiaba en vos, mi señor.

—¿Que no confiabais en mí? —El asombro de Ned fue genuino.

—En la Fortaleza Roja hay dos tipos de personas, lord Eddard —dijo Varys—. Las que son leales al reino y las que no sienten lealtad más que hacia ellas mismas. Hasta esta mañana no tenía manera de saber a qué grupo pertenecíais... así que aguardé... y ahora estoy seguro. —Sonrió con una sonrisa regordeta y tensa a la vez, y durante un momento, su rostro público y su rostro privado fueron el mismo—. Empiezo a comprender por qué la reina os tiene tanto miedo. Desde luego que sí.

—Es a vos a quien debería temer.

—No. Yo soy lo que soy. El rey me utiliza, pero se avergüenza de ello. Nuestro Robert es muy resuelto y viril, y a los hombres como él no les gustan las serpientes, las arañas ni los eunucos. Si un día Cersei le susurra al oído: «Mata a ese hombre», Ilyn Payne me cortará la cabeza antes de que tenga tiempo de pestañear, y ¿quién llorará por el pobre Varys? Ni en el norte ni en el sur se componen canciones en honor de las arañas. —Extendió una mano blanda y rozó el hombro de Ned—. En cambio a vos, lord Stark, creo... No, estoy seguro... de que jamás os mandaría matar, ni siquiera por su reina, y en eso puede residir nuestra salvación.

Aquello era ya demasiado. Durante un momento, Eddard Stark deseó con todas sus fuerzas volver a Invernalia, a la limpia simplicidad del norte, donde los enemigos eran el invierno y los salvajes de más allá del Muro.

—Pero Robert debe de tener más amigos leales —protestó—. Sus hermanos, su...

—¿... su esposa? —terminó Varys con una sonrisa como una navaja—. Sus hermanos detestan a los Lannister, de eso no cabe duda, pero odiar a la reina y amar al rey son dos cosas muy diferentes, ¿verdad? Ser Barristan ama su honor; el gran maestre Pycelle ama su cargo, y Meñique ama a Meñique.

—La Guardia Real...

—Un escudo de papel —replicó el eunuco—. Por lo que más queráis, Lord Stark, intentad no poner esa cara de sorpresa. El propio Jaime Lannister es un hermano juramentado de las Espadas Blancas, y ya conocemos todos el valor de sus juramentos. Los días en que la capa blanca la llevaban hombres como Ryam Redwyne y el príncipe Aemon, el Caballero Dragón, solo perviven en las canciones. De los siete que componen ahora la guardia, el único que es de auténtico acero es ser Barristan Selmy, y no olvidemos que es viejo. Ser Boros y ser Meryn pertenecen a la reina en cuerpo y alma, y sobre los demás tengo serias sospechas. No, mi señor. Si se desenfundan las espadas, vos seréis el único amigo verdadero de Robert Baratheon.

—Hay que informar a Robert —dijo Ned—. Si lo que decís es verdad, aunque solo sea en parte, hay que informar a Robert enseguida.

—¿Y qué pruebas le vamos a presentar? ¿Mi palabra contra la de ellos? ¿Mis pajaritos contra la reina y el Matarreyes, contra sus hermanos y su Consejo, contra los Guardianes del Oriente y del Occidente, contra todo el poder de Roca Casterly? Por favor, llamad directamente a ser Ilyn; así ahorraremos tiempo. Sé adónde lleva ese camino.

—Pero, si estáis en lo cierto, intentarán matarlo de nuevo.

—Desde luego —asintió Varys—. Y me temo que más temprano que tarde. Los estáis poniendo muy nerviosos, lord Eddard. Pero mis pajaritos estarán atentos, y quizá vos y yo, juntos, podamos anticiparnos a sus golpes. —Se levantó y se echó la capucha sobre la cara—. Gracias por el vino. Volveremos a hablar. La próxima vez que me veáis en el Consejo, intentad tratarme con vuestro desdén habitual. No creo que os cueste demasiado. —Ya estaba junto a la puerta cuando Ned lo llamó.

—Varys. —El eunuco se volvió—. ¿Cómo murió Jon Arryn?

—Me preguntaba cuánto tardaríais en llegar a eso.

—Decídmelo.

—Lo llaman «lágrimas de Lys». Es una sustancia muy rara y costosa, transparente y dulce como el agua, que no deja rastro. Mil veces supliqué a lord Arryn que tuviera un catador, se lo rogué en esta misma estancia, pero no me hizo caso. Me dijo que esa idea nunca se le pasaría por la cabeza a un hombre de verdad. A un hombre completo.

—¿Quién le suministró el veneno? —Ned tenía que saber el resto.

—Algún amigo querido, alguien que a menudo compartía con él el pan y el vino, no me cabe duda. Pero, ¿quién? Había tantos... Lord Arryn era un hombre bondadoso y confiado. —El eunuco suspiró—. Había un muchacho... Le debía a Jon Arryn todo lo que tenía, todo lo que era, pero cuando la viuda huyó al Nido de Águilas junto con todo su séquito, él se quedó en Desembarco del Rey y prosperó. Siempre me alegro de ver que los jóvenes prosperan en la vida. —Su voz volvía a ser un látigo; cada palabra, un golpe—. Debía de ser una figura galante en el torneo, ¿verdad?, con la armadura nueva, la capa ribeteada de lunas... Lástima que muriera tan joven... y de manera tan inoportuna, antes de que pudierais hablar con él.

—El escudero —dijo Ned. Sentía como si a él también lo hubieran envenado—. Ser Hugh. —Engranajes dentro de engranajes dentro de engranajes. El corazón le latía a toda velocidad—. Pero, ¿por qué? ¿Por qué en estos momentos? Jon Arryn fue la mano del rey durante catorce años; ¿qué hacía ahora para que lo mataran?

—Preguntas —replicó Varys al tiempo que salía por la puerta.

TYRION

Tyrion Lannister observó como, a la mortecina luz que precedía al amanecer, Chiggen degollaba a su caballo, y anotó una ofensa más en la cuenta de los Stark. El mercenario se acuclilló junto al animal y le abrió el vientre con el cuchillo de desollar. Movía las manos con destreza, sin malgastar un solo corte: había que hacer el trabajo deprisa, o el olor de la sangre atraería a los gatosombras de las cumbres.

—Esta noche no nos acostaremos con hambre —dijo Bronn.

Él sí que parecía una sombra, flaco como un esqueleto, con ojos negros, pelo negro y barba de varios días.

—Puede que algunos sí —replicó Tyrion—. No me gusta la carne de caballo. Y menos la del mío.

—La carne es carne —replicó Bronn mientras se encogía de hombros—. A los dothrakis les gusta el caballo más que la ternera o el cerdo.

—¿Tengo pinta de dothraki? —preguntó Tyrion con amargura.

Era cierto: los dothrakis comían carne de caballo; también abandonaban a los bebés deformes para que los devorasen los perros salvajes que corrían tras sus *khalasars*. Las costumbres de los dothrakis no le parecían un modelo aceptable.

—¿Quieres probar, enano? —preguntó Chiggen mientras cortaba una tira fina de carne sanguinolenta y la examinaba.

—Ese caballo me lo regaló mi hermano Jaime en mi vigesimotercer día del nombre —señaló Tyrion con voz monótona.

—Pues dale las gracias de nuestra parte. Si vuelves a verlo. —Chiggen sonrió, mostró los dientes amarillentos y se comió la carne cruda de dos bocados—. Parece de buena raza.

—Está mejor frito con cebollas —señaló Bronn.

Tyrion no respondió; se alejó cojeando. El frío se le había clavado en los huesos, y tenía las piernas tan doloridas que apenas podía caminar. Quizá su yegua había tenido suerte. A él le quedaban por delante más horas de cabalgar, seguidas por unos pocos bocados de comida y breves ratos de sueño sobre el suelo frío y duro. Y después otra noche igual, y otra, y otra, y solo los dioses sabían cuándo terminaría aquello.

—Maldita mujer —murmuró mientras caminaba trabajosamente para reunirse con sus captores—. Maldita sea ella, malditos sean todos los Stark.

Los recuerdos aún le resultaban amargos. En un momento estaba pidiendo la cena, y al siguiente se enfrentaba a una habitación repleta de hombres armados, mientras Jyck desenfundaba su espada.

—¡Nada de espadas —gritó la tabernera—, nada de espadas aquí, os lo ruego, señores!

Tyrion se apresuró a agarrar el brazo de Jyck para que lo bajara, antes de que ambos acabaran despedazados.

—No seas descortés, Jyck —dijo—. Nuestra anfitriona ha dicho que nada de espadas. Haz lo que te ha pedido. —Se obligó a esbozar una sonrisa, aunque sabía que le estaba saliendo tan débil como se sentía él—. Estáis equivocada, lady Stark, no tengo nada que ver con ningún ataque que haya sufrido vuestro hijo. Por mi honor...

—Honor de Lannister —replicó ella. Alzó las manos para que las vieran todos los presentes—. Fue su puñal el que me dejó estas cicatrices. El cuchillo con el que quería cortarle la garganta a mi hijo.

Tyrion sintió crecer a su alrededor la rabia, una rabia espesa alimentada por los cortes de las manos de la Stark.

—Matadlo —siseó desde el fondo una borracha sucia. Otras voces la secundaron, más deprisa de lo que parecía imaginable. Eran desconocidos que hasta hacía un instante se habían mostrado amistosos y de repente pedían a gritos su cabeza.

—Si lady Stark cree que debo responder de algún crimen —dijo Tyrion alzando la voz y procurando que no le temblara—, la acompañaré de buena gana.

Era la única salida posible. Tratar de abrirse camino por la fuerza era un suicidio seguro. Más de una docena de espadas se habían desenfundado como respuesta a la petición de ayuda de la Stark: el hombre de los Harrenhal; los tres Bracken; un par de mercenarios desabridos que, por su aspecto, lo matarían en cuanto hiciera algo, aunque fuera escupir, y unos cuantos campesinos idiotas que, obviamente, no tenían ni idea de qué hacían. ¿Y qué tenía Tyrion a su favor? Un puñal colgado del cinturón y dos hombres. Jyck manejaba bien la espada, pero Morrec ni contaba; era parte mayordomo, parte cocinero y parte ayuda de cámara, no soldado. En cuanto a Yoren, fueran cuales fueran sus sentimientos, no haría nada: los hermanos negros juraban no tomar partido en las disputas del reino.

Y así fue: el hermano negro se apartó a un lado con discreción cuando intervino el anciano caballero que acompañaba a lady Catelyn Stark.

—Desarmadlos —dijo; el mercenario llamado Bronn se adelantó para cogerle la espada de la mano a Jyck y quitarles los puñales—. Bien —asintió el anciano. La tensión, en la sala común, había cedido de manera palpable—. Excelente.

Tyrion reconoció entonces la voz gruñona del maestro de armas de Invernalia, solo que sin bigotes.

—¡No lo matéis aquí! —suplicó a Catelyn la posadera con una lluvia de salivillas teñidas de escarlata.

—No lo mates en ninguna parte —puntualizó Tyrion.

—Lleváoslo a otro sitio, mi señora, nada de sangre aquí, por favor, nada de peleas de grandes señores.

—Nos lo llevamos a Invernalia —dijo ella.

«Bueno, tal vez...», pensó Tyrion. Para entonces ya había tenido ocasión de mirar detenidamente la estancia y valorar así su situación. Lo que vio no le resultó del todo desalentador. Sí, la Stark había sido lista, sin duda. Los había obligado a recordar en público los juramentos que sus respectivos señores habían prestado a su padre, y luego les había pedido socorro, claro, porque era mujer. Sí, muy inteligente. Pero no había tenido tanto éxito como creía. En la sala común había casi cincuenta personas, y la súplica de Catelyn Stark apenas había puesto en pie a una docena. Los demás parecían confusos o asustados; algunos, hasta hoscos. Tyrion advirtió que solo dos de los Frey se habían movido, y únicamente para volver a sentarse enseguida cuando vieron que su capitán no se levantaba. Si se hubiera atrevido, habría esbozado una sonrisa.

—De acuerdo, vayamos a Invernalia —dijo. El camino era largo; lo sabía bien porque llegaba de allí. Y en un camino largo podían suceder muchas cosas—. Mi padre querrá saber qué me ha pasado —siguió al tiempo que establecía contacto visual con el hombre que se había ofrecido a cederle su habitación—. Pagará una cantidad muy generosa a quien le lleve la noticia de lo que ha pasado esta noche. —No era cierto, desde luego, pero Tyrion compensaría al mensajero cuando recuperase la libertad.

—También nos llevaremos a sus hombres —anunció ser Rodrik mirando a su señora. Parecía preocupado, y tenía motivos—. Y os estaremos agradecidos a los demás si guardáis silencio acerca de lo que habéis visto.

Tyrion tuvo que contenerse para que no se le escapara una carcajada. ¿Silencio? Viejo idiota... A menos que se llevaran a todos los presentes, la noticia empezaría a correr en cuanto salieran por la puerta. El jinete que llevaba la moneda de oro en el bolsillo volaría como una flecha a

Roca Casterly. Y si no, otro lo haría. Yoren contaría la historia en el sur. Aquel juglar idiota también le sacaría partido. Los Frey informarían a su señor, y solo los dioses sabían qué haría él. Lord Walder Frey era vasallo de Aguasdulces, sí, pero también era un hombre cauteloso que había llegado a su avanzada edad porque siempre se aseguraba de estar en el bando del vencedor. Como mínimo enviaría un pájaro mensajero a Desembarco del Rey, y quizá llegara incluso más lejos.

—Tenemos que ponernos en marcha de inmediato. —Catelyn Stark no era mujer que perdiera el tiempo—. Necesitamos caballos descansados, y provisiones para el camino. Vosotros, sabed que contáis con la gratitud eterna de la casa Stark. Si alguno quiere acompañarnos para vigilar a nuestros cautivos hasta Invernalia, será bien recompensado, lo garantizo.

No hizo falta más. Los muy idiotas se abalanzaron sobre la oportunidad. Tyrion examinó sus rostros, y se prometió que serían bien recompensados, aunque no de la manera que imaginaban.

Pero, mientras lo sacaban en vilo al exterior, ensillaban los caballos bajo la lluvia y le ataban las manos con soga basta, Tyrion Lannister no sentía verdadero temor. Antes de que acabara el día, los jinetes saldrían en pos de ellos, los pájaros surcarían el cielo, y sin duda, alguno de los señores que vivían cerca del río tendría suficientes ganas de granjearse el favor de su padre para echarle una mano. Todavía se estaba congratulando por su astucia cuando alguien le cubrió los ojos con una capucha y lo alzó a la silla del caballo.

Emprendieron el galope bajo la lluvia y, antes de que pasara mucho tiempo, Tyrion tenía calambres en los muslos y las nalgas le dolían intensamente. Incluso cuando estuvieron a buena distancia de la posada, y Catelyn Stark les permitió avanzar al trote, el viaje era duro, por terreno escabroso, y todo lo empeoraba la imposibilidad de ver. La capucha amortiguaba también los sonidos, por lo que no alcanzaba a entender lo que se decía a su alrededor; la lluvia empapaba la tela y hacía que se le pegara a la cara, hasta el punto de que le costaba trabajo respirar. La soga le estaba dejando las muñecas en carne viva, y sentía como si le apretara más y más a medida que pasaba la noche. «Estaba a punto de sentarme ante un fuego y una gallina asada, y ese condenado bardo fue y abrió la boca», pensó con disgusto. El condenado bardo los acompañaba en el viaje. «De esto va a salir una gran canción, y yo seré el que la componga», había dicho a Catelyn Stark, al tiempo que anunciaba su intención de cabalgar con ellos para ver cómo terminaba aquella aventura fascinante. Tyrion sospechaba que al muchacho no le iba a parecer nada fascinante la aventura cuando los alcanzaran los jinetes de los Lannister.

Por fin había escampado, y la luz del amanecer se filtraba a través de la tela húmeda que le cubría los ojos cuando Catelyn Stark dio al fin orden de desmontar. Unas manos bruscas lo apearon del caballo, le desataron las muñecas y le arrancaron la capucha de la cabeza. Cuando vio el estrecho sendero pedregoso, las colinas escarpadas a su alrededor y los picos nevados a lo lejos, en el horizonte, sus esperanzas se desvanecieron de inmediato.

—Esto es el camino alto —farfulló al tiempo que miraba a lady Stark con ojos acusadores—. Es el camino hacia oriente. ¡Dijisteis que iríamos a Invernalia!

—Lo dije, sí, varias veces, y muy alto —asintió Catelyn Stark, dedicándole la más leve de las sonrisas—. No me cabe duda de que vuestros amigos irán en esa dirección cuando empiecen a perseguirnos. Les deseo buen viaje.

Incluso días después, el recuerdo de aquel momento le haría sentir una rabia amarga. Tyrion se había enorgullecido toda la vida de su astucia; era el único don que le habían dado los dioses, pero aquella loba siete veces maldita de Catelyn Stark había sido más lista que él. Aquello le dolía más que el secuestro.

Se detuvieron el tiempo justo para alimentar y abrevar a los caballos, y emprendieron la marcha de nuevo. No volvieron a ponerle la capucha a Tyrion. Después de la segunda noche tampoco se molestaron en atarle las manos, y una vez ganaron altura apenas si lo vigilaban. Por lo visto, no temían que escapara. ¿Y por qué iba a ser de otra manera? Allí, el terreno era abrupto y escarpado, el camino alto se convertía en un sendero pedregoso. Si escapaba, ¿hasta dónde podría llegar, solo y sin provisiones? Los gatosombras lo devorarían, y los clanes que habitaban en los refugios de la montaña eran simples grupos de bandoleros y asesinos que no acataban más ley que la de la espada.

Pero aun así, la Stark los hacía avanzar sin reposo. Tyrion sabía hacia dónde se dirigían. Lo había sabido desde el momento en que le quitaron la capucha. Aquellas montañas eran los dominios de la casa Arryn, y la viuda de la antigua mano era una Tully, hermana de Catelyn Stark... y poco amiga de los Lannister. Tyrion apenas había tratado a lady Lysa durante los años que pasara en Desembarco del Rey, y no sentía las menores ganas de retomar la relación.

Sus secuestradores estaban agrupados en torno a un riachuelo, poco más abajo del camino alto. Los caballos habían bebido a placer de las aguas gélidas, y en aquel momento pastaban la hierba parda que crecía en las grietas de las rocas. Jyck y Morrec estaban sentados muy juntos, hoscos y deprimidos. Mohor estaba de pie junto a ellos, apoyado en una lanza, y lucía en la cabeza un casco de hierro redondo que más bien parecía un cuenco. Cerca de allí, Marillion, el bardo, engrasaba su lira y se quejaba de que la humedad estaba dañando las cuerdas.

—Tenemos que descansar un poco, mi señora —le estaba diciendo ser Willis Wode a Catelyn Stark cuando Tyrion se aproximó a ellos. Era uno de los hombres de lady Whent, un caballero errante rígido e impasible que había sido el primero en levantarse en apoyo de Catelyn Stark en la posada.

—Ser Willis está en lo cierto, mi señora —intervino ser Rodrik—. Ya hemos perdido tres caballos...

—Los caballos no serán lo único que perdamos si los Lannister nos alcanzan —les recordó la mujer. Tenía el rostro demacrado y curtido por el viento, pero no había perdido ni un ápice de su decisión.

—No parece muy probable —señaló Tyrion.

—La señora no te ha pedido tu opinión, enano —le espetó Kurleket, un hombretón gordo de pelo cortado a cepillo y rostro porcino. Estaba al servicio de los Bracken, concretamente de lord Jonos. Tyrion se había tomado un interés especial en memorizar todos sus nombres, para poder agradecerles más adelante el trato cortés que le habían deparado. Un Lannister siempre pagaba sus deudas. Kurleket lo descubriría más tarde o más temprano, al igual que sus amigos Lharys y Mohor, el buen ser Willis, y los mercenarios Bronn y Chiggen. Tenía preparada una lección muy especial para Marillion, el de la lira y la voz dulce de tenor, que tanto se esforzaba en rimar *enano* con *fulano,* y *cojo* con *despojo,* para preparar el canto sobre su humillación.

—Dejad que hable —ordenó lady Stark.

Tyrion Lannister se sentó en una roca.

—A estas alturas, los soldados de mi familia deben de estar cruzando el Cuello al galope por el camino Real, en pos de vuestro bulo... eso si se han puesto en marcha, cosa que no es segura en modo alguno. Oh, no me cabe duda de que mi padre habrá recibido la noticia..., pero el amor que siente hacia mí es bien limitado, y no estoy seguro de que se vaya a tomar muchas molestias. —Aquello era mentira solo a medias; a lord Tywin Lannister le importaba un bledo su hijo deforme, pero no toleraba el menor insulto contra el honor de su casa—. Estamos en tierras crueles, lady Stark. No encontraréis amparo ni auxilio hasta que lleguéis al Valle. Y lo peor es que os arriesgáis a perderme a mí. Soy pequeño, no muy fuerte, y si muero... ¿de qué habrá servido todo?

Lo que decía era verdad; Tyrion no sabía cuánto tiempo más podría resistir aquel ritmo.

—Podría contestaros que mi deseo es que muráis, Lannister —replicó Catelyn Stark.

—No lo creería —replicó Tyrion—. Si me quisierais ver muerto, solo tendríais que dar la orden, y cualquiera de vuestros incondicionales amigos me proporcionaría de buena gana una gran sonrisa roja. —Miró a Kurleket, pero aquel hombre era demasiado obtuso para captar el sarcasmo.

—Los Stark no matamos a hombres indefensos.

—Tampoco yo —dijo—. ¿Cuántas veces he de decirlo? No tuve nada que ver en el intento de asesinato de vuestro hijo.

—El asesino iba armado con vuestro puñal.

—No era mío —insistió Tyrion; sintió que la sangre se le subía a la cabeza—. ¿Queréis que os lo vuelva a jurar? Penséis lo que penséis de mí, lady Stark, no soy ningún imbécil. Y solo un idiota entregaría su arma a un patán. —Durante un instante, le pareció ver la sombra de una duda en los ojos de la mujer, pero esta se repuso.

—¿Por qué iba a mentirme Petyr?

—¿Por qué caga un oso en el bosque? —replicó—. Porque está en su naturaleza. A los hombres como Meñique les cuesta menos mentir que respirar. Vos deberíais saberlo mejor que nadie.

—¿Qué queréis decir, Lannister? —La mujer dio un paso hacia él con el rostro tenso.

—Vaya —dijo Tyrion inclinando la cabeza a un lado—, pues que en la corte todo el mundo le ha oído contar cómo le entregasteis vuestra virtud, mi señora.

—¡Mentira! —gritó Catelyn Stark.

—Enano malvado... —dijo Marillion, conmocionado.

—Solo tenéis que dar la orden, mi señora —dijo Kurleket mientras desenfundaba el puñal, un arma de hierro negro y aspecto sanguinario—, y pondré a vuestros pies esa lengua mentirosa. —Los ojillos de cerdo le brillaban de emoción ante la perspectiva.

—En el pasado, Petyr Baelish me amaba. —Catelyn Stark miraba a Tyrion. Tenía los ojos más fríos que había visto en la vida—. No era más que un niño. Su pasión fue una tragedia para todos nosotros, pero era sincera y pura, y no algo de lo que se pueda hacer mofa. Quería mi mano. Esa es la única verdad. Realmente sois un hombre malvado, Lannister.

—Y vos sois una mujer estúpida, lady Stark. Meñique nunca ha amado a nadie que no fuera Meñique. Y os aseguro que de lo que alardea no es de vuestra mano, sino de esos pechos redondos, de esa boca dulce y del calor que hay entre vuestras piernas.

Kurleket lo agarró por el pelo y le tiró de la cabeza hacia atrás hasta dejarle el cuello al descubierto. Tyrion sintió el beso frío del acero bajo la barbilla.

—¿Lo rajo, mi señora?

—Si me matas, la verdad muere conmigo —jadeó Tyrion.

—Dejad que hable —ordenó Catelyn Stark.

Kurleket soltó de mala gana el pelo de Tyrion. Este inhaló una bocanada de aire fresco.

—¿Cómo os dijo Meñique que llegó a mi poder ese puñal? Decídmelo.

—Dijo que se lo habíais ganado en una apuesta, durante el torneo del día del nombre del príncipe Joffrey.

—Cuando el Caballero de las Flores derribó a mi hermano Jaime. ¿Fue eso lo que os contó?

—Sí —admitió ella, con el ceño fruncido.

—¡Jinetes!

El grito les llegó desde un risco azotado por el viento, por encima de ellos. Ser Rodrik había enviado a Lharys a aquella roca para que vigilara el camino mientras ellos descansaban.

Durante un tenso momento, nadie se movió. Catelyn Stark fue la primera en reaccionar.

—Ser Rodrik, ser Willis, a los caballos —ordenó—. Poned las otras monturas detrás de nosotros. Mohor, vigila a los prisioneros...

—¡Dadnos armas! —Tyrion se puso en pie de un salto y la agarró por el brazo—. Van a hacer falta todas las espadas.

Ella sabía que tenía razón; Tyrion se daba cuenta. A los clanes de la montaña no les importaban las enemistades entre las grandes casas. Matarían con igual entusiasmo a un Stark que a un Lannister, de la misma manera que se mataban entre ellos. Quizá le perdonaran la vida a Catelyn Stark; todavía era joven y podía tener hijos. Pese a todo, la mujer titubeaba.

—¡Los oigo acercarse! —gritó ser Rodrik.

Tyrion giró la cabeza para escuchar, y él también lo oyó: cascos de al menos una docena de monturas, cada vez más cerca. De repente, todos corrían, buscaban las armas y montaban a caballo.

Una lluvia de guijarros cayó sobre ellos cuando Lharys bajó del risco, mitad corriendo y mitad resbalando. Fue a caer jadeante ante Catelyn Stark. Era un hombre de aspecto desgarbado; de debajo de su casco cónico de acero salían mechones de pelo color herrumbre.

—Son veinte hombres, puede que veinticinco —dijo, sin aliento—. Hermanos de la Luna o Serpientes de Leche, no sé. Deben de tener vigías, mi señora... Nos han visto, saben dónde estamos.

Ser Rodrik Cassel estaba ya a caballo, con la espada en la mano. Mohor estaba acuclillado tras un peñasco, sujetaba la lanza de punta de hierro con ambas manos y tenía el puñal entre los dientes.

—Eh, tú, bardo —gritó ser Willis Wode—. Ayúdame a ponerme la coraza.

Marillion siguió paralizado en el sitio, aferrado a la lira y pálido como la leche, pero Morrec, el criado de Tyrion, se puso en pie rápidamente y fue a ayudar al caballero con su armadura.

—No tenéis elección —le dijo Tyrion a Catelyn Stark; todavía no la había soltado—. Nosotros tres, y otro hombre desperdiciado para vigilarnos... Aquí arriba, cuatro hombres pueden suponer la diferencia entre la vida y la muerte.

—Dadme vuestra palabra de que depondréis las armas en cuanto acabe la lucha.

—¿Mi palabra? —Los cascos de los caballos resonaban cada vez más cerca. Tyrion esbozó una sonrisa cargada de intención—. Oh, claro mi señora. Tenéis mi palabra... por mi honor de Lannister.

—Dadles armas —dijo ella al final; durante un momento había pensado que le escupiría.

Y se alejó al instante. Ser Rodrik le lanzó a Jyck su espada, con la vaina, y dio media vuelta para enfrentarse al primer enemigo. Morrec cogió un arco y un carcaj, y clavó una rodilla en tierra junto al camino. Era más diestro con el arco que con la espada. Y Bronn cabalgó hasta Tyrion para ofrecerle un hacha de doble filo.

—Nunca he peleado con hacha. —No estaba cómodo con aquella arma extraña en las manos. Tenía el mango corto, la cabeza pesada y una púa amenazadora en la punta.

—Haz como si estuvieras cortando leña —replicó Bronn al tiempo que desenvainaba la espada larga que llevaba cruzada a la espalda.

Escupió y emprendió el trote hacia donde estaban Chiggen y ser Rodrik. Ser Willis montó y fue a reunirse con ellos mientras se ponía como podía el casco, un cilindro de metal con una pequeña hendidura para ver y una pluma larga de seda negra.

—La leña no sangra —dijo Tyrion sin dirigirse a nadie en concreto. Sin armadura, se sentía desnudo. Buscó una roca en los alrededores, corrió hacia donde estaba escondido Marillion y le gritó—: Échate a un lado.

—¡Lárgate! —le chilló el muchacho—. ¡Soy bardo, no quiero tomar parte en esta lucha!

—¿Qué pasa? ¿Ya no tienes ganas de aventura? —Tyrion dio unas cuantas patadas al chico hasta que se apartó un poco. Justo a tiempo, porque al momento siguiente los jinetes cayeron sobre ellos.

No hubo heraldos, estandartes, cuernos ni tambores; solo el sonido vibrante de las cuerdas de los arcos cuando Morrec y Lharys empezaron a disparar. De repente, los hombres del clan surgieron como un trueno en el amanecer; eran morenos, enjutos, llevaban corazas y armaduras de distintas procedencias, y ocultaban los rostros tras medios yelmos con rejilla. En las manos enguantadas llevaban todo tipo de armas: espadas, lanzas, guadañas afiladas, garrotes con púas, puñales, pesadas mazas de hierro... A la cabeza del grupo cabalgaba un hombre corpulento, con una capa de piel rayada de gatosombra, que blandía un enorme mandoble.

—¡Invernalia! —gritó ser Rodrik, y se precipitó a su encuentro seguido por Bronn y Chiggen, que lanzaban gritos inconexos de batalla.

—¡Harrenhal! ¡Harrenhal! —exclamó ser Willis Wode tras ellos, haciendo girar la bola con púas del mangual sobre la cabeza.

De repente, a Tyrion le entraron unas ganas inmensas de ponerse en pie de un salto, blandir el hacha y gritar «¡Roca Casterly!». Por suerte, el ataque de locura apenas duró un segundo, y se encogió todavía más en su escondrijo.

Oyó los relinchos de los caballos asustados y el choque del metal contra el metal. La espada de Chiggen destrozó el rostro descubierto de un jinete que vestía cota de malla, y Bronn cayó entre sus enemigos como un huracán, repartiendo golpes a diestro y siniestro. Ser Rodrik se enfrentó al hombretón de la capa de gatosombra; los caballos giraban el uno en torno al otro mientras ellos cambiaban golpe por golpe. Jyck montó un caballo y se lanzó al galope al centro de la refriega. De repente, Tyrion vio que el hombre de la capa de gatosombra tenía una flecha en la garganta. Cuando abrió la boca para gritar, lo único que salió fue sangre. Cuando su cadáver llegó al suelo, ser Rodrik ya estaba peleando con otro hombre.

De pronto, Marillion dejó escapar un grito y se cubrió la cabeza con la lira. Un caballo salvó de un salto la roca tras la que se ocultaban. Mientras el jinete daba la vuelta para enfrentarse a ellos, haciendo girar un mangual, Tyrion consiguió ponerse en pie y blandir el hacha con ambas manos. La hoja se clavó en la garganta del caballo cuando este cargó contra ellos, y el mango estuvo a punto de escapársele de las manos mientras el animal relinchaba y se derrumbaba. Consiguió recuperar el arma y apartarse del camino justo a tiempo. Marillion no tuvo tanta suerte: el caballo y su jinete cayeron justo encima del bardo. Tyrion retrocedió un paso aprovechando que la pierna del bandolero había quedado atrapada bajo la montura, y enterró el hacha en el cuello del hombre, por encima de los omoplatos.

Oyó los gemidos de Marillion bajo los cadáveres mientras trataba de sacar el hacha.

—¡Que alguien me ayude! ¡Los dioses tengan piedad de mí, estoy sangrando!

—Creo que es sangre de caballo —replicó Tyrion. La mano del bardo salió de debajo del animal muerto; se clavaba en el polvo del suelo como una araña de cinco patas. Tyrion clavó el talón en los dedos engarfiados. El crujido que oyó le resultó de lo más satisfactorio—. Cierra los ojos y hazte el muerto —le aconsejó al tiempo que alzaba el hacha y daba media vuelta.

Los acontecimientos se precipitaron. El amanecer se llenó de gritos y alaridos, y se impregnó del olor a sangre; el mundo se sumergió en el caos. Las flechas silbaban junto a sus oídos e iban a estrellarse contra las rocas. Vio a Bronn, que luchaba descabalgado, con una espada en cada mano. Tyrion se mantuvo en los límites de la refriega; se deslizaba de una roca a otra y salía de entre las sombras para lanzar hachazos a las patas de los caballos que pasaban junto a él. Encontró a un enemigo herido, lo remató y se quedó con su yelmo. Le quedaba enorme, pero en aquel momento agradecía cualquier tipo de protección. Jyck había recibido un tajo en la espalda al mismo tiempo que mataba al hombre que tenía delante, y más tarde, Tyrion se encontró con el cadáver de Kurleket. Una maza había destrozado el rostro porcino, pero reconoció el puñal, que pudo recuperar de entre los dedos muertos. Se lo estaba colgando del cinturón cuando oyó el grito de una mujer.

Catelyn Stark estaba atrapada contra la pared rocosa de la montaña y la rodeaban tres hombres, uno a caballo y dos a pie. Sujetaba como podía el puñal en las manos heridas, pero estaba acorralada y sin posibilidad de escapar. «Que se carguen a la muy zorra —pensó Tyrion—, y que les aproveche», pero se encontró avanzando hacia ellos. Hirió al primer hombre en la corva antes de que se dieran cuenta de su presencia: la pesada cabeza del hacha cortó la carne y el hueso como si fueran madera podrida. «Leña que sangra», pensó como un idiota mientras el segundo hombre se lanzaba contra él. Se agachó para esquivar el tajo de la espada, blandió el hacha, el hombre retrocedió... y Catelyn Stark lo agarró por detrás y lo degolló. El jinete recordó de repente una cita inaplazable y se alejó al galope.

Tyrion miró a su alrededor. Todos los enemigos estaban muertos o habían desaparecido. Sin saber cómo, mientras no miraba, la pelea había terminado. Por doquier había caballos moribundos y hombres heridos que gemían y gritaban. Para su inmensa sorpresa, él no era uno de ellos. Abrió los dedos y dejó caer el hacha al suelo. Tenía las manos pegajosas de sangre. Habría jurado que la lucha había durado medio día, pero el sol apenas se había desplazado.

—¿Ha sido tu primera batalla? —le preguntó Bronn más tarde, mientras le quitaba las botas a Jyck. Eran unas botas de buena calidad, como correspondía a un sirviente de lord Tywin: de cuero grueso, flexible y bien engrasado, mucho mejores que las de Bronn. Tyrion asintió.

—¡Qué orgulloso se va a sentir mi padre! —dijo. Le dolían tanto las piernas que apenas si se tenía en pie. Lo raro era que durante la lucha no había sentido el dolor.

—Ahora lo que te hace falta es una mujer —dijo Bronn con un brillo poco habitual en los ojos oscuros. Guardó las botas en su silla de montar—. Cuando un hombre ha recibido su bautismo de sangre, no hay nada como una mujer, te lo digo yo.

Chiggen interrumpió el concienzudo saqueo de los cadáveres de los bandoleros el tiempo justo para soltar un bufido y lamerse los labios.

—Si ella quiere, por mí encantado —dijo Tyrion lanzando una mirada hacia el lugar donde lady Stark vendaba las heridas de ser Rodrik. Los mercenarios soltaron la carcajada, y Tyrion sonrió. «Es un buen comienzo», pensó.

Poco más tarde se arrodilló junto al arroyo y se lavó la sangre de la cara con agua fría como el hielo. Volvió cojeando junto a los demás, y echó un vistazo a los cadáveres. Los bandidos muertos eran hombres flacos y desastrados, con caballos pequeños y huesudos a los que se les contaban las costillas. Las armas que Bronn y Chiggen les habían dejado tampoco eran gran cosa: mazas, garrotes... hasta una guadaña. Recordó al hombretón de la capa de gatosombra y el mandoble, el que había peleado con ser Rodrik, pero cuando encontró el cadáver en el suelo pedregoso resultó que al fin y al cabo no era tan corpulento: le habían quitado la capa, y la hoja de la espada era de acero de mala calidad; estaba mellada y oxidada. No era de extrañar que hubieran quedado nueve bandidos muertos en el campo de batalla.

A ellos solo les había costado tres bajas: Kurleket y Mohor, dos de los soldados de lord Bracken, y su criado Jyck, que se había lanzado valientemente al combate montando a pelo. «Idiota hasta el final», pensó Tyrion.

—Lady Stark, os ruego que os apresuréis —dijo ser Willis Wode mientras escudriñaba los riscos a través de la hendidura del yelmo—. Los hemos ahuyentado por ahora, pero no estarán lejos.

—Tenemos que enterrar a nuestros muertos, ser Willis —replicó ella—. Eran hombres valientes. No permitiré que los devoren los buitres o los gatosombras.

—El suelo es demasiado pedregoso para cavar —señaló ser Willis.

—Entonces recogeremos piedras para amontonarlas sobre los cadáveres.

—Recoged todas las piedras que queráis —le dijo Bronn—, pero no contéis con Chiggen ni conmigo. Tengo mejores cosas que hacer en vez de amontonar piedras encima de cadáveres... como respirar, por ejemplo. —Miró al resto de los supervivientes—. Los que queráis seguir vivos más allá de esta noche, venid con nosotros.

—Me temo que tiene razón, mi señora —dijo ser Rodrik con voz cansada. El anciano caballero había resultado herido durante la lucha: tenía un corte profundo en el brazo izquierdo, una lanza le había rozado el cuello, y en aquel momento aparentaba toda su edad—. Si nos quedamos aquí volverán a atacarnos, no cabe duda. Y puede que esta vez no tengamos tanta suerte.

Tyrion vio claramente la ira en el rostro de Catelyn, pero la mujer no tenía opción.

—De acuerdo, y que los dioses nos perdonen. Emprenderemos la marcha ahora mismo.

Ya no estaban escasos de caballos. Tyrion trasladó su silla al caballo moteado de Jyck, que parecía tener fuerzas para resistir al menos tres o cuatro días más. Estaba a punto de montar cuando Lharys se acercó a él.

—Dame el puñal, enano.

—Que se lo quede —dijo Catelyn, ya a caballo—. Y que le devuelvan también el hacha. Si vuelven a atacarnos, nos hará falta.

—Tenéis mi gratitud, señora —dijo Tyrion mientras montaba.

—Podéis guardárosla —replicó ella, cortante—. Sigo sin confiar en vos.

La mujer se alejó antes de que se le ocurriera una buena respuesta. Se ajustó el yelmo robado y cogió el hacha que le tendía Bronn. Recordó que había comenzado el viaje con las muñecas atadas y una capucha en la cabeza, y llegó a la conclusión de que las cosas habían mejorado mucho. No necesitaba para nada la confianza de Lady Stark: mientras tuviera el hacha, todo iría bien.

Ser Willis Wode abrió la marcha, y Bronn ocupó la retaguardia, mientras lady Stark iba protegida en el centro, con ser Rodrik siempre a su lado como una sombra. Marillion no dejaba de lanzar miradas rencorosas a Tyrion. El bardo tenía varias costillas rotas, además de la lira y cuatro dedos de la mano con que la tocaba, pero no todo habían sido pérdidas para él: se había hecho con una magnífica capa de gatosombra, una piel espesa y negra con franjas blancas. Se arrebujó entre los pliegues y, para variar, no abría la boca.

Antes de que hubieran recorrido mil pasos empezaron a oír los gruñidos roncos de los gatosombras, y no tardaron en llegarles también los fieros rugidos de las bestias que se disputaban los cadáveres que habían dejado atrás. Marillion palideció a ojos vistas. Tyrion puso el caballo al trote para situarse a su lado.

—¿No se te ocurre ninguna palabra que rime con *gallina*? —le preguntó. Volvió a espolear el caballo, adelantó al bardo y fue a situarse junto a ser Rodrik y Catelyn Stark. Ella lo miró con los labios apretados en una línea delgada.

—Como iba diciendo antes de que nos interrumpieran tan groseramente —dijo Tyrion—, el cuento que os contó Meñique tiene un fallo muy grave. Penséis lo que penséis de mí, lady Stark, de una cosa podéis estar segura: jamás apuesto contra mi familia.

ARYA

El enorme gato negro, al que le faltaba una oreja, arqueó el lomo y bufó.

Arya recorrió el callejón descalza, pisando con apenas la punta del pie, atenta a los latidos de su corazón, respirando lenta y profundamente. «Silenciosa como una sombra —se dijo—, ligera como una pluma.» El gato la observaba acercarse con ojos cautelosos.

Cazar gatos era difícil. Tenía las manos llenas de arañazos a medio curar, y las dos rodillas cubiertas de costras en los puntos donde se las había dejado en carne viva en diferentes caídas. Al principio, hasta el gato gordo del cocinero había conseguido eludirla, pero Syrio la obligó a insistir, día y noche. Arya acudió a él con las manos ensangrentadas.

—¿Tan lenta eres? —le dijo Syrio—. Tendrás que moverte más deprisa, chica. Tus enemigos no se limitarán a arañarte. —Le había untado las manos con fuego myriense, que escocía tanto que tuvo que morderse el labio para no gritar. Y a continuación el hombre la envió a cazar más gatos.

La Fortaleza Roja estaba llena de gatos: gatos viejos y perezosos que sesteaban al sol, cazarratones de ojos fríos y cola erizada, cachorrillos rápidos con garras afiladas como agujas, gatas repeinadas y confiadas, sombras escuálidas que rondaban los vertederos de basura... Arya los había cazado a todos, uno por uno, para presentárselos con orgullo a Syrio Forel. Solo le faltaba aquel, el demoníaco gato negro de una sola oreja.

—Es el verdadero rey del castillo —le había dicho uno de los hombres de capa dorada—. Viejo como el pecado y el doble de malo. Una vez, el rey había organizado un festín en honor del padre de la reina, y ese cabrón negro saltó a la mesa y le quitó de las mismísimas manos a lord Tywin su codorniz asada. Robert se rio tanto que estuvo a punto de darle un ataque. Ni se te ocurra acercarte a ese, niña.

La había hecho correr por medio castillo: dos veces en torno a la Torre de la Mano; a través del patio de armas; por los establos; escaleras de caracol abajo, más allá de la pequeña cocina, las pocilgas y los barracones de los capas doradas; junto al pie del muro que daba al río, y escaleras arriba hasta el Paseo del Traidor; luego, otra vez abajo, cruzando una puerta y en torno a un pozo, saliendo y entrando en edificios desconocidos, hasta que Arya estuvo desorientada por completo.

Y por fin, ya lo tenía. Había muros altos a ambos lados, y delante, una pared de piedra sin ventanas.

«Silenciosa como una sombra —se repitió mientras se deslizaba hacia delante—, ligera como una pluma.»

Cuando estaba a tres pasos de él, el gato trató de escapar. Primero a la izquierda, luego a la derecha, y de derecha a izquierda corrió también Arya para cortarle el camino. Bufó de nuevo y trató de pasar entre sus piernas. «Rápida como una serpiente», pensó ella. Agarró al gato con ambas manos. Lo estrechó contra su pecho, riendo y bailoteando mientras las zarpas del animal le arañaban la pechera del chaleco de cuero. Siempre rápida, besó al animal entre los ojos, y retiró el rostro antes de que se lo arañara. El gato bufó y se retorció.

—¿Qué hace ese chico con el gato?

Arya se sobresaltó, soltó al animal y se giró hacia el lugar de donde venía la voz. El gato desapareció en un abrir y cerrar de ojos. Al final del pasadizo había una niña de rizos dorados, con un vestido de seda azul hermoso como el de una muñeca. A su lado había un niño rubio y gordito, que llevaba un venado rampante bordado en perlas en el jubón y una espada en miniatura a la cintura. «La princesa Myrcella y el príncipe Tommen», pensó Arya. Tras ellos se alzaba una septa de una corpulencia increíble, seguida por dos hombres que lucían la capa escarlata de la guardia de los Lannister.

—¿Qué le estabas haciendo al gato, chico? —insistió Myrcella. Se volvió a su hermano—. Qué chico tan zarrapastroso, ¿verdad? —dijo con una risita.

—Zarrapastroso y maloliente —asintió Tommen.

Arya se dio cuenta de que no la habían reconocido. ¡Ni siquiera se percataban de que era una chica! Tampoco resultaba extraño: iba descalza y sucia; la larga persecución por el castillo le había enredado el pelo, vestía un chaleco de cuero roto por los zarpazos de los gatos y unos pantalones marrones de tela basta, doblados justo por encima de las rodillas llenas de costras. Nadie se pone faldas de seda para cazar gatos. A toda prisa, inclinó la cabeza y clavó una rodilla en el suelo. Quizá no la reconocieran. De lo contrario, sería espantoso. La septa Mordane lo consideraría un insulto personal, y a Sansa le daría tanta vergüenza que no volvería a dirigirle la palabra.

—¿Qué haces aquí, chico? —preguntó la gruesa septa adelantándose un paso—. En esta parte del castillo no se puede entrar.

—A estos mocosos no hay quien se lo impida —dijo uno de los hombres de capa roja—. Es como intentar mantener a raya a las ratas.

—¿Quiénes son tus padres, chico? —insistió la septa—. Responde. ¿Qué te pasa? ¿Eres mudo?

Arya no podía decir palabra. Si hablaba, Tommen y Myrcella la reconocerían de inmediato.

—Tráelo aquí, Godwyn —ordenó la septa.

El guardia más alto echó a andar hacia ella. Arya sintió que el pánico le aferraba la garganta como la mano de un gigante. «Tranquila como las aguas en calma», se dijo para sus adentros.

Godwyn fue a agarrarla, y entonces Arya se movió. «Rápida como una serpiente.» Se inclinó hacia la izquierda, permitiendo que los dedos del hombre apenas le rozaran el brazo, y giró a su alrededor. «Suave como la seda de verano.» Cuando él dio la vuelta, Arya ya corría por el pasadizo. «Veloz como un ciervo.» La septa le gritaba algo. Ella rodó entre sus piernas, gruesas y blancas como columnas de mármol, y se lanzó contra el príncipe Tommen, que cayó sentado con un sonoro *uf*. Esquivó al segundo guardia y escapó a toda velocidad.

Oyó a su espalda gritos y pasos apresurados, que se acercaban más y más. Se dejó caer y rodó por el suelo. El capa roja pasó descontrolado junto a ella, a trompicones. Arya se puso en pie de un salto. Vio una ventana en el muro, alta y estrecha, poco más que una tronera. Saltó, se agarró al alféizar y se izó. Contuvo la respiración y se retorció para atravesarla. «Resbaladiza como una anguila.» Cayó al otro lado ante una sobresaltada fregona, se levantó, se sacudió la ropa y echó a correr de nuevo. Salió por la puerta a un pasillo largo, bajó por unas escaleras, cruzó un patio oculto, dobló una esquina, saltó un muro y se coló por una ventana baja y estrecha que daba a un sótano oscuro. Los sonidos quedaron a su espalda, cada vez más amortiguados.

Arya estaba sin aliento y completamente extraviada. Si la habían reconocido, iba a tener problemas, pero creía que no había sido así. Se había movido muy deprisa. «Veloz como un ciervo.»

Se acuclilló en la oscuridad contra una pared de piedra húmeda, y prestó atención por si oía sonidos de sus perseguidores. Pero solo le llegaron a los oídos los latidos de su corazón y el goteo distante del agua. «Silenciosa como una sombra», se dijo. ¿Dónde se encontraba? Los primeros días, después de llegar a Desembarco del Rey, tenía pesadillas en las que se veía perdida en el castillo. Su padre decía que la Fortaleza Roja era más pequeña que Invernalia, pero en sus sueños le parecía inmensa, un laberinto interminable de piedras que parecían moverse y cambiar a sus espaldas. Siempre se encontraba vagando por salas sombrías, pasando junto a tapices descoloridos; bajaba por escaleras de caracol interminables, atravesaba patios y puentes, y únicamente el eco respondía a sus gritos. En algunas estancias, la piedra roja de los muros parecía rezumar sangre, y nunca había ventanas. En ocasiones oía la voz de su padre, pero siempre muy lejos, y se iba alejando por mucho que ella tratara de correr en su dirección, hasta que se desvanecía por completo y Arya quedaba a solas en la oscuridad.

Se dio cuenta de que todo estaba muy oscuro en aquel momento. Se abrazó las rodillas desnudas contra el pecho, y se estremeció. Decidió quedarse sentada allí, muy callada, y contar hasta diez mil. Para entonces ya podría salir y buscar el camino de regreso.

Apenas iba por ochenta y siete cuando la habitación pareció iluminarse un poco, a medida que los ojos se le acostumbraban a la oscuridad. Poco a poco, los objetos que la rodeaban empezaron a tomar forma. Enormes ojos vacíos la miraban hambrientos desde la penumbra, y entrevió las sombras puntiagudas de unos dientes enormes. Había perdido la cuenta. Cerró los ojos, se mordió el labio y apartó el miedo de ella. Cuando alzara la vista de nuevo, los monstruos habrían desaparecido. Nunca habrían estado allí. Se intentó convencer de que Syrio se encontraba junto a ella, en la oscuridad, y le susurraba al oído. «Tranquila como las aguas en calma —se dijo—. Fuerte como un oso. Fiera como un carcayú.» Abrió los ojos de nuevo.

Los monstruos seguían allí. El miedo, no.

Arya se puso en pie y avanzó con cautela. Las cabezas la rodeaban por doquier. Tocó una con curiosidad, y se preguntó si sería auténtica. Rozó una mandíbula gigantesca con los dedos. El tacto era, desde luego, muy auténtico. El hueso era suave, frío y duro. Pasó los dedos por un diente, negro y afilado, una daga de oscuridad. Le dio escalofríos.

—Está muerto —dijo en voz alta—. No es más que una calavera; no me puede hacer daño.

Pero, por extraño que pareciera, daba la sensación de que el monstruo detectaba su presencia. Arya sentía como si los ojos vacíos la observaran en la penumbra, sentía que en aquella sala oscura y cavernosa había algo que no le deseaba nada bueno. Se apartó del cráneo y chocó de espaldas contra otro, aún más grande. Durante un momento fue como si los dientes se le clavaran en el hombro, como si intentara arrancarle un bocado de carne. Arya giró en redondo, y uno de los largos colmillos desgarró el cuero de su chaleco cuando echó a correr. Otra calavera apareció ante ella; era el monstruo más grande de todos, pero la niña ni siquiera aminoró el paso. Saltó una barrera de dientes negros altos como espadas, pasó como una centella entre mandíbulas hambrientas y se lanzó contra la puerta.

Dio con una pesada argolla de hierro incrustada en la madera y tiró de ella. La puerta ofreció resistencia un instante antes de empezar a moverse hacia el interior, con un crujido tan estrepitoso que a Arya le pareció que debía de oírse en toda la ciudad. Abrió la puerta lo justo para pasar y se encontró en un pasillo.

La sala de los monstruos era oscura, pero aquel pasillo era el pozo más negro de los siete infiernos. «Tranquila como las aguas en calma», se dijo Arya. Pero incluso después de esperar un rato para que los ojos se le acostumbraran a la oscuridad, allí no había nada que ver, aparte del perfil vago y grisáceo de la puerta por la que había llegado. Movió los dedos ante el rostro. Sintió el desplazamiento del aire, pero no vio nada. Estaba a ciegas. «Un danzarín del agua ve con todos los sentidos», recordó. Cerró los ojos, acompasó la respiración, se empapó del silencio y extendió las manos.

Rozó la piedra basta de la izquierda con los dedos. Siguió la pared sin apartar la mano, con pasos cortos y fluidos. «Todos los pasillos llevan a alguna parte. Si hay una entrada, hay una salida. El miedo hiere más que las espadas.» Arya no iba a tener miedo. Cuando por fin la pared terminó de repente, le pareció que había caminado largo rato. Una ráfaga de aire fresco le acarició la mejilla. Los mechones de pelo suelto le rozaron la piel.

Le llegaron ruidos procedentes de abajo, el roce de unas botas, el sonido lejano de las voces. Un atisbo de luz rozaba apenas la pared, y Arya descubrió que a sus pies se abría un gran pozo negro, con una boca de diez varas de diámetro, que se hundía en las profundidades de la tierra. De las paredes sobresalían piedras enormes a modo de peldaños, que formaban una escalera circular hacia abajo, muy abajo, oscura como la escalera al infierno de la que les solía hablar la Vieja Tata. Y de la oscuridad, de las entrañas de la tierra, surgía algo...

Arya se asomó por el borde y sintió en el rostro el aliento negro y frío. Divisó muy a lo lejos la luz de una antorcha solitaria, una llama diminuta como la de una vela. Alcanzó a distinguir las figuras de dos hombres que subían. Sus sombras se proyectaban en las paredes del pozo, altas como las de gigantes. Le llegaba el eco de las voces subiendo por el pozo.

—... ha encontrado a uno de los bastardos —decía uno—. Los demás no tardarán en llegar. Un día, dos, un par de semanas...

—Y cuando lo descubra, ¿qué hará? —preguntó una segunda voz, con el acento suave de las Ciudades Libres.

—Solo los dioses lo saben —replicó la primera voz. Arya alcanzó a divisar un jirón de humo gris, procedente de la antorcha, que se retorcía como una serpiente en su ascenso—. Los muy imbéciles intentaron matar a su hijo, y lo que es peor, fueron unos chapuceros. No es del tipo de hombres que olvidan esas cosas. Te lo aseguro: tanto si nos gusta como si no, el lobo y el león se van a enfrentar muy pronto.

—Demasiado pronto, demasiado pronto —se quejó la voz con acento—. ¿De qué nos sirve una guerra ahora? No estamos preparados. Retrásalo.

—Es como si me pidieras que detuviera el tiempo. ¿Me has tomado por un mago?

—Ni más ni menos —contestó el otro dejando escapar una risita.

Las llamas lamieron el aire frío. Las sombras altas estaban casi a su nivel. Un instante más tarde, pudo ver al hombre que llevaba la antorcha, seguido por su acompañante. Arya se alejó silenciosamente del pozo, se dejó caer de bruces y se pegó todo lo posible a la pared. Contuvo la respiración.

—¿Qué quieres que haga? —preguntó el que llevaba la antorcha, un hombre gordo que vestía una capa corta de cuero.

Incluso con las pesadas botas, parecía que se deslizaba por el suelo sin hacer el menor ruido. Bajo el casco de acero se divisaban un rostro redondo con cicatrices y la sombra de una barba negra; llevaba una cota de malla sobre las ropas de cuero, y del cinturón le colgaban un puñal y una espada corta. A Arya le resultaba extrañamente familiar.

—Si una mano puede morir, ¿por qué no otra? —replicó el hombre que hablaba con acento; lucía una barbita amarilla de dos puntas—. Ese baile ya lo has bailado, amigo mío.

Arya no lo había visto jamás; de aquello estaba segura. Era obeso hasta límites repugnantes, pero caminaba con paso ligero y apoyaba el peso en las puntas de los pies, como haría un danzarín del agua. Los anillos que lucía brillaban a la luz de la antorcha; eran de oro rojo y plata blanca, con incrustaciones de rubíes, zafiros y ojos de tigre. Tenía al menos un anillo en cada dedo; en algunos, dos.

—Aquello fue entonces, y esto es ahora. Y esta mano no es igual que la otra —dijo el hombre de la cara marcada mientras se dirigían hacia el pasillo.

«Inmóvil como una piedra —se dijo Arya—, silenciosa como una sombra.» Los hombres, deslumbrados por el resplandor de su antorcha, no la vieron pese a la escasa distancia.

—Es posible —dijo el de la barba de dos puntas, que se había detenido para recuperar el aliento tras el largo ascenso—. Pero, sea como sea, necesitamos tiempo. La princesa está embarazada. El *khal* no hará nada antes de que nazca su hijo. Ya sabes cómo son estos salvajes.

El hombre de la antorcha empujó algo. Arya oyó una especie de retumbar. Desde el techo bajó una enorme losa de roca que, a la luz de la antorcha, parecía de color rojo. El estrépito estuvo a punto de hacerla gritar. Donde antes había estado la boca del pozo, solo se veía piedra maciza.

—Pues si no hace algo pronto, será demasiado tarde —replicó el hombre gordo del casco de acero—. Esto ya no es un juego para dos jugadores, si es que lo fue alguna vez. Stannis Baratheon y Lysa Arryn han escapado de mi alcance, y los rumores dicen que están reuniendo ejércitos. El Caballero de las Flores ha escrito a Altojardín para apremiar a su padre para que envíe a su hermana a la corte. La niña es una doncella de catorce años, dulce, hermosa y manipulable. Lord Renly y ser Loras quieren que Robert se acueste con ella, la despose y la nombre reina. En cuanto a Meñique... Las intenciones de Meñique únicamente las conocen los dioses. Pero el que me quita el sueño es lord Stark. Ya tiene al bastardo, ya tiene el libro y dentro de poco tendrá la verdad en sus manos. Y ahora, por culpa de la intromisión de Meñique, su esposa ha secuestrado a Tyrion Lannister. Lord Tywin lo considerará un insulto, y Jaime siente un extraño afecto por el Gnomo. Si los Lannister van al norte, los Tully harán lo mismo. Tú dices que debemos demorarlo todo. Yo digo que todo lo contrario. Ni el mejor malabarista puede mantener en el aire cien pelotas a la vez durante mucho tiempo.

—Tú eres mucho más que un malabarista, amigo mío. Eres un verdadero mago. Solo te pido que sigas ejerciendo tu magia un poco más de tiempo. —Echaron a andar por el pasillo por el que había llegado Arya, hacia la habitación de los monstruos.

—Haré lo que pueda —dijo en voz baja el que llevaba la antorcha—. Necesito oro y cincuenta pájaros más.

La niña dejó que se adelantaran, y caminó a hurtadillas tras ellos. «Silenciosa como una sombra.»

—¿Tantos? —Las voces eran más tenues a medida que la luz se alejaba de ella—. Los que quieres tú no son tan fáciles de encontrar... Demasiado jóvenes para haber aprendido el abecedario... quizá un poco mayores... no se morirían tan a menudo...

—No... más jóvenes son más seguros... trátalos bien...

—... si conservaran la lengua...

—... es un riesgo...

Mucho después de que las voces se perdieran a lo lejos, Arya alcanzaba todavía a divisar la luz de la antorcha, como una estrella humeante que le marcaba el camino. Dos veces le pareció que desaparecía, pero ella siguió adelante, y en ambas ocasiones se encontró en la parte superior de las escaleras, empinadas y estrechas, mientras la luz brillaba mucho más abajo. En un momento tropezó con una roca, cayó contra la pared, la palpó y notó que era tierra sostenida por vigas de madera, mientras que antes, el túnel había sido de piedra.

Caminó sigilosa tras ellos, recorriendo una gran distancia. Por último los perdió, pero no era posible que se hubieran desviado; solo podían haber seguido adelante. Tanteó de nuevo la pared y siguió caminando, ciega y extraviada. Se imaginó que Nymeria caminaba junto a ella en la oscuridad. Al final se encontró metida hasta las rodillas en un agua de olor repugnante, y deseó poder danzar sobre aquella sustancia, como sin duda habría hecho Syrio. Se preguntaba si volvería a ver la luz. Ya era de noche cerrada cuando Arya salió al aire libre.

Descubrió que se encontraba en la salida de una alcantarilla, justo en la desembocadura del río. Ella misma despedía un hedor tan repugnante que se desnudó allí mismo, dejó la ropa en la orilla y se sumergió en las aguas oscuras y negras. Nadó hasta que se sintió limpia, y salió del río tiritando. Por el camino cercano pasaban algunos jinetes, pero si se fijaron en la niña flaca que lavaba sus harapos a la luz de la luna, no dieron señales de ello.

Se encontraba muy lejos del castillo, pero en cualquier punto de Desembarco del Rey bastaba con alzar la vista para ver la Fortaleza Roja, en el punto más elevado de la Colina Alta de Aegon, así que no había manera de perderse. Ya tenía la ropa casi seca cuando llegó ante el puesto de guardia. El rastrillo estaba bajado, y las puertas, cerradas, así que dio la vuelta para entrar por una poterna trasera. Los capas doradas que estaban de guardia se echaron a reír cuando les dijo que le abrieran.

—Lárgate —le dijo uno—. En la cocina ya no quedan sobras, y no se admiten mendigos después de anochecer.

—No vengo a mendigar —replicó ella—. Vivo aquí.

—He dicho que te largues. ¿O hace falta que te dé una bofetada para que me entiendas?

—Quiero ver a mi padre.

Los guardias se miraron.

—Yo quiero follarme a la reina, y mira de lo que me sirve —dijo el más joven.

—¿Y quién es tu padre, chico? —preguntó el viejo con el ceño fruncido—. ¿El ratonero de la ciudad?

—La mano del rey —replicó Arya.

Los dos hombres se echaron a reír, y el mayor le lanzó un bofetada, casi de manera automática, igual que haría con un perro que lo molestara. Arya vio llegar el golpe antes de que iniciara el movimiento. Danzó para apartarse del camino, y no llegó a tocarla.

—No soy un chico —les espetó—. Soy Arya Stark de Invernalia, y si me ponéis una mano encima, mi señor padre hará que claven vuestras cabezas en la punta de una pica. Si no me creéis, id a buscar a Jory Cassel o a Vayon Poole, en la Torre de la Mano. —Se puso las manos en las caderas—. ¿Me abrís la puerta, o hace falta que os den una bofetada para que me entendáis?

Cuando Harwin y Tom el Gordo la acompañaron ante él, su padre estaba retirado en una habitación, con una lamparilla de aceite junto al codo. Leía el libro más grande que Arya había visto jamás. Era un tomo gigantesco, grueso, con páginas de pergamino amarillo y quebradizo llenas de escritura ilegible, y tapas de cuero descolorido. Lo cerró para escuchar el informe de Harwin, y tenía el rostro tenso cuando les dio las gracias a los hombres y les ordenó que se retiraran.

—¿Te das cuenta de que la mitad de mi guardia te estaba buscando? —dijo Eddard Stark en cuanto se encontraron a solas—. La septa Mordane está al borde de un ataque. Lleva horas en el septo, rezando por que te encuentres bien. Arya, sabes de sobra que nunca puedes cruzar las puertas del castillo sin mi permiso.

—No he cruzado las puertas —replicó ella—. Bueno, sí, pero sin querer. He bajado a las mazmorras, y resulta que había un túnel, estaba todo oscuro y yo no tenía antorcha ni velas, así que tenía que seguir caminando. No podía volver por donde había entrado, porque había monstruos. ¡Padre, hablaban de que querían matarte! Los monstruos no, los dos hombres. Ellos no me han visto, porque me he quedado quieta como una piedra y silenciosa como una sombra, pero yo los he oído. ¡Decían que tenías un libro y un bastardo, y que si una mano podía morir, otra también! ¿Ese es el libro? ¿Y el bastardo es Jon?

—¿Jon? Arya, ¿se puede saber de qué hablas? ¿Quién ha dicho eso?

—Aquellos hombres —replicó la niña—. Había uno gordo con anillos y barba amarilla de dos puntas, y otro con cota de malla y casco de acero, y el gordo decía que tenían que retrasarlo, pero el otro decía que no podía seguir haciendo juegos malabares, y que el lobo y el león se iban a enfrentar, y que esto ya no era un juego para dos jugadores. —Intentó recordar el resto. No había comprendido todo lo que había oído, y los conceptos se le mezclaban en la cabeza—. El gordo decía que la princesa estaba embarazada. El del casco de acero, que llevaba la antorcha, decía que tenían que darse prisa. Me parece que era un mago.

—Un mago —dijo Ned sin sonreír—. ¿Llevaba barba larga y blanca, y sombrero puntiagudo adornado con estrellas?

—¡No! No era como en los cuentos de la Vieja Tata. No parecía un mago, pero el gordo decía que era un mago.

—Arya, te lo advierto, como te estés inventando todo esto...

—No, ya te lo he dicho, estaba en las mazmorras, y había una pared secreta. Yo estaba cazando gatos, y entonces... —Frunció los labios. Si reconocía que había derribado al príncipe Tommen, su padre se iba a enfadar mucho con ella—. Y me he colado por la ventana. Y allí estaban los monstruos.

—Monstruos y magos —dijo su padre—. Menuda aventura, ¿eh? ¿Y dices que hablaban de malabarismos y de juegos?

—Sí —reconoció Arya—. Pero...

—Seguro que eran titiriteros, Arya —la interrumpió su padre—. Ahora mismo hay más de una docena de compañías en Desembarco del Rey; han venido a sacar beneficio de las multitudes que asistan al torneo. No sé qué harían esos dos en el castillo; quizá el rey les haya pedido que organicen un espectáculo.

—No —dijo la niña sacudiendo la cabeza, obstinada—. No eran...

—Además, no deberías ir por ahí espiando a la gente, ni siguiendo a nadie. Tampoco me gusta que mi hija se cuele por ventanas y persiga gatos callejeros. ¿Has visto cómo estás, cariño? Tienes los brazos llenos de arañazos. Esto ya ha ido demasiado lejos. Dile a Syrio Forel que quiero hablar con él...

Lo interrumpió un golpe repentino en la puerta.

—Perdonad, lord Eddard —dijo Desmond al tiempo que abría unos pocos dedos—, pero ha llegado un hermano negro, y suplica que lo recibáis. Dice que se trata de un asunto de gran urgencia. He pensado que querríais saberlo lo antes posible.

—Mi puerta siempre está abierta para la Guardia de la Noche —respondió su padre.

Desmond hizo pasar a un hombre encorvado y feo, de barba desaliñada y ropa sucia, pero su padre lo recibió con cordialidad y le preguntó su nombre.

—Yoren, señor, a vuestro servicio. Os pido perdón por lo avanzado de la hora. —Hizo una reverencia a Arya—. Y este debe de ser vuestro hijo. Se os parece mucho.

—Soy una chica —replicó Arya, molesta. Si aquel viejo llegaba del Muro, sin duda habría pasado por Invernalia—. ¿Conocéis a mis hermanos? —preguntó, nerviosa—. Robb y Bran están en Invernalia, y Jon en el Muro. Jon Nieve, él también está en la Guardia de la Noche, seguro que lo conocéis, tiene un lobo huargo blanco con los ojos rojos. ¿Lo han nombrado ya explorador? Yo soy Arya Stark. —El viejo de las ropas malolientes le lanzó una mirada extraña, pero ella no podía dejar de hablar—. Cuando volváis al Muro, ¿le llevaréis una carta mía a Jon? —¡Cuánto echaba de menos a su hermano en aquel momento! Él habría creído su historia acerca de las mazmorras, el gordo de la barba amarilla y el mago del casco de acero.

—Mi hija tiende a olvidar sus modales —dijo Eddard Stark, con una sonrisa que suavizaba las palabras—. Te ruego que la perdones, Yoren. ¿Te envía mi hermano Benjen?

—A mí no me envía nadie, mi señor, salvo el viejo Mormont. He venido a buscar hombres para el Muro, y en la audiencia con Robert me hincaré de rodillas y le suplicaré que nos ayude en estos momentos de necesidad; quizá el rey tenga algo de basura en las mazmorras y quiera librarse de ella. De todos modos, bien se podría decir que Benjen Stark es el motivo de esta conversación. Por sus venas corre sangre negra, así que lo considero tan hermano mío como vuestro. He venido por él. He cabalgado tanto que mi yegua ha acabado al borde de la muerte, pero he dejado bien atrás a los demás.

—¿Los demás?

—Mercenarios, jinetes libres, gentuza así —escupió Yoren—. Abarrotaban la posada, y vi que captaban el olor. El olor de la sangre, o el olor del oro, que al final son lo mismo. Pero no todos se dirigían a Desembarco del Rey. Algunos galopaban hacia Roca Casterly, que está más cerca. Podéis estar seguro de que lord Tywin ya habrá recibido la noticia.

—¿Qué noticia? —Su padre tenía el ceño fruncido.

—Una noticia que sería mejor transmitir en privado, mi señor —contestó Yoren mirando a Arya—. Disculpad mi atrevimiento.

—Como quieras. Desmond, acompaña a mi hija a sus habitaciones. —La besó en la frente—. Mañana terminaremos nuestra charla.

—No le habrá pasado nada malo a Jon, ¿verdad? —preguntó Arya a Yoren sin moverse—. Ni al tío Benjen.

—Bueno, de Stark no tengo noticias, pero el chico, Nieve, se encontraba bien cuando partí del Muro. Ellos no son los que me preocupan.

—Vamos, mi señora —dijo Desmond tomándola de la mano—. Ya habéis oído a vuestro señor padre.

A Arya no le quedó más remedio que ir con él. ¡Ojalá se hubiera tratado de Tom el Gordo! Con Tom no le habría costado nada hacerse la remolona junto a la puerta, con cualquier excusa, para oír lo que dijera Yoren. Pero Desmond era demasiado testarudo.

—¿Cuántos guardias tiene mi padre? —le preguntó mientras bajaba por las escaleras hacia su dormitorio.

—¿Aquí, en Desembarco del Rey? Cincuenta.

—Y no dejaréis que nadie lo mate, ¿verdad?

—Por eso no temáis, joven señora. —Desmond se echó a reír—. Lord Eddard está bien guardado, día y noche. No le sucederá nada malo.

—Los Lannister tienen más de cincuenta hombres —señaló Arya.

—Cierto, pero cada norteño vale por diez espadas sureñas, así que podéis dormir tranquila.

—¿Y si enviaran a un mago para matarlo?

—Bueno... —dijo Desmond mientras desenfundaba la espada—, si se le corta la cabeza a un mago, muere igual que cualquier otro hombre.

EDDARD

—Te lo suplico, Robert —rogó Ned—, piensa bien qué dices. ¡Hablas de asesinar a una niña!

—¡Esa puta está preñada! —El rey descargó un puñetazo que resonó como un trueno sobre la mesa del Consejo—. Te avisé, Ned, te dije qué iba a pasar. Te lo dije durante el viaje, pero no me hiciste caso. Pues ahí lo tienes. Los quiero ver muertos, a la madre y al bebé, y al imbécil de Viserys también. ¿Te ha quedado claro? ¡Los quiero ver muertos!

Los otros consejeros hacían lo posible por fingir que no se encontraban allí. Sin duda, eran más inteligentes que él. Pocas veces Eddard Stark se había sentido tan solo.

—Si lo haces, te deshonrarás para siempre.

—Pues que caiga la deshonra sobre mi cabeza, mientras mueran. No estoy tan ciego para no ver la sombra de un hacha cuando la tengo sobre el cuello.

—No hay hacha alguna —dijo Ned a su rey—. Si acaso, es la sombra de una sombra de hace veinte años.

—¿Si acaso? —preguntó Varys con voz suave, al tiempo que se frotaba las manos empolvadas—. Me tomáis por lo que no soy, mi señor. ¿Acaso presentaría yo una mentira al rey y al Consejo?

—Lo que nos presentáis, mi señor —dijo Ned dirigiendo una mirada gélida al eunuco—, son los chismorreos de un traidor que se encuentra a medio mundo de distancia. Puede que Mormont se equivoque. Puede que mienta.

—Ser Jorah no osaría engañarme —dijo Varys con una sonrisa taimada—. Podéis darlo por seguro, mi señor. La princesa está embarazada.

—Eso decís vos. Si os equivocáis, no hay nada que temer. Si la niña aborta, no hay nada que temer. Si da a luz una chiquilla en un lugar de un hijo, no hay nada que temer. Si el bebé muere en las primeras semanas, no hay nada que temer.

—Pero ¿y si es un varón? —insistió Robert—. ¿Y si vive?

—Aun así, el mar Angosto se seguiría interponiendo entre nosotros. Empezaré a temer a los dothrakis el día en que enseñen a sus caballos a cabalgar sobre las aguas.

El rey bebió un trago de vino, y miró airado a Ned desde el otro lado de la mesa del Consejo.

—Así que me recomiendas que no haga nada hasta que el engendro del dragón desembarque con su ejército en mis playas, ¿no?

—El «engendro del dragón» está en el vientre de su madre —dijo Ned—. Ni siquiera Aegon inició sus conquistas hasta después de que lo destetaran.

—¡Dioses! Eres testarudo como un uro, Stark. —El rey miró al resto de los consejeros—. Y a los demás, ¿qué os pasa?, ¿os habéis quedado mudos? ¿Es que nadie le va a meter un poco de sentido común en la cabeza a este idiota de barba helada?

Varys le dedicó al rey su sonrisa más zalamera, y puso una mano blanda en la manga de Ned.

—Entiendo vuestros escrúpulos, lord Eddard, os lo aseguro. No me satisface en absoluto traer ante el Consejo una noticia tan grave. Lo que estamos planeando es algo espantoso, repugnante. Pero los que dominan el mundo deben hacer a veces cosas así por el bien del reino... por mucho dolor que nos cause.

—A mí no me parece que sea tan complicado —dijo lord Renly encogiéndose de hombros—. Debimos matar a Viserys y a su hermana hace años, pero su alteza, mi querido hermano, cometió el error de hacerle caso a Jon Arryn.

—La misericordia no es nunca un error, lord Renly —replicó Ned—. En el Tridente, ser Barristan, aquí presente, mató a una docena de buenos hombres que eran amigos míos y de Robert. Cuando lo trajeron ante nosotros, malherido y al borde de la muerte, Roose Bolton quería que le cortáramos la cabeza, pero vuestro hermano dijo: «No mataré a un hombre por ser leal, ni por luchar bien», y envió a su maestre para que atendiera las heridas de ser Barristan. —Lanzó al rey una mirada larga y fría—. Ojalá estuviera aquí ese hombre.

—No es lo mismo —protestó Robert, y tuvo la decencia de sonrojarse—. Ser Barristan era un caballero de la Guardia Real.

—Mientras que Daenerys es una niña de catorce años. —Ned sabía que estaba yendo demasiado lejos, pero no podía guardar silencio—. ¿Para qué nos alzamos contra Aerys Targaryen, Robert, si no fue para poner fin al asesinato de niños?

—¡Para poner fin a los Targaryen! —rugió el rey.

—No sabía que tuvieras miedo de Rhaegar, alteza. —Ned intentó impedir que el desprecio se trasluciera en su voz, y no lo logró—. ¿Acaso los años te han quitado tanta hombría que ahora tiemblas ante la sombra de un niño nonato?

—Basta ya, Ned —le advirtió Robert, que se había puesto rojo como la grana, al tiempo que lo señalaba con un dedo—. Ni una palabra más. ¿Has olvidado quién es el rey?

—No, alteza —replicó Ned—. ¿Y tú?

—¡Basta! —rugió el rey—. Estoy harto de palabrería. Acabemos con este asunto antes de que acabéis conmigo. ¿Qué decís los demás?

—Hay que matarla —declaró lord Renly.

—No tenemos elección —murmuró Varys—. Es una pena, una pena...

—Hay honor en enfrentarse al enemigo en el campo de batalla, alteza —dijo ser Barristan Selmy, que había tenido la mirada clavada en la mesa, alzando los ojos azules—, pero no en asesinarlo cuando está en el vientre de su madre. Perdonadme, pero debo apoyar a lord Eddard.

—Mi orden sirve al reino, no al reinante —dijo el gran maestre Pycelle después de carraspear durante un rato que pareció interminable—. En el pasado fui consejero del rey Aerys, y desempeñé mi cargo con la misma lealtad con la que ahora sirvo al rey Robert. No tengo nada contra esa niña, pero pregunto una cosa: si la guerra estallara de nuevo, ¿cuántos soldados morirían? ¿Cuántas ciudades arderían? ¿Cuántos niños se verían arrancados de los brazos de sus madres y perecerían en las puntas de las lanzas? —Se acarició la espesa barba blanca con un gesto de tristeza infinita, de infinito desánimo—. ¿No es más sabio, más bondadoso incluso, que muera Daenerys Targaryen para que puedan vivir decenas de miles de personas?

—Más bondadoso —asintió Varys—. Bien dicho, gran maestre, bien dicho. Qué gran verdad. Si los dioses caprichosos concedieran un hijo varón a Daenerys Targaryen, el reino entero sangraría.

Meñique era el último. Ned lo miró, y lord Petyr fingió un bostezo.

—Cuando uno está en la cama con una mujer fea, lo mejor que puede hacer es cerrar los ojos y poner manos a la obra —declaró—. Aunque espere, la mujer no será bonita. Hay que besarla y terminar con el asunto.

—¿Besarla? —repitió ser Barristan, conmocionado.

—Con labios de acero —dijo Meñique.

—Ya lo has visto, Ned. —Robert se volvió para enfrentarse a él—. Selmy y tú os habéis quedado solos. Ya solo falta resolver una cuestión: ¿quién la matará?

—Mormont desea un perdón real más que ninguna otra cosa —les recordó lord Renly.

—Más que ninguna otra cosa —dijo Varys—, pero para disfrutarlo tendría que seguir con vida. A estas alturas, la princesa debe de estar cerca de Vaes Dothrak, donde desenfundar una hoja afilada significa la muerte. Si os contara lo que le harían los dothrakis al desgraciado que se atreviera a esgrimir un arma contra una *khaleesi,* no dormiríais esta noche. —Se acarició una mejilla empolvada—. En cambio, un veneno... las lágrimas de Lys, por ejemplo. Khal Drogo no tendría por qué saber que no se trató de una muerte natural.

Los ojos adormilados del gran maestre Pycelle se abrieron de golpe. Miró al eunuco con desconfianza.

—El veneno es arma de cobardes —protestó el rey.

—¿Envías a mercenarios a matar a una niña de catorce años y todavía hablas de honor? —Ned ya había oído demasiado. Empujó la silla hacia atrás y se levantó—. Hazlo tú en persona, Robert. El hombre que dicta la sentencia tendría que ser capaz de blandir la espada. Mírala a los ojos antes de matarla. Mira sus lágrimas, escucha sus últimas palabras. Es lo mínimo que le debes.

—Dioses —maldijo el rey; la palabra se le escapó como si no pudiera contener la ira—. Maldito seas, hablas en serio. —Cogió la frasca de vino que tenía junto al codo, descubrió que estaba vacía, y la estrelló contra la pared—. Se me han acabado el vino y la paciencia. Basta. Quiero que se haga, y ya está.

—No tomaré parte en un asesinato, Robert. Haz lo que quieras, pero no me pidas que le ponga mi sello.

Por un momento, Robert no pareció comprender lo que decía Ned. El desafío no era un plato al que estuviera acostumbrado. Poco a poco, a medida que se daba cuenta, se le demudó el rostro. Entrecerró los ojos, y el rubor le subió por el cuello, por encima del terciopelo de los ropajes. Señaló a Ned con un dedo.

—Eres la mano del rey, lord Stark. Harás lo que te ordene, o buscaré otra mano que cumpla mis órdenes.

—Y yo le desearé la mejor de las suertes. —Ned se quitó el pesado broche con que se cerraba la capa: era una ornamentada mano de plata, símbolo de su cargo. Lo dejó en la mesa, ante el rey, sin poder evitar la tristeza por el recuerdo del hombre que se lo había puesto, del amigo al que había querido—. Te creía mejor hombre, Robert. Pensé que habíamos puesto en el trono a un hombre más noble.

—Fuera —graznó Robert, atragantándose de ira; tenía el rostro lívido—. Fuera, maldito seas, no quiero saber nada más de ti. ¿A qué esperas? ¡Lárgate, vuelve a Invernalia! Y pase lo que pase, que no vuelva a verte, ¡o haré que claven tu cabeza en la punta de una estaca!

Ned hizo una reverencia y dio media vuelta sin decir ni una palabra más. Sentía los ojos de Robert clavados en la espalda. Cuando salió de la cámara del Consejo, el debate se reanudó casi de inmediato.

—En Braavos hay una sociedad que se denomina *los Hombres sin Rostro* —dijo el gran maestre Pycelle.

—¿Tenéis la menor idea de lo caros que son? —se quejó Meñique—. Por la mitad del precio que cobran se podría contratar un ejército de mercenarios, y eso si se les encarga matar a un mercader. No quiero ni pensar lo que cobrarán por una princesa.

La puerta se cerró a su espalda y silenció las voces. Ser Boros Blount montaba guardia ante la cámara, ataviado con la capa larga blanca y la armadura de la Guardia Real. Miró a Ned con curiosidad por el rabillo del ojo, pero no preguntó nada.

Cruzó el patio en dirección a la Torre de la Mano, con la sensación de que el calor del día era denso y opresivo. Presentía en el aire la amenaza de la lluvia. A Ned le habría gustado que lloviera. Tal vez lo ayudaría a sentirse un poco menos sucio. Al llegar a sus aposentos, hizo llamar a Vayon Poole. El mayordomo se presentó de inmediato.

—¿Me habéis llamado, mi señor?

—Ya no soy la mano del rey —replicó Ned—. El rey y yo hemos discutido. Volvemos a Invernalia.

—Empezaré con los preparativos inmediatamente, mi señor. Necesitaremos dos semanas para disponerlo todo para el viaje.

—Puede que no tengamos ni una semana. Puede que no tengamos ni un día. El rey ha hablado de clavar mi cabeza en una pica.

Frunció el ceño. No creía en realidad que el rey fuera a hacerle daño. No, Robert no. En aquel momento estaba furioso, pero en cuanto perdiera a Ned de vista, la ira se desvanecería, como le sucedía siempre.

¿Siempre? De pronto, con cierta incomodidad, recordó a Rhaegar Targaryen. Llevaba quince años muerto, pero Robert lo odiaba tanto como antes. Era una idea perturbadora... y también estaba el otro tema, el asunto de Catelyn y el enano, acerca del que Yoren lo había advertido la noche anterior. Sin duda, aquello saldría pronto a la luz, y el rey estaba hecho una furia... A Robert no le importaba lo más mínimo Tyrion Lannister, pero se sentiría herido en el orgullo, y nadie sabía lo que haría la reina.

—Lo mejor sería que yo fuera por delante —le dijo a Poole—. Me llevaré a mis hijas y a unos cuantos guardias. Los demás nos seguiréis en cuanto estéis preparados. Informa a Jory, pero no se lo digas a nadie más, y no hagas nada hasta que me marche con las niñas. Este castillo está lleno de ojos y oídos, y prefiero que nadie conozca mis planes.

—Como ordenéis, mi señor.

Cuando hubo salido, Eddard Stark se sentó junto a la ventana, pensativo. Robert no le había dejado otra salida. Casi debería darle las gracias. Quería volver a Invernalia. Nunca tendría que haberse marchado. Sus hijos lo aguardaban allí. Quizá Catelyn y él pudieran tener otro; aún no eran tan mayores. Y en los últimos días se había descubierto a menudo soñando con la nieve, con el silencio profundo del bosque de los Lobos en la noche.

Y, aun así, la idea de marcharse lo enfurecía. Quedaba tanto por hacer... Robert y su Consejo de cobardes y aduladores dejarían el reino en la ruina si no hacía nada. O peor aún, se lo venderían a los Lannister para pagar deudas. Y seguía sin saber la verdad sobre la muerte de Jon Arryn. Sí, había descubierto algunos fragmentos, suficientes para convencerse de que había sido asesinado, pero no eran más que el rastro de un animal en el bosque. Aún no había divisado a la bestia, aunque presentía que estaba allí, oculta, acechante, traicionera.

De repente se le ocurrió que debería regresar a Invernalia por mar. No tenía alma de marino, y en otras circunstancias habría preferido el camino Real, pero si viajaba en barco podría detenerse en Rocadragón y hablar con Stannis Baratheon. Pycelle había enviado un cuervo con una carta muy cortés de Ned, en la que pedía a lord Stannis que volviera a ocupar su asiento en el Consejo Privado. Pero no había llegado ninguna respuesta, y el silencio no hacía más que acentuar su desconfianza. Estaba seguro de que lord Stannis conocía también el secreto por el que había muerto Jon Arryn. Con toda probabilidad, la verdad que buscaba lo estaría esperando en la antigua isla fortaleza de la casa Targaryen.

«Y cuando la sepas, ¿qué? Hay secretos que es mejor desconocer. Hay secretos demasiado peligrosos para compartirlos, incluso con aquellos a quienes se ama y en los que se confía.» Ned se enfundó el puñal que le había llevado Catelyn. El cuchillo del Gnomo. ¿Por qué habría querido el Gnomo matar a Bran? Para silenciarlo, de aquello no cabía duda. ¿Otro secreto, o una hebra diferente de la misma madeja?

¿Estaría involucrado Robert? Jamás lo habría creído, pero tampoco habría creído que fuera capaz de ordenar el asesinato de mujeres y niños. Catelyn había intentado avisarlo. «Conocías al hombre; al rey no lo conoces de nada.» Cuanto antes se fuera de Desembarco del Rey, mejor. Si al día siguiente partía algún barco rumbo al norte, viajaría en él.

Hizo llamar de nuevo a Vayon Poole, y lo envió a los muelles para hacer indagaciones, con discreción pero con premura.

—Consígueme el barco más veloz con el capitán más experto —le dijo al mayordomo—. No me importa el tamaño de los camarotes, ni la calidad de las instalaciones, mientras sea veloz y seguro. Quiero partir cuanto antes.

Tan pronto hubo salido Poole, Tomard le anunció una visita.

—Lord Baelish solicita veros, mi señor.

Ned estuvo tentado de rechazarlo, pero se lo pensó mejor. Todavía no era libre. Hasta que lo fuera, debía seguir jugando según sus reglas.

—Hazlo pasar, Tom.

Lord Petyr entró en la habitación como si aquella mañana no hubiera pasado nada. Lucía una casaca de terciopelo color crema y plata, capa de seda gris y su habitual sonrisa burlona.

Ned lo recibió con frialdad.

—¿Puedo preguntaros la razón de vuestra visita, lord Baelish?

—No os robaré mucho tiempo. He pasado de camino; voy a cenar con lady Tanda. Empanada de lamprea y cochinillo asado. Esa mujer tiene intención de casarme con su hija pequeña, así que en su mesa se come siempre como si fuera fiesta. La verdad, antes me casaría con el cochinillo, pero eso no se lo voy a decir. Me encanta la empanada de lamprea.

—No seré yo quien os aparte de vuestros peces carroñeros, mi señor —dijo Ned, con desdén gélido—. En estos momentos no se me ocurre nadie cuya compañía me resulte menos grata que la vuestra.

—Vamos, vamos, seguro que si lo intentáis de verdad se os ocurren unos cuantos nombres. Varys, por ejemplo. Cersei. O Robert. Su alteza está muy, muy furioso. Cuando os habéis marchado esta mañana, ha seguido dándole al tema un buen rato. Creo recordar que las palabras *insolente* e *ingrato* se han pronunciado varias veces.

Ned se negó a honrarlo con una respuesta. Tampoco ofreció un asiento a su invitado, pero, de todos modos, Meñique se sentó.

—Después de que salierais con tanta precipitación de la sala, me he visto obligado a convencerlos para que no contrataran a los Hombres sin Rostro —siguió, despreocupado—. En lugar de eso, Varys hará correr discretamente el rumor de que el que liquide a la Targaryen será nombrado lord.

—Así que ahora concedemos títulos a los asesinos —dijo Ned, asqueado.

—Los títulos salen baratos. —Meñique se encogió de hombros—. Los Hombres sin Rostro son caros. Seamos sinceros: yo he hecho más por esa chica que vos, con todo vuestro blablablá sobre el honor. Si un mercenario borracho con ansias de grandeza intenta matarla, probablemente hará una chapuza, y después los dothrakis estarán en guardia. Si hubiéramos enviado a los Hombres sin Rostro, ya podríais darla por muerta.

—Os sentáis en el Consejo —dijo Ned con el ceño fruncido—, habláis de mujeres feas y labios de acero, ¿y esperáis que crea que intentabais proteger a la niña? ¿Acaso pensáis que soy idiota?

—La verdad, sí —dijo Meñique con una carcajada.

—¿El asesinato os parece gracioso, lord Baelish?

—No me río del asesinato, sino de vos, lord Stark. Vuestra actitud es la de un hombre que bailara sobre hielo frágil. Creo firmemente que caeréis con un chapuzón de lo más honorable. Me parece que esta mañana he oído el primer crujido.

—El primero y el último —replicó Ned—. Ya he tenido suficiente.

—¿Cuándo pensáis regresar a Invernalia, mi señor?

—En cuanto sea posible. ¿Acaso es asunto vuestro?

—No... Pero, si por casualidad aún estáis aquí cuando caiga la noche, me encantaría llevaros a ese burdel que vuestro criado Jory ha estado buscando con tan poco éxito. —Meñique sonrió—. Y no se lo diré a lady Catelyn.

CATELYN

—Deberíais habernos anunciado vuestra llegada, mi señora —dijo ser Donnel Waynwood mientras los caballos ascendían por el paso—. Os habríamos enviado una escolta. El camino alto ya no es tan seguro como en otros tiempos, y menos para un grupo tan pequeño como el vuestro.

—Lo hemos descubierto a un alto precio, ser Donnel —respondió Catelyn. A veces tenía la sensación de que su corazón se había trocado en piedra. Para ayudarla a llegar hasta allí habían muerto seis hombres, seis valientes, y no había tenido lágrimas para llorarlos. Hasta empezaba a olvidar sus nombres—. Los clanes nos han acosado día y noche. Perdimos tres hombres en el primer ataque y dos más en el segundo, y el criado de Lannister murió de fiebres cuando se le infectaron las heridas. Al oír llegar a vuestros hombres nos hemos dado por muertos.

Se habían preparado para una última pelea desesperada, con la espalda contra las rocas y las armas en las manos. El enano estaba afilando el hacha y hacía algún comentario jocoso cuando Bronn divisó el estandarte de los jinetes: la luna y el halcón de la casa Arryn, azul celeste y blanco. Catelyn no había visto nada tan hermoso en su vida.

—Desde que murió lord Jon, los clanes son cada vez más osados —dijo ser Donnel. Era un joven de veinte años rechoncho, poco agraciado, vehemente, con nariz ancha y una mata espesa de pelo castaño—. Si de mí dependiera, iría a las montañas con cien hombres, los sacaría de sus escondrijos y les daría una buena lección, pero vuestra hermana lo ha prohibido. Ni siquiera permite que sus caballeros participen en el torneo de la mano. Quiere que todos sus hombres estén cerca, para defender el Valle... aunque nadie sabe de qué hay que defenderlo. Hay quien piensa que de las sombras. —La miró con ansiedad, como si acabara de recordar quién era su interlocutora—. Espero no haber hablado demasiado, mi señora. No era mi intención ofenderos.

—La sinceridad no puede ofenderme, ser Donnel. —Catelyn sabía de qué tenía miedo su hermana. De las sombras no; de los Lannister, pensó al tiempo que lanzaba una mirada hacia el enano que cabalgaba junto a Bronn. Aquellos dos se habían unido mucho desde la muerte de Chiggen. El hombrecillo era demasiado astuto para su gusto. Al llegar a las montañas era su prisionero, iba atado e impotente. ¿Y en aquel momento? Seguía siendo su prisionero, pero cabalgaba junto a ellos con un puñal en el cinturón y un hacha colgada de la silla de montar, vestía la capa de gatosombra que le había ganado al bardo a los dados, y la cota de malla que había tomado del cadáver de Chiggen. Cuarenta hombres escoltaban al enano y al resto del desastrado grupo; eran caballeros y soldados al servicio de su hermana Lysa y del hijito de Jon Arryn, pero Tyrion no daba la menor muestra de temor. Catelyn se preguntó, y no por primera vez, si se habría equivocado. Quizá fuera inocente de lo de Bran, de lo de Jon Arryn, de todo lo demás. Y, entonces, ¿en qué lugar quedaba ella? Seis hombres habían muerto para llevar al enano hasta allí. Dejó de lado sus dudas con resolución.

—Cuando lleguemos a vuestra fortaleza, os ruego que hagáis llamar enseguida al maestre Colemon. Las heridas de Ser Rodrik le han provocado fiebre.

En más de una ocasión había temido que el anciano caballero no sobreviviera al viaje. Al final apenas si se mantenía sobre la silla, y Bronn había intentado que lo abandonaran a su suerte, pero Catelyn se negó en redondo. De modo que lo ataron a la silla, y ordenó al bardo Marillion que velara por él.

—Lady Lysa ha ordenado que el maestre no salga bajo ningún concepto del Nido de Águilas —respondió ser Donnel después de titubear un instante—; tiene que cuidar de lord Robert. Pero en la puerta hay un septón que cuida de los heridos. Puede echar un vistazo a las heridas de vuestro hombre.

Catelyn tenía más fe en los conocimientos de un maestre que en las plegarias de un septón. Estaba a punto de decirlo cuando divisó las almenas a lo lejos, largos parapetos edificados en la roca misma de las montañas. Allá donde el paso se estrechaba hasta convertirse en un desfiladero por el que apenas cabían cuatro hombres a caballo, las laderas rocosas estaban coronadas por dos torres gemelas, unidas por un puente cubierto de gastada piedra gris que formaba un arco sobre el camino. Rostros silenciosos los observaban desde las bayoneteras de las torres, los parapetos y el puente. Un caballero salió a recibirlos cuando ya estaban casi en la cima. Tanto el caballo como la armadura eran grises, pero lucía la capa azul y roja de Aguasdulces, con un broche de oro y obsidiana en forma de pez negro.

—¿Quién quiere cruzar la Puerta de la Sangre? —declamó.

—Ser Donnel Waynwood, con lady Catelyn Stark y sus acompañantes —respondió el joven caballero.

—El rostro de la dama me resultaba familiar —dijo el Caballero de la Puerta alzándose el visor—. Estás muy lejos del hogar, pequeña Cat.

—Tú también, tío —respondió ella con una sonrisa, pese a todos los sufrimientos de los días anteriores. Aquella voz ronca y gentil la hacía retroceder veinte años, a los días de su infancia.

—Mi hogar está a mi espalda —refunfuñó él.

—Tu hogar está en mi corazón —le dijo Catelyn—. Quítate el yelmo. Quiero verte la cara otra vez.

—Me temo que no ha mejorado con el paso de los años —dijo Brynden Tully.

Pero hizo como le había pedido, y Catelyn vio que había mentido. Tenía el rostro arrugado y curtido; el tiempo le había quitado el rojo del cabello y se lo había tornado blanco, pero su sonrisa era la de siempre, al igual que las cejas pobladas, gruesas como orugas, y la risa que bailaba en sus ojos color azul oscuro.

—¿Sabía Lysa que ibas a venir?

—No tuve tiempo de enviarle un mensaje —respondió Catelyn. El resto del grupo se acercaba—. Me temo que somos los predecesores de la tormenta, tío.

—¿Entramos en el Valle? —preguntó ser Donnel. Los Waynwood eran dados a las ceremonias.

—En nombre de Robert Arryn —proclamó ser Brynden—, señor del Nido de Águilas, defensor del Valle, Verdadero Guardián del Oriente, os ruego que entréis con libertad y defendáis su paz. Pasad.

Y así, entraron a caballo tras él, bajo la sombra de la Puerta de la Sangre, contra la que se había estrellado una docena de ejércitos en la Edad de los Héroes. Al otro lado de las edificaciones, la montaña se abría a un paisaje impresionante de prados verdes, cielos azules y montañas nevadas: el Valle de Arryn, bañado por la luz de la mañana.

Se extendía hacia las nieblas de oriente: plácidas tierras, negras y fértiles, con ríos anchos de aguas tranquilas y cientos de lagos que brillaban al sol como espejos, protegidos por picos escarpados. En los campos crecían trigo, maíz y cebada, y ni en Altojardín eran más grandes las calabazas ni más dulces las frutas. Se encontraban en el extremo occidental del valle, donde el camino alto llegaba al último paso y empezaba a descender hacia las tierras fértiles, media legua más abajo. Allí, el Valle era estrecho; apenas habría costado más de medio día cruzarlo a caballo, y las montañas del norte parecían tan cercanas que Catelyn casi podía tocarlas con los dedos. Por encima de todas destacaba el pico al que llamaban Lanza del Gigante, una cumbre a la que el resto de las cumbres miraba desde abajo, con la cima perdida entre las nieblas gélidas, a más de una legua de las tierras de la cuenca. Por la inmensa vertiente occidental discurría el arroyo fantasma denominado Lágrimas de Alyssa. Pese a la distancia, Catelyn alcanzaba a distinguir la hebra de plata brillante sobre la piedra oscura.

Al ver que se había detenido, su tío se acercó a ella y señaló con el dedo.

—Es allí, junto a las Lágrimas de Alyssa. Desde aquí solo se ve un destello blanco de cuando en cuando, y eso si se presta atención y el sol cae en la posición correcta.

«Siete torres —le había dicho Ned—, siete torres como siete dagas clavadas en el vientre del cielo, tan altas que, si subes a las almenas, ves las nubes desde arriba.»

—¿A qué distancia a caballo? —preguntó.

—Podemos llegar al pie de la montaña antes del ocaso —dijo el tío Brynden—, pero tardaremos un día más en el ascenso.

—Mi señora —intervino ser Rodrik Cassel, tras ellos—. Me temo que hoy ya no puedo seguir. —Bajo los bigotes que habían vuelto a crecerle tenía el rostro crispado y ceniciento. Parecía tan agotado que Catelyn temió que se cayera del caballo.

—Ni tenéis por qué —dijo—. Habéis hecho todo lo que se podía pedir de vos y cien veces más. Mi tío me escoltará el resto del camino hasta el Nido de Águilas. Lannister vendrá conmigo, pero los demás podéis quedaros aquí para recuperar las fuerzas.

—Será un honor para nosotros considerarlos nuestros invitados —dijo ser Donnel, con la cortesía solemne de los jóvenes.

Del grupo que había emprendido el viaje con ella en la posada de la encrucijada solo quedaban Bronn, ser Willis Wode y Marillion el bardo, aparte de ser Rodrik.

—Mi señora —dijo Marillion adelantando su montura—, os ruego que me permitáis acompañaros al Nido de Águilas, para presenciar el final de esta historia igual que presencié su comienzo. —El muchacho parecía agotado y macilento, pero con una extraña determinación. En los ojos tenía un brillo febril.

Catelyn no le había pedido al bardo que cabalgara con ellos; era una decisión que el muchacho había tomado por su cuenta. Era inexplicable que hubiera sobrevivido, mientras tantos hombres más valientes habían quedado en el camino, muertos y sin enterrar. Pero allí estaba, y con un atisbo de barba que lo hacía parecer casi un hombre. Quizá le debiera algo por haber llegado hasta aquel punto.

—Muy bien —le dijo.

—Yo también iré —anunció Bronn.

Aquello ya le gustaba menos. Sabía que, sin la ayuda de Bronn, jamás habría llegado al Valle: el mercenario era uno de los guerreros más fieros que había visto jamás, y con los golpes de su espada había abierto el camino hacia la salvación. Pero tenía algo que disgustaba profundamente a Catelyn. Era valiente, sin duda, y también fuerte, pero no había en él una pizca de bondad ni de lealtad. Y lo había visto demasiado a menudo cabalgando junto a Lannister, con quien hablaba en voz baja, y juntos reían sus bromas privadas. Habría preferido separarlo del enano en aquel mismo instante, pero ya había accedido a que Marillion los acompañara hasta el Nido de Águilas, así que no encontraba ninguna manera elegante de negarle a Bronn el mismo derecho.

—Como desees —dijo, aunque se daba cuenta de que él no había pedido permiso.

Ser Willis Wode se quedó con ser Rodrik mientras un septón de voz suave le curaba las heridas. Sus caballos, aquellas pobres bestias agotadas, también quedaron atrás. Ser Donnel prometió enviar pájaros al Nido de Águilas y a las Puertas de la Luna para avisar de su llegada. Les entregaron caballos descansados, animales de patas firmes y crines hirsutas, y antes de que transcurriera una hora ya habían vuelto a emprender la marcha. Durante el descenso hacia la cuenca del Valle, Catelyn cabalgó junto a su tío. Los seguían Bronn, Tyrion Lannister, Marillion y seis hombres de Brynden.

Hasta que hubieron realizado un tercio del descenso, y estuvieron fuera del alcance del oído de los demás, Brynden Tully no se volvió hacia ella para hablarle.

—Bien, niña. Cuéntame a qué viene tanto revuelo.

—Hace muchos años que no soy una niña, tío —replicó Catelyn. Pero, de todos modos, se lo contó. Tardó mucho más de lo que había pensado en relatar toda la historia: la carta de Lysa, la caída de Bran, el puñal del asesino, Meñique y el encuentro fortuito con Tyrion Lannister en la posada de la encrucijada.

Su tío la escuchó en silencio. A medida que avanzaba el relato, se le acentuaba el ceño, y las espesas cejas le ensombrecían más y más los ojos. Brynden Tully siempre había sabido escuchar... a cualquiera excepto al padre de Catelyn. Era el hermano de lord Hoster, cinco años más joven, pero ambos estaban enfrentados desde que Catelyn tenía uso de razón. Cuando tenía ocho años oyó como lord Hoster, en una de sus encarnizadas discusiones, gritaba que Brynden era «la oveja negra de los Tully». Brynden se había echado a reír, y había señalado que, ya que el emblema de la casa era una trucha saltando en el río, él sería más bien un pez negro, no una oveja negra. Desde entonces había hecho del pez negro su emblema personal.

La guerra no terminó hasta el día en que Lysa y ella contrajeron matrimonio. Durante el festín de bodas, Brynden le dijo a su hermano que se marchaba de Aguasdulces para servir a Lysa y a su esposo, el señor del Nido de Águilas. Desde entonces, lord Hoster no volvió a pronunciar el nombre de su hermano, al menos por lo que Edmure le contaba en sus escasas cartas.

Y pese a todo, durante los años de la infancia de Catelyn, era a Brynden el Pez Negro a quien acudían los niños con sus llantos y sus cuitas, cuando su padre estaba demasiado ocupado, y su madre, demasiado enferma. Catelyn, Lysa, Edmure... y sí, hasta Petyr Baelish, el pupilo de su padre. Él los había escuchado a todos con paciencia, igual que en aquel momento la escuchaba a ella, se reía con sus triunfos y los consolaba en sus infortunios infantiles.

Cuando acabó el relato, su tío se quedó en silencio un buen rato mientras los caballos avanzaban por la pendiente rocosa del sendero.

—Hay que contárselo a tu padre —dijo al final—. Si los Lannister atacan, Invernalia está lejos, y el Valle, bien protegido tras las montañas, pero Aguasdulces está en su camino.

—Ese era mi temor —admitió Catelyn—. En cuanto lleguemos al Nido de Águilas pediré al maestre Colemon que envíe un pájaro. —No era el único mensaje que tenía que enviar. Ned le había encargado que transmitiera órdenes a sus vasallos para que aprestasen las defensas del norte—. ¿Cómo están los ánimos por el Valle? —preguntó.

—Impera la ira —suspiró Brynden Tully—. Lord Jon era muy querido, y cuando el rey le concedió a Jaime Lannister un cargo que los Arryn llevaban trescientos años ostentando, el insulto fue doloroso. Lysa nos ha dado orden de que llamemos a su hijo el «verdadero» Guardián del Oriente, pero no engaña a nadie. Y tu hermana no es la única que tiene dudas sobre la muerte de la mano. Nadie osa decir abiertamente que Jon fue asesinado, pero la sospecha proyecta sombras muy largas. —Miró a Catelyn con los labios apretados—. Y también está el muchacho.

—¿El muchacho? ¿Qué le pasa? —Agachó la cabeza al pasar bajo una roca saliente, traicionera, en una curva cerrada.

—Lord Robert —suspiró su tío con tono preocupado—. Tiene seis años, es enfermizo y llora en cuanto le quitan los muñecos. Los dioses saben que es el heredero de Jon Arryn, pero hay quien piensa que es demasiado débil para ocupar el lugar de su padre. Nestor Royce lleva catorce años como mayordomo jefe; ocupó ese puesto todo el tiempo que lord Jon pasó en Desembarco del Rey al servicio de Robert, y muchos creen que debería seguir en él hasta la mayoría de edad del niño. Otros opinan que Lysa debería casarse de nuevo, lo antes posible. Los pretendientes revolotean en torno a ella como cuervos en un campo de batalla. El Nido de Águilas está a rebosar de hombres que aspiran a su mano.

—Era de esperar —respondió Catelyn. No tenía nada de extraño; Lysa era todavía joven, y el reino de la Montaña y el Valle era una dote de bodas excepcional—. ¿Volverá a casarse Lysa?

—Ella dice que sí, cuando encuentre al hombre adecuado —respondió Brynden Tully—. Pero ya ha rechazado a lord Nestor y a otra docena de hombres más que aceptables. Lysa jura que esta vez será ella quien elija a su señor esposo.

—Tú eres el que menos debería reprochárselo.

—Y no se lo reprocho, pero... —Ser Brynden dejó escapar un bufido—. Tengo la sensación de que no hace más que jugar a los cortejos. Disfruta con el galanteo, pero creo que tu hermana tiene intención de gobernar hasta que el niño tenga edad para ser el señor del Nido de Águilas. Tanto de nombre como de hecho.

—Una mujer puede gobernar igual que un hombre —señaló Catelyn.

—La mujer adecuada, sin duda. —Su tío la miró de reojo—. Pero no te llames a engaño, Cat. Tu hermana no es como tú. —Titubeó un instante—. Si quieres que te diga la verdad, temo que no encuentres en ella... la ayuda que esperas.

—¿Qué quieres decir? —Aquello la había desconcertado.

—La Lysa que regresó de Desembarco del Rey no es la misma muchacha que viajó al sur cuando nombraron mano a su esposo. Fueron años muy duros para ella. Sin duda lo sabes. Lord Arryn cumplía con sus deberes como marido, pero su matrimonio no surgió de la pasión, sino de la política.

—Igual que el mío.

—Ambas empezasteis de la misma manera, pero tu final ha sido más feliz que el de tu hermana. Dos bebés que nacieron muertos, otros tantos abortos, la muerte de lord Arryn... Los dioses solo concedieron un hijo a Lysa, Catelyn, y ese pobre chiquillo es todo lo que le queda a tu hermana. Tiene miedo, niña, sobre todo de los Lannister. Escapó de la Fortaleza Roja como un ladrón en la noche, llegó huyendo al Valle, todo para arrancar a su hijo de las fauces del león. Y ahora, tú has traído el león hasta sus puertas.

—Encadenado —replicó Catelyn. A su derecha se abría un precipicio insondable y oscuro. Tiró de las riendas de su caballo y prosiguió el descenso con cautela.

—¿De verdad? —Su tío echó un vistazo hacia atrás, a Tyrion Lannister, que descendía por el camino con iguales precauciones—. Lleva un hacha colgada de la silla, un puñal en el cinturón y un mercenario que lo sigue como una sombra hambrienta. ¿Dónde están las cadenas, pequeña?

—Está aquí, y no por decisión propia. —Catelyn, incómoda, cambió de postura en la silla—. Encadenado o no, es mi prisionero. Lysa deseará tanto como yo que pague por sus crímenes. Fue a su esposo a quien asesinaron los Lannister; fue su carta la que nos puso en guardia contra ellos.

Brynden el Pez Negro le dedicó una sonrisa desganada.

—Ojalá tengas razón, niña —suspiró con un tono que indicaba que estaba equivocada.

El sol estaba ya muy al oeste cuando la ladera empezó a convertirse en llanura bajo los cascos de los caballos. El camino se hizo más ancho y recto, y Catelyn vio por primera vez hierba y flores. Cuando llegaron a la cuenca del valle pudieron avanzar más deprisa. Pasaron junto a bosques frondosos y pueblecillos adormilados; bordearon huertos y campos dorados de trigo; cruzaron una docena de arroyuelos bañados por la luz del sol poniente. Su tío envió por delante un portaestandarte con los emblemas de la luna y el halcón, de la casa Arryn, y bajo él, su pez negro. Los carros de los granjeros, los carromatos de los mercaderes y los jinetes de las casas menores se apartaban a un lado para dejarles paso.

Pese a todo, era ya noche cerrada cuando llegaron al castillo que se alzaba al pie de la Lanza del Gigante. En sus baluartes brillaban las antorchas, y la luna se reflejaba en las aguas oscuras del foso. El puente levadizo estaba ya alzado, y el rastrillo, bajado, pero Catelyn vio luces encendidas en el puesto de guardia. También se derramaba luz de las ventanas de las torres interiores.

—Las Puertas de la Luna —dijo su tío mientras el grupo se detenía. El portaestandarte cabalgó hasta el borde del foso para llamar a los guardias—. Aquí vive lord Nestor. Nos estará esperando. Mira, arriba.

Catelyn alzó la vista, un largo trecho. Al principio lo único que divisó fueron piedras y árboles, la mole imponente de la gran montaña envuelta en la oscuridad, negra como una noche sin estrellas. Entonces advirtió el brillo de hogueras lejanas, muy por encima de ellos: era un torreón de vigilancia, edificado en la ladera de la montaña, con luces como ojos anaranjados que los observaban desde arriba. Por encima había otro torreón, aún más lejano, y un tercero que no era sino una chispa titilante en el cielo. Y por fin, en la cima, hasta donde solo se remontaban los halcones, un rayo blanco a la luz de la luna. Al contemplar las torres claras, tan altas y lejanas, sintió un vértigo tremendo.

—Es el Nido de Águilas —murmuró Marillion, asombrado.

—Por lo visto, a los Arryn no les gustan mucho las visitas —intervino la voz chillona del enano—. Si tenéis pensado que subamos en la oscuridad, casi prefiero que me matéis ahora mismo.

—Pasaremos la noche aquí; mañana iniciaremos el ascenso —le dijo Brynden.

—La impaciencia me consume —replicó el enano—. ¿Cómo vamos a subir? Nunca he montado a lomos de una cabra.

—En mulas —dijo Brynden con una sonrisa.

—Hay peldaños excavados en la montaña —dijo Catelyn. Ned se lo había contado al hablarle de los años que había pasado allí de joven, con Robert Baratheon y Jon Arryn. Su tío asintió.

—Ahora mismo está muy oscuro y no se ven, pero hay escalones. Son demasiado altos y estrechos para los caballos, pero en mula se puede recorrer casi todo el camino. Hay tres torreones de vigilancia: Piedra, Nieve y Cielo. Con las mulas llegaremos hasta Cielo.

—¿Y luego? —Tyrion Lannister miró hacia arriba, dubitativo.

—Luego, el camino se vuelve demasiado empinado hasta para las mulas —contestó Brynden con una sonrisa—. Hay que recorrerlo a pie. O tal vez prefiráis ir en un cesto. El Nido de Águilas se encuentra en la ladera de la montaña, justo por encima de Cielo, y en los sótanos hay seis grúas enormes con cadenas de hierro largas, para subir las provisiones. Si mi señor de Lannister lo prefiere, puedo hacer que lo suban junto con el pan, la cerveza y las manzanas.

—Ni que fuera una calabaza —dijo el enano soltando una risotada—. Por desgracia, mi señor padre se sentiría muy ofendido si un Lannister acudiera al encuentro de su destino como si fuera un manojo de nabos. Si vosotros subís a pie, yo haré lo mismo. Los Lannister tenemos un poco de orgullo.

—¿Orgullo? —le espetó Catelyn. El tono burlón y tranquilo del enano la ponía furiosa—. Hay quien lo llamaría arrogancia. Arrogancia, codicia y ansia de poder.

—Mi hermano es arrogante, no cabe duda —replicó Tyrion Lannister—. Mi padre es la viva imagen de la codicia, y mi querida hermana Cersei ansía el poder con toda su alma. Yo, en cambio, soy inocente como un corderillo. —Sonrió—. ¿Queréis oír mi balido?

Antes de que tuviera ocasión de contestarle, el puente levadizo empezó a descender, y les llegó el sonido de las cadenas engrasadas que levantaban el rastrillo. Los soldados salieron con antorchas para alumbrar el camino, y su tío los guio para cruzar el foso. Lord Nestor Royce, mayordomo jefe del Valle y Guardián de las Puertas de la Luna, los esperaba en el patio, rodeado de sus caballeros, para darles la bienvenida.

—Lady Stark —dijo, con una reverencia. Era un hombre corpulento, de torso como un barril, y su inclinación resultó torpe y poco agraciada.

—Lord Nestor —dijo Catelyn mientras desmontaba ante él. No conocía a aquel hombre más que por su reputación; era primo de Yohn Bronce, de una rama inferior de la casa Royce, pero aun así era un hombre importante por derecho propio—. Ha sido un viaje largo y agotador. ¿Puedo suplicaros la hospitalidad de vuestro techo?

—Mi techo es vuestro, mi señora —replicó lord Nestor con voz áspera—. Pero vuestra hermana, lady Lysa, ha enviado un mensaje desde el Nido de Águilas. Quiere veros enseguida. El resto de vuestro grupo se alojará aquí, e iniciará el ascenso en cuanto amanezca.

—¿Qué tontería dices? —espetó a lord Nestor su tío mientras desmontaba. Brynden Tully no era hombre que midiera sus palabras—. ¿Ascender de noche, cuando ni siquiera hay luna llena? Hasta Lysa sabe que eso es jugarse el cuello.

—Las mulas conocen el camino, ser Brynden —intervino una muchacha flaca, de diecisiete o dieciocho años, dando un paso al frente junto a lord Nestor. Tenía el pelo oscuro, muy corto y lacio; llevaba ropas de montar de cuero y una cota ligera de malla. Hizo una reverencia a Catelyn, más elegante que la de su señor—. Os aseguro que no os pasará nada, mi señora. Para mí será un honor guiaros. He subido de noche cientos de veces. Mychel dice que mi padre debió de ser una cabra.

Su tono de voz era tan arrogante que Catelyn no pudo contener una sonrisa.

—¿Cuál es tu nombre, niña?

—Mya Piedra, para serviros, señora —respondió.

Aquello no le gustó, y tuvo que hacer un esfuerzo para mantener la sonrisa. *Piedra* era el nombre que se daba a los bastardos en el Valle, igual que *Nieve* en el norte y *Flores* en Altojardín. En cada uno de los Siete Reinos, la tradición imponía un apellido a los niños nacidos sin un padre que se lo diera. Catelyn no tenía nada en contra de aquella muchacha, pero de pronto no pudo evitar recordar al bastardo de Ned, en el Muro. Aquello la hizo sentir furiosa y culpable a la vez. Trató de pensar una respuesta.

Lord Nestor se encargó de llenar el silencio.

—Mya es una chica muy lista; si ella dice que os llevará sana y salva hasta lady Lysa, yo la creo. Jamás me ha fallado.

—En ese caso, Mya Piedra, me pongo en tus manos —dijo Catelyn—. Lord Nestor, os encomiendo que vigiléis bien a mi prisionero.

—Y yo os encomiendo que le deis al prisionero una copa de vino y un buen capón asado, antes de que se muera de hambre —intervino Lannister—. Tampoco estaría mal tener una mujer, pero me imagino que es pedir demasiado.

El mercenario Bronn soltó una carcajada. Lord Nestor hizo caso omiso de la burla.

—Como ordenéis, mi señora. —Fue entonces cuando se dignó mirar al enano—. Acompañad al señor de Lannister a una celda de la torre, y llevadle carne e hidromiel.

Catelyn se despidió de su tío y de los demás, y vio como se llevaban a Tyrion Lannister. Luego siguió a la bastarda por el castillo. Tenían dos mulas esperando en el patio superior; ya estaban ensilladas. Mya la ayudó a montar, mientras un guardia con capa color azul celeste abría una estrecha poterna. Al otro lado había un espeso bosque de pinos y abetos, y más allá, la montaña, semejante a un muro negro, pero allí estaban los escalones ascendentes, tallados en la roca.

—Hay personas que prefieren cerrar los ojos —dijo Mya, al tiempo que guiaba a las mulas por la puerta y hacia el bosque oscuro—. Si les da miedo o se marean, se agarran a las mulas con demasiada fuerza, y a ellas no les gusta.

—Soy una Tully, y contraje matrimonio con un Stark —dijo Catelyn—. No me asusto con facilidad. ¿No vas a encender una antorcha? —Los escalones estaban negros como un pozo sin fondo.

—Las antorchas solo sirven para deslumbrar —contestó la chica con una mueca—. En las noches despejadas como la de hoy, con la luna y las estrellas es más que suficiente. Mychel dice que tengo ojos de búho. —Montó a lomos de su mula y la espoleó para que iniciara el ascenso. La mula de Catelyn la siguió al instante. Los dos animales iban a un paso lento pero firme, que a ella no le desagradó en absoluto.

—Antes también has mencionado a Mychel —dijo.

—Es mi amado —explicó Mya—. Mychel Redfort. Ahora es escudero de ser Lyn Corbray. Nos casaremos en cuanto lo nombren caballero, el año que viene o el siguiente.

¡Cuánto se parecía aquella muchacha a Sansa, tan feliz e inocente, con aquellos sueños! Catelyn sonrió, pero con cierta tristeza. Los Redfort eran una de las familias más antiguas del Valle; por sus venas corría la sangre de los primeros hombres. Quizá fuera su amado, pero ningún Redfort se casaría con una bastarda. Su familia le concertaría un matrimonio más adecuado, con una Corbray, una Waynwood o una Royce, o quizá con la hija de alguna casa importante de fuera del Valle. Si Mychel Redfort se acostaba con aquella chica, sería sin matrimonio.

El ascenso era más sencillo de lo que Catelyn había osado soñar. Los árboles crecían muy juntos, se cerraban sobre el camino creando una techumbre de follaje que ocultaba la luna, así que era como si avanzaran por un túnel negro interminable. Pero las mulas eran seguras e incansables, y Mya parecía tener el don de la visión nocturna. Subieron por la ladera de la montaña, siguiendo los recovecos del sendero, tan cubierto de las agujas caídas de los pinos que los cascos de las mulas apenas hacían ruido contra la roca. El silencio era tranquilizador, y el vaivén suave de la montura mecía a Catelyn en la silla. Pronto tuvo que hacer un esfuerzo para mantenerse despierta. Puede que se adormilara un instante, porque de repente se encontró ante un inmenso portalón blindado.

—Piedra —anunció Mya alegremente al tiempo que desmontaba.

Los formidables muros de piedra estaban coronados por púas de hierro, y la pequeña fortaleza contaba con dos torrecillas en la cima. Mya pidió paso a gritos, y el portalón se abrió. Una vez dentro, el corpulento caballero al mando saludó a la muchacha por su nombre, y ofreció a las viajeras espetones de carne y cebollas asadas, recién salidos de las brasas. Hasta aquel momento, Catelyn no se había dado cuenta de lo hambrienta que estaba. Comió de pie, en medio del patio, mientras los mozos de cuadra cambiaban las sillas a mulas descansadas. Los jugos calientes de la carne le corrieron por la barbilla y le mancharon la capa, pero tenía demasiada hambre para que aquello le importara.

Pronto estuvo a lomos de otra mula, de nuevo bajo la luz de las estrellas. Le dio la sensación de que el segundo tramo del ascenso era más traicionero. El sendero era más empinado, los escalones estaban más desgastados, y a menudo encontraba zonas llenas de guijarros y piedras rotas. Mya tuvo que desmontar media docena de veces para apartar del sendero las rocas caídas.

—¡No querréis que la mula se rompa una pata en estos momentos! —dijo.

Catelyn no pudo por menos que darle la razón. Habían ganado altura de manera perceptible. Allí, los árboles eran más escasos y el viento soplaba con más fuerza, en ráfagas bruscas que le agitaban las ropas y le metían el pelo en los ojos. De cuando en cuando, los escalones parecían girar sobre sí mismos, y podía ver la mole de Piedra abajo, y más abajo aún, las Puertas de la Luna, cuyas antorchas brillaban apenas como velas.

Nieve era un fortín más pequeño que Piedra: constaba solo de una torre, una edificación de madera y un establo, todo oculto tras un muro bajo de roca sin argamasa. Pero su posición en la Lanza del Gigante permitía que desde allí se dominara toda la escalera de piedra, hasta el torreón de vigilancia inferior. Cualquier enemigo que intentara llegar al Nido de Águilas tendría que abrirse paso desde Piedra combatiendo peldaño a peldaño, mientras desde Nieve le llovían flechas y rocas. El comandante, un caballero joven y nervioso con el rostro picado de viruelas, les ofreció pan con queso y la posibilidad de calentarse ante la hoguera, pero Mya la rechazó.

—Tenemos que seguir adelante, mi señora —dijo—. Si os parece bien, claro. —Catelyn asintió. Una vez más, les proporcionaron mulas descansadas. La suya era blanca. Al verla, Mya sonrió—. Blanca es estupenda, mi señora. Pisa firme incluso sobre el hielo, pero deberéis tener cuidado. Si no le caéis bien, os dará una buena coz.

Por lo visto, a la mula blanca le cayó bien Catelyn, y gracias a los dioses no hubo coces. Tampoco había hielo, otro motivo para dar gracias.

—Mi madre dice que, hace cientos de años, la nieve empezaba aquí —le dijo Mya—. De aquí para arriba siempre estaba todo blanco, y el hielo no se derretía jamás. —Se encogió de hombros—. Yo nunca he visto nieve tan abajo, pero a lo mejor sí que la hubo en la antigüedad.

«¡Es tan joven...!», pensó Catelyn. Intentó recordar si ella había sido tan joven alguna vez. Aquella niña había vivido la mitad de su vida en verano, y no conocía otra cosa. Le habría gustado decirle que se acercaba el invierno. El lema acudió a sus labios; estuvo a punto de decirlo en voz alta. Quizá, al final, se estaba convirtiendo en una Stark.

Por encima de Nieve, el viento era un ser vivo, que aullaba en torno a ellas como un lobo en la pradera y cesaba bruscamente; casi parecía que quisiera tentarlas para que se confiaran. Allí, las estrellas brillaban más, y la luna en cuarto creciente se veía enorme en el cielo negro y despejado. A medida que avanzaban, Catelyn se dio cuenta de que era mejor mirar hacia arriba, y no hacia abajo. Los escalones estaban agrietados y rotos tras siglos de nieves y deshielos, y el paso de incontables mulas. Pese a la oscuridad, la altura hacía que viajara con el corazón encogido. Al llegar a un paso entre dos rocas altas, Mya desmontó.

—A partir de aquí es mejor llevar a las mulas por las riendas —dijo Mya—. El viento en esta zona casi da miedo, mi señora.

Catelyn, rígida, salió de entre las sombras y contempló el sendero que se alzaba ante ella: diez pasos de largo y poco más de uno de ancho, y con un precipicio a cada lado. El viento aullaba. Mya caminaba con paso ligero, y su mula la seguía tan tranquila como si estuvieran cruzando un patio. Luego le tocó a ella el turno. Pero en cuanto dio el primer paso se encontró en las fauces del terror más profundo. Sentía físicamente el vacío, los vastos abismos de aire a su alrededor. Se detuvo, temblorosa, incapaz de moverse. El viento seguía aullando, le agitaba la capa, intentaba tirarla por el borde. Catelyn trató de dar un paso atrás, pero allí estaba la mula. No podía retirarse. «Voy a morir aquí», pensó. El sudor frío le corría por la espalda.

—Lady Stark —la llamó Mya desde el otro lado. La joven parecía encontrarse a mil leguas de distancia—. ¿Os encontráis bien?

—No... no puedo seguir —dijo Catelyn Tully Stark tragándose lo que le quedaba de orgullo.

—Claro que podéis —dijo la chica bastarda—. ¡Mirad, si el camino es muy ancho!

—No quiero mirar. —Sentía como si el mundo girase a su alrededor como la peonza de un chiquillo... La montaña, el cielo, las mulas, todo. Catelyn cerró los ojos y trató de recuperar el aliento.

—Volveré a por vos —dijo Mya—. No os mováis, mi señora.

Catelyn no tenía la menor intención de moverse. Escuchó el aullido del viento y el roce del cuero contra la piedra. Pronto, Mya estuvo a su lado y la cogió por el brazo con amabilidad.

—Si queréis, no abráis los ojos. Soltad la cuerda, Blanca sabe cuidarse ella sola. Muy bien, mi señora. Ahora os guiaré, ya veréis qué fácil. Venga, un pasito. Moved el pie, eso es, muy bien, adelante. Ahora otro. Qué fácil. Incluso podríais correr. Otro más. Muy bien. —Y así, paso a paso, palmo a palmo, la muchacha bastarda guio a Catelyn, ciega y temblorosa, mientras la mula blanca las seguía plácidamente.

El puesto de vigilancia llamado Cielo no era más que un muro en forma de media luna, hecho de roca, sin argamasa, pero en aquel momento ni las torres de Valyria habrían sido más hermosas a los ojos de Catelyn Stark. Allí era donde empezaban las nieves. Las piedras erosionadas de Cielo estaban cubiertas de escarcha, y de las laderas pendían largas estalactitas de hielo.

Ya salía el sol por el este cuando Mya Piedra llamó a los guardias, que les abrieron la puerta. Tras los muros solo había rampas y un enorme montón de piedras de todos los tamaños. Iniciar una avalancha desde allí sería lo más sencillo del mundo. En la pared rocosa, frente a ellos, se abría un hueco.

—Los establos y los barracones están ahí dentro —dijo Mya—. El último tramo es por el interior de la montaña. Resulta un poco oscuro, pero al menos no hay viento. Las mulas solo llegan hasta aquí. Más allá es como una escalinata de piedra, muy empinada, pero se sube bien. En menos de una hora habremos llegado.

Catelyn alzó la vista. Justo sobre ella, claros a la luz del amanecer, se veían los cimientos del Nido de Águilas. Estaba a menos de trescientos pasos, y desde abajo parecía un pequeño panal blanco. Recordó lo que había dicho su tío sobre las grúas y los cestos.

—Los Lannister tendrán orgullo —dijo a Mya—, pero los Tully tenemos sentido común. Llevo cabalgando todo el día y toda la noche. Diles que bajen un cesto; subiré con los nabos.

El sol brillaba ya muy por encima de las montañas cuando Catelyn Stark llegó por fin al Nido de Águilas. Un hombre rechoncho de cabellos plateados, vestido con la capa azul celeste y el emblema de la luna y el halcón en el peto, la ayudó a salir del cesto. Era ser Vardis Egen, capitán de la guardia de Jon Arryn. Tras él se encontraba el maestre Colemon, delgado y nervioso, con poco cabello y demasiado cuello.

—Lady Stark —dijo ser Vardis—, el placer es tan grande como inesperado.

—Desde luego, mi señora —dijo el maestre Colemon con un gesto de asentimiento—. He mandado avisar a vuestra hermana. Dejó órdenes de que la despertaran en cuanto llegaseis.

—Espero que haya dormido bien esta noche —replicó Catelyn, con cierta ironía que pasó desapercibida.

La escoltaron desde la sala de la grúa por una escalera de caracol. El Nido de Águilas era un castillo pequeño para lo que era habitual en las grandes casas: siete torres esbeltas y blancas, muy juntas como flechas en un carcaj que colgara del hombro de la gran montaña. Allí no hacían falta establos, herrerías ni perreras, pero según Ned los graneros eran tan grandes como los de Invernalia, y en sus torres se podían alojar hasta quinientos hombres. De todos modos, a Catelyn le dio la sensación de que el castillo estaba desierto, y de que las salas de piedra blanca resonaban, vacías.

Lysa la aguardaba en sus habitaciones, todavía con las ropas de dormir. Llevaba la melena caoba suelta sobre los hombros desnudos y blancos. Una doncella le cepillaba el pelo, pero cuando entró Catelyn, su hermana se levantó sonriente.

—Cat —dijo—, oh, Cat, cuánto me alegro de verte. Mi hermana querida. —Cruzó la estancia y abrazó a Catelyn—. Ha pasado tanto tiempo... —murmuró Lysa sin soltarla—. Tanto, tanto tiempo...

Era cierto: habían sido cinco años, y cinco años muy crueles para Lysa, que le habían cobrado un alto precio. Tenía dos años menos que ella, pero parecía mayor. Era más baja que Catelyn; había engordado y tenía el rostro pálido e hinchado. Tenía los ojos azules de los Tully, pero los suyos eran de un color muy claro y acuoso, y siempre parecían inquietos. La boca pequeña se había congelado en una mueca malhumorada. Mientras la abrazaba, Catelyn recordó a la muchacha esbelta y de pechos erguidos que había estado a su lado aquel día, en el septo de Aguasdulces. ¡Qué hermosa era! ¡Cuántas esperanzas albergaba entonces! Lo único que quedaba de la belleza de su hermana era la espesa cascada de pelo castaño cobrizo, que le llegaba hasta la cintura.

—Tienes buen aspecto —mintió Catelyn—. Pero... pareces cansada.

—Cansada —dijo su hermana, apartándose de ella—. Sí. Oh, sí, mucho. —De repente pareció advertir la presencia de los demás: su doncella, el maestre Colemon y ser Vardis—. Podéis marcharos —les dijo—. Quiero hablar con mi hermana a solas.

Mantuvo la mano de su hermana entre las suyas mientras salían... y se la soltó en cuanto se cerró la puerta. Catelyn vio como le cambiaba el rostro. Fue como si el sol se ocultara tras una nube.

—¿Es que te has vuelto loca? —le espetó Lysa—. ¿Cómo te atreves a traerlo aquí, sin mi permiso, sin siquiera avisarme? ¿Cómo osas meternos en tus peleas con los Lannister...?

—¿Mis peleas? —Catelyn apenas daba crédito a lo que oía. En la chimenea ardía un buen fuego, pero en la voz de Lysa no había ni rastro de calidez—. Antes que mías fueron «tus» peleas, hermana. Fuiste tú quien me envió aquella maldita carta, me escribiste que los Lannister habían asesinado a tu marido.

—¡Para avisarte, para que no te acercaras a ellos! ¡Nunca quise un enfrentamiento! Dioses, Cat, ¿te das cuenta de qué has hecho?

—¿Madre? —dijo una vocecita aguda. Lysa dio la vuelta; la pesada bata le envolvió el cuerpo al girar. En la puerta estaba Robert Arryn, señor del Nido de Águilas. Llevaba en brazos un descolorido muñeco de trapo, y las miraba con sus enormes ojos. Era un chiquillo preocupantemente delgado, menudo para su edad, siempre enfermizo, y a veces le sobrevenían estremecimientos. Los maestres decían que padecía la enfermedad de los temblores—. He oído voces.

No era de extrañar, pensó Catelyn. Lysa había hablado casi a gritos. Pero, por la mirada de su hermana, supo que la consideraba culpable a ella.

—Esta es tu tía Catelyn, pequeñín. Mi hermana, lady Stark. ¿Te acuerdas de ella?

El niño la miró sin dar muestras de reconocerla.

—Creo que sí —dijo, parpadeando, aunque lo cierto era que apenas contaba con un año de vida la última vez que Catelyn lo viera.

—Ven con mamá, pequeñín —dijo Lysa mientras se sentaba cerca de la chimenea. Se estiró los pliegues de la túnica y le atusó el fino pelo castaño—. ¿A que es precioso? Y muy fuerte, no te creas lo que dicen por ahí. Jon lo sabía. Me lo dijo, me dijo: «La semilla es fuerte». Fueron sus últimas palabras. No paraba de nombrar a Robert, me agarró el brazo con tanta fuerza que me dejó marcas. «Díselo a todos, diles que la semilla es fuerte.» Se refería a su semilla. Quería que todos supieran que mi bebé iba a ser un niño muy bueno y muy fuerte.

—Lysa —dijo Catelyn—, si lo que crees de los Lannister es cierto, razón de más para que actuemos con presteza. Tenemos...

—Delante del rorro, no —replicó Lysa—. Tiene un temperamento muy delicado. ¿A que sí, pequeñín?

—El chico es el señor del Nido de Águilas y el Defensor del Valle —le recordó Catelyn—. Y no es momento para delicadezas. Ned cree que puede haber una guerra.

—¡Cállate! —le gritó Lysa—. Estás asustando al niño. —El pequeño Robert se volvió para mirar a Catelyn y empezó a temblar. El muñeco se le cayó de las manos, y se apretó contra su madre—. No tengas miedo, mi pequeñín —susurró Lysa—. Mamá está aquí, nadie te hará daño.

Se abrió la túnica y se sacó un pecho, blanco y pesado, con el pezón rojo. El niño lo aferró con ansiedad, enterró la cara en él y empezó a mamar. Lysa le acarició el pelo.

Catelyn se había quedado muda. «Es el hijo de Jon Arryn», pensó, incrédula. Recordó a su hijo, a Rickon, de apenas tres años; tenía la mitad de la edad que aquel niño, pero cinco veces más temperamento. No era de extrañar que los señores del Valle estuvieran preocupados. Por primera vez comprendió por qué había querido el rey apartar al niño de su madre y dejarlo como pupilo con los Lannister...

—Aquí estamos a salvo —dijo Lysa.

—No seas estúpida —dijo Catelyn, cada vez más furiosa. No sabía si Lysa se había dirigido al niño o a ella—. Nadie está a salvo. Si piensas que por que te hayas escondido aquí los Lannister se van a olvidar de ti, cometes un error.

—Aunque lograran cruzar las montañas con un ejército —replicó Lysa tapando la oreja del niño con una mano— y pasar por la Puerta de la Sangre, el Nido de Águilas es inexpugnable. Tú misma lo has podido comprobar. No hay enemigo que pueda llegar aquí arriba.

—No hay castillo inexpugnable. —Catelyn sintió deseos de abofetearla. Se dio cuenta de que su tío Brynden había intentado alertarla.

—Este, sí —insistió Lysa—. Todo el mundo lo dice. Solo tengo un problema: ¿qué voy a hacer con ese gnomo que me has traído?

—¿Es un hombre malo? —preguntó el señor del Nido de Águilas. El pecho de su madre se le escapó de la boca. El pezón estaba enrojecido y húmedo.

—Malo, muy malo —le dijo Lysa mientras se cubría—. Pero Mamá no dejará que le haga nada al pequeñín.

—Haz que vuele el hombre malo —pidió Robert, entusiasmado.

—Puede que sí —murmuró Lysa acariciándole el pelo—. Puede que sea eso lo que haga.

EDDARD

Se reunió con Meñique en la sala común del burdel. Estaba hablando cordialmente con una mujer alta y elegante, que lucía una túnica con plumas sobre una piel negra como el carbón. Junto a la chimenea, Heward jugaba a las prendas con una moza de busto generoso. Por lo visto, él había perdido ya el cinturón, la capa, la camisa y la bota derecha, mientras que ella se había tenido que desabotonar la camisola hasta la cintura. Jory Cassel se encontraba junto a una ventana por la que se deslizaba la lluvia. Tenía una sonrisa irónica en los labios, y se divertía observando cómo Heward daba la vuelta a las fichas.

Ned se detuvo al pie de las escaleras y se puso los guantes.

—Vámonos ya. He terminado con mi asunto.

—Como deseéis, mi señor —dijo Jory mientras Heward se ponía en pie y recogía a toda prisa sus cosas—. Ayudaré a Wyl a traer los caballos. —Se dirigió hacia la puerta.

Meñique se tomó todo el tiempo que quiso para despedirse. Besó la mano de la mujer negra, le susurró algún chiste que la hizo reír a carcajadas y caminó sin prisas hacia Ned.

—¿Vuestro asunto o el asunto de Robert? —preguntó en tono ligero—. Se dice que la mano sueña los sueños del rey, habla con la voz del rey y gobierna con la espada del rey. ¿Eso quiere decir que vos folláis con la...?

—Lord Baelish —lo interrumpió Ned—, suponéis demasiado. Os agradezco vuestra ayuda. Sin ella habríamos tardado años en dar con este burdel. Pero eso no quiere decir que vaya a tolerar semejantes groserías. Y ya no soy la mano del rey.

—El lobo huargo debe de ser una bestia muy quisquillosa —replicó Meñique con una mueca.

Del cielo negro y sin estrellas caía una lluvia cálida cuando se encaminaron hacia los establos. Ned se cubrió con la capucha de la capa. Jory le sacó el caballo. Lo seguía el joven Wyl, que guiaba con una mano la yegua de Meñique mientras con la otra se arreglaba el cinturón y los cordones del pantalón. Una prostituta descalza se asomó por la puerta del establo, entre risitas.

—¿Volvemos ahora al castillo, mi señor? —preguntó Jory. Ned asintió y montó. Meñique montó a su lado. Jory y los demás los siguieron.

—El establecimiento que dirige Chataya es exquisito —comentó Meñique—. He pensado comprarlo. Hoy en día, los burdeles son una inversión mucho más segura que los barcos. Las putas no suelen hundirse, y si las abordan los piratas, es previo pago de dinero contante y sonante.

Lord Petyr se rio de su chiste. Ned dejó que siguiera parloteando. Al cabo de un rato se calló, y siguieron cabalgando en silencio. Las calles de Desembarco del Rey estaban oscuras y desiertas. La lluvia había hecho que todo el mundo se pusiera a cubierto en el interior de las casas. Caía sobre la cabeza de Ned, cálida como la sangre e implacable como los remordimientos. Por el rostro le corrían gruesas gotas de agua.

—Robert jamás se quedará quieto en una cama —le había dicho Lyanna en Invernalia, en una noche ya muy lejana, cuando su padre la prometió con el joven señor de Bastión de Tormentas—. Me han dicho que ha tenido un bebé con una muchacha del Valle. —Ned había tenido el bebé en los brazos; no podía negarlo, ni tampoco quería mentir a su hermana, pero le aseguró que lo que hubiera hecho Robert antes del compromiso no importaba, que era un hombre bueno y que la amaba con todo su corazón. Ante aquello, Lyanna se limitó a sonreír y a añadir—: El amor es maravilloso, mi querido Ned, pero nada puede cambiar la naturaleza de un hombre.

La muchacha era tan joven que Ned no se había atrevido a preguntarle la edad. Sin duda, era virgen cuando conoció al rey. Los mejores burdeles siempre encontraban vírgenes para quien tuviera con qué pagarlas. Tenía el cabello rojo claro y una lluvia de pecas sobre la nariz. Cuando se sacó un pecho para amamantar al bebé, Ned vio que su busto estaba también cubierto de pecas.

—La he llamado Barra —dijo mientras la niña mamaba—. Se parece mucho a él, ¿verdad, mi señor? Tiene su misma nariz, y su pelo...

—Es verdad.

Eddard Stark había acariciado el pelo negro de la pequeña, lo sintió como seda entre sus dedos. Le parecía recordar que la primera hija de Robert había tenido aquel mismo cabello.

—Decidle lo que habéis visto, mi señor... si os place, claro está. Decidle lo bonita que es.

—Lo haré —le había prometido Ned.

Era su maldición. Robert juraba a las mujeres amor eterno y las olvidaba antes del ocaso, pero Ned Stark siempre cumplía sus promesas. Recordó las promesas que le había hecho a la moribunda Lyanna y el precio que había pagado por mantener su palabra.

—Decidle también que no he estado con ningún otro hombre. Os lo juro, mi señor, os lo juro por los dioses antiguos y por los nuevos. Chataya me dijo que tenía medio año libre por el bebé, y por si él volvía. Decidle que lo espero, por favor. No quiero joyas ni nada, solo a él. Fue muy bueno conmigo, de verdad.

«Bueno contigo», pensó Ned con rencor.

—Se lo diré, niña, y te prometo que Barra no pasará necesidades.

Y ella le había sonreído, con una sonrisa tan trémula y dulce que le partió el corazón. Mientras cabalgaba en la noche lluviosa, Ned veía ante sus ojos el rostro de Jon Nieve, tan parecido a él mismo cuando era joven. Si los dioses despreciaban a los bastardos, ¿por qué, pensó, por qué llenaban a los hombres de deseos tan incontrolables?

—Lord Baelish, ¿qué sabéis de los bastardos de Robert?

—Para empezar, que tiene más que vos.

—¿Cuántos?

—¿Qué más da? —contestó Meñique encogiéndose de hombros. Por los pliegues de su capa corrían reguerillos de agua—. Si alguien se acuesta con suficientes mujeres, unas cuantas le dejarán regalitos, y en ese sentido, su alteza no ha mostrado el menor recato. Sé que reconoció al chico de Bastión de Tormentas, el que engendró la noche de bodas de lord Stannis. No le quedó otro remedio: la madre era una Florent, prima de lady Selyse, una de las doncellas. Por lo que cuenta Renly, Robert se llevó a la chica al piso de arriba durante el festín, y rompió el lecho matrimonial mientras Stannis y su esposa todavía estaban bailando. Por lo visto, lord Stannis lo consideró una mancha en el honor de la casa de su esposa, así que cuando el bebé nació, se lo envió a Renly para que él se hiciera cargo. —Miró de reojo a Ned—. También se comenta que Robert tuvo mellizos con una criada de Roca Casterly hace tres años, cuando fue allí para asistir al torneo de lord Tywin. Cersei hizo matar a los bebés y vendió a la madre a un traficante de esclavos. Tan cerca de su casa... fue una afrenta excesiva para el honor de los Lannister.

Ned Stark hizo una mueca. Historias semejantes se contaban acerca de todo gran señor del reino. La parte de Cersei estaba dispuesto a creérsela..., pero ¿acaso lo permitiría el rey? El Robert que él había conocido no, jamás, pero el Robert que él había conocido nunca tuvo tanta destreza a la hora de cerrar los ojos para no ver lo que no le interesaba.

—¿Por qué empezó a mostrar Jon Arryn tanto interés de repente por los hijos ilegítimos del rey?

—Era la mano del rey. —El hombrecillo se encogió de hombros—. No me cabe duda de que Robert le encargó que velara por ellos, para que no les faltara nada.

—Tuvo que ser por algo más; de lo contrario, no lo habrían matado. —Ned estaba calado hasta los huesos y se le había helado el alma.

—Ya entiendo. —Meñique se sacudió la lluvia del pelo y soltó una carcajada—. Lord Arryn descubrió que su alteza había preñado a unas cuantas putas y verduleras, así que había que cerrarle la boca. No es de extrañar. Si un hombre con semejantes conocimientos hubiera vivido, ¿adónde iríamos a parar? Más tarde o más temprano empezaría a decir que el sol sale por el este, y cosas así.

Ned no supo qué responder y frunció el ceño. Por primera vez en muchos años volvió a pensar en Rhaegar Targaryen. Se preguntó si Rhaegar había sido aficionado a frecuentar burdeles. Tenía la sensación de que no.

La lluvia caía con más fuerza, se le metía en los ojos y tamborileaba contra el suelo. Por la colina bajaban auténticos ríos de agua negra.

—¡Mi señor! —exclamó Jory de repente. Su voz denotaba alarma, y de pronto la calle estuvo llena de soldados.

Ned divisó cotas de malla sobre cuero, guanteletes y canilleras, y yelmos de acero con leones dorados en la cresta. Las capas empapadas se les pegaban a la espalda. No le dio tiempo a contarlos, pero eran al menos diez, iban a pie, armados con espadas y lanzas de punta de hierro, y bloqueaban la calle.

—¡Atrás! —oyó gritar a Wyl.

Pero cuando dio la vuelta a su montura, había más soldados detrás para cortarles la retirada. La espada de Jory salió al momento de la vaina.

—¡Abrid paso o morid! —exclamó.

—Los lobos aúllan —comentó el líder. Ned vio que le corría la lluvia por el rostro—. Pero es una manada pequeña.

—¿Qué significa esto? —dijo Meñique mientras avanzaba con su caballo, paso a paso, con suma cautela—. Es la mano del rey.

—Era la mano del rey. —El barro amortiguaba el sonido de los cascos del semental bayo. La hilera de hombres se abrió para dejarle paso. El león de los Lannister rugía desafiante en su coraza dorada—. A decir verdad, ahora ya no sé qué es.

—Esto es una locura, Lannister —dijo Meñique—. Déjanos pasar. Nos esperan en el castillo. ¿Qué crees que haces?

—Sabe muy bien qué hace —dijo Ned con voz tranquila.

—Muy cierto —dijo Jaime Lannister con una sonrisa—. Busco a mi hermano. Os acordáis de mi hermano, ¿verdad, lord Stark? Estuvo con nosotros en Invernalia, no sé si caéis. Pelo rubio, ojos desemparejados, lengua afilada... Un tipo bajito...

—Lo recuerdo perfectamente —replicó Ned.

—Por lo visto ha tenido problemas por el camino. Mi señor padre se siente insultado. No tendréis idea de quién habrá maltratado a mi hermano, ¿verdad?

—Vuestro hermano ha sido detenido por orden mía, para responder por sus crímenes —dijo Ned Stark.

—Mis señores... —gimió Meñique, desalentado.

—Mostradme vuestro acero, lord Eddard —dijo ser Jaime desenvainando la espada mientras avanzaba—. Si es necesario os mataré como a Aerys, pero preferiría que murierais con una espada en la mano. —Lanzó a Meñique una mirada fría y despectiva—. Lord Baelish, apartaos si no queréis que caiga alguna mancha de sangre en esos ropajes tan caros.

—Iré a buscar a la Guardia de la Ciudad —prometió a Ned. A Meñique no le hacía falta que le insistieran.

La hilera de los Lannister se abrió para dejarle paso y volvió a cerrarse tras él. Meñique espoleó a la yegua y desapareció al doblar una esquina.

Los hombres de Ned habían desenvainado las espadas, pero eran tres contra veinte. Muchos ojos los espiaban desde las ventanas cercanas, pero nadie estaba dispuesto a intervenir. Su grupo iba a caballo, mientras que los Lannister, a excepción de Jaime, iban a pie. Si cargaban, podrían escapar, pero Eddard Stark consideró que había una táctica con más garantías de éxito.

—Si me matáis —advirtió al Matarreyes—, Catelyn no dudará en acabar con Tyrion.

Jaime Lannister puso contra el pecho de Ned la espada dorada que había derramado la sangre del último de los reyes dragón.

—¿De veras? ¿La noble Catelyn Tully de Aguasdulces asesinaría a un rehén? No, creo que no. —Suspiró—. Pero no pienso arriesgar la vida de mi hermano confiando en el honor de una mujer. —Jaime envainó la espada—. Así que dejaré que vayáis corriendo a contarle a Robert el susto que os he dado. ¿Creéis que le importará mucho? —Se echó hacia atrás con los dedos el pelo mojado e hizo dar media vuelta a su caballo. Cuando estuvo detrás de la línea de hombres, volvió la vista hacia el capitán—. Encárgate de que lord Stark regrese sano y salvo, Tregar.

—A vuestras órdenes, mi señor.

—Pero... Tampoco queremos que escape sin castigo, así que... —A pesar de la lluvia y la noche, Ned divisó la sonrisa blanca de Jaime—. Mata a sus hombres.

—¡No! —gritó Ned Stark al tiempo que desenvainaba la espada.

Jaime se alejaba ya por la calle cuando oyó gritar a Wyl. Los hombres armados cayeron sobre ellos. Ned arrolló a uno, lanzando golpes contra los fantasmas de capas rojas que se ponían ante él. Jory Cassel espoleó su montura y cargó. Un casco con herradura de acero acertó a un guardia de Lannister en la cara y se oyó un crujido estremecedor. Otro hombre cayó, y Jory se encontró libre. Wyl maldijo cuando lo derribaron de su caballo moribundo; las espadas chocaban bajo la lluvia. Ned galopó hacia él y asestó un golpe de espada contra el yelmo de Tregar. El impacto le hizo apretar los dientes. Tregar cayó de rodillas, con la cresta del león hendida y el rostro lleno de sangre. Heward lanzaba tajos contra las manos que se habían apoderado de sus riendas cuando una lanza se le clavó en el vientre. De repente, Jory saltó entre ellos; su espada hacía brotar una lluvia roja.

—¡No! —gritó Ned—. ¡Vete, Jory! —El caballo de Ned resbaló y fue a caer al barro. Durante un momento, el dolor fue cegador; sintió el sabor de la sangre en la boca.

Vio como le cortaban las patas al caballo de Jory y como lo arrastraban al suelo, y como las espadas subían y bajaban hacia él. Cuando el caballo de Ned se puso en pie de nuevo, él también intentó levantarse, pero se derrumbó con un grito ahogado. Vio el hueso astillado que le salía por la pantorrilla. Fue lo último que vio durante largo rato. La lluvia seguía cayendo.

Cuando abrió los ojos, lord Eddard Stark estaba a solas con sus muertos. Su caballo se le acercó, olfateó el hedor de la sangre y se alejó al galope. Ned empezó a arrastrarse por el barro, con los dientes apretados para no ceder ante el dolor insoportable. Le pareció que tardaba años. Desde las ventanas iluminadas por velas lo observaban muchos rostros, y la gente empezó a salir de las puertas y los callejones, pero nadie acudió en su ayuda.

Meñique y la Guardia de la Ciudad lo encontraron allí, en la calle, acunando entre los brazos el cadáver de Jory Cassel.

Los capas doradas consiguieron una litera, pero aun así, el trayecto de vuelta al castillo fue una agonía, y Ned perdió el conocimiento en más de una ocasión. Más adelante recordaría la visión de la Fortaleza Roja, a la luz del alba. La lluvia había oscurecido la piedra rosada de los muros hasta conferirle el color de la sangre.

Vio al gran maestre Pycelle inclinado sobre él, con una copa en la mano.

—Bebed, mi señor —le susurró—. Es la leche de la amapola, para el dolor.

Recordaba que la bebió, y que Pycelle le decía a alguien que calentara el vino hasta que hirviera, y que le llevaran sedas limpias. Luego ya no supo más.

DAENERYS

La Puerta del Caballo de Vaes Dothrak estaba formada por dos gigantescos corceles de bronce, alzados sobre las patas traseras, con los cascos delanteros juntos, cincuenta varas por encima del camino, para formar un arco de punta.

Dany no entendía para qué necesitaba puertas una ciudad que no tenía muros..., que ni siquiera tenía edificios, al menos a la vista. Pero allí estaba el arco, inmenso y hermoso, enmarcando la lejana montaña violácea. Los corceles proyectaban largas sombras sobre la hierba ondulada cuando Khal Drogo hizo pasar al *khalasar* bajo sus cascos, por el camino de dioses, siempre escoltado por sus jinetes de sangre.

Dany los siguió en la plata, con ser Jorah Mormont a un lado y su hermano Viserys, que volvía a cabalgar, al otro. Después del día en que lo habían dejado atrás para que volviera caminando al *khalasar,* los dothrakis se habían burlado de él llamándolo *Khal Rhae Mhar,* 'Rey de los Pies Sangrantes'. Khal Drogo le ofreció al día siguiente que viajara en uno de los carros, y Viserys accedió. En su testaruda ignorancia, no se dio cuenta de que era una mofa más: los carros eran para los eunucos, los tullidos, las mujeres que daban a luz, los muy jóvenes y los muy viejos. Aquello le ganó otro sobrenombre: *Khal Rhaggat,* 'el Rey del Carro'. Su hermano creía que era la manera que tenía el *khal* de disculparse por la afrenta de la que Dany lo había hecho víctima. Ella le suplicó a ser Jorah que no lo sacara de su error para no avergonzarlo. El caballero le respondió que al rey le sentaría de maravilla una buena dosis de humildad, pero hizo lo que le pedía. A Dany le hicieron falta muchas súplicas, y todos los trucos de cama que Doreah le había enseñado, para que Drogo cediera y permitiera que Viserys volviera con ellos a la cabeza de la columna.

—¿Dónde está la ciudad? —preguntó cuando pasaron bajo el arco de bronce. No se divisaba ningún edificio, y tampoco gente; solo la hierba y el camino, bordeado por los monumentos antiguos que los dothrakis habían saqueado a lo largo de los siglos.

—Más adelante —respondió ser Jorah—. Bajo la montaña.

Más allá de la Puerta del Caballo, los dioses saqueados y los héroes robados se alzaban a ambos lados. Las deidades olvidadas de ciudades ya muertas blandían sus rayos rotos hacia el cielo mientras Dany cabalgaba sobre la plata. Los reyes de piedra la contemplaban desde sus tronos, con los rostros erosionados y manchados, mucho después de que sus nombres se hubieran perdido en las nieblas del tiempo. Esbeltas doncellas vestidas solo con flores bailaban sobre peanas de mármol, o vertían aire de sus jarras agrietadas. Los monstruos se alzaban sobre la hierba junto al camino; había dragones de hierro negro con gemas por ojos, grifos rugientes, manticoras de colas con púas prestas al ataque y otras bestias cuyos nombres desconocía. Había estatuas tan hermosas que le quitaban el aliento, y otras tan deformes y espantosas que apenas soportaba mirarlas. Esas, según le dijo ser Jorah, procedían probablemente de las Tierras Sombrías, de más allá de Asshai.

—Son muchas —dijo mientras la plata avanzaba a paso lento—, y vienen de muchas tierras.

—Es la basura de ciudades muertas —se burló Viserys, que no se dejaba impresionar. Pero tuvo buen cuidado de hablar en la lengua común, que pocos dothrakis dominaban. Aun así, Dany volvió la vista hacia los hombres de su *khas* para asegurarse de que no lo habían oído. Su hermano prosiguió, osado—. Estos salvajes solo saben robar lo que otros hombres mejores que ellos han creado. Y matar. —Se echó a reír—. Saben matar. De lo contrario, no me servirían para nada.

—Ahora son mi pueblo —dijo Dany—. No deberías llamarlos salvajes, hermano.

—El dragón dice lo que le viene en gana —replicó Viserys... en la lengua común. Miró por encima del hombro en dirección a Aggo y a Rakharo, que cabalgaban tras ellos, y les dedicó una sonrisa burlona—. ¿Lo ves? Estos salvajes son tan idiotas que ni siquiera entienden el idioma de las personas civilizadas. —Un monolito de veinticinco varas de altura, cubierto de musgo, se alzaba imponente junto al camino. Viserys le echó un vistazo cargado de aburrimiento—. ¿Cuánto tiempo tendremos que pasar entre estas ruinas antes de que Drogo me dé mi ejército? Me estoy hartando de esperar.

—Hay que presentar a la princesa al *dosh khaleen*...

—Ah, sí, a las viejas —cortó su hermano—, y harán profecías tontas para el cachorro que lleva en la barriga, ya me lo habías dicho. ¿Y a mí qué? Estoy cansado de comer carne de caballo; estoy harto del hedor de estos salvajes. —Se llevó la ancha manga a la nariz; tenía la costumbre de llevar en ella una almohadilla perfumada. No le debió de ser muy útil. Su túnica estaba asquerosa. Las sedas y lanas que había lucido en Pentos estaban sucias y podridas de sudor tras el duro viaje.

—En el Mercado Occidental habrá comida más adecuada a vuestros gustos, alteza —dijo ser Jorah Mormont—. Los comerciantes de las

Ciudades Libres venden allí sus productos. Y el *khal* cumplirá lo que prometió cuando lo considere oportuno.

—Más le vale —replicó Viserys, sombrío—. Me prometió una corona, y la quiero. Nadie se burla del dragón. —Divisó una obscena estatua en forma de mujer con seis pechos y cabeza de hurón, y se acercó para observarla más de cerca. Dany se sintió aliviada, pero no por ello menos nerviosa.

—Rezo para que mi sol y estrellas no lo haga esperar demasiado —dijo a ser Jorah en cuanto su hermano se hubo alejado.

—Vuestro hermano debió esperar en Pentos —dijo el caballero mientras lanzaba una mirada dubitativa en dirección a Viserys—. Un *khalasar* no es lugar para él. Illyrio ya se lo advirtió.

—Se irá en cuanto tenga a sus diez mil hombres. Mi señor esposo le prometió una corona de oro.

—Sí, *khaleesi,* pero... —Ser Jorah se detuvo, titubeante—. Los dothrakis ven las cosas de manera diferente a nosotros, los occidentales. Yo se lo he dicho; Illyrio también se lo dijo, pero vuestro hermano no quiere escuchar. Los señores de los caballos no son comerciantes. Viserys cree que os ha vendido, y ahora quiere cobrar. Pero Khal Drogo cree que fuisteis un regalo. Por supuesto, le hará otro regalo a Viserys para corresponder... pero cuando lo considere oportuno. No se le exigen regalos a un *khal.* A un *khal* no se le exige nada.

—No está bien que lo haga esperar. —Dany no sabía por qué defendía a su hermano, pero lo estaba haciendo—. Viserys dice que, con diez mil aulladores dothrakis, podría barrer los Siete Reinos.

—Viserys no podría barrer ni un establo con diez mil escobas. —Ser Jorah dejó escapar un bufido.

—¿Y qué pasaría... qué pasaría si no fuera Viserys? —preguntó Dany, ni siquiera se molestó en fingir sorpresa ante el tono desdeñoso—. ¿Y si los guiara otra persona, alguien más fuerte? ¿Podrían los dothrakis conquistar los Siete Reinos?

Ser Jorah se quedó pensativo. Sus caballos siguieron avanzando por el camino de dioses.

—En mis primeros tiempos como exiliado —dijo al final—, yo también creía que los dothrakis eran un montón de bárbaros medio desnudos, tan salvajes como sus caballos. Si me lo hubierais preguntado entonces, princesa, os habría dicho que un millar de buenos caballeros acabarían sin problemas con cien mil dothrakis.

—¿Y si os lo pregunto ahora?

—Ahora ya no estoy tan seguro. Son mejores jinetes que ningún caballero, no conocen el miedo y sus arcos tienen más alcance que los nuestros. En los Siete Reinos, los arqueros combaten a pie, desde detrás de una pared de escudos, o de una empalizada de estacas afiladas. Los dothrakis disparan mientras cabalgan, a la carga o en retirada, eso no les importa; son mortíferos... y son muchos, mi señora. Solo en el *khalasar* de vuestro señor esposo hay cuarenta mil guerreros con sus monturas.

—¿Tantos?

—En número son los mismos que llevó vuestro hermano Rhaegar al Tridente —reconoció ser Jorah—, pero en su caso, solo la décima parte eran caballeros. Los demás eran arqueros, mercenarios y soldados armados con estacas y lanzas. Cuando Rhaegar cayó, muchos tiraron las armas y huyeron del campo de batalla. ¿Cuánto tiempo creéis que habrían resistido contra el ataque de cuarenta mil guerreros aullantes, sedientos de sangre? ¿Cuánto habrían resistido las corazas de cuero y las cotas de malla contra una lluvia de flechas?

—No mucho —asintió Dany—. Y no muy bien.

Él asintió.

—Perdonad que os lo diga, princesa, pero si los señores de los Siete Reinos tienen un atisbo de cerebro, las cosas nunca llegarían a ese punto. A los jinetes no les gustan los asedios. No creo que pudieran tomar ni el peor defendido de los castillos de los Siete Reinos. Pero si Robert Baratheon fuera tan idiota como para presentar batalla...

—¿Y lo es? —preguntó Dany—. Quiero decir, ¿es un idiota?

—Robert tiene alma de dothraki —dijo ser Jorah por fin, después de meditar unos momentos la respuesta—. Vuestro *khal* os diría que solo un cobarde se esconde tras muros de piedra en vez de enfrentarse al enemigo con una espada en la mano. El Usurpador estaría de acuerdo. Es un hombre fuerte, valiente... y lo bastante osado para enfrentarse a una horda dothraki en el campo de batalla. Pero los hombres que lo rodean son de otra calaña. Su hermano Stannis, lord Tywin Lannister, Eddard Stark... —Escupió al suelo tras pronunciar su nombre.

—Es mucho el odio que sientes contra ese tal lord Stark —dijo Dany.

—Él me quitó todo lo que amaba, por culpa de unos piojosos cazadores furtivos y de su condenado honor —replicó con amargura. Dany advirtió en su tono que aún le dolía la pérdida. El caballero cambió de tema con rapidez—. Mirad allí —señaló—. Vaes Dothrak. La ciudad de los señores de los caballos.

Khal Drogo y sus jinetes de sangre los precedieron por el inmenso bazar que era el Mercado Occidental, hacia las calles anchas que discurrían más adelante. Dany los seguía de cerca sobre la plata, sin dejar de observar todo lo extraño que la rodeaba. Vaes Dothrak era la ciudad más grande que había conocido, y también la más pequeña, todo al mismo tiempo. Calculó que tendría diez veces el tamaño de Pentos; era una inmensa extensión sin muros ni límites, con amplias calles azotadas por el viento, pavimentadas con barro y hierba, cubiertas por una alfombra de flores silvestres. En las Ciudades Libres del oeste se amontonaban los edificios, torres contra casas, cabañas contra puentes, tiendas contra pabellones. Pero Vaes Dothrak se extendía indolente bajo el sol abrasador, antigua, arrogante, vacía.

Hasta los edificios le resultaban extraños. Vio pabellones de piedra labrada, casas de hierba trenzada grandes como castillos, raquíticas torres de madera, pirámides escalonadas con revestimiento de mármol, salones enormes sin tejado. Algunos palacios no tenían paredes, sino setos espinosos.

—No hay dos casas iguales —dijo.

—En eso a vuestro hermano no le faltaba razón —reconoció ser Jorah—. Los dothrakis no construyen. Hace mil años, para hacer una casa se limitaban a excavar un agujero en el suelo y cubrirlo con un techo de paja trenzada. Los edificios que veis los erigieron esclavos capturados en las tierras que habían saqueado, y claro, los construyeron al estilo de sus respectivos pueblos. —Muchas edificaciones, incluso algunas de las de mayor tamaño, parecían desiertas.

—¿Dónde están los que viven ahí? —preguntó Dany. En el bazar había visto multitud de niños que correteaban y de hombres que pregonaban a voces sus mercancías, pero en el resto de la ciudad solo había unos cuantos eunucos dedicados a sus asuntos.

—En la ciudad sagrada solo residen de manera permanente las viejas brujas del *dosh khaleen,* junto con sus esclavos y sirvientes —respondió ser Jorah—, pero en Vaes Dothrak habría sitio para alojar a todos los hombres de todos los *khalasars,* por si todos los *khals* quisieran regresar a la vez a la Madre. Las viejas brujas han profetizado que eso sucederá algún día, así que Vaes Dothrak debe estar en condiciones de acoger a todos sus hijos.

Por fin, Khal Drogo dio orden de detener la marcha cerca del Mercado Oriental, el lugar donde comerciaban las caravanas procedentes de Yi Ti, Asshai y las Tierras Sombrías, al pie de la Madre de las Montañas. Dany sonrió al recordar a la joven esclava del magíster

Illyrio y su charla incesante sobre un palacio con doscientas habitaciones y puertas de plata maciza. El «palacio» era una sala de banquetes inmensa, de madera, con paredes de troncos de veinte varas de altura, y un techo de seda bordada que se podía alzar para protegerse de las escasas lluvias o quitar para que se viera el cielo infinito. En torno a la edificación había una extensión de hierba para los caballos vallada con setos altos, agujeros para las hogueras, y cientos de casas redondas de barro con tejado de hierba que surgían del suelo como colinas en miniatura.

Un ejército de esclavos se había adelantado para prepararlo todo para la llegada de Khal Drogo. En cuanto los jinetes desmontaban, se quitaban los *arakhs* y los entregaban, junto con el resto de armas que portaran, a los esclavos. Ni siquiera Khal Drogo constituía una excepción. Ser Jorah le había dicho a Dany que estaba prohibido llevar armas en Vaes Dothrak, así como derramar la sangre de un hombre libre. Hasta los *khalasars* enfrentados en guerra dejaban a un lado sus disputas y compartían la carne y el hidromiel cuando se encontraban bajo la mirada de la Madre de las Montañas. En aquel lugar, las viejas brujas del *dosh khaleen* habían decretado que todos los dothrakis fueran una sola sangre, un solo *khalasar,* un solo pueblo.

Cohollo se acercó a Dany mientras Irri y Jhiqui la ayudaban a bajarse de la plata. De los tres jinetes de sangre de Drogo, era el de más edad. Se trataba de un hombre calvo y rechoncho, con la nariz ganchuda y los dientes rotos a causa del mazazo que había recibido hacía veinte años, al salvar al joven *khalakka* de unos mercenarios que querían capturarlo para vendérselo a los enemigos de su padre. Su vida había quedado ligada a la de Drogo desde el día en que nació el señor esposo de Dany.

Todo *khal* tenía jinetes de sangre. Al principio, Dany creía que eran una especie de Guardia Real de los dothrakis, que habían prestado el juramento de proteger a su señor, pero eran mucho, mucho más. Jhiqui le había enseñado que los jinetes de sangre no eran simples guardianes. Eran los hermanos del *khal,* su sombra, sus amigos más allegados. Drogo los llamaba «sangre de mi sangre», y aquello eran: compartían una vida. Las antiguas tradiciones de los señores de los caballos exigían que, si el *khal* moría, sus jinetes de sangre murieran con él, para cabalgar a su lado en las tierras de la noche. Si el *khal* moría a manos de algún enemigo, ellos vivían lo justo para vengarlo y luego lo seguían con alegría a la tumba. Siempre según Jhiqui, en algunos *khalasars,* los jinetes de sangre compartían el vino del *khal,* su tienda, incluso sus esposas, aunque jamás sus caballos. El caballo de un hombre era solo suyo.

Daenerys se alegraba de que Khal Drogo no siguiera las antiguas tradiciones. No le habría gustado que la compartieran. Y, aunque el viejo Cohollo la trataba con amabilidad, los demás le daban miedo. Haggo, que era enorme y silencioso, la miraba a menudo como si hubiera olvidado quién era. Y Qotho tenía ojos crueles y manos rápidas con las que le gustaba hacer daño. Siempre que tocaba a Doreah le dejaba magulladuras en la delicada piel blanca, y a veces hacía que Irri sollozara en medio de la noche. Hasta sus caballos le tenían miedo.

Pero estaban unidos a Drogo en la vida y en la muerte, así que a Dany no le quedaba más remedio que aceptarlos. Y a veces deseaba que a su padre lo hubieran protegido hombres como aquellos. En las canciones, los caballeros blancos de la Guardia Real eran siempre nobles, valientes y leales, pero había sido uno de ellos el que asesinó al rey Aerys: el atractivo muchacho al que desde entonces llamaban Matarreyes; y otro, ser Barristan el Bravo, estaba al servicio del Usurpador. Quizá todos los hombres de los Siete Reinos fueran así de falsos. Cuando su hijo se sentara en el Trono de Hierro, ella se encargaría de que tuviera jinetes de sangre que lo protegieran de los traidores de la Guardia Real.

—*Khaleesi* —le dijo Cohollo en dothraki—, Drogo, que es la sangre de mi sangre, me envía a decirte que esta noche debe ascender a la Madre de las Montañas para hacer sacrificios a los dioses en gratitud por su regreso.

Dany sabía que solo los hombres podían pisar la Madre. Los jinetes de sangre del *khal* irían con él y no regresarían hasta el amanecer.

—Dile a mi sol y estrellas que sueño con él y espero ansiosa su retorno —respondió agradecida.

A medida que el bebé crecía dentro de ella, Dany se cansaba cada vez con mayor facilidad; le sentaría bien una noche de descanso. El embarazo no había hecho más que inflamar la pasión de Drogo, y últimamente, sus atenciones la dejaban exhausta.

Doreah la guio hacia la colina hueca que habían habilitado para ella y para su *khal*. El interior era fresco y umbrío, como una carpa de tierra.

—Un baño, Jhiqui, por favor —ordenó.

Deseaba quitarse de la piel el polvo del viaje y poner en remojo los huesos agotados. La perspectiva de permanecer allí un tiempo y de no tener que subir a lomos de la plata a la mañana siguiente le resultaba agradable.

El agua estaba muy caliente, tal como a ella le gustaba.

—Esta noche le daré los regalos a mi hermano —decidió mientras Jhiqui le lavaba el pelo—. En la ciudad sagrada debe tener el aspecto de un rey. Doreah, corre a buscarlo e invítalo a cenar conmigo —Viserys era más amable con la chica lysena que con las criadas dothrakis, quizá porque el magíster Illyrio le había dejado llevársela a la cama en Pentos—. Irri, ve al bazar y compra fruta y carne. De la que sea, menos de caballo.

—Pues es la mejor —dijo Irri—. El caballo da fuerza a los hombres.

—Viserys detesta la carne de caballo.

—Como deseéis, *khaleesi.*

Volvió con una pata de cabra y una cesta de frutas y verduras. Jhiqui asó la carne con hierbadulce y vainas de fuego, bañándola con miel de cuando en cuando. Había comprado melones, granadas, ciruelas y algunas frutas orientales extrañas que Dany no conocía. Mientras las doncellas preparaban la comida, Dany sacó las ropas que habían mandado hacer a medida para su hermano: túnica y polainas de lino blanco, sandalias de cuero con cordones hasta la rodilla, cinturón adornado con medallones de bronce y chaleco de cuero con dibujos de dragones que lanzaban fuego por las fauces. Tenía la esperanza de que los dothrakis lo respetarían más si se quitaba de encima aquel aspecto de mendigo, y quizá él la perdonaría por haberlo avergonzado aquel día en la hierba. Al fin y al cabo, seguía siendo su rey y su hermano. Los dos eran de la sangre del dragón.

Estaba disponiendo el último de los regalos, una capa de seda verde como la hierba con ribete gris que destacaría su cabello color plata, cuando llegó Viserys. Llevaba a rastras a Doreah, que tenía un ojo amoratado.

—¿Cómo te atreves a enviarme a esta puta para que me de órdenes? —rugió al tiempo que lanzaba a la doncella contra la alfombra.

—Solo quería... —Su rabia cogió a Dany por sorpresa—. Doreah, ¿qué le has dicho?

—Perdonadme, *khaleesi,* lo siento mucho. He ido a buscarlo, como me habéis pedido, y le he dicho que habíais ordenado que cenara con vos.

—Nadie le da órdenes al dragón —ladró Viserys—. ¡Soy tu rey! ¡Te tendría que haber enviado su cabeza!

La joven lysena dejó escapar un gemido, pero Dany la tranquilizó con una caricia.

—No tengas miedo; no te va a hacer daño. Por favor, hermano mío, perdónala, solo ha cometido un error. Le he dicho que te pida que cenes conmigo. Si así lo deseas, alteza. —Lo cogió de la mano y lo llevó al otro extremo de la estancia—. Mira. Son para ti.

—¿Qué es eso? —Viserys frunció el ceño con desconfianza.

—Ropas nuevas. —Dany sonrió con timidez—. Las he mandado hacer para ti.

—Son harapos dothrakis —dijo su hermano mirándola despectivamente—. ¿Ahora pretendes vestirme?

—Por favor... Estarás más fresco y cómodo, y he pensado que... si vestías como los dothrakis... —Dany no sabía cómo expresarlo sin despertar al dragón.

—Y luego querrás que me haga trenzas en el pelo.

—No, yo no... —¿Por qué era siempre tan cruel? Solo pretendía ayudarlo—. No tienes derecho a llevar trenzas; aún no has conseguido ninguna victoria.

Era justo lo que no debía decir. La ira relampagueó en los ojos liláceos de su hermano, pero no se atrevió a golpearla: las doncellas estaban delante, y los guerreros de su *khas,* en el exterior. Cogió la capa y la olfateó.

—Huele a estiércol. Igual la utilizo como manta para mi caballo.

—Le encargué a Doreah que la bordara especialmente para ti —dijo ella, dolida—. Son ropas dignas de un *khal.*

—Soy el señor de los Siete Reinos, no un salvaje manchado de hierba con campanas en el pelo —le espetó Viserys. La agarró por el brazo—. Parece que lo has olvidado, zorra. ¿Te crees que esa barriga gorda que tienes te protegerá si despiertas al dragón?

Le hacía daño en el brazo con los dedos, y durante un momento, La parte de Dany que aún era una niña aulló ante su ira. Extendió la otra mano y cogió lo primero que encontró, el cinturón que había querido regalarle, una pesada cadena de medallones de bronce. Lo blandió con todas sus fuerzas. Le acertó de lleno en la cara. Viserys la soltó. Le corría la sangre por la mejilla; uno de los medallones le había hecho un corte.

—Tú eres el que parece olvidar algo —le dijo—. ¿Es que no aprendiste nada aquel día, en la hierba? Márchate ahora mismo, o llamaré a mi *khas* para que te saque de aquí. Y reza para que Khal Drogo no se entere de esto, o te abrirá el vientre y te hará comer tus entrañas.

—Cuando tenga mi reino —contestó Viserys poniéndose en pie—, lamentarás lo que has hecho hoy, zorra. —Se marchó sin llevarse sus regalos, con la mano en la mejilla. La hermosa capa de seda estaba manchada de sangre. Dany se llevó a la cara el suave tejido y se sentó en las mantas con las piernas cruzadas.

—Ya tenéis la cena preparada, *khaleesi* —anunció Jhiqui.

—No tengo hambre —respondió Dany con tristeza. De pronto se sentía muy cansada—. Repartíos la comida entre vosotras, y llevadle un poco a ser Jorah. —Hizo una pausa—. Por favor, tráeme uno de los huevos de dragón —añadió al final.

Irri cogió el huevo de la cáscara verde oscura. Las motas de bronce brillaron entre las escamas cuando le dio una vuelta entre las manos. Dany se tumbó de lado, se cubrió con la capa de seda y acunó el huevo en el hueco que quedaba entre su vientre hinchado y sus pechos pequeños y sensibles. Le gustaba abrazar aquellos huevos. Eran muy hermosos, y a veces su simple proximidad la hacía sentir más fuerte, más valiente, como si pudiera absorber la energía de los dragones de piedra encerrados en su interior.

Estaba así tendida, abrazada al huevo, cuando sintió que el niño se movía en su interior... como si intentar llegar al huevo, a su hermano, a un ser de su sangre.

—Tú eres el dragón —le susurró Dany—. El verdadero dragón. Lo sé. Lo sé.

Sonrió y se quedó dormida soñando con su hogar.

BRAN

Estaba cayendo una ligera nevada. Bran sentía en las mejillas los copos, que se deshacían en la más suave de las lluvias en cuanto le llegaban a la piel. Se irguió en el caballo y observó cómo levantaban el rastrillo. Por mucho que intentara mantener la calma, el corazón le revoloteaba como una mariposa en el pecho.

—¿Preparado? —preguntó Robb. Bran asintió, tratando de que no se le notara el miedo. No había salido de Invernalia desde la caída, pero estaba decidido a cabalgar con tanto orgullo como cualquier caballero—. Entonces, adelante. —Robb clavó los talones a su gran corcel gris y blanco, y el caballo pasó trotando bajo el rastrillo.

—Vamos —susurró Bran a su montura. Rozó ligeramente el cuello de la potranca castaña, que echó a andar. Bran la había llamado Bailarina. Tenía dos años, y según Joseth era más lista que ningún otro caballo. La habían entrenado especialmente para que respondiera a las riendas, a la voz y a los toques. Hasta entonces, Bran solo la había montado por el patio. Al principio, Hodor o Joseth la guiaban, con Bran asegurado con cinturones a la silla de gran tamaño que había dibujado el Gnomo, pero en los quince últimos días la había montado solo. Había ido al paso, al trote, en círculos, y cada vez se volvía más audaz.

Pasaron por debajo del puesto de guardia, cruzaron el puente levadizo y salieron al exterior. Verano y Viento Gris trotaban junto a ellos sin dejar de olfatear el aire. Los seguía Theon Greyjoy, con un arco largo y un carcaj lleno de flechas; les había dicho que tenía intención de abatir un ciervo. Tras él iban cuatro guardias con cota de malla y casco, y Joseth, un mozo de cuadras flaco al que Robb había nombrado caballerizo mayor durante la ausencia de Hullen. El maestre Luwin, montado en un asno, cerraba la marcha. A Bran le habría gustado más ir a solas con Robb, pero Hal Mollen no lo permitió, y el maestre Luwin respaldaba su opinión. Quería estar cerca por si Bran se caía del caballo o se hacía daño.

Más allá del castillo estaba la plaza del mercado, con los tenderetes de madera desiertos en aquel momento. Cabalgaron por las calles embarradas del pueblo, pasando junto a hileras de pulcras casitas de troncos y piedra vista. Solo una de cada cinco estaba habitada, y en ellas la chimenea dejaba escapar finos tentáculos de humo. Las demás se irían ocupando a medida que hiciera más frío. Según la Vieja Tata, cuando cayera la nieve y los vientos gélidos soplaran del norte, los granjeros abandonarían los campos helados, cargarían sus carromatos, y Las Inviernas cobraría vida. Bran nunca lo había visto, pero según el maestre Luwin, el momento estaba cada vez más cerca. El fin del largo verano se avecinaba. «Se Acerca el Invierno.»

Unos cuantos aldeanos miraron con temor a los lobos huargo que acompañaban a los jinetes; un hombre se sobresaltó tanto que incluso dejó caer la brazada de leña que llevaba, pero la mayor parte del pueblo se había acostumbrado ya a ellos. Al ver a los muchachos, hincaron una rodilla en tierra, y Robb los saludó de uno en uno con gesto de gran señor.

Bran no podía asegurarse con las piernas, de manera que el vaivén del caballo lo hacía sentirse inseguro al principio, pero la gran silla de montar, con pomo grueso y respaldo alto, resultaba muy cómoda, y los cinturones que llevaba en torno al pecho y los muslos impedirían que se cayera. Al cabo de un rato, el ritmo empezó a parecerle casi natural. Poco a poco fue desapareciendo la ansiedad y hasta se atrevió a esbozar una sonrisa.

Bajo el cartel del Leño Humeante, la taberna de la aldea, había dos mozas. Theon Greyjoy las llamó, y la más joven se sonrojó y se cubrió el rostro con las manos. Theon espoleó su caballo para situarlo junto al de Robb.

—La dulce Kyra —dijo con una carcajada—. En la cama se retuerce como una comadreja, pero si le dices una sola palabra en la calle se pone roja como una doncella. ¿Te he hablado alguna vez de la noche en que Bessa y ella...?

—Delante de mi hermano, no, Theon —le advirtió Robb, mirando a Bran de soslayo.

Bran hizo como si no hubiera oído nada, pero sintió los ojos de Greyjoy clavados en él. Seguro que estaba sonriendo. Sonreía mucho, como si el mundo entero fuera un chiste y solo él lo entendiera. Por lo visto, Robb admiraba a Theon y le gustaba estar con él, pero a Bran nunca le había caído bien el pupilo de su padre.

—Lo estás haciendo muy bien, Bran —le dijo Robb acercándose a él.

—Quiero ir más deprisa —respondió el niño.

—Como quieras. —Robb sonrió y puso al trote su castrado. Los lobos corrieron tras él. Bran hizo restallar las riendas con un golpe seco, y Bailarina aceleró el paso. Oyó el grito de Theon Greyjoy, y los cascos de los otros caballos a su espalda.

La capa de Bran ondeaba al viento, y la nieve le azotaba el rostro. Robb estaba mucho más adelante; de cuando en cuando volvía la cabeza para mirar y asegurarse de que Bran y los demás lo seguían. Sacudió las riendas de nuevo. Bailarina, suave como la seda, se puso al galope. La distancia se redujo. Cuando alcanzó a Robb, en las lindes del bosque de los Lobos, a poco más de media legua de la ciudad invernal, los demás habían quedado muy atrás.

—¡Puedo cabalgar! —gritó Bran con una sonrisa. Era casi tan delicioso como volar.

—Te echaría una carrera, pero me da miedo que me ganes. —Robb hablaba en tono ligero y jocoso, pero Bran sabía que, bajo la sonrisa de su hermano, había cierta preocupación.

—No quiero echar carreras. —Buscó a los lobos huargo con la mirada; los dos habían desaparecido en el bosque—. ¿Oíste cómo aullaba Verano anoche?

—Viento Gris también estaba inquieto —asintió Robb. Tenía el cabello castaño demasiado largo y revuelto, y la pelusa gris que le cubría la mandíbula le hacía aparentar más de quince años—. A veces tengo la sensación de que saben cosas... sienten cosas... —Suspiró—. Nunca sé qué debo contarte y qué no, Bran. Ojalá fueras mayor.

—¡Ya tengo ocho años! —replicó Bran—. Ocho años son menos que quince, pero no mucho, y después de ti soy el heredero de Invernalia.

—Es verdad. —Robb parecía triste, y hasta un poco asustado—. Tengo que decirte una cosa, Bran. Anoche llegó un pájaro. Venía de Desembarco del Rey. El maestre Luwin me despertó.

Bran sintió un ramalazo de temor. «Alas negras, palabras negras», decía siempre la Vieja Tata, y en los últimos tiempos, los cuervos mensajeros le daban la razón. Cuando Robb escribió al lord comandante de la Guardia de la Noche, el ave volvió con la noticia de que el tío Benjen seguía desaparecido. Luego llegó un mensaje del Nido de Águilas, de su madre, y tampoco era una buena noticia. No decía cuándo iba a regresar; solo que había cogido prisionero al Gnomo. A Bran le caía bien el hombre pequeño, pero el nombre de los Lannister le daba escalofríos. Había algo relativo a ellos, algo que debía recordar, pero cada vez que lo intentaba le entraban mareos y se le encogía el estómago. Robb se pasó el día entero encerrado tras sus puertas, reunido con el maestre Luwin, Theon Greyjoy y Hallis Mollen. Después partieron caballos con las órdenes de Robb para todo el norte. Bran oyó hablar de Foso Cailin, la antigua fortaleza que los primeros hombres habían construido en la cima del Cuello. Nadie le contaba qué pasaba, pero sabía que no podía ser nada bueno.

Y había llegado otro cuervo, otro mensaje. Bran se aferró a la esperanza.

—¿Lo enviaba madre? ¿Dice cuándo va a volver?

—Era un mensaje de Alyn, en Desembarco del Rey. Jory Cassel ha muerto; Wyl y Heward, también. Los asesinó el Matarreyes. —Robb alzó el rostro hacia la nieve; los copos se le derritieron en las mejillas—. Los dioses los acojan en su seno.

Bran no sabía qué decir. Se sentía como si le hubieran quitado el aliento de un puñetazo. Jory había sido capitán de la guardia de Invernalia desde antes de que él naciera.

—¿Han matado a Jory? —Se acordó de todas las veces en que Jory lo había perseguido por los tejados. Lo veía claramente, cruzando el patio a zancadas, vestido con su cota de malla, sentado en su lugar habitual del salón principal, bromeando mientras comía—. ¿Por qué querría nadie matar a Jory?

—No lo sé. —Robb sacudió la cabeza; se le veía el dolor en los ojos—. Y... y eso no es lo peor, Bran. Durante la pelea, el caballo de padre cayó y lo pilló debajo. Alyn dice que tiene la pierna destrozada, y... el maestre Pycelle le ha dado la leche de la amapola, pero no saben bien cuándo... cuándo... —Oyó cascos de caballos que lo hicieron mirar camino abajo, hacia el punto por donde se acercaban Theon y los demás—. No saben cuándo despertará —terminó. Se llevó una mano al pomo de la espada, y prosiguió con la voz solemne de Robb el Señor—. Te prometo, Bran, que pase lo que pase, no olvidaré esto.

Tenía algo en la voz que hizo que Bran sintiera aún más miedo.

—¿Qué vas a hacer? —preguntó en el momento en que Theon Greyjoy tiraba de las riendas junto a ellos.

—Theon cree que debería convocar a los vasallos —dijo Robb.

—Sangre por sangre. —Theon Greyjoy no sonreía, para variar. Se le veía una mirada hambrienta en el rostro fino y moreno, y el pelo oscuro le caía por los ojos.

—Solo el señor puede llamar a los vasallos —dijo Bran. La nieve empezaba a arremolinarse en torno a ellos.

—Si tu padre muere, Robb será el señor de Invernalia —señaló Theon.

—¡Pero no se va a morir! —le gritó Bran.

Robb le cogió la mano.

—No se morirá, Bran —dijo Robb con voz tranquila cogiéndole de la mano—; hablamos de padre. De todos modos... Ahora, el honor del norte está en mis manos. Cuando nuestro señor padre se marchó, me dijo que fuera fuerte por ti y por Rickon. Ya casi soy un hombre, Bran.

—Quiero que vuelva madre —dijo el niño, acongojado, mientras se estremecía. Miró hacia el camino. El maestre Luwin se divisaba a lo lejos, en su asno—. ¿El maestre Luwin piensa también que hay que llamar a los vasallos?

—El maestre es cauto como una anciana —dijo Theon.

—Padre siempre le pedía consejo —le recordó Bran a su hermano—. Y madre también.

—Igual que yo —insistió Robb—. Le pido consejo a todo el mundo.

La alegría de Bran se había derretido como los copos de nieve sobre el rostro. Unos meses antes, la idea de que Robb convocara a los vasallos y partiera a la guerra lo habría emocionado, pero en aquel momento, lo único que sentía era temor.

—¿Volvemos a casa? —preguntó—. Tengo frío.

—Tenemos que buscar a los lobos —dijo Robb mirando alrededor—. ¿Puedes aguantar un poco más?

—Aguanto lo que tú aguantes.

El maestre Luwin lo había advertido de que no cabalgara demasiado por si la silla le hacía daño, pero Bran no estaba dispuesto a reconocer ninguna debilidad ante su hermano. Estaba harto de que todos lo rodearan constantemente para preguntarle cómo se encontraba.

—Pues vamos a dar caza a los cazadores —dijo Robb.

Iniciaron el trote para salir del camino Real y adentrarse en el bosque de los Lobos. Theon los siguió rezagado; iba charlando y bromeando con los guardias.

Bajo los árboles, todo era más agradable. Con un ligero tirón de riendas, Bran hizo que Bailarina fuera al paso y se dedicó a mirar a su alrededor. Conocía bien aquel bosque, pero llevaba tanto tiempo confinado en Invernalia que se sentía como si lo viera por primera vez. Los distintos aromas le inundaban las fosas nasales: el frescor de las agujas de pino, el olor a tierra de las hojas podridas, los rastros de los animales, las hogueras lejanas... Divisó el movimiento de una ardilla negra entre las ramas nevadas de un roble y se detuvo para observar la telaraña plateada de una araña emperatriz.

Theon y los demás se fueron quedando cada vez más rezagados, hasta que Bran ya no alcanzó a oír sus voces. Más adelante se oía el rumor de las aguas. Se fue haciendo más y más audible a medida que se acercaban al riachuelo. Las lágrimas le escocieron en los ojos.

—¿Qué te pasa, Bran? —preguntó Robb.

—Me estaba acordando de una cosa —respondió—. Jory nos trajo una vez aquí a pescar truchas, ¿te acuerdas? A ti, a Jon y a mí.

—Sí, me acuerdo —asintió Robb en voz baja, triste.

—Yo no cogí ninguna —siguió Bran—, pero en el camino de vuelta, Jon me dio la suya. ¿Crees que volveremos a ver a Jon?

—Ya vimos al tío Benjen cuando vino el rey de visita, ¿no? —señaló Robb—. Jon también vendrá a vernos algún día.

El riachuelo bajaba muy crecido y rápido. Robb desmontó y guio su corcel hacia la orilla. En la zona más profunda del paso, el agua le llegaba hasta medio muslo. Ató el caballo a un árbol, al otro lado, y volvió a vadearlo para recoger a Bran y a Bailarina. La corriente se arremolinaba en torno a las rocas y las raíces de los árboles, y Bran sintió las salpicaduras en el rostro al cruzar. Aquello le provocó una sonrisa, y durante un momento volvió a sentirse fuerte, entero. Alzó la vista hacia las copas de los árboles y soñó que se encaramaba a ellas, hasta las ramas más altas, y todo el bosque se extendía a sus pies.

Estaban ya al otro lado cuando oyeron el aullido, un aullido creciente que corría entre los árboles como una ráfaga de viento frío. Bran alzó la cabeza para escuchar.

—Es Verano —dijo. En aquel momento, otro aullido se unió al primero.

—Han conseguido una presa —dijo Robb al tiempo que volvía a montar—. Más vale que vaya a buscarlos. Espera aquí; Theon y los demás no tardarán en llegar.

—Quiero ir contigo —protestó Bran.

—Si voy yo solo los encontraré antes. —Robb espoleó a su montura y se perdió entre los árboles.

Cuando se encontró a solas, Bran tuvo la sensación de que los árboles se cerraban en torno a él. La nieve empezaba a caer más densa. Se derretía tan pronto tocaba el suelo, pero a su alrededor, tanto las rocas como las raíces y las ramas empezaban a lucir ya una fina sábana blanca. Poco a poco se fue sintiendo incómodo. No sentía las piernas, que le colgaban inútiles en los estribos, pero la correa que llevaba en torno al pecho estaba muy apretada, y la nieve derretida le había empapado los guantes, con lo que tenía las manos congeladas. No sabía por qué tardaban tanto Theon, el maestre Luwin, Joseth y los demás.

Al oír el crujido de las hojas a su espalda, Bran movió las riendas para que Bailarina diera media vuelta, con la esperanza de encontrarse con sus amigos, pero los hombres harapientos que aparecieron en la orilla del río eran completos desconocidos.

—Buenos días —saludó, nervioso. Una simple mirada le había bastado para saber que no eran guardabosques, ni tampoco campesinos. De pronto se dio cuenta de lo lujosas que eran las ropas que llevaba. Lucía un chaleco nuevo, de lana gris oscura con botones de plata, y llevaba la capa ribeteada de pieles asegurada con un gran broche de plata. También las botas y los guantes tenían forro de piel.

—Estás solo, ¿eh? —dijo el más corpulento, un hombre calvo de rostro curtido por el viento—. Pobre chico, se ha perdido en el bosque de los Lobos.

—No me he perdido. —A Bran no le gustaban las miradas de los desconocidos. Los contó: eran cuatro, pero al volver la cabeza vio a dos más a su espalda—. Mi hermano se ha alejado un momento, y mis guardias no tardarán en llegar.

—Tus guardias, ¿eh? —dijo un segundo hombre, con barba canosa de varios días en las mejillas demacradas—. ¿Y qué es lo que guardan, señorito? ¿Ese broche de plata que llevas en la capa?

—Es bonito —dijo una voz de mujer. Aunque no parecía una mujer; era alta y flaca, tenía el rostro endurecido como el de los demás, y se ocultaba el pelo bajo un casco en forma de cuenco. Llevaba una lanza de tres varas, con asta de roble negro y punta de acero oxidado.

—Vamos a verlo mejor —sugirió el calvo.

Bran lo miró, nervioso. Las ropas del hombre estaban sucias, casi destrozadas, con parches marrones, azules, verdes, casi todos desteñidos hasta parecer grises, aunque quizá en el pasado su capa fue negra. El hombre de la barba incipiente también llevaba harapos negros, y Bran se sobresaltó. De pronto, recordó al hombre al que su padre había decapitado el día que encontraron a los cachorros de huargo. También aquel iba vestido de negro, y su padre le explicó que era un desertor de la Guardia de la Noche. «No hay ser más peligroso —fueron las palabras de lord Eddard—. El desertor sabe que, si lo atrapan, se puede dar por muerto, así que no se detendrá ante ningún crimen por espantoso que sea.»

—El broche, mocoso —dijo el hombre corpulento y extendió la mano.

—Nos llevaremos también el caballo —dijo una mujer más baja que Robb, con cara de plato y pelo rubio muy lacio—. Bájate, venga. —Se sacó de la manga un cuchillo de hoja serrada.

—No... —tartamudeó Bran—. No puedo... —Antes de que Bran tuviera tiempo de hacer que Bailarina diera la vuelta para alejarse al galope, el hombre corpulento agarró las riendas.

—Claro que puedes, señorito. Y haz lo que te han dicho, si sabes lo que te conviene.

—Mira cómo va sujeto a la silla, Stiv. —La mujer alta apuntó con la lanza—. Puede que diga la verdad.

—Son correas, ¿verdad? —asintió Stiv. Se sacó un puñal de la funda que le colgaba del cinturón—. De eso me encargo yo.

—¿Eres una especie de tullido? —preguntó la mujer baja.

—Soy Brandon Stark de Invernalia —dijo Bran, mirándolo con rabia—, y si no sueltas mi caballo os haré ajusticiar a todos.

—No cabe duda, es un Stark. —El hombre flaco de la barbita canosa se echó a reír—. Solo los Stark son tan idiotas como para amenazar cuando deberían estar suplicando.

—Córtale la picha y métesela en la boca —sugirió la mujer baja—. A ver si así se calla.

—Eres tan idiota como fea, Hali —dijo la mujer alta—. Muerto, el chico no vale nada. En cambio, vivo... Por todos los dioses, ¿te imaginas qué nos daría Mance si le lleváramos como rehén a un pariente de Benjen Stark?

—A la mierda con Mance —bufó el hombre corpulento—. ¿Acaso quieres volver allí, Osha? Estúpida. ¿Crees que a los caminantes blancos les importará que tengas un rehén? —Se volvió hacia Bran y cortó la correa del muslo del chico. El cuero se abrió con un susurro.

Había sido un tajo rápido y descuidado, profundo. Bran bajó la vista y vio la carne blanca por debajo de las polainas de lana. La sangre empezó a manar; vio cómo se extendía la mancha roja. Tenía una sensación curiosa, como si estuviera presenciando todo aquello desde otro lugar. No había sentido dolor, ni la más mínima molestia. El hombre dejó escapar un gruñido de sorpresa.

—Suelta la espada ahora mismo y te prometo una muerte rápida e indolora —exclamó Robb.

Bran volvió la cabeza, esperanzado, y allí estaba su hermano. Las palabras eran fuertes y seguras, pero su voz estaba llena de tensión. Iba montado, y tras él, en el caballo, se veía el cuerpo sangrante de un alce. Tenía la espada en la mano enguantada.

—El hermano —dijo el hombre de la barba gris.

—Qué valiente, ¿no? —se burló la mujer baja, la que habían llamado Hali—. ¿Vas a luchar con nosotros, chico?

—No seas idiota, muchacho, somos seis contra uno. —Osha, la mujer alta, sopesó la lanza—. Bájate del caballo y suelta la espada. Te agradeceremos de todo corazón las monturas y el venado, y tu hermano y tú podréis marcharos.

Robb silbó. Se oyó el sonido tenue de unas pisadas ligeras sobre las hojas húmedas. La maleza se apartó, la nieve cayó de las ramas más bajas, y Viento Gris y Verano salieron de la espesura. Verano olfateó el aire y gruñó.

—Lobos —se atragantó Hali.

—Lobos huargo —dijo Bran.

Aunque aún no eran adultos, tenían mayor tamaño que ningún lobo, pero las diferencias eran evidentes para el ojo experto. El maestre Luwin, y Farlen, el encargado de las perreras, se las habían enseñado. Los huargos tenían la cabeza más grande y las patas más largas en proporción al cuerpo, con la mandíbula mucho más alargada y pronunciada. Su aspecto resultaba aterrador en aquel momento, bajo la ligera nevada. Viento Gris tenía el hocico manchado de sangre fresca.

—No dejan de ser perros —dijo el hombre calvo, despectivo—. Me han dicho que no hay nada como una capa de piel de lobo para calentarse por las noches. —Hizo un gesto brusco—. A por ellos.

—¡Invernalia! —gritó Robb al tiempo que picaba espuelas. El castrado descendió al galope hacia el arroyo.

Un hombre armado con un hacha se lanzó contra él, gritando, con la guardia baja. La espada de Robb le acertó de lleno en el rostro; se oyó un crujido repugnante, y la sangre manó a borbotones. El hombre de la barba gris descuidada tendió la mano hacia las riendas, durante un instante las tuvo en las manos... y Viento Gris se lanzó sobre él y lo derribó. Cayó de espaldas al arroyo, lanzando cuchilladas a ciegas con el puñal mientras se sumergía. El lobo huargo se lanzó encima de él y las aguas se tornaron rojas sobre ellos.

Robb y Osha se enfrentaron en medio del arroyo. La lanza de la mujer era una serpiente con cabeza de acero que se acercó al pecho del muchacho una, dos, tres veces, pero Robb desvió todos los golpes con la espada. Al cuarto o quinto intento, la mujer puso demasiado impulso en el ataque y perdió el equilibrio un instante. Robb cargó y la arrolló.

A unos cuantos pasos, Verano se lanzó como una flecha contra Hali. El cuchillo de la mujer lo hirió en un costado. Verano retrocedió enseñando los dientes, atacó de nuevo y cerró las mandíbulas en torno a su pantorrilla. La mujer menuda agarró el cuchillo con ambas manos e intentó apuñalarlo, pero el lobo huargo pareció presentir el ataque. Soltó la presa durante un instante, con la boca llena de cuero, lana y carne ensangrentada. Hali se tambaleó y cayó, y el lobo atacó de nuevo, la derribó de espaldas y le desgarró el vientre a dentelladas.

El sexto hombre intentó escapar de aquella carnicería, pero no llegó lejos. Estaba trepando por la orilla más lejana del arroyo cuando Viento Gris surgió de las aguas, empapado. Se sacudió el pelaje, se lanzó hacia el hombre que huía, le seccionó el tendón de la corva de una sola dentellada y, mientras su víctima se deslizaba gritando hacia las aguas, le desgarró el cuello.

Ya solo quedaba el hombre corpulento, Stiv. Cortó de un solo tajo la correa del pecho de Bran, lo agarró por el brazo y le dio un tirón. Bran cayó al suelo, con un pie en el arroyo. No sentía el frío del agua, pero sí el acero del puñal de Stiv en la garganta.

—Atrás —amenazó el hombre—, o le corto el pescuezo al mocoso. Lo juro.

Robb, jadeante, tiró de las riendas. La ira se le esfumó de los ojos y bajó el brazo de la espada.

En aquel momento, Bran vio toda la situación. Verano destrozaba a Hali, arrancándole brillantes serpientes azules del vientre. La mujer tenía los ojos abiertos, pero Bran no sabía si estaba viva o muerta. El hombre de la barba canosa y el del hacha yacían inmóviles, pero Osha se arrastraba hacia la lanza caída. Viento Gris, chorreante, se acercaba a ella.

—¡Llámalos! —exigió—. ¡Llama a los lobos o mato al tullido, venga!

—Viento Gris, Verano, conmigo —dijo Robb.

Los lobos huargo volvieron la cabeza. Viento Gris trotó hacia Robb. Verano se quedó donde estaba, con los ojos fijos en Bran y en el hombre que lo amenazaba. Dejó escapar un gruñido. Tenía el hocico húmedo y rojo, pero había fuego en sus ojos.

Osha se apoyó en el asta de la lanza para ponerse en pie. Le sangraba el antebrazo derecho, allí donde Robb la había herido. Bran vio que por la frente del hombre corpulento corría el sudor a chorros. Comprendió que Stiv tenía tanto miedo como él.

—Stark —murmuró—, malditos Stark. —Alzó la voz—. Osha, mata a los lobos y quítale la espada.

—Mátalos tú —replicó ella—. Yo no me pienso acercar a esos monstruos.

Stiv se quedó desconcertado durante un momento. Le temblaba la mano. Bran sintió que le corría por el cuello un hilillo de sangre, allí donde lo presionaba con el cuchillo. El hedor del hombre le llenó las fosas nasales; apestaba a miedo.

—Tú —le dijo a Robb—, ¿cómo te llamas?

—Soy Robb Stark, heredero de Invernalia.

—¿Este es tu hermano?

—Sí.

—Si quieres que siga con vida, haz lo que te digo. Baja del caballo. —Robb titubeó un instante. Luego, muy despacio, desmontó, todavía con la espada en la mano—. Ahora mata a los lobos. —Robb no se movió—. Hazlo. Los lobos o el chico.

—¡No! —gritó Bran.

Si Robb obedecía, Stiv los mataría de todos modos en cuanto los lobos hubieran dejado de ser una amenaza.

El hombre calvo le agarró el pelo con la mano libre y se lo retorció hasta que Bran sollozó de dolor.

—Cierra el pico, tullido, ¿me oyes? —Se lo retorció aún más—. ¿Me oyes?

En los bosques, tras ellos, se oyó un restallido repentino. Stiv dejó escapar un grito ahogado, y un palmo de flecha con punta de acero pareció brotar de su pecho. La flecha era de color rojo brillante, como si la hubieran pintado con sangre.

El puñal que amenazaba a Bran cayó al suelo. El hombretón se desplomó de bruces en el arroyo. La flecha se quebró bajo su peso. El niño vio cómo su vida se derramaba en las aguas.

Osha miró a los guardias de los Stark, que salían de entre los árboles con las armas desenvainadas. Dejó caer la lanza.

—Piedad, mi señor —dijo a Robb.

Al acercarse al escenario de la carnicería, los guardias se fueron poniendo pálidos. Miraban a los lobos, inseguros; cuando Verano volvió para comer del cadáver de Hali, Joseth soltó el cuchillo y corrió hacia los arbustos para vomitar. Hasta el maestre Luwin parecía conmocionado al salir de entre los árboles, pero enseguida se repuso. Sacudió la cabeza y vadeó el arroyo para acudir al lado de Bran.

—¿Estás herido?

—Me ha hecho un corte en la pierna —dijo Bran—, pero no noto nada.

El maestre se arrodilló para examinar la herida y Bran miró hacia atrás. Theon Greyjoy estaba junto a un árbol centinela, con el arco en la mano. Sonreía. Siempre sonreía. Había clavado media docena de flechas en la tierra blanda, ante él, pero únicamente le había hecho falta una.

—Un enemigo muerto es el espectáculo más hermoso que existe —anunció.

—Jon decía siempre que eres un cretino, Greyjoy —le espetó Robb—. Debería encadenarte en el patio para que Bran practicara su puntería contigo.

—Tendrías que darme las gracias por salvarle la vida a tu hermano.

—¿Y si llegas a fallar? —replicó Robb—. ¿Y si solo lo hubieras herido? ¿Y si en el último estertor le cortaba la garganta? ¿Y si le dabas a Bran? ¿Y si ese hombre hubiera llevado coraza? No lo sabías; solo le veías la capa, y por la espalda. ¿Qué le habría pasado a mi hermano? ¿Te paraste a pensarlo, Greyjoy?

La sonrisa de Theon se había esfumado. Se encogió de hombros, malhumorado, y empezó a desclavar las flechas del suelo, una a una. Robb miró a los guardias.

—¿Dónde estabais? —exigió saber—. Creía que nos seguíais de cerca.

Los hombres se miraron entre sí, alicaídos.

—Y así era, mi señor —dijo Quent, el más joven, cuya barba era apenas una pelusilla castaña—. Pero antes nos hemos detenido para esperar al asno del maestre Luwin, con perdón por la expresión, y luego él... la verdad... —Lanzó una mirada a Theon y apartó la vista al momento, abochornado.

—He visto un pavo —replicó Theon, molesto—. ¿Cómo iba a saber que dejarías solo al chico?

Robb volvió la mirada hacia Theon una vez más. No dijo nada, pero Bran nunca lo había visto tan enfadado. Por fin, se arrodilló junto al maestre Luwin.

—¿Es grave la herida de mi hermano?

—Un simple arañazo —respondió el maestre. Mojó un paño en el arroyo para limpiar el corte—. Dos de ellos vestían el negro —añadió.

Robb echó un vistazo al lugar donde Stiv yacía en el arroyo; las aguas agitaban los pliegues de la andrajosa capa negra.

—Desertores de la Guardia de la Noche —dijo, sombrío—. Tenían que estar locos para acercarse tanto a Invernalia.

—A veces no resulta fácil diferenciar la locura de la desesperación —señaló el maestre Luwin.

—¿Los enterramos, mi señor? —preguntó Quent.

—Ellos no nos habrían enterrado a nosotros —replicó Robb—. Cortadles las cabezas; las enviaremos al Muro. El resto se quedará para los buitres.

—¿Y qué hacemos con esta? —preguntó Quent apuntando a Osha con el pulgar.

Robb se acercó a ella. La mujer le sacaba una cabeza de estatura, pero se dejó caer de rodillas ante él.

—Perdonadme la vida, mi señor Stark, y seré vuestra.

—¿Mía? ¿Para qué quiero yo a una desertora que rompe su juramento?

—Yo no he roto ningún juramento. Stiv y Wallen escaparon del Muro; yo no. Los cuervos negros no admiten mujeres.

—Échala a los lobos —le recomendó Theon Greyjoy a Robb mientras caminaba hacia ellos con paso indolente.

Los ojos de la mujer se clavaron en lo que quedaba de Hali y enseguida se apartaron. Se estremeció. Hasta los guardias parecían al borde de la náusea.

—Es una mujer —replicó Robb.

—Una salvaje —lo informó Bran—. Dijo que me mantuvieran con vida para llevarme ante Mance Rayder.

—¿Cómo te llamas? —preguntó Robb.

—Osha, para servir a mi señor —murmuró ella con amargura.

—Lo mejor será que la interroguemos —dijo el maestre Luwin levantándose.

Bran vio que el rostro de su hermano reflejaba un inmenso alivio.

—Buena idea, maestre. Wayn, átale las manos. Vendrá a Invernalia con nosotros... y vivirá o morirá, según qué nos cuente.

TYRION

—¿Quieres comer? —le preguntó Mord con el ceño fruncido. Llevaba en las manos gruesas, de dedos cortos, un plato de alubias cocidas.

Tyrion Lannister se moría de hambre, pero no quería que aquel animal notara su debilidad.

—Una pierna de cordero, muchas gracias —replicó desde el montón de paja sucia que había en un rincón de su celda—. Y un plato de guisantes y cebollitas, si puede ser; pan recién hecho, con mantequilla, y una jarra de vino tibio para bajarlo todo. Si no hay, cerveza, me da igual. No quiero ser demasiado exigente.

—Son alubias —dijo Mord—. Toma.

Le tendió el plato. Tyrion suspiró. El carcelero era una mole de diez arrobas de estupidez pura, con dientes amarillentos podridos y ojos oscuros diminutos. En el lado izquierdo de la cara tenía una cicatriz espantosa de un hacha, que le había cortado la oreja y parte de la mejilla. Era tan predecible como feo, pero lo cierto era que Tyrion tenía mucha hambre. Tendió la mano para coger el plato.

Mord lo apartó, sonriente.

—Aquí lo tienes —dijo, manteniéndolo fuera del alcance de Tyrion.

—¿Tenemos que jugar a la misma tontería en cada comida? —El enano se puso en pie trabajosamente; le dolían todas las articulaciones. Hizo otro intento por alcanzar las alubias. Mord retrocedió y le mostró los dientes podridos en una sonrisa.

—Aquí las tienes, enano. —Mantuvo el plato en alto, con el brazo extendido, más allá del borde donde terminaba la celda y empezaba el cielo abierto—. ¿No tienes hambre? Toma, ven a cogerlas.

Los brazos de Tyrion eran demasiado cortos para alcanzar el plato, y tampoco tenía intención de acercarse tanto al borde. Bastaría un empujón de la pesada barriga blanca de Mord para que se convirtiera en una mancha roja en las piedras de Cielo, al igual que les había sucedido a tantos prisioneros del Nido de Águilas a lo largo de los siglos.

—Bien pensado, no tengo tanta hambre —declaró mientras se retiraba al rincón de la celda.

Mord gruñó, abrió los dedos, y el viento se llevó el plato. Unas cuantas alubias se colaron en la celda mientras la comida caía al vacío. El carcelero se echó a reír, con lo que su barriga se agitó como si fuera de gelatina.

—Jodido cabrón, hijo de una mula con viruelas —escupió Tyrion, que no pudo contener la rabia—. Ojalá te mueras comido por la sífilis.

—Al salir, Mord le asestó una buena patada en las costillas con la bota de puntera de acero—. Lo pagarás —gimió, doblado sobre sí mismo en el lecho de paja—. ¡Te mataré con mis manos, lo juro!

La pesada puerta blindada se cerró de golpe. Tyrion oyó el tintineo de las llaves.

Para ser tan pequeño tenía una boca muy grande. Aquella era su maldición, reflexionó mientras se arrastraba hacia el rincón de lo que los Arryn llamaban, no sin cierto humor, su mazmorra. Se acurrucó bajo la fina manta que era todo su lecho, y se dedicó a contemplar el cielo azul y las montañas lejanas que parecían extenderse hasta el infinito. Añoraba con todas sus fuerzas la capa de gatosombra que le había ganado jugando a los dados a Marillion, quien a su vez la había robado del cadáver del jefe muerto de los bandoleros. Recordaba que las pieles hedían a sangre y a moho, pero eran gruesas y cálidas. Mord se la había quitado nada más verla.

El viento le tironeaba de la manta con ráfagas afiladas como zarpazos. La celda era diminuta hasta para un enano. A menos de cinco codos de donde se encontraba, donde debía haber un muro, donde en una mazmorra real habría un muro, terminaba el suelo y empezaba el cielo. Tenía aire fresco abundante, la luz del sol, y por las noches veía la luna y las estrellas, pero lo habría cambiado todo por el agujero más sombrío y húmedo de las entrañas de Roca Casterly.

—Volarás —le había asegurado Mord al empujarlo hacia el interior de la celda—. Dentro de veinte días, o de treinta, o a lo mejor de cincuenta. Pero volarás.

Los Arryn contaban con la única mazmorra de todo el reino en la que se permitía a los prisioneros escapar cuando lo desearan. Aquel primer día, tras pasarse horas reuniendo el valor que le quedaba, Tyrion se tendió de bruces en el suelo y se arrastró hasta el borde para asomar la cabeza y mirar abajo. Divisó Cielo a trescientas varas en picado. Asomó la cabeza y la giró cuanto pudo, y vio otras celdas a la derecha y a la izquierda, y también sobre la suya. Era una abeja en una colmena de piedra, y le habían arrancado las alas.

En la celda hacía frío, el viento aullaba día y noche, y lo peor de todo era que el suelo estaba en pendiente. Una pendiente muy ligera, sí, pero más que suficiente. Tenía miedo de cerrar los ojos, de deslizarse rodando en sueños, y a menudo se despertaba aterrado ante la posibilidad de estar cayendo hacia el borde. No era de extrañar que las celdas del cielo volvieran locos a los hombres.

«Los dioses me amparen, el azul me llama», había escrito algún ocupante previo en la pared, con algo que se parecía demasiado a la sangre. Al principio, Tyrion había sentido curiosidad por la identidad y el destino del prisionero. Más adelante decidió que prefería no saber nada.

Si hubiera cerrado la boca a tiempo...

Todo lo había empezado el maldito crío, que lo miraba desde arriba en su trono de arciano tallado, bajo los pendones con la luna y el halcón que identificaban la casa Arryn. Tyrion Lannister estaba acostumbrado a que lo mirasen desde arriba, pero no a que fueran críos de seis años con ojos legañosos que tenían que sentarse sobre cojines para ganar un poco de altura.

—¿Es el hombre malo? —había preguntado, aferrado a su muñeco.

—Sí —respondió lady Lysa, sentada a su lado en un trono menor. Iba vestida de azul, perfumada y empolvada en honor a los pretendientes que invadían la corte.

—¡Qué pequeño es! —dijo con una risita el señor del Nido de Águilas.

—Es Tyrion el Gnomo, de la casa Lannister, el que mató a tu padre. —La mujer alzó la voz para que la oyeran en todos los rincones de la Sala Alta del Nido de Águilas, para que las palabras resonaran contra las paredes blancas y las esbeltas columnas, para que todos los presentes la escucharan—. ¡Él mató a la mano del rey!

—Vaya, ¿a él también lo maté yo? —bromeó Tyrion como un idiota.

Luego se dio cuenta de que había perdido una inmejorable ocasión para quedarse callado, con la cabeza inclinada. Vaya si se dio cuenta. La Sala Alta de los Arryn era larga y austera; las paredes de mármol blanco con vetas azules tenían una frialdad abrumadora, pero más fríos aún eran los rostros que lo rodeaban. El poder de Roca Casterly quedaba muy lejano, y los Lannister no contaban con amigos en el Valle de Arryn. Su mejor defensa habría estado en el silencio y la sumisión.

Pero Tyrion estaba de un humor de perros, demasiado cabreado para ejercer el sentido común. Se sentía avergonzado por haber flaqueado en el último tramo del ascenso hasta el Nido de Águilas, cuando las piernas atrofiadas se negaron a seguir sosteniéndolo. Bronn lo llevó a cuestas el resto del camino, y aquella humillación no hizo más que añadir leña a las llamas de su ira.

—Pues qué ocupado he estado últimamente —dijo con amargo sarcasmo—. ¿De dónde habré sacado tiempo para matar a tanta gente?

Debería haber recordado a quién se enfrentaba. Mientras estaban en la corte, Lysa Arryn y su hijo enfermizo y medio loco nunca disfrutaron con las muestras de ingenio, y menos si iban dirigidas contra ellos.

—Gnomo —dijo Lysa con tono gélido—, vigilad qué decís con esa lengua burlona, y cuando os dirijáis a mi hijo hacedlo con cortesía, u os aseguro que os daré motivos para lamentarlo. Recordad dónde estáis. Esto es el Nido de Águilas; los que os rodean son caballeros del Valle, hombres de verdad que querían a Jon Arryn. Todos y cada uno de ellos morirían por mí.

—Lady Arryn, si me sucede algo malo, mi hermano Jaime estará encantado de encargarse de ese tema. —No había terminado de pronunciar aquellas palabras cuando se dio cuenta de que estaba cometiendo una locura.

—¿Sabéis volar, mi señor de Lannister? —preguntó Lysa—. ¿Acaso los enanos tienen alas? Si no es así, lo más sensato será que os traguéis la próxima amenaza que se os ocurra.

—No era una amenaza —replicó Tyrion—, sino una promesa.

Al oír aquello, el pequeño lord Robert se puso en pie de un salto, tan sobresaltado que se le cayó el muñeco.

—¡No puedes hacernos daño! —gritó—. Aquí nadie puede hacernos daño. Díselo tú, madre; dile que aquí nadie puede hacernos daño.

—El Nido de Águilas es inexpugnable —declaró con tranquilidad Lysa Arryn. Atrajo a su hijo hacia sí y lo estrechó entre los brazos blancos y gordezuelos—. El Gnomo quiere meternos miedo, cariñito. Los Lannister son todos unos mentirosos. Nadie le va a hacer daño a mi pequeñín.

Lo peor del caso era que la condenada mujer tenía razón. Tras ver lo que había costado llegar allí, a Tyrion no le resultaba difícil imaginar cómo sería el ascenso para un caballero, vestido con armadura, mientras le llovían piedras y flechas, y tenía que luchar contra enemigos para avanzar cada paso. La palabra *pesadilla* no bastaba para describir la situación. No era de extrañar que nadie hubiera tomado jamás el Nido de Águilas.

Y ni aun así había conseguido callarse.

—Inexpugnable, no —replicó—. Molesto, como mucho.

—Eres un mentiroso. —El pequeño Robert lo señaló con la manita temblorosa—. Madre, quiero ver cómo vuela.

Dos guardias con capas azul celeste agarraron a Tyrion por los brazos y lo levantaron en vilo. Solo los dioses sabían qué habría pasado a continuación de no intervenir Catelyn Stark.

—Hermana —dijo desde el lugar donde se encontraba, junto a los tronos—, te ruego que recuerdes que este hombre es mi prisionero. No quiero que sufra daño alguno.

Lysa Arryn lanzó una mirada fría en dirección a su hermana. Se levantó y se dirigió hacia Tyrion, arrastrando las largas faldas. El enano temió durante un instante que fuera a abofetearlo, pero lo que hizo fue ordenarles a los guardias que lo soltaran. Cuando lo dejaron caer, las piernas le flaquearon de nuevo y se desmoronó en el suelo.

Debió de ser todo un espectáculo la manera en que intentó ponerse en pie, sucumbió a un calambre en la pierna derecha y cayó de bruces una vez más. Las carcajadas resonaron en la Sala Alta de los Arryn.

—El invitado de mi hermana está muy cansado; no se sostiene en pie —anunció lady Lysa—. Ser Vardis, llevadlo a las mazmorras. Le sentará muy bien un descanso en las celdas del cielo.

Los guardias lo levantaron. Tyrion Lannister, en el aire, pataleó débilmente con el rostro rojo de vergüenza.

—No olvidaré esto —les dijo mientras se lo llevaban.

Y no se le había olvidado. Aunque tampoco le servía de gran cosa.

Al principio se había consolado pensando que su encierro sería breve. Lysa Arryn solo quería humillarlo, nada más. Pronto enviaría a alguien a buscarlo. Y si no, lo haría Catelyn Stark, para interrogarlo. Y él había aprendido la lección: cerraría bien la boca. No se atreverían a matarlo de inmediato; pese a todo, era un Lannister de Roca Casterly, y si derramaban su sangre tendrían que ir a la guerra. O aquello se había dicho a sí mismo.

Con el correr del tiempo ya no estaba tan seguro.

Quizá sus captoras solo pretendían dejarlo pudrir allí una temporada, pero tenía miedo de que las fuerzas le fallaran; no podría pudrirse mucho tiempo. Cada día estaba más débil, y solo era cuestión de tiempo que las patadas y golpes de Mord le causaran daños graves, si el carcelero no lo mataba antes de hambre. Unas cuantas noches más de frío y hambre, y el azul empezaría a llamarlo a él también.

Se preguntaba qué estaría sucediendo más allá de los muros (los que había) de su celda. Sin duda, lord Tywin habría enviado jinetes en su búsqueda en cuanto le llegó la noticia. Quizá Jaime estaba en aquellos momentos al frente de un pequeño ejército, en las Montañas de la Luna... a menos que estuviera cabalgando hacia el norte, en dirección a Invernalia. ¿Sabría alguien fuera del Valle adónde lo había llevado Catelyn Stark? También se preguntaba qué habría sentido Cersei al enterarse. El rey podía ordenar que lo liberasen, pero ¿a quién haría caso Robert? ¿A la reina o a la mano? Tyrion no se hacía ilusiones; el amor que el rey le profesaba a su hermana era más bien escaso.

Si Cersei tenía un mínimo de cerebro, exigiría que el propio rey ejerciera como juez de Tyrion. Ni siquiera Ned Stark podría poner objeciones sin cuestionar la honorabilidad del rey. Y Tyrion estaría más que encantado de arriesgarse a un juicio. Que él supiera, los Stark podrían acusarlo de todos los asesinatos que les vinieran en gana, pero no tenían pruebas. Que presentaran su caso ante el Trono de Hierro, ante los señores. Sería su fin. Ojalá Cersei fuera tan inteligente como para verlo...

Tyrion Lannister suspiró. Su hermana tenía cierta astucia, pero el orgullo la cegaba. En toda aquella situación, ella solo vería el insulto, no las posibilidades. Y Jaime era todavía peor, tan precipitado, tan testarudo, tan iracundo. Su hermano jamás se molestaría en desatar un nudo si podía cortarlo en dos con la espada.

¿Cuál de los dos habría enviado al asesino para silenciar al chico de los Stark? ¿De veras habían tenido algo que ver en la muerte de lord Arryn? Si la muerte de la anterior mano había sido un asesinato, se trataba de un crimen hábil y sutil. Los hombres de su edad morían a menudo por causas naturales. En cambio, enviar a cualquier imbécil a matar a Brandon Stark con un puñal robado parecía una estratagema de lo más torpe. Y, pensando en ello, resultaba muy peculiar...

Tyrion se estremeció. Aquella sí que era una sospecha desagradable. Quizá en los bosques hubiera otras bestias, aparte del lobo huargo y el león. Y si era así, alguien lo estaba utilizando a él como marioneta. Tyrion Lannister detestaba que lo utilizaran.

Tenía que salir de allí, y pronto. Sus posibilidades de enfrentarse a Mord y escapar eran entre escasas y nulas, y nadie le iba a pasar a hurtadillas una cuerda de trescientas varas, así que tendría que emplear todas sus dotes de convicción para salir libre. Era la lengua lo que lo había metido en aquella celda, así que la misma lengua tendría que sacarlo.

Tyrion se puso en pie como pudo, haciendo caso omiso del suelo en pendiente que parecía tentarlo hacia el borde. Golpeó la puerta con el puño.

—¡Mord! —gritó—. ¡Carcelero! ¡Mord! ¡Quiero hablar contigo! —Tuvo que seguir llamando durante largo rato antes de oír el sonido de las pisadas. Retrocedió un instante antes de que la puerta se abriera de golpe.

—Haces ruido —gruñó Mord, con los ojos inyectados en sangre. Llevaba una ancha tira de cuero enrollada en torno a la mano carnosa.

«Nunca les demuestres que tienes miedo», se recordó Tyrion.

—¿Cuántas ganas tienes de ser rico? —preguntó.

Mord lo golpeó. Fue un movimiento casi apático, con el dorso de la mano, pero la tira de cuero restalló contra el antebrazo de Tyrion. La fuerza del golpe lo hizo tambalear y el dolor lo obligó a apretar los dientes.

—Nada de palabrería, enano —avisó Mord.

—Oro —dijo Tyrion, con una mueca a modo de sonrisa—. Roca Casterly tiene mucho oro... ¡ah! —El segundo golpe fue directo, y Mord le puso más ganas. El cuero restalló contra las costillas de Tyrion y lo hizo caer de rodillas con un gemido. Se obligó a alzar la vista hacia el carcelero—. Hay un dicho popular, Mord —añadió—: «Más rico que un Lannister...».

Mord gruñó. El cuero silbó de nuevo y acertó a Tyrion en el rostro. El dolor fue tan brutal que no se dio cuenta de que caía, pero cuando abrió los ojos de nuevo estaba en el suelo de la celda. Le zumbaba el oído y tenía la boca llena de sangre. Intentó apoyarse para incorporarse... y la mano solo encontró el vacío. Retiró el brazo más deprisa que si lo hubiera metido en agua hirviendo, e hizo todo lo posible por no respirar. Había caído junto al borde, a un par de dedos del azul.

—¿Dices algo más? —Mord agarró la tira de cuero con las dos manos y la hizo restallar. El sonido hizo que Tyrion diera un salto. El carcelero se echó a reír.

«No me va a empujar —se dijo Tyrion, desesperado, mientras se arrastraba para alejarse del borde—. Catelyn Stark me quiere con vida; no se atreverá a matarme.» Se limpió la sangre de los labios con el dorso de la mano y sonrió.

—Eres duro, Mord. —El carcelero lo miró, sospechando una burla—. Un hombre tan fuerte como tú me sería muy útil. —La tira de cuero voló hacia él, pero Tyrion tuvo tiempo de esquivarla. Le rozó el hombro en el retroceso, nada más—. Oro —repitió, echándose hacia atrás como un cangrejo—, más oro del que verías junto en toda la vida. Oro para comprar tierras, mujeres, caballos... Serías todo un señor. Lord Mord. —Lanzó al cielo un escupitajo de sangre y flema.

—Eso no es oro —dijo Mord.

«¡Me atiende!», pensó Tyrion.

—Cuando me capturaron me quitaron la bolsa, pero el oro sigue siendo mío. Catelyn Stark es capaz de tomar prisionero a un hombre, pero nunca se rebajaría a robarle. Eso no sería honorable. Si me ayudas, te daré todo el oro. —La correa de Mord restalló de nuevo, pero fue un golpe desganado, sin objetivo, lento, desdeñoso. Tyrion cogió la tira de cuero con la mano y la retuvo—. Y tú no correrás ningún riesgo. Solo tienes que transmitir un mensaje.

—Un mensaje —dijo el carcelero con el ceño muy fruncido, como si fuera la primera vez que oía aquellas palabras, y arrancó la correa de la mano de Tyrion.

—Eso mismo. Solo tienes que darle un recado a tu señora. Dile que... —¿Qué? ¿Qué podía inspirarle compasión a Lysa Arryn? De repente, la inspiración acudió a Tyrion Lannister—. Dile que quiero confesar mis crímenes.

Mord alzó el brazo de nuevo, y Tyrion se preparó para recibir otro golpe, pero el carcelero titubeó. Se le veía en los ojos la lucha interna entre la desconfianza y la codicia. Quería el oro, pero temía que hubiera una trampa. Era la expresión del hombre que ha caído en trampas demasiadas veces.

—Es mentira —murmuró—. El enano me quiere engañar.

—Te lo pondré por escrito —juró Tyrion. Algunos iletrados desdeñaban la escritura; otros, en cambio, sentían una especie de reverencia supersticiosa ante la palabra escrita; la consideraban una cosa mágica. Por suerte, Mord pertenecía a la última categoría.

—Escribe que me darás oro. Mucho oro.

—Sí, sí, mucho oro —le aseguró Tyrion—. Lo que hay en la bolsa no es más que el aperitivo, amigo mío. Mi hermano tiene una armadura de oro macizo. —En realidad, la armadura de Jaime era de acero recubierto con pan de oro, pero aquel imbécil sería incapaz de entender la diferencia.

Mord acarició la correa, pensativo, pero al final se ablandó y fue a buscar papel y tinta. Cuando tuvo la carta en las manos, la observó con gesto de desconfianza.

—Ahora, ve a transmitir mi mensaje —lo apremió Tyrion.

Tiritaba en sueños cuando fueron a buscarlo, ya bien entrada la noche. Mord abrió la puerta, pero no dijo nada. Ser Vardis Egen despertó a Tyrion de un puntapié.

—Levántate, Gnomo. Mi señora quiere verte.

Tyrion se restregó los ojos y amagó una sonrisa que estaba lejos de sentir.

—Eso no lo dudo, pero ¿por qué crees que yo voy a querer verla a ella?

Ser Vardis frunció el ceño. Tyrion lo recordaba bien, de los años que había pasado en Desembarco del Rey como capitán de la Guardia de la Mano. Era un hombre de rostro cuadrado e inexpresivo, cabellos plateados y constitución recia, y carente por completo de sentido del humor.

—Lo que quieras o dejes de querer no es asunto mío. Levántate o haré que te lleven a rastras.

—Vaya frío hace esta noche, ¿eh? —comentó Tyrion de pasada mientras se ponía en pie como podía—. Y en la Sala Alta hay muchas corrientes. No me gustaría pescar un resfriado. Mord, ten la amabilidad de ir a por mi capa. —El carcelero lo miró, lleno de desconfianza—. Mi capa —repitió Tyrion—. La de gatosombra que me guardas. Seguro que la recuerdas.

—Tráele la condenada capa —dijo ser Vardis.

Mord no se atrevió a protestar. Echó a Tyrion una mirada que prometía venganza, pero fue a buscar la capa. Cuando la puso en torno al cuello del prisionero, Tyrion sonrió.

—Muchas gracias. Pensaré en ti cada vez que me la ponga. —Se echó un pico de la capa sobre el hombro, y por primera vez en varios días empezó a entrar en calor—. Adelante, ser Vardis.

Cincuenta antorchas iluminaban la Sala Alta de los Arryn desde los candelabros de las paredes. Lady Lysa vestía una túnica de seda negra con el emblema de la luna y el halcón bordado en perlas sobre el pecho. No parecía el tipo de persona que pensara unirse a la Guardia de la Noche, de modo que Tyrion dedujo que la mujer pensaba que la ropa de luto era lo más adecuado para escuchar su confesión. Llevaba la larga melena caoba recogida en una trenza complicadísima que le caía sobre el hombro izquierdo. El trono más alto, a su lado, estaba vacío. Sin duda, el pequeño señor del Nido de Águilas estaría temblando en sueños. Tyrion consideró que era un pequeño detalle en su favor.

Hizo una profunda reverencia y echó un vistazo a su alrededor. Como esperaba, lady Arryn había convocado a los caballeros y sirvientes para que escucharan su confesión. Vio el rostro arrugado de ser Brynden Tully y la cara regordeta de lord Nestor Royce. Junto a Nestor se encontraba un hombre más joven, de patillas y bigotes negros, que solo podía ser su heredero, ser Albar. Había representantes de casi todas las casas principales del Valle. Tyrion advirtió la presencia de ser Lyn Corbray, esbelto como una espada; de lord Hunter, con sus piernas gotosas; de la viuda lady Waynwood, rodeada por sus hijos. Otros llevaban emblemas que no conocía: una lanza rota, una víbora verde, una torre en llamas, un cáliz con alas...

Entre los señores del Valle estaban algunos de los que lo habían acompañado durante el viaje por el camino alto. Ser Rodrik Cassel, todavía pálido y apenas recuperado de sus heridas, estaba junto a ser Willis Wode. Marillion, el bardo, tenía una lira nueva. Tyrion sonrió: le pasara lo que le pasara allí aquella noche, no quería que fuera un secreto, y el bardo sería el candidato perfecto para lanzar la historia a los cuatro vientos.

Al fondo de la sala estaba Bronn, recostado contra una columna. El guerrero tenía los negros ojos clavados en Tyrion y la mano apoyada en el pomo de la espada. Tyrion lo miró también, pensativo...

—Se nos ha dicho que quieres confesar tus crímenes. —Catelyn Stark fue la que rompió el silencio.

—Así es, mi señora —respondió Tyrion.

—Las celdas del cielo siempre acaban por quebrantarles el ánimo. —Lysa Arryn sonrió a su hermana—. En ellas, los dioses los ven, y no hay oscuridad en la que puedan ocultarse.

—No me da la impresión de que lo tenga muy quebrantado —replicó lady Catelyn.

—Hablad —le ordenó lady Lysa a Tyrion, haciendo caso omiso de las palabras de Catelyn.

«Aquí es donde me lo juego todo», pensó él al tiempo que lanzaba otra mirada rápida en dirección a Bronn.

—¿Por dónde podría empezar? Sí, soy un hombrecillo vil, lo confieso. Damas, caballeros, mis pecados son incontables. Me he acostado con prostitutas, y no una vez, sino cientos. He deseado la muerte de mi padre, y también la de mi hermana, nuestra reina. —Alguien, a su espalda, dejó escapar una risita—. No siempre he sido bondadoso con mis sirvientes. He apostado. Me sonroja admitirlo, pero también he hecho trampas. He dicho muchas cosas crueles y maliciosas de las nobles damas y caballeros de la corte. —Aquello provocó otra carcajada—. En cierta ocasión...

—¡Silencio! —El rostro blanco de Lysa Arryn estaba congestionado de ira—. ¿Qué hacéis, enano?

—Es evidente, mi señora. —Tyrion inclinó la cabeza hacia un lado—. Confieso mis crímenes.

—Se os acusa de enviar a un asesino a sueldo para que diera muerte en su lecho a mi hijo Bran —dijo Catelyn Stark dando un paso al frente—, y de conspirar para acabar con la vida de lord Jon Arryn, la mano del rey.

—Esos crímenes no los puedo confesar —dijo Tyrion encogiéndose de hombros—. No sé nada de ningún asesinato.

—No permitiré que os burléis de mí —dijo lady Lysa levantándose del trono de arciano—. Ya os habéis reído un rato, Gnomo. Espero que os hayáis divertido. Ser Verdis, llevadlo otra vez a las mazmorras... pero buscadle una celda más pequeña, con el suelo más inclinado.

—¿Así es como se hace justicia en el Valle? —rugió Tyrion en voz tan alta que ser Vardis se quedó paralizado un instante—. ¿Es que todo el honor se queda en la Puerta de la Sangre? Me acusáis de crímenes, niego haberlos cometido, y me encerráis en una celda a cielo abierto para que muera de frío y hambre. —Alzó la cabeza para que todos pudieran ver las magulladuras que le había hecho Mord en la cara—. ¿Dónde está la justicia del rey? ¿Acaso el Nido de Águilas no forma parte de los Siete Reinos? Me acusáis. Muy bien. ¡Pues exijo un juicio! Permitidme hablar, y que los dioses y los hombres juzguen si lo que digo es cierto o falso.

Un murmullo recorrió la Sala Alta. Tyrion supo que había ganado. Era un noble, hijo del señor más poderoso del reino, hermano de la mismísima reina. No podían negarle un juicio. Algunos guardias con capas azul celeste habían echado a andar hacia Tyrion, pero ser Vardis les dio el alto y miró a lady Lysa.

La pequeña boca de la mujer estaba retorcida en una sonrisa crispada.

—Si os juzgamos y os declaramos culpable de los crímenes que se os atribuyen, las mismas leyes del rey dictan que paguéis con vuestra sangre. En el Nido de Águilas no tenemos verdugos que decapiten, mi señor de Lannister. Simplemente, abrimos la Puerta de la Luna.

El grupo de espectadores se separó. Había una estrecha puerta de arciano entre dos columnas de mármol, y en la madera blanca se veía una medialuna. Los que se encontraban más cerca retrocedieron cuando una pareja de guardias avanzó hacia la puerta. Uno retiró los pesados barrotes de bronce, y el segundo abrió la puerta hacia dentro. La ráfaga de viento que entró aullando agitó sus capas azules. Tras la puerta se veía el cielo nocturno, salpicado de estrellas frías e impasibles.

—Contemplad la justicia del rey —dijo Lysa Arryn.

Las llamas de las antorchas se agitaron como pendones a lo largo de las paredes, y más de una se apagó.

—Lysa, no me parece buena idea —dijo Catelyn Stark mientras el viento negro azotaba la sala.

—Decís que queréis un juicio, mi señor de Lannister —continuó Lysa sin hacer caso del comentario de su hermana—. Muy bien, tendréis un juicio. Mi hijo escuchará lo que digáis, y luego vos escucharéis su sentencia. Después os podréis marchar... por una puerta o por la otra.

Parecía muy satisfecha consigo misma, y Tyrion pensó que tenía motivos para ello. La perspectiva de un juicio no le parecía amenazadora; su hijo debilucho era el juez. Tyrion echó un vistazo a la Puerta de la Luna. «Haz que vuele el hombre malo», le había pedido el niño. ¿A cuántos hombres habría arrojado por aquella puerta el condenado mocoso?

—Os lo agradezco, mi señora, pero no hay por qué molestar a lord Robert —dijo Tyrion con cortesía—. Los dioses saben que soy inocente. Prefiero su veredicto al juicio de los hombres. Exijo un juicio por combate.

Las carcajadas llenaron la Sala Alta de los Arryn. Lord Nestor Royce dejó escapar un bufido, y ser Willis rio entre dientes. Ser Lyn Corbray se estremecía entre risotadas, y otros rieron tanto que se les saltaron las lágrimas. Marillion pulsó torpemente una cuerda de la lira nueva con los dedos rotos, para arrancarle una nota alegre. Hasta el viento que entraba por la Puerta de la Luna parecía silbar burlón.

Los ojos acuosos de Lysa Arryn parecían inseguros. Tyrion supo que la había hecho titubear.

—Es cierto, os asiste ese derecho.

—Mi señora, os suplico que me concedáis el honor de ser el campeón de vuestra causa. —El caballero joven con la víbora verde bordada en el chaleco se había adelantado e hincado una rodilla en el suelo.

—Ese honor debe ser para mí —intervino el viejo lord Hunter—. Por el afecto que profesaba a vuestro señor esposo, permitidme vengar su muerte.

—Mi padre sirvió fielmente a lord Jon como mayordomo jefe del Valle —retumbó la voz de ser Albar Royce—. Dejadme a mí que sirva a su hijo.

—Los dioses favorecen al hombre que defiende la causa justa —intervino ser Lyn Corbray—, pero a menudo este resulta ser el que mejor maneja la espada. Y todos los presentes saben quién es el mejor —terminó con una sonrisa modesta.

Doce hombres más se levantaron para reclamar el honor, hablando todos a la vez. Tyrion suspiró, desalentando. No se había dado cuenta de que existían tantos desconocidos ansiosos por matarlo. Quizá su idea no hubiera sido tan buena.

—Os doy las gracias a todos, señores —dijo lady Lysa alzando la mano para pedir silencio—, igual que haría mi hijo si estuviera presente. No hay hombres en los Siete Reinos tan nobles y valerosos como los caballeros del Valle. Me gustaría poder concederos a todos el honor que me solicitáis. Pero solo puedo elegir a uno. —Hizo un gesto—. Ser Vardis Egen, fuisteis la mano derecha de mi señor esposo. Seréis nuestro campeón.

Ser Vardis había guardado silencio hasta aquel momento.

—Mi señora —dijo entonces, clavando una rodilla en el suelo—. Te ruego que encomiendes a otro esta carga; yo no la deseo. Ese hombre no es ningún guerrero. Fijaos bien en él. Se trata de un enano, de la mitad de mi tamaño, y con las piernas tullidas. Me avergonzaría matar a un hombre así y llamarlo justicia.

«Excelente», pensó Tyrion.

—Estoy de acuerdo —dijo.

—Vos sois quien ha pedido este juicio por combate —repuso Lysa mirándolo.

—Y ahora pido un campeón, igual que habéis hecho vos. Sé que mi hermano Jaime estará encantado de representarme.

—Vuestro querido Matarreyes está a cientos de leguas de aquí —le espetó Lysa Arryn.

—Enviadle un pájaro. No me importa esperar a que llegue.

—Os enfrentaréis a ser Vardis mañana.

—Bardo —dijo Tyrion, volviéndose hacia Marillion—, cuando cantes tu balada sobre estos hechos, no te olvides de decir también cómo lady Arryn negó al enano el derecho a tener un campeón. Que lo obligó a enfrentarse a su mejor guerrero, tullido, magullado y cojo como estaba.

—¡No os niego nada! —chilló Lysa Arryn con la voz tensa por la irritación—. Elegid a un campeón, Gnomo... si creéis que habrá alguien dispuesto a morir por vos.

—Si no os importa, prefiero encontrar a alguien dispuesto a matar por mí. —Tyrion recorrió la sala con la mirada. Nadie se movió. Durante un largo instante, se preguntó si no habría cometido un error colosal.

Y, en aquel momento, alguien avanzó desde el fondo de la sala.

—Yo me batiré por el enano —anunció Bronn.

EDDARD

Volvió a tener el mismo sueño de hacía tiempo, el de los tres caballeros con capas blancas, la torre caída y Lyanna en su lecho de sangre.

En el sueño, sus amigos cabalgaban con él, como había sucedido en la realidad: el orgulloso Martyn Cassel, padre de Jory; el fiel Theo Wull; Ethan Glover, que había sido escudero de Brandon; ser Mark Ryswell, de verbo amable y corazón bondadoso; el lacustre Howland Reed; lord Dustin a lomos de su semental alazán. Ned había conocido sus rostros tan bien como el suyo propio, pero los años habían erosionado los recuerdos, incluso aquellos que había prometido no olvidar jamás. En el sueño no eran más que sombras, espectros grises cabalgando sobre caballos de niebla.

Eran siete, y se enfrentaban a tres. En el sueño, tal como había sucedido en la realidad. Pero no eran tres jinetes cualesquiera. Habían estado esperando ante la torre redonda, con las montañas rojizas de Dorne a sus espaldas, las capas blancas ondeando al viento. Y no eran sombras; sus rostros seguían siendo claros pese al tiempo. Ser Arthur Dayne, la Espada del Amanecer, con una sonrisa triste en los labios. La empuñadura de su mandoble, *Albor,* le asomaba por encima del hombro derecho. Ser Oswell Whent tenía una rodilla hincada en el suelo y afilaba su hoja con una piedra de amolar. En su yelmo blanco, el murciélago que era el emblema de su casa desplegaba las alas negras. Entre ellos se encontraba el torvo ser Gerold Hightower, el Toro Blanco, lord comandante de la Guardia Real.

—Os busqué en el Tridente —les dijo Ned.

—No estábamos allí —replicó ser Gerold.

—Si hubiéramos estado, el Usurpador lloraría lágrimas de sangre —dijo ser Oswell.

—Cuando cayó Desembarco del Rey, ser Jaime mató a vuestro rey con una espada dorada. ¿Dónde estabais entonces?

—Muy lejos —dijo ser Gerold—. De lo contrario, Aerys seguiría ocupando el Trono de Hierro, y nuestro falso hermano ardería en los siete infiernos.

—Bajé a Bastión de Tormentas para levantar el asedio —les dijo Ned—. Lord Tyrell y lord Redwyne rindieron sus pendones, y todos sus caballeros se arrodillaron para jurarnos lealtad. Estaba seguro de que os encontraría entre ellos.

—No nos arrodillamos tan fácilmente —señaló ser Arthur Dayne.

—Ser Willem Darry ha huido a Rocadragón con vuestra reina y con el príncipe Viserys. Pensé que habríais embarcado con ellos.

—Ser Willem es un hombre bueno y honrado —dijo ser Oswell.

—Pero no pertenece a la Guardia Real —señaló ser Gerold—. La Guardia Real no huye.

—Ni entonces ni ahora —dijo ser Arthur. Se puso el yelmo.

—Hicimos un juramento —explicó el anciano ser Gerold.

Los espectros de Ned se situaron junto a él, con espadas de sombras en las manos. Eran siete contra tres.

—Y esto va a empezar ahora mismo —dijo ser Arthur Dayne, la Espada del Amanecer. Desenvainó a *Albor* y la sujetó con ambas manos. La hoja era blanca como el vidriolechoso; la luz hacía que pareciera tener vida.

—No —dijo Ned con voz entristecida—. Esto va a terminar ahora mismo.

En el momento en que los aceros chocaron con estruendo, alcanzó a oír la voz de Lyanna, que gritaba su nombre. Una tormenta de pétalos de rosa cayó de un cielo jalonado de sangre, azul como los ojos de la muerte.

—Lord Eddard —gritó Lyanna de nuevo.

—Te lo prometo —susurró—. Te lo prometo, Lya...

—Lord Eddard —repitió un hombre en la oscuridad.

Eddard Stark abrió los ojos con un gemido. La luz de la luna entraba por las altas ventanas de la Torre de la Mano. Había una sombra junto a la cama.

—¿Lord Eddard?

—¿Cuánto...? ¿Cuánto tiempo? —Las sábanas estaban enredadas; tenía la pierna entablillada y escayolada. Sentía un dolor sordo en todo el costado.

—Seis días y siete noches —La voz era la de Vayon Poole. El mayordomo le acercó una copa a los labios—. Bebed, mi señor.

—¿Qué...?

—Agua, nada más. El maestre Pycelle dijo que tendríais sed. —Ned bebió. Tenía los labios secos y agrietados. El agua le supo dulce como la miel—. El rey ha dejado órdenes —siguió Vayon Poole cuando hubo vaciado la copa—. Quiere hablar con vos, mi señor.

—Mañana —replicó Ned—. Cuando esté más fuerte. —No podía enfrentarse a Robert en aquel momento. El sueño lo había dejado débil como un gatito recién nacido.

—Mi señor —insistió Poole—, ordenó que fuerais a verlo en cuanto abrierais los ojos.

El mayordomo se fingía muy atareado encendiendo una vela en la mesilla. Ned maldijo entre dientes. La paciencia nunca había figurado entre las virtudes de Robert.

—Dile que estoy demasiado débil para ir a verlo. Si quiere hablar conmigo, será un placer recibirlo aquí. Y espero que esté durmiendo profundamente cuando lo despiertes. Llama también a... —Iba a decir «Jory», cuando lo recordó todo—. Llama también al capitán de mi guardia.

Alyn entró en el dormitorio instantes después de que saliera el mayordomo.

—¿Mi señor?

—Poole me ha dicho que han pasado seis días —dijo Ned—. Necesito saber cómo está la situación.

—El Matarreyes ha huido de la ciudad —relató Alyn—. Se dice que ha ido a Roca Casterly para unirse al ejército de su padre. Todo el mundo comenta cómo lady Catelyn tomó prisionero al Gnomo. He puesto guardias adicionales; espero que os parezca bien.

—Por supuesto —asintió Ned—. ¿Y mis hijas?

—Han estado con vos día y noche, mi señor. Sansa reza en silencio, pero Arya... —Titubeó un instante—. No ha dicho ni una palabra desde que os trajeron. Es una verdadera fiera, mi señor. Jamás había visto tanta ira en una niña.

—Pase lo que pase —dijo Ned—, quiero que mis hijas estén a salvo. Esto no ha hecho más que empezar.

—No les sucederá nada, lord Eddard —dijo Alyn—. Las protegeré con mi vida.

—Jory y los demás...

—Entregamos sus cuerpos a las hermanas silenciosas para que los llevaran al norte, a Invernalia. A Jory le habría gustado reposar junto a su abuelo.

Tendría que ser junto a su abuelo, porque el padre de Jory estaba enterrado mucho más al sur. Martyn Cassel había perecido, junto con todos los demás. Después, Ned había derribado la torre, y con sus piedras ensangrentadas había alzado ocho túmulos sobre el risco. Según se decía, Rhaegar llamaba a aquel lugar *la torre de la alegría,* pero para él únicamente tendría ya siempre recuerdos amargos. Habían sido siete contra tres, pero solo dos de su grupo sobrevivieron: el propio Eddard Stark y el menudo lacustre, Howland Reed. Volver a tener aquel viejo sueño tras tantos años no era un buen presagio.

—Bien hecho, Alyn —decía Ned cuando regresó Vayon Poole.

—Ha llegado su alteza, mi señor —dijo el mayordomo con una profunda reverencia—; viene con la reina.

Ned se incorporó un poco, e hizo una mueca al sentir el dolor de la pierna. No había esperado recibir también a Cersei. Tampoco aquello auguraba nada bueno.

—Hacedlos pasar y dejadnos a solas. Lo que hablemos no debe salir de aquí.

Poole se retiró en silencio.

Robert había tenido tiempo de vestirse. Llevaba un jubón de terciopelo negro, con el venado coronado de los Baratheon bordado en el pecho con hilo de oro, y una capa a cuadros dorados y negros. Sostenía una frasca de vino en la mano y ya tenía el rostro congestionado por la bebida. Tras él entró Cersei Lannister, con una diadema enjoyada en el pelo.

—Altezas —saludo Ned—. Os ruego que me perdonéis. No puedo levantarme.

—No importa —replicó el rey en tono seco—. ¿Un poco de vino? Es del Rejo. Buena cosecha.

—Una copa pequeña —dijo Ned—. Todavía tengo la cabeza espesa por la leche de la amapola.

—En vuestro lugar, cualquier otro hombre se consideraría afortunado por tener todavía una cabeza sobre los hombros —declaró la reina.

—Cállate, mujer —le espetó Robert. Le tendió a Ned una copa de vino—. ¿Te sigue doliendo la pierna?

—Un poco —asintió Ned. La cabeza le daba vueltas, pero no podía reconocer su debilidad delante de la reina.

—Pycelle dice que se te va a curar bien. —Robert frunció el ceño—. Doy por supuesto que ya sabes qué ha hecho Catelyn.

—Así es. —Ned bebió un trago de vino—. Mi señora esposa no es culpable de nada, alteza. Todo lo que ha hecho ha sido siguiendo mis instrucciones.

—No estoy nada contento, Ned —gruñó Robert.

—¿Qué derecho creéis que tenéis a ponerle las manos encima a mi familia? —restalló Cersei—. ¿Quién os creéis que sois?

—La mano del rey —respondió Ned con cortesía gélida—. El hombre al que vuestro señor esposo encomendó la misión de defender la paz del rey y llevar a cabo la justicia del rey.

—Erais la mano —empezó Cersei—. Pero ahora...

—¡Silencio! —rugió el rey—. Le has hecho una pregunta y te ha respondido. —Cersei cerró la boca, pálida de ira, y Robert se volvió de nuevo hacia Ned—. Hablas de defender la paz del rey. ¿Así es como defiendes mi paz, Ned? Han muerto siete hombres...

—Ocho —lo corrigió la reina—. Tregar ha muerto esta mañana por las heridas que le causó lord Stark.

—Secuestros en el camino Real y peleas de borrachos en mis calles —dijo el rey—. No pienso tolerarlo, Ned.

—Catelyn tenía buenos motivos para detener al Gnomo...

—¡He dicho que no pienso tolerarlo! Al infierno con sus motivos. Le ordenarás a tu mujer que libere al enano de inmediato y harás las paces con Jaime.

—Tres de mis hombres fueron asesinados ante mis ojos porque Jaime Lannister quería castigarme. ¿Pretendes que lo olvide?

—Mi hermano no inició esa disputa —le dijo Cersei al rey—. Lord Stark regresaba borracho de un burdel. Sus hombres atacaron a Jaime y a sus guardias, igual que su esposa atacó a Tyrion en el camino Real.

—Me conoces bien, Robert —dijo Ned—. Y si dudas de mí, pregunta a lord Baelish. Iba con nosotros.

—Ya he hablado con Meñique —replicó Robert—. Asegura que fue a buscar a los capas doradas antes de que empezara la pelea, pero reconoce que volvíais de algún prostíbulo.

—¿De algún prostíbulo? ¡Maldita sea, Robert, fui a ver a tu hija! Su madre la ha llamado Barra. Se parece a la primera hija que tuviste, en el Valle, cuando éramos niños. —Mientras hablaba, observaba el rostro de la reina; la cara de la mujer era una máscara pálida y rígida, que no dejaba traslucir nada. Robert, en cambio, se sonrojó.

—Barra —gruñó—. Y supongo que pensará que eso me complace. Maldita chica, pensé que tenía más sentido común.

—No tiene más de quince años, es una prostituta, y ¿pensabas que tenía más sentido común? —preguntó Ned, incrédulo. La pierna empezaba a dolerle mucho. Le costaba contener la ira—. Esa niña tonta está enamorada de ti, Robert.

—Esta conversación no es apropiada para los oídos de la reina —dijo el rey echándole una mirada a Cersei.

—A vuestra alteza no le gustará nada de lo que yo pueda decir —replicó Ned—. Me han dicho que el Matarreyes ha huido de la ciudad. Dame permiso para obligarlo a volver, y que se haga justicia.

—No —dijo el rey después de hacer girar el vino en la copa, pensativo, y beber un trago—. Y no quiero oír más sobre este tema. Jaime mató a tres de tus hombres, y tú, a cinco de los suyos. Punto final.

—¿Esa es tu idea de la justicia? —estalló Ned—. En ese caso, me alegro de no ser ya la mano.

—Si cualquier hombre hubiera osado hablar a un Targaryen como él te ha hablado a ti... —La reina miraba a su esposo.

—¿Acaso me tomas por Aerys? —la interrumpió Robert.

—Te tomaba por un rey. Por las leyes del matrimonio y los lazos que nos unen, Jaime y Tyrion son tus hermanos. Los Stark han hecho huir a uno y han secuestrado al otro. Este hombre te deshonra cada vez que respira, y tú le preguntas que si le duele la pierna y si quiere vino.

—¿Cuántas veces tengo que decirte que te calles, mujer? —El rostro de Robert estaba desfigurado por la ira.

—Los dioses jugaron con nosotros dos —dijo Cersei; en su rostro se reflejaba un mundo de desprecio—. Yo debería vestir una cota de malla, y tú, llevar faldas.

El rey, rojo de ira, le asestó un violento golpe con el dorso de la mano. Cersei Lannister se tambaleó contra una mesa y cayó al suelo, pero no dejó escapar ni una lágrima. Se llevó los finos dedos a la mejilla magullada, donde la piel blanca empezaba ya a enrojecerse. Al día siguiente, el moretón le cubriría la mitad del rostro.

—Luciré esto como símbolo de honor —anunció.

—Pues lúcelo en silencio, o te honraré de nuevo —juró Robert. Llamó al guardia a gritos. Ser Meryn Trant, alto y sombrío en su armadura blanca, entró en la estancia—. La reina está cansada. Acompáñala a su dormitorio.

El caballero ayudó a Cersei a ponerse en pie, y la acompañó sin decir palabra.

—Ya has visto lo que me hace esa mujer, Ned. —Robert cogió la jarra, volvió a llenarse la copa y se sentó, con la copa de vino en la mano—. Mi querida esposa. La madre de mis hijos. —La ira se había esfumado. Ned vio en sus ojos tristeza y miedo—. No debería haberla golpeado. No ha sido... No ha sido propio de un rey. —Bajó la vista y se examinó las manos como si se las viera por primera vez—. Siempre he sido fuerte..., nadie podía conmigo, nadie. Pero ¿cómo se pelea con alguien a quien no se puede golpear? —El rey sacudió la cabeza, confuso—. Rhaegar... Maldita sea, Rhaegar venció. Yo lo maté, Ned, le traspasé la armadura negra hasta su negro corazón, murió a mis pies. Se compusieron canciones sobre aquello. Pero, aun así, venció. Ahora, él tiene a Lyanna, y yo la tengo a ella. —Vació su copa.

—Alteza —empezó Ned Stark—, tenemos que hablar.

—Estoy harto de hablar, harto. —Robert se apretó las sienes con los dedos—. Mañana iré a cazar al bosque Real. Sea lo que sea lo que quieres decirme, tendrá que esperar hasta mi regreso.

—Si los dioses son bondadosos, no estaré aquí cuando regreses. Me ordenaste volver a Invernalia, ¿recuerdas?

—Los dioses no son bondadosos, Ned. —Robert se levantó. Tuvo que agarrarse a un poste de la cama para mantener el equilibrio—. Toma, esto es tuyo. —Se sacó de un bolsillo del forro de la capa el pesado broche de plata en forma de mano, y lo tiró sobre la cama—. Te guste o no, eres mi mano. Te prohíbo que te vayas.

—La chica, la Targaryen... —Ned cogió el broche de plata. Por lo visto, no le dejaba ninguna elección. La pierna le dolía horriblemente, y se sentía impotente como un bebé.

El rey dejó escapar un gemido.

—Por los siete infiernos, no empieces con ella otra vez. Está decidido. No pienso discutirlo más.

—¿Por qué quieres que sea la mano, si te niegas a escuchar mis consejos?

—¿Por qué? —Robert se echó a reír—. ¿Y por qué no? Alguien tiene que gobernar este maldito reino. Ponte el broche, Ned. Te sienta muy bien. Y si alguna vez vuelves a tirármelo a la cara, te juro que se lo pondré a Jaime Lannister.

CATELYN

El cielo del este se tiñó de rosa y oro a medida que el sol salía sobre el Valle de Arryn. Catelyn Stark, con las manos apoyadas en la piedra tallada del antepecho de la ventana, contempló cómo la luz se difundía y el mundo pasaba del negro al añil y luego al verde, a medida que el amanecer avanzaba por los prados y bosques. De las Lágrimas de Alyssa ascendían jirones de bruma blanca, allí donde las aguas fantasmales caían por la ladera de la montaña e iniciaban el largo descenso por la Lanza del Gigante. Catelyn sentía en el rostro el roce de algunas gotas.

Alyssa Arryn había visto morir asesinados a su esposo, a sus hermanos y a todos sus hijos, pero en vida jamás derramó una lágrima. Por eso, los dioses habían decretado que, tras su muerte, no conociera el descanso hasta que su llanto empapase la tierra negra del Valle bajo la que yacían los hombres a los que había amado y enterrado. Alyssa llevaba muerta seis mil años, y ni una gota del torrente había llegado jamás al suelo del valle, tan abajo. Catelyn se preguntó cómo sería la catarata de sus lágrimas cuando muriese.

—Cuéntame todo lo demás —dijo.

—El Matarreyes está reuniendo sus huestes en Roca Casterly —respondió ser Rodrik Cassel, en la habitación, a su espalda—. Vuestro hermano nos escribe que ha enviado jinetes a la Roca para exigirle a lord Tywin que explique sus intenciones, pero no ha obtenido ninguna respuesta. Edmure les ha ordenado a lord Vance y lord Piper que guarden el paso bajo el Colmillo Dorado. Os jura que no cederá ni un codo de tierra Tully sin antes regarlo con sangre Lannister.

Catelyn se apartó del amanecer. Tanta belleza no bastaba para aliviar su sombrío humor; era una crueldad que un día comenzara con tanta hermosura y fuera a terminar de manera tan horrible como todo indicaba.

—Edmure ha enviado jinetes y ha hecho juramentos —dijo—. Pero no es el señor de Aguasdulces. ¿Qué pasa con mi padre?

—El mensaje no menciona a lord Hoster, mi señora. —Ser Rodrik se tironeó de los bigotes. Mientras se recuperaba de las heridas, le habían vuelto a crecer, blancos como la nieve e hirsutos como un espino. Casi volvía a ser el mismo de antes.

—Mi padre no dejaría la defensa de Aguasdulces en manos de Edmure a menos que estuviera muy enfermo —señaló, preocupada—. Deberíais haberme despertado en cuanto ha llegado el pájaro.

—Vuestra señora hermana ha pensado que sería mejor dejaros dormir. Me lo ha dicho el maestre Colemon.

—Deberíais haberme despertado —insistió.

—Según el maestre, vuestra hermana pensaba hablar con vos después del combate —dijo ser Rodrik.

—¿Así que piensa seguir adelante con esta payasada? —Catelyn hizo una mueca—. El enano la ha hecho bailar a su son y ella está tan sorda que no oye la música. Suceda lo que suceda esta mañana, debemos partir enseguida, ser Rodrik. Mi lugar está en Invernalia, al lado de mis hijos. Si os sentís con fuerzas para viajar, le pediré a Lysa que nos proporcione escolta hasta Puerto Gaviota. Desde allí seguiremos en barco.

—¿Otra vez en barco? —Ser Rodrik se puso algo verde, pero consiguió no estremecerse—. Como ordenéis, mi señora.

El anciano caballero aguardó tras la puerta mientras Catelyn llamaba a las criadas que Lysa le había asignado. Si hablaba con su hermana antes del duelo, quizá consiguiera que cambiara de opinión, pensó mientras la vestían. Los planes de Lysa cambiaban según sus estados de ánimo, y sus estados de ánimo cambiaban a cada hora. La niña tímida que había sido en Aguasdulces se había convertido con los años en una mujer que era, a ratos, orgullosa, miedosa, cruel, soñadora, despiadada, tímida, testaruda, soberbia y, sobre todo, inconstante.

Cuando el repugnante carcelero de Lysa había acudido a ellas para decirles que Tyrion Lannister quería confesar, Catelyn suplicó a su hermana que hablaran con el enano en privado; pero no, ella tenía que hacer de aquello un espectáculo ante la mitad del Valle. Y así habían ido las cosas...

—Lannister es mi prisionero —le dijo a ser Rodrik mientras bajaban por las escaleras de la torre, en dirección a los fríos salones blancos del Nido de Águilas. Catelyn vestía una sencilla túnica de algodón con cinturón plateado—. Habrá que recordárselo a mi hermana.

Junto a la entrada de las habitaciones de Lysa se encontraron con su tío, que salía hecho una furia.

—¿Vas a unirte al festival de los locos? —gritó ser Brynden—. Te diría que le dieras una buena bofetada a ver si se le metía algo de sentido común en la cabeza, pero no serviría de nada; solo te magullarías la mano.

—Ha llegado un pájaro de Aguasdulces —empezó Catelyn—. Con una carta de Edmure...

—Ya lo sé, pequeña. —El pez negro con que se abrochaba la capa era la única concesión que Brynden hacía en cuestión de ornamentos—. He tenido que enterarme a través del maestre Colemon. Le he pedido a tu hermana que me dejara partir con un millar de jinetes para ir inmediatamente a Aguasdulces. ¿Y sabes qué me ha dicho? «El Valle no puede prescindir ahora de mil espadas, no puede prescindir ni de una espada, tío. Eres el Caballero de la Puerta. Tu lugar está aquí.» —Del otro lado de la puerta les llegó el sonido de una carcajada infantil. Su tío volvió la cabeza para mirar, sombrío—. Le he dicho que más vale que se vaya buscando otro Caballero de la Puerta. Pez negro o no, sigo siendo un Tully. Me marcharé a Aguasdulces antes de que anochezca.

—¿Solo? —Catelyn no se molestó en fingir sorpresa—. Sabes tan bien como yo que no sobrevivirías en el camino alto. Ser Rodrik y yo vamos a volver a Invernalia. Ven con nosotros, tío. Yo te daré mil hombres. Aguasdulces no tendrá que luchar a solas.

—Como tú digas —asintió Brynden con gesto brusco después de meditar un instante—. Es el camino más largo para volver a casa, pero así al menos llegaré. Te espero abajo. —Se alejó a zancadas, con la capa ondeando a la espalda.

Catelyn intercambió una mirada con ser Rodrik. Ambos se encaminaron hacia el lugar de donde procedían las nerviosas risitas infantiles.

Las habitaciones de Lysa daban a un pequeño jardín, un círculo de tierra y hierba con flores azules, rodeado de altas torres blancas. Los constructores habían intentado que fuera un bosque de dioses, pero el Nido de Águilas reposaba sobre la piedra dura de la montaña, y por mucha tierra fértil que acarrearan desde el Valle, no consiguieron que arraigara ningún arciano. De manera que los señores del Nido de Águilas plantaron hierba y distribuyeron unas cuantas estatuas entre los arbustos bajos. Allí se reunirían los dos campeones, para poner sus vidas y la de Tyrion Lannister en las manos de los dioses.

Lysa, con el pelo recién cepillado y envuelta en una túnica de terciopelo color crema, con un collar de zafiros y adularias que le rodeaba el cuello lechoso, daba audiencia en una terraza desde la que se divisaba el lugar del combate, rodeada por sus caballeros, pretendientes, grandes señores y señores de mediana importancia. Muchos de ellos seguían teniendo la esperanza de poder casarse con ella, llevarla a la cama y gobernar a su lado el Valle de Arryn. Por lo que había visto Catelyn durante su estancia en el Nido de Águilas, era una esperanza vana.

Se había erigido una plataforma de madera para elevar el trono de Robert. Y allí estaba el señor del Nido de Águilas, entre risitas y palmoteos, mientras un titiritero jorobado vestido con abigarradas ropas azules y blancas hacía que dos marionetas de madera se lanzaran tajos y estocadas. Se habían dispuesto jarras de nata espesa y cestas de moras, y los invitados bebían vino dulce aromatizado con naranja en copas de plata labrada. El festival de los locos, como lo había llamado Brynden, con toda razón.

Al otro lado de la terraza, Lysa reía alegremente alguna broma de lord Hunter, y mordisqueaba una mora en la punta del puñal de ser Lyn Corbray. Eran los pretendientes favoritos de Lysa... al menos aquel día. A Catelyn le habría costado decidir cuál de los dos hombres era menos adecuado. Eon Hunter era aún más viejo que Jon Arryn; la gota lo tenía casi imposibilitado y cargaba con la maldición de tres hijos pendencieros y a cuál más codicioso. Ser Lyn era un loco de otro tipo: delgado, atractivo, heredero de una casa antigua pero venida a menos, engreído, temerario, de genio vivo... y, según se decía, su desinterés por los encantos íntimos de las mujeres era notorio.

Lysa vio a Catelyn y la recibió con un abrazo fraternal y un beso húmedo en cada mejilla.

—Qué mañana tan bonita, ¿verdad? Los dioses nos sonríen. Toma una copa de vino, mi querida hermana. Lord Hunter ha tenido la amabilidad de hacer que lo subieran de sus bodegas.

—No, gracias. Tenemos que hablar, Lysa.

—Luego —le prometió su hermana, al tiempo que empezaba a volverse.

—Ahora. —Catelyn habló más alto de lo que pretendía. Los hombres se volvieron para mirarla—. No puedes seguir adelante con esta locura, Lysa. El Gnomo tiene valor solo mientras siga vivo. Muerto no vale ni como carroña para los cuervos. Y si venciera su campeón...

—Es poco probable, mi señora —la tranquilizó lord Hunter, palmeándole la espalda con una mano llena de manchas—. Ser Vardis es un guerrero valeroso. Dará buena cuenta del mercenario.

—¿Estáis seguro, mi señor? —replicó Catelyn con frialdad—. Yo, no tanto. —Ella había visto pelear a Bronn en el camino alto; no era ninguna casualidad que hubiera sobrevivido a un viaje que se había cobrado las vidas de tantos otros. Se movía como una pantera, y su espada oxidada parecía formar parte de su brazo.

Los pretendientes de Lysa se estaban arremolinando en torno a ellos como abejas junto a una flor.

—Las mujeres no entienden de estas cosas —dijo ser Morton Waynwood—. Mi querida señora, ser Vardis es un caballero. El otro, en cambio, es... Bueno, los hombres como él son cobardes, en el fondo. Resultan muy útiles en una batalla, cuando están rodeados de miles de tipos como ellos, pero en cuanto se quedan solos pierden toda la hombría.

—Supongamos que tenéis razón —dijo Catelyn con una cortesía que le dolía en la boca—. ¿Qué ganaremos con la muerte del enano? ¿Creéis que a Jaime le importará un bledo que juzgáramos a su hermano antes de despeñarlo?

—Pues lo decapitaremos —sugirió ser Lyn Corbray—. Cuando el Matarreyes reciba la cabeza del Gnomo lo tomará como una advertencia.

—Lord Robert quiere ver cómo vuela —dijo Lysa, impaciente, sacudiendo la melena suelta que le llegaba a la cintura como si con aquello zanjara el asunto—. Y nadie tiene la culpa más que el Gnomo. Él fue quien exigió un juicio por combate.

—Lady Lysa no podía negarse de manera honorable, ni aunque lo hubiera deseado —entonó lord Hunter, parsimonioso.

Catelyn hizo caso omiso de los aduladores y concentró todas las energías en su hermana.

—Te recuerdo que Tyrion Lannister es mi prisionero.

—¡Y yo te recuerdo que el enano asesinó a mi señor esposo! —chilló ella—. ¡Envenenó a la mano del rey, dejó huérfano a mi pequeñín, y quiero que lo pague muy caro! —Lysa se volvió bruscamente y se dirigió hacia el otro extremo de la terraza. Ser Lyn, ser Morton y el resto de los pretendientes hicieron una fría reverencia a Catelyn y corrieron tras ella.

—¿Creéis que fue así? —le preguntó en voz baja ser Rodrik cuando volvieron a estar a solas—. ¿Pensáis que mató a lord Jon? El Gnomo lo niega, y parece sincero...

—Creo que los Lannister asesinaron a lord Arryn —respondió Catelyn—. Pero no sé si fue Tyrion, ser Jaime, la reina o todos a la vez. —Lysa había nombrado a Cersei en la carta que enviara a Invernalia, pero en aquellos momentos parecía convencida de que el asesino había sido Tyrion..., quizá porque el enano estaba allí, a su alcance, mientras que la reina se encontraba a salvo tras los muros de la Fortaleza Roja, a cientos de leguas hacia el sur. Catelyn casi deseaba haber quemado la carta de su hermana antes de leerla.

—Veneno... —Ser Rodrik se tironeó de los bigotes—. Sí, claro, podría ser cosa del enano. O de Cersei. Se dice que el veneno es arma de mujer, y perdonad que lo diga, mi señora. En cambio, el Matarreyes...

No me gusta ese hombre, pero no es el tipo de persona que haría algo así. Le gusta demasiado ver su espada dorada manchada de sangre. ¿Fue veneno, mi señora?

—¿Cómo si no habrían hecho que pareciera muerte natural? —Catelyn frunció el ceño, algo intranquila. Tras ellos, lord Robert gritó divertido cuando una de las marionetas en forma de caballero cortó a la otra por la mitad, derramando sobre la terraza una lluvia de serrín teñido de rojo. Miró a su sobrino y suspiró—. A ese niño le hace falta mucha disciplina. Si no lo apartan de su madre una buena temporada, nunca será capaz de gobernar.

—Su señor padre habría estado de acuerdo con vos —dijo una voz junto a su codo. Catelyn se volvió. El maestre Colemon estaba a su lado, con una copa de vino en la mano—. Pensaba enviar al chico de pupilo a Rocadragón, ¿sabéis? Oh, pero estoy hablando demasiado... —La nuez le subía y le bajaba tras la papada. Estaba muy nervioso—. Me temo que he abusado del excelente vino de lord Hunter. Solo pensar en el derramamiento de sangre me pone los nervios de punta...

—Os equivocáis, maestre —dijo Catelyn—. Iba a enviarlo a Roca Casterly, no a Rocadragón, y todo eso se acordó tras la muerte de la mano, sin el consentimiento de mi hermana.

El maestre sacudió la cabeza con energía. Tenía el cuello tan largo que casi parecía una marioneta él también.

—No, mi señora, tengo que llevaros la contraria, pero fue lord Jon quien...

Abajo empezó a sonar una campana. Los grandes señores, y también las sirvientas, interrumpieron lo que hacían y se acercaron a la balaustrada. Abajo, dos guardias enfundados en capas celestes acompañaban a Tyrion Lannister. El regordete septón del Nido de Águilas lo escoltó hasta la estatua erigida en el centro del jardín, una mujer llorosa, tallada en mármol blanco veteado, que con toda seguridad representaba a Alyssa.

—El hombrecillo malvado —dijo lord Robert, con una risita tonta—. Madre, ¿puedo hacerlo volar? Quiero verlo volar.

—Más tarde, mi pequeñín —le prometió Lysa.

—Primero, el juicio —pronunció, cansino, ser Lyn Corbray—, y después, la ejecución.

Un momento más tarde, los dos campeones aparecieron por lados opuestos del jardín. El caballero contaba con la asistencia de dos escuderos jóvenes; el mercenario, con la del maestro de armas del Nido de Águilas.

Ser Vardis Egen vestía de acero de la cabeza a los pies: llevaba una pesada armadura articulada sobre una cota de malla y una sobrecota acolchada. Grandes rondelas circulares, esmaltadas en colores crema y azul, con el sello de la luna y el halcón de la casa Arryn, protegían la articulación vulnerable donde el brazo se unía al tórax. Una faldilla de metal articulado lo cubría desde la cintura hasta medio muslo, y tenía la garganta protegida por un gorjal macizo. De las sienes del yelmo brotaban las alas del halcón, y el visor era un afilado pico de metal con una estrecha ranura para los ojos.

Bronn llevaba una armadura tan ligera que, al lado del caballero, parecía casi desnudo. Llevaba solamente una camisa de anillas de hierro sobre cuero curtido, un medio yelmo redondo, de acero, con un protector para la nariz, y una cofia de malla. Botas altas de cuero con espinilleras de acero le protegían las piernas hasta cierto punto, y en los dedos de los guantes llevaba cosidos discos de hierro negro. No obstante, Catelyn se dio cuenta de que el mercenario era un palmo más alto que su oponente, con más alcance... y, a primera vista, aparentaba quince años menos.

Se arrodillaron sobre la hierba, bajo la mujer llorosa, uno frente al otro, con Lannister entre ambos. El septón extrajo una esfera de vidrio facetado de la bolsa de tela que llevaba en la cintura. La levantó por encima de su cabeza y la luz se fragmentó. Sobre el rostro del Gnomo aparecieron arcoíris danzantes. Con voz alta, solemne y melódica, el septón rogó a los dioses que miraran abajo y sirvieran de testigos para encontrar la verdad en el alma de aquel hombre, para concederle la vida y la libertad si era inocente, y la muerte si era culpable. Su voz retumbó contra las torres circundantes.

Cuando el último eco desapareció, el septón bajó el vidrio y se marchó presuroso. Tyrion se inclinó y susurró algo al oído de Bronn antes de que los guardias se lo llevaran. El mercenario se incorporó riendo y se sacudió una brizna de hierba de la rodilla.

Robert Arryn, señor del Nido de Águilas y Defensor del Valle, se agitaba con impaciencia en su trono elevado.

—¿Cuándo van a combatir? —preguntó, plañidero.

Un escudero de ser Vardis lo ayudó a ponerse en pie. El otro le entregó un escudo triangular, de algo más de dos codos de alto, de grueso roble con clavos de hierro. Se lo ataron al antebrazo izquierdo. Cuando el maestro de armas de Lysa le ofreció un escudo similar a Bronn, el mercenario escupió y lo rechazó con un gesto. Una basta barba de tres días le cubría la mandíbula y los pómulos, pero si no se había afeitado no era por falta de una cuchilla: el filo de su espada tenía el destello peligroso del acero que ha sido afilado durante horas, cada día, hasta resultar tan cortante que no se puede ni tocar.

Ser Vardis extendió la mano, enfundada en un guantelete, y su asistente le entregó una espada larga de doble filo. En la hoja habían cincelado la delicada imagen de un cielo montañoso; el puño era la cabeza de un halcón; la guarda tenía forma de alas.

—Hice que forjaran esa espada para Jon en Desembarco del Rey —les dijo Lysa con orgullo a sus huéspedes, que observaban cómo ser Vardis lanzaba un tajo de práctica—. La llevaba siempre que se sentaba en el Trono de Hierro, en el palacio del rey Robert. ¿No es preciosa? Creo que es adecuado que nuestro campeón vengue a Jon con su espada.

La magnífica hoja, con adornos de plata, era sin duda hermosísima, pero a Catelyn le pareció que ser Vardis se habría sentido más cómodo con su espada. Pero no dijo nada; estaba harta de discusiones inútiles con su hermana.

—¡Haced que combatan! —exigió lord Robert.

Ser Vardis miró al señor del Nido de Águilas y levantó la espada, a guisa de saludo.

—¡Por el Nido de Águilas y el Valle!

A Tyrion Lannister lo habían sentado en un balcón, al otro lado del jardín, flanqueado por sus guardias. A él se volvió Bronn con un saludo apresurado.

—Esperan vuestra orden —dijo lady Lysa a su señor hijo.

—¡Combatid! —gritó el chico, con los brazos temblorosos y las manos aferradas a la silla como garfios.

Ser Vardis giró, levantando el pesado escudo. Bronn se dispuso a hacerle frente. Las espadas chocaron una, dos veces, probando las fuerzas. El mercenario retrocedió un paso. El caballero lo persiguió, con el escudo levantado ante sí. Lanzó un tajo, pero Bronn retrocedió, poniéndose fuera de su alcance, y la hoja plateada solamente cortó el aire. Bronn se movió hacia su derecha. Ser Vardis se desplazó para seguirlo, con el escudo entre ambos. El caballero avanzaba pisando con cuidado el suelo irregular. El mercenario retrocedía, con una leve sonrisa en los labios. Ser Vardis atacó, lanzando estocadas, pero Bronn retrocedió subiéndose de un pequeño salto a una piedra cubierta de musgo. El mercenario giró a la izquierda, apartándose del escudo, aproximándose al flanco desprotegido del caballero. Ser Vardis intentó un ataque a las piernas, pero no llegó. Bronn siguió danzando hacia su izquierda. Ser Vardis giró en el sitio.

—Ese hombre es un cobarde —declaró lord Hunter—. ¡Detente y pelea, miserable! —Varias voces se hicieron eco de aquel sentimiento.

Catelyn miró a ser Rodrik. Su maestro de armas sacudió brevemente la cabeza.

—Quiere que ser Vardis lo persiga. El peso de la armadura y el escudo agotarían hasta al más fuerte de los hombres.

Ella había visto a los hombres practicar con la espada casi todos los días de su vida, había presenciado medio centenar de torneos, pero aquello era algo diferente y más letal: un baile, donde la menor equivocación en un paso significaba la muerte. Y mientras observaba, el recuerdo de otro duelo en otra época acudió a la memoria de Catelyn Stark, tan vívidamente como si hubiera ocurrido el día anterior.

Habían luchado en el patio inferior de Aguasdulces. Cuando Brandon vio que Petyr únicamente llevaba el yelmo, el peto y la cota de malla, se quitó casi toda la armadura. Petyr le había pedido a ella una prenda para llevarla, pero Catelyn lo había rechazado. Su señor padre la había prometido a Brandon Stark, y fue a él a quien dio su prenda, un pañuelo azul claro en el que había bordado la trucha saltarina de Aguasdulces. Mientras se lo ponía en la mano, miró a Brandon, suplicante.

—Solo es un niño tonto, pero lo quiero como a un hermano. Me causaría dolor verlo morir —le dijo.

Su prometido la miró con los fríos ojos grises de los Stark, y le prometió no matar al chico que la amaba.

Aquel combate terminó casi nada más empezar. Brandon era un hombre hecho y derecho, e hizo retroceder a Meñique a lo largo del patio hasta la escalera que llevaba al agua, descargando el acero sobre él a cada paso, hasta que el chico quedó tambaleándose y sangrando por una docena de heridas. «¡Ríndete!», le gritó en varias ocasiones, pero Petyr se limitaba a hacer un gesto de negación y seguía combatiendo, sombrío. Cuando el río les lamía ya los tobillos, Brandon puso punto final al duelo con un tajo de revés, que cortó el cuero recubierto de anillas de acero de Petyr y le produjo una herida en la carne blanda, bajo las costillas, tan profunda que Catelyn creyó que sería mortal. Mientras caía, el chico la miró y murmuró: «Cat». La sangre, brillante, le fluía entre los dedos, recubiertos de malla. Catelyn pensaba que ya se había olvidado de aquello.

Fue la última vez que vio su rostro... hasta el día en que la llevaron ante él, en Desembarco del Rey.

Habían transcurrido dos semanas antes de que Meñique tuviera fuerzas suficientes para abandonar Aguasdulces, pero su padre, el señor, le prohibió visitarlo en la torre, donde yacía. Lysa ayudó a su maestre a cuidarlo; era más callada y retraída en aquella época. Edmure también fue a visitarlo, pero Petyr lo echó. Su hermano había actuado como escudero de Brandon en el duelo y Meñique no se lo perdonaba. Tan pronto como tuvo fuerzas suficientes para ser transportado, lord Hoster Tully envió fuera a Petyr Baelish, en una litera cerrada, para que concluyera su restablecimiento en los Dedos, en la roca batida por el viento que lo había visto nacer.

El sonido de acero contra acero llevó a Catelyn de regreso al presente. Ser Vardis atacaba con fiereza a Bronn, lanzándose sobre él con el escudo y la espada. El mercenario retrocedía, vigilando cada estocada, pisando con agilidad las rocas y las raíces, con los ojos siempre clavados en su adversario. Catelyn vio que era más rápido: la espada plateada del caballero nunca estuvo próxima a tocarlo, pero su hoja, de un gris desagradable, había dibujado una muesca en la placa de hombro de ser Vardis.

Aquel choque momentáneo terminó tan rápidamente como había empezado cuando Bronn dio un paso lateral y se deslizó tras la estatua de la mujer llorosa. Ser Vardis lanzó una estocada al lugar donde había estado el mercenario, arrancando una esquirla del muslo de mármol blanco de Alyssa.

—No están combatiendo bien, Madre —se quejó el señor de Nido de Águilas—. Quiero que peleen.

—Lo harán, mi pequeñín —lo consoló la madre—. El mercenario no se puede pasar todo el día huyendo.

Algunos de los nobles que se encontraban en la terraza de Lysa hacían bromas injuriosas mientras volvían a llenar sus copas de vino, pero desde el otro lado del jardín, los ojos desiguales de Tyrion Lannister vigilaban el baile de los campeones como si nada más importara en el mundo.

Bronn salió de detrás de la estatua con rapidez y decisión, moviéndose aún a la izquierda, y lanzó un mandoblazo al costado derecho del caballero, que no estaba protegido por la armadura. Ser Vardis lo paró con torpeza, y la espada del mercenario, con un destello, subió buscando la cabeza. Sonó el metal, y un ala del halcón cayó con un crujido. Ser Vardis dio medio paso atrás para afirmar el cuerpo y levantó el escudo. Cuando la estocada de Bronn chocó contra la madera, saltaron astillas de roble. El mercenario dio un paso más a la izquierda, separándose del escudo, y golpeó a ser Vardis en el estómago. La espada dejó un corte amplio en el peto del caballero.

Ser Vardis se apoyó en el pie que mantenía detrás, mientras su espada plateada descendía en un arco brutal. Bronn logró apartarla y, de un salto, se alejó. El caballero cayó sobre la mujer llorosa, haciendo que se balanceara sobre su pedestal. Perplejo, retrocedió, moviendo la cabeza hacia uno y otro lado, mientras buscaba a su oponente. La ranura del visor de su yelmo reducía su campo de visión.

—¡Detrás de vos! —le gritó lord Hunter, demasiado tarde.

Bronn dejó caer su espada con ambas manos, golpeando el brazo con el que ser Vardis manejaba la espada. El fino metal articulado que protegía el codo crujió. El caballero soltó un gruñido y levantó el arma. En aquella ocasión, Bronn no retrocedió. Las espadas chocaron, y el canto del acero llenó el jardín y resonó contra las torres blancas del Nido de Águilas.

—Ser Vardis está herido —dijo ser Rodrik, con voz preocupada.

Catelyn no necesitaba que se lo dijeran: tenía ojos; podía ver el fino hilo de sangre que corría por el antebrazo del caballero, la humedad en la articulación del codo. Cada quite era más lento y bajo que el anterior. Ser Vardis se volvió de costado a su adversario, intentando defenderse con el escudo, pero Bronn se movía en torno a él, raudo como un gato. El mercenario parecía ganar fuerzas a cada momento; sus golpes dejaban marcas. Profundos cortes brillantes surcaban la armadura del caballero, sobre el muslo derecho, en el visor roto, atravesando su placa pectoral, el más largo en la parte delantera del gorjal... La rondela con la luna y el halcón, sobre el brazo derecho de ser Vardis, estaba limpiamente cortada en dos y colgaba de la correa. Se podía oír su respiración trabajosa, que brotaba por los respiraderos del visor.

Pese a la ceguera de la arrogancia, los caballeros y nobles del Valle veían ya con claridad qué ocurría debajo de ellos. Pero su hermana, no.

—¡Basta ya, ser Vardis! —gritó Lady Lysa—. Terminad con él ya; mi niño se está aburriendo.

Hay que decir, en honor a la verdad, que ser Vardis Egen fue fiel a la orden de su dama hasta el fin. En aquel instante retrocedía, casi en cuclillas tras el escudo lleno de cortes, y al momento se lanzó a la carga. Embistió como un uro y estuvo a punto de hacer caer a Bronn. Ser Vardis chocó con él y golpeó el rostro del mercenario con el borde del escudo. Bronn casi, casi cayó... Dio un paso atrás, trastabilló sobre una piedra y se apoyó en la mujer llorosa para mantener el equilibrio. Ser Vardis tiró su escudo a un lado y lo persiguió, usando ambas manos para levantar la espada. Tenía el brazo derecho, desde el codo hasta los dedos, cubierto de sangre, pero el último golpe desesperado habría abierto a Bronn en canal, desde el cuello hasta el ombligo... si el mercenario se hubiera quedado allí para recibirlo.

Pero Bronn dio un paso atrás. La maravillosa espada plateada de Jon Arryn chocó con el codo de mármol de la mujer llorosa y se partió limpiamente, perdiendo un tercio de su longitud. Bronn clavó un hombro en la espalda de la estatua. La imagen de Alyssa Arryn, lavada por los elementos, se balanceó y cayó con un gran estruendo, y ser Vardis Egen quedó debajo de ella.

En un instante, Bronn estuvo encima de él, pateando lo que quedaba de su rondela partida para echarla a un lado, a fin de dejar al descubierto la zona vulnerable entre el hombro y la placa pectoral. Ser Vardis yacía de costado, atrapado bajo el torso roto de la mujer llorosa. Catelyn oyó el gemido del caballero cuando el mercenario levantó la espada con ambas manos y la clavó con todo su peso bajo el brazo, atravesando las costillas de ser Vardis Egen, que se estremeció y quedó quieto.

El silencio se apoderó de todo el Nido de Águilas. Bronn se arrancó el medio yelmo y lo dejó caer sobre la hierba. Tenía el labio partido y sangrante, resultado del golpe con el escudo, y su cabello, negro como el carbón, estaba empapado de sudor. Escupió un diente roto.

—¿Ha terminado, madre? —preguntó el señor del Nido de Águilas.

Catelyn deseaba decirle que no, que aquello acababa de empezar.

—Sí —dijo Lysa, sombría, con voz tan fría y muerta como el capitán de su guardia.

—¿Ahora puedo hacer volar al hombrecillo?

—A este hombrecillo, no —dijo Tyrion Lannister poniéndose en pie al otro lado del jardín—. Este hombrecillo se va en la cesta de los nabos, muchas gracias.

—Dais por supuesto... —comenzó a decir Lysa.

—Doy por supuesto que la casa Arryn no olvida sus propias palabras —repuso el Gnomo—. «Tan Alto como el Honor.»

—Me prometiste que podría hacerlo volar —le gritó a su madre entre estremecimientos el señor del Nido de Águilas.

—Los dioses han tenido a bien proclamarlo inocente, niño. —El rostro de lady Lysa estaba púrpura de furia—. No tenemos otra elección que la de dejarlo en libertad. —Levantó la voz—. Guardias, apartad de mi vista al señor de Lannister y a su... criatura. Llevadlos a la Puerta de la

Sangre y dejadlos libres. Ocupaos de que tengan caballos y alimentos suficientes para llegar al Tridente, y cercioraos de que les sean devueltos todos sus bienes y armas. Las necesitarán en el camino alto.

—El camino alto —repitió Tyrion Lannister.

Lysa se permitió una desmayada sonrisa de satisfacción. Catelyn se dio cuenta de que se trataba de otro tipo de sentencia de muerte. Tyrion Lannister debía de saberlo también. De todos modos, el enano le dedicó a lady Arryn una reverencia burlona.

—Como ordenéis, mi señora. Creo que conocemos el camino.

JON

—Sois los mocosos más inútiles que he entrenado jamás —les comunicó ser Alliser Thorne cuando estuvieron todos reunidos en el patio—. Tenéis unas manos que solo valen para quitar el estiércol a palazos, no para empuñar espadas, y si de mí dependiera os mandaría a todos a cuidar de los cerdos. Pero anoche me dijeron que Gueren viene por el camino Real con cinco chicos nuevos. Con suerte, alguno de ellos valdrá una mierda. Como tengo que hacerles sitio, he decidido pasaros a ocho al lord comandante, para que haga con vosotros lo que le venga en gana. —Fue anunciando los nombres uno a uno—. Sapo. Cabeza de Piedra. Uro. Amoroso. Espinilla. Mono. Ser Patán. —Por último miró a Jon—. Y el Bastardo.

Pyp gritó de alegría y lanzó la espada al aire. Ser Alliser clavó en él sus ojos de reptil.

—A partir de ahora dirán que sois hombres de la Guardia de la Noche, pero si os lo creéis, es que sois más estúpidos que este mono de titiritero. No sois más que unos críos; estáis verdes, apestáis a verano y, cuando llegue el invierno, caeréis como moscas. —Sin decir más, ser Alliser Thorne dio media vuelta y se marchó.

El resto de los chicos se reunió en torno a los ocho elegidos entre risas, maldiciones y felicitaciones. Halder le dio un buen golpe a Sapo en las nalgas con la hoja de la espada.

—¡Sapo, de la Guardia de la Noche! —exclamó.

Pyp anunció a gritos que un hermano negro debía ir a caballo, y se subió a los hombros de Grenn. Ambos rodaron por el suelo entre puñetazos y gritos de júbilo. Dareon corrió a la armería y regresó con un pellejo de tinto agrio. Se pasaron el vino de mano en mano, sonriendo como idiotas, y entonces advirtió Jon que Samwell Tarly estaba a solas, bajo un árbol muerto y sin hojas, en un rincón del patio. Le ofreció el pellejo.

—¿Un trago de vino?

—No —dijo Sam sacudiendo la cabeza—, gracias, Jon.

—¿Estás bien?

—Muy bien, de verdad —mintió el muchacho gordo—. Me alegro mucho por todos vosotros. —Se estremeció mientras intentaba fingir una sonrisa—. Algún día serás capitán de los exploradores, como lo fue tu tío.

—Como lo es mi tío —lo corrigió Jon. Se negaba a aceptar que Benjen Stark hubiera muerto. Antes de que pudiera añadir nada, Halder lo llamó a gritos.

—¡Eh! ¿Qué pasa? ¿Solo vas a beber tú?

Pyp le arrebató el pellejo de las manos y se alejó, bailoteando entre risas. Grenn lo agarró por el brazo, y Pyp retorció el pellejo, con lo que un chorro de tinto dio a Jon en la cara. Halder aulló en tono de protesta por el desperdicio de aquel buen vino. Jon farfulló y se sacudió. Matthar y Jeren se subieron al muro y empezaron a lanzarles bolas de nieve.

Cuando Jon consiguió liberarse, con el pelo lleno de nieve y el chaleco manchado de vino, Samwell Tarly había desaparecido.

Aquella noche, Hobb Tresdedos preparó a los chicos una cena especial para celebrarlo. Jon entró en la sala común, y el propio lord mayordomo lo acompañó a un banco cerca del fuego. Los hombres mayores le palmearon los brazos al pasar. Los ocho futuros hermanos devoraron un festín de costillar de cordero asado con ajo y hierbas, adornado con ramitas de menta y con guarnición de puré de nabos amarillos que nadaba en mantequilla.

—Viene de la mesa del mismísimo lord comandante —les dijo Bowen Marsh.

Había ensaladas de espinacas, garbanzos y nabiza, y de postre, cuencos de arándanos helados con nata.

—Espero que no nos separen —dijo Pyp mientras se atiborraban alegremente.

—Yo espero que sí —dijo Sapo con una mueca—. Estoy harto de ver esas orejas que tienes.

—No os perdáis esto —se burló Pyp—. La sartén se aparta del cazo. Puedes estar seguro de que a ti te harán explorador, para que estés lo más lejos posible del castillo. Si Mance Rayder ataca, solo tienes que levantarte el visor y enseñarle la cara; se largará con el rabo entre las piernas.

—Espero que me hagan explorador —replicó Grenn, el único que no se había reído.

—Y quién no —dijo Matthar.

Todos los que vestían el negro patrullaban el Muro; todos tenían que esgrimir las armas para defenderlo, pero los exploradores eran los verdaderos combatientes de la Guardia de la Noche. Eran los que cabalgaban más allá del Muro y recorrían el bosque Encantado y las montañas de hielo que se alzaban al oeste de la Torre Sombría, los que luchaban contra los salvajes, los gigantes y los terribles osos de las nieves.

—Yo no quiero —dijo Halder—. Prefiero estar con los constructores. ¿De qué servirían los exploradores si el Muro se viniera abajo?

De la orden de los constructores salían los albañiles y los carpinteros, que se encargaban del mantenimiento de las torres y fortalezas; los mineros, que cavaban túneles y trituraban rocas para empedrar caminos y senderos, y los leñadores, que despejaban la maleza siempre que el bosque presionaba demasiado contra el Muro. Se decía que, en cierta ocasión, habían acarreado sobre trineos bloques inmensos de hielo desde los lagos helados, en lo más profundo del bosque Encantado, para llevarlos hacia el sur y elevar todavía más el Muro. Pero había sido en tiempos ya muy lejanos; en aquellos momentos apenas daban abasto para recorrer el Muro de Guardiaoriente a la Torre Sombría, siempre alerta en busca de grietas o zonas derretidas, para realizar las reparaciones necesarias.

—El Viejo Oso no es ningún idiota —señaló Dareon—. Seguro que a ti te hacen constructor, y a Jon, explorador. Es el que mejor monta y el que mejor maneja la espada de todos nosotros, y su tío era el capitán de los exploradores antes de... —Se dio cuenta de lo que había estado a punto de decir y se interrumpió, avergonzado.

—Benjen Stark todavía es el capitán de los exploradores —le dijo Jon mientras jugueteaba con su cuenco de arándanos. Quizá los demás dieran ya por perdido a su tío, pero él no. Apartó a un lado el postre que apenas había tocado y se levantó del banco.

—¿No te lo vas a comer? —preguntó Sapo.

—Todo tuyo. —Jon casi no había probado el excelente festín de Hobb—. No me cabe ni un bocado más. —Recogió la capa que colgaba de un gancho, cerca de la puerta, y se dirigió hacia la salida. Pyp corrió tras él.

—¿Qué te pasa, Jon?

—Es Sam —dijo el muchacho—. Hoy no se ha sentado a la mesa.

—No es propio de él perderse una comida —asintió Pyp, pensativo—. ¿Crees que estará enfermo?

—Lo que está es asustado. Lo vamos a dejar solo. —Recordó el día en que había partido de Invernalia; rememoró las despedidas agridulces: Bran, inconsciente; Robb, con el pelo lleno de nieve, y los besos de Arya cuando le regaló a *Aguja*—. Una vez pronunciemos los juramentos, tendremos obligaciones. Puede que a algunos nos envíen fuera, a Guardiaoriente o a la Torre Sombría. Sam tendrá que seguir entrenándose, con tipos de la calaña de Rast o Cuger, y con los nuevos que vienen por el camino Real. Los dioses saben cómo serán, pero seguro que ser Alliser hace que se enfrenten a él en cuanto tenga ocasión.

—Has hecho todo lo que has podido —le dijo Pyp con una mueca.

—Todo lo que he podido hacer no ha bastado —replicó Jon.

Inquieto, se dirigió hacia la Torre Hardin para buscar a Fantasma. El lobo huargo lo siguió hasta los establos. Cuando entraron, los caballos más asustadizos empezaron a cocear en los compartimientos y agacharon las orejas. Jon ensilló su yegua, montó y salió del Castillo Negro en dirección sur, bajo la luna que iluminaba la noche. Fantasma corría por delante de él, casi parecía volar, y desapareció en un instante. Los lobos necesitaban cazar.

Jon cabalgaba sin rumbo fijo. Solo quería montar. Durante un rato siguió el curso del arroyo, escuchando el discurrir del agua helada sobre las rocas, y luego cortó campo a través para llegar al camino Real. Se extendía ante él, estrecho y pedregoso, lleno de hierbajos. No parecía nada prometedor, pero con solo verlo el corazón de Jon Nieve se llenó de nostalgia. Si siguiera aquel camino llegaría a Invernalia y a Aguasdulces, a Desembarco del Rey, al Nido de Águilas y a tantos otros lugares: Roca Casterly, la Isla de los Rostros, las montañas rojas de Dorne, las cien islas de Braavos en el mar, las ruinas humeantes de la antigua Valyria... Lugares que Jon no vería jamás. El mundo estaba al otro lado de aquel camino, y él estaba allí.

Una vez hiciese los juramentos, el Muro sería su hogar hasta que fuera tan viejo como el maestre Aemon.

—Pero aún no he jurado nada —susurró.

No era ningún forajido, obligado a elegir entre pagar por sus crímenes y vestir el negro. Había ido allí por su voluntad y de la misma manera podía marcharse... siempre que no hiciera el juramento. Solo tenía que seguir cabalgando y todo quedaría atrás. Antes de que brillara la luna llena estaría en Invernalia, con sus hermanos.

«Con tus medios hermanos —le recordó una vocecita interior—. Y con lady Stark, que no te dará precisamente la bienvenida.» En Invernalia no había lugar para él; tampoco en Desembarco del Rey. Ni siquiera su madre lo aceptaba. Cada vez que pensaba en ella se ponía triste. ¿Quién había sido su madre? ¿Qué aspecto tuvo? ¿Por qué la abandonó su padre? «Porque era una prostituta o una adúltera, idiota. Fue algo turbio, una deshonra; si no, ¿por qué lord Eddard se avergonzaba de hablar de ella?»

Jon Nieve dio la espalda al camino Real para contemplar el Castillo Negro. Las hogueras quedaban ocultas tras una colina, pero el Muro estaba a la vista, blanco bajo la luz de la luna, vasto y frío, de horizonte a horizonte.

Espoleó al caballo y regresó a casa.

Fantasma apareció de nuevo en la cima de una loma y trotó junto al caballo. El hocico del lobo huargo estaba ensangrentado. Jon divisó el resplandor lejano de una lámpara en la Torre del Lord Comandante, y volvió a pensar en Samwell Tarly por el camino. Cuando llegó a los establos, ya sabía qué debía hacer.

Las habitaciones del maestre Aemon se encontraban en un pequeño torreón de madera, bajo las pajareras. El maestre, anciano y frágil, compartía las estancias con dos mayordomos jóvenes que atendían sus necesidades y lo ayudaban en sus obligaciones. Los hermanos comentaban en broma que le habían asignado a los dos hombres más feos de la Guardia de la Noche; como estaba ciego, se ahorraba el tormento de verlos. Clydas era bajo, calvo y sin barbilla, y sus ojillos rosados parecían los de un topo. Chett tenía en el cuello una verruga del tamaño de un huevo de paloma, y el rostro enrojecido cubierto de forúnculos y espinillas. Quizá fuera por aquello por lo que tenía siempre aspecto de enfadado.

Fue Chett quien abrió la puerta tras la llamada de Jon.

—Tengo que hablar con el maestre Aemon —dijo el muchacho.

—El maestre está en la cama, igual que deberías estar tú. Vuelve mañana; quizá pueda recibirte. —Empezó a cerrar. Jon bloqueó la puerta con la bota.

—Tengo que hablar con él ahora mismo. Mañana será demasiado tarde.

—El maestre no está acostumbrado a que lo despierten a medianoche. —Chett lo miraba con el ceño fruncido—. ¿Sabes qué edad tiene?

—La suficiente para tratar a los visitantes con más cortesía que tú —replicó Jon—. Pídele disculpas en mi nombre. No lo molestaría si no fuera importante.

—¿Y si me niego?

—Si es necesario, me quedaré aquí toda la noche. —Jon mantenía la bota firme en el umbral.

—Espera en la biblioteca —dijo el hermano negro después de soltar un bufido y abrir la puerta para que entrara—. Hay leña; enciende la chimenea. No quiero que el maestre se resfríe por tu culpa.

Cuando Chett regresó con el maestre Aemon, los leños ya ardían alegremente. El anciano llevaba ropas de dormir, pero lucía en torno al cuello la cadena de eslabones, símbolo de su orden. Los maestres no se las quitaban ni para acostarse.

—La silla que hay junto al fuego será muy agradable —dijo al sentir el calor en el rostro.

Cuando estuvo acomodado, Chett le cubrió las piernas con una piel y se situó de pie junto a la puerta.

—Siento haberos despertado, maestre —dijo Jon Nieve.

—No me has despertado —replicó el maestre Aemon—. He descubierto que cuanto más viejo me hago, menos sueño necesito. Y soy muy, muy viejo. A menudo me paso la mitad de la noche con fantasmas, recordando cosas de hace cincuenta años como si hubieran sucedido ayer. El misterio de un visitante a medianoche es una distracción deliciosa. Así que dime, Jon Nieve, ¿a qué se debe tu presencia aquí, a estas extrañas horas?

—Quiero pediros que Samwell Tarly sea retirado del entrenamiento y aceptado como hermano en la Guardia de la Noche.

—Eso no es cosa del maestre Aemon —protestó Chett.

—Nuestro lord comandante ha puesto el entrenamiento de los reclutas en manos de ser Alliser Thorne —dijo el maestre con tono amable—. Como bien sabes, solo él puede decir si un muchacho está preparado para hacer el juramento. ¿Por qué acudes a mí?

—El lord comandante escucha vuestra opinión —respondió Jon—. Y los heridos y enfermos de la Guardia de la Noche están a vuestro cuidado.

—¿Tu amigo Samwell está herido o enfermo?

—Lo estará —le aseguró Jon—, a menos que lo ayudéis. —Se lo contó todo, incluso lo de que había azuzado a Fantasma contra Rast. El maestre Aemon lo escuchó en silencio, con los ojos ciegos clavados en el fuego, pero el rostro de Chett se iba ensombreciendo cada vez más—. Y si no estamos nosotros para velar por él, Sam no sobrevivirá —terminó Jon—. Es un perfecto inútil con la espada. Mi hermana Arya, que no tiene ni diez años, lo podría hacer pedazos. Si ser Alliser lo obliga a luchar, más tarde o más temprano resultará herido, o muerto.

—He observado a ese chico gordo en la sala común —dijo Chett, que ya no podía contenerse más—. Es un cerdo y, si lo que dices es cierto, también es un cobarde de pies a cabeza.

—Tal vez —dijo el maestre Aemon—. Dime, Chett, ¿qué harías tú con un muchacho así?

—Lo dejaría donde está —replicó Chett—. En el Muro no hay sitio para los débiles. Que siga entrenándose hasta que esté preparado, no importa cuántos años cueste. Ser Alliser hará de él un hombre o lo matará, como quieran los dioses.

—Qué estupidez —bufó Jon. Respiró profundamente para organizar sus ideas—. Recuerdo que en cierta ocasión le pregunté al maestre Luwin por qué llevaba una cadena al cuello.

—Sigue. —El maestre Aemon se rozó la cadena con dedos huesudos y arrugados, acariciando los pesados eslabones de metal.

—Me dijo que el collar de un maestre es una cadena que simboliza su vocación de servicio —continuó Jon, rememorando—. Le pregunté por qué cada eslabón era de un metal diferente, cuando un collar de plata sería más adecuado para sus túnicas grises. Él se echó a reír y me explicó que el maestre forjaba la cadena con sus estudios. Los metales diferentes simbolizaban los distintos aprendizajes: el oro era por el estudio del dinero y las cuentas; la plata, por la curación; el hierro, por las artes de la guerra... Y me dijo que había otros metales con otros significados. El collar debe recordar a un maestre que sirve al reino, ¿no es así? Los grandes señores son el oro y los caballeros son el acero, pero con dos eslabones no se hace una cadena. También se necesitan plata, hierro, plomo, estaño, cobre, bronce..., de todo, y eso son los granjeros, los herreros, los comerciantes y el resto de las personas. Para hacer una cadena se necesita todo tipo de metal, igual que la tierra necesita de todo tipo de hombres.

—¿Y qué más? —preguntó el maestre Aemon con una sonrisa.

—En la Guardia de la Noche también hacen falta personas diferentes. Si no, ¿por qué tenemos exploradores, mayordomos y constructores? Lord Randyll no pudo convertir a Sam en guerrero, y ser Alliser tampoco podrá. Por mucho que se golpee el estaño, nadie lo puede transformar en hierro. Pero eso no quiere decir que el estaño no sirva de nada. ¿Quién dice que Sam no puede ser un buen mayordomo?

—Yo soy mayordomo. —Chett lo miró, airado—. ¿Crees que es un trabajo sencillo, adecuado para los cobardes? La orden de los mayordomos mantiene viva la Guardia. Cazamos y cultivamos; cuidamos de los caballos; ordeñamos las vacas; recogemos leña; preparamos la comida. ¿Quién te crees que fabrica tus ropas? ¿Quién trae provisiones del sur? Los mayordomos.

—¿Tu amigo es buen cazador? —El maestre Aemon fue más amable.

—No soporta cazar —reconoció Jon.

—¿Sabe arar un campo? —preguntó el maestre—. ¿Puede guiar un carromato o tripular un barco? ¿Sería capaz de sacrificar una vaca?

—No.

—He visto muchas veces lo que les pasa a los señoritos blandos cuando los ponen a trabajar. —Chett soltó una risotada cruel—. Si baten nata para hacer mantequilla se les llenan las manos de ampollas y les sangran. Si les das un hacha para que corten leña, lo que se cortan es un pie.

—Hay algo que Sam sabe hacer mejor que nadie.

—¿El qué? —inquirió el maestre Aemon.

Jon echó a una mirada cautelosa a Chett, que seguía de pie junto a la puerta, con los forúnculos enrojecidos por la rabia.

—Podría ayudaros —dijo rápidamente—. Sabe hacer cuentas, y leer y escribir. Chett no sabe leer, y Clydas está mal de los ojos. Sam se ha leído todos los libros de la biblioteca de su padre. También se le darían bien los cuervos. Los animales le cogen cariño, Fantasma se hizo amigo suyo enseguida. Puede hacer muchas cosas, excepto luchar. La Guardia de la Noche necesita de todos los hombres. ¿Por qué matar a uno? Es mejor aprovecharlo.

El maestre Aemon cerró los ojos, y durante un breve instante Jon temió que se hubiera quedado dormido.

—El maestre Luwin te enseñó bien, Jon Nieve —dijo al final—. Parece que tienes la mente tan ágil como el brazo.

—¿Eso quiere decir que...?

—Quiere decir que meditaré sobre lo que has dicho —le respondió el maestre con firmeza—. Ahora, debo retirarme a dormir. Chett, acompaña a nuestro joven hermano hasta la puerta.

TYRION

Se habían refugiado bajo un bosquecillo de álamos temblones, a pocos pasos del camino alto. Tyrion se dedicó a recoger leña seca mientras los caballos abrevaban en un arroyuelo. Se inclinó para coger una rama tronchada y la examinó con gesto crítico.

—¿Esto sirve? No se me da bien encender hogueras. Morrec era quien se encargaba de eso.

—¿Hogueras? —Bronn escupió al suelo—. ¿Tanta hambre tienes que te da igual morir, enano? Una hoguera atraería a los clanes en leguas a la redonda. Tengo intención de sobrevivir a este viaje, Lannister.

—¿Y cómo piensas hacerlo? —preguntó Tyrion. Se puso la rama bajo el brazo y siguió hurgando entre la escasa maleza, en busca de más. Cada vez que se agachaba le dolía la espalda. Llevaban cabalgando desde el amanecer, desde que un ser Lyn Corbray de rostro impenetrable los acompañara hasta la Puerta de la Sangre y les ordenara no volver jamás.

—En un enfrentamiento, moriríamos —dijo Bronn—, pero dos personas pueden avanzar más deprisa que un grupo de diez, y llaman menos la atención. Cuanto menos tiempo estemos en estas montañas, más probabilidades tendremos de llegar a las tierras de los ríos. Quiero que cabalguemos hasta agotarnos. Viajaremos de noche y nos esconderemos de día; siempre que sea posible nos saldremos del camino, no haremos ruido y, desde luego, no encenderemos hogueras.

—Un plan excelente, Bronn —dijo Tyrion Lannister con un suspiro—. Llévalo a cabo... y perdóname si no me paro a enterrarte.

—¿Crees que me vas a sobrevivir, enano? —El mercenario sonrió. Tenía un hueco oscuro allí donde el borde del escudo de ser Vardis Egen le había roto un diente.

—Cabalgar hasta agotarnos —contestó Tyrion encogiéndose de hombros—, y encima de noche, es una manera segura de caer montaña abajo y rompernos el cráneo. Yo prefiero ir despacio y sin agobios. Sé que te gusta la carne de caballo, Bronn, pero si matamos a los caballos tendremos que ensillar gatosombras... y, si quieres que te diga la verdad, creo que los clanes darán con nosotros, hagamos lo que hagamos. Nos tienen bien vigilados. —Hizo un movimiento con la mano enguantada en dirección a los riscos altos, azotados por el viento, que los rodeaban.

—En ese caso, Lannister, nos podemos dar por muertos. —Bronn hizo una mueca.

—Entonces prefiero morir cómodo —replicó Tyrion—. Nos hace falta una hoguera. Aquí arriba las noches son frías; una comida caliente nos consolará el estómago y nos levantará el ánimo. ¿Podrías cazar algo? Lady Lysa ha tenido la bondad de proporcionarnos un festín de carne en salazón, queso duro y pan rancio, pero no me gustaría romperme un diente mientras estemos tan lejos del maestre más cercano.

—Iré a buscar carne. —Bajo la maraña de pelo negro, los ojos oscuros de Bronn miraron a Tyrion con desconfianza—. Debería dejarte aquí, con tu hoguera de chiflado. Si me llevara tu caballo tendría el doble de posibilidades de escapar. ¿Y qué harías tú, enano?

—Morir, probablemente. —Tyrion se agachó para recoger otro palo seco.

—¿Y crees que no lo voy a hacer?

—Lo harías sin pararte a pensarlo si te fuera la vida en ello. Reaccionaste muy deprisa cuando se trató de silenciar a tu amigo Chiggen, cuando lo alcanzó aquella flecha en la barriga.

Bronn había agarrado al otro mercenario por la cabeza y le había rebanado el cuello con el puñal. Más tarde le dijo a Catelyn Stark que había muerto a causa de la herida de flecha.

—Ya estaba muriéndose —replicó Bronn—. Y con sus gemidos no hacía más que atraer a los bandidos. Chiggen habría hecho lo mismo conmigo. Y no era mi amigo; solo cabalgaba conmigo. No te equivoques, enano: luché por ti, pero no te tengo aprecio.

—Necesitaba tu espada, no tu amor eterno —replicó Tyrion. Soltó la brazada de leña en el suelo. Bronn sonrió.

—Tengo que reconocerlo, eres tan valiente como un mercenario. ¿Cómo sabías que me pondría de tu parte?

—No lo sabía. —Tyrion se acuclilló sobre las piernecillas deformes para encender la hoguera—. Simplemente, tiré los dados. Aquella noche, en la posada, Chiggen y tú ayudasteis a cogerme prisionero. ¿Por qué? Los demás lo consideraban un deber, por el honor de los señores a los que servían, pero no era vuestro caso. No teníais señor ni deber, y de honor también ibais escasos, así que, ¿por qué os metisteis? —Desenfundó el cuchillo y peló la corteza de algunas ramas para prender el fuego—. ¿Por qué hace cualquier cosa un mercenario? Por oro. Pensabais que lady Catelyn os recompensaría por vuestra ayuda; quizá incluso que os tomaría a su servicio. Bueno, creo que esto ya está. ¿Tienes pedernal?

Bronn metió dos dedos en la bolsa que le colgaba del cinturón y le lanzó un trozo de pedernal. Tyrion lo atrapó en el aire.

—Muchas gracias —dijo—. Lo malo era que no conocíais a los Stark. Lord Eddard es un hombre orgulloso, honorable y honrado, y su esposa es todavía peor. Oh, no me cabe duda de que os habría dado un par de monedas cuando esto acabara; os las habría puesto en la mano con una palabra adecuada y una mueca de repugnancia, pero nada más. Los Stark solo quieren a su servicio hombres valientes, leales y nobles. Y vamos a ser sinceros: Chiggen y tú erais escoria. —Tyrion chocó el pedernal contra el puñal, tratando de provocar una chispa. No sucedió nada.

—Tienes una lengua muy osada, hombrecito —dijo Bronn dejando escapar un bufido—. El día menos pensado, alguien te la cortará y te la hará tragar.

—Eso me dice todo el mundo. —Tyrion alzó la vista hacia el mercenario—. ¿Te he ofendido? Pues perdóname..., pero eres escoria, Bronn, no te llames a engaño. No te importa nada el honor, el deber ni la amistad. No, no te molestes, los dos sabemos que es así. Pero no eres ningún idiota. Cuando llegamos al Valle, lady Stark ya no te necesitaba... y en cambio, yo sí. Y si hay algo de lo que los Lannister estamos sobrados es de oro. Cuando llegó el momento de lanzar los dados, contaba con que fueras suficientemente listo como para saber qué te interesaba más. Y, por suerte para mí, así fue. —Volvió a chocar la piedra contra el acero, sin resultados. Bronn se acuclilló a su lado.

—Espera, ya lo hago yo. —Le cogió el puñal y el pedernal, los hizo chocar, y las chispas saltaron al primer intento. Un rizo de corteza empezó a humear.

—Bien hecho —dijo Tyrion—. Puede que seas escoria, pero resultas de lo más útil, y con la espada en la mano eres casi tan bueno como mi hermano Jaime. ¿Qué quieres, Bronn? ¿Oro? ¿Tierra? ¿Mujeres? Mantenme con vida y lo tendrás.

—¿Y si mueres? —Bronn sopló con suavidad sobre el fuego y las llamas se elevaron.

—En fin, al menos tendré a alguien que me llore con dolor sincero —sonrió Tyrion—. El oro se acaba conmigo.

El fuego chisporroteaba alegremente. Bronn se levantó, volvió a guardarse el pedernal en la bolsa y le entregó el puñal a Tyrion.

—Me parece muy bien —dijo—. Mi espada está a tu servicio... pero no pienso ir por ahí hincando la rodilla en tierra y llamándote «mi señor» cada vez que te tiras un pedo. Yo no adulo a nadie.

—Tampoco eres amigo de nadie —replicó Tyrion—. No me cabe duda de que me traicionarías tan deprisa como traicionaste a lady Stark si con ello sacaras algún beneficio. Si en algún momento te entran tentaciones de venderme, acuérdate de esto, Bronn: igualo cualquier oferta, la que sea. Me gusta la vida. En fin, ¿no ibas a buscar algo para que cenáramos?

—Cuida de los caballos —replicó Bronn al tiempo que desenfundaba el cuchillo largo que le colgaba de la cadera. Se adentró entre los árboles.

Una hora más tarde, los caballos estaban alimentados y cepillados, el fuego chisporroteaba alegremente y una pierna de cabrito giraba sobre las llamas en un espetón.

—Lo único que nos falta es un buen vino para bajar el cabrito —dijo Tyrion.

—Eso, una mujer y una docena de hombres armados —replicó Bronn. Estaba sentado ante la hoguera, con las piernas cruzadas, y afilaba la espada con una piedra de amolar. El sonido que hacía al pasarla por el acero resultaba, a su extraña manera, reconfortante—. Pronto habrá anochecido del todo —señaló el mercenario—. Me encargaré de la primera guardia, aunque no va a servir de gran cosa. Casi sería mejor dejar que nos mataran mientras dormimos.

—Oh, me imagino que estarán aquí mucho antes de que nos durmamos. —El olor del cabrito hacía salivar a Tyrion. Bronn lo miró desde el otro lado de la hoguera.

—Tienes un plan —dijo sin dejar de afilar el acero.

—Más bien una esperanza —respondió Tyrion—. Otra tirada de dados.

—¿En la que te juegas nuestras vidas?

—¿Qué alternativa nos queda? —Tyrion se encogió de hombros, se inclinó sobre el fuego y cortó una fina tajada de cabrito—. Ah... —suspiró, feliz, mientras masticaba. La grasa le corrió por la barbilla—. Está un poco duro para mi gusto, y le faltan condimentos, pero no voy a quejarme demasiado. A estas horas, en el Nido de Águilas estaría bailando al borde del vacío, suplicando un plato de judías hervidas.

—Y aun así le diste al carcelero una bolsa de oro —dijo Bronn.

—Un Lannister siempre paga sus deudas.

Hasta a Mord le había costado creerlo cuando Tyrion le lanzó la bolsita de cuero. Al desatar el cordón y ver el brillo del oro, los ojos del carcelero se abrieron como platos.

—Me he quedado la plata —le había dicho Tyrion con una sonrisa malévola—. Pero te prometí el oro, y ahí lo tienes. —Era más del que alguien como Mord podría ganar en toda una vida de maltratar prisioneros—. Y recuerda lo que te dije: es solo el aperitivo. Si alguna vez te cansas de servir a lady Arryn, preséntate en Roca Casterly y te pagaré el resto de lo que te debo. —Mord, con las manos llenas a rebosar de dragones de oro, cayó de rodillas y le prometió que lo haría.

Bronn sacó el cuchillo y retiró la carne del fuego. Empezó a cortar gruesas tajadas de cabrito achicharrado mientras Tyrion vaciaba dos rodajas de pan rancio para que les sirvieran de platos.

—¿Qué harás si conseguimos llegar al río? —preguntó el mercenario mientras cortaba la carne.

—Para empezar me buscaré una puta, una buena cama y una jarra de vino. —Tyrion le acercó el trozo de pan y Bronn se lo llenó de carne—. Y de ahí a Roca Casterly o a Desembarco del Rey, ya veré. Me gustaría obtener respuestas a ciertas preguntas, relativas a un puñal que yo me sé.

—¿Así que decías la verdad? —El mercenario masticó y tragó—. ¿El cuchillo no era tuyo?

—¿Tengo cara de mentiroso? —Tyrion sonrió.

Cuando terminaron de comer, las estrellas brillaban en el cielo y la luna se alzaba sobre las montañas. Tyrion extendió en el suelo su capa de gatosombra y dispuso la silla de montar para que le sirviera de almohada.

—Nuestros amigos se están tomando su tiempo.

—Si yo estuviera en su lugar, me temería una trampa —dijo Bronn—. Parece como si quisiéramos atraerlos; ¿qué otro motivo habría para que tomáramos tan pocas precauciones?

—En ese caso, si nos ponemos a cantar huirán despavoridos. —Tyrion soltó una risita y empezó a silbar una melodía.

—Estás loco, enano —dijo Bronn mientras se limpiaba la grasa de debajo de las uñas con el puñal.

—¿No te gusta la música, Bronn?

—Si lo que querías era música deberías haber elegido al bardo como campeón.

—Habría tenido gracia —dijo Tyrion con una sonrisa—. Ya me lo imagino, parando las estocadas de ser Vardis con la lira. —Volvió a silbar—. ¿Te sabes esta canción? —preguntó.

—La he oído por ahí, en las posadas y en los burdeles.

—Es de Myr. «Las estaciones de mi amor». Quien entienda la letra sabrá que es dulce y triste a la vez. La primera chica que me llevé a la cama la cantaba constantemente; nunca me la he podido quitar de la cabeza. —Tyrion alzó la vista hacia el cielo. Era una noche clara y fresca, y sobre las montañas brillaban las estrellas, despiadadas como la verdad—. La conocí en una noche como esta —se oyó decir—. Jaime y yo regresábamos a caballo de Lannisport cuando oímos un grito, y la chica apareció en el camino. La seguían dos hombres que no paraban de amenazarla. Mi hermano desenvainó la espada y fue a por ellos, y yo desmonté para proteger a la chica. Apenas tenía un año más que yo; era morena, esbelta, con una carita que te rompía el corazón. A mí me lo rompió, desde luego. Era una campesina, famélica, sucia..., pero preciosa. Le habían desgarrado los harapos que vestía, así que la cubrí con mi capa mientras Jaime perseguía a los hombres por el bosque. Cuando volvió, yo ya sabía el nombre y la historia de la chica. Era la hija de un granjero pobre, se había quedado huérfana al morir su padre mientras viajaban hacia... bueno, mientras viajaban sin rumbo.

»Jaime estaba hecho una furia, decidido a perseguir a aquellos hombres. Los forajidos no acostumbraban atacar a los viajeros tan cerca de Roca Casterly, y se lo tomó como un insulto. La chica tenía mucho miedo, no podía quedarse sola, así que me ofrecí a acompañarla a la posada más cercana para que comiera algo mientras mi hermano volvía a la Roca en busca de ayuda.

»Nunca había visto a nadie tan hambriento. Nos comimos dos pollos enteros y la mitad de un tercero, y también nos bebimos una jarra de vino mientras hablábamos. Yo tenía solo trece años, y me temo que el vino se me subió a la cabeza. Cuando me quise dar cuenta estaba en la cama con ella. Era tímida, y yo, más tímido aún. No sé de dónde saqué el valor. Cuando le rompí el himen lloró, pero luego me besó y me cantó esa canción, y por la mañana yo estaba enamorado.

—¿Tú? —se sorprendió Bronn, divertido.

—Es absurdo, ¿verdad? —Tyrion volvió a silbar la cancioncilla—. Me casé con ella —reconoció al final.

—¿Un Lannister de Roca Casterly se casó con la hija de un granjero? ¿Cómo te las arreglaste?

—Ni te imaginas lo que puede hacer un chico con unas cuantas mentiras, cincuenta piezas de plata y un septón borracho. No me atreví a llevar a mi esposa a Roca Casterly, así que la instalé en una casita y durante quince días jugamos a ser marido y mujer. Luego, el septón recuperó la sobriedad y se lo confesó todo a mi señor padre. —El propio

Tyrion se sorprendió de la desolación que sentía al contarlo, pese a todos los años transcurridos. Quizá fuera solo el cansancio—. Fue el final de mi matrimonio. —Se incorporó y contempló el fuego moribundo. La luz lo hizo parpadear.

—¿Echó a la chica?

—Mejor, mucho mejor. Para empezar, hizo que mi hermano me contara la verdad. Verás: la chica era una prostituta. Jaime lo había preparado todo: el camino, los forajidos, todo. Pensaba que ya era hora de que me acostara con una mujer. Como sabía que iba a ser mi primera vez, pagó mucho para que la chica fuera virgen.

»Después de la confesión de Jaime, para que aprendiera bien la lección, lord Tywin mandó llevar a mi esposa y se la entregó a los guardias. Pagaron bien. Una pieza de plata por hombre; no hay muchas putas que cobren precios tan altos. Me hizo sentar en un rincón del barracón y me obligó a mirar, y al final ella tenía tantas monedas de plata que se le escapaban de entre los dedos y se le caían al suelo; fue... —El humo le escocía en los ojos. Tyrion carraspeó para aclararse la garganta. Apartó la vista del fuego y contempló las estrellas—. Lord Tywin me hizo ir en último lugar —dijo con voz tranquila—. Y me dio una moneda de oro para que pagara, porque yo era un Lannister y valía más.

Al cabo de un rato volvió a oír el sonido de la piedra contra el acero, mientras Bronn afilaba la espada.

—Tanto daría que tuviera trece años, treinta o tres. Si un hombre me hace eso, lo mato.

—Puede que un día tengas ocasión —dijo Tyrion, que se había vuelto para mirarlo—. Recuerda lo que te dije. Un Lannister siempre paga sus deudas. —Bostezó—. Voy a intentar dormir un rato. Despiértame si ves que van a matarnos. —Se envolvió en la piel de gatosombra y cerró los ojos. El suelo era frío y duro, pero al cabo de un rato, Tyrion Lannister consiguió dormirse. Soñó con la celda del cielo, pero él era el carcelero, no el preso. Y era un carcelero alto, grande, con una correa en la mano, y golpeaba a su padre, lo hacía retroceder, hacia el abismo...

—Tyrion. —La voz de Bronn era baja y apremiante.

Tyrion despertó al instante. El fuego se había reducido a unas brasas, y las sombras se deslizaban a su alrededor. Bronn se había incorporado sobre una rodilla, con la espada en una mano y el cuchillo en la otra. Tyrion alzó una mano, indicando que se quedara quieto.

—¡Venid a compartir nuestro fuego; la noche es fría! —gritó a las sombras—. No podemos ofreceros vino, pero sí un poco de carne asada.

El movimiento se detuvo. Tyrion divisó el brillo de la luna sobre el metal.

—Nuestra montaña —replicó una voz desde los árboles, profunda, dura, brusca—. Nuestra carne.

—Vuestra carne —reconoció Tyrion—. ¿Quién eres?

—Cuando te reúnas con tus dioses —replicó una voz diferente—, diles que te envía Gunthor, hijo de Gurn, de los Grajos de Piedra.

Una rama crujió cuando alguien la pisó para salir al claro; era un hombre delgado, que llevaba un yelmo adornado con cuernos y portaba un cuchillo largo.

—Y Shagga, hijo de Dolf —dijo la primera voz, grave y mortífera.

Un peñasco se movió a la izquierda de donde se encontraban, se irguió y se convirtió en un hombre. Era enorme, lento, fuerte, vestido con pieles, con un garrote en la mano derecha y un hacha en la izquierda. Se acercó a ellos, entrechocando las dos armas.

Otras voces se alzaron, proclamando otros nombres, Conn, Torrek, Jaggot, y muchos más, que Tyrion olvidó nada más oírlos. Eran al menos diez. Unos cuantos llevaban espadas y cuchillos; otros esgrimían horcas, guadañas y lanzas de madera. Aguardó a que todos salieran y gritaran sus nombres antes de responder.

—Yo soy Tyrion, hijo de Tywin, del Clan de los Lannister, los Leones de la Roca. Pagaremos de buena gana el cabrito que nos hemos comido.

—¿Qué puedes darnos, Tyrion, hijo de Tywin? —preguntó el que decía llamarse Gunthor, que parecía el jefe.

—En mi bolsa hay algo de plata —respondió Tyrion—. La cota de malla que llevo me queda grande, pero a Conn le sentaría muy bien, y mi hacha resultaría perfecta para Shagga; es mucho mejor que la suya.

—El medio hombre quiere pagarnos con nuestro dinero —se burló Conn.

—Conn tiene razón —dijo Gunthor—. Vuestra plata es nuestra. Vuestros caballos son nuestros. Igual que la cota de malla, el hacha y el cuchillo que te cuelga del cinturón. ¿Cómo prefieres morir, Tyrion, hijo de Tywin?

—En mi propia cama, con la barriga llena de vino y la polla en la boca de una doncella, y a la edad de ochenta años —replicó.

El corpulento, Shagga, fue el primero en soltar una carcajada. Los demás no lo encontraron tan divertido.

—Coge los caballos, Conn —ordenó Gunthor—. Mata al otro y ata al medio hombre. Servirá para ordeñar las cabras y hacer reír a las madres.

—¿Quién quiere ser el primero en morir? —preguntó Bronn poniéndose en pie de un salto.

—¡No! —ordenó Tyrion con tono brusco—. Escúchame, Gunthor, hijo de Gurn. Mi casa es rica y poderosa. Si los Grajos de Piedra nos escoltan para salir de estas montañas, mi señor padre te cubrirá de oro.

—El oro de un señor de las tierras bajas vale aún menos que las promesas de un medio hombre —replicó Gunthor.

—Puede que yo sea medio hombre —dijo Tyrion—, pero tengo el valor de enfrentarme a mis enemigos. En cambio, los Grajos de Piedra se esconden tras las rocas y tiemblan de miedo cada vez que pasan a caballo los señores del Valle.

Shagga lanzó un rugido de ira y entrechocó el garrote con el hacha. Jaggot rozó el rostro de Tyrion con la punta de su larga lanza de madera, endurecida al fuego. Tyrion intentó no parpadear.

—¿Estas son las mejores armas que habéis conseguido robar? —preguntó—. No están mal para matar ovejas... siempre que las ovejas no se resistan. Los herreros de mi padre cagan acero de mejor calidad.

—Hombrecillo —rugió Shagga—, ¿te seguirás burlando de mi hacha cuando te corte la hombría y se la eche de comer a las cabras?

—No. —Gunthor lo detuvo alzando una mano—. Quiero escuchar qué nos dice. Las madres están hambrientas, y el acero llena más bocas que el oro. ¿Qué nos darás a cambio de vuestras vidas, Tyrion, hijo de Tywin? ¿Espadas? ¿Lanzas? ¿Cotas de malla?

—Todo eso, Gunthor, hijo de Gurn, y mucho más —replicó Tyrion Lannister con una sonrisa—. Os daré el Valle de Arryn.

EDDARD

Por las ventanas altas y estrechas del enorme salón del trono, en la Fortaleza Roja, entraba la luz del atardecer, se derramaba por el suelo y dibujaba largas franjas rojas en las paredes de las que en el pasado habían colgado las cabezas de los dragones. Después habían cubierto la piedra de tapices con escenas de cacerías, de vivos tonos verdes, castaños y azules, pero a Ned Stark le seguía pareciendo que el color sangre era el único que se veía en la estancia.

Estaba sentado en la inmenso y antiguo trono de Aegon el Conquistador, una monstruosidad de hierro labrado con púas, bordes serrados y metales retorcidos. Tal como le había advertido Robert, era el asiento más incómodo que se pudiera concebir, y más entonces, cuando el dolor de la pierna destrozada se intensificaba por momentos. A medida que pasaban las horas, el hierro sobre el que estaba sentado se había vuelto cada vez más duro, y el acero dentado del respaldo le impedía apoyarse. «Un rey no debe sentarse cómodo jamás», había dicho Aegon el Conquistador al ordenarles a sus armeros que le forjaran un trono con las espadas de sus enemigos caídos. Ned, malhumorado, maldijo a Aegon por su arrogancia. Y a Robert, por marcharse de caza.

—¿Seguro que no eran simples bandidos? —preguntó Varys con voz suave desde la mesa del Consejo, bajo el trono.

El gran maestre Pycelle, desasosegado, cambió de postura junto a él mientras Meñique jugueteaba con una pluma. Eran los únicos consejeros presentes. En el bosque Real se había divisado un venado blanco, y lord Renly y ser Barristan se habían apuntado a la partida del rey para darle caza, junto con el príncipe Joffrey, Sandor Clegane, Balon Swann y la mitad de la corte. De manera que, en su ausencia, Ned estaba obligado a sentarse en el Trono de Hierro.

Al menos él podía sentarse. A excepción del Consejo, el resto de los presentes tenía que mantenerse respetuosamente de pie o de rodillas. Los peticionarios, aglomerados junto a las altas puertas; los caballeros, damas y señores, bajo los tapices; el pueblo, en la galería; los guardias con sus capas, doradas o grises... todos, todos de pie.

Los aldeanos, en cambio, estaban de rodillas: hombres, mujeres y niños, todos andrajosos y ensangrentados por igual, con el miedo reflejado en el rostro. Los tres caballeros que los habían llevado allí para que presentaran testimonio permanecían de pie tras ellos.

—¿Bandidos, lord Varys? —La voz de ser Raymun Darry rezumaba desprecio—. Desde luego, sin duda eran bandidos. Bandidos Lannister.

Ned advirtió el murmullo incómodo que recorría la sala; vio como los grandes señores prestaban atención, igual que los criados. No consiguió fingir sorpresa. El oeste se había convertido en un polvorín desde que Catelyn tomara prisionero a Tyrion Lannister. Aguasdulces y Roca Casterly habían llamado a sus vasallos, y en el paso, bajo el Colmillo Dorado, se reunían los ejércitos. Solo era cuestión de tiempo que empezara a correr la sangre. La única pregunta sin respuesta era cómo restañar la herida.

Ser Karyl Vance, el de los ojos tristes, que habría resultado atractivo de no ser por la marca de nacimiento amoratada que tenía en el rostro, hizo un gesto en dirección a los aldeanos.

—Esto es todo lo que queda de Sherrer, lord Eddard. Los demás habitantes han muerto, junto con los de Wendish y los del Vado del Titiritero.

—Levantaos —les ordenó Ned a los aldeanos. Jamás confiaba en lo que le decía un hombre arrodillado—. Venga, levantaos todos.

Uno a uno, los aldeanos de Sherrer se fueron poniendo en pie. Hubo que ayudar a un anciano, y una muchachita de vestido ensangrentado permaneció de rodillas, mirando sin ver a ser Arys Oakheart, que estaba al pie del trono ataviado con la armadura blanca de la Guardia Real, dispuesto a proteger y defender al rey... o a la mano del rey, quiso creer Ned.

—Joss —dijo ser Raymun Darry a un hombre regordete y calvo que llevaba delantal de tabernero—, cuéntale a la mano lo que sucedió en Sherrer.

Joss asintió.

—Con el permiso de vuestra alteza...

—Su alteza está cazando al otro lado del Aguasnegras —dijo Ned. Le parecía increíble que un hombre pudiera pasar la vida entera a apenas unos días a caballo de la Fortaleza Roja sin tener la menor idea de cuál era el aspecto del rey. Él vestía un jubón de lino blanco con el lobo huargo de los Stark en el pecho; el broche de plata en forma de mano, que era el emblema de su cargo, lo utilizaba para sujetarse la capa negra. Blanco, negro y gris, todas las tonalidades de la verdad—. Yo soy lord Eddard Stark, la mano del rey. Dime quién eres y qué sabes de esos jinetes.

—Tengo... tenía... Tenía una taberna, mi señor, en Sherrer, junto al puente de piedra. La mejor cerveza al sur del Cuello, lo dice todo el mundo, con vuestro permiso, mi señor. Ahora ya no existe, mi señor, ha desaparecido, igual que el resto. Vinieron, bebieron hasta hartarse y derramaron lo que quedaba. Luego prendieron fuego al techo, y también habrían derramado mi sangre si me hubieran atrapado, mi señor.

—Nos quemaron las casas —dijo un granjero, junto a él—. Llegaron a caballo en la oscuridad, venían del sur, y prendieron fuego a los campos y a las casas, mataron a todo el que intentó detenerlos. Pero no eran ladrones, mi señor; no querían robarnos el ganado ni nada de eso; mataron a mi vaca lechera y la dejaron allí, para que se la comieran las moscas y los cuervos.

—Arrollaron a mi aprendiz —intervino un hombre achaparrado con músculos de herrero y la cabeza vendada. Se había puesto sus mejores ropas para acudir a la corte, pero llevaba los calzones manchados y la capa polvorienta—. Lo persiguieron a caballo por los campos, jugaron con él; lo pinchaban con las lanzas y se reían como si fuera un juego. El chico no hacía más que gritar y caerse, y al final el grandote lo traspasó.

La muchacha que seguía de rodillas movió la cabeza para alzar la vista hacia Ned, en el trono.

—También mataron a mi madre, alteza. Y a mí me... a mí me... —Su voz se quebró, como si hubiera olvidado lo que estaba a punto de decir. Empezó a sollozar. Ser Raymun Darry reanudó el relato.

—En Wendish, la gente intentó refugiarse en el fortín, pero las paredes eran de madera. Los jinetes amontonaron paja contra ellas y los intentaron quemar vivos. Cuando los habitantes de Wendish abrieron las puertas para escapar del fuego, los mataron con flechas a medida que salían, incluso a las mujeres con niños de pecho.

—Qué espanto —murmuró Varys—. ¿Hasta dónde puede llegar la crueldad del hombre?

—A nosotros nos habrían hecho lo mismo, pero el fortín de Sherrer es de piedra —dijo Joss—. Algunos querían hacernos salir con humo, pero el grande dijo que había fruta más madura río arriba, así que se fueron a Vado del Titiritero.

Ned sintió el acero frío contra los dedos al inclinarse hacia delante. Entre cada dos dedos había una hoja; las puntas de espadas retorcidas sobresalían como garras de los brazos del trono. Pese a los tres siglos transcurridos desde que fuera forjado, algunas seguían afiladas y cortantes. El Trono de Hierro estaba lleno de trampas para cazar al incauto. Según decían las canciones, para hacerlo se habían empleado mil espadas, calentadas al rojo blanco en el aliento ardiente de Balerion, el Terror Negro. Los trabajos duraron cincuenta y nueve días. El resultado fue aquella bestia negra, hecha de filos, púas y hojas de metal afilado: una silla capaz de matar a un hombre y que, según las leyendas, ya lo había hecho. Eddard Stark era incapaz de comprender qué hacía allí sentado, pero allí estaba, y aquella gente le pedía justicia.

—¿Qué pruebas tenéis de que fueran de la casa Lannister? —preguntó, tratando de controlar la ira—. ¿Llevaban capas escarlata o un estandarte con el emblema del león?

—Ni siquiera los Lannister son tan idiotas —resopló ser Marq Piper. Era un joven gallito, un fanfarrón, demasiado inmaduro e impulsivo para el gusto de Ned. Pero al mismo tiempo era buen amigo del hermano de Catelyn, Edmure Tully.

—Todos los atacantes iban a caballo y con cota de malla, mi señor —respondió ser Karyl con voz tranquila—. Llevaban lanzas de punta de acero, y también espadas y hachas. —Hizo un gesto en dirección a uno de los harapientos supervivientes—. Tú. Sí, tú. Nadie te va a hacer nada. Dile a la mano lo que me contaste.

—Es sobre los caballos —dijo el anciano con la cabeza inclinada—. Eran caballos de guerra. Trabajé muchos años en los establos del viejo ser Willum, así que los distingo. Pongo a los dioses por testigos de que ninguno de esos animales había tirado nunca de un arado.

—Bandoleros con buenas monturas —observó Meñique—. Puede que robaran los caballos antes de atacar.

—¿Cuántos hombres componían el grupo? —quiso saber Ned.

—Por lo menos cien —respondió Joss.

—Cincuenta —dijo a la vez el herrero de los vendajes.

—Cientos y cientos —fue la respuesta de una anciana, tras ellos—. Un ejército, mi señor, un ejército era eso.

—Tienes más razón de la que crees, buena mujer —le dijo lord Eddard—. Decís que no llevaban estandarte. ¿Y qué armaduras utilizaban? ¿Alguno de vosotros se fijó en los adornos, en las decoraciones, en cualquier detalle de los escudos o de los yelmos?

—Me duele deciros esto, mi señor —contestó Joss, el tabernero, sacudiendo la cabeza—, pero no, las armaduras que llevaban eran sencillas. Solo... Bueno, el que parecía que mandaba, la armadura suya era igual que las otras, pero llamaba la atención. Era por el tamaño, mi señor. Quien diga que los gigantes ya no existen es porque no ha visto a este hombre, os lo juro. Era grande como un buey, y su voz retumbaba como un trueno.

—¡La Montaña! —exclamó ser Marq de manera que todos lo oyeran—. ¿A alguien le cabe la menor duda? Esto ha sido obra de Gregor Clegane.

Ned oyó murmullos bajo las ventanas y al otro extremo de la sala. Hasta en las galerías se oían susurros nerviosos. Tanto los grandes señores como el pueblo llano entendían qué significaría que ser Marq estuviera en lo cierto. Ser Gregor Clegane era vasallo de lord Tywin Lannister.

Escudriñó los rostros aterrados de los aldeanos. No era de extrañar que estuvieran tan asustados: creían que los habían arrastrado allí para llamar asesino a lord Tywin, ante el rey que estaba casado con su hija. Seguramente, los caballeros no les habían dejado elección.

El gran maestre Pycelle se levantó pausadamente de su lugar en la mesa del Consejo. La cadena que simbolizaba su cargo tintineó.

—Con todos los respetos, ser Marq, no podéis saber si ese forajido era ser Gregor o no. En el reino hay muchos hombres corpulentos.

—¿Tan corpulentos como la Montaña que Cabalga? —replicó ser Karyl—. Yo no he conocido a ninguno.

—Ni nadie entre los presentes —añadió ser Raymun, ardoroso—. Hasta su hermano parece un cachorrillo en comparación. Abrid los ojos, mis señores. ¿Os hace falta ver su sello sobre los cadáveres? Fue Gregor.

—¿Por qué iba a actuar ser Gregor como un bandido? —preguntó Pycelle—. Su señor le otorgó una fortaleza y tierras propias. Es un caballero ungido.

—¡Un falso caballero! —replicó ser Marq—. Es el perro rabioso de lord Tywin.

—Mi señor —dijo Pycelle a Ned con tono rígido—, os ruego que recordéis a este «buen» caballero que lord Tywin Lannister es el padre de nuestra amada reina.

—Gracias, gran maestre Pycelle —dijo Ned—. Si no llegáis a decirlo, quizá lo hubiéramos olvidado.

Desde su lugar privilegiado en el trono, vio como varios hombres salían a hurtadillas por la puerta del fondo de la sala. Los conejos corrían a esconderse... o tal vez las ratas iban a mordisquear el queso de la reina. Divisó a la septa Mordane en la galería, acompañando a su hija Sansa. Ned sintió un ramalazo de ira: aquel no era lugar apropiado para una niña. Pero la septa no podía haber imaginado que la sesión iba a ir más allá de la tediosa rutina de escuchar peticiones, zanjar disputas entre aldeas rivales y marcar límites entre poblados.

Abajo, junto a la mesa del Consejo, Petyr Baelish pareció perder interés en la pluma y se inclinó hacia delante.

—Ser Marq, ser Karyl, ser Raymun..., ¿puedo haceros una pregunta? Esas aldeas estaban bajo vuestra protección. ¿Dónde estabais mientras tenían lugar tantos asesinatos e incendios?

—Yo estaba al lado de mi señor padre, en el paso, bajo el Colmillo Dorado —respondió ser Karyl—. Igual que ser Marq. Cuando ser Edmure Tully recibió la noticia de estas afrentas, nos envió instrucciones de organizar un grupo de hombres para buscar a los supervivientes que hubiera y traerlos ante el rey.

—Ser Edmure me había convocado a Aguasdulces, junto con todos mis hombres —explicó por su parte ser Raymun Darry—. Estaba acampado al otro lado del río, aguardando sus órdenes, cuando me llegó la noticia. Cuando regresé a mis tierras, Clegane y sus alimañas ya estaban al otro lado del Forca Roja, cabalgando hacia las colinas de los Lannister.

—¿Y si vuelven, señor? —Meñique se acarició la barbita puntiaguda, pensativo.

—Si vuelven, su sangre regará los campos que quemaron —declaró ser Marq Piper, en tono fervoroso.

—Ser Edmure ha enviado hombres a todo pueblo y aldea a menos de un día a caballo de la frontera. Los próximos atacantes no lo tendrán tan fácil —explicó ser Karyl.

«Que es probablemente lo que quiere lord Tywin —se dijo Ned para sus adentros—: mermar las fuerzas de Aguasdulces, engañar al chico para que disperse a sus hombres.» El hermano de su esposa era joven, y más valeroso que inteligente. Intentaría defender cada palmo de sus tierras, a cada hombre, mujer y niño de los que lo llamaban señor, y Tywin Lannister, astuto como era, lo sabría.

—Si vuestros campos y aldeas están a salvo de todo daño —decía lord Petyr—, ¿qué le pedís al trono?

—Los señores del Tridente mantienen la paz del rey —respondió ser Raymun Darry—. Los Lannister la han quebrado. Pedimos permiso para darles cumplida respuesta, acero por acero. Pedimos justicia para los habitantes de Sherrer, de Wendish y del Vado del Titiritero.

—Edmure está de acuerdo: debemos pagar a Gregor Clegane con su misma moneda sangrienta —declaró Marq—, pero el anciano lord Hoster nos ordenó venir a pedir el permiso del rey antes de atacar.

«Gracias a los dioses por el anciano lord Hoster.» Tywin Lannister tenía tanto de zorro como de león. Si era verdad que había enviado a ser

Gregor para quemar y saquear, y a Ned no le cabía la menor duda, se había asegurado de que lo hiciera amparado en la noche, sin estandartes, como un vulgar bandolero. Cuando Aguasdulces contraatacara, Cersei y su padre insistirían en que los que habían roto la paz del rey habían sido los Tully, no los Lannister. Y solo los dioses sabían a quién creería Robert.

—Mi señor —lo interpeló el gran maestre Pycelle, que se había levantado de nuevo—, si estos aldeanos creen que ser Gregor ha dejado de lado sus votos sagrados para dedicarse a las violaciones y el pillaje, que vayan a presentar tales quejas a su señor. Estos crímenes no tienen nada que ver con el trono. Que busquen la justicia de lord Tywin.

—Toda justicia es justicia del rey —replicó Ned—. Todo lo que hacemos en el norte, en el sur, en el este o en el oeste, es en nombre de Robert.

—Es la justicia del rey —insistió el gran maestre Pycelle—. Por lo tanto, deberíamos aplazar este asunto hasta que su alteza...

—El rey está cazando al otro lado del río, y puede que no regrese en varios días —dijo lord Eddard—. Robert me ordenó ocupar su lugar, escuchar con sus oídos y hablar con su voz. Y es precisamente lo que voy a hacer..., aunque estoy de acuerdo en que se le debe comunicar este asunto. —Divisó bajo los tapices un rostro conocido—. Ser Robar —llamó.

—¿Mi señor? —Ser Robar Royce dio un paso al frente e hizo una reverencia.

—Vuestro padre está cazando con el rey —dijo Ned—. ¿Queréis ir a llevarles la noticia de lo que se ha dicho y hecho hoy aquí?

—Al momento, mi señor.

—¿Tenemos, pues, vuestro permiso para emprender la venganza contra ser Gregor? —preguntó Marq Piper al trono.

—¿Venganza? —inquirió Ned—. Yo creía que estábamos hablando de justicia. Con quemar los campos de Clegane y matar a sus siervos no se recuperará la paz del rey; no haréis más que poner parches en vuestro orgullo. —Apartó la vista antes de que el joven caballero pudiera protestar airadamente, y se dirigió a los aldeanos—. Habitantes de Sherrer, no puedo devolveros los hogares ni las cosechas, ni tampoco devolver la vida a vuestros muertos. Pero quizá pueda mostraros, aunque sea en pequeña medida, la justicia de nuestro rey Robert.

Todos los ojos de la sala estaban clavados en él, a la espera. Ned se puso en pie muy despacio y se levantó del trono con la fuerza de los brazos, haciendo caso omiso del dolor punzante en la pierna rota; no era el mejor momento para que nadie advirtiera su debilidad.

—Los primeros hombres creían que el juez que ordena la muerte debe ser también el que esgrima la espada, y en el norte todavía nos regimos por esa costumbre. No me gusta enviar a nadie a matar en mi nombre..., pero me temo que no tengo otro remedio —dijo señalándose la pierna herida.

—¡Lord Eddard! —El grito procedía del ala oeste de la sala. Un muchachito muy joven y atractivo se adelantó con paso osado. Sin la armadura, ser Loras Tyrell ni siquiera aparentaba sus dieciséis años. Llevaba ropas de seda color azul celeste, y su cinturón era una cadena de rosas doradas, el emblema de su casa—. Os suplico el honor de que me permitáis actuar en vuestro lugar. Encomendadme esa tarea, mi señor, y juro que no os fallaré.

—Ser Loras, si os enviamos a vos —dijo Meñique con una risita—, ser Gregor nos enviará a cambio vuestra cabeza con una pluma metida en esa preciosa boquita que tenéis. La Montaña no es el tipo de persona que se humilla ante la justicia de cualquier hombre.

—No temo a Gregor Clegane —replicó ser Loras, altanero.

Ned volvió a sentarse en el duro asiento de hierro que era el trono deforme de Aegon. Escudriñó con la mirada los rostros que se alineaban junto al muro.

—Lord Beric —llamó—. Thoros de Myr. Ser Gladden. Lord Lothar. —Los nombrados se fueron adelantando, uno a uno—. Deberéis reunir un grupo de veinte hombres cada uno, y llevar mi palabra a la fortaleza de Gregor. Veinte de mis guardias os acompañarán. Lord Beric Dondarrion, tendréis el mando general, como corresponde a vuestro rango.

—A vuestras órdenes, lord Eddard —dijo el joven señor del pelo dorado rojizo con una reverencia.

—En nombre de Robert de la casa Baratheon —exclamó Ned alzando la voz para que llegara a todos los extremos del salón del trono—, el primero de su nombre, rey de los ándalos, los rhoynar y los primeros hombres, señor de los Siete Reinos y Protector del Reino; yo, Eddard de la casa Stark, su mano, os encomiendo cabalgar hacia las tierras de occidente, cruzar el Forca Roja del Tridente bajo la bandera del rey, y llevar la justicia del rey al falso caballero Gregor Clegane, y a todos aquellos que hayan sido partícipes de sus crímenes. Yo lo denuncio, lo deshonro, lo despojo de su rango y títulos, de todas sus tierras, propiedades e ingresos, y lo sentencio a muerte. Que los dioses se apiaden de su alma.

Apenas se hubo extinguido el eco de sus palabras, el Caballero de las Flores se adelantó, perplejo.

—¿Y qué pasa conmigo, lord Eddard?

Ned lo miró. Visto desde el trono, Loras Tyrell parecía casi tan joven como Robb.

—Nadie pone en duda vuestro valor, ser Loras, pero ahora se trata de justicia, y lo que buscáis vos es venganza. —Se volvió hacia lord Beric—. Emprended el camino al alba. Estas cosas es mejor hacerlas deprisa. —Alzó una mano—. El trono no escuchará hoy más peticiones.

Alyn y Porther subieron los escalones de hierro que llevaban al trono para ayudarlo a descender. Ned no pudo dejar de advertir la mirada hosca de Loras Tyrell, pero el muchacho se alejó antes de que llegara a su altura.

En la base del Trono de Hierro, Varys recogía papeles de la mesa del Consejo. Meñique y el gran maestre Pycelle se habían marchado ya.

—Tenéis más valor que yo, mi señor —dijo con voz suave el eunuco.

—¿Por qué lo decís, lord Varys? —preguntó Ned en tono brusco. La pierna le dolía mucho y no estaba de humor para juegos de palabras.

—De haber estado en vuestro lugar, yo habría enviado a ser Loras. Lo deseaba con tanta vehemencia... Y cualquier hombre que tenga por enemigos a los Lannister haría bien en ganarse la amistad de los Tyrell.

—Ser Loras es joven —replicó Ned—. Ya se le pasará la decepción.

—¿Y qué hay de ser Ilyn? —El eunuco se acarició la mejilla regordeta y empolvada—. Al fin y al cabo, él es la justicia del rey. Eso de enviar a otros hombres a cumplir con las misiones de su cargo... hay quien lo consideraría un insulto grave.

—No era mi intención. —La verdad era que Ned no confiaba en el caballero mudo, aunque tal vez fuera porque no le gustaban los ejecutores—. Os recuerdo que los Payne son vasallos de la casa Lannister. Me pareció más adecuado elegir hombres que no debieran lealtad alguna a lord Tywin.

—Una decisión prudente, no me cabe duda —dijo Varys—. Pero da la casualidad de que he visto a ser Ilyn al fondo de la sala, mirándonos con sus ojos claros, y la verdad, no parecía nada contento, aunque eso es siempre difícil de asegurar cuando se trata de nuestro silencioso caballero. Supongo que a él también se le pasará. Aunque le gusta tanto su trabajo...

SANSA

—No ha querido enviar a ser Loras —le contó Sansa a Jeyne Poole aquella noche, mientras compartían una cena fría a la luz de la lamparilla—. Me parece que ha sido por lo de la pierna.

Lord Eddard había hecho que le llevaran la cena a sus aposentos para tomarla con Alyn, Harwin y Vayon Poole, y así poder descansar de sus heridas; y la septa Mordane se había quejado de que tenía los pies en carne viva después de estar en la galería todo el día. Arya debería estar con ellas, pero llegaba tarde de su lección de danza.

—¿La pierna? —preguntó Jeyne, insegura. Era una chiquilla bonita, de pelo oscuro, y tenía la misma edad que Sansa—. ¿Es que ser Loras se ha hecho daño en la pierna?

—No, él no, tonta —replicó Sansa mientras mordisqueaba con delicadeza un muslo de pollo—. La pierna de mi padre. Le duele tanto que está siempre de muy mal humor. Si no, habría enviado a ser Loras, seguro.

La decisión de su padre le había parecido sorprendente. Cuando el Caballero de las Flores se adelantó, dio por seguro que estaba a punto de ver cómo cobraba vida una de las historias de la Vieja Tata. Ser Gregor era el monstruo, y ser Loras, el gran héroe que lo iba a matar. Hasta su aspecto era el de un gran héroe, porque era muy guapo y esbelto, con aquel cinturón de rosas doradas y aquella cabellera castaña que le caía sobre los ojos. ¡Y su padre lo rechazó! Aquello la había disgustado muchísimo. Se lo había dicho a la septa Mordane mientras bajaban de la galería, pero la mujer le respondió que no le correspondía a ella cuestionar las decisiones de su señor padre.

Y había sido entonces cuando lord Baelish interrumpió su conversación.

—No sabría qué decir, septa. Su señor padre ha tomado algunas decisiones que no estaría de más cuestionar. La joven dama es tan sabia como hermosa. —Hizo una reverencia a Sansa, una inclinación tan profunda que la niña no supo si se trataba de un cumplido o de una burla.

—La niña solo hacía comentarios, mi señor —dijo la septa Mordane, que se había puesto muy nerviosa al darse cuenta de que lord Baelish se había enterado de su conversación—. Simple charla. No pretendía decir nada.

—¿Nada? —Lord Baelish se acarició la barbita puntiaguda—. Cuéntame, pequeña, ¿por qué habrías enviado tú a ser Loras? —A Sansa no le quedó más remedio que hablarle de los héroes y los monstruos. El consejero del rey sonrió—. Bueno, no son precisamente los argumentos que habría planteado yo, pero... —Le acercó la mano al rostro y le siguió con el dedo la línea del pómulo—. La vida no es una canción, querida. Algún día lo descubrirás, y será doloroso.

A Sansa no le apetecía contarle todo aquello a Jeyne. De hecho, solo con pensar en ello se ponía nerviosa.

—La justicia del rey es ser Ilyn, no ser Loras —señaló Jeyne—. Lord Eddard debería haberlo enviado a él.

Sansa se estremeció. Siempre que veía a ser Ilyn le pasaba lo mismo. Tenía la sensación de que le resbalara una cosa muerta por la piel desnuda.

—Ser Ilyn es casi como otro monstruo. Me alegro de que mi padre no lo eligiera.

—Pues lord Beric es tan héroe como ser Loras. Es tan valiente, tan guapo...

—Sí, bueno... —titubeó Sansa.

Beric Dondarrion era atractivo, sin duda, pero también era muy viejo; tenía casi veintidós años. El Caballero de las Flores habría sido mucho mejor. Pero claro, Jeyne estaba enamorada de lord Beric desde la primera vez que lo vio en las justas. En opinión de Sansa, Jeyne se comportaba como una tonta. Al fin y al cabo no era más que la hija de un mayordomo, y por mucho que suspirase por él, lord Beric nunca se fijaría en alguien tan inferior, ni aunque la diferencia de edad no fuera tan abismal.

Pero habría sido una descortesía decir semejante cosa, así que Sansa bebió un trago de leche y cambió de tema.

—He soñado que el venado blanco era para Joffrey —dijo. En realidad no había sido un sueño, sino más bien un deseo, pero le costaba menos expresarlo así. Todo el mundo sabía que los sueños eran proféticos. Los venados blancos eran muy raros y mágicos, y Sansa sabía en su corazón que el valeroso príncipe era más digno de cazarlo que su padre borracho.

—¿Lo has soñado? ¿De verdad? ¿Qué pasaba? ¿El príncipe Joffrey se acercaba al venado, lo acariciaba con la mano y no le hacía daño?

—No —respondió Sansa—. Lo mataba con una flecha dorada y me lo traía como prenda. —En las canciones, los caballeros jamás mataban a las bestias mágicas; solo se acercaban a ellas y las tocaban, sin hacerles daño, pero sabía que a Joffrey le gustaba la caza, sobre todo matar a las presas. Pero solo mataba animales, claro. Sansa estaba segura de que su príncipe no había tenido nada que ver en el asesinato de Jory y el resto de los hombres; aquello había sido cosa de su malévolo tío, el Matarreyes. Sabía que su padre estaba muy enfadado, pero no era justo que le echara la culpa a Joff. Sería como hacerla responsable a ella por lo que hiciera Arya.

—Esta tarde he visto a tu hermana —dijo Jeyne, como si le estuviera leyendo la mente—. Estaba en los establos, caminando sobre las manos. ¿Por qué hace esas cosas?

—Nadie sabe por qué hace Arya las cosas que hace. —Sansa detestaba los establos; eran lugares malolientes llenos de estiércol y moscas. Incluso cuando iba a montar prefería que algún mozo le ensillara la montura y se la sacara al patio—. ¿Quieres que te cuente cosas de la corte de justicia, o no?

—Sí, sí —pidió Jeyne.

—Había también un hermano negro —siguió Sansa—; suplicaba hombres para el Muro, pero era muy viejo y olía mal. —Aquello no le había gustado nada. Siempre había imaginado que los hombres de la Guardia de la Noche eran como su tío Benjen. En las canciones los llamaban «los caballeros negros del Muro». Pero aquel hombrecillo tenía la espalda encorvada, resultaba repugnante y parecía como si tuviera piojos. Si la Guardia de la Noche era así, se compadecía de su medio hermano bastardo, Jon.

—Mi padre ha preguntado si había presente algún caballero que quisiera honrar a su casa vistiendo el negro, pero ninguno se ha adelantado, así que le ha dicho al tal Yoren que eligiera lo que quisiera de las mazmorras del rey y que se fuera. Luego han llegado dos hermanos, unos jinetes libres de las Marcas de Dorne, para poner sus espadas al servicio del rey. Mi padre les ha tomado juramento...

—¿No hay pastelitos de limón? —Jeyne bostezó.

—Vamos a ver —dijo Sansa. No le gustaba que la interrumpieran, pero hasta ella reconocía que un pastelito de limón sonaba más interesante que la mayor parte de lo que había acontecido aquella mañana en el salón del trono.

En la cocina no había pastelitos de limón, pero al final encontraron media tarta fría de fresas, que fue una buena alternativa. Se la comieron sentadas en los peldaños de la torre, entre risitas, chismorreos y secretos compartidos, y aquella noche, Sansa se acostó con la sensación de ser casi tan traviesa como Arya.

Por la mañana se despertó antes de que amaneciera, y se dirigió medio adormilada hacia la ventana para ver como lord Beric formaba a sus hombres. Emprendieron la marcha cuando las primeras luces empezaron a bañar la ciudad. Los precedían tres portaestandartes, el más alto con el emblema del venado coronado del rey, y por debajo, el lobo huargo de los Stark y el rayo de lord Beric a la misma altura. Era tan emocionante como una canción que cobrara vida: el tintineo de las espadas, el brillo de las antorchas, los pendones al viento, el piafar y relinchar de los caballos, el brillo dorado del amanecer en los barrotes del rastrillo que se alzaba... Los hombres de Invernalia eran los más guapos, con cotas de malla plateadas y largas capas grises.

Alyn era el que llevaba el estandarte de los Stark. Al verlo cabalgar junto a lord Beric, Sansa se sintió llena de orgullo. Alyn era aún más guapo de lo que fuera Jory; algún día sería caballero.

Tras su partida, la Torre de la Mano parecía tan desierta que Sansa incluso se alegró de ver a Arya cuando bajó a desayunar.

—¿Dónde están todos? —quiso saber su hermana, al tiempo que pelaba con las manos una naranja sanguina—. ¿Los ha enviado padre a perseguir a Jaime Lannister?

—Cabalgan junto a lord Beric, para decapitar a ser Gregor Clegane —repuso Sansa con un suspiro. Se volvió hacia la septa Mordane, que comía gachas con una cuchara de madera—. Septa, ¿lord Beric clavará la cabeza de ser Gregor en una lanza y la pondrá ante sus puertas, o se la traerá al rey? —Era una de las cosas que había comentado con Jeyne Poole la noche anterior, pero la septa puso cara de espanto.

—Una dama no habla de esas cosas durante el desayuno. ¿Has olvidado tus modales, Sansa? Últimamente te portas casi tan mal como tu hermana.

—¿Qué hizo Gregor? —preguntó Arya.

—Quemó una aldea y asesinó a un montón de gente, incluso mujeres y niños.

—Jaime Lannister asesinó a Jory —dijo Arya con el ceño fruncido—, a Heward y a Wyl, y el Perro asesinó a Mycah. A esos sí que tendrían que cortarles la cabeza.

—No es lo mismo —replicó Sansa—. El Perro es el escudo juramentado de Joffrey; y tu amiguito atacó al príncipe.

—Mentirosa —rugió Arya. Apretó la naranja sanguina con tanta fuerza que el jugo le corrió entre los dedos.

—Eso, insúltame, ahora que puedes —dijo Sansa en tono frívolo—. Cuando esté casada con Joffrey ya no te atreverás. Tendrás que hacerme reverencias y llamarme *alteza.* —Dejó escapar un grito cuando Arya le lanzó la naranja. Le dio en la frente con un golpe húmedo y le cayó en el regazo.

—Tenéis una mancha de zumo en la cara, alteza —dijo Arya.

El zumo le goteaba por la nariz y le picaba en los ojos. Sansa se limpió con una servilleta. Cuando vio la mancha que le había dejado la fruta en el regazo del hermoso vestido de seda color marfil, dejó escapar otro grito.

—¡Eres odiosa! —chilló a su hermana—. ¡Tendrían que haberte matado a ti, y no a Dama!

—¡Vuestro padre se va a enterar de esto! —dijo la septa Mordane poniéndose de pie—. ¡Id a vuestras habitaciones, ahora mismo! ¡Ahora mismo!

—¿Yo también? —A Sansa se le llenaron los ojos de lágrimas—. ¡No es justo!

—No pienso discutir. ¡A vuestras habitaciones!

Sansa se alejó, con la cabeza bien alta. Iba a ser reina, y las reinas no lloraban, o no lloraban delante de nadie. Al llegar a sus habitaciones, cerró la puerta y se quitó el vestido. La naranja sanguina había dejado una gran mancha roja en la seda.

—¡La odio! —gritó. Hizo una bola con el vestido y lo lanzó a la chimenea, sobre las cenizas frías del fuego de la noche anterior. Entonces vio que la mancha había calado hasta las enaguas, y muy a su pesar se le escapó un sollozo. Se arrancó el resto de la ropa, se tumbó en la cama y lloró hasta que se quedó dormida.

Era ya mediodía cuando la septa Mordane llamó a su puerta.

—¿Sansa? Tu señor padre quiere verte ahora mismo.

—Dama —susurró Sansa mientras se sentaba en la cama. Durante un momento fue como si la loba estuviera en la habitación, mirándola con sus ojazos dorados, tristes y sagaces. Comprendió que había estado soñando. En el sueño, Dama la acompañaba, corrían juntas, y... y... Tratar de recordarlo era como intentar atrapar lluvia con los dedos. El sueño se esfumó, y Dama murió de nuevo.

—Sansa. —Volvieron a sonar golpes en la puerta—. ¿Me oyes?

—Sí, septa —respondió—. Necesito un momento para vestirme, por favor. —Tenía los ojos hinchados de llorar, pero hizo todo lo posible por ponerse guapa.

Cuando la septa Mordane la acompañó hasta las habitaciones de su padre, lord Eddard estaba sentado ante un gran libro encuadernado en piel, con la pierna entablillada rígida bajo la mesa.

—Ven aquí, Sansa —dijo con voz no exenta de cariño, mientras la septa iba a buscar a su hermana—. Siéntate a mi lado.

Cerró el libro. La septa Mordane regresó con Arya, a la que casi tenía que arrastrar. Sansa se había puesto una hermosa túnica de damasco color verde claro y también una expresión de arrepentimiento en la cara, pero su hermana llevaba todavía las ropas desastradas de cuero que tenía durante el desayuno.

—Aquí está la otra —anunció la septa.

—Gracias, septa Mordane. Si tenéis la amabilidad, quiero hablar a solas con mis hijas.

La septa se inclinó y se marchó.

—Ha empezado Arya —dijo Sansa a toda prisa, deseosa de ser la primera en hablar—. Me ha llamado mentirosa, me ha tirado una naranja y me ha estropeado el vestido, el de seda color marfil que la reina Cersei me regaló cuando me prometí al príncipe Joffrey. Me odia porque voy a casarme con el príncipe. Quiere estropearlo todo, padre, no soporta nada que sea bonito, ni lujoso, ni espléndido.

—Ya basta, Sansa. —La voz de su padre estaba cargada de impaciencia.

—Lo siento mucho, padre —dijo Arya alzando la vista—. He hecho mal, y le ruego a mi querida hermana que me perdone.

—¿Y qué pasa con mi vestido? —consiguió decir Sansa al final. Se había sobresaltado tanto que, durante un momento, se había quedado sin habla.

—No sé... Puedo lavártelo —dijo Arya, dubitativa.

—No se puede lavar —replicó Sansa—. Ni aunque lo frotaras un día entero. La seda está estropeada.

—Entonces, te... te haré uno nuevo.

—¿Tú? —Sansa echó la cabeza hacia atrás en gesto desdeñoso—. Los trapos que tú coses no valen ni para limpiar pocilgas.

—No os he hecho venir para hablar de vestidos —dijo su padre después de soltar un suspiro—. Voy a enviaros de vuelta a Invernalia.

Sansa se encontró sin palabras por segunda vez. Se le volvieron a llenar los ojos de lágrimas.

—No es posible —dijo Arya.

—Por favor, padre —consiguió decir Sansa al final—. Por favor, no.

—Al menos hemos encontrado un tema en el que estáis de acuerdo. —Eddard Stark les dirigió a sus hijas una sonrisa cansada.

—Yo no he hecho nada malo —le suplicó Sansa—. No quiero volver. —Le encantaba estar en Desembarco del Rey, el boato de la corte, la presencia de grandes damas y señores, con ropajes de terciopelo y seda, y con joyas; la gran ciudad y sus habitantes. Los días del torneo habían sido los más mágicos de su vida, ¡y aún le faltaba tanto por ver...! Las fiestas de la cosecha, los bailes de máscaras, las representaciones de los comediantes... No soportaba la idea de perderse todo aquello.

—Envía a Arya de vuelta; ella ha empezado, padre, te lo juro. Seré buena, ya lo verás, deja que me quede y te prometo que seré tan cortés y tan noble como la reina.

—Si os envío de vuelta no es por la pelea, Sansa —dijo su padre con una mueca extraña—, aunque bien saben los dioses que estoy harto de vuestras riñas. Quiero que volváis a Invernalia porque allí estaréis a salvo. Asesinaron a tres de mis hombres como perros a una legua de este lugar, ¿y qué hace Robert? Se va de caza.

Arya se mordisqueaba el labio, en su habitual mueca repugnante.

—¿Puede venir Syrio con nosotras?

—¿Y a quién le importa tu estúpido maestro? —estalló Sansa—. Padre, acabo de caer en la cuenta: no puedo marcharme, me voy a casar con el príncipe Joffrey. —Trató de dedicarle una sonrisa valiente—. Lo amo, padre, lo amo de todo corazón, lo amo tanto como amaba la reina Naerys al príncipe Aemon, el Caballero Dragón, tanto como amaba Jonquil a ser Florian. Quiero ser su reina, y darle muchos hijos.

—Pequeña —suspiró su padre—, presta atención. Cuando seas mayor, concertaré tu matrimonio con un gran señor que sea digno de ti, con alguien valiente, bueno y fuerte. Tu compromiso con Joffrey ha sido un gran error. Tienes que creerme: ese chico no es como el príncipe Aemon.

—¡Sí que lo es! —insistió Sansa—. Y no quiero a nadie valiente y bueno, lo quiero a él. Seremos felices por siempre jamás, igual que en las canciones, ya lo verás. Le daré un hijo de cabellos dorados, que algún día será el rey más grande que se haya visto, valiente como el lobo y orgulloso como el león.

—Imposible, con un padre como Joffrey —dijo Arya haciendo una mueca—. Es un mentiroso y un cobarde. Además, es un venado, no un león.

—¡No! —A Sansa le escocían las lágrimas en los ojos—. No tiene nada que ver con el borracho del rey —le gritó a su hermana, tan dolida que había olvidado toda su educación.

—Dioses —maldijo su padre entre dientes, mirándola de una manera muy extraña—. De la boca de los borrachos y los niños... —Llamó a gritos a la septa Mordane y se volvió hacia las niñas—. Estoy buscando una galera mercante rápida que os lleve a casa. En estos tiempos que corren es más seguro viajar por mar que por el camino Real. Embarcaréis en cuanto encuentre la nave adecuada, con la septa Mordane, un grupo de guardias... y sí, también con Syrio Forel, si quiere entrar a mi servicio. Pero no digáis nada, ¡a nadie! Es mejor que nadie conozca nuestros planes. Volveremos a hablar mañana por la mañana.

Sansa no dejó de llorar en todo el camino mientras la septa Mordane las guiaba escaleras abajo. Se lo iban a quitar todo: el torneo, la corte, a su príncipe, todo, y la iban a devolver a los muros grises de Invernalia, donde se quedaría encerrada para siempre. Su vida había terminado antes incluso de empezar.

—Deja de llorar, niña —le ordenó la septa Mordane—. Estoy segura de que vuestro señor padre sabe qué os conviene.

—No va a ser tan terrible, Sansa —dijo Arya—. Navegaremos en una galera. Será una aventura, y volveremos a estar con Bran y con Robb, con la Vieja Tata, con Hodor y con todos los demás. —Extendió la mano para acariciarle el brazo.

—¡Hodor! —chilló Sansa—. Tendrías que casarte con Hodor, porque eres igual que él: ¡estúpida, peluda y fea!

Esquivó la mano de su hermana, entró corriendo en su habitación y cerró la puerta.

EDDARD

—El dolor es un regalo de los dioses, lord Eddard —le dijo el gran maestre Pycelle—. Significa que el hueso se suelda y que la carne se cura. Podéis estar agradecido.

—Estaré agradecido cuando la pierna me deje de doler.

—La leche de la amapola, para cuando el dolor sea demasiado intenso. —Pycelle puso un frasco con corcho sobre la mesita, junto a la cama.

—Ya duermo demasiado.

—El sueño es el mejor médico.

—Tenía la esperanza de que lo fuerais vos.

—Me alegra veros de un humor tan agresivo, mi señor. —Pycelle le dedicó una sonrisa débil. Se inclinó hacia él y bajó la voz—. Esta mañana ha llegado un cuervo, una carta para la reina, de su señor padre. Me ha parecido que debíais saberlo.

—Alas negras, palabras negras —citó Ned, sombrío—. ¿Qué mencionaba?

—Lord Tywin está muy furioso porque enviasteis hombres en busca de ser Gregor Clegane —le confió el maestre—. Justo como yo temía. Ya recordaréis que os lo dije en el Consejo.

—Que siga furioso —replicó Ned. Cada vez que sentía una punzada en la pierna, recordaba la sonrisa de Jaime Lannister y a Jory muerto entre sus brazos—. Que le escriba todas las cartas que quiera a la reina. Lord Beric cabalga bajo el estandarte del rey. Si lord Tywin interfiere con la justicia del rey tendrá que responder ante el propio Robert. Si hay algo que a su alteza le gusta más que cazar, es hacer la guerra contra los señores que osan desafiarlo.

—Como queráis. —Pycelle se incorporó con un tintineo de su cadena de maestre—. Volveré a visitaros por la mañana.

El anciano recogió apresuradamente sus cosas y se despidió. A Ned no le cabía la menor duda de que iría directamente a las estancias reales para hablar con la reina. «Me ha parecido que debíais saberlo...» Como si la propia Cersei no le hubiera ordenado a Pycelle que le transmitiera las amenazas de su padre. Deseaba que su respuesta hiciera rechinar aquellos dientes perfectos. Ned no confiaba tanto en Robert como quería aparentar, pero tampoco hacía falta que Cersei lo supiera.

Cuando Pycelle salió, Ned pidió una copa de vino endulzado con miel. Aquello también entumecía la mente, pero no tanto. Necesitaba pensar con claridad. Se había preguntado un millar de veces qué habría hecho Jon Arryn si hubiera vivido lo suficiente para darle una aplicación práctica a su descubrimiento. O tal vez había hecho algo, y le había costado la vida.

Resultaba curioso que, a veces, los ojos inocentes de un niño vieran cosas que quedaban ocultas para los adultos. Algún día, cuando Sansa fuera mayor, tendría que explicarle cómo ella había arrojado luz sobre el misterio. «No tiene nada que ver con el borracho del rey», había gritado, colérica e ignorante, y aquella sencilla verdad se había metido dentro de Ned con un frío mortífero. Sí, aquella había sido la espada que mató a Jon Arryn y que, sin duda, iba a matar también a Robert, con una muerte más lenta pero igual de inevitable. Las piernas rotas se curaban con el tiempo, pero algunas traiciones se pudrían y envenenaban el alma.

Meñique fue a visitarlo una hora después que el gran maestre, con una casaca color ciruela en la que destacaba un sinsonte bordado en negro en el pecho, y una capa a rayas blancas y negras.

—Lamento deciros que no va a ser una visita larga, mi señor —anunció—. Lady Tanda me espera para comer. Sin duda, asará para mí una ternera cebada. Si está tan cebada como su hija, lo más probable es que reviente y muera. ¿Cómo sentís la pierna?

—Inflamada, dolorida y con un picor que me está volviendo loco.

—Tened cuidado en el futuro, para que no os caigan más caballos encima —dijo Meñique arqueando una ceja—. Haced lo posible por recuperaros con rapidez. Hay inquietud en el reino. A oídos de Varys han llegado rumores ominosos, procedentes del oeste. Los mercenarios y los jinetes libres acuden como moscas a Roca Casterly, y no para disfrutar de la compañía de lord Tywin.

—¿Hay noticias del rey? —preguntó Ned—. ¿Cuánto tiempo va a seguir de caza?

—Si hace lo que le apetece —replicó lord Petyr con una débil sonrisa—, seguirá en el bosque hasta que tanto la reina como vos muráis de viejos. Pero como no será posible, supongo que regresará en cuanto cace algo. Por lo visto, encontraron al venado blanco, o mejor dicho, lo que quedaba de él. Los lobos lo vieron primero; a su alteza le quedó poco más que un casco y un cuerno. Robert estuvo hecho una furia hasta que le hablaron de un jabalí monstruoso que acechaba en lo más profundo del bosque. Ahora se ha empeñado en cazarlo. El príncipe Joffrey ha regresado esta mañana, junto con los Royce, ser Balon Swann y otros veinte del grupo. Los demás siguen con el rey.

—¿Y el Perro? —preguntó Ned con el ceño fruncido. Después de que ser Jaime huyera de la ciudad para acudir junto a su padre, Sandor Clegane era el hombre de los Lannister que más lo preocupaba.

—Ha regresado con Joffrey, y ha ido directamente a ver a la reina. —Meñique sonrió—. Habría dado cien venados de plata por ser una cucaracha escondida en los juncos del suelo cuando se ha enterado de que lord Beric había partido con órdenes de decapitar a su hermano.

—Hasta un ciego podría ver que el Perro despreciaba a su hermano.

—Ah, pero ser Gregor era suyo para odiarlo, no vuestro para matarlo. Cuando Dondarrion corte la cumbre de nuestra Montaña, las tierras de los Clegane y todos sus rendimientos pasarán a manos de Sandor, pero yo en vuestro lugar no aguantaría la respiración esperando su gratitud. Y ahora, deberéis disculparme. Me aguardan lady Tanda y su ternera cebada. —Ya de camino hacia la puerta, lord Petyr vio sobre la mesa el enorme libro del gran maestre Malleon, y se detuvo para echar un vistazo al título—. *Linajes e historia de las grandes casas de los Siete Reinos, con muchas descripciones de nobles caballeros, damas y sus descendientes* —leyó en voz alta—. Una lectura tediosa donde las haya, en mi opinión. ¿Es vuestra poción para dormir, mi señor?

Ned valoró durante un instante la posibilidad de decirle lo que sabía, pero las chanzas de Meñique le resultaban insufribles. Era un hombre demasiado astuto, y la sonrisa burlona no parecía borrársele nunca de los labios.

—Jon Arryn estaba leyendo ese libro cuando cayó enfermo —dijo con cautela, para ver cómo respondía.

—Entonces, la muerte vino a aliviarlo de tanto sufrimiento —respondió como hacía siempre, con sarcasmo. Lord Petyr hizo una reverencia y se marchó.

Eddard Stark maldijo entre dientes. No confiaba en ninguna persona de aquella ciudad, descontando a sus hombres. Meñique había ocultado a Catelyn y había ayudado a Ned en la investigación, pero se dio mucha prisa en salvar el pellejo cuando Jaime y sus guardias aparecieron en medio de la lluvia, y aquello no se lo había perdonado. Varys era todavía peor. Pese a sus promesas de lealtad, el eunuco sabía demasiado, y hacía demasiado poco. El gran maestre Pycelle parecía cada vez más adepto a la causa de Cersei, y ser Barristan era demasiado viejo, demasiado rígido. Le diría a Ned que cumpliera con su deber.

El tiempo volaba. El rey no tardaría en regresar de su expedición de caza, y el honor exigía que Ned le contara todo lo que había descubierto.

Vayon Poole lo había arreglado todo para que Sansa y Arya partieran en la *Bruja del Viento,* una galera de Braavos que zarparía en menos de tres días. Llegarían a Invernalia antes de la cosecha. Ya no podía seguir diciéndose que la preocupación por su seguridad era la excusa de su demora en pasar a la acción.

Pero la noche anterior había soñado con los hijos de Rhaegar. Lord Tywin había depositado los cadáveres al pie del Trono de Hierro, envueltos en las capas escarlatas de los guardias de su casa. Había sido un movimiento astuto; a través del tejido rojo, la sangre no destacaba tanto. La princesita estaba descalza, todavía con su túnica de dormir, y el niño... el niño...

Ned no podía permitir que sucediera de nuevo. El reino no soportaría a un segundo rey loco, otra orgía de sangre y venganza. Tenía que salvar a los niños como fuera.

Robert podía ser misericordioso. Ser Barristan no era el único hombre al que había perdonado. Tanto el gran maestre Pycelle como Varys la Araña y lord Balon Greyjoy fueron en el pasado sus enemigos, y a todos les había otorgado su amistad, a todos les había permitido conservar honores y cargos, a cambio de su lealtad. Si un hombre era valiente y honrado, Robert lo trataba con todo el honor y el respeto debidos a un enemigo valiente.

Pero aquello era otra cosa: veneno en la oscuridad, un puñal clavado en el alma. Aquello no lo podría perdonar, igual que no había perdonado a Rhaegar. Los mataría a todos. Ned estaba seguro.

E, incluso así, no podía permanecer en silencio. Tenía un deber para con Robert, para con el reino, para con la sombra de Jon Arryn... y para con Bran, que sin duda se había tropezado con alguna parte de la verdad. ¿Por qué, si no, habían intentado asesinarlo?

Aquella misma tarde hizo llamar a Tomard, el guardia corpulento de los bigotes color jengibre al que sus hijos llamaban Tom el Gordo. Con Jory muerto y Alyn fuera, Tom el Gordo tenía el mando de la guardia de su casa. Ned no se sentía del todo tranquilo. Tomard era un hombre robusto, afable, leal, incansable, capaz dentro de sus limitaciones; pero tenía casi cincuenta años, y ni siquiera en su juventud había sido muy resuelto. Ya no estaba tan seguro de haber hecho bien al enviar en la misión a la mitad de su guardia, incluidos sus mejores espadas.

—Voy a necesitar tu ayuda —le dijo cuando se presentó, con el gesto de aprensión que tenía siempre que su señor lo hacía llamar—. Llévame al bosque de dioses.

—¿Creéis que es buena idea, lord Eddard? ¿Tal como tenéis la pierna?

—Puede que no. Pero es necesario.

Tomard llamó a Varly. Ned puso un brazo en torno a los hombros de cada uno y así consiguió bajar por los empinados peldaños de la torre y cruzar la muralla, más allá del patio.

—Quiero que se doble la guardia —le dijo a Tom el Gordo—. Nadie debe entrar ni salir de la Torre de la Mano sin mi permiso.

Tom parpadeó.

—Mi señor, Alyn y los demás están fuera; no somos bastantes para...

—Solo serán unos días. Prolongad los turnos.

—Como ordenéis, mi señor —respondió Tom—. ¿Puedo preguntaros por qué...?

—Mejor no —replicó Ned, sucinto.

El bosque de dioses estaba desierto, como sucedía siempre en aquella ciudad de los dioses sureños. A Ned le dolía espantosamente la pierna cuando lo depositaron en la hierba, junto al árbol corazón.

—Gracias. —Se sacó un papel de la manga; estaba sellado con el emblema de su casa—. Por favor, entrega esto de inmediato.

—Mi señor... —Tomard leyó el nombre que Ned había escrito en el papel y se humedeció los labios, con ansiedad.

—Haz lo que te he ordenado, Tom —replicó Ned.

Nunca supo cuánto tuvo que esperar en el silencio del bosque de dioses. Allí todo era calma. Los gruesos muros dejaban fuera el clamor del castillo, y solo se oían los cantos de los pájaros, el murmullo de los grillos, el sonido del viento al acariciar las hojas. El árbol corazón era un roble, oscuro y sin rostro, pero Ned Stark sentía la presencia de sus dioses. Hasta la pierna le dolía un poco menos.

Ella llegó al anochecer, cuando las nubes se teñían de rojo sobre las murallas y las torres. Acudió sola, como Ned le había pedido. Por una vez vestía con sencillez: ropas verdes y botas de cuero. Se echó hacia atrás la capucha marrón, y él vio la marca que le había dejado el golpe del rey. El color morado rabioso había dado paso a un tono amarillento, y la hinchazón había bajado, pero resultaba inconfundible.

—¿Por qué aquí? —preguntó Cersei Lannister, de pie ante él.

—Para que los dioses lo vean.

Se sentó junto a él en la hierba. Todos sus movimientos eran gráciles. El viento agitaba la rubia cabellera ondulada, y tenía los ojos verdes como las hojas del verano. Había pasado mucho tiempo desde la última vez que Ned percibiera su belleza. En aquel momento la veía claramente.

—Sé cuál es la verdad que mató a Jon Arryn —dijo.

—¿En serio? —La reina lo miraba directamente a la cara, cauta como una gata—. ¿Por eso me habéis hecho venir, lord Stark? ¿Para plantearme acertijos? ¿O tenéis intención de tomarme prisionera, como hizo vuestra esposa con mi hermano?

—Si de verdad creyerais eso, no habríais acudido. —Le rozó la mejilla con suavidad—. ¿Él os había hecho esto con anterioridad?

—Un par de veces. —Se apartó para esquivar la mano—. Pero nunca en la cara. Jaime lo habría matado, aunque le costara la vida. —Cersei lo miró, desafiante—. Mi hermano vale cien veces más que vuestro amigo.

—¿Hermano? —inquirió Ned—. ¿O amante?

—Las dos cosas. —La verdad no la había hecho pestañear—. Desde que éramos niños. ¿Y por qué no? Los Targaryen se casaron entre hermanos durante trescientos años para mantener la pureza de sangre. Y Jaime y yo somos mucho más que hermanos. Somos una sola persona repartida entre dos cuerpos. Compartimos juntos un vientre. Él vino al mundo agarrado a mi pie; nos lo contó nuestro viejo maestre. Cuando lo tengo dentro de mí, me siento... plena. —La sombra de una sonrisa revoloteó sobre sus labios.

—Mi hijo Bran...

—Nos vio. —Cersei no apartó la mirada—. Amáis a vuestros hijos, ¿verdad?

Robert le había hecho la misma pregunta, la mañana del combate. Le dio la misma respuesta.

—Con toda mi alma.

—Yo no amo menos a los míos.

Ned se quedó pensativo un instante. «Si hubiera que llegar a eso, la vida de algún niño que no conozca contra la de Robb, Sansa o Arya, o la de Bran, o la de Rickon, ¿qué haría yo? Más aún, ¿qué haría Catelyn si se tratara de la vida de Jon contra la de alguno de los hijos de su vientre?» No conocía la respuesta. Rezó para no tener que averiguarla jamás.

—Los tres son de Jaime —dijo. No era una pregunta.

—Gracias a los dioses —asintió ella.

«La semilla es fuerte», había gritado Jon Arryn en el lecho de muerte. Y así era. Todos los bastardos tenían el pelo negro como la noche. El gran maestre Malleon relataba el último matrimonio entre el venado y el león: había tenido lugar hacía noventa años, cuando Tya Lannister contrajo matrimonio con Gowen Baratheon, tercer hijo del señor reinante. Su único vástago, un varón sin nombre al que Malleon describía como «un bebé grande y lozano, nacido con la cabeza cubierta de pelo negro», había muerto a las pocas semanas. Treinta años antes, un Lannister se había casado con una doncella Baratheon. Ella le había dado tres hijas y un hijo, todos de pelo negro. Por mucho que se retrocediera en la historia, y Ned lo había hecho a través de las páginas amarillentas y quebradizas, el oro siempre cedía ante el carbón.

—Doce años —dijo—. ¿Cómo es que no habéis tenido hijos del rey?

—Vuestro amigo Robert me fecundó una vez —dijo con voz llena de desprecio y la cabeza alzada en gesto desafiante—. Mi hermano buscó una mujer que me limpió. Él no llegó a enterarse. La verdad es que no soporto que me toque, y hace años que no dejo que me penetre. Conozco otras maneras de complacerlo siempre que se aleja un rato de sus putas y entra tambaleándose en mi dormitorio. Por lo general está tan borracho que a la mañana siguiente ya ha olvidado todo lo que hemos hecho.

¿Cómo habían estado todos tan ciegos? La verdad estaba allí, a la vista, siempre, escrita en los rostros de los niños. Ned sintió nauseas.

—Recuerdo cómo era Robert el día que subió al trono. Un verdadero rey —dijo en voz baja—. Mil mujeres lo habrían amado con todo su corazón. ¿Qué hizo para que lo odiarais tanto?

Los ojos de Cersei ardían con fuego verde en la oscuridad, como los de la leona que era su emblema.

—La noche de nuestro festín de bodas, la primera vez que compartimos el lecho, me llamó por el nombre de vuestra hermana. Estaba encima de mí, dentro de mí, apestaba a vino, y susurró: «Lyanna».

—No sé cuál de vosotros dos me inspira más compasión. —Ned Stark pensó en rosas color azul celeste y sintió deseos de llorar.

—Guardaos la compasión, lord Stark; a mí no me hace falta. —La reina esbozó una sonrisa despectiva.

—Ya sabéis lo que debo hacer.

—¿Lo que debéis hacer? —Le puso una mano en la pierna sana, justo por encima de la rodilla—. Un hombre de verdad hace lo que quiere, no lo que debe. —Le acarició el muslo con los dedos, en la más suave de las promesas—. El reino necesita una mano fuerte. Joff tardará años en alcanzar la mayoría de edad. Nadie desea que haya otra guerra, y yo, menos aún. —Le rozó el rostro, el pelo—. Si los amigos se pueden convertir en enemigos, los enemigos pueden transformarse en amigos. Vuestra esposa está a mil leguas, y mi hermano ha huido. Sed gentil conmigo, Ned. Juro que jamás lo lamentaréis.

—¿Le prometisteis lo mismo a Jon Arryn?

Ella lo abofeteó.

—Luciré esto como símbolo de honor —añadió Ned secamente.

—Honor —escupió ella—. ¿Cómo os atrevéis a jugar al noble señor conmigo? ¿Por quién me tomáis? Vos también tenéis un bastardo, lo he visto. ¿Quién era la madre? ¿Alguna campesina de Dorne a la que violasteis mientras sus campos ardían? ¿Alguna prostituta? ¿O la desconsolada hermana, esa tal lady Ashara? Me han dicho que luego se tiró al mar. ¿Por qué fue? ¿Por el hermano que le matasteis o por el hijo que le robasteis? Decidme, mi honorable lord Eddard, ¿por qué os creéis diferente de Robert, o de mí, o de Jaime?

—Para empezar —dijo Ned—, yo no mato niños. Sería mejor que me escucharais, mi señora. Solo os lo diré una vez. Cuando el rey vuelva de la cacería, voy a decirle toda la verdad. Para entonces ya deberéis estar lejos con vuestros hijos. Y no en Roca Casterly. Yo que vos tomaría un barco hacia las Ciudades Libres, o más lejos aún, hasta las Islas del Verano o el Puerto de Ibben. Tan lejos como os pueda llevar el viento.

—El exilio —dijo ella—. Una copa muy amarga.

—Más dulce que la que vuestro padre hizo beber a los hijos de Rhaegar —replicó Ned—, y mejor que la que merecéis. Y vuestro padre y hermanos deberían ir con vos. Con el oro de lord Tywin podréis comprar comodidades y espadas que os defiendan. Las vais a necesitar. Os aseguro que, por lejos que os vayáis, la ira de Robert os perseguirá. Hasta donde haga falta.

—¿No contáis con mi ira, lord Stark? —preguntó la reina con tono suave mientras se levantaba. Le escudriñó el rostro—. Debisteis quedaros vos con el reino. Pudisteis hacerlo. Mi hermano Jaime me contó que lo encontrasteis en el Trono el día en que cayó Desembarco del Rey y lo obligasteis a bajar. Aquella era vuestra ocasión. Solo teníais que subir y sentaros. Qué gran error.

—He cometido más errores de los que podéis imaginar —dijo Ned—, pero ese no fue uno de ellos.

—Claro que lo fue, mi señor —insistió Cersei—. Cuando se juega al juego de tronos, solo se puede ganar o morir. No hay puntos intermedios.

Se echó la capucha sobre el rostro para cubrir la magulladura y lo dejó en la oscuridad, junto al roble, en medio del silencio del bosque de dioses y bajo un cielo cada vez más oscuro. Las estrellas empezaban a brillar.

DAENERYS

El corazón humeaba en el aire fresco del anochecer. Khal Drogo lo puso ante ella, crudo y sangriento. Tenía los brazos rojos hasta el codo. Tras él, sus jinetes de sangre estaban de rodillas en la arena ante el cadáver del caballo salvaje, con los cuchillos de piedra todavía en las manos. La sangre del animal parecía casi negra a la luz anaranjada de las antorchas que bordeaban las altas paredes calizas del pozo.

Dany se tocó la suave hinchazón del vientre. El sudor le perlaba la piel y le corría por la frente. Sentía las miradas de las ancianas, las viejas de Vaes Dothrak, de unos ojos que brillaban negros como el pedernal en los rostros arrugados. No debía titubear ni parecer asustada. «Soy de la sangre del dragón», se dijo al tiempo que cogía el corazón del caballo con las dos manos, se lo llevaba a la boca y clavaba los dientes en la carne dura y fibrosa.

La sangre caliente le llenó la boca y le corrió por la barbilla. El sabor estuvo a punto de provocarle arcadas, pero se obligó a masticar y a tragar. El corazón de un caballo macho haría que su hijo fuera fuerte, rápido y arrojado, o aquello creían los dothrakis. Pero solo si la madre se lo conseguía comer entero. Si se atragantaba con la sangre o vomitaba por la carne, los presagios no serían tan favorables. El niño podría nacer muerto, débil, deforme o hembra.

Sus doncellas la habían ayudado a prepararse para la ceremonia. Pese a que durante las dos últimas lunas había tenido nauseas, Dany había comido cuencos de sangre medio cuajada para acostumbrarse al sabor, y además Irri le hizo masticar tiras de carne seca de caballo hasta que le dolieron las mandíbulas. Antes de la ceremonia se había pasado un día y una noche enteras sin comer, con la esperanza de que el hambre la ayudara a retener la carne cruda.

El corazón del caballo salvaje era puro músculo, y Dany tuvo que arrancar cada bocado y masticarlo largo rato. En los confines sagrados de Vaes Dothrak, bajo la sombra de la Madre de las Montañas, no se permitía el acero. Tenía que desgarrar el corazón con los dientes y las uñas. El estómago se le revolvía, pero ella resistió y siguió adelante, con el rostro lleno de sangre que a ratos parecía estallarle en los labios.

Khal Drogo, con el rostro impenetrable como un escudo de bronce, permaneció a su lado mientras comía. La larga trenza negra le brillaba, aceitada. Llevaba anillos de oro en el bigote, campanillas de oro en las trenzas y un pesado cinturón de medallones de oro macizo en torno a la cintura, pero lucía el pecho desnudo. Lo miraba cada vez que sentía que las fuerzas le fallaban. Lo miraba, masticaba y tragaba, masticaba y tragaba, masticaba y tragaba. Casi al final, a Dany le pareció ver un fuego de orgullo en los ojos oscuros y almendrados, pero era imposible saberlo a ciencia cierta. El rostro del *khal* rara vez traicionaba sus pensamientos.

Y, por último, lo logró. Consiguió tragar el último bocado, con las mejillas y los dedos pegajosos. Solamente entonces volvió la vista hacia las ancianas, hacia las viejas del *dosh khaleen.*

—*¡Khalakka dothrae mr'anha!* —proclamó en su mejor dothraki. «¡En mis entrañas cabalga un príncipe!» También llevaba semanas ensayando la frase con su doncella Jhiqui.

La más vieja de las ancianas, una mujer encorvada y flaca que tenía solo un ojo, alzó los brazos hacia el cielo.

—*¡Khalakka dothrae!* —gritó. «¡El príncipe cabalga!»

—¡Cabalga! —respondieron las otras mujeres—. *¡Rakh! ¡Rakh! ¡Rakh haj!* —proclamaron. «¡Un varón, un varón, un varón fuerte!»

Sonaron las campanas; fue un repentino clamor de pájaros de bronce. Se oyó el sonido de un cuerno, con una nota larga, grave. Las ancianas empezaron a cantar. Los pechos arrugados de las viejas se movían bajo los chalecos de cuero pintado, brillantes de aceites y sudor. Los eunucos que las servían arrojaron puñados de hierbas secas a un gran brasero de bronce, del que enseguida se elevaron nubes de humo aromático hacia la luna, hacia las estrellas. Los dothrakis creían que las estrellas eran caballos de fuego, una gran manada que galopaba por los cielos durante la noche.

El humo ascendió, y los cánticos fueron desvaneciéndose. La anciana que solo tenía un ojo lo cerró para escudriñar el futuro. Se hizo un silencio absoluto. Dany alcanzaba a oír los cantos lejanos de las aves nocturnas, el siseo y el crepitar de las antorchas, el suave batir de las olas en el lago. Los dothrakis la miraron con ojos de noche. A la espera.

Khal Drogo puso la mano en el brazo de Dany. Ella sintió los dedos tensos. Hasta un *khal* tan poderoso como Drogo sabía que había mucho que temer cuando el *dosh khaleen* escudriñaba el futuro en el humo. Tras ella, sus doncellas se movían, ansiosas.

Por fin, la vieja abrió el ojo y alzó los brazos.

—He visto su rostro, he oído el trueno de sus cascos —proclamó con voz débil.

—¡El trueno de sus cascos! —corearon las demás.

—Veloz como el viento cabalga, y tras él su *khalasar* cubre la tierra, hombres incontables, los *arakhs* les brillan en las manos. Fiero como la tormenta será este príncipe. Sus enemigos temblarán ante él; las esposas de los que se le enfrenten llorarán lágrimas de sangre y se desgarrarán las carnes. Las campanas de su pelo anunciarán su llegada, y los hombres de leche, en las tiendas de piedra, temerán su nombre. —La anciana empezó a temblar y miró a Dany, casi como si le tuviera miedo—. El príncipe cabalga, y será el semental que montará el mundo.

—¡El semental que montará el mundo! —exclamaron las demás como un eco. Y el grito se repitió, hasta que la noche retumbó con el sonido de las voces.

—¿Cuál será el nombre del semental que montará el mundo? —La vieja de un solo ojo miró a Dany.

—Su nombre será Rhaego —dijo ella levantándose, con las palabras que Jhiqui le había enseñado. Se tocó con gesto protector el vientre hinchado bajo los pechos, y escuchó el rugido de los dothrakis.

—¡Rhaego! —gritaron—. ¡Rhaego, Rhaego, Rhaego!

El nombre le resonaba todavía en los oídos cuando Khal Drogo salió con ella del pozo. Sus jinetes de sangre los siguieron. Tras ellos se puso en marcha una procesión hacia el camino de dioses, el amplio sendero de hierba que discurría por el centro de Vaes Dothrak, desde la Puerta del Caballo hasta la Madre de las Montañas. Las viejas del *dosh khaleen* iban las primeras, con sus eunucos y sus esclavos. Algunas caminaban con piernas temblorosas, apoyadas en largos cayados de madera tallada, mientras que otras avanzaban tan ufanas como cualquier señor de los caballos. Cada una de las ancianas había sido en el pasado una *khaleesi.* Tras la muerte de sus señores esposos, cuando nuevos *khals* con nuevas *khaleesis* cabalgando a su lado ocupaban su puesto, a ellas las enviaban allí, a reinar sobre la vasta nación dothraki. Hasta el *khal* más poderoso se inclinaba ante la sabiduría y autoridad del *dosh khaleen,* pero Dany se estremecía con solo pensar que algún día tendría que reunirse con ellas, tanto si lo deseaba como si no.

Tras las mujeres sabias iban los demás: Khal Ogo y su hijo, el *khalakka* Fogo, Khal Jommo y sus esposas, los jefes del *khalasar* de Drogo, las doncellas de Dany, los criados y esclavos del *khal,* y muchos más. Las campanas sonaban, y el ritmo majestuoso de los tambores marcaba su paso por el camino de dioses. Las deidades y héroes robados a pueblos muertos acechaban en la oscuridad. A lo largo de la procesión, los esclavos corrían por la hierba con antorchas, y las llamas hacían que los grandes monumentos parecieran casi vivos.

—¿Qué es significado, nombre Rhaego? —le preguntó Khal Drogo mientras caminaban, en la lengua común de los Siete Reinos.

Dany le había estado enseñando algunas palabras. Drogo aprendía deprisa y ponía mucho interés, aunque tenía un acento tan marcado y bárbaro que ni ser Jorah ni Viserys entendían una palabra.

—Mi hermano Rhaegar era un gran guerrero, mi sol y estrellas —le explicó—. Murió antes de que yo naciera. Ser Jorah dice que fue el último de los dragones.

—Es un buen nombre, esposa Dan Ares, luna de mi vida —dijo Khal Drogo mirándola desde toda su altura. Su rostro era una máscara de cobre, pero bajo los largos bigotes negros, caídos por el peso de los anillos de oro, a ella le pareció ver la sombra de una sonrisa.

Cabalgaron hasta el lago que los dothrakis llamaban Vientre del Mundo, una superficie de aguas tranquilas, rodeada de altos juncos. Según Jhiqui, el primer hombre había salido de sus profundidades hacía miles de miles de años, a lomos del primer caballo.

La procesión aguardó en la orilla cubierta de hierbas, mientras Dany se despojaba de las ropas manchadas. Caminó desnuda hacia las aguas. Irri le había dicho que el lago no tenía fondo, pero ella sintió el lodo blando entre los dedos de los pies al avanzar entre los juncos altos. La luna que flotaba sobre las aguas se rompió y volvió a rehacerse con las ondas concéntricas. Se le puso la carne de gallina cuando el frío le subió por los muslos y le besó el sexo. Tenía sangre del semental seca en las manos y en torno a la boca. Dany cogió las aguas sagradas con las manos y se las derramó sobre la cabeza, para limpiarse ella y limpiar al niño que llevaba dentro, bajo la mirada atenta del *khal* y los demás. Oyó los murmullos de las ancianas del *dosh khaleen,* y se preguntó qué estarían diciendo.

Salió del lago, mojada y temblorosa, y su doncella Doreah corrió hacia ella con una túnica de seda pintada, pero Khal Drogo la apartó a un lado. Miraba con aprobación sus pechos hinchados, la curva de su vientre, y Dany advirtió la forma de su virilidad que le presionaba los pantalones de piel de caballo, bajo los pesados medallones de oro que formaban su cinturón. Fue hacia él y lo ayudó a desvestirse. Luego, su gran *khal* la cogió por las caderas y la alzó en el aire sin ningún esfuerzo. Las campanillas del pelo tintinearon suavemente.

Dany le rodeó los hombros con los brazos y apretó la cara contra su cuello mientras él la llenaba. Tres embestidas rápidas, y todo terminó. «El semental que monta el mundo», le susurró Drogo con voz ronca. Las manos aún le olían a sangre de caballo. En el momento del placer, le mordió el cuello con fuerza, y cuando la alzó de nuevo, su semilla la desbordó y se le derramó por la cara interna de los muslos. Entonces pudo Doreah envolverla en la seda aromática, e Irri, ponerle las suaves zapatillas en los pies.

Khal Drogo volvió a atarse los pantalones y dio una orden; al momento les acercaron los caballos hasta la orilla del lago. Cohollo tuvo el honor de ayudar a la *khaleesi* a montar sobre la plata. Drogo espoleó su semental, y se puso en marcha por el camino de dioses, bajo la luna y las estrellas. Dany lo siguió a lomos de la plata.

La seda que cubría la sala de Khal Drogo estaba enrollada aquella noche, y la luna los siguió hasta el interior. Las llamas se elevaban diez codos en los grandes hogares rodeados de piedras. El aire estaba impregnado de los olores de la carne asada y la leche fermentada de yegua. Cuando entraron, la sala estaba abarrotada y llena de ruido, y los cojines, ocupados por todos aquellos cuyo rango y nombre no eran tan importantes para que asistieran a la ceremonia. Dany pasó a caballo bajo el arco de la entrada, por el pasillo central, con todos los ojos fijos en ella. Los dothrakis hacían comentarios a gritos sobre su vientre y sus pechos, saludaban la vida que llevaba en su interior. Ella no alcanzaba a entender todo lo que decían, pero una frase destacaba sobre todas las demás.«El semental que monta el mundo», oyó en un millar de bocas diferentes.

El sonido de los tambores y los cuernos se alzaba en la noche. Mujeres medio desnudas bailaban y giraban junto a las mesas bajas, entre trozos de carne asada y bandejas llenas de ciruelas, dátiles y granadas. Muchos de los hombres se habían embriagado ya con la leche fermentada y grumosa de yegua, pero Dany sabía que aquella noche no habría *arakhs;* estaban en la ciudad sagrada, donde no se podían llevar armas ni derramar sangre.

Khal Drogo desmontó y ocupó su lugar en el banco más alto. A Khal Jommo y a Khal Ogo, que se encontraban ya en Vaes Dothrak con sus *khalasars* cuando ellos llegaron, se les asignaron asientos de gran honor, a la derecha y a la izquierda de Drogo. Los jinetes de sangre de los tres *khals* se sentaban bajo ellos, y aún más abajo estaban las cuatro esposas de Khal Jommo.

Dany desmontó de la plata y le entregó las riendas a uno de los esclavos. Mientras Irri y Doreah le preparaban los cojines, buscó con la mirada a su hermano. La sala era inmensa y estaba abarrotada, pero aun así la piel clara de Viserys, su cabello plateado y sus andrajos de mendigo lo habrían hecho destacar. No lo vio por ninguna parte.

Recorrió con la mirada las mesas atestadas más cercanas a las paredes, junto a las que se sentaban hombres que tenían las trenzas aún más cortas que la hombría, sobre alfombras raídas y cojines finos ante mesas bajas, pero todas las caras que vio tenían ojos negros y pieles cobrizas. Divisó a ser Jorah Mormont cerca del centro de la sala, próximo al hogar central. Era un puesto de respeto, aunque no de gran honor: los dothrakis valoraban mucho la destreza del caballero con la espada. Dany envió a Jhiqui para que lo invitara a su mesa. Mormont se acercó al instante, e hincó una rodilla en tierra ante ella.

—*Khaleesi* —dijo—, estoy a vuestras órdenes.

—Sentaos y hablad conmigo —dijo ella palmeando un cojín de piel de caballo, a su lado.

—Me honráis. —El caballero se sentó en el cojín, con las piernas cruzadas. Un esclavo se arrodilló ante él y le ofreció una bandeja de madera llena de higos maduros. Ser Jorah cogió uno y lo mordió.

—¿Dónde está mi hermano? —preguntó Dany—. Debería haber llegado ya al festín.

—He visto a su alteza esta mañana —respondió él—. Me ha dicho que iba al Mercado Occidental, a buscar vino.

—¿Vino? —dijo Dany, dubitativa. Sabía que Viserys no soportaba el sabor de la leche fermentada de yegua que bebían los dothrakis, y que a menudo paseaba por los bazares para beber con los mercaderes que llegaban en las grandes caravanas procedentes de oriente y de occidente. Por lo visto, disfrutaba de su compañía más que de la de ella.

—Vino —confirmó ser Jorah—, y tenía intención de reclutar algunos hombres para su ejército, de entre los mercenarios que escoltan las caravanas. —Una sirvienta le puso delante una empanada de morcilla, y ser Jorah la cogió con ambas manos.

—¿Os parece buena idea? —preguntó Dany—. No tiene dinero para pagar soldados. ¿Y si lo traicionan? —Los guardias de las caravanas no tenían muchos problemas en cuestión de honor, y el Usurpador de Desembarco del Rey les pagaría muy bien por la cabeza de su hermano—. Deberíais haber ido con él para protegerlo. Sois su espada juramentada.

—Estamos en Vaes Dothrak —le recordó—. Aquí nadie puede llevar armas ni derramar sangre humana.

—Pero mueren hombres —replicó ella—. Me lo ha contado Jhogo. Algunos mercaderes tienen eunucos muy corpulentos, capaces de estrangular a los ladrones con una tira de seda. De esa manera no se derrama sangre, y los dioses no se enfurecen.

—En ese caso, esperemos que vuestro hermano tenga suficiente sentido común para no robar nada. —Ser Jorah se limpió la grasa de la boca con el dorso de la mano y se inclinó hacia delante—. Viserys tenía intención de llevarse vuestros huevos de dragón, pero le he advertido que, si se atrevía a tocarlos, le cortaría la mano.

—Los huevos... —Durante un instante, Dany se quedó tan perpleja que no supo qué decir—. Pero si son míos; me los regaló el magíster Illyrio, fueron un obsequio de bodas... y para qué los quiere Viserys, si son solo piedras...

—Lo mismo se puede decir de los rubíes, los diamantes y los ópalos de fuego, princesa. Y los huevos de dragón son mucho más raros. Los mercaderes con los que ha estado bebiendo venderían sus miembros por una de esas «piedras», así que con las tres, Viserys podría comprar tantos mercenarios como quisiera.

—Entonces... —Dany no lo sabía, ni siquiera se lo había imaginado—. Entonces debería dárselos. No tiene por qué robarlos; solo hacía falta que me los pidiera. Es mi hermano... y mi rey.

—Es vuestro hermano —reconoció ser Jorah.

—No lo entendéis —dijo ella—. Mi madre murió al traerme al mundo; mi padre y mi hermano Rhaegar murieron antes. De no ser por Viserys ni siquiera sabría sus nombres. Era lo único que me quedaba. Lo único. Es lo único que tengo.

—Hablad en pasado —replicó ser Jorah—. Eso ha cambiado, *khaleesi.* Ahora pertenecéis a los dothrakis. En vuestro vientre cabalga el semental que monta el mundo. —Tendió la copa, y un esclavo se la llenó de leche fermentada de yegua, de olor agrio y llena de grumos.

Dany rechazó la suya. Hasta el olor le daba náuseas, y no quería correr el riesgo de vomitar el corazón de caballo que había conseguido comerse.

—¿Qué significa eso? Todos lo gritan sin parar, pero no lo entiendo.

—El semental es el *khal* de *khals,* el que anuncian las antiguas profecías, niña. Unirá a los dothrakis en un solo *khalasar,* y cabalgará hasta los confines de la tierra, según las leyendas. Todos los pueblos del mundo serán su manada.

—Oh —dijo Dany con voz tenue. Se acarició el vientre hinchado, por encima de la túnica—. Lo voy a llamar Rhaego.

—Ese nombre hará que al Usurpador se le hiele la sangre en las venas.

De pronto, Doreah le tironeó del codo.

—Mi señora —susurró con voz apremiante—, vuestro hermano...

Dany miró hacia el otro extremo de la larga sala sin techo, y allí estaba, avanzando hacia ella. Por su manera de caminar, comprendió que Viserys había conseguido vino... y algo semejante al valor.

Llevaba las ropas de seda escarlata, sucias y desgastadas por el viaje. La capa y los guantes eran de terciopelo negro desteñido por el sol. Las botas estaban secas y agrietadas, y el cabello rubio plateado, revuelto y sucio. En la vaina de cuero del cinturón llevaba una espada larga. Los dothrakis miraron el acero; Dany oyó las maldiciones, las amenazas y los murmullos airados que se alzaban como una marea. La música se detuvo con un sonido nervioso de tambores.

—Id con él —le ordenó a ser Jorah. El corazón se le había helado en el pecho—. Detenedlo. Traedlo aquí. Decidle que le daré los huevos de dragón si los quiere. —El caballero se levantó rápidamente.

—¿Dónde está mi hermana? —gritó Viserys con la voz turbia de los borrachos—. He venido a su festín. ¿Cómo os atrevéis a comer sin mí? Nadie come antes que el rey. ¿Dónde está? Esa puta no se puede esconder del dragón.

Se detuvo junto al más grande de los tres hogares y escudriñó los rostros de los dothrakis. En la sala había cinco mil hombres, y solo unos pocos de ellos conocían la lengua común. Pero, aunque sus palabras resultaran incomprensibles, solo hacía falta verle la cara para saber que estaba borracho.

Ser Jorah se acercó rápidamente a él, le susurró algo al oído y lo agarró por el brazo, pero Viserys se liberó.

—¡Quítame las manos de encima! ¡Nadie toca al dragón sin su permiso!

Dany lanzó una mirada ansiosa al banco más elevado. Khal Drogo decía algo a los otros *khals*. Khal Jommo sonrió, y Khal Ogo soltó una risotada. Aquel sonido hizo que Viserys alzara la vista.

—Khal Drogo —dijo con la lengua espesa, pero en tono casi educado—, he venido al festín. —Se alejó tambaleante de ser Jorah, como si fuera a reunirse con los tres *khals* en el banco alto.

Khal Drogo se levantó, escupió una docena de palabras en dothraki tan deprisa que Dany no pudo entenderlas, y señaló con el dedo.

—Khal Drogo dice que tu lugar no está en el banco alto —tradujo ser Jorah para su hermano—. Khal Drogo dice que tu lugar es aquel.

Viserys miró en la dirección en la que señalaba el *khal*. Era un lugar al fondo de la larga sala, junto a la pared y oculto por las sombras; allí se sentaba lo más bajo de lo bajo, para que los hombres mejores no tuvieran que soportar su presencia: los niños que aún no habían visto sangre, los hombres viejos de ojos turbios y articulaciones rígidas, los de inteligencia corta y los tullidos. Lejos de la carne, y más lejos aún del honor.

—No es lugar para un rey —replicó su hermano.

—Es lugar —replicó Khal Drogo en la lengua común que Dany le había enseñado—, para Rey de Pies Sangrantes. —Dio unas palmadas—. ¡Un carro! ¡Traed carro para *Khal Raggat*!

Cinco mil dothrakis celebraron la ocurrencia con risotadas y gritos. Ser Jorah estaba de pie junto a Viserys, le gritaba algo al oído, pero el clamor era tal que Dany no alcanzó a oír qué le decía. Su hermano gritó algo a su vez, y los dos hombres se enzarzaron, hasta que Mormont derribó a Viserys.

Entonces, su hermano desenvainó la espada. El acero desnudo reflejó el fuego de los hogares con un brillo rojizo.

—¡No te acerques a mí! —siseó Viserys.

Ser Jorah retrocedió un paso, y Viserys se puso de pie, inseguro. Blandió sobre la cabeza la espada que el magíster Illyrio le había prestado para darle un aspecto más regio. Desde todos los puntos de la sala, los dothrakis le gritaban y le lanzaban maldiciones.

Dany dejó escapar un grito de terror. Ella sabía qué significaba sacar allí la espada, aunque su hermano no lo comprendiera.

—Ahí está —dijo con una sonrisa. Al oírla, Viserys había vuelto la cabeza, como si la viera por primera vez. Avanzó hacia ella hendiendo el aire, como si se abriera paso entre sus enemigos, aunque nadie se había interpuesto en su camino.

—La espada... No debes... —le suplicó—. Por favor, Viserys. Está prohibido. Deja la espada, comparte mis cojines. Hay comida, bebida... ¿quieres los huevos de dragón? Te los daré, pero suelta la espada.

—Haz lo que te dice, idiota —le gritó ser Jorah—. ¡Vas a hacer que nos maten a todos!

—No pueden matarnos —dijo Viserys entre risas—. En la ciudad sagrada no pueden derramar sangre... pero yo sí. —Puso la punta de la espada entre los pechos de Daenerys y la fue deslizando por la curva de su vientre—. Vengo a buscar lo que es mío —dijo—. Quiero la corona que me prometió. Te compró, pero no te pagó. Dile que quiero que me pague, o te llevaré lejos. A ti y a los huevos. Si quiere, se puede quedar con su potrillo. Te lo sacaré de la barriga y se lo dejaré aquí. —La punta de la espada apartó las sedas y le pinchó el ombligo. Dany vio que Viserys estaba llorando. Llorando y riendo a la vez. Y aquel hombre había sido su hermano.

Muy lejos, como si fuera en otro mundo, Dany oyó los sollozos de su doncella Jhiqui, diciendo que no se atrevía a traducir aquello, que el *khal* la ataría a su caballo y la arrastraría hasta la Madre de las Montañas. Rodeó a la chica con un brazo.

—No tengas miedo —dijo—. Yo se lo contaré. —No sabía si conocía suficientes palabras, pero cuando terminó, Khal Drogo pronunció unas cuantas frases secas en dothraki, y Dany supo que la había comprendido. El sol de su vida bajó del banco alto.

—¿Qué ha dicho? —preguntó sobresaltado el hombre que había sido su hermano.

En la sala se había hecho un silencio tal que podía oír el tintineo de las campanillas en el pelo de Khal Drogo al caminar. Sus jinetes de sangre lo siguieron como tres sombras cobrizas. Daenerys se había quedado fría.

—Dice que tendrás una corona de oro tan espléndida que los hombres temblarán al contemplarla.

Viserys sonrió y bajó la espada. Aquello fue lo más triste, lo que más adelante le desgarraría el alma: su manera de sonreír.

—Eso es todo lo que quería —dijo—. Lo que me prometió.

Cuando el sol de su vida llegó junto a ella, Dany le rodeó la cintura con un brazo. El *khal* dio una orden, y sus jinetes de sangre avanzaron. Qotho agarró por los brazos al hombre que había sido su hermano. Haggo le rompió la muñeca con un simple movimiento brusco de sus manos enormes. Cohollo le quitó la espada de los flácidos dedos. Y ni siquiera entonces comprendió Viserys qué iba a suceder.

—No —gritó—. ¡No podéis tocarme, soy el dragón, el dragón, y quiero mi corona!

Khal Drogo se soltó el cinturón. Los medallones eran enormes, de oro puro, muy ornamentados; cada uno de ellos tenía el tamaño de la mano de un hombre. Gritó una orden. Los esclavos de las cocinas sacaron un pesado caldero de hierro del hogar, derramaron el guiso por el suelo y volvieron a ponerlo sobre las llamas. Drogo tiró su cinturón al interior y observó con rostro inexpresivo como los medallones se ponían al rojo y empezaban a deformarse. Dany vio como las llamas bailaban en sus ojos de ónice. Un esclavo le tendió un par de gruesas manoplas de pelo de caballo, y él se las puso sin siquiera mirarlo.

Viserys empezó a chillar, el grito agudo y sin palabras del cobarde que se enfrenta a la muerte. Pataleó, se retorció, lloriqueó como un perro y sollozó como un niño. Pero los dothrakis lo sujetaron con fuerza. Ser Jorah había conseguido llegar al lado de Dany. Le puso una mano en el hombro.

—Volveos, princesa, os lo suplico.

—No —respondió ella. Se puso las manos sobre el vientre en gesto protector.

—Hermana, por favor... —Por fin, Viserys había clavado la mirada en ella—. Dany, diles... Haz que... Hermanita...

Cuando el oro estuvo medio fundido, casi líquido, Drogo cogió el caldero.

—¡Corona! —rugió—. Aquí. ¡Una corona para Rey de Carro! —Y puso el caldero en la cabeza del hombre que había sido su hermano.

El sonido que emitió Viserys Targaryen cuando aquel espantoso yelmo de hierro le cubrió la cara no fue humano. Sus pies marcaron un ritmo frenético en el suelo de tierra, se agitaron y al final se detuvieron. Sobre el pecho le cayeron goterones de oro fundido, y la seda escarlata empezó a humear... pero no se derramó ni una gota de sangre.

Dany se sentía extrañamente tranquila.

«No era un dragón —pensó—. El fuego no mata a un dragón.»

EDDARD

Estaba recorriendo las criptas, bajo Invernalia, como había hecho miles de veces. Los Reyes del Invierno lo observaban al pasar con ojos de hielo, y los lobos huargo tendidos a sus pies giraban las grandes cabezas de piedra y gruñían. Por último llegó a la tumba en la que dormía su padre, al lado de Brandon y Lyanna. «Prométemelo, Ned», susurró la estatua de Lyanna. Llevaba una guirnalda de rosas color azul celeste, y sus ojos lloraban sangre.

Eddard Stark se incorporó bruscamente; tenía las mantas enredadas y el corazón le latía a toda velocidad. La habitación estaba completamente a oscuras y alguien golpeaba la puerta.

—Lord Eddard —llamó una voz.

—Un momento. —Desnudo, aturdido, cruzó la estancia oscura y abrió la puerta. Allí estaba Tomard, con el puño alzado para llamar de nuevo, y Cayn, con un cirio en la mano. Entre ellos se encontraba el mayordomo personal del rey.

—Mi señor, su alteza el rey quiere veros —entonó el hombre. Tenía el rostro tan inexpresivo que parecía tallado en piedra—. Ahora mismo.

De manera que Robert había regresado de la cacería. Ya era hora.

—Dadme un momento para que me vista. —Ned dejó esperando fuera de la habitación al mayordomo. Cayn lo ayudó a vestirse con una túnica de lino blanco, una capa gris, unos pantalones cortados para adaptarlos a su pierna entablillada, el broche que simbolizaba su cargo y, por último, un pesado cinturón de eslabones de plata. Se colgó de la cintura el puñal valyrio.

Cayn y Tomard lo escoltaron por el patio. La Fortaleza Roja estaba oscura y silenciosa; la luna, casi llena, brillaba baja sobre los muros. En las murallas, un guardia de capa dorada hacía la ronda.

Los aposentos reales estaban en el Torreón de Maegor, una edificación cuadrada, sólida, en el corazón de la Fortaleza Roja, tras muros de seis varas de grosor y un foso seco lleno de picas de hierro. Era un castillo dentro del castillo. Ser Boros Blount, con una armadura blanca de acero que brillaba, fantasmal, a la luz de la luna, montaba guardia al otro lado del puente. Ya dentro, Ned pasó junto a otros dos hombres de la Guardia Real: ser Preston Greenfield, que se encontraba al pie de las escaleras, y ser Barristan Selmy, que aguardaba ante la puerta de la cámara del rey. «Tres hombres con capas blancas», recordó, y sintió un escalofrío. El rostro de ser Barristan estaba tan pálido como su armadura. A Ned le bastó verlo para darse cuenta de que algo iba mal, muy mal. El mayordomo real le abrió la puerta.

—Lord Eddard Stark, la mano del rey —anunció.

—Traedlo aquí —respondió Robert, con la voz más pastosa de lo normal.

En los dos braseros gemelos, uno a cada lado de la habitación, ardían sendos fuegos que daban a la estancia una luz rojiza y sombría. El calor era sofocante. Robert yacía atravesado en el lecho con dosel. Junto a él se encontraba el gran maestre Pycelle, mientras lord Renly paseaba inquieto frente a las ventanas cerradas. Los criados pululaban por allí, echando troncos y calentando vino. Cersei Lannister estaba sentada en una esquina de la cama, junto a su marido. Tenía el pelo revuelto, como si acabara de despertarse, pero sus ojos parecían cualquier cosa menos adormilados. Siguieron a Ned cuando Tomard y Cayn lo ayudaron a cruzar la habitación. Tenía la sensación de que se movía muy despacio, como si aún estuviera soñando.

El rey seguía con las botas puestas. Ned vio el lodo seco y las briznas de hierba pegadas al cuero que asomaba por debajo de la manta que lo cubría. En el suelo había una casaca verde, cortada y desechada; en el tejido se veían manchas de un color rojo sucio. La habitación olía a humo, a sangre y a muerte.

—Ned —susurró el rey al verlo. Tenía el rostro blanco como la leche—. Acércate... más.

Sus hombres lo ayudaron a acercarse. Ned se agarró al poste de la cama. Solo tuvo que ver a Robert para comprender la gravedad de las heridas.

—¿Qué...? —empezó a preguntar, pero se le hizo un nudo en la garganta.

—Un jabalí. —Lord Renly seguía con las ropas verdes de caza; tenía la capa salpicada de sangre.

—Un demonio —susurró el rey—. Fue culpa mía. Demasiado vino, maldita sea. Fallé el golpe.

—¿Y dónde estabais los demás? —exigió Ned a lord Renly—. ¿Dónde estaban Ser Barristan y la Guardia Real?

—Mi hermano nos ordenó que nos quedáramos atrás. —Renly frunció los labios—. Quería cazar él solo al jabalí.

Eddard Stark levantó la manta.

Habían hecho lo posible por coserlo, pero desde luego no era suficiente. El jabalí debía de ser una bestia aterradora. Había desgarrado al rey con los colmillos desde la ingle hasta el pezón. Los vendajes empapados en vino que le había puesto el gran maestre Pycelle estaban ya negros de sangre, y la herida despedía un olor nauseabundo. A Ned se le revolvió el estómago. Dejó caer la manta.

—Apesta —dijo Robert—. Es el hedor de la muerte, no creas que no lo huelo. El muy cabrón me cogió bien cogido, ¿eh? Pero... le pagué con la misma moneda, Ned. —La sonrisa del rey era tan espantosa como su herida, tenía los dientes rojos—. Le metí un cuchillo por el ojo. Que te lo digan estos, venga, que te lo digan.

—Así fue —murmuró lord Renly—. Hemos traído el cadáver, como ordenó mi hermano.

—Para el festín —susurró Robert—. Ahora, salid todos. Tengo que hablar con Ned.

—Robert, mi amado señor... —empezó Cersei.

—He dicho que fuera —insistió Robert, con un atisbo de su energía de antes—. ¿No hablo claro, mujer?

Cersei se recogió las faldas y la dignidad, y fue la primera en salir por la puerta. Lord Renly y los demás la siguieron. El gran maestre Pycelle se quedó atrás. Le temblaban las manos al ofrecerle al rey una copa llena de líquido blanco y espeso.

—La leche de la amapola, alteza —dijo—. Bebed. Para el dolor.

Robert tiró la copa de un manotazo.

—Lárgate, viejo idiota; pronto voy a dormir hasta hartarme. Fuera.

El gran maestre Pycelle miró a Ned con gesto dolido, y salió de la habitación arrastrando los pies.

—Maldito seas, Robert —dijo Ned cuando estuvieron a solas. La pierna le dolía tanto que casi no veía. O quizá fuera la pena lo que le nublaba la vista. Se sentó en la cama, junto a su amigo—. ¿Por qué eres siempre tan cabezota?

—Vete a la mierda, Ned —replicó el rey con voz ronca—. He matado al muy cabrón, ¿no? —Alzó la vista hacia Ned, y un mechón sucio de pelo negro le cayó sobre los ojos—. Y a ti te debería hacer lo mismo. No podías dejarme cazar en paz, ¿eh? Ser Robar me encontró. La cabeza de Gregor. Qué horror. No se lo dije al Perro. Dejé que Cersei le diera la sorpresa. —La risa se transformó en un gruñido cuando sintió un espasmo de dolor—. Los dioses se apiaden —murmuró, tragándose la agonía—. La chica, Daenerys. Solo una niña, tenías razón... Por eso, por la niña... los dioses enviaron el jabalí... lo mandaron para castigarme... —El rey tosió y escupió sangre—. Estaba equivocado... estaba mal... solo una niña... Varys, Meñique, hasta mi hermano... no valen nada... Nadie me dice nada, Ned..., solo tú... —Alzó la mano con un gesto doloroso, débil—. Papel y tinta. Ahí en mi mesa. Escribe lo que te dicte.

—A vuestras órdenes, alteza. —Ned alisó un papel sobre su rodilla y cogió la pluma.

—Este es el testamento y última voluntad de Robert de la casa Baratheon, el primero de su nombre, rey de los ándalos y blablablá... pon los condenados títulos, ya sabes cuáles son. Por el presente escrito le ordeno a Eddard de la casa Stark, señor de Invernalia y mano del rey, que sirva como Lord Regente y Protector del Reino tras mi... tras mi muerte... y que gobierne en mi... en mi lugar, hasta que mi hijo Joffrey alcance la mayoría de edad...

—Robert... —Quería decirle que Joffrey no era su hijo, pero no le salieron las palabras. El dolor en el rostro de Robert era demasiado evidente, no podía causarle más daño. Así que se inclinó y escribió, pero en vez de «mi hijo Joffrey» puso «mi heredero». Aquello hizo que se sintiera sucio. «Las mentiras que decimos por amor. Que los dioses me perdonen», pensó—. ¿Qué más quieres que ponga?

—Pon... lo que haga falta. Proteger y defender, dioses viejos y nuevos, ya sabes, esas cosas. Escribe. Lo firmaré. Se lo entregarás al Consejo cuando muera.

—Robert... —empezó Ned con la voz llena de pena—, no me hagas esto. No te mueras. El reino te necesita.

—Mientes muy mal, Ned Stark —dijo Robert a través del dolor mientras le cogía la mano y se la apretaba con fuerza—. El reino... el reino sabe... qué mal rey he sido. Los dioses me perdonen, he sido tan malo como Aerys.

—No —le dijo Ned a su amigo moribundo—. Tan malo como Aerys nunca, alteza. Ni mucho menos.

—Al menos... dirán de mí... que esto último... lo hice bien. —Robert consiguió esbozar una sonrisa débil—. No me fallarás. Ahora reinarás tú. No te gustará nada... Menos que a mí..., pero lo harás bien. ¿Has terminado de escribir?

—Sí, alteza. —Ned le ofreció el papel a Robert. El rey garabateó una firma a ciegas, manchando de sangre la carta—. Necesitamos testigos para el sello.

—Servid el jabalí en mi banquete funerario —susurró Robert—. Con una manzana en la boca y la piel bien crujiente. Comeos al muy cabrón. Aunque reventéis. Prométemelo, Ned.

—Te lo prometo.

«Prométemelo, Ned», repitió como un eco la voz de Lyanna.

—La chica —siguió el rey—. Daenerys. Que no la maten. Si puedes, si no es... demasiado tarde..., habla con ellos... con Varys, con Meñique... No dejes que la maten. Y ayuda a mi hijo, Ned. Haz que sea... mejor que yo. —Entrecerró los ojos—. Los dioses tengan piedad de mí.

—La tendrán, amigo mío —dijo Ned—. La tendrán.

—Asesinado por un cerdo —murmuró el rey. Cerró los ojos y pareció relajarse—. Debería reírme, pero duele demasiado.

—¿Hago entrar a los demás? —Ned no se reía.

—Como quieras —asintió Robert débilmente—. Dioses, ¿por qué hace tanto frío?

Los criados volvieron a entrar y se apresuraron a echar más leña a los braseros. La reina había desaparecido. Aquello, al menos, era un alivio. Ned pensó que si Cersei conservaba algún resto de sentido común, huiría con sus hijos antes del amanecer. Ya se había demorado demasiado.

El rey Robert no dio señales de echarla en falta. Les ordenó a su hermano Renly y al gran maestre Pycelle que fueran testigos de cómo ponía su sello en la cera amarilla que Ned había vertido en el documento.

—Ahora, dadme algo para el dolor y dejadme morir.

El gran maestre Pycelle se apresuró a mezclar otra dosis de la leche de la amapola. En aquella ocasión, el rey apuró la copa hasta el final. Cuando se la retiró de los labios, tenía la espesa barba salpicada de cuentas blancas.

—¿Soñaré?

—Sí, mi señor. —Ned le dijo lo que creía.

—Bien —sonrió el rey—. Le daré recuerdos de tu parte a Lyanna, Ned. Cuida de mis hijos.

A Ned se le clavaron las palabras como un cuchillo en el vientre. Durante un momento no supo qué decir, no podía mentir de aquella manera. Pero entonces recordó a los bastardos: a la pequeña Barra que todavía mamaba del pecho de su madre; a Mya, en el Valle; a Gendry, en la forja, y a todos los demás.

—Cuidaré de... vuestros hijos como si fueran míos —dijo muy despacio.

Robert asintió y cerró los ojos. Ned se quedó mirando cómo su viejo amigo se hundía suavemente en las almohadas, a medida que la leche de la amapola le borraba el dolor del rostro. El sueño se apoderó de él.

El gran maestre Pycelle se acercó a Ned, con las pesadas cadenas tintineando suavemente.

—Voy a hacer todo lo posible, mi señor, pero la herida se ha gangrenado. Tardaron dos días en regresar. Cuando lo pusieron en mis manos ya era demasiado tarde. Puedo aliviar los sufrimientos de su alteza, pero ahora solo los dioses pueden curarlo.

—¿Cuánto tiempo? —preguntó Ned.

—Por sus heridas, ya debería estar muerto. Nunca había visto a nadie aferrarse a la vida con tanta energía.

—Mi hermano ha sido siempre muy fuerte —dijo lord Renly—. Quizá no muy sabio, pero siempre fuerte. —El calor asfixiante de la cámara le había perlado la frente de sudor. Allí, de pie, parecía el fantasma de Robert, otra vez joven, moreno, atractivo—. Mató al jabalí. Se le salían las entrañas del vientre, pero consiguió matar al jabalí —se maravilló.

—Robert nunca fue hombre que abandonara el campo de batalla mientras quedara un enemigo en pie —le dijo Ned.

Ser Barristan Selmy seguía montando guardia ante la puerta, vigilando las escaleras de la torre.

—El maestre Pycelle le ha administrado a Robert la leche de la amapola —le dijo Ned—. Encargaos de que nadie lo moleste sin mi permiso.

—Se hará como decís, mi señor. —Ser Barristan parecía mucho más viejo de lo que ya era—. He fracasado; no he cumplido mi sagrado juramento.

—Ni el mejor de los caballeros puede proteger a un rey de sí mismo —dijo Ned—. Robert adoraba cazar jabalíes. Lo he visto matar a un millar. —Se ponía en pie con los pies separados, sin parpadear, los brazos firmes, la enorme lanza en las manos, y siempre maldecía al jabalí cuando se lanzaba a la carga, mientras que él aguardaba hasta el último instante, hasta que lo tenía casi encima, antes de matarlo de un solo golpe certero—. Nadie podía imaginar que este sería el que lo mataría.

—Sois muy bondadoso, lord Eddard.

—El rey mismo lo dijo. Le echó la culpa al vino.

El caballero de cabellos blancos asintió, cansado.

—Su alteza se tambaleaba en la silla cuando el jabalí salió de su guarida, pero nos ordenó que no nos entrometiéramos.

—Siento curiosidad, ser Barristan —dijo Varys en voz muy baja—, ¿quién le dio el vino al rey? —Ned no había oído llegar al eunuco, pero cuando se volvió, allí estaba. Llevaba una túnica de terciopelo negro que llegaba al suelo, y se acababa de empolvar la cara.

—El rey bebió el vino de su pellejo —respondió ser Barristan.

—¿Solo un pellejo? Cazar da mucha sed.

—No llevé la cuenta. Desde luego, fue más de uno. Su escudero le llevaba un pellejo lleno siempre que lo necesitaba.

—Un muchachito muy servicial —dijo Varys—, siempre atento a que su alteza no se encontrara sin bebida.

Ned tenía un sabor amargo en la boca. Recordó a los dos muchachos rubios que Robert había enviado a gritos en busca de un herrero que le ensanchara la coraza. El Rey le había relatado la anécdota a todo el mundo durante el festín, entre grandes carcajadas.

—¿Qué escudero?

—El mayor —respondió ser Barristan—. Lancel.

—Conozco bien a ese jovencito —dijo Varys—. Un chico muy leal. Es hijo de Kevan Lannister, sobrino de lord Tywin y primo de la reina. Espero que el pobrecillo no se culpe. Los chicos son muy vulnerables; es la inocencia de la juventud. Lo recuerdo tan bien...

Sin duda, Varys había sido joven alguna vez. Ned tenía sus dudas respecto a su inocencia.

—Ahora que mencionáis a los niños... Robert ha cambiado de opinión en lo relativo a Daenerys Targaryen. Sean cuales sean las acciones que hayáis emprendido, quiero que se anulen de inmediato.

—Por desgracia —suspiró Varys—, «de inmediato» es demasiado tarde. Me temo que esos pájaros ya han volado. Pero haré lo posible, mi señor. Con vuestro permiso. —Hizo una reverencia y desapareció escaleras abajo. Las zapatillas de suela suave arrancaban susurros de la piedra al caminar.

Cayn y Tomard estaban ayudando a Ned a cruzar el puente cuando lord Renly salió del Torreón de Maegor.

—Lord Eddard —llamó a Ned—, quiero hablar un momento con vos, si sois tan amable.

—Como queráis —dijo Ned y se detuvo.

—Despedid a vuestros hombres —pidió Renly mientras se le acercaba.

Se reunieron en el centro del puente, con el foso seco a la espalda. La luz de la luna iluminaba las crueles puntas de las picas clavadas en el fondo.

Ned hizo un gesto. Tomard y Cayn inclinaron la cabeza y se alejaron, respetuosos. Lord Renly echó una mirada cautelosa en dirección a ser Boros, al otro lado del puente, y a ser Preston, situado tras ellos ante la puerta.

—Ese documento. —Se acercó más a Ned—. ¿Es la regencia? ¿Mi hermano os ha nombrado Protector? —No aguardó la respuesta—. Mi señor, tengo treinta hombres en mi guardia personal, y otros amigos, caballeros y señores. Dadme una hora y pondré cien espadas en vuestras manos.

—¿Para qué quiero yo cien espadas, mi señor?

—¡Para atacar! Ahora, cuando el castillo todavía duerme. —Renly volvió a mirar a Ser soros, y bajó la voz hasta que fue solo un susurro apremiante—. Tenemos que apartar a Joffrey de su madre y guiarlo nosotros. Sea o no el Protector, el hombre que tenga al rey tendrá también el reino. Deberíamos coger también a Myrcella y a Tommen. Con sus hijos en nuestro poder, Cersei no se atreverá a enfrentarse a nosotros. El Consejo os confirmará como Lord Protector, y Joffrey será vuestro pupilo.

—Robert aún no ha muerto —dijo Ned mirándolo fríamente—. Puede que los dioses lo salven. En caso contrario, convenceré al Consejo para que obedezca su última voluntad y considere el asunto de la sucesión, pero no deshonraré sus últimas horas en esta tierra derramando sangre en sus salones, ni sacando a niños asustados de sus camas.

—Cada momento de retraso le da a Cersei otro momento para prepararse. —Lord Renly, tenso como la cuerda de un arco, dio un paso atrás—. Cuando Robert muera será demasiado tarde... para vos y para mí.

—Entonces, recemos para que Robert no muera.

—No parece muy probable —replicó Renly.

—A veces, los dioses son misericordiosos.

—Los Lannister, no. —Lord Renly dio media vuelta, volvió a cruzar el foso y entró en la torre donde yacía su hermano moribundo.

Ned llegó a sus habitaciones, agotado y triste, pero era imposible que pudiera conciliar el sueño en aquel momento. «Cuando se juega al juego de tronos, solo se puede ganar o morir», le había dicho Cersei Lannister en el bosque de dioses. Ya no estaba tan seguro de haber hecho lo correcto al rechazar la oferta de lord Renly. No le gustaban aquellas intrigas, y amenazar a niños no era honorable, pero aun así... Si Cersei optaba por luchar, y no por huir, iba a necesitar las cien espadas de Renly, y más todavía.

—Ve a buscar a Meñique —dijo a Cayn—. Si no está en sus habitaciones, llévate a tantos hombres como hagan falta y registra cada taberna y cada burdel de Desembarco del Rey hasta que lo encuentres. Quiero verlo antes del amanecer. —Cayn hizo una reverencia y se marchó. Ned se volvió hacia Tomard—. La *Bruja del Viento* zarpará con la marea del anochecer; ¿has elegido ya la escolta?

—Diez hombres, con Porther al mando.

—Veinte, y tú irás al mando —replicó Ned.

Porther era un hombre valiente pero testarudo. Quería que de sus hijas se ocupara alguien más concienzudo y sensato.

—A vuestras órdenes, mi señor —respondió Tom—. No se puede decir que lamente irme de aquí. Echo de menos a mi mujer.

—Antes de poner rumbo hacia el norte, deberás pasar por Rocadragón. Quiero que entregues una carta.

—¿Rocadragón, mi señor? —Tom parecía inquieto. La isla fortaleza de la casa Targaryen tenía una reputación siniestra.

—Le dirás al capitán Qos que ice mi estandarte en cuanto se divise la isla. Quizá desconfíen de las visitas inesperadas. Si el capitán se resiste, ofrécele lo que sea necesario. Te daré una carta, que deberás entregar en mano a lord Stannis Baratheon. Solo a él: ni a su mayordomo, ni al capitán de su guardia, ni a su señora esposa: a lord Stannis en persona.

—A vuestras órdenes, mi señor.

Tommard salió, y lord Eddard se sentó y contempló la llama de la vela que ardía junto a él, en la mesa. Por un momento, el dolor lo invadió. No deseaba nada más que ir al bosque de dioses, arrodillarse ante el árbol corazón y rezar por la vida de Robert Baratheon, que para él había sido más que un hermano. En el futuro, los hombres murmurarían, dirían que Eddard Stark había traicionado la amistad de su rey, que había desheredado a sus hijos; él esperaba que los dioses supieran la verdad, y que Robert también la descubriera en las tierras que había más allá de la tumba.

Ned cogió la última carta del rey. Un rollo de pergamino blanco, crujiente, con un sello de cera dorada, unas cuantas palabras y una mancha de sangre. Qué pequeña era la diferencia entre la victoria y la derrota, entre la vida y la muerte.

Cogió una hoja en blanco, mojó la pluma en el tintero y escribió:

> A su alteza, Stannis de la casa Baratheon. Cuando recibáis esta carta, vuestro hermano Robert, que ha sido nuestro rey durante los quince pasados años, ya habrá muerto. Lo hirió un jabalí mientras cazaba...

Las letras parecían bailar y retorcerse sobre el papel, y tuvo que detenerse. Lord Tywin y ser Jaime no eran hombres que soportaran el ultraje. No huirían; presentarían batalla. Sin duda, lord Stannis extremaba la cautela tras el asesinato de Jon Arryn, pero era imprescindible que pusiera rumbo de inmediato hacia Desembarco del Rey, con todos sus hombres, antes de que lo hicieran los Lannister.

Ned fue eligiendo las palabras con sumo cuidado. Cuando terminó, firmó la carta: «EDDARD STARK, SEÑOR DE INVERNALIA, MANO DEL REY Y PROTECTOR DEL REINO». Dobló el papel dos veces y calentó el lacre con la llama de la vela.

Mientras la cera se ablandaba, reflexionó que su regencia sería breve. El nuevo rey elegiría a otro hombre como mano. Ned podría volver a casa. Solo con pensar en Invernalia se le dibujó una sonrisa en el rostro. Quería volver a oír la risa de Bran, ir a cazar con Robb, ver jugar a Rickon. Quería dormir sin soñar, en su cama, muy abrazado a su esposa, Catelyn.

Cayn regresó justo cuando estaba presionando el sello del lobo huargo contra la cera blanda. Desmond iba con él, y entre ambos estaba Meñique. Ned les dio las gracias a sus guardias y los despidió.

Lord Petyr llevaba una túnica de terciopelo azul con mangas abullonadas, y un estampado de sinsontes en la capa plateada.

—Creo que debo felicitaros —dijo al tiempo que se sentaba.

—El rey yace herido en su lecho —dijo Ned con el ceño fruncido—, al borde de la muerte.

—Lo sé —dijo Meñique—. Y también sé que Robert os ha nombrado Protector del Reino.

—¿Y cómo lo sabéis, mi señor? —Ned no pudo evitar bajar la vista hacia la carta del rey, que estaba junto a él en la mesa, con el sello intacto.

—Varys me lo ha dado a entender —replicó Meñique—, y vos acabáis de confirmarlo.

—Maldito sea Varys y también sus pajaritos. —Ned frunció la boca en un gesto airado—. Catelyn estaba en lo cierto; ese hombre tiene artes oscuras. No confío en él.

—Excelente, ya estáis aprendiendo. —Meñique se inclinó hacia delante—. Pero apostaría algo a que no me habéis hecho venir en mitad de la noche para hablar del eunuco.

—No —reconoció Ned—. Conozco el secreto que le costó la vida a Jon Arryn. Robert no va a dejar ningún hijo legítimo. Joffrey y Tommen son bastardos, hijos de Jaime Lannister, fruto de su relación incestuosa con la reina.

—Qué escándalo —dijo Meñique arqueando una ceja en un tono que indicaba que no estaba escandalizado en absoluto—. ¿Y la niña también? Claro, sin duda. De manera que, cuando el rey muera...

—El trono debería pasar a lord Stannis, el mayor de los dos hermanos de Robert.

—Eso parece. A menos que... —Lord Petyr se acarició la barbita puntiaguda, mientras consideraba el asunto.

—¿A menos que qué, mi señor? Y esto no parece nada; es seguro. Stannis es el heredero. Nada lo puede cambiar.

—Stannis no puede llegar al trono sin vuestra ayuda. Si sois listo, os cercioraréis de que Joffrey sea el sucesor.

—¿Es que no tenéis ni un ápice de honor? —Ned se quedó mirándolo.

—Un ápice sí, claro —replicó Meñique en tono ligero—. Pero prestad atención. Stannis no es amigo mío, y tampoco vuestro. Ni siquiera sus hermanos lo soportan. Ese hombre es de hierro, duro e implacable. Elegirá una nueva mano y un nuevo Consejo, no os quepa la menor duda. Oh, desde luego os dará las gracias por entregarle la corona, pero no por ello os tendrá aprecio. Y su ascenso al trono nos llevará a la guerra. Stannis no podrá estar seguro de su reino mientras vivan Cersei y los bastardos. ¿Y pensáis que lord Tywin se quedará tan tranquilo mientras le toman las medidas a la cabeza de su hija para clavarla en una pica? Roca Casterly se alzará en armas, y no serán ellos solos. Robert supo perdonar a los que le juraron lealtad de entre los que sirvieron al rey Aerys. Stannis no es tan generoso. No habrá olvidado el asedio de Bastión de Tormentas, y lord Tyrell y lord Redwyne no se atreverán. Cada uno de los hombres que luchó bajo el estandarte del dragón, o se alzó con Balon Greyjoy, tendrá motivos para temerlo. Sentad a Stannis en el Trono de Hierro, y os aseguro que el reino sangrará.

»Y ahora, pensad en la alternativa. Joffrey no tiene más que doce años, y Robert ha puesto la regencia en vuestras manos, mi señor. Sois la mano del rey y el Protector del Reino. Tenéis el poder, lord Stark. Solo hace falta que estiréis la mano para cogerlo. Haced las paces con los Lannister. Liberad al Gnomo. Casad a Joffrey con vuestra hija Sansa. Casad a la pequeña con el príncipe Tommen, y a vuestro heredero, con Myrcella. Aún faltan cuatro años para que Joffrey cumpla la mayoría de edad. Para entonces os considerará un segundo padre, y si no es así... Bueno, cuatro años dan para mucho, mi señor. Para libraros de lord Stannis, por ejemplo. Y luego, si Joffrey da problemas, siempre podemos revelar este secretito y poner a lord Renly en el trono.

—¿Podemos? —repitió Ned.

—Necesitaréis a alguien con quien compartir la carga —dijo Meñique encogiéndose de hombros—. Y mi precio no será elevado, os lo aseguro.

—Vuestro precio. —La voz de Ned era puro hielo—. Lo que estáis proponiendo es una traición, lord Baelish.

—Solo si perdemos.

—Olvidáis demasiadas cosas —replicó Ned—. Olvidáis a Jon Arryn. Olvidáis a Jory Cassel. Y olvidáis esto. —Sacó el puñal y lo puso sobre la mesa, entre ellos: era de huesodragón y acero valyrio; con un perfil tan nítido como la diferencia entre el bien y el mal, entre la verdad y la mentira, entre la vida y la muerte—. Enviaron a un hombre para que le cortara el cuello a mi hijo, lord Baelish.

—Pues sí, mi señor, había olvidado algunas cosas. —Meñique suspiró—. Os ruego que me perdonéis. Durante un momento no me he dado cuenta de que estaba hablando con un Stark. —Frunció los labios—. Así que optáis por Stannis y por la guerra.

—No se trata de una opción. Stannis es el heredero.

—Lejos de mí entrar en discusiones con el Lord Protector. En fin, ¿qué queréis de mí? Mi consejo no, desde luego.

—Haré lo posible por perdonar vuestro... consejo —replicó Ned, asqueado—. Os he hecho venir para pediros la ayuda que le prometisteis a Catelyn. Es un momento peligroso para todos nosotros. Cierto: Robert me ha nombrado Protector, pero a los ojos de todos, Joffrey es su hijo y heredero. La reina dispone de una docena de caballeros y un centenar de soldados dispuestos a obedecer sus órdenes; más que suficiente para doblegar a lo que queda de mi guardia. Y quizá su hermano Jaime cabalgue en estos momentos hacia Desembarco del Rey, con un ejército de los Lannister a sus órdenes.

—Y vos sin hombres. —Meñique jugueteó con el puñal que estaba sobre la mesa, haciéndolo girar lentamente con un dedo—. Lord Renly no siente demasiado afecto hacia los Lannister. Yohn Royce, ser Balon Swann, ser Loras, lady Tanda, los gemelos Redwyne... cada uno de ellos dispone de un séquito de caballeros y espadas juramentadas aquí, en la corte.

—Renly tiene treinta hombres en su guardia personal, y los otros, todavía menos. No son suficientes, ni siquiera aunque estuviera seguro de que todos se iban a aliar conmigo. Necesito a los capas doradas. La Guardia de la Ciudad cuenta con dos mil hombres fuertes, que han jurado defender el castillo, la ciudad y la paz del rey.

—Ya... pero cuando la reina proclame un rey, y la mano, otro, ¿qué paz van a proteger? —Lord Petyr empujó el puñal con el dedo y lo hizo girar de nuevo. Dio varias vueltas y, cuando al final se detuvo, apuntaba al propio Meñique—. Vaya, aquí tenemos la respuesta —añadió con una sonrisa—. Siguen a aquel que les paga. —Se echó hacia atrás en el asiento y miró de frente a Ned, con los ojos verde grisáceo llenos de burla—. Vestís vuestro honor como si fuera una armadura, Stark. Creéis que os protege, pero en realidad no es más que una carga que os hace moveros despacio. Miraos al espejo. Sabéis por qué me habéis hecho venir. Sabéis qué queréis pedirme que haga. Sabéis que es necesario... pero no es honorable, así que no os atrevéis a decirlo en voz alta.

Ned tenía el cuello rígido por la tensión. Durante un instante se sintió incapaz de hablar, de pura rabia.

Meñique se echó a reír.

—Debería obligaros a decirlo, pero sería una crueldad... Así que no temáis, mi buen señor. Por el amor que le profeso a Catelyn, iré ahora mismo a hablar con Janos Slynt, para asegurarme de que la Guardia de la Ciudad os es leal. Con seis mil piezas de oro será suficiente. Una tercera parte para el comandante, una tercera parte para los oficiales y una tercera parte para los hombres. Quizá pudiéramos comprarlos por la mitad de esa suma, pero no es cosa de correr riesgos.

Sonrió, cogió el puñal por la hoja y se lo tendió a Ned con la empuñadura por delante.

JON

Jon estaba tomando un desayuno a base de pastel de manzana y morcillas cuando Samwell Tarly se dejó caer pesadamente en el banco.

—Me han llamado al septo —dijo Sam con un susurro emocionado—. Me van a sacar del entrenamiento. Me harán hermano al mismo tiempo que a vosotros. ¿Te lo imaginas?

—¡No! ¿De verdad?

—De verdad. Mi deber será ayudar al maestre Aemon con la biblioteca y con los pájaros. Necesita a alguien que sepa leer y escribir cartas.

—Lo harás muy bien —sonrió Jon.

—¿No tendríamos que ir ya? —Sam miró a su alrededor con ansiedad—. No quiero llegar tarde; puede que cambien de opinión.

Al cruzar el patio cubierto de hierbajos iba casi saltando. Era un día cálido y soleado. Del Muro descendían reguerillos de agua, con lo que el hielo parecía centellear.

En el interior del septo, el gran cristal reflejaba la luz de la mañana que entraba por la ventana orientada hacia el sur y formaba un arcoíris sobre el altar. Pyp se quedó boquiabierto al ver a Sam; Sapo le dio un codazo a Grenn en las costillas, pero ninguno se atrevió a decir nada. El septón Celladar movía un incensario que impregnaba el aire de su fragancia. A Jon le recordaba el pequeño septo de lady Stark en Invernalia. El septón estaba sobrio, por una vez.

Los oficiales de alto rango llegaron todos juntos: el maestre Aemon, apoyado en Clydas; ser Alliser, con sus ojos fríos y su gesto hosco; el lord comandante Mormont, resplandeciente con su jubón de lana negra y broches de plata en forma de zarpas de oso... Tras ellos entraron los superiores del resto de las órdenes: Bowen Marsh, el lord mayordomo de rostro enrojecido; el capitán de los constructores, Othell Yarwyck, y ser Jaremy Rykker, que estaba al mando de los exploradores durante la ausencia de Benjen Stark.

—Llegasteis aquí como malhechores —empezó Mormont, que se había situado ante el altar de forma que el arcoíris le relucía sobre la calva—. Cazadores furtivos, violadores, deudores, asesinos y ladrones. Llegasteis a nosotros como niños. Llegasteis a nosotros solos, encadenados, sin amigos y sin honor. Llegasteis a nosotros ricos, y llegasteis a nosotros pobres. Algunos ostentáis los nombres de casas orgullosas. Otros tenéis nombres de bastardos, o no tenéis nombre alguno. Nada de eso importa ya. Todo queda en el pasado. En el Muro, todos pertenecemos a la misma casa.

»Al caer la noche, cuando se ponga el sol y llegue la oscuridad, haréis el juramento. Desde ese momento seréis hermanos juramentados de la Guardia de la Noche. Vuestros crímenes quedarán olvidados; vuestras deudas, saldadas. Y de la misma manera deberéis olvidar las antiguas lealtades, dejar a un lado los rencores, desechar amores y enemistades del pasado por igual. Vais a empezar de nuevo.

»Un hombre de la Guardia de la Noche vive su vida por el reino. No por un rey, ni por un señor, ni por el honor de una casa u otra; tampoco por el oro ni la gloria, ni el amor de una mujer, sino por el reino y por todos los que en él viven. Un hombre de la Guardia de la Noche no tiene esposa y no engendra hijos. Nuestra esposa es el deber. Nuestra amante es el honor. Y vosotros sois los únicos hijos que tendremos jamás.

»Ya conocéis la fórmula del juramento. Meditad bien antes de pronunciarla, porque cuando vistáis el negro ya no habrá vuelta atrás. La deserción se pena con la muerte. —El Viejo Oso hizo una pausa antes de continuar—. ¿Hay alguno de entre vosotros que no quiera seguir aquí? Si es así, que se vaya ahora, sin demérito alguno.

Nadie se movió.

—Bien —asintió Mormont—. Prestaréis juramento aquí, al anochecer, ante el septón Celladar y el primero de vuestra orden. ¿Alguno de vosotros adora a los antiguos dioses?

—Yo, mi señor —dijo Jon poniéndose en pie.

—En ese caso supongo que querrás jurar ante un árbol corazón, como hizo tu tío —dijo Mormont.

—Así es, mi señor —asintió Jon. Los dioses del septo no tenían nada que ver con él; por las venas de los Stark corría la sangre de los primeros hombres.

—Pero aquí no hay bosque de dioses —oyó que susurraba Grenn a su espalda—. ¿Verdad? Yo no lo he visto.

—Tú no verías ni una manada de uros en medio de la nieve hasta que te embistieran —susurró en respuesta Pyp.

—Sí que los vería —insistió Grenn—. Los vería venir de lejos.

—En el Castillo Negro no hace falta un bosque de dioses. —El propio Mormont confirmó las dudas de Grenn—. El bosque Encantado está al otro lado del Muro, donde estuvo en la Era del Amanecer, mucho antes de que los ándalos trajeran a los Siete del otro lado del mar Angosto. A media legua de aquí encontrarás un bosquecillo de arcianos y, quizá, también a tus dioses.

—Mi señor. —La voz hizo que Jon se volviera, sorprendido. Samwell Tarly se había puesto en pie y se secaba el sudor de las manos en la túnica—. ¿Puedo... puedo ir yo también? ¿Puedo prestar juramento ante ese árbol corazón?

—¿La casa Tarly también adora a los antiguos dioses? —quiso saber Mormont.

—No, mi señor —respondió Sam con voz aguda, nerviosa. Jon sabía que los oficiales le daban un poco de miedo, y el Viejo Oso, más que ninguno—. Me pusieron el nombre a la luz de los Siete, en el septo de Colina Cuerno, al igual que pasó con mi padre, con su padre y con todos los Tarly desde hace mil años.

—¿Y por qué quieres renunciar a los dioses de tu padre y de su casa? —preguntó ser Jaremy Rykker.

—Ahora, mi casa es la Guardia de la Noche —dijo Sam—. Los Siete jamás respondieron a mis plegarias. Puede que los antiguos dioses lo hagan.

—Como quieras, muchacho —dijo Mormont. Sam se sentó de nuevo, y Jon hizo lo mismo—. Os hemos adjudicado cada uno a una orden, según nuestras necesidades y vuestras habilidades. —Bowen Marsh se adelantó y le tendió un papel. El lord comandante lo desenrolló y empezó a leer—: Halder, a los constructores. —Halder asintió en gesto de aprobación—. Grenn, a los exploradores. Albett, a los constructores. Pypar, a los exploradores. —Pyp miró a Jon y movió las orejas—. Samwell, a los mayordomos. —Sam, suspiró de alivio y se secó el sudor de la frente con un pañuelo de seda—. Matthar, a los exploradores. Dareon, a los mayordomos. Todder, a los exploradores. Jon, a los mayordomos.

¿A los mayordomos? Durante un instante, Jon no dio crédito a sus oídos. Seguro que Mormont se había equivocado al leer. Empezó a levantarse, abrió la boca para decir que era un error... y en aquel momento vio los ojos de ser Alliser, clavados en él como dos esquirlas de obsidiana, y lo comprendió.

—Los capitanes de cada orden os explicarán vuestros deberes. —El Viejo Oso enrolló el papel—. Los dioses os guarden, hermanos.

El lord comandante los honró con un amago de reverencia y se retiró. Ser Alliser se marchó con él; una sonrisa le aleteaba en los labios. Jon nunca había visto tan contento al maestro de armas.

—Los exploradores, conmigo —exclamó ser Jaremy Rykker cuando hubieron salido.

Pyp se puso en pie muy despacio sin dejar de mirar a Jon. Tenía las orejas coloradas. Grenn sonreía, sin darse cuenta de que algo iba mal. Matt y Sapo siguieron también a ser Jaremy para salir del septo.

—Constructores —llamó Othell Yarwyck. Halder y Albett fueron con él.

Jon miró a su alrededor, mareado, incrédulo. Los ojos ciegos del maestre Aemon estaban alzados hacia la luz que no podían ver. El septón estaba colocando cristales sobre el altar. En los bancos solo quedaban Sam y Dareon; un chico gordo, un bardo... y él.

—Samwell, tú ayudarás al maestre Aemon con los pájaros y en la biblioteca. —El lord mayordomo Bowen Marsh se frotó las manos regordetas—. Chett pasará a las perreras y tú ocuparás su celda; así estarás cerca de él día y noche. Confío en que lo cuidarás bien. Es muy anciano, y muy valioso para nosotros.

»Dareon, me han informado de que has cantado ante señores de gran alcurnia, y has compartido su pan y su hidromiel. A ti te enviaremos a Guardiaoriente. Puede que tu facilidad de palabra le sea de ayuda a Cotter Pyke cuando lleguen las galeras mercantes para comerciar. Pagamos demasiado por la carne en salazón y el pescado en escabeche, y el aceite de oliva que nos envían es cada vez peor. Cuando llegues, preséntate ante Borcas; te dará algo que hacer entre barco y barco. —A continuación, Marsh dirigió su sonrisa hacia Jon—. El lord comandante Mormont ha pedido que seas su mayordomo personal, Jon. Dormirás en una celda bajo sus habitaciones, en la Torre del Lord Comandante.

—¿Y cuáles serán mis obligaciones? —preguntó Jon con brusquedad—. ¿Le serviré las comidas al lord comandante, lo ayudaré a abrocharse las ropas y le calentaré el agua para el baño?

—Desde luego. —Marsh había fruncido el ceño ante el tono de voz del muchacho—. También llevarás los mensajes que te ordene, mantendrás el fuego encendido en sus habitaciones, le cambiarás a diario las sábanas y las mantas, y harás cualquier cosa que él te ordene.

—¿Acaso me tomáis por un criado?

—No —respondió el maestre Aemon desde el fondo del septo. Clydas lo ayudó a levantarse—. Te tomábamos por un hombre de la Guardia de la Noche... pero puede que fuera un error.

—¿Puedo retirarme? —preguntó Jon con frialdad. Tuvo que controlarse para no marcharse de allí en aquel momento. ¿Esperaban que batiera mantequilla y cosiera jubones como una niña el resto de su vida?

—Como desees —replicó Bowen Marsh.

Dareon y Sam salieron con él. Bajaron al patio en silencio. Ya en el exterior, Jon alzó la vista hacia el Muro, que resplandecía bajo el sol mientras el hielo derretido se deslizaba por su superficie en un centenar de delgados dedos. Jon estaba tan rabioso que parecía a punto de abandonarlo todo.

—Jon —le dijo Samwell Tarly, emocionado—, espera, ¿no te das cuenta de lo que han hecho?

—Lo único de lo que me doy cuenta es de que ser Alliser está detrás de todo esto —le contestó Jon hecho una furia, volviéndose hacia él—. Quería humillarme y lo ha logrado.

—Los mayordomos están bien para ti o para mí, Sam —dijo Dareon mirando a Jon fijamente—, pero no para lord Nieve.

—¡Soy mejor espada y mejor jinete que ninguno de los otros! —gritó Jon—. ¡No es justo!

—¿A mí me hablas de justicia? —se burló Dareon—. La chica me estaba esperando desnuda como el día en que vino al mundo. Me ayudó a entrar por la ventana, ¿y a mí me hablas de justicia? —Se alejó de ellos, airado.

—No es ninguna deshonra ser mayordomo —dijo Sam.

—¿Crees que quiero pasarme el resto de la vida lavándole la ropa interior a un viejo?

—Ese viejo es el lord comandante de la Guardia de la Noche —le recordó Sam—. Estarás con él día y noche. Sí, le servirás el vino y le cambiarás las sábanas, pero también escribirás lo que te dicte, lo ayudarás en las reuniones y serás su escudero en el combate. Estarás tan pegado a él como su sombra. Lo sabrás todo, serás parte de todo... ¡y el lord mayordomo ha dicho que Mormont en persona te había elegido!

»Cuando yo era pequeño, mi padre se empeñaba en que lo acompañara a todas las audiencias, siempre que se reunía la corte. Cuando fue a Altojardín para rendir pleitesía a lord Tyrell también quiso que lo acompañara. Luego empezó a llevarse a Dickon; a mí me dejaba en casa y ya no le importaba si yo asistía a las audiencias; solo quería que estuviera mi hermano. Quería que estuviera presente su heredero, ¿no lo entiendes? Para que observara, escuchara y aprendiera. Me apuesto lo que sea a que por eso Mormont te pidió como ayudante, Jon. ¿Por qué iba a hacerlo si no? ¡Quiere educarte para el mando!

Jon se quedó paralizado. Era verdad: lord Eddard hacía a menudo que Robb formara parte de los consejos en Invernalia. Quizá Sam tuviera razón. Hasta un bastardo podía llegar a lo más alto en la Guardia de la Noche.

—Pero esto no es lo que yo quería —dijo, testarudo.

—Ninguno de nosotros estamos aquí porque hayamos querido —le recordó Sam.

Y, de repente, Jon Nieve se sintió avergonzado.

Samwell Tarly, cobarde o no, había tenido valor para aceptar su destino como un hombre. «En el Muro, cada hombre tiene lo que se gana —le había dicho Benjen Stark la última noche que Jon lo vio con vida—. No eres un explorador, Jon. Eres un simple novato que todavía huele a verano.» Había oído comentar que los bastardos crecían antes que los demás niños; en el Muro solo se podían hacer dos cosas: crecer o morir.

—Tienes razón. —Jon dejó escapar un suspiro—. Me he comportado como un crío.

—Entonces, ¿prestarás juramento conmigo?

—Los antiguos dioses nos estarán esperando. —Se obligó a sonreír.

Se pusieron en marcha a última hora de la tarde. El Muro no tenía puertas como tales, ni allí, en el Castillo Negro, ni en ningún otro punto de sus cien leguas de longitud. Guiaron sus monturas por las riendas hasta un túnel angosto excavado en el hielo, cuyas paredes frías y oscuras parecían aprisionarlos a medida que el pasadizo se retorcía en su curso. En tres ocasiones se encontraron el camino bloqueado por rejas de hierro, y tuvieron que detenerse mientras Bowen Marsh sacaba las llaves y soltaba las enormes cadenas que las cerraban. Mientras aguardaba detrás del lord mayordomo, Jon casi podía sentir el gigantesco peso del muro sobre él. Allí, el aire era más frío y tranquilo que el de una tumba. Cuando salieron a la luz de la tarde, en la cara norte del muro, sintió un extraño alivio.

Sam parpadeó para protegerse los ojos de la repentina claridad y miró a su alrededor con aprensión.

—Los salvajes... no... no se atreverán a acercarse tanto al Muro. ¿Verdad?

—Nunca lo han hecho.

Jon montó a caballo. Cuando tanto Bowen Marsh como su escolta de exploradores hubieron montado también, se llevó dos dedos a la boca y silbó. Fantasma salió del túnel al instante.

—¿Vas a traer a esa bestia? —le preguntó el lord mayordomo mientras su caballo reculaba asustado al ver al lobo huargo.

—Sí, mi señor —dijo Jon. Fantasma alzó la cabeza; pareció saborear el aire. En un abrir y cerrar de ojos echó a correr por el campo lleno de hierbajos, y desapareció entre los árboles.

Una vez en el bosque se encontraron en un mundo completamente diferente. Jon había ido a menudo de caza con su padre, con Jory y con Robb. Conocía tan bien como cualquiera el bosque de los Lobos, en torno a Invernalia. El bosque Encantado era igual, y al mismo tiempo parecía muy diferente.

Quizá era solo una sensación porque sabía que habían traspasado el fin del mundo, y aquello lo cambiaba todo. Las sombras parecían más oscuras, y los sonidos, más ominosos. Los árboles crecían muy juntos y ocultaban la luz del sol poniente. Bajo los cascos de los caballos, la fina capa de nieve crujía con un sonido como el de los huesos al romperse. Cuando el viento agitaba las hojas, Jon sentía como si le pasaran un dedo helado por la espalda. Tras ellos quedaba el Muro, y solo los dioses sabían qué había ante ellos.

El sol desaparecía ya entre los árboles cuando llegaron a su destino, un pequeño claro en lo más profundo del bosque donde crecían en círculo nueve arcianos. Jon se quedó boquiabierto, y vio que a Sam Tarly le pasaba lo mismo. Ni siquiera en el bosque de los Lobos se podían ver más de dos o tres de aquellos árboles blancos juntos. Jamás habría imaginado que existiera un grupo de nueve. El suelo del bosque estaba cubierto de hojas caídas, rojo sangre por arriba, blanco putrefacto por abajo. Los anchos troncos lisos eran de color hueso, y las nueve caras miraban hacia dentro. La savia seca encostrada en los ojos era roja y dura como un rubí. Bowen Marsh les ordenó que dejaran los caballos fuera del círculo.

—Es un lugar sagrado; no debemos profanarlo.

Al entrar en el claro, Samwell Tarly giró muy despacio, para examinar una a una todas las caras. No había dos iguales.

—Nos están mirando —susurró—. Los antiguos dioses nos miran.

—Sí. —Jon se arrodilló, y Sam hizo lo mismo a su lado.

Pronunciaron juntos el juramento mientras las últimas luces desaparecían por el oeste y el día gris se transformaba en noche negra.

—Escuchad mis palabras, sed testigos de mi juramento —recitaron; sus voces llenaron el bosquecillo en el ocaso—. La noche se avecina, ahora empieza mi guardia. No terminará hasta el día de mi muerte. No tomaré esposa, no poseeré tierras, no engendraré hijos. No llevaré corona, no alcanzaré la gloria. Viviré y moriré en mi puesto. Soy la espada en la oscuridad. Soy el vigilante del muro. Soy el fuego que arde contra el frío, la luz que trae el amanecer, el cuerno que despierta a los durmientes, el escudo que defiende los reinos de los hombres. Entrego mi vida y mi honor a la Guardia de la Noche, durante esta noche y todas las que estén por venir.

Se hizo el silencio en el bosque.

—Os arrodillasteis como niños —entonó solemne Bowen Marsh—. Levantaos ahora como hombres de la Guardia de la Noche.

Jon tendió una mano a Sam para ayudarlo a ponerse en pie. Los exploradores se congregaron a su alrededor, sonrientes, para felicitarlos. Todos excepto Dywen, el viejo guardabosques.

—Será mejor que volvamos, mi señor —le dijo a Bowen Marsh—. Está oscureciendo, y esta noche hay un olor que no me gusta.

De pronto, Fantasma volvió con ellos; apareció caminando con pasos silenciosos entre dos arcianos. «Pelaje blanco y ojos rojos —advirtió Jon, inquieto—. Igual que los árboles.»

El lobo llevaba algo entre los dientes. Algo negro.

—¿Qué es cso? —preguntó Bowen Marsh con el ceño fruncido.

—Ven conmigo, Fantasma. —Jon se arrodilló—. Trae eso.

El lobo huargo trotó hacia él. Jon oyó cómo a Samwell Tarly se le escapaba una exclamación.

—Por los dioses —murmuró Dywen—. Es una mano.

EDDARD

La luz gris del amanecer entraba ya por la ventana cuando el sonido de los cascos de los caballos despertó a Eddard Stark de un sueño breve e inquieto. Levantó la cabeza de la mesa para mirar abajo, al patio. Los hombres de las capas color carmesí llenaban de sonidos la mañana con el chocar de las espadas y los ejercicios con muñecos rellenos de paja. Ned observó cómo Sandor Clegane galopaba sobre la tierra batida para clavar una lanza de punta de hierro en la cabeza de un muñeco. La lona se desgarró y la paja voló por los aires entre las bromas y maldiciones de los guardias Lannister.

«¿Todo este montaje lo hacen para que yo lo vea? —se preguntó. Si era así, Cersei era todavía más estúpida de lo que le había parecido—. Maldita mujer, ¿por qué no ha huido? Le he dado una oportunidad tras otra...»

Hacía una mañana nublada y triste. Ned desayunó con sus hijas y con la septa Mordane. Sansa, todavía desconsolada, contemplaba malhumorada los platos y se negaba a comer, pero Arya devoró a toda prisa lo que le pusieron delante.

—Syrio dice que todavía hay tiempo para una última lección antes de que embarquemos esta tarde —dijo—. ¿Me das permiso, padre? Ya tengo todas las cosas en los baúles.

—Que sea una lección corta, y que te dé tiempo a bañarte y a cambiarte. Quiero que a mediodía estés lista para partir, ¿comprendido?

—A mediodía —asintió Arya.

—Si ella puede dar una última lección de danza —dijo Sansa alzando la vista de la mesa—, ¿por qué no me dejas despedirme del príncipe Joffrey?

—Yo la acompañaría, lord Eddard —se ofreció la septa Mordane—. Y no perderá el barco, desde luego.

—No es buena idea que veas a Joffrey ahora mismo, Sansa. Lo siento.

—Pero ¿por qué? —A Sansa se le llenaron los ojos de lágrimas.

—Tu señor padre sabe qué es lo mejor para ti —dijo la septa Mordane—. No debes cuestionar sus decisiones.

—¡No es justo! —Sansa se apartó de la mesa, derribó la silla y salió llorando de la habitación.

La septa se levantó, pero Ned le indicó con un gesto que se sentase.

—Deja que se vaya, septa. Intentaré que lo entienda todo cuando volvamos a estar a salvo en Invernalia.

La septa inclinó la cabeza y se sentó para terminar de desayunar.

Una hora más tarde, el gran maestre Pycelle fue a ver a Eddard Stark en sus aposentos. Iba con los hombros caídos, como si el peso de la cadena que llevaba al cuello le resultara ya insoportable.

—Mi señor —dijo—, el rey Robert nos ha dejado. Los dioses le den descanso.

—No —replicó Ned—. Robert detestaba descansar. Los dioses le den amor, risas y la gloria de la batalla. —Era extraño, pero se sentía vacío. Había esperado la visita, pero con aquellas palabras algo murió en su interior. Habría renunciado a todos sus títulos por ser libre para llorar... pero era la mano de Robert, y había llegado el momento que tanto temía—. Tened la bondad de convocar a los miembros del Consejo aquí, en mis habitaciones —le pidió a Pycelle. La Torre de la Mano le ofrecía toda la seguridad que había podido proporcionarse con la ayuda de Tomard. En cambio no podía afirmar lo mismo de la cámara del Consejo.

—¿Cómo decís, mi señor? —preguntó Pycelle parpadeando—. Sin duda, los asuntos del reino pueden esperar hasta mañana, para que no tengamos tan reciente la pena.

—Me temo que debemos reunirnos de inmediato. —Ned se mostró tranquilo, pero firme.

—Como ordene la mano. —Pycelle hizo una reverencia. Llamó a sus sirvientes y les dio instrucciones, y luego aceptó la oferta de Ned de un asiento y una copa de cerveza dulce.

Ser Barristan Selmy fue el primero en responder a la llamada. Llegó con su inmaculada capa blanca y la coraza esmaltada.

—Mis señores —dijo—, ahora mismo mi lugar está junto al joven rey. Os ruego que me disculpéis.

—Vuestro lugar está aquí, ser Barristan —le dijo Ned.

Meñique fue el siguiente. Vestía aún las ropas de terciopelo azul y la capa plateada con sinsontes de la noche anterior, aunque tenía las botas sucias de polvo.

—Mis señores —dijo sonriendo, aunque sin dirigirse a nadie en concreto. Se volvió hacia Ned—. Ya se ha llevado a cabo el asuntillo que me encargasteis, lord Eddard.

Varys entró con una vaharada a lavanda, recién bañado, con el rostro regordete rosado y empolvado. Sus zapatillas apenas hacían ruido al caminar.

—Los pajarillos cantan hoy una canción triste —dijo al tiempo que se sentaba—. El reino llora. ¿Comenzamos?

—En cuanto llegue lord Renly —respondió Ned.

—Mucho me temo que lord Renly se ha marchado de la ciudad —dijo Varys dirigiéndole una mirada apenada.

—¿Que se ha marchado de la ciudad? —Ned había contado con el apoyo de Renly.

—Ha salido por una poterna una hora antes del amanecer, acompañado por ser Loras Tyrell y unos cincuenta hombres —dijo Varys—. La última vez que los vieron cabalgaban hacia el sur con cierta prisa. Su destino es sin duda Bastión de Tormentas, o bien Altojardín.

«Adiós a Renly y a sus cien espadas.» A Ned no le gustaba el cariz que estaba tomando aquello, pero no podía hacer nada. Sacó la última carta de Robert.

—El rey me llamó anoche y me ordenó que tomara nota de sus últimas palabras. Lord Renly y el gran maestre Pycelle sirvieron de testigos, y el propio Robert selló la carta, para que se abriera ante el Consejo después de su muerte. Ser Barristan, si sois tan amable...

El Lord Comandante de la Guardia Real examinó el documento.

—Es el sello del rey Robert, y está intacto. —Abrió la carta y la leyó—. Aquí dice que se nombra a lord Eddard Stark Protector del Reino, y que actuará como regente hasta que el heredero alcance la mayoría de edad.

«Lo que pasa es que ya es mayor de edad», reflexionó Ned para sus adentros. Pero no dijo nada en voz alta. No confiaba en Pycelle ni en Varys, y el honor de ser Barristan lo obligaba a proteger y defender al muchacho al que consideraba su nuevo rey. El anciano caballero no abandonaría fácilmente a Joffrey. El sabor del engaño le dejaba un regusto amargo en la boca, pero Ned sabía que debía proceder con suma cautela, mantener unido el Consejo y seguir el juego hasta que estuviera firmemente establecido como regente. Ya habría tiempo de sobra para enfrentarse al tema de la sucesión cuando Arya y Sansa estuvieran a salvo en Invernalia, y lord Stannis llegara a Desembarco del Rey con todos sus hombres.

—Quiero pedirle a este Consejo que me confirme como Lord Protector, cumpliendo los deseos de Robert —dijo Ned. Observó sus rostros, sin dejar de preguntarse qué pensamientos ocultaban los ojos entrecerrados de Pycelle, la sonrisita perezosa de Meñique y el nervioso aleteo de los dedos de Varys.

La puerta se abrió de repente. Tom el Gordo entró en la estancia.

—Perdonad, mis señores, el mayordomo del rey insiste en...

El mayordomo real entró e hizo una reverencia.

—Señores, el rey exige que su Consejo Privado se presente de inmediato en el salón del trono.

—El rey ha muerto —dijo Ned. Había dado por supuesto que Cersei actuaría con rapidez. La llamada no lo sorprendió—, pero iremos con vos, de todos modos. Tom, prepara una escolta, por favor.

Meñique le ofreció el brazo a Ned para ayudarlo a bajar por las escaleras. Varys, Pycelle y ser Barristan los siguieron de cerca. A la entrada de la torre los esperaba una doble columna de soldados, ocho en total, con cotas de malla y yelmos de acero. El viento agitó las capas grises de los guardias cuando cruzaron el patio. Por ningún lado se divisaba el escarlata de los Lannister, pero Ned se tranquilizó al ver el gran número de capas doradas que había junto a las murallas y en las puertas.

Janos Slynt los recibió en la puerta del salón del trono, con armadura ornamentada en oro y negro, y el yelmo con cresta bajo un brazo. El comandante hizo una reverencia rígida. Sus hombres abrieron las grandes puertas de roble, de diez varas de altura y con refuerzos de bronce.

El mayordomo real los precedió hacia el interior.

—Salve, vuestra alteza —entonó—, Joffrey de las casas Baratheon y Lannister, el primero de su nombre, rey de los ándalos y los rhoynar y los primeros hombres, señor de los Siete Reinos y Protector del Reino.

Había un largo tramo hasta el otro extremo del salón, donde Joffrey aguardaba sentado en el Trono de Hierro. Ned, apoyado en Meñique, cojeó hacia el muchacho que decía ser el rey. Los demás lo siguieron. Había recorrido aquel trayecto por primera vez a caballo, con la espada en la mano, y los dragones de los Targaryen vieron desde las paredes cómo obligaba a Jaime Lannister a bajarse del trono. Se preguntó si le costaría igual de poco hacer descender a Joffrey.

Cinco caballeros de la Guardia Real, todos excepto ser Jaime y ser Barristan, se encontraban al pie del trono, dispuestos en forma de media luna. Llevaban la armadura completa, acero esmaltado del yelmo a los escarpes, largas capas blancas sobre los hombros y escudos blancos brillantes en los brazos izquierdos. Cersei Lannister y sus dos hijos pequeños estaban de pie entre ser Boros y ser Meryn. La reina llevaba una túnica de seda verde mar, con un ribete de encaje de Myr, tenue como la espuma. Llevaba en el dedo un anillo de oro con una esmeralda del tamaño de un huevo de paloma, a juego con la diadema que lucía en la cabeza.

Por encima de ellos estaba el príncipe Joffrey, sentado entre las púas y salientes, con un jubón de hilo de oro y una capa de satén rojo. Sandor Clegane se encontraba al pie de los estrechos peldaños que llevaban al trono. Llevaba cota de malla, coraza color gris ceniza y su yelmo en forma de cabeza de perro.

Detrás del trono se encontraban veinte guardias Lannister, cada uno con una espada colgada del cinturón. Llevaban capas color carmesí, y leones de acero en los yelmos. Pero Meñique había cumplido su promesa: a lo largo de las paredes, junto a los tapices de Robert con sus escenas de caza y batalla, los capas doradas de la Guardia de la Ciudad estaban firmes, cada uno con una lanza de tres varas de longitud en la mano, todas con punta de hierro negro. Superaban a los Lannister en proporción de cinco a uno.

Cuando llegó al final, la pierna de Ned era una llamarada de dolor. Mantuvo una mano sobre el hombro de Meñique para ayudarse a soportar su peso.

Joffrey se levantó. La capa de satén rojo tenía un bordado en hilo de oro: cincuenta leones rugientes a un lado, cincuenta venados corveteando al otro.

—Ordeno al Consejo que haga todos los preparativos para mi coronación —proclamó el niño—. Deseo ser coronado antes de quince días. Hoy aceptaré los juramentos y la lealtad de mis fieles consejeros.

—Lord Varys, tened la bondad de mostrarle esto a mi señora de Lannister —dijo Ned sacando la carta de Robert.

El eunuco le llevó la carta a Cersei. La reina le echó un vistazo.

—Protector del Reino —leyó—. ¿Y esto es vuestro escudo, mi señor? ¿Un trozo de papel? —Rompió la carta en dos, luego en cuatro, y dejó caer los pedazos al suelo.

—Eran las palabras del rey —dijo ser Barristan, conmocionado.

—Ahora tenemos un nuevo rey —replicó Cersei Lannister—. Lord Eddard, la última vez que hablamos me disteis un consejo. Quiero devolveros el favor. Doblad la rodilla, mi señor. Doblad la rodilla y jurad lealtad a mi hijo, y permitiremos que abandonéis el cargo de mano y viváis el resto de vuestros días en ese páramo gris que consideráis vuestro hogar.

—Ojalá pudiera —replicó Ned, sombrío. Si Cersei estaba decidida a forzar la situación en aquel mismo momento, a él no le quedaba elección—. Vuestro hijo no tiene derecho al trono que ocupa. Lord Stannis es el auténtico heredero de Robert.

—¡Mientes! —gritó Joffrey, con el rostro congestionado.

—Madre, ¿qué quiere decir? —le preguntó la princesa Myrcella a la reina—. ¿Joff no es el rey ahora?

—Vuestras palabras os condenan, lord Stark —dijo Cersei Lannister—. Ser Barristan, apresad a ese traidor.

El lord comandante de la Guardia Real titubeó. En un abrir y cerrar de ojos se vio rodeado por guardias Stark, todos con el acero desnudo en sus puños enguantados.

—Y ahora, la traición pasa de las palabras a los hechos —siguió Cersei—. ¿Acaso pensáis que ser Barristan está solo, mi señor?

Con un ominoso sonido de metal contra metal, el Perro desenvainó su espada. Los caballeros de la Guardia Real y veinte guardias Lannister con capas carmesí se pusieron a su lado.

—¡Matadlo! —ordenó el niño rey desde el Trono de Hierro—. ¡Matadlos a todos, os lo ordeno!

—No me dejáis elección —le dijo Ned a Cersei Lannister. Se volvió hacia ser Janos Slynt—. Comandante, poned bajo custodia a la reina y a sus hijos. No les causéis el menor daño, pero escoltadlos a las habitaciones reales y mantenedlos allí, vigilados.

—¡Hombres de la Guardia! —gritó Janos Slynt al tiempo que se ponía el yelmo. Cien capas doradas esgrimieron las lanzas y se acercaron.

—No quiero que haya derramamiento de sangre —le dijo Ned a la reina—. Ordenadles a vuestros hombres que depongan las espadas, y no hará falta...

Con un movimiento rápido, brusco, el capa dorada más cercano le clavó la lanza a Tomard por la espalda. El acero de Tom el Gordo cayó de entre los dedos inertes, al tiempo que una punta roja y húmeda le afloraba entre las costillas y le perforaba la cota de malla. Estaba muerto antes de que su espada llegara al suelo.

El grito de Ned llegó demasiado tarde. El propio Janos Slynt le cortó la garganta a Varly. Cayn giró con el acero en la mano, hizo retroceder al guardia más cercano con una serie de estocadas y, durante un instante, pareció que lograría abrirse camino. En aquel momento, el Perro cayó sobre él. El primer golpe de Sandor Clegane le cortó la mano de la espada por la muñeca. El segundo lo hizo caer de rodillas y lo abrió del hombro al esternón.

Mientras sus hombres morían en torno a él, Meñique sacó el puñal de Ned de la funda y se lo puso bajo la barbilla. Esbozó una sonrisa de disculpa.

—Os lo advertí. Os advertí que no confiarais en mí.

ARYA

—Arriba —ordenó Syrio Forel, con un golpe de tajo a la cabeza. Las espadas de madera chocaron con fuerza cuando Arya lo paró—. Izquierda —gritó el hombre, y su arma silbó. La de la niña se movió como un dardo para detenerla, y el golpe hizo que al hombre le chocaran los dientes—. Derecha —siguió.

Y luego «abajo», «izquierda», «izquierda» otra vez, cada vez más deprisa, avanzando. Arya se retiraba, parando todos los golpes.

—Estocada —avisó Syrio, y cuando atacó, Arya se apartó a un lado, desvió el arma y le lanzó un tajo al hombro.

Casi lo tocó, casi; estuvo tan cerca que esbozó una sonrisa. Un mechón de pelo empapado de sudor le cayó sobre los ojos. Se lo apartó a un lado con el dorso de la mano.

—Izquierda —entonó Syrio—. Abajo. —Su espada era un borrón, y la sala resonaba con el sonido de las maderas al chocar—. Izquierda. Izquierda. Arriba. Izquierda. Derecha. Izquierda. Abajo. ¡Izquierda!

La hoja de madera la alcanzó por encima del pecho derecho con un golpe repentino que resultó aún más doloroso porque le llegó del lado inesperado.

—¡Ay! —gritó. Tendría un moretón nuevo antes de acostarse aquella noche, en algún punto en medio del mar. «Un moretón es una lección —se dijo—, y cada lección nos hace mejores.»

—Estás muerta —dijo Syrio dando un paso atrás.

—Has hecho trampa —dijo Arya, furiosa, con una mueca—. Has dicho «izquierda» y has atacado por la derecha.

—Exacto. Y estás muerta, chica.

—¡Pero has mentido!

—Mis palabras mentían. Mis ojos y mi brazo decían la verdad a gritos, pero no la has visto.

—¡Sí que estaba mirando! —protestó Arya—. ¡No he dejado de mirar ni un instante!

—Mirar y ver no son misma cosa, chica muerta. El danzarín del agua ve. Ven aquí, deja la espada, es momento de escuchar. —Arya lo siguió hasta la pared, y el hombre se sentó en un banco—. Syrio Forel fue primera espada del Señor del Mar de Braavos, ¿y sabes cómo llegó a serlo?

—Porque eras la mejor espada de la ciudad.

—Sí, cierto, pero ¿por qué? Otros hombres eran más fuertes, más rápidos, más jóvenes... ¿Por qué Syrio Forel era el mejor? Te lo diré. —Se rozó un párpado con la yema del dedo meñique—. La visión, la verdadera visión, eso es el corazón de todo.

»Atiende. Las naves de Braavos navegan tan lejos como sopla el viento, a tierras extrañas y maravillosas, y cuando regresan, sus capitanes llevan animales extraños para el zoológico del Señor del Mar. Son animales como jamás has visto, caballos con rayas, animales grandes de piel manchada y cuellos largos como zancos, cerdos ratón peludos grandes como vacas, manticoras con aguijones, tigres que llevan a sus cachorros en una bolsa, lagartos espantosos con garras como guadañas. Syrio Forel ha visto esas cosas.

»En el día del que te hablo, la primera espada acababa de morir, y el Señor del Mar me hizo llamar. Muchos jaques habían acudido a él; a todos los rechazó, y no sabían por qué. Cuando llegué a su presencia, estaba sentado y tenía en el regazo un gato gordo y amarillo. Me dijo que uno de sus capitanes se lo había traído de una isla de más allá del amanecer. "¿Has visto jamás un animal tan hermoso como esta hembra?", me preguntó.

»Y yo a él le dije: "Todas las noches, en los callejones de Braavos, los veo iguales, a cientos", y el Señor del Mar se rio, y ese día me nombró primera espada.

—No lo entiendo —dijo Arya haciendo una mueca.

Syrio entrechocó los dientes.

—El gato era un gato común, sin más. Los demás esperaban ver una bestia fabulosa, y eso fue lo que vieron. «Es una hembra muy grande», decían, pero no era más grande que cualquier gato; solo estaba gordo por la inactividad y porque el Señor del Mar lo alimentaba de su mesa. «Qué orejas tan extrañas, qué pequeñas», decían. Otros gatos le habían mordido las orejas en peleas entre cachorros. Y era un macho, evidentemente, pero el Señor del Mar decía que era una hembra, y eso vieron los demás. ¿Me escuchas?

—Tú viste lo que había allí —contestó Arya tras meditar un instante.

—Exacto. Abrir los ojos es lo único necesario. El corazón miente y la mente engaña, pero los ojos ven. Mira con los ojos. Escucha con los oídos. Saborea con la boca. Huele con la nariz. Siente con la piel. Y no pienses hasta después, y así sabrás la verdad.

—Bien —sonrió Arya.

Syrio Forel también se permitió sonreír.

—Estoy pensando que cuando lleguemos a tu Invernalia será hora de que cojas a *Aguja*...

—¡Sí! —exclamó Arya, ansiosa—. Cuando me vea Jon...

Tras ellos, las grandes puertas de madera de la estancia se abrieron con estrépito. Arya se giró.

En la entrada había un caballero de la Guardia Real, y tras él, cinco guardias Lannister. El caballero vestía armadura completa, pero llevaba levantado el visor. Arya conocía aquellos ojos caídos y aquellos bigotes de color óxido, porque había viajado desde Invernalia con el rey: era ser Meryn Trant. Los capas rojas llevaban cotas de malla sobre cuero endurecido, y cascos de acero con crestas en forma de león.

—Arya Stark —llamó el caballero—. Ven con nosotros, niña.

—¿Qué queréis? —Arya se mordisqueó el labio, insegura.

—Tu padre te manda llamar.

Arya dio un paso adelante, pero Syrio Forel la sujetó por el brazo.

—¿Y cómo es que lord Eddard envía hombres de los Lannister, y no a los suyos? Me intriga.

—No te entrometas, maestro de danza —replicó Meryn—. Esto no es asunto tuyo.

—Mi padre no os enviaría a vosotros —dijo Arya. Esgrimió su espada de madera. Los Lannister se echaron a reír.

—Suelta ese palo, niña —le dijo ser Meryn—. Soy un hermano juramentado de la Guardia Real, las Espadas Blancas.

—También lo era el Matarreyes cuando asesinó al viejo rey —dijo Arya—. No tengo por qué ir con vosotros si no quiero.

—Cogedla —les ordenó ser Meryn Trant a sus hombres; se le había agotado la paciencia. Se bajó el visor del yelmo.

Tres de los guardias avanzaron; las cotas de malla tintineaban con cada paso. De repente, Arya sintió un gran temor. «El miedo hiere más que las espadas», se dijo para controlar el ritmo frenético de su corazón.

Syrio Forel se interpuso entre ellos y se dio unos golpecitos en la bota con la espada de madera.

—Deteneos ahora mismo. ¿Qué sois? ¿Hombres o perros? Solo un perro amenazaría a una niña.

—Aparta, viejo —ordenó uno de los capas rojas.

La espada de Syrio silbó y fue a chocar contra su casco.

—Soy Syrio Forel, y a partir de ahora me hablarás con más respeto.

—Calvo de mierda... —El hombre desenvainó la espada larga. El palo hendió el aire de nuevo a una velocidad cegadora. Arya oyó un fuerte crujido, y la espada cayó tintineando contra el suelo de piedra.

—¡Mi mano! —gimió el guardia, sujetándose los dedos rotos.

—Para ser un maestro de danza te mueves deprisa —dijo ser Meryn.

—Tú eres lento para ser un caballero —replicó Syrio.

—Matad al braavosi y traedme a la niña —ordenó el caballero de la armadura blanca.

Los cuatro guardias Lannister desenvainaron las espadas. El quinto, el de los dedos rotos, escupió y sacó un puñal con la mano izquierda.

Syrio Forel entrechocó los dientes y asumió la postura de danzarín del agua, con la que solo presentaba al enemigo un costado.

—Arya, chica —dijo sin mirarla, sin apartar los ojos de los Lannister—, hoy ya no danzaremos más. Vete ya. Corre con tu padre.

—«Veloz como un ciervo» —susurró Arya; no quería dejarlo solo, pero Syrio le había enseñado a obedecer sus órdenes.

—Eso es —dijo Syrio Forel mientras los Lannister se acercaban.

Arya dio un paso atrás con la espada de madera bien apretada en la mano. Al observar a Syrio, comprendió que cuando se batía con ella no hacía más que jugar. Los capas rojas se acercaron a él desde tres lados, todos con acero en las manos. Tenían el pecho y los brazos defendidos con cotas de malla, y defensas de acero en las ingles, pero las piernas solo las protegían con cuero. Llevaban las manos desnudas y, aunque el yelmo les cubría la nariz, no tenían visores para los ojos.

Syrio no espero a que llegaran hasta él, sino que giró a su izquierda. Arya no había visto jamás a nadie que se moviera tan deprisa. Detuvo una espada con la suya de madera y esquivó la segunda. El segundo guardia perdió el equilibrio y cayó contra el primero. Syrio le puso una bota en la espalda y los dos capas rojas cayeron juntos. El tercer guardia saltó sobre ellos y lanzó un tajo contra la cabeza del danzarín del agua. Syrio se agachó para esquivar la hoja y lanzó una estocada hacia arriba. El guardia cayó entre gritos, mientras la sangre manaba como un surtidor del agujero rojo donde había estado su ojo izquierdo.

Los hombres caídos empezaban a levantarse. Syrio le dio una patada a uno en la cara y le quitó el casco de acero al otro. El hombre del puñal le lanzó una cuchillada. Syrio detuvo el ataque con el casco y le destrozó la rótula con la espada de madera. El último capa roja gritó una maldición y se lanzó a la carga, sujetando la espada con las dos manos. Syrio se movió, y el acero fue a clavarse en el hombre sin casco que intentaba levantarse, justo entre el cuello y el hombro. La espada perforó la cota de malla, el cuero y la carne. El hombre que se iba a levantar lanzó un aullido. Antes de que su asesino pudiera recuperar la espada, le lanzó una estocada contra la nuez. El guardia dejó escapar un grito ahogado y se tambaleó hacia atrás, con las manos en el cuello, mientras el rostro se le ponía negro.

Cuando Arya llegó a la puerta trasera, la que daba a la cocina, ya había cinco hombres en el suelo, muertos o moribundos. Oyó la maldición entre dientes de ser Meryn Trant.

—Malditos inútiles... —dijo mientras desenvainaba.

—Chica Arya —exclamó sin mirarla—, fuera ya. —Syrio Forel volvió a asumir la posición, y entrechocó los dientes.

«Mira con los ojos», le había dicho. Ella miró: el caballero llevaba armadura blanca, de los pies a la cabeza: en las piernas, en el cuello, las manos enfundadas en metal, los ojos ocultos tras el alto yelmo blanco, y acero cruel en las manos. Contra aquello, Syrio, con su chaleco de cuero y una espada de madera en las manos.

—¡Huye, Syrio! —gritó.

—La primera espada de Braavos no huye —canturreó él mientras ser Meryn le lanzaba un ataque.

Syrio danzó para esquivar; la espada de madera era un borrón en el aire. En un instante lanzó golpes contra la sien, contra el codo, contra la garganta del caballero; la madera resonó contra el yelmo, contra el guantelete, contra el gorjal. Arya estaba paralizada. Ser Meryn avanzó. Syrio retrocedió. Paró el primer golpe, esquivó el segundo, desvió el tercero.

El cuarto cortó en dos el palo, destrozó la madera y el alma de plomo.

Arya, entre sollozos, dio media vuelta y huyó.

Atravesó corriendo las cocinas y las despensas, ciega de pánico, empujó a los cocineros y a los pinches, y derribó a una ayudante de panadería que portaba una bandeja de madera. Las aromáticas hogazas de pan recién hecho volaron por los aires. Oyó gritos a su espalda, y estuvo a punto de tropezar con un carnicero que se interpuso en su camino. El hombre tenía un cuchillo en las manos, y los brazos rojos hasta el codo.

Todo lo que Syrio Forel le había enseñado le pasó por la cabeza como un torbellino. «Veloz como un ciervo. Silenciosa como una sombra. El miedo hiere más que las espadas. Rápida como una serpiente. Tranquila como las aguas en calma. Fuerte como un oso. Fiera como un carcayú. El miedo hiere más que las espadas. El hombre que teme la derrota ya ha sido derrotado. El miedo hiere más que las espadas. El miedo hiere más que las espadas. El miedo hiere más que las espadas.» La empuñadura de su espada de madera estaba resbaladiza por el sudor, y Arya jadeaba al llegar a las escaleras de la torrecilla. Se quedó paralizada un instante. ¿Arriba o abajo? Si subía llegaría al puente cubierto que unía el patio con la Torre de la Mano, pero aquello era lo que ellos pensarían que iba a hacer. «No hagas nunca lo que esperan», le había dicho Syrio en cierta ocasión. Arya empezó a bajar por la escalera de caracol; saltaba los estrechos peldaños de dos en dos, de tres en tres. Llegó a una bodega enorme como una cueva, llena de barriles de cerveza apilados hasta casi diez varas de altura. La única luz de aquel lugar entraba por un ventanuco estrecho, que estaba a mucha altura.

La bodega era un callejón sin salida. No había otra vía de escape que el lugar por el que había entrado. No se atrevía a regresar por las escaleras, pero tampoco podía quedarse allí. Tenía que encontrar a su padre, y decirle qué había pasado. Su padre la protegería.

Arya se colgó la espada de madera del cinturón y empezó a trepar por los barriles, saltando de uno a otro, hasta llegar a la ventana. Se agarró a la piedra con ambas manos y se impulsó. El muro tenía tres codos de ancho; el ventanuco era como un túnel en pendiente hacia arriba. Arya avanzó serpenteando hasta salir a la luz del día. Cuando tuvo la cabeza al nivel del suelo, echó un vistazo al otro lado del patio, a la Torre de la Mano.

La recia puerta de madera estaba rota, hecha astillas, como si la hubieran derribado a hachazos. Sobre los peldaños había un hombre caído de bruces, muerto, con la capa arrugada bajo el cuerpo y la espalda de la cota de malla empapada de rojo. Horrorizada, vio que la capa del cadáver era de lana gris ribeteada con seda blanca. No sabía quién era.

—No —susurró. ¿Qué sucedía? ¿Dónde estaba su padre? ¿Por qué habían ido a buscarla los capas rojas? Recordó lo que había dicho el hombre de la barba amarilla, el día que vio a los monstruos: «Si una mano puede morir, ¿por qué no otra?». Se le llenaron los ojos de lágrimas. Contuvo el aliento para escuchar. Oyó los sonidos de la lucha, gritos, alaridos y el clamor del acero contra el acero, que salía por las ventanas de la Torre de la Mano.

No podía entrar allí. Su padre...

Arya cerró los ojos. Durante un momento, el miedo la paralizó. Habían matado a Jory, a Wyl, a Heward y al guardia de las escaleras, fuera quien fuera. Quizá hubieran matado también a su padre, y la habrían matado a ella si hubieran llegado a cogerla.

—«El miedo hiere más que las espadas» —dijo en voz alta. Pero no le serviría de nada fingir que era una danzarina del agua. Syrio sí lo era, y seguramente el caballero blanco lo había matado, y ella no era más que una niña pequeña con una espada de madera, sola y asustada.

Se retorció para salir al patio y miró a su alrededor con cautela mientras se ponía en pie. El castillo parecía desierto. Y la Fortaleza Roja nunca estaba desierta. Todo el mundo debía de estar escondido dentro y con las puertas atrancadas. Arya alzó la vista hacia sus habitaciones, con gesto desesperado, y enseguida se alejó de la Torre de la Mano. Avanzaba muy pegada a la pared, moviéndose de sombra en sombra, como cuando cazaba gatos... aunque allí el gato era ella, y si la atrapaban, la matarían.

Se movió entre los edificios y sobre los muros, siempre con la espalda contra las piedras, para que nadie la sorprendiera. Así llegó hasta los establos sin apenas incidentes. Una docena de capas doradas con cotas de malla y corazas pasaron corriendo junto a ella cuando estaba en el patio de armas; pero, como no sabía de qué lado estaban, se acurrucó en las sombras para que no la vieran.

Hullen, que había sido caballerizo en Invernalia desde que Arya tenía uso de razón, estaba caído en el suelo, junto a la entrada de los establos. Lo habían apuñalado tantas veces que su túnica parecía lucir un dibujo de flores rojas. Arya estaba segura de que había muerto, pero cuando se le acercó, él abrió los ojos.

—Arya... —susurró—. Debes... avisar... a tu señor padre... —Le salió de la boca una espuma sanguinolenta. El caballerizo mayor cerró los ojos y no volvió a hablar.

En el interior había más cadáveres: un mozo de cuadras con el que había jugado a menudo y tres de los guardias de su padre. Cerca de la puerta había un carromato abandonado, cargado de cajones y baúles. Los hombres muertos debían de estar cargándolo para ir a los muelles cuando los atacaron. Arya se acercó más. Uno de los cadáveres era el de Desmond, que le había enseñado su espada y le había prometido que protegería a su padre. Yacía de espaldas, con los ojos abiertos llenos de moscas, mirando sin ver en dirección al techo. Junto a él había otro cadáver con la capa roja y el yelmo con cresta de león de los Lannister. Pero solo uno. «Cada norteño vale por diez espadas sureñas», le había dicho Desmond.

—¡Mentiroso! —gritó, al tiempo que le asestaba una patada en un ataque de ira.

Los animales estaban inquietos en los establos; resoplaban y piafaban ante el olor de la sangre. Arya solo tenía un plan: ensillar un caballo y huir, alejarse del castillo y de la ciudad. Solo tenía que seguir el camino Real, que más tarde o más temprano la llevaría de vuelta a Invernalia. Cogió bridas y arneses de un gancho de la pared.

Al pasar por detrás del carromato, un baúl tirado en el suelo le llamó la atención. Se debía de haber caído durante la pelea, o quizá lo habían soltado cuando lo estaban cargando al ver que los atacaban. La madera se había roto; la tapa estaba abierta, y su contenido, desparramado por el suelo. Arya reconoció prendas de seda, satén y terciopelo que jamás había llegado a ponerse. Pero quizá en el camino Real necesitaría ropas más abrigadas. Y además...

Se arrodilló en el suelo, entre las ropas dispersas. Encontró una gruesa capa de lana, una falda de terciopelo y una túnica de seda, algo de ropa interior, un vestido que le había bordado su madre, una pulsera de plata que podría vender... Apartó la tapa rota a un lado y buscó a *Aguja* entre el contenido. Ella la había escondido al fondo, debajo de todo lo demás, pero al caerse el baúl, todo había quedado revuelto. Durante un momento temió que alguien la hubiera encontrado y la hubiera robado. Entonces sintió la dureza del metal bajo una camisa de satén.

—¡Ahí está! —siseó una voz detrás de ella, muy cerca.

Arya, sobresaltada, dio media vuelta y vio a un mozo de cuadras con una sonrisa burlona en los labios. La camiseta blanca sucia le salía por debajo del jubón mugriento. Tenía las botas cubiertas de estiércol y una horca en la mano.

—¿Quién eres tú? —inquirió Arya.

—La chica no me conoce —dijo él—. Pero yo la conozco a ella, sí, claro. La chica loba.

—Ayúdame a ensillar un caballo —le suplicó Arya al tiempo que metía la mano en el baúl para coger a *Aguja*—. Mi padre es la mano del rey; él te recompensará.

—Tu padre está muerto —replicó el muchacho. Se acercó a ella—. Pero la reina me recompensará. Ven aquí, chica.

—¡No te acerques! —Cerró los dedos en torno a la empuñadura de *Aguja.*

—He dicho que vengas. —La agarró por un brazo con brusquedad.

Todo lo que Syrio Forel le había enseñado se le desvaneció de la mente en un instante. En aquel momento de terror repentino, la única lección que Arya pudo recordar fue la primera de todas, la que le había enseñado Jon Nieve.

Le lanzó una estocada hacia arriba con el extremo puntiagudo, llevada por una fuerza salvaje, histérica.

Aguja atravesó el jubón de cuero y la carne blanca del vientre, y salió por la espalda, entre los omoplatos. El muchacho soltó la horca y dejó escapar un ruido suave, a medio camino entre un jadeo y un suspiro.

—Dioses —gimió mientras su camiseta se teñía de rojo—. Sácame eso.

Cuando Arya retiró la espada, murió.

Los caballos no paraban de relinchar. Arya se quedó mirando el cadáver, aterrada ante la proximidad de la muerte. El chico había vomitado sangre al caer, y más sangre le brotaba de la herida del vientre y formaba un charco bajo el cuerpo. Se había cortado las palmas de las manos al agarrar la hoja. Ella retrocedió, muy despacio, con *Aguja* en la mano. Tenía que marcharse de allí, tenía que huir, muy lejos, a algún lugar donde estuviera a salvo de los ojos acusadores del mozo de cuadras.

Cogió de nuevo las bridas y los arneses, y corrió hacia su yegua, pero cuando se disponía a ensillarla cayó en la cuenta, espantada, de que las puertas del castillo estarían sin duda cerradas. También habría guardias en las poternas. Pero quizá no la reconocieran; quizá, si pensaban que era un chico, la dejarían... No, seguramente les habían ordenado que no dejaran salir a nadie, lo conocieran o no.

Pero había otra manera de salir del castillo...

La silla se le resbaló de las manos, cayó al suelo de golpe y levantó una nube de polvo. ¿Podría encontrar de nuevo la habitación de los monstruos? No estaba segura, pero sabía que debía intentarlo.

Encontró las ropas que había recogido, se puso la capa y ocultó a *Aguja* entre sus pliegues. Con el resto hizo un hato, se lo colocó bajo el brazo y se deslizó hacia la puerta trasera del establo. La abrió y miró al exterior con ansiedad. Le llegó el sonido lejano de las espadas y el alarido de un hombre que gritaba de dolor al otro lado del patio. Tenía que bajar por la escalera de caracol, y pasar por la cocina pequeña y la pocilga; así había llegado la vez anterior, cuando perseguía al enorme gato negro... solo que para eso tendría que pasar justo por delante de los barracones de los capas doradas. No podía seguir aquella ruta. Intentó pensar en otro camino. Si cruzaba por el otro lado del castillo, podría bajar a hurtadillas junto al muro que daba al río, y atravesar el pequeño bosque de dioses... pero entonces tendría que cruzar el patio, a la vista de los guardias que patrullaban sobre la muralla.

Nunca había visto tantos hombres en las murallas. Casi todos eran capas doradas, armados con lanzas. Algunos la conocían de vista. ¿Qué harían si la veían cruzar el patio corriendo? Desde tan arriba, la verían muy pequeña; ¿sabrían quién era? ¿Les importaría?

Tenía que marcharse de allí, inmediatamente. Pero estaba tan asustada que no conseguía moverse.

«Tranquila como las aguas en calma», le susurró una vocecita al oído. Arya se sobresaltó tanto que casi dejó caer el hato. Se volvió, nerviosa, pero en el establo solo estaban ella, los caballos y los cadáveres.

«Silenciosa como una sombra», oyó. ¿Era su voz, o tal vez la de Syrio? No habría sabido decirlo, pero aquello calmó su miedo en cierto modo.

Salió sigilosamente del establo.

Aquello era lo más aterrador que había hecho jamás. Deseaba correr, esconderse, pero se obligó a caminar con calma por el patio, un paso tras otro, como si dispusiera de todo el tiempo del mundo y no tuviera motivos para temer a nadie. Casi le parecía sentir los ojos de los guardias clavados en ella como bichos que le atravesaran la ropa. En ningún momento alzó la vista. Si descubría que la observaban de verdad, perdería todo el valor, estaba segura; soltaría el hato de ropa y echaría a correr sollozando como una niña, y entonces la apresarían. Mantuvo la vista clavada en el suelo. Cuando llegó a la sombra del septo real, al otro lado del patio, estaba empapada de sudor, pero nadie había dado la voz de alarma.

El septo estaba abierto y vacío. Dentro ardían cien velas votivas, en aromático silencio. Arya se dijo que los dioses no echarían en falta un par de ellas. Se las metió en las mangas y salió por una ventana trasera. Le resultó fácil volver al callejón en el que había arrinconado al gato de una oreja, pero después se extravió. Entró y salió por ventanas; saltó muros; caminó a ciegas por bodegas oscuras, silenciosa como una sombra. En una ocasión oyó llorar a una mujer. Tardó más de una hora en encontrar el ventanuco estrecho que daba a la mazmorra donde aguardaban los monstruos.

Metió por él el hato de ropas y retrocedió para encender una vela. Aquello fue arriesgado. El fuego que recordaba se había reducido a brasas, y cuando estaba soplando sobre las ascuas oyó voces que se acercaban. Rodeó la llamita con la mano para protegerla, y se coló por la ventana justo cuando alguien entraba por la puerta. No llegó a ver quién era.

En aquella ocasión, los monstruos no le dieron miedo. Casi parecían viejos amigos. Arya sostuvo la vela por encima de la cabeza. A cada paso que daba, las sombras se agitaban en las paredes como si se volvieran para mirarla.

—Dragones —susurró. Sacó a *Aguja* de entre los pliegues de la capa. La esbelta hoja parecía muy pequeña, y los dragones, muy grandes, pero Arya se sintió mejor con el acero en la mano.

El largo salón sin ventanas que había al otro lado de la puerta era tan oscuro como lo recordaba. Sostuvo a *Aguja* en la mano izquierda, la mano con la que empuñaba la espada, y la vela, en la derecha. La cera caliente le corría por los nudillos. La entrada del pozo estaba a la izquierda, así que Arya fue hacia la derecha. Una parte de ella quería correr, pero le daba miedo que se apagara la llamita. Oyó débilmente los chillidos de algunas ratas y divisó el brillo de un par de ojillos brillantes, pero los roedores no le daban miedo. En cambio, otras cosas sí. Era tan fácil esconderse allí, como ella había hecho cuando vio al mago y al hombre de la barba bifurcada... Casi podía ver al mozo de cuadras de pie contra la pared, con las manos engarfiadas y la sangre goteando de los tajos profundos en las palmas, donde se había cortado con *Aguja.* Quizá la estuviera esperando, para agarrarla cuando pasara. Vería la luz desde lejos. Tal vez sería mejor apagar la vela...

«El miedo hiere más que las espadas», le susurró la voz tranquila en su interior. De pronto, Arya recordó las criptas de Invernalia. Resultaban mil veces más aterradoras que aquel lugar. La primera vez que las vio era una niña pequeña. Su hermano Robb los llevó abajo a ella, a Sansa y a Bran, que aún era un bebé, no mayor de lo que era Rickon en aquel momento. Solo llevaban una vela para todos, y Bran abrió los ojos como platos al ver los rostros pétreos de los Reyes del Invierno, con los lobos a sus pies y las espadas de hierro cruzadas sobre el regazo.

Robb los guio hasta el final, más allá del abuelo, de Brandon y de Lyanna, para enseñarles las que serían sus tumbas. Sansa no dejaba de mirar la velita, temerosa de que se apagara. La Vieja Tata le había dicho que allí abajo había arañas, y también ratas grandes como perros. Cuando se lo dijo a Robb, el muchacho sonrió.

—Hay cosas peores que las ratas y las arañas —les había susurrado—. Aquí es donde los muertos caminan. —Y entonces fue cuando oyeron el sonido, grave, escalofriante. El pequeño Bran se había aferrado a la mano de Arya con todas sus fuerzas.

El espectro salió de la tumba abierta, muy blanco, pidiendo sangre a gritos. Sansa lanzó un chillido y huyó escaleras arriba, y Bran se abrazó a la pierna de Robb entre sollozos. Arya no se movió, sino que le asestó un buen puñetazo al espectro. No era más que Jon, cubierto de harina.

—Idiota —le dijo—, has asustado al pequeño.

Pero Jon y Robb no hacían más que reír a carcajadas, y al final, Bran y Arya se rieron también.

El recuerdo la hizo sonreír, y después, la oscuridad no volvió a asustarla. El mozo de cuadras estaba muerto; ella misma lo había matado, y si intentaba algo, volvería a matarlo. Se iba a ir a casa. Todo se arreglaría cuando estuviera en casa, a salvo tras los muros de granito gris de Invernalia.

Las pisadas de Arya despertaban ecos suaves, a medida que se adentraba más y más en la oscuridad.

SANSA

Al tercer día, fueron a buscar a Sansa.

Ella eligió un simple vestido de lana color gris oscuro, de corte sencillo, pero con magníficos recamados en el cuello y en las mangas. Se sintió muy torpe al abrocharse los cierres de plata sin la ayuda de sirvientas. Jeyne Poole estaba confinada con ella, pero no le servía de nada. Tenía el rostro hinchado de tanto llorar y no paraba de sollozar tonterías sobre su padre.

—Estoy segura de que tu padre se encuentra bien —le dijo Sansa cuando consiguió por fin abotonarse—. Le pediré a la reina que te permita verlo. —Pensaba que aquel detalle atento le levantaría la moral, pero Jeyne se limitó a mirarla con aquellos ojos enrojecidos y congestionados, y sollozó con más fuerza todavía. Era una cría.

Sansa también había llorado el primer día. Pese a los recios muros del Torreón de Maegor, con la puerta cerrada y atrancada, cualquiera se habría aterrado cuando empezó la matanza. Ella había crecido en medio del ruido del acero contra el acero en el patio, y apenas había habido un día en su vida en que no viera espadas, pero saber que la pelea era real hacía que todo resultara muy diferente. Lo oía como no lo había oído nunca antes, y había otros sonidos, gritos de dolor, maldiciones airadas, súplicas y gemidos de los heridos y los moribundos. En las canciones, los caballeros nunca gritaban, nunca suplicaban piedad.

Así que lloró, imploró a través de la puerta que le dijeran qué sucedía. Llamó a su padre, a la septa Mordane, al rey, a su príncipe azul. Si los hombres que vigilaban la puerta oyeron sus súplicas, no lo demostraron. La puerta solo se abrió una vez, a última hora de aquella noche, para que empujaran al interior a una Jeyne Poole magullada y temblorosa.

—¡Están matándolos a todos! —le había chillado la hija del mayordomo. Y siguió hablando, incapaz de callar. Le contó que el Perro había derribado su puerta con un martillo de guerra, que había cadáveres en las escaleras de la Torre de la Mano, que los peldaños estaban resbaladizos de sangre. Sansa se secó las lágrimas para tratar de calmar a su amiga. Acabaron durmiendo en la misma cama, abrazadas como hermanas.

El segundo día fue aún peor. La habitación en la que habían confinado a Sansa estaba en la torre más alta del Torreón de Maegor. Desde la ventana alcanzó a ver que el pesado rastrillo de hierro de la entrada estaba bajado, y el puente levadizo, subido, para que nadie cruzara el foso seco que separaba la fortaleza del castillo que la rodeaba. Había guardias

Lannister en los muros, todos armados con lanzas y ballestas. La lucha había terminado, y un silencio sepulcral reinaba en la Fortaleza Roja. Solo se oían los interminables sollozos y gemidos de Jeyne Poole.

Les dieron comida: queso duro, pan recién hecho y leche para desayunar; pollo asado y verduras a mediodía, y a última hora de la noche, un guiso de carne y cebada. Pero los criados que les llevaron los alimentos no quisieron responder a las preguntas de Sansa. Aquella misma noche, unas mujeres le llevaron ropas de la Torre de la Mano, y también algunas cosas para Jeyne, pero parecían casi tan asustadas como su amiga, y cuando intentó hablar con ellas, huyeron como si tuviera la peste gris. Los guardias del exterior seguían sin permitir que salieran de la estancia.

—Por favor, tengo que ver otra vez a la reina —les dijo Sansa, como le decía a todo el que veía aquel día—. Querrá hablar conmigo, estoy segura. Decidle que quiero verla, por favor. Y si no, decídselo al príncipe Joffrey, tened la bondad. Cuando seamos mayores nos casaremos.

Llegó el ocaso del segundo día, y una gran campana empezó a sonar. Tenía un timbre grave y sonoro, y sus tañidos largos, pausados, llenaron de temor a Sansa. El sonido se prolongó largo rato, y al cabo de un tiempo se oyeron otras campanas que respondían desde el Gran Septo de Baelor, en la colina de Visenya. Las campanadas recorrieron la ciudad como un trueno, como un presagio de la tormenta que se avecinaba.

—¿Qué pasa? —preguntó Jeyne—, ¿por qué tocan las campanas?

—El rey ha muerto. —Sansa no sabía por qué, pero estaba segura. El tañido lento, interminable, llenaba la estancia, triste como una elegía. ¿Habría atacado algún enemigo el castillo y asesinado al rey Robert? ¿Por eso habían oído ruidos de peleas?

Se acostó inquieta, temerosa. ¿Acaso su hermoso Joffrey era ya rey? ¿O lo habrían matado a él también? Tenía miedo por su amado y por su padre. Ojalá alguien le dijera qué pasaba...

Aquella noche, Sansa soñó con Joffrey en su trono, y ella sentada a su lado, con una túnica de hilo de oro. Tenía una corona en la cabeza, y todas las personas que había conocido se acercaban a ella, hincaban la rodilla en el suelo y le rendían pleitesía.

A la mañana siguiente, la mañana del tercer día, ser Boros Blount, de la Guardia Real acudió para escoltarla ante la reina.

Ser Boros era un hombre feo de torso ancho y corto y piernas torcidas. Tenía la nariz plana, papada lacia y pelo gris muy crespo. Aquel día iba vestido de terciopelo blanco, y su capa del color de la nieve estaba sujeta con un broche en forma de león. La bestia tenía el brillo delicado del oro, y sus ojos eran rubíes diminutos.

—Esta mañana tenéis un aspecto espléndido, ser Boros —le dijo Sansa. Una dama nunca olvidaba sus modales, y ella estaba decidida a ser una dama, pasara lo que pasara.

—Vos también, mi señora —respondió ser Boros con voz inexpresiva—. Su alteza os aguarda. Acompañadme.

Había otros guardias en la puerta, hombres de armas de los Lannister, con capas color carmesí y yelmos con cresta en forma de león. Sansa se forzó a saludarlos con gentileza y a desearles los buenos días al pasar junto a ellos. Era la primera vez que le permitían salir de la habitación desde que ser Arys Oakheart la encerrara, hacía ya dos días con sus noches.

—Es por tu seguridad, querida —le había dicho la reina—. Si algo le sucediera a su amada, Joffrey jamás me lo perdonaría.

Sansa pensaba que ser Boros la iba a escoltar a las habitaciones reales, pero se la llevó del Torreón de Maegor. El puente volvía a estar bajado. Unos trabajadores estaban bajando a un hombre atado al fondo del foso seco. Sansa echó una mirada a hurtadillas y vio un cadáver empalado en las estacas de hierro del fondo. Apartó la vista enseguida, temerosa de preguntar, temerosa de mirar demasiado, temerosa de que fuera alguien a quien conociera.

La reina Cersei estaba en la cámara del Consejo, sentada a la cabeza de una mesa larga llena de papeles, velas y barras de lacre. El esplendor de la sala era incomparable. Sansa contempló con admiración las tallas de los paneles de madera y las esfinges gemelas sentadas ante la puerta.

—Alteza, he traído a la niña —dijo ser Boros después de que los hiciera pasar otro hombre de la Guardia Real, ser Mandon, el del rostro extrañamente inexpresivo.

Sansa tenía la esperanza de que Joffrey estuviera allí. No era así, pero sí vio a tres de los consejeros del rey. Lord Petyr Baelish estaba sentado a la derecha de la reina; el gran maestre Pycelle, al final de la mesa, y lord Varys pululaba por la estancia, dejando un rastro de perfume a flores. Advirtió con temor que todos iban vestidos de negro. Ropas de luto...

La reina llevaba una túnica de seda negra con cuello alto, con un centenar de rubíes color rojo oscuro cosidos al corpiño que le llegaban del cuello al pecho. Estaban tallados en forma de lágrimas, como si la reina llorase sangre. Cersei le sonrió, y a Sansa le pareció la sonrisa más dulce y triste que había visto jamás.

—Sansa, querida mía —dijo—. Sé que has estado preguntando por mí. Siento no haber podido recibirte antes. Todo ha sido muy complicado; no he tenido ni un momento. Espero que el servicio haya cuidado bien de ti.

—Todo el mundo ha sido muy amable, alteza, gracias por vuestro interés —dijo Sansa con educación—. Solo que... bueno, nadie hablaba con nosotras, nadie nos decía qué pasaba...

—¿Nosotras? —Cersei parecía sorprendida.

—Pusimos a la hija del mayordomo con ella —dijo ser Boros—. No sabíamos qué hacer con la otra niña.

—La próxima vez, preguntad —dijo la reina con voz tensa y el ceño fruncido—. Saben los dioses qué clase de historias le habrá metido a Sansa en la cabeza.

—Jeyne tiene miedo —dijo Sansa—. No deja de llorar. Le prometí que os preguntaría si podía ver a su padre. —El gran maestre Pycelle bajó la vista—. Su padre está bien, ¿verdad? —preguntó Sansa con ansiedad. Sabía que había habido peleas, pero nadie atacaría a un mayordomo. Vayon Poole ni siquiera llevaba espada.

—No quiero que nadie atemorice innecesariamente a Sansa —dijo la reina Cersei mirando a todos sus consejeros, uno por uno—. ¿Qué podemos hacer con su amiguita, señores?

—Le buscaré un lugar —respondió lord Petyr inclinándose hacia delante.

—Que no sea en la ciudad —dijo la reina.

—¿Me tomáis por idiota? —replicó él. La reina hizo caso omiso.

—Ser Boros, escoltad a esa niña hasta los aposentos de lord Petyr, y dad instrucciones a sus criados para que la cuiden hasta que él vaya a buscarla. Decidle que Meñique la va a llevar a ver a su padre; así se calmará. Quiero que se vaya antes de que Sansa vuelva a su habitación.

—A vuestras órdenes, alteza —dijo ser Boros. Hizo una reverencia profunda, giró en redondo y se alejó con la larga capa blanca ondeando a la espalda.

—No lo entiendo —dijo Sansa; estaba confusa—. ¿Dónde está el padre de Jeyne? ¿Por qué no la lleva con él ser Boros, en vez de lord Petyr? —Se había prometido que sería una verdadera dama, delicada y elegante como la reina, y tan fuerte como su madre, lady Catelyn. Pero de repente volvía a tener miedo, y durante un momento estuvo a punto de echarse a llorar—. ¿Adónde la enviáis? No ha hecho nada malo, es una buena chica.

—Te ha puesto nerviosa —le dijo la reina con dulzura—. Y eso no se puede consentir. Ni una palabra más. Lord Baelish se encargará de que la cuiden bien, te lo prometo. —Dio unas palmaditas a la silla que había junto a la suya—. Siéntate, Sansa. Tengo que hablar contigo.

Sansa tomó asiento junto a la reina. Cersei sonreía de nuevo, pero aquello no la tranquilizó. Varys se retorcía las manos blandas; el gran maestre Pycelle mantenía los ojos adormilados fijos en los papeles de la mesa, y solo Meñique la miraba. Siempre la miraba. A veces, cuando le clavaba la vista así, Sansa se sentía como si no tuviera ropa puesta. Aquello le daba escalofríos.

—Sansa, mi dulce niña —dijo la reina Cersei al tiempo que le ponía una mano suave sobre la muñeca—. Eres una chiquilla tan hermosa... Espero que sepas cuánto te amamos Joffrey y yo.

—¿De verdad? —Sansa sentía la respiración entrecortada. Se olvidó de Meñique. Su príncipe la amaba. Era lo único que importaba.

—Yo casi te considero una hija —dijo la reina con una sonrisa—. Y sé que amas a Joffrey. —Sacudió la cabeza con gesto apenado—. Lo siento, pero tenemos que darte una mala noticia acerca de tu señor padre. Debes ser valiente, pequeña.

—¿Qué ha pasado? —preguntó Sansa; aquellas palabras tranquilas le habían helado la sangre en las venas.

—Tu padre, querida, es un traidor —dijo lord Varys.

—Fui testigo de cómo lord Eddard juraba a nuestro amado rey Robert que protegería a los jóvenes príncipes como si fueran sus hijos —dijo el gran maestre Pycelle levantando la cabeza encanecida—. Pero en cuanto murió, convocó al Consejo Privado para arrebatarle el trono al príncipe Joffrey.

—No —farfulló Sansa—. Imposible. Jamás haría una cosa semejante.

La reina cogió una carta. El papel estaba desgarrado y lleno de sangre seca, pero el sello era el de su padre, el lobo huargo estampado sobre lacre color claro.

—El capitán de la guardia de tu casa llevaba esto, Sansa. Es una carta al hermano de mi difunto esposo, Stannis, en la que lo invita a apoderarse de la corona.

—Por favor, alteza, tiene que ser un error. —El pánico repentino la hacía sentir débil, mareada—. Por favor, mandad llamar a mi padre, él os dirá que jamás escribió esta carta; el rey era su amigo.

—Eso pensaba Robert —dijo la reina—. Esta traición lo habría destrozado. Los dioses fueron misericordiosos: se lo llevaron para que no tuviera que ver esto. —Suspiró—. Sansa, querida, comprenderás que esto nos pone en una posición espantosa. Tú eres inocente de todo mal, lo sabemos, pero aun así eres la hija de un traidor. ¿Cómo voy a permitir que te cases con mi hijo?

—Pero yo... lo amo —gimió Sansa, confusa y asustada. ¿Qué pensaban hacer con ella? ¿Qué le habían hecho a su padre? Aquello no era lo que estaba previsto. Ella iba a casarse con Joffrey, estaban prometidos, hasta lo había soñado. No era justo que se lo quitaran todo por algo que había hecho su padre.

—Bien lo sé, pequeña —suspiró Cersei con voz muy amable, muy dulce—. ¿Por qué si no viniste a contarme los planes que tenía tu padre para alejarte de nosotros? Fue por amor.

—Sí, fue por amor —se apresuró a asentir Sansa—. Mi padre ni siquiera me permitía despedirme. —Ella era la hija buena, la hija obediente, pero aquella mañana, hacía ya días, se había sentido casi tan traviesa como Arya; se escabulló de la septa Mordane y desobedeció a su padre. Jamás en su vida había actuado de forma tan impulsiva, y entonces tampoco lo habría hecho de no ser por el amor que le profesaba a Joffrey—. Iba a llevarme a Invernalia y casarme con algún caballero errante, pero yo amo a Joff. Se lo dije, pero no me hizo caso. —El rey había sido su última esperanza. El rey le ordenaría a su padre que la dejara quedarse en Desembarco del Rey y casarse con el príncipe Joffrey. Pero el rey siempre le había inspirado temor. Era gritón, tenía la voz ronca y a menudo estaba borracho; seguro que se la habría devuelto a lord Eddard, y eso si conseguía que la recibiera. De modo que fue a ver a la reina; se lo confió todo. Cersei la escuchó y le dio las gracias de una manera tan dulce... Pero luego, ser Arys la escoltó hasta la habitación más alta del Torreón de Maegor y le puso guardias en la puerta, y unas horas después empezó la lucha—. Por favor —terminó—, tenéis que permitir que me case con Joffrey. Seré una buena esposa para él, ya lo veréis. Seré una reina como vos, lo prometo.

—¿Qué responden a su súplica los señores del Consejo? —preguntó la reina Cersei mirando a los demás.

—Pobre niña —murmuró Varys—. Sería una crueldad poner fin a un amor tan sincero e inocente, alteza... pero ¿qué remedio nos queda? Su padre ha sido condenado. —Se frotó una mano blanda contra la otra, en gesto de lástima e impotencia.

—La hija nacida de la semilla de un traidor lleva la traición en su naturaleza —dijo el gran maestre Pycelle—. Ahora mismo es una niña dulce, pero, ¿quién sabe qué traiciones concebirá antes de diez años?

—No —dijo Sansa, horrorizada—. No, yo jamás... Yo nunca traicionaría a Joffrey; lo amo, de verdad.

—Conmovedor —suspiró Varys—. Pero, en realidad, la sangre puede más que las promesas.

—A mí me recuerda a la madre, no al padre —señaló lord Petyr Baelish con voz tranquila—. Miradla bien. El pelo, los ojos... Es la viva imagen de Cat cuando tenía su edad.

—Niña, si pudiera creer que no eres en absoluto como tu padre —dijo la reina mientras la miraba; en sus claros ojos verdes había dudas, pero Sansa vio también bondad—, nada me complacería más que verte casada con mi Joffrey. Sé que él te ama con todo su corazón. —Suspiró—. Pero temo que lord Varys y el gran maestre estén en lo cierto. La sangre acabará por revelarse. Todavía recuerdo que tu hermana azuzó a su loba contra mi hijo.

—Yo no soy como Arya —se apresuró a decir Sansa—. Ella lleva la sangre del traidor; yo no. Yo soy buena, preguntad a la septa Mordane, os lo dirá, solo quiero ser la esposa amante y fiel de Joffrey. —Sentía el peso de los ojos de Cersei mientras esta estudiaba su rostro.

—Te creo, niña. —Se volvió hacia los demás—. Mis señores, creo firmemente que si el resto de sus familiares permaneciera leal a nosotros en estos terribles momentos, nuestros temores tendrían poca razón de ser.

—Lord Eddard tiene tres hijos varones. —El gran maestre Pycelle se acarició la barba, al tiempo que fruncía el ceño en gesto pensativo.

—No son más que niños —replicó Petyr, encogiéndose de hombros—. A mí me preocupan más lady Catelyn y los Tully.

—¿Sabes escribir, pequeña? —La reina cogió la mano de Sansa entre las suyas. Sansa asintió, nerviosa. Leía y escribía mejor que ninguno de sus hermanos, aunque las cuentas se le daban fatal—. Me complace que sea así. Puede que aún haya esperanzas para Joffrey y para ti...

—¿Qué queréis que haga?

—Tienes que escribir a tu señora madre, y también a tu hermano mayor... ¿Cómo se llama?

—Robb —respondió Sansa.

—No cabe duda de que la noticia de la traición de tu señor padre les llegará muy pronto. Sería mejor que fueras tú quien se la comunicara. Debes decirles que lord Eddard traicionó a su rey.

—Pero si él jamás... —Sansa deseaba con desesperación estar al lado de Joffrey, pero no tenía valor para hacer lo que le pedía la reina—. Yo no... alteza, no sabría qué decir...

—Nosotros te dictaremos lo que debes escribir, pequeña —dijo la reina, dándole unas palmaditas en la mano—. Lo más importante es que les pidas a lady Catelyn y a tu hermano que mantengan la paz del rey.

—Si no lo hacen, les costará muy caro —intervino el gran maestre Pycelle—. Por el amor que les profesas, debes decirles que sean prudentes.

—Sin duda, tu señora madre temerá por tu vida —siguió la reina—. Debes decirle que te encuentras bien, bajo nuestro cuidado; que te tratamos con todo respeto y satisfacemos todos tus deseos. Pídeles que vengan a Desembarco del Rey, y que juren lealtad a Joffrey cuando suba al trono. Si lo hacen..., entonces sabremos que tu sangre no está corrompida, y cuando llegues a la flor de tu feminidad contraerás matrimonio con el rey en el Gran Septo de Baelor, ante los ojos de los dioses y los hombres.

«Matrimonio con el rey.» Aquellas palabras hacían que se le acelerase la respiración. Pero Sansa titubeaba.

—Quizá... si pudiera ver a mi padre, y hablar con él sobre...

—¿Traición? —sugirió lord Varys.

—Me decepcionas, Sansa. —Los ojos de la reina eran duros como piedras—. Te hemos contado los crímenes de tu padre. Si eres tan leal como dices, ¿para qué quieres verlo?

—No... Solo pretendía... —Se le humedecieron los ojos—. No está... Por favor, no está herido, ni...

—Lord Eddard no ha sufrido daño alguno —dijo la reina.

—Y... ¿qué será de él?

—Eso lo debe decidir el rey —anunció el gran maestre Pycelle midiendo las palabras.

¡El rey! Sansa parpadeó para contener las lágrimas. Joffrey era el rey. Su valeroso príncipe jamás haría daño al padre de su prometida, por graves que fueran los crímenes de los que se lo acusaba. Si acudía a él y le suplicaba piedad, la escucharía, sin duda. Tenía que escucharla; la amaba, hasta la reina lo había dicho. Joff tendría que castigar a su padre, los señores lo esperaban de él, pero quizá podría enviarlo de vuelta a Invernalia, o exiliarlo a una de las Ciudades Libres, al otro lado del mar Angosto. Y solo durante unos cuantos años. Para entonces, ya estaría casada con Joffrey, y cuando fuera reina podría persuadirlo para que dejara volver a su padre y lo perdonara.

Pero... si su madre o Robb se comportaban como traidores, si convocaban a los vasallos o se negaban a jurar lealtad, o algo así, todo saldría al revés. Su Joffrey era bueno y misericordioso, ella lo sabía en lo más profundo de su corazón, pero un rey debía ser duro con los rebeldes. ¡Tenía que hacérselo entender a su familia!

—Sí..., escribiré las cartas —les dijo Sansa.

—Sabía que lo harías. —Cersei Lannister le dedicó una sonrisa cálida como una puesta de sol, y le dio un suave beso en la mejilla—. Joffrey se sentirá muy orgulloso cuando le cuente lo valiente y sensata que has sido.

Al final, Sansa escribió cuatro cartas: a su madre, lady Catelyn Stark; a sus hermanos, en Invernalia; a su tía, lady Lysa Arryn del Nido de Águilas, y a su abuelo, lord Hoster Tully de Aguasdulces. Cuando terminó, tenía los dedos doloridos y manchados de tinta. Varys tenía el sello de su padre. Ella calentó el lacre blanco sobre una vela, lo dejó caer cuidadosamente y observó cómo el eunuco estampaba en cada carta el lobo huargo de la casa Stark.

Cuando ser Mandon Moore acompañó a Sansa a la torre alta del Torreón de Maegor, Jeyne Poole y sus pertenencias ya no estaban allí. Se sintió agradecida; ya no tendría que oír más sollozos. Pero, sin Jeyne, parecía como si hiciera más frío, y eso que consiguió encender el fuego. Puso una silla cerca de la chimenea, cogió uno de sus libros favoritos y se sumergió en las historias de Florian y Jonquil, de lady Shella y el Caballero del Arcoíris, del valiente príncipe Aemon y su amor imposible por la reina de su hermano.

Solo mucho más tarde, aquella noche, cuando ya se estaba quedando adormilada, Sansa cayó en la cuenta de que se le había olvidado preguntar por su hermana.

JON

—Othor —anunció ser Jaremy Rykker—, no cabe duda. Y este era Jafer Flores. —Dio la vuelta al cadáver con la bota, y el rostro muerto, muy blanco, quedó mirando hacia el cielo encapotado con unos ojos muy, muy azules—. Los dos eran hombres de Ben Stark.

«Hombres de mi tío —pensó Jon, afectado. Recordaba cómo le había suplicado que lo llevara con él—. Dioses, qué novato era yo. Si me hubiera llevado, quizá ahora estaría tendido aquí...»

El brazo derecho de Jafer terminaba en un muñón destrozado de carne desgarrada y hueso astillado, fruto de las fauces de Fantasma. La mano derecha flotaba en un frasco de vinagre, en la torre del maestre Aemon. La mano izquierda seguía en su sitio, al final del brazo, pero estaba tan negra como su capa.

—Los dioses se apiaden de nosotros —murmuró el Viejo Oso. Se bajó de la yegua y le tendió las riendas a Jon. Hacía un calor extraño esa mañana; la frente amplia del lord comandante estaba perlada de sudor, como rocío sobre un melón. La yegua estaba nerviosa, apartaba la vista y se alejaba de los cadáveres tanto como le permitía la longitud de las riendas. Jon la llevó unos pasos más atrás, tratando de que no escapara. A los caballos no les gustaba aquel lugar. A Jon tampoco.

A los perros les gustaba aún menos. Fantasma había guiado a la partida hasta allí; los sabuesos habían resultado inútiles. Cuando Bass, el encargado de las perreras, intentó que siguieran el rastro de la mano cortada, se pusieron como locos: aullaron, ladraron, trataron de escapar. Y en aquel momento gruñían a ratos, gimoteaban y tiraban de las correas, mientras Chett los maldecía por cobardes.

«No es más que un bosque —se decía Jon—, y no son más que cadáveres.» No era la primera vez que veía cadáveres...

La noche anterior había vuelto a tener el sueño sobre Invernalia. En él, recorría el castillo desierto en busca de su padre y bajaba a las criptas. Solo que había llegado más lejos que nunca. En la oscuridad, oyó el susurro de la piedra al rozar contra la piedra. Dio la vuelta y vio que los sepulcros se abrían, uno tras otro. Los reyes muertos empezaron a salir de las tumbas frías y negras, y Jon se despertó en medio de la oscuridad, con el corazón acelerado. Fantasma se levantó en la cama y le olisqueó el rostro, pero ni aquello le quitó la sensación de profundo terror. No se atrevió a dormirse de nuevo, de modo que subió al Muro y paseó inquieto hasta que vio la luz del amanecer en el este.

«No ha sido nada más que un sueño. Ahora soy un hermano de la Guardia de la Noche, no un chico asustadizo.»

Samwell Tarly estaba acurrucado bajo los árboles, medio escondido detrás de los caballos. Tenía el rostro del color de la leche cortada. Hasta el momento no se había adentrado en el bosque para vomitar, pero tampoco se había atrevido a echar un vistazo a los cadáveres.

—No puedo mirar —gimoteó.

—Tienes que hacerlo —le dijo Jon en voz baja para que los demás no lo oyeran—. El maestre Aemon te ha enviado para que fueras sus ojos, ¿no? ¿Y de qué sirven unos ojos si están cerrados?

—Sí, pero... es que soy tan cobarde, Jon...

—Nos acompaña una docena de exploradores —le dijo Jon poniéndole una mano en el hombro—, y también tenemos los perros, y aquí está Fantasma. Nadie te va a hacer daño, Sam. Venga, ven a verlo. El primer vistazo es el peor.

Sam asintió, tembloroso, y reunió todo su valor con un esfuerzo visible. Giró la cabeza muy despacio. Abrió los ojos de par en par, pero Jon le sujetó el brazo para que no diera media vuelta.

—Ser Jaremy —dijo el Viejo Oso con voz áspera—. Ben Stark cabalgaba con seis hombres cuando partió del Muro. ¿Dónde están los demás?

—Eso querría saber yo. —Ser Jaremy sacudió la cabeza.

—Dos de nuestros hermanos han sido asesinados delante del Muro —repuso Mormont; era obvio que no le gustaba la respuesta—, y tus exploradores no han visto ni oído nada. ¿A esto se ha reducido la Guardia de la Noche? ¿Seguimos explorando estos bosques?

—Sí, mi señor, pero...

—¿Seguimos teniendo guardias montados?

—Así es, pero...

—Este hombre lleva un cuerno de caza. —Mormont señaló a Othor—. ¿Debo dar por supuesto que murió sin hacerlo sonar? ¿O es que todos tus exploradores se han vuelto sordos, además de ciegos?

—No sonó ningún cuerno, mi señor; de lo contrario, mis exploradores lo habrían oído. —El rostro de ser Jaremy estaba tenso de rabia—. Tampoco tengo bastantes hombres para realizar todas las patrullas que me gustaría... y, desde la desaparición de Benjen, hemos permanecido más cerca del Muro que antes, cumpliendo tus órdenes.

—Sí —gruñó el Viejo Oso—. Bueno. Que siga así. —Hizo un gesto de impaciencia—. Dime cómo han muerto.

Ser Jaremy se acuclilló junto al hombre que se había llamado Jafer Flores y le sujetó la cabeza por el pelo. Se quedó con él en los dedos; estaba quebradizo como la paja. El caballero dejó escapar una maldición y empujó la cabeza con la mano. El cadáver tenía un tajo enorme en el cuello, que se abría como una boca, lleno de costras de sangre seca. La cabeza permanecía unida al cuello por apenas unos cuantos tendones blanquecinos.

—Esto se lo hicieron con un hacha.

—Sí —asintió Dywen, el viejo guardabosques—. Como la que llevaba Othor, mi señor.

Jon sintió que el desayuno se le revolvía en el estómago, pero apretó los labios y se forzó a mirar el segundo cadáver. Othor había sido un hombre corpulento y feo, y el cadáver era también corpulento y feo. No se veía ningún hacha. Jon recordaba bien a Othor: era el que había entonado la canción obscena mientras partían los exploradores. Ya no cantaría más. Toda su carne tenía un color blanquecino como la leche, excepto las manos, que estaban tan negras como las de Jafer. Flores de sangre seca y agrietada decoraban las heridas mortales que lo cubrían como una erupción, en el pecho, en las ingles y en la garganta. Pero tenía los ojos abiertos, clavados en el cielo, azules como zafiros.

—Los salvajes también tienen hachas —dijo ser Jaremy levantándose.

—¿Crees que esto es cosa de Mance Rayder? —se mofó Mormont—. ¿Tan cerca del Muro?

—¿De quién si no, mi señor?

Jon podría haber respondido a aquella pregunta. Sabía de quién, todos lo sabían, pero ninguno lo iba a decir en voz alta.

«Los Otros no son más que una leyenda, un cuento para asustar a los niños. Desaparecieron hace ocho mil años, y eso si alguna vez existieron.» Solo con pensar en aquello se sentía estúpido. Ya era un adulto, un hermano negro de la Guardia de la Noche, no el niño que en el pasado se había sentado a los pies de la Vieja Tata con Bran, Robb y Arya.

Pero el lord comandante Mormont dejó escapar un bufido.

—Si a Ben Stark lo hubieran atacado los salvajes a medio día a caballo del Castillo Negro, habría regresado a por más hombres, habría dado caza a los asesinos por los siete infiernos y me habría traído sus cabezas.

—A menos que él también estuviera muerto —insistió ser Jaremy.

Pese al tiempo transcurrido, las palabras le seguían doliendo. Habían pasado demasiados días; parecía una locura aferrarse a la esperanza de que Ben Stark siguiera con vida; pero Jon Nieve era, sobre todo, testarudo.

—Ha pasado casi medio año desde la partida de Benjen, mi señor —siguió ser Jaremy—. El bosque es muy grande. Los salvajes pueden haberlo atacado en cualquier lugar. Apostaría cualquier cosa a que estos dos fueron los últimos supervivientes de su grupo, a que intentaban volver con nosotros... pero el enemigo los alcanzó antes de que llegaran a la seguridad del Muro. Los cadáveres son recientes; estos hombres no llevan más de un día muertos.

—No —graznó Samwell Tarly.

Jon se sobresaltó. Lo último que esperaba oír era la voz nerviosa y aguda de Sam. Al muchacho gordo le daban miedo los oficiales, y la paciencia no era una de las virtudes de ser Jaremy.

—No te he preguntado tu opinión, chico —le dijo Rykker con frialdad.

—Dejad que hable, ser Jaremy —lo interrumpió Jon.

—Si el chico tiene algo que decir, quiero oírlo. —Los ojos de Mormont se clavaron en Sam y en Jon alternativamente—. Acércate más, muchacho. No te vemos detrás de los caballos.

—Mi señor, no... —dijo Sam adelantándose. Sudaba profusamente—. No puede ser un día, porque... Mirad... La sangre...

—¿Qué pasa? —gruñó Mormont—. ¿Qué tiene de raro la sangre?

—Se va a manchar los calzones con solo mirarla —dijo Chett.

Los exploradores se echaron a reír. Sam se secó el sudor de la frente.

—Se... se ve dónde Fantasma..., el lobo de Jon... Se ve dónde le arrancó la mano a ese hombre, pero... el muñón no ha sangrado, mirad... —Hizo una señal—. Mi padre... L-lord Randyll, me... me hacía mirar cuando destripaba animales, cuando... después de... —Sam sacudió la cabeza y le tembló la papada. Ahora que había mirado los cadáveres, no era capaz de apartar la vista de ellos—. Si acababa de matarlos..., la sangre manaba, mis señores. Más tarde... estaba como... como coagulada, era como... gelatina, espesa, y... y... —Parecía a punto de vomitar—. Este hombre... Miradle la muñeca; está... es una costra... seca... como...

Jon comprendió al momento qué quería decir Sam. En la muñeca del hombre muerto se veían las venas; eran como gusanos de hierro en la carne blanca. La sangre era un polvillo negro. Pero Jaremy Rykker no parecía convencido.

—Si llevaran muertos mucho más de un día estarían podridos, chico. Y ni siquiera huelen.

Dywen, el viejo guardabosques que alardeaba de poder oler la nieve que se avecinaba, se acercó más a los cadáveres y olfateó.

—No huelen a violetas, pero... mi señor tiene razón. No tienen el hedor de los cadáveres.

—Es que... no se están pudriendo —señaló Sam, con un dedo regordete que temblaba solo un poquito—. Mirad, no hay... no hay gusanos, ni nada... Han estado tirados en el bosque, y los animales no los han devorado, ni los han tocado... solo Fantasma... Por lo demás están... están...

—Intactos —terminó Jon con voz suave—. Y Fantasma es diferente. Los caballos y los perros no quieren ni acercarse.

Los exploradores se miraron entre ellos. Todos vieron que era cierto. Mormont frunció el ceño, miró los cadáveres y en dirección a los perros.

—Chett, acerca a los perros.

Chett lo intentó: tiró de las correas, maldijo, incluso dio un puntapié a uno de los animales. La mayoría de los perros gimotearon y clavaron las patas en el suelo. Trató de arrastrar a una perra. Se resistió; gruñía y se retorcía como si quisiera escabullirse del collar. Por último, arremetió contra su cuidador. Chett dejó caer la correa y dio un paso atrás. La perra saltó por encima de él y desapareció corriendo entre los árboles.

—Hay... hay algo que falla —se apresuró a seguir Sam Tarly—. La sangre... Tienen manchas en las ropas, y... y en la carne, seca y dura, pero... no hay sangre en el suelo, ni... ni en ninguna parte. Con esas... esas... esas... —Sam se obligó a respirar hondo—. Con esas heridas... esas heridas tan espantosas... debería haber sangre por todos lados. ¿No?

—Puede que no murieran aquí. —Dywen se pasó la lengua por los dientes de madera—. Tal vez alguien los trajo y los dejó aquí para que los encontrásemos. Como una especie de advertencia. —El viejo guardabosques bajó la vista hacia los cadáveres—. Y puede que yo sea idiota, pero no recuerdo que Othor tuviera los ojos azules.

—Flores tampoco —dijo ser Jaremy sobresaltado al tiempo que se volvía hacia el cadáver.

Se hizo el silencio en el bosque. Durante unos instantes solo se oyeron la respiración acelerada de Sam y el sonido húmedo de Dywen al lamerse los dientes. Jon se acuclilló junto a Fantasma.

—Vamos a quemarlos —susurró alguien, uno de los exploradores; Jon no vio cuál.

—Eso, vamos a quemarlos —dijo una segunda voz, apremiante.

—Todavía no. —El Viejo Oso sacudió la cabeza—. Quiero que el maestre Aemon los examine. Los llevaremos al Muro.

Hay órdenes que son más fáciles de dar que de obedecer. Envolvieron los cadáveres en sendas capas, pero cuando Hake y Dywen trataron de atar uno a un caballo, el animal enloqueció, relinchó, corcoveó y coceó; incluso lanzó una dentellada a Ketter, que se había acercado para ayudar. Los exploradores no tuvieron mejor suerte con el resto de las monturas: ni los caballos más tranquilos permitieron que les pusieran encima semejante carga. Al final tuvieron que cortar ramas y fabricar unas rudimentarias parihuelas para transportar los cadáveres a pie. Cuando iniciaron el regreso ya había pasado el mediodía.

—Quiero que organices una batida por los bosques —le ordenó Mormont a ser Jaremy cuando se pusieron en marcha—. Examinad cada árbol, cada roca, cada arbusto, cada palmo de terreno en diez leguas a la redonda. Llévate a tantos hombres como necesites, y si no son suficientes, llévate también cazadores y guardabosques de los mayordomos. Si Ben y los demás están ahí fuera, vivos o muertos, quiero que los encontréis. Y si hay alguien más en estos bosques, quiero saberlo. Síguelos; captúralos con vida si es posible. ¿Comprendido?

—Sí, mi señor —asintió ser Jaremy—. Se hará como decís.

Mormont recorrió el resto del camino en silencio, pensativo. Jon lo seguía de cerca; era el lugar que le correspondía, como mayordomo del lord comandante. Era un día gris, húmedo, encapotado, el tipo de clima que hacía que uno anhelara la lluvia. Ningún viento agitaba el bosque. El aire era denso y pesado, y a Jon se le pegaba la ropa a la piel. También hacía calor. Demasiado calor. El Muro lloraba copiosamente, llevaba días llorando, y a veces a Jon le parecía que estaba encogiendo.

Los viejos llamaban *espíritu de verano* a aquel clima, y significaba que la estación dejaba escapar sus últimos fantasmas. Después llegaría el frío, le advertían, y tras un verano largo llegaba siempre un invierno largo. Aquel verano había durado diez años. Cuando comenzó, Jon no era más que un bebé.

Fantasma corrió con ellos un trecho y desapareció entre los árboles. Jon se sentía casi desnudo sin su lobo huargo. De repente examinaba intranquilo cada sombra. No pudo evitar recordar los cuentos que les narraba la Vieja Tata cuando era niño, en Invernalia. Casi oía de nuevo su voz, como un susurro, y el *clic, clic, clic* de las agujas de tejer.

—Los Otros llegaron galopando en aquella oscuridad —decía, con la voz cada vez más baja—. Eran seres fríos, seres muertos: no soportaban el hierro, ni el fuego, ni la caricia del sol, ni a ninguna criatura viva con sangre caliente en las venas. Las aldeas, las ciudades y los reinos de los hombres cayeron ante ellos cuando avanzaron hacia el sur sobre caballos pálidos, caballos muertos, seguidos por las huestes de aquellos a los que habían masacrado. Alimentaban a sus sirvientes muertos con la carne de los niños...

Al divisar el Muro por encima de la copa de un roble viejo y retorcido, Jon sintió un alivio inmenso. De repente, Mormont tiró de las riendas y se volvió en la silla.

—Tarly, ven aquí —ordenó Mormont. Jon vio la expresión de miedo en el rostro de Sam mientras se acercaba a lomos de su yegua; sin duda creía que se había metido en algún lío—. Eres gordo, pero no idiota, chico —le gruñó el Viejo Oso—. Lo has hecho muy bien. Tú también, Nieve.

Sam se puso rojo como la grana y tartamudeó en busca de una respuesta cortés. Jon no pudo evitar una sonrisa.

Cuando por fin salieron de entre los árboles, Mormont puso el caballo al trote. Fantasma salió del bosque para recibirlos, con el hocico rojo tras la caza. Los vigías en el Muro vieron como la columna se aproximaba. Jon oyó la llamada grave del cuerno de uno de ellos, que se oía a varias leguas: un sonido largo, hondo, que vibraba entre los árboles y resonaba contra el hielo.

UUUUUooooooooooooooooooooooooooooo.

El sonido se apagó poco a poco, y de nuevo se hizo el silencio. Un solo toque significaba que los exploradores estaban de regreso.

«Al menos he sido explorador por un día —se dijo Jon—. Pase lo que pase, eso no me lo podrán quitar.»

Guiaron a sus caballos a pie por el túnel de hielo, y se encontraron a Bowen Marsh esperándolos en la primera puerta. El lord mayordomo tenía el rostro congestionado y estaba muy agitado.

—Mi señor —dijo apresuradamente al tiempo que abría los barrotes de hierro—, ha llegado un pájaro; tenéis que venir enseguida.

—¿De qué se trata? —gruñó Mormont.

—La carta la tiene el maestre Aemon. —Fue curioso, porque Marsh miró a Jon antes de responder—. Os espera en vuestras habitaciones.

—Muy bien. Encárgate de mi caballo, Jon, y dile a ser Jaremy que ponga los cadáveres en un almacén hasta que el maestre pueda examinarlos.

Mormont se alejó, rezongando. Jon llevó los caballos al establo, con la desagradable certeza de que todo el mundo lo miraba. Ser Alliser Thorne entrenaba a sus muchachos en el patio, pero se interrumpió para mirar a Jon con una tenue sonrisa en los labios. Junto a la puerta de la armería estaba Donal Noye, el manco.

—Los dioses sean contigo, Nieve —saludó.

Jon supo que algo iba mal. Que algo iba muy mal.

Dejaron los cadáveres en un almacén de la base del muro, una celda oscura y fría excavada en el hielo, donde se guardaban la carne y los cereales, y a veces también la cerveza. Jon se encargó de dar de beber y cepillar al caballo de Mormont antes de ocuparse del suyo. Después, fue a buscar a sus amigos. Grenn y Sapo estaban de guardia, pero encontró a Pyp en la sala común.

—¿Qué ha pasado? —preguntó.

—El rey ha muerto —respondió Pyp en voz baja.

Jon se quedó sin habla. Robert Baratheon le había parecido viejo y gordo en su visita a Invernalia, pero tenía aspecto sano, y nadie dijo que estuviera enfermo.

—¿Cómo lo sabes?

—Uno de los guardias ha oído a Clydas leerle la carta al maestre Aemon. —Pyp se acercó más a él—. Lo siento mucho, Jon. Era amigo de tu padre, ¿verdad?

—En el pasado fueron como hermanos. —Jon se preguntó si Joffrey conservaría a su padre como mano del rey. No parecía probable, así que quizá lord Eddard volvería a Invernalia, y también sus hermanas. Tal vez pudiera visitarlos, si lord Mormont le daba permiso. Sería estupendo ver de nuevo la sonrisa de Arya, y hablar con su padre.

«Esta vez le preguntaré acerca de mi madre —decidió—. Ya soy un hombre; es hora de que me lo cuente todo. Aunque fuera una prostituta. No me importa. Quiero saberlo.»

—Hake ha dicho que los hombres muertos eran del grupo de tu tío —siguió Pyp.

—Sí —asintió Jon—. Dos de los seis que lo acompañaban. Llevan mucho tiempo muertos, solo que... los cadáveres son extraños.

—¿Extraños? —Pyp estaba muerto de curiosidad—. ¿En qué sentido?

—Ya te lo contará Sam. —Jon no quería hablar de aquello—. Tengo que ir a ver si el Viejo Oso me necesita. —Se encaminó hacia la Torre del Lord Comandante con la extraña sensación de que algo no iba bien. Los hermanos de la guardia lo miraron con solemnidad.

—El Viejo Oso está en sus habitaciones —le anunció uno de ellos—. Ha preguntado por ti.

Jon asintió. Debería haber ido allí nada más terminar en los establos. Subió rápidamente por las escaleras de la torre.

«Solo quiere que le sirva vino, o que le encienda la chimenea, nada más», se repetía.

—¡Maíz! —graznó el cuervo de Mormont cuando entró en la estancia—. ¡Maíz! ¡Maíz! ¡Maíz!

—No le hagas caso; le acabo de dar de comer —gruñó el Viejo Oso. Estaba sentado junto a la ventana, leyendo una carta—. Tráeme una copa de vino, y sírvete otra para ti.

—¿Para mí, mi señor?

Mormont alzó los ojos de la carta y miró a Jon. Su mirada estaba teñida de compasión.

—Ya me has oído.

Jon sirvió el vino con cuidado exagerado, vagamente consciente de que estaba prolongando la acción. Cuando las copas estuvieran llenas, no le quedaría más remedio que enfrentarse a lo que fuera que decía aquella carta.

—Siéntate, muchacho —le ordenó Mormont—. Bebe.

—Se trata de mi padre, ¿verdad? —Jon permaneció de pie.

—De tu padre y del rey —dijo con voz grave el Viejo Oso dando unos golpecitos a la carta con un dedo—. No te voy a mentir: son malas noticias. Nunca imaginé que vería otro rey, teniendo en cuenta mi edad, y que Robert tenía la mitad de mis años y era fuerte como un toro. —Bebió un trago de vino—. Dicen que al rey le gustaba mucho cazar. Las cosas que amamos siempre acaban por destruirnos, muchacho, no lo olvides. Mi hijo amaba a su joven esposa. Una mujer presuntuosa y vanidosa. De no ser por ella, jamás se le hubiera ocurrido vender a aquellos cazadores furtivos como esclavos.

—Mi señor, no lo entiendo. —Jon casi no había podido seguir bien el hilo de lo que Mormont le había contado—. ¿Qué le ha pasado a mi padre?

—Te he dicho que te sientes —gruñó Mormont.

—Que te sientes —graznó el cuervo.

—Y bebe, maldita sea —añadió Mormont—. Es una orden, Nieve. —Jon se sentó y bebió un trago de vino—. Han detenido a lord Eddard. Se lo acusa de traición. Se dice que estaba conspirando con los hermanos de Robert para arrebatarle el trono al príncipe Joffrey.

—No —replicó Jon al instante—. Es imposible. ¡Mi padre jamás traicionaría al rey!

—Sea como sea —dijo Mormont—, no me corresponde a mí decidirlo. Y a ti tampoco.

—Pero es que es mentira —insistió Jon. ¿Cómo podían pensar que su padre fuera un traidor? ¿Se habían vuelto todos locos? Lord Eddard Stark jamás haría nada deshonroso... ¿verdad?

«Engendró un bastardo —dijo una vocecita en su interior—. Eso no es honorable. ¿Y qué pasa con tu madre? Ni siquiera menciona su nombre.»

—¿Qué será de él, mi señor? ¿Lo matarán?

—Eso tampoco lo sé, muchacho. Voy a enviar una carta. En mi juventud conocí a algunos de los consejeros del rey: el viejo Pycelle, lord Stannis, ser Barristan... No importa qué haya hecho tu padre; es un gran señor. Deberían permitirle vestir el negro y unirse a nosotros. Los dioses saben que necesitamos hombres del talento de lord Eddard.

Jon sabía que, en el pasado, a otros hombres acusados de traición se les había permitido redimir su honor en el Muro. ¿Por qué no a lord Eddard? Su padre... allí... era una idea extraña, y le resultaba incómoda. Sería una injusticia monstruosa que lo despojaran de Invernalia y lo obligaran a vestir el negro, pero si así salvaba la vida...

¿Lo permitiría Joffrey? Recordó los días que el príncipe pasó en Invernalia, su manera de burlarse de Robb y de ser Rodrik en el patio. En Jon ni siquiera se había fijado; los bastardos no tenían derecho ni a su desprecio.

—¿Os escuchará el rey, mi señor?

—Un rey niño... —El Viejo Oso se encogió de hombros—. Supongo que escuchará a su madre. Lástima que el enano no esté con ellos. Es el tío del chico, y cuando estuvo aquí vio lo necesitados que estamos de hombres. Lástima que tu señora madre lo tomara prisionero...

—Lady Stark no es mi madre —le recordó Jon con tono brusco. Tyrion Lannister se había comportado como un amigo con él. Si lord Eddard Stark moría, sería culpa de lady Catelyn tanto como de la reina—. ¿Qué hay de mis hermanas, señor? Arya y Sansa, que estaban con mi padre...

—Pycelle no las menciona, pero no me cabe duda de que las tratarán bien. Preguntaré por ellas en mi carta. —Mormont sacudió la cabeza—. Esto no podría haber sucedido en un momento peor. Si alguna vez el reino ha tenido necesidad de un rey fuerte... Se avecinan días oscuros y noches frías; lo siento en los huesos... —Dirigió a Jon una mirada larga, inquisitiva—. Espero que no se te ocurra hacer ninguna tontería, muchacho.

«Se trata de mi padre», habría querido decir Jon, pero sabía que era lo que menos deseaba oír Mormont. Tenía la garganta seca. Se forzó a beber otro trago de vino.

—Ahora tu deber está aquí —le recordó el lord comandante—. Tu antigua vida terminó el día en que vestiste el negro.

—Negro —repitió el pájaro con un graznido ronco.

—Lo que suceda en Desembarco del Rey ya no es asunto nuestro —siguió Mormont sin hacer caso del pájaro. Jon siguió sin responder. El anciano apuró la copa de vino—. Ya te puedes marchar. Por hoy no te necesito más. Mañana me ayudarás a escribir esa carta.

Más tarde, Jon no recordaría haberse levantado, ni salir de la estancia. Cuando se quiso dar cuenta bajaba por los peldaños de la torre.

«Se trata de mi padre, de mis hermanas —iba pensando—. ¿Cómo no va a ser asunto mío?»

—Sé fuerte, muchacho —le dijo mirándolo uno de los guardias cuando salió—. Los dioses son crueles.

—Mi padre no es ningún traidor —dijo Jon con voz ronca; comprendió que lo sabían todo.

Hasta las palabras se le atravesaban en la garganta como si quisieran ahogarlo. El viento soplaba con fuerza, y parecía más frío que antes, en el patio. El espíritu del verano se estaba agotando.

El resto de la tarde pasó como en un sueño. Jon no habría sabido decir qué hizo ni con quién habló. En cambio, sí sabía que Fantasma lo acompañó en todo momento. La presencia silenciosa del huargo lo consolaba.

«Las chicas no tienen ni eso —pensó—. Sus lobas las habrían protegido, pero Dama está muerta, y Nymeria desapareció; están solas.»

El sol se puso, y empezó a soplar un viento del norte. Jon lo oyó silbando contra el Muro y entre las almenas heladas cuando entró en la sala común a la hora de la cena. Hobb había preparado un guiso de venado, con mucha cebada, cebollas y zanahorias. A Jon le sirvió un cazo extra y le dio el extremo con corteza del pan, y el muchacho supo qué significaba. «Lo sabe —Miró a su alrededor; vio que las cabezas se giraban rápidamente, que los ojos lo esquivaban con cortesía—. Todos lo saben.»

Sus amigos corrieron junto a él.

—Le hemos pedido al septón que encienda una vela por tu padre —le dijo Matthar.

—Es mentira, todos sabemos que es mentira, hasta Grenn sabe que es mentira —apoyó Pyp.

Grenn asintió, y Sam palmeó la mano de Jon.

—Ahora tú eres mi hermano, así que también es mi padre —dijo el muchacho gordo—. Si quieres ir a los arcianos, a rezarles a los antiguos dioses, te acompañaré.

Los arcianos estaban al otro lado del Muro, pero Jon sabía que Sam lo decía en serio.

«Son mis hermanos —pensó—. Tanto como Robb, como Bran, como Rickon.»

Y en aquel momento oyó la carcajada, mordiente y cruel como un látigo de ser Alliser Thorne y su voz.

—No solo un bastardo, sino el bastardo de un traidor —les decía a los hombres que lo rodeaban.

En un abrir y cerrar de ojos, Jon se subió a la mesa empuñando el puñal. Pyp intentó agarrarlo, pero se sacudió sus manos de la pierna, corrió por la mesa y pateó el cuenco que ser Alliser sujetaba. El guiso salió volando y salpicó a los hermanos. Thorne dio un salto hacia atrás. Todo el mundo gritaba, pero Jon Nieve no oía nada. Se lanzó contra el rostro de ser Alliser, hendió el aire con el puñal junto a los fríos ojos de ónice, pero Sam se interpuso entre ellos, y antes de que Jon pudiera atacar de nuevo, Pyp le saltó a la espalda y se le enganchó como un mono, mientras Grenn le agarraba el brazo y Sapo le retorcía los dedos para quitarle el cuchillo.

Más tarde, mucho más tarde, después de que lo llevaran a su celda dormitorio, Mormont bajó a verlo con su cuervo en el hombro.

—Te dije que no se te ocurriera hacer ninguna tontería, chico —dijo el Viejo Oso.

—Chico —coreó su pájaro.

—Y pensar que había depositado tantas esperanzas en ti —dijo Mormont sacudiendo la cabeza disgustado.

Le quitaron el cuchillo y la espada, y le dijeron que no podría salir de la celda hasta que los oficiales superiores decidieran qué iban a hacer con él. Luego pusieron un guardia en la puerta para estar seguros de que obedecía. Sus amigos no podían visitarlo, pero el Viejo Oso se ablandó y permitió que se quedara con Fantasma, de manera que no se encontraba completamente solo.

—Mi padre no es ningún traidor —dijo al lobo huargo, cuando todos los demás se hubieron marchado.

Fantasma lo miró en silencio. Jon se recostó contra la pared, se abrazó las rodillas, y contempló la velita que brillaba en la mesa, junto a su catre. La llama parpadeaba y temblaba; las sombras se movían a su alrededor, y la habitación parecía cada vez más oscura y fría.

«Esta noche no voy a dormir», pensó.

Pero debió de quedarse adormilado. Cuando se despertó tenía las piernas rígidas y con calambres, y la vela se había apagado hacía mucho rato. Fantasma estaba de pie sobre las patas traseras, con las delanteras contra la puerta, rascando la madera. Jon se sobresaltó; no se había dado cuenta de lo grande que estaba.

—¿Qué pasa, Fantasma? —preguntó en voz baja. El lobo huargo volvió la cabeza y lo miró desde arriba, desnudando los colmillos en un gruñido silencioso. Durante un instante, Jon temió que se hubiera vuelto rabioso—. Soy yo, Fantasma —murmuró, tratando de que el miedo no se transparentara en su voz. Pero temblaba violentamente; ¿por qué de repente hacía tanto frío?

Fantasma se alejó de la puerta, en la que había dejado profundos arañazos con las garras. Jon lo observó, cada vez más inquieto.

—Hay alguien ahí fuera, ¿verdad? —susurró. El lobo huargo se agazapó y se arrastró hacia delante, con el pelaje del cuello erizado.

«El guardia —pensó Jon—. Dejaron un guardia ante la puerta. Fantasma lo huele a través de la madera, eso es todo.»

Jon se puso en pie muy despacio. Temblaba de manera incontrolable; deseaba con todas sus fuerzas tener una espada. Llegó junto a la puerta en tres pasos rápidos. Cogió el pestillo y tiró hacia dentro. El crujido de las bisagras casi le hizo dar un salto.

El guardia estaba tumbado sobre los peldaños, inerte, mirando hacia arriba. Mirando hacia arriba aunque estaba caído sobre el estómago. Tenía la cabeza completamente girada.

«No puede ser —se dijo Jon—. Esta es la Torre del Lord Comandante; está vigilada día y noche. Es un sueño. Tengo una pesadilla.»

Fantasma se le adelantó y cruzó la puerta. El lobo empezó a subir por las escaleras, se detuvo y volvió la vista hacia Jon. Y entonces lo oyó: el roce suave de una bota contra la piedra, el sonido de un pestillo al girar. Los ruidos procedían de arriba. De las habitaciones del lord comandante.

Quizá fuera una pesadilla, pero no se trataba de un sueño.

La espada del guardia seguía en su vaina. Jon se arrodilló y la cogió. El peso del acero en la mano lo hizo sentir más osado. Empezó a subir, siguiendo las pisadas silenciosas de Fantasma. En cada giro de la escalera acechaban las sombras. Jon siguió subiendo con cautela, hurgando con la punta de la espada en cada sombra sospechosa.

De repente oyó el graznido del cuervo de Mormont.

—¡Maíz! —chillaba el pájaro—. Maíz, maíz, maíz, maíz, maíz, maíz.

Fantasma saltó hacia delante, y Jon fue tras él. La puerta de la habitación de Mormont estaba abierta de par en par. Jon se detuvo en el umbral, con la espada en la mano, para que sus ojos tuvieran tiempo de acostumbrarse. Las pesadas cortinas estaban corridas, y la oscuridad era total.

—¿Quién anda ahí? —exclamó.

Y entonces lo vio: una sombra entre las sombras, que se deslizaba hacia la puerta interior que llevaba a la celda dormitorio de Mormont. Era una forma humana, toda de negro, con capa y capucha... pero, bajo la capucha, los ojos brillaban con un gélido fulgor azul.

Fantasma saltó. Hombre y lobo cayeron a la vez, sin un grito ni un gruñido, rodaron, chocaron contra una silla y derribaron una mesa cargada de papeles.

—Maíz —graznaba el cuervo de Mormont aleteando sobre ellos—, maíz, maíz, maíz.

Jon se sentía tan ciego como el maestre Aemon. Siempre con la espalda contra la pared, Jon se deslizó hacia la ventana y arrancó los cortinajes. La luz de la luna entró a raudales en la habitación. Tuvo un atisbo de unas manos negras enterradas en el pelaje blanco, de unos dedos oscuros y tumefactos en torno a la garganta del lobo huargo. Fantasma se retorcía, lanzaba dentelladas y pateaba al aire, pero no conseguía liberarse.

Jon no tenía tiempo para sentir miedo. Se lanzó hacia delante con un grito y asestó un golpe con todas sus fuerzas con la espada. El acero cortó manga, piel y hueso, pero el sonido al hacerlo era... extraño. Igual que el olor que lo envolvió, tan repugnante y gélido que estuvo a punto de vomitar. Vio un brazo y una mano en el suelo. Los dedos negros se retorcían a la luz de la luna. Fantasma consiguió liberarse de la otra mano y se alejó con la lengua colgando entre los dientes.

El hombre encapuchado alzó el rostro blanco, y Jon asestó otro golpe sin titubear. La espada cortó el hueso, se llevó la mitad de la nariz y abrió un tajo enorme bajo aquellos ojos, aquellos ojos, aquellos ojos azules como estrellas en llamas. Jon reconoció la cara.

—Othor —dijo al tiempo que retrocedía—. Dioses, si está muerto, está muerto, yo lo vi, estaba muerto.

Sintió que algo le rozaba el tobillo. Unos dedos negros se cerraron en torno a su pantorrilla. El brazo le subía por la pierna, desgarrando la lana y la carne. Jon dejó escapar un grito de asco y se desprendió los dedos de la pierna con la punta de la espada, antes de lanzar aquella cosa volando por los aires. Cayó al suelo, todavía abriendo y cerrando los dedos.

El cadáver avanzó. No había sangre. Sin un brazo, con el rostro casi cortado por la mitad, no parecía sentir nada. Jon mantuvo la espada ante el cuerpo.

—¡No te acerques! —ordenó con voz aguda.

—¡Maíz! —gritaba el cuervo—. ¡Maíz, maíz!

El brazo muerto se salía de la manga cortada; era como una serpiente blanquecina, con una cabeza formada por cinco dedos negros. Fantasma saltó y la agarró entre los dientes. Los huesos de los dedos crujieron. Jon lanzó un tajo al cuello del cadáver; sintió que el acero penetraba en el hueso.

Othor, el muerto, se abalanzó sobre él y lo derribó.

La mesa caída se clavó entre los omoplatos de Jon, y el muchacho se quedó sin aliento. La espada, ¿dónde estaba la espada? ¡Había perdido la maldita espada! Abrió la boca para gritar, pero el espectro le introdujo en ella los dedos negros cadavéricos. Intentó escupirlos entre arcadas, pero el hombre muerto pesaba demasiado. Iba metiéndole la mano, fría como el hielo, cada vez más profundamente en la garganta. Tenía el rostro muerto presionado contra el suyo; llenaba todo su campo visual. Los centelleantes ojos azules estaban cubiertos de escarcha. Jon arañó la carne fría con las uñas, pateó las piernas de aquel ser. Intentó morder, intentó dar puñetazos, intentó respirar...

Y, de pronto, ya no sintió el peso del cadáver, ya no tuvo sus dedos en la garganta. Jon solo pudo rodar sobre sí mismo, tembloroso, entre arcadas. Fantasma había cogido de nuevo al ser. El lobo huargo le enterró los dientes en las entrañas, arrancó y desgarró. Jon se quedó mirando durante un momento interminable, casi inconsciente, antes de acordarse de buscar su espada...

... y vio a lord Mormont, desnudo y somnoliento, de pie en el umbral, con una lámpara de aceite en la mano. El brazo del ser, retorcido y con los dedos rotos, se arrastraba hacia él.

Jon trató de gritar, pero no tenía voz. Se puso en pie como pudo, dio una patada al brazo y arrancó la lámpara de la mano del Viejo Oso. La llama parpadeó y estuvo a punto de apagarse.

—¡Arde! —graznó el cuervo—. ¡Arde, arde, arde!

Jon se giró y vio los cortinajes que había arrancado de las paredes. Lanzó la lámpara con todas sus fuerzas contra el tejido. El metal se dobló, el cristal se hizo añicos, el aceite se derramó y los cortinajes empezaron a arder. El calor le arreboló el rostro, más dulce que ningún beso.

—¡Fantasma! —gritó.

El lobo huargo corrió hacia él, al tiempo que el espectro trataba de levantarse. De su vientre abierto surgían largas serpientes negras. Jon metió una mano entre las llamas, agarró un puñado de tela ardiendo, y la lanzó contra el hombre muerto.

—Que arda —rezó mientras las cortinas abrasaban el cadáver—, oh, dioses, por favor, que arda.

BRAN

Los Karstark llegaron en una fría mañana ventosa desde su castillo, en Bastión Kar, con trescientos hombres a caballo y doscientos a pie. Las puntas de acero de las lanzas brillaban a la escasa luz del ocaso a medida que se aproximaba la columna. Por delante iba un hombre con un tambor más grande que él, tocando un ritmo lento y grave, *bum, bum, bum.*

Bran vio como se aproximaban desde una torreta de vigilancia en el muro exterior, a través del catalejo de bronce del maestre Luwin, y montado sobre los hombros de Hodor. Encabezaba la marcha el propio lord Rickard, acompañado por sus hijos Harrion, Eddard y Torrhen, todos bajo los estandartes negros con el emblema de su casa, el sol blanco. La Vieja Tata decía que por sus venas corría sangre Stark desde hacía cientos de años, pero a los ojos de Bran no tenían ninguna similitud. Eran hombres corpulentos, de aspecto fiero, con barbas espesas y el pelo suelto que les caía sobre los hombros. Llevaban capas de piel de oso, de foca y de lobo.

Sabía que eran los últimos. El resto de los señores ya estaba allí con sus huestes. Bran habría dado cualquier cosa por cabalgar con ellos, por ver las casas invernales llenas a rebosar, las multitudes en la plaza del mercado todas las mañanas, y las calles apisonadas y sucias por las ruedas de los carros y los cascos de los caballos.

—No podemos prescindir de ningún hombre para que te acompañe —le había explicado su hermano.

—Me llevaré a Verano —insistió Bran.

—No seas chiquillo ahora, Bran —replicó Robb—. Sabes que no puede ser. Hace tan solo dos días, uno de los hombres de lord Bolton apuñaló a uno de los de lord Cerwyn en el Leño Humeante. Si permitiera que te pusieras en peligro, nuestra señora madre me despellejaría. —Lo dijo con la voz de Robb el Señor. Bran sabía que aquello significaba que no había discusión posible.

La culpa de todo la tenía lo que había sucedido en el bosque de los Lobos; estaba seguro. El recuerdo aún le provocaba pesadillas. Se había sentido indefenso como un bebé, tan incapaz de protegerse como lo habría sido Rickon en su lugar, o aún peor... porque Rickon habría dado patadas, al menos. Aquello le daba vergüenza. Solo tenía unos pocos años menos que Robb. Si su hermano era casi un hombre, él también. Tendría que haber sido capaz de protegerse.

Un año antes, habría visitado la ciudad aunque tuviera que llegar trepando por los muros, él solo. Pero ya no podía bajar corriendo las escaleras, subirse a su poni ni llevar un escudo de madera con el que derribar por los suelos al príncipe Tommen. Ya no podía hacer más que mirar, otear por el catalejo del maestre Luwin. Al menos, el maestre le había enseñado todos los estandartes: el puño enguantado de los Glover, blanco sobre gules; el oso negro de lady Mormont; el repugnante hombre desollado que precedía a Roose Bolton, de Fuerte Terror; el alce de los Hornwood; el hacha de batalla de los Cerwyn; los tres árboles centinelas de los Tallhart; y el temible emblema de la casa Umber, un gigante rugiente con cadenas rotas.

Pronto aprendió a reconocer también los rostros, en cuanto los señores, sus hijos y sus caballeros llegaron a Invernalia para los festines. Ni siquiera el salón principal bastaba para acogerlos a todos sentados, de manera que Robb recibía a los vasallos principales por turnos. Bran ocupaba siempre el lugar de honor, a la derecha de su hermano. Algunos de los señores vasallos lo miraban con desconfianza, como si se preguntaran qué derecho tenía un niño de tan corta edad, y encima tullido, a estar situado por encima de ellos.

—¿Cuántos van ya? —preguntó Bran al maestre Luwin después de que lord Karstark y sus hijos cruzaran a caballo las puertas de la muralla exterior.

—Doce mil hombres, o tan cerca de doce mil que la cifra exacta no importa.

—¿Y cuántos caballeros?

—Bastante pocos —respondió el maestre con cierta impaciencia—. Para ser caballero hay que velar en un septo, y ser ungido con los siete aceites, que consagran el juramento. En el norte, muy pocas de las grandes casas adoran a los Siete. Las demás son fieles a los antiguos dioses, y no nombran caballeros... pero esos señores y sus hijos son espadas juramentadas, y no por ello menos valientes, leales y honorables. El valor de un hombre no se mide por un título que alguien ponga delante de su nombre. Te lo he dicho muchas veces.

—De todos modos —insistió Bran—, ¿cuántos caballeros?

—Trescientos o cuatrocientos... —El maestre Luwin suspiró—. Entre tres mil lanceros que no son caballeros.

—Lord Karstark es el último —dijo Bran, pensativo—. Robb cenará con él esta noche.

—Sin duda.

—¿Falta mucho para... que se vayan?

—Tienen que partir pronto, o ya no valdrá la pena —replicó el maestre Luwin—. Las Inviernas está llena hasta los topes, y si este ejército se queda mucho más acabará con todas las provisiones. Hay otros que se les unirán a lo largo del camino Real: caballeros libres, lacustres, lord Manderly y lord Flint. Han comenzado los enfrentamientos en las tierras de los ríos; a tu hermano le quedan muchas leguas por delante.

—Lo sé. —Bran se sentía tan deprimido como denotaba su voz. Le tendió el tubo de bronce al maestre, y se dio cuenta de que el pelo de Luwin empezaba a ralear en la coronilla. Se le veía el cuero cabelludo rosado. Le parecía extraño mirarlo así, desde arriba, cuando se había pasado la vida alzando la vista para mirarlo, pero cuando uno iba sentado en los hombros de Hodor lo veía todo abajo—. Ya no quiero mirar más. Hodor, llévame al castillo.

—Hodor —dijo Hodor.

—Bran, tu hermano no va a tener tiempo para recibirte ahora —dijo el maestre Luwin mientras se guardaba el tubo en la manga—. Tiene que recibir a lord Karstark y a sus hijos, para darles la bienvenida.

—No molestaré a Robb. Quiero visitar el bosque de dioses. —Puso una mano en el hombro de Hodor—. Hodor.

En el granito de la pared interior de la torre había excavados varios asideros para bajar, a modo de escaleras. Hodor tarareaba una cancioncilla sin melodía, mientras Bran rebotaba en su espalda, en la silla de mimbre que le había ideado el maestre Luwin. Luwin se había inspirado en las cestas que utilizaban las mujeres para llevar leña a la espalda: solo había que abrir agujeros para las piernas y poner unas cuantas correas más, de manera que el peso de Bran se distribuyera de forma homogénea. No era tan agradable como montar a Bailarina, pero había lugares a los que Bailarina no podía ir, y aquello no le daba tanta vergüenza como cuando Hodor lo llevaba en brazos como a un bebé. A Hodor también parecía gustarle, aunque con él, no se sabía. Lo único complicado eran las puertas: a veces Hodor se olvidaba de que llevaba a Bran a la espalda, y si la puerta era baja resultaba bastante doloroso.

En las últimas dos semanas había habido tantas idas y venidas que Robb había ordenado que los dos rastrillos estuvieran alzados, y el puente levadizo bajado, incluso durante la noche. Una larga columna de lanceros con armadura cruzaba el foso que se abría entre los muros cuando Bran salió de la torre; eran hombres de los Karstark, que seguían a sus señores al interior del castillo. Llevaban yelmos de hierro negro y capas de lana también negra, con el blasón del sol blanco. Hodor trotó junto a ellos, sonriente, con pisadas que resonaban contra la madera del puente. Los jinetes les dirigieron miradas extrañadas, y Bran alcanzó a oír una risotada. Se negó a permitir que aquello lo afectara.

—Te mirarán —le había advertido el maestre Luwin la primera vez que ataron la cesta de mimbre al pecho de Hodor—. Te mirarán, harán comentarios, y algunos incluso se burlarán.

«Que se burlen», pensó Bran. Nadie se burlaba de él cuando estaba en su habitación, pero se negaba a pasarse la vida en la cama.

Al pasar bajo el rastrillo del puesto de guardia, Bran se llevó dos dedos a la boca y silbó. Verano se acercó saltando por el patio. De repente, los lanceros de los Karstark tuvieron que esforzarse por controlar a sus caballos, que se habían puesto a relinchar y corcovear. Un semental se encabritó, y su jinete tuvo que agarrarse desesperadamente para no caer. El olor de los lobos huargo enloquecía de pánico a los caballos que no estaban acostumbrados, pero se tranquilizarían en cuanto Verano se perdiera de vista.

—Al bosque de dioses —recordó a Hodor.

Hasta la propia Invernalia estaba abarrotada. En el patio resonaban los ruidos de espadas y hachas, el crujido de los carromatos y los ladridos de los perros. Las puertas de la armería estaban abiertas, y Bran vio a Mikken en la forja, golpeando con el martillo al tiempo que el sudor le corría por el pecho desnudo. Bran jamás había visto a tantos desconocidos juntos, ni siquiera cuando el rey Robert fue a visitar a su padre.

Trató de no estremecerse cuando Hodor se agachó para pasar por una puerta baja. Recorrieron un pasadizo largo, en penumbra, con Verano a su lado. De cuando en cuando, el lobo miraba hacia arriba, con unos ojos que brillaban como el oro líquido. A Bran le habría gustado tocarlo, pero estaba demasiado alto; no llegaba con la mano.

El bosque de dioses era una isla de paz en el mar de caos en que se había convertido Invernalia. Hodor se abrió paso entre los robles, los centinelas y los carpes, y llegó al estanque junto al que crecía el árbol corazón. Se detuvo bajo las ramas retorcidas del arciano, siempre canturreando. Bran alzó las manos y se izó para sacar el peso muerto de sus piernas de los agujeros de la cesta de mimbre. Se quedó allí colgado un instante, mientras las hojas color rojo oscuro le acariciaban el rostro, hasta que Hodor lo cogió y lo sentó en la piedra lisa, junto al agua.

—Quiero estar a solas un rato —le dijo—. Ve a bañarte. Ve a los estanques.

—Hodor. —Hodor se alejó a zancadas entre los árboles y desapareció. Al otro lado del bosque de dioses, bajo las ventanas de la casa de invitados, un manantial subterráneo de aguas termales alimentaba tres pequeños estanques. El vapor ascendía de ellos día y noche, y el muro más cercano estaba cubierto de musgo. Hodor detestaba el agua fría, y si lo amenazaban con el jabón se defendía como un gato salvaje, pero en cambio le encantaba meterse en el estanque más caliente y quedarse allí horas, lanzando de cuando en cuando sonoros eructos que imitaban el sonido de las burbujas que ascendían de las profundidades verdosas y se rompían al llegar a la superficie.

Verano bebió un poco de agua a lametones y se tendió al lado de Bran. Este rascó al lobo bajo la mandíbula, y durante un momento, el niño y la bestia se sintieron en paz. A Bran siempre le había gustado el bosque de dioses, aun antes, pero en los últimos tiempos se sentía atraído hacia aquel lugar cada vez más a menudo. El árbol corazón ya no lo asustaba como en el pasado. Los profundos ojos rojos tallados en el tronco de madera blanca lo seguían vigilando, pero de alguna manera, aquello lo reconfortaba. Se decía que los dioses velaban por él. Los antiguos dioses, los dioses de los Stark y de los primeros hombres, los dioses de los hijos del bosque, los dioses de su padre. Bajo su mirada se sentía seguro, y el silencio absoluto de los árboles lo ayudaba a pensar. Bran había pasado mucho tiempo pensando desde el día de la caída; pensando, soñando y hablando con los dioses.

—Por favor, que Robb no se vaya —rezó en voz baja. Agitó las aguas frías con la mano, de manera que las ondas concéntricas se dispersaron por el estanque—. Que se quede. O si se tiene que ir, que vuelva sano y salvo, con mi madre, con mi padre y con las chicas. Y haced... haced que Rickon lo entienda.

Su hermano pequeño había estado incontrolable como una tormenta invernal desde que supo que Robb se iba a la guerra: a ratos lloraba inconsolable; a ratos se mostraba furioso. Se había negado a comer; se pasó una noche entera llorando y gritando. Hasta le dio un puñetazo a la Vieja Tata cuando la mujer intentó cantarle para que se durmiera, y al día siguiente desapareció. Robb puso a medio castillo a buscarlo, y cuando al final lo encontraron, en las criptas, Rickon los amenazó con una espada de hierro oxidado que le había quitado a uno de los reyes muertos, y Peludo babeaba en la oscuridad como un demonio de ojos verdes. El lobo estaba casi tan incontrolable como Rickon; había mordido a Gage en el brazo, y le había arrancado a Mikken un bocado de carne del muslo. Solo Robb y Viento Gris juntos pudieron controlarlo. Farlen había encadenado al lobo negro en las perreras, y aquello hizo que Rickon llorase todavía más.

El maestre Luwin le aconsejó a Robb que permaneciera en Invernalia, y Bran también se lo suplicó, por su seguridad y por el bien de Rickon, pero su hermano se limitó a sacudir la cabeza con testarudez.

—No quiero ir —dijo—. Tengo que ir.

Era una verdad a medias. Alguien tenía que ir, para defender el Cuello y ayudar a los Tully contra los Lannister; Bran lo comprendía, pero no tenía por qué ser Robb. Su hermano podría haber enviado a Hal Mollen, a Theon Greyjoy o a alguno de sus señores vasallos. Era lo que el maestre Luwin le decía que hiciera, pero Robb no atendía a razones.

—Mi señor padre jamás habría enviado a otros hombres a morir mientras él se quedaba como un cobarde, protegido tras los muros de Invernalia —había replicado, todo Robb el Señor.

Robb era casi un desconocido para Bran. Se había transformado en un auténtico señor, aunque ni siquiera había llegado su decimosexto día del nombre. Hasta los vasallos de su padre se daban cuenta. Muchos intentaron ponerlo a prueba, cada uno a su manera. Tanto Roose Bolton como Robett Glover le exigieron el honor del mando en el combate; el primero, de manera brusca; el segundo, con una sonrisa y una broma. La recia y canosa Maege Mormont, que vestía cota de malla como cualquier hombre, le dijo directamente que tenía edad para ser su nieto, y que no le iba a dar órdenes... pero que ella tenía una nieta que podría casarse con él. Lord Cerwyn acudió directamente con su hija, una doncella gruesa y fea de unos treinta años, que se sentaba a la izquierda de su padre y jamás levantaba la vista del plato. El jovial lord Hornwood no tenía hijas, pero llegaba con regalos: un día era un caballo; otro, una pierna de venado; al siguiente, un cuerno de caza con adornos de plata, y no pedía nada a cambio... nada excepto cierta aldea que le había sido arrebatada a su abuelo, y derechos de caza al norte de cierto río, y permiso para represar el Cuchillo Blanco, si al señor le parecía bien.

Robb respondía a todos con cortesía fría, de la misma forma que habría hecho su padre, y de alguna manera se las arregló para que se plegaran a su voluntad.

Y cuando lord Umber, al que sus hombres llamaban el Gran Jon, que era tan alto como Hodor y el doble de ancho, lo amenazó con llevarse a sus huestes si durante la marcha lo situaban detrás de los Hornwood y los Cerwyn, Robb le dijo que podía hacerlo cuando gustara.

—Y cuando acabemos con los Lannister —siguió al tiempo que rascaba a Viento Gris detrás de la oreja—, volveremos al norte, os sacaremos a rastras de vuestro castillo y os colgaremos por romper vuestro juramento.

El Gran Jon maldijo a gritos, tiró una jarra de cerveza al fuego y aulló que Robb estaba tan verde que seguramente meaba hierba. Hallis Mollen fue a contenerlo, pero él lo derribó por tierra, volcó una mesa de una patada, y desenvainó el mandoble más grande y amenazador que Bran había visto en su vida. En los bancos, sus hijos, sus hermanos y sus espadas juramentadas se pusieron en pie, con la mano sobre la empuñadura de la espada.

Robb se limitó a decir una palabra en voz baja; en un abrir y cerrar de ojos se oyó un gruñido, y lord Umber se encontró tumbado de espaldas, con la espada girando en el suelo a cuatro palmos de él y la mano chorreando sangre, porque Viento Gris le había arrancado dos dedos de un mordisco.

—Mi señor padre me enseñó que desenfundar el arma contra el señor de uno significaba la muerte —dijo Robb—. Pero creo que solo queríais ayudarme a cortar la carne.

Bran sintió que se le aflojaba el vientre al ver que el Gran Jon se ponía en pie, lamiéndose los muñones ensangrentados... pero entonces, para su sorpresa, el hombretón se echó a reír.

—Vuestra carne —rugió— es jodidamente dura.

Después de aquello, el Gran Jon se convirtió en la mano derecha de Robb, en su defensor más acérrimo: proclamaba a gritos que el muchacho era un verdadero Stark, y que más valía que doblaran la rodilla ante él si no querían que se la arrancaran de un bocado.

Pero aquella misma noche, su hermano fue a verlo al dormitorio, después de que los fuegos del salón principal se hubieran apagado. Estaba pálido y tembloroso.

—Pensé que me iba a matar —le confesó Robb—. ¿Viste cómo tiró a Hal a un lado, como si fuera tan pequeño como Rickon? Dioses, qué miedo tuve. Y el Gran Jon no es el peor; únicamente el más escandaloso. Lord Roose nunca dice ni una palabra, solamente me mira, y lo único en lo que puedo pensar es en aquella habitación que tienen en Fuerte Terror, donde los Bolton cuelgan los pellejos de sus enemigos.

—Eso no es más que uno de los cuentos de la Vieja Tata —dijo Bran. Pero había un vestigio de duda en su voz—. ¿Verdad?

—No lo sé. —Sacudió la cabeza, agotado—. Lord Cerwyn pretende que su hija viaje con nosotros al sur. Dice que para que le prepare las comidas. Theon está seguro de que la noche menos pensada me la encontraré bajo las mantas. Ojalá... ojalá estuviera padre aquí.

En aquello estaban de acuerdo todos: Bran, Rickon y Robb el Señor; todos habrían deseado que su padre estuviera con ellos. Pero lord Eddard se encontraba a mil leguas, cautivo en alguna mazmorra, o huyendo para salvar su vida, o tal vez muerto. Nadie lo sabía a ciencia cierta; cada viajero contaba una historia diferente, y cada una más aterradora que la anterior. Las cabezas de los guardias de su padre se pudrían empaladas en estacas, en los muros de la Fortaleza Roja. El rey Robert había muerto a manos de su padre. Los Baratheon asediaban Desembarco del Rey. Lord Eddard había huido hacia el sur con Renly, el malvado hermano del rey. El Perro había asesinado a Arya y a Sansa. Su madre había asesinado a Tyrion el Gnomo, y tenía su cadáver colgado de las murallas de Aguasdulces. Lord Tywin Lannister marchaba contra el Nido de Águilas, quemando aldeas enteras a su paso y asesinando a sus habitantes. Un cuentacuentos, ebrio como una cuba, había llegado a decir que Rhaegar Targaryen había vuelto de entre los muertos y estaba al mando de una vasta horda de antiguos héroes, reunidos en Rocadragón, desde donde iba a recuperar el trono de su padre.

Cuando llegó el cuervo con una carta que tenía el sello de su padre, escrita del puño y letra de Sansa, la cruel verdad no fue menos increíble. Bran jamás olvidaría la expresión en el rostro de Robb al leer las palabras de su hermana.

—Dice que padre conspiró con los hermanos del rey para cometer traición —leyó—. Que el rey Robert ha muerto, y que madre y yo debemos ir a la Fortaleza Roja para jurarle lealtad a Joffrey. Dice que debemos ser leales, y que cuando se case con Joffrey le suplicará que le perdone la vida a nuestro señor padre. —Cerró el puño, arrugando la carta de Sansa—. Y no dice nada de Arya, nada, ¡ni una palabra! ¡Maldita sea! ¿Esa chica es idiota o qué?

Bran sintió que se helaba por dentro.

—Perdió a su loba —dijo en tono débil, recordando el día en que cuatro guardias de su padre volvieron del sur con los huesos de Dama.

Verano, Viento Gris y Peludo habían empezado a aullar aun antes de que cruzaran el puente levadizo, y su aullido era triste, desolador. A la sombra del Primer Torreón había un pequeño cementerio donde los antiguos Reyes del Invierno habían enterrado a sus sirvientes más fieles. Allí enterraron ellos a Dama, mientras sus hermanos de camada caminaban entre las tumbas como sombras inquietas. Se había ido al sur, y solo habían regresado sus huesos.

Su abuelo, el viejo lord Rickard, también había ido al sur con su hijo Brandon, que era el hermano de su padre, y doscientos de sus mejores hombres. Ninguno de ellos regresó. Y su padre se había ido al sur, con Arya y Sansa, y también con Jory, Hullen, Tom el Gordo y los demás; y luego se habían ido su madre y ser Rodrik, y ellos tampoco habían regresado. Y Robb quería irse. No a Desembarco del Rey, ni a jurar lealtad, sino a Aguasdulces, con una espada en la mano. Y si su padre estaba prisionero, aquello significaría sin duda la muerte para él. Bran tenía mucho, mucho miedo.

—Si Robb tiene que irse, velad por él —suplicó Bran a los antiguos dioses que lo vigilaban con los ojos rojos del árbol corazón—, y velad también por sus hombres, por Hal, Quent y los demás, y por lord Umber, lady Mormont y los otros señores. Y bueno, por Theon también. Velad por ellos y protegedlos, si es vuestra voluntad, dioses. Ayudadlos a detener a los Lannister y a salvar a padre, y que vuelvan todos sanos y salvos a casa.

Una tenue brisa susurró a través del bosque de dioses, y las hojas rojas se agitaron y murmuraron. Verano enseñó los dientes.

—¿Los has oído, chico? —preguntó una voz.

Bran alzó la cabeza. Osha estaba al otro lado del estanque, bajo un roble viejo, con el rostro casi oculto entre las hojas. Pese a los grilletes, los movimientos de la salvaje eran silenciosos como los de un gato. Verano rodeó el estanque y la olfateó. La mujer alta retrocedió, atemorizada.

—Ven aquí, Verano —llamó Bran. El lobo huargo la olfateó por última vez, dio media vuelta y regresó con él. Bran le echó los brazos al cuello—. ¿Qué haces aquí? —No había vuelto a ver a Osha desde que la cogieron prisionera en el bosque de los Lobos, aunque sabía que la habían puesto a trabajar en las cocinas.

—También son mis dioses —dijo Osha—. Más allá del Muro no hay otros. —Le estaba creciendo el pelo, castaño y desgreñado. Ya parecía algo más femenina, gracias a aquello y al sencillo vestido de tejido basto que le habían dado para sustituir la cota de malla y las prendas de cuero—. Gage me permite venir a rezar de cuando en cuando, siempre que lo necesito, y yo le dejo hacer lo que quiera debajo de mi falda, siempre que lo necesita. A mí no me importa. Me gustan sus manos, huelen a harina, y es más amable que Stiv. —Hizo una torpe reverencia—. Te dejo solo. Me faltan muchas ollas por fregar.

—No, quédate —le ordenó Bran—. Dime qué querías decir con eso de oír a los dioses.

—Tú les has hablado, y ellos han respondido —dijo Osha mirándolo detenidamente—. Abre las orejas, escucha, y los oirás.

Bran prestó atención.

—No es más que el viento —dijo, inseguro—. El viento entre las hojas.

—¿Y quién crees que envía el viento? Los dioses. —Se sentó frente a él, al otro lado del estanque, con un suave tintineo. Mikken le había puesto en los tobillos grilletes de hierro, unidos por una pesada cadena. Podía caminar, siempre que diera pasos cortos, pero no tenía manera de correr, trepar o montar a caballo—. Los dioses te ven, chico. Te han oído. Ese susurro entre las hojas ha sido su respuesta.

—¿Y qué decían?

—Están tristes. No pueden ayudar a tu señor hermano allí donde va. Los antiguos dioses no tienen poder en el sur; talaron los arcianos hace miles de años. ¿Cómo van a velar por tu hermano, si no tienen ojos?

Bran no había calculado aquello. Le daba miedo. Si ni siquiera los dioses podían ayudar a su hermano, todo estaba perdido. Aunque quizá Osha no hubiera entendido bien la respuesta. Inclinó la cabeza a un lado y escuchó de nuevo. Le pareció percibir la tristeza, sí, pero nada más.

El susurro entre las hojas se hizo más audible. Bran oyó unas pisadas amortiguadas y un canturreo, y Hodor salió de entre los árboles, desnudo y sonriente.

—¡Hodor!

—Nos ha debido de oír hablar —dijo Bran—. Hodor, se te ha olvidado la ropa.

—Hodor —asintió Hodor. Estaba chorreando del cuello para abajo; su piel desprendía vapor en el aire gélido. Tenía el cuerpo cubierto de un espeso vello castaño, y la virilidad, entre las piernas, le colgaba larga y gruesa.

—Esto sí que es un hombre —dijo Osha mirándolo con una sonrisa amarga—. Si no tiene sangre de gigante, yo soy la reina.

—El maestre Luwin dice que los gigantes ya no existen. Dice que están todos muertos, igual que los hijos del bosque. Ya solo quedan los huesos en la tierra; a veces, los campesinos los encuentran al arar.

—Pues dile al maestre Luwin que cabalgue más allá del Muro —dijo Osha—. Encontrará a los gigantes, o los gigantes lo encontrarán a él. Mi hermano mató a una. Medía casi cuatro varas, y era de las pequeñas. Los hay de cinco varas. Dicen que son seres temibles, todos pelo y dientes, y que las mujeres tienen barba igual que los varones, así que no hay manera de distinguirlos. Las hembras se acuestan con humanos; y así nacen los mestizos. A las humanas que capturan no les va tan bien. Los hombres son tan grandes que las destrozan antes de poder dejarlas preñadas. —Le sonrió—. Seguro que no sabes de lo que te hablo, ¿verdad, chico?

—Sí que lo sé —insistió Bran. Sabía todo lo de la cópula: había visto a los perros en el patio, y una vez vio a un semental montando a una yegua. Pero hablar de aquello lo incomodaba. Miró a Hodor y le dijo—: Ve a buscar tus ropas, Hodor. Vístete.

—Hodor. —El hombretón se alejó por donde había llegado, pero tuvo que agacharse para esquivar una rama baja. Bran se lo quedó mirando. Era increíblemente grande, pensó.

—¿De verdad hay gigantes más allá del Muro? —le preguntó a Osha, inseguro.

—Gigantes y cosas peores, joven señor. Intenté decírselo a tu hermano cuando me interrogó, y también al maestre, y a ese chico, Greyjoy, que no hace más que sonreír. Se están levantando vientos fríos; los hombres que se alejan de sus fuegos ya no vuelven... o si vuelven ya no son hombres, sino espectros de ojos azules y manos frías y negras. ¿Por qué crees que vine al sur con Stiv, Hali y el resto de aquellos idiotas? Mance cree que puede luchar; es un encanto, pero tan testarudo... Como si los caminantes blancos no fueran más que exploradores. ¿Qué sabrá él? Se llena la boca diciendo que es el Rey-más-allá-del-Muro, pero no es más que otro cuervo viejo que huyó de la Torre Sombría. Nunca ha probado el invierno. Yo nací allí arriba, chico, igual que mi madre, y la madre de mi madre, y también su madre. Nací del pueblo libre. Nosotros recordamos. —Osha se levantó; sus cadenas tintinearon—. Intenté decírselo a tu señor hermano. Ayer mismo, cuando lo vi en el patio. Lo llamé «Mi señor Stark», toda respetuosa. Pero él me miró como si no me viera, y ese gordo sudoroso, Jon Umber, el Gran Jon, me apartó a un lado de un manotazo. Pues como quiera. Llevaré grilletes y cerraré la boca. El hombre que no quiere escuchar no puede oír.

—Cuéntamelo a mí. Robb me escuchará, estoy seguro.

—¿De verdad? Ya veremos. Pues dile esto, mi señor: dile que va a marchar en la dirección que no debe. Tendría que llevar sus espadas hacia el norte, no hacia el sur. ¿Me entiendes?

Bran asintió.

—Se lo diré.

Pero aquella noche, durante el banquete del salón principal, Robb no estuvo presente. Hizo que le llevaran la cena a sus habitaciones para tomarla con lord Rickard, el Gran Jon y otros señores vasallos, con intención de ultimar los planes para la larga marcha que los esperaba. A Bran le correspondía ocupar su puesto en la cabecera de la mesa, y actuar como anfitrión para los hijos de lord Karstark y sus honorables amigos. Ya estaban todos en sus sitios cuando Hodor entró con Bran en la espalda y se arrodilló ante el asiento más elevado. Dos criados lo sacaron de la cesta. Bran sentía los ojos de todos los desconocidos clavados en él. Se había hecho un gran silencio.

—Mis señores —anunció Hallis Mollen—, Brandon Stark, de Invernalia.

—Os doy la bienvenida junto a nuestra chimenea —dijo Bran, con rigidez—, y os ofrezco pan e hidromiel en nombre de nuestra amistad.

Harrion Karstark, el mayor de los hijos de lord Rickard, hizo una reverencia, y sus hermanos lo imitaron. Pero, a medida que se iban sentando, oyó por encima del estrépito de las copas que los dos más jóvenes hacían comentarios. «... antes la muerte que vivir así», dijo uno, el que se llamaba igual que su padre, Eddard. Y su hermano Torrhen le respondió que probablemente el chico estaba tan roto por dentro como por fuera, y tenía miedo de quitarse la vida.

«Roto», pensó Bran con amargura. Agarró el cuchillo por fuerza. ¿Aquello era? ¿Bran el Roto?

—No quiero estar roto —le susurró furioso al maestre Luwin, sentado a su derecha—. Quiero ser caballero.

—A veces, a los de nuestra orden nos llaman caballeros del pensamiento —replicó Luwin—. Eres un muchacho muy inteligente cuando quieres, Bran. ¿Has pensado alguna vez que podrías lucir una cadena de maestre? Aprenderías infinidad de cosas.

—Quiero aprender magia —dijo Bran—. El cuervo me prometió que volaría.

—Puedo enseñarte historia —dijo el maestre Luwin con un suspiro—, curación, las propiedades de las hierbas... Puedo enseñarte el lenguaje de los cuervos, y a construir un castillo, y a guiarte por las estrellas como hacen los marineros para guiar sus barcos. Puedo enseñarte a medir los días y a marcar las estaciones, y en la Ciudadela de Antigua aprenderías mil cosas más. Pero no, Bran. Nadie te puede enseñar magia.

—Los hijos sí podrían —replicó Bran—. Los hijos del bosque. —Entonces recordó la promesa que le había hecho a Osha en el bosque de dioses, y se lo contó todo a Luwin.

—Me parece que esa salvaje cuenta cuentos mejor que la Vieja Tata —dijo el maestre cuando Bran hubo terminado, después de escucharlo con educación—. Si quieres, volveré a hablar con ella, pero será mejor que no molestes a tu hermano con esas tonterías. Tiene muchas preocupaciones; no le hace ninguna falta pensar en gigantes y hombres muertos que rondan por ahí. Los que tienen a tu padre son los Lannister, Bran, no los hijos del bosque. —Le puso una mano en el brazo con gesto amable—. Piensa en lo que te he dicho, muchacho.

Y dos días más tarde, bajo la luz rojiza del amanecer, Bran estaba en el patio, bajo el puesto de guardia, sujeto con correas a Bailarina, para despedir a su hermano.

—Ahora eres el señor de Invernalia —le dijo Robb. Iba a lomos de un semental gris de crines hirsutas. De la silla del caballo colgaba su escudo, de madera con refuerzos de hierro, blanco y gris, con el blasón del lobo huargo. Vestía una cota de malla color gris sobre las prendas de cuero; de la cintura le colgaban una espada y un puñal, y se cubría los hombros con una capa ribeteada en piel—. Tendrás que ocupar mi lugar, igual que yo ocupé el de padre, hasta que volvamos a casa.

—Lo sé —dijo Bran con tristeza. Jamás se había sentido tan solo y asustado. No sabía qué hacer para ser un señor.

—Atiende los consejos del maestre Luwin, y cuida bien de Rickon. Dile que volveré en cuanto acabe la batalla.

Rickon se había negado a bajar. Estaba en su habitación, con los ojos enrojecidos, desafiante.

«¡No! —había gritado cuando Bran le preguntó si no quería ir a decirle adiós a Robb—. ¡No adiós!»

—Ya se lo he dicho —suspiró Bran—. Dice que nadie vuelve.

—No puede comportarse como un crío eternamente. Es un Stark, y tiene casi cuatro años. —Robb suspiró—. En fin; madre no tardará en volver. Y yo traeré a padre, te lo prometo.

Espoleó el caballo y se alejó al trote seguido por Viento Gris, delgado y veloz. Hallis Mollen los precedió a través de la puerta, con el estandarte blanco de la casa Stark ondeando al viento. Theon Greyjoy y el Gran Jon iban cada uno a un lado de Robb, y sus caballeros formaron una doble columna tras ellos, mientras el sol arrancaba reflejos de las puntas de acero de las lanzas.

Recordó, inquieto, las palabras de Osha: «Va a marchar en la dirección que no debe». Por un momento sintió deseos de galopar en pos de él y avisarlo, pero entonces, Robb desapareció bajo el rastrillo, y la ocasión se esfumó.

Al otro lado de los muros del castillo resonó un clamor. Los soldados de infantería y los habitantes de la ciudad aclamaban a Robb cuando pasaba junto a ellos. Aclamaban a lord Stark, al señor de Invernalia, a lomos de su gran corcel, con la capa ondeando al viento y Viento Gris corriendo a su lado. Bran, dolido, comprendió que a él nunca lo aclamarían así. La ausencia de su padre y de su hermano lo convertía en el señor de Invernalia, pero seguía siendo Bran el Roto. Ni siquiera podía bajarse solo del caballo.

Cuando los gritos y aclamaciones se fueron acallando, y el patio quedó al fin desierto, Invernalia le pareció un lugar abandonado y muerto. Bran examinó los rostros de los que quedaban allí: mujeres, niños, ancianos... y Hodor. El enorme mozo de cuadras tenía una expresión asustada en el rostro.

—¿Hodor? —dijo con tristeza.

—Hodor —asintió Bran, preguntándose qué significaría aquello.

DAENERYS

Cuando hubo obtenido placer, Khal Drogo se levantó de las mantas de dormir, imponente como un torreón. La luz rojiza de los braseros le arrancaba destellos de la piel oscura como el bronce, y destacaba las líneas tenues de antiguas cicatrices en el pecho amplio. El pelo suelto, negro como la tinta, le caía sobre los hombros y por la espalda, más allá de la cintura. Su miembro tenía un brillo húmedo. El *khal* tenía los labios fruncidos bajo los largos bigotes.

—El semental que monta el mundo no necesita sillas de hierro.

Dany se incorporó sobre un codo para mirarlo, tan alto, tan magnífico. Lo que más le gustaba era su cabello. Nunca se lo había cortado, porque no conocía la derrota.

—La profecía dice que el semental cabalgará hasta los confines de la tierra —dijo.

—La tierra termina en el mar de sal negra —replicó Drogo al instante. Mojó un paño en un barreño de agua tibia para limpiarse el sudor y el aceite de la piel—. Ningún caballo puede cruzar el agua envenenada.

—En las Ciudades Libres hay miles de barcos —le dijo Dany, como tantas veces antes—. Caballos de madera con cien patas, que vuelan sobre el mar con alas llenas de viento.

—No hablaremos más de caballos de madera y sillas de hierro. —Khal Drogo no quería saber nada más de aquello. Soltó el paño y empezó a vestirse—. Hoy iré a la hierba a cazar, mujer esposa —anunció mientras se ponía un chaleco pintado y se abrochaba un cinturón ancho, adornado con medallones de plata, oro y bronce.

—Sí, mi sol y estrellas —dijo Dany.

Drogo y sus jinetes de sangre iban a cabalgar en busca del *hrakkar,* el gran león blanco de las llanuras. Si regresaban triunfantes, su señor esposo estaría de excelente humor, y quizá entonces la escuchara.

Él no temía a las bestias salvajes, ni a ningún hombre que respirase, pero el mar era otra cosa. Para los dothrakis, el agua que los caballos no podían beber era algo maligno; las llanuras ondulantes y verdosas del océano les inspiraban una repulsión supersticiosa. Drogo era más audaz que cualquier otro señor de los caballos en casi todos los sentidos... pero no en aquel. Si ella consiguiera subirlo a un barco...

Cuando el *khal* y sus jinetes de sangre se marcharon con sus arcos, Dany llamó a las doncellas. Se sentía tan gruesa y torpe que agradecía la ayuda de sus manos fuertes y hábiles, cuando en el pasado la había incomodado su manera de revolotear en torno a ella. La limpiaron bien, y la vistieron con sedas sueltas y vaporosas. Mientras Doreah le cepillaba el cabello, envió a Jhiqui a buscar a ser Jorah Mormont.

El caballero acudió al instante. Llevaba polainas de piel de caballo y chaleco pintado, como cualquier otro jinete. Tenía el pecho amplio y los brazos musculosos cubiertos de vello negro.

—Princesa mía —dijo—. ¿En qué puedo serviros?

—Quiero que habléis con mi señor esposo —dijo Dany—. Drogo dice que el semental que monta el mundo gobernará sobre todas las tierras, y no tendrá por qué cruzar las aguas envenenadas. Habla de llevar el *khalasar* al este cuando nazca Rhaego, para saquear las tierras que rodean el mar de Jade.

—El *khal* no ha visto jamás los Siete Reinos —dijo al final el caballero, que se había quedado pensativo—. Para él no significan nada. Si alguna vez piensa en ellos, sin duda los imagina como islas, como unas cuantas ciudades pequeñas erigidas sobre rocas, como Lorath o Lys, y rodeadas de mares tormentosos. Las riquezas del este le parecen una perspectiva más tentadora.

—Pero debe ir hacia el oeste —insistió Dany, desesperada—. Por favor, ayudadme; tengo que hacer que lo entienda.

Ella nunca había visto los Siete Reinos, igual que Drogo, pero sentía que los conocía tras escuchar todas las historias que le contara su hermano. Viserys le había prometido mil veces que algún día la llevaría allí. Pero estaba muerto, y sus promesas habían muerto con él.

—Los dothrakis hacen las cosas cuando creen conveniente, y por los motivos que consideran convenientes —respondió el caballero—. Tened paciencia, princesa. No cometáis el mismo error que vuestro hermano. Volveremos a nuestro hogar, os lo prometo.

¿Hogar? Aquella palabra la entristecía. Ser Jorah tenía su Isla del Oso, pero ¿cuál era el hogar para ella? Unas cuantas historias, nombres recitados con la solemnidad de una plegaria, el recuerdo cada vez más lejano de una puerta roja... ¿Sería Vaes Dothrak su hogar para siempre? Cuando miraba a las viejas del *dosh khaleen,* ¿estaba contemplando su futuro?

Ser Jorah debió de advertir la tristeza en su rostro.

—Durante la noche ha llegado una gran caravana, *khaleesi.* Cuatrocientos caballos que vienen de Pentos, pasando por Norvos y por Qohor, bajo el mando del capitán mercante Byan Votyris. Puede que Illyrio haya enviado alguna carta. ¿Queréis ir al Mercado Occidental?

—Sí —dijo Dany animada—. Me encantaría. —Los mercados cobraban vida siempre que llegaba una caravana. Nunca se sabía qué tesoros llevarían los mercaderes, y le gustaría volver a oír hablar en valyrio, como en las Ciudades Libres—. Irri, que me preparen una litera.

—Avisaré a vuestro *khas* —dijo ser Jorah, al tiempo que se retiraba.

Si Khal Drogo hubiera estado con ella, Dany habría ido montada en la plata. Las mujeres dothrakis iban a caballo casi hasta el momento del parto, y ella no quería parecer débil a los ojos de su esposo. Pero el *khal* estaba de caza, y era agradable tumbarse sobre cojines suaves y dejarse llevar por Vaes Dothrak bajo cortinas de seda roja que la protegían del sol. Ser Jorah montó y cabalgó junto a ella, con los cuatro jóvenes de su *khas* y las doncellas.

Era un día cálido y sin nubes; el cielo tenía un profundo color azul. Cuando soplaba el viento, le transmitía los olores deliciosos de la tierra y la hierba. La litera pasó bajo los monumentos robados, que proyectaban sombras en el camino. Dany examinó los rostros de los héroes muertos y los reyes olvidados. Se preguntó si los dioses de las ciudades quemadas aún escuchaban plegarias.

«Si no fuera de la sangre del dragón —meditó con melancolía—, esto podría ser mi hogar.» Era la *khaleesi;* tenía un hombre fuerte y un caballo rápido, doncellas que la servían, guerreros que la protegían y un lugar de honor reservado en el *dosh khaleen* para cuando se hiciera vieja... y en su vientre crecía un hijo que algún día dominaría el mundo. Cualquier mujer se conformaría con aquello. Pero el dragón, no. Tras la muerte de Viserys, Daenerys era la última; no quedaba nadie más. Ella era la semilla de reyes y conquistadores, igual que el niño que llevaba dentro. No debía olvidarlo jamás.

El Mercado Occidental era una gran plaza de tierra batida, rodeada de edificaciones de ladrillo de barro cocido, establos para animales y tabernas encaladas. Del suelo sobresalían unos montículos, como los dorsos de grandes bestias subterráneas, fauces negras abiertas que llevaban a cavernas inmensas, muy frescas, que servían de almacenes. El centro de la plaza eran un laberinto de tenderetes y pasadizos retorcidos, con un entoldado de hierba trenzada.

Cuando llegaron había un centenar de mercaderes y comerciantes descargando mercancías e instalando tenderetes, pero aun así, el inmenso mercado parecía silencioso y desierto en comparación con los populosos bazares que Dany recordaba de Pentos y de otras Ciudades Libres. Ser Jorah le había explicado que los mercaderes llegaban con sus caravanas a Vaes Dothrak procedentes del este y del oeste, pero no tanto para vender cosas a los dothrakis como para comerciar entre ellos. Los jinetes los dejaban ir y venir sin molestarlos, siempre que respetaran la paz de la ciudad sagrada, no profanaran la Madre de las Montañas ni el Vientre del Mundo, y honraran a las viejas del *dosh khaleen* con los tradicionales regalos de sal, plata y semillas. Los dothrakis no acababan de comprender aquello de la compra y la venta.

A Dany le gustaba el exotismo del Mercado Oriental, con sus extrañas formas, sonidos y olores. Solía pasar allí muchas mañanas, mordisqueando huevos de árbol, empanadas de saltamontes y fideos verdes, escuchando las voces agudas y ululantes de los recitadores de hechizos, contemplando las manticoras en sus jaulas de plata, los inmensos elefantes grises y los caballos con rayas blancas y negras de Jogos Nhai. También le gustaba observar a los que pasaban: los asshaítas morenos y solemnes; los qarthienses altos y pálidos; los hombres de Yi Ti, con ojos brillantes y sombreros con colas de mono; las doncellas guerreras de Bayasabhad, Shamyriana y Kayakayanaya, con aros de hierro en los pezones y rubíes en las mejillas, y hasta los severos y aterradores Hombres Sombríos, que se llenaban de tatuajes el pecho, los brazos y las piernas, y ocultaban los rostros detrás de máscaras. El Mercado Oriental era, para Dany, un lugar lleno de magia y maravillas.

En cambio, el Mercado Occidental olía a hogar.

Cuando Irri y Jhiqui la ayudaron a bajarse de la litera, olfateó el aire y reconoció los olores penetrantes del ajo y la pimienta, aromas que le recordaron los días lejanos en los callejones de Tyrosh y Myr, y la hicieron sonreír. Por debajo de aquellos olores le llegó también el de los perfumes dulces y embriagadores de Lys. Vio esclavos que transportaban rollos de intrincado encaje de Myr y de lanas finas en una docena de colores vivos. Los guardias de la caravana vagaban por los pasillos, entre los tenderetes, con cascos de cobre y túnicas hasta la rodilla de algodón amarillo acolchado, con las vainas de las espadas vacías colgadas de los cinturones de cuero. Tras uno de los tenderetes, un armero exhibía corazas de acero con ornamentos de oro y plata, y yelmos trabajados para darles forma de cabezas de animales. Junto a él había una joven hermosa que vendía joyería de oro de Lannisport: anillos, broches, torques, y medallones exquisitamente labrados, perfectos para hacer cinturones. Vigilaba el tenderete un corpulento eunuco, calvo y mudo, vestido con ropas de terciopelo empapadas de sudor, que miraba con el ceño fruncido a todo el que se acercaba. Al otro lado del pasillo había un grueso comerciante de tejidos de Yi Ti, que regateaba con un pentoshi por el precio de un tinte verde. La cola de mono de su sombrero se movía de un lado al otro cada vez que sacudía la cabeza.

—De pequeña me encantaba jugar en el bazar —le dijo Dany a ser Jorah mientras deambulaban por el pasillo sombreado, entre los tenderetes—. Aquello estaba tan vivo... tantas personas gritando y riendo, tantas cosas maravillosas a la vista... Aunque rara vez teníamos dinero para comprar nada. Bueno, excepto una salchicha de cuando en cuando, o dedos de miel... ¿En los Siete Reinos hay dedos de miel como los que preparan en Tyrosh?

—Son unos pastelillos, ¿verdad? No sabría deciros, princesa. —Hizo una reverencia—. Si me disculpáis un instante, voy a ver al capitán, por si trae cartas para nosotros.

—Muy bien. Os ayudaré a buscarlo.

—No hace falta que os molestéis. —Ser Jorah apartó la vista, nervioso—. Disfrutad del mercado. Me reuniré con vos en cuanto termine con este asunto.

«Qué curioso», pensó Dany mientras veía como se alejaba a zancadas entre la muchedumbre. No entendía por qué no quería que lo acompañara. Quizá ser Jorah quisiera buscar una mujer después de hablar con el capitán mercante. A menudo, con las caravanas viajaban algunas prostitutas, aquello sí lo sabía, y a algunos hombres les daba vergüenza que se vieran sus relaciones. Se encogió de hombros.

—Vamos —les dijo Dany a los demás, y reanudó el paseo por el mercado, seguida por sus doncellas—. ¡Oh, mirad! —exclamó dirigiéndose a Doreah—. A esas salchichas me refería. —Señaló en dirección a un tenderete, tras el que una mujercita arrugada asaba carne y cebollas sobre una piedra caliente—. Las preparan con mucho ajo y guindillas picantes. —Encantada con su descubrimiento, Dany insistió en que todos probaran las salchichas. Las doncellas devoraron las suyas entre sonrisas y risitas, aunque los hombres de su *khas* olisquearon la carne con desconfianza—. El sabor es diferente del que recordaba —dijo Dany tras los primeros mordiscos.

—En Pentos las preparo con cerdo —dijo la anciana—, pero todos mis puercos murieron en el mar dothraki. Estas son de carne de caballo, *khaleesi,* pero las condimento igual.

—Vaya —suspiró Dany, decepcionada.

En cambio, a Quaro le gustó tanto la salchicha que se comió otra, y Rakharo, para superarlo, se comió tres más, tras lo cual eructó de manera sonora. Dany se echó a reír.

—No os oíamos reír desde que Drogo coronó a vuestro hermano, el *Khal Rhaggat* —dijo Irri—. Me alegra veros así, *khaleesi.*

Dany sonrió con timidez. A ella también le gustaba reír. Volvía a sentirse casi una niña.

Dedicaron media mañana a recorrer el mercado. Vio una hermosa capa con plumas que procedía de las Islas del Verano, y se la regalaron. Ella, a cambio, le dio al mercader un medallón de plata de su cinturón. Era la costumbre entre los dothrakis. Un vendedor de pájaros enseñó a un loro verde y rojo a decir su nombre, y Dany volvió a reírse, pero no se lo llevó. ¿Qué podía hacer con un loro verde y rojo en un *khalasar*? En cambio, sí cogió una docena de botellitas de aceites perfumados, los aromas de su infancia; solo tenía que cerrar los ojos y olerlos, y volvía a ver la casa grande de la puerta roja. Doreah miró con ojos ansiosos un amuleto de fertilidad en el tenderete de un mago, y Dany lo cogió para ella, pensando que luego tendría que buscar algo también para Irri y Jhiqui.

Al doblar una esquina se encontraron con un mercader que ofrecía diminutos vasitos de su mercancía a los transeúntes.

—Tintos dulces —proclamaba en excelente dothraki—. Tengo tintos dulces, de Lys, de Volantis y del Rejo. Blancos de Lys, coñac de peras de Tyrosh, vino de fuego, vino de pimienta, néctares verdes de Myr. Cosechas de bayas ahumadas y agrios de Andal, tengo de todo, tengo de todo. —Era un hombrecillo menudo, esbelto y atractivo, con el cabello rubio rizado y perfumado a la moda de Lys. Cuando Dany se detuvo ante su puesto, hizo una profunda reverencia—. ¿Quiere probar algo la *khaleesi*? Tengo un tinto dulce de Dorne, mi señora; su sabor canta a ciruelas, a cerezas y a roble oscuro. ¿Un barril, una copa, un traguito? Después de probarlo, le pondréis mi nombre a vuestro hijo.

—Mi hijo ya tiene nombre, pero probaré vuestro vino veraniego —dijo Dany, sonriente, en valyrio, en el valyrio que se hablaba en las Ciudades Libres. Las palabras le salieron con dificultad; hacía mucho tiempo que no hablaba el idioma—. Solamente un traguito, si sois tan amable.

Seguramente, el mercader la había tomado por dothraki, en vista de las ropas que llevaba, el pelo aceitado y la piel bronceada por el sol. La miró, atónito.

—Mi señora, ¿sois... de Tyrosh? ¿Es posible?

—Puede que hable como los tyroshis y que mi atuendo sea dothraki, pero soy occidental, de los Reinos del Ocaso —le respondió Dany.

—Tenéis el honor de hablar con Daenerys de la casa Targaryen —dijo Doreah adelantándose hasta situarse junto a ella—, Daenerys de la Tormenta, *khaleesi* de los jinetes y princesa de los Siete Reinos.

—Princesa —dijo el comerciante de vinos poniéndose de rodillas e inclinando la cabeza.

—Levantaos —le ordenó Dany—. Sigo queriendo probar ese vino veraniego del que hablabais.

—¿Ese? —El hombre se levantó—. Una porquería de Dorne. No es digno de una princesa. Tengo un tinto fuerte del Rejo, tostado y delicioso. Permitid que os lo regale.

—Me honráis —murmuró con voz dulce. En las visitas de Khal Drogo a las Ciudades Libres, su esposo se había aficionado a los buenos vinos, y sabía que aquella cosecha tan noble lo complacería.

—El honor es mío. —El comerciante rebuscó en la parte trasera del tenderete, y volvió con un barrilito de roble. Llevaba grabado a fuego un racimo de uvas—. El blasón de los Redwyne —dijo—, del Rejo. No hay bebida mejor.

—Khal Drogo y yo lo tomaremos juntos. Aggo, pon esto en mi litera, por favor. —El comerciante de vinos sonrió de oreja a oreja cuando el dothraki cogió el barrilito.

Dany no se dio cuenta de que ser Jorah había regresado hasta que oyó su voz.

—No. —Tenía un tono extraño, brusco—. Aggo, deja ese barril aquí. —Aggo miró a Dany. Ella asintió, titubeante.

—¿Sucede algo, ser Jorah?

—Tengo sed. Ábrelo, mercader.

—El vino es para la *khaleesi* —replicó el comerciante con el ceño fruncido—, no para personas como vos.

—Si no lo abres ahora mismo —dijo ser Jorah acercándose más al puesto—, lo abriré yo. Con tu cabeza. —No llevaba armas: estaban en la ciudad sagrada, solo tenía sus manos... pero con las manos le bastaba: eran grandes, duras, peligrosas, con los nudillos cubiertos de vello negro. El mercader titubeó un momento, cogió el martillo y rompió el tapón del barrilito—. Sirve —le ordenó ser Jorah.

Los cuatro jóvenes guerreros del *khas* de Dany se situaron tras él, con el ceño fruncido, y lo miraron fijamente con los ojos oscuros y almendrados.

—Sería un crimen beber un vino como este sin dejar que se airease —dijo el comerciante de vinos, que no había soltado aún el martillo.

—Haz lo que dice ser Jorah —ordenó Dany. Jhogo se había llevado la mano al látigo, pero ella lo detuvo con un leve toque en el brazo. La gente empezaba a pararse para mirar.

—Como ordene la princesa —dijo el hombrecillo dirigiéndole una mirada rápida y hosca. Tuvo que soltar el martillo para coger el barrilito. Sirvió dos vasos de cata diminutos, con tanta habilidad que no se derramó ni una gota.

Ser Jorah cogió uno y olfateó el vino con el ceño fruncido.

—Dulce, ¿eh? —comentó el mercader con una sonrisa—. ¿Captáis el olor afrutado? Es el perfume del Rejo. Probadlo, mi señor, y decidme si no es el mejor vino, el más delicioso que haya llegado a vuestra boca.

—Pruébalo tú primero —dijo ser Jorah ofreciéndole el vaso.

—¿Yo? —El hombrecillo se echó a reír—. Yo no soy digno de una cosecha como esta, mi señor. Y mal comerciante de vinos es aquel que bebe sus mejores caldos. —Su sonrisa era amistosa, pero Dany vio que tenía la frente perlada de sudor.

—Vas a beber —dijo Dany, fría como el hielo—. Apura el vaso, o diré que te sujeten mientras ser Jorah te vacía el barril entero en el gaznate.

El vendedor de vinos se encogió de hombros, extendió la mano para coger el vaso... y en vez de hacerlo, agarró el barrilito y se lo lanzó a Dany con todas sus fuerzas. Ser Jorah se tiró contra ella para apartarla de la trayectoria. El barrilito le dio en el hombro, y fue a estrellarse contra el suelo. Dany se tambaleó y perdió el equilibrio.

—¡No! —gritó, echando los brazos hacia delante para amortiguar la caída...

... y Doreah la agarró por el brazo y tiró de ella hacia atrás, de manera que cayó sobre las rodillas, no sobre el vientre.

El mercader saltó por encima del tenderete y trató de huir entre Aggo y Rakharo. Quaro echó mano del *arakh* que no llevaba, cuando el hombrecillo rubio lo empujó para pasar. Corrió por el pasillo, entre las tiendas. Dany oyó el restallar del látigo de Jhogo y vio como la serpiente de cuero se enroscaba en torno a la pierna del comerciante, que cayó de bruces.

Una docena de guardias de la caravana corrieron hacia ellos. Al frente iba su jefe, el capitán mercante Byan Votyris, un norvoshi menudo con piel como el cuero viejo y bigotes azulados que le llegaban hasta las orejas. Pareció entender qué pasaba sin que nadie dijera ni una palabra.

—Llevaos a este para que el *khal* disponga de él —ordenó, señalando al hombre caído. Dos de los guardias pusieron al hombre en pie—. Sus bienes son vuestros, princesa —siguió el capitán mercante—. Es poca compensación, ya que ha sido uno de mis hombres quien ha intentado semejante cosa.

Doreah y Jhiqui ayudaron a Dany a ponerse en pie. El vino envenenado se seguía derramando en la tierra.

—¿Cómo lo habéis sabido? —le preguntó, temblorosa, a ser Jorah—. ¿Cómo?

—No lo sabía hasta que ese hombre se ha negado a beber, *khaleesi*. Pero, tras leer la carta del magíster Illyrio, me temía algo. —Los ojos oscuros escudriñaron los rostros de los desconocidos que los rodeaban en el mercado—. Vámonos. Es mejor no hablar aquí.

Dany estaba al borde de las lágrimas. Volvía a tener en la boca un sabor conocido, el del miedo. El miedo a Viserys que la había dominado durante años; el miedo a despertar al dragón. Aquello era todavía peor. No solo temía por sí misma, sino también por el bebé. Este debió de percibir su inquietud, porque se movía intranquilo en su interior. Dany se acarició el vientre, deseando poder tocarlo, calmarlo.

—Eres de la sangre del dragón, pequeño —susurró mientras la litera se mecía, con las cortinas echadas—. Eres de la sangre del dragón, y el dragón no tiene miedo.

Cuando llegaron a la caverna subterránea que era su hogar en Vaes Dothrak, Dany ordenó que la dejaran a solas con ser Jorah.

—Decidme —le ordenó al tiempo que se acomodaba sobre los cojines—, ¿ha sido el Usurpador?

—Sí. —El caballero le mostró un pergamino doblado—. Una carta para Viserys, del magíster Illyrio. Robert Baratheon ofrece tierras y un título de lord por vuestra muerte o la de vuestro hermano.

—¿La de mi hermano? —Su sollozo fue casi una carcajada—. No lo sabe aún, ¿eh? El Usurpador tendrá que nombrar lord a Drogo. —Su carcajada fue casi un sollozo. Se estrechó el vientre con gesto protector—. Y a mí. ¿Solo a mí?

—A vos y a vuestro hijo —dijo ser Jorah, sombrío.

—No. No hará daño a mi hijo. —Se prometió que no lloraría. Que no temblaría de miedo.

«El Usurpador ha despertado al dragón», se dijo... y desvió la mirada hacia los huevos de dragón, que reposaban en sus nidos de terciopelo. La luz titubeante de la lámpara arrancaba destellos de las escamas pétreas, como chispas de jade, de rubí, de oro.

¿Fue una locura nacida del miedo lo que la dominó en aquel momento? ¿O tal vez una extraña sabiduría, enterrada en su sangre? Dany no habría sabido decirlo.

—Ser Jorah, encended el brasero —se oyó decir.

—*¿Khaleesi?* —El caballero la miró, extrañado—. Hace mucho calor. ¿Estáis segura?

—Sí. —Dany jamás había estado tan segura de nada—. Siento... siento escalofríos. Encended el brasero.

—A vuestras órdenes —dijo el caballero con una reverencia.

Cuando el fuego estuvo encendido, Dany despachó a ser Jorah. Para lo que iba a hacer necesitaba estar sola.

«Esto es una locura —se dijo al tiempo que cogía el huevo negro y escarlata—. Se romperá y arderá, y es tan hermoso... Ser Jorah pensará que soy tonta por estropearlo, pero... pero...»

Acunó el huevo entre las manos, lo llevó ante el brasero y lo puso sobre los carbones al rojo. Las escamas negras parecieron brillar al absorber el calor. Las llamas lamieron la piedra con diminutas lenguas rojas. Dany colocó los otros dos huevos junto al negro, sobre el fuego. Se alejó del brasero y contuvo la respiración.

Se quedó mirando hasta que las ascuas se convirtieron en cenizas. Algunas chispas flotaron en torno a los huevos, y el calor dibujaba ondulaciones sobre ellos. Nada más.

«Vuestro hermano Rhaegar fue el último dragón», le había dicho ser Jorah. Dany contempló los huevos con tristeza. ¿Qué había esperado? Los huevos habían estado vivos hacía mil años, pero ya no eran más que piedras hermosas. De ellos no saldría jamás un dragón. Un dragón era aire y fuego. Carne viva, no piedra muerta.

Cuando Khal Drogo regresó, el brasero volvía a estar frío. Cohollo llevaba por las riendas un caballo cargado con el cuerpo de un gran león blanco. Las estrellas empezaban a brillar en el cielo. El *khal* se bajó de su semental entre carcajadas y le mostró a Dany los arañazos en la pierna, allí donde las garras del *hrakkar* habían traspasado el tejido de las polainas.

—Te haré una capa con su piel, luna de mi vida —le juró.

Las risas cesaron cuando Dany le contó lo que había sucedido en el mercado. Khal Drogo se quedó en silencio.

—Este envenenador ha sido el primero —le advirtió ser Jorah Mormont—, pero no será el último. Muchos hombres arriesgarían lo que fuera por un título de lord.

—Ese vendedor de venenos ha huido de la luna de mi vida —dijo al final Drogo, después de estar un rato en silencio—. Ahora la perseguirá. Eso hará. Jhogo, Jorah el Ándalo, a cada uno de vosotros os digo esto: elegid cualquiera de mis caballos, y será vuestro. Cualquiera excepto el mío y la plata que fue mi regalo a la luna de mi vida. Eso os obsequio por lo que habéis hecho.

»Y a Rhaego, hijo de Drogo, el semental que montará el mundo, a él también le prometo un regalo. A él le entregaré esa silla de hierro en la que se sentaba el padre de su madre. A él le entregaré los Siete Reinos. Eso haré yo, Drogo, *khal.* —Alzó la voz y levantó el puño hacia el cielo—. Llevaré mi *khalasar* hacia el oeste, adonde termina el mundo; montaré en los caballos de madera que cruzan el agua de sal negra, como ningún otro *khal* ha hecho antes. Mataré a los hombres de los ropajes de hierro y derribaré sus casas de piedra. Violaré a sus mujeres, tomaré a sus hijos como esclavos y traeré sus dioses a Vaes Dothrak para que se inclinen bajo la Madre de las Montañas. Lo juro yo, Drogo, hijo de Bharbo. Lo juro ante la Madre de las Montañas; las estrellas son testigos.

El *khalasar* partió de Vaes Dothrak dos días después, hacia el sudoeste, por las llanuras. Khal Drogo iba a la cabeza, a lomos de su garañón rojizo. Daenerys iba a su lado, montada en la plata. El vendedor de vinos corría tras ellos, desnudo, a pie, encadenado por el cuello y las muñecas. Las cadenas iban atadas al cabestro de la plata de Dany. Mientras montara, tendría que correr tras ella, descalzo y tambaleante. No le sucedería nada... mientras mantuviera su ritmo.

CATELYN

Estaban demasiado lejos para distinguir los blasones con claridad, pero pese a la niebla alcanzó a ver que eran blancos y con una mancha oscura en el centro, que solo podía ser el lobo huargo de los Stark, gris sobre campo de hielo. Catelyn tiró de las riendas e inclinó la cabeza para recitar una plegaria de agradecimiento. Los dioses eran bondadosos. No llegaba demasiado tarde.

—Aguardan nuestra llegada, mi señora —dijo ser Wylis Manderly—, como mi señor padre juró que harían.

—Pues no los hagamos esperar más.

Ser Brynden Tully picó espuelas y emprendió el trote hacia los estandartes. Catelyn cabalgó a su lado.

Ser Wylis y su hermano, ser Wendel, los siguieron junto con su ejército, unos quinientos hombres: veintitantos caballeros con sus correspondientes escuderos, doscientos lanceros, espadas y jinetes libres a caballo, y el resto a pie, armados con lanzas, picas y tridentes. Lord Wyman se había quedado atrás para encargarse de la defensa de Puerto Blanco. Tenía casi sesenta años, y había engordado demasiado para montar a caballo.

—Si hubiera pensado que volvería a ver una guerra, no habría comido tantas anguilas —le había dicho a Catelyn cuando llegó a su barco, al tiempo que se palmeaba el enorme vientre con ambas manos. Tenía los dedos rollizos como salchichas—. Pero mis chicos os llevarán a salvo junto a vuestro hijo; no temáis.

Sus «chicos» eran ambos mayores que Catelyn, y ella habría preferido que no fueran tan parecidos a su padre. A ser Wylis le faltaban solo unas cuantas anguilas para no poder montar a caballo; el pobre animal inspiraba compasión. Ser Wendel, el chico más joven, habría sido el hombre más grueso del mundo si no existieran su padre y su hermano. Wylis era silencioso y formal; Wendel, escandaloso y bullicioso; ambos lucían llamativos bigotes de morsa y cabezas tan peladas como el trasero de un bebé; y por lo visto, ninguno de los dos tenía una prenda de vestir que no estuviera llena de manchas de comida. Pero le caían bien. La habían llevado junto a Robb, como su padre juró que harían, y eso era lo único que importaba.

Se alegró de ver que su hijo había enviado exploradores incluso en dirección este. Los Lannister, cuando llegaran, llegarían del sur, pero estaba bien que Robb fuera cauteloso.

«Mi hijo lleva un ejército a la guerra», pensó sin terminar de creérselo. Tenía miedo por él y por Invernalia, pero no podía negar que también sentía cierto orgullo. Hacía un año, Robb era un niño. ¿Qué sería en aquel momento?

Los jinetes de la avanzadilla vieron el blasón de los Manderly, el tritón con un tridente en la mano surgiendo de un mar azul verdoso, y los saludaron con alegría. Los guiaron hasta terreno elevado y seco donde podrían montar el campamento. Ser Wylis dio orden de detener la columna, y se quedó atrás con sus hombres para encargarse de que se encendieran las hogueras y se atendiera a los caballos, mientras que su hermano Wendel siguió con Catelyn y su tío para presentarle al señor los respetos de su padre.

El terreno que pisaban los cascos de los caballos era blando y húmedo. Pasaron entre hogueras encendidas con turba, hileras de caballos, y carromatos cargados con carne salada y galletas de rancho. En un saliente rocoso algo elevado vieron el pabellón de lona de un señor. Catelyn reconoció el estandarte, el alce de los Hornwood, marrón sobre campo naranja oscuro.

Más allá, entre la niebla, divisó las torres y los muros de Foso Cailin... o lo que quedaba de ellos. Había bloques inmensos de basalto, todos grandes como casas, dispersos como los juguetes de un niño, medio hundidos en el suelo blando y pantanoso. De la muralla, que había sido tan alta como la de Invernalia, no quedaba nada. Las edificaciones de madera habían desaparecido, se habían podrido mil años atrás, sin dejar ni un rastro que hablara de su existencia. De lo que había sido la fortaleza de los primeros hombres solo quedaban tres torres... y, si las leyendas eran ciertas, habían sido veinte.

La Torre de la Entrada parecía bastante sólida; incluso quedaban restos de muralla a ambos lados. La Torre del Borracho, en el pantano, en el punto donde en el pasado se unieran los muros sur y oeste, estaba inclinada como un hombre a punto de vomitar el vino bebido en exceso. Y la Torre de los Hijos, alta y esbelta, donde, según la leyenda, los hijos del bosque les pidieron a sus dioses sin nombre que enviaran el martillo de las aguas, tenía la parte superior destruida. Era como si una bestia enorme hubiera arrancado de un mordisco las almenas, para luego escupirlas trituradas por el pantano. Las tres torres estaban cubiertas de musgo. Entre las piedras, al norte de la Torre de la Entrada, crecía un árbol. De sus ramas retorcidas colgaban jirones de piel de fantasma.

—Los dioses se apiaden de nosotros —exclamó ser Brynden al ver aquel espectáculo—. ¿Esto es Foso Cailin? Pero si no es más que una...

—... trampa mortal —terminó Catelyn—. Ya sé que lo parece, tío; a mí me dio la misma sensación la primera vez que lo vi, pero a decir de Ned, estas ruinas son más formidables de lo que parecen. Desde las tres torres que quedan en pie se domina por completo el camino elevado; cualquier enemigo debe pasar entre ellas. Aquí, los pantanos son impenetrables, hay arenas movedizas y abundan las serpientes. Si un ejército intentara tomar por asalto cualquiera de las torres, tendría que vadear un lodo negro que llega a la cintura, cruzar un foso lleno de lagartos león y trepar por muros resbaladizos de musgo; todo eso mientras los arqueros disparan desde las otras torres. —Dirigió a su tío una sonrisa sombría—. Y se dice que, cuando cae la noche, salen los fantasmas, los espíritus fríos y vengativos del norte que se alimentan de sangre sureña.

—Pues recuérdame que me ponga a cubierto —dijo ser Brynden dejando escapar una risita—. Si mal no recuerdo, yo también soy sureño.

Los estandartes ondeaban en la cima de las tres torres. El sol de los Karstark, en la Torre del Borracho, bajo el lobo huargo; en la Torre de los Hijos se divisaba el gigante del Gran Jon, con sus cadenas rotas. Pero en la Torre de la Entrada, el blasón de los Stark se alzaba en solitario. Allí era donde Robb había instalado su cuartel. Catelyn se dirigió hacia allí seguida por ser Brynden y ser Wendel, y los caballos recorrieron lentamente un camino de troncos y tablones tendido sobre los campos de lodo verde y negro.

Su hijo estaba rodeado por los vasallos de su esposo, en una sala barrida por el viento en la que un fuego de turba ardía en un hogar renegrido. Estaba sentado ante una enorme mesa; tenía delante montones de mapas y papeles, y parecía muy concentrado en la conversación con Roose Bolton y el Gran Jon. Al principio no la vio... pero su lobo sí. La enorme bestia gris estaba tumbada cerca del fuego, y cuando Catelyn entró, alzó la cabeza y clavó los ojos dorados en los suyos. Uno a uno, los señores quedaron en silencio, y Robb alzó la mirada.

—¿Madre? —dijo, con la voz entrecortada por la emoción.

Catelyn deseaba con todas sus fuerzas correr hacia él, besarle la frente, rodearlo con sus brazos y estrecharlo muy fuertemente para que no le pasara nada malo... pero no se atrevió a hacerlo delante de sus hombres. Su hijo estaba actuando como un adulto, y no se lo podía arrebatar. Así que se quedó al otro lado de la losa de basalto que les servía de mesa. El lobo huargo se puso en pie y recorrió la sala hasta llegar junto a ella. Estaba más grande que ningún lobo jamás visto.

—Te has dejado barba —le dijo a Robb mientras Viento Gris le olisqueaba la mano.

—Sí. —Él se frotó el vello de la barbilla, más rojizo que el cabello, repentinamente incómodo.

—Me gusta cómo te queda. —Catelyn acarició la cabeza del lobo—. Así te pareces a mi hermano Edmure. —Viento Gris le lamió los dedos, juguetón, y volvió a su lugar junto al fuego.

Ser Helman Tallhart fue el primero en seguir los pasos del lobo huargo para ir a presentar sus respetos. Hincó una rodilla en el suelo ante ella, y presionó la frente contra la mano de la mujer.

—Lady Catelyn —dijo—. Estáis tan bella como siempre; sois una hermosa visión en estos tiempos difíciles.

Lo siguieron Galbart y Robett Glover, Jon Umber, y luego, uno a uno, todos los demás. Theon Greyjoy fue el último.

—No pensaba que os vería aquí, mi señora —dijo al tiempo que se arrodillaba.

—No pensaba venir —respondió Catelyn—, hasta que desembarcamos en Puerto Blanco, y lord Wyman me dijo que Robb había convocado a los vasallos. Ya conocéis a su hijo, ser Wendel. —Wendel Manderly dio un paso al frente e hizo una reverencia tan marcada como le permitía la circunferencia de su barriga—. Y mi tío, ser Brynden Tully, que ya no está al servicio de mi hermana, sino al mío.

—El Pez Negro —dijo Robb—. Os agradezco que os unáis a nosotros. Necesitamos hombres valerosos como vos. En cuanto a vos, Ser Wendel, me alegra teneros aquí. ¿Viene contigo ser Rodrik, madre? Lo he echado de menos.

—Ser Rodrik partió directamente de Puerto Blanco hacia el norte. Lo he nombrado castellano, y le he ordenado que defienda Invernalia hasta nuestro regreso. El maestre Luwin es un consejero sabio, pero desconoce las artes de la guerra.

—Por eso no temáis, lady Stark —resonó la voz grave del Gran Jon—. Invernalia está a salvo. Pronto le meteremos la espada por el culo a Tywin Lannister, disculpad la expresión, e iremos a la Fortaleza Roja para liberar a Ned.

—Mi señora, con vuestro permiso, quisiera haceros una pregunta. —Roose Bolton, señor de Fuerte Terror, tenía la voz aguda y débil, pero siempre que hablaba, hombres más corpulentos que él guardaban silencio para escuchar. Tenía unos ojos curiosamente claros, casi descoloridos, y su mirada resultaba incómoda—. Se dice que tenéis prisionero al hijo enano de lord Tywin. ¿Lo habéis traído con vos? Sería un rehén excepcional.

—Tyrion Lannister estuvo en mi poder, pero ya no —tuvo que admitir Catelyn. La noticia fue recibida con exclamaciones de consternación—. A mí tampoco me satisface esto, mis señores. Los dioses consideraron oportuno liberarlo, con cierta ayuda de mi estúpida hermana.

Sabía que no debía mostrar su desprecio con tanta franqueza, pero la salida del Nido de Águilas no había sido grata en modo alguno. Se había ofrecido a llevarse a lord Robert como pupilo a Invernalia unos cuantos años. Incluso se atrevió a insinuar que le sentaría bien estar en compañía de otros niños. El estallido de ira de Lysa fue terrible.

—Aunque seas mi hermana —rugió—, si intentas arrebatarme a mi hijo, saldrás por la Puerta de la Luna. —Después de aquello, no volvieron a intercambiar palabra.

Los señores ansiaban hacerle más preguntas, pero Catelyn alzó una mano.

—Habrá tiempo para todo esto más adelante, pero el viaje me ha dejado muy fatigada. Deseo hablar a solas con mi hijo. Espero que me disculpéis, señores. —No les había dejado elección. Los vasallos, siempre con el servicial lord Hornwood a la cabeza, hicieron una reverencia y salieron de la estancia—. Tú también, Theon —agregó al ver que Greyjoy se demoraba. El joven sonrió y se marchó.

Sobre la mesa había cerveza y queso. Catelyn llenó un cuerno, se sentó, bebió un trago y examinó a su hijo. Parecía más alto que la última vez que lo viera, y la sombra de barba le hacía aparentar más edad.

—Edmure tenía dieciséis años cuando se dejó crecer el bigote.

—Yo los voy a cumplir pronto —dijo Robb.

—Tienes quince años. Quince años, y ya llevas un ejército a la batalla. ¿Comprendes que tenga miedo, Robb?

—No había nadie más que pudiera hacerlo. —Él la miró, tozudo.

—¿Nadie? Dime, ¿quiénes eran esos hombres que acaban de salir? Roose Bolton, Rickard Karstark, Galbart y Robett Glover, el Gran Jon, Helman Tallhart... Podrías haber delegado el mando en cualquiera de ellos. Por los dioses, hasta podrías haber enviado a Theon, por poco que me guste.

—Ninguno de ellos es un Stark —replicó él.

—Pero son hombres, Robb, curtidos en la batalla. Hace menos de un año, tú jugabas aún con espadas de madera. —Catelyn vio la rabia en sus ojos, pero solo duró un instante, y después se convirtió de nuevo en un niño.

—Lo sé —dijo, abochornado—. ¿Me vas... me vas a enviar de vuelta a Invernalia?

—Es lo que debería hacer. —Catelyn suspiró—. No tendrías que haber salido de allí. Pero ya no me atrevo. Has llegado demasiado lejos. Algún día, estos hombres serán tus vasallos. Si te envío de vuelta a casa, como a un niño castigado sin cenar, lo recordarán, y se reirán de ti cuando estén bebiendo. Llegará un día en que necesites que te respeten, incluso que te teman un poco, y la risa es un veneno para el temor. Por mucho que desee ponerte a salvo, no te haré una cosa así.

—Te lo agradezco, madre —dijo Robb, con una voz formal que no podía ocultar del todo el alivio.

—Eres mi primogénito, Robb. —Catelyn extendió una mano y le tocó el pelo—. Con solo mirarte recuerdo el día en que viniste al mundo, con la cara congestionada y berreando.

—¿Sabes... lo de padre? —Él se levantó, incómodo ante la caricia, y se acercó al fuego. Viento Gris restregó la cabeza contra su pierna.

—Sí. —Los informes sobre la repentina muerte de Robert y la caída en desgracia de Ned la asustaban hasta límites indecibles, pero no podía consentir que su hijo detectara el miedo que sentía—. Lord Manderly me lo comunicó cuando desembarqué en Puerto Blanco. ¿Has recibido noticias de tus hermanas?

—Llegó una carta —dijo Robb, rascando al lobo huargo bajo la mandíbula—. Había otra para ti, pero llegó a Invernalia, con la mía. —Se dirigió hacia la mesa, rebuscó entre los mapas y papeles, y sacó un pergamino arrugado—. Esta es la que me envió a mí; no se me ocurrió traer la tuya.

El tono de voz de Robb tenía algo de preocupante. Catelyn estiró el papel y leyó. La preocupación dejó paso a la incredulidad, luego a la ira y, por fin, al miedo.

—Esta carta es de Cersei, no de tu hermana —dijo cuando terminó de leerla—. El verdadero mensaje está en lo que Sansa no dice. Toda esta palabrería sobre lo bien que la tratan los Lannister... suena a amenaza cubierta de azúcar. Tienen a Sansa como rehén, y la van a conservar así.

—No menciona a Arya —señaló Robb con tristeza.

—No. —Catelyn no quería pensar en aquel momento ni en aquel lugar qué implicaba aquello.

—Tenía la esperanza... Si el Gnomo fuera aún tu prisionero, podríamos intercambiar rehenes. —Cogió la carta de Sansa y la arrugó con el puño; por su forma de hacerlo, Catelyn advirtió que no era la primera vez—. ¿Qué noticias traes del Nido de Águilas? Escribí a la tía Lysa para pedirle ayuda. ¿Sabes si ha convocado a los vasallos de lord Arryn? ¿Se unirán a nosotros los caballeros del Valle?

—Solo uno —dijo—. El mejor, mi tío... pero Brynden el Pez Negro es un Tully. Mi hermana no asomará la nariz más allá de su Puerta de la Sangre.

—Madre, ¿qué vamos a hacer? —Robb no había encajado bien la noticia—. He reunido un gran ejército, dieciocho mil hombres, pero no... no estoy seguro... —La miró con los ojos húmedos. El joven señor orgulloso se había desvanecido en un instante; volvía a ser un niño, un muchachito de quince años que buscaba las respuestas en su madre.

No podía ser.

—¿De qué tienes miedo, Robb? —le preguntó con cariño.

—Si... —Giró la cabeza para ocultar la primera lágrima—. Si seguimos adelante..., incluso si vencemos... Los Lannister tienen a Sansa y a padre. Los matarán, ¿verdad?

—Eso quieren que pensemos.

—¿Crees que mienten?

—No lo sé, Robb. Lo único que sé es que no tienes elección. Si vas a Desembarco del Rey a jurar lealtad, jamás te dejarán salir de allí. Si das media vuelta y te retiras a Invernalia, tus señores te perderán el respeto. Algunos incluso se podrían unir a los Lannister. Y la reina ya no tendría nada que temer, y podría hacer lo que quisiera con sus prisioneros. Nuestra mejor opción, nuestra única opción válida, es que los derrotes en el campo de batalla. Si cogieras prisionero a lord Tywin o al Matarreyes, se podría hacer un intercambio, pero eso no es lo básico. Mientras tengas poder y ellos te teman, Ned y tu hermana estarán a salvo. Cersei es lista; sabe que puede necesitarlos para firmar la paz si las cosas se vuelven contra ella.

—¿Y si se vuelven contra nosotros, madre? —preguntó Robb.

—No te voy a dulcificar la verdad, Robb —dijo Catelyn tomándole la mano—. Si pierdes, no habrá esperanza para ninguno de nosotros. Se dice que en el corazón de Roca Casterly solo hay piedras. Recuerda el destino de los hijos de Rhaegar. —Vio miedo en los ojos jóvenes de su hijo, pero también vio fuerza.

—Entonces, no perderé —juró.

—Cuéntame lo que sepas de la batalla en las tierras del río —dijo. Tenía que averiguar si estaba preparado de verdad.

—Hace menos de quince días hubo una batalla en las colinas, bajo el Colmillo Dorado —dijo Robb—. El tío Edmure había enviado a lord Vance y a lord Piper a defender el paso, pero el Matarreyes cayó sobre ellos y los puso en fuga. Lord Vance perdió la vida. Las últimas noticias son que lord Piper regresaba para reunirse con tu hermano y el resto de los vasallos en Aguasdulces, y que Jaime Lannister le pisaba los talones. Pero eso no es lo peor. Mientras luchaban en el paso, lord Tywin guiaba un segundo ejército Lannister desde el sur. Se dice que es aún más numeroso que las huestes de Jaime.

»Sin duda, padre lo sabía, porque envió hombres a enfrentarse con ellos, bajo el estandarte del rey. Entregó el mando a no sé qué señor sureño, lord Erik, o Derik, o algo así, pero ser Raymun Darry cabalgaba con él, y en su carta decía que iban otros caballeros y un grupo de los guardias de nuestra casa. Pero era una trampa. Lord Derik no había hecho más que cruzar el Forca Roja cuando los Lannister cayeron sobre él, sin que les importara un bledo el estandarte del rey. Gregor Clegane los atacó por la retaguardia cuando intentaron cruzar por el Vado del Titiritero. Quizá lord Derik y unos cuantos más consiguieran escapar; nadie lo sabe a ciencia cierta, pero ser Raymun cayó, igual que casi todos los hombres de Invernalia. Se dice que lord Tywin ha bloqueado el camino Real, y ahora avanza hacia el norte, hacia Harrenhal, quemándolo todo a su paso.

«Cada vez peor», pensó Catelyn. No se había imaginado que las cosas estuvieran tan mal.

—¿Piensas esperarlo aquí? —preguntó.

—Nadie cree que vayan a acercarse tanto —dijo Robb—. He enviado un mensaje a Howland Reed, el viejo amigo de padre, en la Atalaya de Aguasgrises. Si los Lannister llegan hasta el Cuello, los lacustres los harán sangrar a cada paso, pero Galbart Glover dice que lord Tywin es demasiado listo para eso, y Roose Bolton está de acuerdo. Creen que permanecerán cerca del Tridente y se apoderarán de los castillos de los señores del río uno a uno, hasta que Aguasdulces se encuentre solo. Tenemos que avanzar hacia el sur para enfrentarnos a ellos.

Catelyn sintió un escalofrío que le llegó hasta los huesos. ¿Qué posibilidades tenía un niño de quince años contra comandantes curtidos como Jaime y Tywin Lannister?

—¿Te parece buena idea? Aquí estás bien situado. Se dice que los antiguos Reyes en el Norte podían resistir en Foso Cailin, y defenderse de ejércitos diez veces mayores que los suyos.

—Sí, pero nos estamos quedando sin provisiones, y de esta tierra no se puede vivir. Hasta ahora esperaba a lord Manderly, pero sus hijos ya están con nosotros; tenemos que avanzar.

Catelyn comprendió que estaba oyendo las palabras de los señores vasallos en la voz de su hijo. A lo largo de los años había recibido a muchos de ellos en Invernalia, y junto con Ned había visitado sus salones, se había sentado a sus mesas. Conocía a cada uno de aquellos hombres; sabía cómo eran. ¿Lo sabría también Robb?

Pero lo que decía tenía sentido. El ejército que había reunido su hijo no se parecía en nada a los que mantenían las Ciudades Libres, y tampoco era una hueste de mercenarios. La mayoría eran pueblo llano: granjeros, campesinos, agricultores, pescadores, pastores, hijos de taberneros, curtidores y comerciantes... junto con mercenarios y jinetes libres ansiosos por el saqueo que seguía a la batalla. Cuando sus señores los llamaban, acudían... pero no para siempre.

—Eso de avanzar está muy bien —le dijo a Robb—, pero ¿hacia dónde? Y ¿con qué objetivo? ¿Qué pretendes hacer?

—El Gran Jon cree que deberíamos sorprender a lord Tywin —dijo Robb después de dudar un momento—, llevar la batalla hasta él, en vez de esperarlo. Pero los Glover y los Karstark creen que lo mejor sería rodear el lugar donde se encuentra su ejército y unirnos al tío Edmure contra el Matarreyes. —Se pasó los dedos por el cabello castaño despeinado; no parecía satisfecho—. Aunque, cuando lleguemos a Aguasdulces... No estoy seguro...

—Tienes que estar seguro —dijo Catelyn a su hijo—. Si no, vuelve a casa, a jugar con tu espada de madera. Delante de hombres como Roose Bolton y Rickard Karstark no puedes permitirte el lujo de parecer indeciso. No te equivoques, Robb: son tus vasallos, no tus amigos. Te has erigido en su comandante; actúa como tal.

—Como tú digas, madre. —Robb la miraba sobresaltado, como si no diera crédito a lo que oía.

—Te lo preguntaré de nuevo. ¿Qué pretendes hacer?

Robb extendió un mapa sobre la mesa. Era un trozo de cuero deshilachado, con dibujos desvaídos. Uno de los extremos se enrollaba hacia dentro. Robb le puso el puñal encima para evitarlo.

—Los dos planes tienen aspectos positivos, pero... Mira, si intentamos rodear el ejército de lord Tywin, corremos el riesgo de quedar atrapados entre él y el Matarreyes. Y si lo atacamos... Según todos los informes, cuenta con más hombres que nosotros, y tiene muchos más jinetes entre ellos. El Gran Jon dice que si lo encontramos con los calzones bajados, eso no importará, pero creo que no será fácil sorprender a un hombre que ha peleado en tantas batallas como Tywin Lannister.

—Bien —dijo ella. En la voz de su hijo, allí, ante el mapa, había ecos de la de Ned—. Sigue.

—Pienso dejar una pequeña hueste aquí para defender Foso Cailin —dijo—, sobre todo arqueros, y bajar por el camino con el resto. Pero, una vez pasemos el Cuello, quiero repartir las fuerzas en dos grupos. Los que vayan a pie podrán seguir por el camino Real, mientras nuestros jinetes cruzan el Forca Verde en Los Gemelos. —Lo señaló en el mapa—. Cuando lord Tywin reciba la noticia de que vamos hacia el sur, avanzará hacia el norte para enfrentarse al ejército principal, con lo que los jinetes podrán bajar por la orilla occidental hasta Aguasdulces. —Robb se sentó. No se atrevía a sonreír, pero parecía satisfecho consigo mismo, y deseaba con todas sus fuerzas recibir una alabanza de su madre.

—Habría un río entre los dos grupos de tu ejército —le dijo Catelyn mientras examinaba el mapa con el ceño fruncido.

—Y también entre Jaime y lord Tywin —se apresuró a señalar él. La sonrisa afloró por fin—. No hay ningún cruce en el Forca Verde por encima del Vado Rubí, donde Robert consiguió la corona. No lo hay antes de Los Gemelos, en la parte de arriba, y lord Frey controla ese puente. Es vasallo de tu padre, ¿no?

«El finado lord Frey», pensó Catelyn.

—Así es —admitió—. Pero mi padre jamás ha confiado en él. Tú tampoco deberías.

—No confiaré en él —le prometió Robb—. ¿Qué opinas?

—¿Qué parte del ejército dirigirías tú? —Muy a su pesar, estaba impresionada. «Su aspecto es el de un Tully —pensó—, pero es hijo de su padre, y Ned le ha enseñado bien.»

—A los jinetes —respondió al instante.

—¿Y la otra? —Otra vez como su padre. Ned siempre se encargaba en persona de la tarea más arriesgada.

—El Gran Jon no para de decir que le gustaría machacar a lord Tywin. He pensado concederle a él ese honor.

Era su primer error, pero ¿cómo decírselo sin minar su confianza?

—En cierta ocasión, tu padre me dijo que el Gran Jon era uno de los hombres más intrépidos que había visto jamás.

—Viento Gris le arrancó dos dedos de un mordisco, y él se rio —dijo Robb con una sonrisa—. Entonces, ¿estás de acuerdo?

—Tu padre no es intrépido —señaló Catelyn—. Es valiente, que no es lo mismo.

—El ejército de la orilla este será lo único lo que se interponga entre lord Tywin e Invernalia —dijo su hijo, pensativo, después de meditar un instante—. Bueno, ese ejército y los pocos arqueros que deje aquí, en Foso Cailin. Así que no me conviene que lo dirija nadie intrépido, ¿verdad?

—No. Debe ser alguien con astucia fría, no con valor ciego.

—Roose Bolton —dijo Robb al instante—. Ese hombre me da miedo.

—En ese caso recemos para que también le dé miedo a Tywin Lannister.

Robb asintió y enrolló el mapa.

—Daré las órdenes y prepararé una escolta que te acompañe a Invernalia.

Catelyn había hecho todo lo posible por mostrarse fuerte; lo hacía por Ned y por aquel hijo suyo, tan testarudo. Había dejado a un lado la desesperación y el miedo, como si fueran ropas que no se ponía... pero en aquel momento se dio cuenta de que siempre las había llevado.

—No voy a volver a Invernalia —se oyó decir. Las lágrimas que le nublaron la visión la sorprendieron incluso a ella misma—. Mi padre puede estar agonizando tras los muros de Aguasdulces. Mi hermano está rodeado por sus enemigos. Debo ir con ellos.

TYRION

Chella, hija de Cheyk de los Orejas Negras, se había adelantado como exploradora, y fue ella quien les llevó la noticia del ejército en la encrucijada.

—Por el número de hogueras diría que son unos veinte mil —dijo—. Los estandartes son rojos, con un león dorado.

—¿Tu padre? —preguntó Bronn.

—O mi hermano Jaime —dijo Tyrion—. Pronto lo averiguaremos.

Contempló su desastrada banda de salteadores: casi trescientos Grajos de Piedra, Hermanos de la Luna, Orejas Negras y Hombres Quemados. Y no eran más que la simiente del ejército que esperaba reunir. Gunthor, hijo de Gurn, estaba convocando al resto de los clanes. Se preguntó qué opinaría su señor padre de ellos, vestidos con pieles y con armas robadas. En realidad, él mismo no estaba muy seguro de qué opinaba. ¿Era su comandante o su prisionero? La mayor parte de las veces tenía la sensación de que era ambas cosas.

—Lo mejor sería que bajara yo solo —propuso.

—Lo mejor para Tyrion, hijo de Tywin —dijo Ulf, el portavoz de los Hermanos de la Luna.

Shagga lo miró con los ojos centelleantes. Era un espectáculo aterrador.

—Esto no gusta a Shagga, hijo de Dolf. Shagga irá con hombreniño, y si hombreniño miente, Shagga le cortará la virilidad...

—... y se la echará de comer a las cabras, sí —terminó Tyrion, cansado—. Shagga, te doy mi palabra de Lannister: volveré.

—¿Por qué vamos a confiar en tu palabra? —Chella era una mujer menuda, endurecida, lisa como un muchacho, y no tenía un pelo de tonta—. No sería la primera vez que los señores de las tierras bajas mienten a los clanes.

—Me ofendes, Chella —dijo Tyrion—. Y yo que pensaba que nos habíamos hecho amigos... Pero, en fin, como queráis. Vendrás conmigo, y que vengan también Shagga y Conn por los Grajos de Piedra, Ulf por los Hermanos de la Luna, y Timett, hijo de Timett, por los Hombres Quemados. —Los hombres de los clanes intercambiaron miradas cautas a medida que los nombraba—. Los demás esperaréis aquí hasta que envíe a alguien a buscaros. Por favor, no os matéis ni os mutiléis entre vosotros durante mi ausencia.

Picó espuelas y se alejó al trote, con lo que no les dejaba más remedio que ir tras él o quedarse atrás. Cualquiera de las dos cosas le convenía; todo con tal de que no se sentaran a hablar un día y una noche. Aquello era lo malo de los clanes: tenían la absurda creencia de que en un consejo se debían escuchar las voces de todos los hombres, con lo que discutían de manera interminable sobre cualquier asunto. Hasta las mujeres podían hablar. No era de extrañar que no representaran una amenaza para el Valle desde hacía cientos de años, aparte de alguna que otra incursión ocasional. Tyrion tenía toda la intención de hacer que aquello cambiara.

Bronn cabalgaba con él. Tras unas rápidas protestas, los siguieron los cinco elegidos, a lomos de sus pequeños jamelgos, unos animales flacos que parecían ponis y trepaban por las rocas como cabras.

Los Grajos de Piedra cabalgaban juntos, y Chella y Ulf iban también muy cerca la una del otro, ya que entre los Hermanos de la Luna y los Orejas Negras había fuertes lazos. Timett, hijo de Timett, iba solo. Todos los clanes de las Montañas de la Luna temían a los Hombres Quemados, que se mortificaban las carnes con fuego para demostrar su valor y, según se decía, servían en los festines bebés asados. Y hasta los demás Hombres Quemados tenían miedo de Timett, que se había sacado el ojo izquierdo con un cuchillo al rojo blanco al llegar a la juventud. A Tyrion le pareció comprender que lo habitual era quemarse un pezón, un dedo o, si el hombre era verdaderamente valiente o estaba verdaderamente loco, una oreja. Los demás Hombres Quemados se maravillaron tanto ante su decisión que al instante lo nombraron mano roja, una especie de título de jefe de guerra.

—Me gustaría saber qué se quemó su rey —le comentó Tyrion a Bronn tras escuchar la historia.

El mercenario sonrió y se palpó la entrepierna..., pero hasta Bronn hablaba con respeto delante de Timett. Si un hombre estaba tan loco para sacarse un ojo, seguramente no sería más delicado con sus enemigos.

Los vigías divisaron desde sus torres de piedra sin argamasa al grupo que descendía por la colina, y Tyrion vio un cuervo que levantaba el vuelo. Llegaron al primer punto defendido en el camino alto, justo donde el sendero torcía entre dos salientes rocosos. Había un muro de barro de apenas dos varas de altura que bloqueaba el paso, y tras él se encontraba una docena de hombres armados con ballestas. Tyrion había indicado a sus seguidores que se detuvieran fuera de su alcance, y cabalgó solo hasta la pared.

—¿Quién está al mando? —gritó.

El capitán apareció rápidamente, y más rápidamente todavía le puso una escolta en cuanto reconoció al hijo de su señor. Pasaron al trote por campos ennegrecidos y aldeas quemadas, hasta las tierras de los ríos y el Forca Verde del Tridente. Tyrion no vio cadáveres, pero los cuervos y los buitres sobrevolaban el terreno; allí había habido una batalla hacía poco.

A media legua de la encrucijada habían alzado una barricada de estacas puntiagudas, vigilada por lanceros y arqueros. Tras aquella línea se extendía el campamento. Cientos de hogueras donde se cocinaban cenas lanzaban al cielo columnas de humo; los hombres vestidos con cotas de malla, sentados bajo los árboles, afilaban las espadas, y por todas partes ondeaban estandartes conocidos, con las astas clavadas en el terreno embarrado.

Un grupo de jinetes se adelantó para desafiarlos cuando se aproximaron a las estacas. El caballero que los guiaba llevaba una armadura de plata con amatistas incrustadas, y una capa a rayas moradas y plateadas. En su escudo se veía el blasón del unicornio, y un cuerno en espiral, de casi dos codos de largo, sobresalía del yelmo en forma de cabeza de caballo. Tyrion tiró de las riendas.

—Ser Flement —saludó.

—Tyrion —dijo atónito ser Flement Brax cuando se levantó el visor—. Mi señor, temíamos que estuvierais muerto, o... —Miró inseguro a los hombres del clan—. Vuestros... compañeros...

—Amigos del alma y sirvientes leales —dijo Tyrion—. ¿Dónde está mi señor padre?

—Ha instalado su cuartel en la posada de la encrucijada.

Tyrion se echó a reír. ¡La posada de la encrucijada! Al fin y al cabo, los dioses eran justos.

—Iré a verlo ahora mismo.

—Como queráis, mi señor. —Ser Flement hizo dar media vuelta al caballo y empezó a gritar órdenes. Al momento retiraron tres hileras de estacas para abrirle paso. Tyrion entró, seguido por su grupo.

El campamento de lord Tywin se extendía leguas y leguas. El cálculo de Chella de unos veinte mil hombres no andaba desencaminado. Los guerreros sin rango acampaban al descubierto, pero los caballeros estaban en tiendas, y para algunos de los señores más importantes se habían erigido pabellones grandes como casas. Tyrion divisó el buey rojo de los Prester, el jabalí pinto de lord Crakehall, el árbol en llamas de Marbrand, el tejón de Lydden. Los caballeros lo saludaron al verlo pasar, y los soldados miraron atónitos a los hombres de los clanes.

Shagga también parecía atónito; sin duda, jamás había visto tantos hombres, caballos y armas. El resto de los bandidos disimuló mejor el asombro, pero Tyrion estaba seguro de que también estaban impresionados. Mejor. Cuanto más los maravillara el poder de los Lannister, más fácil sería darles órdenes.

La posada y los establos estaban más o menos como los recordaba, aunque del resto del pueblo apenas si quedaban algunas piedras y cimientos ennegrecidos. En medio del patio había una horca, y el cadáver que colgaba de ella estaba cubierto de cuervos. Cuando Tyrion se acercó, levantaron el vuelo batiendo las alas negras, y graznaron. Desmontó y echó un vistazo a lo que quedaba del cadáver. Era una mujer; las aves le habían devorado los labios y las mejillas, dejando al descubierto una sonrisa roja y espantosa.

—Una habitación, una comida y una jarra de vino —le recordó con un suspiro de reproche—. Era lo único que pedía.

De los establos salieron unos muchachitos asustados, para encargarse de sus caballos. Shagga no quería entregar el suyo.

—El muchacho no te va a robar la yegua —lo tranquilizó Tyrion—. Solo le dará avena y agua, y la cepillará. —Al abrigo de Shagga tampoco le habría sentado mal un cepillado, pero no habría sido de buen gusto señalarlo—. Confía en mí: la tratarán bien.

—Este es el caballo de Shagga, hijo de Dolf —rugió Shagga al mozo de cuadras mientras le entregaba las riendas de mala gana.

—Si no te la devuelve, le podrás cortar la virilidad y echársela de comer a las cabras —le prometió Tyrion—. Habrá que buscar las cabras, claro. —Bajo el cartel de la posada había un par de guardias con capas carmesí y yelmos adornados con leones. Tyrion reconoció a su capitán—. ¿Mi padre? —preguntó.

—En la sala común, mi señor.

—Mis hombres querrán carne e hidromiel —le dijo Tyrion—. Ocúpate de que se lo sirvan.

Entró en la posada, y allí estaba su padre.

Tywin Lannister, señor de Roca Casterly y Guardián del Occidente, tenía cincuenta y tantos años, pero también la fortaleza de un hombre de veinte. Hasta sentado resultaba alto, con piernas largas, hombros anchos y vientre plano. Tenía los brazos delgados y musculosos. El cabello, otrora dorado y espeso, empezaba a ralear, por lo que le había ordenado a su barbero que le afeitara la cabeza. Lord Tywin no dejaba nada a medias. También se rasuró el bigote y la barba, pero conservó las espesas patillas que le cubrían las mejillas, desde la oreja hasta la mandíbula. Tenía los ojos de color verde claro con vetas doradas. Un bufón particularmente estúpido bromeó en cierta ocasión diciendo que hasta en la mierda que lord Tywin cagaba había oro. Se decía que el pobre hombre seguía vivo, en lo más profundo de las entrañas de Roca Casterly.

Ser Kevan Lannister, el único hermano vivo de su padre, compartía con lord Tywin unas jarras de cerveza cuando Tyrion entró en la sala común. Su tío era corpulento, de cabello escaso y con una barbita rubia rala que marcaba la línea de una mandíbula enorme. Ser Kevan fue el primero en verlo.

—Tyrion —dijo, sorprendido.

—Tío —saludó Tyrion con una reverencia—. Y mi señor padre. Qué gran placer encontraros aquí.

Lord Tywin, sin moverse de la silla, dirigió a su hijo enano una mirada larga, escrutadora.

—Ya veo que las noticias de tu muerte eran infundadas.

—Lamento decepcionarte, padre —dijo Tyrion—. No hace falta que saltes para abrazarme; no quiero que te canses. —Cruzó la habitación en dirección a su mesa, plenamente consciente del vaivén al que lo sometían en cada paso sus piernas, tan cortas. Cada vez que sentía la mirada de su padre cobraba incómoda conciencia de todas sus deformidades y limitaciones—. Qué amable por tu parte, ir a la guerra por mí. —Se aupó a una silla y se sirvió un vaso de la cerveza de su padre.

—En mi opinión, tú fuiste el que comenzó todo esto —replicó lord Tywin—. Tu hermano Jaime jamás se habría dejado capturar tranquilamente por una mujer.

—Es una de las diferencias que hay entre Jaime y yo. Y otra es que Jaime es más alto, no sé si te habrás dado cuenta.

—El honor de nuestra casa estaba en juego —dijo su padre haciendo caso omiso de la chanza—. No me quedó más remedio. Nadie derrama sangre Lannister con impunidad.

—Oye mi Rugido —recitó Tyrion con una sonrisa. Era el lema de los Lannister—. La verdad sea dicha, no se derramó ni una gota de mi sangre, aunque en un par de ocasiones faltó poco. Morrec y Jyck han muerto.

—Y me imagino que ahora querrás otros hombres.

—No te molestes, padre, ya me he buscado unos cuantos. —Probó un trago de la cerveza. Era excelente, oscura y fuerte, tan espesa que casi se podía masticar. Lástima que su padre hubiera ahorcado a la tabernera—. ¿Qué tal va la guerra?

—Por ahora bien —respondió su tío—. Ser Edmure dispersó sus tropas por todas las fronteras para detener nuestros ataques, y tu señor padre y yo conseguimos hacer picadillo a casi todos antes de que se reagruparan.

—Tu hermano se ha cubierto de gloria —intervino su padre—. Acabó con lord Vance y lord Piper en el Colmillo Dorado, y se enfrentó a todo el poderío de los Tully bajo los muros de Aguasdulces. Los señores del Tridente están derrotados. Ser Edmure Tully ha sido capturado, junto con muchos de sus caballeros y vasallos. Lord Blackwood guio a unos cuantos supervivientes de vuelta a Aguasdulces, y tu hermano los tiene bajo asedio. Los demás huyeron a sus correspondientes fortalezas.

—Tu padre y yo las hemos atacado una a una —dijo ser Kevan—. Sin lord Blackwood, el Árbol de los Cuervos no tardó en caer, y lady Whent tuvo que rendir Harrenhal por falta de hombres para defenderla. Ser Gregor acabó con los Piper y los Bracken...

—Con lo que ya no os queda ninguna oposición —dijo Tyrion.

—Algo sí queda —dijo ser Kevan—. Los Mallister todavía resisten en Varamar, y Walder Frey está tomando posiciones en Los Gemelos.

—No importa —dijo lord Tywin—. Frey únicamente salta a la batalla cuando el aire huele a victoria, y ahora solo le llega el hedor de la ruina. Y respecto a Jason Mallister, no tiene las fuerzas necesarias para luchar a solas. En cuanto Jaime se apodere de Aguasdulces, los dos doblarán la rodilla enseguida. A menos que los Stark y los Arryn avancen para enfrentarse a nosotros, ya hemos ganado esta guerra.

—Yo que tú no me preocuparía demasiado por los Arryn —dijo Tyrion—. Los Stark ya son otra cosa. Lord Eddard...

—... es nuestro rehén —dijo su padre—. No puede avanzar con ningún ejército; se está pudriendo en una mazmorra bajo la Fortaleza Roja.

—En efecto —asintió ser Kevan—, pero su hijo ha convocado a los vasallos y está en Foso Cailin, con un fuerte ejército.

—Ningún ejército es fuerte hasta que lo demuestra —replicó lord Tywin—. El hijo de Stark es un niño. Sin duda, le gusta cómo suenan los cuernos de guerra y cómo ondean los estandartes al viento, pero al final todo es una carnicería. No creo que tenga valor.

—¿Y qué hace nuestro valeroso monarca mientras tiene lugar esta carnicería? —preguntó Tyrion mientras pensaba que las cosas se habían puesto muy interesantes en su ausencia—. ¿Cómo ha conseguido mi hermosa y persuasiva hermana que Robert encierre a su querido amigo Ned?

—Robert Baratheon ha muerto —le dijo su padre—. Tu sobrino reina ahora en Desembarco del Rey. —Aquello sí que dejó boquiabierto a Tyrion.

—Querrás decir mi hermana. —Bebió otro trago de cerveza. Con Cersei reinando en el lugar de su marido, el reino iba a cambiar mucho.

—Si quieres hacer algo útil, te daré el mando de una tropa —dijo su padre—. Marq Piper y Karyl Vance siguen sueltos en nuestra retaguardia, y se dedican a atacar nuestras tierras en el Forca Roja.

—Vaya —dijo Tyrion—. Qué gente más descarada, mira que atreverse a contraatacar. Lo malo es que me reclaman asuntos importantes.

—¿De veras? —Lord Tywin no parecía sorprendido en absoluto—. También hay un par de seguidores de Ned Stark, muy molestos, que se dedican a saquear mis caravanas de aprovisionamiento. Beric Dondarrion, un joven señor que se cree muy valiente. Lo acompaña ese sacerdote gordo, el que prende fuego a su espada. ¿Crees que podrías encargarte de ellos antes de huir sin hacer demasiado el ridículo?

Tyrion se secó la boca con el dorso de la mano y sonrió.

—Padre, mi corazón salta de alegría al ver que estás deseoso de confiarme... ¿cuántos hombres? ¿Veinte? ¿Cincuenta? ¿Seguro que puedes prescindir de tantos? Bueno, no importa. Si me tropiezo con Thoros y con lord Beric, les daré una buena azotaina. —Se bajó de la silla y caminó torpemente hasta el aparador, sobre el que había un gran queso rodeado de frutas—. Pero antes debo cumplir algunas promesas que hice —siguió mientras se cortaba una generosa ración—. Necesitaré trescientos yelmos y otras tantas cotas de malla, y además, espadas, lanzas con punta de hierro, mazas, hachas, guanteletes, gorjales, canilleras, corazas, carromatos para transportarlo todo...

La puerta que había a su espalda se abrió tan bruscamente que a Tyrion casi se le cayó el queso. Ser Kevan se levantó maldiciendo al ver que un capitán de la guardia cruzaba la estancia por los aires e iba a estrellarse contra la chimenea. El hombre cayó sobre las cenizas frías, con el yelmo del león torcido. Shagga partió su espada en dos contra la rodilla, gruesa como un tronco de árbol, tiró al suelo los pedazos y recorrió la sala común a zancadas. Lo precedía su hedor, más maduro que el del queso, que en aquel lugar cerrado resultaba insoportable.

—Pequeño caparroja —ladró—, la próxima vez que amenaces con acero a Shagga, hijo de Dolf, te cortaré la virilidad y la asaré en el fuego.

—¿Cómo? ¿Nada de cabras? —dijo Tyrion al tiempo que mordisqueaba el queso.

El resto de los hombres de los clanes, acompañado por Bronn, siguió a Shagga. El mercenario le dirigió a Tyrion una mirada pesarosa.

—¿Quiénes sois? —preguntó lord Tywin, frío como la nieve.

—Me han seguido hasta casa, padre —explicó Tyrion—. ¿Me los puedo quedar? No comen demasiado.

Nadie se rio.

—¿Con qué derecho irrumpís en nuestro consejo, salvajes? —exigió saber ser Kevan.

—¿Salvajes nosotros, hombre de las tierras bajas? —Conn habría resultado atractivo, una vez bien lavado—. Somos hombres libres, y los hombres libres se sientan en todos los consejos de guerra.

—¿Cuál es el señor del león? —preguntó Chella.

—Los dos son viejos —señaló Timett, hijo de Timett, que todavía no había cumplido los veinte años.

Ser Kevan se llevó la mano a la empuñadura de la espada, pero su hermano le detuvo la muñeca con dos dedos. Lord Tywin parecía impertérrito.

—¿Qué ha sido de tus modales, Tyrion? Ten la bondad de presentarnos a nuestros... honorables invitados.

—Será un placer —dijo Tyrion después de lamerse los dedos—. La hermosa doncella es Chella, hija de Cheyk, de los Orejas Negras.

—No soy ninguna doncella —protestó Chella—. Mis hijos han cortado ya cincuenta orejas.

—Y ojalá corten cincuenta más. —Tyrion siguió adelante—. Este es Conn, hijo de Coratt. El que parece Roca Casterly con pelo es Shagga, hijo de Dolf. Los dos son Grajos de Piedra. Este es Ulf, hijo de Umar, de los Hermanos de la Luna, y aquí os presento a Timett, hijo de Timett, un mano roja de los Hombres Quemados. Y por último, este es Bronn, un mercenario sin lealtades particulares. En el breve tiempo que hace que lo conozco ha cambiado de bando dos veces. Te llevarás de maravilla con él, padre. —Se volvió hacia Bronn y los hombres de los clanes—. Quiero presentaros a mi señor padre, Tywin, hijo de Tytos de la casa Lannister, señor de Roca Casterly, Guardián del Occidente, Escudo de Lannisport, que una vez fue mano del rey y probablemente volverá a serlo.

—Hasta en el occidente conocemos las proezas de los clanes guerreros de las Montañas de la Luna —dijo lord Tywin levantándose, digno y correcto—. ¿Qué os trae desde vuestras fortalezas, mis señores?

—Caballos —dijo Shagga.

—Una promesa de seda y acero —dijo Timett, hijo de Timett.

Tyrion estaba a punto de informar a su padre de cómo se proponía reducir el Valle de Arryn a un erial humeante, pero no le dieron ocasión. La puerta se abrió de golpe otra vez. El mensajero dirigió una mirada de extrañeza a los hombres de los clanes antes de hincar una rodilla en tierra ante lord Tywin.

—Mi señor —dijo—, ser Addam me envía a deciros que el ejército Stark avanza.

Lord Tywin Lannister no sonrió. Lord Tywin nunca sonreía, pero Tyrion había aprendido a leer la satisfacción en el rostro de su padre.

—Así que el lobezno sale de su guarida y quiere jugar con los leones —dijo con voz tranquila—. Espléndido. Vuelve con ser Addam y dile que no debe atacar a los norteños hasta que lleguemos nosotros. En cambio, quiero que los hostigue por los flancos y los obligue a avanzar más hacia el sur.

—Se hará como ordenáis —dijo el jinete, tras lo cual se retiró.

—Aquí estamos bien situados —señaló ser Kevan—. Cerca del vado, y rodeados de fosos y empalizadas. Si vienen hacia el sur, deja que se acerquen; ya se estrellarán contra nosotros.

—Puede que el chico, al ver nuestro número, se retire o pierda el valor —replicó lord Tywin—. Cuanto antes quebremos a los Stark, antes estaré libre para encargarme de Stannis Baratheon. Ordena que los tambores toquen para convocar una asamblea, y haz llegar a Jaime la noticia de que voy a avanzar contra Robb Stark.

—Como desees —dijo ser Kevan.

Tyrion observó con fascinación sombría cómo su padre se volvía hacia los semisalvajes hombres de los clanes.

—Dicen que los hombres de los clanes de las montañas son guerreros sin miedo.

—Dicen la verdad —respondió Conn, de los Grajos de Piedra.

—Y las mujeres —añadió Chella.

—Cabalgad conmigo contra mis enemigos, y tendréis todo lo que os prometió mi hijo y mucho más.

—¿Vas a pagarnos con nuestras propias monedas? —dijo Ulf, hijo de Umar—. ¿Para qué necesitamos la promesa del padre si ya tenemos la del hijo?

—No he dicho que necesitéis nada —replicó lord Tywin—. Mis palabras eran simple cortesía, nada más. No es necesario que os unáis a nosotros. Los hombres de las llanuras invernales están hechos de hierro y hielo; hasta los más valientes de mis caballeros temen enfrentarse a ellos.

Tyrion no pudo disimular una sonrisa retorcida ante tal alarde de habilidad.

—Los Hombres Quemados no temen a nada. Timett, hijo de Timett, cabalgará con los leones.

—Vayan adonde vayan los Hombres Quemados, los Grajos de Piedra los preceden —declaró Conn, ardoroso—. También iremos.

—Shagga, hijo de Dolf, les cortará la virilidad y se la echará de comer a los cuervos.

—Cabalgaremos contigo, señor del león —dijo Chella, hija de Cheyk—. Pero tu hijo mediohombre debe venir con nosotros. Ha comprado con promesas el aire que respira. Hasta que tengamos el acero que nos ha prometido, su vida nos pertenece.

Lord Tywin clavó en su hijo aquellos ojos con destellos dorados.

—Qué bien —dijo Tyrion con una sonrisa resignada.

SANSA

Las paredes de la sala del trono estaban desnudas; los tapices con escenas de caza que tanto le gustaban al rey Robert se encontraban amontonados de cualquier manera en un rincón.

Ser Mandon Moore fue a ocupar su lugar bajo el trono, junto a dos de sus camaradas de la Guardia Real. Sansa se quedó junto a la puerta, sin que nadie la vigilara, por primera vez. Como recompensa por su buen comportamiento, la reina le había dado libertad para recorrer el castillo, pero siempre con escolta. Decía que era «una guardia de honor para mi futura hija», pero para Sansa no era ningún honor.

«Libertad para recorrer el castillo» quería decir que podía ir adonde quisiera dentro de la Fortaleza Roja, siempre que prometiera no salir fuera de sus muros; fue una promesa que Sansa hizo de buena gana. Además, tampoco habría podido aventurarse más allá. Las puertas estaban vigiladas día y noche por los capas doradas de Janos Slynt, y siempre había cerca un guardia Lannister. Y aunque pudiera abandonar el castillo, ¿adónde iría? Tenía suficiente con pasear por el patio, recoger flores en el jardín de Myrcella y visitar el septo para rezar por su padre. A veces rezaba también en el bosque de dioses, ya que los Stark veneraban a las antiguas deidades.

Era la primera sesión de corte del reinado de Joffrey, de manera que Sansa miró a su alrededor muy nerviosa. Bajo las ventanas que daban al oeste había una hilera de guardias de la casa Lannister, y bajo las del este, otros tantos guardias de la ciudad, con sus capas doradas. No vio a ningún plebeyo, pero sí a un grupo de señores, unos importantes y otros no tanto, que parecían muy inquietos. No había más de veinte personas, cuando en las sesiones del rey Robert esperaban unas cien.

Sansa se deslizó entre ellos, y murmuró saludos corteses mientras trataba de llegar a la primera fila. Reconoció a Jalabhar Xho, con su piel morena, al sombrío ser Aron Santagar, a los gemelos Redwyne, Horror y Baboso... pero a ella nadie parecía reconocerla. Y si la conocían, desviaban la vista como si tuviera la peste gris. El enfermizo lord Gyles se cubrió el rostro al verla llegar y fingió un ataque de tos, y cuando ser Dontos, siempre borracho y divertido, inició un saludo, ser Balon Swann le susurró algo al oído, y se calló de inmediato.

Y faltaban muchos. ¿Adónde se habían ido? Sansa no lo sabía. Buscó rostros amigos, pero fue en vano. Nadie la miraba a los ojos. Era como si se hubiera convertido en un fantasma, como si estuviera muerta.

El gran maestre Pycelle estaba sentado ante la mesa del Consejo, él solo, al parecer adormilado, con las manos entrelazadas por encima de la barba. Sansa vio que lord Varys entraba apresuradamente en la sala, sin hacer ruido al caminar. Un momento más tarde entró también lord Baelish, con una sonrisa en el rostro. Conversó unos instantes con ser Balon y ser Dontos antes de ir a su sitio. Sansa sentía el aleteo de los nervios en el estómago.

«No hay por qué tener miedo —se dijo—. No hay por qué tener miedo; todo saldrá bien. Joff me quiere, y la reina también; ella misma me lo dijo.»

—Su alteza, Joffrey de las casas Baratheon y Lannister —proclamó el heraldo—, el primero de su nombre, rey de los ándalos, los rhoynar y los primeros hombres, y señor de los Siete Reinos. Su señora madre, Cersei de la casa Lannister, reina regente, Luz del Occidente y Protectora del Reino.

Ser Barristan Selmy, resplandeciente con su armadura blanca, les abrió paso. Ser Arys Oakheart escoltaba a la reina, y ser Boros Blount caminaba junto a Joffrey, de manera que en la sala había ya seis guardias reales: todos los espadas blancas, a excepción de Jaime Lannister. Su príncipe... ¡No, ya era su rey!, subió de dos en dos los peldaños que llevaban al Trono de Hierro, mientras que su madre se sentaba a la mesa del Consejo. Joffrey llevaba ropas de terciopelo negro con ribetes carmesí y una deslumbrante capa de hilo de oro con amplio cuello, y lucía una corona de oro con incrustaciones de rubíes y diamantes negros.

Joffrey paseó la vista por la sala y su mirada se encontró con la de Sansa. Sonrió, y se sentó.

—El deber de un rey es castigar a los desleales y recompensar a los que le son fieles. gran maestre Pycelle, os ordeno que leáis mis decretos.

Pycelle se puso en pie. Llevaba una túnica magnífica de terciopelo escarlata, con cuello de armiño y brillantes cierres de oro. De una de las amplias mangas extrajo un tubo dorado, del que sacó un pergamino. Lo desenrolló y empezó a leer una larga lista de nombres. Se ordenaba a todos ellos, en nombre del rey y del Consejo, que se presentaran allí para jurar lealtad a Joffrey. De no hacerlo, se los consideraría traidores, y sus tierras y títulos pasarían al trono.

La lista de los nombres hizo que Sansa contuviera el aliento. Lord Stannis Baratheon, su señora esposa, su hija. Lord Renly Baratheon. Los dos hombres que ostentaban el título de lord Royce y sus respectivos hijos. Ser Loras Tyrell. Lord Mace Tyrell, sus hermanos, tíos e hijos. El sacerdote rojo, Thoros de Myr. Lord Beric Dondarrion. Lady Lysa Arryn y su hijito, el pequeño lord Robert. Lord Hoster Tully, su hermano, ser Brynden, y su hijo, ser Edmure. Lord Jason Mallister. Lord Bryce Caron de las Marcas. Lord Tytos Blackwood. Lord Walder Frey y su heredero, ser Stevron. Lord Karyl Vance. Lord Jonos Bracken. Lady Shella Whent. Doran Martell, príncipe de Dorne, y todos sus hijos.

«Son tantos —pensó mientras Pycelle seguía y seguía leyendo—. Hará falta toda una bandada de cuervos para llevar todas esas órdenes.»

Y al final, casi los últimos, llegaron los nombres que Sansa temía oír. Lady Catelyn Stark. Robb Stark. Brandon Stark. Rickon Stark. Arya Stark. Sansa contuvo una exclamación. Arya. Querían que Arya se presentara para jurar fidelidad... Aquello significaba que su hermana había escapado en la galera, que a aquellas alturas ya estaría a salvo en Invernalia...

El gran maestre Pycelle enrolló la lista, se la guardó en la manga izquierda y se sacó otro pergamino de la derecha. Carraspeó para aclararse la garganta y siguió leyendo.

—Es deseo de su alteza que, en lugar del traidor Eddard Stark, sea Tywin Lannister, señor de Roca Casterly y Guardián del Occidente, quien ocupe el puesto de mano del rey, para hablar con su voz, dirigir sus ejércitos contra sus enemigos y cumplir su regia voluntad. Así lo ha decretado el rey. El Consejo Privado accede.

»Es deseo de su alteza que, en lugar del traidor Stannis Baratheon, sea su señora madre, la reina regente Cersei Lannister, que ha sido siempre su más firme apoyo, quien ocupe un lugar en el Consejo Privado, para ayudarlo a reinar con sabiduría y justicia. Así lo ha decretado el rey. El Consejo Privado accede. —Sansa oyó un murmullo de voces entre los señores que la rodeaban, pero cesó de inmediato. Pycelle siguió leyendo—. Es también deseo de su alteza que a su leal sirviente, Janos Slynt, comandante de la Guardia de la Ciudad de Desembarco del Rey, le sea concedido de inmediato el título de lord, y se le asigne el antiguo asentamiento de Harrenhal, con todas sus tierras e ingresos, y que sus hijos y nietos sean titulares de los mismos honores tras su muerte y hasta el fin de los tiempos. También es su deseo que lord Slynt ocupe un puesto de inmediato en el Consejo Privado, para ayudarlo en las labores del reino. Así lo ha decretado el rey. El Consejo Privado accede.

Sansa vio un movimiento por el rabillo del ojo cuando Janos Slynt entró en la sala. Los murmullos fueron entonces más sonoros y airados. Los orgullosos señores, cuyas casas se remontaban a hacía miles de años, abrieron paso de mala gana al plebeyo calvo y con cara de sapo. Le habían cosido al jubón de terciopelo negro escamas de oro, que tintineaban con cada uno de sus pasos. Su capa era de seda, a cuadros negros y dorados. Dos muchachos poco agraciados, que debían de ser sus hijos, caminaban ante él, luchando contra el peso de un escudo metálico tan alto como ellos. Había adoptado como blasón una lanza ensangrentada, oro sobre campo negro. Solo con verlo se le puso a Sansa la carne de gallina.

—Y por último —siguió leyendo el gran maestre Pycelle en cuanto lord Slynt hubo ocupado su lugar—, en estos días de caos y traición, tras la muerte de nuestro amado Robert, es opinión del Consejo que la vida y seguridad del rey Joffrey son de la máxima importancia... —Se interrumpió y miró a la reina, que se levantó.

—Ser Barristan Selmy, adelantaos.

Ser Barristan, que hasta aquel momento había permanecido inmóvil como una estatua al pie del Trono de Hierro, avanzó, hincó una rodilla en tierra e inclinó la cabeza.

—Estoy a vuestras órdenes, alteza.

—Levantaos, ser Barristan —dijo Cersei Lannister—. Podéis quitaros el yelmo.

—¿Mi señora? —El anciano caballero se levantó y se quitó el yelmo, aunque al parecer no entendía la razón.

—Habéis servido al reino mucho tiempo y fielmente, buen caballero; cada hombre y cada mujer de los Siete Reinos tiene una deuda de gratitud con vos. Pero ya ha llegado la hora de que concluyáis vuestro servicio. Es deseo del Rey y del Consejo que descanséis de tan pesada carga.

—¿Carga? Lo siento... no entiendo...

—Su alteza intenta deciros que quedáis relevado como lord comandante de la Guardia Real —intervino con voz tosca y pesada el recién nombrado lord, Janos Slynt.

—Alteza —dijo al final el caballero alto y canoso, que pareció encogerse; casi no respiraba—, la Guardia Real es una Hermandad Juramentada. Hacemos votos de por vida. Solo la muerte libera al lord comandante de su sagrada misión.

—¿La muerte de quién, ser Barristan? —La voz de la reina era suave como la seda, pero sus palabras llegaron a todos los rincones de la sala—. ¿La vuestra o la del rey?

—Dejaste morir a mi padre —le dijo Joffrey en tono acusador desde el Trono de Hierro—. Estás demasiado viejo para proteger a nadie.

Sansa vio como el caballero alzaba la vista hacia su nuevo rey. Hasta entonces nunca había aparentado los años que tenía, pero en aquel momento era anciano de verdad.

—Alteza —dijo—, se me eligió como Espada Blanca cuando tenía veintitrés años. Era lo máximo que había soñado, desde la primera vez que tuve una espada en la mano. Renuncié a todo derecho sobre mi herencia ancestral. La muchacha con la que iba a casarme contrajo matrimonio con mi primo. Yo no tenía necesidad de tierras ni de hijos; viviría únicamente por el reino. Fue el propio ser Gerold Hightower quien escuchó mi juramento: proteger al rey con todas mis fuerzas, derramar mi sangre por él... Peleé junto al Toro Blanco, junto al príncipe Lewyn de Dorne, junto a ser Arthur Dayne, la Espada del Amanecer... Antes de servir a vuestro padre, serví como escudero al rey Aerys, y antes de él, a su padre, Jaehaerys... Tres reyes...

—Todos ellos muertos —señaló Meñique.

—Vuestro tiempo ya ha pasado —anunció Cersei Lannister—. Joffrey necesita a su lado hombres jóvenes y fuertes. El Consejo ha decidido que ser Jaime Lannister ocupará vuestro lugar como lord comandante de los hermanos juramentados de las Espadas Blancas.

—El Matarreyes —dijo ser Barristan con desprecio—. El mal caballero que profanó su espada con la sangre del rey al que había jurado defender.

—Cuidado con lo que decís —le advirtió la reina—. Habláis de nuestro querido hermano, que lleva la sangre del rey.

—No olvidamos vuestros servicios, buen caballero —intervino lord Varys, más amable que los otros—. Lord Tywin Lannister ha accedido generosamente a concederos una generosa porción de tierra al norte de Lannisport, junto al mar, con oro y hombres suficientes para construir una fortaleza, y criados que atiendan todas vuestras necesidades.

—Una sala en la que morir y hombres para que me entierren —replicó ser Barristan—. Os lo agradezco, mis señores... Pero escupo sobre vuestra compasión. —Alzó la mano y soltó los broches con que se sujetaba la capa, y la pesada prenda blanca cayó de sus hombros al suelo. El yelmo fue a parar al suelo también—. Soy un caballero —añadió. Se abrió los cierres de plata de la coraza, y la dejó caer con lo demás—. Y moriré como un caballero.

—Un caballero desnudo, a este paso —bromeó Meñique.

Todos se echaron a reír: Joffrey, en su trono, los señores que aguardaban de pie, Janos Slynt, la reina Cersei y Sandor Clegane, y hasta el resto de los hombres de la Guardia Real, los cinco que hasta hacía un instante habían sido sus hermanos.

«Seguro que esto es lo que más le ha dolido», pensó Sansa. Su corazón estaba con el valiente anciano que se encontraba allí, de pie, abochornado y sonrojado, demasiado furioso para decir nada. Por último, el hombre desenvainó la espada.

Sansa oyó una exclamación contenida. Ser Boros y ser Meryn se adelantaron para enfrentarse a él, pero ser Barristan los detuvo en el sitio con una mirada rebosante de desprecio.

—No temáis, señores: vuestro rey está a salvo... pero no gracias a vosotros. Incluso ahora podría acabar con los cinco tan fácilmente como si cortara queso con un puñal. Si vais a servir a las órdenes del Matarreyes, ninguno de vosotros es digno de vestir el blanco. —Tiró la espada al pie del Trono de Hierro—. Toma, niño. Fúndela y ponla con las demás si quieres. Te será más útil que las espadas que esgriman estos cinco. Puede que lord Stannis se siente sobre ella cuando te quite el trono.

Salió de la sala por el camino más largo, con pasos que resonaban sonoramente contra el suelo y levantaban ecos en las paredes de piedra desnuda. Las damas y los caballeros le abrieron paso. Hasta que no hubo traspasado las grandes puertas de roble y bronce, Sansa no oyó de nuevo los sonidos habituales de los susurros, las personas que se movían inquietas y los crujidos de los papeles sobre la mesa del Consejo.

—Me ha llamado niño —se quejó Joffrey, que en aquel momento no aparentaba su edad—. Y ha hablado de mi tío Stannis.

—Pura palabrería —dijo Varys, el eunuco—. Sin la menor importancia...

—Puede que esté intrigando con mis tíos. Quiero que lo apresen y lo interroguen. —Nadie se movió. Joffrey alzó la voz—. ¡He dicho que quiero que lo apresen!

—Mis capas doradas se encargarán de todo, alteza —dijo Janos Slynt levantándose de la mesa del Consejo.

—Bien —dijo el rey Joffrey. Lord Janos salió de la sala a zancadas; sus feos retoños casi tenían que correr tras él, con el gran escudo de metal en el que se veían las armas de la casa Slynt.

—Alteza —le recordó Meñique al rey—, prosigamos. Los siete son ahora seis. Nos falta una espada para vuestra Guardia Real.

—Díselo tú, madre. —Joffrey sonrió.

—El rey y el Consejo han decidido que no hay hombre en los Siete Reinos más adecuado para guardar y proteger a su alteza que su escudo juramentado, Sandor Clegane.

—¿Qué te parece, Perro? —preguntó el rey Joffrey.

El rostro cicatrizado del Perro no dejaba traslucir información. Se detuvo a pensar un largo instante.

—¿Por qué no? No tengo tierras ni esposa. Y aunque tuviera, ¿a quién le importaría? —Torció el lado quemado de la boca—. Pero os lo advierto, no pienso prestar juramento como caballero.

—Los Hermanos de la Guardia Real han sido siempre caballeros —dijo ser Boros con firmeza.

—Hasta ahora —replicó el Perro con voz áspera.

Ser Boros se quedó en silencio.

Cuando el heraldo del rey dio un paso al frente, Sansa comprendió que se acercaba el momento. Nerviosa, se alisó el tejido de la falda. Vestía de luto como muestra de respeto al difunto rey, pero había puesto especial cuidado en estar bonita. Llevaba el vestido de seda marfil que la reina le había regalado, el que Arya estropeara con la naranja, pero lo había teñido de negro y la mancha no se veía. Estuvo horas rebuscando entre sus joyas antes de optar por la elegante sencillez de una cadena de plata.

—Si alguien quiere presentar otros asuntos a su alteza —retumbó la voz del heraldo en la sala—, que hable ahora o que se mantenga en silencio.

«Ahora —se dijo Sansa, temblando de miedo—. Tiene que ser ahora, que los dioses me den valor. —Dio un paso, y otro. Los señores y caballeros se apartaron para dejarla pasar—. Tengo que ser tan fuerte como mi señora madre.»

—Alteza —dijo con voz temblorosa.

La altura del Trono de Hierro hacía que Joffrey dominara la sala mejor que nadie. Fue el primero en verla.

—Adelantaos, mi señora —le dijo sonriente.

Su sonrisa le dio valor, la hizo sentirse hermosa y fuerte. «Me ama, me ama.» Sansa alzó la cabeza y se dirigió hacia él, ni muy despacio ni demasiado deprisa. No debía permitir que vieran lo nerviosa que estaba.

—Lady Sansa de la casa Stark —anunció el heraldo.

Se detuvo bajo el trono, al lado de la capa blanca, el yelmo y la coraza de ser Barristan.

—¿Quieres presentar algún asunto ante el rey y el Consejo, Sansa? —le preguntó la reina desde la mesa del Consejo.

—Así es. —Se arrodilló sobre la capa para no mancharse el vestido, y alzó la vista hacia su príncipe, sentado en el temible trono negro—. Alteza, quiero pedir misericordia para mi padre, lord Eddard Stark, que fue mano del rey. —Había ensayado aquellas palabras un centenar de veces.

—Me decepcionas, Sansa. —La reina dejó escapar un suspiro—. ¿Qué te dije sobre la sangre del traidor?

—Vuestro padre ha cometido crímenes graves y espantosos, mi señora —entonó el gran maestre Pycelle.

—Pobrecilla, pobrecilla —suspiró Varys—. No es más que una niña, mis señores, no sabe lo que está pidiendo.

Sansa solo tenía ojos para Joffrey.

«Tiene que escucharme, tiene que escucharme», pensó. El rey se movió inquieto en el trono.

—Dejad que hable —ordenó—. Quiero escucharla.

—Gracias, alteza. —Sansa le dirigió una sonrisa tímida, secreta, solo para él. La estaba escuchando. Lo sabía, lo sabía.

—La traición es una semilla ponzoñosa —declaró Pycelle con solemnidad—. Hay que arrancarla de raíz, o saldrán nuevos traidores de debajo de las piedras.

—¿Negáis los crímenes de vuestro padre? —preguntó lord Baelish.

—No, mis señores. —Sansa sabía qué debía decir—. Sé que merece un castigo. Lo único que pido es clemencia. Mi padre debe de lamentar lo que hizo. Era amigo del rey Robert, lo quería con todo su corazón, bien lo sabéis. Él no quería el cargo de mano hasta que el rey se lo pidió. A mi padre lo debieron de engañar. Lord Renly, o lord Stannis, o... o alguien; seguro que lo engañaron, si no...

El rey Joffrey se inclinó hacia delante, con las manos sobre los brazos del trono. Entre sus dedos sobresalían las puntas de las espadas.

—Dijo que yo no era el rey. ¿Por qué?

—Tenía la pierna rota —replicó Sansa al instante—. Le dolía tanto que el maestre Pycelle le daba la leche de la amapola, y se dice que la leche de la amapola nubla la mente. De lo contrario, jamás habría dicho nada así.

—La fe de una niña... —dijo Varys—. Qué dulce inocencia... Pero se dice que de las bocas de los inocentes se oye la verdad.

—La traición es la traición —señaló Pycelle al instante.

—¿Madre? —Joffrey se mecía en el trono, inquieto.

—Si lord Eddard confesara su crimen —dijo por fin Cersei Lannister después de mirar a Sansa, pensativa—, sabríamos que se ha arrepentido de su locura.

«Por favor —pensó Sansa—. Por favor, por favor, sé el rey que sé que eres, bueno, generoso y noble, por favor.»

—¿Queréis añadir algo más? —preguntó Joffrey poniéndose en pie.

—Solo que... si me amáis, me concederéis esta merced, príncipe mío —dijo.

—Vuestras dulces palabras me han conmovido —dijo galante el rey Joffrey mirándola detenidamente, al tiempo que asentía, dando a entender que todo se iba a arreglar—. Haré lo que me pidáis..., pero antes, vuestro padre debe confesar. Debe confesar y reconocer que soy el rey, o no habrá piedad para él.

—Lo hará —dijo Sansa, con un alivio inmenso—. Lo hará, sé que lo hará.

EDDARD

La paja del suelo apestaba a orina. No había ventanas ni lecho; ni siquiera un cubo para hacer sus necesidades. Recordó unos muros de piedra color rojo claro festoneados con manchas de salitre, una puerta gris de madera astillada, de medio palmo de grosor, con remaches de hierro. Lo había visto un instante justo antes de que lo empujaran al interior de la celda. Una vez cerrada la puerta, ya no vio nada más. La oscuridad era absoluta. Tanto daría que estuviera ciego.

O muerto. Enterrado con su rey.

—Ay, Robert —murmuró al tiempo que tocaba la piedra fría.

La pierna le palpitaba cada vez que se movía. Recordaba las bromas del rey en las criptas de Invernalia, bajo la mirada fría de los Reyes del Invierno.

«El rey come, y la mano limpia la mierda.» Cuánto se habían reído. Pero Robert estaba equivocado. «El rey muere —pensó Ned Stark—, y entierran a la mano.»

La mazmorra se encontraba bajo la Fortaleza Roja, más profunda de lo que se atrevía a imaginar. Recordó las viejas leyendas sobre Maegor el Cruel, que hizo matar a los albañiles que trabajaron en el castillo, para que no pudieran revelar sus secretos.

Malditos fueran todos: Meñique, Janos Slynt y sus capas doradas, la reina, el Matarreyes, Pycelle, Varys y ser Barristan; hasta lord Renly, que era de la sangre de Robert, y había huido cuando más lo necesitaba. Pero sobre todo se culpaba a sí mismo.

—Idiota —gritó a la oscuridad—. Tres veces idiota, y encima ciego.

El rostro de Cersei Lannister parecía flotar ante él, en la negrura del calabozo. Tenía el cabello lleno de sol, pero su sonrisa era burlona.

«Cuando se juega al juego de tronos, solo se puede ganar o morir», le susurró. Ned había jugado y había perdido, y sus hombres pagaron con la vida el precio de su estupidez.

Cada vez que pensaba en sus hijas habría llorado de buena gana, pero no le salían las lágrimas. Incluso en aquellos momentos, era un Stark de Invernalia, y la rabia y el dolor se congelaban en su interior.

Si permanecía inmóvil, la pierna no le dolía tanto, así que hacía lo posible por yacer quieto. No sabía cuánto tiempo llevaba allí. No había sol ni luna. No había luz para marcar las paredes. Ned cerraba los ojos, y los abría sin que ello representara ninguna diferencia. Dormía, despertaba y volvía a dormir. No sabía qué le resultaba más doloroso, el sueño o el despertar. Cuando dormía tenía pesadillas inquietantes; soñaba con sangre, con promesas rotas. Cuando despertaba no podía hacer otra cosa que pensar, y sus pensamientos eran peores que las pesadillas. Solo pensar en Cat le resultaba tan doloroso como un lecho de clavos. ¿Dónde estaría en aquel momento? ¿Qué haría? ¿Volvería a verla alguna vez?

Las horas se transformaron en días, o aquello le pareció. Sentía un dolor sordo en la pierna destrozada, y picor bajo la escayola. Cada vez que se tocaba el muslo sentía arder la carne. No se oía más sonido que el de su respiración. Tras un tiempo empezó a hablar en voz alta, solo por oír una voz. Hizo planes para mantenerse cuerdo; construyó castillos de esperanza en la oscuridad. Los hermanos de Robert estaban fuera, reuniendo ejércitos en Rocadragón y Bastión de Tormentas. Alyn y Harwin volverían a Desembarco del Rey con el resto de sus guardias en cuanto se encargaran de ser Gregor. Catelyn levantaría el norte en armas en cuanto recibiera la noticia, y los señores del río, la montaña y el Valle se unirían a ella.

Descubrió que cada vez pensaba más en Robert. Veía al rey tal como fue en la flor de su juventud, alto y apuesto, con el gran yelmo adornado con cornamenta en la cabeza, el martillo de guerra en la mano, a lomos de su caballo como un dios astado. Oía su risa en la oscuridad y veía sus ojos, azules y claros como lagos en la montaña.

—Mira a qué nos hemos visto reducidos, Ned —le dijo Robert—. Dioses, ¿cómo hemos acabado así? Tu ahí, y yo asesinado por un cerdo. Juntos conseguimos un trono...

«Te fallé, Robert —pensó Ned. No podía decirlo en voz alta—. Te mentí, te oculté la verdad. Dejé que te mataran.»

El rey lo oyó.

—Idiota estirado —le dijo—, demasiado orgulloso para escuchar. ¿No te pudiste tragar el orgullo, Stark? ¿Acaso el honor protegerá a tus hijos? —El rostro se agrietó; la carne se llenó de fisuras. Extendió la mano y se arrancó la máscara. No era Robert, sino Meñique, sonriente, que se burlaba de él. Cuando abrió la boca para hablar, sus mentiras se convirtieron en polillas grises que echaron a volar.

Ned estaba adormilado cuando las pisadas se detuvieron fuera, en el pasillo. Al principio pensó que las había soñado; hacía mucho que no oía nada que no fuera el sonido de su voz. Estaba febril, tenía los labios secos y agrietados, y el dolor sordo de la pierna era un suplicio. Cuando la pesada puerta de madera se abrió con un crujido, la luz repentina le hizo daño en los ojos.

El carcelero empujó una jarra hacia él. La arcilla estaba fresca, húmeda por fuera. Ned la cogió con ambas manos y bebió, ansioso. El agua se le derramó por las comisuras de la boca y le mojó la barba. Bebió hasta que estuvo a punto de vomitar.

—¿Cuánto tiempo...? —preguntó con voz débil.

—Nada de hablar —dijo el carcelero al tiempo que le arrebataba la jarra de las manos. Era un hombrecillo flaco como un espantapájaros, con cara de rata y barba poco poblada, que vestía cota de malla y capa corta de cuero.

—Por favor —dijo Ned—. Mis hijas...

La puerta se cerró de golpe. Parpadeó mientras la luz volvía a esfumarse, inclinó la cabeza sobre el pecho y se acurrucó en la paja. Ya no apestaba a orina ni a excrementos. Ya no apestaba a nada.

Después no pudo establecer la diferencia entre estar dormido y despierto. El recuerdo se le acercaba a hurtadillas en la oscuridad, vívido como un sueño. Fue el año de la falsa primavera. Él volvía a tener dieciocho años; había bajado del Nido de Águilas para asistir al torneo de Harrenhal. Veía el verde intenso de la hierba y olía el polen en el viento. Días cálidos, noches frescas y el sabor dulce del vino. Recordó la risa de Brandon, y el valor loco de Robert en el combate cuerpo a cuerpo, su manera de reír mientras derribaba a sus adversarios a diestro y siniestro. Recordó a Jaime Lannister, un joven con armadura blanca, de rodillas en la hierba ante el pabellón de su rey, jurando proteger y defender al rey Aerys. Después, ser Oswell Whent lo ayudó a ponerse en pie, y el Toro Blanco en persona, el lord comandante ser Gerold Hightower, le abrochó la capa nívea de la Guardia Real. Luego, los seis Espadas Blancas dieron la bienvenida a su nuevo hermano.

Pero, cuando empezó la justa, Rhaegar Targaryen fue el protagonista. El príncipe heredero llevaba la misma armadura que luciría el día de su muerte: negra, deslumbrante, con el dragón tricéfalo de su casa dibujado con rubíes sobre la coraza. La capa de seda escarlata le ondeaba a la espalda al cabalgar, y parecía que no había lanza capaz de tocarlo. Brandon cayó ante él, y también Yohn Royce, al que llamaban Yohn Bronce... y hasta el espléndido ser Arthur Dayne, la Espada del Amanecer.

Robert había estado bromeando con Jon y con el anciano lord Hunter mientras el príncipe daba la vuelta al campo de justas tras desmontar a ser Barristan en el último combate por la corona del campeón. Ned recordó claramente el momento en que todas las sonrisas murieron, cuando el príncipe Rhaegar Targaryen espoleó su caballo, pasó de largo por donde estaba su esposa, la princesa dorniense Elia Martell, para poner el laurel de reina de la belleza en el regazo de Lyanna. Aún era capaz de visualizarlo: una corona de rosas invernales, azules como la escarcha.

Ned Stark extendió la mano para coger la corona de flores, pero bajo los pétalos azules había espinas escondidas. Sintió cómo se le clavaban en la piel, afiladas, despiadadas. Vio el reguero de sangre que le brotaba de los dedos, y despertó tembloroso en la oscuridad.

—Prométemelo, Ned —le había susurrado su hermana en su lecho de sangre. A ella le encantaba el aroma de las rosas invernales.

—Los dioses me guarden —sollozó Ned—. Me estoy volviendo loco.

Los dioses no se dignaron responder.

Cada vez que el carcelero le llevaba agua, se decía que había pasado un día más. Al principio le suplicaba que le diera alguna noticia de sus hijas, que le dijera algo sobre lo que pasaba fuera de la celda. Solo obtuvo gruñidos y patadas a modo de respuesta. Más adelante, cuando empezaron los retortijones de estómago, suplicó comida. No sirvió de nada. Quizá los Lannister quisieran matarlo de hambre.

«No», se dijo. Si Cersei lo quisiera muerto, lo habrían asesinado en el salón del trono, junto a sus hombres. Lo necesitaba con vida. Débil, desesperado, pero con vida. Catelyn tenía prisionero a su hermano. La reina no osaría matarlo; sería también el fin del Gnomo.

Oyó un tintineo de cadenas de hierro en el exterior de la celda. La puerta crujió y se abrió. Ned puso una mano en la pared húmeda y trató de incorporarse hacia la luz. El brillo de una antorcha le hizo entrecerrar los ojos.

—Comida —gimió.

—Vino —le respondió una voz. No era el hombre con cara de rata; aquel carcelero era más bajo, más grueso, aunque llevaba la misma capa corta de cuero y el casco con punta de acero—. Bebed, lord Eddard. —añadió, y puso un pellejo de vino en las manos de Ned.

La voz le resultaba extrañamente familiar, pero Ned Stark tardó unos momentos en situarla.

—¿Varys? —dijo al final, inseguro. Tocó el rostro del hombre—. Esto no... no lo estoy soñando. Estáis aquí. —Las mejillas regordetas del eunuco estaban cubiertas por una barba oscura y descuidada. Ned palpó el pelo tosco con los dedos. Varys se había transformado en un carcelero canoso, que apestaba a sudor y a vino agrio—. ¿Cómo habéis...? ¿Qué clase de mago sois?

—Un mago sediento —dijo Varys—. Bebed, mi señor.

—¿Es el mismo veneno que mató a Robert? —preguntó Ned palpando el pellejo.

—Me ofendéis —respondió Varys con tristeza—. Qué cierto es que nadie quiere a un eunuco. Dadme ese pellejo. —Bebió un buen trago; un hilillo de vino tinto le corrió por la comisura de la boca regordeta—. No es tan bueno como el que me ofrecisteis la noche del torneo, pero tampoco resulta más venenoso que la mayoría —concluyó al tiempo que se secaba los labios—. Tomad.

—Posos —dijo Ned después de pegar un trago. Sentía como si estuviera a punto de vomitar.

—Todo hombre debe probar lo dulce con lo amargo. Los grandes señores y los eunucos, todos por igual. Ha llegado vuestra hora, mi señor.

—Mis hijas...

—La pequeña escapó de ser Meryn y consiguió huir —le dijo Varys—. No he podido encontrarla. Los Lannister tampoco. Es una buena noticia; nuestro nuevo rey no le tiene demasiado afecto. Vuestra hija mayor sigue siendo la prometida de Joffrey. Cersei la vigila de cerca. Acudió a la corte hace unos días para suplicar que fueseis perdonado. Lástima que no la oyerais; resultó conmovedora. —Se inclinó hacia él y lo miró con atención—. Supongo que sabéis que sois hombre muerto, lord Eddard.

—La reina no me matará —replicó Ned. La cabeza le daba vueltas. El vino era fuerte, y llevaba demasiado tiempo sin comer—. Cat... Cat tiene a su hermano...

—No tiene al hermano adecuado —suspiró Varys—. Y, de cualquier manera, ya no está en su poder. Dejó que el Gnomo se le escapara de entre los dedos. Supongo que ya estará muerto, en cualquier lugar de las Montañas de la Luna.

—Si eso es cierto, cortadme la garganta y acabemos ya de una vez. —Estaba mareado por el vino, agotado, y triste.

—Vuestra sangre es lo último que deseo.

—Cuando mataron a mis guardias estabais junto a la reina —dijo Ned con el ceño fruncido—, y os limitasteis a mirar sin decir nada.

—Volvería a hacerlo. Creo recordar que también estaba desarmado, sin armadura y rodeado de espadas Lannister. —El eunuco lo miró con curiosidad, inclinando la cabeza a un lado—. Cuando era joven, antes de que me mutilaran, viajé por las Ciudades Libres con una compañía de comediantes. Me enseñaron que cada hombre tiene su papel en la vida, igual que en las comedias. Así es la corte. La justicia del rey debe ser temible, el consejero de la moneda debe ser austero, el lord comandante de la Guardia Real debe ser valiente... y el consejero de los rumores debe ser taimado y obsequioso, y carecer de escrúpulos. Un informador valeroso sería tan inútil como un guerrero cobarde. —Volvió a coger el pellejo de vino y bebió otro trago.

—¿Me podéis sacar de este agujero? —Ned escrutó el rostro del eunuco, en busca de la verdad oculta bajo las cicatrices falsas y la barba postiza. Probó un poco más de vino. Le entró con mayor facilidad.

—Puedo, pero... ¿lo haré? No. Habría muchas preguntas, y las respuestas apuntarían en mi dirección.

—Sois franco. —Había sido la respuesta que Ned esperaba.

—Un eunuco no tiene honor, y una araña no puede permitirse el lujo de los escrúpulos, mi señor.

—Al menos, ¿querréis llevar un mensaje de mi parte?

—Eso dependerá del mensaje. Si lo deseáis, os proporcionaré papel y pluma. Escribiréis lo que queráis; luego, yo cogeré la carta, la leeré, y la entregaré o no, según convenga a mis fines.

—Vuestros fines. ¿Cuáles son, lord Varys?

—La paz —replicó Varys sin titubear—. Si había alguien en Desembarco del Rey que intentara por todos los medios mantener con vida a Robert Baratheon, ese era yo. —Suspiró—. Durante quince años conseguí protegerlo de sus enemigos, pero no pude protegerlo de sus amigos. ¿Qué ataque de locura os hizo decirle a la reina que sabíais la verdad sobre el origen de Joffrey?

—La locura de la piedad —admitió Ned.

—Ah —dijo Varys—. Claro. Sois un hombre sincero y honorable, lord Eddard. A veces se me olvida. He conocido a tan pocos en mi vida... —Echó un vistazo a la celda—. Al ver adónde os han traído la sinceridad y el honor, lo comprendo.

—El vino del rey... —Ned Stark apoyó la cabeza contra la piedra húmeda, y cerró los ojos. La pierna le dolía intensamente—. ¿Habéis interrogado a Lancel?

—Oh, por supuesto. Cersei le dio los pellejos, y le dijo que eran de la cosecha favorita de Robert. —El eunuco se encogió de hombros—. La vida de un cazador está llena de peligros. Si el jabalí no hubiera matado a Robert, habría sido una caída del caballo, la mordedura de una víbora, una flecha perdida... El bosque es el matadero de los dioses. Lo que acabó con el rey no fue el vino. Fue vuestra piedad.

—Los dioses me perdonen. —Era lo que Ned había temido.

—Si los dioses existen, creo que lo harán —replicó Varys—. De cualquier manera, la reina no habría esperado mucho más. Robert se estaba volviendo difícil de manejar; tenía que acabar con él para tener las manos libres y enfrentarse también a sus hermanos. Qué pareja, Stannis y Renly..., el guantelete de hierro y el guante de seda. —Se secó la boca con el dorso de la mano—. Os habéis comportado como un estúpido, mi señor. Debisteis hacer caso a Meñique cuando os dijo que apoyarais a Joffrey para la sucesión.

—¿Cómo... cómo sabéis eso?

—Lo sé —dijo Varys con una sonrisa—; es lo único que importa. Y también sé que mañana, la reina vendrá a veros.

—¿Por qué? —Ned alzó los ojos, despacio.

—Cersei os tiene miedo, mi señor... pero hay otros enemigos a los que todavía teme más. Su amado hermano Jaime está en estos momentos combatiendo contra los señores del río. Lysa Arryn ocupa el Nido de Águilas, rodeada de piedra y acero, y no siente ningún cariño hacia la reina. Se dice que en Dorne los Martell lloran aún el asesinato de la princesa Elia y sus bebés. Y ahora, vuestro hijo avanza por el Cuello, con una hueste de norteños.

—Robb no es más que un niño —dijo Ned, conmocionado.

—Un niño con un ejército —replicó Varys—. Pero, como bien decís, solo un niño. Los hermanos del rey son los que le quitan el sueño a Cersei, sobre todo lord Stannis. Es él quien tiene derecho al trono, sus proezas como comandante en el campo de batalla son de todos conocidas, y no conoce la piedad. No hay criatura en la tierra tan aterradora como un hombre justo. Nadie sabe qué ha estado haciendo Stannis en Rocadragón, pero sospecho que si se ha dedicado a coleccionar algo, han sido espadas, no conchas marinas. Así que ahí tenéis la pesadilla de Cersei: mientras su padre y su hermano gastan las fuerzas luchando contra los Tully y los Stark, lord Stannis desembarca, se proclama rey, y adiós a la cabecita rubia y rizada de su hijo... y a la suya, de paso, aunque sospecho que se preocupa más por el chico.

—Stannis Baratheon es el legítimo heredero de Robert —dijo Ned—. El trono le corresponde por derecho. Su proclamación sería lo justo.

—Os garantizo que no es eso lo que Cersei quiere oír —dijo Varys después de chasquear la lengua—. Stannis puede conseguir el trono, pero si no medís vuestras palabras, lo único que quedará de vos para recibirlo será vuestra cabeza pudriéndose en una pica. Las súplicas de Sansa fueron tan dulces... Sería una lástima que lo echarais todo a perder.

Podéis recuperar la vida. Cersei no es estúpida. Sabe que un lobo domesticado es más útil que un lobo muerto.

—¿Queréis que sirva a la mujer que mató a mi rey, asesinó a mis hombres y dejó tullido a mi hijo? —La voz de Ned denotaba toda la incredulidad del mundo.

—Quiero que sirváis al reino —replicó Varys—. Decidle a la reina que confesaréis vuestra vil traición. Ordenad a vuestro hijo que deponga la espada, y proclamad que Joffrey es el heredero legítimo. Ofreceos a denunciar a Stannis y a Renly como usurpadores. Nuestra leona de ojos verdes sabe que sois hombre de honor. Si le dais la paz que necesita y el tiempo para enfrentarse a Stannis, y juráis que os llevaréis su secreto a la tumba, creo que os dará permiso para vestir el negro y pasar el resto de vuestros días en el Muro, con vuestro hermano y ese hijo bastardo que tenéis allí.

Al pensar en Jon, Ned sintió una vergüenza profunda y un dolor más allá de las palabras. Ojalá pudiera ver al muchacho otra vez, sentarse, hablar con él... El dolor le recorrió la pierna como un latigazo bajo la escayola sucia. Hizo una mueca, y abrió y cerró los dedos, impotente.

—¿Este plan es cosa vuestra? —preguntó a Varys—. ¿O es también cosa de Meñique?

—Antes de aliarme con Meñique me casaría con la Cabra Negra de Qohor —Aquello había hecho sonreír al eunuco—. Meñique es el segundo hombre más retorcido de los Siete Reinos. Oh, por supuesto que le transmito rumores: los que a mí me interesan, y los necesarios para que crea que le soy leal... igual que permito que Cersei piense que soy leal a ella.

—E igual que me lo hicisteis creer a mí. Decidme, lord Varys, ¿a quién servís en realidad?

—Al reino, mi buen señor —contestó Varys con una sonrisa—, no lo dudéis. Os lo juro por mi virilidad perdida. Sirvo al reino, y el reino necesita paz. —Apuró el último trago de vino y tiró el pellejo vacío a un rincón—. Decidme, lord Eddard, ¿cuál es vuestra respuesta? Dadme vuestra palabra de que, cuando la reina venga a veros, le diréis lo que quiere oír.

—Si lo hiciera, mi palabra sería tan hueca como una armadura vacía. No valoro mi vida tanto como para eso.

—Lástima —suspiró el eunuco—. ¿Qué hay de la vida de vuestra hija, mi señor? ¿Cuánto la valoráis?

—Mi hija... —El corazón se le heló a Ned en el pecho.

—No pensaréis que he olvidado su dulce inocencia, ¿verdad, mi señor? Desde luego, la reina no la ha olvidado.

—No —suplicó Ned, con la voz rota—. Varys, por los dioses, haced lo que queráis conmigo, pero dejad a mi hija fuera de vuestros planes. Sansa no es más que una niña.

—También Rhaenys era una niña. La hija del príncipe Rhaegar. Una chiquilla adorable, más joven que vuestras hijas. Tenía un gatito negro al que llamaba Balerion, ¿lo sabíais? A veces me pregunto qué sería de él. A Rhaenys le gustaba jugar a que era el verdadero Balerion, el Terror Negro de antaño, pero supongo que los Lannister le enseñaron enseguida la diferencia entre un gatito y un dragón, el día que derribaron su puerta. —Varys dejó escapar un suspiro de cansancio, el suspiro del hombre que carga sobre los hombros con todas las penas del mundo—. Una vez, el septón supremo me dijo que el sufrimiento es el precio que pagamos por nuestros pecados. Si eso es cierto, decidme, lord Eddard... ¿por qué son siempre los inocentes los que más sufren cuando vosotros, los grandes señores, jugáis al juego de tronos? Meditadlo mientras esperáis a la reina. Y meditad también sobre esto: el próximo visitante puede traeros pan, queso y leche de la amapola que os alivie el dolor... o puede traeros la cabeza de Sansa.

»Mi querido lord Eddard, la decisión es solo vuestra.

CATELYN

A medida que el ejército bajaba por el empinado camino, entre las ciénagas negras del Cuello, y se abría al llegar a las tierras del río, los temores de Catelyn aumentaban. Ocultaba sus miedos tras un rostro sereno e inexpresivo, pero allí estaban, y crecían con cada legua de trayecto. Se pasaba los días ansiosa; las noches, inquieta, y cada vez que veía volar un cuervo apretaba los dientes.

Temía por su señor padre, y su silencio ominoso la llenaba de dudas. Temía por su hermano Edmure, y rezaba a los dioses para que velaran por él si tenía que enfrentarse en combate al Matarreyes. Temía por Ned y por las niñas, y por los dulces muchachitos que había dejado en Invernalia. Pero no podía hacer nada por ninguno de ellos, de manera que intentaba apartarlos de sus pensamientos.

«Debes conservar las fuerzas para Robb —se dijo—. Es el único al que puedes ayudar. Debes ser tan fiera y dura como el norte, Catelyn Tully. Ahora debes ser una verdadera Stark, como tu hijo.»

Robb cabalgaba a la cabeza de la columna, bajo el estandarte blanco de Invernalia. Cada día invitaba a uno de los señores a unirse a él, de manera que pudieran conferenciar por el camino. Honraba por turnos a todos los hombres, sin favoritismos, y los escuchaba igual que había hecho su padre, siempre sopesando las palabras de cada uno contra las de los demás.

«Ha aprendido mucho de Ned —pensaba Catelyn al mirarlo—. Pero, ¿será suficiente?»

El Pez Negro había elegido cien hombres y cien caballos veloces, y se había adelantado para ocultar sus movimientos y examinar el camino. Los informes que llevaban a su regreso los jinetes de ser Brynden no la tranquilizaron en absoluto. Las huestes de lord Tywin estaban a varios días de camino hacia el sur... pero Walder Frey, señor del Cruce, había reunido a casi cuatro mil hombres en sus castillos del Forca Verde.

—Otra vez tarde —murmuró Catelyn al enterarse. Maldito hombre; era otra vez como en el Tridente. Su hermano Edmure había convocado a los vasallos; lord Frey debería haberse unido al ejército de los Tully en Aguasdulces, pero seguía en el Forca Verde.

—Cuatro mil hombres —repitió Robb, más perplejo que airado—. Lord Frey no pensará enfrentarse solo a los Lannister. Sin duda, pretende unirse a nuestro ejército.

—¿Tú crees? —replicó Catelyn. Se había adelantado para cabalgar con Robb y con Robett Glover, su acompañante de aquel día. La vanguardia se extendía a sus espaldas como un lento bosque de lanzas, picas y estandartes—. Yo no estaría tan segura. Nunca esperes nada de Walder Frey; así te ahorrarás sorpresas.

—Es vasallo de tu padre.

—Hay hombres que se toman sus juramentos más en serio que otros, Robb. Y las relaciones de lord Walder con Roca Casterly siempre fueron más amistosas de lo que a mi padre le habría gustado. Uno de sus hijos está casado con la hermana de Tywin Lannister. Cierto que eso no significa gran cosa. Lord Walder ha tenido gran número de hijos, y con alguien había que casarlos, pero...

—¿Teméis que piense traicionarnos y ayudar a los Lannister, mi señora? —preguntó Robett Glover, muy serio.

—Para ser sincera —contestó Catelyn con un suspiro—, dudo que el propio lord Frey sepa cuáles son las intenciones de lord Frey. Tiene la cautela de un anciano y la ambición de un joven, y astucia nunca le ha faltado.

—Necesitamos Los Gemelos, madre —dijo Robb con vehemencia—. No hay otra manera de cruzar el río. Lo sabes igual que yo.

—Sí. Y también lo sabe Walder Frey, puedes estar seguro.

Aquella noche acamparon en el límite sur de los pantanos, a mitad de trayecto entre el camino Real y el río. Allí los encontró Theon Greyjoy cuando fue a llevarles nuevas noticias de su tío.

—Ser Brynden me envía a deciros que ya ha cruzado espadas con los Lannister. Hay una docena de exploradores que no volverán para informar a lord Tywin en breve... ni nunca. —Sonrió—. Ser Addam Marbrand está al mando de su avanzadilla, y se retira hacia el sur, quemándolo todo a su paso. Sabe aproximadamente dónde nos encontramos, pero dice el Pez Negro que, cuando nos dividamos, no se enterará.

—A menos que lord Frey se lo diga —señaló Catelyn—. Theon, cuando vuelvas con mi tío, dile que sitúe a sus mejores arqueros en torno a Los Gemelos, día y noche, con orden de abatir cualquier cuervo que salga de sus almenas. No quiero que ninguno lleve noticias a lord Tywin sobre los movimientos de mi hijo.

—Ser Brynden ya se ha encargado de eso, mi señora —respondió Theon, con una sonrisa arrogante—. Unos cuantos pájaros más y podremos preparar una empanada. Os guardaré las plumas para que os hagáis un sombrero.

Debía haber imaginado que Brynden el Pez Negro lo habría calculado ya.

—¿Qué han hecho los Frey mientras los Lannister quemaban sus campos y saqueaban sus aldeas?

—Ha habido enfrentamientos entre los hombres de ser Addam y los de lord Walder —respondió Theon—. A menos de un día de camino de aquí nos encontramos con dos exploradores Lannister que servían de alimento a los buitres: los Frey los habían ahorcado. Pero la mayor parte de los hombres de lord Walder permanece en Los Gemelos.

Catelyn pensó con amargura que aquello llevaba, sin lugar a dudas, el sello de Walder Frey: esperar, demorarse, vigilar y no correr riesgos a menos que lo obligaran.

—Si ha estado combatiendo a los Lannister, quizá piense mantener su juramento —dijo Robb.

—Defender sus tierras es una cosa —dijo Catelyn, que no estaba tan segura—, y enfrentarse a lord Tywin en batalla, otra muy diferente.

—¿Ha descubierto el Pez Negro alguna otra manera de cruzar el Forca Verde? —preguntó Robb volviéndose hacia Theon Greyjoy.

—El río baja muy crecido y muy rápido —contestó Theon con un gesto de negación—. Ser Brynden dice que, tan al norte, no se puede vadear.

—¡Necesito ese paso! —declaró Robb, airado—. Sí, supongo que los caballos podrían cruzar a nado, pero no si llevan a lomos jinetes con armaduras. Tendríamos que construir balsas para cruzar las armas, los yelmos, las cotas de malla... y no tenemos tantos árboles. Ni tanto tiempo. Lord Tywin avanza hacia el norte... —Apretó un puño.

—Lord Frey no será tan estúpido como para intentar cortarnos el paso —dijo Theon Greyjoy, con su confianza habitual—. Tenemos cinco veces más hombres que él. Si lo necesitas, puedes tomar Los Gemelos, Robb.

—No sería sencillo —les advirtió Catelyn—. Y no lo conseguirías a tiempo. Mientras preparas el asedio, Tywin Lannister llegaría con sus huestes y te atacaría por la retaguardia.

Robb miró a Greyjoy, buscando respuestas, sin encontrarlas. Durante un momento, pese a la cota de malla, la espada y la sombra de barba, aparentaba ser aún más joven.

—¿Qué haría mi padre? —preguntó a Catelyn.

—Buscar una manera de pasar —respondió ella—. Costara lo que costara.

A la mañana siguiente fue ser Brynden quien acudió a hablar con ellos. Se había despojado de la pesada coraza y el yelmo que llevaba como Caballero de la Puerta, y lucía en cambio las prendas de cuero ligeras propias de un jinete, pero mantenía el pez de obsidiana como broche para la capa.

—Ha habido una batalla bajo las murallas de Aguasdulces —le dijo a Catelyn su tío con expresión grave mientras desmontaba—. Lo hemos averiguado de un escolta Lannister al que cogimos prisionero. El Matarreyes ha destrozado las huestes de Edmure y ha hecho retroceder a los señores del Tridente.

—¿Y mi hermano? —preguntó Catelyn con el corazón en un puño.

—Herido y prisionero —dijo ser Brynden—. Lord Blackwood y el resto de los supervivientes resisten el asedio dentro de Aguasdulces, rodeados por las huestes de Jaime.

—Si queremos llegar a tiempo para ayudarlos, tenemos que cruzar este condenado río. —Robb parecía preocupado.

—No será fácil —le advirtió ser Brynden—. Lord Frey ha reunido todo su ejército dentro del castillo, y ha atrancado las puertas.

—Maldito sea —gruñó Robb—. Si ese viejo idiota no cede y me deja pasar, no tendré más remedio que derribar sus muros. Derribaré Los Gemelos encima de él, si es necesario, ¡a ver qué le parece!

—Hablas como un niño enfadado, Robb —le recriminó Catelyn—. Cuando un niño ve un obstáculo, lo primero que hace es rodearlo o derribarlo. Un señor debe aprender que, a veces, las palabras consiguen lo que está fuera del alcance de las espadas.

—Explícame qué quieres decir, madre —pidió Robb, sumiso. Se le habían enrojecido las orejas ante la reprimenda.

—Los Frey llevan seiscientos años defendiendo el Cruce, y durante seiscientos años han fijado siempre el precio del peaje.

—¿El precio? ¿Qué puede querer?

—Eso es lo que tenemos que averiguar —contestó Catelyn con una sonrisa.

—¿Y si me niego a pagar ese peaje?

—Entonces tendrás que retirarte de vuelta a Foso Cailin, desplegarte para enfrentarte a lord Tywin... o esperar a que te salgan alas. No se me ocurren más opciones.

Catelyn picó espuelas y se alejó para que su hijo tuviera tiempo de meditar sobre sus palabras. No serviría de nada que se sintiera como si su madre estuviera usurpando su puesto.

«¿Le enseñaste sabiduría, además de valor, Ned? —se preguntó—. ¿Le enseñaste a doblar la rodilla?» Los cementerios de los Siete Reinos estaban llenos de valientes que jamás habían aprendido aquella lección.

Era ya mediodía cuando la vanguardia divisó Los Gemelos, el asentamiento de los señores del Cruce.

Allí, el Forca Verde era un río rápido y profundo, pero los Frey lo dominaban desde hacía siglos, y se habían enriquecido gracias a lo que otros les pagaban por cruzarlo. Su puente era un arco gigantesco de roca gris pulida, tan ancho que cabían dos carros juntos; en la mitad se alzaba la Torre del Agua, desde la que se dominaba tanto el camino como el río, con troneras para los arqueros y rastrillos. Los Frey habían tardado tres generaciones en completar el puente. Cuando terminaron, situaron fortificaciones de madera en ambas orillas, para que nadie pudiera cruzar sin su permiso.

La madera había dejado lugar a la piedra hacía ya mucho tiempo. Los Gemelos, dos castillos achaparrados, feos, idénticos en todos los sentidos, unidos por el puente, llevaban siglos vigilando el Cruce. Estaban protegidos por murallas, fosos profundos y pesados portalones de hierro y roble, y los extremos del puente surgían de sus entrañas. En cada orilla había un rastrillo y una barbacana, y la Torre del Agua defendía el puente en sí.

A Catelyn le bastó una mirada para comprender que no se podía tomar el castillo. En las almenas se divisaban lanzas, espadas y escorpiones. En cada tronera había un arquero; el puente levadizo estaba levantado; el rastrillo, bajado, y las puertas, cerradas y atrancadas.

En cuanto vio qué les aguardaba, el Gran Jon empezó a jurar y a maldecir. Lord Rickard Karstark se limitó a mirar en silencio.

—Mis señores, eso es inexpugnable —anunció Roose Bolton.

—Y tampoco podemos vencerlos por asedio; necesitaríamos un ejército en la otra orilla para el segundo castillo —señaló Helman Tallhart, sombrío. Al otro lado de las aguas turbulentas, la torre occidental parecía un reflejo de su hermana oriental—. Ni aunque tuviéramos tiempo... que, desde luego, no tenemos.

Mientras los señores norteños examinaban el castillo, se abrió una puerta lateral, alguien tendió un puente de tablones para salvar el foso, y una docena de jinetes salieron hacia ellos, guiados por cuatro de los muchos hijos de lord Walder. Su blasón eran dos torres gemelas, azul oscuro sobre campo de plata grisácea. Ser Stevron Frey, el heredero de lord Walder, era el portavoz. Todos los Frey tenían aspecto de comadreja: ser Stevron, con más de sesenta años y nietos propios ya, se asemejaba especialmente a una comadreja vieja y cansada. Pero se mostró muy educado.

—Mi señor padre me envía a saludaros, y a preguntar quién dirige tan poderoso ejército.

—Yo. —Robb hizo avanzar a su caballo. Llevaba puesta la armadura, de la silla de su caballo colgaba el escudo de Invernalia con el lobo huargo, y Viento Gris trotaba junto a él.

El anciano caballero lo miró con una tenue chispa de diversión en los ojos grises acuosos, pero su caballo castrado se removió inquieto ante la presencia del huargo.

—Para mi señor padre sería un honor que compartierais con él la carne y el hidromiel en el castillo, y le explicaseis vuestro propósito en estas tierras.

Sus palabras cayeron entre los señores vasallos como la piedra lanzada por una catapulta. A ninguno le parecía bien. Maldijeron, discutieron, se gritaron unos a otros.

—No lo hagáis, mi señor —le suplicó Galbart Glover a Robb—. Lord Walder no es digno de confianza.

Roose Bolton estaba de acuerdo.

—Si entráis ahí solo, estaréis en su poder. Podrá venderos a los Lannister, arrojaros a una mazmorra o cortaros la garganta, lo que le plazca.

—Si quiere hablar con nosotros, que abra las puertas; así compartiremos todos su pan y su hidromiel —declaró ser Wendel Manderly.

—O que salga y agasaje a Robb aquí, a la vista de sus hombres y de los vuestros —sugirió su hermano, ser Wylis.

Catelyn Stark compartía las dudas, pero solo con ver a ser Stevron supo que no le gustaba lo que estaba oyendo. Unas pocas palabras más, y perderían la ocasión. Tenía que actuar enseguida.

—Iré yo —dijo en voz alta.

—¿Vos, mi señora? —El Gran Jon frunció el ceño.

—Madre, ¿estás segura? —Obviamente, Robb no lo estaba.

—Por supuesto —mintió Catelyn con tono alegre—. Lord Walder es vasallo de mi padre. Lo conozco desde que era niña. Jamás me haría daño alguno.

«A no ser que con ello consiguiera algún beneficio», añadió para sus adentros. Pero algunas veces era imprescindible mentir.

—Estoy seguro de que mi señor padre estará encantado de hablar con lady Catelyn —dijo ser Stevron—. Como salvaguardia de nuestras buenas intenciones, mi hermano ser Perwyn permanecerá aquí hasta que ella vuelva con vosotros sana y salva.

—Será nuestro huésped de honor —dijo Robb. Ser Perwyn, el más joven de los cuatro Frey del grupo, desmontó y tendió a uno de sus hermanos las riendas de su caballo—. Quiero que mi señora madre esté de vuelta al caer la noche, ser Stevron —siguió Robb—. No tengo intención de demorarme más aquí.

—Como queráis, mi señor —asintió ser Stevron Frey con cortesía.

Catelyn picó espuelas, sin volver la vista atrás. Los hijos y los soldados de lord Walder siguieron sus pasos.

En cierta ocasión, su padre le había dicho que Walder Frey era el único señor de los Siete Reinos capaz de sacarse un ejército de los calzones. Cuando el señor del Cruce recibió a Catelyn en la sala principal del castillo oriental, rodeado por veinte de aquellos de sus hijos que todavía vivían (de estar allí ser Perwyn, habrían sido veintiuno), treinta y seis nietos, diecinueve bisnietos, y numerosas hijas, nietas, bastardos e hijos de bastardos, entendió perfectamente lo que le había querido decir.

Lord Walder tenía noventa años y aspecto de comadreja rosada, con cabeza calva, demasiado gotoso para mantenerse en pie sin ayuda. Su última esposa, una chiquilla de dieciséis años pálida y frágil, caminaba junto a la litera en la que lo transportaban. Era la octava lady Frey.

—Es un placer volver a veros tras tantos años, mi señor —dijo Catelyn.

—¿De verdad? —El anciano la miró con desconfianza—. Lo dudo mucho. No me vengáis con palabras bonitas, lady Catelyn; estoy viejo para eso. ¿Qué hacéis aquí? ¿Acaso vuestro hijo es demasiado orgulloso para venir en persona? ¿Qué voy a hacer con vos?

Catelyn era una niña la última vez que estuvo de visita en Los Gemelos, y ya entonces lord Walder era un hombre irascible, de lengua mordaz y modales bruscos. Por lo visto había empeorado con los años. Tendría que elegir las palabras con cuidado y hacer todo lo posible para no ofenderlo.

—Padre —le reprochó ser Stevron—, ¿dónde están tus modales? Lady Stark es nuestra invitada.

—¿Acaso te lo he preguntado a ti? Aún no eres lord Frey, y no lo serás hasta que yo muera. ¿Tengo pinta de muerto? No. Así que no me des instrucciones.

—Esa no es manera de hablar delante de nuestra noble invitada, padre —intervino uno de sus hijos más jóvenes.

—Ahora hasta mis bastardos me quieren dar lecciones de cortesía —se quejó ser Walder—. Maldita sea, diré lo que me venga en gana. He recibido a tres reyes diferentes en mis salas, y también a reinas, ¿crees que me puedes enseñar modales, Ryger? La primera vez que le puse mi semilla, tu madre se dedicaba a ordeñar cabras. —Despidió con un movimiento de la mano al joven sonrojado, y llamó a dos de sus otros hijos—. Danwell, Whalen, ayudadme a sentarme en mi trono.

Alzaron a lord Walder de la litera y lo llevaron hasta el trono de los Frey, una silla alta de roble negro, cuyo respaldo estaba tallado en forma de dos torres unidas por un puente. Su joven esposa se acercó con timidez y le cubrió las piernas con una manta. Una vez instalado, el anciano indicó a Catelyn que se acercara, y le besó la mano con labios resecos y agrietados.

—Ya está —anunció—. Ahora que ya he cumplido con las cortesías correspondientes, mi señora, quizá mis hijos tengan la bondad de cerrar la boca. ¿Para qué habéis venido?

—Para pediros que abráis las puertas, mi señor —respondió Catelyn con educación—. Mi hijo y sus señores vasallos desean cruzar el río y seguir su camino.

—¿Hacia Aguasdulces? —Dejó escapar una risita burlona—. No, no hace falta que me lo digáis; todavía no estoy ciego. Este viejo aún sabe leer un mapa.

—Hacia Aguasdulces —asintió Catelyn. No había razón alguna para negarlo—. Donde pensaba encontraros a vos, mi señor. Seguís siendo vasallo de mi padre, ¿no es así?

—Je —fue la respuesta de lord Walder, un sonido a medio camino entre una carcajada y un gruñido—. He convocado a mis hombres; desde luego, aquí están, ya los habéis visto en las murallas. Mi intención era ponerme en marcha cuando hubiera reunido todas las fuerzas. Bueno, que mis hijos se pusieran en marcha. Yo ya no estoy para esas cosas, lady Catelyn. —Miró a su alrededor en busca de una confirmación, y señaló a un hombre alto, encorvado, de unos cincuenta años—. Díselo tú, Jared. Dile que eso era lo que iba a hacer.

—Así es, mi señora —asintió ser Jared Frey, uno de sus hijos, fruto de su segundo matrimonio—. Lo juro por mi honor.

—¿Acaso es culpa mía que el estúpido de vuestro hermano perdiera la batalla antes de que nos pusiéramos en camino? —Se inclinó hacia delante y la miró con el ceño fruncido, como si la desafiara a poner en duda su versión de los hechos—. Me han dicho que el Matarreyes atravesó sus ejércitos como un hacha que cortara un queso curado. ¿Y queréis que mis hijos vayan corriendo al sur para morir? Todos los que fueron hacia el sur vuelven ahora corriendo al norte.

Catelyn habría escupido de buena gana a la cara del anciano quejumbroso y lo habría empujado al fuego, pero solo tenía de plazo hasta el anochecer para conseguir que se abriera el puente.

—Razón de más para que lleguemos pronto a Aguasdulces —dijo con calma—. ¿Podemos hablar en algún sitio, mi señor?

—Ya estamos hablando —se quejó lord Frey. Movió la cabeza calva y rosada de un lado a otro—. ¿Qué estáis mirando todos? —les gritó a sus parientes—. Fuera de aquí. Lady Stark desea hablar conmigo en privado. Puede que tenga dudas sobre mi lealtad, je. Fuera todos, a ver si hacéis algo útil. Sí, mujer, tú también. Fuera, fuera, ¡fuera! —Mientras sus hijos, nietos, sobrinos y bastardos salían de la estancia, se inclinó más hacia Catelyn—. Todos están esperando a que muera —le confesó—. Stevron lleva cuarenta años aguardando ese momento, pero cada día hago lo posible por decepcionarlo. Je. ¿Por qué voy a morir? ¿Para que él pueda heredarlo todo? Ni hablar.

—Tengo la esperanza de que viváis hasta los cien años.

—Eso sí que los haría enfadar, je. Desde luego. A ver, ¿qué queríais decirme?

—Deseamos cruzar —respondió Catelyn.

—Ah, ¿sí? Qué directa. ¿Y por qué debería permitíroslo?

—Si tuvierais fuerzas suficientes para subir a las almenas —dijo Catelyn sin poder contener la ira—, veríais que mi hijo tiene un ejército de veinte mil hombres ante vuestras murallas.

—Que serán veinte mil cadáveres cuando llegue lord Tywin —replicó el anciano—. No intentéis asustarme, señora. Vuestro esposo está encerrado por traidor en alguna celda de la Fortaleza Roja; vuestro padre yace enfermo, tal vez moribundo, y Jaime Lannister ha tomado prisionero a vuestro hermano. ¿Por qué voy a teneros miedo? ¿Por vuestro hijo? Puedo enfrentarme a vos hijo contra hijo, y todavía me quedarían dieciocho después de matar a todos los vuestros.

—Hicisteis un juramento ante mi padre —le recordó Catelyn.

—Oh, sí. —Inclinó la cabeza a un lado, sonriente—. Pronuncié unas cuantas palabras, pero si mal no recuerdo también hice juramentos a la corona. Ahora, Joffrey es el rey, y eso os convierte en rebeldes a vos, a vuestro hijo y a todos esos idiotas de ahí fuera. Si tuviera el sentido común de un pez, ayudaría a los Lannister a acabar con vosotros.

—¿Y por qué no lo hacéis? —lo desafió.

—Lord Tywin —dijo lord Walder con un bufido desdeñoso—, el orgulloso y espléndido lord Tywin, Guardián del Occidente, mano del rey, qué gran hombre, él, con su oro para acá y su oro para allá, leones para acá y leones para allá. Pues seguro que, si come demasiadas judías, se tira pedos igual que yo. Pero él jamás lo admitirá, claro que no. ¿Por qué está tan hinchado? Solo tiene dos hijos varones, y uno de ellos es un monstruo deforme. ¡Puedo enfrentarme a él hijo contra hijo, y todavía me quedarían diecinueve y medio después de matar a los suyos! —Soltó una risita—. Si lord Tywin quiere mi ayuda, más le valdría pedirla.

—Yo os estoy pidiendo ayuda, mi señor —dijo con humildad Catelyn; el anciano había contestado justo lo que ella quería oír—. Y por mi voz hablan mi padre, mi hermano, mi señor esposo y mis hijos.

—Dejaos de palabrería, señora. —Lord Walder le rozó el rostro con un dedo huesudo—. Para oír palabrería ya tengo a mi esposa. ¿La habéis visto? Tiene dieciséis años, es una flor, y su miel es solo para mí. Seguro que el año que viene para estas fechas ya me ha dado un hijo. A lo mejor lo nombro a él heredero; ¡cómo se pondrían los demás!

—Estoy segura de que os dará muchos hijos —dijo Catelyn, y él asintió.

—Vuestro señor padre no vino a mi boda. Un insulto, fue un insulto. Aunque se esté muriendo. Tampoco acudió a mi boda anterior. Me llama «el finado lord Frey», ¿lo sabíais? ¿Acaso piensa que estoy muerto? Pues no estoy muerto, os lo aseguro, y lo sobreviviré a él, igual que sobreviví a su padre. Vuestra familia siempre me ha despreciado, no lo neguéis, no me mintáis, sabéis que es verdad. Hace años acudí a vuestro padre y le propuse que su hijo y mi hija se unieran en matrimonio. ¿Por qué no? Ya había elegido a la chica, una muchachita dulce, apenas unos años mayor que Edmure, pero si a vuestro hermano no le gustaba le podía haber elegido cualquier otra, más joven, mayor, virgen, viuda, lo que gustara. Pero no: Lord Hoster no quiso ni hablar de ello. Me respondió con palabras amables y con excusas, pero yo lo que quería era quitarme una hija de encima.

»Y en cuanto a vuestra hermana, es igual o peor. Fue... hace un año, no más. Jon Arryn era todavía la mano del rey, y fui a la ciudad para ver a mis hijos en el torneo. Stevron y Jared ya son viejos para las justas, pero Danwell y Hosteen cabalgaron, y Perwyn también, y un par de bastardos míos participaron en el combate cuerpo a cuerpo. Si hubiera sabido cómo iban a avergonzarme, ni me habría molestado en ir. Hice todo el viaje para ver cómo ese mocoso Tyrell descabalgaba a Hosteen, y eso que tenía la mitad de años que él, y lo llaman ser Margarita, o algo así. ¡Y a Danwell lo desmontó un caballero errante! A veces me pregunto si de verdad son hijos míos. Mi tercera esposa era una Crakehall, y todas las mujeres de esa familia son unas putas. Bueno, qué más da, murió antes de que vos nacierais, ¿a vos qué os importa?

»Estaba hablando de vuestra hermana. Les propuse a lord y lady Arryn que tomaran a dos de mis nietos como pupilos, y a cambio yo acogería a su hijo en Los Gemelos. ¿Acaso mis nietos son indignos de pisar la corte del rey? Son buenos chicos, tranquilos y educados. Walder es hijo de Merrett; le puso mi nombre, y el otro... je, pues no me acuerdo... Pudo haber sido otro Walder; siempre les ponen mi nombre, a ver si los favorezco, pero su padre... ¿quién era su padre? —Su rostro se llenó de arrugas—. Bueno, qué más da, el caso es que lord Arryn no quiso acoger a ninguno de los dos, y seguro que la culpa la tuvo vuestra hermana. Puso la misma cara que si le hubiera propuesto vender su hijo a una compañía de comediantes o convertirlo en eunuco, y cuando lord Arryn dijo que iba a enviar al chico a Rocadragón como pupilo de Stannis Baratheon se puso hecha una fiera. Lo único que pudo ofrecerme la mano del rey fueron disculpas. ¿Y para qué quiero yo disculpas, eh? ¿Eh?

—Tenía entendido que el hijo de Lysa iba a ser pupilo de lord Tywin, en Roca Casterly —dijo Catelyn con el ceño fruncido, inquieta.

—No, se lo iba a llevar lord Stannis —replicó Walder Frey, irritado—. ¿Acaso pensáis que no distingo a lord Stannis de lord Tywin? Los dos son un montón de mierda, se creen demasiado nobles para pagar, pero eso no importa, el caso es que los distingo. ¿O pensáis que estoy tan viejo que no recuerdo nada? Tengo noventa años y lo recuerdo todo muy bien. También recuerdo qué se hace con una mujer. El año que viene para estas fechas, mi esposa me habrá dado un hijo, seguro. O una hija, es inevitable. Chico o chica, qué más da, será una cosa enrojecida, arrugada y llorona, y seguro que lo quiere llamar Walder o Walda.

—¿Estáis seguro de que Jon Arryn iba a enviar a su hijo como pupilo con lord Stannis? —El nombre que le pusiera lady Frey a su bebé no era cuestión que interesara a Catelyn.

—Sí, sí, sí —replicó el anciano—. Pero murió, así que ya no importa. Bueno, entonces queréis cruzar el río, ¿verdad?

—Sí.

—¡Pues no! —exclamó lord Walder, crispado—. ¡No cruzaréis el río sin mi permiso! ¿Por qué os lo voy a permitir? Ni los Tully ni los Stark han sido nunca amigos míos. —Se recostó en el trono, cruzó los brazos y sonrió, a la espera de su respuesta.

El resto fue cuestión de regateo.

El sol rojizo empezaba a ponerse tras las colinas del oeste cuando las puertas del castillo se abrieron de nuevo. El puente levadizo descendió, el rastrillo fue izado, y lady Catelyn Stark salió a caballo para reunirse con su hijo y sus señores vasallos. Tras ella iban ser Jared Frey, ser Hosteen Frey, ser Danwell Frey, y el hijo bastardo de lord Walder, Ronel Ríos, al mando de una columna de hombres armados con picas, todos con cotas de malla de acero azul y capas color gris plateado.

Robb se adelantó al galope para recibirla. Viento Gris corría al lado de su semental.

—Ya está —le dijo Catelyn a su hijo—. Lord Walder te da permiso para cruzar. Sus espadas están a tus órdenes, a excepción de cuatrocientos hombres que se quedarán aquí para defender Los Gemelos. Te sugiero que dejes tú también a cuatrocientos hombres, entre arqueros y espadachines. No creo que ponga objeciones... pero asegúrate de que le das el mando a alguien en quien confíes. Puede que haga falta que ayude a lord Walder a conservar la fe.

—Como tú digas, madre —respondió Robb al tiempo que miraba a los hombres armados con picas—. ¿Qué te parece... ser Helman Tallhart?

—Buena elección.

—¿Qué... qué quiere él de nosotros?

—Si puedes prescindir de unas cuantas espadas, necesito que algunos hombres escolten a dos de los nietos de lord Frey hasta Invernalia —respondió—. He accedido a acogerlos como pupilos. Son niños pequeños, uno de ocho años y otro de siete. Por lo visto, los dos se llaman Walder. Así, tu hermano Bran tendrá muchachos de su edad que le hagan compañía.

—¿Nada más? ¿Dos pupilos? Es un precio bajo para...

—El hijo de lord Frey, Olyvar, vendrá con nosotros —siguió—. Será tu escudero personal. Su padre desea que, cuando llegue el momento, sea nombrado caballero.

—Un escudero. —Se encogió de hombros—. Bien, muy bien, si es...

—Además, si tu hermana Arya vuelve sana y salva tendrá que casarse con el hijo más joven de lord Walder, Elmar, en cuanto los dos alcancen la mayoría de edad.

—A Arya no le va a hacer la menor gracia. —Robb se había quedado perplejo.

—Y cuando acabe la contienda, tú tendrás que casarte con una de sus hijas —prosiguió Catelyn—. Ha accedido generosamente a que elijas tú mismo a la que más te guste. Tiene muchas.

—Ya veo. —Robb ni siquiera parpadeó.

—¿Accedes?

—¿Puedo negarme?

—Si quieres cruzar, no.

—Entonces, accedo —respondió Robb con solemnidad.

Nunca le había parecido tan mayor como en aquel momento. Un niño podía jugar con espadas, pero hacía falta ser un auténtico señor para acceder a un matrimonio de conveniencia, con todo lo que ello significaba.

Cruzaron el puente al anochecer, bajo una luna creciente que parecía flotar sobre el río. La doble columna atravesó la puerta de la torre este como una gran serpiente de acero, desapareció en el interior, atravesó el puente, y salió de nuevo a la noche tras pasar por la torre oeste.

Catelyn iba a la cabeza de la serpiente, con su hijo, su tío ser Brynden, y ser Stevron Frey. Los seguían nueve décimas partes de los hombres a caballo, entre caballeros, lanceros, arqueros y jinetes libres. Tardaron horas en cruzar. Catelyn no olvidaría nunca el retumbar de los cascos de los animales contra el puente levadizo, la imagen de lord Walder Frey, que los observaba desde su litera, ni el brillo de los ojos que los miraban desde las troneras.

La mayor parte del ejército norteño, hombres armados con picas, arqueros y soldados de infantería, permaneció en la orilla este bajo el mando de Roose Bolton. Robb le había ordenado que siguiera avanzando hacia el sur, para enfrentarse al poderoso ejército Lannister que avanzaba hacia el norte bajo el mando de lord Tywin.

Para bien o para mal, su hijo había tirado los dados.

JON

—¿Te encuentras bien, Nieve? —preguntó lord Mormont con el ceño fruncido.

—Bien —graznó el cuervo—. Bien.

—Sí, mi señor —mintió Jon en voz muy alta, como si así lo hiciera más cierto—. ¿Y vos?

—Ha intentado asesinarme un hombre muerto —replicó Mormont con mala cara—. ¿Cómo voy a estar bien? —Se rascó la barbilla. El fuego le había chamuscado la barba gris, y se la había afeitado. La sombra del nuevo bigote lo hacía parecer viejo, indigno, gruñón—. No tienes buen aspecto. ¿Qué tal va esa mano?

—Se me está curando. —Jon flexionó los dedos vendados para demostrárselo. Al coger las cortinas en llamas se había hecho quemaduras más graves de lo que creía, y tenía la mano derecha envuelta en sedas hasta el codo. En un primer momento no notó nada; el dolor comenzó más tarde. La piel roja empezó a supurar, y le aparecieron entre los dedos ampollas del tamaño de cucarachas—. El maestre dice que me quedarán cicatrices, pero que podré usar la mano como antes.

—Una mano con cicatrices no importa. En el Muro vas a llevar guantes casi siempre.

—Así es, mi señor. —No eran las cicatrices lo que le parecía preocupante, sino todo lo demás. El maestre Aemon le había dado la leche de la amapola, pero aun así, el dolor había llegado a ser espantoso. Al principio le parecía que aún le ardía la mano, día y noche. Apenas conseguía cierto alivio si la metía en un barreño de nieve y hielo picado. Gracias a los dioses, solo Fantasma lo había visto tendido en la cama, sollozando de dolor. Y cuando conseguía dormirse, soñaba, lo que era aún peor. En el sueño, el cadáver con el que había peleado tenía los ojos azules, las manos negras y el rostro de su padre. Aquello no se atrevió a contárselo a Mormont.

—Dywen y Hake volvieron anoche —dijo el Viejo Oso—. No encontraron ni rastro de tu tío. Igual que los demás.

—Lo sé. —Jon había conseguido llegar a la sala común para comer con sus amigos, y la búsqueda fallida de los exploradores era el tema de conversación.

—Lo sabes —gruñó Mormont—. ¿Cómo es que aquí todo el mundo lo sabe todo? —No parecía esperar una respuesta—. Por lo visto, solo había dos de esas... de esas criaturas, fueran lo que fueran, no pienso decir que eran hombres. Gracias a los dioses. Unas pocas más y... Bueno, más vale no pensar en ello. Pero seguro que hay más. Me lo dicen mis viejos huesos, y el maestre Aemon está de acuerdo. Los vientos soplan cada vez más fríos. El verano toca a su fin, y se acerca un invierno como el mundo jamás ha visto.

«Se Acerca el Invierno.» El lema de los Stark jamás le había parecido a Jon tan sombrío y ominoso.

—Mi señor —preguntó, titubeante—, se comenta que anoche llegó un pájaro...

—Sí. ¿Y qué?

—Pensaba que tal vez trajera noticias de mi padre.

—Padre —se burló el viejo cuervo, que paseaba de un hombro de Mormont al otro—. Padre.

El lord comandante alzó la mano para cerrarle el pico, pero el cuervo saltó sobre su cabeza, sacudió las alas y voló por la sala para ir a posarse sobre la ventana.

—Ruido y dolor —gruñó Mormont—. Es lo único que traen los cuervos. No sé por qué aguanto a ese pajarraco. Si fueran noticias de lord Eddard, ¿no crees que te habría hecho llamar? Bastardo o no, eres sangre de su sangre. El mensaje era sobre ser Barristan Selmy. Por lo visto, lo han echado de la Guardia Real. Ahora ocupa su lugar ese perro negro de Clegane, y se busca a Selmy por traición. Al parecer, los muy imbéciles enviaron a dos hombres a detenerlo, pero los mató a ambos y escapó. —Mormont soltó un bufido que dejaba bien clara su opinión sobre alguien tan estúpido como para enviar a unos capas doradas contra un caballero renombrado como Barristan el Bravo—. En los bosques hay sombras blancas, los muertos recorren nuestras habitaciones, y ahora hay un niño en el Trono de Hierro —añadió, asqueado.

—Niño, niño, niño, niño —graznó el cuervo.

Jon recordó que el Viejo Oso había puesto sus esperanzas en ser Barristan. Si el anciano había caído en desgracia, ¿qué esperanza había de que se prestara atención a su carta? Apretó el puño. El dolor le azotó los dedos quemados como un latigazo.

—¿Se sabe algo de mis hermanas?

—En el mensaje no se mencionaba a lord Eddard ni a las niñas. —Se encogió de hombros, irritado—. Puede que no recibieran mi carta. Aemon envió dos copias, con sus mejores pájaros, pero ¿quién sabe? Lo más probable es que Pycelle no se haya molestado en contestar. No sería la primera vez, ni la última. Me temo que en Desembarco del Rey no nos conceden mucha importancia. Solo nos dicen lo que quieren que sepamos, o sea, bien poca cosa.

«Y vos me decís solo lo que queréis que sepa, o sea, todavía menos», pensó Jon con resentimiento. Su hermano Robb había convocado a los vasallos e iba rumbo al sur, en pie de guerra, pero nadie le había dicho ni palabra... solo Samwell Tarly, que le leyó la carta al maestre Aemon y aquella misma noche se lo contó todo a Jon, sin dejar de protestar porque no debía hacerlo. Sin duda, pensaban que lo que hiciera su hermano no era asunto suyo. Aquello lo preocupaba hasta límites indecibles. Robb marchaba hacia el sur, y él no. Por mucho que se repitiera que su lugar estaba en el Muro, con sus nuevos hermanos, seguía sintiéndose un cobarde.

—Maíz —graznaba el cuervo—. Maíz, maíz.

—Cállate de una vez —le dijo el Viejo Oso—. Nieve, ¿cuándo te ha dicho el maestre Aemon que podrás volver a usar la mano?

—Pronto —respondió Jon.

—Bien. —Lord Mormont puso sobre la mesa, entre ellos, una gran espada, metida en una vaina de metal negro con incrustaciones de plata—. Entonces, estarás preparado para esto. —El cuervo se posó sobre la mesa, curioso. Jon titubeó. No sabía qué significaba aquello.

—¿Mi señor?

—El fuego fundió la plata del pomo y quemó la cruz y la empuñadura. Cuero seco y madera vieja; qué otra cosa podía pasar. En cambio, la hoja... Haría falta un fuego que calentara cien veces más para dañar la hoja. —Mormont empujó la vaina en dirección a Jon—. Encargué que rehicieran el resto. Cógela.

—Cógela —repitió el cuervo—. Cógela, cógela.

Jon cogió la espada con la mano izquierda; la derecha la tenía envuelta en vendas, y la sentía demasiado torpe. Con cuidado, sacó el arma de la vaina y se la puso al nivel de los ojos.

El pomo era un trozo de piedra blanca, rellena de plomo para equilibrarla con la larga hoja. Estaba tallado en forma de cabeza de lobo con las fauces abiertas, y los ojos eran esquirlas de granate. La empuñadura era de cuero virgen, suave y negro; aún no tenía manchas de sudor ni de sangre. La hoja era un palmo más larga que la de las espadas a las que Jon estaba acostumbrado, apta tanto para las estocadas como para los tajos, con tres canales profundos para aligerarla. *Hielo* era un mandoble auténtico, para manejarlo con las dos manos, mientras que aquella arma se esgrimía con una o con dos, y algunos la llamaban *espada bastarda*. Pese a su tamaño, resultaba más ligera que las que había esgrimido en el pasado.

Jon giró la hoja; vio las ondulaciones en el acero oscuro, allí donde el metal había sido plegado sobre sí mismo una y otra vez.

—Es acero valyrio, mi señor —dijo, intrigado. Su padre le había dejado manejar a *Hielo* a menudo, así que reconocía el aspecto y el tacto.

—Así es —asintió el Viejo Oso—. Era la espada de mi padre, y también fue la de mi abuelo. Lleva cinco siglos en poder de los Mormont. Yo también la esgrimí en mis tiempos, y se la entregué a mi hijo cuando vestí el negro.

«Me regala la espada de su hijo», Jon apenas se lo podía creer. El equilibrio de la hoja era exquisito. El filo tenía un brillo tenue al recibir el beso de la luz.

—Vuestro hijo...

—Mi hijo deshonró a la casa Mormont, pero al menos tuvo la amabilidad de dejar la espada cuando se dio a la fuga. Mi hermana me la hizo llegar, pero solo con verla recordaba el nombre de Jorah, así que la guardé, y no volví a pensar en ella hasta que la encontré entre las cenizas de mi dormitorio. El pomo original era una cabeza de oso forjada en plata, pero estaba tan usada que apenas si se distinguía ya la forma. Pensé que un lobo blanco sería más apropiado para ti. Uno de los constructores trabaja muy bien la piedra.

Cuando Jon tenía la edad de Bran, había soñado a menudo con llevar a cabo grandes hazañas, el sueño típico de todos los niños. Los detalles de las hazañas iban cambiando, pero a menudo se imaginaba que salvaba la vida de su padre. Después, lord Eddard declaraba que Jon había demostrado que era un auténtico Stark, y le ponía a *Hielo* en la mano. Incluso en aquellos tiempos sabía ya que era una tontería infantil; ningún bastardo podía esperar esgrimir la espada de un padre. Hasta el simple recuerdo le daba vergüenza. ¿Qué clase de hombre le arrebataba a su hermano su derecho de nacimiento?

«No tengo derecho a esta espada —pensó—, igual que no tenía derecho a *Hielo*.» Movió los dedos quemados, y sintió un latido de dolor bajo la piel.

—Me honráis, mi señor, pero...

—Déjate de peros, chico —lo interrumpió lord Mormont—. De no ser por ti y por esa bestia que te acompaña, no estaría aquí sentado. Luchaste como un valiente... y, lo que es más importante, pensaste con rapidez. ¡Fuego! Claro, maldita sea. Teníamos que haberlo imaginado. Teníamos que haberlo recordado. No es la primera vez que llega la Larga Noche. Sí, ocho mil años son muchos años, claro... Pero, si la Guardia de la Noche no recuerda, ¿quién lo hará?

—¿Quién? —repitió el cuervo—. ¿Quién? ¿Quién?

Sin duda, los dioses habían escuchado las plegarias de Jon aquella noche; el fuego había prendido las ropas del hombre muerto, y lo había consumido como si tuviera cera en vez de carne, como si sus huesos fueran de madera vieja y seca. A Jon le bastaba con cerrar los ojos para volver a ver a aquella cosa tambaleándose por la habitación, chocando contra los muebles y tratando de sacudirse las llamas. Lo que más lo obsesionaba era el rostro, rodeado por un halo de fuego, con el pelo en llamas como si fuera de paja, mientras la carne muerta se derretía y dejaba el cráneo al descubierto.

Fuera cual fuera la fuerza demoniaca que movía a Othor, las llamas habían acabado con ella; la cosa retorcida que encontraron entre las cenizas no era más que carne asada y huesos chamuscados. Pero, en sus pesadillas, volvía a enfrentarse a aquello... y el cadáver ardiente tenía el rostro de lord Eddard. Era la piel de su padre la que ardía y se chamuscaba; los ojos de su padre, los que corrían líquidos por las mejillas como lágrimas de gelatina. Jon no entendía qué era aquello ni qué significaba, pero el sueño lo aterrorizaba.

—Una espada es un pago escaso a cambio de una vida —concluyó Mormont—. Cógela; no quiero oír nada más al respecto, ¿entendido?

—Sí, mi señor. —El cuero blando cedió bajo los dedos de Jon, como si la espada empezara ya a amoldarse a su mano. Sabía que era un honor, se sentía honrado, pero...

«No es mi padre. —El pensamiento brotó de súbito en la mente de Jon—. Lord Eddard Stark es mi padre. No lo olvidaré. No importa cuántas espadas me den, no lo olvidaré.» Pero no podía decirle a lord Mormont que soñaba con la espada de otro hombre...

—Y nada de frases corteses —siguió Mormont—. Así que ahórrate los cumplidos. Honra este acero con hechos, no con palabras.

Jon asintió.

—¿Tiene nombre, mi señor?

—Lo tuvo. La llamábamos *Garra.*

—*Garra* —repitió el cuervo—. *Garra.*

—*Garra* es un buen nombre. —Jon tiró una estocada tentativa. Se sentía muy torpe e incómodo con la mano izquierda, pero el acero parecía fluir por el aire como si tuviera voluntad propia—. Los lobos también tienen garras, igual que los osos.

—Me imagino que sí. —El Viejo Oso pareció complacido—. Supongo que querrás ponerte la vaina al hombro; es demasiado larga para llevarla a la cintura, al menos hasta que crezcas unos dedos más. Y tendrás que practicar los golpes a dos manos. Ser Endrew te podrá enseñar unos cuantos cuando se te curen las manos.

—¿Ser Endrew? —Jon no conocía de nada aquel nombre.

—Ser Endrew Tarth; es un buen hombre. Está de camino, viene de la Torre Sombría para ocupar su lugar como maestro de armas. Ser Alliser Thorne partió ayer hacia Guardiaoriente del Mar.

—¿Por qué? —preguntó Jon como un idiota mientras bajaba la espada.

—Porque lo he enviado yo —contestó Mormont con un bufido—, ¿qué te pensabas? Lleva consigo la mano que tu Fantasma le arrancó al cadáver de Jafer Flores. Le he ordenado que la lleve a Desembarco del Rey y la ponga delante de ese niño rey. Si con eso no conseguimos captar la atención del joven Joffrey... Y ser Alliser es un caballero ungido, de noble cuna; tiene viejos amigos en la corte. No pasarán por alto lo que diga, como si fuera un vulgar cuervo.

—¡Cuervo! —graznó el animal. A Jon le pareció que había una nota de indignación en la voz del pájaro.

—Además —siguió el lord comandante, haciendo caso omiso de la protesta de su ave—, así consigo poner mil leguas entre vosotros dos, sin que parezca un castigo para él. —Señaló a Jon con un dedo—. No pienses ni por un momento que esto significa que apruebo aquella tontería de la sala común. El valor compensa la estupidez hasta cierto punto, pero ya no eres ningún niño, tengas los años que tengas. Ahora tienes una espada de hombre, y para esgrimirla tendrás que ser un hombre. De ahora en adelante espero que te comportes como tal.

—Sí, mi señor. —Jon volvió a guardar la espada en la vaina con adornos de plata. No era la hoja que habría preferido, pero era un regalo noble, y librarlo de la malevolencia de Alliser Thorne era más noble todavía.

—Ya se me había olvidado lo que pica la barba al salir —dijo el Viejo Oso rascándose debajo de la barbilla—. En fin, es inevitable. ¿Tienes la mano suficientemente bien para retomar tus obligaciones?

—Sí, mi señor.

—Bien. La noche va a ser fría; querré vino especiado. Búscame una jarra de tinto, que no sea demasiado agrio, y no escatimes con las especias. Y dile a Hobb que si me vuelve a mandar carne hervida de carnero, lo herviré yo a él. La última vez era de color gris; no la quiso ni el cuervo. —Acarició la cabeza del pájaro con el pulgar, y este arrulló, satisfecho—. Venga, lárgate. Tengo trabajo.

Los guardias le sonrieron desde sus nichos cuando descendió por las escaleras de la torre, con la espada en la mano sana.

—Hermoso acero —le dijo uno de los hombres.

—Te lo has ganado, Nieve —comentó otro.

Jon se forzó a devolverles las sonrisas, pero no les puso sentimiento. Le dolía la mano, y tenía en la boca un extraño sabor a rabia, aunque no habría sabido decir con quién estaba enfadado, ni por qué.

Al salir de la Torre del Rey, que era la nueva residencia del lord comandante Mormont, se encontró con una docena de sus amigos al acecho. Habían colgado un blanco en las puertas del granero para fingir que estaban practicando el tiro con arco, pero sabía que era la curiosidad lo que los había llevado allí. Nada más salir, oyó la voz de Pyp.

—Venga, trae acá, vamos a echarle un vistazo.

—¿A qué? —preguntó Jon.

—A tu culo rosado —contestó Sapo mientras se acercaba—, ¿a ti qué te parece?

—A la espada —dijo Grenn—. Queremos ver la espada.

—Lo sabíais. —Jon los miró con gesto acusador.

—No todos somos tan estúpidos como Grenn —dijo Pyp sonriendo.

—Tú sí —replicó Grenn—. Tú eres aún más estúpido.

—Ayudé a Pate a tallar la piedra para el pomo —dijo Halder el constructor, encogiéndose de hombros en gesto de disculpa—, y tu amigo Sam compró los granates en Villa Topo.

—Y nosotros lo supimos antes aún —dijo Grenn—. Rudge estaba ayudando a Donal Noye en la forja cuando el Viejo Oso le llevó la espada quemada.

—¡La espada! —insistió Matt. Los otros corearon la petición—. ¡La espada, la espada, la espada!

Jon desenvainó a *Garra* y se la mostró, girando la hoja para que la admirasen en todo su esplendor. La espada bastarda brillaba a la escasa luz del sol, oscura y mortífera.

—Acero valyrio —declaró con solemnidad, tratando de que su voz sonara tan satisfecha y orgullosa como debería haberse sentido él.

—Una vez me contaron la historia de un hombre que tenía una navaja de acero valyrio —declaró Sapo—. Se cortó la cabeza al afeitarse.

—La Guardia de la Noche existe desde hace miles de años —dijo Pyp con una sonrisa—, pero me juego lo que sea a que lord Nieve es el primer hermano al que colman de honores por quemar la Torre del Lord Comandante.

Los demás se echaron a reír, y hasta Jon tuvo que esbozar una sonrisa. En realidad, el incendio que había provocado no había acabado con la formidable torre de piedra, pero sí con el interior de los dos pisos más altos, donde estaban las habitaciones del Viejo Oso. Pero nadie parecía preocupado, porque el mismo fuego destruyó también el cadáver asesino de Othor.

El otro espectro, la cosa de una mano que antes fuera el explorador llamado Jafer Flores, también había sido destruido, despedazado por una docena de espadas... pero al precio de la vida de ser Jaremy Rykker y otros cuatro hombres. Ser Jaremy le había cortado la cabeza al ser, pero el cadáver decapitado consiguió arrebatarle el puñal y se lo clavó en las entrañas. La fuerza y el valor servían de bien poco contra un enemigo que no podía morir porque ya estaba muerto. Las armas y las armaduras tampoco eran protección suficiente.

—Tengo que hablar con Hobb sobre la comida del Viejo Oso —anunció Jon bruscamente al tiempo que envainaba a *Garra.* Tan sombríos pensamientos habían amargado el humor frágil de Jon.

Sus amigos tenían buenas intenciones, pero no podían comprenderlo. No era culpa suya: ellos no habían tenido que enfrentarse a Othor, no habían visto el brillo claro de aquellos ojos azules muertos ni habían sentido el roce frío de los dedos negros muertos. Tampoco sabían nada de la batalla que se libraba en las tierras de los ríos. ¿Cómo iban a comprenderlo? Dio media vuelta con gesto hosco y se alejó. Pyp gritó su nombre, pero Jon no le hizo caso.

Tras el incendio habían vuelto a trasladarlo a su antigua celda, en la semiderruida Torre de Hardin. Fantasma estaba dormido junto a la puerta, pero alzó la cabeza al oír las pisadas de Jon. Los ojos rojos del huargo eran más oscuros que los granates, y más inteligentes que los de un hombre. Jon se arrodilló, le rascó la oreja, y le mostró el pomo de la espada.

—Mira. Eres tú. —Fantasma olisqueó su imagen tallada en piedra, y trató de lamerla. Jon sonrió—. Tú eres el que se merece todos los honores —le dijo al lobo...

... y, de pronto, recordó el momento en que lo había encontrado, sobre las nieves de las postrimerías del verano. Se alejaban ya con los otros cachorros, pero Jon oyó un ruido y dio media vuelta, y allí estaba el animalito; su pelaje blanco lo hacía casi invisible en los ventisqueros.

«Estaba solo —pensó—, lejos del resto de la camada. Era diferente, así que lo echaron.»

—¿Jon?

Alzó la vista. Samwell Tarly se mecía sobre los talones, nervioso. Tenía las mejillas enrojecidas e iba envuelto en una capa de pieles tan gruesa, que parecía a punto para hibernar.

—¿Qué pasa, Sam? —Jon se levantó—. ¿Quieres ver la espada? —Si los demás se habían enterado, Sam también, sin duda. Pero el chico gordo hizo un gesto de negación.

—Fui el heredero de la de mi padre —dijo con tristeza—. *Veneno de Corazón.* Lord Randyll me la dejó coger unas cuantas veces, pero a mí me daba miedo. Era de acero valyrio, muy bonito, pero tan afilado que me daba miedo cortar a alguna de mis hermanas. Supongo que ya la tendrá Dickon. —Se secó en la capa las manos sudorosas—. El... eh... el maestre Aemon quiere verte.

—¿Por qué? —preguntó bruscamente. Todavía no era hora de que le cambiaran los vendajes. Jon frunció el ceño con desconfianza. Sam bajó la vista, avergonzado. Aquello era respuesta más que suficiente—. Se lo has dicho, ¿verdad? —se enfadó Jon—. Le has dicho que me lo habías contado.

—Es que... Jon... No quería, pero... me ha preguntado... o sea... creo que lo sabía; a veces ve cosas que nadie más ve...

—¡Por los dioses, pero si es ciego! —replicó Jon, airado—. No hace falta que me acompañes, ya me sé el camino. —Se alejó, dejando a Sam allí de pie, boquiabierto y tembloroso.

El maestre Aemon estaba en las pajareras, dando de comer a los cuervos. Clydas iba tras él, de jaula en jaula, cargando con un cubo de carne picada.

—Sam me ha dicho que queríais verme.

—Así es —asintió el maestre—. ¿Tienes la bondad de ayudarme? Clydas, dale el cubo a Jon. —El hermano jorobado de los ojos enrojecidos le entregó el cubo a Jon y se dirigió hacia las escaleras—. Ve echando la carne a las jaulas —le indicó Aemon—. Los pájaros se encargarán del resto.

Jon se pasó el cubo a la mano derecha e introdujo la izquierda entre los pedazos sanguinolentos. Los cuervos empezaron a graznar y a volar hacia los barrotes, golpeando el metal con alas negras como la noche. La carne estaba cortada en trozos no más grandes que la yema de un dedo. Metió el puño y echó a la jaula los bocados crudos, y los graznidos y picotazos se incrementaron. Dos de los pájaros más grandes empezaron a pelearse por un trozo, y las plumas volaron por los aires. Jon se apresuró a coger un segundo puñado y echarlo en la jaula.

—Al cuervo de lord Mormont le gustan la fruta y el maíz.

—Es un pájaro extraño —dijo el maestre—. Los cuervos comen grano, pero prefieren la carne. Los hace más fuertes, y mucho me temo que les gusta el sabor de la sangre. En eso se parecen a los hombres... y, al igual que sucede con los hombres, no todos los cuervos son iguales.

Jon no encontró nada que decir. Siguió echando carne a las jaulas, preguntándose para qué lo habían llamado. Sin duda, el anciano se lo diría a su debido tiempo. El maestre Aemon no era de los que se apresuraban.

—También se puede entrenar a las palomas para que lleven mensajes —siguió el maestre—. Pero el cuervo es más fuerte, más grande, más atrevido, mucho más listo; está más capacitado para defenderse de los halcones... Por desgracia, los cuervos son negros, y comen carroña, así que hay hombres temerosos de los dioses que los aborrecen. Baelor el Santo intentó sustituir todos los cuervos por palomas, ¿a que no lo sabías? —El maestre sonrió y clavó en Jon sus ojos blancos—. La Guardia de la Noche prefiere a los cuervos.

—Dywen dice que los salvajes nos llaman cuervos —dijo Jon, inseguro. Tenía la mano metida en el cubo; la sangre le llegaba a la muñeca.

—El cuervo es el pariente pobre del grajo. Ambos son mendigos negros, odiados e incomprendidos.

Jon no entendía de qué estaban hablando, ni por qué. ¿Qué le importaban a él los cuervos y las palomas? Si el anciano quería decirle algo, ¿por qué no lo hacía de una vez?

—Jon, ¿te has preguntado alguna vez por qué los hombres de la Guardia de la Noche no toman esposa ni engendran hijos? —inquirió el maestre Aemon.

—No —contestó el muchacho encogiéndose de hombros. Echó más carne a los pájaros. Tenía los dedos de la mano izquierda pegajosos de sangre, y la derecha le dolía por el peso del cubo.

—Para que no amen —respondió el anciano—. Porque el amor es veneno para el honor; es la muerte para el deber.

A Jon no le parecía bien, pero no dijo nada. El maestre tenía cien años y era un oficial superior de la Guardia de la Noche; no le correspondía a él llevarle la contraria. Pero el anciano pareció percibir sus dudas.

—Dime una cosa, Jon: si llegara un día en que tu padre tuviera que elegir entre su honor y sus seres amados, ¿qué haría?

Jon titubeó. Le habría gustado decir que lord Eddard jamás se deshonraría, ni siquiera por amor, pero una vocecita dentro de él le susurraba: «Engendró un bastardo, ¿eso es honorable? Y tu madre, ¿qué pasa con su deber para con ella? Ni siquiera menciona su nombre».

—Haría lo correcto —dijo en voz muy alta, como para compensar la vacilación—. Pasara lo que pasara.

—Entonces, lord Eddard es un hombre entre diez mil. La mayoría de nosotros no somos tan fuertes. ¿Qué es el honor, comparado con el amor de una mujer? ¿Qué es el deber, comparado con el calor de un hijo recién nacido entre los brazos, o el recuerdo de la sonrisa de un hermano? Aire y palabras. Aire y palabras. Solo somos humanos, y los dioses nos hicieron para el amor. Es nuestra mayor gloria y nuestra peor tragedia.

»Los hombres que crearon la Guardia de la Noche sabían que su valor era lo único que se interponía entre el reino y la oscuridad del norte. Sabían que no debían tener lealtades repartidas que minaran su resolución. De manera que juraron no tener esposas ni hijos.

»Pero sí tenían hermanos y hermanas. Madres que los dieron a luz; padres que les pusieron sus nombres. Procedían de un centenar de reinos enfrentados, y sabían que los tiempos cambian, pero los hombres no. Así que juraron también que la Guardia de la Noche no tomaría parte en las disputas entre los reinos que defendía.

»Mantuvieron su promesa. Cuando Aegon asesinó a Harren el Negro, el hermano de Harren era lord comandante en el Muro; tenía a su disposición diez mil espadas. Pero no se puso en marcha. En los tiempos en que los Siete Reinos eran siete reinos, no pasaba ni una generación sin que tres o cuatro de ellos se declarasen la guerra. La Guardia nunca tomó parte. Cuando los ándalos cruzaron el mar Angosto y barrieron los reinos de los primeros hombres, los hijos de los reyes caídos se mantuvieron fieles a sus votos y permanecieron en sus puestos. Así ha sido siempre, desde mucho antes de lo que puedas imaginar. Es el precio del honor.

»Si no tiene nada que temer, un cobarde no se distingue en nada de un valiente. Y todos cumplimos con nuestro deber cuando no nos cuesta nada. En esos momentos, seguir el sendero del honor nos parece muy sencillo. Pero en la vida de todo hombre, tarde o temprano, llega un día en que no es sencillo, en que hay que elegir.

Algunos de los cuervos seguían comiendo, y del pico les colgaban trocitos de carne ensangrentada. Los demás parecían observarlo. Jon casi sentía el peso de tantos ojillos negros.

—Y mi día ha llegado... ¿Es eso lo que me queréis decir?

El maestre Aemon giró la cabeza y lo miró con sus ojos blancos, muertos. Fue como si le viera directamente el corazón. Jon se sintió desnudo, vulnerable. Cogió el cubo con ambas manos y tiró el resto de la carne entre los barrotes. Los trozos de carne y la sangre espantaron a los cuervos. Alzaron el vuelo entre graznidos. Los más rápidos atraparon en el aire algunos pedazos y los engulleron a toda prisa. Jon soltó el cubo vacío en el suelo.

—Duele, hijo —dijo el anciano con voz amable poniéndole en el hombro una mano arrugada y llena de manchas—. Oh, sí. Elegir... siempre ha dolido. Y siempre dolerá. Yo lo entiendo.

—No, no lo entendéis —replicó Jon con amargura—. Aunque yo sea un bastardo, se trata de mi padre...

—¿No has oído nada de lo que te he dicho, Jon? ¿Crees que eres el primero? —El maestre Aemon dejó escapar un suspiro y sacudió la cabeza con un gesto de cansancio infinito—. Los dioses creyeron oportuno poner a prueba mis votos tres veces. La primera, cuando era un muchacho; la segunda, en la flor de la vida, y la tercera, cuando ya era un anciano. Para entonces ya no tenía fuerzas, y mi vista era escasa, pero la última elección fue tan dura como la primera. Mis cuervos me traían noticias del sur, palabras más negras que sus alas: la ruina de mi casa, la muerte de los de mi sangre, la deshonra, la desolación... ¿Qué podría haber hecho yo, viejo, ciego y frágil? Estaba impotente como un niño de pecho, pero sufrí al seguir aquí mientras ellos asesinaban al pobre nieto de mi hermano, y a su hijo, incluso a los bebés...

—¿Quién sois? —preguntó en voz baja, casi con miedo. Jon se quedó boquiabierto al ver el brillo de las lágrimas en los ojos del anciano.

—Un simple maestre de la Ciudadela, al servicio del Castillo Negro y de la Guardia de la Noche. —Una sonrisa desdentada tembló en los viejos labios—. Los de mi orden dejamos a un lado los nombres de nuestras casas al hacer los juramentos y ponernos el collar. —El anciano se acarició la cadena de maestre que llevaba en torno al flaco cuello—. Mi padre fue Maekar, el primero de su nombre, y mi hermano Aegon reinó tras él en mi lugar. Mi abuelo me puso el nombre en honor del príncipe Aemon, el Caballero Dragón, que fue su tío, o su padre, depende de a qué leyenda prefieras dar crédito. Aemon, me llamó...

—¿Aemon... Targaryen? —Jon apenas si daba crédito a lo que oía.

—Así me llamaba —dijo el anciano—. En el pasado. Así que ya lo ves, Jon: sí que lo entiendo. Pero, aunque lo entiendo, no te voy a decir que te quedes ni que te vayas. Deberás decidirlo tú mismo, y vivir el resto de tus días con esa decisión. Como he hecho yo. —Su voz se convirtió en un susurro—. Como he hecho yo.

DAENERYS

Tras la batalla, Dany cabalgó a lomos de la plata por los campos cubiertos de cadáveres. Tras ella iban sus doncellas y los hombres de su *khas,* sonriendo y bromeando entre ellos.

Los cascos de los caballos dothrakis habían desgarrado la tierra y pisoteado el centeno y las plantas de lentejas, mientras que los *arakhs* y las flechas habían sembrado una cosecha nueva y terrible, y la habían regado con sangre. Los caballos moribundos alzaron la cabeza y relincharon a su paso. Los hombres heridos gemían y rezaban. Los *jaqqa rhan* se movían entre ellos: eran los hombres misericordiosos, con pesadas hachas, que les cortaban la cabeza a muertos y moribundos por igual. Tras ellos iba una bandada de niñitas, que arrancaban las flechas de los cadáveres y las ponían en sus cestas. Y, por último, iba la manada de perros salvajes, flacos y hambrientos, que seguía siempre de cerca al *khalasar.*

Las ovejas eran las que llevaban más tiempo muertas. Eran miles; estaban acribilladas a flechazos y se veían negras por las moscas que las cubrían. Dany sabía que aquello era obra de los jinetes de Khal Ogo. Ningún hombre del *khalasar* de Drogo era tan estúpido para malgastar las flechas con ovejas, pudiendo emplearlas contra los pastores.

La ciudad estaba en llamas; las columnas de humo negro se alzaban hacia un cielo azul inmaculado. Bajo los muros destrozados de barro seco, los jinetes galopaban de un lado a otro, haciendo restallar látigos largos mientras sacaban a los supervivientes de entre las ruinas humeantes. Pese a la derrota y a las ligaduras, las mujeres y niños del *khalasar* de Ogo caminaban con orgullo hosco; se habían convertido en esclavos, pero no parecían tener miedo. En cambio, los habitantes de la ciudad eran diferentes. Dany los compadecía; recordaba bien cómo era sentir terror. Las mujeres caminaban a trompicones, con rostros vacíos e inexpresivos, llevando de la mano a sus hijos sollozantes. Solo había unos pocos hombres: tullidos, cobardes y ancianos.

Ser Jorah le dijo que los habitantes de aquel país decían que eran lhazareenos, pero los dothrakis los llamaban *haesh rakhi,* 'los hombres cordero'. En el pasado, Dany los habría tomado por dothrakis: tenían la misma piel cobriza e idénticos ojos almendrados. Pero a aquellas alturas le parecían muy diferentes; eran bajos, de rostros planos, con el pelo negro muy corto. Pastoreaban ovejas y comían verduras, y Khal Drogo decía que su lugar estaba al sur del meandro del río. La hierba del mar dothraki no era para las ovejas.

Dany vio que un niño trataba de huir en dirección al río. Un jinete le cortó el paso, y otros lo rodearon, haciendo restallar los látigos ante su rostro, obligándolo a correr de un lado a otro. Uno galopó tras él y le azotó las nalgas hasta que tuvo los muslos cubiertos de sangre. Por fin, cuando el niño ya no era capaz más que de arrastrarse, se aburrieron del juego y lo mataron de un flechazo.

Ser Jorah se reunió con ella al otro lado de los restos de la entrada. Llevaba un chaleco verde oscuro sobre la cota de malla. Los guanteletes, las canilleras y el yelmo eran de acero gris oscuro. Los dothrakis se burlaron de él y lo llamaron cobarde al ver su armadura, pero el caballero los insultó a su vez, los temperamentos se ofuscaron, la espada larga chocó contra el *arakh,* y el jinete cuyas burlas habían sido las más sonoras quedó atrás, desangrándose hasta la muerte.

—Vuestro señor esposo os aguarda en la ciudad —dijo ser Jorah, que mientras cabalgaba hacia Dany se había levantado el visor del yelmo.

—¿Ha sufrido Drogo algún daño?

—Unos cuantos cortes —replicó ser Jorah—. Nada grave. Hoy ha matado a dos *khals.* Primero a Khal Ogo, y luego a su hijo Fogo, que había pasado a ser *khal* tras la muerte de Ogo. Sus jinetes de sangre les han cortado las campanas del pelo, y ahora los pasos de Khal Drogo suenan con más fuerza que antes.

Ogo y su hijo habían compartido el banco principal con su señor esposo durante del festín del nombre, en la coronación de Viserys. Pero aquello había sido en Vaes Dothrak, bajo la Madre de las Montañas, donde todos los jinetes eran hermanos y las disputas quedaban aplazadas. Fuera, en la hierba, las cosas cambiaban. El *khalasar* de Ogo estaba atacando la ciudad cuando Khal Drogo cayó sobre él. Dany se preguntaba qué habrían pensado los hombres cordero cuando vieron acercarse desde sus muros de barro la polvareda que levantaban los caballos. Quizá algunos, los más jóvenes y estúpidos, los que todavía creían que los dioses responden a las plegarias de los hombres desesperados, pensaran que eran sus salvadores.

Al otro lado del camino, una chica de la edad de Dany sollozó con voz aguda cuando uno de los jinetes la tiró de bruces sobre un montón de cadáveres y la penetró. Otros desmontaron para ocupar su lugar cuando terminara. Aquella era la salvación que llevaban los dothrakis a los hombres cordero.

«Soy de la sangre del dragón», se recordó Daenerys Targaryen, volviendo la vista. Apretó los labios, endureció el corazón, y cabalgó hacia la puerta.

—Casi todos los jinetes de Ogo consiguieron huir —dijo ser Jorah—. Aun así, nos quedarán al menos diez mil cautivos.

«Esclavos —pensó Dany. Khal Drogo los llevaría río abajo, a alguna de las ciudades que se alzaban en la bahía de los Esclavos. Tenía ganas de llorar, pero se obligó a ser fuerte—. Esto es una guerra; así son las guerras; este es el precio del Trono de Hierro.»

—Le he dicho al *khal* que debería ir a Meereen —dijo ser Jorah—. Allí le pagarían mejor que en una caravana de esclavos. Illyrio dice en su carta que el año pasado hubo una epidemia, así que en los burdeles pagan el doble por las chicas jóvenes que estén sanas, y el triple por los niños de menos de diez años. Si suficientes niños sobrevivieran al viaje, tendríamos oro para comprar todos los barcos necesarios y contratar hombres que los tripulen.

Detrás de ellos, la chica a la que estaban violando lanzó un aullido largo, agudo, desgarrador, que no parecía tener fin. Dany agarró las riendas con fuerza e hizo que la plata volviera la cabeza.

—Haced que se detengan —le ordenó a ser Jorah.

—*¿Khaleesi?* —El caballero se había quedado perplejo.

—Ya me habéis oído —dijo—. Detenedlos. —Se volvió hacia su *khas* y les habló en dothraki—. Jhogo, Quaro, ayudad a ser Jorah. No quiero violaciones.

Los guerreros se miraron, asombrados. Jorah Mormont acercó su caballo a la yegua de Dany.

—Princesa —dijo—, tenéis un corazón bondadoso, pero no lo comprendéis. Las cosas han sido siempre así. Esos hombres han derramado sangre por el *khal.* Y quieren cobrar su recompensa.

Al otro lado del camino, la chica seguía gritando en una lengua que Dany no comprendía. El primer hombre había terminado, y otro ocupaba su lugar.

—Es una chica cordero —dijo Quaro en dothraki—. No es nada, *khaleesi.* Para ella es un honor que la monten los jinetes. Los hombres cordero yacen con ovejas; lo sabe todo el mundo.

—Lo sabe todo el mundo —repitió su doncella, Irri, como un eco.

—Lo sabe todo el mundo —asintió Jhogo, a lomos del alto semental gris que le había regalado Drogo—. Si sus gritos te ofenden, Jhogo te traerá su lengua, *khaleesi.* —Desenvainó el *arakh.*

—No quiero que le hagáis daño —replicó Dany—. La exijo para mí. Haced lo que os he ordenado, o tendréis que dar explicaciones a Khal Drogo.

—*Ai, khaleesi* —respondió Jhogo al tiempo que espoleaba su caballo. Quaro y los demás lo siguieron, en medio del tintineo de las campanillas de sus cabelleras.

—Id con ellos —ordenó a ser Jorah.

—A vuestras órdenes. —El caballero le dirigió una mirada extraña—. No cabe duda: sois de la misma sangre que vuestro hermano.

—¿Que Viserys? —Dany no comprendió.

—No —replicó él—. Que Rhaegar. —Se alejó al galope.

Dany oyó gritar a Jhogo. Los violadores se rieron de él, y uno le respondió algo también a gritos. El *arakh* de Jhogo centelleó, y la cabeza del otro hombre cayó rodando por el suelo. Las risas se trocaron en maldiciones, y los jinetes fueron a sacar sus armas, pero en aquel momento llegaron Quaro, Aggo y Rakharo. Vio que Aggo señalaba el punto del camino donde ella se encontraba, a lomos de la plata. Los jinetes la miraron con ojos fríos y negros. Uno escupió. Los demás, refunfuñando, se dirigieron hacia sus monturas.

Mientras tanto, el hombre que estaba poseyendo a la chica cordero no se había detenido; estaba tan concentrado en su placer que no parecía consciente de qué sucedía a su alrededor. Ser Jorah desmontó y lo apartó a un lado bruscamente. El dothraki cayó al suelo embarrado, se levantó al instante con un cuchillo en la mano y murió con una flecha de Aggo en la garganta. Mormont levantó a la chica del montón de cadáveres y la envolvió con su capa manchada de sangre. La llevó hasta donde estaba Dany.

—¿Qué queréis que se haga con ella?

La chica temblaba, con los ojos muy abiertos y la mirada perdida. Tenía el pelo sucio de sangre.

—Doreah, cúrale las heridas. No tienes aspecto de jinete; quizá a ti no te tenga miedo. Los demás, seguidme. —Cruzó la destrozada puerta de madera montada en la plata.

Dentro de la ciudad, la situación era aún peor. Muchas de las casas estaban ardiendo, y los *jaqqa rhan* habían cumplido su macabra misión. En las callejuelas estrechas y llenas de recovecos había cadáveres decapitados. Pasaron junto a otras mujeres a las que estaban violando, y ante cada una de ellas Dany tiró de las riendas, ordenó a su *khas* que pusieran fin a aquello y exigió que la víctima le fuera entregada como esclava. Una de ellas, una mujer gruesa y de nariz plana, de unos cuarenta años, bendijo a Dany en la lengua común, pero las demás tenían los ojos perdidos. Comprendió con tristeza que le tenían miedo; temían que las hubiera salvado para depararles un destino aún peor.

—No podéis exigirlas a todas como esclavas —dijo ser Jorah la cuarta vez que detuvieron, mientras los guerreros de su *khas* guiaban tras ella a las nuevas esclavas.

—Soy la *khaleesi,* heredera de los Siete Reinos, de la sangre del dragón —le recordó Dany—. No os corresponde a vos decir qué puedo y qué no puedo hacer.

Al otro lado de la ciudad, un edificio se derrumbó en medio de una explosión de fuego y humo. A sus oídos llegaron gritos y aullidos de niños asustados.

Khal Drogo estaba sentado ante un templo cuadrado, sin ventanas, con gruesas paredes de barro y una cúpula bulbosa que parecía una enorme cebolla marrón. A su lado había un montón de cabezas más alto que él. Tenía clavada en el antebrazo una de las flechas cortas de los hombres cordero, y la sangre le cubría el lado izquierdo del pecho desnudo como si fuera una mancha de pintura. Sus tres jinetes de sangre estaban a su lado.

Jhiqui ayudó a Dany a desmontar; a medida que su vientre se hacía más voluminoso y pesado, ella se sentía más torpe. Se arrodilló ante el *khal.*

—Mi sol y estrellas está herido.

El corte del *arakh* era ancho, pero poco profundo. El pezón izquierdo había desaparecido, y del pecho le colgaba una tira de carne y piel, como si fuera un trapo húmedo.

—Es arañazo, luna de mi vida, hizo *arakh* de un jinete de sangre de Khal Ogo —dijo Khal Drogo en la lengua común—. Lo maté por eso, y maté a Ogo. —Giró la cabeza, y las campanillas de su cabellera tintinearon—. Eso que oyes es Ogo, y su *khalakka* Fogo, que pasó a ser *khal* cuando lo maté.

—Ningún hombre puede enfrentarse al sol de mi vida —dijo Dany—, el padre del semental que monta el mundo.

Un guerrero a caballo se acercó hasta ellos y se bajó de la silla. Habló con Haggo en un dothraki demasiado rápido y furioso para que Dany lo comprendiera. El corpulento jinete de sangre echó un vistazo en dirección a ella antes de volverse hacia su *khal.*

—Este es Mago, que cabalga en el *khas* de Ko Jhaqo. Dice que la *khaleesi* le ha arrebatado su botín, una hija de corderos a la que iba a montar. —El rostro de Khal Drogo era duro e inexpresivo, pero los ojos que clavó en Dany denotaban curiosidad—. Dime la verdad, luna de mi vida —ordenó en dothraki.

Dany le explicó lo que había hecho en su lengua, con palabras simples y directas, para que el *khal* la comprendiera mejor. Cuando terminó de hablar, Drogo tenía el ceño fruncido.

—Así es la guerra. Estas mujeres son nuestras esclavas; podemos hacer con ellas lo que nos plazca.

—A mí me place protegerlas —respondió Dany, que empezaba a temer que se había excedido—. Si tus guerreros quieren montar a estas mujeres, que lo hagan con gentileza y las tomen como esposas. Que les den un lugar en el *khalasar,* y que permitan que engendren a sus hijos.

—¿Acaso el caballo se aparea con la oveja? —preguntó Qotho riéndose. Siempre había sido el más cruel de los jinetes de sangre.

—El dragón se alimenta del caballo y la oveja por igual. —Dany se había vuelto hacia él, furiosa; algo en su tono de voz le había recordado a Viserys.

—¡Cada día es más fiera! —exclamó Khal Drogo sonriente—. Eso es mi hijo, que crece dentro de ella: el semental que monta el mundo la llena con su fuego. Cabalga con cautela, Qotho... Si la madre no te abrasa con su aliento, el hijo te arrastrará por el barro. En cuanto a ti, Mago, cuidado con lo que dices. Búscate otra oveja que montar. Estas son de mi *khaleesi.* —Hizo ademán de extender un brazo hacia Daenerys, pero una ráfaga de dolor repentino le hizo girar la cabeza.

—¿Dónde están los sanadores? —preguntó Dany, que casi sentía su sufrimiento. Las heridas eran peores de lo que le había dicho ser Jorah. En el *khalasar* había dos clases de sanadores: mujeres estériles y esclavos eunucos. Las mujeres de las hierbas se encargaban de las pócimas y los hechizos, y los eunucos, del cuchillo, la aguja y el fuego—. ¿Por qué no están atendiendo al *khal*?

—El *khal* ha echado a los hombres sin pelo, *khaleesi* —le dijo el anciano Cohollo.

Dany vio que el jinete de sangre también estaba herido, tenía un corte profundo en el hombro izquierdo.

—Hay muchos jinetes heridos —dijo Khal Drogo, testarudo—. Que los curen a ellos primero. Esta flecha no es más que la picadura de una mosca; este cortecito, apenas una nueva cicatriz de la que alardear ante mi hijo.

Dany veía los músculos del pecho, allí donde la piel los había dejado al descubierto. Por el brazo de la flecha le corría un reguero de sangre.

—Khal Drogo no debe esperar —proclamó—. Jhogo, ve a buscar a esos eunucos; que vengan al momento.

—Dama de Plata —dijo una voz de mujer a su espalda—. Yo puedo curar las heridas del Gran Jinete.

Dany se volvió. La que había hablado era una de las esclavas rescatadas, la mujer gruesa de la nariz plana que la había bendecido.

—El *khal* no necesita ayuda de mujeres que yacen con corderos —ladró Qotho—. Aggo, córtale la lengua.

Aggo la agarró por el pelo y le puso un cuchillo contra la garganta. Dany alzó una mano.

—No. Es mía. Dejad que hable.

Aggo la miró y luego miró a Qotho. Al final bajó el cuchillo.

—No pretendía ofender a los bravos guerreros. —La mujer hablaba bien el dothraki. La túnica que llevaba había sido de la más ligera y fina de las lanas, llena de bordados, pero en aquel momento estaba manchada de barro y sangre, y desgarrada. Se cerraba con las manos el tejido roto para cubrirse los grandes pechos—. Tengo ciertas habilidades en el arte de curar.

—¿Quién eres? —preguntó Dany.

—Me llaman Mirri Maz Duur. Soy esposa del dios en este templo.

—Una *maegi* —gruñó Haggo al tiempo que rozaba con el dedo el filo de su *arakh.*

Dany conocía la palabra; la había oído en un cuento aterrador que le contó Jhiqui una noche, junto a la hoguera. Las *maegis* eran mujeres que yacían con demonios y practicaban la hechicería más negra, un arte malvado, vil y sin alma, que llegaba a los hombres en la oscuridad de la noche y les sorbía la vida y la fuerza del cuerpo.

—Soy sanadora —dijo Mirri Maz Duur.

—Sanadora de ovejas —se burló Qotho—. Sangre de mi sangre, haz matar a esta *maegi* y espera a los hombres sin pelo.

—¿Dónde aprendiste a curar, Mirri Maz Duur? —Dany hizo caso omiso del exabrupto del jinete de sangre. Aquella mujer anciana, fea, gruesa, no tenía aspecto de *maegi.*

—Mi madre fue esposa del dios, y me enseñó las canciones y los hechizos que más complacen al Gran Pastor, y a preparar los humos y ungüentos sagrados con hojas, raíces y bayas. Cuando era más joven y hermosa, viajé en una caravana a Asshai de la Sombra, para aprender de sus magos. A Asshai llegaban barcos procedentes de muchas tierras, de manera que allí aprendí las artes de curación de pueblos muy lejanos. Un bardo lunar de Jogos Nhai me regaló sus cantos para el parto; una mujer de vuestro pueblo de jinetes me enseñó la magia de la hierba, el maíz y el caballo, y un maestre de las Tierras de Poniente abrió un cadáver delante de mí y me mostró todos los secretos que se ocultan bajo la piel.

—¿Un maestre? —intervino ser Jorah Mormont.

—Decía llamarse Marwyn —replicó la mujer en la lengua común—. Vino del mar. De más allá del mar. De los Siete Reinos, de las Tierras de Poniente. Donde los hombres son de hierro y reinan los dragones. Me enseñó su idioma.

—Un maestre en Asshai —caviló ser Jorah—. Dime, esposa del dios, ¿qué llevaba ese tal Marwyn en torno al cuello?

—Una cadena muy apretada; siempre parecía a punto de ahogarlo, Señor de Hierro. Los eslabones eran de muchos metales.

—Solo los hombres que han aprendido en la Ciudadela de Antigua llevan cadenas así —dijo el caballero volviéndose hacia Dany—, y esos hombres son buenos sanadores.

—¿Y por qué quieres ayudar a mi *khal*?

—Nos han enseñado que todos los hombres pertenecen al mismo rebaño —respondió Mirri Maz Duur—. El Gran Pastor me envió a la tierra para curar a sus corderos, estén donde estén.

—No somos corderos, *maegi.* —Qotho abofeteó a la mujer.

—Basta ya —dijo Dany, furiosa—. Es mía. No toleraré que se le haga daño.

—Hay que sacar la flecha, Qotho —gruñó Khal Drogo.

—Sí, Gran Jinete —respondió Mirri Maz Duur al tiempo que se llevaba una mano al rostro magullado—. Y también hay que lavar y coser la herida del pecho, o se pudrirá.

—Pues hazlo —ordenó Khal Drogo.

—Gran Jinete —dijo la mujer—, mis instrumentos y pócimas se encuentran en la casa de dios, donde los poderes de curación son más fuertes.

—Yo te llevaré, sangre de mi sangre —se ofreció Haggo.

—No necesito ayuda de ningún hombre —dijo Khal Drogo con voz alta y orgullosa, apartándolo con un gesto. Se levantó por sí mismo; su altura era tal que los dominaba a todos. La sangre fresca manó de su pecho, allí donde el *arakh* de Ogo le había cortado el pezón.

—Yo no soy un hombre —susurró Dany que corrió a su lado—. Así que puedes apoyarte en mí.

Drogo le puso una mano enorme en el hombro, y Dany soportó una parte de su peso al caminar hacia el gran templo de barro. Los tres jinetes de sangre los siguieron. Dany les ordenó a ser Jorah y a los guerreros de su *khas* que vigilaran la entrada para que nadie prendiera fuego al edificio mientras estaban dentro.

Cruzaron una serie de antesalas hasta llegar a la alta cámara central, bajo la cebolla. Una luz tenue entraba por las ventanas ocultas en la parte superior. En los escasos candelabros de las paredes brillaban antorchas humeantes, y el suelo estaba cubierto de pellejos de oveja.

—Es ahí —dijo Mirri Maz Duur, al tiempo que señalaba hacia el altar, una enorme piedra con vetas azules y con grabados en los que se veían pastores y sus rebaños. Khal Drogo se tendió sobre ella. La mujer echó un puñado de hojas secas a un brasero, y la sala se llenó de un humo aromático—. Es mejor que esperéis fuera —les dijo a los demás.

—Somos sangre de su sangre —dijo Cohollo—. Esperaremos aquí.

—Has de saber algo, esposa del Dios Cordero. —Qotho dio un paso hacia Mirri Maz Duur—. Hazle algún daño al *khal,* y tú sufrirás el mismo daño. —Desenvainó su cuchillo de despellejar y le mostró la hoja.

—No le hará ningún mal. —Dany presentía que podía confiar en aquella mujer vieja, fea, de nariz plana. Al fin y al cabo, ella la había salvado de las manos bruscas de sus violadores.

—Pues si vais a quedaros, ayudadme —les dijo Mirri a los jinetes de sangre—. El Gran Jinete es demasiado fuerte para mí. Mantenedlo quieto mientras le saco la flecha de las carnes. —Dejó que los harapos de su túnica le cayeran hasta la cintura mientras abría un cofre tallado y rebuscaba entre frascos y cajas, cuchillos y agujas. Cuando por fin estuvo lista, rompió la punta dentada de la flecha y extrajo el asta sin dejar de entonar cánticos en la lengua monótona de los lhazareenos. Calentó una jarra de vino en el brasero hasta que hirvió, y lo derramó sobre las heridas. Khal Drogo la maldijo, pero no se movió. La mujer envolvió la herida de la flecha con un emplasto de hojas húmedas y se concentró en la herida del pecho, que untó con una pasta color verde claro antes de volver a colocar la piel en su lugar. El *khal* apretó los dientes y ahogó un grito. La esposa del dios sacó una aguja de plata y una bobina de hilo de seda, y empezó a coser la carne. Cuando terminó, pintó la piel con ungüento rojo, la cubrió con más hojas y envolvió el pecho con un trozo de piel de cordero.

—Deberás recitar las plegarias que te daré, y conservar puesta esta piel de cordero diez días con sus noches —dijo—. Sentirás fiebre y picores, y cuando estés curado te quedará una gran cicatriz.

—Mis cicatrices son gloria, mujer oveja. —Khal Drogo se sentó y sus campanillas tintinearon. Flexionó el brazo y frunció el ceño.

—No bebas vino, ni la leche de la amapola —le advirtió—. Sufrirás dolor, pero tu cuerpo debe estar fuerte para combatir a los espíritus venenosos.

—Soy el *khal* —dijo Drogo—. Escupo sobre el dolor, y bebo lo que quiero. Cohollo, dame mi chaleco.

El jinete de mayor edad salió a cumplir el encargo.

—Antes has hablado de unos cantos para el parto... —le dijo Dany a la fea mujer.

—Conozco todos los secretos del lecho ensangrentado, Dama de Plata, y jamás he perdido un bebé —replicó Mirri Maz Duur.

—Se acerca la hora del nacimiento —siguió Dany—. Si estás de acuerdo, quiero que me atiendas tú.

—Luna de mi vida, a un esclavo no se le hacen preguntas —dijo Drogo riéndose—, se le dan órdenes. Hará lo que quieras. —Bajó de un salto del altar—. Vamos, sangre mía. Los sementales llaman; este lugar está en ruinas. Es hora de cabalgar.

Haggo siguió al *khal* hacia la salida del templo, pero Qotho se demoró lo justo para mirar a Mirri Maz Duur.

—Recuerda, *maegi,* lo que le pase al *khal* será lo mismo que te pase a ti.

—Como tú digas, jinete —replicó la mujer al tiempo que recogía las jarras y frascos—. El Gran Pastor vela por su rebaño.

TYRION

En la cima de una colina desde la que se divisaba el camino Real, bajo un olmo, se había colocado una larga tabla de pino sobre caballetes, cubierta con un paño dorado. Allí, bajo su pabellón, lord Tywin cenó con sus principales caballeros y vasallos. Su estandarte escarlata y dorado ondeaba al viento.

Tyrion llegó tarde, dolorido tras tantas horas en la silla de montar, y amargado, demasiado consciente de lo cómico que debía de resultar su aspecto al subir por la ladera hacia su padre. La marcha de aquel día había sido larga y agotadora. La perspectiva de emborracharse aquella noche se le antojaba de lo más tentadora. Las luciérnagas parecían dar vida al aire del ocaso.

Los cocineros estaban sirviendo la carne: cinco cochinillos de piel tostada y crujiente, cada uno con una fruta diferente en la boca. El olor le hizo la boca agua.

—Disculpad el retraso —dijo.

—Debería encargarte la misión de enterrar a nuestros muertos, Tyrion —bufó lord Tywin—. Si llegas tan tarde a la batalla como a la mesa, cuando te dignes aparecer, la lucha habrá terminado.

—Vamos, padre, al menos me reservarás un par de labriegos, ¿no? —replicó Tyrion—. Tampoco muchos, no quiero ser codicioso. —Se llenó la copa de vino y observó cómo uno de los criados trinchaba el lechón. La piel crujiente se quebraba bajo el cuchillo y corrían los jugos calientes de la carne. Era el espectáculo más hermoso que Tyrion había visto en mucho tiempo.

—La avanzadilla de ser Addam dice que la hueste de los Stark se mueve hacia el sur de Los Gemelos —le informó su padre al tiempo que le llenaban el plato de tajadas de lechón—. Los hombres de lord Frey se han unido a él. No creo que esté a más de un día de viaje hacia el norte.

—Por favor, padre —dijo Tyrion—. Que estoy a punto de comer.

—¿Y la perspectiva de enfrentarte al joven Stark te acobarda, Tyrion? A tu hermano Jaime le encantaría tenerlo delante.

—Yo lo que deseo es tener delante ese lechón. Robb Stark no es tan tierno, y jamás ha olido tan bien.

—Espero que vuestros salvajes no compartan esa desgana —dijo lord Lefford, el ave de mal agüero que se encargaba de las provisiones, inclinándose hacia delante—, o habremos desperdiciado mucho acero en ellos.

—Mis salvajes utilizarán muy bien ese acero, mi señor —replicó Tyrion. Cuando le dijo a Lefford que necesitaba armas y armaduras para los trescientos hombres que había llevado Ulf de las montañas, fue como si le pidiera que les entregara a sus hijas vírgenes para que se divirtieran.

—Esta mañana he visto al grande —dijo Lefford con el ceño fruncido—, el peludo, el que se empeñó en que necesitaba dos hachas de combate, de esas grandes de acero negro con dos hojas en forma de luna.

—Es que a Shagga le gusta matar a dos manos —dijo Tyrion, sin apartar los ojos del plato de cochinillo humeante que acababan de poner ante él.

—Y todavía llevaba el hacha de madera a la espalda.

—Shagga es de la opinión de que tres hachas son mejores que dos. —Tyrion cogió un generoso pellizco de sal entre el índice y el pulgar, y espolvoreó la carne.

—Hemos pensado que vos y vuestros salvajes deberíais estar en la vanguardia cuando comience la batalla —intervino ser Kevan inclinándose hacia delante. Ser Kevan rara vez pensaba nada que lord Tywin no hubiera pensado antes. Tyrion había pinchado un trozo de carne con el puñal y se lo estaba llevando a la boca. Lo volvió a bajar al oír aquello.

—¿La vanguardia? —repitió, dubitativo. O su señor padre sentía de pronto un respeto desconocido ante la habilidad de Tyrion, o había decidido librarse de una vez por todas de la vergüenza que le suponía un hijo tullido. Tyrion tenía el sombrío presentimiento de que era lo segundo.

—Tienen un aspecto muy feroz —señaló ser Kevan.

—¿Feroz? —Tyrion se dio cuenta de que estaba repitiendo las palabras de su tío como un pájaro bien entrenado. Su señor padre lo miraba, sopesando cada palabra—. Os contaré hasta qué punto son feroces. Anoche, un Hermano de la Luna apuñaló a un Grajo de Piedra por una salchicha. Hoy, al montar el campamento, tres Grajos de Piedra le han abierto la garganta. No sé; quizá quisieran recuperar la salchicha. Por suerte, Bronn ha conseguido impedir que Shagga le cortara la verga al cadáver, pero aun así, Ulf exige compensación económica por la sangre, y desde luego, Conn y Shagga se niegan a pagar.

—Si a los soldados les falta disciplina, la culpa es de su lord comandante —señaló su padre.

Su hermano Jaime siempre había logrado que los hombres lo siguieran de buena gana, que dieran la vida por él si era necesario. Tyrion no tenía aquel don. Compraba la lealtad con oro, e imponía obediencia con su nombre.

—Un hombre más alto podría meterlos en cintura. ¿No es eso lo que intentas decir, mi señor?

—Si los hombres de mi hijo no obedecen sus órdenes —le dijo lord Tywin Lannister a su hermano—, la vanguardia no es el lugar que le corresponde. Sin duda se sentirá más a su gusto en la retaguardia, con los carromatos del equipaje.

—No me hagas favores, padre —dijo, airado—. Si no tienes otro mando que ofrecerme, iré a la cabeza de tu vanguardia.

—No he hablado de darte ningún mando. —Lord Tywin miró a su hijo enano—. Servirás a las órdenes de ser Gregor.

Tyrion mordió un trozo de cochinillo, lo masticó un instante y lo escupió, furioso.

—No tengo tanta hambre como pensaba —dijo mientras se bajaba torpemente del banco—. Ruego a mis señores que me disculpen.

Lord Tywin inclinó la cabeza en gesto de despedida. Tyrion dio media vuelta y se alejó. Al cojear colina abajo, sentía los ojos de todos clavados en la espalda. Oyó una carcajada compartida, pero no se volvió. Deseó fervorosamente que se les atragantara el lechón asado.

El crepúsculo hacía que todos los estandartes parecieran negros. El campamento Lannister se extendía varias leguas entre el río y el camino Real. Era fácil perderse entre tantos hombres, caballos y árboles, y aquello fue lo que hizo Tyrion. Pasó junto a una docena de grandes pabellones y un centenar de hogueras donde se preparaban las cenas. Las luciérnagas revoloteaban entre las tiendas como estrellas errantes. Le llegó el olor de salchichas con ajo, especiadas y sabrosas, tan tentador que el estómago le empezó a rugir. A lo lejos se oían voces que entonaban una canción grosera. Una mujer pasó corriendo junto a él, riendo, desnuda bajo una capa oscura, mientras su perseguidor, borracho, tropezaba con las raíces de los árboles. Más adelante, dos hombres con lanzas se enfrentaban separados por un estrecho arroyo, practicando lanzamientos y esquivando a la escasa luz, con los torsos desnudos y empapados de sudor.

Nadie se fijó en él. Nadie le dirigió una mirada. Nadie le prestó atención. Estaba rodeado de hombres que habían jurado lealtad a la casa Lannister, un vasto ejército de veinte mil hombres, pero se encontraba solo.

Cuando oyó el rugido de la risa de Shagga en la oscuridad, lo siguió hasta el rincón donde se encontraban los Grajos de Piedra. Conn, hijo de Coratt, le mostró una jarra de cerveza.

—¡Tyrion Mediohombre! Ven, siéntate junto a nuestro fuego, comparte carne con los Grajos de Piedra. Tenemos un buey.

—Ya lo veo, Conn, hijo de Coratt. —El enorme trozo de carne roja estaba suspendido sobre el fuego, atravesado por un espetón del tamaño de un árbol pequeño. Probablemente se tratara de un árbol pequeño. Dos Grajos de Piedra daban vueltas a la carne, y la sangre y la grasa goteaban sobre las llamas—. Te lo agradezco. Llamadme cuando esté hecho. —Por el aspecto de la carne, quizá fuera antes de la batalla. Se alejó de allí.

Cada uno de los clanes tenía su hoguera. Los Orejas Negras no comían con los Grajos de Piedra; los Grajos de Piedra no comían con los Hermanos de la Luna, y con los Hombres Quemados no comía nadie. La modesta tienda que había conseguido sacarle a lord Lefford se alzaba en el centro de las cuatro hogueras. Tyrion vio a Bronn, que compartía un pellejo de vino con uno de los nuevos criados. Lord Tywin le había enviado un caballerizo y un asistente personal; incluso se empeñó en que tuviera escudero propio. Todos estaban sentados en torno a una hoguera pequeña. Los acompañaba una muchacha delgada, de pelo oscuro, que no aparentaba más de dieciocho años. Tyrion examinó su rostro un momento, antes de ver las espinas entre las cenizas.

—¿Qué habéis comido?

—Truchas, mi señor —dijo el caballerizo—. Las ha pescado Bronn.

«Truchas —pensó—, cochinillo asado... Maldito sea mi padre.» Contempló los restos con tristeza. Le rugía el estómago.

Su escudero, un muchacho llamado para su desgracia Podrick Payne, se tragó algo que estaba a punto de decir. El muchacho era primo lejano de Ilyn Payne, el verdugo del rey... y parecía tan silencioso como su pariente, aunque no por falta de lengua. En cierta ocasión, Tyrion lo había obligado a enseñársela para estar seguro.

—Pues sí, es una lengua —dijo en aquella ocasión—. Quizá algún día aprendas a utilizarla.

Pero aquella noche carecía de la paciencia necesaria para intentar hacer hablar al chico. Tenía la sensación de que se lo habían asignado como broma cruel. Concentró su atención en la chica.

—¿Es ella? —le preguntó a Bronn.

La muchacha se levantó con un gesto grácil, y lo miró desde la cima de su altura, tres codos y un palmo, quizá más.

—Sí, mi señor, y si te parece bien puede hablar por sí misma.

—Soy Tyrion de la casa Lannister —dijo Tyrion inclinando la cabeza hacia un lado—. Los hombres me llaman el Gnomo.

—Mi madre me llama Shae. Los hombres me llaman... a menudo.

Bronn se echó a reír, y el propio Tyrion no pudo contener una sonrisa.

—Vamos a la tienda, Shae, si tienes la amabilidad. —Levantó el ala de la tienda para que pasara. Una vez dentro, se arrodilló para encender una vela.

En la vida del soldado había ciertas compensaciones. Todo campamento tenía un grupo de personas que lo seguía. Al final del día, Tyrion había enviado a Bronn a que le buscara entre ellas una prostituta bonita.

—Me gustan razonablemente jóvenes, y mejor si son lindas —le indicó—. Si se ha lavado este año, mucho mejor; si no, báñala antes. No te olvides de decirle quién soy, y sobre todo, cómo soy.

En ocasiones, Jyck se había olvidado de hacerlo. Y las chicas ponían una cara extraña al ver al señor a quien debían complacer... Una cara que Tyrion Lannister no quería volver a ver.

Alzó la vela y la examinó. Bronn se había esmerado; tenía ojos de gacela y era esbelta, con pechos pequeños y firmes, y una sonrisa a ratos tímida, a ratos insolente, en ocasiones traviesa. Aquello le gustaba.

—¿Me quito el vestido, mi señor? —preguntó.

—Todo a su tiempo. ¿Eres doncella, Shae?

—Si vos lo deseáis, mi señor... —contestó con recato.

—Lo que deseo es la verdad, muchacha.

—Sí, pero eso os costará el doble.

—Soy un Lannister —dijo Tyrion, que comprendió que se iban a llevar muy bien—. Si algo me sobra es oro, y no tardarás en ver que soy generoso. Pero querré de ti algo más que lo que tienes entre las piernas, aunque eso también, claro. Compartirás mi tienda, me servirás el vino, reirás mis chistes, me darás masajes en las piernas para quitarme el dolor tras la jornada de marcha... y, tanto si te conservo a mi lado un día como si es un año, mientras estés conmigo no habrá otros hombres en tu cama.

—Me parece justo. —Se inclinó, se cogió el borde del vestido y se lo sacó por la cabeza en un solo movimiento fluido, antes de tirarlo a un lado. Bajo él solo llevaba la piel—. Si mi señor no deja esa vela se va a quemar los dedos.

Tyrion dejó la vela, la cogió de la mano y la atrajo con gentileza hacia sí. La muchacha se inclinó para besarlo. La boca le sabía a miel y a especias, y los dedos con que desató los lazos de sus ropas eran diestros y hábiles.

Cuando la penetró, ella lo recibió con susurros cariñosos y estremecimientos de placer. Tyrion sospechaba que eran fingidos, pero lo hacía tan bien que no importaba. No necesitaba tanta verdad.

En cambio, como comprendió más tarde, mientras la muchacha yacía tranquila entre sus brazos, sí la había necesitado a ella. O quizá a alguien como ella. Hacía casi un año que no estaba con una mujer, desde que partiera hacia Invernalia en compañía de su hermano y el rey Robert. Quizá muriera al día siguiente, y si era lo que le deparaban los dioses, prefería irse a la tumba pensando en Shae, y no en su señor padre, en Lysa Arryn ni en lady Catelyn Stark.

Sentía la suavidad de los pechos de la chica contra el brazo. Era agradable. Una canción le llenó la mente. Empezó a silbar, muy bajito.

—¿Qué sucede, mi señor? —preguntó Shae, acurrucada junto a él.

—Nada —respondió—. Una canción que aprendí de niño, nada más. Duerme, pequeña.

Cuando ella cerró los ojos, y su respiración se hizo lenta y pausada, Tyrion salió de su abrazo con delicadeza, para no turbarle el sueño. Salió al exterior desnudo, tropezó con su escudero y fue tras la tienda para orinar.

Bronn estaba sentado bajo un castaño, con las piernas cruzadas, cerca del lugar donde habían atado los caballos. Estaba afilando la espada, bien despierto. Por lo visto, el mercenario no dormía como el resto de los hombres.

—¿Dónde la encontraste? —le preguntó Tyrion mientras meaba.

—Se la arrebaté a un caballero. No quería dejarla marchar, pero tu nombre hizo que cambiara de opinión... Bueno, eso y mi puñal en su garganta.

—Espléndido —replicó Tyrion secamente, al tiempo que se sacudía las últimas gotas—. Si mal no recuerdo, te pedí que me buscaras una puta, no que me crearas un enemigo.

—Todas las bonitas estaban ya cogidas —dijo Bronn—. Si prefieres una vieja desdentada, yo me quedaré con esta.

—Mi señor padre diría que eso ha sido una insolencia —dijo Tyrion mientras se acercaba cojeando a él—, y te mandaría a las minas por impertinente.

—Por suerte para mí, tú no eres tu padre —replicó Bronn—. Había otra con la nariz llena de verrugas. ¿Te la traigo?

—Sé que te rompería el corazón —dijo Tyrion para devolverle el golpe—. Me quedo con Shae. ¿Recuerdas por casualidad el nombre de ese caballero? No quisiera tenerlo a mi lado durante la batalla.

—En la batalla seré yo quien estará a tu lado, enano. —Bronn se había levantado, ágil y rápido como un gato, haciendo girar la espada en la mano.

Tyrion asintió. El aire de la noche era una caricia cálida sobre la piel desnuda.

—Encárgate de que sobreviva a esta batalla y podrás pedirme lo que quieras.

—¿Quién querría matar a alguien como tú? —Bronn se pasó la espada de la mano derecha a la izquierda, y practicó un golpe de tajo.

—Mi señor padre, por ejemplo. Me ha puesto en la vanguardia.

—Yo habría hecho lo mismo. Un hombre pequeño con un escudo grande. A los arqueros les dará un ataque.

—Me parece que estás muy contento —bufó Tyrion—. Seguramente soy yo el que está loco.

—No te quepa duda. —Bronn envainó la espada.

Cuando Tyrion volvió a la tienda, Shae se incorporó sobre un codo.

—Me he despertado y mi señor se había ido —murmuró, somnolienta.

—Tu señor ha vuelto ya —dijo Tyrion y se deslizó entre las mantas junto a ella. La chica metió la mano entre las piernas atrofiadas y descubrió que estaba dispuesto.

—Ya lo veo —dijo mientras lo acariciaba. Él le preguntó por el hombre con el que estaba cuando Bronn la había escogido para él. Le dio el nombre de un vasallo menor de un señor insignificante—. No tenéis nada que temer de él, mi señor —añadió la muchacha, con las manos ocupadas en su sexo—. Es un hombre pequeño.

—¿Y qué soy yo? —preguntó Tyrion—. ¿Un gigante?

—Oh, sí —ronroneó—. Mi gigante de Lannister. —Se montó sobre él y, durante un rato, casi consiguió que la creyera. Tyrion se durmió con una sonrisa en los labios...

... y despertó en la oscuridad, entre el sonido de las trompetas. La chica lo sacudía por el hombro.

—Mi señor —susurraba—. Despertad, mi señor. Tengo miedo.

Se sentó adormilado, y apartó la manta. Los cuernos resonaban en la noche, salvajes y apremiantes, con un aullido que proclamaba:

«deprisa, deprisa, deprisa». Oyó gritos, ruido de lanzas, relinchos de caballos, pero nada que delatara que empezaba la batalla.

—Las trompetas de mi señor padre —dijo—. Llaman a la batalla. Creía que Stark estaba todavía a una jornada de distancia.

Shae sacudió la cabeza. Tenía los ojos muy abiertos; estaba conmocionada.

Tyrion consiguió ponerse en pie torpemente, salió de la tienda y llamó a gritos a su escudero. Los jirones de niebla blanquecina parecían dedos largos que surgieran del río hacia el aire de la noche. Tanto hombres como caballos se movían casi a ciegas en medio del frío previo al amanecer; se ensillaban los animales, se cargaban los carromatos, se apagaban las hogueras... Las trompetas sonaron de nuevo: «deprisa, deprisa, deprisa». Los caballeros maldecían a gritos; los soldados se colgaban a toda prisa la espada al cinto. Cuando por fin encontró a Pod, el muchacho roncaba suavemente. Tyrion le dio una patada en las costillas.

—Mi armadura —dijo—. Venga, venga.

Bronn surgió de pronto de entre la niebla, ya con la armadura puesta y a caballo, con su eterno yelmo abollado.

—¿Qué ha pasado? —le preguntó Tyrion.

—Stark se nos ha adelantado un día —dijo Bronn—. Ha bajado por el camino Real en medio de la noche, y ahora sus huestes están formadas para la batalla a menos de dos mil pasos hacia el norte.

«Deprisa —llamaban las trompetas—, deprisa, deprisa, deprisa.»

—Asegúrate de que los hombres de los clanes estén preparados. —Tyrion volvió a entrar en su tienda—. ¿Dónde está mi ropa? —le gritó a Shae—. Muy bien. No, maldita sea, la de cuero. Sí. Tráeme las botas.

Cuando consiguió vestirse, su escudero le presentó la armadura. Tyrion tenía una armadura excelente, diseñada para adaptarse a su cuerpo deforme. Por desgracia, la armadura estaba a buen recaudo en Roca Casterly, y él no. Tuvo que arreglárselas con restos elegidos en los carromatos de lord Lefford: una cota de malla, el gorjal de un caballero caído en batalla, canilleras y guanteletes articulados, y botas de acero con puntera. Parte de la armadura era sencilla; parte, muy ornamentada, y ni una sola pieza le quedaba bien. La coraza estaba diseñada para un hombre más corpulento, y lo único que pudo encontrar adecuado al tamaño excesivo de su cabeza fue un yelmo grande, con una púa triangular de un palmo de largo.

Shae ayudó a Pod con las hebillas y los cierres.

—Si muero, llora por mí —le pidió Tyrion a la prostituta.

—¿Cómo sabrás si lloro o no? Estarás muerto.

—Lo sabré.

—Te creo.

Shae le puso el yelmo, y Pod se lo ajustó al gorjal. Tyrion se abrochó el cinturón, del que colgaban una espada corta y un puñal. Para entonces, el mozo de cuadra le había llevado ya la montura, un corcel con una armadura tan formidable como la del propio Tyrion. Tuvieron que ayudarlo para montar; se sentía como si pesara una tonelada. Pod le tendió su escudo, una enorme plancha de madera de carpe con refuerzos de acero. Por último le dieron el hacha de combate. Shae retrocedió un paso y lo miró.

—Mi señor tiene un aspecto temible.

—Mi señor tiene aspecto de enano con armadura de retales —replicó Tyrion con amargura—, pero te lo agradezco. Podrick, si la batalla se vuelve contra nosotros, acompaña a la señora a su casa; quiero que llegue sana y salva.

La saludó con el hacha, hizo dar media vuelta al caballo y se alejó al trote. Tenía el estómago encogido en un nudo duro, tan prieto que le hacía daño. Tras él, sus criados empezaron a recoger la tienda a toda prisa. Los primeros rayos rosados del amanecer se divisaban ya hacia el este, a medida que el sol surgía por el horizonte. El cielo del oeste era de un color morado oscuro, salpicado de estrellas. Tyrion se preguntó si sería aquel el último amanecer que presenciaba... y si el hecho de preguntárselo denotaba cobardía. ¿Pensaría su hermano Jaime en la muerte antes de una batalla?

Un cuerno de guerra resonó a lo lejos, con una nota profunda, triste, que encogía el alma. Los hombres de los clanes montaron en sus esqueléticos caballos, entre gritos, maldiciones y bromas groseras. Varios de ellos parecían borrachos. El sol naciente disipaba ya los tentáculos de niebla cuando Tyrion se puso al frente de su grupo para iniciar la marcha. La poca hierba que los caballos habían dejado estaba llena de rocío, como si un dios hubiera salpicado la tierra con diamantes. Los montañeses cabalgaron tras él, separados por clanes y cada uno con su jefe al frente.

A la luz del amanecer, el ejército de lord Tywin Lannister se desplegó como una rosa de hierro, llena de espinas deslumbrantes.

Su tío estaba al mando del centro. Ser Kevan había izado sus estandartes por encima del camino Real. Los arqueros de a pie, con las aljabas colgadas de los cinturones, se situaron en tres largas hileras, cruzando el camino de este a oeste, y aguardaron en calma con los arcos ya tensos. Entre ellos, los hombres armados con picas formaron en cuadro. Detrás iban los soldados armados con lanzas, espadas y hachas. Trescientos jinetes rodeaban a ser Kevan y a los vasallos Lefford, Lydden y Serrett, junto a sus guardias juramentados.

El ala derecha correspondía por completo a la caballería, unos cuatro mil hombres con pesadas armaduras. Allí se concentraban más de tres cuartas partes de los jinetes, apiñados como un gigantesco puño de acero. Ser Addam Marbrand estaba al mando. Tyrion vio que en aquel momento su portaestandarte desplegaba la enseña, un árbol en llamas, anaranjado y humeante. Detrás ondeaban el unicornio morado de ser Flement, el jabalí pinto de Crakehall, el gallo dc Swyft y muchos más.

Incluso desde lejos, su señor padre tenía un aspecto magnífico. La armadura de combate de Tywin Lannister era aún más esplendorosa que la dorada de su hijo Jaime. Llevaba una amplia capa de hilo de oro, tan pesada que apenas le ondeaba a la espalda al cabalgar, y tan larga que cuando montaba cubría casi por completo los cuartos traseros de su semental. No había broche que soportara tal peso, de manera que se la sujetaba en los hombros con dos pequeñas leonas que parecían a punto de saltar. El macho, un león de magnífica melena, descansaba sobre el gran yelmo de lord Tywin, con las fauces abiertas en un rugido y una zarpa amenazadora en el aire. Los tres leones eran de oro, con ojos de rubíes. La armadura era de grueso acero esmaltado en escarlata, con canilleras y guanteletes llenos de incrustaciones de oro en forma de volutas. Las rondelas tenían forma de soles; todos los broches estaban chapados en oro, y el acero rojo estaba tan bruñido que brillaba como el fuego a la luz del sol naciente.

A los oídos de Tyrion llegaba ya el retumbar de los tambores del enemigo. Recordó a Robb Stark tal como lo había visto la última vez, en el trono de su padre, en la sala principal de Invernalia, con la espada desenvainada en las manos. Recordó también como los huargos habían salido de entre las sombras y volvió a verlos ante sí, mostrando los colmillos, gruñendo y lanzando dentelladas. ¿Acompañarían al chico durante la batalla? La sola idea lo ponía nervioso.

Los norteños estarían agotados tras la larga noche de marcha, sin dormir. Tyrion estaba intrigado: ¿qué habría planeado el muchacho? ¿Acaso había pretendido cogerlos desprevenidos mientras dormían? Era poco probable. De Tywin Lannister se podían decir muchas cosas, pero no que fuera idiota.

La vanguardia se estaba agrupando a la izquierda. Lo primero que vio fue el estandarte, tres perros negros sobre campo de oro. Bajo él cabalgaba ser Gregor, a lomos del caballo más grande que Tyrion había visto en su vida. Bronn le echó un vistazo y sonrió.

—En la batalla, sigue siempre al hombre más grande.

—¿Y eso por qué? —Tyrion lo miró con el ceño fruncido.

—Son un blanco magnífico. Y ese hombre va a atraer las miradas de todos los arqueros.

—La verdad es que nunca lo había considerado desde esa perspectiva. —Tyrion se echó a reír, y vio a la Montaña con otros ojos.

En Clegane no había nada de espléndido. Su armadura era de acero gris opaco, deslucida y arañada por el uso, sin ningún blasón ni adorno. Iba señalando a los hombres sus posiciones con movimientos del enorme mandoble; ser Gregor lo movía con una sola mano, con la misma facilidad con que otro habría manejado un puñal.

—¡Yo mismo mataré al que vea huir! —rugía. En aquel momento vio a Tyrion—. ¡Gnomo! Ve a la izquierda. Defiende el río. Si puedes.

La izquierda de la izquierda. Para situarse en aquel flanco, los Stark necesitarían caballos capaces de correr sobre las aguas. Tyrion guio a sus hombres hacia la orilla.

—¡Mirad! —gritó al tiempo que apuntaba con el hacha—. El río. —Un manto de neblina cubría aún la superficie del agua; la corriente verdosa discurría bajo ella. Los bajíos eran lodosos y llenos de plantas acuáticas—. Ese río es nuestro. Pase lo que pase, no os alejéis del agua. No lo perdáis de vista. Ningún enemigo debe interponerse entre nuestro río y nosotros. Si ensucian nuestras aguas, cortadles la polla y echádsela de comer a los peces.

Shagga llevaba un hacha en cada mano. Las entrechocó con un sonido estremecedor.

—¡Mediohombre! —gritó. Otros Grajos de Piedra repitieron el grito, y también lo hicieron los Orejas Negras y los Hermanos de la Luna. Los Hombres Quemados no gritaron, pero entrechocaron las espadas y las lanzas—. ¡Mediohombre! ¡Mediohombre! ¡Mediohombre!

Tyrion hizo dar media vuelta a su caballo para examinar el campo de batalla. En aquella zona, el terreno era ondulado y desigual. Al lado del río era blanco y lodoso; luego se alzaba en una pendiente suave hacia el camino Real, y al otro lado de la vía, hacia el este, resultaba pedregoso. En las laderas de la colina había algunos árboles, pero la mayor parte de la tierra se utilizaba para cultivos. El corazón le latía al ritmo de los tambores, y bajo las capas de cuero y acero sentía la piel fría de sudor. Vio como ser Gregor, la Montaña, recorría las líneas a caballo, siempre gritando y gesticulando. También aquella ala era de caballería, pero, mientras la derecha era una piña de caballeros con armaduras y lanceros bien protegidos, en la vanguardia estaban los desperdicios del oeste: arqueros a caballo con chalecos de cuero; un hervidero de jinetes libres y mercenarios sin disciplina; labriegos montados sobre caballos que hasta hacía poco araban la tierra, armados con guadañas y las espadas oxidadas de sus padres; muchachos sin entrenamiento, procedentes de los antros de Lannisport... y Tyrion, con sus hombres de los clanes montañeses.

—Alimento para los cuervos —murmuró Bronn a su lado, poniendo voz a las palabras que Tyrion no había querido pronunciar.

Tuvo que asentir. ¿Acaso su señor padre había perdido el juicio? Ninguna pica, pocos arqueros, apenas un puñado de caballeros, los hombres con peores armas y armaduras, todos a las órdenes de un salvaje que se guiaba por la rabia... ¿Cómo esperaba su padre que quedara protegido el flanco izquierdo durante la batalla?

No tuvo tiempo para pensarlo. Los tambores estaban tan cerca que el ritmo se le metía bajo la piel y le producía cosquilleos en las manos. Bronn desenvainó la espada larga y, de pronto, el enemigo apareció ante ellos, por encima de las colinas, avanzando a paso mesurado tras una muralla de escudos y picas.

«Malditos sean los dioses, son muchos», pensó Tyrion, aunque sabía que su padre contaba con más hombres. Sus capitanes cabalgaban a lomos de caballos de guerra bien pertrechados, al lado de sus portaestandartes. Divisó el alce de los Hornwood, el sol de los Karstark, el hacha de combate de lord Cerwyn, el puño con guantelete de los Glover... y las torres de los Frey, azul sobre gris. Con lo seguro que había estado su padre de que lord Walder no intervendría... El blanco de la casa Stark ondeaba por doquier; los huargos grises parecían a punto de saltar de los estandartes, desde lo más elevado de las astas. Tyrion no vio a Robb, cosa que le resultó intrigante.

Resonó la llamada de un cuerno de guerra. *Aruuuuuuuuuuuuuu,* rugió en la noche, un sonido largo y grave, frío como el viento del norte. Las trompetas de los Lannister respondieron, *da-DA-da-DA da-DAAAAAA,* metálicas y desafiantes, pero a Tyrion le dio la sensación de que era un sonido inferior, lleno de ansiedad. Sintió que se le revolvían las entrañas, y trató de dominarse. No quería morir vomitando.

El sonido de los cuernos se fue apagando, y un siseo constante llenó el aire. Una lluvia de flechas surcó el cielo dibujando un arco ascendente desde su derecha, donde se habían situado los arqueros, flanqueando el camino. Los norteños emprendieron la carga entre gritos, pero las flechas de los Lannister cayeron sobre ellos como granizo, cientos de ellas, miles; los gritos se tornaron en gemidos; los hombres cayeron. Para entonces, ya una segunda andanada dibujaba su arco mortífero, y los arqueros tensaban las cuerdas sobre una tercera flecha.

Las trompetas resonaron de nuevo, *da-DAAA da-DAAA da-DA da-DA da-DAAAAAA.* Ser Gregor hizo un gesto con la enorme espada, rugió una orden, y mil voces respondieron a su grito. Tyrion picó espuelas y agregó una voz más a la cacofonía; la vanguardia se adelantó.

—¡El río! —les gritó a los hombres de los clanes—. ¡Acordaos, el río es nuestro!

Siguió al frente hasta que emprendieron el galope; entonces, Chella lanzó un grito escalofriante y lo adelantó; Shagga siguió sus pasos con un aullido similar. El resto de los montañeses cargó tras ellos, y Tyrion quedó respirando el polvo de su estela.

Ante ellos había una formación de lanceros enemigos dispuestos en semicírculo, un puercoespín erizado de acero a la espera tras altos escudos de roble con el blasón del sol de los Karstark. Gregor Clegane fue el primero en llegar hasta ellos a la cabeza de una cuña de veteranos con armadura. La mitad de los caballos se espantaron en el último instante y dejaron de cargar justo delante de las lanzas. Los demás murieron con el pecho atravesados por las agudas puntas de acero. Tyrion vio caer a una docena de hombres. El semental de la Montaña se encabritó y levantó las patas delanteras, con sus herraduras de hierro, cuando una lanza dentada le hirió el cuello. El animal, enloquecido, cargó contra el enemigo. Todas las lanzas se volvieron contra él, pero la muralla de escudos se derrumbó bajo su peso. Los norteños trataron de ponerse a salvo de sus últimos estertores. Cuando su caballo cayó, todavía lanzando dentelladas con la boca llena de sangre, la Montaña se levantó ileso, blandiendo a diestro y siniestro el gigantesco mandoble.

Shagga entró por la brecha antes de que la muralla de escudos se cerrara de nuevo, y otros Grajos de Piedra lo imitaron.

—¡Hombres Quemados! ¡Hermanos de la Luna! ¡Seguidme! —gritó Tyrion. Pero la mayoría iba por delante de él. Vio como Timett, hijo de Timett, salía de debajo de su montura muerta. Vio a un Hermano de la Luna empalado por una lanza Karstark. Vio como el caballo de Conn destrozaba de una coz las costillas de un hombre. Una lluvia de flechas cayó sobre ellos; no habría sabido decir de dónde procedían, porque caían sobre los Stark y los Lannister por igual, chocando contra las armaduras y abriendo carnes. Tyrion Lannister alzó el escudo y se cobijó bajo él.

El puercoespín se desmoronaba; los norteños retrocedían ante el ataque de la caballería. Tyrion vio como un golpe de Shagga destrozaba el pecho de un lancero, como el hacha hendía la armadura, el cuero, el músculo y los pulmones. Murió todavía de pie, con la cabeza del hacha incrustada en el pecho, pero Shagga siguió adelante y partió en dos un escudo con el hacha de la mano izquierda, mientras el cadáver se balanceaba colgado inerte de la derecha. Por fin, Shagga se liberó de su peso, entrechocó las dos hachas y lanzó un rugido.

El enemigo estaba ya sobre Tyrion; su espacio de combate se redujo a unos pocos codos en torno al caballo. Un soldado trató de ensartarle el pecho. Tyrion blandió el hacha y desvió la lanza a un lado. El hombre retrocedió para probar suerte de nuevo, pero él picó espuelas y lo arrolló con su caballo. Tres enemigos rodeaban a Bronn, que consiguió cortar con la espada la punta de la primera lanza, y destrozar la cara del segundo hombre con el golpe de revés.

Una lanza llegó silbando por la izquierda hasta Tyrion, y se le clavó en el escudo. Dio media vuelta y persiguió al lancero, pero él también se protegió levantando el escudo por encima de la cabeza. Tyrion lo rodeó, lanzando hachazos contra la madera. Saltaron astillas de roble, hasta que el norteño perdió pie, resbaló y cayó de espaldas, todavía con el escudo encima. Estaba fuera del alcance del hacha de Tyrion, y descabalgar para matarlo habría sido una molestia excesiva, así que lo dejó allí y cabalgó hacia otro hombre. Le asestó un golpe desde arriba con tal energía que el brazo se le quedó entumecido. Así consiguió un instante de respiro. Tiró de las riendas y buscó el río con la mirada. Allí estaba, a la derecha. En el fragor de la batalla, había dado la vuelta.

Un Hombre Quemado pasó a su lado, derrumbado sobre el caballo. La lanza que le había penetrado por el vientre le sobresalía por la espalda. Nada se podía hacer por él, pero, cuando Tyrion vio que uno de los norteños echaba mano de sus riendas, se lanzó a la carga.

Su enemigo lo esperó con la espada en la mano. Era un hombre alto y flaco, con jubón largo de malla y guanteletes de acero articulados, pero había perdido el yelmo, y la sangre que le manaba de un corte de la frente le corría entre los ojos. Tyrion lanzó un golpe de tajo hacia la cara, y el hombre alto lo desvió.

—¡Enano! —gritó—. ¡Muere!

Tyrion cabalgó en torno a él, lanzándole golpes a la cabeza y a los hombros, mientras el norteño giraba en círculo. El acero chocó contra el acero, y Tyrion no tardó en darse cuenta de que el hombre alto era más fuerte y más rápido que él. ¿Dónde infiernos estaría Bronn?

—¡Muere! —insistió su enemigo, con un golpe salvaje.

Tyrion apenas consiguió levantar el escudo a tiempo, y sintió como si la fuerza del ataque hiciera reventar el arma defensiva. Los trozos de madera volaron de su brazo.

—¡Muere! —aulló de nuevo el hombre de la espada. Se acercó más, y le asestó a Tyrion un golpe tan fuerte en la sien que le nubló la mente. El sonido de la hoja al resbalar contra el metal fue espantoso. El hombre alto sonrió... hasta que el caballo de Tyrion, rápido como una serpiente, le lanzó un bocado y le arrancó la carne de la cara hasta el hueso. Entonces, gritó. Y Tyrion le clavó el hacha en la cabeza.

—No, muere tú —le dijo. Y el norteño obedeció. Mientras recuperaba el hacha, oyó un grito.

—¡Eddard! —retumbó una voz—. ¡Por Eddard y por Invernalia!

El caballero cayó sobre él al tiempo que hacía girar por encima de la cabeza un mangual con una bola de púas en el extremo de la cadena. Los caballos de batalla chocaron antes de que Tyrion tuviera tiempo de abrir la boca para llamar a Bronn. Sintió un dolor terrible en el codo derecho cuando las púas le atravesaron el fino metal de la articulación. Perdió el hacha al instante. Intentó echar mano de la espada, pero el mangual volvía a hendir el aire en dirección a su rostro. El crujido fue espantoso, y empezó a caer. Más adelante no recordaría haber chocado contra el suelo, pero cuando alzó la vista, el cielo estaba sobre él. Rodó hacia un lado e intentó ponerse en pie, pero una ráfaga de dolor lo recorrió, y el mundo palpitó en torno a él. El caballero que lo había derribado lo miró desde arriba.

—Tyrion el Gnomo —rugió—. Estás en mi poder. ¿Te rindes, Lannister?

«Sí», pensó Tyrion. Pero la palabra se le atragantaba. El sonido que emitió mientras se incorporaba para ponerse de rodillas fue más semejante a un graznido. Tanteó a su alrededor en busca de un arma. La espada, el puñal, lo que fuera...

—¿Te rindes? —El caballero se alzaba sobre él, a lomos de su caballo pertrechado. Tanto el hombre como el animal parecían inmensos. El mangual describió un círculo perezoso. Tyrion tenía las manos entumecidas; la visión, borrosa; la vaina de la espada, vacía—. Ríndete o muere —declaró el caballero a la vez que hacía girar el mangual más y más deprisa.

Tyrion se puso de pie tan deprisa como pudo, y embistió de cabeza contra el vientre del caballo. El animal lanzó un relincho espantoso y corcoveó. La sangre y las vísceras cayeron como una lluvia sobre la cara de Tyrion, y el animal se derrumbó como una avalancha. Cuando se quiso dar cuenta, tenía el visor sucio de barro y algo le aplastaba el pie. Consiguió liberarse. Tenía un nudo tan tenso en la garganta que apenas si consiguió hablar.

—... rindes... —graznó de manera patética.

—Sí —gimió una voz llena de dolor. Tyrion se quitó el barro del yelmo para poder ver. El caballo había caído hacia el otro lado, sobre su jinete. El caballero tenía una pierna atrapada debajo, y el brazo con el que había intentado parar la caída estaba doblado en un ángulo grotesco—. Me rindo. —Se tanteó el cinturón con la mano del brazo sano, sacó una espada y la tiró a los pies de Tyrion—. Me rindo, mi señor.

El enano, asombrado, se arrodilló y cogió el arma. Un latigazo de dolor le recorrió el codo al mover el brazo. El combate se había desplazado; ya no tenía lugar a su alrededor. En aquel punto del campo de batalla no quedaba nadie, aparte de los cadáveres. Los cuervos ya los sobrevolaban en círculos y se posaban para comer. Advirtió que ser Kevan había maniobrado con sus hombres para dar apoyo a la vanguardia; la multitud de hombres armados con picas hacía retroceder a los norteños hacia las colinas. En aquellos momentos forcejeaban en las laderas, y las picas chocaban contra otra muralla de escudos, ovalados y reforzados con remaches de hierro. El aire volvió a llenarse de flechas, y los hombres que se parapetaban tras la pared de roble cayeron bajo aquella lluvia mortífera.

—Me temo que los vuestros están perdiendo —le dijo al caballero atrapado bajo el caballo.

El hombre no respondió nada. Tyrion oyó el sonido de unos cascos de caballo a su espalda y se volvió, aunque el dolor del codo apenas le permitía sostener la espada. Bronn tiró de las riendas y lo miró desde arriba.

—No se puede decir que me hayas ayudado mucho —bufó Tyrion.

—Por lo que veo te las has arreglado muy bien solo —replicó Bronn—. Pero has perdido la púa del yelmo.

Tyrion se palpó la parte superior del casco. La púa ya no estaba en su lugar.

—No la he perdido. Sé perfectamente dónde está. ¿Has visto mi caballo?

Cuando lo encontraron, las trompetas ya habían sonado de nuevo, y la retaguardia de lord Tywin se acercaba por el río. Tyrion vio pasar a su padre, con el estandarte rojo y oro de los Lannister ondeando a su paso. Lo rodeaban quinientos jinetes; el sol arrancaba destellos de las puntas de sus lanzas. Los restos de las líneas de los Stark se quebraron ante la carga como un cristal con el golpe de un martillo.

Tyrion sentía el codo dolorido y entumecido, y no hizo el menor ademán de unirse a la carnicería. Bronn y él fueron a buscar a sus hombres. A muchos los encontraron entre los muertos. Ulf, hijo de Umar, yacía sobre un charco de sangre coagulada: le faltaba un antebrazo, y a su alrededor yacía también una docena de sus Hermanos de la Luna. Shagga estaba bajo un árbol, acribillado a flechazos, con la cabeza de Conn en el regazo. Tyrion creyó que ambos estaban muertos, pero cuando desmontó, Shagga abrió los ojos.

—Han matado a Conn, hijo de Coratt —dijo.

El atractivo Conn no tenía más heridas que la mancha roja del pecho, allí donde la lanzada le había arrancado la vida. Bronn ayudo a Shagga a ponerse en pie, y el montañés pareció advertir por primera vez las flechas que tenía clavadas. Se las fue arrancando una a una, maldiciendo los agujeros que habían hecho en las prendas de cuero y malla, y aullando como una criatura al sacarse las que se le habían enterrado en la carne. Chella, hija de Cheyk, llegó junto a ellos mientras ayudaban a Shagga a quitarse las flechas, y les mostró las cuatro orejas que había capturado. A Timett lo encontraron saqueando los cadáveres, en compañía de sus Hombres Quemados. De los trescientos montañeses que habían entrado en combate con Tyrion Lannister, apenas si había sobrevivido la mitad.

Dejó que los vivos se ocuparan de los muertos, envió a Bronn a hacerse cargo del caballero cautivo, y fue en busca de su padre. Lord Tywin estaba sentado junto al río, bebiendo vino de una copa adornada con piedras preciosas, mientras su escudero le quitaba la coraza.

—Hermosa victoria —comentó ser Kevan al ver a Tyrion—. Tus salvajes han luchado muy bien.

Los ojos de su padre estaban clavados en él. Eran de un color verde claro con puntos dorados, y tan gélidos que sintió un escalofrío.

—¿Te ha sorprendido, padre? —preguntó—. ¿Te ha descabalado los planes? Porque se suponía que iban a matarnos a todos, ¿no?

—Es cierto: situé a la izquierda a los hombres menos disciplinados. —Lord Tywin apuró la copa, con rostro inexpresivo—. Había previsto que no resistirían. Robb Stark no es más que un crío inexperto, con más valor que inteligencia. Tenía la esperanza de que, si veía derrumbarse el flanco izquierdo, intentaría atacar por ahí para derrotarnos. Las picas de ser Kevan lo rodearían, lo atacarían y lo acorralarían contra el río mientras llegaba yo con la retaguardia.

—Y te pareció que lo mejor era colocarme en medio de esa carnicería, sin hacerme partícipe de tus planes.

—Una flaqueza fingida resulta menos convincente —replicó su padre—. Y no acostumbro a comunicar mis planes a hombres que se relacionan con salvajes y mercenarios.

—Lástima que mis salvajes te hayan estropeado el baile. —Tyrion se quitó el guantelete de acero y lo dejó caer al suelo. El dolor que le recorrió el brazo le retorció el rostro.

—El chico Stark ha resultado muy cauteloso para su edad —admitió Lord Tywin—. Pero una victoria es una victoria. Parece que estás herido.

—Eres muy perspicaz, padre —dijo Tyrion con los dientes apretados. Tenía el brazo derecho empapado de sangre—. ¿Te importaría que me atendiera uno de tus maestres? A menos que quieras tener un hijo enano y manco...

—Lord Tywin —gritó alguien de forma apremiante, haciendo que este se volviera antes de responder. Tywin Lannister se puso en pie inmediatamente, mientras ser Addam Marbrand desmontaba de un salto. De la boca del animal brotaba una espuma sanguinolenta. Ser Addam hincó una rodilla en tierra. Era un hombre alto y delgado, de cabello cobrizo oscuro que le caía sobre los hombros; llevaba una armadura de bronce bruñido con el árbol en llamas que era el emblema de su casa grabado en negro sobre la coraza—. Nos hemos apoderado de algunos de sus comandantes, mi señor: lord Cerwyn, ser Wylis Manderly, Harrion Karstark y cuatro de los Frey. Lord Hornwood ha muerto, y me temo que Roose Bolton se nos ha escapado.

—¿Y el chico? —preguntó lord Tywin.

Ser Addam titubeó.

—El joven Stark no iba con ellos, mi señor. Dicen que cruzó por Los Gemelos con la mayor parte de los jinetes, y que en estos momentos cabalga hacia Aguasdulces.

«Un crío inexperto —recordó Tyrion—. Con más valor que inteligencia.» Si no le hubiera dolido tanto, se habría echado a reír.

CATELYN

El bosque estaba lleno de susurros.

La luz de la luna parpadeaba en las aguas agitadas del arroyo, que discurría por un lecho rocoso abajo, en el valle. Los caballos relinchaban suavemente y piafaban entre los árboles, sobre un terreno húmedo y cubierto de hojas, mientras los hombres intercambiaban bromas nerviosas en voz baja. De cuando en cuando oía ruido de lanzas, y el tintineo metálico de las cotas de malla, pero hasta aquellos sonidos le llegaban ahogados.

—Ya no puede tardar mucho, mi señora —dijo Hallis Mollen. Había solicitado el honor de protegerla en la batalla que se avecinaba. Era un derecho que le correspondía como capitán de la guardia de Invernalia, y Robb no se lo había querido negar. Estaba rodeada por treinta hombres que tenían la misión de mantenerla a salvo y, en caso de que el combate se volviera contra ellos, llevarla de vuelta a Invernalia. Robb había pretendido que fueran cincuenta; Catelyn insistió en que diez serían más que suficientes, y que él iba a necesitar de todas sus espadas. Se pusieron de acuerdo en treinta, aunque ninguno de los dos se quedó satisfecho.

—Todo llegará en su momento —le dijo Catelyn.

Y entonces habría muertes. Quizá muriera Hal... o ella, o Robb. Nadie estaba a salvo. Ninguna vida estaba garantizada. Catelyn no quería que la espera terminase; deseaba seguir escuchando los susurros en el bosque, la música tenue del arroyo, seguir sintiendo el viento cálido en el cabello.

Al fin y al cabo, la espera no le era ajena. Sus hombres siempre la habían hecho esperar.

—Espera mi regreso, gatita —le decía su padre siempre que partía hacia la corte, la feria o la batalla.

Y ella aguardaba paciente en las almenas de Aguasdulces, viendo pasar las aguas del Forca Roja y el Piedra Caída. No siempre volvía cuando había anunciado que lo haría, y entonces Catelyn velaba durante días, siempre mirando por las aspilleras y las troneras, hasta que divisaba a lord Hoster a lomos de su viejo castrado castaño, al trote por la ribera.

—¿Me has esperado, gatita? —le preguntaba mientras se inclinaba para abrazarla—. ¿Me esperabas?

Brandon Stark también la había hecho esperar.

—No será mucho tiempo, mi señora —le juró—. En cuanto regrese, contraeremos matrimonio.

Pero, cuando llegó el día, fue su hermano Eddard quien estuvo a su lado en el septo.

Ned no había pasado ni quince días con su joven esposa antes de partir él también a la guerra, con promesas en los labios. Al menos, él le había dejado algo más que palabras: le había dado un hijo. Pasaron nueve meses, y Robb nació en Aguasdulces mientras su padre seguía haciendo la guerra en el sur. El parto había sido largo y difícil, sin saber si Ned vería alguna vez al pequeño. A su hijo. Tan frágil...

Y había llegado la hora de esperar a Robb. A Robb y a Jaime Lannister, el caballero dorado que, según decían los hombres, jamás había aprendido a esperar.

—El Matarreyes es inquieto; tiene el genio vivo —le había dicho a Robb su tío Brynden.

Y Robb había apostado sus vidas, y la única esperanza de victoria que tenían estribaba en que su tío tuviera razón.

Si Robb tenía miedo, no lo demostraba. Catelyn vio a su hijo moverse entre los hombres, palmear a uno en el hombro, bromear con otro, ayudar a un tercero a tranquilizar a un caballo nervioso... La armadura le tintineaba suavemente al andar. Solo le faltaba el yelmo. Catelyn se fijó en que la brisa le agitaba el cabello castaño rojizo, tan semejante al de ella, y se preguntó cuándo había crecido tanto su hijo. Tenía quince años y ya estaba casi tan alto como ella.

«Permitid que crezca más —les suplicó a los dioses—. Permitid que llegue a los dieciséis, y a los veinte, y a los cincuenta. Que llegue a ser tan alto como su padre, que sostenga en brazos a su propio hijo. Por favor, por favor, por favor...» Lo miró; contempló a aquel joven de barba reciente, con el lobo huargo que le pisaba los talones, y lo único que vio fue al bebé que había amamantado en Aguasdulces, hacía ya tanto tiempo.

La noche era cálida, pero solo con pensar en Aguasdulces sintió un escalofrío.

«¿Dónde están?», se preguntó. ¿Acaso se había equivocado su tío? Todo dependía de lo que les había dicho. Robb había puesto trescientos hombres bien elegidos a las órdenes del Pez Negro, y los envió por delante.

—Jaime no lo sabe —le había dicho ser Brynden a su regreso—. Me apostaría la vida. Mis arqueros se han encargado de que no le llegara ningún pájaro. Hemos visto a algunos de sus oteadores, pero los que llegaron a vernos a nosotros no viven para contarlo. Jaime debería haber dedicado más hombres a esa misión. No lo sabe.

—¿Cómo es su ejército? —había preguntado su hijo.

—Doce mil hombres a pie, dispersos en torno al castillo en tres campamentos diferentes, separados por los ríos —fue la respuesta de su tío. Tenía en el semblante arrugado la sonrisa que ella recordaba tan bien—. No hay otra manera de asediar Aguasdulces, pero puede resultar fatal para ellos. Dos o tres mil a caballo.

—El ejército del Matarreyes triplica al nuestro —señaló Galbart Glover.

—Es cierto —asintió ser Brynden—. Pero ser Jaime carece de una cosa.

—¿De qué? —inquirió Robb.

—De paciencia.

Su ejército era más numeroso que al pasar por Los Gemelos. Lord Jason Mallister había acudido desde Varamar con sus hombres, y se reunió con ellos cuando rodearon el nacimiento del Forca Azul. También se les habían unido otros: caballeros errantes, señores menores, soldados sin señor que huyeron hacia el norte cuando el ejército de su hermano Edmure cayó ante los muros de Aguasdulces... Todos habían galopado sin descanso para llegar a aquel lugar antes de que Jaime Lannister recibiera noticias de su avance, y el momento estaba próximo.

Catelyn vio montar a su hijo. Olyvar Frey le sujetó el caballo. Era el hijo de lord Walder, dos años mayor que Robb, pero diez años más inmaduro y mucho más nervioso. Aseguró el escudo de Robb y le tendió el yelmo. Cuando el muchacho se cubrió con él el rostro que Catelyn tanto amaba, un caballero alto y joven, a lomos de un semental gris, ocupó el lugar donde había estado su hijo. Entre los árboles reinaba la oscuridad; la luz de la luna no llegaba allí. Cuando Robb se volvió para mirarla, detrás de su visor solo había oscuridad.

—Debo ir a la cabeza, madre —le dijo—. Padre siempre dice que hay que dejar que los hombres te vean antes de la batalla.

—Pues ve —dijo—. Que te vean.

—Eso les dará valor —dijo Robb.

«¿Y quién me dará valor a mí?», estuvo a punto de preguntar. Pero guardó silencio y consiguió dedicarle una sonrisa. Robb hizo dar la vuelta al gran semental gris, y se alejó despacio de ella, con Viento Gris siguiendo sus pasos como una sombra. Tras él, su guardia de batalla se puso en formación. Cuando obligó a Catelyn a aceptar protectores, ella insistió a su vez en que él estuviera guardado, y los señores vasallos se mostraron de acuerdo. Muchos de sus hijos exigieron a gritos el honor de cabalgar con el Joven Lobo, como habían empezado a llamarlo. Entre los treinta guardias de Robb estaban Torrhen Karstark y su hermano Eddard, además de Patrek Mallister, el Pequeño Jon, Daryn Hornwood, Theon Greyjoy, nada menos que cinco de los hijos de Walder Frey, y hombres mayores, como ser Wendel Manderly y Robin Flint. Uno de los guardias era una mujer, Dacey Mormont, la hija mayor de lady Maege, heredera de la Isla del Oso, desgarbada con casi dos varas y un palmo de estatura, que había recibido como regalo un mangual a la edad en que a otras niñas se les dan muñecas. Algunos de los señores refunfuñaron al verla, pero Catelyn no prestó atención a sus protestas.

—Aquí no se trata del honor de vuestras casas —les dijo—. Se trata de mantener a mi hijo sano y salvo.

«Y para eso, ¿bastará con treinta hombres? —se preguntó—. ¿Bastará con seis mil?»

Un pájaro empezó a piar a lo lejos; era un trino agudo que a Catelyn le produjo la misma sensación que una mano helada en la nuca. Otro respondió, y un tercero, y un cuarto. Conocía bien aquellos trinos; había pasado mucho tiempo en Invernalia. Alcaudones de las nieves. A veces aparecían en lo peor del invierno, cuando el bosque de dioses estaba blanco y silencioso. Eran pájaros del norte.

«Se acercan», pensó Catelyn.

—Ya se acercan, mi señora —susurró Hal Mollen. Siempre había sido muy dado a señalar lo evidente—. Los dioses nos acompañen.

Ella asintió. El bosque, en torno a ellos, fue quedando en silencio, y entonces los oyó, lejanos, pero aproximándose: los cascos de muchos caballos, el sonido de espadas, lanzas y armaduras, el murmullo de voces humanas, de cuando en cuando una risa, una maldición...

Tuvo la sensación de que transcurrían eones. Los sonidos eran cada vez más fuertes. Oyó más risas, órdenes a gritos, chapoteos cuando cruzaron y volvieron a cruzar el pequeño arroyo. Un caballo relinchó. Un hombre lanzó una maldición. Y, por último, lo vio. Solo durante un instante, entre las ramas de los árboles, desde el lugar donde se dominaba el valle, pero supo que era él. Pese a la distancia, Jaime Lannister era inconfundible. La luz de la luna le teñía de plata el oro de la armadura y del cabello, y de negro, el escarlata de la capa. No llevaba yelmo.

Apareció y desapareció en un instante; los árboles volvieron a ocultar la armadura plateada. Otros pasaron tras él, largas columnas de hombres, caballeros, espadas juramentadas, jinetes libres, tres cuartas partes de los hombres a caballo de los Lannister.

—No es hombre que se siente en una tienda a esperar mientras sus carpinteros construyen torres de asedio —les había garantizado ser Brynden—. Ya ha hecho tres expediciones con sus caballeros, para dar caza a asaltantes, o para asolar alguna aldea rebelde.

Robb había asentido y estudiado el mapa que su tío le había dibujado. Ned lo había enseñado a interpretar los mapas.

—Atacadlo aquí —dijo al tiempo que señalaba un punto—. Que sean unos cientos de hombres, no más. Vasallos de los Tully. Cuando os persiga, estaremos esperando... —Movió el dedo un poco hacia la izquierda—. Aquí.

«Aquí» era un silencio en la noche, sombras y luz de luna, una gruesa alfombra de hojas muertas, riscos frondosos en pendiente suave hasta el lecho del arroyo.

«Aquí» era su hijo a lomos de un semental, volviendo la vista atrás por última vez para mirarla, levantado la espada en gesto de saludo.

«Aquí» era la llamada del cuerno de guerra de Maege Mormont, un sonido grave y prolongado que retumbó en el valle, para informarlos de que el último de los jinetes de Jaime había entrado en la trampa.

Y Viento Gris echó la cabeza hacia atrás y aulló.

El aullido pareció recorrer la espalda de Catelyn Stark y le provocó escalofríos. Era un sonido espantoso, aterrador, pero al mismo tiempo tenía música. Durante un instante, compadeció a los Lannister del valle.

«Así que ese es el sonido de la muerte», pensó.

Aruuuuuuuuuuu, fue la respuesta que les llegó desde el risco más lejano, cuando el Gran Jon hizo sonar también su cuerno. Al este y al oeste, las trompetas de los Mallister y los Frey sonaron clamando venganza. Al norte, donde el valle se estrechaba como un codo elevado, los cuernos de guerra de Lord Karstark se sumaron al coro con sus voces profundas y tristes. Abajo, en el arroyo, los hombres gritaban y los caballos corcoveaban.

El bosque susurrante dejó escapar en una sola bocanada todo el aliento contenido cuando los arqueros que Robb había ocultado entre las ramas de los árboles dispararon sus flechas, y la noche estalló con los gritos de hombres y caballos. Alrededor de Catelyn, los jinetes alzaron las lanzas, y la tierra y las hojas que hasta entonces habían ocultado el brillo cruel de sus puntas se apartaron para dejar al descubierto todo el esplendor del acero afilado.

—¡Invernalia! —oyó gritar a Robb mientras las flechas silbaban de nuevo. Se alejó de ella al trote, a la cabeza de sus hombres, colina abajo.

Catelyn se quedó a lomos de su caballo, inmóvil, rodeada por Hal Mollen y por su guardia. Esperó, como había esperado antes, a Brandon, a Ned y a su padre. Estaba en lo más alto del risco, y los árboles le ocultaban casi todo lo que sucedía abajo. Transcurrió un instante, que se prolongó, y de pronto fue como si sus protectores y ella estuvieran a solas en el bosque. Los demás habían desaparecido entre la espesura.

Pero cuando miró hacia el risco más lejano, al otro lado del valle, vio como los jinetes del Gran Jon salían de la oscuridad bajo los árboles. Formaban una hilera larga, una hilera infinita, y hubo un momento, apenas un instante, en el que Catelyn no vio más que la luz de la luna reflejada en las puntas de sus lanzas, como si del risco descendieran un millar de fuegos fatuos envueltos en llamas plateadas.

Parpadeó, y volvieron a ser hombres, que bajaban a toda prisa para matar o morir.

Más adelante no podría decir que había presenciado la batalla. En cambio, sí la oyó, y el valle se llenó con sus ecos. El crujir de una lanza rota, el fragor de las espadas, los gritos de «¡Lannister!», «¡Invernalia!» y «¡Tully! ¡Aguasdulces y Tully!». Cuando comprendió que ya no vería nada más, cerró los ojos y escuchó. Fue como si el combate tuviera lugar a su alrededor. Oyó cascos de caballos, botas de hierro chapoteando en las aguas bajas, el crujido de los escudos de roble bajo las espadas, el choque del acero contra el acero, el silbido de las flechas, el sonido de los tambores, los relinchos aterrados de un millar de caballos... Los hombres gritaban maldiciones y suplicaban piedad, y la obtenían (o no), y vivían (o morían). Los riscos ejercían un extraño efecto sobre los sonidos. En cierta ocasión oyó la voz de Robb tan claramente como si lo tuviera al lado. «¡A mí! ¡A mí!», gritaba. Y oyó también el gruñido de su lobo huargo, el chasquido de aquellos dientes largos al cerrarse, el sonido de la carne que se rasgaba, los chillidos de miedo y dolor que lanzaban hombres y caballos por igual. ¿Seguro que solo había un lobo? No había manera de saberlo.

Poco a poco, los sonidos se fueron apagando y murieron, hasta que al final solo quedó el del lobo. Y, cuando el amanecer rojo bañó el cielo del oriente, Viento Gris empezó a aullar de nuevo.

Robb regresó junto a ella a lomos de un caballo diferente, un picazo castrado, en vez del semental gris con el que había bajado al valle. La cabeza de lobo que figuraba en su escudo estaba hecha pedazos; a través de los tajos profundos se veía la madera de roble, pero Robb parecía ileso. En cambio, cuando se acercó a ella, Catelyn vio que el guantelete y la manga de su jubón estaban ennegrecidos de sangre.

—Estás herido —dijo.

—No —dijo Robb. Alzó la mano, y abrió y cerró los dedos—. Es sangre de... de Torrhen, creo, o... —Sacudió la cabeza—. No lo sé.

Por la ladera subía un gran grupo de hombres, sucios, con las armaduras melladas, sonrientes. Theon y el Gran Jon iban a la cabeza. Arrastraban entre los dos a Jaime Lannister. Lo tiraron ante el caballo de Catelyn.

—El Matarreyes —anunció Hal, como si hiciera falta.

—Lady Stark —dijo Lannister, de rodillas, alzando la cabeza. La sangre que manaba de un corte en el cuero cabelludo le corría por la mejilla, pero la escasa luz del amanecer volvía a dar un matiz dorado a su pelo—. Os ofrecería mi espada, pero la he extraviado.

—No es vuestra espada lo que quiero —replicó ella—. Devolvedme a mi padre, a mi hermano Edmure. Devolvedme a mis hijas. Devolvedme a mi señor esposo.

—A ellos también los he extraviado.

—Una lástima —replicó Catelyn con tono gélido.

—Mátalo, Robb —propuso Theon Greyjoy—. Córtale la cabeza.

—No —replicó Robb al tiempo que se quitaba el guante ensangrentado—. Nos resultará más útil vivo que muerto. Y mi señor padre nunca aprobó que se matara a los prisioneros después de la batalla.

—Un hombre sabio —dijo Jaime Lannister—. Y honorable.

—Lleváoslo y cargadlo de cadenas —dijo Catelyn.

—Haced lo que ha dicho mi madre —les ordenó Robb—, y que esté bien vigilado en todo momento. Lord Karstark querrá ver su cabeza clavada en una pica.

—No te quepa duda —asintió el Gran Jon.

Se llevaron a Lannister, para vendarle las heridas antes de encadenarlo.

—¿Por qué iba a querer matarlo lord Karstark? —preguntó Catelyn.

—Porque... —Robb apartó la vista y miró hacia el bosque; tenía el mismo aspecto absorto que Ned en tantas ocasiones—. Los ha matado...

—A los hijos de lord Karstark —explicó Galbart Glover.

—A los dos —dijo Robb—. A Torrhen y a Eddard. Y también a Daryn Hornwood.

—Nadie podrá decir que a Lannister le falta valor —dijo Glover—. Cuando ha visto que la derrota era inminente, se ha adelantado a todos sus hombres y ha tratado de llegar hasta Robb para matarlo. Ha estado a punto de conseguirlo.

—Ha «extraviado» su espada en el cuello de Eddard Karstark —dijo Robb—, después de cortarle la mano a Torrhen y abrirle el cráneo a Daryn Hornwood. Todo eso sin dejar de llamarme a gritos. Si no hubieran intentado detenerlo...

—... ahora estaría yo de luto, en lugar de lord Karstark —dijo Catelyn—. Tus hombres han hecho aquello que habían jurado hacer, Robb: morir protegiendo a su señor. Llóralos. Hónralos por su valor. Pero no en este momento. No hay tiempo para llorar. Has cortado la cabeza de la serpiente, pero todavía quedan tres cuartas partes del cuerpo enroscadas en torno al castillo de mi padre. Hemos ganado una batalla, no la guerra.

—¡Pero qué batalla! —intervino Theon Greyjoy con entusiasmo—. El reino no había contemplado una victoria semejante desde el Campo de Fuego, mi señora. Os lo juro, los Lannister han perdido diez hombres por cada uno de los nuestros que ha caído. Hemos capturado a un centenar de caballeros, y también a una docena de señores vasallos. Lord Westerling, lord Banefort, ser Garth Greenfield, lord Estren, ser Tytos Brax, Mallor de Dorne... y a tres Lannister aparte de Jaime, sobrinos de lord Tywin, dos de ellos, hijos de su hermana, y uno, de su difunto hermano...

—¿Qué hay de lord Tywin? —lo interrumpió Catelyn—. ¿Habéis hecho prisionero por casualidad a lord Tywin, Theon?

—No —replicó Theon, algo molesto.

—Pues, mientras no lo tengamos, esta guerra no habrá terminado. Ni mucho menos.

—Mi madre tiene razón. —Robb alzó la cabeza y se apartó el pelo de los ojos—. Aún nos falta Aguasdulces.

DAENERYS

Las moscas volaban en lentos círculos en torno a Khal Drogo; zumbaban con un sonido grave, casi inaudible, que a Dany le provocaba un temor insensato.

El sol brillaba despiadado en lo más alto del cielo. El calor dibujaba ondulaciones en los salientes rocosos de las bajas colinas. Entre los pechos hinchados de Dany corría un hilillo de sudor. Los únicos ruidos que se oían eran los cascos de los caballos, el tintineo rítmico de las campanas, en el pelo de Drogo, y las voces lejanas, tras ellos.

Dany contempló las moscas.

Eran grandes como abejorros, repugnantes, rojizas, brillantes. Los dothrakis las llamaban *moscas de sangre.* Vivían en las zonas pantanosas y en las aguas estancadas, chupaban la sangre a hombres y caballos por igual, y ponían sus huevos en los muertos y en los moribundos. Drogo las detestaba. Cada vez que se le acercaba una, movía la mano con la velocidad de una serpiente y la atrapaba en el puño. Jamás lo había visto fallar. Luego apretaba los dedos, y cuando volvía a abrir la mano, la mosca no era más que una mancha rojiza en la palma.

Una mosca subió en aquel momento por la grupa de su semental, y el caballo agitó la cola, furioso, para quitársela de encima. Otras zumbaron en torno a Drogo, cada vez más cerca. El *khal* no reaccionó. Tenía los ojos clavados en las colinas lejanas y llevaba las riendas sueltas en las manos. Por debajo del chaleco pintado, un emplasto de hojas de higuera y barro azul reseco le cubría la herida del pecho. Las mujeres de las hierbas se lo habían preparado. La cataplasma de Mirri Maz Duur le picaba y escocía, y Drogo se la había arrancado hacía ya seis días, maldiciendo a la mujer y llamándola *maegi.* La cataplasma de barro era más calmante, y las mujeres de las hierbas le habían preparado también vino de amapolas. Durante los tres últimos días lo había bebido en grandes cantidades. Y cuando no era vino de amapolas, era leche fermentada de yegua, o cerveza de pimienta.

En cambio, apenas comía, y durante la noche no paraba de moverse y gemir. Dany notaba que su rostro estaba cada día más macilento. Rhaego se movía inquieto en su vientre, daba patadas como un semental, pero ni siquiera aquello despertaba ya el interés de Drogo como antes. Cada mañana, tras despertar de un sueño agitado, le descubría nuevas arrugas de dolor en el rostro. Y además, el silencio. Aquel silencio la llenaba de miedo. No le había dicho ni una palabra desde que emprendieran la marcha, al amanecer. Si ella le hablaba, no obtenía más respuesta que un gruñido. Y después del mediodía, ni siquiera aquello.

Una de las moscas de sangre se posó sobre la piel desnuda del hombro del *khal*. Otra descendió volando en círculos, se le posó en el cuello y avanzó hacia su boca. Khal Drogo se meció en la silla; las campanillas tintinearon; su semental siguió al paso.

—Mi señor —dijo en voz baja Dany, que había clavado los talones en la plata para acercarse a él—. Drogo. Mi sol y estrellas. —Él no dio señales de oírla. La mosca de sangre le subió por el bigote y se detuvo en la mejilla, en la arruga de al lado de la nariz. Dany contuvo un gemido—. Drogo. —Extendió la mano con torpeza y le rozó el brazo.

Khal Drogo se tambaleó en la silla, se inclinó hacia un lado y cayó pesadamente del caballo. Las moscas se dispersaron un instante y, a continuación, volvieron a posarse sobre el hombre tendido en el suelo.

—¡No! —exclamó Dany. Tiró de las riendas y, sin pensar por una vez en su vientre, se bajó de un salto de la plata y corrió hacia él.

La hierba sobre la que yacía era amarillenta y seca. Drogo gritó de dolor cuando Dany se arrodilló a su lado. El aliento le silbaba ronco en la garganta, y la miró sin reconocerla.

—Mi caballo —jadeó.

Dany le apartó las moscas del pecho y aplastó una tal como habría hecho él. La piel de Drogo le quemaba bajo los dedos.

Los jinetes del *khal* los habían seguido de cerca. Oyó el grito de Haggo cuando se acercaron al galope. Cohollo se bajó del caballo de un salto.

—Sangre de mi sangre —dijo al tiempo que se arrodillaba a su lado.

Los otros dos siguieron montados.

—No —gimió Khal Drogo. Se debatió entre los brazos de Dany—. Debo montar. Montar. No.

—Se ha caído del caballo —dijo Haggo desde arriba. Su rostro no denotaba emoción alguna, pero la voz era tensa.

—No debes decir eso —le advirtió Dany—. Por hoy ya hemos cabalgado suficiente. Acamparemos aquí.

—¿Aquí? —Haggo miró a su alrededor. El terreno era seco y marchito, inhóspito—. No es lugar para acampar.

—Ninguna mujer dice dónde paramos —replicó Qotho—. Ni siquiera una *khaleesi*.

—Acamparemos aquí —repitió Dany—. Haggo, dile a todo el mundo que Khal Drogo ha ordenado parar. Si alguien pregunta por qué, dile que estoy a punto de dar a luz, y no he podido seguir. Cohollo, manda venir a los esclavos, que monten enseguida la tienda del *khal.* Qotho...

—A mí no me das órdenes, *khaleesi.*

—Ve a buscar a Mirri Maz Duur —le dijo. La esposa del dios caminaba con las otras mujeres cordero, en la larga columna de esclavos—. Haz que venga, y que traiga su cofre.

—La *maegi.* —Qotho la miraba con ojos duros como el pedernal. Escupió al suelo—. No lo haré.

—Lo harás —replicó Dany—. O, cuando Drogo despierte, le tendrás que explicar que me has desafiado.

Qotho, furioso, hizo dar media vuelta a su semental y se alejó al galope rojo de rabia... pero Dany sabía que, por poco que le gustara, regresaría con Mirri Maz Duur. Los esclavos alzaron la tienda de Khal Drogo bajo un saliente escarpado de roca negra, cuya sombra proporcionaba cierto alivio para el calor del sol de la tarde. Pese a todo, cuando Irri y Doreah ayudaron a Dany a entrar a Drogo, la temperatura, bajo la tela, era calcinante. El suelo estaba cubierto de alfombras gruesas con dibujos, y en los rincones había cojines. Eroeh, la muchachita tímida que Dany había rescatado antes de entrar en la ciudad de los hombres cordero, encendió un brasero. Tendieron a Drogo sobre una esterilla.

—No —murmuró en la lengua común—. No, no. —Fue todo lo que dijo, todo lo que parecía capaz de decir.

Doreah le quitó el cinturón de medallones, así como el chaleco y las polainas, mientras Jhiqui se arrodillaba a sus pies para desatarle los cordones de las sandalias de montar. Irri quería subir los faldones de la tienda para que entrara la brisa, pero Dany se lo prohibió. No quería que nadie viera a Drogo como estaba, débil y delirante. Cuando por fin llegó su *khas,* hizo que montaran guardia en el exterior.

—No quiero que entre nadie sin mi permiso —le dijo a Jhogo—. Nadie.

—Se muere —susurró Eroeh mientras miraba a Drogo con el temor dibujado en el rostro. Dany la abofeteó.

—El *khal* no puede morir. Es el padre del semental que monta el mundo. Jamás le han cortado el pelo. Todavía lleva las campanillas que le puso su padre.

—*Khaleesi* —intervino Jhiqui—, se ha caído del caballo.

Dany, temblorosa, con los ojos llenos de lágrimas, dio media vuelta. «¡Se ha caído del caballo!» Así que lo había visto, igual que los jinetes de sangre, las doncellas y los hombres de su *khas*. ¿Y cuántos más? No podrían mantenerlo en secreto, y Dany sabía qué significaba aquello. Un *khal* que no podía montar, no podía mandar, y Drogo se había caído del caballo.

—Tenemos que bañarlo —insistió, testaruda. No podía permitirse el lujo de caer en la desesperación—. Irri, que traigan la bañera enseguida. Doreah, Eroeh, buscad agua, agua fría; está ardiendo.

Khal Drogo era una hoguera con piel.

Los esclavos colocaron la pesada bañera de cobre en un rincón de la tienda. Cuando llegó Doreah con la primera jarra de agua, Dany mojó un trozo de seda y lo puso sobre la piel ardiente de la frente de Drogo. Sus ojos la miraban, pero él no la veía. Abrió los labios, pero no salieron palabras; solo un gemido.

—¿Dónde está Mirri Maz Duur? —exigió Dany. El miedo había agotado cualquier rastro de paciencia.

—Qotho dará con ella —dijo Irri.

Sus doncellas llenaron la bañera con agua tibia que apestaba a azufre, y la aromatizaron con frascos enteros de aceite amargo y puñados de hojas de menta desmenuzadas. Mientras preparaban el baño, Dany se arrodilló torpemente junto a su señor esposo; el pesado vientre apenas le permitía moverse. Le deshizo la trenza con dedos ansiosos, igual que la noche en que la había tomado por primera vez, bajo las estrellas. Fue poniendo las campanillas a un lado, una por una. En cuanto se encontrara bien querría ponérselas de nuevo, seguro.

En la tienda entró una corriente de aire cuando Aggo asomó la cabeza entre los pliegues de seda.

—*Khaleesi* —dijo—. El ándalo está aquí; suplica que le permitas entrar. —Los dothrakis llamaban así a ser Jorah.

—Sí —respondió al tiempo que se levantaba con dificultad—. Que pase. —Confiaba en el caballero. Si alguien sabía qué tenía que hacer, era él.

Ser Jorah Mormont se agachó para pasar bajo el faldón de la tienda, y aguardó un instante hasta que se le acostumbraron los ojos a la penumbra. Bajo el calor fiero del sur, vestía pantalones sueltos de seda cruda jaspeada, y sandalias de montar atadas hasta las rodillas, que dejaban al descubierto los dedos de los pies. La vaina de la espada le colgaba de un cinturón de crin trenzada. Bajo el chaleco blanco, el pecho desnudo aparecía quemado por el sol.

—La noticia ha recorrido todo el *khalasar* —dijo—. Se dice que Khal Drogo se ha caído del caballo.

—Ayudadlo —suplicó Dany—. Por el amor que decís profesarme, ayudadlo.

El caballero se arrodilló junto a ella. Miró fijamente a Drogo durante largo rato, y luego, a Dany.

—Decidles a las doncellas que salgan.

Dany, que se había quedado muda de miedo, hizo un gesto. Irri guio al resto de las muchachas fuera de la tienda.

Cuando quedaron a solas, ser Jorah sacó el puñal. A continuación, hábilmente, con una delicadeza sorprendente en un hombre tan corpulento, empezó a rascar las hojas negras y el barro seco azul del pecho de Drogo. El emplasto se había endurecido tanto como las murallas de barro de los hombres cordero, y al igual que las murallas se quebraba con facilidad. Ser Jorah rompió el barro seco con el cuchillo, apartó los restos de la carne y fue quitando las hojas una por una. El olor que despedía la herida era espantoso: dulzón, y tan penetrante que Dany se sintió a punto de ahogarse. Las hojas estaban llenas de sangre y pus; el pecho aparecía ennegrecido, con el brillo de la podredumbre.

—No —susurró Dany, con las mejillas llenas de lágrimas—. No, por favor, dioses, ayudadme, no.

Khal Drogo agitó los brazos como si luchara contra algún enemigo invisible. La sangre negra empezó a manar, lenta y espesa, de la herida abierta.

—Vuestro *khal* se puede dar por muerto, princesa.

—No, no puede morir, no debe morir, si no era más que un corte. —Dany cogió la mano grande y encallecida entre las suyas, tan pequeñas, y la apretó con fuerza—. No permitiré que muera...

—Esa orden está fuera de vuestro alcance, ya seáis *khaleesi* o reina —dijo ser Jorah dejando escapar una carcajada amarga—. Guardaos las lágrimas, niña. Ya lo lloraréis mañana, o dentro de un año. Ahora no hay tiempo para la pena. Tenemos que partir, y enseguida, antes de que muera.

—¿Partir? ¿Hacia dónde? —Dany no comprendía nada.

—En mi opinión, el mejor lugar sería Asshai. Está muy al sur, al final del mundo conocido, pero según se dice es un gran puerto. Allí encontraremos algún barco que nos lleve de vuelta a Pentos. No quiero engañaros: será un viaje duro. ¿Confiáis en vuestro *khas*? ¿Vendrá con nosotros?

—Khal Drogo les ordenó que velaran por mí —respondió Dany, insegura—. Pero si muere... —Se tocó el vientre abultado—. No lo entiendo. ¿Por qué tenemos que huir? Soy la *khaleesi*. Llevo en mis entrañas al heredero de Drogo. Será *khal* después de él...

—Escuchadme bien, princesa —dijo ser Jorah con el ceño fruncido—. Los dothrakis no seguirán a un niño de pecho. Solo se inclinaban ante la fuerza de Drogo, nada más. Cuando él ya no esté, Jhaqo, Pono y los otros *kos* se enfrentarán para ocupar su puesto, y este *khalasar* se devorará a sí mismo. El vencedor no querrá tener más rivales. Os arrancarán al niño del pecho nada más nacer y se lo echarán a los perros.

—Pero ¿por qué? —sollozó quejumbrosa, abrazándose el vientre—. ¿Por qué querrían matar a un bebé?

—Es el hijo de Drogo. La viejas dicen que será el semental que monte el mundo. Fue una profecía. Más vale matar al crío que arriesgarse a sufrir su ira cuando crezca y sea un hombre.

El niño le dio una patadita, como si lo hubiera oído todo. Dany recordó lo que Viserys le había contado, lo que habían hecho los perros del Usurpador con los hijos de Rhaegar. El pequeño también era un bebé, pero lo habían arrancado del pecho de su madre para estrellarle la cabeza contra una pared. Así actuaban los hombres.

—¡No le pueden hacer daño a mi hijo! —exclamó—. Ordenaré a mi *khas* que lo cuide, y los jinetes de sangre de Drogo...

—Un jinete de sangre muere con su *khal*. —Ser Jorah la sujetó por los hombros—. Lo sabéis perfectamente, niña. Os llevarán a Vaes Dothrak, con las viejas; será su última misión. Y después se reunirán con Drogo en las tierras de la noche.

Dany no quería regresar a Vaes Dothrak y pasar el resto de su vida entre aquellas viejas espantosas, pero sabía que el caballero estaba en lo cierto. Drogo no había sido simplemente su sol y estrellas; era también el escudo que la mantenía sana y salva.

—No lo abandonaré —dijo con triste testarudez—. Nunca.

El faldón de la tienda se levantó de nuevo, y Dany volvió la cabeza. Mirri Maz Duur entró e hizo una profunda reverencia. Los días de marcha a pie tras el *khalasar* la habían dejado demacrada y coja, con los pies llenos de heridas y ampollas, y bolsas oscuras bajo los ojos. Tras ella llegaron Qotho y Haggo, que transportaban entre los dos el cofre de la esposa del dios. Los jinetes de sangre vieron la herida de Drogo. El cofre resbaló de entre las manos de Haggo y se estrelló contra el suelo de la tienda, y Qotho soltó una maldición tan brutal que pareció hendir el aire.

—La herida se ha infectado —dijo Mirri Maz Duur mientras examinaba a Drogo con rostro inexpresivo.

—Esto es cosa tuya, *maegi* —dijo Qotho.

Haggo asestó un puñetazo a Mirri en la mejilla, y la mujer rodó por tierra. Luego empezó a darle patadas.

—¡Basta! —gritó Dany.

—Las patadas son demasiado buenas para una *maegi* —dijo Qotho, mientras contenía a Haggo—. Vamos a sacarla afuera. La ataremos a una estaca para que la monte todo el que pase. Y cuando acaben, que la monten los perros también. Las comadrejas le sacarán las entrañas, y las aves carroñeras le devorarán los ojos. Las moscas del río le pondrán huevos en el vientre y beberán el pus de lo que quede de sus pechos.

Clavó unos dedos duros como el hierro en la carne blanda y temblorosa del brazo de la esposa del dios, y la obligó a ponerse en pie.

—No —replicó Dany—. No quiero que le suceda nada malo.

—¿No? —Qotho le mostró los dientes amarillentos y podridos, en una espantosa parodia de sonrisa—. ¿A mí te atreves a decirme que no? Más te valdría rezar para que no te atemos al lado de tu *maegi.* Esto es culpa tuya, tanto como de ella.

Ser Jorah se interpuso entre ambos mientras desenvainaba la espada.

—Frena esa lengua, jinete de sangre. La princesa es tu *khaleesi.*

—Solo mientras la sangre de mi sangre siga con vida —replicó Qotho al caballero—. Si muere, la mujer no es nada.

—Antes de ser la *khaleesi,* ya era de la sangre del dragón. —Dany sintió la tensión de su interior—. Ser Jorah, llamad a mi *khas.*

—No —dijo Qotho—. Nos iremos. Por ahora... *Khaleesi.*

Haggo, con el ceño fruncido, salió de la tienda tras él.

—Ese no tiene buenas intenciones, princesa —dijo Mormont—. Los dothrakis dicen que un hombre y sus jinetes de sangre comparten la misma vida, y Qotho está viendo que toca a su fin. Un hombre muerto no le teme a nada.

—Nadie ha muerto —replicó Dany—. Puede que necesite vuestra espada, ser Jorah. Será mejor que os pongáis la armadura. —Estaba más asustada de lo que quería reconocer, incluso ante sí misma.

—A vuestras órdenes —dijo el caballero con una reverencia, y salió de la tienda.

Dany se volvió hacia Mirri Maz Duur. Los ojos de la mujer estaban alerta, llenos de cautela.

—Así que me habéis vuelto a salvar.

—Y ahora tú tienes que salvarlo a él —dijo Dany—. Por favor...

—A una esclava no se le pide nada —replicó Mirri secamente—. Se le dan órdenes. —Se volvió hacia Drogo, que seguía ardiendo sobre la esterilla, y observó la herida largo rato—. Pero da igual que lo pidáis o lo ordenéis. Ningún sanador puede hacer ya nada por él. —El *khal* tenía los ojos cerrados. Le abrió uno con los dedos—. Ha estado adormeciendo el dolor con la leche de la amapola.

—Sí —reconoció Dany.

—Le preparé una cataplasma de semilla de fuego y nomepiques, y se la vendé con piel de cordero.

—Decía que le quemaba y se la arrancó. Las mujeres de las hierbas le prepararon otra, húmeda y calmante.

—Quemaba, sí. El fuego tiene una gran magia sanadora; eso lo saben hasta vuestros hombres sin pelo.

—Prepárale otra cataplasma —suplicó Dany—. Esta vez haré que la aguante.

—Ya no es el momento para eso, mi señora —dijo Mirri—. Ahora ya no puedo hacer más que facilitar el oscuro camino que tiene por delante, para que cabalgue sin dolor hacia las tierras de la noche. No vivirá hasta el amanecer.

Sus palabras atravesaron el pecho de Dany como un cuchillo. ¿Qué mal les había hecho a los dioses, para que fueran tan crueles con ella? Por fin había encontrado un lugar seguro; por fin conocía el sabor del amor y la esperanza. Por fin iba a volver a su hogar. Y ahora, perderlo todo...

—No —suplicó—. Sálvalo y te liberaré, lo juro. Seguro que sabes alguna manera... magia, o algo...

Mirri Maz Duur se acuclilló y miró a Daenerys con ojos negros como la noche.

—Hay un hechizo. —Su voz era baja, poco más que un susurro—. Pero es duro, mi señora, y oscuro. Muchos dirían que la muerte es más limpia. Lo aprendí en Asshai, y pagué muy cara la lección. Mi maestro fue un mago de sangre, de las Tierras Sombrías.

—Entonces es cierto: eres una *maegi*... —El cuerpo de Dany se cubrió de un sudor frío.

—¿Sí? —Mirri Maz Duur sonrió—. Solo una *maegi* puede salvar a vuestro jinete en este momento, Dama de Plata.

—¿No hay otra manera?

—No.

Khal Drogo dejó escapar un gemido y se estremeció.

—Hazlo —le espetó Dany. No debía tener miedo; era de la sangre del dragón—. Sálvalo.

—El precio es alto —le advirtió la esposa del dios.

—Te daré oro, caballos, lo que quieras.

—No se trata de oro ni caballos. Esto es magia de sangre, mi señora. La vida solo se puede pagar con la muerte.

—¿Con la muerte? —Dany se apretó los brazos como si quisiera protegerse; se balanceó adelante y atrás sobre los talones—. ¿Mi muerte?

Se dijo que moriría por él si era necesario. Era de la sangre del dragón; no debía tener miedo. Su hermano Rhaegar había muerto por la mujer a la que amaba.

—No —le prometió Mirri Maz Duur—. No será tu muerte, *khaleesi.*

—Hazlo —le ordenó Dany, temblando de alivio.

—Como dices, se hará —asintió la *maegi* con solemnidad—. Llama a tus sirvientes.

Khal Drogo se debatió débilmente mientras Rakharo y Quaro lo metían en el baño.

—No —murmuró—. No. He de montar. —Una vez en el agua, las fuerzas parecieron abandonarlo.

—Traed su caballo —ordenó Mirri Maz Duur.

Así lo hicieron. Jhogo hizo entrar el gran semental castaño en la tienda. Cuando el animal olfateó el olor a muerte, relinchó y corcoveó, con ojos espantados. Hicieron falta tres hombres para contenerlo.

—¿Qué vas a hacer? —preguntó Dany.

—Necesitamos la sangre —respondió Mirri—. Así ha de ser.

Jhogo dio un paso atrás y echó mano del *arakh.* Era un joven de dieciséis años, flaco, temerario, de risa pronta, con apenas la sombra del primer bigote asomando sobre el labio superior. Cayó de rodillas ante ella.

—*Khaleesi* —suplicó—, no permitas esto. Deja que mate a esa *maegi.*

—Si la matas, matarás a tu *khal* —dijo Dany.

—Eso es magia de sangre —insistió el muchacho—. Está prohibida.

—Soy la *khaleesi,* y digo que no está prohibida. En Vaes Dothrak, Khal Drogo mató a un caballo, y yo me comí su corazón para dar a nuestro hijo su fuerza y su valor. Esto es lo mismo. Lo mismo.

El semental coceó y corcoveó cuando Rakharo, Quaro y Aggo lo acercaron a la bañera en la que flotaba el *khal,* que parecía ya un cadáver, entre las aguas sucias del pus y la sangre que le manaban de la herida. Mirri Maz Duur entonó un cántico en una lengua que Dany no conocía, y de pronto tenía un cuchillo en la mano. Dany no llegó a saber de dónde lo había sacado. Parecía muy viejo, de bronce rojizo, en forma de hoja, con extraños símbolos grabados en toda la superficie. La *maegi* lo pasó por la garganta del semental, bajo la cabeza del noble bruto. El caballo relinchó y se estremeció, y la sangre empezó a manar como un surtidor rojo. Se habría derrumbado de no ser porque lo sujetaban los hombres de su *khas.*

—Fuerza de la montura, entra en el jinete —canturreó Mirri mientras la sangre del caballo llenaba la bañera de Drogo—. Fuerza de la bestia, entra en el hombre.

Jhogo parecía aterrado; tenía miedo de soportar el peso del semental, de tocar la carne muerta, pero también tenía miedo de soltarlo.

«Solo un caballo», pensó Dany. Si podía comprar la vida de Drogo con la muerte de un caballo, pagaría aquel precio mil veces.

Cuando por fin dejaron caer el cuerpo del animal, el baño estaba lleno de un líquido rojo oscuro, y a Drogo solo se le veía la cara. Mirri Maz Duur no necesitaba el cadáver del caballo para nada.

—Quemadlo —les ordenó Dany. Sabía que aquella era la costumbre. Cuando moría un hombre, mataban a su caballo y ponían el cadáver en la pira funeraria, para que lo llevara a las tierras de la noche. Los hombres de su *khas* arrastraron el cuerpo fuera de la tienda. Había sangre por todas partes; hasta la tela de las paredes estaba salpicada de rojo, y las alfombras estaban húmedas y negras.

Encendieron los braseros. Mirri Maz Duur arrojó un polvo rojo sobre los carbones, y aquello dio al humo un aroma especiado bastante agradable, aun así Eroeh salió corriendo entre sollozos, y Dany sintió un miedo paralizador. Pero había llegado demasiado lejos para retroceder. Hizo salir a sus doncellas.

—Id con ellas, Dama de Plata —le dijo Mirri Maz Duur.

—Me quedaré —replicó Dany—. Este hombre me poseyó bajo las estrellas y dio vida al niño que llevo dentro. No lo dejaré.

—Es necesario. Una vez empiece mi cántico, ninguna persona debe entrar en esta tienda. Mi canción va a despertar poderes antiguos y oscuros. Los muertos danzarán aquí esta noche. Ningún hombre vivo debe verlos.

—Nadie entrará —dijo Dany agachando la cabeza, impotente. Se inclinó sobre la bañera, sobre Drogo, casi sumergido en la sangre, y le dio un beso en la frente—. Devuélvemelo —le susurró a Mirri Maz Duur antes de salir.

En el exterior, el sol estaba ya bajo en el horizonte, y el cielo estaba teñido de rojo. El *khalasar* había acampado. Las tiendas y las esterillas para dormir se extendían hasta donde alcanzaba la vista. El viento soplaba, ardiente. Jhogo y Aggo estaban excavando un agujero para encender una hoguera en la que quemar el cadáver del semental. Se había reunido toda una multitud para observar a Dany con ojos negros y duros, con rostros de cobre batido. Ella vio a ser Jorah Mormont, vestido ya con ropas de cuero y cota de malla, y la frente perlada de sudor allí donde el pelo empezaba a ralear. El caballero se abrió camino entre los dothrakis hasta llegar junto a Dany. Cuando vio las huellas escarlata que las botas de la muchacha dejaban en la tierra, el color huyó de su rostro.

—Pequeña idiota, ¿qué habéis hecho? —susurró con voz ronca.

—Tenía que salvarlo.

—Podríamos haber escapado —dijo él—. Podría haberos llevado a salvo hasta Asshai, princesa. No había necesidad de...

—¿Soy de verdad vuestra princesa?

—Que los dioses nos amparen a los dos; bien sabéis que sí.

—Entonces, ayudadme.

—Ojalá supiera cómo. —Ser Jorah hizo una mueca.

La voz de Mirri Maz Duur se elevó hasta convertirse en un aullido agudo, ululante, que hizo estremecer a Dany. Algunos de los dothrakis retrocedieron entre murmullos. Los braseros del interior de la tienda hacían que resplandeciera en el ocaso. A través del tejido de las paredes, salpicado de sangre, divisó sombras que se movían.

Mirri Maz Duur había empezado a bailar. Y no estaba sola.

Dany vio el miedo en los rostros de los dothrakis.

—Esto no puede ser —retumbó la voz de Qotho.

No había visto volver al jinete de sangre. Haggo y Cohollo estaban con él. Los acompañaban los hombres sin pelo, los eunucos que curaban con el cuchillo, la aguja y el fuego.

—Esto va a ser —replicó Dany.

—*Maegi* —rugió Haggo.

Y Cohollo, el viejo Cohollo, que había atado su vida a la de Drogo desde el día que nació, Cohollo, que siempre había sido bueno con ella... Cohollo le escupió a la cara.

—Morirás, *maegi* —prometió Qotho—. Pero antes ha de morir la otra. —Desenvainó el *arakh* y avanzó hacia la tienda.

—¡No! —gritó Dany—. ¡No entres! —Lo agarró por el hombro, pero Qotho la empujó a un lado. Dany cayó de rodillas, cruzando los brazos sobre el vientre para proteger a su hijo—. Detenedlo —le ordenó a su *khas*—. ¡Matadlo!

Rakharo y Quaro seguían ante el faldón de la tienda. Quaro dio un paso al frente, buscó con la mano el mango de su látigo, pero Qotho giró con la elegancia de un bailarín al tiempo que alzaba el *arakh.* El tajo dio de lleno a Quaro bajo el brazo; el acero afilado atravesó el cuero y la piel, cortó el músculo y las costillas. El joven jinete retrocedió, boqueando, mientras la sangre manaba a chorros. Qotho le arrancó el arma del cuerpo.

—¡Señor de los caballos! —gritó ser Jorah Mormont—. Prueba conmigo.

Desenvainó la espada larga. Qotho lanzó una maldición y se volvió. El *arakh* se movió tan deprisa que la sangre de Quaro se dispersó al viento ardiente como si fuera una llovizna. La espada paró el golpe a un palmo del rostro de ser Jorah, y durante un instante, los dos aceros quedaron brillando en el aire, mientras Qotho aullaba de rabia. El caballero iba vestido con cota de malla; llevaba guanteletes y canilleras de acero articulado, y un pesado gorjal en torno al cuello, pero no se le había ocurrido ponerse el yelmo.

Qotho retrocedió, y cuando ser Jorah cargó contra él hizo girar el *arakh* centelleante sobre la cabeza. El caballero esquivó el golpe como pudo, pero los tajos eran tan rápidos que Dany pensó que Qotho tenía cuatro *arakhs* y otros tantos brazos. Oyó el crujido de la cota de malla cuando la golpeó el *arakh,* y vio como saltaban chispas cuando la larga hoja curva rebotó contra un guantelete. De pronto era Mormont quien retrocedía, mientras Qotho se lanzaba al ataque. El lado izquierdo del rostro del caballero estaba lleno de sangre, y un golpe que había recibido en la cadera le había atravesado la cota de malla y lo hacía cojear. Qotho se mofaba de él a gritos: lo llamaba cobarde, hombre de leche, eunuco con traje de hierro.

—¡Vas a morir! —le prometió mientras el *arakh* brillaba trémulo en el ocaso rojo.

El hijo de Dany pataleaba, enloquecido, dentro del vientre. La hoja curva resbaló por el filo de la recta, y fue a hundirse en la cadera del caballero, en el boquete de la cota de malla.

Mormont gruñó y se tambaleó. Dany sintió un dolor agudo en el vientre, y humedad en los muslos. Qotho lanzó un grito de triunfo, pero el *arakh* había llegado al hueso, y tardó un instante en poder sacarlo.

Fue suficiente. Ser Jorah asestó un golpe de arriba abajo con todas las fuerzas que le quedaban; atravesó la carne, el músculo y el hueso, y de pronto, el antebrazo de Qotho colgaba de su brazo sujeto únicamente por un fino jirón de piel y tendones. El siguiente golpe del caballero fue hacia la oreja del dothraki, y resultó tan salvaje que el rostro de Qotho pareció estallar.

Los dothrakis gritaban; Mirri Maz Duur lanzaba aullidos inhumanos en la tienda; el moribundo Quaro suplicaba agua. Dany pidió ayuda, pero nadie la oyó. Rakharo luchaba contra Haggo, *arakh* enfrentado a *arakh,* hasta que el látigo de Jhogo restalló como un trueno, y la punta se enroscó al cuello de Haggo. Dio un tirón, y el jinete de sangre cayó hacia atrás, perdiendo a la vez el equilibrio y la espada. Rakharo se precipitó hacia él con un aullido, blandiendo el *arakh* con ambas manos en un golpe descendente que acertó a Haggo entre los ojos. Alguien lanzó una piedra, y cuando Dany se volvió vio que tenía el hombro herido y lleno de sangre.

—No —sollozó—. No, por favor, basta, es demasiado alto, el precio es demasiado alto.

Le llovieron más pedradas. Trató de arrastrarse hacia la tienda, pero Cohollo la agarró por el pelo y le echó la cabeza hacia atrás. Dany sintió el roce de su cuchillo en la garganta.

—¡Mi bebé! —gritó.

Tal vez la oyeran los dioses, porque en aquel momento, Cohollo cayó muerto. La flecha de Aggo le entró por debajo del brazo, y le atravesó los pulmones y el corazón.

Cuando Daenerys reunió por fin fuerzas suficientes para levantar la cabeza, vio que la multitud se dispersaba. Los dothrakis regresaban en silencio a sus tiendas y a sus esterillas. Algunos ensillaron caballos y se alejaron. El sol se había puesto. En todo el *khalasar* ardían hogueras, brillantes fuegos anaranjados que chisporroteaban con furia y escupían al aire brasas encendidas. Trató de incorporarse, pero el dolor se apoderó de ella y la estrujó como el puño de un gigante. Se quedó sin respiración. Apenas si pudo boquear. La voz de Mirri Maz Duur era como un canto fúnebre. En el interior de la tienda, las sombras giraban.

Le pasaron un brazo bajo la cintura. Ser Jorah la ayudó a ponerse en pie. El caballero tenía el rostro lleno de sangre, y Dany vio que había perdido media oreja. Una nueva oleada de dolor hizo que se estremeciera en sus brazos, y oyó como el hombre llamaba a gritos a sus doncellas para que acudieran a ayudarla.

«¿Tanto miedo tienen?» Conocía demasiado bien la respuesta. La dominó otro espasmo de dolor, y tuvo que contener un grito. Sentía como si su hijo tuviera un cuchillo en cada mano y se estuviera abriendo camino a tajos hacia el exterior.

—¡Maldita seas, Doreah! —rugió ser Jorah—. Ven aquí. Trae a las parteras.

—No quieren venir. Dicen que está maldita.

—¡Si no vienen, les cortaré la cabeza!

—Se han marchado todas, mi señor. —Doreah se echó a llorar.

—La *maegi* —dijo otra voz. ¿La de Aggo?—. Llevadla con la *maegi.*

«No —quiso gritar Dany—. No, eso no, no lo hagáis.» Pero cuando abrió la boca se le escapó un largo aullido de dolor, y la piel se le cubrió de sudor. «¿Qué les pasa a todos, acaso no lo ven?» En el interior de la tienda, las formas danzaban en círculos en torno al brasero y la bañera llena de sangre; eran sombras oscuras en las paredes de tela, y algunas no parecían humanas. Divisó la forma de un lobo grande, y otra que parecía un hombre envuelto en llamas.

—La mujer cordero conoce los secretos del parto —señaló Irri—. Yo se lo oí decir.

—Sí —corroboró Doreah—. Yo también.

«No», gritó Dany, o tal vez solo lo pensó, porque de sus labios no salió sonido alguno. La llevaban en brazos. Abrió los ojos para contemplar un cielo negro, muerto, sin estrellas. «No, por favor.» El sonido de la voz de Mirri Maz Duur se hizo cada vez más alto, hasta llenar el mundo. «Las sombras —gritó para sí—. ¡Los bailarines!»

Ser Jorah la llevó al interior de la tienda.

ARYA

El aroma del pan caliente que salía de las tiendas, en la calle de la Harina, era más cautivador que ningún perfume que Arya hubiera olido jamás. Respiró profundamente y se acercó un paso más a la paloma. Era un ave rechoncha, con manchas marrones, que parecía muy ocupada picoteando un trozo de corteza incrustado entre dos adoquines, pero alzó el vuelo en cuanto la sombra de Arya la rozó.

La espada de madera silbó, y acertó al animal a una vara del suelo. Cayó en un revoloteo de plumas marrones. La niña saltó sobre el ave en un abrir y cerrar de ojos; la agarró por un ala mientras se debatía y le lanzaba picotazos a los dedos. La cogió por el cuello y se lo retorció hasta que sintió cómo se rompía el hueso.

Comparadas con los gatos, las palomas eran muy fáciles.

Un septón que pasaba por allí la miró con recelo.

—Es el mejor lugar para cazar palomas —le dijo Arya al tiempo que se estiraba las ropas y recogía la espada de madera—. Vienen a por las migas.

Él se alejó a toda prisa. Arya se ató la paloma al cinturón y echó a andar calle abajo. Un hombre empujaba un carrito de dos ruedas lleno de tartas. El aire se impregnó del olor de los arándanos, los limones y los albaricoques. El estómago le rugió con un sonido hueco.

—¿Me dais una? —se oyó decir—. De limón, o... de lo que sea.

—Son tres monedas de cobre —le dijo el hombre del carrito después de mirarla de arriba abajo. Obviamente, lo que veía no le gustaba.

—Os la cambio por una paloma bien gorda —dijo Arya dándose unos golpecitos en la bota con la espada de madera.

—Los Otros se lleven tu paloma —replicó el hombre del carrito.

Las tartas estaban recién salidas del horno. El olor le hacía la boca agua, pero no tenía tres monedas de cobre. Ni siquiera una. Miró al hombre, recordando lo que le había dicho Syrio acerca de ver de verdad. Era bajo, tenía una barriga redonda y parecía apoyarse más en la pierna izquierda al caminar. Pensó que si cogía una tarta y echaba a correr, no podría atraparla, pero él pareció leerle el pensamiento.

—Ni se te ocurra acercar esas manos sucias. Los capas doradas saben qué hacer con las ratas ladronas como tú; no lo dudes.

Arya miró hacia atrás con cautela. En la entrada de un callejón había dos guardias de la ciudad. Las capas les llegaban casi hasta el suelo; eran gruesas, de lana teñida de color dorado, mientras que las cotas de malla, las botas y los guantes eran negros. Uno llevaba una espada larga colgada del cinturón; el otro, una porra de hierro. Arya lanzó una última mirada anhelante a las tartas, y se alejó del carrito a buen paso. Los capas doradas no se habían fijado en ella, pero con solo verlos se le ponía un nudo en el estómago. Se había mantenido lo más alejada posible del castillo, pero pese a la distancia, las cabezas que se pudrían en la cima de los muros rojos se veían demasiado bien. Los cuervos revoloteaban ruidosos sobre ellas. En el Lecho de Pulgas se comentaba que los capas doradas se habían aliado con los Lannister y que habían nombrado lord a su comandante, además de concederle tierras en el Tridente y un asiento en el Consejo Privado del rey.

También había oído otros comentarios, cosas que daban miedo, cosas que no comprendía. Unos decían que su padre había asesinado al rey Robert, y que lord Renly lo había matado a él. En cambio, otros aseguraban que Renly había matado al rey en una pelea, cuando los dos hermanos estaban borrachos. Si no, ¿por qué había huido en medio de la noche, como un vulgar ladrón? Según una versión, al rey lo había matado un jabalí durante la cacería, y según otra, había muerto comiendo jabalí con tanta gula que había estallado en la mesa. Otros decían que no, que había muerto sentado a la mesa, pero porque Varys la Araña lo había envenenado. No, lo había envenenado la reina. No, había muerto de viruelas. No, se había atragantado con una espina de pescado.

Lo único que tenían en común todos los rumores era la certeza de que el rey Robert había muerto. Las campanas de las siete torres del Gran Septo de Baelor habían repicado todo un día y toda una noche; el retumbar de su dolor recorrió la ciudad como una marea de bronce. Las campanas solo repicaban así por la muerte de un rey, según le contó a Arya el hijo de un curtidor.

Ella, lo único que quería era volver a casa, pero no era tan sencillo salir de Desembarco del Rey. Los rumores de guerra estaban en todas las bocas, y los capas doradas estaban sobre los muros de la ciudad como pulgas sobre... Bueno, sobre ella, por ejemplo. Había estado durmiendo en el Lecho de Pulgas, en tejados y en establos, en cualquier lugar donde encontraba un rincón para tenderse, y no había tardado en comprender por qué aquel barrio tenía semejante nombre.

Tras escapar de la Fortaleza Roja, no había pasado un día sin que Arya visitara las siete puertas de la ciudad. La Puerta del Dragón, la Puerta del León y la Puerta Antigua estaban cerradas y con barrotes. La Puerta del Lodazal y la Puerta de los Dioses estaban abiertas, pero solo para los que querían entrar en la ciudad: los guardias no permitían que nadie saliera por ellas. Los que querían marcharse tenían que atravesar la Puerta del Rey o la Puerta de Hierro, que estaban vigiladas por guerreros Lannister con sus capas rojas y sus yelmos adornados con leones. Arya los había espiado desde el tejado de una posada cercana a la Puerta del Rey, y había visto que registraban los carros y carromatos, que obligaban a los jinetes a abrir sus alforjas y que interrogaban a todo el que quería salir a pie.

A veces consideraba la posibilidad de salir a nado, pero el río Aguasnegras era ancho y profundo, y todo el mundo decía que las corrientes eran traicioneras. Y no tenía dinero para pagar a un barquero ni sacar pasaje en una nave.

Su señor padre le había enseñado que no debía robar jamás, pero cada vez le resultaba más difícil recordar por qué. Si no conseguía salir, y pronto, tendría que arriesgarse con los capas doradas. Desde que aprendió a cazar palomas con la espada de madera no había vuelto a pasar hambre, pero tenía miedo de ponerse enferma si seguía comiendo aquella carne. Antes de encontrar el Lecho de Pulgas, se había comido las primeras crudas.

En el Lecho había tenderetes con calderos en cada callejón, en los que hervían guisos que llevaban años al fuego; allí se podía cambiar media paloma por un pedazo de pan del día anterior y un «cuenco de estofado», y hasta ponían la otra mitad al fuego y la asaban, siempre que uno mismo le quitara las plumas. Arya habría dado cualquier cosa por un tazón de leche y un pastelillo de limón, pero el estofado tampoco estaba tan mal. Por lo general llevaba cebada, trozos de zanahoria, nabo y cebolla, y en ocasiones hasta manzana, y siempre había una capa de grasa en la superficie. Ella procuraba no pensar en la carne. Una vez le había tocado un trozo de pescado.

Pero los tenderetes de los calderos siempre estaban llenos y, aunque se apresuraba a recoger la comida, Arya notaba los ojos clavados en ella. Algunos le miraban las botas o la capa, y sabía qué estaban pensando. En cambio, otros le metían la mirada por debajo de las ropas. No sabía qué pensaban aquellos, cosa que le daba todavía más miedo. En un par de ocasiones la persiguieron por los callejones, pero hasta entonces no la habían atrapado.

El brazalete de plata que había pensado vender se lo robaron la primera noche que pasó fuera del castillo, junto con el hato de ropa buena, mientras dormía entre los restos quemados de una casa del callejón del Cerdo. Lo único que le quedaba era la capa con que se tapaba, las prendas de cuero sobre las que se había acostado, la espada de madera... y *Aguja.* Por suerte dormía sobre ella; de lo contrario también la habría perdido. Valía más que el resto de los objetos juntos. Desde entonces, Arya había llevado siempre la capa echada sobre el brazo derecho, para ocultar la espada que le colgaba de la cintura. En cambio, la espada de madera la llevaba en la mano izquierda, para que todo el mundo la viera, con la esperanza de desanimar a los ladrones. Pero en los tenderetes de los calderos había hombres que no se desanimarían aunque llevara un hacha de guerra. Aquello bastaba para quitarle las ganas de comer paloma y pan duro. A menudo prefería acostarse con hambre antes que arriesgarse a las miradas.

Cuando saliera de la ciudad podría recoger bayas, o robar manzanas y cerezas en los huertos. Recordaba haber visto varios desde el camino Real, cuando llegaron al sur. También podría buscar raíces en el bosque, o incluso cazar algún conejo. En la ciudad, los únicos animales que corrían eran las ratas, los gatos y algunos perros famélicos. Le habían dicho que en los tenderetes de los calderos se pagaba un puñado de monedas de cobre por una camada de cachorros, pero no quería ni pensar en ello.

Al final de la calle de la Harina había un laberinto de callejuelas sinuosas y callejones sin salida. Arya pasó entre la multitud, tratando de alejarse lo máximo posible de los capas doradas. Había descubierto que lo mejor era ir por el centro de la calle. A veces tenía que esquivar caballos o carromatos, pero al menos los veía llegar. Si caminaba cerca de los edificios, alguien podía agarrarla. En algunos callejones había que ir rozando los muros, porque los edificios estaban tan próximos que casi se tocaban.

Una pandilla de niñitos escandalosos pasó corriendo junto a ella haciendo rodar un aro. Arya los miró con rencor; le recordaban los tiempos en que jugaba al aro con Bran, con Jon y con el pequeño Rickon. Se preguntó cuánto habría crecido ya Rickon, y si Bran estaría muy triste. Habría dado cualquier cosa por tener allí a Jon, oír cómo la llamaba «hermanita» y sentir cómo le revolvía el pelo. Aunque no le hacía ninguna falta que se lo revolvieran. Se había visto reflejada en los charcos, y no creía posible que pudiera haber un cabello más revuelto que el suyo.

Había tratado de hablar con los niños que veía en las calles, con la esperanza de trabar amistad con alguno que le ofreciera un lugar donde dormir, pero seguramente se había expresado mal o algo así. Los pequeños la miraban con cautela, y si se acercaba a ellos, echaban a correr. Sus hermanos mayores le hacían preguntas a las que Arya no podía responder, la insultaban e intentaban robarle lo que tenía. El día anterior, una muchacha flaca y descalza, que la doblaba en edad, la tiró al suelo e intentó quitarle las botas, pero Arya la golpeó en la oreja con la espada de madera, y la otra se alejó ensangrentada y sollozante.

Mientras bajaba por la ladera de la colina hacia el Lecho de Pulgas, una gaviota pasó volando sobre ella. Arya la miró, pensativa, aunque estaba fuera del alcance de su espada. La había hecho pensar en el mar. Quizá aquella fuera la salida. La Vieja Tata contaba cuentos acerca de muchachos que embarcaban como polizones en galeras mercantes, navegaban y corrían aventuras. A lo mejor, Arya también podía hacerlo. Decidió ir hasta el río. Le quedaba de camino hacia la Puerta del Lodazal, que todavía no había visitado aquel día.

Cuando llegó, los muelles estaban extrañamente silenciosos. Divisó a una pareja de capas doradas que caminaban por el mercado del pescado, pero ellos no la miraron. La mitad de los puestos estaban vacíos, y le pareció que en las dársenas había muchos menos barcos de los que recordaba. Tres galeras de guerra del rey avanzaban en formación por el Aguasnegras; los cascos pintados de color oro hendían las aguas a medida que los remos subían y bajaban. Arya los observó un rato y echó a andar por la ribera.

Cuando vio a los guardias en el tercer malecón, con capas de lana gris ribeteadas de seda blanca, casi se le paró el corazón. Los colores de Invernalia le llenaron los ojos de lágrimas. Estaban cerca de una pequeña galera mercante trirreme, amarrada junto a la orilla. Arya no supo leer el nombre; estaba escrito en un idioma extraño: myriense, braavosi, tal vez, alto valyrio. Agarró por la manga a un estibador que pasó junto a ella.

—Por favor —dijo—, ¿qué barco es ese?

—Es la *Bruja del Viento,* de Myr —le respondió el hombre.

—¡Sigue aquí! —exclamó Arya. El estibador le lanzó una mirada desconcertada, se encogió de hombros y siguió su camino. Arya corrió hacia el malecón. La *Bruja del Viento* era la nave que había apalabrado su padre para llevarla a casa... ¡y aún estaba allí! Creía que habría zarpado hacía ya muchos días.

Dos de los guardias jugaban a los dados, mientras el tercero hacía una ronda con la mano sobre el pomo de la espada. No quería que la vieran llorar como a una niñita, así que se detuvo para frotarse los ojos. Los ojos los ojos los ojos... ¿por qué?

«Mira con los ojos», oyó susurrar a Syrio.

Arya miró. Conocía a todos los hombres de su padre. Los tres de las capas grises eran desconocidos.

—Eh, tú —dijo el que hacía la ronda—. ¿Qué buscas aquí, chico?

Los otros dos alzaron la vista.

Arya hizo un esfuerzo supremo por controlarse para no salir corriendo; sabía que si lo hacía, la perseguirían. Se obligó a acercarse. Esperaban a una chica, pero la habían tomado por un chico. Pues entonces, sería un chico.

—¿Queréis comprar una paloma? —Le mostró el ave muerta.

—Largo de aquí —replicó el guardia.

Arya obedeció. No tuvo que fingir miedo; lo sentía de verdad. A su espalda, los hombres volvieron a concentrarse en los dados.

No sabía cómo había conseguido regresar al Lecho de Pulgas, pero cuando llegó a las callejuelas retorcidas y sin pavimentar que discurrían entre las colinas, estaba jadeante y sudorosa. El Lecho tenía un olor propio: apestaba a pocilgas, establos y curtidurías, y también a pellejos de vino agrio y a burdeles baratos. Arya recorrió el laberinto como en sueños. Hasta que le llegó el olor del guiso que se cocía en un tenderete, no se dio cuenta de que ya no tenía la paloma. Se le debía de haber caído del cinturón al correr, o tal vez se la habían robado sin que se diera cuenta. Sintió ganas de llorar de nuevo. Tendría que volver a la calle de la Harina, y no sabía si podría cazar otra tan gorda.

A lo lejos, al otro lado de la ciudad, las campanas empezaron a sonar.

Arya alzó la vista y escuchó. ¿Qué significaría aquel nuevo repique?

—¿Qué pasa ahora? —preguntó un hombre gordo, desde uno de los tenderetes de los calderos.

—Los dioses se apiaden de nosotros; otra vez las campanas —aulló una vieja.

—¿Se ha muerto el niño rey? —gritó una prostituta pelirroja, envuelta en finas sedas, asomándose a la calle por la ventana de un segundo piso—. Es lo que tienen los niños, no duran nada. —Se echó a reír, y un hombre desnudo la agarró desde atrás, le mordió el cuello y le sobó los grandes pechos blancos, que se veían por debajo de la escasa ropa.

—Puta imbécil —replicó también a gritos el hombre gordo—. El rey no ha muerto; son campanas de llamada. Solo las de una torre. Cuando muere el rey, suenan todas las de la ciudad.

—Oye, deja de morderme o te voy a hacer sonar yo a ti las campanas —le dijo la mujer de la ventana al hombre que estaba detrás de ella, al tiempo que lo apartaba de un codazo—. Entonces, ¿quién se ha muerto?

—Es una llamada —repitió el gordo.

Dos chicos de la edad de Arya pasaron junto a ella, pisoteando un charco. Una anciana los maldijo, pero ellos siguieron corriendo. No eran los únicos; todo el mundo se dirigía colina arriba para ver a qué venía tanto jaleo. Arya corrió tras el chico que iba más despacio.

—¿Qué pasa?

—Los capas doradas lo llevan al septo. —El chico se había vuelto para mirarla, sin aminorar el paso.

—¿A quién? —gritó sin parar de correr.

—¡A la mano del rey! Buu dice que le van a cortar la cabeza.

Un carromato había dejado un surco profundo en la calle. El chico lo salvó de un salto, pero Arya no lo vio. Tropezó y cayó de bruces; se hizo un arañazo profundo en la rodilla contra una piedra y se magulló los dedos al caer en la tierra dura. *Aguja* se le enredó entre las piernas. Contuvo un sollozo mientras se ponía en pie. Tenía el pulgar de la mano izquierda lleno de sangre. Cuando se lo lamió, vio que se había arrancado la mitad de la uña. Las manos le dolían, y también tenía la rodilla ensangrentada.

—¡Abrid paso! —gritó alguien desde la calle transversal—. ¡Abrid paso a mis señores de Redwyne!

Arya apenas tuvo tiempo de apartarse del camino para que no la arrollaran cuatro guardias a lomos de caballos enormes, que pasaron al galope. Llevaban capas a cuadros de colores azul y vino. Tras ellos iban dos jóvenes señores, que parecían idénticos, a lomos de yeguas zainas también iguales. Arya los había visto un centenar de veces en el patio: eran los gemelos Redwyne, ser Horas y ser Hobber, dos muchachos poco agraciados, de cabellos rojos y rostros cuadrados llenos de pecas. Sansa y Jeyne Poole los llamaban ser Horror y ser Baboso, y siempre que los veían hacían comentarios entre risitas. En aquel momento no tenían nada de graciosos.

Todo el mundo iba en la misma dirección, con prisa por averiguar a qué se debía el tañido de las campanas. Sonaban cada vez más fuertes; a nadie le podía pasar desapercibida su llamada. Arya se unió a la riada de gente. La uña del pulgar le dolía tanto que tenía que aguantarse para no llorar. Iba chupándose el dedo a medida que caminaba, escuchando los comentarios a su alrededor.

—... la mano del rey, lord Stark. Lo llevan al Septo de Baelor.

—Pero ¿no estaba muerto?

—Ya no le falta mucho. Me apuesto un venado de plata a que lo decapitan.

—Eso espero, el muy traidor. —El hombre escupió al suelo.

—Él jamás... —empezó Arya, intentando hacerse oír. Pero eran adultos, y ella, solo una chiquilla.

—¡No seas idiota! No le van a cortar la cabeza. ¿Desde cuándo llevan a los traidores a las escaleras del Gran Septo?

—Pues desde luego no lo van a ungir caballero. Me han dicho que fue Stark el que mató al viejo rey Robert. Le cortó el gaznate en el bosque, y cuando lo encontraron estaba tan tranquilo, diciendo que había sido un jabalí.

—No es verdad; el que lo mató fue su hermano, el tal Renly, el del casco con astas de oro.

—Cierra esa boca mentirosa, mujer, que no sabes lo que dices; el hermano del difunto rey era un buen hombre.

Antes de llegar a la calle de las Hermanas, la multitud era ya tan densa que no se podía caminar sin tropezar con alguien. Arya se dejó llevar por la corriente humana en la subida hasta la cima de la colina de Visenya. La plaza de mármol blanco estaba abarrotada de personas que hablaban a gritos y daban empujones para acercarse más al Gran Septo de Baelor. El tañido de las campanas, allí, era ensordecedor.

Arya se coló entre la multitud y se agachó para pasar entre las patas de los caballos, siempre con la espada de madera en la mano. Desde el centro de la muchedumbre solo podía ver brazos, piernas y barrigas, así como las siete esbeltas torres del septo, que se alzaban hacia el cielo. Divisó un carromato de madera y se le ocurrió que podría subirse encima para ver algo, pero a otros se les había ocurrido la misma idea, y el cochero los echó a todos a latigazos, entre maldiciones.

Arya estaba cada vez más nerviosa. Mientras se abría paso hacia la parte delantera, la empujaron contra un pedestal de piedra. Al alzar los ojos vio a Baelor el Santo, el rey septón. Se colgó la espada del cinturón y empezó a trepar. La uña herida dejó marcas de sangre sobre el mármol pintado, pero siguió subiendo, y por fin pudo situarse entre los pies del rey.

Y, entonces, vio a su padre.

Lord Eddard estaba en el púlpito del septón supremo, fuera de las puertas del septo, apoyado entre dos capas doradas. Vestía un fastuoso jubón de terciopelo gris, con un lobo blanco bordado con cuentas en la pechera, y una capa de lana gris ribeteada de piel, pero Arya jamás lo había visto tan flaco, y tenía el rostro marcado por el dolor. Más que mantenerse en pie, lo sujetaban, y la escayola de la pierna rota parecía sucia y podrida.

A su lado estaba el septón supremo en persona, un hombrecillo achaparrado, canoso, grueso, con una túnica blanca y una corona enorme de oro y cristales que le rodeaba la cabeza con un halo de todos los colores del arcoíris cada vez que se movía.

En torno a las puertas del septo y frente al púlpito de mármol había una multitud compuesta por caballeros y grandes señores. Entre ellos destacaba Joffrey, vestido íntegramente de escarlata, con ropas de seda y satén estampadas con dibujos de venados rampantes y leones rugientes. Llevaba en la cabeza una corona de oro. La reina madre estaba a su lado; vestía una túnica negra de luto con adornos color escarlata, y se cubría el cabello con un velo de diamantes negros. Arya reconoció al Perro, que llevaba sobre la armadura gris una capa nívea. Junto a él había cuatro hombres de la Guardia Real. Varys el eunuco paseaba entre los caballeros en zapatillas, vestido con una túnica de damasco estampada, y a Arya le pareció que el hombre al que distinguía bajo la capa plateada y la barbita puntiaguda podía ser el que en cierta ocasión se había batido en duelo por su madre.

Y entre ellos estaba Sansa, vestida con ropas de seda color azul claro, la larga cabellera castaña bien lavada y rizada, y brazaletes de plata en las muñecas. Arya frunció el ceño; ¿qué hacía allí su hermana? ¿Y por qué parecía tan contenta?

Una larga hilera de lanceros con capas doradas mantenían a raya a la multitud, dirigidos por un hombre recio, con una armadura muy ornamentada, llena de lacados negros y filigranas de oro. La capa tenía el brillo metálico del hilo de oro.

Cuando las campanas dejaron de sonar, en la plaza se hizo el silencio, y su padre alzó la cabeza y empezó a hablar con voz tan débil que apenas se le oía. «¿Qué?» y «¡Más alto!», empezaron a gritar a espaldas de Arya. El hombre de la armadura negra y dorada avanzó hacia su padre y le dio un empujón brusco. Arya habría querido gritar que lo dejaran en paz, pero sabía que nadie la escucharía. Se mordió el labio.

—Soy Eddard Stark, señor de Invernalia y mano del rey —dijo su padre, empezando de nuevo en voz más alta, de manera que sus palabras se oyeron en toda la plaza—. He venido para confesar mi traición ante los dioses y los hombres.

—No —sollozó Arya. Bajo ella, la multitud empezó a gritar insultos y obscenidades. Sansa se ocultó el rostro entre las manos.

—Traicioné la fe de mi rey y la confianza de mi amigo Robert —gritó su padre, alzando más la voz para hacerse oír—. Juré defender y proteger a sus hijos, pero su sangre estaba todavía caliente cuando conspiré para deponer y asesinar a su hijo, y apoderarme del trono. Que el septón supremo, Baelor el Bienamado y los Siete sean testigos de que lo que digo es verdad: Joffrey Baratheon es el heredero legítimo del Trono de Hierro, señor y Protector de los Siete Reinos, por la gracia de todos los dioses.

Alguien, entre la multitud, lanzó una piedra, que acertó a Ned. Arya gritó. Los capas doradas impidieron que cayera, pero la sangre le manaba de una herida profunda en la frente. Llovieron más piedras. Una golpeó al guardia que estaba a la derecha de su padre; otra chocó contra la coraza del caballero de la armadura negra y dorada. Dos hombres de la Guardia Real se situaron ante Joffrey y la reina para protegerlos con sus escudos.

Deslizó la mano bajo la capa, y palpó la empuñadura de *Aguja* en su vaina. Apretó el puño con los dedos, con todas sus fuerzas.

«Por favor, dioses —rezó—. Protegedlo; que no le hagan daño a mi padre.»

—Tal como pecamos, hemos de pagar —entonó el septón supremo con voz profunda, mucho más alta que la de Ned Stark, mientras se arrodillaba ante Joffrey y su madre—. Este hombre ha confesado sus crímenes aquí, en este lugar sagrado, ante los ojos de los dioses y los hombres. —Alzó las manos en gesto suplicante, y un halo de colores pareció rodearle la cabeza—. Los dioses son justos, pero Baelor el Santo nos enseñó que también son misericordiosos. ¿Qué se hará con este traidor, alteza?

Mil voces se alzaban en gritos, pero Arya no las oyó. El príncipe Joffrey... no, el rey Joffrey, salió de detrás de los escudos de sus guardias.

—Mi madre me pide que le permita a lord Eddard vestir el negro, y lady Sansa me ha suplicado piedad para su padre. —Miró a Sansa y sonrió, y durante un momento, Arya pensó que los dioses la habían escuchado. Pero Joffrey se volvió hacia la multitud y siguió hablando—. Son mujeres, y sus corazones son blandos. Mientras yo sea vuestro rey, la traición no quedará sin castigo. ¡Ser Ilyn, traedme su cabeza!

La multitud rugió, y Arya sintió que la estatua de Baelor se movía, empujada por la muchedumbre. El septón supremo agarraba la capa del rey; Varys se le acercó agitando los brazos; hasta la reina le decía algo, pero Joffrey hizo un gesto de negación. Señores y caballeros se hicieron a un lado para dejar paso al hombre alto y descarnado, un esqueleto con cota de malla, la justicia del rey. Arya oyó, muy lejos, el grito de su hermana. Sansa había caído de rodillas y sollozaba, histérica. Ser Ilyn Payne subió por los peldaños del púlpito.

Arya se escurrió entre los pies de Baelor y saltó entre la multitud al tiempo que sacaba a *Aguja.* Cayó sobre un hombre que llevaba delantal de carnicero y lo derribó. Alguien chocó contra su espalda y estuvo a punto de tirarla por los suelos. Todo el mundo empujaba y se apretaba para adelantarse, pisoteando al pobre carnicero. Arya trató de abrirse paso con *Aguja.*

En lo más alto del púlpito, ser Ilyn Payne hizo un gesto, y el caballero vestido de oro y negro dio una orden. Los capas doradas tiraron a lord Eddard sobre el mármol, con la cabeza y el pecho por encima del borde.

—¡Eh, tú! —le gritó a Arya una voz furiosa.

Pero ella siguió corriendo, empujando a unos, esquivando a otros, derribando a todo el que se cruzaba en su camino. Una mano intentó agarrarle la pierna; Arya se defendió lanzando un tajo. Pateó espinillas; una mujer cayó, y Arya pasó por encima de ella, tirando de espada a diestro y siniestro, pero no servía de nada, de nada, había demasiadas personas: en cuanto conseguía abrirse un hueco, el camino se volvía a cerrar. Alguien la derribó hacia un lado. Todavía alcanzaba a oír los gritos de Sansa.

Ser Ilyn sacó de la vaina que llevaba a la espalda un enorme mandoble. Cuando alzó la hoja por encima de la cabeza, la luz del sol pareció dibujar ondas en el metal oscuro, y arrancó destellos de un filo más cortante que el de cualquier navaja.

«*Hielo* —pensó—. Tiene a *Hielo.*» Las lágrimas le corrieron por el rostro y la cegaron.

Y en aquel momento, una mano surgió de entre la multitud y se cerró en torno al brazo de Arya como una trampa para lobos, con tanta fuerza que *Aguja* se le escapó de entre los dedos. La mano la levantó casi en vilo; la manejaba como si fuera una muñeca. Un rostro se presionó contra el suyo, una cabeza de pelo largo negro, barba enmarañada y dientes podridos.

—¡No mires! —ladró con voz ronca.

—No... no... no... —sollozó Arya. El anciano la sacudió con tanta fuerza que los dientes le entrechocaron.

—Cierra la boca y cierra los ojos, chico. —A lo lejos, como envuelto en niebla, oyó un... un sonido... un ruido suave, siseante, como si un millón de personas dejaran de contener el aliento a la vez. Los dedos del anciano, duros como el hierro, se le clavaban en el brazo—. Eso es, mírame a mí. —El aliento le olía a vino agrio—. ¿Me recuerdas, chico?

El olor la ayudó a recordar. Arya vio el pelo grasiento, la capa negra polvorienta y llena de parches que le cubría los hombros caídos, los ojos negros entrecerrados que la miraban. Y reconoció al hermano negro que había ido a visitar a su padre.

—Me recuerdas, ¿eh? Muy bien, eres un chico listo. —Escupió al suelo—. Esto ya ha terminado. Vendrás conmigo, y sin abrir la boca. —Arya fue a decir algo, pero la sacudió con más fuerza todavía—. He dicho que sin abrir la boca.

La multitud empezaba a marcharse de la plaza. Ya no la empujaban; todos volvían a sus vidas cotidianas. En cambio, ella ya no tenía vida. Como entumecida, siguió a...

«Yoren, eso es, se llama Yoren.» No vio como recogía a *Aguja* hasta que se la devolvió.

—Espero que sepas cómo se utiliza esto, chico.

—No soy un... —empezó.

El hombre la empujó hacia el hueco de una puerta, le metió los dedos sucios entre el pelo y la obligó a levantar la cabeza.

—No eres un chico inteligente. Eso es lo que ibas a decir, ¿verdad? En la otra mano tenía un cuchillo.

Cuando la hoja bajó como una centella hacia su rostro, Arya se echó hacia atrás, pataleó salvajemente y movió la cabeza de un lado a otro, pero la tenía sujeta por el pelo, tan fuertemente que sintió como si le desgarrase el cuero cabelludo, y notó en los labios el sabor salado de las lágrimas.

BRAN

Los mayores eran hombres adultos, de diecisiete o dieciocho años. Uno tenía más de veinte. Pero casi todos eran más jóvenes, de dieciséis años o menos.

Bran los observó desde la balconada en la torre del maestre Luwin; los oyó gruñir, esforzarse y maldecir mientras blandían los cayados y las espadas de madera. El patio resonaba con el chocar de la madera contra la madera, salpicado demasiado a menudo por los gritos de dolor cuando un golpe acertaba en el cuero o en la carne. Ser Rodrik cabalgaba entre los muchachos, con el rostro enrojecido bajo los bigotes blancos, dando instrucciones a todos y cada uno de ellos. Bran no recordaba haber visto nunca al viejo caballero tan indignado.

—No —decía sin parar—. No. No. No.

—No pelean demasiado bien —comentó Bran, dubitativo. Rascó distraídamente a Verano detrás de las orejas, mientras el lobo huargo arrancaba un bocado de un trozo de carne. Trituró los huesos entre los dientes.

—Desde luego —asintió el maestre Luwin con un suspiro. El maestre estaba mirando por su gran catalejo myriense; medía las sombras y anotaba la posición del cometa, que se veía muy cercano en el cielo de la mañana—. Pero en estos tiempos que corren... Ser Rodrik tiene razón: necesitamos hombres que monten guardia en la muralla. Tu señor padre se llevó a Desembarco del Rey la flor y nata de su guardia, y los demás siguieron a tu hermano, al igual que todos los muchachos aptos en leguas a la redonda. Muchos no volverán jamás, y tenemos que buscar hombres que ocupen sus lugares.

Bran miró con resentimiento a los jóvenes sudorosos del patio.

—Si tuviera bien las piernas podría derrotarlos a todos. —Recordó la última ocasión en que había tenido una espada en la mano, cuando el rey visitó Invernalia. No era más que una espada de madera, pero con ella había derribado al príncipe Tommen media docena de veces—. Ser Rodrik debería enseñarme a usar un hacha de guerra. Si tuviera un hacha de guerra con el mango muy largo, Hodor sería mis piernas. Juntos haríamos un caballero.

—No me parece... buena idea —dijo el maestre Luwin—. Bran, cuando un hombre pelea, los brazos, las piernas y la mente deben ser una sola cosa.

—¡Peleas como un ganso! —volvía a gritar ser Rodrik abajo, en el patio—. ¡Él te pica y tú lo picas con más fuerza! ¡Para los golpes! Bloquéalos; pelear como gansos no sirve de nada. ¡Si esto fueran espadas de verdad, el primer picotazo te había cortado el brazo! —Otro de los muchachos soltó una carcajada, y el anciano caballero se volvió hacia él—. Ríete lo que quieras. Sí, tú. ¡Qué descaro! Tú, que peleas como un puercoespín...

—Hubo una vez un caballero que no veía —insistió Bran, testarudo, mientras en el patio ser Rodrik seguía con su reprimenda—. La Vieja Tata me habló de él. Tenía un cayado largo, con hojas afiladas en los dos extremos; lo hacía girar con las manos y mataba a dos enemigos a la vez.

—Symeon Ojos de Estrella —dijo Luwin mientras anotaba cifras en un libro—. Cuando perdió los ojos, se puso zafiros estrellados en las cuencas vacías, o al menos eso dicen los bardos. No es más que un cuento, Bran, igual que las historias de Florian el Bufón. Fábulas de la Edad de los Héroes. —El maestre chasqueó la lengua—. Tienes que olvidarte de esos sueños; solo servirán para hacerte daño.

—Anoche volví a soñar con el cuervo. —La mención de los sueños se lo había recordado—. El de los tres ojos. Entraba volando en mi dormitorio y me decía que fuera con él, y yo lo seguía. Bajábamos a las criptas. Mi padre estaba allí, y hablamos. Parecía triste.

—Y eso ¿por qué? —preguntó Luwin mientras miraba por el catalejo.

—Creo que por algo relacionado con Jon. —El sueño había sido muy inquietante, más que ninguno de los otros sueños del cuervo—. Hodor no quiere bajar a las criptas. —Bran se dio cuenta de que el maestre apenas le había prestado atención, pero en aquel momento apartó los ojos del catalejo y parpadeó.

—¿Que Hodor no quiere qué?

—Bajar a las criptas. Al despertarme, le dije que me llevara abajo a ver si mi padre estaba allí de verdad. Al principio no me entendió, pero hice que fuéramos hasta las escaleras y le dije: «Por ahí, por ahí», y no quiso bajar. Se quedó diciendo «Hodor», como si le diera miedo la oscuridad, ¡pero yo llevaba una antorcha! Me enfadé tanto que estuve a punto de darle un capón, como hace siempre la Vieja Tata. —Vio que el maestre fruncía el ceño—. Pero no lo hice —se apresuró a añadir.

—Bien. Hodor es un hombre, no una mula a la que se pueda apalear.

—En el sueño vuelo con el cuervo, pero cuando estoy despierto, no puedo —explicó Bran.

—¿Y para qué quieres bajar a las criptas?

—Ya te lo he dicho. Para buscar a mi padre.

—Bran, mi querido muchachito —dijo el maestre mientras se tironeaba de la cadena que llevaba al cuello, como hacía siempre que se sentía incómodo—, algún día, lord Eddard se sentará en esas piedras, junto a su padre, el padre de su padre y todos los Stark, que se remontan a los antiguos Reyes en el Norte... pero, si los dioses son bondadosos, eso será dentro de muchos años. Tu padre es prisionero de la reina en Desembarco del Rey. No lo vas a encontrar en las criptas.

—Pero anoche estaba allí. Hablé con él.

—Eres testarudo —suspiró el maestre, al tiempo que dejaba el libro a un lado—. ¿Quieres ir a comprobarlo?

—No puedo. Hodor no quiere bajar, y las escaleras son demasiado estrechas para Bailarina.

—Me parece que ese problema sí puedo resolverlo.

En vez de llamar a Hodor, hizo que acudiera Osha, la mujer salvaje. Era alta y fuerte; nunca se quejaba y hacía lo que le decían.

—Me he pasado la vida al otro lado del Muro; un agujero en el suelo no me asusta, mis señores —dijo.

—Vamos, Verano —ordenó Bran mientras Osha lo cogía entre sus brazos fuertes y nervudos.

El lobo huargo soltó el hueso y siguió a Osha a través del patio y por las escaleras que descendían hasta la fría bóveda subterránea. El maestre Luwin iba por delante con una antorcha. A Bran ni siquiera le importaba que lo llevara en brazos, y no a la espalda. Bueno, no le importaba demasiado. Ser Rodrik había ordenado que le cortaran las cadenas a Osha, ya que desde que estaba en Invernalia los había servido fielmente. Todavía llevaba los pesados grilletes de hierro en torno a los tobillos, en señal de que la confianza en ella no era absoluta, pero las cadenas ya no limitaban sus zancadas seguras.

Bran ya no recordaba la última vez que había estado en las criptas. Había sido antes, sin duda. Cuando era pequeño jugaba a menudo allí con Robb, con Jon y con sus hermanas.

En aquel momento deseaba con todas sus fuerzas que estuvieran con él; así, la bóveda no le parecería tan oscura y aterradora. Verano, que caminaba cauteloso por la penumbra llena de ecos, se detuvo, alzó la cabeza y olisqueó el aire frío y muerto. Enseñó los dientes y retrocedió un paso. A la luz de la antorcha del maestre, sus ojos tenían un brillo dorado. La propia Osha, que era dura como el hierro antiguo, parecía inquieta.

—No parecían muy alegres —dijo al ver la larga hilera de Starks de granito, en sus tronos de piedra.

—Fueron los Reyes del Invierno —susurró Bran. No sabía por qué, pero no le parecía bien hablar demasiado alto en aquel lugar.

—El invierno no tiene rey —replicó Osha con una sonrisa—. Si hubierais vivido un invierno lo sabríais, niño del verano.

—Durante miles de años fueron los Reyes en el Norte —dijo el maestre Luwin, alzando la antorcha para iluminar los rostros pétreos. Algunos eran de hombres barbudos, desgreñados, salvajes como los lobos tendidos a sus pies. Otros estaban afeitados; tenían rasgos finos y afilados como las espadas largas de hierro que sostenían sobre las rodillas—. Hombres duros para tiempos duros. Vamos.

Echó a andar con paso vivo y pasó junto a la hilera interminable de pilares de piedra y figuras talladas. Su antorcha alzada parecía dejar un rastro de fuego en el aire.

La cripta era cavernosa, más larga que la propia Invernalia, y Jon le había dicho en cierta ocasión que por debajo había más niveles, otras bóvedas aún más profundas y oscuras, en las que estaban enterrados los reyes más antiguos. La luz era imprescindible. Verano se negó a moverse de los escalones; ni siquiera hizo ademán de seguirlos cuando Osha fue en pos de la antorcha, con Bran en sus brazos.

—¿Recuerdas nuestra historia, Bran? —le preguntó el maestre mientras caminaban—. Cuéntale a Osha quiénes son y qué hicieron.

Contempló los rostros junto a los que iban pasando, y recordó las antiguas leyendas. El maestre le había contado las historias, y la Vieja Tata había hecho que cobraran vida.

—Ese de ahí es Jon Stark. Cuando los asaltantes del mar desembarcaron en el este, él los expulsó y construyó el castillo de Puerto Blanco. Su hijo fue Rickard Stark, no el padre de mi padre, sino otro Rickard; este le arrebató el Cuello al Rey del Pantano y se casó con su hija. Aquel tan delgado, el del pelo largo y la barbita, es Theon Stark. Lo llamaban *Lobo Hambriento,* porque siempre estaba haciendo la guerra. Ese es un Brandon: aquel, el alto, el de los ojos soñadores. Brandon el Armador, porque le gustaba mucho el mar. Su tumba está vacía. Quiso navegar hacia el oeste por el mar del Ocaso, y nadie volvió a verlo jamás. Su hijo fue Brandon el Incendiario, porque de puro dolor les prendió fuego a todos los barcos de su padre. Ahí está Rodrik Stark, que ganó la Isla del Oso en una competición de lucha, y se la entregó a los Mormont. Y ese es Torrhen Stark, el Rey que se Arrodilló. Fue el último de los Reyes en el Norte y el primer señor de Invernalia, tras rendirse ante Aegon el Conquistador. Ah, y ese es Cregan Stark; en cierta ocasión se enfrentó al príncipe Aemon, y el Caballero Dragón dijo que era la mejor espada que había visto jamás. —Ya casi estaban terminando, y Bran sintió que la tristeza lo invadía—. Ese es mi abuelo, lord Rickard, que murió a manos de Aerys, el Rey Loco. Su hija Lyanna y su hijo Brandon están en las tumbas contiguas. No soy yo; es otro Brandon, el hermano de mi padre. No les correspondían estatuas: son solo para los señores y los reyes, pero mi padre los quería tanto que ordenó que las esculpieran.

—La doncella es muy hermosa —señaló Osha.

—Robert iba a casarse con ella —explicó Bran—, pero el príncipe Rhaegar la secuestró y la violó. Robert fue a la guerra para recuperarla. Mató a Rhaegar con su martillo en el Tridente, pero Lyanna murió, así que no la recuperó.

—Es una historia muy triste —dijo Osha—. Pero esos agujeros vacíos son más tristes todavía.

—Es la tumba de lord Eddard, para cuando llegue su hora —dijo el maestre Luwin—. ¿Ahí era donde estaba tu padre en el sueño, Bran?

—Sí. —El recuerdo lo hizo estremecer. Miró a su alrededor, intranquilo; se le había erizado el vello de la nuca. ¿No había oído un ruido? ¿Había alguien allí abajo?

—Pues ya lo ves: no está aquí. —El maestre Luwin se adelantó hacia el sepulcro abierto, con la antorcha en la mano—. Ni lo estará hasta dentro de muchos años. Los sueños no son más que sueños, pequeño. —Metió el brazo en la oscuridad de la tumba, como si fuera la boca de una bestia inmensa—. ¿Ves? No hay na...

La oscuridad saltó hacia él con un gruñido aterrador.

Bran vio unos ojos que parecían fuego verde, un relámpago de colmillos, un pelaje tan negro como la tumba de la que salía. El maestre Luwin dejó escapar un grito y levantó las manos. La antorcha se le escapó de los dedos y salió volando para estrellarse contra el rostro pétreo de Brandon Stark. Cayó a los pies de la estatua, y las llamas lamieron las piernas. A la luz temblorosa, vio que Luwin se debatía con el lobo huargo, golpeándole el hocico con una mano. El otro brazo estaba atrapado entre las mandíbulas del animal.

—¡Verano! —gritó Bran.

Y Verano surgió como un rayo de la oscuridad; surcó el aire de un salto tras ellos. Cayó sobre Peludo y lo derribó, y los dos lobos huargo rodaron en un torbellino de pelaje negro y gris, lanzándose mordiscos y dentelladas, mientras el maestre Luwin se incorporaba para ponerse de rodillas con dificultad, con el brazo desgarrado y ensangrentado. Osha sentó a Bran contra el lobo de piedra de lord Rickard y corrió para auxiliar al maestre. La luz titubeante de la antorcha hacía que unas sombras de lobos de veinte codos de altura pelearan en la pared y en el techo.

—Peludo —llamó una vocecita aguda.

Bran alzó la vista. Su hermano pequeño estaba de pie, en la entrada de la tumba de su padre. Peludo lanzó una última dentellada a Verano y corrió al lado de Rickon.

—Deja en paz a mi padre —le advirtió el pequeño a Luwin—. Déjalo en paz.

—Rickon —intervino Bran con voz amable—. Padre no está aquí.

—Sí que está. Lo he visto. —El rostro de Rickon estaba cubierto de lágrimas—. Lo vi anoche.

—¿Soñaste...?

Rickon asintió.

—Que lo dejen en paz. Que lo dejen en paz. Va a volver a casa, como prometió. Ya vuelve a casa.

Bran nunca había visto al maestre Luwin tan inseguro. Peludo le había desgarrado la manga y la carne del brazo, y la sangre goteaba.

—Osha, la antorcha —pidió con voz tensa de dolor. La mujer la cogió antes de que se apagara. Las piernas de la estatua de su tío estaban manchadas de hollín—. ¡Esa... esa bestia...! —siguió Luwin—. ¡Ordené que lo encadenaran en las perreras!

—Lo he soltado yo. —Rickon acarició el hocico ensangrentado de Peludo, que le lamió los dedos—. No le gustan las cadenas.

—Rickon —dijo Bran—, ¿quieres venir conmigo?

—No. Me gusta estar aquí.

—Pero está oscuro. Y hace frío.

—No tengo miedo. Quiero esperar a padre.

—Puedes esperar conmigo —insistió Bran—. Lo esperaremos todos juntos: tú, yo y los lobos.

Ambos animales se estaban lamiendo las heridas, y habría que vigilarlos de cerca.

—Sé que la intención es buena, Bran —intervino el maestre con firmeza—, pero Peludo es demasiado salvaje para andar suelto. Si lo dejamos libre por el castillo, acabará por matar a alguien. Sé que es duro, pero este lobo tiene que estar encadenado o... —Luwin titubeó.

«O muerto», pensó Bran.

—No puede estar encadenado —dijo—. Esperaremos todos en tu torre.

—Imposible —replicó el maestre Luwin.

—Si mal no recuerdo, Bran es el señor —dijo Osha con una sonrisa. Le tendió la antorcha a Luwin, y volvió a coger a Bran en brazos—. Vamos a la torre del maestre.

—¿Vienes, Rickon?

—Pero que venga también Peludo —dijo su hermano después de asentir, echando a andar tras Osha y Bran.

Al maestre Luwin no le quedó más remedio que seguirlos, sin dejar de echar miradas cautelosas en dirección a los lobos.

El torreón del maestre Luwin estaba tan atestado de cosas que Bran se maravillaba de que pudiera encontrar algo en medio de aquel caos. Sobre las mesas y las sillas se amontonaban los libros en precario equilibrio; en los estantes había hileras e hileras de frascos, y no había ni un mueble que no tuviera charcos de cera seca y trozos de velas a medio consumir. El catalejo myriense estaba sobre un trípode, junto a la puerta de la terraza; de las paredes colgaban diagramas con la posición de las estrellas en el cielo; por doquier había mapas, papeles, plumas y tinteros, y todo estaba lleno de excrementos de los cuervos que se posaban en las vigas del techo. Sus graznidos estridentes retumbaban en la estancia mientras Osha lavaba, curaba y vendaba las heridas del maestre, siguiendo las instrucciones tensas del propio Luwin.

—Esto es demencial —dijo el hombrecillo canoso mientras ella le untaba las mordeduras del lobo con un ungüento que parecía escocer mucho—. De acuerdo, es curioso que los dos soñarais lo mismo, pero si os paráis a pensarlo, resulta natural. Echáis de menos a vuestro señor padre, y sabéis que está prisionero. El miedo puede enardecer la mente de los hombres y hacerles concebir ideas extrañas. Rickon es demasiado pequeño para entender...

—Ya tengo cuatro años —dijo Rickon. Estaba mirando por el catalejo, apuntado en dirección a las gárgolas del Primer Torreón. Los lobos huargo estaban sentados, en extremos opuestos de la habitación redonda, concentrados en lamerse las heridas y roer sendos huesos.

—... demasiado pequeño, y... Ay, por los siete infiernos, cómo escuece. No, no pares, ponme más. Iba diciendo que es demasiado pequeño, Bran, pero tú ya tienes edad para comprender que los sueños son solo sueños.

—Unos sí y otros no. —Osha vertió leche de fuego, de color rojo claro, en un largo corte. Luwin se mordió los labios—. Los hijos del bosque sabían mucho acerca de los sueños.

—Los hijos... —El maestre tenía el rostro lleno de lágrimas de dolor, pero sacudió la cabeza, testarudo—. Ahora existen solo en los sueños. Ya no queda ninguno. Basta, así basta. Ahora, el vendaje. Primero, compresas, y luego, vendas, y aprieta bien: esto va a sangrar.

—La Vieja Tata dice que los hijos conocían las canciones de los árboles, que podían volar como pájaros, nadar como peces y hablar con los animales —dijo Bran—. Dice que componían una música tan bella que, con solo oírla, los hombres lloraban como bebés.

—Y todo eso gracias a la magia —dijo el maestre Luwin, distraído—. Ojalá existieran. Un hechizo me curaría el brazo sin que doliera tanto, y le podrían decir a Peludo que no mordiera a nadie. —Lanzó una mirada furiosa de reojo en dirección al lobo negro—. Quiero que comprendas esto, Bran: el hombre que confía en los hechizos se bate en duelo con una espada de cristal. Como les pasó a los hijos. Mira, quiero enseñarte una cosa. —Se levantó, cruzó la estancia y regresó con un frasco verde en la mano sana—. Echa un vistazo. —Quitó el tapón, y sacó un puñado de puntas de flecha, negras, brillantes. Bran cogió una.

—Son de cristal.

—Es vidriagón —señaló Osha, sentada junto a Luwin con las vendas en la mano, mientras Rickon se acercaba con curiosidad.

—De obsidiana —dijo el maestre Luwin al tiempo que extendía el brazo herido—. Forjada en los fuegos de los dioses, en lo más profundo de la tierra. Los hijos del bosque cazaban con estas armas hace miles de años. No trabajaban el metal. En lugar de cotas de malla llevaban jubones largos de hojas entrelazadas, y se envolvían las piernas en cortezas de árbol, de manera que parecían fundirse con los bosques. En lugar de espadas llevaban cuchillos de obsidiana.

—Y todavía los llevan. —Osha colocó compresas suaves sobre las mordeduras del antebrazo del maestre, y las vendó con largas tiras de lino.

Bran examinó de cerca la punta de flecha. El cristal negro era brillante y resbaladizo. Le pareció muy hermosa.

—¿Me puedo quedar con una?

—Como quieras —dijo el maestre.

—Yo también quiero una —dijo Rickon—. Quiero cuatro. Porque tengo cuatro años.

—Ten cuidado —le advirtió Luwin mientras el niño las contaba—; aún están muy afiladas. No te vayas a cortar.

—Háblame de los hijos —dijo Bran. Le parecía un tema muy importante.

—¿Qué quieres saber?

—Todo.

—Eran el pueblo de la Era del Amanecer —dijo el maestre Luwin mientras se tironeaba de la cadena del cuello—, los primeros, antes de que existieran reinos y reyes. En aquellos tiempos no había castillos ni aldeas ni ciudades; ni siquiera había un mercado entre este lugar y el mar de Dorne. Y no había hombres. En las tierras que hoy conocemos como los Siete Reinos solo habitaban los hijos del bosque.

»Eran morenos y hermosos, de pequeña estatura; los adultos no eran más altos que nuestros niños. Vivían en las profundidades del bosque, en cuevas e islas, en medio de los lagos, y en ciudades secretas de los árboles. Eran ligeros, rápidos y gráciles. Machos y hembras cazaban juntos, con arcos de arciano y trampas arrojadizas. Sus dioses eran los dioses del bosque, del arroyo, de la piedra: los antiguos dioses cuyos nombres son secretos. A sus sabios los llamaban *verdevidentes,* y tallaban rostros extraños en los arcianos para que vigilaran los bosques. Nadie sabe cuánto tiempo reinaron los hijos, ni de dónde llegaron.

»Pero, hace unos doce mil años, aparecieron en el este los primeros hombres. Cruzaron el Brazo Roto de Dorne antes de que estuviera roto. Llegaron con espadas de bronce y grandes escudos de cuero, y montaban a caballo. A este lado del mar Angosto jamás se había visto un caballo. Sin duda, aquellas bestias asustaron a los hijos del bosque tanto como las caras en los árboles a los primeros hombres. Empezaron a construir aldeas y granjas, y para ello talaron los rostros y los echaron al fuego. Los hijos, horrorizados, fueron a la guerra. Dicen las antiguas canciones que los verdevidentes utilizaron magia negra para hacer que los mares se alzaran, barrieran la tierra y destrozaran el Brazo, pero ya era tarde: no se podía cerrar la puerta. Las guerras prosiguieron hasta que la tierra se tornó roja con la sangre de los hombres y los hijos, pero más sangre de estos últimos, porque los hombres eran más altos, más fuertes, y la madera y la obsidiana podían bien poco contra el bronce. Por último prevaleció la sabiduría de las dos razas, y los héroes y jefes de los primeros hombres se reunieron con los verdevidentes y los danzarines de los bosques, entre los bosques de arcianos de una isleta situada en el centro del gran lago llamado Ojo de Dioses.

»Allí fraguaron el Pacto. Los primeros hombres se quedaron con las tierras costeras, las altas llanuras, los prados luminosos, las montañas y los pantanos, pero los bosques serían para siempre de los hijos, y ningún arciano se talaría en ningún lugar del reino. Para que los dioses fueran testigos, se talló una cara en cada árbol de la isla, y después se fundó la sagrada orden de los hombres verdes, para guardar la Isla de los Rostros.

»El Pacto marcó el inicio de cuatro mil años de amistad entre los hombres y los hijos del bosque. Con el tiempo, los primeros hombres olvidaron a sus antiguos dioses y empezaron a adorar a los dioses secretos del bosque. La firma del Pacto puso fin a la Era del Amanecer, y marcó el comienzo de la Edad de los Héroes.

—Pero has dicho que los hijos del bosque ya no existen —dijo Bran cerrando los dedos en torno a la brillante punta de flecha.

—Aquí no —dijo Osha mientras cortaba con los dientes el último trozo de venda—. Pero al norte del Muro la cosa cambia. Allí fue adonde fueron los hijos, los gigantes y las otras razas antiguas.

—Mujer, lo lógico sería que estuvieras muerta o cargada de cadenas —dijo el maestre Luwin con un suspiro—. Los Stark te han tratado con más bondad de la que mereces. No está bien que se lo pagues llenando de tonterías las cabezas de los chicos.

—Pues dime adónde fueron —insistió Bran—. Quiero saberlo.

—Y yo, y yo —apoyó Rickon.

—De acuerdo —gruñó Luwin—. Mientras los reinos de los primeros hombres resistieron, el Pacto se mantuvo en pie. Abarcó la Edad de los Héroes, la Larga Noche y el nacimiento de los Siete Reinos. Pero llegó un momento, pasados ya muchos siglos, en que otros pueblos cruzaron el mar Angosto.

»Los ándalos fueron los primeros; eran una raza de guerreros altos de cabellos rubios, que llegaron con acero, con fuego y con la estrella de siete puntas de los nuevos dioses pintada en el pecho. Las guerras duraron cientos de años, pero al final, los seis reinos del sur cayeron ante ellos. Solo aquí siguieron dominando los primeros hombres, porque el Rey en el Norte derrotó a todo ejército que intentó cruzar el Cuello. Los ándalos quemaron los bosques de arcianos, talaron los rostros, asesinaron a los hijos allí donde los encontraron, y proclamaron por doquier el triunfo de los Siete sobre los antiguos dioses. Así, los hijos huyeron hacia el norte...

Verano empezó a aullar.

El maestre Luwin se interrumpió, sobresaltado. Entonces, Peludo se levantó y aulló a coro con su hermano, y el corazón de Bran se llenó de temor.

—Ya viene —susurró con la seguridad de la desesperación. Comprendió que lo había sabido desde la noche anterior, desde que el cuervo lo llevó a las criptas para despedirse. Lo había sabido, pero se negaba a creerlo. Deseaba que el maestre Luwin tuviera razón.

«El cuervo —pensó—, el cuervo de tres ojos.»

Los aullidos cesaron tan bruscamente como habían comenzado. Verano caminó hacia Peludo y empezó a lamer el pelo ensangrentado del cuello de su hermano. En la ventana se oyó un revolotear de alas.

Un cuervo se posó sobre el alféizar de piedra gris, abrió el pico y lanzó un graznido ronco, áspero.

Rickon se echó a llorar. Las puntas de flecha se le fueron cayendo una por una de la mano. Bran se acercó a él como pudo y lo abrazó.

El maestre Luwin miró al pájaro negro como si fuera un escorpión con plumas. Se levantó despacio, como un sonámbulo, y se acercó a la ventana. Silbó, y el cuervo saltó para posársele en el antebrazo vendado. Tenía sangre seca en las alas.

—Un halcón —murmuró Luwin—. O quizá un búho. Pobrecillo; es increíble que haya llegado. —Cogió la carta que llevaba atada a la pata. Empezó a desenrollar el papel. Bran se dio cuenta de que temblaba.

—¿Qué dice? —preguntó mientras abrazaba a su hermano aún con más fuerza.

—Ya sabes qué dice, chico —dijo Osha, con voz no exenta de cariño, y le puso una mano en la cabeza.

El maestre Luwin alzó la vista hacia ellos, conmocionado. Era un hombre menudo, canoso, con la manga de la túnica de lana gris llena de sangre, y lágrimas en los ojos también grises.

—Mis señores —les dijo a los niños con voz ronca, ahogada—. Tenemos... tenemos que buscar un buen escultor que conociera su rostro...

SANSA

En la habitación más alta del Torreón de Maegor, Sansa se entregó a la oscuridad.

Corrió las cortinas que rodeaban su lecho, se durmió, despertó llorando y volvió a dormirse. Cuando no podía dormir, se quedaba tumbada bajo las mantas, temblando de pena. Los criados entraban y salían, le llevaban la comida, pero no soportaba ver ningún alimento. Los platos se amontonaban intactos en la mesa, junto a la ventana, hasta que los criados los retiraban.

A veces dormía con un sueño denso y sin pesadillas, y se despertaba todavía más cansada que antes de cerrar los ojos. Y aquello era casi una bendición, porque en todos los sueños aparecía su padre. Lo veía despierta o dormida, veía como los capas doradas lo tiraban al suelo, veía como ser Ilyn se adelantaba, veía como sacaba a *Hielo* de la vaina que llevaba a la espalda, veía el momento... el momento en que... Había intentado apartar la vista; lo había intentado con todas sus fuerzas, las piernas le habían fallado y había caído de rodillas, pero no fue capaz de volver la cabeza. Todo el mundo gritaba y chillaba, y su príncipe le había dedicado una sonrisa, había sonreído, y ella se había sentido a salvo, pero solo un breve instante, hasta que dijo aquellas palabras, y las piernas de su padre... aquello era lo que recordaba, las piernas, cómo se habían sacudido cuando ser Ilyn... cuando la espada...

«Puede que me maten también a mí», se dijo, y la idea no le parecía tan espantosa. Si se tiraba por la ventana, pondría fin a sus sufrimientos, y en los años venideros, los bardos escribirían canciones sobre su dolor. Su cuerpo, roto e inocente, quedaría tendido en las losas del patio, para vergüenza de todos los que la habían traicionado. Sansa llegó incluso a atravesar el dormitorio y abrir la ventana... pero le faltó valor, y volvió corriendo a la cama, sollozando.

Las criadas intentaban hablar con ella siempre que le llevaban la comida, pero no les respondía. El gran maestre Pycelle fue a verla, con una caja llena de frascos y botellitas, y le preguntó si estaba enferma. Le tocó la frente, la hizo desnudarse y la palpó, mientras una doncella la sujetaba. Antes de marcharse le dejó una pócima de hidromiel y hierbas, y le dijo que bebiera un trago cada noche. Sansa se la bebió de golpe, y volvió a dormirse.

Soñó con pisadas en las escaleras de la torre, el sonido ominoso del cuero contra la piedra a medida que un hombre subía despacio a su habitación, peldaño a peldaño. Lo único que podía hacer ella era acurrucarse tras la puerta, temblorosa, y escuchar los pasos que se acercaban. Sabía que era ser Ilyn Payne, que iba a buscarla con *Hielo* en la mano para cortarle la cabeza. No tenía adónde huir ni dónde ocultarse; no había manera de atrancar la puerta. Finalmente, las pisadas se detuvieron, y supo que estaba fuera, esperando en silencio, con los ojos muertos en el rostro marcado. Entonces se dio cuenta de que estaba desnuda, trató de cubrirse con las manos, y la puerta empezó a abrirse muy despacio, entre crujidos, y lo primero que vio fue la punta del mandoble...

—Por favor, por favor, seré buena, seré buena, por favor, no... —murmuró al despertar.

Pero nadie la escuchaba.

Cuando por fin fueron a buscarla, no oyó pisadas que se acercaban. Y el que abrió la puerta no fue ser Ilyn, sino Joffrey, el que había sido su príncipe. Sansa estaba en la cama, acurrucada, con las cortinas corridas; no habría sabido decir si era mediodía o medianoche. Lo primero que oyó fue el sonido de la puerta al cerrarse. Una mano apartó de golpe los cortinajes de la cama, y ella tuvo que alzar un brazo para protegerse de la luz repentina. Y los vio.

—Quiero que esta tarde asistas a la corte —dijo Joffrey—. Báñate y vístete como corresponde a mi prometida.

Junto a él estaba Sandor Clegane, vestido con un sencillo jubón marrón y un manto verde. El rostro quemado tenía un aspecto repugnante a la luz de la mañana. Tras ellos había dos caballeros de la Guardia Real, con sus largas capas de satén blanco.

—No —sollozó Sansa levantándose la manta hasta la barbilla para cubrirse—. Por favor... Dejadme en paz.

—Si no te levantas y te vistes, mi Perro te vestirá a la fuerza.

—Os lo suplico, príncipe mío...

—Ahora soy el rey. Perro, sácala de la cama.

Sandor Clegane la cogió por la cintura y la levantó del colchón de plumas, mientras ella se debatía sin apenas fuerzas. La manta cayó al suelo. Únicamente llevaba puesto un fino camisón para cubrir su desnudez.

—Haced lo que os han dicho, niña —dijo Clegane—. Vestíos. —La empujó hacia el guardarropa con unas manos que eran casi gentiles.

—Hice lo que me pidió la reina —dijo Sansa mientras se apartaba de él—, escribí las cartas, puse lo que ella me dijo. Me prometisteis que seríais misericordioso. Por favor, dejadme volver a casa. No os traicionaré. Seré buena, lo juro, no tengo sangre de traidor, de verdad. Solo quiero volver a mi casa. —De repente recordó sus modales—. Si os place —terminó con voz débil.

—Pues no me place —dijo Joffrey—. Mi madre dice que, pese a todo, tengo que casarme contigo, así que te quedarás aquí y harás lo que te diga.

—¡No quiero casarme contigo! —aulló Sansa—. ¡Le has cortado la cabeza a mi padre!

—Era un traidor. Y no te dije que lo fuera a perdonar; solo que sería misericordioso, y lo fui. Si no hubiera sido tu padre, lo habría hecho descuartizar o desollar. En cambio, le proporcioné una muerte limpia.

Sansa lo miró como si lo viera por primera vez. Llevaba un jubón carmesí con dibujos de leones y capa de hilo de oro con un cuello alto que le enmarcaba el rostro. ¿Cómo era posible que alguna vez le hubiera parecido atractivo? Tenía los labios blandos y rojos, como los gusanos que salen después de la lluvia, y los ojos, engreídos y crueles.

—Te odio —susurró.

—Mi madre me dice que no está bien que un rey golpee a su esposa —dijo Joffrey con el rostro tenso—. Ser Meryn.

Antes de que se diera cuenta, el caballero estaba ante ella, le apartó la mano con la que intentaba protegerse el rostro y le dio un bofetón de revés en la oreja. Sansa no se dio cuenta de que había caído al suelo, pero de pronto se encontró tirada sobre las alfombras. La cabeza le retumbaba. Ser Meryn Trant se alzaba sobre ella con los nudillos del guante de seda blanca cubiertos de sangre.

—¿Vas a obedecer, o hago que te vuelva a castigar?

—Haré... lo que decís... mi señor. —Sansa no sentía la oreja. Se llevó la mano hacia ella, y los dedos se le mancharon de rojo.

—«Alteza» —la corrigió Joffrey—. Quiero verte en la corte. —Dio media vuelta y salió. Ser Meryn y ser Arys lo siguieron, pero Sandor Clegane se demoró un instante para ayudarla a ponerse en pie.

—Ahorraos un poco de dolor, niña. Dadle lo que quiere.

—¿Qué... qué quiere? Decídmelo, por favor.

—Quiere que sonriáis, que oláis bien y que seáis su dama —gruñó el Perro—. Quiere oíros recitar todas las palabras bonitas que os enseñó la septa. Quiere que lo améis... y que lo temáis.

Cuando salió, Sansa volvió a dejarse caer sobre las alfombras y se quedó mirando la pared hasta que dos doncellas entraron tímidamente en la habitación.

—Por favor, necesito agua caliente para el baño —les dijo—. Y perfume, y polvos para tapar esta magulladura. —Tenía el lado derecho de la cara hinchado; le empezaba a doler, pero sabía que Joffrey querría verla hermosa.

El agua caliente la hizo pensar en Invernalia, y aquello le dio fuerzas. No se había lavado desde el día de la muerte de su padre, y se sobresaltó al ver lo sucia que se ponía el agua. Las doncellas le enjuagaron la sangre de la cara, le frotaron la suciedad de la espalda, y le lavaron el pelo y se lo cepillaron hasta que volvió a ser la melena castaña y rizada de antes. Sansa no hablaba con ellas más que para darles órdenes. Eran sirvientas de los Lannister; no le merecían confianza. A la hora de vestirse, eligió la túnica de seda verde que había llevado durante el torneo. Recordó lo galante que había sido Joff con ella la noche del festín. Quizá él también lo recordara al ver el vestido y la tratara con más gentileza.

Mientras esperaba, bebió un vaso de suero de leche y mordisqueó unas galletitas dulces para tener algo en el estómago. Era ya mediodía cuando ser Meryn fue a buscarla. Se había puesto la armadura blanca: coraza articulada con adornos de oro, yelmo alto con cresta dorada en forma de rayos de sol, canilleras, gorjal, guanteletes y botas brillantes, y una pesada capa de lana sujeta con un broche en forma de león. Había quitado el visor del yelmo para que se viera mejor su rostro severo. Tenía bolsas grises bajo los ojos, boca cruel, y cabello rojizo salpicado de canas.

—Mi señora —dijo con una reverencia, como si no la hubiera golpeado con saña hacía apenas tres horas—. Su alteza me ha ordenado que os escolte hasta el salón del trono.

—¿Os ha ordenado también que me golpeéis si me niego a ir?

—¿Os negáis, mi señora?

La mirada que clavaba en ella carecía por completo de expresión. Ni siquiera miró el moretón que le había hecho en la cara. Sansa se dio cuenta de que no la odiaba. Tampoco la apreciaba. No sentía nada hacia ella. Para el caballero, ella no era más que una... una cosa.

—No —dijo al tiempo que se levantaba. Habría querido gritarle, golpearlo, hacerle tanto daño como le había hecho a ella, advertirle que si se atrevía a abofetearla de nuevo ordenaría que lo exiliaran cuando fuera reina... pero recordó lo que le había dicho el Perro—. Haré lo que ordene su alteza.

—Igual que yo —replicó él.

—Sí... pero vos no sois un auténtico caballero, ser Meryn.

Sansa sabía que Sandor Clegane se habría reído. Otros hombres la habrían insultado o amenazado, o le habrían suplicado perdón. Ser Meryn Trant, no. A ser Meryn Trant no le importaba en absoluto.

En la galería no había nadie aparte de Sansa. Se quedó allí de pie, con la cabeza inclinada, tratando de contener las lágrimas mientras Joffrey, sentado en el Trono de Hierro, dispensaba lo que él consideraba justicia. Nueve de cada diez casos lo aburrían: se los pasaba al Consejo, y se movía inquieto mientras lord Baelish, el gran maestre Pycelle o la reina Cersei resolvían el asunto. Pero, cuando decidía fallar respecto a algo, ni la reina madre podía hacerlo cambiar de opinión.

Llevaron a su presencia a un ladrón, e hizo que ser Ilyn le cortara la mano allí mismo, en la corte. Dos caballeros le presentaron una disputa por unas tierras, y decretó que se batieran en duelo al amanecer. «A muerte», añadió. Una mujer cayó de rodillas para suplicarle que le entregara la cabeza de un hombre ejecutado por traición. Dijo que lo había amado, y que quería darle un entierro digno.

—Si amabas a un traidor, seguro que tú también eres una traidora —dijo Joffrey. Dos capas doradas se la llevaron a rastras a las mazmorras.

Lord Slynt estaba sentado a la cabeza de la mesa del Consejo, con su cara de sapo; llevaba un jubón de terciopelo negro y una deslumbrante capa de hilo de oro, y asentía con aprobación cada vez que el rey pronunciaba una sentencia. Sansa miró con odio aquel rostro tan poco agraciado, recordando cómo había tirado al suelo a su padre para que ser Ilyn lo decapitara. Deseaba con todas sus fuerzas hacerle daño; deseaba que algún héroe lo tirase a él al suelo y le cortara la cabeza.

«Ya no quedan héroes», susurró una vocecita en su interior, y recordó lo que lord Petyr le había dicho en aquel mismo lugar: «La vida no es una canción, querida. Algún día lo descubrirás, y será doloroso».

«En la vida real, los monstruos vencen», se dijo, y volvió a oír la voz del Perro, un sonido frío de metal contra piedra: «Ahorraos un poco de dolor, niña. Dadle lo que quiere».

El último caso fue el de un bardo de taberna, un hombre rechoncho acusado de cantar una canción en la que se ridiculizaba al difunto rey Robert. Joff hizo que le entregaran su lira, y le ordenó que cantara la canción allí mismo. El bardo se echó a llorar y juró que no volvería a cantar aquella canción, pero el rey insistió. Era una canción graciosa, sobre Robert luchando con un cerdo. El cerdo era el jabalí que lo había matado, pero Sansa se dio cuenta de que en algunos versos casi parecía como si hablara de la reina. Cuando terminó, Joffrey anunció que había decidido mostrarse misericordioso: el bardo conservaría los dedos o la lengua. Disponía de un día entero para tomar la decisión. Janos Slynt asintió.

Fue el último asunto de la tarde, para alivio de Sansa, pero su tortura personal no había concluido. Cuando la voz del heraldo despidió a la corte, salió corriendo de la galería, solo para encontrarse con Joffrey, que la esperaba al pie de las escaleras. El Perro y ser Meryn iban con él. El joven rey la examinó de pies a cabeza con ojo crítico.

—Tienes mucho mejor aspecto que antes.

—Gracias, alteza —dijo Sansa. Eran palabras vacías, pero lo hicieron asentir y sonreír.

—Pasea conmigo —le ordenó Joffrey al tiempo que le ofrecía el brazo. Sansa no tuvo más remedio que aceptar. El roce de su mano, que otrora la habría emocionado, entonces le provocaba escalofríos—. Pronto será mi día del nombre —añadió Joffrey mientras se dirigían hacia el fondo del salón del trono—. Habrá un gran festín, y regalos. ¿Qué me vas a regalar tú?

—Eh... aún no lo he pensado, mi señor.

—«Alteza» —la corrigió bruscamente—. Eres estúpida, ¿no? Mi madre dice que sí.

—¿De veras? —Con todo lo que había pasado, ya no debería tener el poder de hacerle daño con unas simples palabras, pero le seguían resultando dolorosas. La Reina había sido siempre tan amable con ella...

—Sí. Tiene miedo de que nuestros hijos sean tan estúpidos como tú, pero le he dicho que no debe preocuparse. —El rey hizo un gesto, y ser Meryn les abrió la puerta.

—Gracias, alteza —murmuró.

«El Perro tenía razón —pensó—. No soy más que un pajarito que repite las palabras que le han enseñado.» El sol se había puesto tras el muro oeste, y las piedras de la Fortaleza Roja tenían un brillo oscuro como la sangre.

—En cuanto sea posible, te dejaré preñada —dijo Joffrey mientras caminaban por el patio de entrenamientos—. Si el primero sale estúpido, te cortaré la cabeza y me buscaré una esposa más lista. ¿Cuándo crees que podrás tener hijos?

—La septa Mordane dice que la mayoría... —Sansa estaba tan avergonzada que no podía mirarlo a la cara—. La mayoría de las niñas de noble cuna tienen el florecimiento a los doce o trece años.

Joffrey asintió.

—Por aquí. —La llevó hacia el puesto de guardia, en la base de las escaleras que llevaban a las almenas.

—No —dijo Sansa con voz teñida de miedo, mientras se apartaba de él, temblorosa. Había comprendido adónde se dirigían—. No, por favor, no me obliguéis, os lo suplico...

—Quiero enseñarte lo que les pasa a los traidores. —Joffrey apretó los labios.

—No quiero subir. —Sansa agitaba la cabeza, enloquecida—. No quiero subir.

—Le diré a ser Meryn que te suba a rastras —replicó él—. Y será peor. Más te vale obedecer.

Joffrey fue a agarrarla por el brazo, y Sansa se apartó, retrocedió y chocó contra el Perro.

—Subid, niña —dijo Sandor Clegane al tiempo que la empujaba hacia el rey. Tenía la boca torcida hacia el lado quemado de la cara, y Sansa casi pudo oír el resto de la frase: «Te hará subir sea como sea, así que dale lo que quiere».

Se obligó a tomar la mano tendida de Joffrey. El ascenso fue una pesadilla, cada peldaño le suponía un esfuerzo, como si los peldaños fueran de barro y se hundiera hasta los tobillos. ¡Y cuántos peldaños había! Eran miles, miles de miles, siempre en dirección al horror que aguardaba en el baluarte.

Desde las altas almenas del puesto de guardia se divisaba el mundo entero. Sansa alcanzó a ver el Gran Septo de Baelor en la colina de Visenya, donde había muerto su padre. Al otro extremo de la calle de las Hermanas estaban las ruinas ennegrecidas por el fuego de Pozo Dragón. En el oeste, el sol rojizo estaba ya medio oculto tras la Puerta de los Dioses. El mar salado quedaba a su espalda, y al sur estaban el mercado del pescado, los muelles y las corrientes agitadas del río Aguasnegras. Y al norte...

Se volvió en aquella dirección, y solo vio la ciudad, las calles, los callejones, las colinas y las hondonadas, más calles y callejones y, a lo lejos, los muros de piedra. Pero sabía que al otro lado estaba el campo: granjas, prados, bosques y, aún más allá, al norte, muy al norte, se alzaba Invernalia.

—¿Qué miras? —preguntó Joffrey—. Esto es lo que quiero que veas. Ahí.

Un grueso parapeto de piedra protegía el extremo exterior del baluarte; era tan alto que le llegaba a Sansa a la barbilla, y cada cuatro codos había aspilleras para los arqueros. Las cabezas estaban entre las aspilleras, a todo lo largo del muro, clavadas en picas de hierro, de manera que parecieran contemplar la ciudad. Sansa las había visto nada más salir al adarve, pero el río, las calles bulliciosas y el sol poniente eran un espectáculo mucho más hermoso.

«Puede obligarme a mirar las cabezas —se dijo—, pero no puede obligarme a verlas.»

—Este es tu padre —dijo—. Este de aquí. Perro, dale la vuelta para que lo vea.

Sandor Clegane cogió la cabeza por el pelo y la giró. La habían bañado en brea para que se conservara más tiempo. Sansa la miró con tranquilidad, sin verla. En realidad, no parecía su padre. Ni siquiera parecía real.

—¿Cuánto tiempo he de mirarla?

—¿Quieres ver el resto? —Joffrey pareció decepcionado. Había muchas.

—Si a vuestra alteza le place...

Joffrey la precedió por el adarve; pasaron junto a una docena de cabezas y también ante dos picas vacías.

—Estas dos las guardo para mis tíos Stannis y Renly —explicó.

Las otras cabezas llevaban clavadas mucho más tiempo que la de su padre. A pesar de la brea, la mayoría de ellas ya no eran reconocibles. El rey le señaló una.

—Esa de ahí es la de tu septa.

Sansa ni siquiera habría sabido que se trataba de una mujer. La mandíbula podrida se había desprendido, y los pájaros le habían comido una oreja y casi toda una mejilla. Se había preguntado a menudo qué habría sido de la septa Mordane, aunque se dio cuenta de que, en realidad, lo había sabido desde el principio.

—¿Por qué la matasteis a ella? —preguntó—. Había hecho votos a los dioses...

—Era una traidora. —Joffrey estaba de mal humor. La reacción de Sansa no era la que había esperado—. Aún no me has dicho qué me vas a regalar por mi día del nombre. ¿Quieres que yo te haga un regalo a ti?

—Si mi señor lo desea... —respondió.

—Tu hermano también es un traidor, ¿lo sabías? —Joffrey sonrió, y Sansa supo que se estaba burlando de ella. Giró en la pica la cabeza de la septa Mordane—. Me acuerdo de él, de cuando lo vi en Invernalia. Mi perro decía que era el señor de la espada de madera. ¿Verdad, Perro?

—¿Sí? —replicó el Perro—. No lo recuerdo.

—Tu hermano derrotó a mi tío Jaime. —Joffrey se encogió de hombros, enfurruñado—. Mi madre dice que fue una traición y una trampa vil. Cuando se enteró, lloró mucho. Todas las mujeres son débiles, hasta ella, aunque finja que no. Dice que nos tenemos que quedar en Desembarco del Rey por si atacan mis otros tíos, pero a mí no me importa. Después del festín del día de mi nombre, reuniré un ejército y mataré a tu hermano yo mismo. Eso es lo que te regalaré. La cabeza de tu hermano.

—Puede que mi hermano me regale tu cabeza —se oyó decir Sansa, embargada por la furia.

—No te burles de mí. —Joffrey frunció el ceño—. Una buena esposa no se burla de su señor. Meryn, dale una lección.

En aquella ocasión, el caballero la agarró por la barbilla y le mantuvo la cabeza inmóvil mientras la golpeaba. Le dio dos bofetadas, de izquierda a derecha la primera y de derecha a izquierda la segunda, más fuerte. Le partió el labio, y la sangre le corrió por la barbilla y se le mezcló con la sal de las lágrimas.

—Te pasas la vida llorando —le reprochó Joffrey—. Estás más bonita cuando sonríes. —Sansa se obligó a sonreír por miedo a que le dijera a ser Meryn que la golpeara de nuevo si no lo hacía, pero no sirvió de nada; el rey sacudió la cabeza—. Límpiate la sangre, estás hecha un asco.

El parapeto exterior le llegaba a la mandíbula, pero en el lado interior del adarve no había nada, nada excepto una caída libre hasta el patio, veinticinco o treinta varas más abajo. Se dijo que solo tenía que darle un empujón. Estaba justo allí, justo allí, sonriendo con aquellos labios gordos como gusanos.

«Puedes hacerlo —se dijo—. Puedes hacerlo. Ahora.» Ni siquiera le importaba caer con él. No le importaba lo más mínimo.

—Miradme, niña. —Sandor Clegane se había arrodillado ante ella, ¡entre ella y Joffrey! Con una delicadeza sorprendente en un hombre tan corpulento, le secó la sangre que manaba del labio roto.

—Os lo agradezco —dijo Sansa con la vista baja. Había perdido la ocasión. Era una niña buena, y siempre cuidaba sus modales.

DAENERYS

Las alas proyectaban sombras sobre sus sueños febriles.

—No querrás despertar al dragón, ¿verdad?

Caminaba por un largo pasillo, bajo arcos de piedra elevados. No podía mirar atrás; no debía mirar atrás. A lo lejos se divisaba una puerta, diminuta en la distancia, pero aun así sabía que estaba pintada de rojo. Caminó más deprisa, y sus pies descalzos dejaron huellas ensangrentadas en la piedra.

—No querrás despertar al dragón, ¿verdad?

Vio la luz del sol sobre el mar dothraki, la llanura viviente, que olía a tierra y a muerte. El viento agitó la hierba, la hizo ondularse como si fuera agua. Drogo la tenía entre sus brazos fuertes, le acariciaba el sexo con la mano, la abría y despertaba aquella humedad dulce que solo él conocía, y las estrellas les sonreían desde el cielo, estrellas a plena luz del día.

—Mi hogar —susurró cuando él la penetró y la llenó con su semilla.

Pero, de repente, las estrellas ya no estaban, y unas alas enormes ocultaron el cielo azul, y el mundo se incendió.

—... no querrás despertar al dragón, ¿verdad?

El rostro de ser Jorah estaba demacrado y triste.

—Rhaegar fue el último dragón —le dijo. Se calentó las manos translúcidas sobre un brasero, en el que los huevos de piedra humeaban, rojos como carbones. Y se desvaneció; su carne perdió el color, tuvo menos sustancia que el viento—. El último dragón —le susurró débilmente antes de esfumarse.

Sintió la oscuridad a su espalda, y la puerta roja parecía más lejana que nunca.

—... no querrás despertar al dragón, ¿verdad?

Viserys estaba ante ella.

—El dragón no suplica, puta —gritaba—. No le puedes dar órdenes al dragón. Soy el dragón y quiero mi corona —El oro fundido le corría por la cara como si fuera cera derretida; le dejaba surcos profundos en la carne—. ¡Soy el dragón y quiero mi corona! —chillaba, y sus dedos saltaron como serpientes, le mordían los pezones, la pellizcaban, se retorcían... Mientras, los ojos de Viserys estallaban y le corrían como gelatina por las mejillas quemadas, ennegrecidas.

—... no querrás despertar al dragón...

La puerta roja estaba muy lejos, y sentía a la espalda el aliento gélido que se cernía sobre ella. Si la alcanzaba, moriría con una muerte que iba más allá de la muerte, aullaría eternamente sola en la oscuridad. Echó a correr.

—... no querrás despertar al dragón...

Sentía el calor en su interior: era un ardor espantoso en el vientre. Su hijo era alto y orgulloso, con la piel cobriza de Drogo, el pelo como oro blanco de su madre y los mismos ojos color violeta, pero almendrados. Sonrió y tendió los brazos hacia ella, pero cuando abrió la boca, solo salió fuego. Vio que el corazón le ardía dentro del pecho, y al instante desapareció, convertido en cenizas, como una polilla que se hubiera acercado demasiado a una llama. Lloró por su hijo, por la promesa de una boca dulce sobre el pecho, pero las lágrimas se convirtieron en vapor en cuanto le tocaron la piel.

—... querrás despertar al dragón...

A lo largo de los muros había fantasmas, ataviados con vestimentas descoloridas de reyes. Tenían en las manos espadas de fuego pálido. Los cabellos eran de plata, de oro o de platino, y los ojos, de ópalo y amatista, turmalina y jade.

—¡Más deprisa! —le gritaban—. ¡Más deprisa, más deprisa! —Siguió corriendo; sus pies derretían la piedra que tocaban—. ¡Más deprisa! —gritaron los fantasmas con una sola voz, y ella gritó a su vez, y se lanzó hacia delante.

Una cuchillada de dolor le rajó la espalda; sintió que se le abría la piel; le llegó el hedor de la sangre al arder, y vio la sombra de las alas. Y Daenerys Targaryen voló.

—... despertar al dragón...

La puerta se alzaba ante ella, la puerta roja, tan cercana, tan cercana; el pasillo era una sombra borrosa a su alrededor, el frío quedaba atrás. Y de pronto, la piedra había desaparecido, de pronto volaba sobre el mar dothraki, cada vez a más altura. La hierba verde se mecía bajo ella, y todo lo que vivía y respiraba sentía pánico al ver la sombra de sus alas. Podía oler el hogar, podía verlo, estaba allí, al otro lado de la puerta, campos verdes y grandes casas de piedra, y brazos que le darían calor. Abrió la puerta...

—... al dragón...

Y vio a su hermano Rhaegar, a lomos de un corcel tan negro como su armadura. Dentro de su yelmo, a través de la estrecha hendidura para los ojos, el fuego ardía.

—El último dragón —susurró lejana la voz de ser Jorah—. El último, el último.

Dany levantó el visor negro. El rostro que vio tras él era el suyo propio.

Después, y durante largo rato, solo hubo dolor, fuego y susurros procedentes de las estrellas.

El sabor de las cenizas la despertó.

—No —gimió—. No, por favor.

—*¿Khaleesi?* —Jhiqui se acercó a ella, asustada como un cervatillo.

La tienda estaba a oscuras, silenciosa, cerrada. Del brasero salían flotando algunas cenizas, y Dany las siguió con la mirada hasta ver como se perdían por el agujero para el humo de la parte superior.

«Volaba —pensó—; tenía alas, tenía alas.» Pero no había sido más que un sueño.

—Ayudadme —susurró Dany, tratando de incorporarse—. Traedme... —Tenía la garganta en carne viva, y no sabía qué quería que le llevaran. ¿Qué era lo que le dolía tanto? Era como si la hubieran despedazado, para luego volver a reconstruirla—. Quiero...

—Sí, *khaleesi.* —Jhiqui salió corriendo de la tienda, llamando a gritos. Dany necesitaba... algo... a alguien... ¿el qué? Sabía que se trataba de algo importante. Era lo único que importaba en el mundo. Rodó sobre un costado, se incorporó sobre un codo y trató de liberarse de la manta que le envolvía las piernas. Le costaba mucho moverse. El mundo parecía moverse en medio de brumas.

«Tengo que...»

La encontraron en la alfombra, arrastrándose hacia sus huevos de dragón. Ser Jorah Mormont la cogió en brazos y la depositó de nuevo sobre las sedas de dormir, mientras ella se debatía sin fuerzas. Vio por encima del hombro del caballero a sus tres doncellas, a Jhogo con su sombra de bigote, y también el rostro ancho y plano de Mirri Maz Duur.

—Es necesario —intentó decirles—. Tengo que...

—Dormid, princesa —dijo ser Jorah.

—No —suplicó Dany—. Por favor. Por favor.

—Sí. —La tapó con las sedas, aunque estaba ardiendo—. Dormid y recuperad las fuerzas, *khaleesi.* Volved con nosotros.

Y allí estaba Mirri Maz Duur, la *maegi,* que le ponía una copa en los labios. Notó el sabor de la leche agria, y también el de algo más, algo espeso y amargo. El líquido caliente le corrió por la barbilla. Consiguió tragar un poco. La tienda oscureció, y el sueño volvió a apoderarse de ella. Pero no hubo pesadillas. Flotó, serena y tranquila, en un mar negro sin orillas.

Tras un tiempo, una noche, un día, un año, no habría sabido decirlo, volvió a despertar. La tienda estaba a oscuras; las paredes de seda se agitaban como alas con cada ráfaga de viento del exterior. En aquella ocasión, Dany no trató de levantarse.

—Irri —llamó—. Jhiqui, Doreah. —Acudieron al instante—. Tengo la garganta seca. Muy seca. —Le llevaron agua. Estaba tibia y no sabía bien, pero Dany la bebió con ansiedad, y envió a Jhiqui a buscar más. Irri humedeció un paño suave y le limpió la frente—. He estado enferma —añadió Dany. La muchacha dothraki asintió—. ¿Cuánto tiempo?

—Mucho —susurró. El paño resultaba refrescante, pero Irri parecía tan triste que le dio miedo.

Cuando Jhiqui regresó con más agua, Mirri Maz Duur la acompañaba, todavía adormilada.

—Bebed —dijo al tiempo que volvía a acercar una copa a los labios de Dany.

Pero en aquella ocasión era solo vino. Vino dulce. Dany bebió, y volvió a tenderse, escuchando el sonido pausado de su respiración. Notaba los miembros pesados, y el sueño volvió a invadirla.

—Traedme... —murmuró con voz aletargada—. Traedme... quiero...

—¿Sí? —preguntó la *maegi*—. ¿Qué queréis, *khaleesi*?

—Traedme... los huevos... los huevos de dragón..., por favor... —Sentía las pestañas como si fueran de plomo, y el cansancio impidió que los sostuviera entre sus brazos.

Cuando despertó por tercera vez, un rayo de sol dorado entraba por el agujero para el humo, y estaba abrazada a uno de los huevos de dragón. Era el más claro, el de las escamas color crema, con vetas espirales de oro y bronce. Dany sintió el calor que procedía de su interior. Bajo las finas sedas del lecho, tenía la piel desnuda cubierta de una película de sudor.

«Rocío de dragón», pensó. Pasó los dedos con suavidad por la superficie de la cáscara, siguiendo las vetas doradas, y sintió cómo en lo más profundo de la piedra algo se agitaba a modo de respuesta. Aquello no la asustó. Ya no tenía miedo de nada; el miedo se había quemado.

Dany se tocó la frente. Tenía la piel fresca bajo el sudor; se le había ido la fiebre. Se forzó a sentarse. La cabeza se le fue un momento, y sintió un dolor profundo entre los muslos. Pero tenía fuerzas. Sus doncellas acudieron corriendo en cuanto las llamó.

—Agua —pidió—. Una jarra de agua, tan fresca como sea posible. Y fruta. Sí, fruta. Dátiles.

—Como digáis, *khaleesi.*

—Decidle a ser Jorah que venga —pidió, al tiempo que se levantaba. Jhiqui se acercó con una túnica de seda y se la echó sobre los hombros—. Preparadme un baño caliente, y llamad a Mirri Maz Duur, y... —De repente, recuperó la memoria y flaqueó—. Khal Drogo —consiguió decir, mirándolas con ojos llenos de miedo—. ¿Está...?

—El *khal* vive —respondió Irri en voz baja, y salió corriendo a buscar el agua.

Dany vio que sus ojos estaban llenos de sombras. Se volvió hacia Doreah.

—Cuéntamelo.

—Voy... voy a llamar a ser Jorah. —La chica lysena inclinó la cabeza y salió también corriendo de la tienda.

Jhiqui habría deseado escapar con ellas, pero Dany la agarró por la muñeca.

—¿Qué pasa? Tengo que saberlo de una vez. Drogo... y mi hijo. —¿Por qué no había pensado en el bebé hasta entonces?—. Mi hijo... Rhaego... ¿dónde está? Traédmelo.

—El niño... no vivió, *khaleesi* —dijo la doncella con la mirada baja.

Su voz era un susurro asustado. Dany le soltó la muñeca.

«Mi hijo está muerto», pensó mientras Jhiqui salía de la tienda. En cierto modo, lo había sabido desde el principio, desde que despertara por primera vez y viera las lágrimas en los ojos de Jhiqui. No, lo había sabido antes aun de despertar. De pronto recordó el sueño, recordó al hombre alto de la piel cobriza y la larga trenza de oro blanco que estallaba en llamas.

Debía llorar, sabía que debía llorar, pero tenía los ojos tan secos como las cenizas. En el sueño había llorado, y las lágrimas se le habían convertido en vapor al rozarle las mejillas.

«El dolor también se ha quemado», pensó. Sentía tristeza, pero... aun así, notaba que Rhaego se alejaba de ella, como si no hubiera existido jamás.

Ser Jorah y Mirri Maz Duur llegaron unos momentos más tarde, y encontraron a Dany de pie ante los dos huevos de dragón, los que seguían en el cofre. Le pareció que estaban tan calientes como el que había tenido abrazado mientras dormía, cosa que le resultaba muy extraña.

—Venid aquí, ser Jorah —pidió. Le cogió la mano y la puso sobre el huevo negro, el de las espirales color escarlata—. ¿Qué sentís?

—Un cascarón, duro como la roca. —El caballero la miró con cautela—. Escamas.

—¿Y calor?

—No. Es piedra fría. —Apartó la mano—. ¿Os sentís bien, princesa? ¿No creéis que deberíais acostaros? Seguís muy débil.

—¿Débil? Estoy fuerte, Jorah. —Para complacerlo, se recostó sobre un montón de cojines—. Decidme cómo murió mi hijo.

—No llegó a vivir, princesa. Las mujeres dicen... —Se quedó sin voz. Dany se dio cuenta de que había perdido mucho peso, y de que cojeaba al andar.

—Contádmelo. Contadme lo que dicen las mujeres.

—Dicen que el niño era... —Él apartó la vista. Tenía una expresión atormentada en los ojos.

Dany aguardó, pero ser Jorah no podía pronunciar las palabras. Tenía el rostro ensombrecido por la vergüenza. Él también parecía casi un cadáver.

—Monstruoso —terminó en su lugar Mirri Maz Duur. El caballero era un hombre poderoso, pero Dany comprendió en aquel momento que la *maegi* era más fuerte, más cruel e infinitamente más peligrosa—. Retorcido. Yo misma os lo saqué. Tenía escamas como de lagarto, sin ojos, un muñón de cola, y alitas de cuero, como las de un murciélago. Cuando lo toqué, la carne se le desprendió del hueso, y por dentro estaba lleno de gusanos y apestaba a podredumbre. Llevaba años muerto.

«Oscuridad», pensó Dany. La terrible oscuridad que la perseguía para devorarla. Si volvía la vista atrás estaría perdida.

—Mi hijo estaba vivo y fuerte cuando ser Jorah me metió en esta tienda —dijo—. Sentí sus patadas: luchaba por nacer.

—Será como decís —respondió Mirri Maz Duur—, pero la criatura que salió de vuestro vientre era tal como os he dicho. En la tienda estaba la muerte, *khaleesi.*

—Solo había sombras —susurró ser Jorah, pero Dany captó la duda que impregnaba su voz—. Yo lo vi, *maegi.* Te vi, estabas sola, bailando con las sombras.

—La tumba proyecta sombras alargadas, Señor de Hierro —dijo Mirri—. Alargadas y oscuras, y no hay luz capaz de disiparlas.

Dany supo que ser Jorah había matado a su hijo. Actuó por amor, por lealtad, pero la había metido en un lugar donde no debía entrar hombre alguno, y había entregado su hijo a la oscuridad. Él también lo sabía: el rostro macilento, los ojos vacíos, la cojera.

—Las sombras también os tocaron a vos, ser Jorah —le dijo. El caballero no respondió. Dany se volvió hacia la esposa del dios—. Me dijiste que solo la muerte puede comprar la vida. Pensé que te referías al caballo.

—No —replicó Mirri Maz Duur—. Eso fue una mentira que os dijisteis. Sabíais cuál era el precio.

¿Lo había sabido? ¿Lo había sabido? «Si vuelvo la vista atrás, estoy perdida.»

—Se pagó el precio —dijo—. El caballo, mi hijo, Quaro y Qotho, Haggo y Cohollo. El precio se pagó, se pagó y se volvió a pagar. —Se levantó de los cojines—. ¿Dónde está Khal Drogo? Muéstramelo, esposa del dios, *maegi,* maga de sangre, o lo que seas. Muéstrame a Khal Drogo. Muéstrame lo que he comprado con la vida de mi hijo.

—A vuestras órdenes, *khaleesi* —dijo la mujer—. Venid, os llevaré junto a él.

Dany estaba más débil de lo que creía. Ser Jorah la rodeó con un brazo y la ayudó a mantenerse en pie.

—Ya habrá tiempo para eso, princesa —dijo con voz queda.

—Quiero verlo ahora, ser Jorah.

Tras la penumbra de la tienda, el mundo exterior la cegó con su brillo. El sol ardía como si fuera oro fundido, y la tierra estaba reseca y estéril. Sus doncellas aguardaban con fruta, vino y agua, y Jhogo se acercó para ayudar a ser Jorah a sujetarla. Aggo y Rhakaro estaban también allí. El brillo del sol en la arena hacía que fuera difícil ver más, hasta que Dany se llevó la mano a los ojos para hacer de visera. Vio las cenizas de una hoguera; unos cuantos caballos sueltos paseando con indolencia, buscando briznas de hierba; algunas tiendas y esterillas de dormir. Un grupito de niños se juntaron para mirarla, y más allá, las mujeres se dedicaban a sus quehaceres, mientras los ancianos arrugados contemplaban el cielo azul intenso con ojos cansados, espantándose de cuando en cuando las moscas de sangre con manotazos débiles. Habría un centenar de personas, no más. Donde antes habían acampado cuarenta mil personas, solo quedaban el viento y el polvo.

—El *khalasar* de Drogo se ha marchado —dijo.

—Un *khal* que no puede cabalgar no es un *khal* —dijo Jhogo.

—Los dothrakis solo siguen a los fuertes. Lo siento, princesa; no pudimos retenerlos. Ko Pono fue el primero en marcharse, después de proclamarse Khal Pono, y muchos lo siguieron. Jhaqo no tardó en hacer lo mismo. Los demás se fueron yendo noche tras noche, en grupos grandes o pequeños. En el mar dothraki hay una docena de *khalasars* nuevos que han sustituido al de Drogo.

—Se han quedado los viejos —dijo Aggo—. Los cobardes, los débiles y los enfermos. Y los que juramos lealtad. Nos hemos quedado.

—Se llevaron los rebaños de Khal Drogo, *khaleesi* —dijo Rakharo—. Éramos muy pocos; no pudimos impedirlo. También se llevaron muchos esclavos, tanto tuyos como del *khal,* pero dejaron a unos cuantos.

—¿Y Eroeh? —preguntó Dany al recordar a la muchacha asustada a la que había salvado en el exterior de la ciudad de los hombres cordero.

—La cogió Mago, que ahora es jinete de sangre de Khal Jhaqo —dijo Jhogo—. La montó hasta que se hartó y se la entregó a su *khal,* que a su vez se la entregó al resto de los jinetes de sangre. Eran seis. Cuando terminaron, le cortaron la garganta.

—Era su destino, *khaleesi* —dijo Aggo.

«Si vuelvo la vista atrás, estoy perdida.»

—Un destino cruel —dijo Dany—, pero no tan cruel como lo será el de Mago. Os lo prometo por los dioses antiguos y por los nuevos, por el dios cordero y el dios caballo, por todos los dioses que existen. Lo juro por la Madre de las Montañas y el Vientre del Mundo. Antes de que acabe con ellos, Mago y Ko Jhaqo suplicarán la misma piedad que tuvieron ellos con Eroeh.

Los dothrakis intercambiaron miradas inseguras.

—*Khaleesi* —le explicó Irri, como si hablara con una niña—, ahora Jhaqo es *khal,* y lo siguen veinte mil jinetes.

—Y yo soy Daenerys de la Tormenta —dijo Dany alzando la cabeza—, Daenerys de la casa Targaryen, de la sangre de Aegon el Conquistador y Maegor el Cruel, y antes que ellos, de la antigua Valyria. Soy la hija del dragón, y os juro que esos hombres morirán gritando. Ahora, llevadme ante Khal Drogo.

Estaba tendido sobre la tierra roja, mirando hacia el cielo.

Una docena de moscas de sangre se le habían posado encima, pero no daba señal de notarlas. Dany las espantó y se arrodilló a su lado. Tenía los ojos bien abiertos, pero no la vio, y ella supo al instante que estaba ciego. Cuando susurró su nombre, no pareció oírla. La herida del pecho estaba curada, o tan curada como podía estar; la cicatriz que había quedado era gris rojiza y repugnante.

—¿Por qué está aquí solo, al sol? —les preguntó.

—Parece que el calor le agrada, princesa —dijo ser Jorah—. Sigue el sol con los ojos, aunque no lo vea. Puede caminar, más o menos. Va adonde lo llevamos, pero nada más. Come si le ponemos la comida en la boca; bebe si le mojamos los labios con agua.

Dany besó suavemente la frente de su sol y estrellas, y se volvió para enfrentarse a Mirri Maz Duur.

—Tus hechizos son caros, *maegi.*

—Está vivo —replicó Mirri Maz Duur—. Pediste vida. Pagaste vida.

—Para alguien como Drogo, esto no es vida. Su vida era la risa, la carne asada sobre una hoguera, un caballo entre las piernas. Su vida era un *arakh* en la mano, las campanillas sonando en su cabello cuando cabalgaba para enfrentarse al enemigo. Su vida eran sus jinetes de sangre, y yo, y el hijo que le iba a dar. —Mirri Maz Duur no le contestó—. ¿Cuándo volverá a ser el que era? —exigió saber Dany.

—Cuando el sol salga por el oeste y se ponga por el este —replicó Mirri Maz Duur—. Cuando los mares se sequen y las montañas se mezan como hojas al viento. Cuando tu vientre vuelva a agitarse y des a luz un niño vivo. Entonces volverá, no antes.

Dany hizo un gesto en dirección a ser Jorah y a los demás.

—Dejadnos. Quiero hablar a solas con esta *maegi.* —Mormont y los dothrakis se retiraron—. Tú lo sabías —le espetó. Le dolía todo, por dentro y por fuera, pero la ira le daba fuerzas—. Sabías qué compraba, sabías el precio, y dejaste que lo pagara.

—No debieron quemar mi templo —replicó plácidamente la mujer gruesa, con su nariz plana—. Eso enfureció al Gran Pastor.

—Esto no ha sido obra de ningún dios —dijo Dany con frialdad. «Si vuelvo la vista atrás, estoy perdida»—. Me engañaste. Asesinaste a mi hijo mientras estaba en mi vientre.

—El semental que monta el mundo ya no podrá quemar ciudades. Su *khalasar* no reducirá naciones a cenizas.

—Hablé en tu favor. Te salvé.

—¿De qué me salvaste? —La mujer lhazareena escupió al suelo—. Tres jinetes ya me habían tomado, y no como el hombre toma a la mujer, sino por detrás, como el perro monta a la perra. El cuarto estaba dentro de mí cuando pasaste a caballo. ¿De qué me salvaste? Vi arder la casa de mi dios, donde había curado a incontables hombres buenos. Mi casa también ardió, y en las calles vi montones de cabezas. Vi la cabeza del panadero que horneaba mi pan. Vi la cabeza de un chiquillo al que había salvado de unas fiebres hacía menos de tres lunas. Oí los gritos de los niños mientras los jinetes los hacían avanzar a latigazos. Dime, ¿de qué me salvaste?

—De la muerte.

—Fíjate en tu *khal* —dijo Mirri Maz Duur y dejó escapar una carcajada cruel—, y mira de qué vale la vida cuando se ha perdido todo lo demás.

Dany llamó a los hombres de su *khas,* y les ordenó que se llevaran a Mirri Maz Duur y la ataran de pies y manos. Pero, cuando se alejaban con ella, la *maegi* le sonrió como si compartieran un secreto. Una sola palabra de Dany habría bastado para que la decapitaran... aunque, ¿qué obtendría con aquello? ¿Una cabeza? Si la vida no tenía valor, ¿acaso lo tenía la muerte?

Llevaron a Khal Drogo a su tienda, y Dany ordenó que llenaran una bañera. En aquella ocasión no había sangre en el agua. Ella misma se encargó de bañarlo; le quitó la suciedad y el polvo de los brazos y el pecho, le limpió la cara con un paño suave, le enjabonó la larga cabellera negra, se la cepilló y deshizo los nudos hasta que volvió a tener el brillo que recordaba. Ya había anochecido cuando terminó, y se sentía agotada. Hizo una pausa para comer y beber, pero apenas si consiguió mordisquear un higo y pasar un trago de agua. Necesitaba dormir, pero ya había dormido suficiente... En realidad, había dormido demasiado. Aquella noche se la debía a Drogo, por todas las noches que él le había dado y las que quizá le pudiera dar aún.

El recuerdo de la primera vez que estuvieron juntos la acompañaba cuando lo guio hacia la oscuridad, porque los dothrakis creían que todas las cosas importantes en la vida de un hombre deben hacerse a cielo abierto. Se dijo que había poderes más fuertes que el odio, y hechizos más antiguos y verdaderos que los que la *maegi* había aprendido en Asshai. La noche era negra, sin luna, pero sobre ella parpadeaba un millón de estrellas. Lo consideró un presagio.

Allí no había ninguna alfombra de hierba que les diera la bienvenida; solo estaba la tierra dura, polvorienta, llena de piedras. No había árboles que se mecieran al viento, ni arroyo que calmara sus miedos con la música dulce de las aguas. Dany se dijo que con las estrellas bastaba.

—Recuerda, Drogo —susurró—. Recuerda la primera vez que montamos juntos, el día en que nos casamos. Recuerda la noche en que engendramos a Rhaego: todo el *khalasar* nos miraba; tus ojos estaban clavados en los míos. Recuerda lo clara y fresca que era el agua en el Vientre del Mundo. Recuerda, mi sol y estrellas. Recuerda, y vuelve conmigo.

El parto la había dejado demasiado desgarrada para recibirlo en su interior, como habría querido, pero Doreah le había enseñado muchas cosas. Dany utilizó las manos, la boca, los pechos. Le recorrió el cuerpo con las uñas, lo cubrió de besos, le susurró al oído, rezó, le contó historias, y al final lo bañó con lágrimas. Pero Drogo no sentía, no hablaba, no se levantaba.

Cuando el amanecer empezó a llenar el horizonte, Dany comprendió que lo había perdido.

—Cuando el sol salga por el oeste y se ponga por el este —dijo con tristeza—. Cuando los mares se sequen y las montañas se mezan como hojas al viento. Cuando mi vientre vuelva a agitarse y dé a luz un niño vivo. Entonces volverás, mi sol y estrellas, no antes.

«Jamás —gritó la oscuridad—, jamás, jamás, jamás.»

Dany encontró en la tienda un cojín de seda suave relleno de plumas. Lo estrechó contra sus pechos y volvió con Drogo, su sol y estrellas.

«Si vuelvo la vista atrás, estoy perdida.» Cada paso le dolía; quería dormir, dormir y no soñar.

Se arrodilló, besó a Drogo en los labios y le apretó el cojín contra la cara.

TYRION

—Tienen a mi hijo —dijo Tywin Lannister.

—Así es, mi señor. —La voz del mensajero estaba rota de puro agotamiento. Tenía el chaleco desgarrado, con el jabalí pinto de Refugio Quebrado manchado de sangre seca.

«A uno de tus hijos», pensó Tyrion. Bebió un trago de vino sin decir palabra. Pensaba en Jaime. Cuando alzó el brazo, el dolor se lo recorrió como un latigazo desde el codo, para recordarle su breve experiencia en el campo de batalla. Quería a su hermano, pero no habría querido estar con él en el bosque Susurrante ni por todo el oro de Roca Casterly.

Los capitanes y vasallos de su señor padre se habían quedado en silencio mientras el mensajero relataba los hechos. Solo se oía el crujir y sisear de los leños en la chimenea, al final de la larga sala común.

Tras las privaciones del largo viaje hacia el sur, la perspectiva de dormir de nuevo en una posada, aunque fuera una noche, había animado a Tyrion. De todos modos, habría preferido que fuera cualquier otra posada, y no aquella, tan llena de recuerdos. Su padre había impuesto un ritmo agotador, que había terminado por cobrarse su precio. Los hombres heridos en la batalla mantenían el paso como podían, o los abandonaban a su suerte. Cada mañana quedaban unos cuantos más al borde del camino: eran hombres que se acostaron por la noche y no despertaron al amanecer. Cada tarde se derrumbaban unos cuantos más durante la marcha. Y cada noche desertaban unos cuantos, amparados por la oscuridad. En más de una ocasión, a Tyrion lo había tentado la idea de irse con ellos.

Se encontraba en el piso de arriba, disfrutando de la comodidad de un lecho de plumas y del calor del cuerpo de Shae junto al suyo, cuando su escudero lo despertó para decirle que acababa de llegar un jinete desde Aguasdulces, portador de malas noticias. Así que todo había sido en vano: la carrera hacia el sur, las marchas forzadas, los cadáveres abandonados junto al camino... todo para nada. Robb Stark había llegado a Aguasdulces muchos días antes.

—¿Cómo ha podido suceder esto? —gemía ser Harys Swyft—. ¿Cómo? Pese a lo del bosque Susurrante, Aguasdulces estaba rodeado por todo un ejército... ¿Qué clase de locura inspiró a ser Jaime para dividir a sus hombres entre tres campamentos? ¿No sabía que eso los haría vulnerables?

«Mejor que tú, cobarde sin barbilla», pensó Tyrion. Aunque Jaime hubiera perdido Aguasdulces, no soportaba que lo criticara alguien como Swyft, un lameculos desvergonzado cuyo mayor logro había sido casar con ser Kevan a su hija, tan carente de barbilla como él, y así emparentar con los Lannister.

—Yo habría hecho lo mismo —replicó su tío, en tono mucho más sereno que el que habría utilizado Tyrion—. Nunca habéis visto Aguasdulces, ser Harys; de lo contrario sabríais que Jaime no tenía otra opción. El castillo está situado al final de la punta de tierra en la que el Piedra Caída fluye hacia el Forca Roja del Tridente. Los ríos forman dos lados de un triángulo y, cuando hay algún peligro, los Tully abren las esclusas corriente arriba y crean un foso ancho en el tercer lado, con lo que Aguasdulces se convierte en una isla. Los muros se alzan directamente en el agua, y desde las torres, los defensores dominan el panorama en muchas leguas a la redonda. Para realizar un asedio es imprescindible situar un campamento al norte del Piedra Caída, otro, al sur del Forca Roja, y un tercero, entre los ríos, al oeste del foso. No hay otra manera.

—Lo que dice ser Kevan es cierto, mis señores —dijo el mensajero—. Habíamos alzado empalizadas de estacas afiladas en torno a los campamentos, pero no sirvieron de nada: nos cogieron desprevenidos y con las fuerzas separadas por los ríos. Atacaron primero el campamento norte. No lo esperábamos. Marq Piper había tendido emboscadas a nuestros carromatos de suministros, pero no tenía más de cincuenta hombres. Ser Jaime había salido la noche anterior para enfrentarse a ellos... Bueno, eso pensábamos, pero en realidad no era el grueso de su ejército. Nos habían dicho que Stark estaba al este del Forca Verde, y que marchaba hacia el sur...

—¿Y los oteadores? —El rostro de ser Gregor Clegane parecía tallado en roca. El fuego de la chimenea le daba a la piel un sombrío tono naranja y le dibujaba grandes sombras en las órbitas de los ojos—. ¿No vieron nada? ¿No os advirtieron?

—Casi todos habían desaparecido —contestó el mensajero manchado de sangre sacudiendo la cabeza—. Creemos que fue obra de Marq Piper. Y los que volvieron no habían visto nada.

—El hombre que no ve nada no necesita ojos —declaró la Montaña—. Sacádselos y entregádselos al próximo oteador. Decidle que suponéis que cuatro ojos verán más que dos... y, de lo contrario, el hombre que lo suceda tendrá seis.

Lord Tywin Lannister volvió el rostro para mirar a ser Gregor. Tyrion vio un destello de oro que la luz arrancó de las pupilas de su padre, pero no habría sabido decir si era una mirada de aprobación o de repugnancia. Lord Tywin guardaba silencio a menudo durante el consejo; prefería escuchar antes de hablar, costumbre que Tyrion imitaba siempre que podía. Pero aquel silencio era extraño hasta para él, y no había probado el vino.

—Has dicho que atacaron de noche —intervino ser Kevan.

El hombre asintió, cansado.

—El Pez Negro iba al mando de la vanguardia; eliminó a los centinelas y derribó las empalizadas para abrir camino al ataque principal. Cuando los nuestros comprendieron qué pasaba, los jinetes llegaban ya por las orillas del río y entraban al galope en el campamento, con espadas y antorchas en las manos. Yo estaba durmiendo en el campamento oeste, entre los ríos. Al oír el fragor de la batalla y ver las tiendas incendiadas, lord Brax nos ordenó ir a las balsas y cruzar impulsándonos con las pértigas, pero la corriente río abajo era fuerte, y los Tully empezaron a lanzarnos rocas con las catapultas de las murallas. Destrozaron una de las balsas, e hicieron volcar otras tres. La corriente se llevó a muchos hombres; casi todos murieron ahogados, y los que consiguieron llegar a la orilla se encontraron a los Stark esperándolos.

—Mi señor padre... —Ser Flement Brax, que vestía un tabardo color plata y morado, lo miraba como sin comprender lo que oía.

—Lo siento mucho, mi señor —dijo el mensajero—. Lord Brax llevaba la armadura puesta cuando su balsa volcó. Fue muy valiente.

«Fue muy idiota», pensó Tyrion, mientras hacía girar la copa y contemplaba el vino. Cruzar un río de noche, en una balsa rudimentaria, con la armadura puesta, mientras el enemigo espera en la otra orilla... Si aquello era valor, prefería mil veces la cobardía. Se preguntó si lord Brax se habría sentido especialmente valiente mientras el peso del acero lo hundía en las aguas negras.

—También barrieron el campamento situado entre los ríos —decía el mensajero—. Mientras intentábamos cruzar, llegaron por el oeste más hombres de los Stark, dos columnas de jinetes con armaduras. Vi el gigante con cadenas de lord Umber y el águila de Mallister, pero el que iba a la cabeza era el chico, y un lobo monstruoso corría a su lado. Yo no lo vi, pero me contaron que esa fiera mató a cuatro hombres y despedazó a una docena de caballos. Nuestros lanceros formaron una muralla de escudos y resistieron la primera carga, pero entonces, los Tully abrieron las puertas de Aguasdulces, y Tytos Blackwood salió con un grupo por el puente levadizo y los atacó por la retaguardia.

—Por todos los dioses —maldijo lord Lefford.

—El Gran Jon les prendió fuego a las torres de asalto que estábamos construyendo; lord Blackwood encontró a los cautivos, entre ellos a ser Edmure Tully, y escapó con todos. Nuestro campamento sur estaba bajo el mando de ser Forley Prester. Cuando vio que habíamos perdido los otros dos campamentos, inició la retirada con dos mil lanceros y otros tantos arqueros, pero el mercenario de Tyrosh que iba al mando de los jinetes libres tiró sus estandartes y se pasó al enemigo.

—Maldito sea ese hombre. —Su tío Kevan parecía más airado que sorprendido—. Le advertí a Jaime que no confiara en él. El guerrero que lucha por dinero es leal solo a su bolsillo.

Lord Tywin apoyó la barbilla en las manos entrelazadas. Los ojos eran lo único que movía mientras escuchaba. Las espesas patillas doradas enmarcaban un rostro tan inexpresivo que parecía una máscara, pero Tyrion advirtió que la cabeza afeitada de su padre estaba perlada de sudor.

—¿Cómo ha podido suceder esto? —aulló de nuevo ser Harys Swyft—. Ser Jaime, prisionero; el asedio, fracasado... ¡Es una catástrofe!

—Todos os estamos muy agradecidos por señalar lo evidente, ser Harys —intervino ser Addam Marbrand—. Ahora, la pregunta es: ¿qué vamos a hacer al respecto?

—¿Qué podemos hacer? Los hombres de ser Jaime están prisioneros o muertos, o han huido; los Stark y los Tully han cortado nuestras líneas de suministros. ¡Estamos aislados del oeste! Si quieren, pueden atacar Roca Casterly, ¿qué se lo impide? Nos han derrotado, mis señores. Tenemos que pedir la paz.

—¿La paz? —Tyrion volvió a agitar el vino, pensativo. Apuró la copa de un trago y la estrelló contra el suelo, de manera que saltó en mil pedazos—. Esta es la paz que tendremos, ser Harys. Mi querido sobrino la hizo añicos cuando decidió adornar la Fortaleza Roja con la cabeza de lord Eddard. Intentad beber vino de esa copa; os será más fácil que convencer a Robb Stark de que firme la paz. Está ganando..., ¿o no lo habéis notado?

—Dos batallas no hacen una guerra —insistió ser Addam—. No nos ha derrotado, ni mucho menos. A mí me gustaría enfrentarme con ese muchacho Stark, acero contra acero.

—Puede que acepten una tregua y un intercambio de prisioneros —sugirió lord Lefford.

—A menos que quieran cambiar tres por uno, nos sacan mucha ventaja —replicó Tyrion con tono ácido—. ¿Y qué podemos ofrecer a cambio de mi hermano? ¿La cabeza putrefacta de lord Eddard?

—Tengo entendido que la reina Cersei retiene prisioneras a las hijas de la mano —dijo Lefford, esperanzado—. Si le devolvemos a sus hermanas...

—Tendría que ser muy idiota para canjear la vida de Jaime Lannister por la de dos niñas —dijo ser Addam con un bufido desdeñoso.

—Entonces tendremos que pagar un rescate, por alto que sea —insistió lord Lefford.

Tyrion puso los ojos en blanco.

—Si los Stark quisieran oro, solo tendrían que fundir la armadura de Jaime.

—Y si pedimos una tregua, pensarán que somos débiles —argumentó ser Addam—. Tenemos que atacarlos enseguida.

—Sin duda, nuestros amigos de la corte podrán aportarnos nuevas tropas —dijo ser Harys—. Y alguien podría volver a Roca Casterly para reunir otro ejército.

Lord Tywin Lannister se puso en pie.

—Tienen a mi hijo —repitió lord Tywin Lannister poniéndose en pie, con una voz que cortó las conversaciones como una espada corta el sebo—. Fuera de aquí todos. Dejadme solo. —Tyrion, siempre obediente, se levantó para salir con los demás, pero su padre lo miró y añadió—: Tú no, Tyrion. Quédate. Y tú también, Kevan. Los demás, fuera.

Tyrion, mudo de asombro, volvió a acomodarse en el banco. Ser Kevan cruzó la sala en dirección a los barriles de vino.

—Tío —lo llamó Tyrion—, si tienes la bondad...

—Toma. —Su padre le ofreció su copa, con el vino intacto.

El asombro de Tyrion fue abismal. Bebió. Lord Tywin se sentó.

—Lo que has dicho de Stark es cierto. Si lord Eddard estuviera vivo nos habría servido para firmar la paz con Invernalia y Aguasdulces: una paz que nos daría el tiempo que necesitamos para encargarnos de los hermanos de Robert. En cambio, muerto... —Apretó el puño—. Es una locura. Una locura.

—Joff no es más que un niño —señaló Tyrion—. A su edad, yo también hice tonterías.

—Aún podemos dar las gracias por que no se haya casado con una puta. —Su padre le lanzó una mirada dura. Tyrion bebió un trago de vino, y se preguntó qué haría su padre si le tiraba la copa a la cara—. La situación es peor de lo que crees —siguió su padre—. Al parecer, tenemos un nuevo rey.

—¿Un nuevo...? —Ser Kevan se quedó boquiabierto—. ¿Quién? ¿Qué le han hecho a Joffrey?

Los labios finos de lord Tywin se fruncieron brevemente en una mueca de repugnancia.

—Por el momento, nada. Mi nieto sigue ocupando el Trono de Hierro, pero el eunuco ha oído rumores procedentes del sur. Hace dos semanas, Renly Baratheon se casó con Margaery Tyrell, y ahora reclama la corona. Y el padre y los hermanos de la novia le han jurado fidelidad.

—Son noticias graves. —Cuando ser Kevan fruncía el ceño, las arrugas de su frente eran profundas como cañones.

—Mi hija ordena que acudamos de inmediato a Desembarco del Rey, para defender la Fortaleza Roja de Renly y del Caballero de las Flores. —Apretó los labios—. Nos lo «ordena». En nombre del rey y del Consejo.

—¿Cómo se ha tomado la noticia el rey Joffrey? —preguntó Tyrion, con cierto humor negro.

—Cersei no ha considerado oportuno decírselo por el momento —respondió lord Tywin—. Tiene miedo de que se empeñe en atacar él mismo a Renly.

—¿Con qué ejército? —quiso saber Tyrion—. Supongo que no pensarás en darle el mando de este...

—Dice que iría a la cabeza de la Guardia de la Ciudad.

—Si se lleva la Guardia, dejará la ciudad indefensa —señaló ser Kevan—. Y estando lord Stannis en Rocadragón...

—Sí. —Lord Tywin bajó la vista para mirar a su hijo—. Siempre había pensado que el bufón eras tú, Tyrion. Ya veo que estaba equivocado.

—Vaya, padre —respondió Tyrion—. Eso casi parece una alabanza. —Se inclinó hacia delante—. ¿Qué pasa con Stannis? Es el hermano mayor; ¿qué le ha parecido lo que ha hecho su hermano?

—Siempre he tenido la sensación de que Stannis era más peligroso que todos los demás juntos —contestó su padre con el ceño fruncido—. Pero no hace nada. Cierto, a Varys le han llegado rumores. Stannis construye barcos, Stannis contrata mercenarios, Stannis ha llamado a un portador de sombras de Asshai... ¿Qué significa todo eso? ¿Son verdaderos los rumores? —Se encogió de hombros, irritado—. Kevan, trae el mapa. —Ser Kevan hizo lo que le habían dicho. Lord Tywin desenrolló el cuero y lo alisó sobre la mesa.

—Jaime nos ha dejado en una situación pésima. Roose Bolton y los restos de sus huestes están al norte de este lugar. Nuestros enemigos tienen en su poder Los Gemelos y Foso Cailin. Robb Stark está al oeste, de manera que no podemos retirarnos hacia Lannisport y la Roca a menos que presentemos batalla. Tienen a Jaime prisionero y, a todos los efectos, su ejército ya no existe. Thoros de Myr y Beric Dondarrion siguen atacando nuestras partidas de aprovisionamiento. Al este tenemos a los Arryn, Stannis Baratheon está en Rocadragón, y en el sur, Altojardín y Bastión de Tormentas están llamando a sus vasallos.

—Ánimo, padre. —Tyrion sonrió, malévolo—. Al menos, Rhaegar Targaryen sigue muerto.

—Tenía la esperanza de que nos aportaras algo más que sarcasmo, Tyrion —replicó lord Tywin Lannister.

—A estas alturas, Robb Stark ya contará con Edmure Tully y con los señores del Tridente. —Ser Kevan miraba el mapa con el ceño fruncido—. Sus fuerzas combinadas superan a las nuestras. Y con Roose Bolton pisándonos los talones... Me temo que, si nos quedamos aquí, acabaremos atrapados entre tres ejércitos, Tywin.

—No tengo intención de quedarme aquí. Tenemos que zanjar este asunto con el joven lord Stark antes de que lord Renly Baratheon se ponga en marcha en Altojardín. Bolton no me preocupa. Es hombre cauteloso, y en el Forca Verde le dimos más motivos para serlo. No se apresurará mucho a la hora de perseguirnos. De manera que, por la mañana, partiremos hacia Harrenhal. Kevan, quiero que los oteadores de ser Addam encubran nuestros movimientos, y que vayan en grupos de cuatro. No quiero oír hablar de desapariciones.

—Como ordenes. Pero... ¿por qué a Harrenhal? Ese lugar trae mala suerte. Hay quien dice que está maldito.

—Que lo digan —replicó lord Tywin—. Suéltale la correa a ser Gregor y que nos preceda con su canalla. Envía también por delante a Vargo Hoat con sus jinetes libres, y a ser Amory Lorch. Que se lleven cada uno trescientos hombres a caballo. Diles que quiero que prendan fuego a las aldeas de las orillas del río, desde el Ojo de Dioses hasta el Forca Roja.

—Arderán, mi señor —respondió ser Kevan al tiempo que se levantaba—. Daré las órdenes oportunas. —Hizo una reverencia y se dirigió hacia la puerta.

Cuando estuvieron a solas, lord Tywin clavó la mirada en Tyrion.

—A tus salvajes les sentará bien un poco de rapiña. Diles que pueden cabalgar con Vargo Hoat y saquear cuanto quieran: objetos, ganado, mujeres... Que se queden con lo que les guste y prendan fuego al resto.

—Decirles a Shagga y a Timett cómo deben saquear —señaló Tyrion— es como decirle a un pollo cómo debe piar, pero prefiero que se queden conmigo. —Los salvajes eran bárbaros e indómitos, pero suyos, y confiaba en ellos más que en cualquiera de los hombres de su padre. No pensaba perderlos así como así.

—En ese caso, más vale que aprendas a controlarlos; no quiero que saqueen la ciudad.

—¿La ciudad? —Tyrion no entendía nada—. ¿Qué ciudad?

—Desembarco del Rey. Te voy a enviar a la corte.

Era lo último que Tyrion Lannister se habría imaginado. Cogió el vino y bebió un trago para disponer de un momento y poder meditar.

—¿Y qué voy a hacer allí?

—Gobernar —replicó su padre con tono seco.

Tyrion se echó a reír a carcajadas.

—¡Seguro que mi querida hermana tiene algo que decir sobre eso!

—Que diga lo que quiera. Hay que meter en cintura a su hijo antes de que acabe con todos nosotros. La culpa la tienen esos mequetrefes del Consejo: nuestro amigo Petyr, el venerable gran maestre y ese cerdo capado de lord Varys. ¿Qué consejos le dan a Joffrey, que no hace más que cometer una locura tras otra? ¿De quién fue la idea de otorgarle el título de lord a Janos Slynt? Su padre era un vulgar carnicero, ¡y le ha entregado Harrenhal! ¡Harrenhal, que fue asentamiento de reyes! Pero, si de mí depende, no llegará a poner el pie allí. Me han dicho que ha elegido como blasón una lanza ensangrentada. Un cuchillo de desollar ensangrentado habría sido más apropiado. —Todavía no había alzado la voz, pero Tyrion veía la rabia relampagueando en los ojos dorados de su padre—. ¿Y cómo se le ocurrió echar a Selmy? Cierto, estaba viejo, pero el nombre de Barristan el Bravo es una leyenda en el reino. Tenerlo a su servicio era un honor para cualquier hombre. ¿Se puede decir lo mismo del Perro? A un perro se le echan huesos cuando está debajo de la mesa, no se lo sienta en el banco principal. —Apuntó a Tyrion con un dedo—. Si Cersei no es capaz de dominar a ese chico, tendrás que hacerlo tú. Y si esos consejeros nos intentan jugar una mala pasada...

—Picas —suspiró Tyrion, que sabía cómo terminaba la frase—. Cabezas. Murallas.

—Ya veo que has aprendido algo de mí.

—Más de lo que te imaginas, padre —respondió Tyrion con voz queda. Apuró el vino y dejó la copa sobre la mesa, pensativo. En cierto modo se sentía más complacido de lo que quería reconocer, pero otra parte de su ser recordaba demasiado bien la batalla que tuvo lugar río arriba, y se preguntaba si lo volverían a enviar a defender el flanco izquierdo.

—¿Por qué yo? —preguntó, inclinando la cabeza a un lado—. ¿Por qué no envías a mi tío? ¿O a ser Addam, o a ser Flement, o a lord Serrett? ¿Por qué no envías a un hombre... más grande?

—Tú eres mi hijo —dijo lord Tywin levantándose bruscamente.

Entonces fue cuando se dio cuenta.

«Lo das por perdido —pensó—. Hijo de la gran puta, crees que Jaime se puede dar por muerto, así que soy lo único que te queda.» Tyrion habría querido abofetearlo, escupirle a la cara, sacar el puñal y arrancarle el corazón para ver si era de oro viejo y duro, como decía el pueblo llano. Pero se quedó allí, sentado, en silencio.

Los fragmentos de la copa rota crujieron bajo los pies de lord Tywin cuando este cruzó la estancia.

—Una última cosa —dijo ya junto a la puerta—. No te lleves a la puta a la corte.

Tyrion se quedó sentado largo rato, a solas en la sala común, después de la salida de su padre. Por último, subió por los peldaños que llevaban a su acogedora buhardilla, bajo la torre del campanario. El techo era bajo, pero para un enano no suponía ningún problema. Desde la ventana se veía la horca que su padre había alzado en el patio. El cadáver de la tabernera colgaba de la cuerda y se mecía con cada ráfaga de viento nocturno. A aquellas horas tenía ya las carnes tan escasas y maltrechas como las esperanzas de los Lannister.

Shae musitó algo en sueños cuando se sentó al borde del lecho de plumas, y se giró hacia él. Tyrion pasó la mano bajo la manta y le acarició un pecho suave. Ella abrió los ojos.

—Mi señor —dijo con una sonrisa adormilada.

Tyrion sintió que el pezón se endurecía, y la besó.

—¿Sabes, pequeña? Voy a llevarte a la corte, a Desembarco del Rey.

JON

La yegua relinchó suavemente cuando Jon Nieve le apretó las cinchas.

—Calma, preciosa —dijo en voz baja, tranquilizándola con una caricia.

Soplaba viento en el establo, un aliento gélido y mortal que le azotaba el rostro, pero Jon no le prestó atención. Ató el fardo a la silla, pese a la torpeza y rigidez de los dedos heridos.

—Fantasma —susurró—. Conmigo. —Y el lobo acudió, con sus ojos como brasas.

—Jon, por favor, no lo hagas.

Montó, cogió las riendas con una mano e hizo que el animal se volviera hacia la noche. Samwell Tarly estaba ante la puerta del establo; la luna llena le asomaba por encima del hombro. La sombra que proyectaba era inmensa y negra, como la de un gigante.

—Apártate de mi camino, Sam.

—No puedes, Jon —dijo el muchacho—. No te lo permitiré.

—Preferiría no tener que hacerte daño —dijo Jon—. Apártate a un lado, o te arrollaré.

—No me lo creo. Por favor, tienes que hacerme caso...

Jon picó espuelas, y la yegua emprendió el galope hacia la puerta. Sam se mantuvo firme un instante, con la cara tan pálida y redonda como la luna, a su espalda, y la boca abierta en una inmensa «o» de sorpresa. En el último momento, cuando ya casi estaba sobre él, saltó a un lado, como Jon había sabido que haría, tropezó y cayó al suelo. La yegua le saltó por encima y salió a la noche.

Jon se echó sobre la cabeza la capucha de la gruesa capa y encaminó a la yegua en la dirección correcta. Se alejó a caballo del Castillo Negro, que estaba sumergido en el silencio. Fantasma corría a su lado. Sabía que había hombres de guardia sobre el Muro, pero miraban siempre hacia el norte, no hacia el sur. Nadie lo vería partir; solo Sam Tarly, que todavía estaría en los viejos establos, intentando ponerse en pie. Esperaba que Sam no se hubiera hecho daño en la caída. Era tan gordo y torpe que sería propio de él romperse una muñeca o torcerse un tobillo.

—Se lo advertí —dijo Jon en voz alta—. Además, no tenía por qué entrometerse.

Flexionó los dedos de la mano herida mientras cabalgaba, abriéndolos y cerrándolos. Le seguían doliendo, pero al menos ya le habían quitado las vendas.

La luz de la luna se derramaba sobre las colinas mientras Jon recorría los recovecos del camino Real. Tenía que alejarse lo máximo posible del Muro antes de que se dieran cuenta de que se había marchado. Al amanecer, se apartaría del camino y cabalgaría a campo traviesa, entre prados, arbustos y arroyos, para evitar a los perseguidores. Pero de momento, la velocidad tenía más valor que la discreción. No era como si no pudieran imaginar hacia dónde se dirigía.

El Viejo Oso estaba acostumbrado a levantarse con las primeras luces del alba, de manera que Jon tenía hasta el amanecer para poner tantas leguas como pudiera entre él y el Muro... siempre que Sam Tarly no lo traicionara. El muchacho gordo era obediente y se amedrentaba con facilidad, pero quería a Jon como a un hermano. Si lo interrogaban, diría la verdad, no le cabía duda, pero no se lo imaginaba enfrentándose a los guardias de la Torre del Rey para despertar a Mormont.

Al ver que Jon no acudía para recoger en la cocina el desayuno del Viejo Oso, irían a buscarlo a su celda, y se encontrarían a *Garra* encima de la cama. Le había costado mucho dejarla allí, pero no había perdido el sentido del honor hasta el punto de llevársela. Ni siquiera Jorah Mormont había hecho semejante cosa cuando huyó deshonrado. Sin duda, lord Mormont encontraría a alguien más digno de tal espada. Al pensar en el anciano, Jon se sentía muy mal. Sabía que su deserción sería como un puñado de sal sobre la herida aún abierta de la deshonra de su hijo. No podía haber peor manera de pagarle su confianza, pero era inevitable. Hiciera lo que hiciera, Jon sentía que estaba traicionando a alguien.

Ni siquiera en aquel momento estaba seguro de hacer lo más honorable. Para los sureños era más sencillo. Podían hablar con sus septones; alguien les decía cuál era la voluntad de los dioses y los ayudaba a distinguir el bien del mal. Pero los Stark adoraban a los antiguos dioses, los dioses sin nombre, y quizá los árboles corazón escucharan, pero no hablaban.

Cuando las luces del Castillo Negro se perdieron de vista, Jon se permitió aminorar la marcha. Le quedaba un largo camino por delante, y únicamente disponía de un caballo. En las aldeas y granjas podría cambiar la yegua por un caballo descansado, pero no si estaba herida o reventada.

También tendría que buscarse ropas nuevas; mejor dicho, robarlas. Iba vestido de negro de los pies a la cabeza: botas altas de montar, polainas de tejido basto, túnica, chaleco de cuero, capa gruesa de lana... Hasta la espada larga y el puñal iban en vainas de piel de topo negro, y la cota de malla que llevaba colgada de la silla era negra. Si lo apresaban, cualquiera de aquellas prendas supondría su muerte. Los pueblos y aldeas, al norte del Cuello, recibían con desconfianza a cualquier forastero vestido de negro, y pronto habría hombres persiguiéndolo. Jon sabía que cuando los cuervos del maestre Aemon emprendieran el vuelo, no habría refugio para él. Ni siquiera en Invernalia. Bran querría dejarlo entrar, pero el maestre Luwin era más sabio. Atrancaría las puertas y le negaría la entrada, como debía ser. Era mejor no pasar por allí.

Pero, en su mente, veía claro y diáfano el castillo, como si hubiera salido de él el día anterior: las altas murallas de granito; el salón principal, con los olores del humo, los perros y la carne asada; las habitaciones de su padre; la habitación de la torre que había sido su dormitorio... Una parte de él deseaba más que nada en el mundo volver a oír la risa de Bran, comerse una de las empanadas de carne de Gage y escuchar los cuentos de la Vieja Tata sobre los hijos del bosque y Florian el Bufón.

Pero no había huido del Muro para aquello. Se había marchado porque era hijo de su padre y hermano de Robb. Una espada regalada, aunque fuera tan bella como *Garra,* no hacía de él un Mormont. Tampoco era Aemon Targaryen. El anciano había tenido que decidir en tres ocasiones, y en tres ocasiones había optado por el honor, pero había sido su decisión. Ni siquiera en aquellos momentos sabía Jon si el maestre se había quedado porque era débil y cobarde, o porque era fuerte y honorable. Pero comprendía lo que le había contado sobre el dolor de elegir. Lo comprendía demasiado bien.

Tyrion Lannister aseguraba que la mayoría de los hombres prefería negar una verdad dolorosa antes que enfrentarse a ella, pero Jon estaba harto de negar cosas. Era quien era: Jon Nieve, bastardo y fugitivo, sin madre, sin amigos, perseguido. Durante el resto de su vida, durase lo que durase, sería un forajido, un hombre silencioso que se ampararía en las sombras sin atreverse a pronunciar su verdadero nombre. En los Siete Reinos, fuera adonde fuera, tendría que vivir en la mentira, o cada hombre sería un enemigo. Pero aquello no importaba; nada importaba, siempre que viviera lo suficiente para ocupar el lugar que le correspondía al lado de su hermano, y ayudara a vengar a su padre.

Recordó a Robb tal como lo había visto por última vez, de pie en el patio, con la nieve derritiéndosele sobre el cabello castaño cobrizo. Jon tendría que acercarse a él en secreto, disfrazado. Trató de imaginar la cara que pondría Robb cuando le descubriera su personalidad. Su hermano sacudiría la cabeza, sonreiría y le diría... le diría...

No conseguía visualizar la sonrisa. Por mucho que lo intentaba, no la veía. En cambio, recordaba al desertor que su padre había decapitado el día que encontraron los lobos huargo. «Pronunciaste un juramento —le había dicho lord Eddard—. Hiciste votos ante tus hermanos, ante los antiguos dioses y ante los nuevos.» Desmond y Tom el Gordo arrastraron al hombre hasta el tocón. Bran tenía los ojos abiertos como platos, y Jon tuvo que recordarle que controlara su poni. Recordaba la expresión de la cara de su padre cuando Theon Greyjoy le tendió a *Hielo;* la lluvia de sangre sobre la nieve; la manera en que Theon había pateado la cabeza cuando llegó rodando a sus pies.

Se preguntó qué habría hecho lord Eddard si el desertor hubiera sido su hermano Benjen, en vez de aquel desconocido harapiento. ¿Habrían cambiado las cosas? Seguro que sí, sin duda, sin duda... Y Robb le daría la bienvenida, desde luego. Era necesario. Si no...

No quería ni siquiera pensarlo. El dolor le palpitó en lo más profundo de los dedos cuando agarró las riendas. Picó espuelas y salió al galope camino Real abajo, como para escapar de sus dudas. Jon no temía a la muerte, pero no quería morir de aquella manera, maniatado y decapitado como un vulgar criminal. Si había de perecer, que fuera con una espada en la mano, luchando contra los asesinos de su padre. No era un Stark, nunca lo sería... pero podía morir como un Stark. Que los hombres dijeran que Eddard Stark había engendrado cuatro hijos, no tres.

Fantasma se mantuvo a su altura durante ochocientos pasos, con la lengua roja colgando entre los dientes. Hombre y caballo bajaron la cabeza cuando Jon le pidió al animal más velocidad. Pero el lobo aminoró la marcha y se detuvo; los ojos le brillaban rojos a la luz de la luna. Se quedó atrás y desapareció, pero Jon sabía que lo seguiría a su ritmo.

Entre los árboles, más adelante, a ambos lados del camino, brillaban algunas luces dispersas: Villa Topo. Un perro empezó a ladrar, y oyó a una mula en los establos, pero aparte de aquello, el pueblo estaba en silencio. Aquí y allá, el brillo de los fuegos en las chimeneas salía por las hendiduras de los postigos, pero solo en unos pocos puntos.

Villa Topo era más grande de lo que parecía, porque tres cuartas partes del pueblo estaban bajo tierra, en sótanos profundos y cálidos conectados por un laberinto de túneles. Hasta el prostíbulo estaba allí abajo; en la superficie no había más que una choza del tamaño de una letrina, con una lámpara roja colgada de la puerta. En el Muro, los hombres llamaban a aquellas prostitutas «tesoros enterrados». ¿Cuántos de sus hermanos negros estarían allí aquella noche, explotando la mina? Eso también iba contra el juramento, pero por lo visto, a nadie le importaba.

Hasta que pasó de largo del pueblo, Jon no volvió a aminorar la marcha. Tanto él como la yegua estaban ya empapados de sudor. Desmontó, tiritando; la mano quemada le dolía mucho. Bajo los árboles había una zona con nieve derritiéndose, que brillaba a la luz de la luna. El agua goteaba para formar pequeños charcos. Jon se acuclilló, juntó las manos y cogió un poco. Estaba fría como el hielo. Bebió y se lavó la cara hasta que sintió como agujas en las mejillas. Los dedos le dolían más que desde hacía muchos días, y también notaba un latido sordo en la cabeza.

«Estoy haciendo lo correcto —se dijo—. Entonces, ¿por qué me siento tan mal?»

La yegua parecía cansada, de manera que Jon la cogió por las riendas y avanzó un rato a pie. El camino era tan estrecho que dos hombres a caballo no habrían podido pasar a la vez más que con muchas dificultades, y estaba salpicado de piedras y cortado por diminutos arroyos. Montar al galope había sido una verdadera tontería; había corrido el riesgo de romperse el cuello. Jon se preguntó por qué se habría comportado así. ¿Tanta prisa tenía por morir?

A lo lejos, entre los árboles, el grito distante de algún animal asustado le hizo levantar la vista. La yegua relinchó, nerviosa. ¿Habría cazado ya el lobo? Se puso las manos en torno a la boca.

—¡Fantasma! —gritó—. ¡Fantasma, conmigo!

No obtuvo más respuesta que un batir de alas, tras él, cuando un búho alzó el vuelo.

Jon siguió la marcha con el ceño fruncido. Tiró de la yegua durante media hora, hasta que el sudor del animal se secó. Fantasma no apareció. Jon quería montar y cabalgar de nuevo, pero la desaparición del lobo lo preocupaba.

—¡Fantasma! —llamó de nuevo—. ¿Dónde estás? ¡Conmigo! ¡Fantasma!

En los bosques no había animal que pudiera asustar a un lobo huargo, ni siquiera a uno que no había alcanzado el tamaño de la madurez, a excepción de... No, Fantasma era demasiado listo para atacar a un oso. Y si hubiera por allí alguna manada de lobos, Jon ya habría oído los aullidos.

Decidió hacer una parada para comer; así se le asentaría el estómago, y Fantasma tendría tiempo para alcanzarlo. Aún no corría peligro; el Castillo Negro seguía durmiendo. Sacó de las alforjas un panecillo, un trozo de queso y una manzanita arrugada. También llevaba algo de carne salada y un trozo de panceta ahumada que había hurtado de la cocina, pero prefería reservar la carne para el día siguiente. Cuando se le acabara, tendría que cazar, y aquello lo obligaría a ir más despacio.

Jon se sentó bajo los árboles y se comió el panecillo y el queso, mientras la yegua pastaba por los bordes del camino Real. Dejó la manzana para el final. Se había puesto un poco blanda, pero la pulpa era ácida y jugosa. Ya solo le quedaba el corazón cuando oyó los sonidos: caballos, y procedentes del norte. Jon se puso en pie con rapidez y caminó hasta la yegua. ¿Podría escapar al galope? No, estaban demasiado cerca; sin duda lo oirían, y si procedían del Castillo Negro...

Tiró de las riendas de la yegua y la guio hasta situarla detrás de unos cuantos centinelas color gris verdoso.

—Tranquila —susurró, al tiempo que se acuclillaba para mirar por entre las ramas más bajas.

Si los dioses eran generosos, los jinetes pasarían de largo. Probablemente no fueran más que aldeanos de Villa Topo, o granjeros de camino hacia sus campos, aunque ¿qué hacían allí a medianoche...?

Prestó atención al sonido de los cascos, que se acercaban cada vez más por el camino Real. A juzgar por el ruido eran al menos cinco o seis. Las voces empezaron a llegar entre los árboles.

—... ¿Seguro que ha venido por aquí?

—No podemos estar seguros.

—Por lo que sabemos, igual se ha ido hacia el este. O ha salido del camino para atajar por el bosque. Es lo que haría yo.

—¿En la oscuridad? Idiota. Te romperías el cuello al caerte del caballo, o acabarías de vuelta en el Muro cuando amaneciera.

—No es verdad. —Grenn parecía enfurruñado—. Yo cabalgaría hacia el sur. Se sabe dónde está el sur por las estrellas.

—¿Y si hubiera nubes? —preguntó Pyp.

—Entonces no cabalgaría.

—¿Sabéis dónde estaría yo en su lugar? —intervino otra voz—. En Villa Topo, buscando tesoros enterrados.

La risa chillona de Sapo retumbó entre los árboles. La yegua de Jon resopló.

—Callaos todos —dijo Halder—. Me parece que he oído algo.

—¿Por dónde? Yo no he oído nada.

Los caballos se detuvieron.

—Es que tú no oyes ni los pedos que te tiras.

—Sí que los oigo —insistió Grenn.

—¡Callaos!

Todos se quedaron en silencio, escuchando. Jon descubrió que estaba conteniendo el aliento. «Sam», pensó. No había despertado al Viejo Oso, pero tampoco se había ido a la cama, sino que había despertado a los demás chicos. Malditos fueran todos. Si llegaba el amanecer y no estaban en sus lechos, a todos los condenarían por desertores. ¿Qué se creían que hacían?

El silencio pareció prolongarse una eternidad. Desde donde estaba acuclillado, Jon alcanzaba a ver las patas de los caballos entre las ramas.

—¿Qué has oído? —preguntó Pyp al final.

—No lo sé —reconoció Halder—. Me ha parecido un ruido. Puede que fuera un caballo, pero...

—Aquí no hay nada.

Jon vio por el rabillo del ojo una forma blanca que se movía entre los árboles. Las hojas crujieron, y Fantasma salió como una centella de entre las sombras. Fue tan repentino que la yegua se sobresaltó y relinchó.

—¡Ahí! —exclamó Halder.

—¡Yo también lo he oído!

—Traidor —le dijo Jon al lobo, al tiempo que montaba a caballo. Hizo girar a la yegua para escabullirse entre los árboles, pero antes de que avanzara ni cinco pasos, ya los tenía encima.

—¡Jon! —le gritó Pyp.

—¡Para! ¡No puedes escapar de todos!

—Marchaos —dijo Jon dando media vuelta mientras desenvainaba la espada—. Volved. No quiero haceros daño, pero si me obligáis...

—¿Uno contra siete? —Halder hizo una seña. Los chicos rodearon a Jon.

—¿Qué queréis de mí? —rugió el muchacho.

—Queremos llevarte de vuelta al lugar donde debes estar —replicó Pyp.

—Debo estar al lado de mi hermano.

—Ahora, nosotros somos tus hermanos —dijo Grenn.

—Si te cogen, te cortarán la cabeza: ya lo sabes —intervino Sapo con una risita nerviosa—. ¡Qué estupidez! ¡Una cosa así solo la haría el Uro!

—Mentira —replicó Grenn—. Yo no soy ningún perjuro. Pronuncié el juramento, y lo dije en serio.

—Yo también —replicó Jon—. Pero ¿no lo comprendéis? Han matado a mi padre. Es la guerra. Mi hermano Robb está luchando en las tierras de los ríos...

—Lo sabemos —dijo Pyp con solemnidad—. Sam nos lo ha contado todo.

—Sentimos mucho lo de tu padre —dijo Grenn—, pero eso no importa. Cuando pronuncias el juramento, pase lo que pase no te puedes marchar.

—Tengo que hacerlo —dijo Jon, fervoroso.

—Pronunciaste el juramento —le recordó Pyp—. «Ahora empieza mi guardia. No terminará hasta el día de mi muerte.»

—«Viviré y moriré en mi puesto» —añadió Grenn, asintiendo.

—No tenéis que recordarme el juramento; me lo sé tan bien como vosotros. —Jon estaba enfadado. ¿Por qué no dejaban que se marchara en paz? Lo único que conseguían era que le resultase más duro.

—«Soy la espada en la oscuridad» —entonó Halder.

—«Soy el vigilante del muro» —siguió Sapo.

Jon los maldijo a todos, pero no le hicieron caso. Pyp se acercó más a caballo, sin dejar de recitar.

—«Soy el fuego que arde contra el frío, la luz que trae el amanecer, el cuerno que despierta a los durmientes, el escudo que defiende los reinos de los hombres.»

—No te acerques —le advirtió Jon, al mismo tiempo que blandía la espada—. Lo digo en serio, Pyp.

Ninguno de ellos llevaba armadura; si era necesario, los podía hacer pedazos.

Matthar había situado su caballo tras él, y se unió al coro.

—«Entrego mi vida y mi honor a la Guardia de la Noche.»

Jon picó espuelas y obligó a la yegua a girar en círculo. Sus amigos lo rodeaban; se acercaban por todos lados. Halder avanzó al trote desde la izquierda.

—«Durante esta noche...»

—«... y todas las que estén por venir» —terminó Pyp. Tendió la mano para coger las riendas de Jon—. Así que tendrás que elegir: mátame o regresa conmigo.

Jon alzó la espada... y la volvió a bajar, impotente.

—Maldito seas —dijo—. Malditos seáis todos.

—¿Tenemos que atarte las manos, o nos das tu palabra de que volverás tranquilamente? —preguntó Halder.

—No voy a escapar, si te refieres a eso. —Fantasma salió de entre los árboles, y Jon lo miró—. Menuda ayuda has sido.

Los profundos ojos rojos lo miraron, llenos de inteligencia.

—Más vale que nos demos prisa —dijo Pyp—. Si no estamos de vuelta antes del amanecer, el Viejo Oso nos cortará la cabeza a todos.

Jon apenas recordaría nada del viaje de regreso. Le pareció más corto que el de ida, tal vez porque su mente estaba muy lejos. Pyp se encargó de marcar el ritmo, al galope, al paso, al trote, después otra vez al galope.

Pasaron por Villa Topo y la dejaron atrás; el farolillo rojo de la puerta del burdel se había apagado hacía ya rato. Fue un viaje rápido: aún faltaba una hora para el amanecer cuando Jon divisó las torres del Castillo Negro, que se alzaban oscuras contra la inmensidad blanca del Muro. En aquel momento no tuvo la sensación de volver al hogar.

Se dijo que lo habían obligado a regresar, pero no podrían hacer que se quedara. La guerra no iba a terminar al día siguiente, ni al otro, y sus amigos no podrían vigilarlo día y noche. Se tomaría tiempo; haría que pensaran que se conformaba... y entonces, cuando bajaran la guardia, escaparía de nuevo. La próxima vez no iría por el camino Real. Podía seguir el Muro hacia el este, quizá hasta el mar: era una ruta más larga, pero también más segura. O ir hacia el oeste, hasta las montañas, y bajar por los pasos. Aquel era el camino de los salvajes, duro y lleno de peligros, pero al menos estaba seguro de que nadie lo seguiría. No se acercaría a menos de cien leguas de Invernalia ni del camino Real.

Samwell Tarly los esperaba en los establos viejos, recostado contra una bala de heno, demasiado nervioso para dormir. Se levantó y se sacudió las ropas.

—Me... me alegro de que te hayan encontrado, Jon.

—Yo no —replicó Jon al tiempo que desmontaba.

Pyp se bajó del caballo y examinó de mal humor el cielo que clareaba.

—Échanos una mano con los caballos, Sam —dijo el muchacho menudo—. Tenemos un largo día por delante, y no hemos dormido gracias a lord Nieve.

Cuando amaneció, Jon se dirigió a las cocinas como todos los días. Hobb Tresdedos no le dirigió la palabra al entregarle el desayuno del Viejo Oso. Aquel día eran tres huevos duros con pan frito y jamón asado, y un cuenco de ciruelas pasas. Jon llevó la bandeja a la Torre del Rey. Mormont estaba sentado junto a la ventana, escribiendo. Su cuervo le iba pasando de un hombro a otro.

—Maíz, maíz, maíz —graznaba.

Cuando entró Jon, lanzó un graznido más agudo. El Viejo Oso alzó la vista.

—Pon el desayuno en la mesa —dijo—. Para beber quiero un poco de cerveza.

Jon abrió una ventana, cogió de la cornisa la jarra de cerveza y llenó un cuerno. Hobb le había dado un limón, aún con el frío del Muro. Jon lo estrujó con el puño, y el zumo le corrió por los dedos. Mormont tomaba la cerveza siempre con limón; decía que por eso conservaba la dentadura.

—No cabe duda de que querías a tu padre —dijo cuando el muchacho le tendió el cuerno—. Aquello que amamos acaba siempre por destruirnos. ¿Recuerdas que te lo advertí?

—Lo recuerdo —replicó Jon de mala gana. No quería hablar de la muerte de su padre, ni siquiera con Mormont.

—Pues no lo olvides nunca. Las verdades más dolorosas son aquellas a las que más hay que aferrarse. Acércame el plato. ¿Otra vez jamón? Qué se le va a hacer. Pareces cansado. ¿Tan agotador ha sido el viaje de esta noche?

—¿Lo sabíais? —A Jon se le secó la garganta.

—Sabíais —graznó el cuervo desde el hombro de Mormont—. Sabíais.

—¿Crees que me nombraron lord comandante de la Guardia de la Noche por ser un completo imbécil, Nieve? —resopló el Viejo Oso—. Aemon me dijo que te marcharías. Yo le dije que volverías. Conozco a mis hombres... y también a mis muchachos. El honor te hizo emprender el viaje por el camino Real... y el honor te hizo regresar.

—Mis amigos me hicieron regresar —replicó Jon.

—No he dicho que fuera tu honor —dijo Mormont con la vista clavada en el plato.

—Mataron a mi padre. ¿Esperabais que me quedara aquí, sin hacer nada?

—La verdad, esperábamos que hicieras lo que hiciste. —Mormont probó una ciruela y escupió el hueso—. Les ordené a los guardias que te vigilaran. Te vieron al partir. Si tus hermanos no hubieran ido a buscarte, manos menos amigas te habrían detenido por el camino. A menos que tuvieras un caballo con alas, como un cuervo. ¿Es el caso?

—No. —Jon se sentía idiota.

—Lástima. Nos iría bien tener caballos así.

—Sé cuál es el castigo por la deserción, mi señor. —Jon se irguió en toda su estatura. Se dijo que moriría con orgullo. Era lo mínimo que podía hacer—. No me da miedo la muerte.

—¡Muerte! —graznó el cuervo.

—Espero que tampoco te dé miedo la vida —dijo Mormont al tiempo que cortaba el jamón con el puñal y le daba un trocito al cuervo—. No has desertado... todavía. Estás aquí. Si decapitáramos a todo muchacho que hace una escapada nocturna a Villa Topo, solo tendríamos espíritus para vigilar el Muro. Pero quizá pienses huir de nuevo mañana, o dentro de dos semanas. ¿Es así? ¿Es lo que planeas, muchacho? —Jon no dijo nada—. Lo que pensaba —siguió Mormont mientras pelaba un huevo duro—. Tu padre está muerto, muchacho. ¿Puedes devolverle la vida?

—No —replicó de mala gana.

—Excelente —dijo Mormont—. Tú y yo hemos visto volver a los muertos, y no es una experiencia que me apetezca mucho repetir. —Se comió el huevo de dos mordiscos, y escupió por entre los dientes un trocito de cáscara—. Tu hermano está en el campo de batalla, respaldado por todo el poder del norte. Cualquiera de sus vasallos está al mando de más espadas de las que hay en toda la Guardia de la Noche. ¿Qué te hace pensar que necesitan tu ayuda? ¿Acaso eres un guerrero tan temible, o llevas en el bolsillo un endriago que hace tu brazo invencible?

Jon no supo qué responder. El cuervo picoteó un huevo hasta romper la cáscara. Metió el pico por el agujero, y se dedicó a sacar trocitos de clara y de yema. El Viejo Oso suspiró.

—No eres el único afectado por esta guerra —dijo—. Mi hermana cabalga con el ejército de tu hermano, junto con esas hijas suyas que visten armaduras de hombres. Maege es un tiburiente viejo, testarudo y malhumorado. La verdad, no soporto estar a su lado, pero no por eso la quiero menos que tú a tus hermanas. —Mormont frunció el ceño, cogió el último huevo y lo apretó en el puño hasta que la cáscara crujió—. O quizá sí. Sea como sea, si la mataran, me dolería, pero a mí no me verás escapar de aquí. Pronuncié el juramento, igual que tú. Mi lugar está aquí... ¿y el tuyo, muchacho?

«Yo no tengo lugar —habría querido decir Jon—. Soy un bastardo. No tengo derechos, ni nombre, ni madre, y ahora ni siquiera tengo padre.» Pero no le salieron las palabras.

—No lo sé.

—Yo sí —replicó el lord comandante Mormont—. Empiezan a soplar los vientos fríos, Nieve. Más allá del Muro, las sombras son cada vez más alargadas. Cotter Pyke me ha escrito: me habla de manadas de alces que se desplazan por el sur y el este hacia el mar, y también mamuts. Dice que uno de sus hombres descubrió huellas de pisadas gigantescas y deformes a menos de tres leguas de Guardiaoriente. Los exploradores de la Torre Sombría han encontrado aldeas enteras abandonadas, y ser Denys dice que por las noches se ven hogueras en las montañas, fuegos enormes que arden desde el ocaso hasta el amanecer. Qhorin Mediamano cogió, en lo más profundo de la Quebrada, un prisionero que jura que Mance Rayder está reuniendo a todos sus hombres en una fortaleza secreta que ha encontrado, solo los dioses saben con qué objetivo. ¿Crees que tu tío Benjen es el único explorador que hemos perdido este último año?

—Ben Jen —graznó el cuervo, con la cabeza inclinada y trocitos de huevo en el pico—. Ben Jen, Ben Jen.

—No —respondió Jon. Había habido otros. Demasiados.

—¿Y crees que la guerra de tu hermano es más importante que la nuestra? —rugió el anciano.

Jon se mordió el labio. El cuervo batió las alas.

—Guerra, guerra, guerra, guerra —cantó.

—Pues no lo es —insistió Mormont—. Que los dioses nos ayuden, muchacho; no eres ciego y no eres idiota. Los muertos regresan en medio de la noche; ¿crees que importa quién ocupe el Trono de Hierro?

—No. —Jon no lo había considerado desde aquel punto de vista.

—Tu señor padre te envió con nosotros, Jon. ¿Quién sabe por qué?

—¿Por qué? ¿Por qué? ¿Por qué? —graznó el cuervo.

—Solo sé que la sangre de los primeros hombres corre por las venas de los Stark —continuó Mormont—. Los primeros hombres construyeron el Muro, y se dice que recuerdan cosas que los demás han olvidado. Además, tu lobo... ese animal nos llevó hasta los espectros; te alertó sobre el hombre muerto de las escaleras. Sin duda, ser Jaremy diría que fue una casualidad, pero ser Jaremy está muerto, y yo, no. —Lord Mormont pinchó un trozo de jamón con la punta del puñal—. Creo que tu destino era estar aquí, y quiero que tu lobo y tú nos acompañéis cuando vayamos más allá del Muro.

—¿Más allá del Muro? —Aquellas palabras hicieron que Jon sintiera un escalofrío de emoción.

—Ya me has oído. Pienso encontrar a Benjen Stark, vivo o muerto. —Masticó y tragó—. No me quedaré aquí sentado tranquilamente, a esperar las nieves y los vientos helados. Tenemos que averiguar qué sucede. Esta vez, la Guardia de la Noche cabalgará como un ejército; se enfrentará al Rey-más-allá-del-Muro, a los Otros y a quien haga falta. Yo mismo iré al mando. —Apuntó al pecho de Jon con el puñal—. Según la costumbre, el mayordomo del lord comandante es también su escudero... pero no quiero despertar por las mañanas sin saber si habrás escapado de nuevo. Así que necesito una respuesta, lord Nieve, y la necesito ahora mismo. ¿Eres un hermano de la Guardia de la Noche... o un chico bastardo que quiere jugar a la guerra?

«Perdóname, padre. Robb, Arya, Bran..., perdonadme. No puedo evitarlo. Tiene razón. Este es el lugar que me corresponde.»

—Soy... vuestro hombre, mi señor. —Jon se irguió y respiró profundamente—. Lo juro. No volveré a escapar.

—Bien. —El Viejo Oso resopló—. Venga, ve a por tu espada.

CATELYN

Catelyn Stark tenía la sensación de que habían pasado mil años desde el día en que salió de Aguasdulces, con su hijo recién nacido en brazos, y cruzó el Piedra Caída en un bote para iniciar el viaje al norte, hacia Invernalia. Y en aquel momento cruzaban de nuevo el Piedra Caída, para volver a casa, solo que el niño llevaba armadura y cota de malla, en vez de pañales.

Robb iba sentado en el bote con Viento Gris; tenía la mano apoyada sobre la cabeza del lobo huargo, mientras los hombres remaban. Theon Greyjoy lo acompañaba. Su tío Brynden los seguiría en un segundo bote, con el Gran Jon y lord Karstark.

Catelyn ocupó un lugar a popa. Descendieron por el Piedra Caída, dejando que la corriente los arrastrara más allá de la Torre del Azud. El chapoteo y el ruido de la gran rueda de aspas del interior era uno de los sonidos de su infancia, y Catelyn sonrió con tristeza. Arriba, en las murallas del castillo, los soldados y los criados gritaban su nombre, el de Robb, y también «¡Invernalia!». En todos los baluartes ondeaba el estandarte de los Tully, una trucha saltando, de plata, sobre ondas de agua azur y gules. Era un espectáculo emocionante, pero no le levantó el ánimo. Se preguntaba si alguna vez volvería a sentir alegría.

«Oh, Ned...»

Más allá de la Torre del Azud, describieron una curva amplia y cortaron las aguas agitadas. Los hombres tuvieron que esforzarse más. Pronto divisaron el amplio arco de la Puerta del Agua, Catelyn oyó el crujido de las gruesas cadenas cuando alzaron el gran rastrillo de hierro. Se fue elevando poco a poco a medida que se acercaban, y vio que la parte baja estaba roja de óxido. El trozo inferior goteó lodo marrón sobre ellos cuando pasaron por debajo, con las púas a unos dedos de la cabeza. Catelyn observó los barrotes y se preguntó hasta qué punto estaría oxidado el rastrillo, si resistiría una embestida, si no deberían sustituirlo... En los últimos tiempos siempre pensaba en cosas así.

Pasaron bajo el arco, junto a las murallas; pasaron del sol a la sombra, y luego, otra vez al sol. A ambos lados había botes grandes y pequeños, todos amarrados a anillas de hierro incrustadas en la piedra. Los guardias de su padre esperaban en la escalera del agua, junto a su hermano. Ser Edmure Tully era un joven corpulento, de pelo caoba revuelto y barba de aspecto fiero. Llevaba una coraza mellada y arañada tras la batalla, y una capa azul y roja manchada de sangre y hollín. A su lado se encontraba lord Tytos Blackwood, un hombre huesudo y duro, con nariz ganchuda, y patillas y bigotes entrecanos. Llevaba una brillante armadura amarilla con incrustaciones de azabache en forma de hojas, y una capa con plumas de cuervo cosidas le caía sobre los hombros flacos. Lord Tytos había liderado el grupo que rescató a su hermano del campamento Lannister.

—Traedlos —ordenó ser Edmure.

Tres hombres bajaron por las escalerillas, se metieron en el agua hasta las rodillas, y tiraron del bote con ganchos largos. Cuando Viento Gris bajó de un salto, uno de ellos soltó la pértiga, retrocedió de espaldas y cayó sentado al río. Los otros se echaron a reír, y el hombre los miró, avergonzado. Theon Greyjoy se dirigió hacia su bote, cogió a Catelyn por la cintura y la depositó sobre un peldaño seco, mientras el agua le lamía las botas.

—Hermana querida —dijo Edmure con voz ronca mientras bajaba por las escaleras para abrazarla. Tenía los ojos de un azul intenso, y una boca acostumbrada a sonreír, pero en aquel momento no sonreía. Parecía triste y agotado, maltrecho por el combate y demacrado por la tensión. Tenía un vendaje sobre la herida del cuello. Catelyn lo estrechó con fuerza.

—Comparto tu dolor, Cat —dijo cuando se separaron—. Cuando supimos lo de lord Eddard... Los Lannister lo pagarán, te lo juro; tendrás la venganza que mereces.

—¿Me servirá eso para recuperar a Ned? —replicó ella con brusquedad. La herida era demasiado reciente para que midiera las palabras. No podía permitirse el lujo de hablar de Ned. No lo haría. Tenía que ser fuerte—. Lo demás puede esperar. Tengo que ver a nuestro padre.

—Te espera en sus habitaciones —dijo Edmure.

—Lord Hoster está postrado en cama, mi señora —le explicó el mayordomo de su padre. ¿Desde cuándo era tan viejo, tan canoso?—. Me ha dado instrucciones de que os llevara ante él lo antes posible.

—Yo la acompañaré. —Edmure subió con ella por la escalera del agua, y juntos cruzaron el patio inferior, donde en cierta ocasión Petyr Baelish y Brandon Stark se habían batido por Catelyn. Los inmensos muros de la fortaleza se alzaban sobre ellos.

—¿Está muy mal? —preguntó Catelyn cuando atravesaron una puerta, entre dos guardias con yelmos de crestas en forma de peces. Temía la respuesta, y el aspecto sombrío de Edmure era ya una contestación en sí.

—Según los maestres, no le queda mucho tiempo entre nosotros. El dolor que sufre es... constante y terrible.

La invadió una rabia ciega, rabia contra todo el mundo: contra su hermano Edmure, contra su hermana Lysa, contra los Lannister, contra los maestres, contra Ned, contra su padre y contra los dioses monstruosos que le arrebataban a ambos.

—Deberías habérmelo dicho —dijo—. Deberías haberme enviado un mensaje en cuanto lo supiste.

—Él lo prohibió. No quería que sus enemigos supieran que estaba agonizando. Eran momentos críticos para el reino; tenía miedo de que, si los Lannister sabían hasta qué punto era frágil su salud...

—¿Atacarían? —terminó Catelyn, con la palabra atragantada entre los labios.

«Ha sido por tu culpa, por tu culpa —le susurraba una vocecita interior—. Si no te hubieras empecinado en apresar al enano...»

Subieron en silencio por la escalera de caracol.

El torreón tenía tres lados, como la propia Aguasdulces, y la habitación de lord Hoster era también triangular. El balcón de piedra que sobresalía hacia el este hacía que pareciera la proa de una gigantesca nave de arenisca. Desde allí, el señor del castillo divisaba las murallas y las almenas, y más allá, el punto donde se encontraban los ríos. Habían desplazado el lecho de su padre al balcón.

—Le gusta sentarse al sol y contemplar los ríos —explicó Edmure—. Padre, mira quién está aquí. Cat ha venido a verte.

Hoster Tully había sido siempre un hombre grande; alto y fuerte en su juventud, más corpulento a medida que envejecía. En aquel momento parecía hundido; el músculo y la carne se le habían fundido sobre los huesos. Hasta el rostro parecía demacrado. La última vez que Catelyn lo había visto, tenía el pelo y la barba castaños, aunque con bastantes canas. Se le habían puesto blancos como la nieve. Al oír la voz de Edmure, abrió los ojos.

—Mi gatita —murmuró con voz débil, marcada por el dolor—. Mi gatita. —La buscó con una mano temblorosa, mientras una sonrisa le aleteaba en los labios—. Te esperaba...

—Os dejo a solas para que habléis —dijo su hermano después de besar la frente del anciano, y se retiró.

Catelyn se arrodilló y cogió la mano de su padre entre las suyas. Era una mano grande, pero ya descarnada; los huesecillos se movían, sueltos, bajo la piel; carecía de fuerza.

—Tendrías que haberme avisado —dijo—. Un mensajero, un cuervo...

—A un mensajero lo pueden capturar e interrogar —respondió—. A los cuervos los cazan... —Un espasmo de dolor lo sacudió, y le apretó con fuerza los dedos—. Tengo cangrejos en el vientre... me pellizcan, me pellizcan. Día y noche. Tienen tenazas crueles. El maestre Vyman me da vino de sueño y la leche de la amapola... Duermo mucho... pero quería estar despierto para verte cuando llegaras. Tenía miedo... Cuando los Lannister cogieron a tu hermano, los campamentos nos rodeaban... Tenía miedo de morir antes de volver a verte... tenía miedo...

—Ya estoy aquí, padre —dijo ella—. Y también Robb, mi hijo. Él también quiere verte.

—Tu hijo —susurró—. Recuerdo que tenía mis ojos...

—Los tenía y los tiene. Y te hemos traído prisionero a Jaime Lannister. Aguasdulces vuelve a ser libre, padre.

—Lo vi —dijo lord Hoster con una sonrisa—. Anoche, cuando empezó todo, les dije... Quería verlo. Me llevaron al puesto de guardia... Fue una maravilla... Las antorchas bajaron como una oleada; se oían los gritos al otro lado del río... Qué gritos, como música... Y cuando destruyeron aquella torre de asedio... Dioses, no me habría importado morir en aquel momento; solo quería ver antes a mis hijos. ¿Aquello lo hizo tu chico? ¿Fue cosa de Robb?

—Sí —respondió Catelyn con fiero orgullo—. Fue Robb... con ayuda de Brynden. Tu hermano también ha venido.

—¿Él? —La voz de su padre era apenas un susurro—. El Pez Negro... ¿ha vuelto? ¿Del Valle?

—Sí.

—¿Y Lysa? —Una ráfaga de brisa le agitó el fino cabello blanco—. Los dioses son generosos. Tu hermana... ¿Ha venido ella también?

—No. Lo siento... —Parecía tan deseoso, tan lleno de esperanza, que le había costado decir la verdad.

—Ya. —Una parte de la luz desapareció de sus ojos—. Tenía la esperanza... Me habría gustado volver a verla, antes de...

—Está con su hijo, en el Nido de Águilas.

Lord Hoster asintió, cansado.

—Lord Robert, ahora que el pobre Arryn ha muerto..., lo sé..., ¿por qué no ha venido contigo?

—Está asustada, mi señor. En el Nido de Águilas se siente a salvo. —Le besó la frente arrugada—. Robb debe de estar esperando. ¿Quieres verlo? ¿Y a Brynden?

—Tu hijo —susurró—. Sí. El chico de Cat... Recuerdo que tenía mis ojos. Cuando nació. Que pase... sí.

—¿Y tu hermano?

—El Pez Negro —dijo su padre mirando los ríos—. ¿Se ha casado ya? ¿Tiene... esposa?

«Hasta en su lecho de muerte», pensó Catelyn con tristeza.

—No, Padre, no se ha casado, ya lo sabes. Y no se casará jamás.

—Se lo dije... Se lo ordené. Le ordené que se casara. ¡Yo era su señor! Lo sabe. Tenía derecho a elegirle una esposa. Una buena esposa. Una Redwyne. Una casa antigua. Buena chica, y bonita... con pecas... Bethany, sí. Pobrecilla. Sigue esperando. Sí. Sigue...

—Bethany Redwyne se casó con lord Rowan hace años —le recordó Catelyn—. Tiene tres hijos.

—Aun así —murmuró lord Hoster—. Despreció a la chica. A los Redwyne. A mí. Era su señor, su hermano... Ese Pez Negro. Yo tenía otras ofertas. La hija de lord Bracken. La de Walder Frey... Cualquiera de las tres, le dije... ¿Se ha casado? ¿Con alguna? ¿La que sea?

—No —respondió Catelyn—, pero ha cabalgado muchas leguas para venir a verte; ha peleado para recuperar Aguasdulces. Sin la ayuda de ser Brynden, yo no habría llegado hasta aquí.

—Siempre fue un guerrero —susurró su padre—. Eso sí. El Caballero de la Puerta. —Se recostó, y cerró los ojos con un cansancio infinito—. Que pase. Luego. Ahora voy a dormir. Estoy demasiado enfermo para pelear. Que entre más tarde el Pez Negro.

Catelyn le dio un beso en la frente, le acarició el pelo y lo dejó allí, a la sombra de su fortaleza, con sus ríos corriendo a sus pies. Antes de que saliera de la estancia, ya estaba dormido.

Volvió al patio inferior. Ser Brynden Tully seguía en las escaleras del agua, con las botas mojadas, hablando con el capitán de la guardia de Aguasdulces. Enseguida corrió hacia ella.

—¿Está...?

—Moribundo —dijo—. Como temíamos.

—¿Me recibirá? —El rostro arrugado de su tío mostró claramente el dolor que sentía. Se pasó los dedos por el espeso pelo canoso.

Catelyn asintió.

—Dice que está demasiado enfermo para pelear.

—Y yo soy un soldado demasiado viejo para creérmelo. —Brynden el Pez Negro dejó escapar una risita—. Hoster me seguirá echando en cara lo de la hija de Redwyne incluso cuando encendamos su pira funeraria, malditos sean sus huesos.

Catelyn sonrió; sabía que era verdad.

—No veo a Robb.

—Creo que ha ido a la sala principal, con Greyjoy.

Theon Greyjoy estaba sentado en un banco del salón principal de Aguasdulces, disfrutando de un cuerno de cerveza y deleitando a los hombres de su padre con el relato de la carnicería que había tenido lugar en el bosque Susurrante.

—Algunos trataron de escapar, pero habíamos cerrado las salidas del valle en los dos extremos, y salimos a caballo de la oscuridad, con las espadas y las lanzas. Los Lannister debieron de pensar que los atacaban los mismísimos Otros, y más cuando el lobo de Robb saltó sobre ellos. Yo mismo le vi arrancarle el brazo a un hombre, y sus caballos se volvieron locos en cuanto lo olieron. Ni sé cuántos hombres rodaron por tierra...

—Theon —lo interrumpió—, ¿dónde está mi hijo?

—Lord Robb ha ido a visitar el bosque de dioses, mi señora.

Era lo mismo que habría hecho Ned.

«Es tan hijo de su padre como mío; no debo olvidarlo. Oh, dioses, Ned...»

Robb estaba bajo el entramado de hojas verdes, rodeado de secuoyas altas y olmos viejos, de rodillas ante un árbol corazón, un esbelto arciano con un rostro más triste que fiero. Tenía la espada larga ante sí, con la punta clavada en la tierra, y las manos enguantadas, en torno a la empuñadura. A su alrededor había otros, también de rodillas: Jon Umber, al que llamaban Gran Jon; Rickard Karstark; Maege Mormont; Galbart Glover y varios más. Vio incluso a Tytos Blackwood, con la gran capa negra extendida a su espalda.

«Estos son los que adoran a los antiguos dioses», se dijo. ¿A qué dioses adoraba ella en aquel momento? No habría sabido decirlo.

No quería molestarlos mientras rezaban. Los dioses tenían derechos... incluso los dioses tan crueles como para arrebatarle a Ned, y también a su padre. De manera que Catelyn aguardó. El viento procedente del río soplaba entre las ramas altas, y a su derecha se divisaba la Torre del Azud, con un lado cubierto de hiedra. Y los recuerdos la invadieron como una oleada. Entre aquellos árboles, su padre la había enseñado a cabalgar, y aquel era el olmo del que Edmure se había caído cuando se rompió el brazo, y bajo el enramado que se veía al fondo, allí mismo, Lysa y ella habían jugado a los besos con Petyr.

Hacía años que no pensaba en aquello. ¡Qué jóvenes eran todos! Ella tendría la edad de Sansa; Lysa sería más joven que Arya, y Petyr, aún más pequeño, pero también el más ansioso. Las chicas se lo intercambiaron, alternando risitas y momentos de seriedad. Lo recordó todo tan claramente que casi le pareció sentir sus dedos sudorosos en los hombros, y el sabor a menta de su aliento. En el bosque de dioses crecía mucha menta, y a Petyr le encantaba mascarla. Era un muchachito atrevido, siempre metido en líos.

—Ha intentado meterme la lengua en la boca —le confesó Catelyn a su hermana más tarde, cuando estuvieron a solas.

—A mí también —susurró Lysa, tímida, sonrojada—. Me ha gustado.

Robb se puso en pie muy despacio y envainó la espada, y Catelyn se descubrió preguntándose si su hijo habría besado a alguna chica en el bosque de dioses. Seguro que sí. Había visto las miradas tiernas que le dirigía Jeyne Poole, y también algunas de las criadas, varias de ellas de incluso dieciocho años... Robb había participado en la batalla y había matado hombres con una espada; seguro que lo habían besado. Se le llenaron los ojos de lágrimas. Se las secó, airada.

—Madre —dijo Robb al verla allí—, tenemos que convocar el consejo. Hay que decidir varias cosas.

—A tu abuelo le gustaría verte —dijo ella—. Está muy enfermo, Robb.

—Ser Edmure me lo dijo. Lo siento mucho, madre... por lord Hoster, y por ti. Pero antes tenemos que reunirnos. Han llegado noticias del sur. Renly Baratheon ha reclamado la corona de su hermano.

—¿Renly? —dijo, sorprendida—. Yo había pensado que sería lord Stannis...

—Igual que todos, mi señora —dijo Galbart Glover.

El consejo de guerra se reunió en la sala principal, ante cuatro mesas largas, montadas sobre caballetes y dispuestas en forma de cuadrado. Lord Hoster estaba demasiado débil para asistir; dormía en su balcón, soñando con el reflejo del sol sobre los ríos de su juventud. Edmure ocupaba el asiento de honor de los Tully, con Brynden el Pez Negro a su lado, y los vasallos de su padre dispuestos de derecha a izquierda a lo largo de las mesas laterales. La noticia de la victoria en Aguasdulces había llegado a oídos de los señores del Tridente que habían escapado, y aquello los indujo a regresar. Karyl Vance volvió convertido en señor, tras la muerte de su padre bajo el Colmillo Dorado. Lo acompañaba ser Marq Piper, y llevaban consigo a un Darry, el hijo de ser Raymun, un muchachito de la edad de Bran. Lord Jonos Bracken llegó, procedente de las ruinas de Seto de Piedra, airado y colérico, y ocupó un asiento tan alejado como le fue posible de Tytos Blackwood.

Los señores del norte se sentaron delante, Catelyn y Robb frente a Edmure. Eran menos. El Gran Jon ocupaba un lugar a la izquierda de Robb, y a su lado estaba sentado Theon Greyjoy; Galbart Glover y lady Mormont estaban a la derecha de Catelyn. Lord Rickard Karstark, demacrado, con los ojos inexpresivos de tanto dolor, parecía vivir en una pesadilla, con la larga barba desaliñada y sin lavar. Dos de sus hijos habían muerto en el bosque Susurrante, y no había noticias del tercero, el primogénito, que había ido a la cabeza de los lanceros Karstark contra Tywin Lannister, en el Forca Verde.

Los parlamentos se prolongaron hasta bien entrada la noche. Cada uno de los señores tenía derecho a hablar... y todos hablaron, y gritaron, y maldijeron, y razonaron, y adularon, y bromearon, y negociaron, y golpearon la mesa con las jarras de cerveza, y amenazaron, y salieron de la sala, y regresaron malhumorados o sonrientes. Catelyn los escuchó a todos.

Roose Bolton había reagrupado los maltrechos restos de su otro ejército al pie del camino del cuello. Ser Helman Tallhart y Walder Frey seguían defendiendo Los Gemelos. El ejército de lord Tywin había cruzado el Tridente, y se dirigía hacia Harrenhal. Y en el reino había dos reyes. Dos reyes y ningún punto de acuerdo.

Muchos vasallos querían marchar de inmediato contra Harrenhal, para enfrentarse a lord Tywin y derrotar a los Lannister de una vez por todas. Marq Piper, joven y fogoso, insistía en atacar Roca Casterly. Pero otros recomendaban paciencia. Aguasdulces era un punto clave: cortaba las líneas de suministros de los Lannister, tal como les recordó Jason Mallister; por tanto, el tiempo jugaba en su favor, ya que lord Tywin no tendría provisiones ni tropas de refresco, mientras que ellos se podían fortificar y dar descanso a los guerreros. Lord Blackwood no quería ni oír hablar de aquello. Iban a terminar lo que habían empezado en el bosque Susurrante. Marcharían contra Harrenhal y, de paso, se reunirían con el ejército de Roose Bolton. Y, como siempre, Bracken se oponía a todo lo que propusiera Blackwood. Lord Jonos Bracken se levantó para insistir en que debían jurarle lealtad al rey Renly y avanzar hacia el sur para unirse a sus huestes.

—Renly no es el rey —dijo Robb. Era la primera vez que su hijo hablaba. Al igual que Ned, sabía escuchar.

—No pretenderéis ser leal a Joffrey, mi señor —dijo Galbart Glover—. Hizo matar a vuestro padre.

—Y esa acción hace de él un malvado —replicó Robb—. Pero no hace de Renly un rey. Joffrey es el primogénito de Robert, de manera que, según las leyes del reino, el trono le corresponde por derecho. Si muriera, y de eso pienso encargarme yo, tiene un hermano menor. Tommen es el siguiente en la línea de sucesión.

—Tommen es un Lannister —saltó ser Marq Piper.

—Así es —asintió Robb, preocupado—. Pero, aunque ninguno de los dos tenga derecho al trono, ¿lo tiene lord Renly? Es el hermano pequeño de Robert. Bran no puede ser señor de Invernalia antes que yo, y Renly no puede ser rey antes que lord Stannis.

Lady Mormont asintió.

—La demanda de lord Stannis es la más justa.

—Renly ha sido coronado —insistió Marq Piper—. Tiene el apoyo de Altojardín y de Bastión de Tormentas, y pronto tendrá el de Dorne. Si Invernalia y Aguasdulces unen sus fuerzas, lo respaldarán cinco de las siete grandes casas. ¡Seis, si los Arryn se deciden! ¡Seis contra la Roca! Mis señores, antes de que termine el año tendremos todas sus cabezas clavadas en estacas... la reina y el niño rey, lord Tywin, el Gnomo, el Matarreyes, ser Kevan, ¡todos! Eso es lo que ganaremos si nos unimos al rey Renly. En cambio, ¿qué motivos habría para unirnos a lord Stannis? ¿Qué tiene él?

—El derecho —insistió Robb, testarudo. A Catelyn le pareció que, en aquel momento, la semejanza con su padre era escalofriante.

—¿Sugieres que le juremos lealtad a Stannis? —preguntó Edmure.

—No lo sé —dijo Robb—. He rezado a los dioses para que me dijeran qué hacer, pero no me han respondido. Los Lannister mataron a mi padre, acusado de traición, y sabemos que era mentira. Pero si Joffrey es el rey por derecho, y luchamos contra él, nosotros sí seremos traidores.

—Mi señor padre optaría por la cautela —dijo el viejo ser Stevron, con la sonrisa taimada de los Frey—. Esperemos; dejemos que esos dos reyes jueguen a su juego de tronos. Cuando terminen, podremos optar entre arrodillarnos ante el vencedor y enfrentarnos a él. Renly se está armando, así que sin duda lord Tywin querrá una tregua... y querrá también recuperar a su hijo. Nobles señores, permitid que vaya a Harrenhal y acuerde buenas condiciones y rescates... —El griterío le impidió terminar.

—¡Cobarde! —rugió el Gran Jon.

—Si pedimos una tregua, pareceremos débiles —declaró lady Mormont.

—¡A los siete infiernos con los rescates; no podemos devolverles al Matarreyes! —gritó Richard Karstark.

—¿Y firmar la paz? —preguntó Catelyn. Todos los señores la miraron, pero ella solo vio los ojos de Robb.

—Mi señora, asesinaron a mi señor padre, a tu esposo —dijo, sombrío. Desenvainó la espada y la depositó en la mesa, delante de él; el acero brillante destacaba contra la tosca madera—. Esta es la única paz que les daré a los Lannister.

El Gran Jon lanzó un rugido de aprobación, y otros hombres se sumaron a él, gritando, desenvainando las espadas, dando puñetazos contra la mesa. Catelyn aguardó hasta que se hizo el silencio.

—Mis señores —dijo entonces—, lord Eddard era vuestro señor, pero yo compartí su lecho, parí a sus hijos. ¿Creéis que lo amaba menos que vosotros? —Faltó poco para que la voz se le quebrara de dolor, pero respiró profundamente y se controló—. Robb, si con esa espada pudieras devolvérmelo, no te permitiría que volvieras a enfundarla hasta que Ned no estuviera de nuevo a mi lado... Pero ha muerto, y ni cien Bosques Susurrantes pueden hacer que regrese. Ned no volverá, y tampoco Daryn Hornwood, ni los valerosos hijos de lord Karstark, ni tantos hombres buenos que cayeron. ¿Queremos más muertes?

—Mi señora, sois una mujer —rugió el Gran Jon con su voz profunda—. Las mujeres no entienden de estas cosas.

—Sois el sexo débil —dijo lord Karstark, con las arrugas recientes del dolor dibujadas en el rostro—. Los hombres necesitamos venganza.

—Dejadme un momento a solas con Cersei Lannister, lord Karstark, y os demostraré lo débil que puede ser una mujer —replicó Catelyn—. Quizá no entienda de tácticas y estrategias... pero sí entiendo de futilidad. Fuimos a la guerra cuando los ejércitos Lannister asaltaban las tierras de los ríos, y tenían prisionero a Ned, acusado falsamente de traición. Luchamos para defendernos, y para conseguir la libertad de mi señor.

»Bien, pues lo primero ya lo tenemos, y lo segundo es ya imposible. Lloraré a Ned hasta el fin de mis días, pero tengo que pensar en los vivos. Quiero recuperar a mis hijas; la reina las tiene prisioneras. Si he de cambiar nuestros cuatro Lannister por sus dos Stark, lo consideraré un trato ventajoso y les daré gracias a los dioses. Quiero verte a salvo, Robb; quiero que gobiernes Invernalia desde el trono de tu padre. Quiero que vivas una vida larga, que beses a una muchacha, que te cases con una mujer, que seas padre de un hijo. Quiero que esto termine. Mis señores, quiero irme a casa, y llorar allí a mi marido.

La sala quedó en silencio tras las palabras de Catelyn.

—Paz —dijo su tío Brynden—. La paz es hermosa, mi señora... pero ¿en qué condiciones? No sirve de nada convertir las espadas en arados, si mañana hay que volver a forjarlas.

—¿Para qué murieron mi Torrhen y mi Eddard, si ahora regreso a Bastión Kar llevándome tan solo sus huesos? —preguntó Rickard Karstark.

—Cierto —dijo lord Bracken—. Gregor Clegane arrasó mis campos, masacró a mis aldeanos y convirtió el Seto de Piedra en una ruina humeante. ¿Y ahora debo doblar la rodilla ante los que lo enviaron? Si todo va a quedar como está, ¿para qué hemos luchado?

Para sorpresa y desaliento de Catelyn, lord Blackwood se mostró de acuerdo.

—Y si firmamos la paz con el rey Joffrey, ¿no seremos traidores al rey Renly? ¿En qué posición quedaríamos si el venado derrotara al león?

—Decidáis lo que decidáis, un Lannister nunca será mi rey —declaró Marq Piper.

—¡Ni el mío! —gritó el pequeño Darry—. ¡Ni el mío tampoco!

El griterío empezó de nuevo. Catelyn se sentó, sin esperanza. Había faltado poco. Casi la habían escuchado, casi... pero el momento oportuno había pasado ya. No habría paz, ni tiempo para curar las heridas, ni seguridad. Miró a su hijo; observó cómo escuchaba las discusiones de los señores, con el ceño fruncido, preocupado, pero comprometido con la guerra. Había accedido a casarse con una hija de Walder Frey, pero Catelyn veía bien claro que su verdadera novia era la espada que reposaba sobre la mesa.

Pensó en sus hijas; se preguntó si volvería a verlas, y en aquel momento, el Gran Jon se puso en pie.

—¡MIS SEÑORES! —gritó con una voz que hizo temblar las vigas—. ¡Ved lo que opino de esos dos reyes! —Escupió al suelo—. Para mí, Renly Baratheon no significa nada, y Stannis, menos aún. ¿Por qué van a reinar sobre mí y sobre los míos, desde un trono florido en Altojardín o Dorne? ¿Qué saben ellos del Muro, o del bosque de los Lobos, o de los primeros hombres? ¡Si hasta adoran a otros dioses! Y que los Otros se lleven también a los Lannister, ¡estoy harto de ellos! —Se echó la mano a la espalda y desenvainó el inmenso mandoble—. ¿Por qué no volvemos a gobernarnos a nosotros mismos? Les juramos lealtad a los dragones, y los dragones están todos muertos. —Señaló a Robb con la espada—. Este es el único rey ante el que pienso doblar la rodilla, mis señores —rugió—. ¡El Rey en el Norte! —Y se arrodilló, y puso la espada a los pies de Robb.

—Con esas condiciones sí firmaré la paz —dijo lord Karstark—. Que se queden con su castillo rojo, y con su silla de hierro. —Sacó la espada de la vaina—. ¡El Rey en el Norte! —exclamó, arrodillándose junto al Gran Jon.

—¡El Rey del Invierno! —dijo Maege Mormont levantándose para poner la maza de púas junto a las espadas.

También los señores del río se levantaron: Blackwood, Bracken, Mallister, casas que Invernalia nunca había gobernado, pero Catelyn vio como se levantaban, desenfundaban las armas, doblaban las rodillas y gritaban los antiguos lemas que no se habían oído en el reino desde hacía más de trescientos años, desde que Aegon el Dragón unificara los Siete Reinos... Pero en aquel momento volvían a escucharse, retumbando cntre las vigas de la sala de su padre.

—¡El Rey en el Norte!

—¡El Rey en el Norte!

—¡EL REY EN EL NORTE!

DAENERYS

La tierra era rojiza, reseca, muerta, y costaba mucho encontrar madera buena. Los forrajeadores regresaron con tan solo álamos pequeños y retorcidos, arbustos y gavillas de hierba parda. Cogieron los dos árboles más rectos, les cortaron las ramas, les quitaron la corteza, los abrieron en dos a lo largo, y dispusieron los troncos en forma de cuadrado. Rellenaron la parte central de paja, maleza, restos de corteza y hatos de hierba seca. Rakharo eligió un semental de los pocos que les habían quedado. No era ni mucho menos como el de Khal Drogo, pero en realidad, pocos caballos estaban a su altura. Aggo lo llevó al centro del cuadrado, le dio de comer una manzana arrugada y lo mató en un momento, con un golpe de hacha entre los ojos.

Mirri Maz Duur, atada de pies y manos, observó los preparativos con los ojos negros intranquilos.

—No basta con matar un caballo —dijo a Dany—. La sangre sola no vale de nada. No conoces las palabras del hechizo, ni tienes el talento necesario para averiguarlas. ¿Crees que la magia de sangre es un juego de niños? Me llamáis *maegi* como si fuera una maldición, pero en realidad significa «sabia». Eres una chiquilla, con la ignorancia de una chiquilla. No importa qué intentes; no te saldrá. Quítame estas cuerdas y te ayudaré.

—Estoy harta de los rebuznos de la *maegi* —le dijo Dany a Jhogo.

El joven empleó el látigo, y la esposa del dios se quedó en silencio.

Alzaron una plataforma sobre el cadáver del caballo, con los troncos de los árboles más pequeños y las ramas rectas de los grandes. Colocaron la madera de este a oeste, del sol naciente hacia el poniente. Sobre la plataforma apilaron los tesoros de Khal Drogo: la gran tienda, los chalecos pintados, los arneses y sillas de montar, el látigo que le había regalado su padre, el *arakh* con que había matado a Khal Ogo y a su hijo, un potente arco de huesodragón... Aggo quería añadir las armas que los jinetes de sangre de Drogo le habían entregado a Dany el día de su boda, pero ella se lo impidió.

—Son mías —dijo—, y me las voy a quedar.

Echaron otra capa de maleza sobre los tesoros del *khal,* y por encima, más hatos de hierba seca.

Cuando el sol se acercaba a su cénit, ser Jorah Mormont se la llevó aparte.

—Princesa... —empezó.

—¿Por qué me llamáis así? —replicó Dany—. Mi hermano Viserys era vuestro rey, ¿no?

—Sí, mi señora.

—Pues Viserys está muerto. Yo soy su heredera, la última de la casa Targaryen. Todo lo que fue suyo es ahora mío.

—Mi... mi reina —dijo ser Jorah, al tiempo que hincaba una rodilla en tierra—. Mi espada fue suya, Daenerys, y ahora os pertenece a vos. Igual que mi corazón, que nunca fue de vuestro hermano. Solo soy un caballero; no puedo ofreceros nada más que el exilio, pero os suplico que me escuchéis. Olvidad a Khal Drogo. No estaréis sola. Os prometo que nadie os llevará a Vaes Dothrak a menos que lo deseéis. No tenéis que formar parte del *dosh khaleen*. Venid conmigo al este. Yi Ti, Qarth, el mar de Jade, Asshai de la Sombra... Veremos maravillas que nadie ha visto todavía, y beberemos los vinos que los dioses quieran servirnos. Por favor, *khaleesi*. Sé lo que pretendéis. No lo hagáis. Por favor.

—Es necesario —le dijo Dany. Le acarició el rostro con cariño y tristeza—. No lo comprendéis.

—Comprendo que lo amabais. —La voz de ser Jorah estaba ronca de desesperación—. Yo también amaba a mi esposa, pero no morí con ella. Sois mi reina; mi espada es vuestra, pero no me pidáis que me quede mirando mientras subís a la pira de Drogo. No quiero veros arder.

—¿Eso es lo que teméis? —Dany le dio un ligero beso en la amplia frente—. No soy tan chiquilla, mi dulce caballero.

—Entonces, ¿no queréis morir con él? ¿Me lo juráis, mi reina?

—Os lo juro —dijo ella en la lengua común de los Siete Reinos, que eran suyos por derecho.

El tercer nivel de la plataforma era un entramado de ramas del grosor de un dedo, cubiertas con hojas y ramitas secas. Lo dispusieron de norte a sur, del hielo al fuego, y colocaron sobre él cojines blandos y sedas de dormir. Cuando terminaron, el sol descendía ya hacia el oeste. Dany llamó a todos los dothrakis. Apenas quedaba un centenar. Se preguntó con cuántos habría empezado Aegon. Pero no tenía importancia.

—Vosotros seréis mi *khalasar* —les dijo—. Veo los rostros de esclavos. Yo os libero. Quitaos los collares. Marchaos si lo deseáis; nadie os hará daño. Si os quedáis, será como hermanos y hermanas, como esposos y esposas. —Los ojos negros la miraron cansados, inexpresivos—. Veo a los niños, a las mujeres, los rostros arrugados de los ancianos. Yo era una niña ayer. Hoy soy una mujer. Mañana seré una anciana. Y a cada uno de vosotros le digo esto: entregadme vuestras manos y vuestros corazones, y siempre tendréis aquí un lugar. —Se volvió hacia los tres jóvenes guerreros de su *khas*—. Jhogo, a ti te entrego el látigo con mango de plata que fue mi regalo de novia, y te nombro *ko,* y te pido tu juramento de que vivirás y morirás como sangre de mi sangre, de que cabalgarás a mi lado y me librarás de todo mal.

Jhogo cogió el látigo que le tendía, pero parecía confuso.

—*Khaleesi* —dijo, titubeante—, las cosas no son así. Para mí sería una vergüenza ser el jinete de sangre de una mujer.

—Aggo —siguió Dany sin prestar atención a las palabras de Jhogo. «Si vuelvo la vista atrás estoy perdida»—. A ti te entrego el arco de huesodragón que fue mi regalo de novia. —Era de doble curva, brillante, negro, exquisito, más alto que ella—. Te nombro *ko,* y te pido tu juramento de que vivirás y morirás como sangre de mi sangre, de que cabalgarás a mi lado y me librarás de todo mal.

—No puedo pronunciar esas palabras —dijo Aggo, mientras aceptaba el arco con la mirada baja—. Solo un hombre puede dirigir el *khalasar,* y nombrar a un *ko.*

—Rakharo —dijo Dany, dándole la espalda a Aggo—, para ti será el gran *arakh* que fue mi regalo de novia, con su empuñadura y su hoja con incrustaciones de oro. A ti también te nombro *ko,* y te pido que vivas y mueras como sangre de mi sangre, cabalgando a mi lado y librándome de todo mal.

—Eres la *khaleesi* —replicó Rakharo al tiempo que cogía el *arakh*—. Cabalgaré a tu lado hasta Vaes Dothrak, bajo la Madre de las Montañas, y te libraré de todo mal hasta que ocupes tu lugar entre las ancianas del *dosh khaleen.* No puedo prometerte otra cosa.

Dany asintió con tanta tranquilidad como si no hubiera oído la respuesta, y se volvió hacia el último de sus campeones.

—Ser Jorah Mormont —dijo—, el primero y el mejor de mis guerreros. Para vos no tengo regalo, pero os juro que, algún día, os entregaré una espada como el mundo no ha visto, forjada por dragones con acero valyrio. Y también os pido vuestro juramento.

—Lo tenéis, mi reina —dijo ser Jorah, arrodillándose y poniendo la espada a sus pies—. Juro serviros, obedeceros, morir por vos si fuera necesario.

—¿Suceda lo que suceda?

—Suceda lo que suceda.

—Os atendréis a ese juramento, y rezo por que nunca lamentéis haberlo pronunciado. —Lo ayudó a ponerse en pie, y se puso de puntillas para besar los labios del caballero—. Sois el primero de la Guardia de la Reina.

Al entrar en la tienda, sentía los ojos del *khalasar* clavados en ella. Los dothrakis murmuraban; le lanzaban extrañas miradas de soslayo con sus ojos almendrados. Dany se dio cuenta de que la tomaban por loca. Quizá lo estuviera. No tardaría en averiguarlo.

«Si vuelvo la vista atrás, estoy perdida.»

El agua del baño estaba casi hirviendo cuando Irri la ayudó a entrar en la bañera, pero Dany ni siquiera parpadcó. Le gustaba el calor. La hacía sentir limpia. Jhiqui había perfumado el agua con los aceites que habían encontrado en el mercado de Vaes Dothrak, y despedía un vapor aromático. Doreah le lavó el cabello y se lo peinó para deshacer todos los nudos. Irri le frotó la espalda. Dany cerró los ojos y se dejó envolver por el olor y el calor del agua. Sentía cómo la calidez le empapaba la laceración entre los muslos. Cuando penetró en ella, se estremeció, y el dolor y la rigidez parecieron disolverse. Flotó.

Cuando estuvo limpia, las doncellas la ayudaron a salir del agua y la abanicaron para secarla, mientras Doreah le cepillaba el pelo hasta que le cayó sobre la espalda como un río de plata líquida. La perfumaron con florespecia y canela, un toque en cada muñeca, tras las orejas, en los pezones de los pechos llenos de leche. La última gota fue para el sexo. El dedo de Irri fue ligero y fresco como un beso de amante al deslizarse entre sus labios.

Dany las despidió a todas para preparar a Khal Drogo para su cabalgada final a las tierras de la noche. Le lavó el cuerpo, y le cepilló y aceitó el pelo, recorriendo por última vez los mechones con los dedos y sintiendo su peso, recordando la primera vez que lo había tocado, la noche de su boda. El pelo de Drogo jamás había sido cortado. ¿Cuántos hombres morían sin que les hubieran cortado el pelo jamás? Hundió la cara en la cabellera y aspiró hondo la fragancia oscura de los aceites. Olía a hierba y a tierra cálida, a humo, a semen, a caballos... Olía a Drogo.

«Perdóname, sol de mi vida —pensó—. Perdóname por todo lo que he hecho y por lo que he de hacer. Pagué el precio, mi estrella, pero era alto, demasiado alto...»

Dany le trenzó el pelo, le puso en los bigotes los anillos de plata y le colgó las campanillas una por una. Muchas campanillas, de oro, de plata y de bronce. Campanillas para que sus enemigos lo oyeran acercarse y el miedo los debilitara. Lo vistió con polainas de crin y botas altas; le puso un cinturón de pesados medallones de oro y plata. Colocó un chaleco pintado en torno al pecho herido, un chaleco viejo y descolorido, el preferido de Drogo. Para sí eligió unos pantalones amplios de seda, sandalias atadas hasta media pierna y un chaleco como el de Drogo.

El sol se ponía ya cuando los llamó para que trasladaran el cadáver a la pira. Los dothrakis observaron en silencio cómo Jhogo y Aggo lo sacaban de la tienda. Dany iba tras ellos. Lo tendieron sobre sus cojines y sedas, con la cabeza apuntando en dirección a la Madre de las Montañas, muy lejos, al noreste.

—Aceite —ordenó, y le llevaron las jarras y las vertieron sobre la pira, empapando las sedas, las ramas y los hatos de hierba seca, hasta que el aceite goteó entre los troncos de abajo y el aire estuvo impregnado de su fragancia—. Traedme los huevos —les ordenó Dany a las doncellas.

En su tono de voz había algo que hizo que se apresurasen en obedecer. Ser Jorah la cogió por el brazo.

—Mi reina, los huevos de dragón no le servirán de nada a Drogo en las tierras de la noche. Es mejor venderlos en Asshai. Vended uno y podréis comprar un barco para volver a las Ciudades Libres. Vended los tres y seréis una mujer rica el resto de vuestra vida.

—No me los entregaron para que los vendiera —replicó Dany.

Ella misma trepó a la pira para colocar los huevos en torno a su sol y estrellas. El negro, junto al corazón, bajo el brazo. El verde, junto a la cabeza, rodeado por su trenza. El de color crema y oro, abajo, entre las piernas. Dany lo besó por última vez, y sintió el dulzor del aceite en los labios.

Al bajarse de la pira, advirtió que Mirri Maz Duur la miraba.

—Estás loca —le dijo con voz ronca la esposa del dios.

—¿Tan lejos anda la locura de la sabiduría? —preguntó Dany—. Ser Jorah, traed a la *maegi;* atadla a la pira.

—¿A la...? Mi reina, no, escuchadme...

—Haced lo que digo. —El caballero siguió titubeando, hasta que la rabia de Dany estalló—. Jurasteis obedecerme, pasara lo que pasara. Rakharo, ayúdalo.

La esposa del dios no gritó cuando la arrastraron hasta la pira de Khal Drogo y la ataron entre sus tesoros. La propia Dany le vertió el aceite sobre la cabeza.

—Tengo que darte las gracias, Mirri Maz Duur —dijo—, por las lecciones que me has enseñado.

—No me oirás gritar —replicó la mujer, mientras el aceite le goteaba del pelo y le empapaba la ropa.

—Sí te oiré —dijo Dany—. Pero no me interesan tus gritos; solo tu vida. Recuerdo qué me dijiste. Solo la muerte puede pagar el precio de la vida.

Mirri Maz Duur abrió la boca, pero no dijo nada. Al alejarse, Dany vio que en los ojos negros de la *maegi* ya no había desprecio, sino algo muy parecido al miedo. Ya no quedaba nada que hacer, excepto presenciar la puesta del sol y esperar a que brillara la primera estrella.

Cuando muere un señor de los caballos, se mata también a su caballo para que cabalgue orgulloso hacia las tierras de la noche. Los cadáveres se queman bajo el cielo, y el *khal* se eleva en su corcel llameante para ocupar su lugar entre las estrellas. Cuanto más haya ardido el hombre en su vida, más brillante será su estrella en la oscuridad.

Jhogo fue el primero en verla.

—Allí —dijo en un susurro.

Dany alzó la vista y la vio, muy baja en el cielo del este. La primera estrella de la noche era un cometa, un cometa rojo. Rojo sangre, rojo fuego, con cola de dragón. Era la señal más poderosa que podía imaginar.

Cogió la antorcha de la mano de Aggo y la lanzó entre los troncos. El aceite se prendió al instante, e inmediatamente después empezaron a arder las ramitas y las hojas secas. Las diminutas llamas treparon por la madera como veloces ratones rojos, se deslizaron por el aceite y saltaron de la corteza a las ramas y a la hojarasca. Una bocanada de calor le sopló contra el rostro, suave y repentina como el aliento de un amante, pero enseguida se hizo insoportable. Dany retrocedió un paso. La madera crujió y crujió. Mirri Maz Duur empezó a entonar un cántico con voz aguda, ululante. Las llamas giraban y bailaban, extendiéndose por la plataforma. El ocaso se estremeció; el aire mismo pareció licuarse ante el calor. Dany oyó el chisporroteo de la leña. El fuego reptó sobre Mirri Maz Duur. Su canción se hizo más alta, más aguda... y de pronto, la mujer jadeó una vez, dos, y el cántico se convirtió en un aullido angustioso, cargado de sufrimiento.

Y las llamas llegaron a su Drogo, y lo envolvieron. Las ropas se prendieron, y durante un instante, el *khal* quedó envuelto en jirones de seda anaranjada y tentáculos de humo, grises y aceitosos. Dany entreabrió los labios; descubrió que estaba conteniendo el aliento. Una parte de ella quería ir con Drogo, tal como había temido ser Jorah, precipitarse entre las llamas, suplicarle su perdón y acogerlo en su interior por última vez mientras el fuego fundía la carne sobre los huesos y los unía para siempre.

Le llegó el olor de la carne quemada; no era tan diferente del de la carne de caballo al asarse en la hoguera. La pira rugió en el ocaso cada vez más cerrado, como una bestia inmensa que ahogara los gritos débiles de Mirri Maz Duur y lanzara al aire lenguas de llamas que lamían el vientre de la noche. El humo se hizo más espeso, y los dothrakis retrocedieron entre toses. Las llamaradas desplegaban sus estandartes anaranjados en aquel viento infernal, los leños siseaban y crujían, y las brasas se alzaban en el humo y flotaban hacia la oscuridad como luciérnagas recién nacidas. El calor batió el aire con grandes alas rojas, y los dothrakis retrocedieron aún más; incluso Mormont dio un paso atrás, pero Dany no se movió. Era de la sangre del dragón; el fuego estaba en su interior.

Dany dio un paso hacia el fuego, y se dio cuenta de que había presentido la verdad desde hacía mucho tiempo, pero el brasero no había sido suficiente. Las llamas bailaban ante ella como las mujeres que habían danzado el día de su boda: giraban, cantaban, movían sus velos amarillos, naranjas y rojos, temibles pero hermosas, muy hermosas, con la vida del calor. Dany les abrió los brazos; su piel se sonrojó, brilló.

«Esto también es una boda», pensó. Mirri Maz Duur ya no gritaba. La esposa del dios la consideraba una niña, pero los niños crecen, y los niños aprenden.

Un paso más, y Dany sintió el calor de la arena en las plantas de los pies, incluso a pesar de las sandalias. El sudor le corría por los muslos, entre los pechos, y se deslizaba por sus mejillas, donde antes había habido lágrimas. Ser Jorah gritaba a su espalda, pero ya no le importaba; lo único que importaba era el fuego. Las llamas eran hermosas; eran lo más bello que había visto jamás; cada una de ellas parecía una hechicera con túnica amarilla, naranja y roja, cada una con su capa de humo. Vio leones de fuego rojo, grandes serpientes amarillas y unicornios de color azul celeste; vio peces, zorros, monstruos, lobos y pájaros brillantes, y árboles en flor, cada uno más bello que el anterior. Y vio un caballo, un gran semental gris de humo; sus crines eran un halo de llama azulada.

«Sí, mi amor, mi sol y estrellas, sí, monta, cabalga ya.»

El chaleco empezaba a humear, de manera que Dany se lo quitó y lo dejó caer al suelo. El cuero pintado ardió, mientras ella seguía avanzando hacia el fuego, con los pechos desnudos iluminados por las llamas e hilillos de leche fluyendo de los pezones rojos e hinchados.

«Ahora —se dijo—. Ahora.» Durante un momento vio a Khal Drogo ante ella, a lomos de su semental de humo, con un látigo de fuego en la mano. Él sonrió, y lo hizo restallar siseante contra la pira.

Oyó un crujido, el sonido de la piedra al quebrarse. La plataforma de madera, hierbas y hojas se estremeció y empezó a derrumbarse. Le cayeron encima brasas y cenizas, como una lluvia. Y también algo más, algo que rodó hasta ella y fue a detenerse a sus pies: un trozo de roca redondeada, color crema con vetas de oro, humeante. El rugido llenó el mundo, pero entre la lluvia de fuego, Dany alcanzó a oír los gritos maravillados de mujeres y niños.

«Solo la muerte puede pagar el precio de la vida.»

Se oyó un segundo crujido seco que retumbó como un trueno, y el humo giró a su alrededor mientras la pira se hundía. Los leños estallaban a medida que el fuego tocaba sus corazones secretos. Oyó los relinchos de los caballos asustados, las voces de los dothrakis, llenas de terror, y a ser Jorah gritando su nombre y maldiciendo.

«No —habría querido decirle—, no, mi buen caballero, no temáis por mí. El fuego es mío. Soy Daenerys de la Tormenta, nacida de dragones, esposa de dragones, madre de dragones, ¿no lo veis? ¿No lo VEIS?» Con una erupción de humo y llamas que se elevaron treinta codos hacia el cielo, la pira se derrumbó y cayó sobre ella. Dany, sin el menor temor, avanzó por la tormenta de fuego, llamando a sus hijos.

El tercer crujido fue seco y fuerte como si el mundo se quebrara.

Cuando el fuego se extinguió por fin, y el suelo estuvo suficientemente frío para poder pisarlo, ser Jorah Mormont la encontró entre las cenizas, rodeada de troncos negros y ascuas, y de los huesos quemados de hombre, mujer y corcel. Estaba desnuda, cubierta de hollín; sus ropas se habían reducido a cenizas; no le quedaba ni una hebra de la hermosa cabellera... pero estaba ilesa.

El dragón color crema y oro mamaba de su pecho izquierdo, y el verde y bronce, del derecho. Los sostenía a ambos en los brazos, como si los acunara. El negro y escarlata estaba enroscado en torno a sus hombros, con el cuello largo y sinuoso bajo su barbilla. Al ver a Jorah, alzó la cabeza y clavó en él unos ojos rojos como carbones.

El caballero, sin palabras, cayó de rodillas. Los hombres de su *khas* iban tras él. Jhogo fue el primero en poner el *arakh* a los pies de Dany.

—Sangre de mi sangre —murmuró, presionando el rostro contra la tierra humeante.

—Sangre de mi sangre —le oyó decir a Aggo.

—Sangre de mi sangre —gritó Rakharo.

Después llegaron sus doncellas, y luego los demás, todos los dothrakis, hombres, mujeres y niños. A Dany le bastó con mirarlos a los ojos para saber que le pertenecían: hoy, mañana y eternamente, eran suyos como jamás lo habían sido de Drogo.

Cuando Daenerys Targaryen se puso en pie, el negro siseó, y de las fosas nasales y la boca le surgió un humo claro. Los otros dos se apartaron de sus pechos y sumaron sus voces a la llamada, desplegando las alas traslúcidas al aire. Y, por primera vez en cientos de años, la noche cobró vida con la música de los dragones.

APÉNDICE

CASA BARATHEON

Es la más joven de las grandes casas, nacida durante las guerras de la Conquista. Se rumoreaba que su fundador, Orys Baratheon, era hermano bastardo de Aegon el Dragón. Orys fue ascendiendo hasta convertirse en uno de los comandantes más aguerridos de Aegon. Cuando derrotó y mató a Argilac el Arrogante, el último Rey Tormenta, Aegon lo recompensó con el castillo de Argilac, sus tierras y su hija. Orys tomó a la chica por esposa y adoptó el estandarte, los honores y el lema de su estirpe. El blasón de los Baratheon es un venado coronado, de sable sobre oro. Su lema es: Nuestra es la Furia.

EL REY ROBERT BARATHEON, el primero de su nombre;

— su esposa, LA REINA CERSEI de la casa Lannister;

— sus hijos:

- — EL PRÍNCIPE JOFFREY, heredero del Trono de Hierro, de doce años;
- — LA PRINCESA MYRCELLA, una niña de ocho años;
- — EL PRÍNCIPE TOMMEN, un niño de siete años;

— sus hermanos:

- — STANNIS BARATHEON, señor de Rocadragón;
  - — su esposa, LADY SELYSE de la casa Florent;
  - — SHIREEN, su hija, una niña de nueve años;
- — RENLY BARATHEON, señor de Bastión de Tormentas;

— su Consejo Privado:
- — EL GRAN MAESTRE PYCELLE;
- — LORD PETYR BAELISH, apodado MEÑIQUE, consejero de la moneda;
- — LORD STANNIS BARATHEON, consejero naval;
- — LORD RENLY BARATHEON, consejero de los edictos;
- — SER BARRISTAN SELMY, lord comandante de la Guardia Real;
- — VARYS, un eunuco, apodado LA ARAÑA, consejero de los rumores;

— su corte y sus criados:
- — SER ILYN PAYNE, la justicia del rey, verdugo;
- — SANDOR CLEGANE, apodado EL PERRO, escudo juramentado del príncipe Joffrey;
- — JANOS SLYNT, un plebeyo, comandante de la Guardia de la Ciudad de Desembarco del Rey;
- — JALABHAR XHO, un príncipe exiliado de las Islas del Verano;
- — CHICO LUNA, un bufón;
- — LANCEL y TYREK LANNISTER, escuderos del rey, primos de la reina;
- — SER ARON SANTAGAR, maestro de armas;

— su Guardia Real:
- — SER BARRISTAN SELMY, Lord Comandante;
- — SER JAIME LANNISTER, apodado EL MATARREYES;
- — SER BOROS BLOUNT;
- — SER MERYN TRANT;
- — SER ARYS OAKHEART;
- — SER PRESTON GREENFIELD;
- — SER MANDON MOORE.

Las principales casas que han jurado fidelidad a Bastión de Tormentas son: Selmy, Wylde, Trant, Penrose, Errol, Estermont, Tarth, Swann, Dondarrion y Caron.

Las principales casas que han jurado fidelidad a Rocadragón son: Celtigar, Velaryon, Seaworth, Bar Emmon y Sunglass.

CASA STARK

El linaje de los Stark se remonta a Brandon el Constructor y los antiguos Reyes del Invierno. Fueron los Reyes en el Norte y gobernaron desde Invernalia durante miles de años, hasta que Torrhen Stark, el Rey que se Arrodilló, juró fidelidad a Aegon el Dragón para no tener que presentarle batalla. Su blasón es un lobo huargo gris sobre plata helada. El lema de los Stark es: Se Acerca el Invierno.

EDDARD STARK, señor de Invernalia, Guardián del Norte;
— su esposa, LADY CATELYN de la casa Tully;
— sus hijos:
 — ROBB, heredero de Invernalia, de catorce años;
 — SANSA, la mayor de las hijas, de once años;
 — ARYA, la menor de las hijas, una niña de nueve años;
 — BRANDON, llamado BRAN, de siete años;
 — RICKON, un niño de tres años;
— su hijo bastardo, JON NIEVE, un chico de catorce años;
— su pupilo, THEON GREYJOY, heredero de las Islas del Hierro;
— sus hermanos:
 — [BRANDON], su hermano mayor, asesinado por orden de Aerys II Targaryen;
 — [LYANNA], su hermana menor, fallecida en las montañas de Dorne;
 — BENJEN, su hermano menor, de la Guardia de la Noche;

— sus sirvientes:

— MAESTRE LUWIN, consejero, sanador e instructor;

— VAYON POOLE, mayordomo de Invernalia;

— JEYNE, su hija, la mejor amiga de Sansa;

— JORY CASSEL, capitán de la guardia;

— HALLIS MOLLEN, DESMOND, JACKS, PORTHER, QUENT, ALYN, TOMARD, VARLY, HEWARD, CAYN, WYL, guardias;

— SER RODRIK CASSEL, maestro de armas, tío de Jory;

— BETH, su joven hija;

— SEPTA MORDANE, aya de las hijas de lord Eddard;

— SEPTÓN CHAYLE, encargado del septo y de la biblioteca del castillo;

— HULLEN, caballerizo mayor;

— su hijo, HARWIN, un guardia;

— JOSETH, un mozo de cuadra y domador de caballos;

— FARLEN, encargado de las perreras;

— VIEJA TATA, cuentacuentos, en el pasado ama de cría;

— HODOR, su bisnieto, un mozo de cuadra corto de inteligencia;

— GAGE, el cocinero;

— MIKKEN, herrero y armero;

— sus principales vasallos:

— SER HELMAN TALLHART;

— RICKARD KARSTARK, señor de Bastión Kar;

— ROOSE BOLTON, señor de Fuerte Terror;

— JON UMBER, apodado EL GRAN JON;

— GALBART y ROBETT GLOVER;

— WYMAN MANDERLY, señor de Puerto Blanco;

— MAEGE MORMONT, señora de la Isla del Oso.

Las principales casas que han jurado fidelidad a Invernalia son: Karstark, Umber, Flint, Mormont, Hornwood, Cerwyn, Reed, Manderly, Glover, Tallhart y Bolton.

CASA LANNISTER

Los Lannister, de cabello rubio, altos y apuestos, llevan en las venas la sangre de los aventureros ándalos que erigieron el poderoso reino en las colinas y valles de occidente. Aseguran que descienden por línea materna de Lann el Astuto, el legendario embaucador de la Edad de los Héroes. El oro de Roca Casterly y del Colmillo Dorado ha hecho que sea la más adinerada de las grandes casas. Su blasón es un león de oro sobre campo de gules. El lema de los Lannister es: ¡Oye mi Rugido!

TYWYN LANNISTER, señor de Roca Casterly, Guardián del Occidente, Escudo de Lannisport;

— su esposa, [LADY JOANNA], prima suya, muerta durante un parto;

— sus hijos:

— SER JAIME, apodado EL MATARREYES, heredero de Roca Casterly, mellizo de Cersei;

— LA REINA CERSEI, esposa del rey Robert I Baratheon, melliza de Jaime;

— TYRION, apodado EL GNOMO, un enano;

— sus hermanos:

— SER KEVAN, su hermano mayor;

— su esposa, DORNA de la casa Swyft;

— LANCEL, su hijo mayor, escudero del rey;

— WILLEM y MARTYN, sus hijos gemelos;

— JANEI, su hija menor;

— Genna, su hermana, casada con ser Emmon Frey;
— ser Cleos Frey, su hijo;
— Tion Frey, su hijo, un escudero;
— [ser Tygett], su segundo hermano, muerto de viruela;
— su viuda, Darlessa de la casa Marbrand;
— Tyrek, su hijo, escudero del rey;
— [Gerion], su hermano menor, desaparecido en el mar;
— Gloria, su hija bastarda, una niña de diez años;
— su primo, ser Stafford Lannister, hermano de la difunta lady Joanna;
— Cerenna y Myrielle, sus hijas;
— ser Daven Lannister, su hijo;
— su consejero, maestre Creylen;
— sus caballeros y vasallos principales:
— lord Leo Lefford;
— ser Addam Marbrand;
— ser Gregor Clegane, apodado la Montaña que Cabalga;
— ser Harys Swyft, suegro de Ser Kevan;
— lord Andros Brax;
— ser Forley Prester;
— ser Amory Lorch;
— Vargo Hoat, un mercenario, de la Ciudad Libre de Qohor.

Las principales casas que han jurado fidelidad a Roca Casterly son: Payne, Swyft, Marbrand, Lydden, Banefort, Lefford, Crakehall, Serrett, Broom, Clegane, Prester y Westerling.

CASA ARRYN

Los Arryn descienden de los Reyes de la Montaña y el Valle, una de las líneas más antiguas y puras de la nobleza ándala. Su blasón muestra una luna y un halcón, de plata, sobre campo de azur. El lema de los Arryn es: Tan Alto como el Honor.

[Jon Arryn], señor del Nido de Águilas, Defensor del Valle, Guardián del Oriente, mano del rey, recientemente fallecido;

— su primera esposa, [lady Jeyne de la casa Royce], fallecida de parto, su hija nació muerta;

— su segunda esposa, [lady Rowena de la casa Arryn], su prima, fallecida de un resfriado invernal, sin hijos;

— su tercera esposa y viuda, lady Lysa de la casa Tully;

— su hijo:

— Robert Arryn, un chico enfermizo de seis años, actual señor del Nido de Águilas y Defensor del Valle;

— sus criados y sirvientes:

— maestre Colemon, consejero, sanador e instructor;

— ser Vardis Egen, capitán de la guardia;

— ser Brynden Tully, apodado el Pez Negro, Caballero de la Puerta y tío de lady Lysa;

— lord Nestor Royce, mayordomo jefe del Valle;

— ser Albar Royce, su hijo;

— Mya Piedra, chica bastarda, a su servicio;

— lord Eon Hunter, pretendiente de lady Lysa;

— SER LYN CORBRAY, pretendiente de lady Lysa;
  — MYCHEL REDFORT, su escudero;
— LADY ANYA WAYNWOOD, viuda;
  — SER MORTON WAYNWOOD, su hijo, pretendiente de lady Lysa;
  — SER DONNEL WAYNWOOD, su hijo;
— MORD, un carcelero brutal.

Las principales casas que han jurado fidelidad al Nido de Águilas son: Royce, Baelish, Egen, Waynwood, Hunter, Redfort, Corbray, Belmore, Melcolm y Hersy.

CASA TULLY

Los Tully nunca reinaron como monarcas, aunque dominaron fértiles tierras y el gran castillo, en Aguasdulces, durante mil años. Durante las guerras de la Conquista, las tierras del río pertenecieron a Harren el Negro, rey de las Islas. El abuelo de Harren, el rey Harwyn Manodura, le había arrebatado el Tridente a Arrec, el Rey Tormenta, cuyos ancestros habían conquistado todo el territorio hasta el Cuello trescientos años antes, asesinando al último de los antiguos Reyes del Río. Harren el Negro, un tirano sanguinario y fatuo, no era muy querido por sus súbditos, y muchos de los señores del río lo abandonaron para unirse a las hordas de Aegon. De ellos, el primero fue Edmyn Tully, de Aguasdulces. Cuando Harren y su dinastía murieron en el incendio de Harrenhal, Aegon recompensó a la casa Tully otorgándole a lord Edmyn el dominio sobre las tierras del Tridente y haciendo que los demás señores del río le juraran lealtad. El blasón de los Tully es una trucha que salta, en plata, sobre ondas de agua de azur y gules. El lema de los Tully es: Familia, Deber, Honor.

Hoster Tully, señor de Aguasdulces;

— su esposa, [lady Minisa de la casa Whent], fallecida de parto;

— sus hijos:

— Catelyn, la hija mayor, casada con lord Eddard Stark;

— Lysa, la hija menor, casada con lord Jon Arryn;

— ser Edmure, heredero de Aguasdulces;

— su hermano, ser Brynden, apodado el Pez Negro;

— sus sirvientes:
- — MAESTRE VYMAN, consejero, sanador e instructor;
- — SER DESMOND GRELL, maestro de armas;
- — SER ROBIN RYGER, capitán de la guardia;
- — UTHERYDES WAYN, mayordomo de Aguasdulces;

— sus caballeros y vasallos principales:
- — JASON MALLISTER, señor de Varamar;
  - — PATREK MALLISTER, su hijo y heredero;
- — WALDER FREY, señor del Cruce;
  - — sus numerosos hijos, nietos y bastardos;
- — JONOS BRACKEN, señor del Seto de Piedra;
- — TYTOS BLACKWOOD, señor del Árbol de los Cuervos;
- — SER RAYMUN DARRY;
- — SER KARYL VANCE;
- — SER MARQ PIPER;
- — SHELLA WHENT, señora de Harrenhal;
  - — SER WILLIS WODE, un caballero a su servicio.

Entre las casas menores que han jurado fidelidad a Aguasdulces están: Darry, Frey, Mallister, Bracken, Blackwood, Whent, Ryger, Piper y Vance.

CASA TYRELL

Los Tyrell ascendieron al poder como mayordomos de los Reyes del Dominio, cuyas posesiones incluían las fértiles llanuras del suroeste, que se extienden de las Marcas de Dorne al río Aguasnegras y llegan hasta las orillas del mar del Ocaso. Alegan descender, por línea materna, de Garth Manoverde, el rey jardinero de los primeros hombres, que llevaba una corona de enredaderas y flores, y hacía florecer los campos. Cuando el rey Mern, el último del antiguo linaje, pereció en el Campo de Fuego, su mayordomo, Harlen Tyrell, rindió Altojardín ante Aegon Targaryen, y le juró fidelidad. Aegon le concedió el castillo y el mando sobre el Dominio. El blasón de los Tyrell es una rosa de oro sobre campo de sinople. Su lema es: Crecer Fuerte.

Mace Tyrell, señor de Altojardín, Guardián del Sur, Defensor de las Marcas, Alto Mariscal del Dominio;

— su esposa, lady Alerie de la casa Hightower de Antigua;

— sus hijos:

— Willas, el hijo mayor, heredero de Altojardín;

— ser Garlan, apodado el Galante, el segundo hijo;

— ser Loras, el Caballero de las Flores, el hijo menor;

— Margaery, la hija, doncella de catorce años;

— su madre viuda, lady Olenna de la casa Redwyne, apodada la Reina de las Espinas;

— sus hermanas:

— Mina, casada con lord Paxter Redwyne;

— JANNA, casada con ser Jon Fossoway;

— sus tíos:

— GARTH, apodado EL GROSERO, lord senescal de Altojardín;

— sus hijos bastardos, GARSE y GARRETT FLORES;

— SER MORYN, lord comandante de la Guardia de Antigua;

— MAESTRE GORMON, un erudito de la Ciudadela;

— sus sirvientes:

— MAESTRE LOMYS, consejero, sanador e instructor;

— IGON VYRWEL, capitán de la guardia;

— SER VORTIMER CRANE, maestro de armas;

— sus caballeros y vasallos principales:

— PAXTER REDWYNE, señor del Rejo;

— su esposa, LADY MINA de la casa Tyrell;

— sus hijos:

— SER HORAS, apodado HORROR, hermano gemelo de Hobber;

— SER HOBBER, apodado BABOSO, hermano gemelo de Horas;

— DESMERA, doncella de quince años;

— RANDYLL TARLY, señor de Colina Cuerno;

— SAMWELL, su hijo mayor, de la Guardia de la Noche;

— DICKON, su hijo menor, heredero de Colina Cuerno;

— ARWIN OAKHEART, señora de Roble Viejo;

— MATHIS ROWAN, señor de Sotodeoro;

— LEYTON HIGHTOWER, Voz de Antigua, Señor del Puerto;

— SER JON FOSSOWAY.

Las casas principales que han jurado fidelidad a Altojardín son: Vyrwel, Florent, Oakheart, Hightower, Crane, Tarly, Redwyne, Rowan, Fossoway y Mullendore.

CASA GREYJOY

Los Greyjoy de Pyke alegan ser descendientes del Rey Gris de la Edad de los Héroes. Dice la leyenda que el Rey Gris no solo gobernó las islas occidentales, sino también el propio mar, y que tomó a una sirena como esposa.

Durante miles de años, los corsarios de las Islas del Hierro, llamados *hombres del hierro* por sus víctimas, fueron el terror de los mares, y llegaron incluso al Puerto de Ibben y las Islas del Verano. Se enorgullecían de su ferocidad en el combate y de sus sagradas libertades. Cada isla tenía su «rey de la sal» y «rey de la roca». El Rey Supremo de las Islas se elegía entre ellos, hasta que el rey Urron convirtió el trono en hereditario al dar muerte a los demás reyes cuando se reunieron para celebrar una elección. La línea sucesoria de Urron se extinguió mil años después, cuando los ándalos invadieron las islas. Los Greyjoy, al igual que otros señores de las islas, mezclaron su sangre con la de los conquistadores.

Los Reyes de Hierro extendieron su dominio mucho más allá de las propias islas, creando reinos en el continente a hierro y fuego. El rey Qhored podía jactarse con razón de que su poder se extendía «por todas partes donde los hombres pueden oler agua salada u oír el rumor de las olas». En siglos posteriores, los descendientes de Qhored perdieron el Rejo, Antigua, Isla del Oso y gran parte de la ribera occidental. Cuando tuvieron lugar las guerras de la Conquista, el rey Harren el Negro todavía gobernaba todas las tierras que había entre las montañas, desde el Cuello hasta el río Aguasnegras. Cuando Harren y sus hijos perecieron durante la caída de Harrenhal, Aegon Targaryen le entregó las tierras del río a la casa Tully, y permitió que los señores supervivientes de las Islas del Hierro retomaran su antigua tradición y eligieran al que debía ostentar la primacía entre ellos. Eligieron a lord Vickon Greyjoy de Pyke.

El blasón de los Greyjoy es un kraken de oro sobre campo de sable. Su lema es: Nosotros no Sembramos.

BALON GREYJOY, señor de las Islas del Hierro, Rey de la Sal y de la Roca, Hijo del Viento Marino, Lord Segador de Pyke;

— su esposa, LADY ALANNYS de la casa Harlaw;

— sus hijos:

— [RODRIK], el hijo mayor, caído en Varamar durante la Rebelión de Greyjoy;

— [MARON], el segundo hijo, caído en las murallas de Pyke durante la Rebelión de Greyjoy;

— ASHA, la hija, capitana de la *Viento Negro*;

— THEON, el único hijo varón superviviente, heredero de Pyke, pupilo de lord Eddard Stark;

— sus hermanos:

— EURON, apodado OJO DE CUERVO, capitán de la *Silencio*, pirata renegado, dedicado al saqueo;

— VICTARION, lord capitán de la Flota de Hierro;

— AERON, apodado PELOMOJADO, sacerdote del Dios Ahogado.

Entre las casas menores que han jurado fidelidad a Pyke están: Harlaw, Stonehouse, Merlyn, Sunderly, Botley, Tawney, Wynch y Goodbrother.

CASA MARTELL

Nymeria, la reina guerrera del Rhoyne, hizo que sus diez mil naves tocaran tierra en Dorne, el más meridional de los Siete Reinos, y se casó con lord Mors Martell. Con su ayuda, él derrotó a sus rivales y gobernó en todo Dorne. La influencia de los rhoynar sigue siendo fuerte; por esta razón, los gobernantes de Dorne usan el título de príncipe, en lugar de rey. Según las leyes de Dorne, las tierras y los títulos pasan al descendiente primogénito, no al hijo varón de más edad. Dorne es el único de los Siete Reinos que nunca fue conquistado por Aegon el Dragón. No se incorporó al Dominio de manera permanente hasta doscientos años después, y la anexión tuvo lugar mediante matrimonios y tratados, no por la espada. El pacífico rey Daeron II logró el éxito donde los guerreros habían fracasado: se casó con Myriah, la princesa de Dorne, y dio a su hermana en matrimonio al príncipe reinante de Dorne. El blasón de Martell es un sol de gules, atravesado por una lanza de oro. Su lema es: Nunca Doblegado, nunca Roto.

Doran Nymeros Martell, señor de Lanza del Sol, príncipe de Dorne;

— su esposa, Mellario, de la Ciudad Libre de Norvos;

— sus hijos:

— la princesa Arianne, la hija mayor, heredera de Lanza del Sol;

— el príncipe Quentyn, el hijo mayor;

— el príncipe Trystane, el hijo menor;

— sus parientes:

— su hermana, [LA PRINCESA ELIA], casada con el príncipe Rhaegar Targaryen, asesinada durante el saqueo de Desembarco del Rey;

— sus hijos:

— [LA PRINCESA RHAENYS], niña pequeña, asesinada durante el saqueo de Desembarco del Rey;

— [EL PRÍNCIPE AEGON], un bebé, asesinado durante el saqueo de Desembarco del Rey;

— su hermano, EL PRÍNCIPE OBERYN, apodado LA VÍBORA ROJA;

— sus sirvientes:

— AREO HOTAH, mercenario norvoshi, capitán de la guardia;

— MAESTRE CALEOTTE, consejero, sanador e instructor;

— sus caballeros y vasallos principales:

— EDRIC DAYNE, señor de Campoestrella.

Entre las casas principales que han jurado fidelidad a Lanza del Sol están: Jordayne, Santagar, Allyrion, Toland, Yronwood, Wyl, Fowler y Dayne.

LA ANTIGUA DINASTÍA
CASA TARGARYEN

Los Targaryen son de la sangre del dragón, descendientes de los supremos señores del antiguo Feudo Franco de Valyria; su herencia familiar es una belleza estremecedora (algunos dicen que inhumana), con ojos color lila, índigo o violeta, y cabello de oro plateado o de un blanco platino.

Los antepasados de Aegon el Dragón escaparon de la Maldición de Valyria y del caos y masacre subsiguientes, para establecerse en Rocadragón, una isla rocosa del mar Angosto. Desde allí partieron Aegon y sus hermanas, Visenya y Rhaenys, para conquistar los Siete Reinos. Para preservar la sangre real y mantenerla pura, la casa Targaryen ha seguido con frecuencia la tradición valyria de casar a hermanos entre sí. El propio Aegon tomó a sus dos hermanas por esposas y tuvo hijos con ambas. El estandarte de los Targaryen es un dragón de tres cabezas, de gules sobre campo de sable; las tres cabezas representan a Aegon y sus hermanas. El lema de los Targaryen es: Fuego y Sangre.

LA DINASTÍA TARGARYEN
(las fechas corresponden a los años transcurridos tras el desembarco de Aegon)

1–37	Aegon I	Aegon el Conquistador, Aegon el Dragón;
37–42	Aenys I	hijo de Aegon y Rhaenys;
42–48	Maegor I	Maegor el Cruel, hijo de Aegon y Visenya;

48–103	Jaehaerys I	el Viejo Rey, el Conciliador, hijo de Aenys;
103–129	Viserys I	nieto de Jaehaerys;
129–131	Aegon II	hijo mayor de Viserys; [El ascenso de Aegon II fue disputado por su hermana Rhaenyra, un año mayor que él. Los dos murieron en la guerra entre ambos, llamada por los bardos «la Danza de los Dragones».]
131–157	Aegon III	Veneno de Dragón, hijo de Rhaenyra; [El último de los dragones de Targaryen murió durante el reinado de Aegon III.]
157–161	Daeron I	el Joven Dragón, el Niño Rey, hijo mayor de Aegon III; [Daeron conquistó Dorne, pero no pudo conservarlo y murió joven.]
161–171	Baelor I	el Bienamado, el Bendito, septón y rey, segundo hijo de Aegon III;
171–172	Viserys II	cuarto hijo de Aegon III;
172–184	Aegon IV	el Indigno, hijo mayor de Viserys; [Su hermano menor, el príncipe Aemon, el Caballero Dragón, fue campeón de la reina Naerys y algunos dicen que su amante.]
184–209	Daeron II	hijo de la reina Naerys, con Aegon o Aemon; [Daeron llevó Dorne al Dominio, casándose con la princesa dorniense Myriah.]
209–221	Aerys I	segundo hijo de Daeron II (muerto sin descendencia);
221–233	Maekar I	cuarto hijo de Daeron II;
233–259	Aegon V	el Improbable, cuarto hijo de Maekar;
259–262	Jaehaerys II	segundo hijo de Aegon el Improbable;
262–283	Aerys II	el Rey Loco, único hijo de Jaehaerys.

La línea sucesoria de los reyes dragón terminó cuando Aerys II fue destronado y asesinado junto con su heredero, el príncipe de la corona Rhaegar Targaryen, al que mató Robert Baratheon en el Tridente.

LOS ÚLTIMOS TARGARYEN

[EL REY AERYS TARGARYEN], el segundo de su nombre, muerto por Jaime Lannister durante el saqueo de Desembarco del Rey;

— su hermana y esposa, [la REINA RHAELLA] de la casa Targaryen, fallecida de parto en Rocadragón;

— sus hijos:

— [EL PRÍNCIPE RHAEGAR], heredero del Trono de Hierro, muerto a manos de Robert Baratheon en el Tridente;

— su esposa, [LA PRINCESA ELIA] de la casa Martell, muerta durante el saqueo de Desembarco del Rey;

— sus hijos:

— [LA PRINCESA RHAENYS], niña pequeña, muerta durante el saqueo de Desembarco del Rey;

— [EL PRÍNCIPE AEGON], bebé muerto durante el saqueo de Desembarco del Rey;

— EL PRÍNCIPE VISERYS, que se hace llamar el tercero de su nombre, señor de los Siete Reinos, apodado EL REY MENDIGO;

— LA PRINCESA DAENERYS, apodada DAENERYS DE LA TORMENTA, doncella de trece años.

PESAS Y MEDIDAS

En la edición española de *Canción de hielo y fuego* se utiliza un sistema de pesas y medidas inspirado en el castellano del siglo XVIII. Las equivalencias de las unidades que aparecen con más frecuencia en la obra son las siguientes:

LONGITUD:

Dedo: 1,74 cm
Palmo: 12 dedos, o algo más de 20 cm
Codo: 2 palmos
Vara y **paso**: ambos equivalentes a 2 codos, o 4 palmos
Legua: 5.000 pasos, o algo más de 4 km

SUPERFICIE:

Fanega: 6.440 m^2, o algo más de ½ hectárea

VOLUMEN:

Cuartillo (líquidos): ¼ de azumbre, o ½ litro
Azumbre (líquidos): 4 cuartillos, o 2 litros
Cuartillo (áridos): ¼ de celemín, o algo más de 1 litro
Celemín (áridos): 4 cuartillos, o 4,625 litros

PESO:

Marco: 0,23 kg
Arroba: 11,5 kg
Quintal: 4 arrobas, o 46 kg

TÍTULOS PUBLICADOS

GIGAMESH FICCIÓN

1. Greg Egan, *Cuarentena*
2. Tim Powers, *Las puertas de Anubis* [5.ª edición]
3. Jack Vance, *Lámpara de Noche*
4. Alfred Bester, *Las estrellas, mi destino* [2.ª edición]
5. Tim Powers, *Esencia oscura* [2.ª edición]
6. Neal Stephenson, *Snow Crash* [4.ª edición]
7. Angélica Gorodischer, *Kalpa imperial*
8. Greg Egan, *El Instante Aleph*
9. Tim Powers, *En costas extrañas* [3.ª edición]
10. Jack Vance, *Maske: Taeria*
11. George R. R. Martin, *Muerte de la luz* [5.ª edición]
12. Steven Brust, *La Guardia Fénix*
13. Rafael Marín, *Lágrimas de luz*
14. George R. R. Martin, *Juego de tronos* (Canción de hielo y fuego/1) [17.ª edición]
15. David Gemmell, *Waylander* (Ciclo de Drenai / 1)
16. Karel Čapek, *La guerra de las salamandras*
17. Tim Powers, *Declara*
18. Richard Calder, *Malignos*
19. Arkadi y Borís Strugatski, *Destinos truncados*
20. David Gemmell, *Los dominios del lobo* (Ciclo de Drenai / 2)
21. George R. R. Martin, *Choque de reyes* (Canción de hielo y fuego/2) [12.ª edición]
22. Richard Calder, *Chicas muertas*
23. Jack Vance, *El jardín de Suldrun* (Trilogía de Lyonesse / 1)
24. Jack Vance, *La perla verde* (Trilogía de Lyonesse / 2)
25. Jack Vance, *Madouc* (Trilogía de Lyonesse / 3)
26. Arkadi y Borís Strugatski, *Ciudad maldita*
27. Tim Powers, *La fuerza de su mirada*
28. David Gemmell, *Héroe en la sombra* (Ciclo de Drenai/3)
29. Fredric Brown, *Ven y enloquece, y otros cuentos de marcianos* (Ciencia ficción completa/1)
30. Fredric Brown, *Luna de miel en el Infierno, y otros cuentos de marcianos* (Ciencia ficción completa/2)

31. Rodolfo Martínez, *El sueño del Rey Rojo*
32. George R. R. Martin, *Tormenta de espadas* (Canción de hielo y fuego/3) [12.ª edición]
33. Robert Holdstock, *Bosque Mitago* [2.ª edición]
34. David Gemmell, *Las primeras crónicas* (Ciclo de Drenai/4)
35. Philip K. Dick, *La pistola de rayos*
36. Laurell K. Hamilton, *Placeres Prohibidos* (Anita Blake, cazavampiros/1)
37. David Gemmell, *Mensajero de la Muerte* (Ciclo de Drenai/5)
38. Richard Morgan, *Leyes de mercado*
39. David Gemmell, *Leyenda* (Ciclo de Drenai /6)
40. Fredric Brown, *Universo de locos, y otras novelas de marcianos* (Ciencia ficción completa /3)
41. Laurell K. Hamilton, *El Cadáver Alegre* (Anita Blake, cazavampiros /2)
42. George R. R. Martin, *Festín de cuervos* (Canción de hielo y fuego /4) [9.ª edición]
43. David Gemmell, *El Rey Oculto* (Ciclo de Drenai /7)
44. Fredric Brown, *El granuja espacial, y otras novelas de marcianos* (Ciencia ficción completa /4)
45. Laurell K. Hamilton, *Circo de los Malditos* (Anita Blake, cazavampiros /3)
46. George R. R. Martin, *Sueño del Fevre* [2.ª edición]
47. John Brunner, *El jinete de la onda del shock*
48. George R. R. Martin y Lisa Tuttle, *Refugio del Viento*
49. George R. R. Martin, *Danza de dragones* (Canción de hielo y fuego /5)

GIGAMESH BREVE

1. Harry Harrison, *Bill, héroe galáctico*
2. Arkadi y Borís Strugatski, *Qué difícil es ser dios*

GIGAMESH ÉXITOS

1. George R. R. Martin, *Juego de tronos* (Canción de hielo y fuego / 1) [5.ª edición]

2. George R. R. Martin, *Choque de reyes* (Canción de hielo y fuego / 2) [4.ª edición]
3. George R. R. Martin, *Tormenta de espadas* (Canción de hielo y fuego / 3) [4.ª edición]
4. George R. R. Martin, *Festín de cuervos* (Canción de hielo y fuego / 4) [3.ª edición]
5. George R. R. Martin, *Danza de dragones* (Canción de hielo y fuego / 5)

GIGAMESH BOLSILLO

1. George R. R. Martin, *Juego de tronos* (Canción de hielo y fuego / 1) [6.ª edición]
2. Alfred Bester, *Las estrellas, mi destino*
3. Neal Stephenson, *Snow Crash*
4. Rafael Marín, *Lágrimas de luz*
5. George R. R. Martin, *Choque de reyes (Canción de hielo y fuego / 2)* [5.ª edición]
6. Karel Čapek, *La guerra de las salamandras*
7. George R. R. Martin, *Tormenta de espadas* (Canción de hielo y fuego / 3) [4.ª edición]
8. George R. R. Martin, *Festín de cuervos* (Canción de hielo y fuego / 4) [2.ª edición]

GIGAMESH OMNIUM

1. George R. R. Martin, *Juego de tronos* (Canción de hielo y fuego / 1)

FUERA DE COLECCIÓN

Terry Pratchett y Stephen Briggs, *Mort (la obra)*
Corominas, *El arte de Canción de hielo y fuego*